2022中国年度中篇小说（上）

中国作协《小说选刊》 选编

漓江出版社
·桂林·

图书在版编目（CIP）数据

2022中国年度中篇小说：上下／中国作协《小说选刊》选编.－－桂林：漓江出版社，2023.3

ISBN 978-7-5407-9393-7

Ⅰ.①2… Ⅱ.①中… Ⅲ.①中篇小说—小说集—中国—当代 Ⅳ.① I247.5

中国国家版本馆 CIP 数据核字（2023）第 035808 号

2022 ZHONGGUO NIANDU ZHONGPIAN XIAOSHUO ［SHANG XIA］

2022 中国年度中篇小说 ［上下］

中国作协《小说选刊》 选编

出版人：刘迪才
责任编辑：辛丽芳
助理编辑：叶露棋
书籍设计：石绍康
责任监印：张璐

出版发行：漓江出版社有限公司
社址：广西桂林市南环路 22 号　邮编：541002
发行电话：010-85891290　0773-2582200
邮购热线：0773-2582200
网址：www.lijiangbooks.com
微信公众号：lijiangpress
印制：香河县闻泰印刷包装有限公司
　　　［河北省廊坊市香河县安平镇二街　邮编：065402］
开本：690mm×1000mm　1/16
印张：49　字数：693 千字
版次：2023 年 3 月第 1 版
印次：2023 年 3 月第 1 次印刷
书号：ISBN 978-7-5407-9393-7
定价：88.00 元（全二册）

目 录
contents

［上］

［下］

霞满天

王 蒙*

1

在王蒙上小学的时候，看到一拨男女大学生从大街上走过，不知道为什么，我替他们觉得焦躁：他们年纪这样大了，还在一堂一堂地上课，做作业，考试。我从他们身上，看到的是急迫与不安，是期待与得不到，是成长带来了或有的腻歪与疲劳，闹不准还有点空白，就这样上学呀学上呀六七千昼夜，老天。

我是急性子，一辈子催促自己和亲人，被说成是"催人泪下"。我觉得人生的最大痛苦和冤枉，是徒然等待，推迟进行，一些操作与发生耽误了点、分、秒。

在我满三十岁的时候，吓了一跳，怎么噌不楞噔就三十了呢？哪儿来了个三十而立？果然仨拾？我什么都没准备好，无缘无故、无着无落、无声无色地三十岁矣！三十功名桌与椅，八十里路门与户！我还有一肚子青春的烦恼与火热，诗情与故事，大志与大言，大心与大胆，还有点滴的露珠儿似的才华，像一位可敬的老师说的，我并没有做没有写也没有弄出什么瓜果李桃儿来呢。

---

* 王蒙，1934年生，河北省南皮县人。中国作家协会名誉副主席。曾任文化部部长、全国政协文史和学习委员会主任、中国作协书记处书记、《人民文学》主编、中国艺术研究院院长等职。著有长篇小说《青春万岁》等十部，小说集二十余部，2014年出版《王蒙文集》四十五卷。作品被译为二十余种文字。曾获茅盾文学奖等多种奖项。2019年9月荣获"人民艺术家"国家荣誉称号。

四十岁，一九七四，"五七"干校刚毕业，我已经老大。少小才刚老大悲，喁喁未罢踽踽归，人生奋力拼八面，不可空空走一回！

安徒生的一个故事，一个坟墓碑文上写着类似如下的文字：

逝者是一个作家，但是作品尚未动笔。

逝者是一个画家，尚未来得及准备画布。

逝者是一个政治家，亟待首次竞选演说。

逝者是一个运动员，梦里获得了世界冠军。

大意如此，不是原文。

二十世纪七十年代，我觉悟了，不能只知道等待。我开始正式动笔，《这边风景》的花与叶绣将起来。此前，"五七"干校休假期间，已经试写了一些段落。其中有一段写伊犁农民春天大扫除，还有俄罗斯族妇女擅长以石灰水兑蓝墨水把墙刷成天空的淡蓝色。我提道：这是当地的习俗，也是爱国卫生运动的实践。一位老夫子式挚友，听了"爱国卫生"四字，笑得岔气。没有办法，我有我的底色，我的童子功，我的不同路子。

曰：革命。

2

四十二三岁以后，日子正常化、顺当化了。我对五十岁六十岁七十岁八十岁……的反应日益淡定，活进深处意气平，当然必须稳住阵脚。淡定也是晚近时兴起来的词，此前，我更习惯的是燃烧、激越、献身、豁出去，英特纳雄耐尔，让暴风雨来得更猛烈一些吧。

嘲笑"爱国卫生运动"一词语的挚友体格极佳，在新疆，冬季零下三四十度，他户外步行半个多小时来我家做客，帽子都不戴，他的鼻子与耳朵都呈现出胡萝卜色，不以为意。现在却说成不以为然，"为意"与"为然"都分不清，咱们这个中国的认字儿情况到底是咋啦？我的挚友喜欢喝酒，喝多了走出房门，找一个墙角把迷魂汤子与已经咽下的食物倒逼出来，呕吐干净。回来坐到小饭桌前再吃再喝，谈笑风生，面不改色，同时用普通话、陕甘方言、维吾尔语、俄语掺杂上英语德语说着笑话。同桌的朋友，都称颂他是"铁胃人"。

他吸烟，又买不起好烟，他吸的香烟又臭又辣，并于吸吐过程中时有小规模爆炸叭叭叭儿叭儿出现。

更奇特的事是他的儿子看了一个极好的影片，《大浪淘沙》，学上面的自缢镜头悬梁，就这样离开了人世。为此，我们全单位的人，他的众多的好友，制定了劝慰他与安排大侄子后事的精细方案，做了，了结。

他喜欢读书，喜欢研究比较语言学，向我传授遇到特殊情势，可以用背诵书页或外语单词生字的方法，稳定情绪，心理治疗，利用一不小心就会白白浪费的时间，有所长进，自然入定，百毒不侵。他认为苦学也是气功，在被一批中学生死缠烂打不可开交的时候，他背诵普希金的长诗《叶甫根尼·奥涅金》而意守丹田，进入情况，完事以后，他一个人弯腰练功立在台上，泥塑木雕，拽也拽不下来。

老夫子定力如山。

我让他给我背诵"叶"诗，他只说了一段，说是普大喜奔的金子一样诗人诗句里说："走遍俄罗斯，找不到一个女人长着美丽的脚板。"

提到俄罗斯女人的脚，带来的是阔大感与生命力度，自然令一批中国亲苏中老年知识分子开怀畅阔不已。

我们当中有的人，有的为普希金的诗作中出现了这样的低俗，面露憾色与痛惜，老夫子突然独树一帜：

"你们怎么这样不懂、不通、不解呀！酸溜溜的小男人才会发生为普天才改诗的冲动！普希金有多么体贴，多么亲切，多么含情，美丽中饱含生猛！再温暾他也是俄罗斯！"

讲到俄罗斯，他用俄语原发音，像是说"嘞儿阿斯衣（Россия）"，元音

o 发类似 *a* 的音，味道果然不一样。

是吗？你又觉得老夫子他体贴了普诗人，超越了诗，超越了最最可笑的小布尔乔亚与风雅，超越了文学与儒学的呆气，超越了传统，更超越了爱情、失恋、追求、懊悔、挑剔、肝肠寸断、要死要活。他的本真天性小小子劲儿可以与普希金、莱蒙托夫、杜牧、李后主、贾宝玉，也不妨加上唐璜比肩。

他还讲过由于一段时间夫人回内地探亲，他把家里弄得乌七八糟，夫人回家后大怒失态，对他又骂又打，又哭又喊，又抢又跳，小施家暴。观察着夫人的声像，他想起了"酣歌醉舞""珠歌翠舞""燕歌赵舞"……一串串四字成语，他觉得非常幸福，比世界许多地方许多历史时期许多人要幸福得多多。

"语言啊语言，学那么多种语言，为什么不会为自己的生活细节作出最佳命名呢？"老夫子说。

为此，他含蓄地写了新诗，登在那一年本自治区文学期刊"批林批孔"专号上，大意是林彪和孔老二，想破坏人民的幸福，我们仍然是载歌载舞，莺歌燕舞，快乐欢欣，声色琳琅。

他说自己的老婆发起脾气来，堪称声色琳琅的啊。

我离开边远地区后不太久，传来他患咽喉病症的消息，之后急剧恶化离世。我始终感觉到他在离去的那一刻，可能脸上露出了一个轻松却不无诡异的笑容。

他是个大好人，后来，他在世时对他歌舞交加的夫人告诉我说，老夫子已经预感到了改革开放快速发展的好时候，他临别时说："你们会有非常好的生活。"

愿他安息。

3

另一个北京油子老乡，也差不多同一个时期，咽癌去世，他一直闹腾移民国外，靠边疆已经移民到澳大利亚的俄罗斯族艺术家友人帮忙，终于实现了移民梦。出发前患病住院，迅速走了，他的故事我写在一篇小说《没情况儿》里。我的感觉是他离去时说了一句京腔话："齐了，您。"

后来访问澳大利亚墨尔本时请他妻子、舞蹈家——曾经是谢芳的同伴，一位心直口快的女性，吃饭，她说到自己的移民洋梦，她希望拥有一艘自己的游艇。

流光匆促或堪哀，四海五湖运未裁，游艇白帆卿且觅，碧空银浪鹭鸥来。

后来见到的是与他们同事的另一家老北京，他们移民海外后回京探亲，我请他们吃饭，他们为北京面貌改变之迅速而极不习惯，甚至啧有烦言，意思是说他们此次回来，找不到自己的老家了，北京变得让他们不认路了……我不知道说什么好：一日千里好，还是妥留故迹好？发展变化、旧貌换新颜，还是平和保守、一切大体照旧好？

而他们的在本土上过体育学院打手球的闺女，则埋怨老朋友见到他们只知道请吃饭，说得我尴尬惭愧。据说小朋友曾经心仪一个残疾人，被父母劝退了。

心灵、心理、心愿、心病、心有不甘。出国生活、定居、归化，滋味究竟何如？

是的，陈寅恪大师说过，去国移居，恰如寡妇再醮，不可总是怀念前夫，更不可再叽叽咕咕抱怨前夫。

还有两位对我极尽关心帮助照拂的老领导，老河北人，打死他们他们也不会反认他乡作故乡的啦。他们在我最艰难的时候对我伸出援手。二位都是离世于口腔癌。他们都是河北人，都爱吃刚出锅的热饺子，都在包饺子时评论面和得要软硬合度，筋道弹性，得心应手。他们俩都爱说"打倒的媳妇，揉倒的面"。其实他们是最最良善的爱妻主义者，是媳妇面前的五好丈夫。我想念他们，感恩他们，绝对不能辜负他们。

4

三十多年前，我一度因颈椎病而狼狈不堪，那时我发狂地写作，又被通知参加许多会议，接待各种来访友人，国籍不一。一旦病起来，旋转性晕眩，天旋地转，深感恐怖。在一个海边的中等城市文艺之家，我看病疗养了一个多月，认识了一位海滨城市比我大五岁的朋友。

他姓姜，是该市政治协商会议领导人。面相很好，尤其是目光明亮，他每天注意看报，皱眉思索，还与我不断切磋讨论苏联在斯大林去世后的变化与埃及、伊拉克的政局，直至赤道与北极南极。他有点驼背，有点秃顶，还有点东张西望。他很健谈，既谈市、省、北京的领导干部的升降前瞻回顾，也谈吃喝玩乐与半荤半素的笑话与谜语。麻烦的是他的口音比较重，说话大舌头，发不出"儿"音来，该发"儿"的时候，他发的是"哦"，这样他的说话至少有三分之一我听不清原文，但自以为能猜出他的话语里的百分之八十的原意。

我们有时和另外两位年轻人一起打麻将牌，年轻的"手哦"胡乱出牌，但是常常和（读胡），市政协主席就点评说："傻小子睡凉炕，全凭火力壮。"

那里是革命老区，他父亲是抗日烈士，他小时候当过儿童团团长，抓过地主"还乡团"的探子，在北京的革命大学，他学习过一年，在省委所在城市的党校，学习过两期。他的老区少年积极分子与根正苗红的来路，使我觉得十分亲近。

分别后不到一年，听到了他因病去世的消息，使我十分震惊，兹后又屡屡听到他的故事，更是令人嗟叹。

说是他老家有一个不无精明却又不务正业的小伙子，乘上了发展市场经济的东风，开头是崩爆米花，后来卖煎饼馃子，再后来加上包子、老豆腐、烧鸡、炒肝，置备了流动餐车，成了小财主。小老板还经营社会政治，不但当了政协委员，还取得了有关部门给予组织保安公司的批件，成了家乡一个能人。

说是此位能人以当地眼光中的高薪，聘用了一位练硬气功的保镖，保镖在自己左臂上刺青，上书"恩公姜勇"四字。他与我的牌友同宗，都姓姜，论辈分儿他应该叫主席爷爷。

姜主席到了年龄，下岗了，人们议论说，小老板事业与财力的飞速发展，使姜同志艳羡有加，出招帮助他多方发展，并且抵押了房产，贷款投资，与小老板亲密合作。

小老板傻（精）小子睡凉炕，火力越来越壮，被鼓动睡上了从未与闻的"期货"市场大炕。已经一步登高的傻（精）小子，"成功"得太顺利了，他还要一步登天，冲天，超越太空，他还要拉上已经退休的大官与他一起飞天高冲：结果是上当受骗，不但赔得精光光，而且负上了债。

傻（精）小子也是接纳了旁的坏小子的主意，早早花钱办下了太平洋一个岛国的护照，突然间消失踪迹。而我们的姜主席，就这样地跟随着傻（精）小子，从热炕上一直跌入无底深潭。

此事闹得沸沸扬扬，省纪检委与检察院来到此地进行立案调查，老姜突然死亡，正式说法是心肌梗死，也有人说，说不定是人设自尽的。详情不好过问。

是个惨痛的愚蠢与白痴的悲剧故事。我们会奇怪志士与贪官、艰苦高尚与蝇营狗苟、有板有眼与全无常识、可敬可亲与无耻无赖之间怎么会这样近在咫尺。而在主题新闻纪录片中听到大贪腐分子侈谈什么三观缺陷、为人民服务的方向不够坚定、崇高伟大的信仰缺失的时候，我完全不能相信我的耳朵，他们明明是刑事犯罪啊，他们是蛀虫、是骗子、是利欲熏心、是无恶不作、是社会主义与人民利益的死敌，怎么他们像是在检讨自己没有赶上张思德、刘胡兰、董存瑞与雷锋啊？！

同时我又回忆起二十世纪改革开放初期，万事起头难，万事起头鲜，万事开头美，万事开头欢；春潮正澎湃，春风涨满帆，春意暖人心，春花喜人寰，春气大浩荡，春雨润万田；一番风光，透着可乐、可为、可笑、可奇，新鲜芽苗，破土出长，什么都有可能，什么都不一定，摸石头，湿布鞋，飞越彼岸，节奏翻一番。讲的是思想更解放一点，胆子更大一点，步子更快一点，是抓住机遇，是呼唤是号召是杀出一条血路，是奋力变动力，是无商不活，无工不富，无农不稳；是各种商品等待着出入产销，各种人才等待着发财致富。只要你干，三十天就成事，三百天就成精，三千天就完蛋……伟大的中国，古老的中国，镇定的中国，机遇满满的中国，大风大浪小花小草摇摇晃晃时有新变的中国啊，你的生活是多么有趣，你的机遇与政策誉满四海啦哇！

看官，以上是本小说的"楔子"。您知道什么是"楔子"吗？中华传统小说与戏曲，常常要有个帽儿戏、帽儿段子。比如听戏，刚开幕，戏园子不像现在的剧场那么有秩序：找座位的，招呼亲友的，递手巾把儿的，卖孝感麻糖的还在闹腾。需要台上先蹦跶蹦跶，渐渐聚起观众的注意力。读小说也是一样，开个头，对世道人情、生老病死感慨一番，显示一下本小说的练达老到、博大精深，谁又能不"听评书掉泪，读小说伤悲"？

5

该说到正题上了。

随着市场经济的发展与计划生育规范的推进，养老事业养老产业渐渐发展、壮大、升级、攀高。长者之家的名称，有的人从《易经》《诗经》、楚辞、汉赋上找词儿，唐以后的都嫌俗浅。长者之家的工作人员，个个受过专业训练，持有民政部门颁发的从业执照。医疗、康复、饮食、娱乐、心理抚慰、绿化、环境都有专业团队机构与责任部门，会客、剧院、舞厅、书画、棋牌、球馆、卡拉OK、酒吧、咖啡、书报……各种不同性质与规模的餐饮、琴室都有专门房舍、设备、服务人员。入住要有会员卡，购卡费五十万至百万元，月服务费还要收万元左右。VIP型的更高。

我的一个老友人的孙女名叫步小芹，争取到了民政部门的指导支持，创业兴办了一个称为"谙赟"的敬老院，"谙"读"案"，熟悉之意，"赟"读"毕"，是说美丽，你认不得与读不准，她的命名就更算成功了。

两年后对这个长者之家名称，说是反映不佳，又赶上民政局局长问小步起这样的名字，又要立"案"，又要枪"毙"，究竟是想跟谁过不去？她顺势立即改名为通俗易懂的"霞满天"三字。

这个过程令我想起历史演义小说对于武将阵前对打的描写，常说是"卖一个破绽"然后如何如何，以退为进，以破绽求机会。绝了。

"霞满天"以后，果然前来联系入住的老人增加了百分之四十，收费在各种压力下减少了百分之十六。步小芹是明白人，明白人不较劲办糊涂事儿。这加强了有关部门对于步总"听招呼"的好印象。

我应邀到他们的六万平方米建筑面积地盘上看了一下，并听她讲了前所未有的奇葩故事：

二〇一二年，"霞满天"这里入住了一位七十六岁的女性教授，她曾经受到过举国公认、大名鼎鼎的某学界泰斗的夸奖，她号称懂十余种外语。她入住的时候有大学的三位年轻工作人员陪同前来，提包推箱，还有一位男士十分谨慎地专为她推着一小车贵重物品，包括工艺瓷器、镜框照片、一幅油画和美国原装戴尔电脑与DUO无线蓝牙音箱。资深美女教授的名字叫蔡霞。奇怪的是她自己拿着一个专用网兜，内装一个篮球。进入了房间以后，她首先做的不是打量门窗、采光、生活设备、洗手间，也不在意到窗口看到的风景与建筑。她做的第一件事是从手袋中拿出一个粘钩，把平滑的底片紧紧贴在同样平滑的床头墙面上，摩挲摩挲，使粘钩底片与平滑墙壁之间完全吻合，无胶胜胶，真空零距，然后稳稳当当地把篮球网兜挂到了上面。她眼眶含泪，面带笑容，自语说："你陪着我呗。"

莫非她曾经是知名的国家女子篮球队的体育明星？个头却不像啊。

以蔡老师的身材、风度、举止、穿着和笑容，更不用说她的知识学问经历名气，来到"霞满天"长者之家，可说是春雷滚滚，春风飒飒，春雨潇潇，春花灿灿，一举激活了高端昂贵、似嫌过于文静的疗养院，引起了"霞满天"的浪漫曲高调交响。一批男生休养员，特别是单身男生休养员，最小的六十岁，最大的一百零三岁，为之换了心情，换了发型，换了领带与裤缝，换了英国衣料、意大利裁缝、法国围巾，和不但是法国而且是戛纳附近的世界第二小国、面积一点九平方公里的摩纳哥公国出产的三件套男用化妆品和德国亚马孙电动剃须刀。

还有说是焕（不仅是换）了三观的。

然后出现了一些如果是如今，实应上网的文学戏剧小品抖音。有的男士由于望蔡兴奋眉目呆痴，受到夫人痛斥。有的男生由于从蔡教授出场以后再也听不清夫人的问话也延迟拉长了与夫人交谈的节奏，被夫人察觉，不止一家提出了在本院开展"反带"（节奏）的口号。同样女士中也有对于蔡老师的眼神的质疑，她们说女性品德，主要看眼睛目光，水汪汪、眉目含情、娇媚弄姿、过于灵活生动、迹近勾引卖弄的眼睛眼神眼白与瞳眸，是各国各地各民族淳风良俗所不可允许不宜接受的，对于白骨精、画皮、蜘蛛精、玉面狐狸的眼光，一定要警惕，不能去看，不可回应，不准对视，严禁眉来眼去。

同时本所管理团队，一致认定，这些话语只是老年寂寞性的自我调笑、自寻安慰、自作多情、自解心宽，类似歇后语："管丈母娘叫大嫂子——没话找话儿。"

蔡老师的高雅与美丽是磁石，也是刀刃，是温情，更是尊严，是暖洋洋，同时是冰雪的凛然不可造次；只消比较一下蔡老师的亭亭玉立，与一帮子酒肉穿肠、大腹便便、口气臭浊、举止鲁拙的俗物蠢男的风度观感，也就没有人再说什么了。

更不要说舞会上的情景啦，每个周末，这里都举行一次舞会，下场跳起来的不超过休养员的百分之十，但是多数人都会前来，坐在软椅上，喝杯小桌上的茶水或者软饮料，听一听半生不熟的探戈舞曲《彩云追月》《鸽子》，华尔兹《中国圆舞曲》《青年圆舞曲》《皇帝圆舞曲》与《蓝色的多瑙河》……

每次舞会之前已经有了不知多少关于蔡教授将要、会要、可能要、大约前来或者不来，迟到或者早退或者准时，起舞或者只看或者未定或者随机下池的消息。蔡老师已经成为传播与猜测的话题，成为舞会的兴奋点，舞翁之意不在舞伴，不在蓬猜猜，不在灯光乐手清咖果盘，而在蔡霞一人。有佳人兮女神之光，下舞池兮温雅淑良，万般风韵兮似隐步态，鸽子探戈兮展翅飞扬。

而老男生们随之浮想联翩、自作多情、忽然豪放、时而沉郁、希望失望、期待成空，增益了对于生命与爱情的品尝想象、回味反刍，也许更美好的说法是想入非非，ICBC，爱存不存，若尽不尽，罗曼蒂克，余音袅袅。最喜应为耄耋时，春光阅尽心犹痴，轻盈一笑天光丽，桃李春风舞未迟。

一位级别与教育程度最佳的男生对太太说："进了长者之家，难免烦闷，所有的人告诉你好好休息，休息休息休息，人生只剩下了休息，那就等待最好的休息吧。然而，我们不能不承认，凡是没有死亡的人都是活人，凡是活人都有人生的权利和义务，欲望和文明，向往和期待，还有那么一点点'坏'劲儿。苏教授，噢，你看我连人家的姓都记错了，人家姓蔡，姓蔡？菜彩材采猜揣，一个提手，一个思想的思，它念'塞'，也念'猜'，你说好不好？为什么不让寂寞的单调的等死的老年变成随缘一笑、且歌且舞的幸福老年呢？"

好的，道行已经突破纪年、岁月、加减乘除，若再无想入非非，痴心依旧，其悲切更欲何如？否定之否定之否定即肯定之否定之肯定，更是肯定之肯定，其乐无穷，其乐连连！乐天乐地，乐山乐水，君子饮酒，神仙抱朴，遨游天外，蓬嚓击鼓，玄之又玄，善哉妙舞！

百年不过小歌舞，汇入了时代大歌舞，康姆尼（公社）式的大歌舞！

6

蔡霞老师进院两年即二〇一四年，七十八岁，她跌了一跤。

对于"霞满天"这样的高级长者之家来说,这是严重事故,这个事故几乎使业内部分股票崩盘。

所有的讲养生与医学常识的人都宣扬老人勿摔,摔人无老。伤筋动骨一百天,老人平躺三个月又十天后,内衰五脏六腑神经肛肠,外废四肢五官筋骨皮肤,并从头脑开始衰弱颓唐迷茫荒凉,只能从骨科病房直奔骨灰美罐。

不好理解的是跌了这一跤,蔡老师身体损伤有限,大腿轻度骨裂与肌肉瘀伤,卧床三周后可在护理协助下下床行动,生活自理,康复进展大大优于寻常,金刚不坏之身。瞧人家!

但她的风度形象与精神状态出现了一点变化,开始显出过去未有过的刹那迟钝呆滞,怔怔忡忡,与原来的神仙风韵开始脱离。跌跤时下颚与口唇也有撞地与擦伤,好了以后似乎微微有一点天包地的上下齿的不吻合。

她的跌伤惊动了她所在的大学,新来大学担任校党委书记的一位领导邵教授带了院系负责人前来看望。步小芹等长者之家的行政与服务与医疗负责人也都陪同大学领导进到蔡的宽大的住室。他们发现,蔡老师的说话风格产生了一些变化,说话比摔伤前声音小,速度快,口型不到位,口齿有些不清,但她的声音低沉立体、脉脉含情、如歌如诉,感染动心。

随行的外国语学院院长没话找话儿,指着网兜问道:"您这样喜欢篮球吗?床上躺着,还能拍打一个大篮球?"

蔡霞翻了一下眼珠,一瞬间显出了那么大的眼白,把别人吓了一跳。

也许是长期当老师当的吧,过去蔡老师说话非常注重交流、互动,只一说话,她的目光一定注视着听话的对方,与对方的表情相互呼应。对方听得入神,有首肯与关注的表情,她会显出满意、津津有味,益发要讲精彩讲生动讲透彻;对方没太在意或者有点没听明白,她会立即反思自己可能讲得不够清晰,是不是第三人称人家可能听不出是指谁来,或有其他疑点,同时她也会自省是不是讲得无味,需要生动。人生一世,时时刻刻离不开的是生动二字。她会立即予以必要的补充、强调、变更语词与语气,吸引对方的注意,推进对方的理解接受。

现在呢？为什么她的说话增加了自言自语的韵致？她的说话平添了几分低垂眼帘、忧郁温存、自恋自怜。过去说话是显然的对唱，现在呢？是自我中心的独唱咏叹调。

而在听到随行院长的问话以后，她的表情是何等诡异！

停了一会儿，十秒钟，看望她的人与她自己，双方失去话题线索。

又过了十秒钟。

询问篮球的老师觉得尴尬，有一点不对劲。

蔡霞目光里出现了几许火星，她随意一笑，念念有词："谢谢书记，党委的报告批下来了，教育部决定给我授荣衔，给我发国家科学与教育奖金，还有香港的学术基金会说要支持我千万元人民币。我非常感谢，我请求不要奖励我个人，我喜欢的是低调行事。"

她讲这几句话的调子像是在念稿，如果不说是祭祀词与祈祷词的话。

她的话使大学的探视人员吃了一惊，教授怎么了？天啊！她产生了幻觉，她无中生有，白日说梦！

7

告辞后，邵书记与院长等到"霞满天"长者院的主持人，王蒙的老同事孙女步小芹院长的办公室，共同探讨。当然，将获巨奖是幻想中事，而蔡教授在大学从来没有过幻听幻视胡言乱语的记录。步小芹找来了本院心理医生，回答是他也略有所感。他说摔跤的那一天是蔡老师拿着自己的篮球到体育馆投篮，投了好多个，累得气喘吁吁，一个球也没有进，她神态失常，平白无故地跌了一跤。后来，出现了一点意外的变化。但蔡教授的想象型谈吐，与精神病学所认定的幻觉、幻听、妄想，尤其是迫害狂，全然不同；她绝无与不存在的对手争论纠结，感觉到某种危险、恐惧、紧张、压抑……这些负面的情绪与心理病态。相反，她有时的低声含笑自言自语，更像是一个美好的假设，一首诗，一个温馨的微笑，一次巧遇，一种闲暇中的自慰，文静中包含着一点悲哀，与悲哀一起，还有几分得意——她的温存、春风、细雨……还有学历，她怎么可能不自得自诩？那种平缓与自美自赏的想象是正面的、丰富的与深情的。心理医师甚至认为，蔡霞老师的幻觉是文学性、诗学性、教育学性、养生学性质的，她太聪明了，提提神就想说一说，怎么说就怎么像。虽然她此生遭遇过重大的不幸，现在孤身一人，但是她仍然充满对于生活、对于他人、对于自己的光明与善良的爱抚与信念。她不像最近一位颇有名气的文学人，却要匪夷所思地隐身离去。另一位山呼海啸的大家，绽放了令天地增辉的鲜花，又向珍爱的一切泼遍了腐臭毒辣的脏水……禀赋超人的女性，钻起牛角尖，吓唬人。

心理医师还说，在医学课堂里没有听导师讲解过类似的病例，医学研究档案与学理假设上也没有这种说法，但是根据他近二十年的临床经验，他认为蔡霞的横空出世的受奖婉拒说，其实是一种语言训练、交际经验回顾、思维培育、世情重温，也是一种老龄存盘过期乱码的智能补偿。老来失去多，不失又如何？幻想宜美妙，美妙自快活。仍然多谦逊，俯首先谢过，彬彬有礼处，教养育亲和。

蔡霞其后一天给十几个熟人打电话，说到自己将要受奖而坚决谦辞的故事，这相当令人惊骇。但总体上说，蔡老师的情况无恙，预后甚佳。那些接到了她的辞谢奖项故事电话的友人，开始或有一怔，很快便是恭喜恭喜的笑声，而听到了她的谦辞坚辞的态度之后，也都一律表示理解和赞扬，认为蔡老师做到了著名人物、教授、清雍正九世孙爱新觉罗·启功先生所题的北京师范大学校训八个字，"学为人师，行为世范"，启功体书法，温良恭俭，精纯沉静。

此后大学的同事们来探望教授，她的受奖说、谦辞说有些发展，说是收到了外事部门信息，将要授予她菲尔兹国际数学奖，她强调自己的专业是语言学，但是加拿大的专家坚持要发奖给她，指出她关于语言的符号学论述适用于数学的符号理论。她学的当然不是数学，她岂能接受数学奖欤？不仅是数学奖，甚至于纽约方面试探着与她讨论，要给她颁发基泰精神病学奖。

"遗憾的是，世界上只有精神病学奖，没有精神病人奖。"

她与客人们都忍俊不禁，多人赞佩她的幽默与机锋。

说得多了，听者就接受了。人们对她的辞奖说闻怪不怪，点头称是。美丽的荒谬，也比疯婆子怨怼的卖弄好一点，要知道，她已经退休二十九年，到本长者疗养院也两年了。本院的休养员长者显示某些心理不平衡不稳定的记录，并非少数。

慢慢地，她的倾诉不断发展，可以兴，可以观，可以群，可以戏嬉喜怨了。她加上了新的节目，她开始对人说她将晋升级别与军衔，先是少将，可以称她为蔡将军了，最近又说是快要获得中将军衔了，她也坚决请辞。一个多月后，在她的生日，校长来看望她的时候，她说她受到印度宝莱坞、美国好莱坞、韩国希杰娱乐公司，还有伊朗的电影人阿巴斯的热邀，希望她写作与出品一部关于中国的故事片电影剧本。

莫惊奇，事事有来历，凭空不会兴灾异，幻梦也非凭空至，悲到尽头应是喜，牛到极处又无趣，与时俱化是实际，努力努力再努力，未成大器仍优异，总还是，勤勤恳恳，爱怜众生，脚踏实地，嘿嘿，嘻嘻，她是有、一点点、个人的脾气。

8

更离奇的是二〇一三年本地民政部门干部前来巡视检查，收到一封休养人员郦女士举报信，说是郦女士的先生、著名朗诵艺术家、六十三岁的美男子宋春风受到了蔡霞的吸引乃至骚扰，写信人的家庭完整受到威胁，要求将蔡某人请到本院其他分支院所去。

高龄长者能出此等事情？他们本应该万事看透、宠辱无惊、色即是空、古井无波？不，那可能是古代，是血压低、血糖低、血脂与胆固醇"四低"的时代。全面小康、总量第二、购买力世界第一、拥有百分之二十以上中产阶层人口的时代，高龄长者们有可能渐成为终其一生、老而不衰、飘风骤雨、石破天惊、爱爱仇仇、永远的激情飙客。怎么能提前消停、过早瞑目、早早退避三舍？

稍稍打听了打听，观察了观察，民政巡视组作出结论：并无此事。巡视员找郦女士沟通，郦女士主动撤诉，此话带过。

又过了一年，蔡霞的自慰自语，有所压缩，只有最亲密的访客来时，她才压低分贝，感叹这么一回，而且不要求任何回应，不怕你是微笑、疑惑、点头称是或者摆手劝阻。她说完了她的，如同宗教信徒做完了早课，立即回到现实生活世俗杂务之中，谈论房价、SARS 疫情、气温、晴阴、湿度、狗不理包子铺、快递网购、垃圾分类与厕所革命，防止便秘与生理病理诸事务。长者们普遍认定，对于他们，排泄远重于摄入，小康以降，三天辟谷，有益无损，三天不走动，大难临头。

9

二〇一五年来了蔡霞教授的闺密，送来了一批唱盘与 U 盘新款，她的住室从此音乐涌动。她很快迷上了新疆的《十二木卡姆》，像哭，像笑，像呐喊，像调情，像婚礼，像乡愁，像怒吼，像赏花，像暴风大雪，像相思苦恋，像胡杨也像大漠，像甜瓜也像坎儿井，更像千年不倒不死不烂的大漠胡杨。蔡霞随而起舞，有两次感动得哭湿了枕头。她还引用新疆维吾尔族舞蹈家的名言："一天没有起舞，便觉得辜负了人生。"

有五六个老头儿受到了这风情浓重的声乐与器乐的吸引，他们走近蔡老师房室，门外蹭听，他人走过，他们赶紧走远一点，等人少了他们回来再蹭。蹭蹭蹭，人生须蹭足，蹭天蹭地蹭音乐，生活即歌舞，人生如老虎，虎虎生威大志树，一日寻它千百度，真善美无数，大美在身旁，大美在己手，大美在此处，大美在前何庸怵？

后来听得多的是莫扎特的《加冕弥撒》，蔡霞听这部作品的时候脸上是含泪的微笑，她轻轻点着头，既有欣赏，又有认同，还有赞叹，连连伸出大拇指。她告诉步院长说："你听这个女高音独唱，她是一个非裔歌唱家。"

她听舒曼也听《茶花女》，听日本演歌也听腾格尔。听十九世纪出生的科恩戈尔德的歌剧《死城》，听着听着会从椅子上站起来，行立正礼敬，她说，无怪乎人们说德意志通过这部歌剧，从战争的黑暗与崩溃中开始走出来了。

她也听"文革"中的红太阳颂歌，特别是张振富与耿莲凤对唱的藏族歌曲："您是灿烂的太阳，我们像葵花，在您的阳光下幸福地开放。您是光辉的北斗，我们是群星，紧紧地围绕在您的身旁……"她听得满眼热泪。她小声说："早春最爱唱这个歌……"这里，没有人知道她说的是什么。个别人以为蔡老师说的是春寒料峭的清明前季候。

二〇一七年，蔡霞八十一岁，大年三十头一天晚上的本院联欢会上，蔡霞用俄语、英语、法语、波斯语朗诵了普希金、拜伦、艾吕雅、哈菲兹的诗，再用汉语作了翻译，她重新显示了风度与聪敏，良好教育与自信，饱经沧桑与活力坚韧。

"霞满天"长者之家的心理医疗主任医师说，是时间与音乐，或者是音乐与时间，治好了她的精神疾患。反正音乐是时间的艺术，旅游是空间的求索与发现，它们的医疗作用都是很大的。

为什么提到了空间的旅游？也还少有谁知道情况。"霞满天"，并没有旅游业务，小步他们还不敢组织古稀耄耋群体的大空间活动。

第二天晚上她看CCTV的春节晚会，边看边有议论与不甚满足，不甚满足也仍然津津有味地从猴年末尾看到了除夕夜的子时三刻。

从此，蔡霞渐渐恢复了初到"霞满天"的最佳状态，没有发音不清，没有天包地，没有念念有词，没有幻觉奇谈，没有走路时的身体摇摆。八十一岁的她更加从容、成熟、尊严、体面、清晰、克己、多礼。她提升的是人境、圣境，也许可以说是佛境，她离开的是言语的迷失，她清醒地告诉步院长："我知道我有点胡言乱语，对不起，我有点憋闷，我不服我的倒霉噩运，我想着我应该有点幸运、福气、彩头，我相信我的生活里会有许多美好的东西出现。没有也会有，没有当作有，心里有，念里有，想着有，话里也要有。我要快乐，我要幸福，我不信我会常常不幸，我要的是高雅与幸福，不是炫耀，不是撞大运，我又不愿意显摆显佩。我想撒撒气儿，我要坚持我是福星，不是灾星。当年胡风是主张自我扩张的。后来扩张到笆篱子里去了。太不好意思了。"

王按：后来，步院长说，这些一时露头的偏失，全部自动清零，冰雪洁净。王说："我感觉到的是一种痛苦与对痛苦的反击宣战。她，要表达的是成功与胜利，她本来应该胜利和成功。"

王按：侃侃而谈，念念有词，这就是岁月积蓄，逝者有声。是反刍与消化，是遗忘与淘汰雪藏，是珍惜与告别，又是永恒的安宁与纪念。人会消失干净，仍然有话语留存。笔补造化天无功，病里微言意不穷！

渐行"渐远"，可以用五线谱上的五个表示"渐弱"的"p"符号来表示，一年一年，不愉快的记忆渐行渐远。蔡霞有不愉快的记忆，步院长注意履行为休养员的私生活保密的规则，还没有告诉王蒙。

青春百样美，老态P般甜，活到惊人处，苍天变蔚蓝！爱情耽热火，歌赋醉华年。香蚁（酒）得佳贮，举杯叹月圆。

老泪思早先，新诗记变迁，春秋酿深意，广宇惊鲜妍，惜爱愁应忘，欢欣乐未眠，此生多感触，何日不缠绵？

谁无不称意？谁有金刚身？敢历八番苦，乃游四海新。悲哀怜楚楚，喜乐忆津津，受用天人趣，清流洗净真。

唧唧得与失，恨恨谁人知。开阔艰难后，清纯困苦时。少年多激越，成长渐矜持，灿烂容光焕，丰饶岁月痴。

亲爱的读者，王蒙从小就想写这样一篇作品，它是小说，它是诗，它是散文，它是寓言，它是神话，它是童话，它是生与死、轻与重、花与叶、地与天，它不免有悲伤，有怨气，有嘲讽，有刻薄与出气，有整个的齐全的祸福悲喜。同时，尤其重要的与珍贵的是刻骨铭心的爱恋与牵挂，和善与光明，消弭与宽恕，纪念与感恩，荡然与切记，回肠与怀念。

高尔基说过陀思妥耶夫斯基的作品像是狼写出来的。高不喜欢陀。我没有感触到陀的狼性。而且，某种情势与条件下，我们固然不可以请狼先生放羊，但不妨容许狼写两篇小说试试，同时注意防护，注意狼的利爪与獠牙。

珍惜文学，珍惜生命、生活、生机、生长、使命、运命、受命、人生。不能接受对"生命"一词的一分钟猜疑与敌视。病态、冷漠、敌视与仇恨生命批判生命的人怎么能算人呢？我们珍惜的人又是什么人呢？且请读下去再读下去。

10

当步院长告诉蔡教授她的爷爷是王蒙的好友，她说我也与王爷爷谈得来的时候，蔡霞说她愿意让王蒙了解她的经历。

说是蔡霞对步院长说：

你不可能信服我的命运，我的遭受，我的不幸，我的噩耗。屋漏再遭连夜雨，船迟偏遇打头风。走平路落马，进高厅撞墙。躺平偏中十分准，低头巧遇二把刀。绊跤星点石子，砸头颗粒流星

我敢问，谁见过比我更倒霉的老姐？

我生于一九二六年，一九四五年十九岁赴英留学，不必说我出身于资产阶级，我知道我的原罪。我在剑桥大学学法语、西班牙语与俄语，当然前提是先

学好英语。我结识超拔英武的中国留学生篮球队队长，比我大两岁的薛建春。我两在剑河边牵手行走，我们谈论民国的徐志摩和校园皇后陆小曼，梁思成和林徽因，以及为林小姐终身不娶的逻辑学家金岳霖。我们欣赏两岸的秀美，听醉了教堂的钟声悠扬，忧虑着抗战胜利后国内形势的严峻与危难，我们感到了中国即将大变，这又使我们心跳加速，全新的国家与前景在向我们招手。

……一九四九年新中国成立前夕，我们赶回北京，我们两参加了大中学生的暑期学习团，我们听了大诗人艾青的讲演，听到对于徐志摩和他的诗《别拧我，疼》的嘲笑，惭愧极了，也兴奋极了，革命改变着一切，我们也见到了周扬与丁玲。我分到四川大学的外语学院，他分到文化部的外事局。一九五四年，我们二人结婚，两地分居，好不容易确定了我调来北京，与建春团聚。

一九五六年，建春作为随团外语干部随中国艺术团去拉丁美洲演出两个月，中间在瑞士德语区苏黎世市休整排练。那时美国对新中国采取封锁政策，赴拉美阿根廷、巴西、智利 ABC 三个大国与遥远陌生的乌拉圭巴拉圭唱京戏、耍坛子、跳红绸舞与唱陕北民歌，是一件突破局限、扬眉吐气、走向世界的大事。那时当然没有中国直通拉丁美洲间的民航航班，我们的人员分两批，走莫斯科、布拉格、苏黎世、墨西哥，再到拉美其他国家，这是个辛苦麻烦的航程。回程从苏黎世到布拉格一段，本来建春是坐第二班飞机的，另一位在瑞士遇到亲戚的团里的同志报批以后临时与建春换了航班……想不到头一班飞机出了事故，建春三十岁，与我结婚两年，死于空难。我哭了三年，患上角膜炎、结膜炎、青光眼直到鼻炎。为什么，这究竟是为什么呢？不为什么，不为什么，为什么这样的不幸会降临到我的头上？我，我的祖上，究竟造了什么孽，犯了什么罪，害了什么人，让我受到这样的天谴地震空难！

或者说，有天大的不幸者，也就有天大的福气，有池鱼之祸、无妄之灾者，也就有天上掉馅饼，地涌醴泉，穆清祥和，符瑞天相。

我说的是建春有个弟弟，比他小六岁，比我小五岁，名叫逢春。他没有建春的苦学勤勉，也没有哥哥的高大英俊，但是他极其聪明伶俐，而且有一副意大利的澎湃与俄罗斯的多情男高音好嗓子，毕业于苏联莫斯科柴可夫斯基音乐学院声乐系。在他哥哥去世三周年，一九五九年十一月，我三十三岁的时候，他来找我……

命，这都是命。他唱了一晚上怀念与爱恋的歌曲，唱了格林卡的《北方的星》，唱了柴可夫斯基的《连斯基咏叹调》，也唱了刘半农诗、赵元任曲的《教我如何不想她》。前者表达了年轻稚嫩痴情的连斯基在与叶甫根尼·奥涅金决斗丧命前的心情，"啊，青春，你在哪里？"这样的歌词令人销魂。而"不想她"呢，就像后来李谷一的《乡恋》一样，推动开始了一个新时代。

连斯基的歌，本应该由铜管与大提琴奏出序曲，我的这位小叔子逢春，以闭嘴的鼻音模拟序曲与过门的伴奏，他一个人变成了一个乐队，管、弦、弹拨吹奏打击乐器齐全，而主要是自己的男高音独唱；再有他说在苏联，他的俄语名字就是连斯基·谢尔盖，他在苏联姓谢尔盖，是因为谢尔盖的发音最接近薛，而俄语里难以拼出汉语中的 üe 这种复合元音。与此同时，他拿出来递给我看的，是一九四九年的日记，他写到了我与他哥哥回国，十七岁的逢春见到我后受到了什么样的震撼。他写到他一夜不眠，只想着我这位"天使"与"圣女姐姐"。

"我决定自杀，我已经见到了，听到了，想到了也融化了，我已经活到了这样一个熔断点。与蔡姐姐见了面，可以了，满足了，确实是生存过了也飞翔了失事了，我已经变为彩霞和礼花，变为奏鸣和独唱，变为跪在蔡霞姐姐面前的一块永远的石头。我还需要什么呢？"

……不用说别的了，我嫁给了建春的遗弟逢春，也可以说是另一个建春。原来，我与建春的婚恋是一个建构一个寻觅，后来与建春的胞弟，是一个巧遇一个偶然，是幸运之鸟大难以后立即栖落到我的霉运的额头，甚至于我从人生中坠落，撞上了逢春，撞成了我们俩的满怀爱恋。我嫁给了中国式加意大利兼俄罗斯式的歌声，嫁给了他的疯狂的对于嫂嫂姐的恋情，嫁给了永远的我与剑桥、苏黎世、布拉格、意大利与俄罗斯的缘分与灾难，嫁给了《太阳出来喜洋洋》《教我如何不想她》《啊，你冰凉的小手》和《今夜无人入睡》，嫁给了《青春，你在哪里？》《黑桃皇后》，嫁给了一个无论怎么说，有哥哥的脸型、有哥哥的嘴角、有哥哥的笑容更有哥哥的口音哥哥的眨眼的另一个男孩子。

11

　　蔡霞继续说：是的，出嫁在一九五九年，似乎也可以说，同时是一九五六年，还同时是一九四五与一九四九年的重版，是时间的多重叠加，是人与国与家，还有我正在逝去的青春的情与梦的热遇……当然，你算得出来，一九四五年，我十九岁，四九年，我二十三岁，五六年，三十岁了；而建春三十一岁之时，逢春二十五岁。五九年，三十三岁的我与二十八岁的逢春在北京结婚。各种机缘，我们举行了盛大的婚礼，在北京颐和园听鹂馆，五桌婚席。

　　结婚十三个月，一九六一，我们得到了一个儿子，起名叫早春。早春更是建春的几何相似形制图，是建春再世，是我的与建春、逢春、早春三春的生活，从儿子呱呱坠地重新从头开始。

　　奇特的是，早春在幼儿园就是拍皮球的冠军，小学三年级他长得个子很高，他喜欢球类运动。高小他已经开始打儿童篮球，初中一年级他就选入了中学的篮球校队。父与子两代打过的篮球，是我的命根子。

　　对不起，猖狂，与逢春结合，我又觉得我是世界上最幸运的一个人，大恸反得喜，深埋又还阳，得了儿子后，何事再牵肠？我，我正是陷入大悲哀大痛苦，哭泣成病的准寡妇当中，康复得最快乐最完美最称意的唯一一个特例。我被命运砍了一刀，养好伤，受用了命运带给我的新的可能，新的机会，新的补偿，是痊愈的快乐，是康复的成功，是另一回新生，是咸鱼翻身，是命运碾轧后直起腰，爬起来，起跳，一米八，超过了打破世界纪录的郑凤荣，她是一米七七。

我想的是什么呢？你必须活着，活好，活着就有爱，活着就有情，活着就有戏，活着就有天空和太阳，活着就是春天，花开，叶绿，水流稀里哗啦，鱼戏南北西东，鸟也滴滴沥沥地叫，虫也变蛾变蝶升空，虫儿们组成了绿色的夏天的夜夜室外乐队。

乐观是不是轻薄？佛家讲究大悲、慈悲、悲悯，应该怎么样去感应和体悟？

我的罪，我的罚，我的悲，远未做好准备。这是幼稚，更是浅薄。

12

蔡霞继续说：一九八一年，学校暑假期间，逢春出国演出。我们的儿子参加完高考，信心十足去上一本。快要满二十岁的早春，回到他爹他大爷老家，一个著名的旅游景区 N 市郊区农村。山川壮丽的农村在改革发展中开始兴旺，民居发展开放，接待八方来客，吹海风、洗海澡、吃海鲜、坐海船，躺在海滩上穿着泳衣晒太阳，外加登山爬山看日出采野菜、戏弄松鼠、偶尔看到五颜六色的山鸡。一九八一年的八月六日，是阴历七月初七，是鹊鸟搭桥，让牛郎与织女相会的七夕，是中国的情人节。在 N 市模仿国外新建成的一个游乐场，早春赶上去玩翻滚过山车，突然过山车的钢缆机件出了问题，几名游人坠落。幸亏那天游人不多，斯地斯时人们的购买力还相当有限，游乐场式的地方，只有部分人问津。就这样也遇难二人伤七人。我的早春离开了我们，提前会他的伯伯建春去了。

请问，你们谁能相信，这样的十年不遇、百年难遇的事儿，像一颗流星在太空坠落，两次坠落不偏不正，全都瞄准到我蔡霞灾星的脑门子上了。

我到现在也不能相信，不，这太夸张，这不真实，这不是真的，是编的，是胡思乱想的走失。如果是真的？这就是不可能的。如果说这也可能，那就只能是假的。是的，我在八一年八二年集中力量思考与研习的是概率论，我的遭遇出现的概率绝对近于零。这应该也是一个数学悖论，如果一切都是可能出现的，那么就是必然等于，一切的不可能也都是可能的；如果不可能也是可能的，那么不可能就和不可能相悖，如果可能中包含着不可能，可能就与一切不可能是相通与相等的。那么不可能究竟是可能还是不可能呢？可能 = 不可能？不可能 ≠ 不可能？不可能是可能的还是不可能的呢？

我的遭遇让我几乎得上了菲尔兹国际数学奖。"="这个等号本身就是剑桥大学十六世纪时候开始使用，然后普及到世界的！

那一年我五十五岁，逢春五十岁，早春是永远的十九岁。

你说什么？作家王蒙？他比我小八岁。他对长者院的生活很关心？好的，你可以把我的故事告诉他。

13

蔡霞说："是的，我是白虎星，我是扫帚星，我是《圣经》里传递天谴信息的约拿，我是'Estrella de desastre'（西班牙语：灾星），我是魔鬼撒旦，我怎么成了妖孽？底下的事更难于启齿……"

步小芹后来把蔡霞的奇异的经历背景继续讲给王蒙。

年已半百的歌唱家薛逢春的声乐事业正当日益兴旺，儿子的事让他突然衰老，儿子的死亡使他失声，他糗到了家里。

过了一年半，蔡教授由于她的外语专长，随着改革开放与对外关系的发展，仅仅顾问、评委之类的名衔就获得了十几个，应联合国秘书处的邀请她带着学生访问了纽约与日内瓦的联合国机构以后，又担任了中国的对应机构的顾问职务。五十二岁的逢春不但声带痊愈上台演唱了，而且被邻省的一所艺术院校聘请为声乐教授。

如此这般，薛逢春与她，原来就风风火火，人五人六，虽遇大难，兼职合法化以后他们的名声与添加的收入飞跃增加。他们常常体会与称道本土的敬老文化传统，时间使得有专长的长者价值不断升级，岂止小康，岂止中产，他们决然地进入了高收入阶层。一九八三年，他们买了三百多平方米的独套别墅商品房，从蔡霞家乡雇用了沾亲带故的家政服务员，称蔡霞为表姨的李小敏。

李小敏二十一岁，读过高中，上过两年烹调培训班，她已经参加过两个年度的高等学校入学考试，未能够得着分数线，为维持生计愿意做家政服务，并在下一年再试一次高考。

李小敏浓眉大眼，瓜子脸庞，上唇丰厚，下唇稍稍兜起，言语清晰，口齿伶俐，眼里有活计，手里有灵巧与气力，表现的是新农村的无限希望。从来了以后薛家清爽整齐，顺风顺水，深合蔡霞心意。得机会她就辅导小敏高考应试，特别是小敏的弱项外语，得到蔡师指点引领以后，突飞猛进，二人对她次年夏季的考试，信心大大提高。

一九八四，李小敏考取了一类大本，学外语。蔡霞挽留她周末或其他自由度大的时间依旧住在她与逢春定居的别墅房里，适当帮助家务。他们也在日常零花方面给小敏以慷慨的资助，又给了小敏大批她这里用场有限的各式服装鞋帽。她与逢春常常出差在外，而几年来超市的供应越来越方便，家务劳动大大减轻，有个小敏（干）闺女，生活走向圆满无忧。

蔡老师喜欢这个孩子，心想，有这样一位亲情打工妹、莘莘学子，有这样一位有志气的本乡本土本家的年轻人，使他们的家庭产生了新的活力新的感觉新的希望，她决心资助她学好功课，直至毕业就业。她决定等小敏毕业后把她正式认作己出，后继有人，也是缘分。

小敏进入大学三年多，一九八八年，蔡霞陪学校邀请接待的一位国外的教育专家到西部少数民族地区几所大学交流。恰好此时逢春感时令小恙，减少了出差，回家休息。等蔡霞回到家，发现诸多蹊跷。

真正的，挖心丢命吞噬蔡霞人生的大难横空出世！

14

　　王蒙想：没有比她这里发生的事更简单、更麻烦、更无耻、更自然、更无话可说、更丢人现眼的了……

　　伟大的恩格斯在《家庭、私有制和国家的起源》中讲过："如果说只有以爱情为基础的婚姻才是合乎道德的，那么也只有继续保持爱情的婚姻才会合乎道德。"这就是说，以不爱了为理由解除婚姻关系是天经地义的。还有说是："如果感情确实已经消失，或者已经被新的热烈的爱情所排挤，那就会使离婚无论对于对方或对于社会都成为幸事。"这话十分精彩，尤其对于长期的封建旧中国，曾经有那么悠久的岁月，人们常常被剥夺了自主求偶、享受生命所不可或缺的情爱的权利，得知了上面的两句话，振聋发聩，幡然新生，山呼万岁。

　　但王蒙还是想说一句，正像没有爱情的婚姻其实很不道德一样，没有道德的爱情，也绝对不会是有可靠的幸福和前景的，更不会是有保障、有责任，执子之手与子偕老的生命一个温暖的重大方面。人际关系，包括性爱关系、家庭关系、亲子关系、夫妻关系，岂能有太多太过分的失道德非道德反道德缺德缺阴德！没有道德的盲目爱情，可能表现的是人类性格与个性中原始、自私、乖戾、粗鄙、野蛮、丑恶、矫情、挑剔、嫉妒、诽谤、怨怼、仇恨，没有丝毫人文意识的这一面。从相爱得要死，到相互攻击伤害仇恨毁灭、不共戴天，使家庭成为绞肉机，使情侣成为仇敌，这中间只有一步之遥。不讲任何道德的爱情带来的多半不是幸福，而是烦恼灾祸，不是浪漫，而是自欺欺人，不是健康，而是变态、疯狂、折磨、毒辣，是从千言万语的美丽，到千头万绪的丑恶狰狞。

　　没有道德的婚姻，还可能是阴谋与骗局，是桎梏与牢笼，是虚与委蛇的伪爱情；爱起来千姿百媚，不爱起来千疮百孔；经营起来红利滚滚，表演起来曲极其妙；恶劣起来流氓无赖，冷热软硬暴力俱全。

有多少人享受着充满爱情、高尚情怀，受到社会肯定、法律保护、道德提升的婚姻！有多少人从来没有享受过、没有知道过、没有试验过人类的文明使男女能够如此和合相悦幸福！也有多少人受到了受够了如梦如痴、乌烟瘴气、要死要活的歇斯底里，还不断地出来什么家暴、冷暴、杀妻、杀夫、肢解、转移、隐匿尸体……的报道，使人想到恋爱结婚成家不寒而栗。

　　在电视节目里，从《社会与法》节目中频频看到的是情人夫妻间刑事犯罪案件，让爱情与婚姻彻底摆脱道德，让爱情绝对排他地诗化流行歌曲化，也许就难免同时进入了民事至刑事案件的法学范畴啦。

15

　　蔡霞说：我明白了人生的某些好与坏，生与死，成与败，在没有发生以前它们只是不可思议的偶然，是不一定有因果链、报应循环、预兆预警的。一旦发生，就是绝对，就是必然，就是宿命，就是无暇张嘴咀嚼更无暇思考拿主意，你已经，你必须，你只能生吞活剥、原原本本地咽下去！

　　那么，哼哼，稳稳地给我站好了，敲起小鼓，要的是你给阎王爷跳一场独舞！要的是你给命运一个回应，一个决心，你不用怕，从拔舌地狱始，剪刀、铁树、孽镜、蒸笼、冰山、油锅……各式地狱多灾海都不妨走一遭，然后你挺起身形，鼓起勇气，你不能垮，你要死马活医，置之死地而后生；你还要再学十种外国语言文字，再走百个千个美丽的风景，你还要欢欢势势地给我活、活、活！再做千种万种有益的好事，也许你还要遨游太空，登月球，移民另一个天体……

　　至少给人们留下你的灵魂的记录与痕迹。

　　荒唐的痛苦正像一种病毒，摧毁生命的纹理与系统，同时激活了生命的免疫力与修复功能。我明白了，我不可能更倒霉更悲剧了。已经到头，已经封顶。

我蔡霞反而坚定了一种信心。生活呀，你敢荒唐，我就敢坚决，你能狠毒，我就能消化排泄，也许是满不在乎，你下损招辣手我反而觉得小意思而已而已；老天爷完成了男男女女，相恋不已，相乐不已，礼义不已，也永远有厚颜失态不雅出轨不已，对此事的态度，可以做到愈益坚毅清明，云开日出，演到哪一出就算哪一出。人只能以善求礼义，不可能以暴行礼义。

蔡霞说，在她最痛苦的时候逢春安慰了她、爱抚了她、填补了她，她冷静全面地评价了逢春。她知道，逢春是个好男人，作为不拒绝不轻视通俗唱法，时而与通俗歌星有所合作的美声歌唱家，作为被许多女生评为有"女人缘"的男生，他多次被异性同行和粉丝青睐，被出自高官大款名门以及工农兵杰出人物的娇养女孩儿们招手入梦，他对蔡霞"嫂子"讲过十几个堪比柳下惠坐怀不乱的故事，逢春说，十九世纪以后，已经没有这样的人与事了。他自尊自爱自强，他爱妻敬妻护妻，对于"娱记"们来说，对于粉丝们来说，他已经是太严肃太正经，"正经"到影响票房的程度了。但是他也有把持不住的时候。他开始老了，他意识到他已经快用不到把持什么了。

何况这里还有一句话，没有人挑明过，但是蔡霞清清楚楚：薛家优秀的两兄弟，都以她为妻为指望，不孝有三，无后为大，中华文化注重传宗接代，香烟永续，这是血脉深处的基因，除不净的。

蔡霞是逢春的爱妻，但她也忘不掉，她是嫂子，长嫂如母，这又是一句传统老话，这样的嫂叔文化使她益发幸福温暖，陶醉疼爱，却又有所不安、含羞、不好意思，一直觉着未必撑得到永远。还有年龄，那时候有哪个国人知道其后十五年才有的法国总统马克龙与小丽的婚配年龄范式？这应该也算是法国对爱情文化的一个贡献。

早春的游乐场事故，甚至使她反思自身对于薛家的凶险，雪灭于菜，她在噩梦中看到了这么四个字，梦中大喊大叫，把走南闯北的歌唱家吓得也变了声儿。虽然饱受西洋文化的浸淫，也仍然具有洗不清的古老中华的集体无意识根脉。

16

小敏悔恨至极。逢春与小敏，在蔡霞面前，争着骂自己，逢春说："我没出息，我下作，我糟蹋了外甥女，我可以去自首，我犯了罪……"

小敏说："我贱，我没见过这么好的男人，我该死，我当时想的真是就这么一回，死了也不冤枉了。我把薛先生拉下了水……"

蔡霞敏感地注意到，一直称薛逢春为姨父、叔叔的李小敏，已经坚定地称比她大三十二岁的薛逢春为先生了。已经先生了，还说什么？在我们的传统里，未婚女生上了床，这是比天大的事儿啊。人生路途上，女生比男生更勇敢、更决绝、更以命相搏，女生可以比男生更清醒地走上不归，女生比男生更经得住事儿。

何况，他们生活在爱情婚配也处于前所未有的变局的时代。

某种意义上，蔡霞告诉步小芹说，痛苦在于发生了这样的丑闻，然后一切由她做主，她必须，她成了决定三个人，不，加上后来得知的小敏腹内胎儿，共四个人的命运的主宰。逢春与李小敏是两个罪人，胎儿等待出世，无辜无恙，无声无息无能。生活与命运的主动权，集中落入蔡霞手心。

她可以选择驱逐李小敏。李小敏表示接受，不找"先生"任何麻烦，同时拿出了医院的尿液与血 HCG 检查证明，她已经怀上了薛逢春的孩子。

蔡霞还提出可以认李小敏为干妹妹，孩子她俩同抚养，承认李小敏是孩子的生母。他们可以给小敏付高额损失赔偿金。李小敏可以另寻配偶，他们支持她的正当婚姻，光明前途。

听到这话，逢春几乎想给嫂妻下跪，蔡霞手一挥，眼圆睁，阻止了他。

小敏断然拒绝。她决定立刻告辞，回大学住，不对任何人透露胎儿的父亲是谁，她独自一人承担未婚先孕的历史责任。她要求的只是为她的人工流产手术提供医护帮助。

逢春歌唱家痴呆呆地注视着小敏，泪流如注。

就在此时，蔡霞嘴角一撇，略略一笑，这是这个大节点上她唯一闪过的一次冷笑。她用了不到两秒钟，她大声用俄语喝道："разводиться！（离婚）好的，我决定了，我说的算。我以建春原配、早春儿子加我的名义说话。连斯基·谢尔盖，咱们俩准备好身份证、结婚证，明天就去民政局婚姻登记处办理离婚手续！"

然后她用中文又说了一次。

她感觉连斯基·谢尔盖这个俄语名字，现在用着比较容易接受得多。她在剑桥学过俄语，逢春在苏联留过学，除了汉语外，俄语是他们两人的通用语言。从逢春的俄语名字讲起，像是讲一个俄国留学生的远东西伯利亚故事——история。对于她本来没有任何意义的、有点可笑的名称，存在的就是合理的，这个名字就这样活起来了，派上用场了。先用俄语沟通一下，非常必要，这是离婚的决定，也是两人共同度过了共和国初期中苏友好时代的一个纪念，有始才有终，有终并不忘始。

蔡霞遇大难而更清楚明白决断，临大事有静气，她一丝一毫的犹豫与为难也没有，立即作出决定。正是由于冥冥中蔡霞自觉灾星的铁帽子向她死死地扣下来了，她必须以身阻击，必须发力千钧，决不哭天抹泪，那样只会是携手崩溃灭亡。她这样的噩运万里挑一，百千年一个，那么概率论告诉她，她必须迎上。她与薛建春、薛逢春、薛早春世俗缘分已尽，她爱他们，她感恩他们，她仍然想着他们，她留下了当年建春、后来早春玩过的篮球，作为她的圣物和出嫁薛门的永远纪念，陪伴她一生不会孤独，不可寂寞，不会怨天尤人。她要栽种别处的生活奇葩。生活在别处，因为生活无穷，你的 N 经历对于生活的 ∞ 来说，近于零。你永远有需要追求与摸索的崭新的生活领域。你必须忘记逢春与小敏的尴尬低俗，你可以换位思维，理解与原谅一切。清醒的原谅比清醒的复仇有意思。她感谢自己最痛苦的时候得到了逢春小叔子、后来是正正经经丈夫的保护。她此时，愿意全力保护逢春与小敏的名声和未来。

她毅然决然，她脑洞大开，突然感觉这不一定就是坏事。她创造了家庭变故中以最小的伤害与痛苦、最大的和平与好意、克己复礼地免灾除咎的稀有样板范例。

不幸唤醒了她的高雅、宏毅、豁达，不幸使她更加慈悲、宽恕、担当。人生几十年，得失俱有限，善恶一念间，但愿心如莲。她认定，逢春可以在二十七岁时如痴如梦地相思尚无人知道即将大难临头的嫂子，那么他也有可能，出现某种冲动，感应一个崇拜他、迷恋他的事业与英俊的，这样一个鲜花怒放的女子，她蓦然以蛾扑火、以身饲虎。正是迟迟未谢春，骊歌一曲感郎君，荒唐本是寻常事，迷惑一双孽障人。毕竟本无猜，事情做出来，查无大恶意，或显凡俗胎，事本无可恕，情或有侧歪，吉凶凭卿意，罪赦任卿裁。且在不测中，找出欢喜来！

各有各的遗憾与安置。人生谁无憾？生活谁无灾？咬住牙关后，导出金玉来！可称妥善，难以无缺，求仁得仁，差强人意。

关键在我。

亲爱的建春、逢春，薛家兄弟，我爱你们。

亲爱的早春儿子，当亲朋好友强烈反对我与你爹分手的时候，我回答他们：“早春给我托梦了，儿子他说：‘妈妈，你做对了，好妈妈。’”

儿子的话一言九鼎。儿子仍然与我在一起。没有人敢于再说什么庸俗低级的话了。

果然早春那时节频频入梦，鼓励了我，安慰了我。梦中见到早春的时候，我听到了建春的声音，只有音频了。啊，坠落于苏黎世—布拉格的航线上。再没有梦到过建春，因为建春不想打扰她与逢春的生活。在梦里听到建春的话语声音的同时，响起了斯美塔那的交响诗《伏尔塔瓦河》。布拉格的河流，流逝于迷人的交响，四溅的水花，还有捷克斯洛伐克的一去不复返的记忆。

那也是一种国家记忆，已瓦解了的国家的记忆。

后来，离异了，捷克与斯洛伐克。

人间有离异，正如有集聚，捷克斯洛伐克，蔡霞逢春亦。

亲爱的小敏，祝你幸福。

蔡霞说：一对新人结婚的时候，我们祝福他们爱爱一生，白头到老。那么假若祝词没有完全兑现，不是爱爱一生，而是半生多半生少半生若干年月，如果头发没有全白，如果是半白、灰白、略白，然后，你们拜拜，你失去了他，他失去了你，这是可能的，这是人们尤其是女生应该有所准备的。

罗曼·罗兰的话是："凡是不能兼爱欢乐与痛苦的人，便是既不爱欢乐，也不爱痛苦。"何况是为了逢春弟弟。也可以为小敏小丫头。这丫头不是那鸭头，头上哪有桂花油？曹雪芹就能原谅与包容她们，包括袭人、小红、彩霞、彩云……

陀思妥耶夫斯基说过，他害怕的是辜负了自己承受的痛苦。天！陀是当真写出了沉甸甸的痛苦，没有烧包，没有矫情，没有小题大做，更没有一点点个人鼠目寸光的怨毒。你可以摇头叹气，你可以抹一抹眼角的咸泪，你可以苦笑嘲笑耍笑怜悯悲悯大赦天下，两人的事归两人，自己的良心只有自己知道怎么安置。

什么？嗯，不是灾星，这不是我的选择，而是我的巧遇。要与我的巧遇拼到底，拼到骨灰罐，拼到成为一张遗像挂墙。已经连连承受了灾祸，但并非注定了要承受灾祸，更要使劲减少灾祸。有灾难可以，认灾星不必。死者长已矣，生者犹於戏，命运孰得悉，大数据哪里？家破人犹存，情了心未寂，以善良待人，以善良惠己，修福福得矣，秀善善永志，为人须得体，好好活下去！

蔡霞心平气和地解决了她面对的尴尬与难题。号啕大哭的是逢春，捂着脸涕泣、叩头如捣蒜的是李小敏。

最后，蔡霞与逢春双双自愿离婚。

离婚以后第一件事，她到了布拉格然后维也纳。她乘坐了伏尔塔瓦游艇，听着乐曲美美地大哭一场，这才到了她要哭的时间与地点。如果在家里包括老家的建春与早春墓地哭，只能刺激逢春与小敏。在布拉格当晚，她梦到了长着马克思式大胡子的捷克古典音乐奠基人贝德里赫·斯美塔那来见她。甚至到了维也纳听上《蓝色的多瑙河》了，她还挂牵着水声叮当如铜铃的《伏尔塔瓦河》。

蔡霞哭建春、哭早春、哭自己的泪水，从北京流到了布拉格，从黄河长江，流到伏尔塔瓦河，然后流进易北河，向着德国的文化古城德累斯顿，然后是德国第二大城市、海港汉堡，最后与泰晤士河一起流到北海去了。

17

小步说老人院里的奇葩太多了，九十岁以上寿者，都是奇葩。不寿而能奇乎？不奇而能寿乎？不寿不奇能算好好地活了一世一遭一回乎？

奇葩逢奇葩，奇葩创奇闻。悲哀即功课，快乐绽缤纷。生老与病死，苦乐与悲欣。何物愁与恼，何得乐与欣？何事罚与罪？何为丑与损？反身求诸己，光明日日新。

一九九一年秋天，小敏生下了逢春的又一个儿子。逢春给小儿子起名"又春"。逢春毫无斟酌地几乎给蔡霞留下了他们所有的房产与积蓄。李小敏千恩万谢蔡霞的宽宏，膦眉奄眼地接受了逢春的求婚，断然否定了自家父母关于彩礼的要求，并声明推迟二十年再正式举行婚礼，以表达对表姨的尊重，随时等蔡姐回来她就滚蛋。她与逢春领了结婚证，目的是为了孩子。但对于家乡人，不举行婚礼，等于结婚仍待完成。

直至二〇〇八年九月二十日，斯年的中秋节后第六天，得知蔡姐去了不可思议的远方，七十七岁的逢春与四十五岁的李小敏，带着十七岁的儿子，回老家聚集李家村亲友吃了一顿自称地方全席的流水席，算是新婚喜筵。

那么，请猜猜，薛逢春与李小敏婚宴的时候，蔡霞在哪里呢？

什么？猜不着？我告诉你，二〇〇八年整个九月下旬至十月份，八十二岁整的蔡霞，人在南极。

逢春与小敏离开蔡霞以后，蔡霞也趁退休机会辞去了部分社会兼职。第一步，她添置了乒乓球案子网子球拍黄球白球，她与一批同事同学在她那里赛起了乒乓球，而且，与众不同的是她喜欢打削球，她心仪的是五六十年代的球星林慧卿，她的削球下旋动作舞蹈感非常强烈优美。她认为她的打球，美比胜不胜利更重要。第二，她以七折至三折的廉价购置了哑铃、拉力器、动感单车等健身器材，坚持锻炼身体，并以这些健身器材招待欢迎来客。

第三，更加牛气冲天的是她报名参加了民间办的话剧表演培训，并且自行与本校学法语的研究生，排练了法国文学作品改编的舞台剧《八美图》，前后演过五场，全部用法语，至少是高调震撼了外国语大学、法语留学生与在京讲法语的各类人士。她说，她可以好好做一些自己想了多年没有做的事情了。

她说，与《八美图》中八个女人一个大男人的丑恶毒辣故事相比较，她只能说自己的生活幸福。

一九九二年秋天一过，"十一"国庆，她自驾出游新疆天山南北，去的时候走北路，张家口、大同、呼和浩特、包头、银川、兰州，整个河西走廊，哈密、吐鲁番、乌鲁木齐。在新疆她又走了伊宁、新源、库尔勒、喀什、和田，她前后走了两个月，尽看了雪峰、云杉、胡杨与白桦林、高山湖泊、戈壁长河、草原、马场、牧民毡房、高昌遗址、交河古城、喀什噶尔清真大寺、十二木卡姆、沿叶尔羌河两岸的刀郎木卡姆，还有维吾尔族加蒙古族风味的哈密木卡姆。

尤其难忘的是天山北麓中果子沟的哈熊。从乌伊公路上走，在兵团经营的五台公路服务区住一夜，第二天她经过了可克达拉——绿色的原野，走到隶属博尔塔拉蒙古族自治州的沙地中的绿洲精河县午餐，还享受了"抱着火炉吃西瓜"的奇妙经验。饭后到达了高山湖泊——当地人称作三台海子的巨大的高山咸水赛里木湖，走过狭窄的峡谷果子沟。那里长满了野生小苹果，进入秋冬，苹果落地，发酵变化，获得了芳香酒精成分。由于当地长住的多是哈萨克牧民，那里的大个子熊只，也被称为哈熊。可喜的是蔡老师亲眼看到了吃了太多的酒香野果的哈熊摇摇晃晃的酒仙步态。

凭借果香化酒仙，哈熊醉舞亦奇观，微醺更觉身轻雁，飞越天山一顾间。

屡遭磨难女儿身，教授多灾祸患临，自从峰下观熊舞，能不怡然笑煞人？

亲亲别后是新疆，游罢天山岂断肠？驿路遥遥情最切，匆匆歌舞是家乡。

回京时候，南路，经过细长的甘肃，她走陕西西安、河南洛阳三门峡郑州，河北邯郸石家庄。回来以后，她整理新疆记事，改来改去，念念不已。

天山南北自驾游以后，蔡霞对自己的旅途留影颇觉遗憾，北疆草原，那拉提山谷，喀纳斯天堂，尼勒克长廊，库车杏花村，阿城镇苏河口，喀什大寺，她硬是没有留下配得上轰轰烈烈的此行的照片。于是她购买了摄影用直升机，学会了全套操作本领，回到了航模比赛的学生时代，她从天地，从山河，从城乡，从东西南北，寻求与开拓着恋恋难舍的美丽。她留下了人见人爱，人人赞美艳羡的摄影图片。

次年，她又自驾车去云南，滇池、洱海、玉龙雪山、丽江古城、崇圣寺三塔、石林，到处是花朵，到处是树木，到处是奇瑞山水路程。回程外加偌大四川与重庆市。

18

又过了一年，她五月份自驾再游西藏，甘肃的敦煌令她神往赞美，青海西海（青海湖）令她沉醉流连，进入西藏，零下一度，然后二三四五六摄氏度，渐生暖意，蓝天白云雪峰伸手可触，藏羚羊、牦牛、经幡，新奇开眼，令自诩"光杆司令"的蔡霞教授平添牛机。从海拔不到一百米到五千米；越过十几座山岭关隘；穿过金沙江、澜沧江、怒江三江并流的壮丽景色；经过泥石流群，经过了不知多少次寒温易貌，也是日日经四季，天天历人生，终于到了西藏拉萨，布达拉宫、大昭小昭寺、八角街，住进最初是与外资合作的拉萨拉威国际酒店。

干脆说，蔡霞虔诚而又嘚瑟，她拜了布达拉宫的观音菩萨化身白度母——卓玛嘎尔姆或妙音天女。她学会了梵语六字真言"唵、嘛、呢、叭、咪、吽"。她喝了青稞酒，她请了唐卡药王法相，这里不可叫购买。关键是，拉萨五昼夜，她东跑西颠，没有吸过一次氧，海拔再高，没有她的心气高，心脏再吃力，没有她的精力健，倒霉倒霉，疾风知劲草，事故事故，事乱见忠良，祸大激神力，灾多好转身！苦难到了极点，她只有快乐，只有起兴加油，只有抵抗到底，只有祝福惜福信福求福……再无其他选择。

心知肚明，不选择快乐与爱恋，难道能选择哭啼啼、怨狠狠，家乡的话叫"一头撞煞"吗？不，不，不，不！

她不想那样。永远不会，绝对不会。

一九九六年，她进入古稀，后来她觉得不如叫作"鼓戏"之年。她觉得进入新生活新年代以后，不妨用革命样板戏《沙家浜》中胡司令的名言"（这茶）喝出点味儿来了"来形容自己的心态。

理应是京剧里正经高贵的韵白，锣鼓点节奏，花旦问："茶饮可还中意？"净行（花脸）答："喝出一些滋味来了！"其中"滋味"二字，声调突然提高八度，音量也大大增加了分贝。而"了"读"燎"，大声，起伏曲折，行板如歌。

她还去了俄罗斯伊尔库茨克、贝加尔湖，北中南欧洲名城。去了突尼斯、尼日利亚、南非的好望角、伊朗的四十柱宫、埃及的卡纳克神殿。

她乘坐了各线游轮，旅行社则写邮轮，大概是为了避讳落水而游的"游"字吧。蔡霞连死都不怕，还避讳游游水吗？

19

二〇二一年，在"霞满天"院里，王蒙终于见到了九十五岁庆生的蔡霞

"院士"。

步小芹的"霞满天"长者院事业有成，她已经在全国建立了三座分院。她说蔡教授自从二〇〇五年春节联欢会上做了多种语言的朗诵以后，立刻被全院称为院士，其实她是教授，并不是科学院院士。还有人说是香港浸会大学与北京师范大学在珠海合办了博雅学院，他们聘请了一批海内外知名的学者做该学院的院士。也行。

步小芹干脆说：蔡霞教授，现任"霞满天"长者院院士，院之名士学士，名正言顺，岂有疑义？

九十多岁了，蔡"院士"仍然挺直着腰身，脸上嘴角上呈现着幸福的笑容。

这样的气质与腰板，能不院士吗？

蔡"院士"的身世故事以多种多样的版本在本院包括各地分院传播，包括了各式添油加醋。事迹经过了民众的涂染便变成了动人的传奇。最富想象力的说法是说她在伦敦留学时与一位名叫张伯伦，要不就叫丘吉尔的本岛贵族男友生过一个儿子，名叫约瑟。四九年蔡薛情侣回北京参加中华人民共和国开国大典，张伯伦或丘吉尔不让约瑟回"共产党中国"，她"忠、慈"难以两全，把孩子丢在了大不列颠英吉利。后来，儿子约瑟定居北欧。住在马尔默、卑尔根，或者安徒生的故乡欧登塞，或者惊世骇俗的挪威剧作家易卜生的故乡希恩，或者此前或此后他曾经待过的北极圈内的格陵兰岛。说法越多越离奇，生活的魅力就会越强有力，也就越来越现代和后现代。然后院士就更加院士化了。

院士本人主攻语言学，后来又都知道了她在剑桥选修过生物化学第二专业。在这个"霞满天"院里，没有谁说得清什么是生物化学，而她本人，回答旁人提问时：生物是有生命活力的物质，有营养摄取，有呼吸，有排泄，还有细胞的生长与死灭。生物化学研究生物体的化学进程。还要用化学合成的方法，科学技术的手段来解决生物体的某些产生、抑制、调整与改变的进程。最简单地说，李锦记老抽与二锅头的生产就是生物化学。尖端一点来说，一八九七年毕希纳兄弟发现没有活细胞的酵母抽提液也可以进行复杂的发酵生命活动，从而颠覆了生机论。把无生命的物质与有机物质、离不开一定的物质的生命联结起来了。

解答之后，人们就更加糊涂敬畏了。人们理解，这样，女娲用泥土捏出人来，十分合理。蔡霞是"霞满天"的顶尖宝塔。但她之被人熟知，更多的原因是她朗诵的诗词与她的超高龄美貌。人们还说她一生学问深、经历惨、出身高、命运糟，才在十来年前在本院犯了精神病，破天荒的是，病着病着就好了，她有不一样的经历，不一样的学养，不一样的活力。

她大大方方，老而不衰，她的全身，她的颜面，每次让你看着都那么舒服顺当自在适意。不知道为什么，她的面颜上根本没有过多的纹路与干枯的皮肤，也没有任何赘肉，只有从容润泽和优美笑靥。所以她不显老，无须表现自己尚没有老。文化驻颜信可称，微微笑过醉芙蓉，哈啰你好皆如意，甘甜酸涩乐人生。她不显弱，更不会逞强。她的永远的含笑的表情透露着幸福与自足，文雅与高贵，她的声音平和淡定，她出现在任何一个场合都带来一股清风，使在座的其他人互视而笑。她的出现又永远像没有出现，像飞过了一只燕子或者飘过一朵薄云，除了愉悦，对一切都只有浮光掠影，高雅文明，没有瓜葛与掺杂。不黏糊。

曾经有过杂音，曾经有过尘埃，曾经有过病症，曾经有过过程，曾经有过对于陌生的比自己优胜的人的敌视；现在，终于功德圆满，院士修炼，与天为徒，天人合一，莫得其偶，是为道枢。

还有她的多礼，一个陌生人走过她身边，她会报之以和善的目光，一个人向她微笑，她立刻回报以春光明媚的感激，她似乎马上轻轻点头与收颔。而当有人叫着"大姐"或者"院士"向她致意的时候，她会缓缓地站立起来。你不禁惊叹，她站立得那样从容而且完美。不像有的老人，七十一过就不敢再坐沙发了，从软软的沙发上他会根本无法及时站立。医生说是老男人坐太柔软的沙发会有伤睾丸。长者院这里还有一位老画家，由于见到大人物急于起立，扭伤了腰。现在还每天用红外线理疗仪治疗。

20

在庆贺她的九五之尊生日，二○二一年，院里举行了蔡霞摄影展，引起轰动。一些外来的摄影家赞不绝口，少数人则是称赞她的摄影用无人机。之后，自助餐聚会上，蔡霞应请求讲了她的南北极旅行故事。她说：

二○○八年，咱们国家的北极旅游开始起动后，我在中秋的第二天开始了南极之旅。只说到"旅"，且不说"游"，我不是仅仅旅游，我只是追求精神的救赎和世界的我尚不知的那一面。我的旅游是朝圣，是深省，是学习，是寻找归属。当然也是探险。我想更多地知道一点，我们活一辈子，离不开一辈子，却仍然说不清道不明的我们的世界。

……我们先到达了阿根廷的布宜诺斯艾利斯，然后从北到南坐了三个小时的飞机，到乌斯怀亚市海港，登上了豪华的游轮。我们经过了被称为魔鬼海峡的德雷克海峡，飓风每天二十四小时，吹倒了大冰山，激起摩天大楼一样高的海浪与雷鸣一样的轰响，吹得游轮颤抖摇摆吓人。而那里一座座的蓝冰山冰丘，是十万年才能形成的。还有一座座黑色冰山冰丘，五十万年才能形成。姜是老的辣，冰是老的黑，深奥严实啊，我们的世界的"极"点。

我们需要勇敢，也需要恐惧，经历了战胜了恐惧才有勇敢，才好吹牛。

极，就是终极，就是绝对，就是无穷。说法是，到了南极，四面八方十六路只剩下了北方。离开南极点，往哪儿走都是北，以北半球的人来说，南极就是地球上的最远。当然，这是从地理学从方向与道路角度作出的判断，如果从数学从立体几何上画图论证，另当别论。

还看到了成千上万的企鹅，说是南极有六百万只左右的企鹅在那里生活，密密麻麻，白的白，黑的黑，黑背白肚的黑背白肚，有没有白背黑肚的我闹不清了。还有一种白脖子上系黑带，很绅士味道，俄罗斯人称它们是警官企鹅。

我亲眼看到了一只鹰隼拿一只小企鹅当猎物，向小企鹅决杀俯冲，四只大企鹅迎战以身护崽，这里边肯定有小企鹅的父母，另两位大企鹅呢？它们有亲友，物种认同，和斗争底线哲学。

有大鲸鱼，鲸鱼能将海水喷到旅客的游艇上，也许是欢迎？人类后来认识到，人之屠鲸，太残酷，太过分了。我们看到了废弃的捕鲸船，我们对鲸鱼难免歉疚。南极也有大海豹，有一说是海豹的智力比猩猩更发达。

南极还有探险队员的坟墓，人是先锋，也有时是恶徒，是牺牲者，也是享受者。南极有我们中国的科学考察站，最早的站位于乔治岛。那里有一个小伙子是我的一个同学的孙子。我给他带去了国内刚刚度过的中秋节的一块广式月饼，我大叫着呼喊他的名字找到了他。我们游客的全部行李在阿根廷国内航班上不能超过三十市斤。一块从伟大祖国带去的蛋黄莲蓉月饼，引起轰动，在场的科考人员分而食之，有的感动得流了眼泪。

……后来去了北极，北极最多的动物是白熊。北极最吸引人的是极光，极光闪耀，我伏地痛哭，我在极光里看到了"坚强"两个大字，既然不怕活一辈子，就只有坚强二字。我留了影。去过极地的人都说，他们的心永远留在了极地与极光里。

21

世界怎么这么大，这么新奇，这么令人震惊？人生人生，你走不完你的人生，世界世界，你看不完你的世界。直至最后一分钟，你仍然觉得生未了，情未了，思未了，做未了，你仍然感觉到人生苦短，也就是人生甘甜，无论如何，请不要怀着对人间的冤屈与憎恨离世。蔡霞相信，南极本来是企鹅、鲸鱼与海豹的世界，鲸鱼已经生活了五千万年，企鹅是三千六百万年，地球本身是四十六亿年，而人类的存在只有三百万年。

人被天地被世界被大块创造出来，唯独我们有感知有思维有欢乐有痛苦有造孽也有反省，有夸大也有侵略，有反思也有坚忍。我们知道了学习。我们应该做怎样的人？做怎样的事？说怎样的话？痛苦怎样的痛苦？开心怎样的开心？我们这些远没有企鹅资深的新新一族群，我们足足地折腾了世界，一直到南北极，一直到太空，我们从灾难与成就两方面，应该得到启示与淡定。

国外有这样的惊天之论：人类应该要求自己，人类应该有所不为，不要使人类变成地球的恶性癌细胞。

你与幸福同行，与灾祸角力，被小人诬告，因不解而对一切津津有味，因大限而庄严，因辽阔而小心翼翼，因新知而热烈，因无端而难舍。

九十五岁的蔡霞与八十七岁的王蒙见面，她笑着说："我读过你的《夜的眼》和《初春回旋曲》。"

"什么？回旋曲？"我一怔，一惊。

《初春回旋曲》一直在我心里，发表以后没有一个人说起过它，以至于听到蔡霞的话我想的是，好像有这么一篇东西，可是我好像还没有写过啊。

似有，似无，似真，似幻，似已经写了发表了，似仍然只是个只有我知道的愿望。

她说："欧洲民间的轮舞曲，两个不同主题的对比。读着它，就像当真跳了舞。"

她笑得甜蜜。

"谢谢你。"

我问道："我不懂的是，您为什么二〇一二年，在您八十六岁的时候停止了全球化旅行，变成'霞满天'的'院士'了呢？按我的想法，您应该下一步是旅游到太空啊，可以上月亮或者火星的啦！"

她微微一笑，闭上了嘴，含笑莫测高深。

她说，太空旅行训练有点来不及了，她遗憾的是没有养一只小豹子当宠物，当儿孙，她希望在野生动物的观感中改善人类的形象。

步小芹小声告诉王蒙："二○一二年初，中日友好医院查体时候发现她的淋巴结有变化……"

我怔了一下，觉得自己越来越聋，戴上一副五万多元的丹麦出品助听器也还是完全听不清楚。同时非常后悔胡乱提问，转而用目光向小步挤挤眨眨说话："怎么你没有告诉过我？"

小步歪了一下下唇，轻轻挤了一下眼睛，她是想说"不要提这个事儿"，我以为。

蔡霞嫣然、淡然，而后我要说的是，蔡霞向我飘飘然地说："我，早就，忘记了。"

精彩，豪杰，什么样的风范、人物、面貌一新啊！！！

我心里还说："然而，你没有忘记连斯基·谢尔盖这个俄国名字。"谢尔盖——Сергей，出自拉丁文，本来就是高大上的意思。许多俄罗斯男人起这个名字。亲爱的高大上啊，你当然也可能通俗与一般化了一回。谁让你也是同样的部件、零件、螺丝与电流组装的呢？

王蒙心里还想，也许真的可以请求河北与山西动物园专家与驯兽师帮助，进太行山找上一个刚刚出世的华北豹小崽，请蔡老师养好一只豹子，丰富她的通向期颐的人瑞生活吧。

五湖四海

王安忆 *

1

她不知道日子怎么会过成这样!

他们原本水上人家,当地人叫作"猫子"。这个"猫"可能从"㹁"的字音来,溯源看,是个古雅的字,但乡俗中,却带有贬义。安居乐业的农耕族眼里,漂泊无定所的生活,无疑是凄楚的。"猫子"自己,并不一味地觉得苦,因为有另一番乐趣,稍纵即逝的风景,变幻的事物,停泊点的邂逅——经过白昼静谧的行旅,向晚时分驶进大码头,市灯绽开,从四面八方围拢,仿佛大光明。船帮碰撞,激荡起水花,先来的让后到的,错开与并行,"猫子"们都是有缘人,相逢何必曾相识。夜幕降临,水面黑下来,渔火却亮起了。

修国妹出生于上世纪五十年代末,他们这些船户已就地编入生产社队,虽然还是水上生计,但统筹为渔业和运输。活动范围收缩了,不如先前的自由,好处是稳定。小孩子就在岸上的农村小学读书,大人走船的时候,歇在学校。就这样,修国妹读完高小,又在公社的完中读到初三毕业。这个年纪,又是女

---

* 王安忆,女,1954 年生于江苏南京,原籍福建省同安县。现为中国作家协会副主席、上海市作家协会主席,复旦大学教授。1976 年发表散文处女作《向前进》。1987 年调上海作家协会从事专业创作。1996 年发表个人代表作《长恨歌》,获得第五届茅盾文学奖。2004 年《发廊情话》获第三届鲁迅文学奖全国优秀短篇小说奖。2013 年获法兰西文学艺术骑士勋章。

孩子，算得上高学历，父母也对得起她了，于是回船上劳动。这年她十五岁，读过书，出得力气，相当于一个整劳力——其时，船务按田间作业计工计酬，人依然住船上，背底下还叫作"猫子"。没两三年，分产承包制落地实施，他们分得船和船具，原来就是他们的，归了公再还回来。东西的价值算不上什么，重要的是政策。他家从事运输，集体制的运营，在计划经济内进行，接货送货固定的几个点。但是沿途几十里，水道分合，河汉连接，无数村庄人户，哪条船没有点私底下的捎带。鸡雏鸭雏，麦种稻种，自酿的米酒，看亲做亲的婆姨。三角五角的脚费，总归是个活钱。所以，"猫子"的家庭其实是藏富的。要是下到舱里，就能看见躺柜上一叠叠绸被褥，雪白的帐子挽在黄铜帐钩上，城市人的花窗帘、铁皮热水瓶、座钟，地板墙壁舱顶全漆成油红，回纱擦得铮亮，好比新人的洞房。倘若遇上饭点，生火起炊，摆上来的桌面够你看花眼：腊肉炒蒿子菜、咸鱼蒸老豆腐、韭菜黄煎鸡蛋、炸虾皮卷烙馍，堆尖的一盆盆，绿豆汤盛在木桶里，配的是臭豆子、腌蒜薹、酱干、咸瓜……这是看得见的，还有看不见底的，就是银行折子。数字有大有小，但体现了"猫子"的眼界，在人民币差不多只是簿记性质的日子里，他们已经涉入金融，似乎为改革开放自由经济来临，提前做好了准备。

张建设遇到修国妹的时候，她虚龄二十，在乡里就是大龄女了。"猫子"的身份不能说有，也不能说完全没有，影响恰当恰时的说亲。中学里，有男同学喜欢她，约她到县城看电影。并不是一对一，而是齐打伙，几个男生几个女生，心里知道只是他和她。回学校的路上，天已经黑了，意兴不像去时的振作，便散漫开来，变成络绎的一条线。他俩落在最后，不说话，只是有节奏地迈步，身体轻盈，飞起来的感觉。事情却没有后续。少年人的感情本来就是朦胧的，同时呢，乡镇上人又早熟，一旦涉入恋爱便与婚姻有关，所以就不排除现实的原因，大概还是"猫子"的偏见作祟。

有一次，行船到洪泽湖一个小河湾。这时候，乡镇企业遍地开花，四处都是小工厂的大烟囱。运输业随之兴隆，建材、原料、产品、半成品，货装到不能再装，吃水深到不能再深，远远望去，走的不是船，而是小山样的载重。这是白天。晚上呢，河道上满是夜航船，呜呜的汽笛通宵达旦。那是去湖南岸糟鱼罐头厂送酒糟，当地特产大曲，据学校的老师说，《清史稿》就有记载。托水的福利，多条河流交集本县境内，有名目的淮、浍、沱、涡、滩，无籍录的溪涧沟渠就数不清了。家家有酿酒的私方，计划经济时代，兼并合营成全民所有，到市场化的年月，一夜之间，大小糟坊无数。宅院、巷道、街路、河滩，铺的都是酒糟，县城上空，云集着酵醋的气味。修国妹家的船到了南岸，卸货掉头，回程途中，经过叫管镇的地方，从乡办棉纺厂接单。精梳下来的落棉打成帆布包，装够一船，已是下午二三点。沿岸找僻静处停靠做饭，岸上几行旱柳，棵棵都是合抱，出枝很旺，连成厚密的屏障，却传来鸡鸣狗吠，就晓得有村庄。叫爹妈在舱里午眠，修国妹独自在甲板点炉子坐水。这边淘米切菜，那边锅就开了，下进米去，不一时，饭香就起来。仰脸望天，日光金针雨似的洒落，沙啦啦响，其实是风吹树叶。忽看见树底站一条细细的身影，像她在芜湖读师范的弟弟，不禁笑了笑。铁钩划拉出炉渣子，掺着未烧尽的煤核，铲到瓦盆里，将沸滚的饭镬移过去焐着，换了炒勺，倾了油瓶，一条细线下去，滋啦啦响起来。煎三五条小鱼，炒大碗青菜，臭豆腐早焖在饭里，然后叫，吃饭了！扭头看，那孩子还不走，觉得好玩，玩笑道，吃不吃？他真就来了。一溜碎步跑过斜坡，跳上船。一张案板，正好一边坐一个，不知道的以为一家人。大约有半年光景，接连到管镇接货送货，就也经过这里，那孩子掐算准日子似的，准在柳树林里，船靠岸，就钻了出来。有时带几棵菜，半碗酱，有一回，他娘也跟来了。晓得是来看人的，也晓得很称心。下一次来，带的不是菜和酱，而是两磅毛线，一块灯芯绒料，几近下聘的意思。修国妹的妈私下里还请先生对了俩孩子的八字，水上人都有点信命。是她不答应，第一眼看他像她弟弟，一直当他弟弟了。虽然他比她早生半年，可"弟弟"不是以年月断的，她那亲弟弟也就小一年多点，因隔年又有了妹妹，于是，妈背上一个，她背上一个，好比是他妈，缘分就不一样了。

第三次，用另一种算法，也是第一次。她还在妈肚子里，停泊沫河口，老大们聚了喝酒，也有女人怀胎的，众人起哄指腹为婚。那条船是什么地方的不知道，老大姓甚名谁也不知道，就当一句戏言过去了。山不转水转，十八年后，同一个停泊地再遇见，老大还是老大，女人还是女人，当年的人种却开花结果，正巧一个男一个女，也都读了书，在船上帮衬，那个约定霎时间就回来了。年轻人都是浪漫的，这戏文般的由起，彼此生出好奇。但走船的生涯踪迹无定，恋爱中人最怕离别，一年时间过去，竟没有再见面，却出来一个张建设。

七八月的淮河，水涨得高，船从双沟新桥底下过，她站在舱顶做引导。双沟在苏皖交界，水域很宽，多条支线汇集，并齐河口，收紧了。只听马达汽笛，此起彼伏，万舸争流的气象。她一个小女子，水红的短裤褂，赤着足，手里挥动小旗，左右前后竟都按她的指点，避让错行。张建设就在对面的甲板，船帮贴船帮，摇动着，擦过去，上下看看，照面了。

两条水泥轮机船大小和载重差不多，张建设却已经是老大，登门拜访，是父亲出面接待。来客虽是初见的生人，但吃水上饭的都是一家亲，并不见怪。因带的礼厚，金华火腿、符离集烧鸡、阳澄湖蟹、东北天鹅蛋大米，另有两副女人的金镯子，上海老凤祥的铭记，就晓得是个走四方的后生，也猜出几分来意。有待嫁的女儿，断不了说亲的人。修老大读过几年塾学，经历新旧社会，到了今天，明白时代的进步，自己是受益的。儿女的事情，且是这样的大事，就不敢行包办的老法。女儿从来没有应许过一回，旁人说他没有家长的威权，他嘴上辩解，暗地里却是高兴的，出于舍不得的心。这一回，和以往不同，没有拉纤的中人，自推自，是开门见山的意思，他就有些失措了。一边让座，一边嘱女人办酒菜，先称客人大兄弟，后改叫大侄子。两个年轻人倒很坦然，仿佛认识许久似的，互问姓名和学校，发现虽不属一个县份却有共同的熟识，无非是同学的同学，朋友的朋友，表亲的表亲。他插不进话，显得多余，讪讪走开去，到后舱理货。再回到前甲板，两人却不说话了，一个低头摆碗筷，一个举着酒瓶子，割瓶口的蜡封，眯缝着眼，躲开嘴角烟卷的烟。修老大不禁恍惚起来，因为看见了年轻时候的自己和孩子妈。下一回，是他登张建设的船。按规矩，要物色媒介，有当无过个手续，自己的女人也是这样说来的。可是，什么也代替不了做父亲的眼睛，有生以来头一回聘闺女，桩桩件件都要亲力亲为。

张建设的船保养得不错，新做的防水，马达也好使，尤其是日志。进货出货、行驶里程、途经地名、收支账目，分门别类记得清楚整齐，让修老大汗颜。赶紧合起来，不看了。船上用了小工，远房的表亲，洒扫就也干净。只是舱里有些乱，被褥有时间没拆洗了，衣裳洗是洗了，却不叠齐收好，而是搭在一根铁丝上，就像没洗过一样。中午饭是乡下人的粗食，小工的手艺，整条的河鲤鱼、整个的肘子、大块豆腐，都是一个煮法，炖！炖到酥烂，料下得足，口味十分带劲。一老一少两个老大，面对面吃喝，酒上了头，说话的声气大起来。老的说：大侄子的船什么不缺，独缺一双女人的手！小的应：女人好找，知己难寻！老的道：知己不是"找"，是"相处"的！小的又应：伯父听没听过"一见钟情"？老的摇头：这就难了，天下哪有这般准的事？小的抬手拦住：您别说，我真就对上一个！何方人士？近在眼前，远在天边。这话怎讲？老的有些酒醒，眼睛直看向对座，那个人是忍笑的表情，其实清醒得很："近"是距离，却隔座山，就"远"了。什么山？老泰山！这话说得俏皮，两人都笑一笑，停住了。听见小工在岸上吹笛子，掺了鸟的啁啾，声长声短的。张建设收起笑意，双手端一盅酒，肃然道：从此以往，伯父您就是我的亲父！修老大耳朵里嗡嗡响，喝干酒，翻过盅底，亮了亮。就这样，吃完饭，送上岸，看日头向西，白日梦似的。事后难免懊恼，太没身份，至少也要拉锯二三回合。这后生确实有鼎力，一旦上船，舵就到他手底下，让人不得不折服。

渐渐知道，"您就是我的亲父"这句话，不是无来由的。张建设父母早亡，相隔仅半年，都是哮喘病。船上人最易得的两疾中的一疾，另一项是关节炎，因常年生活在潮冷的环境里。并不是绝症，照理不至于丧命，但时断时续，累积起来，最终吊在一口气上，其实是风湿走到心脏。那一年，张建设和弟弟张跃进，一个读中学，一个读小学，都未成人。有人出主意，报个虚岁，送大的当兵，每月津贴供养小的。可是当兵的名额让大队书记的儿占去了；再有人想到结亲，哥哥成家，弟弟也算有了怙恃，但头无片瓦、足无寸地的"猫子"，八尺长的汉子都难娶媳妇，更遑论未成年。如此，只剩一条路，列入五保，生产队养到十八岁。兄弟俩穿着孝衣，额上系着白麻，眼泪和了土，满脸的泥，就差一具枷，就成了听从发配的犯人。到末了，大的那个直起身子，开言道：叔叔伯伯费心，从今起，我就下学，请队上派工，大小是个劳力，倘挣不出我们兄弟的粮草，先赊着，日后一定补齐！说罢，拉了小的跪地磕响头。其时，身子没有长足，还是孩子的形状，说话做事已有几分大人的做派，比他爹妈都强。人们私下里说，那两口子都是软脚蟹，想不到下了一个硬种。所以，张建设比修国妹长一岁，学历却矮两级。

这是一段凄苦的日子，弟弟住读学校，他在大队运输船做小工。大队的船往往走的长线，出行十天半月不在话下。上岸第一要去的地方就是小学校，等弟弟下课，将些攒下的吃食塞到书包，手掌心摁进几个分币。十来岁抻个头的年龄，每回见，衣裳裤子都紧一紧，直至脚指头顶出鞋壳外。就地脱下橡胶防水靴，看那小脚丫子哆嗦着套上，转身打赤足走了。第二去的就是自家的破船，泊在河湾里。揭开油布一角，爬进去，黑洞里无数只眼睛射向他，是破绽的口子。船和房屋一样，没有人气顶，便一径颓圮下去。他抱膝坐下，四下里一片静，仿佛神灵出窍，又仿佛魂兮归来。父母的遗物，所谓遗物就是被褥衣服，清点无数遍了，可用的拣出来，实在糟烂用不上的也烧了。板壁墙上，他们兄弟的奖状——三好学生、普通话比赛、年级最优，揭下收在藤条箱，垫着桌椅床柜架起来，依然受了潮。母亲的针线匣子，一枚银顶针，氧化变成黑色，他取出来，戴在中指上，其余一并放入藤条箱，垫几块砖瓦，再架高一层。舱顶的漏是补不起来了，路上拖来的油毛毡压上去。他相信，总有一天，张家人还会在这船上过自己的营生。

万事开头难，起初是咬着牙一天一天熬，熬到某个阶段，就渐渐尝出些甜头。越拉越紧，扯头就开的绳结；锚链直溜溜下去，手臂忽地一麻，扎到底了；

眼看对面船迎头过来，打个满舵，闪过了；喝酒划拳，船工们的荤笑话，岸上的大姑娘小媳妇，他甚至交了相好，一个寡妇，带一群儿女，鞋都露着小脚指头，让他想起自己。替人捎带——逐渐地，他也有了自己的私活，就问有没有穿剩的鞋，到地方一股脑儿扔上去，扔下来的却是新鞋，麻线纳的底，钉了胶皮，后帮子也镶了皮，晓得是水上人的脚。走船人哪个没有沿岸的风月，因为他小，就要受人起哄，先是红脸害臊，惯熟后便嬉笑打闹，欣然接受。可他是读过书的人，晓得爱情和同情的分别，也晓得鱼水之欢和天长地久孰轻孰重，还晓得此一时彼一时。

十八岁那年，他从大队船上出来，单立门户。自家船稍做修葺，货舱重铺一层水泥，重置马达、柴油机、锚链、缆绳，新添一座船钟，从蚌埠旧货市场淘来的，不知道哪艘海船上的物件。这些贴补可说都是拾来的废旧零散，一件一件集起来，再一件一件交割，多的换少的，少的换多的，大的换小的，小的换大的，倒手无数个来回，终于变无用为有用，凑合成三五成新。大队拨给几单货运，他又自谋了一些。邓小平主政国事，政策松动，上头开一分，底下就是十寸。耕作还有统购统销约束，捕捞和运输，尤其后者，本来就属集体经济权限，其时就更自由了。他驾着船走在河道，船钟当当地敲，穿越马达轰响，回应汽笛长鸣，凌空回荡，仿佛来自天庭的清音。他很快博得名声，不只因为是最年少的老大，主要在于人品。行业其实是江湖，"水上饭"的道更深。辖地的管治只不过名义上，具体事务还是人情款曲，随时日久远渐成公约，俗话叫"做行规"。他出道早，难免受欺，倘若不开蒙，或就一辈子屈抑，抬不起头，如他这样，心明眼亮，却可以从弱到强，由浅入深。父母在世，他只是看；父母离世，便是亲历；到如今，独驾一条船，则有了感悟。归纳起来天下祸福无论大小轻重，端的就一个"争"字，落到水上世界，不外争河道，争先后，争上下游、顺逆风。两相对峙，总是强者取胜，强中有更强，所谓山外有山，天外有天，永无止境，但有更高一筹的，就是不争！所以，反其道而行之，守着一个"让"字，让掉的那些利好，用"勤"补上，计算起来，也并不见得有亏缺，倒积蓄起人缘。老大之间有了纷乱，往往请他做仲裁，这时候，"理"就出台了。"理"这东西，本是天下为公，却很怕霸蛮，扛不住会偏倚，有句村俚说得好：秀才遇到兵，有理说不清。好比一物降一物，霸蛮还怕一件东西，就是"让"，于是，他这样不争的人才有胜算。他自认在弱势，但弱势有弱势的活法。他相信，这世上既然容下一个人，必有一份衣食，不是天命论，是人生来平等的思想，他到底和父母辈的人不同，也是时代的进步。下一年，国家经济继续松绑，一系列开放政策脚跟脚下来，普惠大众，他的人生从此焕然一新，之前做梦都不曾梦到的，这里又有些命运的成分，他不信也不成。

分产承包手续完毕，下到船里，过去的日子扑面而来。父亲掌舵，母亲在舱外打水，铅桶哐哐地响。擦得铮亮的甲板，照得见他跌跌爬爬的身影，腰里系一根绳子，另一头系在妈的腰上。接着是弟弟，小小的，红红的小脚丫子，打着滑，船上的孩子都是这么长大的。此时此刻，他忽然发现已经长大到，这船盛不下自己了，猛一鼓气就撑破它，好像鸡雏撑破蛋壳。船帮的木板朽烂了；甲板下的龙骨断裂，凹陷下去；水泥防水层不是这漏就是那漏，不定什么时候，一觉醒来，船从身子底下滑走，人在水上漂。旧换新的时候到了，他想。

决心下定，即开始筹措。这些年走船，虽是以工分计，仅够他和弟弟的口粮，但私拉的单子，分账多少有他几个零钱，后来独立出来，暗地下的收入又多了些，合起算一份。再一份是身下的船，或只能当废旧货出手，如何折扣都有限。忽然闪念，购买者多半化整为零，分门别类，赚其中的利润差价，为什么不留给自己赚呢？想到这里便按捺不住，说干就干，先收拾打包，星期天张跃进从乡镇中学回家，兄弟俩搭手，河滩上支起油布棚，归置日用的琐碎，转眼间底舱挪空，直接将顶掀了。这是张建设拆解的头一条船，多年以后往回看，可算他事业第一步。事情不出预计，单是轮机部分，就抵得旧船的整价；墙板、地板、顶板、箱柜，作堆卖，又是一价；烂掉的龙骨，集拢卖个柴火价；锚链、绳索、篷布、油毛毡、大小铆钉、合页、锁扣，三不值两，也是个数目。承包制下，船户都在修茸，都是用得着的物件，不出三日，剩下一个船壳子。翻过来，涂上防水漆，就这么倒扣着，旁边是父母的坟头。"猫子"们的墓，只能做在河滩的斜坡，真叫作"死无葬身之地"。他特别留下那只船钟，好像有了它，就会有船，早和晚的事情。这份钱添上，新买一艘，不过十之三四，余下的大缺口，用什么补上呢？

当晚，睡在油布棚里，棚顶漏进星月，是个一无所有的人了。心里并不觉得沮丧，反是轻松。枕下的船钟嘀嗒走秒，数着时辰，一夜无梦。村烟鸡鸣里醒来，被盖让露水打湿，头脸也是湿的。望天边朝霞，就知道是个晴日头。拉根线绳，晾上衣服被褥，小泥炉生火煮面，搅进油盐酱醋，热滚滚下肚。就着河水刷了锅碗，再细细洗漱，睡乱的头发梳齐，整整衣裤，提一个人造革小包，上路了。离开水道，天地变得宽广，似乎没有边际，陡然间，人被解放了，同时，也生出渺茫，不晓得前面什么等着。可是，一步一步走过去，自然看得见，他信的就是这个。现在，他从返青的麦田间走上公路，稍等片刻，班车来了。近午时分，汽车驶过水泥大桥，迎面一座拱门，塑成三面红旗的形状，就晓得进县城了。下了桥，农田迅速向后退去，两边房屋稠了，将车路挤得越来越窄，跑着马车、牛车、拖拉机、汽车、手推车，自行车在车缝里游龙似的穿行。柴油机的马达、汽车引擎、喇叭、铃铛，此起彼落，牛和马最安静，沉着地迈步，勿管前后左右如何催促谩骂，按着自己的速度和路线。还有轮子底下溜达的猪啊狗的，从容闲散，俨然地方的主人。班车沿途停靠几次，下去些人，又上来些人，下去多，上来少，渐渐只剩二三人。卖票的看他，好像问去什么地方，他不回答，因为不知道要去哪里。他自来的活动范围都在河道周围，经过无数大小城镇，也只在临水的边际，没有进入中心区域。此时，班车通过壅塞的进城道口，街面疏阔，而且齐整，东西纵向为主干道，南北横向断开的多是小街，鱼骨似的排列。这是整体的结构，从局部看，小街由住家和摊贩组成，此时已到收市，就寥落下来。干道则为公家的营业，从车窗望出去，玻璃的门窗，门楣上的招牌，招牌上的大字，虽也人迹罕至，却是威严的气派了。一行字进入眼帘：中国农业银行供销合作总社。心中豁然开朗，此行的目标有了。过两个路口，一转车头，熄火了，剩余的人清空，他不敢停留，跟着下去，看见墙上的红漆鬼画符似的涂着：客车总站。他才晓得，已经走到再也无法走的尽头。回到路口，站定了，认准方向，直接奔银行大门去了。

初起的念头是存钱，身上的家当卸了，即可翻转腾挪。推门进去，当门三个窗口，都空着，后面的磨砂玻璃墙里，似有绰绰的人影。他"喂"了一声，好些时间，方才有人隔墙应道：中午休息，下午一点办公。抬头看看，壁钟走在偏出正中一刻的地方，他决定就地等待。慢慢在厅里踱步，活动活动手脚，一边看墙上的张贴，每个字至少看过两遍，窗口有了动静。就在这等待的几十分钟里，张建设改变了主意。

走到第一个窗口跟前，探头问道：哪里办理贷款？窗口里的女人抬起眼睛看向他，仿佛被惊着似的，说不出话。停一停，问是私人还是公家的业务。他一笑：可公可私。女人脸上的表情更警惕了：什么意思？他回答：农村联产承包制，既是集体也是个体，您以为公还是私？女人皱皱眉头，以为抬杠寻事的。街上少不了闲人，俗称"街华子"，专找女营业员搭讪，面前这一个又不很像。黧黑的皮色，肩背厚实，出大力的样子，衣服穿得板正，扣到领口，显见得乡下人进城。面上和悦，那几句答辞却藏着机锋，就不是乡下人的简单。有些摸不着路数，只觉得不可小觑。女人站起身，转回到玻璃墙后头，压着声说了什么，再出来，则尾随一个戴眼镜的男人。那男人矮下身，凑在窗口看出去，他也矮下身，就脸对脸了。里面人问知不知道贷款是怎样的事，他侧身指了墙上的告示：上头都说了的！正是农业贷款的宣传书，里面人不由笑了。这项政策下来有段时间，紧锣密鼓张扬，并不起效。农村人都是做一口吃一口，十分不得已才会背债，渐渐地凉下来，不想忽然间竟来了一个。紧接着，窗口里面递出一连串问题，姓名生年，户籍所在，教育程度，家庭成员——看起来是主事的，他对答如流，但当问到有没有抵押物这一项，陡然卡住了。他涨红脸，挠挠头，咧嘴笑了，露出一口整齐的白牙。男人直起腰，和女人相视一眼，都见出对方的好感，女人说：若无抵押，有担保人也可以。

最后，是由大队书记做了担保。张建设父母去世那年，武装部来征兵，有人撺掇报张建设，私心里多少为减轻负担，五保户的支出平摊在各家各户头上，紧巴巴的年月，压根草都有分量，结果去的是书记的儿子。自觉得从孤雏口中夺粮，心里藏了愧疚，还是要归到那年月的难处。儿子是回乡的知青，书读到半拉子，倒落得肩不能挑，手不能提。本以为吃上军饷，终身都是国家的人，无奈糊不上墙的泥巴，三年时间，列兵去，列兵回，连个党籍都没争到。私下曾经想过，倘若换了张建设，不定会有怎样的前程。他看好这孩子，单是这一条，就敢做担保人。往返几趟，办下贷款，差不多同个时候，书记大伯替他找到卖家。这时节，船家们都在晋级装置，一手兑一手，一条半新旧的轮机船兑到他名下。修国妹父亲前去视察的，就是它。

2

张建设和修国妹来往走动半年，正式喝了订婚酒。船上人家因是过着流动的生活，多半亲戚少，尤其张建设，连个家长都没有。请书记大伯做大人，和修国妹父亲母亲并为上首，下首坐了两人的弟妹，再加书记带来的小子。复员回家几年，还穿着军装，说普通话，看起来很像下来巡视的干部。他当兵在徐州卫戍部队，驻扎军分区大院，外勤站岗放哨，内务则洒扫庭除，替首长做些杂役。首长都是战争中过来，吃过苦的人，作风朴素，也没有架子。儿女们就不同了，养尊处优，难免有些浮浪。当兵的也是年轻人，有样学样，总会沾染习气。操场上玩球，肢体冲撞，几个言语回合，摘了帽子，抹下腕上的手表，参谋和列兵的区别就在有没有手表，然后或单挑，或群殴，打得起烟。传到坊间，就得了"丘八"的名称。徐州历史很久，人物说话颇有古风。那里生活三年，见过些世面，又怕家乡人不知道，因此滔滔不绝，席上的话让他全包。那两个弟弟一个妹妹只有听的资格，三个大人初次见面，拘着礼，低声细语地客套。修家母亲敬了盅头酒，硬挣着回去炉灶，换张建设上桌，替二位爷搭桥。三人静静地喝酒，耳朵里尽是聒噪，书记大伯到底挂不住，对张建设说：你是个有主张的孩子，成家立业了，莫忘记提携同年兄弟！张建设抬手向下首用力一划：都是我的弟弟妹妹，谁敢说不管？修家爹爹眼圈红了，他的头生女要让这人娶走了，仿佛看见吃奶娃腰里系根绳子在甲板上爬，爬着，爬着，背上又驮个小的，蜗牛似的，发顶扎两根小辫，是蜗牛的犄角，眨眼的工夫，长成个大姑娘，姑爷都坐到跟前了。真是割肉啊，由不得生出恨意来。可是呢，俗话说得好，女婿是半儿。他倒是有儿子，可儿子没长兄总归孤单，所以听见那担当的誓言，又是欢喜的。

　　婚事定了，成亲又过了一年。这一年里，银行的贷款还去大半，又积攒下迎娶的费用。前边说过，乡镇企业大兴，尤其苏南地区，人口稠密，农地紧凑，与几座工业城市相邻，无论发展的需求还是条件，都在龙头。继而向北延伸，越过省界，一径带动起来周边。物流几十倍上百倍增量，旧路不够用，新路不及开，高速公路还是遥远的传说，内河运输就夺得先机，变成主要渠道。计划经济的行政区划打开了边际，水网联通起来，左右逢源。拘泥得久了，外面世界的大和远就让人生畏，多还是局限在原先的地盘上活动。张建设却不怵，他的线路拉得很长，从淮河穿过洪泽水域，到高邮湖、邗江、六圩，顺长江到江浦、秣陵关、江宁镇，回进皖地。皖南这一片，本来就是富庶，如今又腾飞发展，成经济重镇。走过这些地方，张建设的经验是，发达地区一定从江河而起，再向沿海伸延。他读过书，鸦片战争之后签订《南京条约》，五口通商，广州、福州、厦门、宁波、上海，按下西方列强吞噬中国这一节，但说现代化速度，却是历史转折，社会的突变。在他头脑里，"海洋"是个象征性的概念，带有理想的色彩，离现实很远。现实是，地方大，人就小；地方小，人就大！看得出，张建设不是好高骛远的人，比起保守主义，他又要稍稍往前多看一步。于是，在这内河航运兴隆昌盛之时，他预感到更可能只是蜜月期，很快便结束了。抬头看，岸上的标语牌，赫赫然映入眼睛：要致富，先修路！沟渠填埋，农田等不及收成，压路机便开过来，打夯机的轰鸣昼夜不停，盖倒了船的轮机声。他已经看得见，陆路代替水路，车代替船。到那一天，旧的生计就将被新的代替，具体不知道究竟是哪一种，但他笼统地认识到，天下事物都是共生灭，同呼吸，就看你把不把到脉！

迎娶修国妹，他的船油漆一新，舱里满满当当。玻璃门的柜橱、梳妆台；大件有自行车、缝纫机，俗话叫"两轮一转"；小件是气压热水瓶、三五牌台钟、双面绣的插屏；当然少不了"三金"：金项链、金耳环、金戒指。修国妹的嫁妆有得一比。床上绸缎面湖丝绵被子、珠罗纱白底隐花帐子、羊毛毯、羽毛枕，地下铜锁铜包角的樟木箱、红木的套桶和脚凳，黄杨木的婴儿摇床都备下了。穿的有呢大衣，男式海军蓝，女式玫瑰红；新款羽绒衣，也是一蓝一红；衬绒夹袄，男装驼绒，女装羊羔绒；牛皮鞋，高帮、低帮、棉、单、凉、拖。单是锅就十来件，钢精的、生铁的、搪瓷的，双耳的、单柄的，煎、炒、炖、煮；成套的碗盘、茶碟、酒壶酒盅，各有几十头；顶别致的一盒西式餐具，大小刀叉勺，嵌在紫红平绒托上。一样一样送上甲板，摞起来，罩了桌面大的喜字，展销会似的。喜酒摆了十条船，大船三席，小船两席。两边的客人多是同行业。修老大行船日子久，结识在三四代以上；张建设走得远，都有隔了省的朋友来贺礼。下午三时开宴，入夜八九点还未散去，条条船掌了灯，河湾里点了火似的，红彤彤一片。直到东方露白，才一艘艘相继离开，马达突突响着，渐渐远去，消失在晨曦中。

这场夜宴，可说象征了水上运输的黄金时代。拉不完的货，接不完的单子，卸载的空船，被厂家拉住不放走，又装一船载到下一家。沿河挤挤挨挨着大小码头，码头后面，新厂连老厂。天际线改变了形状，原先平缓的弧度上，凸起许多锐角，视野变得狭窄。听觉呢，也是壅塞，岸上是机器的隆隆声，岸下是船的马达和鸣笛。直至暮色下沉，夜色渐深，方才消停。这是他喜欢的时刻，水面疏阔许多，喧哗收敛起来，星月仿佛升高了，船尾拖了细浪，心里格外安宁。白昼里麻木的知觉此时恢复了，甚至更加灵敏，似乎，万物都在发力：潜流在码头的木柱间绕行，鱼排子、孵卵、破膜，地龙拱土，水蛇蜕皮，鸟族在枝头求偶……他以为在梦里，烟头的亮是梦里一个醒，带他回到现实。于是，听见自己的脉跳，舱里面妻子的鼻息，胎儿在母腹翻身打滚，他是个拖家带口的人，不由笑了，这无声的笑也进了耳朵！头顶上三星排列，时辰不早，烟蒂扔出船帮，"噗"的一声。叫出小工守夜，换进去睡了。小工是从江苏地界泗阳找来的，也是个孤儿，原先在乡里的麻刀厂做，受不了那个气味，宁愿当"猫子"，硬跟着船过来。

头一个孩子生在船上，取名舟生。其时，他们在巢湖那边，皖南比皖北发达，运费几乎翻番，一单接一单，几上几下，回程的日子一推再推，终于挨过日子，分娩了。修国妹可说自己给自己接生，母亲生弟妹的时候，她就在跟前，看不看都进眼睛里。生完了，就轮到张建设。想不到，没经过女人事的男人，竟然会侍奉月子。猪蹄炖得起膏，鲤鱼熬成牛乳，黄糖水打溏心蛋，莲子红枣粥，茼蒿菜煮水，用来煞油腻，苹果掏去芯子隔水蒸，也是压火气。第一口奶是他吸出来的，夜哭郎是他起来抱着摇到天明，母子俩的洗涮也归他，隔壁船的老大笑话说：男做女工，越做越穷！他回答：我这个女人命旺，破得了天戒！船驶到临淮关，和老岳家碰头，已经二月二龙抬头。婴儿出世剃胎毛的日子，按规矩是由舅舅动推子，可舅舅在县中学读书备高考呢，还是张建设自己来。外婆铰线头的小剪子，一绺一绺，又有人戏谑：修理地球啊！他笑接下句：锦绣河山！多半亲力亲为，他和舟生最亲。

日子过得快而且满，娶了娘子，生了儿子，攒了票子，舅子小姨供进城上学，自己的兄弟则送走当兵。这时节，生计多了，西线又开战，太平世道谁愿意出征打仗？参军的热便凉下米。这张跃进少小缺爹娘管教，天生也不是读书的料，要不是做哥哥的辖制，怕已经辍学上船；二也是还张建设自己的少年心愿，听书记大伯的孩子说话，晓得虚多实少，还是有触动。这一批征兵是新疆驻防，内陆的人听起来，远到天尽头似的。这里单军服上身，发下的已经是棉和毛，看到那一双大头靴，方才有些释然。他忘不了张跃进顶出鞋的脚指头，那是软肋。安顿下几个小的，还有一个大头，就是允诺书记大伯帮衬的，他的同年兄弟。起先，那兄弟看不上他的帮衬，问娘老子"借"了钱，和战友参建水泥预制件厂，不到半年，钱打了水漂，战友们一个个跑得看不见。于是，书记大伯亲自押解到跟前，求个小工的营生。他怎么敢！不知道谁雇谁。来回寻思几遍，最后给明光镇的窑厂，也是他的客户，牵线做个销售主任。家家户户盖房造屋，砖瓦先是紧缺，接着过剩，因为四处都在开窑。临高望去，东南西北的大烟囱，吐出滚滚黑烟。出窑的时辰，有电的地方拉了线路，高支光的灯泡大放光明；没电的则扎起火把，映红半爿天。再一眨眼，满视野破土动工，或者从无到有，或者推了旧的盖新的，真叫作，眼看着起高楼，眼看着楼塌了！建材就又走俏了。

张建设做了这中人，实是心里打鼓，随时会出事似的，有一段时间，都不敢再往明光那边接单。过后传来风评，竟然很好，颇有作为的气象，方才松一口气。

书记大伯的儿子，大名李爱社，小名社会，和张建设的名字一样，听起来就知道什么时候出生，一九五八年，月份还大些。到底走过外码头，开了眼界，又操一口普通话，乡下人称普通话"标准语"，代表着官方，已经起了三分敬。这时节，如方才说的，砖瓦的市场，一时买方，一时卖方，要有眼力，看得准风头，顺风和逆风各有理据，这就要靠说辞了。刚从泥里拔出脚杆子的庄稼汉，眼和嘴都是拙的，缺的正是他这号人物。慢慢地，张建设接续上这头的老关系，有时看见李爱社，穿一身西服，打着花领带，来不及照面，好容易过上话，口气里是救济自己，给他生意做。所以，就又不从那里走了。

这一段日子，无意中留下纪念。那是在洪泽湖，搭了个年轻学生，上船就支起架子画风景，时不时放下画笔，端起照相机按快门。张建设忽然兴起，说替我拍一张，学生说好，让他站船头，稍许端详，快门"夸嗒夸嗒"连着两响，结束了。下船时，他没有收捎脚钱，写了邮寄的地址。十天半月以后，这事都忘到脑后面，照片却收到了。两张小，一张大，附了底片，拍得很好。仰角的镜头里，他手撑在胯上，身后蓝天白云，前景里看得见舱房的屋檐，檐下面还挂了一卷缆绳，就知道是在船上。他们老家的男女，生相都标致，似乎有南亚人的种气，高鼻梁，宽额头，双眼皮的多，张建设也是，神情轩昂，无限风光的姿态。

现在，张建设的计划是上岸。他们还在青壮，岳父母却是向晚的年纪。两位大人都有肺弱的迹象，关节也开始变形，使他想起自己早逝的爹和娘。看见舟生腰里系着绳子，被母亲牵着在甲板上蹒跚学步，想到的是自己，他们不能世世代代做"猫子"。并不是对身份抱有成见，如今，谁敢小视张建设呢？漂流的水上生活总是无根之萍。古代圣贤说，无恒产者无恒心，他是个有恒心的人。和存在决定意识的唯物论反过来，意识决定存在，就是要用一颗恒心创造恒产。不能说是自小的立志，提早十年，莫说十年，五年，三年，甚至仅仅一年前，他也不敢去想，可是，如今不是有实力了吗？从这里说，恒心又是从恒产里起来的，还要回到唯物史观。就像先有鸡还是先有蛋的问题，其实是个循环的关系。所谓上岸，落实到行动，很简单，就是造一座屋。钱不是问题，建材对别人也许是问题，对他却不是。做运输，没少和砖瓦水泥钢筋木材的供应商交道，人脉很广，难处在于"地"。他们被人蔑称"猫子"，这"猫子"两个字从词源上看没什么不是的，硬生生让这营生背上污名，归根究底，就是无地。无地则无籍，无籍则无名，无名则无族，而为乌合之众。张建设倒没有改写历史的远大目标，他向来没有目标，只有计划。计划的第一步，也是基本的一项，就是地。

地，这一件事情，唯有一个人能办，谁？还是书记大伯。书记是岸上人，统管七个半地生产队再加两个水上生产队。联产承包，分田到户，一系列改革，公社还原为乡镇，生产小队还原为自然村，在生产大队的基础上联合自治。这样大队便成为国家行政系统的末端，同时，计划经济体制也在这一节涣散开去。大队书记现在叫村主任，出自民选。农村的事情，哪一朝哪一代，明里暗里，主导性的力量总是来自宗族。书记的李姓是大姓，所在也是大村，几乎占大队人口一半，无论上级任命，还是现在的民意，都和它有关联。书记大伯和张建设不是族亲，在后天的缘分，一个由另一个抚孤，另一个呢，眼看到了托老的时候，生亲不如养亲。在这通常的人情底下，有更深的渊源，两个都是人里的龙凤，嘴上不说，内里却惺惺相惜，视对方为忘年知己。所以，张建设才有胆开口，向书记大伯要地，地可是乡下人的命！

多少也应了世事变化。分田的时候，借了县里测量局的人和尺子，连地埂地边都不放手，横来竖去地丈量。但种田的兴头很快被工业热潮盖过去，春种秋收周期缓慢，收益有限，哪里比得上机器！零散的地块又三三两两合起来开厂。土地流转中，实际面积又被利润统计盖过去，价值就有了涨缩。书记大伯在村子低洼处，近河滩的位置，切下半亩地。张建设不能让书记大伯为难，他以高于通常的钱数向村委会买下三十年租期。这时节，土地市场没有过明路，凭借约定俗成，民间的交易其实相当活跃。

张建设的财力足可以造楼，但只盖了五间平房，他不愿压过村人，尤其书记大伯的风头。村人们收留了他，他永远是谦卑的。龟缩在庄子台基底下，仿佛稍不留意就踩平了，渐渐地起来一股子生气。白墙黑瓦，前后各留一块园地，南院窄些，铺了砖，贴墙排几行盆栽，海棠、芍药、月季，大瓣的花，姹紫嫣红。北院种菜，支起架子，上面豆角、茄子、西葫芦，底下南瓜，一盘一盘，中间是豌豆荚，绿生生的。

修国妹的二胎就生在这里，取名园生，听起来像男孩，但要看这"园"字，就知道是个女孩无疑。虽然有生育制度管辖，船民们却依旧多生多养，水上饭总是风险大，人口就是保障。反正，船一开出，无有定所，谁也不认谁。集体制解体之后，就更自由了，"计划"内的政策对于他们基本失效。但张建设依法缴纳了超生罚款，他不能让自己的儿女"黑"掉，接下来，户口落到何处？什么事难得倒书记大伯呀！人场官场，可谓纵横家。土地使用权和所有权，宅基地和"地上物"烩在一锅，分盛碗里，你中有我，我中有他！还是拜世道所赐，八十年代开初，所有物权都在重新定性定量，事实上就是再次分配，变通的渠道很多，左右逢源，最终以居住地开立户籍，由这初生儿顶了门户。将来，张跃进复员转业，小弟大学毕业，小妹呢，也正在高考，带走水上户口，落回来就是陆上人。世事难料，后来谁也没有回来，连园生都离开了。张建设算得上思想超前，结果，还是被历史抄了近道，那真是和时间赛跑的日子。

两位大人安置进新房，舟生留下，吃奶的园生缚在母亲背上，再出船去。头一个孩子修国妹连尿布都没怎么换过，这一个从落地起就黏在身上，自然宠溺得多。两个都有一方偏袒，谁也不受委屈，是理想的家庭。那小工幼年吃苦，压抑住了，以为不会长了，想不到上船后放开吃喝，发起来，蹿得和张建设一般高，身子是少年人的细弱，秉性却很稳重，也随张建设。不像人家的小工，称主家"师傅"，而是叫"爸"，修国妹却是"师娘"，排阵有点乱，意思是对的。时间久了，两人真仿佛认了一个大儿子，就把"小工"叫成名字，后来又变"大工"，听起来是"大公"，像日本人。岳父母上岸，原先那条船修补修补，让"大工"掌舵，跟着张建设，装一样货，吃一锅饭。渐渐地，园生下地走路了，腰里系根绳子拴在她妈身上。有一日，叫大工吃饭，人没有来，下一顿也没来，问他怎么吃的，低下头期期艾艾说：今后自己开灶，不劳累师娘了。两人共同"哦"一声。修国妹想，孩子大了，有了相好，要娶媳妇了；张建设想的是，大工要做小老大了。算起来，大工跟了他们四年半，萝卜干饭当出师了！于是，当下拟定船租，比惯例少抽一成，再分出一些货单。看他的船渐渐走远，马达声嗒嗒地击着水面，很久很久，难免是惆怅的。大工的离去却打开思路，他何不多买几条船，招几名老大，按比例收益？多年的经验告诉他，单凭自家，即便从昼到夜，再从夜到昼，不过挣一份衣食，过日子尽够了，也只是过日子。张建设的心要比寻常日子大出那么一点，通常叫作事业心的一点。以目前的财力，额外置办船是吃力的，当然，倾其所有也凑得起来。可是他不想回去那个捉襟见肘的草创时期，吃二遍苦，多年的勤力都白费了似的。再讲了，事业是他的，多少有私心的成分，不能为自己侵害家人的利益。这些朴素的守成的计算，其实体现出"有限公司"的初级思想。书本上的教条，在他是切身体会，也意味着一个乡下人正走入现代经济社会。

他去到县城农业银行。还清最后一笔贷款，已经过去三年时间。推进玻璃门，还是那个营业厅，窗口里也是过去的面孔，但他却像经历了翻天覆地，不再是原先的他，几乎有洞中一日世上千年的心情。贷款部的男人依然是那一个，还贷时又见过两面，知道他姓姚，副科的职级，就叫姚老师。倒不是虚称，因真受教过的，就是发放给他第一笔贷款，带有启蒙的性质。姚老师没变化，只是眼镜框架变黄，显出老旧。姚老师从窗口看见他，绕到前厅引他进办公区，两人握一下手，显得很郑重。如今，农业信贷已经普及，业务迅速增量，但张建设是第一个客户，又是按期清偿的第一笔，就有开张大吉的意思。姚老师记得他的名字，此时却和印象有点不同，好像长高了，或许是真的，民间说法：二十三，蹿一蹿。算起来，最近一次见面时，他正二十三。但更可能是岁数的原因，原先的小年轻，长成汉子了。

这一回申请贷款，有抵押物了，两条机动运输船，加五间平房，还有良好的信用记录，这比什么都有价值。这又推进了张建设的认识，诚信比实物更重要。临近中午，他邀姚老师吃饭。姚老师虚让两回，答应下来。张建设先行一步，去到新起的酒楼"水上人家"占位，点菜，到后厨捞一条鱼，摔在砧板，亲眼看着开膛破肚，才又回到座上，从二楼窗口往下看。他的县和修国妹的同在淮河沿岸，她在北，他在南。他靠过那里的码头，记得满城的酒糟味，空气都是发酵的，有一种丰腴，而他的地方因是在下游，受淹频繁，就要贫瘠得多。这县城原先只一条大街，向两边分出横巷，所以说它像鱼骨。新中国成立初期，拓宽一个交叉路口，设置行政机关，渐渐开出一些国营店铺，成为中心地带。到六十年代，建起一幢百货大楼，所谓"大楼"，不过二层，却是县城的制高点。他和修国妹订婚那年，来这里逛过。两人先下馆子吃饭，一盘爆炒猪肝，一盘爆炒腰花，特别对乡下人的口味。然后去百货大楼买结婚的物件，看见柜台里有白瓷碟子，问多少价钱，女营业员也不回，说：不卖！修国妹说：凭什么不卖？女营业员说：不卖就不卖！一里一外地对嘴。百货大楼的女营业员，都是天仙，凡人够也够不着的，可天仙变起脸来，比厉鬼还快，原来是"画皮"。修国妹平日显不出，这时节连他都惊呆，竟然这么嘴利，句句占理。女营业员哭了，梨花带雨的，又恢复天仙模样。就有人出来劝和，里面人哭着说：难道你要买我身上的衣服，我也要卖给你！于是明白，那白瓷碟子本是个盛器，里面的螺丝帽、螺丝钉，才是出售的商品。两人走出门，站在台阶上笑了半天。忽听有人说：一个人笑什么？原来姚老师来到了。赶紧起身让座，问喝哪种酒。姚老师说酒不喝了，下午要上班。于是招来服务员，泡一壶顶级黄山毛峰，冷盆也上来了。面对面和姚老师吃饭，有一点恍惚呢！似乎不太真实，同时呢，又再自然不过，仿佛之前所有的日子，都是奔着此情此景来的。

姚老师是街上人，出身一般人家。父亲在机械厂做工，母亲没有正式职业，有时在澡堂卖水筹子，这里的澡堂，兼营热水店；有时到县医院做清洁；儿女未成年自己又年轻的时候，到河码头拉过水，一个汽油桶的水五角钱。在这个几万人口的江边小城，就业的机会十分有限，他们这样的老户算是好的，路数多人脉广，就找得到活计。姚老师是长子，家里尽力供他读书，高三那年正逢"文革"上山下乡，就近插队城郊。出身清白，本人又努力，巧的是，第二年地区办五七大学，便推荐上了。原则是哪里来哪里去，但也有几个按需分配，他就在其中。先是在底下供销社，再到县农行，加起来已有十年光景，算得上业内的老人。底下一串弟妹，乱世里长大，没学到本事，倒混了习气，进不去厂子，又不肯务农，高不成低不就的，最后都闲在家里吃娘老子的。如今，因这大哥的人脉，一个个有了事做，大集体，小集体，总归是饭碗。父母方才歇下来，舒心一段。紧接着，就是男大当婚女大当嫁，除妹妹出门子，余下四个兄弟加他自己，都是进人口的。姚家只有小两间房的地皮，张建设悟过来，城里街上，也有地的难处——大的结婚占一间，二的占第二间，上辈人挤回原籍，幸而那里留了一间旧屋，等三的婆亲，挤出的就是他了。从单位分了一间宿舍，刚搬过去，四的媳妇说定了。二和三可没那么好商量，也是没办法——一个在码头做搬运；一个也在码头，名义"纠察"，实际是水警下面不入编的社会管理，类似民兵的组织，不发制服，臂上套个红箍，手里持一根警棍，再衔一枚哨子，就是全部的装备了。权力却很大，客轮乘载的大多是乡下人，畏首畏尾的，于是分外嚣张。领着上客走队形，非走直了不算，下客则相反，要将人群驱散，放羊似的漫在河滩。一早一晚两班航次，余下的时间便是抽烟打牌。这种行当专会培养粗恶，所以，这一个最难缠。老大的权威靠实力支持，本来资源就有限，分摊到各人更微薄了。姚老师是家中唯一读过书的，接触都是斯文人，脾性磨软了，怕的就是硬上的那种。无奈之下，给四的赁了私房，替他交租金。这样，三又不干了，要与四对换，两兄弟便闹起来。外头没消停，里头又起波澜，姚老师的允诺，他媳妇不认。幸亏平时攒下些私房钱，支应了这头，再对付那头……

听姚老师絮叨家事，张建设极为震动，想不到日子竟然过成这般窘急。他向来以为丧父丧母是天谴般的惨事，不料想有父有母可生出如许烦恼纠葛。他以为城里人不必挂虑衣食，却是比衣食更无从解。所以，他想，人世就是苦，不论从哪里起因，又在哪里生成，终是要面对和克服。

这一趟，不止从农行贷款，更要紧的，和姚老师做了知己。两人相差整十岁，这个距离在青少年几乎是隔代，但人向中年，却是平辈的兄弟，随着社会上的进退，甚至会重排长幼的序列，他们之间渐渐显现这样的趋势。张建设始终不改口"姚老师"的称呼，可是有时候，是他替姚老师做主张。其时，他买下三条二手船，将其中成色新的租给姚老师的四。这四是兄弟中最末的一个，家中所有被上面几个层层盘剥，到他则殆尽无余，大哥的人情也用到头了，这也是姚老师格外帮他的原因。这四本来有些随大的，本分，指望他多读几年书，有个公家的工作。但家庭是那样的氛围，出一个姚老师已经是奇迹，初中勉强毕业，在手管局做临时工。手管局底下挂靠无数单位，多是作坊式小企业，打铁铺子、石灰窑、渔具厂、五金店，五花八门，没个主项，总之，凡够不上国营工农商部门的，都归到它。所谓"临时工"，其实就是杂役，仓库守更巡夜、拉板车送运货、安装门脸、烧水扫院，任人差使，学不到手艺，还受憋屈。却不耽误找对象，这家的子女，包括姚老师本人，都遵循国家婚姻法规定，男二十，女十八，准时嫁娶，年龄又压得紧，一个挨一个，容不得喘息。张建设提出这办法，一是为姚老师解困，二也是看四的老实可怜，要是二和三，他就不敢担责了。

四的船，重上一遍防水漆，舱房尤其刷得簇新。四的对象是街上人户，现在，张建设知道城里生活的局促，格外送一架缝纫机和自行车，当年娶修国妹时候的"两轮一转"。喜宴办在姚家老屋，排了一巷子桌面，是给四撑腰，不叫哥哥们欺负，也给大的长了威风。张建设和修国妹被请到上桌，和两家大人，还有姚老师的领导同席。虽是最年轻，但领导带头，都称呼老大和老大师娘，害他们不停地起身敬酒，一杯一杯喝下去，师娘面无变色，老大倒有些撑不住了。

现在，张建设连他自己，总共五条船。对于一个刚起步的船东，恰如其分，输也输得起，赢呢，眼前的路长得很呢！

3

修国妹的弟弟修国华，家里叫作小弟，晚她一年半。因底下一年半有了修小妹，母亲要哺乳，就把他交给大的了。修国妹七岁上小学，他只五岁半，也跟着去学校。乡下的小学，有一半是托幼，家中管不及的孩子，送去消磨时间。他们是住宿，男女不分横排睡一张大床，因为挤，也因为铺盖不足，都打通腿，姐弟俩就合被窝。爹妈走船，十天半月看不见人，那小的白天还好，有许多事情分散注意，到夜里想起来，直哭直哭，怎么哄也哄不住，招来许多嘲骂，被叫作"哭死宝"。大的自然不依，一句回十句，一人对十人，那张利嘴便从此时炼成的。后来上到三四年级，学校翻了房子，分出男女宿舍，她的被窝进来小妹，出去小弟，刚治好的夜哭症又发作了，这一回是哭他姐姐。修国妹就隔墙骂，骂那些耍笑他的人，骂到小学毕业。大的二的上公社中学，剩下最小的。这修小妹是另一个路数，不单自家姐姐，天下人都是她姐姐。来到不久，已经钻过所有姐姐的被窝，让所有姐姐梳过小辫。哥哥姐姐走，她非但没有眷恋，反是窃喜，因为自由了。姐姐要管束她，哥哥呢，让人难堪，被叫作"哭死宝的妹妹"。她不像姐姐那样抗击，而是回避，撇清关系，佯装没感觉，表示"哭死宝"是"哭死宝"，自己是自己。一方面，是和兄姐分开长大，难免感情疏离；再一方面，独享父母照顾，多少有些自私。总之，他们三个，合力看，上面两个亲，底下一个独；分开说，则两头强，中间弱。整体上是平衡的。

"哭死宝"却也有自己的优势，读书。若非此长，即便姐姐扶助，也难立足。少年人群是个蛮荒社会，遵循丛林原则，弱肉强食。学习毕竟是校园生活的主流，就可出奇制胜。在乡下小学里并没显出山水，男孩都是后发，他又比人小一岁半年纪，走路都不稳，铅笔握得住吗？只能勉强跟上，不至于脱班。到了完中情形大改，每学期考试都往前排几位，初中三年级便名列第一，免试晋升高中。这时节，姐姐回船上帮父母干活，小妹小升初，也是修国妹的主张，如他们这样吃水上饭的人家，要想在岸上谋个立足之地，读书是个途径。知识青年上山下乡，村里也派到学生落户，大多是颓然的，偷鸡摸狗，糟践庄稼，乡人们都以为堕落不可救，修国妹看到的恰恰是，这些人另有一种命运，他们迟早回去城里，开展前途。修国妹自诩读过书的人，比周围人有眼界，晓得天地的广大，人在里面的小，唯其如此，才会有机缘，虽然不知道前面有什么等着，走过去，说不定哪一时迎面撞着，可不是吗？她遇着了张建设。

小妹其实不是读书的材料，可她喜欢集体生活的热闹，也受集体欢迎，属社会型人格，和小弟分处两极。他们长得不像，很少有人认出是兄妹，没人喊小妹"哭死宝的妹妹"，事实上，"哭死宝"的诨号没人知道，现在叫的是"白先生"。他长得白，船上人很少见这样的白皙，一个男孩生成瓷样的皮肤，简直是浪费，所以，这"白"字里就有一点戏谑。"先生"则是同学们封的，老师有事外出，常常让他替班上课。开始也有彪悍的男生欺他，也曾哭过，但老师不依。高中的男生站起来和男老师一般高，有时候就要讲武力，面对面地开打，几次过后，便怵了。"白先生"的地位渐渐成为公认，小妹不再回避亲缘关系，还特特告诉人们，"白先生"是哥哥，虽然从不称他哥哥，总是"小弟小弟"地叫。这就换作"白先生"躲她，严格说，躲她身边一双双眼睛，那眼睛都会逼人的。女孩子通常早熟，又盛行一种风气，和高中生交朋友。"白先生"可说是学校的精英阶层，长得好，还是同学的哥哥，正合乎戏文里的风月情节。"白先生"上面的姐姐，下面的妹妹，都是强势的人，使他格外对女性生畏。面对小妹一帮同学，真有羊入虎口的意思。这场追逐中，小妹最得意，既有脸面，又有实惠，因都来巴结她，争相做她挚友。她有意无意地，拿哥哥做人质，索取好意，心里却清楚"白先生"的斤两，无论表面多么风光，终是个无害无益的家伙！

小弟高三毕业，正逢全国恢复高考，进了省城的工业大学。积压十年的考生一并拥入高等学府，他是应届，又早读书，班上最年长的那个，差不多生得下来他。"白先生"自然做不成了，即便同学，他们这些小的，也属无名之辈。一九七七、一九七八年的校园，是"文革"前初高中、人称"老三届"的天下。从动荡年代过来，经历社会实践，抱着改变现实的激情，书生造反，只在务虚。于是，创建社团，组织论辩，出报出刊，演戏演剧，一时间风生水起，如火如荼。小弟们插不进嘴也插不进腿，走道都是擦边，除去课业别无其他。这样的边缘状况，到了大三大四，逐渐起了变化。还是那句话，校园生活终以向学和求知为主流，也意味着教育回归正途，小弟修国华有点脱颖而出的意思了。乡镇中学的头名状元，在来自全国的生源中，至高不过中游，头年打基础，次年起跳，第三年便腾空而跃。他的专业是电气工程，任课老师建议他考研，转计算机方向，其时，计算机在中国还在普及阶段，国外已经呈现新业态。小弟的学习禀赋，体现在专一，他特别能够集中注意力，亦步亦趋地进到深处，却不太具备联想的能力，触类旁通，简单说，就是路子窄。老师的建议确实挺有针对性，拓展知识领域，改造思维模式，同时呢，也指出下一步的目标。靠他自己是想不到的！

暑假回家，姐姐结婚，他第一次见到张建设。他又拔了个子，姑舅两人站在一起，舅子高出半掌，体魄上，不及姑爷的半身。细长的身条，脸更白了，架着副眼镜，比姚老师的新款。张建设暗想：不像修国妹的弟弟，倒像儿子！小弟则觉得姐夫和姐姐很配，都是有力气有主张的人，罩得住自己。

下一年，小弟本科毕业。因本校的计算机专业是新创，程度有限，还是老师做主，放弃直研，引荐报考隔省的大学研究院，通过卷试面试，顺利录取。过完暑假，即去就学。本可以走水路，开自家的船，沿途有几个货点，方便接应，还可看风景，好比古人赶考。可他也许用脑过度，或者是环境影响，逐渐养成晕船的毛病。听起来挺奇怪，水上人家的孩子不服水。因为这个，他连续几个寒暑假不回家，修国妹结婚，回来了，是住在书记大伯家里。所以，就改陆路。

去省城上学，是修国妹送的，这时候不巧，舟生未满百日，挂在奶头上，就由张建设出勤。小妹自听说有南京之行，便一径闹着也要跟去。大人都不同意，是从盘缠计算，节俭里过来，眼下的日子都觉得造孽了。修国妹向以为这个妹妹和他们两样，有"街华子"的浮浪，不是根性里带来的，而是风气所致。她和上面两个相差没几岁，可就这几岁里社会转变，从不足走向有余，是好事情，却也让人不安。内地镇市的物质世界尚可估量，省城就难说了。小妹多次起意到合肥看小弟，都被扼制住了，这一回无论如何不肯罢休。多少出于无奈，修国妹转念想，到大学里走一走，或许激发上进也不定。小妹很聪敏，即便心思不在读书，也混到居中。其实呢，还是宠溺心作祟，在她眼里，弟弟妹妹永远长不大。有了舟生，自己做了母亲，照理他们也长了辈分，可却相反，一并做了她的儿女。最后，就站到小妹这边。张建设对大学不熟，内心难免生畏，舅子是只能人帮，不能帮人，有小妹一同探路，总归踏实些，却又不好忤逆岳父母，等修国妹态度出来，事情就定了。

这三个人搭长途车到蚌埠，天已向晚。先在火车站看班次，买第二日的票。

离开售票处站在马路牙子上，张建设想吸支烟，就有女人拥上来，拉他们住店和吃饭。走过两条街才算突围，剩下零星三四，尾随两个路口不见了。张建设知道凡车船码头都是法外之地，有不可测的危险，宁愿走远，到中心城区住一家大宾馆。他们一行都没进过宾馆，一推门，迎面而来几个外国人，以为去了不该去的地方，张建设撑持着率先往里走，那一伙人不及后退，差点让行李箱绊了，后面两个小的紧跟，小妹差不多是从对面人的腋窝底下过去的，只听一阵"索来索来"的疾呼。此时，却又迈不开腿了，光从上下左右照射，隐隐地传来音乐，水晶宫一般。恍惚中，有人引他们到服务台前，里外的男女也都是水晶人似的，闪闪烁烁。办好手续，乘上电梯，升、升、升、停，门打开。声光电收起，地毯上的栽绒发出一层薄亮，却是又深又软，把脚步声吃进去。在静谧中走过一扇扇紧闭的房门，门上刻着号码。三人分作两间，张建设和小弟一屋，小妹自己一屋。各自收拾了再聚一起，商量吃饭的事。张建设问弟妹们，"索来索来"什么意思，是不是责怪他们无礼？两个小的告诉说，恰恰相反，是向他们说"对不起"。张建设说：那还是咱们失礼了！

　　说一会儿话，便出门乘电梯下楼。适应的缘故，大堂里的灯光不像起初那么炫目，玻璃门外则一片灯海，车和人行在其中，都带了一束光似的。沿街走去，挑一家门脸敞阔，挂红灯笼的。果然轩敞得很，横竖排开，几乎有上百张桌，因是现烫现吃，就可从容照应。铁镂子嵌在桌面里，隔成太极图似的两部，分红汤和白汤，名为鸳鸯火锅。他点了牛羊肉，鱼虾海鲜，再加各样蔬菜，粉丝面条，又格外端上七八种蘸料。小弟心生不安，问姐夫花多少钱，张建设说，钱挣来就是为花的，重要的是物有所值。小妹说声"吃"，便下了筷子。他喜欢热辣辣的红锅，小弟却沾不得星点，只在白锅里涮，小妹则红白锅穿梭来回，小弟就嫌她混淆了辣和不辣，小妹不理会，兀自左右互动。于是招来服务员加一双筷子，令小妹分食，这才安定局面。同行不出一日，张建设已经领教这一对姨舅被惯得不轻，一个不经事，另一个专惹事，到社会上去，各有各的难为。他并不生嫌隙，倒是羡慕有父有母的孩子，不像他们兄弟，茕茕孑立。张跃进去部队已经三年，还未探亲一回，平时不怎么想起，想起就有一股辛酸，好在热气遮脸，花了眼睛，慢慢地，喉头的堵下去了。

吃完肉菜，下一束挂面，七分熟捞起，拌进佐料，再喝两碗汤，盘碗都干净了。结账离桌，走出门，凉风兜头吹来，一身透汗，脚下轻快，就在街上漫走。不知不觉中，转上岔路，路灯逐渐稀疏，终至全无，倒也不见得黑，因为有天光。两边的房屋矮下去，路也宽阔了，风鼓荡起来，却是湿润的，就有点沉，贴着人的脸和身子。前面绰约断续的灯亮，横陈一道高堤，愈走愈近，只看见大柳树间拉着电线，缀着五颜六色的小灯珠子，底下一溜摊位，衣服鞋袜，日用百货，南北干鲜。接着一段小吃铺，自己拣了鱼肉蔬菜，过了秤，交给掌厨的，或煎或炒，或汆或烤，热火烹油的，十分蒸腾。走过去，又是衣服鞋袜。小妹走不动了，眼巴巴地来回看。暗夜里的灯本来就有一种诡谲的色彩，光影交错中的织物，花团锦簇，真仿佛羽衣霓裳。和百货公司橱窗里的展示不同，一是量多，二是款式奇异。摊主大多态度倨傲，不在乎买卖，其实志在必得。像小妹学生模样，不挣工资，又没大人陪伴，只不过解个眼馋，更不会搭理了。女老板绕出摊位，也不开口，抬起胳膊肘子，人就顶到一边去了。小妹哪里受得了这个，胳膊肘顶回去。女人倒吃一惊，又笑了，捉住小妹的手，凑到亮处翻来覆去看，说钩了面料上的丝。小妹抽不出手，任女人一个指头一个指头捋过去，纵然有千百句厉害话要说，却让眼泪噎住。最后，女人松开手，说道：要买才能摸！还在小妹身上摸一把，言语和动作透露出猥亵，小妹终于哭了。已经走远的张建设和小弟折转身找她，见她僵直着身子，站在树影的暗处，看不清脸，觉得有事，却想不出什么样的事。张建设说：看中什么了，咱们买！小妹说：不要！扭头就往来路去，那两个疾步跟随。张建设想再看河上的船，却也只得走了。走到宾馆，分头进房间，张建设和小弟说了会儿话，这妻弟本来口讷，和姐夫又生分着，不过是敷衍。于是，相继洗漱，各自歇下了。张建设注意听隔壁小妹的房间，没任何动静，反有些不安，倘若有个短长，怎么向修国妹交代？势必早去早回。明日出发，当晚夜车返回，家里还有许多事，缴贷款，收租金，船上的马达要保养，筹划着给舟生办百日酒。想到舟生，不禁生出万般的欣喜，忽然间归心如箭。

以下的行程都按张建设计划走，将小弟送进学校，立即领小妹奔车站。小妹没提什么意见，听从姐夫安排，这也有点反常呢！顾不上多想，晚上八时整，登上京沪线快车，向北去了。火车启动，有一段经过市区，华灯夹道，广告和路牌在空中勾勒出红绿的线条和立方体，旱桥下的车流是光的河，惊鸿一瞥，不夜城滑出视野。晨曦中，车到明光站，张建设先下去搭船，修国妹在码头等他，留下小妹，独自北上。

下一年暑假，小弟回乡探亲，就已经是陆上人家，不再有晕船之虞。家中常住只有爹妈，但处处有姐姐的手：专给他辟出的单间，桌椅床柜，一应用物俱全；白粉墙上贴了各样奖状证书，从小学中学到大学；藤书架上是学过的课本，还有闲书，以武侠小说为主。自此，每年寒暑两假他都回来。不晓得姐姐在哪片水上，饭桌上的鲜菱角、野茭白、鸡头米，分明走船人放下的；房间里的新跑车、随身听、澳洲的羊羔皮，种种稀罕，不也是走四方的采买？临近岁末，姐姐姐夫带着小外甥，一帮人呼啦啦进门，他倒跑开了。至亲就是这样，不见想，见时躲。隔年的寒假，添了园生的啼哭，小弟向来怕吵，从功课里抬起头，寻到摇篮跟前，用眼睛瞪视，瞪到她收声，忽地笑了，才知道彼此是喜欢的。再到暑假，园生已经满地走，牵着绕到屋后，穿出山墙间的夹弄，上了堤岸。抱起园生，看河上的船，仿佛看见了自己，也像园生这么高矮，伏在姐姐背上。后来，下地走了，一根绳子拆两股，分别系在姐弟腰里，再合一股系在舱门的柱上，就像一对拴着的蚂蚱。拖拽着跌倒爬起，脸对脸唱《拍手歌》，船在身下摇，竟一点儿不晕呢！再后来呢，园生换了舟生，一个跟船走了，一个留在岸上。都是姐姐的亲骨肉，喊他舅舅的人，但和那一个亲，这一个远，就像姐姐和姐夫的区别。总之，每每回家，都有变化。

这三年里，小弟硕士毕业，直升读博。小妹头年高考落第，下年再落第，直到这年，考上皖南一所师范。姐夫手下的船翻了倍，自己的那一艘雇了船工，专做几家老客户，不为生意为的情分。县里买下商品房，受政府奖励，落了城镇户口。二老留恋这院子，弃船上岸，还没住热乎呢！因此姐姐一家先过去，舟生眼看上小学，县里的学校自然好过镇上的；园生呢，要进托儿班，乡下可没有这个。修国妹不跟船了，管岸上的交道，兼顾孩子。好比快刀切菜，顺遂的日子总是疾速的，回头看，都要吓一跳，竟然走出这么远。不单是他们，四周围也都变得不认识。县城拓展了，原先城关的分洪闸一下子到了中心区域，成为地标；土路铺上柏油，栽种行道树，甚至立起信号灯；平地起来高楼；码头的河滩修筑台阶，辟出方场，围一圈花坛；露天汽车站现在建了玻璃钢顶棚，底下一排排连椅，日光投进来绿莹莹的，班次增添十数趟，公路向四面八方辐射、交会，输送人流和物流……

　　无数河汊被填埋，主干水道变得拥簇，往来繁忙，显得格外兴隆。事实上，别人也许没注意，却躲不过张建设的眼睛，他看到，水运的总量在迅速下降。不说别的，轮渡客就在减少；数一数停泊点的船家，也在减少；最关系生计的，货单在减少。连他这样的老码头，都吃过退订，也有的，是买他面子，勉强维系着，同样躲不过他的眼睛。陆路比水路时间短，运载多，吃用开销低，汽车就像公路破出膜的鱼子；反过来，汽车又催生公路，他不也买了一辆上海牌小车？更要紧的，就是乡镇厂式微。这一波兴起的都是织印、建材、五金、小化工企业，流程简易粗疏，快速获利的同时也快速污染环境，河面上肉眼可见柴油漂浮，码头上水客的号子声不知何时沉寂下来，替换的是打井的钻机轰鸣。街上人家，院子里巷道里，甚至机关驻地，都在开凿地下水。国家垂直省、地、县，一路设置环保部门，眼看关闭潮就要来临，内河里的船运也到收尾。就在这时候，发生一件事情，张建设的转折不能说直接起因于这里，但却是关键性的推动。

　　这就要说到李爱社了。张建设不是介绍他到明光镇上的窑厂做销售？头两年业绩不错，人脉铺得很广，都有浙江的订单。浙地的自由经济分外活跃，温州那一带从来没有消停过个体买卖，旧时代叫作投机倒把，军区都动用直升机冲击交易市场。世道轮转，到今天却应了潮流，成为先驱，连山林海岛河湾都允许私人买卖。俗话说，穷算命富烧香，自古来"淫祀"的传统，收敛几十年，这时候又续上香火。乡里村里，街里巷里，起来无数寺庙，一边是砖瓦需求量大增，另一边则用地紧凑，供应不足，于是四处进货，听起来也合乎情理。张建设每回遇书记大伯，多是喜讯。最近的消息，是在上海开发业务，虽有夸张之嫌，但这是个勇进的时代，只有想不到，没有做不到，所以也信了。其实，以张建设的眼光，是可看出破绽的，他多少有点存心的，半睁半闭地，让开了，不想让书记大伯扫兴，或者，也怕给自己惹麻烦。可是现在，麻烦来了。那窑厂里有张建设的熟人，否则也不能走人情。事后知道，李爱社主管销售，从簿记看，收益涨幅明显，但至少一半用于推送渠道，并且不断扩大，相应之下，汇款就有限了。工人日夜加班，一批批出货，上船上车，一溜烟地不见影，打水漂似的。当然，三角债已经遍及全社会，到处都是讨债的人，谁也脱不了钳制。但是，刨去正当的债务，或多或少，总也有盈余，否则，办企业为什么？李爱社的做派和口气都是宏大的，高屋建瓴，乡下人哪里是对手！每一次结算都被他吓回去了，这样，终于到了发不出饷也开不了工的日子。李爱社造下的亏空，即便在账面上也盖不过去。那些浙江、上海所谓的铺货点，他声称投资失败，全是虚拟，实际是吃喝交际，再加受骗上当。这才叫山外有山，他设套，人家设套中套，箍桶似的越箍越紧，终于逃不过了。民间的习俗是讲私了，第一，老百姓怕见官；第二，打官司费时费钱还伤面子；最后，就算胜诉，把人打进大狱，就算两清了。窑厂的本钱，一半集体，一半集资，关门熄火，于公于民都不好交代。厂领导商议，还是要找个居中的人顶事，冤有头债有主，顺藤摸瓜，就到了张建设这里。张建设先吓一大跳，紧接的念头是，他逃不掉的，两边都是他的人！于是，毫没有犹疑，一口应承。他没有去李爱社家找人，生怕他父亲难堪，但岳父母却上来了，说书记大伯去了家里，都哭了。就知道，不能有片刻拖延。

　　事情简单得很，两个字：还钱！说起来，张建设有了事业，钱却不如没事业的时候凑手。怎么说，那时候，哪怕只有一块钱，也是自己做主的；现在，百万家财，却是套在人家手里。所谓"人家"，或者银行，或者房产商，或者发货送货的上家和下家，有他欠人，也有人欠他，需要变现了，才能挪动。最终，他决定卖船。因是急着出手，降了一二成；单方面中止期约，又补偿租户违约金，所以，三不值两，一条船不够，再加一条，把李爱社的饥荒平掉了。这一切都是张建设和窑厂直接过从，事主都没有露面。交割完毕，张建设即登门书记大伯家，报告结果。大伯低着头，发顶花白，原本一条壮汉，却已经是老人了。张建设想到那句老话：你养我小，我养你老。但不好出口，人家是有儿子的，要他养做什么？自己受的恩情，做儿子都不够还的。说不出话，屋里屋外看一遍。大伯不抬头也知道他看什么，遂说道：那冤孽去了南边！其时，"去南边"往往是奔前程的意思，心想，李爱社要东山再起。紧接又怀疑起来，起得来吗？究竟不好细问，也不便多留，像是邀赏似的，说了声：保重，大伯！起身走了。下了台子，过去村道那边，进自家小院。家前家后打理得更加齐整，豇豆棚葫芦架一层高一层低，底下爬着南瓜藤，已经结纽，二老的日子很兴旺。朝屋里喊了声：走了！岳母跑出门，就只看见一个背影，上了河岸。

李爱社的事故，让张建设提前收拢船东的生意，卖船的经历又一次敲响警钟，内河运输的黄金期在颓势上，他们的机动船也老旧了。而且——这些日子他放空船任意漂流，不知觉中从淮水到洪泽湖，再到运河、邗江、长江，直下江西九江，临鄱阳湖，烟波浩渺中折转，溯源而上。原先密集的河汊多半填地修路，主河道架上许多新桥，涨水期里，河面淹到桥台，稍大些的船只便无法通行，行话叫作"闷桥"。于是，尚存的支线就拥挤不堪，就像城市交通高峰时段的堵车。他不赶趟，就总是让和等，看一条大船从洞口露头，渐渐出来，舱棚顶上站一个小女子，短裤短衫，抬腿举手，嘴里嚷嚷着，不觉笑起来。因为想起修国妹，初次遇见的样子，大不过这孩子的年龄，心里就又着急起来，不知道此时此刻，她带了舟生园生在做什么。于是开足马力，左突右进，竟然在一团乱麻中挤出缝，针似的穿过去了。从小没有家的人，总是特别恋家。

张建设还去看了姚老师。姚老师调往公署分行任贷款部主任，随着升职，底下的弟妹情况也改善许多。弟弟们搬出老屋，乡下的父母便回城安居，本来在船上住的四弟，在城关买下农业人的宅基地，造起三层楼房，县城扩大，又将城关乡纳进，倒成了中心区域。那条船还在手里没放，张建设只当送他，租金有一期没一期的。当年脚无寸土之地，如今横跨水陆两界。姚老师迁往公署所在地级市，住进银行自建的商品房小区，象征性收取费用获得产权，房屋装修得像五星级酒店，又收拾得干净，进门是要脱鞋的。穿了尼龙袜的脚一步一打滑，姚师母的性情也变贤淑了，亲自下厨，中午饭是在家里吃的。

姚老师胖了，眼角的鱼尾纹抻平，至少年轻十岁。最明显的是精气神，轩昂起来，像个做大事业的人。不知道本来如此，还是文明风气陶冶，姚老师家的菜式非常清淡，在出力人嘴里，可说索然无味，恨不能张口要一碟咸菜下饭，但看起来姚老师家不会有咸菜。酒是好酒，师母却限得很紧，姚老师呢，量也减了，二三盅就上头，眼圈红红的，仿佛要流泪。张建设说到转向的计划，诚恳请求：还要请您帮忙！姚老师回答了一句奇怪的话，等一些日子过去之后，再回想，方才明白其中意味。姚老师说：我和你张建设的交道，最是清白！

半年以后，张建设投入新行当，就是拆船。不出他所料，内河上的营生正发生变更：货运上了陆路，客运呢，演变成旅游项目，兴隆的土木工程诞生出另一碗水上饭，挖沙！载着起重机和链带的挖沙船，像坦克，又像炮楼，威风凛凛行走河道，似乎象征一种前所未有的力量的雄起。淘汰的旧船先是流向二手市场，再从二手市场溢出，流向废旧物处理场。到了这里，价格几近倒挂，送的要向收的缴钱。姚老师透露给张建设信息，地方政府开发工业园区，选址在淮、浍、涡三河交集处，开始启动招商引资。发展是硬道理的草创时期，农村土地流转活跃，可说是最低成本。趁此机会拿地，远算近算都是划算，问题是拿来以后怎么办。一不能闲置，二是必在实体经济范围，越出去就需要无数批文——如今，专有一行，倒卖批文，都是通天的人物在做。姚老师告诉说：像我们草根社会，见都见不到其中最末的一个！

也是机缘，年前，张跃进回家探亲。走的时候还是孩子，此时长成一条汉子，个头比哥哥高，肩膀也宽起来，说话有胸音。没有穿军装，穿的是便服，一件皮夹克。新疆那地方，九月下雪，非皮毛不可抵御，所以，就是寻常物件。果然，拉开行李箱，一件一件取出来，帽子、手套、靴子、围脖、羊毛毡子、狗皮褥子，整张的狼皮，眼珠子绿莹莹的，像在看人。堆了一床，屋子里顿时弥漫了动物油脂的膻味，老少都惊呆。反过来，张跃进也是惊呆，少小失怙，记忆中，就没有家，忽然间，平地冒出热乎乎一大伙子人，上有老，下有小，他还做了叔叔。那舟生眼馋他的夹克、军靴、军帽里印着的番号，黏在腿跟前，胳肢窝夹起来，跨到脖颈，就这么在村道上走。张建设跟在身后，渐渐走到前面，领上了河岸。兄弟俩并齐站着，同时从兜里掏出烟，互相看看，哥哥取了弟弟的，陌生的边地的牌子，对了火，抽一口，几乎呛着，异族的气味，咳几声，咽下了。两人没有多的话，只看堤底下的船，嗒嗒的马达声响，仿佛从很远处传来。幸而有舟生天问般的发问，两个大人都不及回答，方才不至于冷场。不过，亲兄弟之间，再生分也是血脉偾张，烫心！老家的院子里住了两天，便随兄嫂去城里的新楼，比平房逼仄，但居高，可远眺。张跃进再一次惊叹，这小县城和大都市有何差异！当年新兵出发，就在两条街外的武装部上的卡车，望过去，找了半天，才看见鸡窝大小的一个院落，夹在楼缝里。

　　那几日，有一搭没一搭的，张跃进也知道了张建设的规划，就说部队里有一个老乡兵，是县委大院的子弟，早一年复转，走前家里就定好工作，水利局做科员。他正想看战友，哥哥不妨也去，兴许能得到什么信息，张建设说好。两人扒拉些干鲜水产，事先并不通知，凑个星期天，直接拍上门，果然逮个正着。亲不亲，战友情，两人见面，一个大拥抱，推开来，你一拳我一脚，再拥抱。反复数次，气咻咻地歇手，这才看见门口还站着一位。张跃进介绍是哥哥张建设，战友亮着眼睛道：原来是你哥，早听说了，大胆创业勤劳致富，上过县榜的！张建设说不敢当。张跃进又惊呆，哥哥已成名人。这一天余下的时间里，都是战友和张建设说话，张跃进倒成了陪客，他并不觉得受冷落，还高兴自己能为哥哥扩展人脉，不定帮得上多少，总是聊胜于无！

　　战友比张跃进长两岁，叫海鹰，是干部家孩子常起的名字。"海鸥""海燕""海鸽""大海""小海"，他们大院，就有两个"海鹰"，幸亏不同姓，否则就要搞混了。父母是从总参下到省军区，再到地方人武部。那一年，海鹰小学三年级，说一口北京话，人长得白净，在县城里显得很突出。应该说，县委的子弟因政治地位，相对优渥的物质生活，多有一种轩昂的精神。海鹰又更特别些，从小生活在大城市，完全没有本土气息。这些外来的家庭对儿女都有着长远的规划，他初中毕业没升高中，直接入伍了。一是上山下乡运动还未过去，上面的哥哥和姐姐都当兵，按政策他跑不了插队落户，于是未雨绸缪；再则，军队出身，子承父业，下一代多半也是从戎的道路；事实上，还有第三条，部队系统好比一个大家庭，自己人总是方便照顾的。海鹰很快入党，提干，无奈他不喜欢军旅生活，不像北京大院里长大的哥哥姐姐，他在地方上，就算县委宿舍，还是避不了"老百姓"习性——这是从战争年代流传下来的社会分野的称呼。所以，海鹰就养成散漫不受拘的个性，在参谋一级上复转。本来有机会到公署和省城工作，但也是自小生活的影响，他就喜欢这个地方呢！早已经学会本地话，时不时地，遭到哥姐笑话。比如，硬币说成"毛疙"，头发说成"头毛"，盛饭叫作"垛米"。他交下了朋友，不止干部子弟，也有"老百姓"。这就是他的好处，没有门户之见，甚至，"老百姓"的吸引更胜一筹。后街背静的巷道，鹅卵石路面，自行车轱辘"格楞格楞"响，喊着同学的名字，柴门"吱"一声开了。杂院里，东家西家的披屋，挤出巴掌大的空地，支着铁鏊子，底下烧着树枝。面糊划一圈，竹签子一抹，再一挑，"啪"，翻个身，一张薄饼出来了。晚上留饭，吃的就是它，当地人称"烙馍"，卷进配菜——桌上至少七八小碟，小鱼、虾干、肉丝、蒜薹、芫荽、黄瓜丝、腌萝卜、臭豆子、鸡蛋皮……老话说，隔锅饭香，也怪他们家的伙食太过程式化，主食分干和稀，菜分荤素，从饭堂打来，盛进搪瓷缸，提回家直接上桌。母亲一来上班，二来没手艺，难得下厨，不是生就是煳，他家的锅都是煳底的。他和他的朋友，在哥姐的眼睛里有点"俗",也是"老百姓"的同义词。但有一项，不得不服气，那就是，这些朋友，无论男女，长相都十分周正。前面也说过，可能临水的缘故，还是要远涉种族，此地人样貌好。朋友中有一个姑娘，传说正和海鹰处对象，这大概是他要回来的最主要原因。早恋，也是地方上的一个特色。就这样，张建设认识了海鹰，由此，走进县委大院。

......

白釉黑花罐与碑桥

迟子建[*]

楔　子

又来了个姓赵的。

他四十上下，黑红粗糙的脸，平头，额头有颗斑驳的黑痣，穿一身不大合体的藏蓝色西装，红领带，紫袜子，黑皮鞋。为来鉴宝特意刮过胡子吧，唇髭间泛着收割后的青光。他怀抱一个半尺来高的三足龙纹云鼎，说这是西周的青铜器，当年宋徽宗被金人所掳带到三姓的，他的远祖是宋徽宗后人，所以这宝贝在他家传了好多代了。

我懒得多看一眼那明显造假的玩意儿，鼎上的龙纹张牙舞爪，粗鄙不堪，这可不是西周的线条，我毫不客气地对他说："东西不必放下了。"

他细长的眼立刻瞪成圆眼了，半是威胁半是乞求地说："您不仔细瞧瞧？也不问问我姓啥？"

---

* 迟子建，女，1964 年生于漠河。1983 年开始写作，已发表以小说为主的文学作品六百余万字，出版有百部单行本。主要作品有：长篇小说《伪满洲国》《越过云层的晴朗》《额尔古纳河右岸》《白雪乌鸦》《群山之巅》《烟火漫卷》，小说集《北极村童话》《白雪的墓园》《向着白夜旅行》《逝川》《清水洗尘》《雾月牛栏》《踏着月光的行板》《世界上所有的夜晚》，散文随笔集《伤怀之美》《我的世界下雪了》等。曾获得第一、第二、第四届鲁迅文学奖，第七届茅盾文学奖，澳大利亚"悬念句子文学奖"等文学奖励。作品有英、法、日、意、韩、荷兰、瑞典、阿拉伯、泰、波兰、芬兰等多种文字译本。

"你当然姓赵了。"说完这句话，我见他手上毕露的青筋，瞬时瘪了下去，而先前它们血脉偾张，像一条条奔向猎物的蛇。

我眯起眼，享受南窗送来的金子般的阳光，这是西周的阳光，北宋的阳光，也是今朝的阳光，无须鉴定，千秋万代。

那人咳嗽一声、叹息一声，再咳嗽一声、叹息一声，最后"唉——"地长叹一声，绝望地走了。他走得深一脚浅一脚的，脚步声杂沓不堪。一个人泄了气，腿脚就不利落了，再加上他穿的新皮鞋，与那身别扭的西装一样，显然是急就章，与他的脚怎能合拍。

我从哈尔滨到依兰两天了。退休这五年，我驾驶一台越野吉普车，在黑龙江各地寻古探幽，也发挥专业优长，免费给人鉴宝，渐渐地在民间有了些名气。因为经我鉴定为真品的一些私人藏品，得到了国家级文物专家的认可，拥有宝物的主人一夜暴富。

我不做文物贩子，虽说利润空间很大，这倒不是怕违法，而是我资金不够雄厚。我只购藏经济能力承受得起又令我心仪的器物，比如金代的双鱼花枝铜镜、清乾隆年间的粉彩山水画盘、明代的青花瓷碗以及民国的各类酒壶。

当收藏成为一种热潮时，各地的古玩市场也悄然兴起，抱着捡漏心理的收藏爱好者成为这里的常客。但摊主们兜售的器物，十之八九都是赝品。而之前在穷乡僻壤，有些宝物真的不为人识。有农人用明代万历年间的花鸟漆盘去盖咸菜坛子，还有人把辽代的上马酒壶给小孩子当尿壶。细究起来，这样的人家祖上没有不发达的，而后辈又没有不落魄的，以为自家不曾拥有稀罕物。

爱好收藏的，最痛心的就是逢着心爱之物却无力纳为己有。比如我曾在阿城乡下一户人家，见到一个盛黄烟叶的罐子竟是金代的白釉黑花罐，其器形端庄古朴，色彩典雅高贵，釉面似有月光隐隐浮动，就像个穿着丝绒旗袍的气质美女，在勾人魂魄地望着你。罐身的牡丹与枝叶勾勒得富贵又妖娆，像是要从罐子中飞出来爬上谁家的窗棂，为这罐子平添了一份浪漫，让人怦然心动。见我要出高价收购这个罐子，老乡顿悟此非浊物，连说这是他心肝，陪他大半辈子了，不卖。几个月后我再去，房屋还在，但主人已不知所终。

我已是第三次来依兰了。因为北宋的赵佶赵桓二帝曾被囚于此，这当年的五国头城里，不仅流传着很多关于他们的传奇故事，前来鉴宝的人里标榜赵姓的也不少。仿宋徽宗赵佶的书画作品，一如陈年枯叶，有点收藏风就飞出来了。

还记得我第一次来，有个酒气熏天的男人，拿着一页泛黄信笺，愣说是宋徽宗写给金高宗的密信，价值连城，给他两万他就出手。见我不理，他抖着信笺说，瞧瞧这有筋无骨的瘦金体，只有他妈的不爱江山爱花鸟的徽宗才写得出来啊，你看走了眼，可别后悔呀。我抢白他，花鸟不是江山吗？而我第二次来，有个肥胖的自称姓赵的艳服女人，袖着一方褪色的粉绸，说这是徽宗皇后韦贤妃用过的。而这次竟有人仿造西周的鼎蒙我，委实让人不爽，这分明是嘲弄我的专业才能。

其实我这次来还是有收获的，得了一盏曾任依兰镇守使的抗日名将李杜将军的台灯，要知它照亮过多少黑暗的夜晚啊。李杜因尊崇李白杜甫，把原名李荫培改为李杜。他的二夫人王者培在东北很有名气，是个舞刀弄枪的女侠，传说她爱上了李杜将军，但李杜有夫人，于是刁难她，说除非你打下城门塔上的鸽子，才会考虑。王者培手持双枪，砰砰两声，一双鸽子自塔顶坠下，成了她婚礼的爆竹。此行我还得了一幅曾任依兰道尹的莫德惠的字。日本侵占东北时，莫德惠正在苏联，他闻此消息，放声大哭。清末依兰城门上"东北重镇，中外通衢"的横额，就是莫德惠题写的。

依兰山岳环抱，多有庙宇。这里水系纵横，除了浪漫汇合的牡丹江和松花江，还有散发着竹笛般清音的倭肯河和巴兰河。来这儿的游客，看山有山，观水有水，寻古有古。依兰在金朝设路治，称胡里改路。乾隆年间，这里就是著名的通商开放市场，有大码头，商户林立，贸易繁荣。光绪年间设依兰府，后为依兰县。它别名"三姓"，源自满语"依兰哈拉"，满语中依兰为"三"，哈拉为"姓"，当地不少百姓还习惯叫它的老名字。而不管历经了哪朝哪代的风云变幻，依兰最为世人所知的，还是徽钦二帝在这里"坐井观天"的囚禁岁月。

送走最后一个鉴宝人，我正打算出旅馆寻个吃杀猪菜的地方，林蓓来电，也不问我在哪儿，张口就发脾气，说你快滚回来吧，我可受不了你妈了！

　　林蓓比我小九岁，是我现任妻子，已是一家企业的副总了。她年薪比我高，长相不俗，自我们结合，母亲一直看她不顺眼，觉得我找了个跟王姝同路的女人，好不到哪里去。

　　王姝是我前妻，貌美如花，性格活泼，在一家医院做护士。女儿十岁时，我发现她和一个有家室的官员有染，于是提出离婚，王姝欣然同意，我们平分财产，女儿共同抚养，也算分得寂静和体面。

　　被戴过绿帽子的男人再找女人，总觉是走夜路，有姿色的都觉得是鬼，让人脊背发凉。

　　我是在一个朋友的聚会上遇见林蓓的，她鹅蛋脸，黑黑的眼睛，剑眉，红唇，一头秀发，身形高挑，衣品极好，举止得体。朋友说她刚离婚，前夫是搞动力学研究的专家，出轨女博士，林蓓一怒之下离了婚。我想我们有相似的情感经历，再组家庭，定会彼此珍惜。但母亲见她第一眼就不喜欢，说你当自己是拎着金箍棒的孙猴子啊，怎么又招了个妖精来家？但我迷上林蓓，不顾母亲反对再婚了。林蓓那时是企业的中层干部，常陪老总出差，母亲说她一准是跟别人撒野去了。婚后林蓓才跟我说，其实她是个丁克，前夫本来也是，说好了不要孩子一起走到底的，可婚后他就改主意了。前夫出轨，也是想刺激她主动离婚，好再婚生子。林蓓说她之所以没婚前说，是因为坚信我这样有襟怀的人文学者，不在乎这个，再说我有孩子了。林蓓虽然给我戴了人格的高帽子，但我依然不爽，觉得她心机重。母亲知道林蓓不想生孩子的坚定意志后，气得大病一场，尽管不喜欢她，但还巴望着再得个孙子呢。

　　林蓓性格强势，业务能力强，人脉广，一路升至副总，风光无限。我们在经济上各自独立，她的钱主要消费在奢侈品店、美容院、高端餐厅和海外游，而我乐意把钱用于收藏、购书和国内自驾游。林蓓过了五十岁后，气质大不如从前，也许是企业复杂的人际关系给折磨的。她打电话时，我常听她对张三说李四的坏话，转而又对李四说张三的不是，简直是个面具女王。还有她近年睡眠差，大把掉头发，黑眼仁少白眼仁多了，她跟我说话翻眼珠时，感觉她眼里堆着肮脏的雪。

母亲一直怀疑林蓓在外面有人，所以只要我离开哈尔滨，她就把保姆打发走，要林蓓回她那儿住，名曰陪伴，实则监视。这不，林蓓控诉大中午的，母亲让她回去喝人参乌鸡汤，说是入秋后得补了，不然缺营养，头发掉光了，人家还以为她儿媳妇要去当尼姑。我明白母亲并不是真的关心林蓓的身体，她就是要占领她的午休时间，因为母亲跟我唠叨过，她听说出轨的上班族，通常是利用午休时间，在快捷酒店或办公室鬼混，晚上回家跟没事人似的。

无论是前妻王姝还是现任林蓓，我都无感了，相信她们对我也一样。我现在的家，就像一个开放的码头，为着利益，什么船都可以靠港。王姝退休后常带女儿过来，她鼓励我收藏，不是欣赏它们独有的文化价值，而是为着我们的女儿着想，说这是软黄金，能作女儿的传家宝。这话对自甘放弃生育后代的林蓓来讲，字字诛心，所以林蓓喜欢挥霍钱财，反正无人继承。林蓓一身名牌地走出家门时，我总觉她像稻草人一样，身上没有血肉。

挂断林蓓的电话，我没心情去寻杀猪菜馆了，想着旅馆斜对面有一家砂锅豆腐店，随便对付一口算了。

依兰晚秋的风与哈尔滨一样，由润而滑的丝绸感，蜕变为凉而硬的金属感了。没有都市高楼的层层阻隔，风更自由也更凌厉，吹得人睫毛忽闪。小城依山傍水，草木气息浓，汽车尾气少，空气清冽干净，让人神清气爽。我进了小店，点了一个排骨豆腐砂锅，两张葱油饼，全部消灭掉，只觉身体动力无穷，很想出去撒撒野。刚好有食客在讲巴兰河，说这段时间去那儿看五花山的人不少，我便想去巴兰河景区转转。

主意已定，我赶紧回去退房，驾车奔向巴兰河。

我的背囊中备有常用的急救药品，还有指南针、防水火柴、手电筒、望远镜、搪瓷杯和水果刀等野外生活工具，以及瓶装水、食盐、糖果、压缩饼干等。

对爱读书的我来说，包中还少不了一两本书籍。

出了旅馆向西不远，是一条商业街，城镇化改造中，很多地方的房屋被粉刷成一个颜色，比如土黄色，依兰的这条街就是这样。这颜色在我记忆中，仿佛火车站专有。好在土黄色的建筑物上，有五颜六色的牌匾，无论冬夏都绚丽夺目。超市、银行、浴池、药房、烧烤店、冷面馆、渔具店、鲜奶吧、佛事用品店、理发店等依次排开，这生活的花朵，即便是在新冠疫情中，也不凋零。

快出城时，见到一处建筑工地上，两台挖掘机正在作业，一个工人在瓦砾中叼着烟撒尿，他旁边站着一条摇头摆尾的黑狗。这路段大货车和摩托车明显多了起来，它们体积不同，气势却一样，跑起来蛮气十足，这都是路上的祖宗，我小心翼翼避让着，到了哈肇公路才松口气。而上了依兰旅游公路，那就是走上幸福大道了，路况很好，车少人稀，风景也美，我把车窗摇下，听着原野的风声。

依兰旅游公路有三十多公里长。中秋和国庆将近，正是游客青黄不接的时节，往来车辆极少。夏候鸟大都迁徙了，偶尔从草丛飞起的一两只禽鸟，也都飞不高。它们有的是因出生晚，体力不行，难以展翅高飞，有的则是因伤或衰老得飞不动了，还在北地苦熬。命好的在落雪前挣扎着南飞，或是被候鸟保护站收留，命差的就葬身于寒流，那丝绸般的羽翼就此在天空消失。当我放慢车速，贪婪地呼吸着山野清风的时候，一只成年苍鹭忽然从水边半青半黄的草中拔头而起，它侧棱着翅膀，飘飘摇摇地跟着我的车子飞翔，随时随地要栽倒在地的模样，一看就是受了伤。

我最不喜欢的鸟儿就是苍鹭了，不是因为它嘴长脖长、细脚伶仃，一副刻薄相，而是因为母亲常把我跟它类比。苍鹭捕食时会像岩石一样，待在一个地方久久不动，静待猎物，所以当地人也叫它长脖老等。它不挑食，撞上什么就吃什么。母亲说我在婚姻上就是个长脖老等，不知道四处寻觅好姑娘，傻呵呵地撞上王姝就娶了王姝，撞上林蓓就娶了林蓓。所以每次路遇苍鹭，我都会加快车速掠过，仿佛是甩掉了母亲的嘲笑。

我到巴兰河景区时是午后三时，太阳已向西了。在一座挂着红灯笼的山庄停下车，我跟庄主说想租个橡皮艇漂流巴兰河，留着一撇小胡子的他瞪着我说："兄弟这是啥时候啊，都快下霜了，还上水里整啥浪漫！"

我说那你还守着这山庄干吗？

他又瞪了我一眼，说："收秋啊。"

我以为他在附近种植了庄稼，再交流才明白，这两年因疫情，山庄一关再关，游客锐减，生意难做，就巴望着中秋和国庆假日时，来看五花山的人带来个小高潮，收个游客的秋。我问他这两个节日的客房预订情况好吗，庄主害了牙痛似的抽着嘴角说不咋样，预订中秋节的只有四间房，还都是普通间。国庆节的稍好一些，两个小套房都订出去了，普通间也有五间。他说要是搁前些年，这儿的客房闲的时候少，可现在整座山庄，只有五个客人。三个年轻的是来拍五花山的摄影爱好者，一对老夫妻是银婚旅行，他们消费都不高，实在没啥赚头，勉强维持员工开支。

我好说歹说，庄主就是不肯租橡皮艇给我，说早过了漂流季了，今年水又大，后天就是中秋节了，万一我有个闪失，他们踩了假日游安全的地雷，那可就遭殃了。他建议我住下，可以出去转转山，看看奇峰异石。他说当年跟宋徽宗发配到依兰的九个侍女，因不堪金兵凌辱，在巴兰河投水而亡，魂灵化作秀丽的山峰，离这儿不远，日落前可探寻一下。有人说男人看了这九女神峰，会交桃花运呢。

我没有好气地说："交桃花运的男人哪个不被桃花水淹死！"

庄主哈哈笑着拍着我肩膀说："兄弟这是蹚过桃花水受过伤哇。"

见我对九女神峰不动心，庄主又说这附近还有蘑菇，可挎个篮子采山，用自己采来的蘑菇，去厨房做个鲜蘑炒白菜片，再弄个清炖细鳞鱼，来上一壶老酒，这个夜晚就是仙女来陪，咱都不干！

巴兰河景区的山庄还有不少，可是日色渐暮，我还想趁亮出去转转，再说庄主是个有趣的人，所以不想再寻别处，先办了入住。

我肩挎背囊出门的时候，庄主嘱咐我注意野兽，天黑了就回来，别往密林中走，万一碰见黑熊，这家伙冬眠前正要储存能量，我这么大块的优质蛋白，它是不会放过的。

秋风是大自然的调色师，巴兰河两岸的山峦和原野，被它点染成了花园。杨树的叶子黄了，但它黄得参差，土黄、鹅黄都有，不像白桦树跟个富翁似的，披挂着满树金币似的金黄叶片。柳树叶子的颜色最丰富了，半青半黄的有，半红半粉的也有。最红的要数柞树了，它那蝙蝠似的叶片油红油红的，像上了蜡。落叶松的松针就两种色，落地的是深褐色的，还在树上的是浅黄色的。只要一阵风吹过，你看林间吧，简直是天女散花，斑斓的秋叶满天飞。但这样的绚丽，是大自然的回光返照，因为秋叶终归飘零，褪掉颜色，成为腐殖土的一部分。我踩着林地厚厚的落叶，感觉是踏着油彩前行，脚下流光溢彩的。

庄主诳我，这时节哪还有蘑菇啊，我不止一次以为发现了榛蘑，可凑近一看，总是落叶，榛蘑和落叶在长相上酷似。兜兜转转了一小时，只找到几个半干的桦树蘑。我爬到半山坡时，太阳开始下沉了，夕阳仿佛一个气韵饱满的歌者，一旦它开嗓，晚霞就缕缕飘出了。我掏出望远镜回望山庄，想看看沐浴着夕阳的它，是否成了金殿，这时我意外地发现了一条船。

这条船停泊在山庄东侧的一棵大杨树旁，面向巴兰河。船是木船，不是那种为游人预备的橡皮艇，也许是山庄员工用来捕鱼的？要知道住进这里的游人，谁不渴望灶上的河鲜呢？这条黑黢黢的船，在我眼里比任何一道晚霞都绚丽，再次点燃了我漂流巴兰河的热望，而我有数的几次漂流，都是在日光里。想想太阳落了山，避开庄主和游人，悄悄推船入水，来一个月夜的漂流，独享一条河，听水声、风声和落叶声，该多享受啊。

锁定了船的方位，我不再登山，而是席地而坐，目送夕阳。秋天的太阳落得就像疾驰的车轮，滚滚向前，一刻钟左右，大半个身子沉下去了，再七八分钟，夕阳完全不见了，它在最后时刻留下了对天空的热吻，玫红与金黄的晚霞弥漫在西边天。但这是黑夜最觊觎的吻，用不了多久，它们就会被吞噬。

山庄客人少，不必在意会撞上花前月下的人。所以太阳一落，我就起身下山，一直到巴兰河畔，只碰见个忙活着往洞里藏松子的松鼠和几只被我惊飞的苏雀。晚霞消散，夜色渐起。那条船半新，还有腥味，看来是打捞河鲜的船，船桨不像我想象的怕客人乱用而藏在别处，桨就在船舱贴心地放着，而且船尾接近水面，我毫不费力地推船入水，开始漂流。

入水后我才发现船在山庄的下游，所以更不用担心庄主会看见我了。我摇船离岸时，感觉是个成功逃学的孩子，直想放声歌唱。山庄灯火旺盛，可等我划了一段，在河流转弯处回身遥望时，山庄的灯火就像一团渔火了。

巴兰河是由山泉水汇聚而成的，非常清澈，虽然夜色迷蒙，但在水浅处，还能隐约看见河底的卵石。河道初始宽阔，有十五六米宽吧，但转了两三个弯之后，它忽然收紧了心，河面变得狭窄起来，也就六七米的样子，伸出手臂能抓到岸边的柳树探过来的枝条。水流变得湍急，我努力保持着平衡，不让船过于摇摆。

船行七八里后，月亮升起来了，照得巴兰河像大地的闪电似的，瞬间亮了起来，猛然间觉得河上鱼群飞舞，仔细一看，却是形形色色的落叶。落到水里的叶子，不甘命运的，可以随着巴兰河汇入松花江，心性更高的，没准还能汇入黑龙江呢！

月亮初始光华满面，但它在夜空没骄傲多久。当船行至一处宽阔的水域时，天突然阴了起来，月亮被云彩遮住了。先是片状云像羽毛似的撩拨月亮，也顺带给它们点染了春心，令片状云红了脸庞。但随着铅灰色的块状云堆积而上，月亮逐渐沦陷，挣扎着发出微光，最后被浓重的乌云彻底埋葬了，河面骤然黯淡了，风也起来了。山里的天气就是这样，几分钟前还云淡风轻，转瞬却是狂风暴雨。

先前漂流时，我还嫌夜晚太过恬静，波澜不惊，少了刺激。现在狂风一起，两岸的树疯狂摇曳，呼啦啦作响，像一颗颗手榴弹，要炸毁这暗夜似的，再加上野鸟惊叫，暴雨如注，河面雨雾蒸腾，波涛翻卷，小船剧烈颠簸，我立刻兴奋起来。

可这激情没有持续多久，雨越下越大，河面一片模糊，分不清哪儿是岸，身上阵阵发冷，我打算结束这冒险的夜漂了。我吃力地辨认着方向、寻找上岸之地时，船被一个大漩涡击打得侧翻，船舱进水了，这让我分外紧张，因为我并不会水，如果没有了船这双脚，我在河里就失去了心脏。

我渴望闪电的出现，这暴雨的先遣军，是天空的手电筒，会让我在瞬间辨明哪儿适合靠岸。可是闪电是夏天的轻骑兵，到了秋天就偃旗息鼓了，不再亮剑。我睁大眼睛仔细观察，发现眼前是墨色和灰青色交织的色团，我判断出大面积的墨色是岸，而呈带状分布的灰青色，则是河流。只要朝着墨色方位，感觉船不太颠簸时，说明那是水流相对平缓的河段，就可靠岸。

然而船侧翻时涌进的河水与持续的暴雨倾入，使得积水已没过我脚踝，船开始渐渐下沉。当我意识到不妙时，也不管身处什么样的河段，赶紧朝着浓重的墨色划去。

在我努力靠岸的过程中，船又雪上加霜地"咣当"一下撞上了什么，这让我肝肠欲裂，头晕眼花，跟着似有一只大鸟掠过，它的翅膀扫着我的额头，像是重重地给了我一拳，生疼生疼的。我想鸟儿飞去的方向一定是山，山就是岸，而那是墨色区域，我判断的方向应该没错。可是风越来越大，船像是被撞傻了，原地打转，剧烈摇摆，只两三分钟，就彻底倾覆，把我抛入冰冷刺骨的巴兰河。

上半夜：白釉黑花罐

救我上岸的是个四十多岁的男子，他相貌平平，刀条脸，八字眉，小眼睛，扁平鼻，目光黯淡，面无血色，穿一身铁灰色的衣服，黑胶鞋。我睁开眼睛时，已在他的窝棚中了。松木杆搭起的窝棚像个大斗笠，扣在巴兰河畔，一团月亮似的火，在窝棚中央发光发热，像一颗勃勃跳动的大心脏。

他对我说的第一句话是，来了。

我躺在一堆干草上，问坐在火堆旁的他，这是哪儿？

巴兰河啊，他说，你在河里翻了船。

我说知道这是巴兰河，可这是哪一段呢？我说出了投宿的山庄名字，问这里离那儿有多远。

他说巴兰河就像一个人的身躯，缺了哪段都没好活的，所以河流是不分段的。至于我提到的山庄，他从未听说过。

我说看来你不熟悉巴兰河景区，你是过路的渔人？

他告诉我他是个窑工，祖上就是干这个的。

我说依兰这地方还有烧窑的吗，我怎么没听说过？那你是给建筑工地烧红砖的了？

他用看待俗物的眼神，同情而又失望地扫了我一眼，说他是烧瓷器的。

我想他这是守窑场的了，刚想打听这里几孔窑，烧窑的土黏性大，从哪儿运来，成品的瓷器又销往何处，窑工站起来，或者说从我面前升起来。我不算矮，但他比我还高出一头呢，似乎要把窝棚给戳破了！他走向一口草编的箱子，取出一套藏青色衣服，嘱我换上，说要出去看一下窑火，一会儿回来给我煮点吃的。

我望着窝棚顶那个苹果大小的圆孔，它既可走烟，也可瞭望天光。看得出夜色沉沉，雨还没停，因为火堆时常发出吱吱的叫声，那是圆孔坠下的雨滴，牺牲于烈火的声音。

我脱下湿衣服，换上他给我的那套。衣服叠得整整齐齐，散发着淡淡的香味，好像由女人打理过。上衣是对襟的，裤子是散腿的，料子像棉又像麻，轻极了，软极了，干爽又妥帖，穿上很合体，像是专为我预备的，因我没窑工那么高，也比他胖，显然不是他的衣服。我从脱下的上衣闻到淡淡的盐味，从裤子嗅到了令人沮丧的臊味，看来我拼命挣扎时没少流汗，而且吓尿了裤子。

那条翻了的船漂哪儿去了，我该怎样跟庄主交代？夜漂时我将背囊搁在舱里，船出了事故，它自是不保，里面的救急物品，此刻已成了河里的冤鬼。我记得只有手机不在背囊，放在了上衣口袋，连忙将手伸向那儿，可是我没摸到硬的东西，却摸出一条柔软的小鱼，因为上衣的布料密闭性好，兜里还存着一汪水，尽管小鱼气息奄奄，尾巴却还像将尽的烛火一样，吃力地摇摆着。想想这条莽撞的小鱼误入口袋的网叫人怜惜，窑工救我一命，我理应救它一命，我捧着小鱼走出窝棚，顶着细雨，把它放归巴兰河。

窝棚搭在岸边的柳树丛中，距巴兰河也就八九米，如果没有那团火透出的微光，我可能没有勇气走向巴兰河了。河对岸是黑魆魆的望不到边际的山，哗哗的流水声听起来像野兽发出的饥饿的叫声。

我给小鱼放完生，回去时窑工已坐在火堆旁的木墩上，专心致志地煮着什么了。窝棚里弥漫着一股奇异的香味，像肉香鱼香又像花香果香，总之是复合香味，强烈撞击人的嗅觉神经。

我坐在窑工对面一截磨掉了皮的圆木上，望着火堆四周那圈不规则的青石，说你围挡这圈石头，是怕火蔓延烧了窝棚吧？窑工点点头。我又问，这些石头是从巴兰河取来的吗？窑工说河里的石头不适宜围火，它们被河流冲刷后会有空隙，遇热可能爆炸，所以这些石头都是从山上采来的。窑工这样说让我心安许多，巴兰河的石头，在我眼里已是地雷了。

窑工煮好了吃的，拿出一只粗瓷新碗，说是单为来客预备的，先给我盛上，又拿出一只旧碗，给自己盛上。他端给我，说趁热吃吧，你这一路过来，也是辛苦。我端起那碗像汤像茶又像糊糊的东西，迫不及待地喝起来。怎么形容它呢，它不像食物，而像凝聚的光，入口后身上立刻暖了不说，先前灰暗的心，忽然间明媚起来，人在瞬间变得愉悦。我对窑工说，我从未吃过让人这么高兴的东西，它是酒吗？窑工说，你说它是啥就是啥。

我问他有手机吗，我想借用一下，给家里报个平安。

窑工意味深长地看了我一眼，说你到了这儿，还用报平安吗？

我说倒也是，现在家里很少用固话了，我妈和我老婆的手机号码都存在手机里，你就是借给我手机，我也拨不出号，只知道她们一个是移动的，一个是联通的。不过我还能记起我妈的手机号尾数是 99，她想活得长久嘛；我老婆的号码尾数是 88，她这个做企业的，身上每个细胞都做着发财梦。

发完牢骚，吃完东西，我觉得身上暖洋洋的，有股说不出的幸福感，特别想听听窑工的故事，我问他祖上从何时开始烧窑的。

他放下瓷碗，双手合十，循环摆动，做出后浪推前浪的手势，说他曾祖的高祖、高祖的高祖、再高祖的高祖、再再高祖的曾祖、再再再曾祖的曾祖，是相州很有名的窑工，他烧的瓷器，整个相州都在用。

他这连环套似的高祖和曾祖，简直是迷魂阵，立刻把我绕迷糊了，我说那得好几十代了，不是干到古代去了吗？

他没理我，说就这么说吧，他远祖是给宋徽宗烧瓷器的，你总该知道这个喜欢写字画画的皇帝吧？

我说黑龙江人谁不知道徽钦二帝——赵佶和赵桓呢？依兰是他们当年"坐井观天"之地啊。

我好为人师地跟他说，提起坐井观天，并不像后世有人理解的，徽钦二帝被金人投进井底囚着，实际上这个"井"，是地窖子，地窖子知道吗？是半地下的窝棚，这里大半年的冬天，冒烟泡儿一刮，人会被冻僵的，地窖子北面封堵，南向开矮窗，能见天光，抗风抗雪，那时老百姓多住这样的屋子。而到了夏天，徽钦二帝住的是四合院。我说这番话时，显然把窑工当成了外来的。

窑工用手指弹了一下瓷碗，它发出一声明丽的叫声，让我疑心瓷胎中藏着一只夜莺，他说地窖子谁不知道呢。窑工问我，你知道他们是怎么到的五国城吗？

我说徽钦二帝从汴京被俘北上，先抵达的是燕京，就是现在的北京，之后再到上京，也就是如今的阿城，最后又从上京被发配到胡里改路的五国头城，人们习惯叫它五国城，就是依兰了。我说在上京，金主竟让徽钦二帝穿孝服，拜祭金人祖庙，封赵佶为昏德公，赵桓为重昏侯。

窑工叹息一声说，宋太祖灭了南唐，不是也封李煜为违命侯么。

我说是的，还有传言说宋徽宗是李煜转世的呢，两个皇帝结局惊人相似，且艺术成就都高。不过颇具讽刺意味的是，把侮辱性封号送给徽钦二帝的金熙宗，最终被自己的堂弟完颜亮刺死，也被降封为东昏王。完颜亮篡位为帝，他骁勇过人，才华盖世，我喜欢他的两首咏雪词，"天丁震怒，掀翻银海，散乱珠箔。六出奇花飞滚滚，平填了，山中丘壑"，气象浩茫不是？还有"锦帐美人贪睡，不觉天孙剪水，惊问是杨花，是芦花"，又柔肠百结不是？但金史对这个海陵王评价不高，他嗜杀好色，说他"三纲绝矣"。一般人能够记得他，是因他将国都从上京迁到燕京，成为入主北京的第一个王朝，不过完颜亮结局也不好。

窑工对我欣赏完颜亮的词显然不忿，他先是说，这样的人哪有好结局呢？之后吟哦"春花秋月何时了，往事知多少""问君能有几多愁，恰似一江春水向东流"，说这才是千古流芳的句子。窑工谈吐不凡，我怀疑他并不是干力气活的。他用木棍拨弄了一下火，很奇怪的是，他的脸庞遇到火光，不是红了，而是青了，像抹了一层水泥。他说徽钦二帝被俘到北方的路线，你说得不差，但你知道他们到了五国城，还剩多少人吗？

我说那时行路靠的是车马和步行，据说一行三千多人从汴京出发，最后到了五国城，只剩几百人了，被金兵打死的，以及冻死的、饿死的、病死的、自尽的都有。就说这巴兰河吧，传说宋徽宗的九个侍女，不堪金人凌辱投河了，她们死后化作了秀丽的山峰，我要是去看九女神峰，还不至于在巴兰河翻船吧。

窑工说那是传说吧，能活到五国城的，哪会轻易就投河呢？

我说倒也是啊，嫔妃们随着徽钦二帝被押解到这儿，谁人不是庶人？她们自知来后没有好命，想死的在汴京就死了。史载徽宗帝到了这儿，除了被金人霸占的嫔妃，他依然拥有皇后和妃子，徽宗一生有八十多个孩子，在五国城不是也得了六子八女吗？

窑工说是啊，要说金人对徽钦二帝也算优待，虽然他们失去自由，但吃喝不用愁，也有杂役侍奉着。北宋亡了，徽宗第九子赵构建立南宋，金人可拿徽宗钦宗做人质，要挟南宋割地。

我说是啊，女真人可是绝顶聪明的。

你是女真人的后代？窑工问时，目光泛着寒光。

女真人，那是多少辈子之前的事儿了，我是满人。

祖上是，就是。窑工这样说的时候撇着嘴，似乎对我不认祖有些不齿。

那您祖上来自中原，一定是汉人了？

窑工说他祖上从汴京跟徽宗帝到的五国城，自然是汉人了。他说这话时，眼睛忽然变得明亮、清澈和温柔，他也开始回归正题，给我讲祖上烧窑的故事。

跟着徽钦二帝来到五国城的，除了他们的皇后、嫔妃、杂役，还有道人、僧人、石匠、花匠、画工、织娘、窑工等等。宋徽宗钟爱艺术，他所藏的字画和历朝文宝，被俘时多为金人劫掠，这对徽宗来说，跟失去江山一样令他痛心。徽宗钦宗被俘，史称"靖康之耻"，而能忍下奇耻大辱的人，自不是凡人。窑工说徽宗的不凡在于，他这颗心是肉做的不假，但滋养这团肉的血脉，是笔墨纸砚，是五色斑斓的颜料，是能让泥坯脱胎换骨为精美瓷器的窑火，甚至是花香鸟鸣和月光星光。他带来这些身怀绝技的匠人，就是带来了血脉。尽管他不再享有锦衣玉食的日子，但有了这些，还能活下去。

我插言道，其实金熙宗和完颜亮，包括他们的叔父金兀术，也都崇尚汉人文化，他们押解徽钦二帝北上，从中原带来这些匠人，也有借鉴他们优良技艺的意图吧。

窑工说那是自然，好东西谁不稀罕？

窑工说他祖上到了五国城，因是匠人得到优待。与其他男性俘虏被编入兵籍、集中在巴兰河畔不同，他和徽宗钦宗以及皇室的人，住在靠近胡里改江的地方。

那时金人所用的瓷器，多来自现在的河北和辽宁一带，以白瓷、黑瓷和酱釉瓷为主。这些碗盘、瓶罐、灯盏等瓷器的胎骨较为笨重，杂质多，瓷化一般，釉层较薄，不够均匀，是日常所用的粗瓷，跟北宋官窑的那些精美瓷器相比简直天壤之别。金人喜欢汉人的瓷器，勒令被俘的窑工烧瓷。就在巴兰河畔，当年有七孔窑。烧窑用土，一部分取自巴兰河畔黏性较大的滩地土，一部分取自东山北角矿化的灰土。从中原来的窑工，在瓷器的刷花和刻花上，技艺高超。汉人相对比较喜欢花鸟人物的装饰，金人虽也对植物情有独钟，但偏爱描画动物，窑工说他祖上烧过一窑的碗，专为金兵用的，碗壁描画的都是奔腾的马。

我说那你祖上烧的瓷器，徽钦二帝能用上吗？

窑工说他祖上是窑工的头领，每年总会有那么一两次机会，见到徽宗，当然金人不会让他主动拜见的。金人从皇帝到小卒，都知道被俘的这个亡国之君懂艺术，所以对他也算宽待。

窑工说他祖上有时故意烧坏一两窑的瓷器，说是只有徽宗明白症结在哪儿，求见徽宗，加上给通融此事的金人一点贿赂，事情也就成了。窑工说他祖上觐见徽宗时，总要带两三件烧坏的瓷器，以示请教，见了徽宗长跪不起，徽宗也不唤他起来，因为除了跟他一起被俘的人，没谁跪他了。

金人崇尚黑白色，罐子和瓶子白釉黑花的居多，但无论材质还是纹饰，都不够精良，而汉人窑工烧制的白釉黑花器物，在保持金人瓷器古朴粗犷的基础上，施以温润的釉色和细腻灵动的纹饰，所以巴兰河窑烧制的瓷器，那时很为人们喜爱。

窑工说他祖上携带烧坏的瓷器时，总要夹杂一件私藏的精美器物，徽宗见了，欢喜又怅惘。欢喜的是饱了眼福，怅惘的是这样的器物，必须尽快砸烂毁掉，以免引起麻烦，因为金兵一直看守着他，他只能留下那些有缺憾的器物。

窑工说他祖上说徽宗曾慨叹金人也是懂得美的，黑白色是万古不朽的颜色。

徽宗曾让窑工的祖上偷着给他烧过三件器物。一个是带老虎图案的瓷枕，因为他总做噩梦，据说虎能辟邪，远离噩梦。窑工说他祖上烧虎枕时，为了让徽宗能用上，只得往残次了烧，枕窝凹凸不平，釉色深浅不一，老虎的样子倒是栩栩如生。徽宗枕了这虎枕，据说睡得踏实些，噩梦少了，但境遇的噩梦却是无法摆脱了。

我说，那个噩梦他怎能摆脱？宋徽宗一直幻想南归。"彻夜西风撼破扉，萧条孤馆一灯微。家山回首三千里，目断天南无雁飞。"这是徽宗在五国城写的诗，有研究者依照"破扉"二字，说徽宗的住屋四处漏风。其实这是与汴京皇宫东京城做的一个心理比较，在富丽堂皇的宫殿面前，柴门小院无疑是破的。

窑工说这倒也是，徽宗忘不掉东京城，唤我祖上烧的第二件器物，就是在一只梅瓶上给他呈现皇宫的建筑。我祖上说这可难坏了他，虽说他几次进宫，但那一重又一重的殿堂，他又不是都去过，只能凭印象勾画。徽宗那时爱去的是延福宫，写字、画画、赏舞、弄琴、夜宴，延福宫的东、西门上"晨晖"和"丽泽"的名字，也是徽宗起的。但徽宗跟我祖上说，梅瓶上不可缺垂拱殿，至于延福宫之类的，皆可省略。而垂拱殿是听政之地，他以前并不醉心的地方。窑工说他祖上最后以大庆殿与垂拱殿为主体，在一只青灰的梅瓶上再现了昔日皇宫风貌。为了使它留得下，只得往瑕疵品上做，最终瓶身歪斜。徽宗看到那只梅瓶，见殿堂倾斜，老泪纵横。这只梅瓶他送给了儿子，钦宗看到熟悉又摇摇欲坠的殿堂，也是泪水沾襟。

我说是啊，金兵南渡黄河时，徽宗匆匆禅位于长子，可是钦宗在位仅一年零两个月，就亡了国啊，也不知徽宗传的是皇位还是火坑。

窑工似乎对这句话很反感，蹙了蹙眉。

为了缓和气氛，我说其实您祖上应该烧一对梅瓶，除了皇宫，再描绘一下徽宗在位时建的大花园，据说园子亭台楼阁，奇花异草，鹿鸣呦呦，水声潺潺。但金兵打来，这座花园成了宋兵抵抗的营地，他们拆屋烧火，杀鹿为食，大花园就此毁了。

窑工说，你还嫌他们流的泪不够多吗？他起身出去，我想他这是又去看窑火了。

一刻钟后窑工回来了，我小心翼翼地问，这窑里烧的什么器物，何时出窑，我能否一饱眼福？

窑工冷冷地说该让你看的，一定看得到。

我明白他没说出的下一句是，不该你看的，就别惦记着。

窑工接着讲他祖上给徽宗烧的第三件器物。说他祖上最后一次见着徽宗，是徽宗驾崩前一年的春天。徽宗大约明白称帝的九子康王赵构不会全意与金人斡旋，让他和钦宗归乡，虽说赵构的生母韦贤妃也被掳，但他是无用的了，而钦宗是徽宗长子，康王还是忌惮的。徽宗开始筹谋后事，他悄悄交给窑工祖上一把牙齿，有六七颗，这都是他来五国城后掉的。严寒的冬季少见果蔬，再加上心情沉郁，未老先衰，他掉齿很厉害。窑工说那些牙齿残缺不堪，有的发黑，有的发黄，虫蛀蛇咬一般，但徽宗视若珍宝，这是他唯一能牢牢在握的骨肉啊。他请窑工祖上研磨了这些牙齿，施釉时兑进去，烧制一只白釉黑花罐，还特别叮嘱，这只罐子不能落入金人手里，他的骨头难以归乡的话，有朝一日这只罐子回到汴京，也算归乡了。

我知道北宋官窑瓷器，在色彩调配上，有时为彰显皇家富贵色，会将上好的玛瑙、翡翠和玉石，研磨成粉入釉，烧出的瓷器釉色温润明亮，艳而不俗，尤其那花朵般绽开的开片，若是釉里含了这样的成分，有玛瑙成分的开片像是夕阳下的山谷，有翡翠的像是一池荡漾的碧水，而如果那玉石是白色的，开片仿佛就有月光浮动了。但在釉料里添加牙齿粉末，前所未有，或许只有徽宗想得出来。

窑工说牙齿粉末兑在白釉里，烧制白釉黑花罐，一定是徽宗深思熟虑的。一是这罐子大抵是金人所用器物的形制，在五国城不招人眼；二是黑白色高贵肃穆，适宜安放灵骨；三是牙齿粉末兑进白釉不显眼，能完美地融合。

徽宗将那把牙齿给了窑工祖上后，还说他未登基时曾到过相州，见过窑工祖上一家，他父亲是窑工，母亲是远近闻名的织娘，貌美如花，都是身怀绝艺的人，所以他得了天下后，下旨将他们一家从相州迁到汴京，专为皇室做事。可惜这个令人惊艳的织娘，生子不久就死了。徽宗嘱咐这只罐子烧成后，不可再来，要把白釉黑花罐当命看着。如果他薨了，他能够回到汴京，就把它埋在汴河畔，此外，嘱咐他不可与女真人结亲。

我说看过史料，当时跟着徽钦二帝北上的汉人，有不少与女真人通婚的。人们说这一带的姑娘漂亮，与基因改良有关呢。

窑工没搭理我，继续讲故事。他说也怪了，他祖上在石头上研磨徽宗那几颗糟烂的牙齿时，空中不断有鸟儿飞过，那正是夏候鸟北回时节，鸟儿多也自然。但有一只天鹅，却把叼着的一只蚌壳丢了下来，恰好落在石头上，蚌壳张开后闪闪发光，里面竟有一颗圆润的珍珠！这颗珍珠不是纯白色的，而是微微泛粉，仿佛浸了血。窑工的祖上喜极而泣，他将这颗珍珠和牙齿一起研磨了做釉料。

白釉黑花罐进了窑后，几乎每天一场雨，雨后必现彩虹，横跨窑上，就像给这泥壶似的窑加了一条七彩的提梁。七天之后，这只罐子同其他器物一起出窑了，罐子没有瑕疵，白釉润泽，釉色均匀，泛着微光，似乎能照亮黑夜；黑花枝繁叶茂，细腻油亮，每朵花蓬勃得似乎带着响声要从罐子中飞出来，实乃绝品！窑工说他祖上珍藏起这只罐子，遵照徽宗嘱托，没有和女真人结亲，但徽宗第二年归天后，他祖上也无法南归了，永久留在北地，白釉黑花罐只得代代相传了。

我说徽宗不是魂归故里了吗？宋高宗赵构最终和金人议和，南宋以割地和处死抗金名将岳飞为代价，让羁留北地的赵构生母韦皇后得以护送徽宗棺椁离开五国城回到他朝思暮想之地。金人也给徽宗改了封号，追封为"天水郡王"，钦宗为"天水郡公"。

窑工哼了一声，又拨弄了一下火，火光跳跃，可他的面色却愈发青了。而且让我惊异的是，我并没见他往火里续柴，可这团火一直在燃烧，好像拨火棍隐藏着一座柴山。

窑工说看样子你是个文化人吧，应该知道金人虽不像后人说的那样，在宋徽宗晏驾后，把他炼成了灯油，用于金兵营地的照明，但他确实被火烧了，韦皇后护送的棺椁，其实只是几截烂木头，并无灵骨。他慨叹徽宗圣明，他的灵骨就像他的字画一样，最终还是以艺术的方式流传。

我问那只白釉黑花罐去了哪里？

窑工晃了一下身子，看一眼火，再看一眼我。

如果窑工所述故事不是虚构的，我大胆揣测，他那不知多少代前的祖上，那个由美丽织娘生下的孩子，跟着徽宗来到五国城的窑工，是徽宗的骨肉。宋徽宗是个风流皇帝，与李师师的传说自不用说，如果当年北宋的相州真有那样一个美丽织娘，叫徽宗动了心，他又怎么可能不揽美人入怀呢？徽宗一生有八十多个孩子，除此之外，没纳入宗室的子女也有，窑工所说的远祖，如果不是徽宗与织娘的儿子，徽宗不会把自己的牙齿给他，也不会嘱托他将来把这只罐子埋在汴河旁，更不会要求他不可与女真人通婚。

我不敢把这种揣测说与窑工，怕他羞愤。

窑工沉默片刻，忽然把目光移到我身上，说你真的想看那只白釉黑花罐？他说这话时，带着颤音。

我迫切地站了起来，拱手作揖，说实在太想看了！

窑工起身示意我坐下，让我闭目片刻，说如果我擅自睁开眼，非但看不到白釉黑花罐，很可能就此失明。他这话把我吓得不轻，再顶级的文物，也抵不过拥有一双凡眼，感知这大千世界的色彩。

我坐下后紧闭着眼，就像一只长脖老等，雕塑似的一动不动。我感觉身前的火更旺了，有炙烤的感觉。听不到窑工的脚步声，但感觉他离开了，因为有一股微风从耳畔拂过。大约一刻钟后，我的耳畔再次感到微风拂过，跟着传来窑工的声音，说睁开眼吧，只许看，不许问。

我是个胆小鬼，怕眼睛瞎了，窑工说完这句话，我又等了十几秒，才缓缓睁开眼。窑工坐在我对面，隔着一团火，默默举着白釉黑花罐。可人的火一定懂得我的心意，火苗瞬间收回金红的舌头。

那个罐子怎么说呢，第一眼看，我就有眼熟的感觉，无论器形还是花朵和枝叶的纹路，都像刻在记忆中似的，可一时又想不起在哪儿见过。在火光的映衬下，罐身的白釉仿佛巴兰河水在如歌流淌，梦幻般的黑花牡丹则如振翅的蝴蝶。白的白出了水似的，黑的黑出了油一样，真是摄人心魄。什么叫一眼千年？你看了这只罐子就懂得了。遵照窑工说的，我不敢发声，目不转睛地看，可最后我越看越朦胧，原来泪水已盈满眼眶。

窑工可能察觉到我无声地哭了，他捧着罐子走到我面前，轻声说你闭上眼，闻闻它吧。

我再次合上眼，闻到了罐子泛出的一股淡淡的黄烟味，这味道立刻唤醒了记忆，怎么与我在阿城乡下看到的农人家的白釉黑花罐一个味道啊。我很少为美而打寒战，因为世上让人惊悚的美罕见，但这次我打寒战了，而且一发不可收。

窑工在我打寒战的时候，捧着罐子走了。等我再睁开眼睛时，他手中的白釉黑花罐不见了，它从哪儿来又去了哪儿，我一无所知，而窑工又坐在了我对面，就像我刚见到他时一样。火光龙蛇一样起舞，可他的脸仍是青的。

窑工对我说，除了白釉黑花罐，徽宗帝还有一件宝物在民间流传，这个故事的专有权不在他这儿，如果我想听，得去下个渡口。

我问，是什么宝物？

窑工没告诉我是什么，只说能讲这个故事的人，离窑厂也就三里路，他可以带我去，问我是否愿意。

我说当然了。

窑工说，那你去那儿，要换回自己的衣裳吗？

我说自己的衣裳被火烤干了，当然要换回了。

窑工又问，那你带着这只碗过去吗？你已经用了它。

我说天下何处无碗，留着给来这儿的人用吧。

窑工说那我先出去，等你换完衣裳，咱就上路吧，记得路上不要和我说话，以免惊着夜鸟。

我换回自己的衣裳走出窝棚时，雨已停了，月亮悬在中天，莹白光洁，丰腴动人，照亮了巴兰河。窑工在前引路，我跟在后面，我们沿着巴兰河畔的蜿蜒小路，走了大约半小时，终于看见一座透着光影的棚屋。

窑工说到了，你自己进去吧，我回去看窑火了。

就在窑工转身踏上回程之际，我忍不住在他背后问了一句，您姓赵是吧？

窑工像被雷击似的摇晃了两下，没有回头，也未回答，继续走他的路。他跟跄的步态，使他的背影看上去就像变幻的音符，在深秋的夜晚，弹着迷离忧伤的旋律。

下半夜：碑桥

一进棚屋，先闻到一股浓烈的腥气，一个女人正坐在火炉旁用刀刮鱼。听见我进来，她漠然抬了一下头，懒懒地扫了我一眼。

她看上去个子不高，圆脸，淡眉，细长的眼睛，微塌的鼻子，嘴大，龇着两颗大板牙，可以说有点丑。棚屋中央吊着一盏油灯，她手上的鱼鳞闪闪发光，好像手在下雪。她的年龄难以判断，看她半白的头发，你可以说她五六十岁了，可看她的脸，额头和眼睑无一皱纹，双颊也不塌陷，皮肤紧致，像二三十岁的女子才有的。尽管她看上去很健康，又有油灯和火光映着，但脸色发青，倒像个陶俑。

她对我说的第一句话是，你没带碗来，拿什么吃饭？

我说碗放在窑工的窝棚中了，我怕有人像我一样落水，上岸后没个喝热汤的东西。再说了，手掌合起来就是一只碗。

她发出一阵奇怪的笑声，说你还穿着自己来时的衣裳？

我说你怎么知道的？

她再次发出一阵奇怪的笑声。这笑声怎么说呢，有点像看穿谜底后得意的笑声，又有点像走投无路、茫然四顾的苦笑。

我说窑工叫我过来，是来听故事的。

她继续刮鱼，垂着头说她知道的故事比巴兰河底的石头还多，不知我想听的是哪一块？

我说想听宋徽宗的故事，窑工告诉我除了白釉黑花罐，徽宗还有一件宝物在民间流传。

女人"噢——"了一声，说这个故事很长，都后半夜了，你既来了这儿，天亮前得把你渡到对岸去，这个故事能不能讲完两说呢，你能接受没尾巴的故事吗？

我点点头，说快十月份了，天亮得不早了，现在是下半夜，什么故事四五个小时也讲完了吧？再说我没想渡河啊，对岸是哪儿我也不知道，我去那儿干吗？天亮后我去寻公路，在公路上截个方便车，回我投宿的山庄。

女人说你不想渡河，来这个渡口就是为了听故事？

我说当然了。

她说那得等她刮完了鱼再说，有两个要渡河的等着吃鱼呢。

我问他们在哪儿。

她抬了一下头，淡淡地说还不是渡口。

我说夜半三更的，怎么还有人渡河？

女人不语，加快了刮鱼的速度。我仔细看鱼，发现它们是一个品种，身形粗短，圆脑袋，黑眼睛，蓝鱼鳍，红尾巴。我叫不出鱼的名字，它们看上去肉质肥厚，想必味道一定鲜美。

我环顾棚屋，发现它与野外搭建的棚屋只开两扇窗的不同，它在东南西北各开了方形小窗，北窗和东窗有些黯淡，但南窗和西窗透着朦胧的月影，让我以为镶的是毛玻璃。待走到南窗，用手轻抚，才发现这是鱼皮窗。鱼皮虽薄，但韧性十足，它纹理细腻，手感滑润，感觉浮在上面的月亮流着蜜。

女人见我对窗子感兴趣，问我，见过这样的窗吗？

我说只在书里见过，据说宋徽宗冬天住在五国城的地窖子里，所用的窗纸就是鱼皮做的。风雪夜夜吹打，发出的声音就像瓷器碎了，加深了徽宗的漂泊感和孤寂感。

女人说宋徽宗住的屋子，最初窗纸用的不是鱼皮，后来他到五国城的第三年涨大水，住屋进了水，不得不暂时迁到巴兰河畔的一个高岗上，她曾祖母曾曾祖母的曾曾祖母、再曾祖母的曾曾祖母、再再祖母的曾曾祖母的曾祖母，总之好几十代前她的祖上，是胡里改江流域鱼皮工艺高手，她做的鱼皮筏、鱼皮衣、鱼皮碗、鱼皮箱、鱼皮窗远近闻名。徽宗在她那儿初见鱼皮窗，爱极了它。水灾过后，徽宗带回鱼皮窗纸，镶嵌到窗上。

说起水灾，女人慨叹那时的五国城没什么堤坝，三年五载就会涨场大水，她说你不是读书人吗，没在书里看到过这事？

我说倒是知道东北过去流传着"狗咬奉天，火烧船厂，风刮卜奎，水淹三姓"的谚语，这个三姓说的就是五国城。这里是三江汇合处，四周高，中间低，人等于住在釜底，夏季雨水旺时势必遭殃。

啥叫狗咬奉天？女人饶有兴致地问我。

我走向她说，说是努尔哈赤逃难时被围困在草丛，追兵放火烧他，这时一只黄犬，突然冲入草丛，它吸足了河水，将水吐在努尔哈赤身上，熄灭火焰，使他得救。可努尔哈赤得了天下后，封赏时落下了黄犬，奉天城的狗都为它鸣不平，夜半狂吠，搅得努尔哈赤不得安宁。他想来想去，原来是忘了黄犬的救命之恩，赶紧封它为守护神，自此努尔哈赤才睡上了安稳觉。

女人看来不相信这个故事，她嘀咕一句，进了狗嘴的东西，吐得出来吗？

她的话对这类传说可谓是一针见血的批评，我暗自笑了，赶紧给她讲火烧船厂的故事，目的是引她如此臧否。我说吉林在旧时称船厂，做工的都是流放犯，受尽了监工的折磨。有个不堪凌辱的流放犯，有一天杀了监工，官府便砍了流放犯的头。工友们把流放犯埋在船厂的高岗上，当夜风雨大作，电闪雷鸣，流放犯的坟，忽然蹿出个大火球，飞到船厂，将它烧了，传说是火神爷为流放犯鸣冤。

女人终于刮完了鱼，她用一把干草擦了刀，缓缓起身对我说，火神爷要是抱打不平，不该烧船厂，那是人活命的东西，该烧的是还活着的黑心监工和官府里治流放犯死罪的人。

她这一起身，我发现她比我想象的还矮，也就一米五的样子。她把刮好的鱼放进一个大瓦盆，转身舀了水缸的水，洗净鱼，把它放进灶上的锅里，再将洗鱼的污水泼到棚屋外。她做这一切的时候干净利落，甚至有点愉悦，因为她轻轻吹起了口哨。

女人泼过污水回来，看了看锅里的鱼，复又坐下，指着她对面的一只草蒲团，唤我也坐下，说现在可以给我讲徽宗留下的另一件宝物的故事了，起头还得从鱼皮窗说起。

徽钦二帝被囚五国城的第三年夏天，不是涨大水了吗，他们的住屋淹了，墙壁湿淋淋的，像是挂满了泪，火炕的灶眼浸在水里，也没法生火，只得转移。女人说她那几十代前的祖母，就叫她舒氏吧，那年十七岁，刚好和她父亲游猎到巴兰河畔。

我插言道，那他们是女真人了？这一带曾有海西女真和野人女真，他们是哪一支？

女人用刀子似的目光扫我一眼，似乎带着"嚓嚓"的响声，我感觉脸皮就像她先前刮着的鱼鳞，生生被揭掉了，疼极了！她直言你这是哪辈子的说法？

我意识到那时应该还没这说法，连忙说对不起。

女人说你们这些肚子灌了墨水的人，就是好画圈圈，咋分你能让谁少胳膊缺腿？女真就是女真嘛。奚落完我，她气顺了，接着讲故事。

女人说舒氏母亲早亡，她自幼跟着父亲过着居无定所的渔猎生活。他们春夏秋季打鱼，冬季上山打野兽，他们用制作的鱼皮制品和获取的名贵兽皮换取生活日用品。虽然风来雨去，日子过得也还不错。徽钦二帝因水灾转移之地，刚好是那年他们打鱼之地。

打鱼人夏季住得很简单，就是这种用松木杆和树条子搭建的棚屋，外面抹一层混合了干草的泥，防风防潮又防雨。棚屋南向开一扇小窗，用鱼皮做窗纸，东向开一扇小门，野兽就是靠近，也伤害不了人。而他们夜晚用来照明的，是青石凿就的熊油灯。

徽钦二帝喜欢五国城的春夏，因为熬过冬天，他们不必穿那膻烘烘的羊皮袄，也可去院子走动了。但因为有金兵把守着，他们也走不远，只能看看院子的树和花草，还有飞来的蝴蝶和鸟儿。风和日暖的时节，他们就更梦想回汴京，那里的日头暖和的时候多，有暖日头的日子才好过啊。

这场大水让徽钦二帝转移到一处金兵营地，这里没有院墙，面临巴兰河，徽宗给了金兵看守一些酒钱，获得短暂的自由，能到树林走走，还能到河边和打鱼人说说话。

据说徽宗遇见舒氏，是个雨后的黄昏，天空出现了双彩虹，看守他的金兵因为打了一只野兔，正吃野物纵酒狂欢，根本顾不上他。

徽宗走出营地，到了巴兰河畔。他发现河边有个蹲伏着的梳发辫的女子，穿着月光一样颜色的长衣，紧裹臀部，正在洗着大张银白的东西。那时双彩虹已有一道隐遁了，另一道依然像条彩带环绕着，仿佛给天下所有女人预备的发带，所以徽宗觉得这个女子很美。待他走到近前，舒氏听见脚步声回过头来，徽宗看见了他在宫中从未见过的女人的脸，首先是肤色，不是那种没有血色的白腻，而是黑红色的，像熟过头的李子，而她的嘴唇跟红牡丹一个颜色，格外娇艳。她的额头有点鼓，所以眼睛显得幽深，鼻子微塌，像一片开阔的浅滩。她五官平凡，但眼睛闪烁着与众不同的光，焕发着一种特别的美。

舒氏见了徽宗问他是谁，但徽宗没听懂，她说的是本族语。舒氏意识到他是汉人后，改用汉语问他是谁。徽宗说他住在高岗的营地，从城里来躲水的。舒氏笑了，露出一口密实雪白的牙齿。徽宗没见过牙釉质这么好的女人，闪着丝绸一样的光泽。徽宗暗自感慨，这姑娘的嘴里燃烧着怎样的窑火啊，才冶炼出这比瓷器还要精美的牙齿。

舒氏站了起来，徽宗除了为她的气质所动，还喜欢她穿的及膝长衣，它色泽微黄，质地柔软而光亮，袖口、襟口、托领上镶嵌着花朵纹路的图案，前胸和后背则是大团大团的云纹图案。徽宗想，怪不得刚看到她时觉得云彩落在了她后背上。后来徽宗知道，这是鱼皮衣。

舒氏在河水中洗的是桦树皮，她说要给自己做条桦皮船。徽宗不知这种树皮能当造船的材料，很是吃惊。舒氏说经过处理的桦树皮，不仅能造船，还能写字画画，当纸用呢。徽宗正要问她有没有现成的桦树皮可让他写字，一只黑狗远远跑来，对着徽宗狂吠，跟着黑狗急急走来的，是个手握鱼叉的老汉。

他是舒氏的父亲，长方脸，宽额头，眼睛不大，头发稀疏，脸颊的皱纹就像泥地的车辙一样深。他满怀敬意地看着徽宗，大声跟女儿说着什么。舒氏先是喝住狗，然后告诉父亲，这人是来躲水的，住在高岗的营地。当然这是之后舒氏告诉徽宗的，当时他们的对话他一句都听不懂，舒氏的父亲只会讲几句汉话，凡是他肯定的人和事，他只会说个"好"，反之则是"不好"。

舒氏的父亲望着头发稀疏花白、缺了好几颗牙、目光浑浊、一脸倦怠的徽宗，说了句"不好"，吩咐女儿回去做晚饭。

舒氏带着黑狗走了，最后那道彩虹消失了。舒氏的父亲接续着洗桦树皮，徽宗问了他很多话，他们从哪儿来住在哪儿？巴兰河的鱼哪一种最好吃？山上那种像蓝色铃铛的花儿，多长的花期？还有那一个姿势立在水边的长脖子大鸟，叫什么名字？舒氏的父亲对所有的问题，只回两个字——"不好"。

徽宗帝什么女人没见识过？可那个夜晚，他想了舒氏一夜。她笑起来露出的那口雪白的牙，是他来到五国城后，看到的最明亮的景象。跟着徽宗一起被俘的嫔妃和宫女，有病死的，有给金人做奴的，还有被金兵霸占的。更令徽宗痛心的是，有的被投入了"洗衣院"，那跟进妓院没什么两样，能留在他身边的没几个女人了。随徽宗来的郑皇后，受尽折磨已殁，好在还有韦贤妃伴他左右。但在躲水的那段日子，韦贤妃得了湿疹，最怕见风，整日待在营帐中，徽宗难得一个人出去透气。

金兵知道徽宗是插翅难逃，但生怕他万念俱灰，万一在树林用裤腰带勒死自己，或是投了河，他们损失这个可以从南宋赵构手里争取最大利益的至高法器，等于丧失土地，自己也会掉脑袋，断不敢掉以轻心了。徽宗再出营帐时，他们就监视着。但看押他的金兵很快发现，徽宗去巴兰河畔，不过为了看舒氏，这让他们又松懈了。而舒氏的父亲得知徽宗是个亡国之君，再见他时，又总有兵卒尾随，自家女儿是安全的，对徽宗再无敌意，反而和舒氏一样，对他多了一份同情。他们请徽宗来棚屋喝茶，吃刚捕捞上来的鲤鱼做的杀生鱼，当然还有酒。就在舒氏父女的棚屋里，徽宗看到了令他无比动心的鱼皮窗，他说那是上天赐予的纸，太阳和月亮是这纸的天然画笔，把最美的影子印在上面了。

讲故事的女人铺垫了很多，还没进入徽宗留下的另一件宝物，可我不敢贸然打断她的话了。她讲到这里时，起身看了看煮的鱼，从两只摆在灶台的碗中取出一只，说其中一人喜欢吃嫩的鱼，火候到了，先端一碗给这人送去。我注意到那碗和我在窑工那儿用过的一模一样，无论形制还是色泽，应该是一孔窑烧出来的。

女人出了棚屋送鱼的时候，我很好奇锅里的鱼，因为敞锅煮着，却没有蒸汽旋起，好像锅底的柴始终没把它煮沸。待我起身凑到近前，发现锅里的水，竟像丰水期的巴兰河水，喧嚣沸腾着，那些鱼却没一条离骨脱刺，依然头是头、尾是尾的，在沸水中自由地游弋，这令我吃惊不小，难道它们还活着？

我以为女人送一碗鱼，十分八分钟也就回来了，可是半小时后，鱼皮窗上的月影位移了，她才神色黯然地两手空空回来。我问那只碗呢，她说渡河的人不带碗过去，拿啥吃饭？看来她已把一个人送到对岸了。

我很想问她，是什么人在后半夜渡河，那人去的地方没人烟吗，为什么要带一只碗？但我转念一想，黑夜发生的事情，往往是不可言说的，何况我还期待她快点切入正题，不然天亮前就听不完这个故事了，我还想在太阳升起后回到山庄呢。

不等我催促，女人坐下来，我也坐回草蒲团，故事又像星星一样在黑夜中闪烁了。

舒氏见徽宗随手折根柳枝，就能在巴兰河畔的沙地上，画出栩栩如生的花鸟，便把熟好的桦树皮裁成画纸，用鹿筋串起来，送给徽宗。

其实涨水转移时，即便一片混乱，看守徽宗的人没把别的东西带来，纸张笔墨砚台却是一样不少呢。因为都知道徽宗是书法和绘画的天人，他的字画不仅金熙宗和完颜亮欣赏，军中将领也视若珍宝，求之不得。看守他的金兵随便求徽宗写个字，描画一朵花或一只鸟，都能去市面换钱。所以监管他的人也形成恶习，手上不宽绰了，就想方设法讨要字画，得到了两眼放光，待徽宗和和气气，有求必应；得不到就百般刁难，春光大好却限制他出门，把三顿饭减为两顿，不给他烧开水泡茶，污损他的衣物，将鸟粪撒在纸上，夜半砸铁惊扰睡眠本不好的徽宗等等。

自古以来好人的好心眼，多半是相似的，可恶人的恶点子，却是五花八门。徽宗喜洁，爱惜字纸，被逼无奈，只得硬着头皮，潦草写上几个字，或是画上一只呆头呆脑的鸟、一朵傻里傻气的花儿。

话说徽宗得了舒氏送他的桦树皮本子，如获至宝，金兵带到营帐的笔墨，也就派上了用场。徽宗为了换取更大的自由，给看守他的人都画了一枝花，所以徽宗再去看舒氏时，只有一人远远跟着。

舒氏的父亲哀怜这个曾经的人上人，所以见着盯梢的金兵，总会以酒肉款待，这样徽宗可以看舒氏怎样做两头尖中间宽的柳叶形的桦皮船。徽宗很吃惊桦木做成的船架上，将桦树皮一张压着一张覆盖上，只用木钉和鹿筋线连缀，再刷上一层松脂，船就做成了。这船轻巧极了，有股桦树皮特有的清香气，徽宗特别想乘它下一回水，但它是舒氏为自己量身定做的，只容一人，所以徽宗只能眼巴巴地看着舒氏驾着桦皮船在巴兰河捕鱼，感觉她仿佛骑在了一条大白鱼的背上。

徽宗还喜欢看舒氏用染色的鹿皮给鱼皮衣的下摆和领口镶上花纹和云边。而她用的染色颜料，都来自山里，是花花草草和植物浆果榨取的，这让徽宗佩服得不得了。

徽宗就用舒氏制作的颜料，在桦树皮本子上画画，他把在山上见到的花草和野鸟都画上了。舒氏父女看了，赞叹他长了一双神手，好像能读懂花鸟的心思似的。

舒氏调制的颜色令徽宗无比喜爱，那朱红色艳而不俗，是野草莓和红百合混合成就的；金黄色明亮而不刺眼，是由金莲花和黄花菜榨取的；淡紫色温暖雅致，它用的是马莲花和蓝靛果的浆汁；墨绿和浅绿是最养眼的，它们是从各类青草和树叶中提取的。

最神奇的是什么呢？徽宗说他在汴京时，可用玉石和珍珠粉做颜料，舒氏说这有何难，巴兰河有玛瑙石，把它研磨了还不是一样？还有山上风化的石头，有赭黄色的，鹅黄色的，还有深青色和淡绿色的，打成粉末，不都是好颜料吗？

徽宗一听高兴极了，可舒氏的父亲不高兴，女儿为了给徽宗做植物颜料，总是贪黑，觉也睡得少了，如果再采石做颜料，更别想睡囫囵觉了。父亲埋怨她时，舒氏说水灾过后，这个浑身捆扎着无形绳索的人就会走了，看他衰老成这样了，估计也熬不到回汴京的那一天了。这个夏天宁可少打些鱼，也要满足一个爱写字画画的老人的愿望，舒氏的父亲感动于女儿的善心，便不再说什么了。

舒氏父女养了一条狗，还养了一匹栗色马，迁徙时用于驮运物资。舒氏的父亲心疼女儿，亲自骑马上山，采来可以做颜料的石头，日夜帮着研磨。徽宗得了这珍贵的颜料，就在桦树皮本子的花朵和河流上，再点缀上石粉，那画就仿佛有了光，更加美了。

徽宗感念舒氏父女，说桦树皮本子上的画，他们随便选，想留多少张就留多少张，这个拿到集市上，比打鱼换的钱多。舒氏说这画好是好，但桦树皮是引火材料，遇火就着，哪怕画中有千万条河流，也救不了花鸟，逃不出灰飞烟灭的命。

徽宗立刻联想到纸上的字画，感慨说纸也是火的俘虏，金兵打入汴京，最令他痛惜的，是他珍藏的历代字画，有的被卷走，有的被焚毁。说到这儿徽宗满眼是泪。

舒氏安慰他，说她倒有个主意，他们的祖先，把画都用斧凿，刻在岩石上，将泥土和兽血混合的颜料涂上，再涂上天然植物胶。岩画不怕烈日暴雪，不怕火烤雷击，上面的鸟儿都拥有铁一样的翅膀，花朵也拥有铜铸似的花瓣，日月就跟天上的一样了，万古长青。

徽宗就跟舒氏父女上了山，先观摩了两处岩画。他发现岩画中动物图形居多，再就是日月、花草和作法的巫师。说来也是奇，徽宗四处撒目他中意的岩石时，一天日落时分，在西山半山腰，发现了一块特别的岩石。它不像其他岩石连成一体，而是独立的，从乱石中凸起，颜色也和它周围的不一样，不是赭色和浅灰色的，而是深青色的，像是被谁切割过，看上去像书也像碑。

徽宗一眼相中这块岩石，他仔细看它的纹理，发现它本身就是一幅画，从中看得出云海、江河、房屋、动物和花鸟。徽宗觉得这是上苍赐予自己的一块身后可立在墓前的碑，他说看到它，自己的骨头可能要扔在五国城了。

接下来的日子不用说了，只要不是刮风下雨的日子，徽宗就跟着舒氏上西山，这里离金兵的营地也不远。那块青石能看出图形的地方，舒氏帮着徽宗，只是用凿子加深印痕，保留它们天然的纹理，云彩还是云彩，花朵还是花朵，河流也还是河流。最终徽宗只在空白处描画了一枝蓝铃花、一棵松树、一只大鸟，然后精心雕刻出来。蓝铃花是巴兰河寻常的野花，蓝紫色，像一串小铃铛，风吹它时，仿佛花儿在铃铃响，徽宗喜欢这花儿。松树和大鸟是咋来的呢？那段涨水，江河水浑，自古浑水好摸鱼啊，鸟儿一群一群地飞到巴兰河，吃得那叫一个美，羽毛都跟缎子似的，光光亮亮的。可是有一只大鸟落单，它不和其他鸟一起在河边捕食，而是独自待在西山。徽宗当时发现那块青石时，它就站在侧向的一棵松树下，面向落日，好像夕阳是它的美食。之后徽宗每上西山，它总像侍卫似的，在那棵松树下立着，一动不动，也不怕斧凿的声音，徽宗就把松树和鸟，刻在青石上。你知道那是只什么鸟吗？

女人讲到这儿问我，起身去看锅里煮着的鱼。

我说能像岩石一样立着的鸟儿，是苍鹭，这儿的人都叫它长脖老等。我这次来依兰的路上遇见一只，它侧棱着膀子跟着我的车，一看就是受了伤，迁徙不了了。

你没停车救它？女人歪头问我。

我摇摇头，告诉她因为母亲嘲笑我在爱情上像只长脖老等，逮着什么吃什么，所以对它有怨恨，没搭理它。

女人扫我一眼，说不救生灵的人，要是生灵救了他，岂不白活一世？说完拿起另一只碗，说火候和时候都到了，她得把另一人渡过去。女人盛了鱼往出走的时候，叮嘱我不要偷腥，她很快就回。

人的好奇心能产生无穷的创造力，造福苍生，但有时好奇心也是万恶之源，容易把人引向深渊。

女人不让我偷腥，可我偏偏在她出了棚屋后，起身走向灶台。锅里剩下的几条鱼，依然跟它们下水时一样姿态优雅地游着，而且它们变了颜色，蓝眼睛，绿鱼鳍，鱼尾则是明黄色的。最让人抵御不了的诱惑是，这鱼散发的奇异香气，撞击心扉，麋鹿被烹制的香气也敌不过它。没有筷子没有碗，我眼疾手快地在一条鱼将尾巴摆出汤面的时候，拽着鱼尾，将它从滚沸的汤里捞出，站在灶旁享用美食。我先吃头，继而掉过来吃尾，最后吃鱼身的时候，感觉它已经成了一块软糯的蛋糕，我甘之如饴。

这条鱼吃得我想哭，它美得无法形容，而且我没吃到任何一根刺和鱼骨，没有遇到抵抗的鱼肉，沦陷的注定是食客。我意犹未尽，正犹豫着是否偷吃第二条的时候，女人突然回来了，她跟窑工一样，走路几无声息，我赶紧手忙脚乱地坐回去。

您这么快就把客人送走了？我有些结巴地说。

女人说外面月色正好，巴兰河风平浪静，渡船好撑，客人又急着走，所以顺风顺水过去了。

她像上次出去一样，没有带回碗来，想来把碗给了乘船的人。我觉得这碗颇为诡异，这是船家推销给客人的碗吗？是不是加在船费和饭钱里了？我刚想委婉地问她，女人俯身看了看锅里的鱼说，你偷吃了鱼？我不好意思地抿嘴笑了，这是我上岸后第一次笑。小时候我偷吃糖果被母亲发现时，也是这样笑的。

女人说你偷吃了东西，更得把你送走了，你也没碗，送不送得过去两说了。

我说我不渡河，听完故事等天亮了，我就回山庄去。

女人看了一眼鱼皮窗上的月影，说时候不早了，得抓紧给你讲故事。

那块青石有了自然的山河和云影，又有了刻上的松树和花鸟，徽宗觉得它既是能经风雨的作品，也可作他的碑了，所以在青石背后，刻了个不大不小的瘦金体的"佶"字。他称霸天下时人们避他名讳，谁敢称"佶"？所以徽宗即便不刻"赵"字，汉族人看到这块青石，也会想到他。徽宗画的桦树皮画，他只留了一张，余下的都送给舒氏父女了。除此之外，他还多写了几幅字赠予他们。徽宗唯一的请求是，看护好这块青石。

秋天水撤了，徽宗离开营地。舒氏父女送给他两张鱼皮窗纸，徽宗回去后就使上了。传说有月亮的晚上，徽宗从上面看得见月影，还能从月影里，朦胧瞅见舒氏的脸。徽宗喜欢上了舒氏，要搁在汴京，他相中的女人，哪个敢不从？可是在西山，他和舒氏单独在一起，想轻抚一下舒氏的脸都没可能。传说有一回他丢下凿子，手刚伸出，那站在松树下的苍鹭，就飞起来落在他和舒氏之间，像一堵墙挡着，徽宗再不敢造次。

舒氏能骑马，懂狩猎，会打鱼，独自穿行在山河间毫无惧色。女人说徽宗离开时，站在巴兰河畔仰天长叹，一个女人都如男人般英武的王朝，那股凛然决绝之气，岂是沉迷于花前画坊的他所能抵御的，蒙受靖康之耻，似也是必然的。

徽宗死在五国城后，巴兰河边的西山上，这块碑就像不倒的月份牌，岁岁年年伫立着。从舒氏这代开始，家族一代又一代的人，无论游猎到哪儿，都不忘护卫这块碑。几百年的风霜雨雪，让青石上的天然纹理和雕刻痕迹都减淡了，但你仔细看，还是能看出山水花鸟，看出瘦金体的"佶"字。直到清咸丰年间，有一年巴兰河涨水，把一座木桥冲毁了，复建时人们想造一座稳固的石桥，石匠去山上采石时，发现它是天然的桥墩，就把青石搬运到山下。

从那以后，依兰这地方，别的河流到了夏季，三年五载的，像松花江、牡丹江、倭肯河，该涨大水还是涨大水，但这块青石碑做了桥墩后，简直是定海神针，巴兰河风平浪静的，别的河流遭遇枯水时，它也依然丰满，融冰后永远利于灌溉，两岸庄稼丰收，牛羊肥壮，人丁兴旺。更奇的是，这块青石碑的桥墩，月亮好的夜晚会发出光亮，夜航的船家都把它当作灯塔。人们认为这是祥瑞之光，所以求婚求子求财的人，恶疾缠身渴望起死回生的人，为讨吉利，都爱在月圆时分划船穿越这个桥墩朝拜。那个"佶"字因为刻在青石下方，终年浸在水中，亲吻这个字的，是游鱼和水草，这个字得了清流，也算脱了俗。而那些山河和花鸟图案，也大都处于水面下。只有雕刻的鸟的翅膀，完全浮出水面，有人说那是自由的象征，也有人说是飞黄腾达之意，所以服刑者亲眷和求官的人，也来朝拜。

女人停顿片刻对我说，听说品行不端的人朝拜这个青石桥墩时，船到近前会突然起漩涡，让你不能靠前，甚至把船掀翻；但心地善良的人，尤其那些淳朴的相貌如舒氏的女子经过桥墩时，它会泛着温柔的光，流水也会发出悦耳的声音，像是谁在抚琴而歌。

我按捺不住，急急地问，这座桥在哪儿？叫什么名字？

女人说这座石桥就在巴兰河上，离这儿不远，一百多年了依然稳固，人们还在用它。因为传说这块青石桥墩是徽宗给自己刻的碑，所以人们都叫它碑桥。

能带我去碑桥看看吗？我热切地说。

你已经看过了，女人起身说，你不记得自己在巴兰河撞上青石碑了吗？

难道是我犯了错，所以桥墩没发光，才翻了船？我这样问她的时候，忍不住浑身哆嗦，因为我意识到眼前这个看似活生生的人，拿着无形的绳索，要把我捆绑到另一世界。

女人比我矮，可她突然起身，往棚屋外拽我的时候，力大惊人。我顺从于她，没喊饶命，只问她舒氏最后怎样了。

女人说天的黑脸皮就要变白了，不能再给你讲了，你要是能渡过去，见着舒氏自己问吧。开头我问你能不能接受没尾巴的故事，你不是点头了吗，你说哪个故事不残缺呢？

我机械地跟着女人到巴兰河畔时，意识到死神降临，血液仿佛凝固了，身体像木头一样僵直，任她摆布。女人把我带到一条幽蓝的船上，将我戳在船头，就像稻草人一样。她则在船尾，低沉地说着我完全不懂的话。之后船像是被岸给烫着了，"嗖"的一下，离岸而去。我见巴兰河就像一张巨大的鱼皮窗纸，颤颤地印着最后的月影。

我不知自己将被渡往何方，岸越来越远，水越来越长。

还是楔子

我苏醒的时候，首先感知世界的不是眼睛，而是耳朵和鼻子。也就是说，我的听觉和嗅觉依然敏锐，并驾齐驱冲在前面，视觉神经也许倦怠了人间风景，尽管我想努力睁开眼睛，可眼皮沉重得就像棺盖，怎么也掀不翻它，我就在枕头上晃悠脑袋，希望能助我拔出视觉的泥淖。我听到"哗哗"的雨声，看来外面雨下得很大，还闻到来苏水的气味，证明我此刻在医院。

有脚步声盖住了雨水，想必是个壮汉进来，那脚步声"咚咚"的，像在擂鼓，铿锵有力。跟着是"咣咣"的踩脚声，好像谁要在地上刻上一连串的惊叹号似的，一个男人惊喜地叫骂着："妈的你个死人，脑袋能动弹了，我就说阎王爷见你岁数不大，饭没塞够呢，不会要你吧！你还算甜和人，醒得正是时候，今儿八月十五，我能轻松喝口酒吃块月饼啦！"他接着"大夫大夫"地叫着出去了。

脚步声弱了，雨声又像春日的青苗似的，喜人地冒了出来。急雨转小雨了吧，雨声"沙沙"的了。

这人出去不久，我终于睁开了眼睛。开始感觉到的是白花花的一片，好像世界撒满了盐，又像铺遍了雪，更像飞满了谎言。很快这白色被身体的阳气给驱逐殆尽，视线中的东西逐渐变得清晰，我能看见自己躺在泛黄的白床单上，盖着浅蓝色的被子，穿蓝白条纹的病号服。左侧床头柜上摆着一台心电监护仪，右侧立着白色点滴架，上面吊着一个空瓶。窗子在右侧，努力望去，可见窗台摆着两盆茂盛的绿萝。而当我努力坐起来，发现窗外雨中的树，还挂着几片枯黄的叶子，好像在告诉我你还阳了，我们却要去了。

我住在一层，从水磨石地面、陈旧的窗户以及斑驳的墙面上，看得出这是一所简陋的乡镇卫生院。虽然未见阳光，但这是人间无疑。

两个男人一前一后走了进来，前面的五十上下，中等个，不胖不瘦，黑红的脸，小眼睛，头发乱蓬蓬的，右耳吊着一只松松垮垮的白口罩，穿一件很旧的棕色单皮夹克，皮面磨得多处泛白，像是长了牛皮癣。他叼着一支没冒火的烟，指着我说："这么快自己能坐起来了，真行！"听他熟悉的声音，我明白这就是先前进来的人。他身后跟着一个穿白服戴白帽和浅蓝色医用口罩的医生，他又矮又胖，走路呼呼直喘，谢顶，看上去年纪不小了，他指着穿皮夹克的男人问我："认识他吗？"我摇摇头。

穿皮夹克的男人说："大夫，我昨儿把他送来就说了，我不认识他，可你们不信！妈的，这世道救了人，咋这么爱遭怀疑！"男人长吁一口气，对我说他叫王骏，骏马的"骏"，不敢说是我救命恩人，因为是一只受伤的长脖老等，先发现的我。他先嚷着让我赔他名誉，再嚷着让我赔他烟钱，说我昏迷的这十几个小时，他在卫生院外抽了四包烟，自己都快被熏成腊肉了。他说很想现在抽支烟庆祝一下，但在病房抽烟会被罚款，所以只能干叼着过过瘾。

原来这是中秋节的早晨了。

医生问我："你是哪儿的人？"

我说是哈尔滨人，退休后没啥事，前几天驾驶一辆越野吉普车出游，先是到了依兰，然后去了巴兰河景区，入住一个山庄。过了漂流季，可我想下水，庄主不同意，我见一条船停泊在岸边，便偷船夜漂，后来下了雨，我在河上什么也看不清，模糊中仿佛撞上桥墩，之后被一个窑工救上岸，他在上半夜给我讲了一个故事；下半夜出了月亮，窑工又把我送到摆渡人那里，听了另一个故事。窑工是男的，摆渡人是女的。

王骏害了牙疼似的"嘶嘶"叫着说："依兰过去是打狐狸部的天下，你这是遇见狐狸精了吧，这一带哪有烧窑的？还有现在公路铁路这么发达，谁还走水路啊，多少年都没有摆渡人了！"

我激灵了一下。

王骏告诉我，他是大货车司机，常年带着媳妇跑运输。昨天上午他们拉着一车秋白菜去哈尔滨，途经巴兰河时，他老婆发现一只长脖老等跟着车，好像腿脚不利落，飞得颤颤悠悠的，没过多久跌落在公路下，他老婆说它一定是受伤了，于是喊他停车。

王骏说这只长脖老等，是我真正的救命恩人。他老婆快接近它时，它突然又哆嗦着低飞了几米，把她引向河边草丛。她过去一看，除了长脖老等，还有一个人躺在那里，虽然我脸色灰青，一动不动，但她用手在我鼻子下一试，还有气呢，于是喊他过去。王骏背着我，他老婆抱着长脖老等，回到车上。

他们先救人，把我就近送到一个镇子的卫生院。王骏说他没想到我身上没有任何可证明身份的东西，没有手机和身份证，没有一分钱，裤兜只有湿透后又干成一团的纸和两根牙签。他们判断我是溺水后被冲上岸的，医生怀疑我是自杀或是被害，先报了警，派出所来人对王骏做了询问笔录，在我没有苏醒前，他不得离开，住院押金都是王骏垫付的。而那车秋白菜，只好由他老婆一人运往哈尔滨。

王骏说好在他老婆能干，驾驶技术不错，跑长途时他们经常轮流开。但万分倒霉的是，她平安抵达后，刚卸完货，就赶上哈尔滨来了疫情，现在城区全员核酸检测，老婆和车被困在那里，住在小旅店，今年中秋节只能望月团圆了。

王骏苦着脸说天公不作美，这阴天下雨的，估计月亮也难见。

我连声对王骏说对不起，先前他嚷着我赔他名誉和烟钱，那是他的幽默，我更应赔偿他爱人因疫情人车被困在哈尔滨的间接损失。我表达这样的心愿时，王骏一撇嘴说："我要是接受了你这样的赔偿，我老婆还不得骂死我！她心眼好那是出了名的。我刚才打电话告诉她你醒了，她刚排队做完核酸，喜得直说今晚要多吃一块月饼！"

我愧疚地说："都是我害得你们中秋不能团圆。"

王骏说："团圆又不在这一日，明年不是还有八月十五吗？你知道我老婆最担心啥吗？她怕你醒来后会失忆，我一会儿得告诉她，你知道自己姓啥、住哪儿、开啥车，脑袋一点都没短路！嘻，老天爷真是保佑你，让你遇见她，遇见长脖老等，万一我一脚油门过去了，你遇着这样的天气，没吃没喝的，在野外失了温，就得玩完！"

夜漂时我卸下背囊，这是最大失误，里面准备的一切急救物品，想必都付诸东流了。王骏掏出手机，让我给家里报个平安，可亲人的电话都存在我手机里，没有一个号码我能记全。而我离开手机绑定的银行卡，也无法偿还王骏帮我垫付的医疗费。一部手机不见了，生活居然半停摆了。

医生让护士给我送来一份白米粥和一碟咸菜，嘱咐我少量进食，我来自哈尔滨的话，可是属于疫区来的人，院长不在，他有责任督促我把十四天内的行程回顾一下，做个登记。

王骏说我醒了，派出所也解除了对他的怀疑，他本应赶到哈尔滨去，老婆一人带着台大车在外面，他还是不放心。只是现在进哈尔滨要持二十四小时内核酸阴性报告，这乡镇卫生院做不了，他还得去依兰做，最快四五个小时出结果，再加上去哈尔滨的路程，估计折腾到那儿，也得后半夜了。

王骏长叹一声说："算了算了，一个人过个清静的节也不赖！还有老婆把受伤的长脖老等托付给我了，我一直守着你，顾不上这只鸟，现在得打听一下，附近哪儿有野生动物保护站，早点送过去。"

王骏出去了，医生也出去了。

吃过粥和咸菜，我感觉身上有了力气，可以下地走了。虽说腿依然发软，感觉是踩在棉花堆上。

我住在抢救室，对面是医生办公室。我一出来，就见那位医生敞着门，正给一个干瘦的佝偻腰的男人看病。他见了我摘下听诊器，先是嘱咐我戴上口罩，说是病房床头柜的抽屉里备有一沓，然后问我，写完十四天内的行程了吗？我说没有纸笔，请帮我提供一下，我到院子转转回来就写。

医生说："王骏在太平房看鸟呢，你得好好感谢他，真没见过这么好心肠的大货车司机呢。"

我反身回抢救室取了口罩戴上，走向院子。

太阳还没露头，但雨停了，空中堆积着深灰浅灰的阴云。太阳怎会死呢，可阴云一直妄想着做它的裹尸布。

卫生院是栋长方形的砖瓦结构的平房，院子也是长方形的，栽种着七八棵杨树和柳树。院子东侧有个花圃，花儿多半枯萎，只有两株黄色菊花，挂着几朵将落未落的花。菊花的边缘像被烧焦了，已然惨淡，花心强撑着，但颜色也不鲜亮了。花圃前有个破烂不堪的长椅，还有两个污渍斑斑的圆形石凳。

院子西侧是座砖木结构的小房子，人字形屋顶下，有一块白地黑字的匾，上面的"太平房"三个字，居然是瘦金体。这房子清灰水泥涂抹的墙面，对开的铁皮门，矮矮趴趴，像个门岗。门开了一扇，我进去时，王骏正在喂长脖老等。

太平房大约五十平方米，正中央有两张光亮的木板床，大概是停尸的地方，床前各置一个黑黢黢的瓦盆，看来是烧纸用的。因为屋子只开了一扇西窗，窗口很小，天又阴着，所以里面昏暗不堪。

受伤的长脖老等蜷缩在西窗的墙根下，见到我伸了伸脖子。我不确定它是不是我没有救助的那只，如果是的话，它的善行对我来说，是卡在我喉咙的一根永久的刺。我不知是否应该感激它，因为在医学意义上我失去知觉的那个夜晚，我的思维从未有过的活跃，我在上半夜看到了精美绝伦的白釉黑花罐，在下半夜听到了凄美的碑桥故事。如果夜能更长一些的话，我也许还能见到更绮丽的风景。

我不知眼前的长脖老等是不是宋徽宗刻在青石上的那只，它的眼神仿佛活了千年的样子，是那么的笃定安详，好像深藏着高山和大河，我和它四目对视时，被它的气质打动了。

王骏依然是把口罩吊在一只耳朵上，他说你刚缓过阳，不该戴口罩，本来气就不够使。见我走路有点哆嗦，他以为我除了身子虚，也是因为进太平房有点恐惧，便安慰我说医生告诉他了，这太平房利用率很低，因为附近乡镇的老人死了，亲属们习惯在家停尸，然后再送火葬场。进太平房的，大都是活到中途出意外而没抢救过来的，一年没几个。所以昨天没地方安置长脖老等，医生就想到了太平房。王骏说在医生眼里，太平房和产房没啥区别。

这只长脖老等伤在右腿，裸露的伤口像片玫瑰花瓣。王骏说这不像在岩石擦伤的，倒像是中了偷猎者下的铁丝套，它奋力挣脱时伤及皮肉。王骏说它实在聪明，知道跟着人类的车子求救。而它不仅自救了，还救了我。只是它将来被送到保护站后，虽能保命，但一个冬天被迫做了留鸟，明年即便伤好了，野外生存能力降低，秋天能不能南迁，会不会成了老鹰嘴里的食物，也两说呢。

王骏慨叹完，他手机的视频铃声响了，王骏说："是我老婆，你刚好认识她一下。"他说着接通视频。

透过手机屏幕，我见一个穿红花毛衣梳齐耳短发的圆脸女人，笑微微地面对我们，她问王骏："你干啥呢？"

王骏笑呵呵地说："你救的人和鸟都在太平房呢，我先给你看看长脖老等吧。"他把画面切到鸟身上。

女人说："看上去不精神啊，得早点送到保护站。"

王骏说："是了，我刚打听好了，下午就送走。"然后将画面切到我身上。

女人看着我说："人比鸟精神啊。"她笑了起来。

我刚说了一句谢谢,女人就说有啥谢的,你得感谢长脖老等,不是它发现你,你早没命了。女人说王骏告诉她了,我家人的电话都在手机里,想不起来了,她说如果我愿意,可以把家址告诉她,她上门报个平安,反正做完核酸也没啥事。我心想林蓓哪会像她这样,时刻惦念自己的丈夫,我就是失踪一周她也未必感知到。而母亲则不一样了,只要是传统节日,我在哈尔滨都会陪她,在外地则必给她打个电话问安。要是今晚她没接到我电话,再打过来无法接通,非得急死不可。我也不客气,拜托女人去南岗邮政街我母亲家一趟,报个平安。女人说刚好她住在海城街的一家小旅馆,离那儿很近,让我把详尽地址给王骏,他微信给她,她即刻出发,到时让我们母子视频一下。

四十分钟后,我和王骏刚要离开太平房,他爱人发来视频讯号,说已到我母亲家。八十多岁的母亲防疫意识真强,武装到牙齿了,不仅戴着口罩,还戴着一个护目镜,这使她看上去怪里怪气的。她见着我先骂了一句"瘪犊子",说疫情期间她本不该让外人进的,可听说我漂流翻了船,手机不见了,只好冒险给人开门。她警惕性极高,见王骏在我身边晃悠,问他是谁,我是不是遭绑架了?我说当然没有,这两个人是夫妻,我的救命恩人。

我让母亲把医疗费帮我先给女人,母亲斩钉截铁地说:"没门,你肯定是遇到诈骗的,受到要挟了,我给你报警,你告诉我在哪旮旯儿?"真让人哭笑不得。

我只好退而求其次,让她把林蓓电话给我,母亲又骂我一句"瘪犊子",说你就知道惦记媳妇!母亲说林蓓一清早给她打电话,她今儿出不来了,因为小区有确诊患者的密接者,人都给圈在家里隔离,两天才能出来买趟菜。

母亲教训我说:"你一天就知道在外逛游,还有心思玩水?也不知林蓓是不是一个人隔离在家?她给我打电话时,我咋听见好像有男人的咳嗽声呢?"

我说真有男人代替我在家咳嗽,我情愿在外当个散仙。

母亲撇着嘴,再骂我一句"瘪犊子",说你不怕绿帽子压扁脑袋呀。王骏和他老婆听后,齐声笑了起来。

母亲年轻时是演驴皮影的，也就是皮影戏。行当使然吧，她爱操控人，喜欢发号施令，父亲唯命是从，他也是因迷恋母亲塑造的角色而爱上她的。所以父亲去世的时候，母亲在殡仪馆给他做告别仪式，就是请她的几个老伙计演了一场父亲最爱的皮影戏《鹤与龟》，因为这是出动物寓言轻喜剧，参加葬礼的人被剧情感染，笑声不时泛起，父亲就踏着母亲为他营造的笑声上路了。

父亲走后，考虑到母亲年事已高，我请保姆前去服侍，可母亲很快给打发了，说她能走能蹽的，屋子本就不大，不能再多个放屁的人。待到近几年她记忆力衰退，几次忘关水龙头和燃气阀，她哀叹着岁月不饶人，自请了保姆，声言要在有生之年，花掉自己所有积蓄，不给后人留半个子儿。唯一带不走的是房子，她早已更名到我女儿名下，为此母亲还刺激过林蓓，说你要是养活个儿子，这房子我就留给孙子了！林蓓嗤之以鼻地说，哪座房子最后不是坟墓呢？母亲气得直捶胸，讥讽道："照你这么说，你妈就不该生你不是？"我永远记得林蓓听后非但不恼，还动情地拥抱了母亲，说："您真是我妈，我就这么想的。"

母亲见王骏和登门报信的女人一脸忠厚，说的不像是排演过的，而我状态自然，终于相信他们不是骗子。问清他们帮我垫付的医疗费数额，她即刻付给女人，还多拿出两千，让她通过王骏转我，说一个大男人在外身无分文，寸步难行，不过她声明这钱我得还她，看在我是她亲儿子的分上，利息她就不要了。

钱的事情交涉完，母亲说她早晨接到一个陌生男人来电，他说你儿子的电话怎么打不通，只好找您了。他手里有件宝物，人都说是金代的，好像跟宋徽宗有关，想请你鉴定一下真伪，他出鉴定费。母亲责备我不该把她电话告诉给外人，未等我解释我从未泄露过她电话，母亲又说，别以为宋徽宗当年在咱这儿被囚了几年，就谁都能捡着宝贝，做梦去吧！

母亲对宋徽宗的画不屑一顾，收藏在辽宁博物馆的《瑞鹤图》和北京故宫的《芙蓉锦鸡图》她都看过，说那画中品而已，布局乏力，也不脱俗。尤其是《瑞鹤图》，群鹤弯着脖子飞翔，缺乏气韵。而且群鹤之下的宫殿看不到底部，等于失去根基，颇不吉祥。她说要说那时期的画儿，还得是王希孟和张择端。

但宋徽宗的书法她认为绝了，空灵深邃，每一笔都含着泪似的，像是一出生就活了一辈子的人的笔力，笔笔如柳又笔笔如钢，旷世难得。

母亲叮嘱我与所谓的持宝人打交道要小心，这里骗子很多。

与母亲视频通话结束后，医生见我状态不错，准我出院。这样中秋节午后，我和王骏带着长脖老等离开卫生院。

王骏说你死里逃生，大过节的，天又这么凉，咱得吃点好的和热乎的。这样我们寻了一家小馆，吃热腾腾香喷喷的羊蝎子火锅。刚踏进店门时，店主见王骏抱着长脖老等，以为我们是来私卖野物的，两眼放光，说正愁八月十五没野物下锅呢，连问多少钱。王骏瞪着眼说："我看你像野物！"店主再不敢提这茬。

王骏酒量一般，只喝了二两烧酒就兴奋异常，我遵照医嘱滴酒未沾。酒是话篓子，很多人喝多了话就多，王骏也不例外。他告诉我他老婆是后找的，他总跑长途，前个老婆在家太寂寞吧，跟一个开杂货铺的好上了。王骏说老婆的私人领地被别人侵占，他这辈子不想再碰了，立马离婚，他们唯一的男孩归他，由他母亲照看。

王骏说现任老婆比他小五岁，极其善良，本来许了一户人家，但快结婚时发现得了子宫癌，虽是早期，但得摘除。手术后恢复不错，但她没了"育儿袋"，那家解除了婚约。王骏说他有儿子了，不在乎传宗接代，就娶了她。婚后她一直跟他跑车，车上备有炊具，在各个高速路服务区，老婆给他做饭的情景，是大货车司机最为羡慕的。王骏说人也真是怪，他跟前个离了，但她日子过得不如意时，他也心焦，毕竟她是孩子的生母啊。再说他和她婚内时，在外有时十天半个月见不着老婆，也曾在高速路服务区的小旅店接受过找上门来的服务。王骏慨叹说生为女子不易，好像女人天生就得是贞节的，男人胡来后只要对家好，一切可以忽略不计了。王骏说现任和前个老婆处得不错，两人一起赶过集呢。唯一让他难受的是已上初中的儿子不认后妈，她对他一万个好，也换不来一个好，她常偷着哭，这两年也常咨询做试管婴儿的事情，让他心惊肉跳的。

因为他这岁数不想再要孩子了，再说做试管婴儿遭罪又烧钱。

我苦笑着说："我现在的老婆也是后找的，我也被戴过绿帽子。"

王骏哈哈笑着拍了下我肩膀，说："难兄难弟啊。"

从小馆出来，我雇了一台破烂不堪的私家车，先和王骏送长脖老等。这家野生动物保护站在山中，规模不大，有两头黑熊、一头驼鹿、几只狐狸和狍子以及形形色色的鸟。它们非瘸即瞎，或是伤了翅膀，看了让人难过，是极难回归大自然的动物了。

接待我们的人六十上下，一嘴黄牙，说话南腔北调的，不像本地人。他按照惯例做完登记，动员我们认领这只鸟，支付饲养费，他们可定期把长脖老等康复的图片发给我们。见我们犹豫，他鼓噪说断掌的黑熊，是某某老板认领的；那只瞎眼的狐狸，是个患癌的女士认领的。他们认领了这样的动物，发财的发财，康复的康复。

王骏问，那一个月得多少钱啊？

工作人员说这只长脖老等伤在翅膀，相当于一辆汽车马达坏了，治疗和饲养费，一个月少说得四百块。它今年就得在黑龙江过冬了，你们可以先捐半冬的钱，三个月，一千二百块，我可以开收据，还能盖红章。

王骏表情复杂地看了我一眼，先给长脖老等拍了段视频，再拍了几张照片，说是留个念想。

母亲借给我的两千块，因我手机和银行卡未恢复，王骏只得给我现金，我在羊蝎子小馆花掉二百三，雇车用了四百，如果再支付一千二，所剩无几了。我跟工作人员说，我先捐六百，余下的看它的恢复情况再说。

工作人员大喜过望地说："六百也中，我一眼看出你是个好人！"

我数出六百块，递给工作人员时，王骏突然拽住我，说他需要现金，让我串给他，他用微信转账给对方。工作人员眼巴巴地看着那六百现金，虽不情愿，还是加了王骏微信，接收了六百块。谁想他开完收据，却说忘了公章在另一个同事那儿，锁在抽屉里，这人回城过节了，他也不好撬锁，所以无法盖章了。

我嘴上说着没关系，但心里觉得六百块钱事小，可他的言谈举止，让人对这家保护站缺乏信任了。我要来他电话，说未来会和他联系的。

出了保护站，我和王骏仿佛参加完好友的葬礼，有股说不出的沉痛，上车后并排坐在后面，彼此无话。偏偏赶上我雇的司机是个直筒子，他嘲笑我们："你们也算吃了半辈子的盐了，咋这么幼稚？把长脖老等送到这儿，等于献上了八月十五的大餐，我敢保证，你们前脚走，后脚人家就会拿刀抹了它脖子，炖了下酒！"

王骏轻轻拍了一下我的肩膀，说他也有这个担心。一般的保护站，是不会强求爱心人士认领野生动物的。所以他留了一手，给它拍了视频和照片，还用微信转账，留下捐款记录。

王骏说人没有长得一个模样的，鸟也一样。隔个十天半月的，他会和工作人员视频一下，看它是否活着。见我不语，王骏又说："你先捐了六百，眼下它的命是没问题了，保护站得留着它，继续让你捐钱。可是如果你一直捐，我最担心的是，明年它伤好了，可以南迁了，也未必给它放归自然。最让人不敢想的是，万一没伤再给它弄伤，继续钓好心人的钱，我们反倒是让它受折磨了。"

我说先别把事情想那么坏，这一带我常来，如果这家做事不规矩，我会把它解救到另一个地方，我承诺会尽快。

王骏说那就妥了。

但司机听后不悦，说："你们给一只鸟随便撒六百块，我这一趟往返，少说也得两百公里，大过节的谁爱出车？我最开始要五百，你们非砍下一百，难不成我还不如那只鸟？"

我可不想司机中途撂挑子，赶紧说："师傅咋也比鸟金贵啊。"忙从口袋抽出一百，探过身子，把它放到副驾驶座位上。

司机歪头看了一眼粉红色的百元钞，像看着一块可人的蛋糕，眼神立刻温柔了，说："那就谢谢大哥了。"

送完长脖老等，我又把王骏送到一家服务区旅店，他说和老婆约好了，她拿到核酸阴性报告后，明早驾车离开哈尔滨，去那儿接他。想起他刚跟我说过的在高速路服务区做过的龌龊事，他下车时我忍不住在他肩上狠抓了一把，有点警示的意思。

王骏一脸坏笑地说："抓我啥意思，不想让俺好好过节不是？"他嘱咐我手机恢复后，别忘了加他微信，他会把长脖老等的消息发给我。

与王骏分手后我倦意袭来，一路昏睡到山庄。

暮色渐浓，雨又来了。我走进山庄时，庄主正和一个客人搭讪，他见了我像鹅一样"啊啊"大叫："老天爷啊，你可回来了！"

原来，我当夜未归，他还以为像我这种自驾游的人，去别处耍了，并没在意。第二天上午还不见我影子，而他发现我的车子却还在停车场，感觉事情不妙，于是调取山庄外的监控录像，发现我去了河边，而那儿的一条渔船不见了，断定我是偷船漂流了。想着我在哪儿平安上岸后，就会回来的，所以没有报警，一直等到现在。

我跟庄主连声抱歉，说那条船撞散了，我会赔偿的。我没回房间，而是要了一把伞，先去了停车场。我的越野吉普与我相依为伴，在外就是我流动的家，我迫切地想看到它。可是停车场的几台车，全都是陌生的，我反身去问庄主，我的车怎么不见了？

庄主瞪大眼睛说："这咋可能呢，昨晚我还看到了呢。"

我说那你看看监控，谁动了我的车子？

庄主一龇牙说："真是不巧，昨天我调取完监控，系统就失灵了，这大过节的，杂事一堆，还没顾上修呢。"

庄主的话让我觉得自己的车子跟我一样出了事。

我要求庄主报警的时候，他提出来可以让保安先带我在附近找找，说是以往也发生过类似的事情，有时附近村镇淘气的半大小子，会趁人不备潜入山庄，撬了客人的车子开出去，耍够了再扔在山庄附近，这样客人找得到，除了浪费点汽油，也没啥损失，所以都不会报警，而我驾驶的越野吉普车，是他们爱下手的目标。

庄主的话更让我觉得他知道我的车在哪儿。

在庄主的安排下，山庄保安嘟嘟囔囔的，很不情愿地骑着摩托车带我去寻车。天已黑了，雨还没停，风起来了，我的雨披被风掀起，脊背阵阵发凉。摩托车灯照着前方的雨，亮闪闪的，仿佛大把大把的伤心泪。车行四公里左右，在一片开阔的杨树林中，我发现了自己的车。车门和后备厢均被撬了，那盏我收来的李杜将军的台灯被砸烂了，莫德惠的字也被撕碎了。见我痛心不已，保安鄙夷地说一盏破灯和一幅破字，有啥稀罕的？我骂他你懂个屁！想着他没有拐弯，一路径直把我载到这儿，我认定他和庄主是损害我车的同谋，怒不可遏，一把将他按倒在地，骑在他身上，威胁道："你不说实话，我就让你过不去八月十五！"保安吓得嘴都哆嗦了，连说大哥对不起，这一切可都是庄主让我干的。

原来庄主发现我偷船失踪后，很快有人在下游发现了那条被撞坏的船，还有人陆续发现河面的漂浮物，手电筒、药品等。就在山庄附近的柳树丛，也发现漂来的一本被泡烂的书，庄主由此断定我是死了。一个入住的客人在他这儿发生意外，无论如何都是灾难，会面临意想不到的官司和赔偿。这两年的疫情本来就让从事旅游业的人难挨，再不能雪上加霜了。因我不是网上订房的客人，所以庄主只要把我入住登记的纸页撕掉，再把近三天来山庄的监控删除，将我的车神不知鬼不觉地移出，我的死就跟山庄无关了。

保安说车子是庄主让他撬锁开出来的，庄主许诺他，车上有啥值钱物就拿着，算是报酬。结果他一分钱也没找到，只发现了一盏旧台灯和那幅看起来像从废纸堆找出的字，他一时冲动，拿它们撒气了。保安说他可以赔我一盏新台灯，至于那幅字，他可以求他儿子的书法老师写幅新的给我，你要啥字就给你写啥字。

我松开保安，欲哭无泪。那本漂到山庄柳树丛的书，是宿白先生新版的《白沙宋墓》无疑了，这是此行我带的书。

保安瘫在泥水里，瑟瑟发抖。我将他拉起，说你回去吧，就跟庄主说我找到车，直接开车回哈尔滨了。

保安站起来，摇晃了几下，乞求我不要告发他，他若丢了这个饭碗，一时还没有好的去处，家里老人看病和孩子上学的钱，都会成问题。我答应他此事到此为止。

我踏上自己的越野吉普车，待保安驾驶摩托车远去，才缓缓启动。

后半夜雨停了，月亮却没出来，我本想开到依兰，可是走到中途，燃油耗尽，只得停在半路上。其间有车辆经过，我也下去求救，但没有车子停下来，这更让我觉得遇见王骏夫妇是多么神奇和温暖的事情。

两日后我回到哈尔滨，因所居小区还没解除封闭，便去了母亲那儿。母亲见我憔悴不堪，赶紧让保姆给我煲鸡汤。她说这岁数的人了，以后就长点记性吧，别心血来潮做危险运动了。当晚我还和林蓓通了电话，讲了此去依兰的遭遇，她却当神话来听，建议我去看一下精神科医生，说她可以帮我网上预约。

半个多月后，我身体完全恢复，身份证、电话、银行卡等信息也恢复，于是驾车第四次来到依兰。

参观五国城遗址的这天雨雪交加，几无游人。园内的靖康之变历史展室和仿造徽钦二帝生活的地窖子，都不是我感兴趣的。

五国城遗址围墙一角，有两方躺倒在荒草中的二龙戏珠石碑，也叫九孔透龙碑，这才是我此行最想看的。这是四年前从老牡丹江大桥水下打捞出的两块石碑，属于官至三姓副都统、二品大员的墓碑。据史料记载，从1743年开始设立三姓副都统后的近170年间，历史记载的副都统就有五十位。凡副都统退休后，会被召回京颐养天年。能在地方立墓碑的副都统，都是任期未结束就故去的人，或病或是意外。据说二十世纪六十年代末牡丹江大桥初建，工人就地采石时发现的。那年代的碑都被当作"四旧"，无人保护，所以他们就拉下山，做了建桥材料。而拥有这种墓碑的人，通常是任职期间功勋卓著者。

望着这两块面貌苍苍的石碑，想着它们曾做了牡丹江大桥的基石，半个世纪来在波涛中渡着往来的人，我不由得想起女人给我讲述的宋徽宗碑桥的故事，感慨万千。细雨夹杂着斑驳的雪花,落到二龙戏珠石碑上,是那么的美,又那么的凉。就在此时,王骏通过微信,转我一幅照片,是野生动物保护站的工作人员发给他的。

救了我的长脖老等,在铁丝网围起的棚屋里,如灰衣骑士,站在一根像是被熊啃得齿痕斑斑的枯木桩上,醉心地望着什么。它的黄嘴巴比之前娇艳了,肩上的棕栗色蓑状长羽也格外有光泽了。我想知道它如此痴迷地在看什么,将它目之所及的角落局部放大,竟在墙角的一堆干草中,发现一只眼熟的白釉黑花罐。

王不见王

杨少衡 *

1

据我们所知，刚开始时王文章总说"五百年前是一家"，甜言蜜语地跟王均套近乎，热切得就像恨不得再成一家。可惜彼王不是此王，人家王均有定力，洞若观火，始终对王文章之流保持高度警惕，予以有效钳制。

王均初到任时，有一天在大会场开会，会间她在台上侧身，指指台下第一排偏中位置一个男子，低声问坐在身旁的县长娄士宗："那位是谁？"娄说明："林耀，建设局局长。"王点头，忽然举手轻拍，命坐在另一侧、正在念稿的县委副书记陈冬木暂停片刻。场上大小官员一时惊讶，不知女书记忽然有何见教。当时大家除了知道她是目前本县老大，名字比较中性不像通常女名，但是长相宜人外，其他的都不甚了解。这时就听王均点名，要台下第一排林耀局长站起来。林耀没料到竟是自己中了头奖，急忙听命起立，站得笔直，却不知道究竟是哪里长得好，忽然就给领导看中了。王均也不说话，伸出手，拿食指与中指比个夹东西的动作。众人诧异，随即一起恍然大悟：原来是指抽烟。那时林耀

---

* 杨少衡，男，1953年生于福建省漳州市。1969年上山下乡当知青，1977年起，分别在乡镇、县、市和省直部门工作。西北大学中文系毕业。现为福建省文联副主席、作家协会名誉主席。出版有长篇小说《海峡之痛》《党校同学》《地下党》《风口浪尖》《铿然有声》《新世界》，中篇小说集《秘书长》《林老板的枪》《县长故事》《你没事吧》等。

右手持一支笔，左手夹一支烟，正一边做记录，一边吞云吐雾。

林耀顿时红脸，像是业余小偷被抓了现行。他赶紧把香烟扔在会议桌下边地上，拿鞋尖踩灭。而后王均比了比，示意他坐下，命陈冬木继续。

那时场上很安静。

说起来，林耀这个头奖中得有点冤：室内公共场所禁止吸烟早已归为常识，本会场却由于某个特殊历史原因属于另类，其时场上星星点点，各角落有若干轻烟隐然升腾，此起彼伏，并非只有林耀一个在抽。虽然吸烟有害健康，毕竟还有相当比例烟民在为国家烟草税做贡献。这些烟民会犯烟瘾，时候到了就跟鸦片鬼一样直打哈欠。开会听报告长时间保持注意力不容易，有时难免感觉疲劳，这时候来支烟可以提神，有助于认真学习会议精神。这么说是不是歪理？无论如何，显然人家王均书记并不认同。林耀的倒霉在于所掌管单位比较重要，开会位置靠前，让王均一眼盯住，用两根指头夹起来修整一番，以警示场上其他烟民。其实林耀胆敢公然于领导鼻子底下抽烟，也属事出有因：那时候可不仅台下若干下属抽烟学习重要精神，主席台上领导也有，就在县长娄士宗身边，离王均不过两个位置。该领导面前有位牌，身材瘦长，就是王文章。距离如此之近，无须侧身观察，烟味肯定已经对王均有所骚扰，她不会不知道身边这位"五百年前是一家"正在干啥。但是她做视而不见状，没有命王文章当众站起来，因为人家毕竟是常务副县长，在党政两套班子里都有名字，排位仅次于陈冬木，应当得到足够尊重，给他留点面子。这个时候活该林耀被当众收拾，那其实也是做给王文章看的。林耀把香烟往地上一丢，王文章手上那支烟也不翼而飞，不知道去了哪里。

会后，王文章表扬王均，说王书记堪比当年林则徐，举重若轻。林则徐钦差大人虎门销烟声势浩大，使尽九牛二虎之力。王均书记会场禁烟没多说话，只盯住一个人，用了两根手指头。

王均询问："王副像是有点看法？"

王文章表示并无看法，百分之百拥护。他还借机做了点说明，称多年前本县人大即已制定、颁布公共场所禁烟规定。当时他就下决心响应号召，公文包里塞满戒烟糖。后来发现不行，糖比尼古丁还有杀伤力，为防止血糖过高，不得已继续"吸毒"。本来也还注意点影响，尽量低调，找个没人的旮旯，背地里用力猛抽几口，依依不舍赶紧扔掉，叫作"秒吸"，偷偷摸摸，做贼心虚。没料时来运转，遇上了张书记。张书记在王书记之前，掌握本县大政近一届。这位领导烟瘾不一般，他在台上做报告时，台子左边放茶杯，右边放烟灰缸，一口水一口烟，喝水抽烟两不耽误，从容不迫，公共非公共场所无差别，全县大同。张书记任上烟民们感觉特别宽松，特别有尊严，老大抽，大家跟着抽，主席台上互相扔烟，自由自在，其乐融融，没有谁敢来干涉。所谓"上有所好，下必甚焉"，第一把手就是这么厉害，率领本县成为禁烟另类。岂料好景不长，张书记忽然出事了，虽然出的事与抽烟没有直接关系，毕竟造成了本县香烟环境历史性改变。现在王均来当书记，会场上林耀那些人吞云吐雾，主要还是习惯驱动，下意识而已，并不是有意冒犯领导，他们没那个胆子。

王均说："抽烟不是问题，是非才是问题。"

"当然。明白。"

女书记是非观念很强，什么对，什么不对，眼睛里有条线。她敢拉下脸，时候到了绝不含糊，难得的是亦能掌握分寸，让人不容小视。该书记来历比较特殊，"五百年前一家"私下调侃，把她称为"伞兵"也就是"空降兵"，指其从外边下到本县任职。事实上由于干部交流力度大，加上任职回避制度要求，如今县区一级党政主官基本都是外地人，从本地成长起来的很少，因而所谓"空降"概念普遍适用，不同的只是降落高度有所区别。有的书记县长是从邻近县区提过来的，那是低空跳伞，有的是从市直下来，可以算是中空，最厉害的是高空跳伞，也就是从省里直接下到县里任职，这种领导自高处而来，见过大世面，非王文章一类井底之蛙可比。从省里下来的人当然也有区别，其中来自几大部门的尤其厉害，因为素质、历练与环境有别。王均下来前是省纪委一个处长，那个地方哪有等闲之辈？王还有基层工作经历，曾在省城城区一个街道办事处当过书记，后来成为区纪委书记，再到省纪委，此刻派来本县掌管一方，级别上是平级调动，明摆的是重视、培养，来日方长，未来不可限量，本县肯定只是她履历记录的一个小站点而已。以她这种来历，特别是在前任书记出事后从省纪委直下本县，不说所谓"有点事"的官员心里害怕，自认为"没啥事"的也不敢乱来。

"禁烟"事件过后没几天，女书记下乡调研，去了岭脚镇，刚刚开始看点，陈冬木突然来电话，报告了一起意外事件：本县北岗乡发生一场车祸，一辆卡车在一条乡际公路陡坡处倾覆，摔到沟底，车上人员非死即伤，目前已确认死亡四人，送院抢救七人，其中三名垂危。事件发生后，当地政府与相关部门迅速展开救援并立即向县里报告，分管安全的谢副县长正召集应急局等部门人员赶往北岗乡。这种规模的事故，按规定必须立刻报知书记、县长，亦须报告市里。当天王均下乡，县长到市里开会，副书记陈冬木管家，得知情况后陈亲自给王均打电话，询问可有什么指示。

王均了解："伤员送县医院抢救吗？"

北岗乡与县城距离较远，交通比较差，现场救援人员担心时间和伤情不允许，先把伤员就近送到北岗卫生院抢救，视情况与需要再考虑转院。县政府已命卫健委通知县医院做相应准备。

王均要陈冬木做好调度，此刻最重要的是救命，想尽一切办法保住伤员性命。事故情况按规定该怎么上报就赶紧上报。她还交代："有什么变化及时告诉我。"

"明白。"

接电话时，王均一行在岭脚镇区附近察看蔬菜基地，那里有大片塑料大棚，当地书记、镇长陪同王均视察。王均放下手机后扭头看了一眼，指着大棚区背后那片大山问了一句："这个方向往哪里？"

那座山就是北岗，土话称"北岭"。岭脚镇位于北岗山前低岭丘陵地带，北岗乡则在山那边。准确说不需要翻过山，眼睛所见，低山部分属岭脚，高处那些地盘就归入北岗乡地界了。

"近在咫尺啊。"王均下了决心，"去。"

她决定临时调整日程，立刻前往北岗，亲自探望伤员，督促救治。随同调研的县委办主任吴平赶紧劝说，称北岗看近实远，"望山跑死马"，加上路不好，车跑不快，挺费时间。车祸死人这种事，谢副县长赶去处置足够了，不需要第一把手亲自到场。王书记百忙之中，打打电话提提要求就已经非常重视了。

王均笑笑："打电话有你就足够了。"

她执意前往，说走就走，吴平哪里拦得住。一行人离开岭脚不久，新消息再次传到：送北岗卫生院救治的三名垂危者中，有一人已经不治。这位伤员不幸离世也造成本次事故不幸升级，以死亡五名进入了"较大安全事故"范围。

那一段路果然难走，曲折而坎坷，路面破损严重，呈所谓"畸肩"状，好比人的肩膀一高一低。驾驶员本人出自北岗，情况了解，路况熟悉，技术也过硬，"畸肩"难不倒，全程四十来分钟完成。他们突然到达乡卫生院时，现场人员个个措手不及，这是因为动身前王均特意交代不许提前通知，保证当地人员专心于救援，不需要分心筹划如何接待不期而至的王均一行。这么考虑貌似有道理，其实不合常规，县委书记驾到，哪有不提前通知的？但是人家王均就这样，或许是想趁众人对她了解尚少之际，来一次突然袭击，看看下边这些人在突发事件中表现如何。

没料到他们撞进了一场吵闹。吵闹发生于卫生院门诊楼一楼，挂号室对门的一间办公室里，该室房门紧闭。王均一行匆匆到达时，在挂号室了解车祸伤员此刻何在，值班人员指着走廊后边，报称都在手术室。一行人赶紧转身往那边走，突然一旁屋子传出怒骂，还有大喝："快去！猪啊！"一行人诧异之际，紧闭的房门突然打开，一个人从里边跟跄而出，显然是被从后边推了一把，后边那个人可厉害，他不光推，还抬起一条腿，似乎要加踢一脚，只是动作没有完成，戛然而止。

有一两秒意外静场，然后是一声招呼，非常惊讶："王书记！"

竟是王文章，他非常及时地把一条长腿收了回去。被推出门挡在他前边差点挨一脚的那个人是郑光辉，本乡乡长，此刻满脸尴尬。

王均问："怎么啦？"

王文章笑笑："王书记亲临现场，真快！"

他立刻命郑光辉赶紧带路，随同王均去手术室慰问伤员。

王均问："情况怎么样？"

王文章报告说，重伤三人走了一个，另两个目前还撑着，情况依然危急。乡卫生院抢救条件不足，却又担心伤员死在运送路上。他考虑不能再等，得搏一下。已经命救护车紧急出动，送两个重伤号到县医院，医生随行护送，随时处理紧急状况。其他伤员生命无忧，就在乡里治疗观察。

"王书记有什么指示？"他问。

王均说："你安排。"

他们匆匆去了手术室。手术室外急救通道上，救护车已经到位，警示灯闪烁。乡卫生院院长和医生们以及若干乡干部都在那里忙碌。一听来的这位竟是本县新任女书记，大家一时紧张。王均说："别慌，做你们该做的。"

她在那里待了半个来小时，慰问伤员，听取汇报，提出若干要求，而后离开。王文章一直紧随左右，直到把王均送上轿车。

上车后王均才问了一句："怎么是王副呢？"

陈冬木曾明确报告由谢副县长前来应急，怎么忽然变成王副县长了？王文章虽是常务副县长，此时还应由分管安全的县领导出场才是。另一个疑问是王文章怎会如此神速？王均从近在咫尺的岭脚镇赶来尚需一点时间，王文章怎么可能比王均还快？不仅提前到，指挥安排之余，还能把郑光辉叫到房间里闭门谈话，怒骂，又推又踢，如此了得。难道他搭了架直升机？

吴平立刻打电话，一问明白了：此刻谢副和他那队人马还在路上，正在爬北岗山呢。王文章跑到现场发号施令应是自行应急介入，就好比王均自己从岭脚跑到北岗。作为常务副县长，本县排名第四的领导，听到出事消息特意赶来了解并现场指挥救援也属正常，不算越权。至于王文章哪里搭的直升机，吴平提出一个合理解释：王文章是北岗人，其母住在乡下老家，今天是周六，估计是昨晚回家探母，住了一夜，今晨听到消息便就近赶了过来。

王均问："'嘎林内'是什么？"

吴平张口结舌，不知道王均问个啥。王均提到了刚才王文章与郑光辉在屋子里吵，她听到了一连串"嘎林内"，那是讲啥呢？吴平"啊"一声，明白了，连说那是土话，粗话，不太好听的，骂人的。

"不是骂猪的？"

王文章在房间里骂猪，那应当也属骂人，把郑光辉骂为猪。至于"嘎林内"的准确意思，还真不好直接对王均翻译。吴平拐弯抹角解说，土话"林"即"你"，"内"则是"娘"，"嘎"其实就是"干"。是啊，就是那个意思。

王均一撇嘴："该去刷刷牙。"

那意思是嘴臭，净粗话。

她还问了一个问题："这里有个'游客服务中心'？"

"有的。"吴平回答，"在建重点项目。"

"有多远？"

吴平答不出来，前排驾驶员替主任回答："还有五公里多。"

"知道路吗？"

"知道。"

"去看看。"

王均怎么会提起这么一个中心？主要是刚才郑光辉汇报，出车祸的卡车是游客服务中心工地运输车，死伤的都是工地民工。卡车载石头到工地，返程是空车，民工下班，图方便，爬上卡车跟着下山。货车车斗载人是违规的，司机可能还属疲劳驾驶，结果在陡坡上反应失当，摔了，司机本人也丧了生。

王均要去游客服务中心，并非拟勘察车祸现场，确定事故原因，这种工作归专业人员，即便是县委书记也未必能干。王均想看的只是工地，以对该服务中心有个大体印象，之所以想去留个印象，与车祸无关，另有缘故。

他们在那条路上走了近半个小时。路很窄，路面更差，有众多陡坡，若干地段已经被施工车辆碾出深深的车辙。翻过一个山坡，眼前突然开阔，一片工地赫然展现在前方半山坡上，这就是在建中的游客服务中心，属于本地"莲花山风景区"。工地范围不小，包括在建的一座大楼及其附属设施，还有一个大广场。大楼还在脚手架包围中，看上去有三层左右。大楼周边地形高高低低，有各种施工车辆在工地上穿梭。

按照王均的要求，驾驶员在坡顶停车，没有直接开进工地。王均下车，站在山头上观看工地。吴平紧随。

王均问："怎么会在这里搞这个项目？"

吴平有些支吾："是……那个……张拍的板。"

"总指挥是王文章？"

"是……是的。"

在建中的项目颇具规模，大楼及其附属设施加上广场出现在这一片山地间，某种程度上可称气势不凡，问题却也显而易见：号称游客服务中心，而游客在哪里？谁来让本中心提供服务？即便"莲花山景区"内容无限丰富，就目前而言，不说四面八方的游客拥在曲折难行的北岗乡际"畸肩"路上通行困难，仅从乡集到工地车辙遍布的这五公里路，就接连几个陡峭地段令人印象无比深刻，复制刚刚发生的"较大安全事故"无不条件充分。有哪些浑身是胆的游客敢来一试身手？交通状况所限，此间一座宏伟壮观的游客服务中心岂不是注定成为摆设？巨大投资岂不是注定去打水漂？

王均表情严肃，但是没有公开发表意见。看过工地后，一行人动身离开，再经北岗公路，回到了岭脚镇，继续她在该镇的调研活动。

两天后，王均在办公室接到王文章电话，后者请求王均安排个时间，想向她汇报一些工作。王均说："来吧。"

王文章是特意来做解释的。原来他母亲早在半年前就被他接到县城，帮助管他儿子。王那天去北岗不是因私探亲，是专程察看游客服务中心工地。该工地近期施工进度不太理想，他很不放心。他在周五晚间到北岗，第二天上午叫了郑光辉一起上山，本来也打算把乡书记叫上，不巧那位回县城，不在下边，只抓住一个郑光辉。刚到半路，忽然听到车祸消息，王文章临时改变行程，带着郑去了卫生院。

"跟王书记不期而遇，哈。"王文章打哈哈。

"遇得挺突然。"王均忽然问一句，"那个郑光辉还行吧？"

这回王文章可没拿嘴踢，他满口好话，夸奖郑光辉是把好手。北岗现任书记是机关出身，基层经验少，比较弱，目前该乡工作主要靠郑撑着。游客服务中心那一摊子，王文章挂总指挥，现场具体问题还是靠郑去解决。

"我听说王副对这个项目还是很上心的。"王均说。

王文章称自己是北岗人，家乡难得开建一个重点项目，当然得多关心。但是项目总指挥是前任张书记硬要他干的，以熟悉本乡本土情况好协调为理由。他本人倒是真不愿意，本乡本土，有些事情反而不好处理，叫"本地猪屎厚沙"。

王均没听明白："什么'厚'？"

是土话，俗话，所谓"厚沙"就是多沙。说的是本地猪拉的屎里净是沙，不像外边的猪屎干净，意思是本地事情难缠。说来也真是，例如征地搬迁，游客服务中心那片工地迁了一个自然村，平了两个小山头，那山头上全是当地百姓的祖坟，干这种事哪会不挨骂？有人骂王文章是本乡人祸害本乡，"汉奸"，骂得他就像当年那个汪精卫。郑光辉也是北岗人，同样挨骂，"小汪精卫"。

"郑光辉其他方面怎么样？"王均还问。

王文章知道王均问的当然不是郑光辉颜值几分。他解释，郑光辉那个事他原本不知道。那种事一向都是你知我知，没有谁会自己说出去，就好比前任张书记"与多位女性发生不正当男女关系"，得等涉案出事才给曝出来。郑光辉乡长当了一届多，几年间换了三任书记，就是没用他，着急了，想提拔，也想调到外边条件好的乡镇任职，便利用春节拜年，请求"领导关心"，给张送软包中华烟两条，礼金四万。张出事后交代出来，郑被办案人员叫去做了认定。送钱这种事无论什么理由都不应该，还好数额不算大，是从郑妻储蓄卡上领出来拿去送的，来路还清楚，不是受贿所得。郑肯定要因此受个处分，暂时无望提拔，看起来他还经得起，目前工作依然很努力。

"当时他只找过张？"

当时郑也找过王文章，只是大家都清楚，这种事别人只能帮助说几句话，解决问题还得找老大。而且王文章不主张郑光辉离开北岗，总让郑老老实实待在那边干，郑不敢跟他多说。相求时郑也送了一条烟，没送钱，因为王不收钱，郑也不需要送。算起来，他俩属远亲，比"五百年前"还近一点。郑是王文章外婆那个村子的人，辈分更高，王文章得称他"表舅"。由于这层关系，有时候王会跟郑开开玩笑，彼此"阿猫阿狗"什么的。

显然他想对那天与郑光辉的吵闹略做解释，但是只谈阿猫阿狗，小心地不再提猪，也不谈什么"嘎林内"。这位表外甥与他表舅间的瓜葛哪会这么简单？那一天王均亲眼所见，王文章真是火大了，如果不是外边有人，王文章那一脚肯定踢到郑光辉屁股上，一点都不会客气。此刻王文章一味掩饰，只说好话，轻描淡写，王均也不多问，转口了解另外一个情况。

"我记得张的案子里也有跟游客服务中心项目相关的。"她说。

据王文章所知，游客服务中心工程招标时，中标单位给张送过钱，具体数额有好几种版本，准确数据多少，得等案情公布才清楚。如今一个项目特别是重点建设项目涉及方方面面，程序特别复杂。论证、立项、设计、征迁、招标、施工，很多环节都牵扯利益，需要领导拍板。张本人喜欢抓权，大事都得他定，一些利益方通过各种方式，拐弯抹角重点进攻他，他自己把握不住，就出了事。不过张的事情主要出在县城城区改造的几大项目上，这头油水大。莲花山风景区游客服务中心项目没有多少肥肉。

"你呢？当时也有人进攻吗？"

"免不了。"

王文章称自己胆小。农家子弟，出自一条大山沟，靠早起晚睡努力读书，好不容易考上大学，成为公务员，祖坟冒青烟了。一路摸爬滚打，终于当了这么个小官，很不容易，得特别珍惜。不敢说没有半点问题，人情往来，一盒茶一条烟什么的，都有，钱绝对不碰。有人怀疑他跟早先那位张书记之间有问题，其实他跟张的主要个人往来就是扔一支烟，点一次火。张腐败是张的事，他没跑去合伙。张涉案后交代了一堆人和事，除了郑光辉等一批科级干部，班子里也有多人被叫去问，传闻纷纷，他并不在其中，不是吗？张对他不错，放手使用，主要因为他肯做事，也能做点事而已。

"也想跟王书记提个要求，要个事做。"他忽然表示，"王书记刚来不久，本来不该给书记出题目。只怕别人赶到前边了，先容我说一说可行？"

"说。"

原来是涉及"客专"项目。该项目是近年本省交通建设一大重点，设计线路经过本县。该"客专"一期工程也即东段工程两年前开工，目前已接近完工，二期也就是西段工程已经提上议事日程。本县路段属二期工程，按上级要求，沿线各县需要成立相应机构，确立负责领导，协调各方，配合建设部门做工程。王文章提出让他来管这个事，理由是这条"客专"经过本县的路段，大多位于北岗乡，他来处理比别人有利。于他本人而言，为家乡做点事也属应该。

"都是出于公心？"

王文章嘿嘿，承认也有点私心，也许能在家乡留个好名声，不能总是什么汉奸汪精卫。搞得好，也许还能有一些意外好处，比如来日有机会让儿子挤进"客专"线，当个车站售票员什么的。哈哈，开玩笑。

王均说："主动要求挑重担很好，具体还得研究。"

"主要看王书记态度。"

王均直截了当："我觉得你不必多考虑这个。"

"书记认为不合适？"

"像你自己说的，那叫什么？猪屎沙多？"

王文章干笑:"哈,也是。"

王均告诉他,据她了解,前任那位张的案子尚未结案,案情可能还会发展,还可能牵扯到一些人和事。她很希望除了目前已经涉案的那几个,本县干部特别是班子里的同志不要再被牵扯,都能平安过关。但是也不能心存侥幸,如果确实有些事情,还是主动向上级交代为好,不要等人家说出来,被叫去查问才坦白,那就被动了,只怕悔之莫及。这一点,她曾经在班子里讲过,王文章想必还有印象。

王文章笑笑:"感觉像是指着我说的。"

"我更希望像你自己说明的那样,什么事都没有。"

王均还强调,身为县领导,除了廉政大事,其他方面也不是不需要注意。比如文明规范,讲话做事多注意为好。也就是所谓牙刷干净。调侃也要适当,避免不良影响。例如"空降兵""跳伞""五百年前是一家"什么的,尽管并无恶意,难免也会被人解读出其他意味,不如不讲,该严肃要严肃。实际上她也是拿这些与大家共勉,并不是指着哪一个说的。

"明白。"

都说到这种程度了,还能不明白吗?

2

王文章决意走为上。以我们观察,这个决心于他下之不易。王文章所谓"走为上"并非不告而别,更不是非法潜逃。他考虑的是合法途径,离开一段时间,暂避。为什么做此考虑?主要因为王均。

那时候王文章已经不讲"五百年前是一家",因为王均有提醒,也因为事实上确与"一家"相距甚远,尽管县委班子里姓王的只有他俩。私下里王文章自嘲,叫作"王不见王",这位女书记很厉害,好比林则徐,禁烟坚决,不容置疑,烟鬼们怎么办? 只好避之唯恐不及。这当然只是调侃。王文章自知此王不是彼张,自己很难让她放心,特别是人家目光炯炯,于王文章经常如芒刺在背,这种目光下小日子不太好过,似也不容易做成事,以长远计不如先躲一躲。出于个人情况,王文章很难远走高飞另谋高就,必须以暂离而非长久甚至永久离开为基本选择。

那时候发生了一个意外情况:刘兴玉在西藏出了事情。刘兴玉是本县县委常委、统战部部长,数月前刚成为本市四位援藏干部之一,参加本省本批援藏干部队伍,去了西藏对口支援县,在那里担任县委副书记兼副县长,仅次于担任县委书记的本市另一位援藏干部。按照现行办法,刘去西藏后与本县工作脱钩,但是原职务依然保留,以利两地配合。刘进藏后工作非常努力,不料却在下乡调研时遭遇山石崩塌,刘在同车人员保护下跳车,逃生中被飞石砸中,腿部重伤,所幸被及时救出,性命无虞。由于伤情较重,养伤需要较长时间,恰本期援藏工作刚刚开始,为保证任务完成,本省援藏领队建议迅速更换人员,经省领导同意,本市奉命挑选接任人选。理论上说,这位继任人选应在全市范围内挑选。由于刘兴玉出自本县,其援藏后,本县上下发动,在支援项目、筹措资金上多方努力,以支持刘完成本期援藏任务,为保证这些项目资金落实到位,眼下由本县选派人员接替刘,比从其他县区挑选更为有利。这一考虑使选派范围和竞争大大缩小,被王文章视为机会。一届援藏为期三年,目前仅余两年多,算来不长,归来后有一定选择余地,回到本县相对方便,职务还有望上升。这两年多时间里本县情况可能还会有些变化,例如王书记可能高升,换来个汪书记,虽然不能指望姓汪的就不是林则徐,毕竟王不见王还是值得期待。

问题是此王要走,也还得过彼王一关。

他找王均谈了话,请求书记支持。

王均问:“感觉你很迫切,为什么?”

王文章说:“机会难得。”

“你说想为家乡做点事,忽然又动心其他机会?”

王文章表示，可以先去为西藏人民做点事，回来再为家乡做点事。

他当然必须这么说。什么"王不见王"之类，只供私下调侃，实上不了台面。

王均不含糊，表态明确：援藏很重要，任务很艰巨，有时候可能还会遇险，好比刘兴玉。王文章愿意去接手，必然反复考虑过，对困难和危险有足够思想准备，也属勇挑重担。这件事的推荐权在市里，决定权在省里，如果征求她的意见，她会支持。

从王均那里讨到这句话，王文章信心倍增。他写了一份申请报告，亲送市委主要领导，并做当面请求。他还利用开会之机到省里找够得着的上级领导做工作，请求给予支持。而后他开了一份书单，从县图书馆借来一大堆与西藏有关的书籍，关在办公室，通宵达旦阅读，恶补西藏知识，志在必得。应当说王文章争取这一机会很有利，首先是内定挑选范围限于本县，几乎去掉百分之九十的竞争者。其次是王文章本人资历胜人一筹，比刘兴玉都有资格。刘是在确定援藏后才提任县委常委的，而王是现职常务副县长，此前还当过两年副县长。以这样的资历，他不争取便罢，一旦真想去，且不要求提拔，别人很难跟他争。加上王被认为是"肯做事，能成事"，这就更其有利，把握性比较大。综合各方面因素分析，王文章此番"走为上"确实可期，眼看轮他去"高空跳伞"了。问题是"空降"都是从高处往低处跳，西藏位于世界屋脊，海拔那么高，从本县前往，还不如说是坐上火箭，"嗖"地一蹿直冲云端。

王文章想"坐火箭"也还有若干不确定因素，其中最具威胁力的还是其干净程度。王文章曾为涉案的那位张重用，令人有所存疑。该案是省纪委办的，王文章到底有没有问题，可不可以让他"坐火箭"，要上级才能把握。

那一天王均命人通知王文章，让后者于第二天上午去岭脚镇参加一个现场会，商讨该镇防洪堤改造项目。岭脚镇镇区挨着清溪河，现有防洪堤建于二十世纪末，当时经费紧张，项目标准较低，而作为北岗山区降水下泄主通道的清溪河夏秋水量集中，堤坝存在隐患。王均上次到岭脚调研时听到了这方面的反映，认为关乎民生和人民生命财产安全，须全力推进堤坝改造。那天现场会去了几大县领导，王文章虽不管水利，却因常务副县长分管财政，需要参与。

王文章给王均打了个电话，表示完全赞成改造岭脚镇区防洪堤，财政方面是县长一支笔，他协助分管，党政两位主官决定的事，他完全照办。现场会他可不可以请假呢？不凑巧他明天得到省城去一趟，是约好的事情，昨天他已经跟县长请过假了。

王均问："公事吗？"

王文章略支吾："也算准备援藏吧。"

"不是还没定吗？"

王文章忽然转口："最近岭脚那条路不太好走啊。"

"比你那个游客服务中心难走？"

"那倒不是。"王文章说，"这几天天气特别不好。"

"这不是更需要吗？"

王文章笑笑："不说了，听书记安排。"

王文章所谓"天气不好"指的是下雨，时逢雨季，近段时间本地降雨集中，气象预报明日亦有大雨。王均所谓"更需要"说的是这种时候到现场看洪水更直观，更明白堤坝改造非常需要，刻不容缓。

不料出师不顺，王文章乌鸦嘴竟一叫灵验：第二天上午，一行人被大水阻挡在岭脚镇外两公里处。

这里有一条小溪，是清溪河的支流，小溪上有一个小水电站，建有一条水坝，该水坝同时亦为过溪通道，有一条村道从水坝上通过。这条村道比北岗游客服务中心那五公里山路当然好多了，平坦，弯道亦不急促，平时车辆也不多。近日由于镇区公路改造，通行车辆暂时改走这条村道，水坝便成为车辆进出镇区的必经之路。由于连日降雨，小溪水面暴涨，此刻竟至淹没水坝。从河岸上看，只见一片大水，有一座建筑孤零零立于水中，那是电站的泄洪闸装置，下部已经被淹没。隐隐约约，还可见两道横栏在水线上下起伏，那是堤坝两侧的矮道栏。

当天上午两王同行，两辆越野车一前一后停在河岸边。王文章下了车，从后边跑到前边王均这辆车旁。

"不能过，危险。"他对王均说，"恐怕得考虑改期。"

此刻除了这条洪水淹没的村道，再无另外通道可达岭脚镇区。从降雨情况判断，几小时内洪水只会更大，不会消退，因此坐等亦没有意义。这时还能怎么办？王均坐在车里，眼睛盯着那片大水。凭着水面上那座建筑和隐约浮现的道栏，可以大体判断堤坝走向。水虽然淹过堤坝，似乎还没涨到足以淹没越野车的车轮、车头，理论上车还可以涉水而过。问题是谁也不知道会不会车行一半突然没水熄火。且上游洪水还在下泄，情况瞬息万变。半个多小时前，娄士宗与陈冬木刚刚从这里过去，到岭脚镇打前站，当时还什么情况都没有，岂料转眼水就没过堤坝。此时冒险过河，弄不好突然有更大水头来袭，没准儿车会给推倒，甚至会连车带人给洪水推过道栏，滚入堤下，被洪水卷得不知去向。这时还能怎么办呢？没有其他选择，只能如王文章建议，打道回府，另择吉时。明天有一位市领导到本县调研，王均需要陪同，接下来还有其他急迫工作日程，现场会少说也得推到一周之后，甚至更长时间，这于王均是个大问题。

她问驾驶员："这层水开得过去吗？"

驾驶员看看前方，再往上游看一眼，口气不太确定："应该……可以。"

"那么走。"王均下了决心。

没有什么事比水火更急迫。面对大水，尤其感觉此间防洪堤建设之重要，王均决意冒险，涉水前进。驾驶员听命发动，车刚缓慢开出，突然外边有人用力拍打车身，"砰砰砰"一阵响，急促之至。

竟是王文章。他站在一旁等王均他们掉头，不料一看这个车居然往前拱，他着急，扑上前就拍打车身。

驾驶员停了车，打开车门问："王副怎么啦？"

王文章张嘴就骂："嘎林内！你找死啊！"

驾驶员支吾道："这是，这是领导。"

王文章当然知道，没有王均下令，驾驶员哪敢擅自往水里开。这个时候他也不跟王均说，只是挡在车头前，转身朝后边招手。眨眼间，他那辆车开了过来。

"不许急，我先过。"他命王均的驾驶员，"好好看着。不行了我会退回来。如果过去了，你再跟。"

然后他上了他的车，命司机往水里开。

几分钟后他们越过了河道中线。

王均下令："跟上去。"

两部车过了河，安然无恙，人车平安。

到了岭脚镇政府，下车后王均问王文章："你就这么敢，当着我的面骂我的司机？"

王文章检讨，称自己并非胆大包天，也没骂人，只是着急了，土话随口而出。如果眼睁睁站在一边，看着女领导给洪水冲走，他没法交代，还会永远被人耻笑，一辈子抬不起头，那样的话还不如自己给冲走。

"要是王书记给冲走了，我怎么办？"他说，"我还有求于王书记呢。"

"有吗？"

他再次提到请王支持，听说最近市里将做推荐人选决定。

王均没有吭声。

现场会后，王均找娄士宗了解情况，问的是王文章请假的细节。通知王参会时，王报称拟往省城办事。他是不是真的跟县长请过假，以什么理由？

王文章主要工作在政府那头，一般事项请假直接找娄士宗即可。娄确认，王文章所报属实，说是约了一个医生，专家，要带儿子去省城看医生。当时县长不清楚王均有意让王文章参加现场会，电话里就同意他走。带儿子看医生这种事完全就是私事，怎么说"也算准备援藏"？绕个弯差不多也可以算一点：此去两年，一跑远在天边，事前有必要把后院事务安排清楚，例如给老娘买件棉袄，给老婆买包面膜，给儿子配副近视眼镜。虽都属私事，可视为预备远行。

王均还是那句话："不是还没定吗？"

几天后，王均到市里开会，市委书记和组织部部长一起找她谈话，就援藏干部继任人选正式征求她的意见。王均明确表态，建议由陈冬木去接刘兴玉。陈冬木是现任县委副书记，挑选他能体现本市对援藏工作的重视，也有利于本期援藏任务的顺利完成。

组织部部长很含蓄地提了一句："王文章好像很迫切。"

王均回答说，王文章曾找过她，当时她也曾明确表态，可以支持他去。但是现在考虑，还是推荐陈冬木更合适。

王均回到县里，立刻通知王文章到她办公室。也就几分钟，王文章赶了过来，脸上带着笑，或许认为已经心想事成。显然他一直关注着事情的进展，也有渠道打听到市领导找王均谈话的动态，不需要多久，谈话的具体情况可能也会传到他耳朵里。王均不等别人去告诉他，直接找他来，亲口相告。

王文章呆若木鸡。

"我只是表示了我的态度。如果市里决定还是你，我会服从。"王均说。

王文章干笑一声："书记这一巴掌把我拍死了。"

"你不是还坐在这里吗？"

"没戏了。"王文章不满，"王书记答应过的。"

"我改主意了。"

"为什么？"

王均问："王不见王什么意思？王容不得王？"

王文章不吭声，起身离去。

几天后，市里上报推荐人选，果然是陈冬木，王文章出局。王均作为县委书记，她的意见无疑分量独具，上级领导当然也自有把握。

这是为什么呢？悄悄地便有些议论在县里县外传开，比较具体的猜测还是涉张，也就是跟那位前任张书记的案子牵涉了。王文章为什么急于远走高飞？

所谓"王不见王"只是表面原因，及早逃避才是内在驱动。只要能够走成，即使张案终于扯到他身上，只要情节不是特别严重，办案部门不太可能跑到西藏去把他抓回来，那样的话对本省本市声誉会有影响，也必然对本期援藏任务的完成造成不利。因此最大可能是暂挂，待他回来后再收拾。这就是说王文章为自己争取了两年多时间，他可以在这段时间里内外兼修，有关系跑关系，没关系找关系，待到一朝凯旋，时过境迁，问题可能变小了，过关就相对容易。王文章的如意算盘大约就是这么打的。可惜他碰上王均，上级领导当然也掌握了若干情况，该算盘终于给打翻在地，接下来自有好戏，可以拭目以待，看王文章那些事还怎么收场。

果然，不到一周时间，市委组织部干监科通知王文章前去，领导要找他谈话。王文章按要求到达，才发现谈话领导竟有两位，除了组织部一位副部长，还有一位市纪委副书记。这是一次两家联合进行的干部约谈，这种谈话通常出自市委主要领导要求，对相关干部某些问题进行了解。以组织部为主，表明问题暂时还没达到交纪委调查的程度，但是约谈与交代过程中如有新的发现，也可能非常迅速地发展成案件。

两位领导给了王文章一份单子，列有十几条他们要了解的问题。王文章必须做当面汇报，还需要写出书面说明。

王文章看了那个单子，说："有几个是老问题，以前做过说明了。"

"可以再做说明，也可以进一步补充。"领导说。

问题集中在王文章近些年负责的一些项目的立项、招标、用地、开支等方面，其中包括莲花山风景区游客服务中心项目。两位领导要求王文章谈谈该项目情况，王文章还是那三段：前任书记拍板，总指挥硬安给他的，他本人没有利用以牟取私利。

"这个项目一直有反映。"领导说。

"我知道。"王文章说，"当时有人骂我汉奸，现在还有人骂。"

"你没觉得项目有问题吗？"

王文章沉默片刻，突然改口："我还是直说吧。"

或许因为正式约谈开不得玩笑，也可能因为自知真实情况摆在那里，上级总会掌握，不能总是推三阻四。王文章干脆直接都搅到自己身上，承认这个项目，包括此前的"莲花山风景区"，都是他全力推上去的。起初几乎所有人都不认为项目搞得起来，包括那个张。是王文章千方百计运作，组织专家调研认证，提出建设规划，具体组织设计、争取省市项目经费支持、开展招商，一直到组织招投标，项目落地施工，所有环节都是他为主操作，他为之不遗余力。为什么？因为他是总指挥，更因为他是北岗人。总指挥表面上是张硬要他干，实际上是他跟张直接讨要，只是请张帮他做个姿态，这样接手有利于避嫌减骂。他之所以力推这个项目，主要是考虑家乡条件不好，产业薄弱，百姓贫穷。北岗石产业曾经兴旺过十几年，打石锯石运石卖石，搞得山疤路破河流污染，终因环境破坏严重被叫停。石产业下马后，北岗百姓还能吃什么？不能都出去打工吧？他考虑还是靠山吃山，开发旅游是可行的一项，毕竟有山有水，大树参天，奇石遍地，可登山，可漂流。人文资源也丰富，例如有一座秀才楼，一家三代出秀才。有一园石牌坊，大大小小二十几座。

"是不是还有一个土匪洞？"

确实有。该"土匪洞"常被人拿来调侃，视为王文章的忽悠瞎搞。这些人其实是不了解情况。北岗民间有句谚语"莲花山土匪洞"，"莲花山"说的是那儿主峰加周边山岭看上去像是观音菩萨的莲花座。那一带山岭地貌独特，有大量石洞群，只要识路，从山腰石洞钻进去，可以从山顶钻出来，还可以钻到周边山岭去。因为易守难攻，早年间曾有多股土匪盘踞，前前后后匪患闹了百年，所以才有"土匪洞"之名。在"莲花山风景区"规划里，"土匪洞"成为当地十大景观之一，改名为"剿匪洞"。这不是乱改，是有历史依据的。解放初，北岗一带聚集近千土匪，四处流窜，危害严重，解放军派了一个团的兵力，加上县大队、区小队、民兵，在北岗剿匪三个月。由于地形复杂，土匪剽悍，仗打得很艰苦，解放军、民兵加起来牺牲了三十多人，终于彻底清除百年匪患。事后当地修了烈士墓，立了"剿匪胜利纪念碑"，现在都成了资源，既是自然，也是人文。规划风景区时，王文章提出可以借助这一资源，搞一个剿匪野战游戏项目，到时候让几组游客分别扮演土匪、剿匪部队和民兵，给他们发游戏枪，定几条规则，安排合适路径，在保证安全前提下，让他们钻进山洞，乒乒乓乓打个痛快。有人讥笑这是"王氏土匪游戏"，他认账，确实是他提出来并列入风景区旅游规划，他相信如果能办起来，该项目一定红火。还有人举报他以开发旅游为名，坑蒙拐骗偷，靠欺瞒忽悠把上级扶持资金、银行贷款和开发商资金骗到老家北岗山沟里打水漂，他认为说得对，也不对。如果继续坚持，把项目办起来，那就是一片新天地。如果项目中途下马，给搅黄了，所有努力包括金钱就打了水漂。

"你担心这个吗？"

王文章承认，前任张书记出事给带走后，他就预感游客服务中心项目可能会遇到波折，那段时间隔两天他就要抽空去工地一趟，有时是半夜三更赶来回，催迫施工单位全速赶工。这也是想搞出既成事实。一般而言，投入越多，中止或者回头就越难。另外工程上也需要有一个段落，例如那座主楼，如果在封顶前停工，雨季一到，缺乏防护的墙体有可能被雨水渗透受损，严重的话将导致整个儿垮塌，那就前功尽弃。把封顶完成，就可以有效保护墙体，哪怕工程意外中止，东西还在那里，不会倒掉。出于这些考虑，他才拼命催促。千不该万不该，工地上居然出了事，而且是他最痛恨的车祸事故，一翻车死亡五人，列入较大安全事故，还引发更多注意和质疑。

"现在主楼封顶了没有？"

"已经完成。"王文章说，"终于松了口气。"

他觉得工程中止已经迫在眉睫。新书记王均到任后，面对各种质疑之声，必定会下决心重新开展论证。既然无法继续推进，他还不如暂时避开。他相信无论请什么专家来论证，都不可能一边倒，都还会有保留意见。特别是工程投入已经那么大，谁敢一句话拿几包炸药"轰隆"炸光，背起一堆债务？最不利的情况就是烂尾两三年，待他援藏归来，时过境迁，或许就能继续开始。

"现在火箭坐不成了。"他自嘲，"红景天喝了一堆，全白干。剩下大半箱只好塞到床铺底下，人家陈冬木不要那个。"

"很遗憾？"

他觉得也好，也许莲花山工程不用再等两三年。

"你在这个项目里没有经济方面的问题吗？"

王文章说，哪怕他是个大贪、巨贪，也不会在家乡这种项目上贪半分钱。

"那么你在其他项目上怎么贪？"

王文章即修改自己的说法，发誓迄今为止没在任何项目上贪过半分钱。

这种事能靠赌咒发誓解决吗？几天后，一组精干人员从市里悄悄进驻本县，加上本县配合人员，一起对王文章相关问题进行初查。调查人员了解的范围跨越十来年，从王当副乡长起，直到当下，王管的项目几乎都给问了个遍，整整查了十来天。

然后王均找王文章谈了一次话。王均告诉王文章，经请示市委领导同意，决定免掉王文章"莲花山风景区游客服务中心"项目总指挥一职，工程暂停，重新组织专家论证，以便做出科学决策。

王文章不吭气，好一会儿才表示："我预料到了。"

王均要求王文章正确对待。她还说，尽管有不同看法，王文章所做的大量工作和努力还是得到公认，总体尚好，骂王文章"汉奸汪精卫"绝对是定性错误。

第二条王文章也预料到了：干部群众反映王文章存在若干问题，其中收受、转送高档香烟问题比较突出。要求王本人认真整改。

王文章感叹："不如直接要求我戒了。"

"做得到吗？"

王文章摇头，称有时候人还得靠点什么，比如他得靠一支烟。

最后一条可称好消息：根据调查人员反馈，外界所反映的王文章几大问题，特别是所谓"涉张"事项，经查，暂未发现其违法违规的确凿证据。类似调查的结果通常直接报告上级，无须向相关对象反馈，但是可以给当地主要领导做点通气，由其把握。鉴于王文章的情况，王均认为可以对本人有所告知。

王文章笑了："是不是出乎王书记预料？"

这话有点张狂了。

王均回答："在我预料之中。"

王文章惊讶。

"但是我需要确认。"她说。

王均不讳言，王文章确实做过不少事，所谓"肯做事，能成事"，但是针对他的举报与议论也不少。市委领导对此很重视，她也认为有必要搞清楚，所以才会有相关查核。现在确认了，看来这个王在这方面也还可以放心。王均感到高兴。

问题是机会已经不再，王文章床铺底下大半箱红景天已经用不上了。

王均提起一件事：按照上级要求，县里正在考虑成立"客专"项目配合指挥机构，需要确定负责领导。她个人意见，要王文章来承担。她记得王曾经跟她提过这件事，不过今天还需要正式征求王本人意见。如果王还愿意，她就准备按程序正式提出。

"你也可以不干。"她说。

王文章喜出望外："真的吗？"

"你说呢？"

"谢谢王书记信任！"

"但是呢？"

王文章明确："没有但是。"

"需要再表演一回，表明是我硬要你干的吗？"

"不需要了。"

3

"客专"是个啥？那就是一条铁路，或称高速铁路、高铁。"客专"的全称是"客运专线"，表明了这条高铁的特定性。

本县目前没有一寸铁路。直到被"客专"线工程设计师画上一条虚线，才一举跻身未来的全国高铁网，也进入本省的"一横"之中。本省高铁规划通俗称之为"三纵三横"，"客专"属于中间那一横，其东端为本省省城，西端则穿越省界，接入国家高铁网中一条连接几座大城市的骨干线路，本省省会将通过"客专"与它们连成一线。本县有幸为"客专"途经，完全因为地理位置：这块地盘恰属本县，你不想经过也得经过。同样的原因，这条线只能走本县的北岗乡，难以另谋高就，因为北岗在本县海拔最高，地理上属于本省中部一座山脉的余脉，而"客专"大体沿该山脉南坡而行。高铁有其缺点，没法像村道一样忽上忽下，得讲究高度坡降，当然也得考虑巨大成本。数年前"客专"规划刚刚披露，本县便有大量反映，希望此段线路南移，从本县县城至少从岭脚一带经过。经多方努力，未遂，高铁还是高高在上，唯青睐北岗。线路难以调整，只能退而求其次谋求"设站"，这一艰巨任务非王文章莫属。

所谓"设站"指建一个火车站。"客专"线原本规划于本市地界设一个站点，具体位置有东、西两方案，尚未最后确定。原因是本市北部三个县都属途经，三县都想争取，但是又各有想法，所谓"各怀鬼胎"，原因相同：线路只在山区一线通过，离县城都有一定距离，三个县不约而同，都想争取线路南移并于靠近县城位置设站，结果无一成功。王文章是北岗人，如果"客专"线只是途经他的家乡北岗，那么北岗人在付出土地、劳动之后，可以幸福地"看那铁路修到我家乡"，却难以获得更多利益。如果有一个车站设在北岗，情况顿时大变，必定会有一条连接车站与县城的高等级新公路作为配套项目提上议事日程，这将根本改变目前的交通状况，"畸肩"路将从此进入历史，北岗将从一个偏远闭塞之地一变而为本县铁路、公路结合的新兴交通枢纽，必定极大促进各相关产业发展，这便是全盘皆活。不说别的，王文章全力以赴的莲花山风景区及其游客服务中心，忽然就不再是"坑蒙拐骗偷"的打水漂项目，而是极富远见的产业发展措施了。

王文章当年就是拿"客专"线和设站作为重大利好，促成了"游客服务中心"项目的确立。如果到头来这条线不修，或者本地不设车站，那么王文章的鼓吹谋划全得死个直挺挺，包括"游客服务中心"，当然也包括他自己。为什么王均甫一上任，王文章迫不及待就请求把"客专"事项交给他？那不仅是勇挑重担，更是救命之策。这个项目谁都可以来牵头，但是肯定没有谁会比王文章更切身、更上心、更急迫。王均改变主意，把王文章从"火箭发射场"扣下来，把"客专"任务交给他，可谓看得很准。当然，如她这种有洁癖的领导，更强调委以重任之际，需要确认此人手脚基本干净。

王文章发表体会："女领导有两种，一种很一般，一种很厉害。女领导一旦厉害起来，真是没有哪个男领导可比。"

下级表扬上级，可以不吝美言。王文章表扬王均是数十年里最好的第一把手，一举为本县注入了未来发展的强大动力。其实王这么表述也属自我表扬。王文章当然也自认跟王均没法比。女领导是老大，他只排名第四。女领导高屋建瓴，他满裤管泥巴。最重要的是女领导出于公心，而他私心重重。作为本地人，他自知将终老本地，如果只为自己捞取好处而不为家乡干些事情，本地人骂娘会骂进他的骨髓，让他来日躲进骨灰盒都不得安宁。眼下他在台子上，人们只能在背后骂他汉奸，一朝下台了，满街的人都会当面吐他口水，他可不想享受这种"美好待遇"。无论如何，他必须为家乡做点好事，留点美名。王均是省里派下来的，根本不需要考虑这个，只需多说少做平稳过渡，不必计较干过些啥，不出大事就好。时候一到，照样提拔走人，无须在意这个地方又怎么啦，谁会在这里想念或者骂娘。但是王均就是不一样，与本县干部群众同心同德，敢于面对巨大困难，不惜付出艰辛努力，任职一方造福一方，办实事办大事，绝不敷衍。本县干部群众看在眼里，铭刻在心，永不忘记。

王均问："这些话跟以前那个张书记也说过吧？"

王文章脸皮结实，面不改色："他喜欢听。"

"打包带走，去跟他说。"

这个重要指示贯彻落实不太容易。

虽然从此不再"高屋建瓴"，王文章倒也不负所望。这个人确有能力，加上有一股劲，如他自嘲，拿出当初"坑蒙拐骗偷"那些招数，加上"好工"也就是锲而不舍，不达目的誓不罢休，难题被一一破解，"客专"站点终于最后敲定，设于北岗乡，定名为"莲花山站"。这一过程中，前台上蹿下跳的是王文章，后台遥控指挥的是王均，后者起的作用可称巨大，不仅在于对前者的支持，还在于王均直接处理了几大审批难题。

半年多后，"客专"线和车站项目开始征地搬迁，王文章奉命常驻北岗项目指挥部，紧盯不放，没有特别重要的事项不得离开。王均自己隔三岔五上山检查督促，确保项目按计划顺利进行。

那时出了件事情：有一天下午，县统计局局长丁家声匆匆上山，面见王文章，报告了一个急迫事项："截止期马上就要到了，怎么办，王副？"

王文章问："截止到哪个钟点？"

丁家声答："今天下午五点半，本周最后一个工作日下班时间。"

王文章不吭气了。

丁家声匆匆前来，牵扯到一份重要报表，涉及上年度本县GDP的确定。GDP通常称为国内生产总值，它很重要，能反映经济发展，也能表现政绩，因此也可能被造假或注水。本县在前任张书记手上，曾接连数年GDP增长排名全市第一，这得益于争取的一些重点项目和招商项目接连落地，但是也有相当部分的浮夸，也就是数据水分。比如北岗乡，原先石产业产值耀眼，治理整顿后石厂倒光了，产值数据却不能少，必须以每年百分之几增长。王均到任后发现了这个问题，提出要挤水分，把数据做实。今年年初，县统计部门按照她的要求，组织力量细致工作，提出了一组新的统计数据，比之原数据有相当比例降幅。这份新数据当即被王文章压住，命统计部门先不要拿出来。

从担任常务副县长那时起，王文章一直分管统计部门，本县 GDP 那些事，没有谁比王文章更心知肚明。王文章向王均做了一次个别汇报，建议慎重处理。压水分搞准数据肯定是对的，却也得防止连锁问题发生。如果按照统计部门提供的新数据，那么本县发展增速将从当年全市前列一变而为倒数第一。

王均说："这不是问题。该是多少就是多少。"

"但是也会直接影响全市统计数据。"

本县调低数据后，全市的数据也将跟着相应下调，如果幅度过大，本市在全省内的排名会因之生变。这件事不仅影响本县，还影响全市。王文章建议可由书记、县长一起去向市主要领导和分管领导汇报，然后再定。

王均听进去了，与县长娄士宗一起去市里汇报了情况。市长把统计部门领导叫来一起研究，最终同意本县对数据做一定调整，但是不同意一步压到位，因为牵动太大，产生的数字缺口难以填补，只能视情况逐步消化。根据市领导的这个意见，县统计局做了一个新的上报方案，称之为 B 方案，比之前那个大压水分的 A 方案有较大回调。因为事关重大，王文章对丁家声强调，上报该方案务必直接请示王均。王均对该方案很不满意，一直压着不让报，直到截止期临近。

丁家声上山时，公文包里放着那份 B 方案。他告诉王文章，近日曾通过各种方式多次请示，王均一直不表态。昨日王均去省城开会，行前丁再次找她报告，她还让等。可能是想借在省城开会之机向上级领导反映，争取再压一点。问题是今天下午下班之前务必报送数据。丁家声给王均打电话，未联系上，可能因为会场不能开机。后来又发了短信，未见回复。无奈，只能上山面见王文章，请示怎么办。

王文章问："你请示过娄县长吗？"

请示过了。娄士宗说这个事只能请王均拍板。

"既然这样，干吗还找我？"

"王副分管啊。"

"我还能管过书记和县长？"

丁家声一时语塞，什么话都说不出来。

王文章问了一个问题，就丁家声的经验，此刻王均还有争取余地没有？丁家声直截了当回答："已经到了这个时候，不可能。"

"哪怕误期，到头来她还非得在你这张表上签字，是这样吗？"

"恐怕是的。"

"这好比你抓了只绿头大苍蝇，她得生吞下去，不吞还不行。是吗？"

"我哪敢啊！"

王文章叹口气，称王均那样有洁癖的领导哪会心甘情愿活吞苍蝇。与其大家合伙，逼人家女领导痛不欲生自己去生吞，不如找个消化功能更强大的人替她吞了，然后还可以帮她出一口恶气。这个人该是谁？不就是活该分管王副吗？

他在那张报表上签了名，还有"同意上报"四字。丁家声拿回报表，却不离开，手发抖，脸发白，说不出话。王文章问："你是怕王书记回来后撤你职？"

他点头。

"我来跟她报告，没你事。"

丁家声走后，王文章给王均发了一条短信，称由于王均在会场无法联络，时间不允许再等，他已经以分管领导身份签字，命统计局将 B 方案报送，特此报告。

王均怒不可遏，当晚从省城给王文章打来电话，命王文章立刻去把数据报表撤回来，待研究后另行上报。

王文章说："王书记尽管批评我，事情不好再变了。"

王均摔了电话。

如果王均坚持，这份数据当然可以设法先撤下来，但是撤回本身马上会成为一大问题，其后果可能更难承受。王均作为第一把手，对此肯定心知肚明。基于这个判断，王文章才敢擅自做主，造成既成事实，让她不得不接受了事。

王均回到县城后，王文章在第一时间前去听训。王均冷若冰霜，劈头盖脸又是一顿怒批。所谓"替女领导吞苍蝇，还帮她出一口恶气"原来是这么回事，果然一如王文章事前所预料。王文章的消化功能确实强大，当场仅虚心听取批评，绝不多做解释。王均这种厉害领导明察秋毫，她哪里会看不明白，实无须王文章喋喋不休自我表白。他只检讨自己存有私心，从前任张开始，统计名义上由他分管，实际张本人总是亲自过问干预关键数据的确定与上报，不容他人多嘴。但是现在如果追究，张得负领导责任，王作为分管也跑不掉。张已经涉案给抓了，王还在，一旦惊动上级，王文章便首当其冲了。出于这种顾忌，王文章很希望数据水分慢慢消化掉，平稳消解，不要闹大。

"即便需要我承担责任，也希望能缓一缓，日后再追究不迟，眼下不是时候。"王文章说，"难得王书记信任支持，让我能为家乡做点事。'客专'项目进展正在节骨眼上，那比什么 A 方案 B 方案要紧。"

王均不吭声，明显的那股气一点也没消。

几天后，王文章在北岗接到了县政府一份传真件，就领导分工调整征求意见。他注意到统计局已经划到别的领导名下，不再由他分管。

娄士宗打电话做了说明："是王书记的意见。说是让你专心去做'客专'。"

"感谢，这是书记县长对我的关心支持，完全拥护。"王文章表示。

事情悄然而过。王文章专注于北岗，王均时时过问，一切似乎都恢复正常，但是他们彼此清楚，这件事谁也不会忘记。

夏日里，"客专"莲花山站隆重奠基，举办了一个奠基仪式。按照"隆重简朴"要求，仪式定于上午九点进行。王均早早地，七点就亲临现场，恰巧又遇上王文章声色俱厉发飙，骂的居然还是郑光辉。

"到时候少放一颗，"他吼叫，"老子砍了你！"

王均脸一拉："又怎么啦？"

其实没什么，王文章命郑光辉安排于会场四周悬挂四串大鞭炮，准备四个人，四个打火机。刚才一检查，所准备的打火机里有一个打不了火。还有供嘉宾奠基用的八把"锅铲"也就是铲土的铲子，王文章发觉其中有一把铲口有缺损，因此怒骂。

此刻郑光辉已经接任北岗书记，表外甥对他可丝毫没有更谦恭，不同的只是当众没见抬脚。王均一到，王文章马上变脸，夸奖郑光辉总是知错就改，少了个打火机，居然把王文章口袋里那个掏去凑数。

王均没多说，即开始检查。她天不亮动身，驱车近两小时，提前赶到北岗，是因为今天的奠基仪式虽然规模不大，于本市本县却是意义不凡，本市分管副市长将亲自出席以示重视，必须确保无误。王均察看现场，检查各种细节，包括王文章的状态。

"怎么人不人鬼不鬼？"她不满。

王文章称已经备好一件戏服，放在指挥部里，到时候一换就成。

他所谓"戏服"即正装、西装，正式场合目前需要那个。此刻没到时候，他身上是一件夹克，也还算齐整，只是这里一斑那里一点有不少烟洞，显示资深烟民地位。王均嫌他不人不鬼，主要是他灰头土脸，头发乱，脸色发黑，表情躁。

他说："工地上待着，人就躁了。"

王均听汇报，看现场，走了一个多小时。王文章紧随，寸步不离。王均注意到他的动作有些怪异，左手总插在裤兜里，从不拿出来，却又动个不停。起初王均没太在意，后来越看越觉得刺眼，忍不住问一句："你那个手怎么啦？受伤了？"

"没有。"

他把手从裤兜里掏出来，拍一下，表明一切正常。

但是剪彩时出了意外：郑光辉的四挂鞭炮放得山响，一颗不缺全给点着，供嘉宾铲土的八把铲子把把完好，不见差错，掉链子的竟是王文章自己。他换了"戏服",站在王均身旁,为左侧最后一位剪彩嘉宾。动剪时他用左手抓着彩条,右手持剪刀,居然两手发抖,接连几剪,没有哪刀能剪到底。一旁王均发现不对,看了他一眼,他低声喊了一句:"王书记帮我。"

王均即接过他的剪刀,只一下,刀到带断,干脆利落。

简短仪式结束,送走市领导,王均看到王文章又把左手伸在裤兜里。

"到底是什么?"她眉头一皱问。

"没什么。"

"掏出来。"

王文章把东西从裤兜里掏出来。原来就是一盒烟,已经给捏成一团烟渣,一把杂碎。烟盒皮、过滤嘴、烟丝、烟纸,啥都有,就是没有一根完整的。

是犯瘾了。为了准备奠基,他已经三个晚上没睡完整觉。他不怕熬夜,只要有烟。今天上午没办法克服,陪同王均抽不得烟,搞得人不人鬼不鬼,剪刀都拿不稳,瘾急了只好拿手指头在裤兜里解决,把一盒香烟一根根捏碎。

王均问:"谁有烟?"

郑光辉赶紧掏口袋。

"给他。"

没再多说话,女书记上车离去。

事后王文章调侃:经过成功举办"客专"莲花山站奠基活动,不仅本县交通和产业发展迎来历史性时刻,本县良好香烟环境也在开始恢复。

一星期后,市里考核组来到本县,一直深入北岗工地。这个考核组考核对象仅一员,却是王文章。不久王文章被任命为县委副书记。本县原专职副书记陈冬木援藏去了,保留本地职务,归来后肯定另有重用。因工作需要,王文章被增补为副书记,接手陈冬木原分管的那些事务。

自始至终,王均没跟王文章谈这件事,但是显然她是关键,没有她力荐不可能有这个安排。这位领导很公正,该批评敢拉下脸,该关心照样关心。

王文章升职后继续驻扎于北岗,主要任务依然是"客专"项目,以及游客服务中心。后者经过了专家论证，在"客专"动工设站之后，重新上马已经没有疑义。王文章没再兼总指挥，只是一并管了起来。

然后有一个报信电话打到王文章手机上，消息惊人："听说搞到林则徐了！"

是林耀，县建设局局长，曾经被王均拿两根指头夹起来示众过。他说的"林则徐"是谁？知道的就是机关里若干烟鬼，其发明专利还归王文章。当年林则徐禁烟获罪，被清朝皇帝贬到新疆。眼下王均的事与禁烟无关，一星半点火苗都没有，只涉及一些数字。数字并不是易燃品，却可能意外自燃，一旦数字像汽油一样猛烈燃烧起来，其后果非常严重。此刻这些燃烧的数字竟是本县GDP数据，涉及年初那份B方案。时间已经过去近一年，那些数字像是已经进了垃圾箱，谁知道竟会突然起火：有人举报本县数据不实，涉嫌造假，恰又赶上省内一起类似案件被上级查究、曝光，省领导高度重视，批示督办，省、市统计部门的联合调查组突然来到本县。

林耀听说事情可能会"搞到"林则徐那里，却不知道王文章才是最可能被"搞到"的那一个。如今类似调查都是所谓"问题导向"，任务只在查问题，不是来发红包。本县GDP的问题实不难查，曾经有过的一份A方案很能说明情况，找到那东西毫不困难。一旦问题查实，责任人必受处理。这种事的处理不同于贪污受贿，平常情况下不一定很重，撞到风头上就不好说了，严重的话会伤筋动骨掉几顶乌纱帽。具体而言，王均作为第一责任人要承担责任，王文章是分管领导，过去注水有一份，如今还一再主张不要急压，且涉嫌擅自做主，情节如此亮眼，更是跑都没处跑。

王文章骂了一句："该死。"

他把自己关在指挥部办公室里，整整待了一个上午，自称"考虑问题"，命众人不得干扰。实际上他是在里边抽烟，打主意，图谋自救。等到他出门时，那里是一屋子混沌，像是被一颗烟幕弹直接命中。

王文章直奔县城，途中给陈雄挂了一个电话。陈雄是市统计局局长，此刻与省统计局调查组一起下到本县，驻扎于县宾馆。王文章报称自己有重要情况要向调查组和陈雄报告，请陈安排时间听取。王文章自称清楚调查组刚刚进驻，工作正在有序开展。王曾分管统计，必定会被列为调查对象，可以等待调查组按既定工作安排，通知他后再来汇报。只因为近段时间他负责"客专"等重点工程，常驻于北岗，那边任务很紧，事情很多，只怕到时候调查组有请，他却给缠住了，弄不好会影响调查进展。今天恰好到县城处理一些事务，还有一点时间可以利用，这才主动联系，请求汇报。

"谁让你找我们？"陈雄很警觉，"你们王书记吗？"

王文章称自己没有跟王均报告，他也不会报告。所谓"王不见王"，王均让他守在北岗，不要到处乱跑，调查组到来这件事也还没有通知他。要是他向王均报告，那就是给自己找事了，因为他要反映举报的也包括王均的一些问题。

陈雄动作迅速，即与调查组负责人沟通，几分钟后便通知同意王文章前去。

王文章向调查组呈送了一份《情况说明》，作为书面依据，同时亦做当面口头汇报。有关 A 方案 B 方案的过程被他完整介绍，只是隐掉一个细节，就是他曾建议书记、县长向市领导汇报，他们也真的去汇报并得到了一些指示。说出这些无异于举报反映，相当于把责任推到上级那里，使事情扩大化复杂化，因此王文章不谈。这是不是隐瞒真相？可以斟酌。该情况别的人或许不知道，陈雄本人非常清楚，根本无须王文章举报。是不是需要向调查组报告，怎么报告，陈雄自有把握。王文章也报告了自己擅自做主签字上报报表的过程，并不讳言如此大胆的原因就是害怕承担分管责任。王文章强调两大要点：一是此前本县数据水分，主要责任是那位出事的张，王文章作为分管领导只能听从。二是王均到任之后高度重视实化数据，B 方案已经有所体现。未能全部压实有具体原因，非王均所能为。王文章在王均未曾同意的情况下，出于个人考虑擅自做主报送不实数据，主要责任在他本人，不在王均。

他不是自称要举报吗？这么举报算个啥？无异于见义勇为，或者不如说是投案自首。调查组最关注的其实就是所谓"举报"。为什么人家愿意在既定安排之外，先听这个王反映问题？因为他提到举报"包括王均的一些问题"，这是调查组需要的线索与要害。王文章知道怎么才能引起他们的注意，果然一语中的。

这是举报个啥？有如给领导提意见："一心工作太不注意身体了。"变种拍马屁而已。不同的只是王文章自我揽责加自请处分，表现得更其充分。

王文章报告完情况，即驱车返回北岗，谁也不找，谁也不说。隔日，王均给他打了个电话，张嘴就批。

"谁让你那么干！"她怒气冲冲，"我不需要！"

"王书记不需要，王副书记需要。"王文章回答。

王文章需要什么？他解释：眼下他最怕王均离开本县，无论是出事还是高升。他曾突然梦到本县书记姓汪了，当即吓醒，发觉只是个梦，如释重负。他跟调查组谈的都是实情，所做的表示也都发自内心。

调查组在本县工作了两周时间，终于拿出一份调查报告，而后相关人员根据他们所负责任受到了相应处理，王均以负有领导责任被通报批评，而王文章受到严重警告处分。身处风头，这样的处分可算相当温和。另外还有一项众人均意料不到的结果，就是王均所希望的"压水分"竟通过这些处分得以实现。

王文章自嘲称，投案自首果然有助减轻处罚。处分是应该的，只要帽子还在，就可以继续做事。他自感得意的是有王均陪斩，一个小通报对王均不算什么，却可能让她无法那么快提拔走人。她在本县多留一点时间，于本县人民、"客专"等重点项目、他的家乡北岗以及他本人都是巨大的福气。

有天中午，王均只带一个随员，突然光临北岗，事前没有通知。时值午饭饭点，王文章蓬头垢面，不人不鬼，被抓个现行：他在指挥部，身边围着几个人，一人一个饭盒，一边吃饭一边开碰头会。王文章吃饭时居然还能抽烟，一支香烟在烟灰缸上袅袅冒气，下边是满满一缸烟灰。王边吃边抽，物质精神两不误，拿尼古丁当下饭菜。他本人背心短裤拖鞋，包装得就像个包工头，身边围着的都是小工头。

王均驾到，大家一时慌了手脚，王文章赶紧招呼给王书记搬凳子上茶水，一边拿条裤子往腿上套。王均没多理睬他们，眼睛转向房间另一个角落，盯着看，离不开。

这里竟是另一个风光：有一张小桌，小桌后边坐着一个小男孩，大约十岁模样，长相清秀，满面阳光，非常招人喜欢。小男孩面前放着个饭盆，还有厚厚的一本书。他在一边吃饭一边看书，对屋子里大人的喧闹充耳不闻。

"这孩子是谁？"王均发问。

王文章招呼："小章，过来问书记好。"

男孩闻声而动，王均顿时心里一紧：小桌后边不是椅子，是一个轮椅。男孩推着轮椅滑过来，动作轻盈纯熟。他说了声："书记阿姨好！"童声清脆。

王均笑笑："好孩子，真有礼貌。"

她让男孩去吃饭，好好吃，细嚼慢咽，不要光顾着看书。

这孩子是王文章的儿子，放暑假在家。王文章的妻子在银行工作，近日行里安排业务培训，去省城，儿子在家没人管，他把他带回北岗，跟他一起住指挥部。

"孩子奶奶呢？"

"这段时间也在北岗老家，住在大妹家中。"

王均说："我要跟你谈件事。"

王均此来必有要事，因为很突然，很意外。近期北岗的几大项目进展顺利，铁路路基施工已经全线拉开，隧洞桥梁齐头并进，施工单位都是国字号大公司，本县主要是提供保障，配合处理涉及地方的各种事务。由本市和本县为主承建的"莲花山站"主体建筑、广场和配套建筑都已开建，配套公路设计方案已经通过，动工可期。"游客服务中心"主楼也开始内装修。这些情况，王文章都及时向王均汇报过，没有什么可让她不放心的，无须她突然赶来。此刻会是什么事呢？王文章赶紧命人打开会议室空调，把王均请到里边，单独谈。

很意外：王均考虑让王文章走人，离开他现在正在负责的重点项目，离开家乡北岗，也离开本县，去当"空降兵"，做一次"低空跳伞"。

这事怎么提起？明年是换届年，市里着手考虑换届干部事项，市委组织部部长通知王均，让她下周一到市里，部长要陪同市委书记跟她一起研究本县领导层人员的去留升退，让她提一个初步建议。王均考虑王文章是本地人，不能在本县当县长、书记，只能提人大主任或政协主席，本县现任那两位都可以再干一届，轮到王文章至少在五年之后，从长远考虑，不如择机离开。由于前些时候统计数据不实的那个处分，目前他还不能提拔，可以考虑先平调到比较重要的县、区去，日后再谋求发展。王均想向市委建议让王文章去城中区，该区地位重要，是市机关所在地，人口与经济总量在全市排头。该区有几个重点项目要上，王文章抓项目有经验，能力强，非常适合。如果王文章去，很快就能进步，一段时间后，顺利的话可接任区长，提拔到其他县区也有可能。那就打开了大的发展空间，日后有望从县区长到书记，直到进入市级领导层。这种事当然也有很多不确定性，靠自身努力，也要看机遇。王均觉得有必要先与王文章沟通，听听王个人的意见，她本人倾向于让王离开。

王文章"啊"了一声："很意外。非常意外。"

"你留在这里继续抓这些项目当然很好，换谁也不如你。"王均说，"但是机会难得，错过就可能耽误了。"

王文章问："王书记是不是听到什么反映，感觉我有问题？"

王均说，任何事情都有正反两面，有一利必有一弊。本乡本土固然有利，也有所谓"猪屎沙多"之说。王文章抓"客专"项目以来，成效显著，大家有目共睹，存在若干争议也属难免，目前并不构成问题。她之所以考虑让王文章离开，确实也想让他避开日后可能遇到的某些问题，主要的还是希望为他争取一个发展空间。

"明白了。谢谢王书记。"

王文章道谢，然后断然拒绝。他说，如果是他有问题有所不宜，无须调离，可以就地免职，就地调查处理。如果不是这样，那就让他留在这里继续做这些事情，无须考虑他日后如何。就他本人情况，把他提到北京去当个部长，也不如让他留在本地当包工头。他早就清楚自己不能有任何奢望，只能选择终老家乡，死了就埋在这里。

"为什么？"

因为孩子，王均已经看到了。这孩子是王文章的一块心病。孩子原本很健康，很聪明，人见人爱。上小学一年级那年，也是暑假，由于工作忙，顾不上，他把孩子送到北岗，交给母亲照料。孩子调皮，与村中小朋友打打闹闹，跑到公路上，不幸被一辆拉石头卡车撞到，从此有赖于轮椅。王文章悔恨自责，他的脾气和烟瘾都是那以后上来的。从此他也最痛恨车祸，谁要在他面前谈论车祸，谁就像是跟他有仇。王文章平时打哈哈开玩笑，什么"空降兵""汪精卫"的，更多的只是排遣，苦中作乐。孩子已经残疾，可以想见一生的艰难。做父亲的希望尽量让他生活得好一点，父母在时有人照料，父母不在了也能有人关照，死死待在家乡可能是最有利的选择。

"到其他地方孩子就没人管了？"

当然没那么绝对。如果调到区里工作，可以把家安在市区，对孩子的教育和成长也许更有利。如果职务还能继续向上，掌握一定权力，想必还会有更多人来关心这孩子。但是总归不是自己的乡土，自己只算那里的过客，没办法指望太多。时候到了，身边的人一哄而散，丢下个残疾孩子怎么办？留在本县，再不济也还有七大姑八大姨可以指靠，顾念旧情的肯定也会更多，只要他多做好事。现在的"客专"线和风景区建设对本县特别是北岗太重要了，视同做功德。做好这件事，家乡人们就会记住他。他们会说："那个人虽然挖过人家祖坟，也还是做过一些好事。"这可能有助于他的孩子日后过得更好一点。

王均批评："井底之蛙。"

她问了一件往事：有一回她让王文章随同去岭脚镇开现场会，涉险过洪水。后来才听说他原本要带儿子去省城看医生，那是准备去看什么医生？王文章回答，确实是约了一个专家，不是看眼睛配眼镜，是看神经内科，据说那位主任能治他孩子这种病。那一天没去成，隔了一周又去了，最终还是白走，孩子站不起来，已经无药可治。

"刚才谈到的事情，你是不是愿意再考虑一下？"王均问。

"王书记的好意我心领了，但是请千万不要提出来。王书记一定要答应，日后我和我的家人，包括儿子都会感激不尽。"

王均摇摇头："好自为之吧。"

下午两点，王均动身返回，行前在指挥部大厅四处张望。

"孩子呢？睡了吗？"

王文章吼了一声："小章，出来。"

眨眼间，小轮椅忽地从一根柱子后边闪现，在厅里轻快地转了半圈，停在王均和王文章面前。

王均说："哎呀，小朋友这是骑滑板啊。"

小男孩快活地笑。他告诉王均，他能用轮椅踢足球，班里还没有谁踢得过他。

王均摸了摸小男孩的头，说了句："这孩子真不容易。"

她的眼眶竟然悄悄一红。

王均没有孩子。她丈夫在省城一所大学做行政工作。不知是因为工作忙，耽误了，还是从一开始就打定主意丁克，他们没有孩子。但是她喜欢孩子，毕竟是女人。

一个月后，本市传出爆炸性消息：王均调任城中区委书记。

原来她找王文章谈话另有由头，并不只是她说的那样。一个县委书记即便要推荐手下干部，最多也就是提出那个姓王的可以平调出去任职，不可能具体到建议调城中区干个啥，想这么做必有特殊前提。显然王均知道自己即将调任该区，有意让王跟她过去抓重点项目，甚至考虑日后提起来做搭档，真是极其看重。她不能提前透露自己的变动，王文章不知底细，谢绝她的好意。不过即使她把底细和盘托出，王文章似也很难下决心死在本县之外。

王均这一调任别有意味：城中区地位特别重要，历任区委书记都是高配，同时任市委常委，或副市长。王均则是平级调动，没有提拔。或许因为不久前刚因数据风波受到处理，尽管很轻微，却不好立刻就提，只能分步走。无论如何，把这么重要的一个地方交给她，表明了对她的看重，该女领导果然厉害，如王文章所评价。但是王文章也有看走眼的地方，例如他断定王均能在本县多留几年，结果被证明是错了，人家转眼就用这种方式"跳伞"而去。

这个结果对王文章极其震撼，如五雷轰顶。

4

那天市里会议结束时，王均把娄士宗叫住，问了些情况，提到了王文章。

"这个王胆子大。"王均说，"有一回当着我的面骂我的驾驶员，你知道吧？"

娄士宗嘿嘿："这家伙是有毛病。"

"帮我带个话，让他好自为之。"王均说，"我都记着呢。"

这一重要指示于当天晚间即传达给王文章，未曾过夜，原因是市里的书记会议很重要，本县连夜开会传达，王文章被叫出北岗参会听精神。娄士宗把王均的话带到，王文章听罢眨了一下眼睛，脱口道："不会吧？"

"你去问她。"

王文章自嘲："虽然我表现还行，挡不住女领导爱记仇。"

王均调离本县后，"王不见王"，城中区委王书记管不着本县王副书记了。不料该局面只维持了半年，王均提升一级，被任命为市委常委，进入市委领导班子，虽然主要工作还在城中区，就领导层次而言又成了王文章的上级。娄士宗在王均走后接任本县书记，娄个头瘦小，心眼也比较小，记仇水平不逊于女领导。当年本县书记姓张时，娄一直受压制，张喜欢瘦高不爱瘦小，没把县长放在眼里，却重用王文章，时常越过娄直接给王下指令，搞得常务副县长比县长还牛，娄士宗不知道的事，王文章知道。娄士宗能忍，表面上逆来顺受，心里当然满肚子火，直到张出事才感觉出了口气。王均到任后，县里屡有人质疑王文章"涉张"，娄士宗实有所推动。幸而王均客观公正，查无问题，该用就用，让王文章过了一段舒心日子。当时娄士宗审时度势，跟王均保持一致，对王文章也比较客气，彼此相安无事。王均对娄、王之间的内情心知肚明，她临离开时想把王文章调离，可能也因为担心日后不是"王不见王"，是"娄不容王"。不料王文章死心眼，放弃大好机会，铁定要死在本县。娄士宗成为第一把手后延续王均做法，让王文章继续驻守北岗抓重点项目，那些事确实没有谁比他更合适。但是应该让副书记知道的事情、参与的决策，却不时让王文章待一边去，有时开会都不通知。王文章自嘲这样最好，专职山大王，死心塌地坚守"土匪洞"做功德。王文章并非真的"王不见王"，他不时会给王均打个电话，也曾借机到区委大楼当面汇报，把北岗山上的各重要进展报告给王均，虽然人家如今不管那些事了，王文章始终不曾怠慢。汇报中王文章从不提个人事情，也不谈娄士宗，王均却很清楚，毕竟主政过本县，她有多条渠道了解。此次让娄士宗带话，她知道娄肯定会以最快速度完成任务。因为她是市领导，也因为娄乐意对王实施敲打。

第二天一早，王均准时到达区委大楼的办公室，她所谓"准时"就是提前半小时，这是她的习惯，除非遇到特殊情况。已经有一个人等候于门外，却是王文章。事前他没有电话联系，直接闯上门来，提前半小时，他对王均的作息规则了如指掌。

王均没有显出意外。她命跟在身后的区委办随员给王文章倒杯茶，同时通知原定于八点召开的一个会议后延，推迟半个小时。

"我要听听王副书记都有什么要说。"她说。

随员给两位领导都倒了杯茶，起身离开，轻轻带上办公室门。

"王书记一定有重要事情要提醒我。"王文章直截了当，"请明示。"

王均反问："有吗？"

王文章记得王均在调任区委书记前，曾专程上山，跟他谈过一次话，当时就说过"好自为之"。直到王均调任，王文章才明白那是什么意思。现在王均带话，重提旧指示，一定又是发生了什么。估计除了重要，还很急迫，同时电话不宜，只能用这种方式提醒王文章注意。所以王才会在最短时间内直接上门面见领导，请求面示。

王均不置可否："你一定有些猜想、估计吧？"

"会不会是郑光明的事情？"王文章问。

"你说一说。"

王文章报告：郑光明是郑光辉的堂弟，实为亲兄弟，郑光辉本人过继给叔叔当儿子，所以两郑又亲又堂。按辈分王文章得叫郑光辉表舅，那么郑光明也算。郑光明当了多年村长、村支书，办石厂赚过些钱。禁止采石后，郑的公司改行做土方工程，拥有钩机、铲车等一批施工设备，在游客服务中心、"客专"线路和配套公路工程中都揽到一些业务。前些时候郑光明突然被带走，县委班子开会时曾简要通报，称郑利用金钱权势，以威胁、人身伤害等非法手段，企图垄断北岗土方市场，涉嫌黑恶，正在接受调查。其后不久，郑案被列为省、市扫黑除恶专项斗争的一个重点案件，挂牌督办。外界传闻纷纷，指郑光明背后有两把黑保护伞，小一点的那把是其亲堂兄，乡党委书记郑光辉，大的那把就是王文章。

"你是吗？"

"领导放心，我不是。"

所谓"本地猪屎厚沙"，王文章在本地负责工程，乡里乡亲众目睽睽，不能不特别小心，秉持公正。王均早就提醒过，任何事情都有正反两面，本乡本土固然有利，也会有相应问题，"好自为之"，对此王文章记得很牢。郑光明为人比较霸道，手脚也不干净，王文章一直对他很警惕。当年王当乡书记时，就曾查过郑光明一些事，给过留党察看处分，撤掉了村支书职务。那一回工地上出车祸，王文章查问时得知出事的卡车属于郑光明那家公司，是通过郑光辉进工地的，气得差点一脚踢翻郑光辉，刚好被王均撞见。但是郑的公司通过合法招标争取工程，王文章并不干涉，因为当年是王文章下令关掉他的石厂，之后还得给人家留条出路。那时候郑光明转行搞土方工程，需要过审批一关，王文章还曾帮助给相关部门领导打过电话，除此之外再无什么瓜葛。王文章心里有数，无论人们怎么议论，都一笑置之。

真的如此坦然吗？其实未必。为什么王均给王文章带话，他立马赶来面见，而且主动提及郑光明一案？显然该案不可能如太平洋海沟里的一条疑似泥鳅一样与他毫无干系。说来王文章也属足够敏感，娄士宗话一带到，他脱口称："不会吧？"为什么有这种感觉？因为他知道王均不可能因当年驾驶员挨骂如此记仇。那件事的要害不是王文章刷牙不挤牙膏，拿本地粗话怒骂驾驶员，是他把王均的车挡在身后，自己先下水蹚路，不惜替王均让洪水冲走。当时王文章出于本能，并不是刻意表演，王均都看在眼里，她的看法其实是在那一刻改变的。此前王文章于她可有可无，爱走走吧，"高空跳伞、坐火箭"悉听尊便，她不阻挡。那一天之后不是了，她把王文章扣留下来，先查案底，查无问题即予重用。这个变化她自己从不提起，王文章却知道就那回事。因此王均忽然提起骂人，不是记仇，仅是让娄士宗带话的由头，要提醒的肯定不是让王文章多挤牙膏刷牙，那么会是什么？显然有要紧事，很急迫，此刻除了郑光明一案，似无其他。所以王文章才匆匆赶来面见。王均为什么不能说明白点，或者干脆直接给王文章打电话，命其前来听训话或直接相告？显然有所不宜。这种事很严重，很敏感，不比身上夹克尽是烟洞那么寻常。

王均问了一个问题："当年你帮助郑光明过审批关，收受过他什么好处？"

王文章一口咬定没有。对此他非常谨慎。

"你跟他没有任何经济来往？"

"除了有时碰面抽他一两根烟，再无其他。"

"金钱呢？"

"没有。"

"股份？"

"王书记听到什么了吗？"

王均不加解释，只命一条：王文章必须放弃一切侥幸心理，立刻前往市纪委投案自首，把自己与郑光明的所有私人经济往来交代清楚。

"我已经说了，没有这种往来。"王文章强调。

"真的吗？"

王文章还是一口咬定。他说，王均到任不久就曾查过他，事实证明他不是那种手脚不干净的人。单只是为了儿子日后生存，他也不会干那种事。

"郑光明已经交代了。白纸黑字，你有股份。"

"不可能！"王文章叫道，"这是谁说的？"

这还用问？王均怎么可能把信息来源告诉他？王均虽是市领导，目前主要工作却在区里，她不管办案，也管不到王文章，无论王涉嫌腐败还是黑恶，都是相关部门的事情，王均无权过问。但是显然她有信息渠道，以她的身份经历，上层、中层、下层都可能有渠道。她告诉王文章，别管是谁跟她说，怎么说，事情究竟如何，王文章问自己就好。她警告说，此刻一味否认无济于事，以她判断，王文章的时间已经不多。赶紧投案自首，争取减轻处罚，也许还来得及。如果没有足够把握，她不会跟王文章说这些话。她不希望在王文章儿子非常需要他的时候，他出了大事。

"真的不是那样！"

这种情况王均见过很多了。初涉案时，几乎每一个"对象"都坚称自己清白。但是案子办下来，最终还是全部承认，几乎没有例外。

"不应该这样对我的！"

王文章叫屈，称自己有幸得王均信任，负责惠及家乡的几大重点项目，他自感不能对不起乡亲和领导，确实是没日没夜，累死累活，不计得失，没有功劳也有苦劳。在王均调任，失去强有力支持的情况下，他忍辱负重，依然坚持不懈，因为他不是在为哪一位领导干活，而是为家乡百姓，当然也为自己。私下里总是自嘲，劳碌委屈不算什么，只要好事做成，让人记挂，日后有助残疾儿子活好一点就可以。现在几大项目都起来了，一天一个样子，眼见得胜利在望，他也没敢松懈，毕竟工程还没全部完成，还有很多事需要去做。哪里想到忽然自己成了黑恶保护伞，还腐败了？他不是那种人，别人不了解，王均最清楚。无论如何，万万不能这样，他无法接受。

"王书记得帮帮我！"

"我是在帮助你。"王均下令，"现在谈那些没有意义了。"

她命王文章不要申辩，按她要求去做，马上。

"王书记！你得相信我！"

王均站起身："你走吧。我要开会了。"

"真的……"

"去跟他们说。"

离开区委大楼，王文章去了附近街上一个牛肉面馆，在那里要了一碗牛肉面。当天早起赶路，他还没吃早饭。由于不想让行踪为人注意，他没用公车，而是叫了出租。

他对老板指了指墙上的禁烟标志："抽一支行吗？"

老板略勉强："抽……抽吧。"

于是一支接一支，直到衣袋里那包烟抽光。这个时段小面馆生意清淡，只卖出他一碗面，老板对污染环境暂予容忍，未强烈干预。

然后王文章拦了一辆出租车，踏上归途。车刚刚从收费口进入高速公路，司机陡然紧张：坐在后排的王文章动静异常，从后视镜上看，他低下头，脑袋顶在前排副驾座的背靠，肩膀剧烈晃动，伴着一串奇怪的"呕呕"声。

司机忍不住问："这位客人，身体不舒服吗？"

他没回答。

"要不要……"

王文章头也不抬，顶着前排椅背低声回答："掉头吧。"

"什么？"

"掉头。"

那时他才抬起头看一眼车窗外。司机大吃一惊：该客竟泪流满面。

高速公路上怎么掉头？只能到下一个收费站口，出站再倒回。半个多小时后，王文章进了市纪委大楼。

事到此际实已无救。如果王文章不是现在自己走进这座大楼，接下来必然就是让这座楼里的工作人员带走。从王均谈话的严厉程度，可知事已急迫，迫在眉睫。如果刚才王文章没有让出租车掉头，而是返回家里躺平，等到人家把他带走，结果会是如何？几乎可以肯定会有"一二三四"，身败名裂，罕见例外，比之他人或许只会少了所谓"与多位女性保持不正当男女关系"而已。但是王文章自己走进来投案又能改变什么？与被带到"规定地点"如数交代，本质上并无区别，不外只是认罪方式不同。自首或许有助于减轻处罚，却不能改变其案性质。因此结果都一样，从此再也没有王副书记，再也无缘"客专""游客服务中心"。多年之后，会不会有人说"那个王虽然腐败黑恶，也还是做了点事"？恐怕未必，无须期待。多年努力，一朝尽去，屈辱无尽，可想而知，再无面目见江东父老、家人，特别是自己的残疾儿子了。

王文章是什么人？这种状况下，居然不服，竟另有图谋。我们都知道他有前科，擅长"投案自首"，当年遭遇数据风波，他把自己关起来闭门抽烟，带着一屋子烟雾余味前去"自首"外加"举报"。这一回涛声依旧，他把人家牛肉面馆污染一番之后，打车中途，含泪折返，故技重演主动上门，却与上一回南辕北辙。

他一张嘴就表示："有一位领导要求我来投案自首。"

跟他谈话的市纪委管办案的副书记即追问："哪位领导？"

王文章回答："不敢说是投案，我是来说明情况的。"

对方即叫来一个干部旁听、记录。此时此地可不容开玩笑。

王文章谈了与郑光明的过往关系，一五一十，什么情况，有何事迹，核心是强调自己清白，与郑没有任何经济往来，没有一分钱，没有一点股份。

"谁跟你说起股份？"对方突然问起具体情节。

王文章称郑光明出事后，县里传闻很多，他多多少少听到一些。

"关于股份他们怎么说？"

"讲得比较含糊。因为确实没有，传闻都出于猜测。"

"你可以谈得清楚一点，不要这么含糊。"

人家问的不是传言多含糊，而是具体人，是哪一个把含糊传闻传递给了王文章。

"主要是有，或者没有。"王文章强调，"确实是没有。"

对方不纠缠有无，唯盯紧人物："是哪位领导要你来投案自首？"

"她肯定也是听到了一些传闻。"

"到底是谁？"

"是王书记。"

王文章直接供出了王均。以职务层次，现在或应称"王常委"，王文章习惯称她"王书记"。王文章报告说，今天上午他到区委办公室拜访王均，汇报"客专"项目近期进展，事前没有电话预约，主要是不想干扰领导既定工作安排。不料刚一见面，王均就追问他与郑光明的关系，明确要求，如果有问题，必须立刻前往市纪委投案自首。他当面报告，没问题。他本人不是郑光明的黑保护伞。王均没有消除怀疑，依然强调让他去纪委自首。因此他来了，郑重申诉：所传问题确实不存在，请纪委领导深入细致了解，不要让他无辜蒙冤。

"你知道，你要对自己的话负责的。"对方警告。

"确实是没有。"

对方让王文章稍候，不要离开。自己站起身走了出去。

他肯定是去请示主管领导，也就是将情况报告给市纪委书记。而后他们会迅速研究一个处置意见，立刻向市委书记报告。

情况相当反常。眼下涉案官员投案自首，或者主动前来报称没有，做个人申诉，都很正常，不算奇怪，像王文章这种方式却不多见：说是来投案，却坚称无辜，而且有意抬出一位市级领导。如果他是一时失言说及，或者迫于讲清楚的要求而不得不交代出王均，那还比较正常。他不是，一张嘴就声称某位领导要他投案，明摆的是在做铺垫，引发注意，随时准备抛出。时下一些犯案官员为了立功减罪，在案件办理过程中检举揭发上级领导，也属常见。王文章却不同，他自称清白，有何需要举报王均以求立功受奖？应当说他提及王均也颇费苦心，细致拿捏分寸，例如他描述过程，表明不是王均通知他来谈事，是他主动找王均报告时谈及郑光明一案。王均虽是市领导，主要工作在区里，管不了王文章，也不管办案，只因在本县当过书记，本县相关案件的传闻传到她那里，这不奇怪。恰王文章自己跑来拜见，出于不希望原手下干部下场太可悲，她严厉敲打，要求王文章正视自己的问题，在还来得及的情况下投案自首，这没什么不对，可以视为要求相关人员配合办案，不同于泄露案情干扰办案。但是王文章如此这般，有意地、公然地把上级领导抬出来，扯进自己的事情里，就显得极不寻常。他有什么必要这么做？莫非他想把王均变成一面挡箭牌，替他抵挡即将到来的危险，这能行吗？无论行或不行，王文章实在非常不应该。王均待王文章不薄，不说以往，就说当下，在完全可以置之不理之际，她好心提醒，试图拉王一把，哪知道转眼就被王文章抛了出去。当年王文章曾经把王均的车挡在身后，自己替领导下去蹚洪水。这一次他反其道而行之，为求自保拿领导顶在前边，无异于把人家拖下水。如此行径，即便达不到汉奸汪精卫水准，实也类同于出卖。

接下来会怎么样？如王均自己说的，没有足够把握，她不会跟王文章谈那些事。作为市领导，王均绝对不是从菜市场某位卖肉小贩那里听到什么传闻，其消息必是来自内部。因此至少可以推断：王文章在郑光明的企业里有股份，该情况已经被郑光明自己交代出来，至于数额有多少，是值一个亿还是一百元，目前不得而知，郑光明肯定已经如数交代，王均或许也已经知道，但是她不能跟当事者说，也无须说，这种事还有谁比当事者自己更清楚？显而易见王文章不值一个亿，却也不会只值一百元，否则也无须劝他去自首。根据王均的严厉警告，可推知对王文章的调查已经启动，采取组织措施已迫在眉睫。王文章心知肚明，却执迷不悟，人已经到了纪委，嘴巴还喊清白。接下来呢？最大可能就是既来之则安之，进去吧，到里边去说清楚。

一小时后，王文章离开市纪委，获准返回。没有顺便"进去"，只是受命深刻反省，随时准备配合组织调查。

他回到北岗，时"客专"项目工程正进入攻坚。北岗区域内两条隧道已全线贯通，一座控制性桥梁全力赶工，本段铁路路基已基本成形。"游客服务中心"工程则进入扫尾阶段，即将大功告成。王文章在他满是烟雾的办公室里发号施令，带着各路人马在工地上周旋，一如既往，不同的只是每一天清晨的太阳于他不再意味着新的开始，而可能是结束。郑光明黑恶案如滚雪球般不断发展，先是郑光辉给带走了，继而轮到北岗乡派出所所长和县公安局一位副局长，该副局此前也曾任北岗乡派出所所长。然后是县建设局局长林耀、现任县政法委书记吴平，黑保护伞之宽广令人瞠目。而最招人热切眼球的王副书记却一直未传"佳音"，老在北岗山上晃来晃去，令人大惑不解。随着案情发展和流言四起，王文章的每一次公开露面都有了某种戏剧性，人们交头接耳，总问该王怎么还在这儿。

"毕竟工作需要。"王文章自嘲，"可见肯做事错不了。"

实际上只是时候未到而已，与做事无关。这个世界不缺事，不缺人，当然也不缺领导。少了王文章就没了"客专"和"游客服务中心"吗？当然不是。无论缺了谁，地球照样转，总有那些事要人去做，也总有领导前仆后继。

一个多月后尘埃落定，王文章被宣布停职检查，从此于活跃多年的各种主席台上消失不见，也不再现身于北岗工地。停职不就是个开场吗？接下来该轮到表外甥跟着表舅等人前去"规定地点"了吧？人们拭目以待，却总是没有等到正式消息传来，而此起彼伏的传闻总是被确认为误传。王文章居然始终没有"进去"，直到郑光明案结案，相关人员判的判关的关，王文章也终于修成正果，仅以对郑光明黑恶案以及郑光辉腐败案负有重要领导责任被撤职，降两级，改任北岗乡政府副主任科员。

那时候有关他的一些消息才被慢慢知晓。原来王文章涉案的要害确实就是股份，他在郑光明的公司里确有股份，是当年他出面帮助该公司通过审批后，郑送给他的干股。虽然没有上亿，连本加上数年分红累计也达近百万。蹊跷的是王文章竟然没有从中拿过一分钱，甚至不知道自己有这么巨大的一笔名誉财产。这个事的始作俑者却是大表舅郑光辉，他自己从郑光明手上拿了钱，叫作"亲兄弟明算账"，日后他给某位张书记送过四万元礼金，张出事后，郑光辉供称礼金是从老婆银行卡上拿出来的，不是受贿所得，其实是瞎话，出水者同样是郑光明。当年郑光辉替郑光明游说王文章，请王帮助打几个电话，让郑光明的公司顺利通过审批，事后大表舅命小表舅给表外甥划一块干股，称会私下告诉王，眼下不必拿，日后用得着。不料日后果然有用，郑光明于案发后把它交代出来，白纸黑字，这行字差点就把王文章送"进去"，一举葬送。据称当时对王文章采取组织措施的纪要件已经送交负责领导，签了字即刻实施，这时王文章突然跑到纪委"投案自首"并坚称清白，事发意外且情节比较特殊，相关领导很重视，迅速碰头研究，决定暂缓一步，先把情况搞具体搞准确，再来动这个王。结果从郑光辉那里核对出细节，发觉郑对这笔股份一直"按下不表"，没跟王文章明说，想待"时机成熟"，因此王文章疑似无辜。问题在于王文章目前虽不知情，确实也有一份干股在他名下。如果郑光明不出事，他的公司垄断北岗土方工程，一直做大，王文章名下这笔钱就会越滚越大，一待时机成熟，例如王文章的残疾儿子成人了，需要用钱时，表舅兄弟奉上这笔股金，表外甥不会打灯笼笑纳吗？这种怀疑无疑具有合理性，但是办案只认证据。现有证据表明王文章目前不知情，且这笔干股随着案发已经成了泡影，那也就无须在调查过程中硬要王文章收下。

王文章没像其他人那样翻船沉没，关键却在王均。如果不是她及时严令王文章投案自首，恐怕一两天后王文章就会从北岗山上被直接带走，匆忙间只能往衣袋里塞一包烟。王文章到纪委投案却不认罪，那时候完全可以做自投罗网处理，直接宣布带走，为什么没有？原因也在王均：王文章把王均抬出来顶在前边当挡箭牌，使问题复杂化了。王均为什么要如此帮助王文章？不可能仅因为王曾是其部下。她部下还少吗？哪里能这么管？莫非王均在郑光明一案中也有牵扯？还有一个疑问：王均的信息是从什么渠道得到的？这些问题一定得了解、搞清，这就免不了要询问王均本人。但是她是市级领导，省管干部，就本案触及她需要报告市委主要领导，通过相关程序。如果上升到查她，权限在省委，更非本市所能决定。事情从涉及王文章变成涉及王均，这就更需要慎重，更要求准确，更得把握好。因此王文章才得以暂时获准离开纪委大楼，逃过迫在眉睫的危险。这居然就成了他的一个转机，其后幸得办案人员细致，弄清该股份由来，王文章终未翻船落水，只是从一条中型帆船掉到了一条小舢板上。

投案之前，王文章在市区一家牛肉面馆接连抽了一包香烟，显然所有前因后果都被他从香烟里抽出来，吐在满屋子烟雾里。那时他还下不了决心，只在高速公路上痛哭一场之后，才决意实施。他哭个啥呢？遭遇波折？悔不当初？愧对乡人？或者竟是因为即将走出的这一步？无论如何，落水沉没绝对不在他的选项中，因为他自认无辜，也因为其儿子。这残疾孩子还没长大成人，作为父亲，他还没来得及为儿子谋一个赖以谋生的位置，哪怕是他曾提起的"客专车站售票员"。他一定要有个脱身办法，首先必须逃过迫在眉睫的被带走。如果有其他选择，他不会去伤及王均，但是显然他已经走投无路了。尽管抬出王均并不一定有效，技穷之际也只能一试。王均对王文章可谓仁至义尽，他为了自救居然出手把人家抬去挡箭，无论会不会给王均造成重大伤害，对王文章都一样，此生怕是再也难逃"汉奸汪精卫"之名了。

因此唯有痛哭。

5

莲花山站举办落成典礼，王均作为首席嘉宾隆重光临。此时她已经卸任城中区委书记，调到市里担任常务副市长。本站是她在县委书记任上争取下来并由市、县为主开建的，当年奠基时她亲自参加，此刻大功告成，落成典礼由她代表市委、市政府出席当然最为合适。落成典礼依然只能"隆重简朴"，却丝毫不减其意义重大。

那天王均提前到达北岗，一如既往。娄士宗率本县一众负责官员早早在现场迎候。下车时她环顾众人，忽然问了一句："那个谁，王文章不在吗？"

王文章还健在，未曾英年早逝，此刻虽未曾在现场晃动，其身份依然还是北岗乡政府副主任科员。值此重大活动于本乡举办之际，按常规王文章应当在这里承担相关接待工作，但却销声匿迹。说来也属正常：如果不是王均光临，是其他某位市领导欣然出席，王文章跑出来摇头晃脑，即使官小帽子轻，也不算太有碍观瞻。王均来了就不一样，王文章曾经为求自保恩将仇报不惜伤及王均，该"感人情节"多为人所传，谁不知道？这个时候谁敢"叫王见王"？即便县、乡领导没留意，当事者王文章自己怎么敢不记仇？这可不是胆大包天出来露一脸勾起领导"美好回忆"的合适时候，此刻得躲远一点，能躲到十八层地狱之下，王文章都会撒腿往那里跑的。说来好笑，这一切似乎冥冥中早有安排：当年举办奠基礼时，王文章空攥着一口袋烟渣，拿着剪刀打哆嗦，几刀剪不断彩带，只好求助王均，岂不早在预示这家伙到头来只好远远躲开？

不料王均竟主动问及，或许重回故地让她不免怀旧？这于远远躲开的王文章当然不算好事，于现场县、乡领导也有些敏感。娄士宗字斟句酌，小心翼翼地向她报告情况，称王文章降职处分后安排在北岗，是出于其本人请求，当时王提出希望能继续参与家乡重点项目建设，将功补过。县里考虑这边几大项目一直是他，没有谁比他更熟悉，让他来配合，帮助出出点子，解决一些具体问题，对工作也有利，便同意了。根据反映，王文章回乡以来总的还是努力的，没有躺平，但是工作中也还有些问题，例如脾气大、话粗，有时还像当初当总指挥一样。这些问题县、乡领导都及时给他指出，要求改进。今天落成典礼因为要求"隆重简朴"，现场出席人员不能太多，因而没安排他。

"是没安排，还是他不来？"王均问。

"这个这个……"

"让他来。"

娄士宗命乡里赶紧通知，要王文章马上到现场。可以先在指挥部待命，等仪式结束后再聆听王均重要指示。

"不。让他马上来见我。"王均明确表示。

这就有些棘手了。既然王均本人要求，把王文章叫来跟她见见何妨？问题是盛典在即，让它顺利完成最重要，此刻必须减少不必要的干扰，以免出意外搞坏情绪。王均提出见见王文章，属于突然起意，否则她早会交代。在北岗这里忽然记起王文章很正常，发令召来之动因就比较复杂。王文章给王均留下的记忆不会全属负面，但是最后沦为"汉奸汪精卫"比什么都恶劣，足以抹除此前所有。或许王均始终搞不明白王文章怎么敢那么干？她需要一个道歉，至少一个解释？也可能这个解释对她根本不重要，但是仍然有必要让王文章再长点记性，让他来，或轻或重点他几句，有助于让他永生不忘。哪怕一句不说，如此见面于他至少已经是一番羞辱。可是此刻即使有谁在现场猛踢王文章一脚，让王均非常解气，但毕竟与落成庆典所需气氛有违，此刻还是营造热烈祥和为上，不宜仇人相见分外眼红，只能等庆典过了，该骂再骂，该踢再踢。

乡党委书记匆匆去打电话，几分钟后他报告称，王文章手机关机，人不知去了哪里，一时无法联系上。娄士宗赶紧请示王均，称已命乡派出所民警协助，务必尽快把王文章叫来。此刻庆典时间将近，可否请王均先入场就位？

王均摆摆手："等。"

举重若轻，就一个字。她什么意思？如果不把王文章像犯人一般带到现场，她就不准备入场了？落成庆典就不能按时进行了？王均是现场最高领导，这种事只能听她的，她不开口，戏还怎么唱？

于是王文章便从十八层地狱之下给抓了出来。他被带到王均面前时，离预定的庆典时间只差十分钟。

从那一次区委大楼拜访，直到此刻，始终"王不见王"。忽然重逢于北岗，按照常规似乎得握个手，但是王均没伸手，王文章也只能把右手藏在身旁。他很客气很恭敬地一句问安："王市长好！"人家领导有水平有高度，她不回答也不问候，只是指着王文章的上身问了一句："还是那件吧？"

她是说衣服。当年举办奠基仪式前，王文章身着一件满是烟洞的夹克，被王均嫌为"不人不鬼"，王文章即去换了一件"戏服"也就是正装上场。此刻王文章看上去依旧那么瘦长，脸上有点风霜，却着装正式，身上似乎就是当年那件"戏服"。

王文章回答称，没有人要求他穿得正式点，他也没有预想到王均会召见，只因为今天这个日子比较特殊，他自觉换了装。在今天这个特殊日子看到王均，心情特别激动，要感谢王均对他的关心帮助，不好之处也请王均多批评指正。

他或许是在用这种方式表达某种迟到的歉意，与当初出租车上的痛哭聊相呼应。

王均说："你可以先抽一支烟，平静一下。"

王文章称早已戒了。从那时候起，痛下决心，痛改前非。

"你儿子呢？都好？"

他儿子已经上中学了。他戒烟后，孩子居然随之变了个样子，如今越发懂事，学习很自觉。王文章已经提升了儿子未来的预期，觉得可以去考大学，至少是二本。或许到时候可以考一本执照，去当"客专"线上的列车司机？电气化列车，应该不需要靠脚去踩刹车，轮椅推上列车也早就不是问题。估计目前轮椅列车司机还不曾有，如果他儿子能开一先河，那就牛了，名闻天下。

王均一笑："告诉他，书记阿姨祝他心想事成。"

场上娄士宗诸位这才放下心来。如此看来庆典氛围情绪不受威胁，无须担心仇人相见分外眼红了。不料王均一开口又出了一个巨大难题。

"去给他准备一把剪刀。"她交代。

给谁？王文章！王均下令把王文章抓捕到案，既不是要叫来羞辱，也不是让他当观众看热闹热烈鼓掌，居然是让他上台参加剪彩。这显然是不合适的。按现任职务大小排，至少得多加十几二十把剪刀，这才轮得到王文章。问题是王均提出来了，娄士宗怎么办？看到娄面有难色，王均笑笑，问是不是剪刀不够用，不够没关系，她那把可以让出来。

于是只能照办。

落成仪式拉开帷幕，圆满成功。

"王又见王"这幕场景迅速流传，令我们大感意外。根据王文章对"客专"项目做过的努力，论功行赏，往他手里塞一把剪刀，虽说出格也还可以理解，王均亲自来递这把剪刀就隆重得过于刺眼。人可以不记仇，却总得记点好歹吧？对王文章这种"汉奸汪精卫"不往七寸里打就属功德无量，何须如此高看？

这里边是不是另有缘故？

有一种最具颠覆性的见解，认为连王文章都自惭形秽、躲在出租车里痛哭的"汉奸"出卖行径，人家王均并不那么看。该领导高瞻远瞩，胸怀宽广且是非分明。她早就说过，王文章总体尚好，骂他"汉奸汪精卫"绝对是定性错误。也许当初她命王文章投案之际，心中已然有数，并不担心王文章怎么说，相反，她把王文章逼去自首，就是准备让他说出去。王均对王文章有一个基本判断，嘴上严厉，心里却不排除他可能确实没问题。如果他真是拿人钱财股份，命其自首有助于减轻处罚；如果没有问题，他自会极力叫屈，拼命挣扎，在落水前抓住任何一根稻草。如果王文章把她当一根稻草，那就让他抓，她自有处理的办法与把握。敢把王文章逼上梁山，还怕他说？或许他这一说，王均才好对王文章的事情发表一些看法，提供一点个人意见？毕竟她是老领导，对这个人比较了解。王文章早已不归她直接领导，办案人员不来相问，她实无资格对王文章及其案子说三道四，王文章扯出她倒是让她有了机会。问题是王文章算个啥？值得她如此在意吗？涉案官员好比麻风病人，让人避之唯恐不及。王均不避涉嫌，不惜伤及自身，只管伸出手去，为什么呢？顾念王文章有功劳有苦劳？记起王文章曾见义勇为？或者竟是因为一个能用轮椅踢足球的男孩？王均在跟王文章严厉谈话时提到过他儿子，说她不希望在那孩子非常需要他的时候，他出了大事。显然她一直记着那个小男孩。小小年纪不幸致残的孩子应该得到帮助，对他来说，父亲出事会比天空塌陷还要严重。王均跟那孩子其实只见过一面，那是一个忙碌的中午，一个满面阳光、快乐活泼的小男孩把一辆轮椅当作滑板，轻快地滑行到她面前，说了声："书记阿姨好！"童声清脆。

孩子的声音无疑最具穿透力。

无论是什么，"王不见王"已成过去。"客专"线现已通车，"莲花山风景区"游人如织，当年曾沦为笑柄的王氏"剿匪野战"游戏正在那些山洞里打得如火如茶，众多年轻游客乐此不疲。

鸡架之城

老　藤[*]

1

我喜欢吃，说得文雅点是美食家，说得难听点就是吃货。

从事文学工作，到各地采风的机会相对要多一些，说来奇怪，哪怕再火爆的网红打卡处，去过后脑海却像逛了趟空网，兜不到中意的东西，山林何其相似，庙宇如出一辙，回忆起来常常张冠李戴贻笑他人。但是，有一样东西不会记错，那就是特色美食，可见舌尖比眼睛刁钻，看一百遍梨子，不如亲口尝一尝，尝过后就占据了记忆制高点。试想，如果没有楼外楼的叫花鸡和宋嫂酒，西湖一潭稠水如何灌缨？如果没有东关街的灌汤包和豆腐丝，瘦西湖怎配得上"天下三分明月夜，二分无赖是扬州"中的"无赖"二字？最惬意的出游用口腹感受，由眼福至口福，是境界上再上层楼。

我很幸运，在胃口大开的年龄来到沈阳工作。有了解我的朋友揶揄：幸运什么？没听说沈阳有啥美食呀！的确，在来沈阳之前我也这么认为，名城大都与美食有关，比如北京有烤鸭，天津有狗不理，上海有小笼包，沈阳周遭还有

---

* 老藤，本名滕贞甫，男，1963年生于山东即墨。中国作协全委会委员，辽宁省作家协会党组书记、主席。主要作品有长篇小说《腊头驿》《鼓掌》《刀兵过》《战国红》《北障》《北地》《铜行里》，小说集《熬鹰》《没有乌鸦的城市》《会殇》《黑画眉》等。曾获中宣部"五个一工程"奖等奖项。

沟帮子烧鸡和老边饺子，至于沈阳有什么好吃的一时真想不起来。到沈阳不满一周，我可以雄鸡报晓一样宣布：来吧朋友，沈阳有鸡车子！

鸡车子？肯定很多人不知道，说实话，在吃它之前我也没听说过。

我有个诗人朋友叫稗子，是个做事相当讲究的自由职业者。稗子本名叫什么无关紧要，重要的是他这个笔名我超喜欢，因为我曾写过一篇有关稗子的小说，对这种混杂在谷地稻田的野生植物颇有些了解，大旱大涝之年，田野里稻谷全军覆没，唯有稗子还能坚强地活着，因为它根系发达，适应力极强。身为文人，我知道由笔名可以推断作者的审美取向，取名稗子至少不带酸味。有人起笔名喜欢西化，恨不得叫什么山姆、艾伦等等，没人愿意起一个比稻谷还贱的笔名，稗子不管这个，起名稗子后再没换过，这也成了我记住他的原因。稗子知道我调到沈阳，打电话邀请我去他的小店夜沈阳坐坐。

稗子是辽西人，长发，爱穿对襟唐装，左腕上戴亚光玛瑙手串，大概与他嗜烟有关，脸面呈烟叶色，标致的眉眼呈左右决裂之势，让眉心显得格外宽阔，相书上认为这种面相要么智商低下，要么绝顶聪明，稗子当属后者。稗子仗义，尽管不是大款，但每每有外地文友来沈或有文友发表大作，他都要在自家的夜沈阳充一回大款做东请客，每次文友们都很尽兴，酩酊大醉者亦不鲜见。稗子写诗稿酬收入有限，开始，请客受邀之人往往带酒带菜，惹得稗子不高兴，道：吃饭不能搞大杂烩，以后谁来只准带诗和酒，不许带菜。

在没有认识稗子之前，我就听到关于他在文坛上流传的几件趣事，有确切的消息证实，这些故事都是稗子在夜沈阳聚餐时自己的爆料。

第一件事是雷声大雨点小的诗会。稗子虽然写诗，但尚未达到痴迷的程度，顶多属于业余爱好，是与瑶瑶的一次相遇，让他落入缪斯的盘丝洞从此不能自拔。那是一次市电视台举办的中秋晚会，稗子在台下当观众，晚会很文艺，歌舞也契合中秋主题。《明月千里寄相思》《明月几时有》等歌曲赢得了满堂彩。节目进行到下半场，一个小巧玲珑、白裙摇曳的女诗人款款地走上台。女诗人叫瑶瑶，是大学老师，著名的诗评家。瑶瑶在舒缓的琵琶伴奏下朗诵了张若虚的《春江花月夜》，这首古诗一下子把稗子抓住了，诗中的明月、潮水、古人、江畔，让他想起了儿时生活的鸭绿江。稗子故乡在鸭绿江畔一个叫枫叶谷的地方，那里山高林茂、民风淳朴，儿时的他常擎一根竹竿去江畔垂钓，江水悠悠，鸢飞鱼跃，那条澄碧的大江从不亏待垂钓者，钓到的鱼大都是一种亮晶晶的白漂子，这种鱼像新磨的镰刀，出水后在空中挥舞，仿佛要收割什么。鱼儿放懒不上钩的时候，坐在蒲草丛中的稗子就想，以前谁在这里垂钓过？是不是钓到的也是白漂子？江水年年这样流，流到何时是个尽头？淡水和海水迎头相撞时，水中的白漂子怎么办？会不会变成两合水的梭鱼？就这样瞎想，一直到鱼儿上钩、鱼漂开始沉浮才会缓过神来。瑶瑶朗诵《春江花月夜》时，他想起了故乡，想起了小时候垂钓时的心猿意马，忽然就萌生出一种要捡回初心、写诗当诗人的想法。晚会结束时，观众们都拥到唱歌的演员周围合影、签字，瑶瑶被明显冷落了，她一手搭件米色风衣，一手拎着一个看上去很重的米色布艺包往门外走，稗子追上去帮她拎过包说，瑶瑶老师今晚朗诵得真好。瑶瑶是个腼腆而又想法很多的人，她不认识稗子，见稗子这样夸奖，就止住脚步反问：是吗，好在哪里？稗子未加思索就说：您的朗诵让我仿佛长出翅膀飞回了故乡，回到了鸭绿江畔的枫叶谷。瑶瑶睁大眼睛仔细看了看稗子，问：您也写诗？稗子不好意思地笑了笑说，准备写，从今夜开始。瑶瑶从坤包里捏出一张名片递给稗子：露从今夜白，月是故乡明，有好作品可以分享，我愿意做您的读者。稗子陪她走出旋转门，门口有人驾车等候，瑶瑶一手扶着车门，一手与稗子握手告别：这位先生，请记住，泡谁也不要泡诗人，泡诗人等于自投罗网。稗子明白了，瑶瑶认为他从今夜开始要写诗的表白是泡人。瑶瑶走后，稗子打开钱夹将名片与信用卡放在一起，心里对自己说：君子一言，驷马难追，等着瞧吧！

从这个中秋之夜稗子开始写诗。稗子写诗不是没有基础，他在无线电技校上学时就发表过诗作，稗子的笔名就是那时所起。稗子有个叫李天的同学，十分看好他写诗的天赋，认为稗子将来必成大器，说稗子天时地利皆备，就差人和一条，要抓紧结识名家，有仙人指路才能一步登天。李天乃高干子弟，是个文艺青年，日记本上抄满了曾经流行一时的朦胧诗。他的名言是：想思想深刻必须写诗，想拥有追随者必须写诗，想毕业抱得美人归必须写诗。稗子觉得这三个必须功利性太强，他写诗不为思想，也不为追随者，就是有那么一点勾勾心。中秋之夜做出的这个决定，稗子是有思想准备的，他知道诗虽然高雅，却不能养家糊口，在诗的世界里理想与现实之间没有云梯。中秋节当夜，稗子即兴写下一句诗用短信发给瑶瑶：我希望是一个有血有肉的连词，在所有的诗作中都能找到并不显眼的位置。瑶瑶很快做了回复：写下去吧，如果这个世界上有一千种味道，诗人能够品尝到第一千零一种。

一语成谶！稗子后来常常这样说，如果不去参加中秋晚会就不会遇到瑶瑶，不遇到瑶瑶自己就不会迷上诗，写诗让自己走上一条晚霞挥舞却坎坷崎岖的山路。稗子用山路来形容自己写诗的历程并不是矫情，其中的艰辛盐巴一样凝聚在他的诗作中。稗子写的诗发表不多，他很少投稿，呈现方式是选择与诗友分享，他认为分享是另一种发表，大部分诗歌类期刊发行有限，即或发表也没几个人能读到，与诗友分享更能体现出诗的价值。分享诗作自然不能缺酒，在夜沈阳吃鸡车子喝老雪，诵读新诗，交流体会，成了沈阳城小有名气的文学沙龙。稗子有诵读天分，音质醇厚，充满磁性。有特别中意的新作时他还会把瑶瑶请来，请瑶瑶友情出场朗诵。瑶瑶手机里有支曲子，舒缓流畅，充满乡村黄昏的忧伤情调，非常适合朗诵配乐，每次瑶瑶朗诵都会打开手机伴奏。瑶瑶对诗作把握相当精准，每个清晰的重音都琴锤一样敲在听者的神经上，常常让座中倾听者泪流满面。诗友们认为瑶瑶的朗诵是丁建华和虹云两种风格的完美结合，空灵的声音仿佛自唐宋穿越而来，音韵中带着鱼玄机和李清照的神韵。稗子则说瑶瑶老师是他诗歌路上的提灯者，是景行行止的诗歌之子。

李天毕业后办公司搞起房地产，那是一个人脉决定盈亏的特殊阶段，有高干家庭背景的李天生意像热气球一样膨胀起来。李天找到在工厂上班的稗子，说，物质基础决定上层建筑，到我公司来吧，先赚钱再写诗，做个体面的诗人。李天知道稗子始终有根肠子拴在诗上，担心他混成当代孔乙己，是真心帮他。稗子到公司后任副总，是个闲差，经常在世界各地转悠，眼界开阔了不少，他问李天为啥这样待自己。李天说，亏你还是个写诗的，不知道诗是养出来的吗？我厚待你不仅仅是朋友情谊，还有一份对诗的崇敬。稗子不是游手好闲的人，眼界开阔后就有了一个大胆的设想，在世纪之交举办一次世界大政诗会，简称"大政诗会"。他对李天说，这是一件将写进文学史的大事，花多少钱都值。李天听了他信心满满的设想后只问了一句话：凭啥能进入文学史？稗子说，你知道《滕王阁序》吧？那就是一次宴会加笔会留下的名著，大政诗会要是成功举办，留下几篇名作，说不定你就是当代有雅望的阁公。李天决定出资，说当不当阁公无所谓，把你这棵稗子推上诗坛变成红高粱就成。大政诗会灵感来自大政殿，大政殿位于沈阳故宫内，是历史文化地标性建筑，以此命名诗会可见稗子格局不小。一九九九年冬季稗子是在筹备大政诗会中度过的，诗会原计划在新纪元元旦举办，按照稗子的设想，这一天将有来自全世界各地的著名诗人、文化学者百余人应邀参会，绝对是前无古人后无来者的一次世纪盛会。设想宏伟华丽，结果却难遂人意，有些事仅凭热情是不够的，尤其举办一个国际性诗会，不是想做就能做成，高干家庭出身的李天自然懂得这个道理，一再告诫稗子别把问题想简单了，要不见兔子不撒鹰。稗子认为此举在于振兴日益式微的诗坛，对谁都有益无害，操办应该不成问题。他想除了与会诗人每人要带来一篇诗作外，还想在诗会上发布一个世纪宣言，向全球发出倡议，宣言起草班子也都组成，在宾馆里起草宣言住了一个月。很可惜稗子的宏大设想最终只落在了纸面上，大政诗会最后变成了一个小规模的招待酒会，虽然有几个日韩诗人来凑热闹，让酒会可以冠上"国际"二字，但影响力大打折扣，媒体也鲜见报道。这件事让稗子变得心灰意冷，从此不再张罗本市以外的诗歌活动。

关于稗子的第二件事有点八卦，是稗子一段有始无终的婚姻。自那次中秋诗会认识了瑶瑶，稗子经常将自己的诗作发给瑶瑶，瑶瑶每次都会提出审读意见，有时意见就两个字：垃圾！有时赞赏有加，长篇大论评价一番，评语远远超过诗文。稗子见诸报刊的诗大都是瑶瑶推荐的，瑶瑶认为可以发表的诗作，就直接推荐给熟悉的编辑公开发表。瑶瑶在文学上的造诣让稗子可望而不可即，稗子将瑶瑶当成了文学之路上最信任的领航人。信任这个东西一旦建立就可以无限扩延，时间一长，许多诗歌之外的事稗子也会请瑶瑶帮助拿主意，瑶瑶帮稗子拿的最重要的主意是婚姻。在发表了一些诗作后，稗子有了追求者，那个时候作者读者联系还有写信的习惯，稗子收到的信件装了满满一抽屉。在诸多来信中，有一封文字优美的信打动了他，是本省一位女诗人写来的。女诗人叫佩佩，从照片上看是个很有气势的姑娘。佩佩写给稗子的信没谈诗，恰如其分地体现了功夫在诗外的理念。信中写道：在离沈阳并不远的远方，有一片燃烧着火焰的海滩，海滩上的碱蒿红了，芦苇红了，海棠果也红了，唯一缺少的是一只金刚鹦鹉。他写回信，一连写了三个开头都不满意，撕掉再写，总觉着笔下的词汇太少。他给瑶瑶打电话，说想给一个女诗人写回信却不知怎么下笔。瑶瑶在电话那端说恭喜你恋爱了。稗子没有想到恋爱这个层面，经瑶瑶一说，立马就有一层窗纸被捅破的感觉，觉得自己真的对这个佩佩有了那么点意思。当时正是夏季，红海滩的碱蓬虽然尚未红透，但芦苇肯定红穗招展。他问瑶瑶该怎么回这封信，瑶瑶说，写信会让一个女诗人惊喜吗？去一趟吧，把自己作为礼物送给她。稗子果然去了，这一去就成就了一桩姻缘，两人以闪婚的速度进入了婚礼殿堂。瑶瑶没出席婚礼，只是托人送了一个大花篮，花篮里插满香水百合。婚后，他们度过了一段浪漫时光，文友们戏称他们为"诗平方"。很遗憾，热情像闪电一样无法持续，审美疲劳是恋人们无法回避的情感窄门，加之佩佩爱好广泛，在结交新朋友上富有探险精神，不久，"诗平方"就变成了"诗立方"。稗子劝佩佩不要这样，浪漫不等于泛爱，但佩佩有自己的想法，举了当代很多著名诗人的例子来佐证自己的选择。稗子很痛苦，去找瑶瑶，瑶瑶听了情况后很平淡地说，爱情是远方，婚姻是漫长的跋涉，既然选择了远方，就不要为跋涉苦恼，认了吧。稗子问，您当初不参加我们的婚礼是不是有什么预感？瑶瑶诡谲一笑，道：是的，今天这个结果我已经预料到了，即使换了我是佩佩也会这样，对于某些特定群体来说婚后劳燕分飞很正常，厮守终生倒有些意外，这是我不想做跋涉者的原因所在。瑶瑶一直独身，是个有爱情洁癖的人。稗子说这不符合我的爱情观，佩佩也不是不爱我。瑶瑶说，你能改变佩佩吗？稗子迟疑了一下摇摇头，佩佩是个有主见的女人。瑶瑶点点头道：想改变一个诗人难于上青天。稗子知道自己只能面对现实，他同意和平分手，分手那天给佩佩抄录了《春江花月夜》中的四句诗来祭奠这场短暂的爱情：人生代代无穷已，江月年年望相似。不知江月待何人，但见长江送流水。两人从民政局出来去老四季吃了一顿鸡架，然后平静地分手，从此一别两宽。

关于稗子的第三件事充满了友情的温馨，它让人懂得生活中有一个知己是多么重要。政策不是总是利好，多年前那种低价拿地、空手套白狼的好事没有了，李天的公司开始走下坡路，只能苟延残喘勉强活着。稗子觉得自己再留在公司就成了朋友的负担，便对李天袒露了辞职的想法。他说百无一用是书生，既然帮不了你什么忙，我还是离开吧。李天了解这位义气而又执拗的同学，知道他这么做完全是为了给公司减负，就问他离开后怎么生活。稗子说，先静一静，说不定会做个浪迹天涯的行吟诗人。李天说，实在不行就别写了，诗毕竟不能当饭吃。稗子说，诗是灵魂的摇篮，没有诗我的灵魂无处安放。李天说，诗和现实生活永远是两回事，要考虑周全再作决定。稗子说，世界上那些著名的大诗人职业并不讲究，除了聂鲁达是体面的外交官外，其他诗人的职业可以说是五花八门，有的是保险推销员，有的是夜店歌手，还有的是邮差，我手脚健全，找个自食其力的差事应该不难。李天看他决心已下，担心他生活无着落，就把公司在浑南一处闲置门市房给了他，让他开个小书店，卖点雪糕什么的。李天的决定阻止了一个流浪诗人的诞生，稗子没有开书店，他用这个临街门市房开了个夜沈阳鸡架店，开始了自己当老板的生涯。在小店设计上稗子充分发挥了诗人的想象，给每一道加工方式不同的鸡架都赋予了诗人的前缀。雪莱鸡架，是凉拌；杜甫鸡架，是铁板烤；泰戈尔鸡架，是熏制；白居易鸡架，是慢炖；叶芝鸡架，是香辣；颇受食客追捧的一道是拜伦鸡架，是椒盐，适合喝老雪。稗子的夜沈阳鸡架店来者多是文人骚客，利虽薄，人气却旺，日复一日，夜沈阳鸡架店成了著名的诗人之家。佩佩经常光顾夜沈阳，每次都带一群男士来此消费，整箱喝老雪啤酒，消费后自有争着买单的，从不赊欠。稗子看到佩佩开心的样子心里也高兴，他真心希望佩佩生活得好一些。因为有了夜沈阳，稗子辞职后的生活没有受到多大影响，夜沈阳成了文人的福利，发达的、落魄的、怀才不遇的，各色人等都喜欢到这里消磨时光，年轻人喜欢网上晾晒，竟意外将夜沈阳鸡架顶成了闻名全城的网红打卡处。

关于稗子这三件趣事我听过许多不同的版本，但内容相似，应该没有以讹传讹的成分。唯一不同的说法与佩佩有关，据说佩佩想和稗子复婚，又不好意思说出口，便请瑶瑶说情，结果被瑶瑶拒绝，瑶瑶说我怎么能给你说情呢，当初你俩恋爱的时候我说过话，人不能两次踏进同一条河流。还有一种说法是佩佩转型影视遇到了困难，是稗子帮她渡过难关，稗子为此还负了债。这两种说法似乎都不可信，因为佩佩在编剧界混得风生水起，根本不需要稗子帮忙，佩佩之所以总是光顾夜沈阳，目的是照顾稗子的生意。

说了稗子这么多，该切入鸡车子这个正题了。

周末傍晚，我应约来到夜沈阳，稗子已经召集了一男一女两位诗人在此等候。夜沈阳店面简洁，牌匾是行书变体，魏碑味十足。店内没设包房，藤编屏风一隔，雅座氛围就出来了。到场的两位诗人都很年轻，稗子做了介绍，男士叫九品，是广告公司经理，很瘦，似乎营养不良，眼睛却有神，如同清水洗过的黑色雨花石。女士是个红酒代理商，叫风信子，长发披肩，蜂腰鹤腿，眉眼精心修饰过，显得品位十足。两位诗人都是会用眼睛说话的人，特立却不独行。我觉得两位诗人名字很独特，九品、风信子，应该是笔名，在电脑软件都能合成新诗的时代，通过标新立异的笔名让读者留下印象是一个不错的选项。稗子说本来还请了瑶瑶老师，不巧她今晚有事。瑶瑶没到场我多少有点遗憾，我很想见识一下这位对稗子的人生产生了转折性影响的女教授。

落座后我对稗子说，这顿饭我买单，你们若是跟我争我就不吃了。

稗子笑了，道：您请客至少应该去个辽菜馆吧，让我们吃上软炸里脊、爆大虾什么的，夜沈阳鸡架店的鸡车子最贵一个才八块，老雪啤酒两块五，一顿饭几十块的事您来做东是不是寒酸了一点？

我吃了一惊：一顿饭才几十块钱，鸡车子这么便宜？

三人都睁大了眼睛看我，好像我是外星人一样。稗子说，八块钱已经不便宜了，一只白条鸡才多少钱？九品说，老四季、迟家、马家这些老店都这个价。风信子说，鸡车子是沈阳价位最低的硬菜，维持老价位，是在保留老铁西的记忆。

我问：什么叫老铁西的记忆？

稗子把话接过去，沈阳城内吃鸡车子各有特色，但真正火起来是在铁西，当年百万国企工人下岗，人们生活一时没了着落，苦闷得很，可是再苦闷日子总得过，饭局要有，老雪得喝，就这样，鸡车子在下岗职工最集中的铁西火了。夏日傍晚，人们在街边支起小木桌，架起炭火烤炉，买一盆鸡架回来，边烤边喝老雪，一个晚上十块八块也就打发了。

鸡架？鸡架与鸡车子什么关系？我有些不解。在我的想象中鸡车子应该是去掉了鸡腿、鸡头、鸡脖子的前半截鸡身，因为放在盘子里像个小架子车一样十分形象。

鸡架就是鸡车子，稗子说，铁西当年都是大工厂，人们觉得叫鸡车子更有工业色彩，便这么叫开了。

我恍然大悟，原来鸡车子就是鸡架，难怪最贵的才八块钱。鸡架基本无肉，正如三国狂士杨修所说，食之无味，弃之可惜，没想到这种被屠宰场当成边角废料的东西在沈阳竟然会咸鱼翻身！我问：那么吃鸡车子为啥非要喝老雪呢？

老雪劲大呀，风信子抢着说，酒量再大的人两瓶老雪灌下去也会蒙圈，您今晚试试就知道了。

我心里一惊，真该感谢风信子提醒，否则今晚我恐怕不止喝两瓶。我说，我可不敢试，我就两瓶啤酒的量。

老雪没那么厉害，稗子说，人们吃鸡车子喝老雪其实是在怀旧，味道是有记忆的，像老北京的豆汁、绍兴的臭豆腐一样，鸡车子和老雪无非承载了沈阳人的某种记忆而已。网上说沈阳是鸡架之城，这虽然有点夸张，但网上流传的这样一句话却很有道理，世上所有的鸡架都是沈阳的久别重逢，的确，鸡架在沈阳，真成了可以载重的鸡车子。

九品说，还有一种说法——在沈阳鸡可以走，但鸡车子必须留下。

我被几位诗人的幽默逗笑了，一个骨肉剥离的鸡车子，原来有这么多说法。

夜沈阳的鸡车子果然有滋味，稗子上了烀、炖、熏、炸、煎、酱、拌、炒、烤九种鸡车子，唯一的配菜是清拌香菜根。稗子说，吃鸡车子必须配香菜根，如果不配香菜根，就像吃日本料理缺了辣根一样不成体系。

我用心品尝了每一种做法的鸡车子。烀出来的有嚼头，炖出来的味鲜，熏出来的能吃出野鸡的感觉，炸出来的酥脆，煎出来的味辣，酱出来的口咸，拌出来的清爽，炒出来的滑，烤出来的香，须牢记的是在吃下一道菜前一定要吃口香菜根，这样才不会串味。难怪诗友们乐意在此相聚，嚼一口鸡车子，闷一口老雪，如果再有诗人深情地吟诵诗作，这种感觉用大连话说叫"血受"。鸡车子好吃不必多说，而老雪则极富大沈阳的脾气秉性，像个性格泼辣的壮硕女人，带着烧酒般的爽烈，几个回合过后就让人忍不住掏心掏肺以身相许。

忌惮老雪的威力，我没敢多饮。饭局结束，稗子送我走的时候，若有所思地道：您琢磨琢磨鸡车子，有文章可做。

回去的路上，我脑海里将刚刚吃过的九道鸡车子逐个儿过了一遍，心想，鸡车子有点意思。

2

两周后的一个周末，我请稗子小坐。原因很简单，外地来沈旅游的一个朋友发微信问我，沈阳鸡架这势头要盖过小龙虾呀，他想吃麻辣小龙虾，可当地朋友一个劲儿地推荐鸡架。我说，你听说过鸡车子吗？就是你朋友说的鸡架，尤其是香辣鸡车子真的不比小龙虾逊色，你不妨尝尝。有人说调动食欲的最佳方式是谈论美食，果然，放下电话我突然就有了吃鸡车子的念头，便抄起电话打给稗子，说，晚上你到老四季来吧，我请你吃鸡车子喝老雪。电话里稗子犹豫了一下，问：怎么，是嫌夜沈阳厨艺不精？我说，去你那里还会让我买单吗？再说了我想吃老四季的皮带面，夜沈阳可没有。老四季是盛京老字号，专门销售鸡车子，主食搭配各种面，以皮带面最为有名，此面用鸡车子老汤所下，面韧汤鲜，汁厚味浓，与新疆奇台裤带面有一比。我强调说，这不算正式请客，哪天正式请客会叫上九品和风信子，今天想和你聊聊鸡车子。

稗子如约而来，看到餐厅里乌泱泱的食客摇头说，老四季好是好，就是人忒多，像集市。我说，这才是城市烟火味嘛，这里有城市的底色。稗子说，也是，咱又不是啥大人物，没必要拿自己当盘菜。我点了炖、熏、拌、炒四样鸡车子，四瓶老雪，两碗皮带面，嘱咐服务员等酒后再上面。稗子说，你忘了要香菜根，吃鸡车子怎么能少了香菜根呢？我这才想起吃鸡车子离不开香菜根这道有鸡车子灵魂之称的配菜，就点了两份。

酒菜上齐后，我发现老四季的鸡车子不讲究造型，看上去特实惠，应该是最大号的鸡车子了。我俩边吃边聊，我开门见山，问他为啥要开鸡车子店。

好吃呗，稗子说，男人吃鸡车子下酒，女人吃鸡车子不胖，开鸡车子店不愁客。

不会这么简单吧，我说，世上所有的事都不会无来由，你告诉我鸡车子有文章可做，我就想到这里面肯定有什么说道儿。

稗子两手十指交叉捧着一杯老雪，目光落在那盘熏鸡架上。因为眉宇宽阔，稗子注视某种东西时会给人一种不聚焦的感觉，这恰恰成了稗子的标志性表情。一般来说，人的目光若是落在某种物体上暂停飘移，说明是进入一种回忆或思索状态，叫出神，出神时人的魂体不再相依，魂在游荡，躯壳则成了僵尸，当然这种状态不会持续，但出神的瞬间足以暴露一个人思想的尾巴，因为灵魂出窍时所有的伪装都会解开扣子。稗子因我的提问而进入出神状态，我知道接下来他会有话说。果然，在凝视了那盘熏鸡架片刻后，稗子回归了常态，抬起头对我说，你想听的话，我就给你讲讲鸡车子的事，当然，这些事可能你不会感兴趣。

我急忙说，我请你来就是想听你讲鸡车子，怎么会不感兴趣呢？

关于鸡车子我们家至少有两项专利，稗子说，我父亲喜欢吃鸡架，我妈酱的那种，口重，但滋味足，下酒，我觉得酱鸡架是我妈妈的发明，在此之前，没听说有酱鸡架。父亲的专利则是将鸡架命名为鸡车子，让一个名不见经传的食材有了个文雅的称谓。

原来鸡车子出处在这里，我有一种探到源头的小欣喜。

我父亲是铁西一家中型国企的工会主席，是副厂级领导。那时厂里很风光，有职工医院、子弟学校、文化俱乐部，还有一份厂报，让职工骄傲的是我们厂支援三线时生了一双儿女，一个在大西北，一个在大西南，后来都成了万人大厂。我父亲长期做工会工作，他随身带着个小红皮本子，上面记着职工的家长里短，职工管我父亲叫"头儿"，厂里有书记、厂长，管我父亲叫头儿不合适，父亲反对这个称呼，但职工们就是不改口，弄得我父亲在厂长书记面前挺尴尬。忘记了从哪一天开始，好端端的厂子忽然喘起粗气来，先是利改税，接着取消生产计划，再接下来就是转产、减员、下岗分流，最后整个厂区出售。这个过程太快了，过惯了风光日子的职工们没反应过来，所依附的厂子就变魔术一样没了。父亲当过省劳模，算是厂里有头有脸的人物，他想不通几千人的大厂怎么说垮就垮，心情特郁闷，有许多话憋在肚子里没处说，只能借酒浇愁。父亲喝酒只喝便宜的老雪散啤，用十升塑料桶一次买一桶，一桶喝两天。喝酒要有下酒菜，父亲有个朋友在肉联厂，说他们厂剔过肉的鸡架都拉去做了饲料，稀烂贱，可以买些回来下酒，虽没多少肉，好歹也是鸡身上的东西。父亲就去买了些回来，因为买得多，家里没有冰箱存放，妈妈便将鸡架酱起来，这一酱，便酱出了一道名菜。母亲知道父亲上火，在酱鸡架时就加了陈皮、鱼腥草、金银花，父亲吃后胃肠能舒泰一些。父亲每次吃一只酱鸡架，整碗喝老雪散啤。父亲喝酒的样子像赌气，喝完后会久久凝视着空碗，一句话不说。别的厂领导怎样我不知道，父亲那个时期的心情就像掉落地上的蜂巢，又碎又糟，因为他是"头儿"，职工有许多事还来找他，说着说着就会激动起来，弄得气氛挺紧张，我记得有个职工说了不到两句话竟扑腾一声给父亲跪下了。这个职工有何诉求我没记住，我只记得父亲也跪下去把他扶起来，两个年过半百的老男人相拥而泣，那情景像版画一样印在我的记忆里。那些日子我家简直成了信访办，可我知道，父亲什么难题也解决不了，因为父亲自己也丢了饭碗，但下岗职工不这么看，在他们眼里父亲是"头儿"，是给职工挣口袋的领导，不找父亲又能去找谁？我家在铁西工人村，在一栋三层红砖楼的一楼，门口有一排国槐树。父亲为了安抚来者情绪，也担心打扰家人，就在门前那棵国槐树下支了一个方桌，摆了四条板凳，桌上放一个空罐头瓶当烟缸，有职工来的时候，就坐在树下聊，赶上饭时，母亲会端出鸡架和香菜根，拎出散装老雪招待来者，此时鸡架和老雪扮演了消防员的角色。用父亲的话说，在铁西，没有鸡架和老雪解决不了的问题。来访职工到小桌前一屁股坐下，一边长吁短叹，一边很夸张地拍打蚊子，我看到有人拍蚊子的力道足以拍死一只猫。但说来奇怪，几碗老雪喝下去，来访者说话的语调会渐渐软下来，不再和父亲谈论过往，而是讨论今天该如何赚钱。迟大胖子是厂招待所食堂班长，虚胖，患有糖尿病，在厂里属于动口不动手的管理岗，负责为厂中层以上干部做午餐。迟师傅本身是厨子，虽然没证，但手艺不赖，年年被评为厂里的先进，父亲几乎每年五一都要给他颁发鲜红的荣誉证书。迟师傅下岗后因身体原因没有再就业，在家闲得五脊六兽，他来找父亲倾诉苦恼，说自己在厂里干了半辈子，美好年华都掂在一把大勺上，现在大勺掂不动了，就卸磨杀驴，这事上哪儿说理去？父亲说现在都是机器磨面，磨和驴被淘汰在所难免。迟师傅说想不通，本来是人见人爱的卤水豆腐，没想到一眨眼变成了豆腐渣。父亲见他不怎么动口，就问：这鸡架不好吃？迟师傅说一般。父亲问怎么就一般？迟师傅道：盐放多了，如果我做，盐要适量，撒点孜然淋些麻油味道就提起来了。父亲说，对呀，你有一身好厨艺，为啥不自己做鸡架卖？迟师傅说，做生意需要本钱，我哪里弄去？父亲说，卖鸡架本钱小，我找人帮你在肉联厂进货，你在家里加工好，推着架子车走街串巷吆喝着卖就行了。迟师傅愣了半天，突然一拍大腿，是啊，这生意做得！父亲说，糖尿病有种治疗方式是走路，你卖鸡架一天走上两万步，血糖就走下去了。迟师傅很听话，回去马上着手改造厨房，将一台拉煤球的架子车安装上了玻璃罩，一切准备妥当后他来找父亲，说，做买卖总要有个名分，这鸡架生意取个啥名好呢？父亲想了想说，就叫鸡车子吧，听起来大气一些。迟师傅说，好，鸡车子这名有咱们铁西的味道。父亲请原厂宣传干事老鲍写了"鸡车子"三个行书大字，制成一面带流苏的红旗给了迟师傅，迟师傅很感动，双手接过旗子，就像当年五一表彰大会接过大红证书一样，表情严肃地说，请头儿放心，我会把这面旗子插遍沈阳所有的区。迟师傅没有食言，从沿街叫卖鸡车子开始，生意越做越好，越做越大，连锁店一家接着一家开，现在，鸡车子的小红旗真的插遍了沈阳城内所有的区，他并不满足，据说要在苏家屯、法库、新民开连锁店。

稗子说，其实父亲将鸡架叫鸡车子与老鲍有关，老鲍下岗后来找父亲，说我们这些人算什么？难道真成了鸡肋？老鲍在厂里是工会直管的宣传干事，主要负责编写厂报和给新闻单位写报道，那些有车钳铆电焊技术的工人至少可以到乡镇企业谋一份工作，老鲍这耍笔杆子的本事乡镇企业用不上，机关又进不去，就业就难。父亲说，我们不是鸡肋，我们是鸡车子，皮肉没了，骨架还在。父亲劝老鲍投笔从商，去五爱市场租个摊位经营文化用品。老鲍想不开，说，我好歹也是个文人，怎么能去当小商贩呢？父亲说，此一时彼一时，先赚钱养家要紧，否则连老婆都留不住。父亲这句话戳在了要害处，老鲍妻子虽无固定工作，但经常在报刊上发表一些小情调的散文，模样也清秀，有个小白菜的绰号，如果老鲍生活长期困顿，小白菜被猪拱的可能也不是没有。父亲见老鲍还在犹豫，就劝他说，鸡肋有没有滋味全在烹饪上，不同方式加工出来的鸡架味道不同，只要你做得好，像迟师傅那样下功夫，鸡肋也能变成美味。老鲍后来发展怎么样我不知道，但他老婆却越写越好，没听说他们发生婚变。不过，从老鲍老婆的散文里能读出他们生活不错，否则他老婆不会有闲情逸致写散文。

稗子的讲述听起来像评书，我不想插话，任他讲下去。

我印象最深的是一个叫大曹的职工，那是一个经过真火九炼的人，因为在一次事故中遭铁水扑身，脸、脖子、前胸和大腿严重烧伤，去上海做植皮手术，但植皮只能解决外表，被高温焊死的汗腺无法恢复，人若没有汗腺，夏季便成了炼狱，体内汗液无法排出，会变成数不清的虫子在皮下乱爬、乱咬，致命的瘙痒足可令人疯掉。大曹被瘙痒折磨得生不如死，常常把痒处挠得血肉模糊。大曹每次来，小孩子都会吓得躲到国槐树后偷窥，那张脸着实狰狞吓人，在孩子眼里这应该是厉鬼的模样。父亲让大曹坐下，亲自给他摇扇子，大曹说要去上访，去省、进京，彻底解决瘙痒问题。父亲说瘙痒问题神仙也解决不了，找到联合国也白搭。父亲不停地宽慰大曹，请他坐下吃鸡架、喝老雪。两碗老雪下去，大曹就像一锅冒泡的沸水被抽了薪，很快平静下来。其实大曹也知道自己的问题没法解决，他只是想找个地方发泄一下怨气。他知道父亲本身也下岗闲置，没有能力解决他的问题，吃鸡架喝老雪对他已是高看。大曹曾经去找过原来的厂长，原厂长调到政府机关任职，他进不去大门。门卫接通电话，对方说，我早就不是厂长了，你的困难我也心有余而力不足，爱莫能助呀。过了几年，家用空调开始上市，父亲想动员老工友们集资给大曹家里安个空调，还没有操作大曹就出车祸走了。大曹是被一辆排渣车撞倒轧过去的。厂区倒手几次后，最终落在一个开发商手里，开发商扒掉厂房要建一个高档住宅小区。大曹对厂子有感情，早晚遛弯喜欢到厂区一带看几眼，尘土飞扬中出出进进的排渣车轧毁了马路，原本平坦的马路上有两道深深的车辙，大曹不小心滑进车辙栽倒，结果被重车碾轧过去。大曹死后施工方给了赔偿，曹家能买得起空调了，但这一切已经毫无意义。

稗子有些伤感，看来父亲们的境遇让他心存阴影。我说，这个大曹也真是，没事到暴土扬尘的建筑工地干什么？如果不去工地就不会发生这场车祸。

我理解大曹，是对老厂子有一份旧情在，稗子说，不仅是大曹，厂里许多老职工都常回去转转，记忆这个东西有时会自动复习。厂区里有个高高的大烟囱，那是职工们记忆的制高点，据说建于伪满时期，高达八十三米，在铁西鹤立鸡群，烟囱爆破那天，上百名老职工去了，很多人眼含泪花观看了这伤心一刻。随着定向爆破的轰鸣声，这座孤零零的大烟囱轰然倒下，溅起一道黄尘，有人在黄尘中发现有鸟一样的东西飞起，具体是什么看不清，只见黄尘中有一只黑鸟腾空而起，升到了云端上，天命玄鸟，降而生商，这也许是吉兆。现在看来，这烟囱若是不抹去，留下做工业遗址标志比较好。

稗子想法虽好，但肯定不能变现，试想，高档小区里竖着一根大烟囱，谁还敢来买房？

稗子接着说，知父莫如子，其实我知道父亲并不喜欢吃鸡架，他最爱吃的是㸆白肉，吃鸡架最多每次吃一只。那么为什么要吃呢？我觉得他要么把昔日的老厂子当成了鸡架，要么把那些昔日工友当成了鸡架，被他称为鸡车子的鸡架在他心头一定承载了许多说不清的东西。吃，是一种怀念，如同有些动物会吃掉自己死去的幼崽一样，我们看是狠心，而从另一种纬度看则是大爱。

稗子的话显然不是随便说，这个结论在心底应该经过了岁月的沉淀，他父亲从开始吃鸡架到给鸡架正名，是找到了一种表达方式，要知道，没有什么比特色美食更具怀念意义，比如端午节的粽子，中秋节的月饼，除夕的饺子，很多值得怀念的东西只有吃下去，才会挂在心上。

稗子说，那个迟师傅卖鸡车子火了之后，曾经请昔日工友到他店里聚过一次，那次去了大概七八十人，迟师傅请我父亲主持，父亲犹豫再三还是答应了，我知道父亲想念昔日的工友，想看看他们都生活得怎么样。到场的工友基本上度过了困难期，他们像一条条泥鳅在城市的旮旯胡同里找到了各自的栖息地，风光也好，卑微也罢，都在自己的一亩三分地活着。开席前，迟师傅讲了鸡车子店的来历，讲到了"头儿"对他的启发，还特意拿出那面三角形的小旗展示给大家看，小旗虽然褪色，黄色流苏多处残损，但旗面无褶皱，可见保管仔细。迟师傅开了场后，隆重推出了父亲：下面掌声有请我们的"头儿"讲话！父亲没有推托，他在掌声中站起身，看着昔日的职工，眼睛一下子就湿润起来，但父亲毕竟经过大世面，很快就稳住情绪，平息了一下呼吸说：刚才迟师傅管我叫头儿，我这个当头儿的惭愧呀，没能照顾好大家，大家这些年是怎么过来的，我心知肚明。我们厂曾经辉煌过，我们也都有过扬眉吐气的好日子，大伙都知道，有些植物靠串根繁衍，我们厂虽然黄了，可是我们当年支援大西北大西南的两个厂子却活着，而且活得挺好，这就是串根而生，他们活着，我们厂就没有绝根儿。我们虽然是下岗职工，但每个人都是老厂串出的根，在一些人眼里我们是什么？是食之无味、弃之可惜的鸡架，可是迟师傅给鸡架正了名、争了光。他把没皮没肉的鸡架变成了有滋有味的鸡车子，将包袱变成了宝贝，这就是本事，这也就是价值。我想说的是，你、我、我们，铁西无数下岗职工对这座城市是有用的，经过了煎炒烹炸，我们变成了社会需要的营养！大伙看看，今天偌大的沈阳城能没有鸡车子吗？没有鸡车子的沈阳还是我们心中的大沈阳吗？父亲的话激起一片掌声，掌声中夹杂着哽咽。那天，当年的工友们喝了三百六十五瓶老雪，令服务员惊奇的是，餐桌上没剩一块鸡骨头，再硬的骨头也被大家嚼碎咽下了。

我和稗子聊到很晚，每人多喝了一瓶老雪，结果谁也没吃那碗皮带面。

3

第三次吃鸡车子去了迟师傅连锁店，这当然与稗子上次动情的介绍有关。我一直认为吃饭不仅仅是填饱肚子，能填充一下脑子才更重要。

我给稗子打电话，请他叫上九品和风信子，我答应过请客，说话要算数。

我不知道九品和风信子正在闹矛盾。

事先稗子没有更多介绍这两位，我只知道他俩是稗子的好友，否则那天也不至于请他俩作陪。稗子在电话里有些迟疑，但还是答应叫上两位。到饭店后稗子说你要有思想准备，这两人正闹呢。我问怎么回事，稗子说，他俩在跑恋爱马拉松，九品有点扛不住了，九品希望早点撞线扯证结婚，但风信子却是一个诗意到骨髓的人，希望就这么黏着跑下去，不在乎终点和结果。我说，你就够诗意了，难道还有比你更诗意的人？稗子说自己的浪漫已经成了人老珠黄的旧情人，九品和风信子才有年轻的诗与远方。

不得不说，稗子绝对是讲故事的高手，随着他的描绘，九品和风信子在我大脑的屏幕上变得高清起来。

九品是个能诗会画的男人，诗晦涩难懂，画意象吊诡，他画作量大，卖价不高，加上画中有配诗，让他在互联网上吸粉无数。九品一直没有成家，他并不是一个独身主义者，没结婚的理由是没遇到合适的人，他一直在等待一个懂他诗与画的异性，如果有参照的话，就是像瑶瑶老师那样的女人，可见九品和我一样也特别喜欢瑶瑶，虽然瑶瑶老师比他大二十岁。我理解九品这种柏拉图之恋，但我反对他这种参照，对瑶瑶老师这种冰清玉洁的女人是不该动凡心的。九品的性格基本上可以用率真单纯来概述，他是瑶瑶的学生，我俩相识是瑶瑶介绍的，瑶瑶让他跟我学习一下诗歌的深刻，其实这是瑶瑶高看我，我有啥深刻的。九品和我交往后很快成为好友，九品心地有一种婴儿般的纯净。他曾经撂下公司业务跑到甘肃支教一年半，没有人要求他，那样做纯粹是一种志愿者情怀所致，据说是看了一部反映西部支教老师纪录片受到感动后做出的决定。三个学期支教生活结束，他出版了一本叫《盐碱花》的诗集，尽管没有销量，但那确实是一本含金量很高的诗集，感情真，意象新，有大西北的味道。风信子说她正是读了《盐碱花》才爱上了九品。九品支教时与一段青涩的感情擦肩而过，为此他情有所牵，写了七首情诗收在那本《盐碱花》里，爱情是诗的催化剂，那段朦朦胧胧的感情所凝结成的七首诗成为这部诗集一大亮色。

与九品有情无缘的那个姑娘叫九妮。九妮是乡邮政所邮递员，每天骑一辆绿色自行车在乡间送报纸和信件。让九品注意到九妮的是她悠扬的口哨，九妮有吹口哨的天赋，骑车来校园和离开校园时，总是吹着动听的口哨，有时吹《斯卡布罗集市》，有时吹《小路》和《孤独的牧羊人》，一个女孩子，当邮差已经很另类，还像男孩子一样喜欢吹口哨，这让九品不得不刮目相看。九品支教时常常在报刊上发表诗作，自然会有样刊样报和稿费寄来，这使他成了全乡邮件最多的人。有次一家著名杂志寄来样刊，九品打开后一直在咧着嘴笑，九妮好奇地问，九品老师笑啥呢？九品将杂志递给九妮，说，你看看，这是我发表的诗。九妮接过杂志惊奇地问：真是您写的？九品说，不是我写的人家怎么会给我寄样刊。九妮用崇拜的目光望着九品道，看不出来，您还真攒劲。攒劲是方言，表示厉害的意思。九妮这样夸，九品倒有些腼腆起来，红着脸说，一小般吧。九妮说，您能不能给女邮递员写一首诗，女邮递员这个职业真好，骑着车子行走在乡间田野，像梅花鹿一样自由自在，要多开心有多开心。九品问，写欢乐也要写苦恼，这样诗才能深刻，你告诉我女邮递员的苦恼是什么。九妮道，苦恼肯定有，就是容易把脸蛋晒黑。西部说话喜欢加个"蛋"字，九妮说到脸蛋，九品下意识地端详了一下她的脸，九妮脸不黑，有一种健康的枸杞红，这是一种甜红，或者叫透红，真实而自然。九品当即拍着胸脯说没问题，我一定给乡村女邮递员写一首《乡村女信使》。九妮高兴地说，九品老师你要是写了我请您吃酿皮子。结果九品有点轻诺，《乡村女信使》的创作一直没找到感觉，写了几次都不满意。他像欠了债，每次见到九妮未免心生忐忑，就不时送点小礼物来搪塞，九品的小礼物有精美的书签，有防晒霜，也有德芙巧克力，好在九妮没有追问诗的事，每次收到小礼物都会脸蛋放光，连声道谢。九品说九妮像某首情歌里唱的那个姑娘，容易让人在旷野里想入非非。尤其九妮骑着绿色自行车在开满油菜花的田间小路迎面而来，吹着《小路》风一般飘过，这情景像一幅画在九品脑海里挥之不去，九品甚至想，九妮要是一袭白裙在田野里迎风骑过会更动人，绿制服与田野太靠色。每次九妮来学校，九品都会和她站在树荫下聊上一会儿，学校办公室门前有一棵白杨树，树枝抱团往上蹿，树荫便很小，两人就靠得很近。九品讲沈阳的名胜古迹，讲努尔哈赤和皇太极，讲得最多的是鸡架，说九妮要是有机会去沈阳，一定请她吃鸡架，各种各样的鸡架都品尝到。

接触一多，九品怀疑自己是不是恋爱了，就打电话给瑶瑶，瑶瑶是诗人公认的精神导师，有疑惑找瑶瑶似乎已成定律。瑶瑶说，你已经站在恋爱的门槛上了，要记住，诗人只可在诗中缠绵，不能在现实中纠缠，你不要毁掉一个纯洁无瑕的好姑娘，播种相思之时，当思收获之用，始乱终弃万万要不得。瑶瑶一句话让九品如梦初醒，他不敢再给九妮送小礼物，自觉拉开了与九妮的距离。支教结束之前有一天九妮来到学校，说，九品老师您要走了，晚上我请您吃酿皮子吧，就去滩上拉面馆，六点钟，我在那里等您。滩上拉面馆是乡政府所在地唯一的饭店，条件简陋，但拉面地道，九品周末会去那里吃拉面。晚上，九品骑着自行车赶来，九妮点了两碗酿皮子，令九品惊奇的是桌上竟然有一盘烤鸡架。九品问这里怎么会有鸡架。九妮摇摇手机，说是在网上搜的，让老板照葫芦画瓢加工了一盘，不知道对不对口味。那一刻九品想哭，在九妮之前还没有一个无亲无故的女性如此细心关照过自己。这顿饭两个人几乎全在聊鸡车子，分手时九妮说，这鸡架是山鸡架，老板说了，肉鸡饲料里有激素，山鸡才是纯绿色的。九品骑上自行车缓慢离开的时候，忽然听到身后传来清脆的口哨声，是他非常喜欢的《红河谷》，他停下来，单脚支地听完了这支曲子，想想瑶瑶的忠告，还是怀着一腔忧伤走了。

九品支教回来，与九妮有了审美距离，很快写出了《乡村女信使》，一组七首，先是发表在当地一本叫《芒种》的杂志上，后来收入《盐碱花》。他将诗集寄给九妮，九妮回信告诉他，她已经订婚，对象是乡中学语文老师，一个也喜欢写诗的小伙子。

与九品相对丰富的经历比，风信子的履历就简单得多。

风信子是个我行我素的女孩子，才情出众，追求者可以排成一路纵队。风信子看似什么都不在意，其实内心极度恐惧别人，信奉他人即地狱的名言，与谁都保持着距离。除了四人小圈子在一起她才随意外，其他场合她都以高冷面孔示人。稗子说他、瑶瑶、九品和风信子是死党，是平行四边形，这一点毋庸置疑。稗子说风信子的追求者中有机关的处长、上市公司副总、大学讲师和财大气粗的富二代，但她一概没有看中。风信子说，自己是一瓶八二年拉菲，只能给懂酒的人饮，而这个懂酒的人需要等。风信子经销进口高端红酒，生活有品位，吃饭喜欢去高档酒店，当然，吃鸡车子是个例外，因为名店没有这道菜。据说风信子曾经爱上一个法国人，某个左岸葡萄酒庄园老板的儿子，两人交往了半年，一起去过普罗旺斯，但薰衣草的芳香不是爱情的黏合剂，后来两人还是劳燕分飞。分手后风信子说，他人永远是个未知数，都说法国人浪漫，其实法国人实际起来比犹太人还会精打细算。我不知道她为何得出这样一个结论，但能看出她对跨国爱情的失望，法国人并不都是缪塞和拉马丁，哪个国度也不会缺小市民，赶巧风信子就遇上了一位。风信子追求西文风格，她认为自己的诗是写给未来的，当代读者读不读没关系，诗本来就是小众，越小众越先锋。九品赞成风信子这种诗歌观，诗人嘛，没有点离奇的观点还叫什么诗人？但稗子不敢苟同，稗子认为大众不懂诗的结论是荒谬的，大众是诗的土壤，离开土壤诗是不会有生命的。如果说瑶瑶欣赏的是风信子的卓尔不群，那么九品则是风信子全方位的拥趸，九品认为风信子是当代为数不多的国宝级诗人，她的诗几乎首首都是精品。两个惺惺相惜的未婚青年关系好起来顺理成章。风信子从不掩饰自己的观点，她认为一个漂亮的女人和男人把关系搞暧昧是件再简单不过的事，她坦言需要九品这样的异性朋友，九品的褒奖让她的成就感芝麻开花一样节节升高，她认为女人就应该生活在赞美里，哪怕明知这赞美是骗人的。风信子说当欺骗变得有了善意，谎言就不会面目可憎。她知道九品对她诗作的赞美很可能有言不由衷的成分，但她宁可相信这是真的，因为这些赞美给她带来了愉悦。两人的分歧出在对婚姻的理解上。九品希望在享受了青春的奔放后构建家庭，像模像样地过日子，九品还没有摆脱凡人的俗气，他的浪漫主义只是体现在外表，骨子里还是现实主义。而风信子则不同，风信子是一个既可为浪漫而生，又可为浪漫而死的女人，她惧怕别人，但从不惧怕死亡，为了某种极致的浪漫，她甚至可以去卧轨、去跳崖，她说一个诗人与其世俗地老死，不如像礼花那样来一次生命的绽放。九品觉得由爱情到婚姻是一种必然，风信子不这么看，她礼赞热恋，向往爱情，认为爱情是诗的源泉，但她抵制婚姻，认为要想让诗不死，就不要走进婚姻的围城，婚姻和诗是一对死敌。九品很为难，舍弃风信子，心有不甘，继续将恋爱马拉松跑下去，何处又是终点？

稗子把九品和风信子的情况交代一清。末了，他有些为难地说：对两人的未来我没有答案，你给预测一下吧。

我摇摇头：我没想好，我觉得九品当初要是把那个九妮娶回来，倒是不错的选择。

稗子竖起拇指：对头，我也这么想过，可惜，缘分这东西错过就是一生。

九品和风信子到了，两人是一同来的，风信子穿一件黑色风衣，戴一顶黑色棒球帽，大号麻布坤包也是黑的，像一个来自中东的姑娘。风信子这身打扮反衬出她皮肤的白皙，让脸、脖子凝脂般明亮。九品穿着松松垮垮，蓝色 T 恤的衣领竖着，胸前有个黄色商标十分夸张，好像是一个人在打马球。九品说您真会选地方，风信子到小店吃饭，只去夜沈阳和老四季，因为这是吃鸡车子的老字号，要是换了一般的小店，打死她也不会进。稗子摆摆手：说啥呢？领导请客，哪有你俩挑的份儿？风信子从包里拿出一瓶红酒：这是一款新进的活灵魂，给大家助兴。稗子说，风信子带红酒赴宴是破天荒头一回。风信子说，这款酒名字好，活灵魂嘛。

大家坐定，点好的几样鸡车子也上来了，可惜没有红酒杯，风信子有些遗憾，说，美酒不仅美在酒，还美在器皿，红酒倒进直杯喝，就像一个绝代佳人穿了件羊皮袄入洞房，着实可惜。我差点被风信子的话笑喷，不知为何我忽然想起了九妮，又一想，人家九妮也不会穿着羊皮袄出嫁呀。

席间大家很自然地谈论起诗来，谈论起二十世纪八十年代那个属于文学的黄金时代，谈论起那些名噪一时的诗人，同时也抱怨为什么诗路越走越窄，圈子越来越小。稗子崇拜普希金和莱蒙托夫，说这两位伟大的诗人都是决斗而死，体现了诗人的风骨。九品喜欢以徐志摩为代表的新月派诗人，认为新月派是中国现代文学上一轮当之无愧的明月。风信子则喜欢一批当代欧美诗人，说出一大堆我感到陌生的英文名字，稗子和九品提到的诗人我比较熟知，风信子说到的诗人和诗我只有听的份儿。好在稗子和九品对这些诗人有所了解，不时和风信子呼应一下。我觉得不能这么信马由缰漫谈下去，我想深挖的还是鸡车子。

我说，大家都喜爱吃鸡车子，我想问一个上次聚会没有深入讨论的问题，在诗人眼里鸡车子代表什么？或者说有什么象征意义？

首先回答的是稗子。

稗子说，鸡车子就好比我们生活的这座城市。城市要想活着就必须健全，不仅要有脸面、有四肢，也要有腋下、有肚脐，这才是一个生命体。如果说青年大街、北陵公园、中街等等是城市光鲜的脸面，那么鸡车子就是城市的腋下或肚脐，是小人物的寄生所在。说实话，腋下和肚脐也许卫生差一点，看起来不那么体面，但它是城市活着的象征，是最有烟火气的地方，我觉得鸡车子无论往大了说还是往小了说，都像我们离不开的这座城市。说完，稗子向大家敬酒，自己干了杯中红酒。

稗子的说法上升到了文化层面，是他上次阐述的继续，我觉得稗子的思考很深刻，隐喻着谁才是这座城市主人的大问题。的确，一座活着的城市，有光鲜的脸面，也要有排泄的肛门，这也是国际大都市允许跳蚤市场存在的原因，很多城市的土著恰恰是那些处于底层的芸芸众生，将他们与繁华屏蔽开来是不道德的。

接下来回答的是九品，他几乎未加思索就说，鸡车子就是一首百读不厌的朦胧诗。

大家并不感到惊奇，诗人将美食比喻成诗本身没有什么新意。

九品加重了语气道：为什么说是朦胧诗呢？因为很难用一种思想或观念来表现鸡车子，鸡车子本身味道单一，但融入的东西一多，味道就变得丰富复杂，五味尽可有，凉热皆能食，就像一首朦胧诗，一百人会有一百种解读。要分清的是，鸡车子不是用典的格律诗，也不是取悦权贵的赞美诗，因为它不成型，上不了台面，不算主流文学、正统文学，所以我说它是一首用来排遣情思的朦胧诗。说完，九品也学稗子举杯敬大家，自己一饮而尽。

风信子抿着朱唇看了看红酒瓶，露出一丝惋惜说，好红酒不是老雪，不该这么喝。

九品没说错，比喻也贴切，活灵魂让他进入了亢奋状态。

一瓶活灵魂喝完了，大家开始喝老雪。红酒只是序曲，老雪才是正题，大家急着把红酒喝光目的是为了老雪。可惜糟蹋了风信子的心意，我相信风信子带来活灵魂不是让大家这般牛饮。

该轮到风信子回答了，她款款地举起酒杯，先是徐徐喝尽杯中红酒，然后轻轻放下酒杯道：要我说呀，鸡车子就像爱情。

这是一个新的诠释，大家都把目光投向风信子，听她如何解释。

风信子不紧不慢地说，鸡车子像爱情，而烹饪就是经营，不同的经营者能做出不同的滋味来。其实，爱情既简单又复杂，说简单，就是男人女人那么一点动物性的本能，所有的腆赠厚礼、花言巧语到最后就是为了占有。说复杂，爱情就像鸡车子一样经不起盘剥，也无赘肉可食，善待它，它是美味，轻贱它，它是边角余料，将鸡车子做成美味佳肴，等于将爱情经营得尽善尽美。我认为恋爱大师，一定是厨艺超群的先生，君子远庖厨的说法应该被质疑。话又说回来，鸡车子是爱情，那么鸡腿、鸡肉是什么？这个不用我说你们也看到了，有哪个女孩子在饭店里啃鸡腿？如果夜沈阳的鸡车子变成鸡腿鸡翅，我敢说一定不会这么火，因为失去了爱情的号召力。我本人对鸡车子百吃不厌，九品要是端一盘炸鸡腿上来，我只能选择视而不见甚至逃离。恐怕只有诗人才会把鸡车子比作爱情，我想，风信子的文学感觉还是蛮棒的，爱情确实如同鸡车子，需要用心烹饪才有味道。因为饭前稗子说了九品和风信子正在闹矛盾，我便想借着这个话题来劝劝他们。

我对风信子说，九品说鸡车子是朦胧诗，你说鸡车子是爱情，两者有相通之处，爱情是诗永恒的主题，许多优秀的朦胧诗都是爱情的表达，你们确实心有灵犀。接下来我以几首朦胧诗为例来佐证自己的观点。九品一直在点头，风信子只是倾听，沉静如水。

九品说，风信子是我创作不变的主题。

风信子却说，不对吧，那组《乡村女信使》好像不是写我。

九品问，怎么，你还记得那组诗？

风信子道，正因为这组诗让我对你产生了好感，我还记得诗里有这么一段：

你是绿野里吹来的风

带着笑靥、花香、光影

我愿是风中一粒微尘

依附在你的胸口

潜伏一辈子

倾听你律动的一生

听听，多棒的情诗！一碗酿皮子能发酵出这么优美的诗，我能不感动吗？风信子的表情很夸张。很显然，九品对风信子没有隐瞒，否则她不会知道酿皮子。

九品喝下去的活灵魂全部涌到了脸上，他摆了摆手道：那是特例嘛。

风信子却不依不饶：所有的爱情都是特例，都不可复制。停顿了一下她把话又拉了回来：当然，我不会去嫉妒一个乡村女邮递员，因为那是一个朴实的姑娘，不是诗人，与我不在一个纬度上。

九品说，我不是一个注意力随便转移的人，我追剧时哪怕不是很好看的片也会坚持看完，因为不看完，你无权评价一部剧的优劣。对爱情也是这样，我认准了风信子，一生都会矢志不渝。

我觉得九品这个比喻有问题，追剧不管什么烂片都要看完不能佐证追求风信子的正确，聪明的风信子肯定会挑理。果然，九品这话刚落，风信子就回怼上了：你的意思是只有把我追到手，才能评价我是好是坏吗？如果是这样，我怎么敢和你走红地毯，万一走过之后你给个差评怎么办？

九品急忙辩解，我不是这个意思，我想说我是个专一的人。

我们三人都被九品逗笑了，谁都知道这是闲磨牙。

4

与瑶瑶老师见面不在鸡车子店，但话题还是没离开这道美食。

稗子曾告诉我说瑶瑶吃鸡车子只吃夜沈阳的，其他店再好也不吃。问原因，瑶瑶说吃过夜沈阳鸡车子，再吃其他舌头会起义。这件事稗子可以作证，夜沈阳开业头一天，稗子请了四个好友来试吃，即李天、瑶瑶、九品和风信子。那天，稗子情绪高涨，亲自下厨烹饪了各种以著名诗人命名的鸡车子，为了显露这一手，稗子悄悄到迟师傅店里学了几手，基本掌握了各种鸡车子的烹调方法，虽说不那么专业，但有大厨指点，完成度并不差，稗子是个追求完美的人，做菜像写诗一样从来不敷衍。这顿饭让瑶瑶先入为主记住了夜沈阳的鸡车子。

一天，瑶瑶给我打电话，问我有没有时间，想到我这里坐坐。我和瑶瑶从没见过面，对这个独身女士有点敬而远之，但我无法拒绝她的要求，且不说瑶瑶是稗子好友及诸多诗友文学之路上的提灯者，就是从工作职能讲，也不该拒绝一位著名诗人来访。

现实中的瑶瑶与想象中有很大差距，在见到瑶瑶之前我认为她应该是个睿智、目光犀利的知识女性，作为大学教授，瑶瑶写诗评诗只是业余为之，主业是古典文学，搞古典文学的人肯定不乏书卷气，而现实中的瑶瑶却是个小巧玲珑的女人，见到她我马上就想到了莫泊桑笔下的羊脂球。我在内心里批评自己为什么会有这种联想，但人的联想有时不由自主，像对上了号码的老虎机，各种想法会硬币一样哗哗哗吐出来。与风信子的咄咄逼人相比，瑶瑶一颦一笑都表现出丝丝柔媚，她的眼镜亮而大，钛金框，镜片后一双忧郁的大眼睛，齐耳短发顺畅而光滑。我请她到贵宾室落座，问她找我何事。这一问，瑶瑶的脸庞瞬间布上薄云，轻轻叹了口气。我以为她遇到了什么难题，给她沏了杯六安瓜片，让她慢慢讲。

难以启齿，真的难以启齿，瑶瑶说，我想了很久才来找您，按理说有些问题应该自己化解，可是这件事我无法解锁，好像钥匙在别人手上，我觉得这件事对谁讲都不合适，思来想去只能对您讲，因为您是稗子的好朋友，又是领导，和您说权当思想汇报。瑶瑶两膝并拢，两手按在膝盖上，像小学生一样望着我。

我有点想不通，一个被稗子和九品称为精神导师的人，遇到了什么事还需要别人排解？毫无疑问，瑶瑶是这座城市文人公认的智者，是开导别人的人，瑶瑶的诗评对于诗人来说几乎可以起到盖棺定论的作用。就稗子、瑶瑶、九品和风信子四人小圈子来说，真正的灵魂是瑶瑶，从其他三人的评价看，依瑶瑶对诗的鉴赏力和深厚的古典文学底蕴，上央视《百家讲坛》绰绰有余。

什么样的锁能锁住一位大学教授呢？我故意让气氛轻松一点。

我是个被架起来的人，像一只鸭子被当成鹰架在树上。瑶瑶说，您听我这么说是不是很奇怪？其实，我最了解自己，很清楚自己读过多少书、出过几本专著，我也知道自己论文中那些似懂非懂的西方文理价值几何，被架高之后我内心充满了恐惧，我本来就有恐高症，知道一旦从高处坠落会发生什么。

学者讲什么、写什么是自己的自由，您大可不必担心。

可是我不是政客，政客可以大言不惭，我不行，我发过的言、写过的论文都储存在电脑硬盘上，已经进入大数据，想抹也抹不掉。

神不是自封的就好，没必要为别人的评说而纠结。我这样劝他。瑶瑶只是寥寥数语，我就明白了她要表达的意思，她觉得自己在当地文坛有举足轻重的话语权不是好事，有点承受不起，所以说自己是被架起来的人。我倒是很欣赏瑶瑶这份难得的清醒，吹捧之下一般人会飘飘然，忘乎所以，到哪里都是一副舍我其谁的做派，但瑶瑶不是这样，瑶瑶自己不想欺骗自己。

我知道自己那些评论完全没有达到有些人所说的化境，化境是我等俗人敢企及的吗？我那些文章充其量有种女人的气息和细腻而已，说实话对于本地作者的诗我不忍心放手批评，赞美也有所节制，只能剖析文本，沙中淘金，这是许多文人喜欢我文章的原因所在，但我发现，我成了一个越来越大的五彩肥皂泡，在空中随风飘摇，肥皂泡破灭之时，就是徒留笑柄之日。

我说，许多诗人对您的崇拜似乎构不成所谓的五彩肥皂泡，他们钦佩您才视您为导师，要知道，能让诗人折腰的人不会多，文无第一、武无第二嘛，您应该为此感到幸运。

瑶瑶摇摇头：他们给我披上了皇帝的新装，其实我知道自己一丝不挂。

我一时不知说什么好，瑶瑶的比喻不是一点道理没有，反视之谓聪，内视之谓明，聪明人什么事都首先在自身上找原因。

瑶瑶接着说，我喜欢自由快乐的生活和工作，没想到会被附加那么多负担，就像夜沈阳的鸡车子，原本有皮肉、有羽毛，可以在草中捉虫，树上瞌睡，现在却成了一道被消费的所谓美食。

这又是一种对鸡车子的新阐释！这个比喻让我心里一阵悸动。在此之前，鸡车子被比作城市、比作职业、比作友谊、比作爱情，现在又增加了一种——比作名人。我觉得瑶瑶的比喻别有新意，鸡车子是剥掉了皮肉外衣的骨架，名人如果剥掉了皮肉，是否都能有骨架呢？

平心而论，我的评论是有瑕疵的，违心的话、言不由衷的话、拐弯抹角的话，不能说没有，我自己写的诗也想象过于苍白，格局太小，纯粹的小家碧玉，但大家的解读就像烹饪鸡车子，加了太多自己喜欢的作料，让评论失去了本色，这对我是一种披着赞美外衣的玷污，是对我文学意志的强奸啊。

文静的瑶瑶用了强奸这样一个血淋淋的词，让我感受到了她的激动，是的，文章意见被曲解，成为虚高假胖的论据是件窝火的事，鸡车子如果有知，看到给它浑身涂上辣酱、撒上孜然、蘸上淀粉再来一番煎烤烹炸会做何感想？我说，你大可不必苛求自己，文章一经发表就属于读者了，见仁见智作者无法左右。

我被抬在轿子上，两脚不能着地，七情六欲都遭到了屏蔽，天天生活在虚荣和恭维里，大气都不能喘，这是一种冠冕堂皇的摧残！说完，瑶瑶摘下眼镜掏出纸巾擦拭了一下眼角，一副小鸟依人的委屈状。

我理解瑶瑶，被架起来的感觉确实不舒服，容忍成为众矢之的不说，自己也没有了隐私，众目睽睽，偶尔一件小事就会被放大，放大到走形跑味，有个女演员曾说，做名人难，做名女人更难。瑶瑶作为知名评论家，关注什么作品，评论谁的作品，欣赏哪位诗人，推荐谁的诗作，甚至参加了哪个聚会，会上说了些什么，都是公众话题，没有秘密可言，对于一个单身女性来说，私密空间遭受挤压，感到透不过气来在所难免。

那么，您希望我做点什么？

您做不了什么，瑶瑶目光有些躲闪，我来只想对您说说，不奢望您能改变什么。

我摇摇头道，不对，凭我的直觉您来一定有事，如果仅仅是聊天，您不会到我办公室来，去稗子的夜沈阳大家想聊多久就聊多久。

瑶瑶低下了头，沉默许久才说，我想求您一件事，可是有点难为情，就像我进门时说的那样，有点难以启齿，真的。

我能看出瑶瑶的羞涩，她想说的事一定与自己有关，便宽慰她：不要为难，如果相信我就说出来，我尽力就是。

我知道您和稗子是好朋友，稗子每次提到您都特别尊重，您刚才说了，让一个诗人折腰很不容易，说明他信任您，拿您当知己。稗子单身了好多年，他的生活我了如指掌，他读什么书、喜欢什么运动我都清楚，我是他每首诗的第一读者，我也欣赏他的为人为文，他把我当成精神导师，什么事都请教我，把我的建议当圣旨一样对待，你懂的，我们彼此几乎成了对方生活的一部分，对此我存有深深的困惑。

知己难求，困惑什么呢？

我们毕竟是男人和女人，边界不能模糊。

这么说您爱上了稗子？爱上就说出来嘛，都是成年人，又都是单身，没有任何障碍呀。我觉得稗子如果和瑶瑶走到一起是好事，何至于困惑呢？

问题就在这里，瑶瑶说，稗子一直视我为精神导师，感情像圣母一样纯洁，如果出现了边界模糊情况会有什么结果？你看过进寺庙参拜的男人吧，他们一定是小心翼翼、心怀虔诚，没有哪一个敢对观世音菩萨有非分之想。我能看出来，稗子对我就是这样，哪怕子夜时分给我打电话，也不会有一句调情的话，发乎情、止乎礼在他身上表现得完美无缺。

这些想法您和稗子透露过吗？我问。

没有，瑶瑶说，不能说，一旦说出来肯定会把稗子吓个半死，他虽健硕，但内心却冰糖萝卜一般脆，经不起刺激。

要不要我替您说说？我还从没保过媒，算是首秀。

先不要说，瑶瑶道，条件还不成熟，我期待他亲自对我说的那一天，尽管我等了十几年，年龄等不起，但我还想等下去，缘分这种东西离不开一个等字。瑶瑶摘下眼镜用纸巾再次擦了擦眼角。

这一次，我算是见识了知识女性的矜持，这矜持像海葵，本来在水中已经张开，稍稍触碰一下马上就会缩成一团，心里波涛浪涌，表面淡定无事，这种教科书般的表现应该是智慧女性的专利吧。不过，我认为这种表现骗不了成熟男性，倒不是成熟男性有多狡猾，因为眼神会泄密，这也是为什么社交场合女性喜欢戴墨镜，遮挡住眼神，就成了情感上的隐身人。

有些东西是等不来的，我说，花开堪折直须折，莫待无花空折枝。

我也担心这一点，但我想，稗子和佩佩离异后一直没有再找说明什么？说明他心里有人，当然这个人是谁我拿不准。瑶瑶的话不再隐讳，直接说出了真实的想法。

我想稗子一直崇拜瑶瑶，这一点瑶瑶心里清楚，就鼓励她道：您在稗子心里是女神一样的存在，为什么还要说拿不准呢？

瑶瑶抿紧嘴唇扭头看了看窗台，窗台上两盆还魂草开满红色的花朵，艳而不娇。停顿了一会儿她说，诗人的心最难琢磨，有时大如米斗，有时小如针孔，他们的自尊像松茸一样柔嫩、脆弱。我说拿不准，是因为有两件事让我心生疑窦，我对您说说，您不要怪我八卦，我这个人属于浪漫头脑、古典情怀，对卿卿我我之事一般会视而不见，但这两件事让我怀疑自己对稗子是不是有足够的吸引力，或者说稗子是不是一直拿我当哥们儿而不是当女人。

您说说看，我或许能从男人的视角帮您做个分析。

好吧，瑶瑶说，去年三伏天，我们结伴去内蒙古大草原避暑，李天开的商务车，拉着稗子、九品、风信子和我。一路上我们说说笑笑，吟诗唱歌，像出笼的鸟儿一样放松。我们的目的地是克旗大草原深处的一个湖泊。抵达后我们在草原上疯玩了半天，采野花、转敖包、在湖边摆拍，非常开心。晚餐吃手把肉，喝套马杆酒，就住在湖边一个蒙古包里。因为游客多住宿紧张，我们只订到了一个蒙古包，也就是说五个人要在一顶蒙古包里过夜。稗子征求我和风信子意见，我还没有回答，风信子就抢着说，蒙古包者，古之穹庐也，穹庐之下，皆为家人，五人同卧穹庐之下有何不可？我也点头同意，其实我反对也没有用，因为根本没有多余的蒙古包。那一夜，草原无风，蒙古包内十分沉闷，也许是晚餐的手把羊肉和套马杆酒所致，每个人都汗涔涔的，在羊毛毯上辗转反侧。先是九品和风信子悄悄出去了，晚饭前风信子就对九品说湖边有个敖包，她想背靠敖包仰望星空坐上一夜。九品说这才是诗人的创意，我们总说诗与远方，这就是啊，我陪你去敖包数星星！他俩应该去数星星了，风信子还带上了防蚊油，看来准备彻夜不归。过了一会儿，李天也起身走了，走时小声对稗子说他要到外面抽烟，然后到车上开着空调睡，在蒙古包里感到肺叶都被羊油糊住了，透不过气来。稗子嘱咐他别忘了摇下一截车窗，防止尾气中毒。五个人走了三个，偌大的蒙古包里就剩下我和稗子。实际上蒙古包里没有那么热，羊毛毡隔热效果相当不错，但他们都走了，各有各的想法。我无法入睡，躺在那里胡思乱想，身上脱得只剩下薄薄的纱质睡衣。蒙古包里的味道有点奇怪，像古龙香水的味道，我记得自己在脖颈上喷了一点兰蔻香水，怎么会变味了呢？正纳闷儿，稗子翻了个身，我恍然大悟，难怪这么陌生，原来这是男人身上散发出来的味道啊！说来也奇怪，五个人都在的时候你闻不到这种味道，走了三个后这味道便花粉一样从暗处飞来，沾到身上抖落不掉。我故意轻咳一声弄出点动静，希望和稗子说点什么，深夜里和一个有感觉的异性同处一室绝对是折磨，我像喝了蓝山咖啡一样格外精神，仿佛身上每个汗毛孔都在呼吸，我甚至听到了自己体内血液流淌的声音。与我的情况相反，稗子却安静地入睡了，鼾声轻而匀，估计在家中他就是这样入睡的吧。我注意到稗子是侧卧睡姿，双腿弯曲，一只手臂很自然地搭在胯上，这不是男性最佳睡姿，不知他为什么不选择放松的仰卧。确切地说这一晚我失眠了，我一向睡眠很好，这次失眠责任全在稗子身上。我是凌晨时才迷迷糊糊睡了一会儿，醒来时发现身上盖着一条毛巾被，稗子则不见了。我起身想去洗漱，稗子一脸灿烂掀开门帘进来，手里捧着一束叫不上名来的紫色野花。我微微点头示意，内心却如同熄火的马达热不起来，能起早采野花，昨晚怎么打不起精神？与心仪的女人同眠一个蒙古包，却将两人世界搞成公事公办，这说明什么？说明他对我没有欲望。

稗子真的睡着了？我很纳闷，稗子为什么不抓住这个千载难逢的机遇有所表示？

应该不是装睡，因为睡姿长时间没有变，我想，他对我所谓的崇拜不过是对我学识上的敬重而已。

我心里替稗子暗暗叫好，都说春秋以后再无柳下惠，身边这不就有一个嘛。稗子也许没料到会是这样一种结果，他很可能还在为自己的克制而沾沾自喜，其实，有情人之间恪守所谓君子之道乃迂腐至极，这种疏离伤害了瑶瑶的心。

另外一件是什么事？我忽然觉得瑶瑶说的事情很有意思，事情本身已经成为故事，而故事是挖掘人性的最好素材。

另一件事是我和稗子到南方参加一个颁奖会，稗子是获奖作者，我是颁奖嘉宾。四月的江南属于恋爱季，互不相识的男女都容易擦出火花来，更何况一对相互欣赏的男女好友，但稗子似乎没开窍，像个老书童一样一路照顾我。颁奖会结束后，我说烟花三月下扬州，我俩去扬州走走吧，不是有诗曰若到江南赶上春，千万和春住吗，我们索性去瘦西湖和春住一回。稗子特高兴，张罗购票、订宾馆。春天的扬州值得一游，芍药笑，垂柳摇，我们还看到了难得一见的琼花。在瘦西湖，我们欣赏了一场琵琶演奏。演员着古装，个个仕女风范，演奏的是乐府吴曲《春江花月夜》。琵琶真是一种奇妙的乐器，拨动心弦这个成语应该与琵琶有关，我觉得自己的心弦确实被拨动了，体会到了大珠小珠落玉盘的震颤。一般来说旅游场所演奏乐曲很难保持安静，因为游客老幼皆有，文化素养不尽相同，但演奏这支琵琶曲时，场内却十分寂静，唯有金属质感的琵琶声在跳跃。我被琵琶曲深深感染了，想起了多年前在中秋诗会上朗诵古诗的情景，眼中不觉绽满泪花，泪花中二十四桥美轮美奂，浓荫镶嵌的瘦西湖变得朦胧如梦。我轻轻倚在稗子肩膀上，听着稗子怦怦的心跳，我想他一定也被音乐打动了，同是天涯沦落人，相逢何必曾相识，陌生人尚且如此，何况知心好友。演奏结束，观众纷纷离席，我却不想动，我知道一旦起身就不会和稗子这样相依。稗子说演出结束了，我们走吧。我这才睁开眼睛，说刚才睡着了，也许太累了。晚上，在瘦西湖旁一家宾馆我们住了一晚，晚餐我们在餐厅喝了不少黄酒，稗子有了醉意，饭间他一直在夸我，从我的作品到我的人品，稗子能用的溢美之词都用了，当然我心里也美滋滋的，受人夸赞是一件能提酒兴的事，我也多喝了几杯，几乎达到我饮酒极限。很晚了，我们各自回到房间，我想洗个澡，却没有热水，便给稗子打电话，稗子来了，却带着前台服务员，那一刻我觉得稗子对我有所提防，有什么可提防的呢？这两件事之后我抱定一条，绝不再主动表示什么。

我摇了摇头说，稗子有点像十八里相送路上的梁山伯，被莫名其妙的东西给魇住心窍，其实窗户纸一捅就破，但你们谁也不主动，这在东北叫相住了。

不是不想捅破，担心一旦捅破出现不想看到的结果，收不了场。瑶瑶有些无奈地说，这就是保持矜持的原因。

我想为你俩做点什么。我说。

我来见您不是这一个意思，瑶瑶说，这些话需要找个听众，很不幸选中了您，说完我会轻松一点，不过我也承认，在这两件事上稗子没有错，如果他当时动手动脚说不定我会反感，女人是个矛盾体，明明心里渴望拥有，却又双手往外推，从女人的逻辑看，稗子怎么做都是错的。

那么，您对未来是否有个基本判断？

瑶瑶双手按住膝盖，神情有些暗淡地说：打个比方吧，我们的关系就像铁板鸡车子，双面烤压的那种，夜沈阳里就有，我个人的感受是这种鸡车子看上去色香味俱佳，但真正吃起来却有些柴，未必可口。

上帝！我几乎要叫出来，怎么又给鸡车子戴上一顶帽子。以瑶瑶的身份应该不缺少想象力，难道就没有别的意象可比吗？

5

鸡车子这道小吃被人赋予这么多含义是一件很有意思的事，辽菜自成体系，可以被赋能的菜品有许多，比如酥白肉、熘肝尖、滑熘里脊等等，为什么偏偏是鸡车子？我觉得鸡车子已经不仅是道菜，具体是什么我一时也说不清楚，有必要下点功夫研究一下，尤其要看看市民们会怎么说，因为我听到的都是文人所言，文人有牵强附会的通病，隔路视角得出隔路结论在所难免。这一次我没找稗子，决定自己去找家鸡架店坐坐。我选择了位于五里河的马家鸡架，名副其实的清真老字号。马家鸡架属于一个中等规模饭店，生意火爆，因为没有预订，只能在门前排队等候，好在来这里吃鸡车子的人不恋战，大都是三下五去二，速战速决，翻台极快。

排在我前面的是祖孙三人，一对老夫妇领着一个五六岁的男孩。老同志看上去挺严肃，坐姿端正，在看一本南怀瑾的书，书已飞边，看来没少翻阅。老妇人头发花白，面容慈祥，牵着孙子在教英文单词，fish、chicken，我英文不好，但知道老人家是在说鱼和鸡。老妇人应该是退休教师，发音相当标准。我问老同志：您老专门来吃鸡架的？老同志抬起头朝孙子努努嘴：孙子闹着要吃，不来不行啊。我不失时机地跟进问道：鸡架有啥好吃的，还要排队等？老同志睁大了眼睛道：当然好吃，鸡的精华都在鸡架上。我有点不解，从来没听说过鸡的精华在鸡架上，看来这里有学问。我问：鸡的精华怎么会在鸡架上呢？老同志合上书，正襟面朝着我说：怎么给你解释呢？比方说吧，你盖一栋房子，最吃劲的是什么？肯定是承重墙，也就是框架，鸡架就是鸡的框架嘛。我说鸡架几乎被剔光了肉，不过是些鸡骨而已。老同志道：不能这么看问题，骆驼大不大？会吃的专吃驼峰；罕达犴大不大？会吃的专吃鼻子；鲨鱼大不大？会吃的专吃鱼翅。吃有吃的学问，好东西不在肉多肉少，重在有滋味。我觉得老同志说话有板有眼，颇有领导范儿，就问他退休前是不是领导干部。老同志带着标准型的微笑说，我就是个处长，退前改成了巡视员，其实处级也好，厅级也罢，退了就一闲人，在家养生修道看孙子。老同志说他和老伴常带孙子来这家店，奶奶给孙子定了个奖励政策，每背会一百个英文单词就来吃一回鸡架，结果孙子吃上瘾了。我问他一次吃多少，两只够不够？他摇摇头说自己只吃抻面和香菜根。我说，您刚才还说鸡架好吃，为啥来了却又不吃呢？老同志用异样的目光扫了我一眼，像是嘲笑我少见多怪，他说，有些事说归说、吃归吃，电视上那些做药广告的明星自己真的吃了？没有，那是宣传，当真就是傻子。我被老同志的话逗笑了，道：您老的宣传直接影响了您的孙子，所以孩子闹着来吃。老同志点点头说，其实，我对鸡架的了解都是从别人那里得来的，既然大家都说好吃，我再说三道四岂不成了令人讨厌的另类？啥事都要学会随帮唱影，在家里老伴烧菜明明淡了我也夸几句，为的是让老伴儿舒服嘛。

一旁的老妇人插话道，吃盐太多容易三高，老年人饮食少盐多醋没坏处。

服务员出来喊号，老夫妇带着孙子高高兴兴进去了，我听到老奶奶在门口教孙子的最后一个英语单词是：吹根拉客。我知道这个单词是鸡架。

很快轮到了我，我点了煎、炸、烀、烧四样鸡车子，两瓶老雪，慢慢开始享用。我倒满一杯老雪四顾周遭，一看，顿时有些不好意思，大厅里单人食客大都是一只鸡架、一碟香菜根、一碗拉面，像我一个人点四种鸡架显然有炫富嫌疑。邻桌一个中年妇女瞅我的目光不是很善意，冷不丁会剜我一下。我想搭话，又怕碰钉子，只好低头独自喝酒吃菜。马家的鸡架确实味道上乘，尤其凉拌这道，因为淋了麻油配了圆葱，与新疆麻辣鸡有一比，麻辣鸡因为肉多容易饱腹，凉拌鸡架就不同了，吃上一个钟头也吃不下多少肉，却滋味十足，我认为夏季里吃凉拌鸡架配老雪称得上是一绝。吃了一会儿，我把四盘折箩成两盘，这样餐桌上就低调多了。我又加了一盘香菜根，放慢了进食速度。万幸的是那个用目光剜我的中年女人吃完走了，我神经放松了不少。有些人很奇怪，你与她素昧平生，她却会无缘无故敌视你，这种因嫉妒而生的仇恨像凭空而降的乌鸦屎，令人无语又无奈。

一胖一瘦两位中年人被服务员领到邻桌坐下，他们都自带大号塑料水杯，穿灰色工作装，衣服上有红色的某空调品牌图案。我扭头搭话问空调价位，对方很友好，体胖的那位介绍了他们空调的优点，尤其说了省电的好处。偏瘦的师傅说，别小瞧省电这一条，家用空调一星期就能省出一只炖鸡架来，两星期等于白来吃顿饭。我觉得这是一句绝佳促销广告词，便夸赞了他一番。我问：街面饭店那么多，两位怎么选择了吃鸡架？瘦师傅说，鸡架在沈阳又叫鸡车子，吃鸡车子不掉价，你看墙上照片，那么多大明星都来吃过。胖师傅抬起扎在面碗里的头说，关键是便宜，十块八块就解决了午餐问题，这店信誉好，多少年了鸡车子一分没涨。两位师傅没点老雪，每人一只炖鸡架一碗拉面，面里红彤彤浇了不少辣椒油，头对头吃得大汗淋漓。我不再打扰他们，没喝老雪说明他们下午要干活，安装空调属于高空作业，不能沾酒。

两位工人走后，邻桌换了两男两女四个年轻人，看样子是在校大学生。他们点了四只烤鸡架，四碗宽带拉面，然后坐下每人捧着手机刷屏。烤鸡架和拉面上来后，他们边吃边看手机，彼此也不说话，我没有机会搭讪，因为专心打游戏或刷抖音快手的人讨厌被打扰。四人吃完，一个小伙子起身去结账路过我身边，我问：我看你们点了四份烤鸡架，烤的是不是格外好吃？小伙子说，你点的这几样太传统，烤鸡架和肯德基炸鸡翅是孪生姊妹，不信你尝尝。说完，四人起身走了。

已经陪走了邻桌两拨客人，我不能再占着餐位影响人家生意，便起身准备离开。我注意看了看大厅里的餐桌，食客们点的都是鸡车子、香菜根、拉面和老雪，也就是说来这里吃饭的标准大体一样，你是快递小哥也好，富翁大款也罢，在此皆为无差别吃饭，没有衣分三色、食分五等那档子事。我忽然明白，鸡车子是一个能淡化身份的小吃。其实，少有人愿意维持奢华，奢华很累很辛苦，大家都卸下披挂，像在公众食堂里一样心无旁骛吃一顿鸡车子多开心！

走出马家鸡架店，街面不宽，我走到对面想观察一下饭时高峰过后生意会怎样。我停留了大约二十分钟，饭店出出进进的人始终不断，我想，能把鸡架做成人人叫好的品牌，体现的是真功夫，做到了化腐朽为神奇。

去过马家鸡架后，我给稗子打电话想说说瑶瑶的事，瑶瑶找我无非是让我说合一下，否则那么矜持的她不会头一次见面就掏心窝子。

我找了一家咖啡厅，选了隐蔽点的卡座，没有鸡车子，没有老雪，两杯蓝山咖啡、一壶碧螺春、一个什锦果盘，准备和稗子做一次促膝长谈。

稗子按时来了，进门就说有什么事到夜沈阳谈多好，咖啡店是谈情说爱的地方。我说找你来就是谈情说爱。稗子愣了一下，坐下后问是不是商量九品和风信子的事。我摇摇头，说今天就谈你。稗子笑着说，我有啥好谈的。我说，你坦白交代，与佩佩分手这么多年一直不找到底是咋回事？稗子哦了一声，这个呀，我喜欢一个人生活，逍遥自在。我问他有没有过中意的女人。稗子想了想说，有，但只是单相思。我说，这个人我认识吗？稗子摇摇头说，你听说过但没见过。稗子不知道瑶瑶找过我，我已经猜出他说的就是瑶瑶，我没有捅破这一层，就问他，为什么是单相思呢？难道对方不爱你？你表达过吗？稗子摆摆手道，不行，有的感情需要保持距离，距离就是诗意，比如我们都向往远方，当你果真抵达了远方，会觉得不过如此，远方应该是不可触摸的憧憬，是神性的存在。

秤子的回答堵住了我想要出口的话。接下来我们的聊天跑题了，谈起了这座城市的历史以及历史中赫赫有名的人物。

从咖啡馆出来，我让秤子开车回去了，自己想在街上走走。街上行人不多，车辆却拥堵严重，穿着黄夹克的外卖小哥骑着电动摩托在汽车中穿行，让街上的车流夹杂着些落叶般的色彩。我看到了街对面的一家鸡车子店，店内坐满了食客。我停下脚步，想起在老四季店门前看到的一副楹联：冬暖夏凉兰香面，春华秋实神州汤。我知道神州汤就是鸡架汤。

路上我想，鸡车子到底应该是什么呢？想来想去，我找不到一个恰当的比方。生活本来很简单，是谁让它变得复杂起来？既然如此，还是回归它本身的名字更干净，鸡车子，就是鸡架。

味甘微苦

鲁　敏[*]

1

薄薄的渔网抛撒到半空，好似巨大的花瓣，张开，渐慢又渐快，悬浮，呈饱满的大圆，瞬时罩住水域。闪闪发亮的铅坠，咕噜噜潜入。略显浑浊的微澜中，小鱼儿们吐出它们最终的几口泡泡。

多美啊。徐雷看了足有几百条这样的短视频，完全入了迷。尤其一个自称小西湖的，撒得特别圆满。徐雷第一次线下约人，就是跟的小西湖，兴头头地初试撒网，姿势便十分之漂亮——只是把腰扭过了头，一下勾动原有的腰椎间盘突出症，其痛若穿，当即石化。送到医院，得动一个椎板切除手术。躺在病床上，成了死鱼。

金文拖着的脚步老远就能听出。她烧了乌鱼汤过来，没用保温盒，已半凉，徐雷勉力喝了半碗，一边掀起眼皮留意金文。她还是满身的魂不守舍，替他摇

*鲁敏，女，1973年生。江苏省作协副主席。现居南京。1998年开始小说写作，已出版《奔月》《六人晚餐》《梦境收割者》等三十余部作品。曾获鲁迅文学奖、庄重文文学奖、冯牧文学奖、《人民文学》奖、《十月》文学奖、郁达夫文学奖、汪曾祺文学奖、《中国作家》奖、中国小说双年奖、《小说选刊》读者最喜爱小说奖、《小说月报》百花奖原创奖、2007年度青年作家奖，入选"《人民文学》未来大家TOP20"、台湾联合文学华文小说界"20 under 40"等。有作品译为德、法、瑞典、日、俄、英、西班牙、意大利、阿拉伯、土耳其等文字。

床时忽高忽低，倒碗汤泼洒得满地，去水房拿个拖把，回来竟然走错到隔壁病房。徐雷悄声长叹，她的心，真是在外头了。还以为这病房，多少会唤她想起些往昔。

十三年前，他们就是在病房认识的。一个大房间六床病友，他们算挨着，中间只隔一个胃切除的老头，镇日昏睡。徐雷和金文都是急性阑尾炎，同病，又同龄，自然就近了。病房本就没有男女，护士什么不看到，医生哪里不摸到，查房也不像现在讲究，还拉起帘子隔开，就是开放的，腰腿全露。金文初时还有羞意，到术后第二天，就跟徐雷互相掀开衣服，比较伤口形状与刀口软硬，聊医生刀法，追念阑尾的功能。徐雷突然说道，他是第一次看到女孩子肚皮，没想到她的肚脐眼那样秀气，女孩儿都这样吗？金文一下结巴了，答非所问，说她可没乱看他的肚脐眼，随即也脱口而出，说，真没想到，男人到处都是毛啊，连肚皮下面也有。此话一出，两人都愣住，又争抢着讲起别的。就此，更近了。包括一周后拆线，也是约了同去，彼此帮忙数针脚。到针脚长到皮肉里，模糊不清了，他们还在见面，并共同探索起身体上别的部位。直至结婚，直至生下小雷，直至像许多夫妇那样，没有了浓烈的感情，当然，他们还没有阑尾。

也许她想见识一下有阑尾的男人？徐雷让自己这样想，尽量轻松。这世上，变心之事，最是司空见惯不是吗？就像撒网，一万个祷祝着，全心全意地抛下去，拉上来，十之五六都不如意。能想得通的。

"你下午，不用特为做汤，也不用过来了。我让隔壁床家属替我打个饭就行了。"他主动这样讲，重音放在了隔壁床，想再试探一下。

金文是机房值夜班的活儿，白天其实时间很空，但这半年多，她总没头没脑地往外面跑，一跑大半天。啥事呢？高中同学聚会、部门政治学习、帮助残疾人的义工活动、免费瑜伽课、郊区奥莱中心大打折。徐雷随意验证过几次，都是明晃晃的说谎。真是叫人心灰，都不能好好掩饰下吗？等到徐雷差不多适应、默认之后，金文都不再费心编什么理由了，随时一抬脚，就走了。

金文默然点头，并无愧色，一边从徐雷手里接过碗，就着他的碗筷，把余下的鱼汤倒出来，就着早上徐雷没吃完的馒头，木木地吃喝起来。不小心卡到一根刺，拉着舌头干咳了几声。“有点淡了，也忘了放姜。你不觉得腥吗？”

“还好，我吃着还好。”心里有点感念，她还愿意吃他的残菜剩羹哪，那，就还是亲的。

他们一起动阑尾手术的那天，姨娘巴巴地给他送来鸽子汤，说是大补，鸽子可贵哪，姨娘一边催他喝一边讲。这样的时候，徐雷难免还是会想，到底是过继的儿子，要是妈妈还活着，要是送鸽子汤来的是亲妈，怎么可能强调鸽子有多贵呢？举起勺子往嘴里送，觉得毫无滋味。那金文隔着一张床，倒眼巴巴地嘀咕起来，说长这么大还从没喝过鸽子汤呢。徐雷有点发窘，叫她拿碗来，金文大咧咧地，捂着小腹下床就过来了，用你的勺子尝几口好了。徐雷犹豫地，只好替她托着碗。看她噘起两片俊俏的唇，粉红舌头伸出来一带，轻啜进去几口乳白。一时心烦意乱，浮念滚动，像被魇住了，想要凑上去与她同饮，更有种长久的渴望，渴望与她同锅同灶、同席同枕，成为亲亲热热的人。而后确乎成真，成真久矣，却是两样情形了。

“小雷在姨娘那边，都挺好。你放心。”金文洗好碗筷便有点坐卧不宁，嘴里没话找话，笼统地说起小雷，像说邻居的孩子。也是看金文恍惚，不放心，才请姨娘帮上两个月的忙。小雷，真能“挺好”吗？那小子整天想一出是一出。前不久，突然嫌弃起自己的名字，死活要改。其实当初徐雷是费了心思的，想了有半张纸的，都觉不够特别，上户口的时间又到了，烦恼与毛糙中，只得急就章了。徐雷给小雷讲道理。许多大艺术家都是这样取的，你不是喜欢孙悟空吗，六小龄童，就是这样的。他爸爸叫六龄童，他哥哥叫小六龄童，小六龄童还被周恩来周总理给抱在手里上新闻的呢。可，你又不是六龄童，你啥也不是啊。儿子尖利地指出问题。徐雷一时失语，随即自豪地把这段对话挂在嘴上，转述给别人，也转述给金文。别看是小孩子家，反应多快。金文也笑了，安慰他，一样啊，谁都“啥也不是”。可她脸上显出一种渺茫，那是她最常有的表情。

金文对小雷，还是上心的，原先都是她接送上学，嘘寒问暖，买帽买裤。

但这半年，儿女心上，她也一样疏淡了。一出去就没了点，根本接不了小雷。早上，又困睡不醒，起来就急忙忙拖起小雷，跑到学校才发现，不是落了水壶，就是没戴红领巾，没带手工作业。算了，还是统统由徐雷管吧。金文这样子，让徐雷觉得分外亏欠儿子。他自己打小由姨娘带大，有所短少，心里总念着，在小雷身上，三口之家，能尽可能地"完整"，不能因为金文这样，就一下破散了。

不过小雷很难缠，因改名不成，他翻了脸，莫名其妙地，只肯穿迷彩服，外套、衬衣、鞋袜、帽子，配齐了各种迷彩色。然后动不动就躲到路边上，尝试用灌木丛掩护起自己，怎么喊都假装听不见。这让徐雷想到他自个儿这么大时，那时妈妈才走了一年，刚跟姨娘一起过活，他也是整天想着，要能把自己藏起来就好了，叫姨娘再找不到才好。这一想，便纵由着小雷，如此折腾月余方罢。可最近，又闹起新花样了——风筝。

完全中了蛊，一放学就趴到网上，各处搜"风筝"二字，工艺说明、古鸢图集、日式绘本、童话传说、玩具摆件。每到周末，必纠缠着徐雷，带他跑公园跑郊区，跑大桥跑山坡，一路跟着风筝高手跑。还想跟卖风筝的老头儿学手艺摆摊子。徐雷只得见招拆招，勉力地奔命作陪。

这还不算完，小雷提出，要去风筝博物馆看一看，不远，日本就有。当然，这被徐雷一口回绝。小家伙这才将就似的，提出潍坊，那里也有博物馆，还有风筝节呢。他把一本年历拍到徐雷面前，翻到下个月，上面早已用红笔标出一串红圈圈。也不用全程，去三两天，也可以。他那口气，像是退让了好几大步。打那之后，上学放学路上，就天天儿地聒噪潍坊之行。徐雷面上未置可否，但一想到前因后果，就心疼——小雷什么时候开始瞎折腾的？就是打金文"外头有人了"那前后哇。小孩子才不傻，肯定的，知道妈妈心里没他，冷落他了。这样一想，心里是早就松口了，正准备着张罗起来时，他撒个网躺倒了。又不可能指望金文，她这心不在焉的，搞不好连大人带小孩，能一起搞丢了。

"没什么事，我就走啦。"捧着手机硬坐了五分钟，金文还是起身了。她穿了件样式陈旧的外套，蓝色发了灰，腰身难看地勒紧，可能是生小雷前买的。徐雷忍不住提醒道："过年前我给你买的那两身，也算有牌子的，怎么不穿？越是贵的衣服，越要穿，才拉低成本。"

金文扭回半边脸，眼角似有水亮一闪："甭管了，我就想穿这。"她那样子，似也在忍辱负重一般。这又何苦，她也不开心嘛。

想起差点看到的那个男人。对，他尾随过一次金文，也没有怎样的谋划，金文实在粗枝大叶，戴着口罩和头盔，一身旧衣旧衫，好像这便是改头换面，不可能被认出似的。她急于赶时间，破电动车开到有四十迈，偶尔还闯红灯，抄近路逆行。徐雷远远跟着，不停地踩他摩托的油门，一边替金文的安全担心，心里愈加成了黑洞，黑洞里还有可恶的好奇。那家伙，除了阑尾，还有什么呢，能让金文这样的分秒必争？

金文最终进了一处老小区，铁丝网在空中缠扭，露天楼道斑驳发黑。她熟门熟路停好电动车，又歪着身子拎下充电电池。是靠路边的第二个单元，就在一楼，没有敲门，她一靠近，铁栅防盗门就从里面自动开了。隔得远，暗乎乎中，能看到一个男人的侧影，身量不高，似也是久等的样子。伸出手来，拎过电池，把金文让进去。

他们那动作很简单，不像是有什么，反倒带些哀戚的家常之意。徐雷使劲扭过头，破烂的院子尽头，一株歪脖子老树，叶子都落光了。

2

老展每次都早早地在门后候着。一关门，就上下打量一通她。嗯，不仅外套是旧的，裤子、鞋、包，也是过时的难看的要坏的。挺好。老展点头表示满意，然后才张罗着给她的电池接上电源。

金文也溜一眼老展，还是那猥琐矮小的模样，就算在家里，仍然半提着裤子，像刚从马桶上起来，或马上就要坐到马桶上去。

老展有屎频之症，尤其在吃饭前后，临要出门，上车前后，稍微一点时间上的压迫，或空间上的移动，他就会产生强烈的便意，马上就要去蹲马桶。据他说，是痔疮手术做坏了，反落下这毛病，但凡出门，一大半的时间都在找厕所。他第一次跟金文搭话，就是打听哪里有厕所。当时，他们正聚在那个据说是胡大住处之一的欧亚别墅区外头，看人多势众能不能"冲进去"。那是"胡大卷款失踪"讨债群的一次失败行动。第二次、第三次搭话，依然是讨债苦主的大集合，他一开口，也都是为了问厕所。

你怎么回事，吃错东西了？闹肚子？金文没好气地问。周围所有人都是情绪恶劣，大家交换被胡大骗掉的数目。三十万。六十万。八十三万。听到比自己多的，好像心里多少就好一些。金文问过别人，也反过来被问。她前后两次，投给胡大的，总共是十三万。怕讲出来叫人家糟心，便胡乱翻了三倍报出。

从厕所回来，老展仍是那种时刻提着裤子的模样。为表谢意，他对金文小声吭哧道，我刚才跟你讲四十万，其实不是，我二十万。本想着，投到胡大这里，起码能翻个小跟头的。你想，我快退休的人了，还能赚几个呢？你不理财、财不理你。

金文一听到"你不理财……"胸口就直犯恶心。就这八个字，被胡大那几个助手，整天挂在嘴边。金文听啊听的，听顺了，便动了贪念，掉到这大坑里来了。我十三万，她恨声地，也跟老展小声更正了自己的数目。

老展眼色一闪，意思是两人都要替对方保密，然后嘴里接着诉苦，其实我不方便出来的。也不顾忌金文是女的，也不顾忌讨债队伍左右的吵闹，他指指自己下身，详详细细讲起他的屎频，诸多的痛苦与不便。可群里一招呼，我还是来啊，多个人多份力嘛，能叫上面多重视一些。

其实上面又能怎么重视呢？他们每回出来，都是按讨债群主的指令，到政府东门、到公安机关大楼、到金融监管局，类似这样的地方。并闹不成什么，好不容易聚拢齐了，分分钟就被劝退解散。最好的情况，是有次出来个处长级别的干部，拿着扩音筒跟他们说了几句。胡大跟你们讲二十、三十的利，就信了？前面每个月给分红，你们不也美不滋滋地拿了。哪能尽想好事儿呢？别说胡大这几千万了，外头卷了几个亿十几个亿的，照样跑路。真要是天灾，政府会替你们兜，可这是你们自己惹的人祸，得愿赌服输……这话说得，他们也有些哑然了，尤其是群主，给戳得跑气了，再不肯出来牵头，不久还心灰意冷退了群。也有人四处串讲，说群主的那一百五十万，通过第三方说合，私下里给解决掉了。所以……

群里余者一片号啕，骂上面骂下面骂胡大的娘，也有互相劝慰的，用外头更苦的命来自解——做生意还赔本呢，一赔能赔掉几套房子。想想地震台风洪水，但凡碰上一个试试？还有股市，一夜睡过来，几百万没了。就我楼上邻居，得个癌，治得倾家荡产啊。要是养个不成器的小孩，或赌或吸毒，那是多少的血汗钱养老钱也架不住啊。没看新闻吗，好好走在路边上，还能被跳楼的给砸死呢——人就是这样，人比人气死人，有时也能救活人。大家比赛似的，找来各种道听途说的坏消息，弄得外面全像悲惨世界一样，可这么一来，心里真就好一些了。算了，咱们也不能算最惨的。

金文实在不能够算了。十三万，确实不算顶多，还没老展多。可这是她的私房，绝对的私房。从能赚钱以来，那时还没谈恋爱呢，所有明面儿上的进出用度之外，但凡有些小零碎，蒙住别人也蒙住自己的眼睛，只管悄咪咪往一个账户里投。对这笔私房，她有一个小清单，并随着时日变迁，在不断涂涂改改的增删之中：全功能按摩椅、外教一对一学英语、鹅牌羽绒衣、歌诗达豪华邮轮、紧肤抗衰热玛吉、美国黄石公园、最贵的和牛霜降牛肉、女表一只，牌子还没想好。无非吃喝玩乐用，挺自私的，全是给她自己一个人打算的。可这，不就是私房钱嘛。

现在她知道了，这是报应。她发誓——只要能从胡大那边讨回十三万本金，就立即向徐雷坦白，并把脑子里那张狗屁清单撕个粉碎，然后把十三万都用在别人身上，家里、徐雷、小雷、姨娘、失学儿童、网上求助、赈灾。一分半厘也不会跟自己有关。不仅这十三万，这辈子、下辈子，再不做任何关于自己的大头梦了——咒越狠，找回的可能便能大些吧。

老展，看来也跟她一样的难以释怀，发现整个讨债群再无动静之后，他约金文私下里见了一面，就在他家，方便跑厕所嘛。金文没多想，一听就来了。她太苦闷了，得有个人一起说说，起码在老展面前不用瞒不用装的。老展那矮矬样儿，也安全得很。

老展倒了一杯白水，开口便向金文分析。大部分人都是起码投了五十万以上的，像他们两个，这十几二十万的，实在是小虾米。但小虾米也有小虾米的一丝优势和希望。你想，连群主的一百五十万都能解决掉，他们两个加一块儿，三十三万，绝不算多。耐心地等一阵，等大家的潮水退了，他们再悄悄地独自行动，不放弃，一直走到底，走——苦情戏。

讲到这里，他提起裤子跑了一趟厕所，然后才搓搓手，郑重地打开一间紧闭的卧室门。那房朝南，窗户下坐着个人，背对着他们，阳光太强，金文一时都没看清。老展等她眯着的眼睛渐渐适应，才稍带点夸张地，像献宝，也像揭秘，把那人转过来。是个轮椅，吱溜溜推近到金文跟前。

叫双全，是老展女儿，生下来就是小脑偏瘫。她妈妈呢，早就跑南方去了。

金文忙站起身，脚步滞住，不敢近前。双全样子挺怪，手腕和手指都向内倒卷，脖子短且缩，头和嘴巴向左歪。最触目的还是胖，把个轮椅挤得满满登登。双全压着眉毛，却又往上翻抬眼睛，瞧了两眼金文，然后伸过来她那肥肥的内卷的右手，摸摸金文的衣襟，算是打了个招呼。继而又扭动脖子，嘴里含混滚了几个音节，冲老展把脸上的肉挤皱起，又松开。那算是笑吧，金文认为。

不是哎，丫头，别替老爹操心了。老展摇摇头，又冲金文解释，家里从没外人过来，她挺喜欢你。我家双全其实啥都明白。可瞧她这，也二十八了呀，能有人要她吗？我既是生了她，就得管她活着，管她到死。所以才把钱投到胡大那儿呀，想着，能多一点是一点。现在好了，全玩儿完。他摸摸双全的脑袋，不避不让地讲着，语调里并听不出痛苦，反倒有几分兴奋似的。多好的牌啊多好的牌。他面露一丝微笑，手里把轮椅又吱溜溜转了回去，仍然让双全坐到窗户下的太阳里去，好像她是一株什么植物，就得晒着。

多好的牌啊。他关上门，更加大声地感叹，有点陶醉于自己的机智。

双全会乐意的，这也算取之于她，用之于她。你想想，要把她推出去闹事，会多么引人注目啊，效果是要翻好几倍的。老展给金文续白开水。可这么好的牌，他打不出手，不是有该死的屎频吗？还没出巷子呢，恐怕就先得跑回家两趟了。所以，我请你过来——老展随后详详细细提出了他要与金文合作的动议，强强联手，不，弱弱联手，由金文推着双全和轮椅出去跑，而且吧，金文是妇女，有优势，随便怎么撒泼，工作人员也不至于太动粗。

工作人员？金文当然已经猜到了。其实从双全的轮椅一转过来，她的心就被捏成了一团。老展太惨了，比她可惨一百倍。想想她那张浮华的小资产阶级清单，简直不要脸。任是谁，看到这样的双全，能不羞愧吗？要是能叫胡大看到、叫外面所有人都看到这样的双全就好了。老展真是宏图大略啊，舍不得孩子套不着狼。她心里又从疼痛转为喜悦，像一下子被拯救了，从快要触底的深渊里又往上提了起来。事情还不是完全的绝路。

这是我们两个的秘密同盟。老展脸上显出老男人的谋算模样。这不刚转过年嘛，一年之计在于春，市里大活动可多呢，每有好事，必然都有市长、书记、区长、局长什么的出来，剪彩啊讲话啊握手啊采访啊，都是大场面，都会组织群众现场鼓掌什么的，不仅会有记者，现在还时兴搞直播。这些，我自会去打听，我在上头呢，有个老乡朋友。你呢，只要按我指定的时间，到我给你指定的地点，推着双全，去哭、去跪、去打滚、去喊冤、去求青天大老爷为民做主。我想上面肯定有他们的办法，最起码能给胡大或什么中间人捎到话。你想想，哪怕就给咱的三十三万打个九折八折呢，也值当了。成败关键，就在于苦戏。你呢，要受点累，我家双全，是有点重的。

金文使劲儿点头，把桌上的白开水一饮而尽，像喝了一杯烈酒，心里轰地烧起来。她往闭着的房门那边瞅了一眼，别说推个轮椅，别说双全胖，别说扑地哭闹，什么累活丑活，她都干，越是没皮没脸，越好。

今天在徐雷那儿耽搁了，来得迟，老展都没来得及给她倒白水。"两点半就得到，你们现在最好就出门。"径直地就去推双全出来，"是二把手副市长，姓杨。区里的书记，姓季。两个都胖胖的，都戴眼镜子。你注意听身边人的称呼。一定要带着姓，带着官职，大声叫唤出来。"老展一边相送，一边絮叨着进行老一套的战略性指导。

是啊，下午她确实也没办法替徐雷做饭送饭，得去城西的桃园市民广场。那里原先有一截子最脏最臭的护城河，现在给整成了治污排污的民心工程，有音乐喷泉，有格桑花丛，有荷花池，有健步跑道，漂亮得不得了。今天搞正式的开放仪式，领导们要去"与民同乐"。徐雷在医院里流露出来的种种心思，她都看得清清楚楚。他越是这样，她越是无法忍受，越是急于出来"行动"。继续憋着气深潜吧，直等她要回十三万来，再从头交代，给他一份惊，也给他一份喜，那才是赎罪补过的时候。市里二把手市长、区里书记，够大的了，没准是特别好的一个机会，她热切地想着。

老展提着裤子送她们出门，突然想起什么，又回身取了一小包东西塞到金文包里，她用手一捏，明白了，双全来月事了。她量特别大，就算是成人尿裤，也撑不了两小时。今天这一仗不好打，双全每到这几天，脾气坏不说，还会加倍的沉，要抬她上公交车，得求两个大男人帮忙的。可也有好处，真要被驱赶了，双全会冲他们吐唾沫，吐得又远又准，真是不容易近她的身。

3

帮着照管两三个月小雷，对姨娘来说，实在不算个事儿。徐雷过继来时，差不多就这么大。徐雷的生母，是姨娘的表妹，出车祸走的，表妹夫后来另娶。姨娘本也是老姑娘，这等于现成有了儿子，又有了儿媳、孙子。挺好。

把小雷送上学校，姨娘照旧出她的门。看过这一周的天气，今儿最合适了。保温水壶，折叠小马扎，消毒纸巾，吃食干粮，双肩包塞得满满，管够她大半天的。徐雷成家后，她等于又成了单门独户，最恨日长呆坐无事，总千方百计出门转悠，身上还有一股子风风火火的老姑娘劲儿。

去哪儿呢？不是瞎来，姨娘可都有分教，隔段时间来个主题。寺庙道观、爱国主义教育基地、文保遗址、博物馆、图书馆、市民绿地广场、名人故居或纪念馆、新开楼盘，不拘，以不花钱、有看头为主要原则。有了这些类型和范畴上的大致计划，跑起来就有趣多了。

比如寺庙道观，不走不知道，城里的且不论，光是五郊六县，跑一圈，就得费时大半年。小山包上，老街顶里头，桥头水边，老远打听过去，慢慢近到眼前，就看到个老庙或小观，不惊不乍地蹲着，里头供着尊土像，香火也还续着呢。她跑一家拜一下，心里勾掉一家。到晚上双腿酸胀，挨枕头便着，这一天便过去了，十分充实。

楼盘也好的，且常跑常新，四面八方都在扩张嘛，过跨江大桥过江底隧道过绕城公路，姨娘喜欢这样的不断加码，越甩越偏。有时她也发笑，她这巡游路线大概跟规划局局长或城建局局长什么的也差不多吧，只是没公务车，得靠公交地铁一路转换过去。因路途迢遥颇费周章，去了就特别认真。容积率，楼间距，样板房，二期三期规划，物业情况，周边菜场超市，学校配套。嘿，能瞧上大半天呢，有时还管盒饭。她心里也算小账，还有三年就满七十岁了，到时有敬老卡了，公交地铁全免，也差不多等于坐公务车了。

最近这些时日，姨娘看的是墓园，听起来有点瘆人吧。其实无妨，平心静气想想，跟楼盘的道理是差不多的。

其实她从没想到要转这样的地方。只因年前有个老同事去世，原先都在同一个车间，感情深厚，于是四五个老姐妹约起，找个好天气，一起去墓上小祭。也不是太伤心，老了哪有不死的呢，因而她们有些像郊游。那墓园不大，但清爽紧凑，边角旮旯都利用起来做成墓地，见缝就插地栽着绿油油的小柏树，挺拔地在墓侧站岗守护。把个姨娘瞧得直咂嘴。她挺喜欢。

切，这算什么呀。别几个七嘴八舌聊起来。四车间的老段长，埋在西北郊那公墓，我去过，拾掇得更好。另一位不同意，要我说，最好的要数殡仪馆边上的西天寺，我替我家老头子，也是替我，就选在那儿。听口气，她们都很熟悉，早有打算的。姨娘听着，有点着急和好胜起来，心里生出迫切的想法。怎么早没想到这个呢？大可以好好地转一转，关键还实用——她不也老大年纪了嘛，能指望谁呢？她这辈子的所有事情，都是亲力亲为的呀。跟老姐妹们打听了一圈，心中便排下了这个系列的计划。

墓园一般都在城郊外廓，且爱傍山而建，像今天去的这处，便在岱山脚下，跟她以前去过的一家老庙，是一个方向，转三趟公交，摇摇晃晃两个小时，也就到了。

确实比上次那家宽绰多了，有个大草坪，一圈子果树，有各种雕像，仙鹤、天使、观音。还堆了个镂空假山，着实讲究。指示牌上扁扁地写着，仁字区、润字区、天字区。一一指示分明。姨娘避让开几家前来祭奠或下葬的小型队伍，选了人少的润字区，往深处走。

一路瞧着墓碑上的字文，名字其实很耐看，她会轻声念一下，像是打个招呼。还是三个字的多，大部分取得很端庄、上进。也有的名字，读起来拗口。同穴夫妇是最多的，她喜欢算他们的年纪，看彼此相差几岁。又比较各自走的时间，看留下来的那个，独自撑了多久。有的还贴着烤瓷的照片，丈夫是年轻时的戎装，妻子却是老来白头。也有跟自己差不多年纪的，倒死了，不免要替那人算算，是错过了多少年的人间。就这样一路走着瞧着，姨娘都出汗了，这墓地像梯田那样，越往里越是高出几分，一直高到绿树葱郁的岱山，岱山再往上，仰起脖子瞧，便是蓝荧荧的高天。好哇，上有照，后有靠，姨娘半通不通地在心里念叨一句，满意极了。相比上周和上上周看的两处，她最喜欢这家。

时近晌午，正好饿了，她就在那蓝天之下，岱山近边，把随身带的面包给吃了。切片面包配涪陵榨菜，两只茶叶蛋，热烫的红茶水，都是原食滋味，姨娘吃得很舒服。一边吃，一边闲闲地想着小雷。

这小雷，吃喝上不挑，接送学校也简便，公交车直达。可就是没精神头儿，小脸闷得黑瘦。问他怎的，闷声不讲。

前天夜里，听他在梦里呜咽，姨娘披衣服去瞧。见他书桌上摊着本年历，翻开的那一面上打着一行红圈圈，看看日子，倒是近了。姨娘大感好奇，主要也是不放心，想了想，轻轻摇动小雷，还在梦里抽咽的小雷都没等她动问，就开腔讲起风筝、风筝节、风筝博物馆，说了满心要去的潍坊，说了好不容易讲动爸爸答应请假……小雷撇开嘴大哭。

何至于呢？你爸腰坏了，叫妈妈带着去呀。姨娘觉得这根本不是个事。不提妈妈则已，一提，小雷哭得更凶了，绝顶伤心，像触动最大的一个烦恼机关。

我去——不了——潍坊——看——风筝——抽抽噎噎，真要背过气去了，那种梦里的背气。姨娘轻轻拍肩膀，让他重新躺下，复又盖好被子。小可怜儿的。这金文，也真是，那机房夜班，有当无的，叫人代个班嘛。不过，她突然想起来，徐雷动手术那天，在医院看到金文，讲话前言不接后语，是不得劲，也难怪，谁能在医院笑哈哈的呢？除非像十来年前，他们两个割阑尾，那倒是眉来眼去的。姨娘有一搭没一搭地想。

一边抬头看看天，蓝得比刚才空了一些，这样的天上，要是飞几只风筝，肯定再好看不过。别说小孩子，就她这把年纪，也想看的。一边收拾背包，东西都吃光啦。双肩包上身，分外松快。挺圆满，可以打道转回了，直接去学校等着小雷放学也行。

岱山到学校，绕点路，转三趟；不绕路呢，得转四趟，都可以。这么些年奔走下来，姨娘对公交线路最是熟稔，尽管这样，每到一个公交站点，一边等车，总还要顺便校验一番，看有无线路或站点的变动。到第二个转站点时，哟，突然发现，三〇一路站牌上，新改了一个桃园广场站，白底上五个簇簇新的绿字。姨娘记得清楚，这一站原先是叫精工电子管厂。

啊，是了，早就听新闻说过，那里在搞个大的市民广场，但凡这样的去处，可正是姨娘的巡视范围啊，看到这新冒出来的桃园，很想即刻就去补上这一篇，眼下也正好顺路。不不，少安毋躁，不必要这么急忙忙的。得专门去一趟，好好地待上大半天，正经坐在树荫下的长椅上，不急不忙地吃东西，看景儿。不就是要打发时间的嘛。

三〇一路开到桃园广场时，公交车堵上了，姨娘也就伸长脖颈瞧了瞧。广场那边果然正热闹呢，乌泱乌泱的全是人，大气球、彩旗、横幅，黄黄绿绿的演出服，四处挤着过马路的人与车，真是堵得一团糟。亏好今天没有上赶着去。姨娘靠在座位上，挺闲适地隔窗看景。

忽见一团人球，从广场大红横幅下头，向十字路口这边滚动过来，像有一只屎壳郎在后面没头没脸推动着。公交车是密封空调，听不清外头声音，却也有种尘烟滚滚声浪喧嚣之感。只见那人球，一路滚，差不多都要滚到慢车道这边，两个戴白手套的交警扎进去，又见白手套伸出来四处挥挥，人团才慢慢稀了，小蚂蚁似的，各自往不同的方向爬散。

公交车上的人此刻都拥到朝向路口的这一侧窗户，看那显露出来的人团的核心。确实，有好看的。

一个被拉扯得歪扭的轮椅，陷坐着一个极胖大的女人。看年纪倒是轻，歪头儿，手指蜷缩，头发披散，衣衫上全是灰，还有水渍。脏裤子被撕扯出个大口子，里头的白秋裤时隐时现。呀，作孽，姨娘一眼就看到，那秋裤的大腿处，细长的血印子正慢慢洇成大红花。歪头女人也不自知，正鼓着腮帮积攒口水，然后撮着嘴巴往四处吐。力气不够了，吐不到任何人，全落在她自己脚面上、轮椅上。看得大家都发笑起来，纷纷猜测，这女人多大了，是个瘫子还是个痴子还是装疯卖傻。总之注意力全在轮椅上。

有人在推那轮椅，因轮子歪了，推得很吃力，姨娘稍微搭看了一眼。立即认出来，又觉得认不出。是金文？

姨娘跟金文确实也不亲，尤其不欣赏徐雷跟她的姻缘背景，哪能在医院里头一见钟情呢？但那是拦不住的，也不好拦，到底不是亲儿子。金文嫁过来，也不是亲儿媳，更是客气避让。最主要的，是这金文，同样是一般人家出身，身上却有种莫名的矜骄，好像她只是暂时将就着，过过凡人的生活，她实质上是不一样的。就那个意思吧。

可这会儿的金文，简直比轮椅上的歪头女人还不如。虽则好手好脚，却更加的上下邋遢、没法落眼。可能是跌在哪处水洼里了，衣角湿了一大块，没湿的地方，沾着各样的纸屑儿树叶子塑料彩条，还有痰与口水，灰堆里爬出来一般。更没法瞧的，是她那泼皮死狗一样的疯癫，撅着屁股，难看地矮着身子，一手使劲推那歪歪的轮椅，另一只手巴掌腾出来，冲人群挥舞，不歇地龇牙咧嘴，冲人群喊个不停，叫喊什么呢？姨娘听不清，只见她歪开的领口里两根筋暴胀。

亏好听不清，也不忍听，姨娘实在看不懂这一出。金文怎么成这个样子了？想起跟小雷提到他妈妈时，梦里的孩子哭得那样的憋屈。啧，就说徐雷最近犯怪，还冷不丁跑出去看人撒什么网。原来家里有事。

屁股下一晃，三〇一路车慢慢挪动起来，要向路口左拐了。姨娘最后看一眼金文，她低下头，好像才注意到轮椅女人秋裤上的大红花，跺跺脚，艰难地改变轮椅方向，一边四处张望，看来是要找个地方收拾下。哼，这么大个十字路口，一走岔，能多出两里路。姨娘蹦起来，摇摇晃晃跑到前门司机那儿："师傅帮个忙。我内急。可别弄脏您车子。看我年纪分儿上，开个门，赶紧的。"

4

金文突然觉得手上一轻，姨娘的老脸现在边上，绷着脸，眼皮剐塌，牙缝里短促道："向左，过斑马线，上那小台阶，进到穆家巷，里头有个公厕。"

金文忽然感到浑身上下跟熟虾子似的，火烧火燎地红了，恨不能弯起来，藏头抱尾。头一次啊，被人瞅到，还是姨娘。这下可有好的了。

姨娘仍旧不看她:"那边有个穆状元故居。边上就是厕所,示范级的,装了小电视,有残疾人专用,还有母婴房和淋浴间。可好使了,全都免费。"

金文硬着头皮,张嘴介绍:"嗯,这是双全,老展家女儿,身体不大方便。双全,这是我姨婆。"姨娘冲双全咧咧嘴,双全把嘟到嘴边的唾沫咽下了。脚下正好到台阶了,她们合力抬起轮椅。姨娘像干农活似的,六级台阶,她"吭唷"了六声号子。别说,有效果,连双全都跟着哼哼。她一上劲,秋裤上的红花更大了。

台阶后又是一截子石板巷,轮椅歪了不说,又有姨娘在侧叫她烧心,金文直走得满身大汗,抵达终点却是个大安慰。端的好一个厕所!四处锃光透亮,绿植错落有致,一排镀铬椅子虚席以待,并有隐隐熏香扑鼻,简直天上人间。整条巷子,连同边上的穆状元故居,都寂无人声。这么个绝顶气派的厕所,就是她们三个的天下了。

金文也顾不上双全了,先自钻到淋浴间去,哗啦啦收拾,这才看到自己身上头上的不堪,一阵子干呕,恨不得连嗓子眼也翻出来洗上一番。

然后搞双全。果然,纸尿裤在闹哄里给撕裂开,都成开裆裤了。金文气得抱怨:"这老展,什么都挑最便宜的。"亏得有姨娘,两个人手脚并用好一阵折腾,才替双全把下半身给冲洗擦干替换上了,外裤的长裂口,姑且用双全的一根皮筋给扎拢。

"老展,谁啊?"姨娘这才慢悠悠地问。可能是金文多心,她觉得姨娘的口气是伺机而发的,也是瞧不下去了。

这才意识到,自己已好几次脱口提到老展。确实也是这样,每次一浸入讨债闹事的情境里,就觉得她跟老展、双全、轮椅,是完全一体化的,是整个儿的捆绑,那种彻底的交付,倒让她放松。反而是回到家里,在徐雷、小雷身边,三心二意的,人裂成几瓣,很不舒服。有可能……她真是把老展当自家人了。可,老展,他算谁啊?金文咳了一声。

双全身上清爽了,脸上几块肉凑紧,算是露出笑,又晃晃她的歪脑袋,意思是要搞头。也好，手上能有事最好。没带梳子，金文就用手指替双全慢慢地梳，尽量地顺拢。脑子里盘算着，一边跟姨娘交代。

对，就好好介绍下老展吧。金文十分详尽地铺陈开来。屎频、轮椅、老婆跑了、胡大、二十万、卷款、讨债群散了、四处扑找大人物。确实没一句谎话，只没提她那十三万。涉到自己的参与时，她含糊带过，像只是出于同情，一种见人有难的出手相救。

姨娘听得直咬腮帮子，嘴角纹加深了好几道。几次张嘴，又几次合上。"哦，老展。那不容易。二十万血汗钱哪。"她小声重复着，看一眼双全，把眼睛挪开，往上看，似乎让自己用力跳过什么东西，并往更高的方向爬升，"你别看我这一辈子，从来没个男人……可我能懂。"姨娘居然脸红起来，带点热情地，她轻轻地点头，飞快看一眼金文，"你帮帮他，也对。我不会小家子气的。"

金文愕然。姨娘显然误会了，可这误会似又不容去辩驳、推翻，那会是对老人家的理解力，乃至整个情感能力的某种否定。

她本来是想着，反正不是亲婆婆，平常走动也少，就拿老展这么抵挡一番，大概支吾过去，就得了。她不愿提她的十三万。那不只是秘密，还是自私与愚蠢，以及说不清的耻辱，能瞒下，还是瞒下吧。可现在路数不对了，姨娘怎会从她这支吾里想到私情呢，老展那都什么样儿呀，姨娘这还叫"懂"？还这样大义凛然的，表示她没有替徐雷争面子。这太荒唐了，哪儿跟哪儿啊？瞥一眼姨娘脸上还未褪却的晕涩，她不得不祭出她的秘密了。姨娘越是自认为她"懂"，越是要给出足够的证据。

双全头发很厚，握在手上重重的，厕所门厅的玻璃擦得像没有一样，阳光透来，直接照在双全的头发上，多亮啊。金文梳拢起它们，又放下，磨蹭着，像一直退到墙角，这才清清嗓子，更为详尽地道出她这一半的原委。

……你看，这么多年，攒下这十三万，没人知道，突然一天，这私房没了，也没人知道。现在姨娘你，全都知道了。金文难看地笑了笑，这就能解释，她为何要跟老展混一块儿了。想想也蛮久的了，金文对姨娘轮流竖起两三根指头。

从胡大事发，前面连着两个多月的大群行动不算，光是跟老展的这个秘密联盟，也有三个多月了。垂死中扑棱，拖着死沉的双全，满大街地丢人现眼。她可实在，是有些疲沓了。

尤其今天。没想到桃园广场这样的大，前面的节目表演那样的长，也没想到，杨副市长还有区里头的季书记，根本就没坐到前排看节目，也没剪彩或讲话，说现在不搞形式主义了。等节目差不多快完，不知从哪里站出四五位蓝黑夹克，看上去也没什么大派头，就随便四处走走看看、笑笑说说，跟人亲切握手。金文蹲在双全边上，一直守在大红横幅附近盯着舞台方向，等她觉悟过来，被簇拥着的那几位已走到后面几排，一时凑不近前了。金文这个急啊，忙放开手段，扯起嗓门叫起冤来。既想说清事情首尾，又想着得言简意赅。她语不成句地舌头打架，一边慌急地低头端轮椅下台阶，就这霎时的工夫，再抬头，那一群蓝黑夹克早一阵风地全都不见了。

万事皆是迟了。领导走了，秘书们走了，摄像机也走了。金文这声嘶力竭的一番呼号，该听的没听到，反招来一大帮子闲客，正好演出结束，现在统统都掉转眼睛来看双全了。前面的凑近了问长短，后面的要往前面推。挤挤搡搡中，把金文都给绊倒下来。这一倒，众人哄叫，更往前挤了一浪，把她们两个活活地给挤逼到小花圃里去，两排新栽的、根还没扎牢的月季花丛哪里经得住，被侧翻的轮椅和双全的胖身子给碾倒一地。这还了得，刚开放第一天的市民绿地广场！有人叫来了管理人员，后者先是痛心地检点损失，说要罚款，看她们两个，头发、面皮、衣衫上各种的钩钩戳戳，实在也是狼狈，挥挥手。你们赶紧的，走吧！

这回，算得上是一次特别的重创吗？也谈不上。一直都是屡战屡败吧。老远就被拦下，被保安拖走，被看热闹的人群围挡住，时间没掐准，地点搞岔了，领导有事临时取消——到最后，差不多都是这样收尾，被人们的好奇和怜悯捆绑住，驱动着，艰难地滚离现场。

金文一口气地讲，讲得太急了，还急里偷闲笑了好几次。她和双全一起跌跤，像大小两个肉球一样滚动。双全的独门武器——吐唾沫，害得看热闹的人想近也近不得。公家人凶狠地气喘吁吁赶来，一见她们两个，反会张口结舌、束手无策。不都挺可笑的吗。她自己可能都没有意识到，她的语速像泥石流一样，带着灾难的气势，而泥石流中的笑，可真有点硌耳朵。

姨娘一直闷头听着，脸上一会儿太阳一会儿阴天地变幻不定。能看出来，起码有三四成，她并不太接受金文新讲的这一段儿，的确也是，她算是好不容易从情感上说服了自己，大义灭亲了，怎么搞，又来了这么一大秃噜子？

"可你，搞私房钱干吗呀？"姨娘最后这样问，语调痛心，更主要是迷惑。好像她能想得通私情，但想不通私房。

都已经讲到这一步了，金文觉得整个人都完全散架子了，再也收拾不起来了。她在心里冲自己嘲笑了一声，索性，把她那自私的清单也给供出来了。在厕所里，对着老姨娘讲这些个东西，真有点别扭。这都是她最美好的寄托，并且好像只有保留在内心，才更有那种慎重的美好意味。这一讲出来，就等于是永久的道别吧……可姨娘真不省事啊，她特别认真地，如同参加什么推广咨询会，不时地打岔。

这样贵的？鹅牌是个什么，就凭狼毛领子？非得穿它才能去南极？你一定要去南极吗？

按摩椅我坐过的，健康讲座时，我们排队坐过。你这也是带红外降压的吗？更高级？那能到什么程度？哟，哟，说得我都想试试了。

整容医院你也敢去的？还线雕，以为你是个石膏像吗？还热玛啥吉，皱纹能像个熨斗似的，给烫平吗？

豪华邮轮。外教一对一。黄石公园。和牛雪花肉。世界前十腕表。

姨娘越听越来劲，像是突然被启蒙、被开化了似的，满脸的嗷嗷待哺，要知其然，还要知其所以然，知其所以不然，把个金文常常给问住，好在百度也方便，不行就现查呗，好家伙，越查越多，有的连她也不知道。

再说还有双全在边上呢。双全平常看电视多，啥都懂，歪脸儿上撑出最大的笑，粉红牙龈全都出来了，两只手东捏西摸，老想发表意见，但她注意地克制着，只在听到歌诗达邮轮时，没忍住，含着舌头，两手爪子直抽，嘟嘟囔囔一串，迫切表达了她的意见。

姨娘听不懂，直着急。金文不得不岔开来，讲解下那部美国大片，解释了冰山，并转述双全的劝阻。她着急的是，金文又不是露丝，万一出事，哪里会有一个杰克来给她生命机会呢？这个险不能冒。姨娘听得身子直往后仰，赞赏地直冲双全点头。

而等金文终于开始讲到她本人特别向往，因此都不需要用任何百度的黄石国家公园时，姨娘却又拉回去了，要重新讨论，表示异议。泰坦什么号，那不是一百年前的老邮轮吗，现在不可能出那种事了。再说，她那被皱纹层层包裹的眼睛，像大屏幕上的老年露丝一样，闪烁着平静的深思熟虑。要是我，能死在豪华邮轮，死在大西洋还是太平洋里，我觉得挺好。总之，她用慎重的口气让金文重新考虑，清单上，还是保留邮轮吧。

金文苦笑着点头，接着讲回黄石公园的超级火山。姨娘又连声咂嘴。"活火山我知道啊，我看过地质博物馆。你，连活火山都要去看啊。"带着几分佩服，恍然大悟地直拍巴掌，"怪不得，就说你身上总是傲滋滋的，原来整天憋着这些个。有意思哪，你真有意思。"

姨娘的拍手有点突兀，在空荡的厕所前厅回荡，疲劳中一惊，金文突然有种午夜梦回之感。干吗呀，是在哪里？这个白发老太婆，轮椅上肥胖的歪头女人，她们是谁？在聊什么呢，她们脸上为什么带着那样兴奋的笑意？金文惊讶地瞪视，一边在心里用力地唤喊自己。得了，醒来吧。她的十三万，她的私房清单，统统不存在了。金文听到自己语速慢下来，耳边的笑声也压了下来，那些刚刚被热烈讨论的邮轮、黄石公园、霜降牛肉，重新又成为漂浮着的名词了。她的兴致与力气，也一并统统退潮了。就看姨娘吧，她反正，是完全地交代了。

姨娘在拍完巴掌之后，手里倒突然找到活儿了，正非常仔细地，替双全把粗呢外套上的碎树叶片和断头发，一点点摘掉，神情严峻而专注。摘完了还反复检查了一遍，然后才把抿着的嘴松开，吁一串气，开了口。

可她说的是什么呀，简直没头没脑，好像根本没有先前的这一大段，好像她刚打公交车下来，才碰到金文："我主要，就是来给你指一下厕所的。这么大个十字路口，可不好找。不早了，我得接着坐三〇一路车，去接小雷。"

也是，外面的天色，不知啥时已暗了下来，巷口里开始有了回家的车声人声。金文嘴里发涩，浑身骨头酸痛，她听出姨娘的意思了，老人家在一番不知是怎么样的斗争之后，决定要替她保密了。

可这并不让她感到高兴，她在心里复盘姨娘今天的所有反应，感觉心里有了个疙瘩，也可能这疙瘩一直就有，可被姨娘这么一点出来，就涨大了，堵在心头，堵成个大石头了。她真是没办法领姨娘的情。姨娘这样，让她觉得自己不仅蠢，还有点脏，脏得像片大乌云，揣着即将裂开的暴风雨，而徐雷，将要毫无防备地被浇个透。

她跟老展，真没什么吗？

其实老展并不是每天都给她任务的，可没任务她也常去，准确地说，是天天去。是实在没法跟徐雷踏实待着，尤其徐雷那种忍让的、装糊涂的样子，还有他烧好饭菜，带着小雷愣是不动碗筷，等她回家才开饭的样子。看不了，还不如去老展那儿。

老展也就是一杯白水，有一搭没一搭地跟她叨咕。没什么话题，主要就谈钱上的事儿。当然了，钱，就能扯到所有的事。比方说，会扯到双全。这双全，打小到大，从瘦子到胖子，从女宝宝到大姑娘，父女俩，可真是闹出太多的尴尬与狼狈。老展呢，讲话有点啰唆，老爱打没用的手势，听起来很吃力。可他模仿起双全来，倒是有一套。冷不丁皱巴起脸，把手里毛巾往头上一搭，缩起脖子翻起手足，嘴里口舌打架唾沫子涌出来。可实在太像了。三个人会没心没肺地笑上好一会儿。尤其双全，因为吸了太多空气，笑得都打起嗝来。

双全笑完了，就会从眉毛下抬起眼睛来，极其期待地睃着金文。金文能谈啥呢？除了那倒霉的十三万，她跟老展可实在没啥共同语言。老展把毛巾从头上取下，给她续上白水，提示性地问：你，到底怎么攒的呀，不就是机房值班的吗，能搞出十三万？欲扬先抑的赞赏口气。

所以才小零小碎的呀。金文倒有点不好意思。讲实话，她没任何的本事，同时也不愿太明火执仗地吃苦力。所谓的零碎，其实也是她自己的一个算法。比如替同事代班。白天嘛，她并不喜欢在家里拉上窗帘死睡。那太浪费了。只要有同事一喊，她就跑去替人代个半天班。这钱，她是留下的。

再比如买东西的差价。这算她特有的巧劲儿，再怎么地明码标价谢绝还价，她也能设法跟营业员谈出总店优惠、员工折扣或样品折打之类的好处。有次家里换热水器，是跟徐雷一块儿去买的，都已约好周末上门安装了，想想不服气，转天就去退了，换了家商场，同牌同款，她跟厂家驻店代表攀出一段老乡关系，生生抠下三百五十块。

有年夏天，工会组织到"农家乐"，看到有家蓝莓农场急招采摘工，那挺好玩啊，田园色彩嘛。金文暗中记下号码，问明条件，次日就悄悄晃荡过去，防晒帽加墨镜口罩把脸遮得严严实实，十天不到，落下小小一笔外财，顺带还吃个肚儿圆。

有时也是个赌气。要过年了，人人做头，店长总监亲自出来，烫个花定个型配个色，优惠价，只要你五百块。洗头小伙计在耳边说出花来，什么一年忙到头啦、对自己好一点啦。她冷着脸只管一抬手，你们显示屏上滚着呢，洗剪吹，四十一位。完了，她把那四百六，也自欺欺人地，给昧进她的小肥猪账户里头了。哼，什么叫对自己好啊，她打算集中起来，大大地好一番呢。

这些个，实在也是提不上筷子的，可双全特别爱听，因为她并没什么机会花钱，更没什么能力赚钱，随便听个什么，都是好玩得不得了。金文明白她的乐趣所在，就更加仔细地，把每笔钱的前因后果、细枝末节都给讲上一遍，直把双全给说得满意了，老展再推她回南屋窗户下晒太阳去。"十三万。不容易哪。"老展回来，把白水往她跟前推了推，一张老脸显得更黑了。金文喝一口白水，舌上似有滋味，觉得她刚才，是把那些钱，又重新赚了一遍。

有次聊得差不多了，她在老展家里兜兜，四处瞧，想找出张双全妈妈的照片。老展一直跟着她，走到末了，冒出一句：原来有的，她走了，就一张没留。钱之外的闲话，也就谈过这一两句吧。反正她这里，可打死也不想说起徐雷或小雷，只要一出口，她的十三万就更加可耻了。

当然每一趟闹事完毕，她送双全回转来，也会在老展家逗留一阵子，把满身的脏污收拾好，一边跟老展倾倒她们的惨败，或是抱怨策略上的失误。这通常跟几个小时前的作战动员有所呼应，像是高开低走的后戏和收尾。相濡以沫的低沉情绪中，她会接收到老展简陋的慰问，还是一杯白水。他从来没拿出比白水更好点的招待。可这刚刚好。你想，她怎么还配喝别的呢？只有老展明白她的疾苦，以及处置这种疾苦的方式。

慢慢消化完当天的糟糕之后，老展又会以他那种自以为是的谋算，有鼻子有眼地讲起下一次的战斗计划。老展会做出点领头人的气派，一边一只手，搭在她和双全的肩上，替他们这个联盟打气：苦肉计嘛，持久战嘛，就得这样，得吃九十九个苦头，直吃到最后一回，才能苦尽甘来，得到一块小糖。金文也会尽量振作地拉起双全那变形的肥肥手，满嘴附和：是啊是啊，就凭着我跟双全这样的辛苦，这样的没皮没脸，最终肯定能摇动到那不知在哪里享福的狗胡大，从他那干巴了的良心上掉下一点屑屑子来，三十三万最好，三十三万打九折，也行。

其实这个时候，金文是最绝望的。她知道这一切都是白费，九十九场苦头一定会有，但最后那一块糖绝对没有。这样的绝望使她产生了某种敏感，一阵古怪的激情，感到肩膀上老展的手很重很热乎，她于是也更加用劲地攥紧双全的手，脑里闪过自甘堕落的画面，一头蠢猪抱着另一头蠢猪，它们在泥水里打滚，永远翻不了身。她甚至不合时宜地想到了她跟徐雷的最开始，不就因为两人都刚刚割掉了阑尾吗？她和老展，所被割掉的，可远远不止那截子无用的小肉肠。人们哪，都会因为失去而共同沉陷吧。

双全在耳边哼哼，很不高兴姨娘的提前撤退，又叫她回家，离开这么漂亮的示范厕所，她更不乐意了。金文劝了好一通，慢慢推转轮椅又参观了一圈，脑子里也各个角落里搜罗检查——其他没了，她跟老展，也就这些，并没啥。可老展于她，确实又是个什么，算是个洞口吧，小小的，但能透气，或者，是另一只破罐子，烂兮兮的，一样的有疼有痛，反倒可以彻底交付。金文越是想，越是感到脑袋沉重起来，浑身酸痛之外，还加上了头疼，脚下走一步，太阳穴就疼得一跳。

赶紧地，把双全给送回去，今天绝不在老展那边逗留了。提了电池就回家，蒙上头，狠狠睡一觉。明天，等明天她能够再聚起力气了，再好好想这个问题。她甚至巴望着，也许一夜过去，姨娘改变主意了，一大早就跑去，统统告诉徐雷了。能那样最最好了。省得她想，也省得她讲了。

5

小西湖心重，其实徐雷跟他，也就线下见过那么一次，打过几次电话要来看，劝不住。今天一大早就在楼下等，直候着医生八点半查完房，夹着两只脚进来，局促地丢下两尾草鱼，还有一提袋小杂鱼，有的还在吧唧嘴儿呢，病房里立时一股子河腥气。未等徐雷表谢，小西湖影子一闪，已是走了。徐雷倒给他弄得挺不过意，心想，光是视频点赞不够，等伤好了，再去跟他撒一回网才是。

只有喊姨娘拿回去烧了，正好给小雷补补脑。就不劳烦金文下厨了，她，从昨天那碗温暾的乌鱼汤，到现在，连信儿都没一个。真是堤崩水泄啊，收不回来了。徐雷躺着，盯着天花板上一盏日光灯、一盏紫外线消毒灯，浮想。想到当初结婚的细节，也想到将要离婚的细节，想到家具物用的处置，想到如何跟小雷解释——要给他的"完整"，还是不能够了。

姨娘没一会儿就到了，脸色红彤彤。"真巧，我正好出门早。来，趁热的！"她从保温桶里倒出滚烫的汤，又从怀里掏出手绢包，里头一层塑料袋，袋子里两只小烧卖，"喏，老陈包子铺的。"

热香气裹住眼鼻嘴，徐雷往隔了一张的病床看看，金文从前就是那个位置。那里是空的，腿骨折的男人昨天出院了。真是多少年没喝过姨娘的鸽子汤了，也很久没吃到老陈家的烧卖了，松子在牙齿里隐香，心里起了一阵软弱。他跟姨娘，情分上是亲的，但又不敢当真的去亲。那年他都十岁了，妈妈的音容笑貌，记得太清楚了。

姨娘替徐雷把细汗擦拭掉，重新把床放平。闲聊了几句腰部保养的偏方，接着很随意地说："我呀，最近想出趟门耍耍，跟你借下小雷，算陪我。你给孩子请个假吧，周五一天就行，连上周末，耍三天也够了……"

"啥？您这，打算去哪儿？"徐雷大为惊奇，这话从何说起，怎么冷不丁地突然来了这一出？他身边的人这都怎么啦？

"不太远，就潍坊。小雷没身份证，恐怕要去你家拿个户口本。我先回家收拾你这堆鱼，然后去你家，再去火车站。这不节不年的，估计买票都不用排队。"姨娘一口气地讲，不容徐雷打断，像已考虑得极为周全。

明白了。徐雷心口大堵。"这哪儿成？你这都六十七岁了！死小子，还以为他放下这事了，怎么纠缠到你那里了啊？"徐雷从枕上昂起头，"就算买票，网上就能买。哪里还要跑来跑去？"

"火车站离大润发就两站路，顺便，我正好要去那边买特价筒子骨的。行行，你别动，网上买就网上买。"姨娘摁住徐雷，"小雷他可没跟我闹半个字。这孩子，太招人疼了。不是为他，是为我自个儿，你想想，我出去玩过吗？"

徐雷心里明镜似的，一百个着急地要拦下姨娘："所以说啊，你老人家从没出过远门，何况还带个孩子。你外头随便问问谁去，绝不能够的。"徐雷讲到这里，舌头却也打起趔趄。他好歹也算是过继儿子，怎么从来没想过要带姨娘出去转转呢？莫非姨娘所讲的，也真是心里话，她想出去见见世面？这想法一冒出来，觉得好受点了，也很惭愧，等腰全好了，他要陪姨娘出去走走。

嘴里还是在劝阻："退一万步讲，就算姨娘你，能跑到潍坊，可那边你完全不认识啊。风筝节，什么概念，全是人，本地人外地人外国人，多乱。旅馆肯定爆满，你连叫车软件都没吧，地图导航都没使过吧，哪能摸到风筝博物馆呢？你知道小雷多皮吗？他撒丫子跑起来，我都追不上的，一身迷彩钻到路边，找也找不见，唤也唤不出。"他有意说得语无伦次，病人式的拍床，手总能用上劲的。

姨娘不为所动，等他静下，才笑嘻嘻的，不掩得意："那我，倒是问问你，就我们这城里头的，兵器博物馆、气味博物馆、直立猿人博物馆、中华指纹博物馆、失恋博物馆，知道在哪儿吗？去过吗？"

徐雷哼哼着，不明所以地摇头。

"我，都去过。就我一个人，不上网，也没叫车。怎么着，鼻子下面不就是路吗？区区风筝博物馆算什么？小小潍坊又算什么？别瞧不起老阿婆。"姨娘摆出老姑娘那种过时的飒爽。

徐雷仍在使劲摇头，幅度很小，因为一摇头就摇到了尾骨，疼。但尾骨还没心口疼。都是金文给弄的，她哪怕能有半片肚肠在家里、在小雷身上，怎至于要让老人家出门奔路？他开始打乱拳："姨娘你不是胃不好吗，还有眩晕症，万一在外头咋的，可是大麻烦。别理小雷，小孩就这样的。还吵过要改名字呢，闹一阵其实就好了。"

"谁还没个想头呢，别说小孩子了。就你，不也瞎折腾着，要去看人家撒网嘛。一样的。小雷给我看过潍坊的照片，满天的都是风筝，真是看一眼，就赚了。哪像你这撒网，看一眼，腰坏了。"姨娘顺带着嘲笑起他，气势完全占了上风。

徐雷给她说得惭愧，勉强分辩："你是没看过，其实撒网有意思的，抱在怀里，相当于个大面团子，撒得好呢，摊成一个大饼；要技术不行呢，只能撒成包子、锅贴。"好一会儿，他回过神来，狐疑起来："姨娘你跑那许多博物馆，干什么呢？"

姨娘嘎嘎大笑出声，显然乐于进一步的解答。"别说博物馆了。十二床睡着呢，咱别吵着人家，我就大概其跟你说说吧。"小声地、带点吹嘘地，姨娘把这些年来的几个巡游系列摆了一大通，讲到最后，还挤挤眼睛开个玩笑，"就这么说吧，你随便讲上面哪个地方，桃园广场、魏源故居、乾清观，你问我一个好了，那附近的公厕，我全都熟，都上过。"机灵地拉回主题，"我这啊，等于在家门口拉练，拉练成老手，再出市出省，就不在话下了。将来搞不好，我都能去日本韩国呢，能去歌诗达邮轮，能去黄石公园呢。"她嘴里冒出些半洋不土的词来，讲得有点费劲，可也很带劲。她虚拟地拍一拍包，进一步地豪放补充："左右不过十来万块钱的事儿嘛，哪天回家数数看，也不是拿不出。"

听听姨娘这牛，都吹到哪里去了，徐雷苦笑着，尽量刁难地又追究了几个问题，姨娘一一对答，显得成竹在胸。徐雷心里真有点妥协了，他也情愿姨娘这一趟能成行的。这次腰伤，自己吃苦倒在其次，真正的痛，在两桩事情，一是带小雷看风筝的事，黄了，对不住孩子。二是金文这外心，连手术与病房也不能唤回了。他与她，彻底完了。

"那，实在您坚持的话，车票我来买。旅馆网上替你们订好。各项花销，也由我来出，出门不能省。支付宝你有吧？小雷倒也是会，我再教教他，那个方便。"徐雷嘴上铺排着，说服自己往好里想，不管怎么说，这算圆了小雷之梦，可等一等——他终于后知后觉地想到，姨娘这一出戏，是不是演得太过了？她怎么就不想到问问金文呢？照理说，他这里躺倒了，理当是金文带小雷出门啊。莫非连姨娘都知道金文变心了吗？就像常说的，所有人都看到绿帽子了，只有戴绿帽子的人最后才晓得。

这样一想，心肝肺脏里又加倍搅动起来。他巴望着姨娘早点走，把小西湖的鱼尽快拿走，那腥气实在逼人。他想专心让自己痛苦一会儿。看看，事情都到这么个人人尽知的地步了，金文还躲闪着。这算什么？她不也把自己给拖累坏了吗，看她昨天那灰不邋遢的，早年的好样子全没了。有话直说，离就离，他不会死拽着不放的。

姨娘的大屁股纹丝儿不动，眼神尖尖的。"你哪里不对噻？养伤的人，心里可不能有事。不论有什么难处，"直盯着，颇有意味地顿一顿，"跟姨娘说说，别拿我当外人。"

不说。就是亲娘他也说不出口。说了有用吗？这可不是跑一趟潍坊的事儿。"没，只是在想打鱼的事。可惜，我只撒了一手，都没能玩到收网。收网更好玩，就跟猜谜似的。那水面，像是死的，啥也看不出，偶尔咕噜冒个泡。小西湖说过，这时就全靠手感了，轻轻地，但最好加速地收拢。水下的力道怪得很，好像有一群鱼在跟你拔河。有时紧，有时松，有时左，有时右，有时它们突然全都松手，网一下轻了，拉来看，缠了几把水草。空军，他们管这叫空军。"徐雷讲讲也有点失笑。他到现在还觉荒唐，他一直是优柔寡断的性子，怎么突然就抽风了，在小西湖的抖音下互动，立时三刻地就要跟着去耍。这人哪，要霉起来，真是奔着跑着，急先锋似的也要赶着去倒霉。

姨娘盯着他，脸上全是话，嘴角嚅动，像在寻找化解他的突破口，以及突破后的好词好句。真是叫人紧张的沉默。别说，求您老人家什么也别说。徐雷在心里一个劲儿地祷告。快点走吧，让我独个儿待着吧。

外头一阵拖着的脚步声近了，听出来是金文。徐雷先是吁一口气，随即胸口一阵灼热，恐惧地预感着，拖到这么迟才来，看来终于是想妥了？要来说出她的决定了。得赶紧地打发姨娘走，遂又抓紧补了一句："您老人家就别操心了，权当我点儿背吧，啥都凑一块儿了。"

姨娘早已收起神情，面带春风地招呼金文："来得早不如来得巧。记得你也喜欢喝鸽子汤的，正好还有小半锅。"说着，已麻利地盛出一大碗，快步往茶水间打了一个来回，那里有微波炉。

金文脸色灰蒙蒙的，盯着姨娘好一会儿，好像才认出是她，徐雷看到她眼皮明显跳了一下，不大自在地招呼："这一大早上的，您就过来了？"她两手空空，啥也没带。连衣服都没换，还是破旧兮兮的苦刑犯样。

“是哎，我这不要出趟远门嘛，想请小雷陪我。来跟徐雷商量的。”姨娘不等金文发问，又啰唆了一遍她四处奔走的大能耐，“刚才，就一直讲的这些个。”姨娘摊着手，好像要向金文证明什么。

很怪，徐雷看到金文显出失落的样子，身体变得更加硬撅撅的。“风筝，去潍坊？”她看来是头一次听说，惊怔地用两只手推揉着腮帮子，推成一个接近于笑的表情，“那敢情好呀，一老一少，挺好。”脸上其实看不出多领情的样子，只是在推动牙齿和舌头寒暄。

看看，她对姨娘所说的，根本没往心里去。她甚至都没反应过来，不管小的，还是老的，应当是她带着出门才合适。徐雷忍不住了：“不知能不能劳驾你，抽出一点空，去跟小雷班主任讲一下？最好当面请假，毕竟是出去玩。”

金文没听出徐雷讽刺的口气，犹豫一下，推卸：“我也怕见老师的，还是你打电话吧，就说小雷生病好了，横竖老师都会不高兴。”

“呸呸，好好的说什么生病？有徐雷一个躺着还嫌不够啊。对，我突然想起来，放风筝还有个大好处，老话怎么说的，就是放晦气放倒霉嘛，去病去毒消灾。不光我跟小雷放，你们想，整个风筝节，小十天，所有人都在放呢，那得放掉多少的倒霉啊。看看，我这头一趟出门，可真是出着了，家里什么事情都会好的。”

徐雷这回是真的发笑了：“照这么说，那所有老百姓、所有的长官，直至联合国官员，就整天放风筝好了。”看一眼金文，她黄巴着脸儿，也笑了一下，可身上仍然紧张得像块铁板。

姨娘还以为得了他们的赞赏，更加乐不滋滋地一拍手：“我还没跟小雷讲呢。真是等不及要看他什么反应咧。那小臭东西，总不会嫌弃我这老骨头吧？”

远远听得微波炉“叮”了一声，姨娘跑去端回，卷起衣角端来，直送到金文嘴边：“热乎的，赶紧吃喽。”热气升腾，金文的脸，摇晃着让了一下，凑近。

姨娘重又稳稳地坐下，嘴里咂了一下，脸上使劲克制着，张张嘴，闭上，最终还是开口了：“正好都在。讲个好玩的，你们不要怕，其实这阵子啊，我还逛了好几处的公墓呢,清清爽爽的,挺好。尤其那些枝叶繁茂的老夫妻,左下方的挤挤挨挨一长溜红色名字,都是儿媳子孙哪,排着、陪着,大太阳照着,瞧着可真舒服。也难得有个别的,碑石上空落落就一个名字。我要看到这,才会猛然想起,哟嗬,跟我一样,光秃秃的独门独户嘛。"姨娘挤眉弄眼地笑起来,好像这是多滑稽的一件事情。

徐雷赶忙接话,姨娘很少谈及此事,嘴上也顾不得避讳了:"姨娘你不是有我们嘛。到你百年之后,我、金文、小雷,一样会排在碑上,太阳下陪着你老人家的。"心里却是一记闷痛,谁知道金文的名字那时还会不会跟他排在一起呢?

"倒也不是一定要这样。不过,能有你们这一家子三个陪我,当然是我的大福分。"姨娘显然很受用,看一眼正埋头于鸽子汤的金文,她把上身抬直,凑近二人,"我其实是想说,也怪,我怎么挺喜欢逛墓园呢,逛上一次,心里就会很好。嗯,也不能叫好,怎么说呢,就觉得活着吧,挺了不起的,挺不错的。除此以外,都不能叫个事情。你们两个,也想想呢,我说得对吧?能有什么过不去的呢,还有比生死更大的吗?"姨娘放慢语速,像在宣讲天下独一份儿的人生要义。

这无非就是,老年人的老话儿,根本抵挡不了心里正漫涌上来的伤感。徐雷还是点点头:"姨娘讲得对。没什么事算大事,没什么过不去的。"他有意重复着,倒是希望金文能听进去,别再闷葫芦摇了,说开来吧,放过她自己,也让他死心算了。他看一眼金文,汤已喝得差不多了,高举着汤碗挡在脸上。可她另一只搁在桌上的手,正紧紧捏成个干拳头,好像憋不住了,马上就要挥起来,对着空气搏打一通。

姨娘这才抬起她的大屁股,收拾好保温壶之类,提起小西湖的两袋鱼,窸窸窣窣地往门外走了。

"我,要跟你讲个事。"金文的拳头依然捏着,都没等它松开,就急急忙忙小声开口了。

姨娘的声音忽又从门外传来，她招手唤出金文，十分要紧似的，撑开两只塑料袋，极为满意地与金文分享："差点忘了给你看，瞧，腥得多新鲜哪！直冲鼻子的泥塘味。这个叫小西湖的，也是个好孩子，我还差点怨怪他。"她生硬地拽着金文，直往走廊深处去，声音越来越远，徐雷听不大清了："加个老太太，效果肯定更加好……不是吹，起码各处的厕所……那清单如果能……我倒也要入个伙呢……"

仰头一看

林那北 *

1

天是阴的，雨在前一天已经下过，并没有立即再下一场的打算，但也不是太坚定，或者只是歇一口气，喘一喘，等过一两天攒足劲了，再拿点水分往地面洒。这就是初秋让人最舒服的日子了，风似乎都刚洗过澡，裹着一股说不清的淡淡香甜，脸被吹拂时，每个毛孔都张大嘴一口口吸着。

徐明噘噘嘴，把头向上举起。四十六年前初秋的这个阴天，他才九岁，眼睛很大，形状像两枚横下来的橄榄，眸子黑得出油，泛着星星点点的光，眼梢还宛若燕尾向上翘出一条柔和的线条。他姐姐徐华单眼皮，整天没睡醒似的眯缝着。妈妈林芬奇左右一比较，长吁一口气。徐明这样的眼睛放在女孩脸上，只能以妩媚来形容，一不小心就徐徐散发出狐狸精的气息，肯定会惹出一堆是非，放徐明脸上就安全多了。男人注重整体性，身高和气质才是取胜法宝，一定拿脸说事，鼻子挺不挺是唯一的评判标准，而眼睛一直不算重要器官，但既然眼睛好看了，也不多余。

那天晚上部队礼堂放电影，中学英语老师林芬奇本来要骑车带徐华和徐明去看，结果前一天发现英语小测一塌糊涂，一气之下她决定把全班留下来补课。

* 林那北，女，1961 年生，现居福州。已出版长篇小说《锦衣玉食》、长篇散文《宣传队运动队》等二十八部著作及九卷本《林那北文集》。部分作品入选多种权威年选。

天下电影那么多，反正看不完，就不看了。也就是说，傍晚放学，徐明本来直接回家，那就什么事都不会发生。没有了电影，徐明放学后到操场上打一会儿乒乓球，然后才往家走。从小学到军区宿舍得经过奋发路，五六百米长，两旁的樟树已经种了二十多年，树身经过无数次蓄意修剪，分别整齐地往路中央倾斜，枝丫和树叶在半空中密密麻麻交错在一起。这是一段没有天空的路，树梢离地面至少是十个徐明的距离。

徐明走在人行道上，看到拱形门前的夏伟伟了，还听到叮叮当当的声响，响声是从夏伟伟掌心发出来的。罐头厂用剩下的边角料压出麻雀、飞机、公鸡、蜻蜓等形状的小铁片，和爆米花装在一起卖，每包五分钱。爆米花不如糖果经吃，进嘴就化了，但包里有块铁片，这足以让人把有限的钱舍弃买糖果而买了爆米花。课间时，两人先锤子剪刀布，输的把铁片放地上，让对方用铁片摔。不是直接摔铁片上，而是砸旁边，两个铁片碰到一起就犯规认输，所以这需要技巧，靠得越近，冲击力越大，地上的铁片就越容易翻转过来，翻过来就赢了。夏伟伟没有零花钱，他买不起爆米花，但臂力好，总是轻易就能把别人的铁片摔翻过来。今天又赢多了吧，所以抓在手心得意地捣来捣去。

徐明和夏伟伟关系谈不上好也谈不上差，碰到就一起很嗨地玩，碰不到互相也不会思来想去。他紧走两步，本来想喊一声夏伟伟。如果他喊了，夏伟伟应该会停下来，转过身等着他，那接下去一切就不会发生。可是还没开口，陈力力出现了。他们马上吵起来，每一句话都围绕着铁片，大意是今天夏伟伟从陈力力手中赢走的铁片都是靠下流手段，在铁片摔下的瞬间，巴掌同时着地，这就大大增加了冲击力，铁片是被这股力带翻的。陈力力输光了为数不多的铁片，越想越气，早早溜出校门，等着夏伟伟经过。他让夏伟伟把赢走的铁片还给他，夏伟伟不肯。两人扯起来，身子粘到一起扭来扭去，脚下趔趄着。

这时徐明慢慢走近了，离他们只有五六步远。他没打算帮谁，甚至也没想劝架。人行道上有一块砖坏了，一脚踩下，身子一歪，上身就很自然向下低去。

待到他重新抬起头，脑子还是空的，脸向左上方微微仰了仰。上面有东西，不大，如果是晴天，阳光会把树叶打得半透明，那么飞行中的东西，就会显出形状。但天一阴，叶子就跟着暗了，这时候一块不大的飞机状铁片闪过，它的形状就似是而非。

后来才知道陈力力要抢夏伟伟手里的铁片，夏伟伟抓牢不放。夏伟伟手臂有力，但陈力力更有劲。两人揪住互相扭着，如同发动机被摁下马达，每一下都是加速度。突然陈力力把夏伟伟捏住铁片的那只巴掌往上重重一拍，夏伟伟受惊，松开巴掌，十几个铁片像从一张怪兽嘴里喷出，在空中划出不同弧线，扑向徐明。徐明四周水泥板叮叮当当响起，飞机形那个却没响，它没有砸到地面，而是直接扑进徐明的眼睛。

眼黑了一下，是左眼，徐明脱口叫起，然后蹲下，双手捂住脸，头插到两膝间。

半个小时后，他被小学老师用自行车送进附近的市一医院，林芬奇赶来，摇摇晃晃跑进急救室，一把抱住刚用白纱布做过简易包扎的徐明，哗的一下，张大嘴。徐明吓一跳，从来没有人这么近地对他哭。哭原来这么丑陋。一个多小时后父亲徐刚健才来，把他转到部队医院去。穿军装的人，对部队医院总是更信任。

眼球破了，飞机状铁片最尖的部分，差不多是横着切过他眼球，球体正中央裂开，长度不大，但伤口恰好在瞳孔上。医生在瞳孔左右两边各缝两针，瞳孔却没缝，让其自然愈合。倒是合上了，但留一个米粒大的白点，按林芬奇的猜测，可能是里头的晶体流出来，凝结在那里。

一个多月后徐明出院时，林芬奇皱着眉走得像舍不得离开。到大门口，林芬奇把徐明右眼捂住，指着医院大门上的字问他："写着什么？"徐明摇头。其实林芬奇问得多余，医生早就告诉她，徐明左眼视力丧失，只剩下隐约光感。她无非抱着侥幸心理，徐明一答，她眼睛就湿了。徐明脸无表情，主要一时之间他不知该有什么表情，他的表情已经跟左眼视力一起，从脸上逃走了。

整个世界还是完整的，可徐明却只能微微侧过脸，慢慢习惯用剩下的右眼看东西了。

2

徐明和夏伟伟、陈力力都是一九六六年出生的，月份也差不多。事情发生后夏伟伟就被叔叔送回江苏，陈力力参加高考，考上外地什么大学。高考跟徐明无关，连高中他都没上，初中离毕业还有一个月，红星通讯修理厂招工，招的都是部队子弟。也不是所有部队子女都招得进，至少得高中毕业。徐明不够格，但林芬奇怕以后未必再招。这事徐刚健认为有不正之风嫌疑，他不管，也反对林芬奇管。林芬奇哪里听得进去，她到处跑，在很多领导面前说徐明的眼睛，边说边伴着众多眼泪。从前许多人印象中非常清高的林芬奇老师，突然变成另一个人，头发蓬乱，声音颤颤，一开口就一脸涕泪。她这副形象多少让人震惊，这一惊，就惊出效果，徐明因此被招进红星厂。九岁初秋那个阴天后，他除了住了一个多月医院，后来又三天两头请假，接着干脆休学一年，一年到了觉得不够，又休了一年。徐刚健但凡去北京、上海、广州这样的大城市出差，都把他带上，托人找医生瞧瞧，看能不能动手术换晶体，让视力得以恢复。据说现在这已经不是大问题了，跟白内障手术有点类似，但那时谁都摇头。学校很快习惯了徐明请假，徐明自己更习惯，动不动说眼睛难受，林芬奇就明白他不想上学，很配合，说："好，那就别去了。"

接着总要再骂一句："什么破学校！"

徐明觉得徐刚健对他眼睛的反应远没有林芬奇大。在病床边照顾徐明，林芬奇一急得骂起，徐刚健就冲她摆摆手，小声说："都是孩子嘛，又不是故意的，计较什么？"林芬奇哭腔就出来："我们徐明也是孩子，他以后可怎么办啊？"徐刚健紧张地看看左右："谁都不愿意这样，但已经这样了，你闹有什么用？传出去不好。"

徐明很久以后才知道那时徐刚健被提为副团长不久，正对自己的职务十分受用，做好团长、副师、正师一路上升的眺望，他认为高风亮节是必要的，所有人的形象都是靠自律一点点建立起来的。"这里是部队医院！"这是他当时最常凑近林芬奇耳边提醒的话。在部队医院里，当时部队家属看病是免费的。受了伤，纯属意外，那就治呗。夏伟伟的铁片是被陈力力打飞的，但陈力力的手并没有碰到铁片，他打的是夏伟伟的手，责任因此就不好算了。如果要赔偿，夏伟伟父母肯定拿不出钱，他叔叔也不可能背这个债。至于陈力力，他家更穷，父亲以前是搬运工人，一天夜里喝点儿酒回家被汽车撞倒，腿骨被车轮碾碎，车跑了，他没钱，到医院草草治一下，没治好，路都走得一瘸一拐，再也扛不动货，一直在家歇着；母亲是扫马路的，赚的钱还不够一家人糊口。

祁小燕后来一直对这件事叨个没完。哪有伤了人却不要人家赔的，二百五啊？责任是谁就是谁，陈力力打了夏伟伟的手，铁片从夏伟伟手里飞出去，那两个人就是同谋了，管你穷不穷，反正都得赔。祁小燕说："你爸你妈太傻了，就是缺心眼！"

徐明叹口气，不完全同意，但也不是一点认同都没有。副团长军装上已经有四个口袋，跟夏家和陈家这两个老百姓公开较劲确实不太方便，但脱掉军装冲上门去，至少横七竖八骂一顿，顺便把他们家的碗摔碎一两个，好歹发泄一下作为父亲应有的愤怒。什么都不说，都不做，连个道歉都没有讨来一句，好像徐明只是被蚊子叮一个包，这算什么？升官当然好，但徐刚健最后转为文职，职位也仅相当于副师。副师多如牛毛，多一个少一个都不稀奇，但徐明多一只眼和少一只眼，却完全不一样。

也只有像红星通讯修理厂这样的工厂才不在意徐明的眼睛。但是很奇怪，祁小燕为什么也对他眼睛不在乎？这是徐明不明白的。他进厂时，祁小燕已经在厂办上班一年，做着收发信件、替客人倒水这类清闲的活。见到徐明第三个月祁小燕就开始倒追，这让徐明吓得不轻。他接到祁小燕写给他的信，约他看电影逛马路，又给他买衬衫、皮凉鞋之类的。徐明那时还小，祁小燕比他大三岁。回家徐明在饭桌上怯怯聊起这事，林芬奇马上放下筷子，眉头拧起片刻，一字一顿地说："可以！"边说边往徐明左眼瞳孔上瞥一下。徐明只有一边视力，算半残疾，祁小燕虽是农村的，父母大字不识，下面还有两个智力不全的弟弟，但她手脚齐全五官正常，脑子也一点儿毛病都没有。林芬奇的"可以"，指的就是把她娶进门不亏。

几年后徐明真的就跟祁小燕结了婚，生下儿子取名徐平安，眨眼三十岁了，五官像祁小燕，个子却像徐明，一米八六，腰瘪瘪的，背向前弓去，看上去就像半截细长的括号。儿子一天天长大，祁小燕的埋怨就一天天增加，她认为如果当初拿到赔偿，哪怕仅三千五千，那时钱值钱，一套房子才多少？用一只眼换一套房，也不过分，那样徐平安结婚时，也能有自己的新房。现在什么都没有，一只眼等于白白坏掉。

如果徐刚健活着，还能补贴他们一点儿，毕竟部队工资高。徐明和祁小燕也在部队，但只是工厂工人，而且祁小燕前几年五十岁，已经退休，退休金每个月四千多。徐明还没退，也只是名义上在岗而已，工厂早废了，每月只拿到基本工资，比祁小燕的退休金高不了多少。两个人加起来每月收入上不了一万，这点儿钱孤立起来看，也够日常开销，但一比较就不够了。

跟谁比呢？跟夏伟伟和陈力力。

3

徐明住院时，夏伟伟和陈力力一次都没出现，他们家长明显约好了各自写一封慰问信，夸徐明是勇敢的好孩子，未来肯定是前途无量的国家栋梁之材，好好休息，病好了广阔天地大有作为。林芬奇一下子把信撕碎，狠狠摔地上，吐几口痰，再用脚掌踩几下。尽管不是故意的，可徐明眼睛毕竟被弄破了，作为肇事者，他们来医院看看，当面道个歉，又不是多难，为什么却不来呢？

因为休学两年，徐明眼睛受伤后，回江苏的夏伟伟就见不到了，陈力力变得比他高两级，他也见不到。徐明那时也特别不想见他们。一开始他没意识到自己不想，直到姐姐徐华要出嫁的前一天，一家人围着吃饭，徐华盯着徐明看片刻，突然把筷子往桌上重重一搁，说："好好的一个人，成这样了！"

当时祁小燕已经住进家里好一阵了，是林芬奇一开始就故意弄出各种借口，让祁小燕早早来过夜，显然要把生米做成熟饭。家里只有两房一厅，之前徐明睡在客厅沙发上，林芬奇逼徐华和徐明对换一下，也就是徐华睡沙发，腾出来的次卧让徐明和祁小燕住一起。徐华挺不高兴，她一个大姑娘，因为一个外来的陌生女孩，就得搬离自己从小住到大的房间，每天把身体摊在沙发上，再也没隐私可言。林芬奇反驳她不满的武器就是一句话："那你快找个人嫁掉呀。"

徐华二十二岁嫁给小学老师王明胜。论脸蛋，王明胜配不上徐华，单眼皮的徐华，小时候老是让林芬奇不满，但慢慢长大后，发现单眼皮安在鹅蛋脸上，跟高鼻梁和小下巴真是绝配。可惜徐华的身材不配合，只有一米五五，再高十厘米，去当电影明星都够格。她十一岁时，徐明九岁，左眼被铁片划裂，在医院住一个多月。这一个多月，以及后来的十几年，徐刚健和林芬奇仿佛就只剩下一个孩子了，他们轮流去医院陪徐明，后来又带徐明去各地医院。徐明眼睛出了这么大事，一门心思往上扑，徐华也不是不理解，但她又不是圣贤，不高兴是正常的。有时候徐刚健和林芬奇离家走得匆忙，连钱都忘了留点儿，到北京或者上海了才记起。幸亏部队通个话方便，徐刚健的战友找上门，把哭得快别过气去的徐华领去住几天，徐华要是不去，他们就给点儿钱、捎些菜，让她囫囵吞枣对付着。

"好好一个人，成这样了！"徐明听出来了，徐华说这话有多重意思，最核心的问题归结到他的眼睛。成了残疾人，其实这个家也残疾了，否则徐华不至于这么匆忙就嫁给长得那么难看的王明胜，鼻子塌，嘴巴宽，比徐华还大了八岁，结婚时大半个脑袋已经秃了。徐明就是在这一刻突然想起夏伟伟和陈力力，只是一闪而过，但身子马上紧了一下。他垂下眼皮盯着自己的胳膊，上面变得非常陌生，像鸡褪毛后密布着一个个浮起来的疙瘩。"真是受够了！"徐华猛地站起，扭头走进厨房。家里没有属于她的房间后，她只剩下厨房。以前三顿饭菜林芬奇做起来绰绰有余，但徐明一住院，厨房的主人就从林芬奇变成徐华。十一岁的徐华在小小的厨房里慢慢变大，终于熬到可以出嫁。

当时徐明发现祁小燕正瞥他，想跟他对视。他把脖子梗住，脸就是不转过去。他不需要跟谁对看。夏伟伟和陈力力有姐姐吗？出嫁了吗？徐明一点都不知道，他甚至都记不得他们长什么样了。

他知道夏伟伟的消息是去年，也就是五十四岁时。那时他和祁小燕带着儿子刚搬到新房，房子所在的小区叫大成江山，是林芬奇出钱买的，三房一厅，有电梯，每幢四十层，他们家在第十六层，连装修也是林芬奇出钱出力，整天灰头土脸地跑前跑后，家具都配齐了，连车库和小车都买好，徐明一家三口才直接入住。

"哎呀徐明快打开电视，本市一频道，对，新闻台，晚间八点新闻，快点儿快点儿！"林芬奇在电话里气喘吁吁地说。徐明"噢"了一声，并没动。林芬奇的声音以前被讲台弄大了，现在改不了。"你不要光'噢'，快打开电视！"林芬奇加重了语气。徐明想你倒是说呀，电视里到底有什么。他打开电源，抓起遥控器，按来按去找不到本市一套。话筒里林芬奇还在催，急得跟着火似的。他转过头朝厨房里喊："小燕，来一下。"祁小燕正收拾晚餐后的碗筷，半晌才慢吞吞出来。徐明先把遥控器递给她，马上又把话筒也一并递过去。

祁小燕"喂"了一声，眉头很快皱起，然后像被人按了快进键，手指头在遥控器上哗哗跳动，屏幕上很快就出现一个男人的画面。祁小燕话筒还压在耳朵上，脸转过来盯着徐明，嘟嘟嘴，紧着嗓子问："他是不是夏伟伟？"

徐明一时间没反应过来，他看看祁小燕，又看看电视，不知道里头这个人跟祁小燕有什么关系。

"快说，他是不是夏伟伟？"祁小燕提高了嗓门大声喊起。

"妈，他还晕着哩。"这话祁小燕是对话筒里的林芬奇说的。

话筒很快就射出一声尖叫。祁小燕把话筒拿远一点，她盯着徐明说："妈问，这个人是不是当年弄伤你眼睛的夏伟伟？"

徐明脑袋嗡了一下，脸马上转向电视。里头正在开会，镜头拉大时，主席台上一个男人正站在左边发言席上读着稿子，微胖，中等个，细眼，三七开的分头梳得极其工整。可能读的时间有点久了，稿子已经翻到最后一页，读完，他长吁一口气，下面掌声顿起。他走出来，对台下鞠个躬，又转过来对主席台再鞠个躬，然后走到自己位子坐下。刚才屏幕上打出字幕是"夏伟伟"，这会儿坐到前排正中央位置时，桌牌写着的也是"夏伟伟"。

这个夏伟伟就是那个夏伟伟？徐明没把握，他完全联系不起来。

"有他以前的照片吗？"徐平安不知什么时候从自己屋里出来了，头伸到电视前看着。

徐明摇头，没有。

徐平安说："合影也行。"

徐明还是摇头。

第二天一大早祁小燕出门了，徐明以为她照例去公园跳广场舞了。快中午祁小燕才回来，一进门就冲着徐明喊："真的是他，就是你那个同学夏伟伟，他当市长了。"话音未落，电话响了，是林芬奇打来的："徐明啊，就是他，弄伤你眼睛的人居然当上市长了，你说巧不巧？"

弄伤徐明眼睛的人，林芬奇以前每次说起都恼火，恨不得提刀扑过去，这会儿话语里却透着一点儿喜气。联想到刚才祁小燕进门时的表情，徐明相信这两个女人在这件事上，情绪是一致的。后来祁小燕说起来他才知道，不仅两个人，加上徐华，应该是三个女人。祁小燕找林芬奇，林芬奇和她一起找徐华，然后徐华逼她老公王明胜找在市委办公厅工作的同学打听，问到的情况如下：夏伟伟考上南京大学，毕业后留在江苏工作，读了在职研究生，从乡镇做起，一步步升到厅级，然后调来，先当代理市长，再正式被选为市长。小时候他曾在这座城市短暂生活过，算衣锦还乡。

祁小燕突然说："徐明，你应该去找找这位同学，是他把你眼睛弄半瞎的嘛。"

徐明在客厅沙发上缓缓坐下，闭上眼，心咚咚咚地跳着。市长，夏伟伟居然是市长了，这太意外了。

4

就是在得知市长夏伟伟就是小学同学夏伟伟的第二天，徐刚健的体检报告单出来，肺癌晚期。徐刚健动了手术。其实也没用，拖了一年多还是走了。

徐刚健从发病到死去这一年多，跑医院的基本是徐华。徐华的女儿大学毕业后留在上海工作，所以她平时除了打麻将，也没其他可忙的。有时她懒得动，在电话里冲林芬奇喊："又叫我，你不会叫徐明去？"林芬奇马上用更大的声音顶回去："他只有一只眼，你呢？你也残废了？"徐明倒是主动提出自己也可以去医院顶一顶。林芬奇马上说："你要上班她不要上班。"徐明悄悄叹一口气，心里知道林芬奇是故意的，还有什么班可上呢？挂在车间门后面的签到本早被人当草纸撕光了。

按说祁小燕也退休了，可以帮徐明跑跑腿，但从一开始林芬奇就不让祁小燕做事，舍不得似的，其实是怕她做着做着一恼火就把徐明蹬掉。这也是徐华一直介意的。一个外人住着林芬奇花钱买入和装修的房子，亲生女儿却当牛做马。

林芬奇看来累坏了，徐刚健患病这些日子，她瘦了很多，却并没有想象的悲伤。徐刚健前天死了，昨天很多亲友来吊唁，今天送去火化，一切处理得紧凑利索，都是林芬奇自己一手操办的，她永远不相信别人能办得比她好，二十岁是这样，四十岁是这样，现在八十三岁了还是这样。

主卧里不停传出响声。徐明走到门旁，见徐平安在徐华边上走来走去，就也凑过去。有本相册装的都是徐刚健和林芬奇年轻时候的照片，其中有几张是徐刚健在上海或北京，他的旁边站着瘦削的小男孩，就是徐明。徐平安把照片从塑料套里抽出来，摆平了，一张张拍照。徐华问他："以前没见过吗？"徐平安摇头。徐华又问："拍这个做什么？"徐平安说："玩。"

徐华把徐刚健的衣服一件件清出来，摸过口袋，准备抱下楼烧掉。这时林芬奇喊起："徐华，来来来，你过来。"顿一下又喊："徐明，你也来。"

徐明就放下相册，从主卧出来。

"你爸其实是没用的人。"林芬奇摇着头，"我也没用，这一辈子我都听他的。那年他要装高尚，我也只好装了，可是这一口气我几十年都没顺过来啊。是眼睛啊，又不是哪里破个皮。"

徐明抿抿嘴，他觉得父亲刚死，母亲就在背后说坏话不妥。

"这些日子被他这一病，差点儿误了一件事了。我心里其实一直惦记着，只是腾不出空来，年纪大了，精力实在不够花。哎，徐华。"林芬奇看着站在旁边的徐华，"你让王明胜的同学转个口信，让夏伟伟来我们家坐坐，我要见见他。"

徐华瞥一眼祁小燕，祁小燕抬起头，嘴咧了咧，轻微一笑。徐明没看懂祁小燕为什么笑，这日子本来不适合笑。

徐华说："妈，这么多年你一直说我爸是窝囊废，我跟你说，王明胜才是真正的废物。上次找在市政府办公厅的同学打听夏伟伟情况后，他吓得吃了十几天安眠药。还敢再托口信？要敢托，小燕早让他托了。小燕提了酒和茶跟他磨了多少遍，还是一点儿用都没有。不是不愿意，是借十个胆他也不敢了，他不是这个料。"

徐明和林芬奇唰的一下，同时把脸转向祁小燕。

祁小燕反复尝试找夏伟伟，徐明一点儿都不知道。

5

徐平安高考两次才考个三本，学新闻，毕业后去当地都市报应聘，当了跑时政新闻的记者。报社搞末位淘汰，上稿量最少的每半年开除一位，徐平安第一次就轮到了，也就是说他只上了半年班，就迅速成为末位。稿子他不是不会写，时政的新闻每天都上头版，接二连三的会议通常人家早备好通稿，去了拿回，安上个"本报记者"就不愁工分了。问题在于徐平安对开会有看法，他懒得去，就有其他人抢着去。祁小燕气不过，哪能这么对待一个老实本分的年轻人？她这么一说，徐平安嘴角一扯，一脸都是不服，喃喃道："老实个屁。"

大成江山小区旁边有个全市最大的公园，林芬奇看中的就是这个。大前年交房，装修，又透气大半年，去年初徐明一家三口才搬过来。传说地铁本来并不经过这里，也是地产商让地铁拐道了，报道出来的理由是为方便市民上公园，地铁站就设在大成江山三期门口，房价立马噌噌噌涨了几波，连一期二手房价格也跟着上跳一大截。

公园有空地，空地如今都不可能白白空着，只要不下大雨，每天早晚都有穿着花花绿绿、挂着鲜艳长纱巾的女人在那里高声放出音乐，起劲地跳来跳去。年轻时她们只能远远看别人在舞台上跳，现在不需要舞台，有块十几平方米以上的草地就行，水泥地也行，可以从藏舞、蒙古族舞、新疆舞，一直跳到古典舞。不过举个胳膊蹬个腿，她们觉得自己会。

徐明不知道祁小燕是怎么混到其中的，她突然变成一个文艺妇女，家里就多出歌声，不是她唱，而是手机里反复播着视频，她坐着站着都盯着看，冷不丁就手一举比画几下，再转两圈，连煮菜做饭都可能突然屁股一扭，弄出个造型。对动起来的东西，从九岁那个阴天起，徐明就下意识地避开，所以祁小燕手脚一动他眼皮就像被烫了般垂下，或者转开脸，这样他打量祁小燕的时间就比以前又少了大半。

祁小燕要王明胜帮她找夏伟伟，王明胜怎么都不敢。舞友就给祁小燕出主意，让她打市长电话。祁小燕果真就打了一阵，但每次接电话的都不是市长。对方问她反映什么事，她支吾一下，就把电话放下了。受打电话启发，她开始写信，然后在文印店打印了一大沓，一周寄出一封，没有回音再寄下一封。

徐明对家里的东西从来不细究，就是一只大象戳在那里，他一般也不多看一眼。眼睛不好，他得省着用。打印回来的那些信，祁小燕一大意，就随手扔在沙发上。那天徐明从阳台进来，恰好一阵风也跟进客厅，掀翻沙发上的纸，一张张落地上。徐明走过去，脚踩着纸，然后坐到沙发上。屁股下还有纸，嘎叽嘎叽响，他伸手抽出，往旁边甩去，然后猛地就停下了手。他右眼看见"夏市长您好"这几个字了。

当时祁小燕正在厨房准备晚饭，徐明一扭头，把她喊出来。"你都写了什么呀？"他很恼火，事情不能这么做，而且瞒着他。徐明早就不是个好奇的人了，但这会儿他突然有了点儿兴趣，他问："他回信了？"

祁小燕迟疑一下，摇摇头，说："没有，电话也没打。"

祁小燕在信里写了自己家的住址，还写上她自己的手机号，而不是徐明的。徐明对这个细节在意了一下，他想不明白以他名义写的信，却为何不留他的电话电码。他问："你是不记得我手机号吗？"

祁小燕两肩一耸，反问道："你看手机吗？你手机随身带吗？以前给别人电话你哪次不是留我的手机号？"

徐明想想也对，但问题是留你的手机号，人家也不打来啊。他已经不愿意在这件事上争论下去了，任何人任何事他都不争。他说："以后信别寄了。"

祁小燕把那沓信从徐明手中抽回来，转身进了卧室。

林芬奇很快也知道这件事了，她打电话来问信具体怎么写的。祁小燕不在，电话是徐明接起的。林芬奇说："你去把信拍个照，发微信我看看。"

徐明说："妈，我爸刚过世不久，你好好歇一歇，别管这事了。"

林芬奇打断他，说："他刚死我更要管这事。他都死了，他儿子眼睛被人伤了的账都还没有算哩。以前是他拦着我，现在他死了就没人拦。这个夏伟伟，我得找找他。他是市长了，市长也是人嘛，也会伤人。无论有意还是无意，反正事实摆在那里，他想耍赖不可能。唉，跟你说有什么用，一会儿我问小燕去。"

徐明把话筒放下，悄然长吁一口气。第二天早上六点多，祁小燕照例要去公园。晴天在空地上跳，雨天她们缩到自行车棚里跳，不跳是不可能的。祁小燕一走，徐明也马上从床上翻下来。人把身体横下来跟地球平行，真是最舒服的，刚生下来是这样，死了也这样，这么一想，出生和死去原来是人生最舒适的两个阶段。今天徐明不打算舒适下去，他趿着拖鞋开始拉每个抽屉，打开每个柜子。家里有电脑，但没有打印机，祁小燕会打字，但无法把信一封封打印出来。那一沓文印店打印回的信，他记得祁小燕从他手里抽走，然后就进了卧房，可是卧室里没有。

房子一共三间，朝南的主卧他和祁小燕住，朝东南面的次卧儿子住，朝北的客房也放了床，装修时林芬奇是准备自己和徐刚健偶尔过来住的，其实一天都没来过，就成了储藏间，什么东西都堆进去。徐明也进去找了一遍，没有，再找一遍，还是没有。

儿子的房间他没进去。离开报社后徐平安一直不再找工作，每天迟迟睡再迟迟起，中午出来吃一口饭又关到房间里，一般都反锁着门，好像跟自己房间焊到一起了，一步都舍不得离开。忙什么呢？不知道，祁小燕曾贴在门上听过，没听出什么。屋里电脑似乎二十四小时都开着。写文章？不是；看别人写的文章？应该也不是。除电脑外，他最迷恋的是手机，华为一部，苹果一部，总是不离手，动不动就拍照或录视频。独生子女这一代真是奇怪，可以天天自己跟自己玩，挣钱不急，找对象更不急，除了电脑，其他什么兴趣都没有，需要的东西就网购，包裹直接送到家门口，连街都不用上了。

林芬奇一直叨叨这样不行，一点儿本事都没有人就废了。祁小燕整天上人才网找招聘信息，但没用，徐平安不去应聘。徐明倒是无所谓，不去就不去吧，没本事有什么关系，在家老实待着，不害人也是本事。

主卧有个抽屉上了锁，徐明知道这是祁小燕用来放钱和首饰的。家里的钱徐明不管，事实上他什么都不管，工资卡一直放祁小燕那里。抽屉是祁小燕锁的，但告诉过他钥匙放哪里，他走来走去，想不起究竟在哪里。要打开这个抽屉，得先找到钥匙。

看看时间，已经快八点，一般祁小燕早上在公园的时间是一个半小时，太阳出来前她们得散，晒黑了不值得。从公园往家走，二三十分钟，快的话她八点五十分就会推开家门。

很巧，八点二十七分时，徐明在衣橱最角落一个茶叶罐里，找到了抽屉钥锁，打开来，果然有一沓打印好的信，共十二份。"夏市长您好……""夏市长您好……"每封都一模一样，以徐明的口吻介绍自己，说多想念他，见他当了市长有多高兴，请他有空来家里坐坐。

徐明双掌一用力，嗞的一声，再几声，十二份精白的 A4 打印纸就不完整了，碎成大小不一的块状。客厅也有一部电脑，他不会打字，平时也很少开，但懂大致的操作。打开文档，找到那封信，删除。

终于忙完了，他抬头看看钟，八点四十七分。整个早上他像被摁了快进键，额上已经一层汗。他想不起自己何曾这样过，九岁之前也许有过吧？不知道，不记得了。

门上有响声，钥匙孔开始转动。祁小燕回来了。

6

徐平安从来没喊过"爸"，他对家里其他人喊得也不多，但称呼都正常，轮到徐明却卡住了。林芬奇以前一直催徐平安喊，但越催徐平安越不喊。这事徐明不急，细算起来他也没喊过徐刚健几声"爸"。一个称呼而已，又不是器官，有没有不重要，血缘关系又不是靠嘴喊出来的。何况徐平安从小话就少，能不说就不说，也不黏人，自己独自蹲一旁拿个魔方就能玩大半天。那二十六个小正方体方块被他扭来扭去，手指头飞快动着，六个平面的颜色一次次被打乱，眨眼又归位了。徐明对他不管吃不管穿不管上学，这些事都归祁小燕，每天能平安进家门就够了。有时心里会突然一怔：儿子居然这么大了？

晚饭后徐明照例坐到阳台那张褐色沙发上。快中秋了，月亮歪斜地吊着，云被月光一照，镶了金边似的，一缕缕地散开，无序中又有几分奇怪的周正。徐明觉得应该把林芬奇喊过来过节，毕竟这是徐刚健走后第一个节，林芬奇独自留在老房子里，难免睹物心酸。

电话通了，林芬奇似乎早就等在那里了，马上说："徐明啊，你看夏伟伟现在天天在电视里露脸，又是开会又是去哪里视察，他凭什么这么风光啊！"

徐明咳一声，嗓子眼似乎真有口痰堵着。

林芬奇说："我天天看电视，天天生气。明明就是他把铁片弄进你眼睛的。"

"明天中秋到我这边过节吧。"徐明打断她。

"什么节不节的，不去！"林芬奇话音一落，手机挂了。

风凉起来，节气一到，气温就准点起变化。徐明起身把玻璃门关上，然后重新坐下。这幢楼在小区大门旁，一墙之外就是马路。但从这个阳台是看不到马路的，阳台在南面，马路在东面。去年这条路开挖地铁，争议一直没停过，地方志专家不停地在报纸上写文章，说路下面是东汉古城旧址，不能挖。开工不久确实停过一阵，以为不修了，没过多久又继续修，打桩机、挖掘机、水泥车每天轰隆隆响着。徐平安的卧室正对着工地，祁小燕怕他被吵着，说过几次，让徐平安搬到客厅住，徐平安说不吵，他喜欢吵。

玻璃门被推开，是祁小燕："我打印的那些信呢？"她声音很硬。

徐明不看她，也不答。

祁小燕跨进来，问："我打印的那些信呢？"

徐明说："小燕，别惹事了好不好？你找他干什么？"

祁小燕眉头拧起，说："我只是让他来喝喝茶，惹什么事了？"

玻璃门暗了一下，徐平安瘦高的身子立在那里，两手交叉在腹前，不说话，抿着嘴，这个看看那个看看。

祁小燕问："信到底在哪里？"

徐明说："撕了。"

"神经病啊，干吗撕？"祁小燕抬脚正要往沙发重重踢去，胳膊被徐平安揪住了，一把拉了出来，再推向客厅。然后徐平安又返回，倚到门上，脸转向栏杆外，看着越来越清晰起来的月亮。"你为什么不是市长呢？"他说得很小声，像是自言自语。但接下去徐平安看着徐明，提高了声音，又说："如果反过来，是你弄伤了他眼睛，市长会是你吗？"

徐明身体在沙发里挪了挪，正不知怎么答，徐平安已经转身走掉了。

手机响了，徐华打来的："你们怎么回事啊？过节了都不管妈吗？"

徐明说："她不来。"

徐华喊起："你不会过去接？你要不去，我只好把她接来啊，虽然我房子不是她出钱买的。"

"好吧，"徐明说，"我去接。"

第二天徐明跟祁小燕说起这事，他要出门接林芬奇，被祁小燕拦下了。祁小燕说："我去吧。"她会开车，徐明不会。但一会儿她却一个人回来了。"今天平安去那边了。"祁小燕一脸惊讶。徐明看了次卧一眼，门依然关着，他也不知道徐平安什么时候出去的。祁小燕说："他居然要在那边跟你妈一起过节。"徐明在脑中把儿子跟林芬奇的关系捋一遍。很一般，不见得特别亲，主要徐平安跟谁都亲不起来，搬到大成小区后，从不独自往林芬奇那边跑，为什么今天突然去？

祁小燕想起什么，碎步跑进卧室，一会儿再出来时，上身绣花红褂子，下身纱质绿肥裤，脚上则是红布鞋，手里还握着一把圆形绢扇。祁小燕把扇子一挥，单腿转一圈，再跷着兰花指比画一下，说："去吧去吧，就在公园里啊。我们公园成先进了，有领导来视察，还有电视台的人跟着。是不是很意外？我们跳的舞说不定可以上电视哇。"

徐明眼皮眨了眨，他意外的其实是祁小燕。他十七岁进厂就认识她了，那时起直到她退休，他从来不知道祁小燕能跟跳舞这件事沾边。也许所有女人都有演员梦吧。林芬奇有吗？不知道，看不出来。

第三天早上祁小燕不到五点就起来了，煎三个蛋，摆好面包牛奶，就提着服装出门了。她走时徐明也起床了，正在洗漱。祁小燕喊："徐明，早点儿去噢！"徐明还没答，门已经砰的一声关上了。

来视察的领导说是九点到，徐明八点十分出门。应该事先安排好的，公园里到处是煞有介事地舞剑打拳踢毽跳绳唱歌的人，甚至踩着单杠整个身子一圈圈地甩出三百六十度。他们头发白了，看上去年纪都比他大，但一个个都打算活三百岁似的，荷尔蒙爆棚。公园中央喷水池旁，十几个女人穿着上红下绿的衣服，头上斜插着硕大的红绢花，化极浓的妆，腮鲜唇艳，大都额上泛一层汗，正拿着镜子用纸巾小心地按压着。眼光扫一遍，徐明终于在她们中找到祁小燕。很陌生，即使祁小燕昨天已经穿着这套衣服在他面前摆弄过，他仍然觉得怪异。祁小燕也看到他了，很高兴地站起来，摆了摆手。

太阳非常大，是一种热烈过头的秋高气爽。九点过了，九点半又过了，围着看的人近一半是家属，另一些显然是特地组织来的，默默刷着手机，脸上都是见惯世面的淡定。徐明想走，他不刷手机，也没有认识的人可交谈。他忽然觉得自己跟公园里这些人根本就不是一个星球的，也许从九岁那个阴天，他就直接跳到老年，所谓年轻，他不清楚究竟是什么滋味。

人群突然抽搐般动起来，两个拿对讲机的中年男人微弓着身子跑来，压低嗓子连声说："快快，来了，来了！"

音乐很快就响了，红衣绿裤的女人刚才已经像一堆捞到盆子里的鱼，蔫蔫残喘着，这会儿水猛地灌下，霎时活蹦乱跳起来，排好队，脸上摆出夸张的笑。

"梨花开，春带雨……"歌好听，在这么好听的歌声中，拿扇子的女人们僵硬地扭来扭去。真丑，像一堆在菜市场上摆了一上午卖不出去的青菜与红萝卜。徐明下意识转开头。

一阵脚步声，围着看的人脸齐刷刷转向后面。先是扛摄像机的人跑在前方，边拍摄边后退。然后是一群人，以中年男人为主，大都穿着精白的长袖衬衫，中间那个微胖，中等个，细眼，三七开的分头梳得极其工整。

原本围成一圈的人群，已经被分流出一个缺口，恰好可以让这群新来的人站定。

"梨花开，春带雨。梨花落，春入泥。此生只为一人去，道他君王情也痴。天生丽质难自弃，长恨一曲千古迷，长恨一曲千古思。"祁小燕她们立即从头跳一遍，曲子终时，她们高低不同举起扇子摆出个古怪的造型。掌声，是站中间的那个男人带头鼓起的。接下去是握手，合影。一个显然是当陪同的女人很高兴，大声说："欢迎夏市长发表重要讲话。"

马上是一片更尖厉的掌声。

徐明往旁退了两步。刚才他在愣神片刻之后，已经认出迎面走来的这个男人与那天电视上做报告的是同一个人。夏伟伟！夏伟伟说："我市群众性文体活动真是丰富多彩啊。你们跳得非常好，一点儿不比市里、省里，甚至中央电视台的春晚节目差，啊……"

他的话被鼓掌声和叫好声打断。徐明看了一眼祁小燕，他没弄清祁小燕之前是否已经知道今天来视察的就是夏伟伟。

"就是你们这个服装，"夏伟伟笑了笑，"要是换一套服装，会不会跟这首京剧味的歌更协调呢？"

陪同的女人马上说："对对对，市长说得太对了，我刚才也这么觉得。"

徐明只看到这个女人的背影，从女人的肩膀穿过来，是一个熟悉的身影，虽然又宽又大的手机横在脸前，应该正拍着视频，但后脑勺扁平的脑袋，驼得像半截括号的背，还能是别人？他一怔，徐平安，徐平安居然也来了？

这时夏伟伟挥了挥手说："没关系啊，群众性的活动大家高兴就好，不用那么讲究。"

看上去视察已经接近尾声了，夏伟伟欠欠身子，正要走，那堆青菜红萝卜突然动起来，其中一株猛地脱离队伍，向前急走几步。是祁小燕。

"市长，夏市长！我是祁小燕啊，我给您写过很多信！"

旁边几个人立刻伸过手拦住祁小燕，想把她推开。夏伟伟停住，对旁边的人摆了摆手。

祁小燕大声说："我是徐明的爱人，您还记得他吗？他是您小学的同学啊。噢，他在那儿！徐明，徐明快过来见见夏市长！"

徐明像被人打了一棒，双脚虚浮地定定立在那里。所有人都扭头看着他，每一道目光都像一束火扑过来。他闭上眼，天地一下子黑下来，什么都不见了，再睁开时，夏伟伟已经站在跟前。

7

从公园回来，家里是空的。徐平安还在公园？徐明先去撒泡尿，然后在镜子前站了许久。他不是自己看自己，而是以另一个人的眼光看。对，是市长夏伟伟的。镜子里的人眼睛仍然像两枚横下来的橄榄，眸子却不黑了，泛不出光，连眼梢也不再上翘，而是呈下垂的八字形了。左眼比右眼木，瞳孔上还有个米粒大的白点，但如果不细看，外人并不能看出异样。夏伟伟算不算外人？

"你好啊。"当时夏伟伟这么说，还一下子伸过手来握。

徐明只觉得手心软了一下，像一块面团塞过来，温热、细腻、柔顺。以前他握过这双手？肯定没有。事实上他想不起自己曾跟谁握过手，突然夏伟伟以市长的身份站到眼前，说你好，说好久不见。脑子嗡嗡响，他只往对方瞥了一下，就犯了错似的立即闪开，垂下眼帘。在那块铁片飞来之前，他们是能够四目相对的，如今却只剩三目互相看，他不敢看。但在低头的一瞬，他看到夏伟伟眼光在他左眼定了两秒。那么夏伟伟其实是记得的？

祁小燕已经挤过来，因为抹着厚厚的浓妆，整张脸变得像一具塑料模型，上面浮着一层粉，又黑又长的假睫毛像两片毛刷僵硬地横在那里。"夏市长夏市长！"她一只手直直戳向徐明，"他就是徐明，您小学同学徐明。"

"徐明你好。"夏伟伟在徐明手背上拍了拍，笑得很平稳。

徐明点点头，现在他已经适应了，可以抬着脸看着夏伟伟。

祁小燕抓住夏伟伟的胳膊："夏市长您真记得他呀！"

站在夏伟伟旁边的中年男人贴过来，隐蔽而坚定地把祁小燕的手从夏伟伟胳膊上扯开，然后巧妙地挡在祁小燕和夏伟伟胳膊之间。祁小燕还要往前挤，边挤边喊："夏市长，夏市长……"

夏伟伟摆摆手，这个动作不是对徐明做的，而是对四周的人。然后夏伟伟又特地对徐明也摆手："老同学，见到你很高兴啊，我还有事，以后我们找机会再聊啊。"

徐明没答，他清楚夏伟伟也不需要他答。果然话音未落，那个中年男人已经侧过身，站到夏伟伟和徐明之间，并且手臂向前伸，做出"请"的姿势，顺便把旁边的人向外挡去，转眼他们就只剩下一堆背影，谁也没有回过头来。

徐明就是在这时也转过身，朝另一方向走去。祁小燕在后面叫他，问他去哪里。他没理，脚像被她的话给推了一下，竟越走越快。还能去哪里？他无非是回家，回到阳台的沙发上。

祁小燕是一个多小时后才回来的，妆还在，红衫绿裤倒是换掉了。她先去厨房噼噼啪啪忙了一阵，才进卫生间把妆卸掉，然后边用纸巾擦着脸，边走到阳台，问："哎，我今天跳得怎么样？"

徐明没有答。祁小燕又问："中午吃面可以吗？"

徐明还是不答。吃什么不重要，他一直无所谓，什么都能吃，少吃一两顿也无关紧要。祁小燕以前从来不会征求他意见，端上什么就是什么。祁小燕说：

"要不要炒几样菜，再来点儿酒，庆贺一下？"徐明眼皮一抬，侧过身子瞥了她一眼："庆贺什么？"他确实脑子没转过来。祁小燕笑起，说："庆贺你和夏伟伟终于见面了嘛。"

徐明猛地把眼重新闭上，有一股气流止从肚子里冲上来，顶到喉咙。他打个嗝，鼻孔长长呼出一口气。

祁小燕转身要走，马上又回过头，说："你等着，他肯定会找我们的。今天当着这么多人的面哩，还能再不理？"

徐明眉头一皱。你等着？他什么时候等了？他为什么要让夏伟伟理一下？他侧过头，重新看祁小燕，只看到祁小燕的背影，屁股仿佛被改造成另一种东西，腰间的螺丝松了，随着脚步向两侧边走边有节奏地荡来荡去。她的肢体似乎还留在《梨花颂》里，仍缓缓春带雨中。

午饭前徐平安才回来，徐明问："你今天也去公园了？"徐平安头都不抬，也不答，洗了手就坐到饭桌旁。饭桌是长方形的，三个人分坐在桌子的两边，祁小燕与徐平安并排，徐明独自坐他们对面，这个格局从住进这个小区第一天起就形成了。一般徐明和徐平安都不怎么开口，说话的主要是祁小燕，话的内容都围绕着菜，这个有营养、那个要多吃。说这些时她总是侧过脸冲着徐平安，或者干脆边说边把菜夹进徐平安碗里。徐平安很烦这样，徐明看着也烦。儿子要是生在旧社会，这岁数都快能当爷爷了，祁小燕还是把他当婴儿。

把一块煎带鱼夹到徐平安碗里时，祁小燕侧着头问："哎，平安，如果市长帮你安排工作，你想去哪里？"

徐平安马上眉头拧起来，说："哪里都不去，我不要工作！"

祁小燕说："你怎么这样？不工作怎么办呀？这种关系别人求都求不来！"

徐平安把碗筷重重一放，站起走掉，进了自己房间，关上门。

徐明也站起，走到阳台，贴着玻璃往下看，脚马上一虚，连忙后退两步。房子买太高了，以前老房子在五楼，他都不敢往下看，现在十六层，要不是林芬奇用玻璃围起来，他都没法到阳台上来。他坐下，闭上眼。这次夏伟伟来公园视察，祁小燕之前一定是知道的，却没告诉他。为什么不说？如果提前知道今天会在公园见到夏伟伟，他会去吗？不会。祁小燕还是了解他的。并不是所有人的生活里都需要一个市长的，看上去祁小燕需要。祁小燕想给徐平安找工作，可是徐平安不乐意。

第二天一大早祁小燕又去公园跳舞了，她刚走，林芬奇就开门进来。每次来她都像来灾区，总是先拐去超市买一堆鱼肉菜，然后大包小包提来。把鱼肉清洗，分袋装好，再放进冰箱后，见徐明坐在阳台上，她也过来，在旁边小凳子上坐下，手在腿上拍两下，说："徐明我跟你说一件事。"

徐明欠欠身子看着她。虽然入秋了，天气其实仍很燥热，家里的空调从夏天一路开下来，还没断过，林芬奇却已经穿着长袖衬衫，外面再套一件双层灰马甲。她是真瘦，背也驼了，脖子好像已经扛不住脑袋，斜斜向前倾去，整个人看上去就像随时打算向什么地方钻去。以前林芬奇不是这样的，翻徐刚健留下的旧相册，在每一张照片里年轻的林芬奇都清新鲜艳，长辫子时系着蝴蝶结，短发时烫着大波浪，衣服从列宁装到布拉吉，都雅致得体，微微颔首，嘴轻抿，笑得花好月圆。

那样的林芬奇早已不见了。

林芬奇眉头皱了皱，嘴里还小声嘀咕一句什么，在手机上拨几下，然后把手机递过来。她用的是徐华换下来的旧智能机。徐明瞥过去一眼，屏幕上是一个发福的中年男人，脸圆圆的，泛出红光，下巴堆着三层肉。

林芬奇问："这个人你认得吗？"

徐明探过身子看了看，摇头。他认识的人很少，以前在红星厂他连三分之一的人都认不全，大家都知道他视力不好，不认人是正常的。厂里不用上班后，他见到的人更少了，他确实也没有认识谁的念头。

林芬奇说："他是陈力力啊！"

徐明半晌没反应过来。

林芬奇说："就是那年，跟夏伟伟一起把你眼睛弄破的那个人！"

徐明太阳穴猛跳几下。陈力力？他想起这个名字了。那年陈力力也只有九岁，很胖，是结实苗壮的胖，跟现在的臃肿完全不一样。隔着几十年的光阴哩，他怎么记得？

林芬奇叹了口气，收回手机，把屏幕搁在膝盖上搓两下，好像手机刚才被徐明看脏了："你知道他是干什么的吗？你根本想不到，他居然是做房地产的。我们市里最大的房地产公司是哪家？大成集团。陈力力就是大成集团的老板。啧啧啧，大成集团啊，都上市了。我们都像个死人，这房子其实就是大成集团建的，可是当初买房子时，我一点儿都不知道。我要是知道就好了。"

徐明缓缓坐直，转过身看着林芬奇，半晌才问："你现在又是怎么知道的？"

林芬奇头微仰着，看着上方的玻璃："徐明啊，都怪我，那天我要是不发神经把全班学生留下来补课，你就能早早到家，然后晚上我们一起去看电影。看个电影多好啊，什么都不会发生。你一直很恨我吧？"

"没有！"徐明脱口答道，他真的不恨，事情太大了，那块铁片一下子把他眼前的东西撕碎，他当时根本来不及恨，后来好像又忘了该去恨一恨谁。

林芬奇又叹了口气，说："我们都太笨了，傻乎乎的，这么多年一直吃着哑巴亏。还是小燕聪明，她一直说冤有头债有主。"

徐明一怔，马上问："陈力力是祁小燕找到的？"

林芬奇犹豫了片刻，才小心地点点头。她看着徐明，嘴唇动了动，还没开口，徐明抢先问："祁小燕找陈力力干吗？"

林芬奇伸过手在徐明胳膊上拍了拍。"你呀，我以前真的很担心你找不到老婆……你爸当初老嫌祁小燕素质低，但她对你对这个家不差啊，是不是？好歹人家也没不三不四地搞外遇，还给我们家生个儿子。而且，她脑子确实比我们都活络……徐明啊，她怕夏伟伟找你，你不理人家，特地让我来劝一劝。要是夏伟伟真找你了，你不许不理啊。做亏心事的又不是我们，干吗我们要避开呢？"

徐明定定地看着林芬奇："他找我干吗？"

林芬奇眼皮垂下，好像在思考什么，一会儿再抬起时，眉头微微拧起来。

"徐明啊，"她语气里很清晰地夹着几丝不满，"他是市长，我们跟他有来往，总不是坏事。平安这么大了，再怎么样也得替他考虑了。是不是这个理？不要任性，你看你这样子小燕都一直守着这个家……"

徐明打断她："我什么样子？"

林芬奇一愣，局促笑起，摆了摆手，说："唉，我又乱说话了。我的意思是，小燕也不容易，她脑子比我们都好使，就听她的吧。如果人家真的找你，你不要使性子，好不好？"

徐明闭上眼，嘴唇抿住。

林芬奇又说："你答应我，好不好？"

徐明迟疑了一下，点了点头。他突然想，在公园里见面时，当着那么多人面，夏伟伟没多说什么，私下再联系他，会不会专程为了道歉？

8

三天后徐明午睡还没醒，手机响了，是陌生电话。他接起，一个外地口音的男人问："请问你是徐明先生吗？"

徐明局促地应一声，他被人称为"先生"还是第一次。

对方说："您好，我姓齐，是大成集团董事长办公室的，您喊我小齐就行。董事长请您抽空聚一聚。请问明天晚上有空吗？"

"董事长？"

"我们董事长叫陈力力，您是他小学同学吧？"

"噢，对。"徐明终于回过神来。

"那就好，徐先生我们董事长请您明天晚上吃饭，具体地点我已把定位发给您太太了。"

"你说……太太？"徐明犹豫了一下，还是问了。

"噢，刚才我已经跟您太太通过电话了，还加了微信。她让我再直接给您打个电话。"

直接？一直到放下手机，这个词仍跟石块似的硌在徐明胸口。祁小燕跟人家都说妥了之后，还要让对方再给他一个电话，她是怕自己说了他不信或者不听？他从床上下来，在屋里各处转一圈，没有看到祁小燕。

天黑下来后祁小燕才回来，左右手各提着两个纸袋，脸上显见是兴奋的，嘴咧着，但来不及说话，先冲进厨房开始忙晚饭。等到吃过饭，收拾好了，她才把纸袋里的东西掏出来：一双中跟黑皮鞋、一件紫碎花连衣裙。"好看吗？"她问。徐明瞥一眼，没有答。祁小燕又去敲开徐平安的门，问好不好看。徐平安眯起眼打量一下，不置可否地歪了歪头，就把门重新关上了。

徐明走到阳台，往外看几眼，又俯瞰几眼。要看什么他并不知道，也许什么都没有看进去，只是把看的姿势做一遍罢了。可能因中秋的时候月亮把该亮的都亮过了，相比之下，这一阵总是显得又瘦又窄，仿佛疲倦了，连光泽度都减下去。月朗星就稀，现在月不朗，星也仍是稀的。明晚呢？在这样相似的月色中，他将和几十年前的小学同学陈力力见面，这个人当年在奋发路上突然出现，向夏伟伟的手掌猛地拍去，如果不是他，夏伟伟掌心里的铁片不会挥起来，再落下，然后划破徐明的眼球。

徐明觉得左眼隐隐有点儿疼，他闭上眼，用手揉了揉。明天他要带着这只早就破掉的眼睛去见陈力力？之前祁小燕一直要见夏伟伟，在公园里算是见上了吧？然后轮到陈力力。

为什么陈力力要请他吃饭？

很奇怪，一直到第二天傍晚去酒店前，祁小燕都不提这事，徐明几次想问，又觉得不问也罢。他本来以为只是自己一个人去，看时间差不多了，让祁小燕把地址给他。祁小燕从卫生间里出来，已经穿上那套紫色碎花连衣裙了，还化了妆，连假睫毛都粘上了。"你要地址干吗？"她很诧异，抹上口红的嘴唇微微嘬起，突然艳起来的唇把牙齿衬得又涩又黄，"我开车呀，可以导航嘛。平安，平安快点，要走了！"

徐明怔怔地看看她，又转过头看向儿子的卧室。门恰好开了，徐平安穿一套西装出来，打着领带。他平时从来都穿运动休闲服，西装什么时候买的？徐明不知道。"他也去？"他问祁小燕。祁小燕头一晃，说："是啊。"

徐明继续问："你们都去？"

"是啊。"边答着祁小燕边走到门后，打开鞋柜，取出新买的黑色中跟皮鞋，套上，拉开门。徐平安跟在她背后也出了门，徐明还原地站着不动。"快走啊。"祁小燕喊。

徐明不想走了，一动都懒得动。陈力力请他吃饭，祁小燕一起去已经算过分了，还要再加上徐平安，这都算什么事呀。祁小燕好像猜明白了，踩着中跟鞋大步进来，把手上的黑色小坤包往他腿上一甩，说："怎么回事你，跟人家都说好了，快点儿！"

徐明往门外瞄一眼，儿子正侧着身子低头看手机，手指头在屏幕上利索地划来划去。

徐明问："是他们让你们去，还是你们自己提出要去？"

祁小燕说："有什么区别？快走吧，今晚说是陈力力请客，其实夏伟伟也会去的。人家是市长哩，你不能让人家等着你。"

夏伟伟也去？徐明脑子嗡了一下。但不容他多想，胳膊被祁小燕拉住了，她用上了力气，把徐明往门外推去。

吃饭不在酒店，而是一家外表很朴素，内里装饰却非常华丽的私人会所。一个中年男子站在门口，一见到车来就迎上前，弓着腰问："是徐先生吧？"

祁小燕连忙摇下车窗答："对对对。"

中年男人保持着刚才的姿势，脸上的笑更多了，说："我是小齐。曾给您打过电话。"

祁小燕朗声说："原来齐先生就是您啊，太好啦。我们——"

小齐往旁招了招手，马上有个穿灰色中式制服的清瘦男孩小跑上前。小齐说："请你们下车，泊车交给他。"三个人在车内都怔着，最先明白过来的是徐平安，他打开后车门一脚跨下来，回头招呼还愣坐着的徐明和祁小燕："下来，你们下来呀！"

徐明打开车门，在伸出脚即将跨下去的一瞬，突然记起一件事。他反过身对祁小燕说："别跟他们提起我们家住哪里！"祁小燕眉头微微皱一下，马上又笑开了。她不是对徐明笑，而是把脸朝向车外，紧接着就利索地跨下来。

车果然被服务生开走，三人跟着小齐进了屋。房间还是空的，但几盏罩着米色绢缎的方形吊灯已经全亮了，光柔和富贵。屋子非常大，足以摆下五六张八仙桌，却只在中央孤零零放着一张直径三米左右的圆桌，铺着精白的桌布，已摆放好餐具。椅子是红木的，窗上嵌着雕花玻璃，地面铺着松柔厚实的羊毛地毯，有隐约的香水味和细微的音乐轻缓飘着。小齐招呼他们先在圆桌旁的茶台边坐下，话一说完就匆匆转身出去了。他一走，三个穿旗袍的美女就出现了，端着茶盘，分别走到徐明、祁小燕和徐平安脚旁半跪下，先是递来热毛巾，紧接着几杯热茶也依次摆好了。

徐明没想到现在酒店是这样伺候人的，他捏住热毛巾，以为是让他擦脸的，举到半空，看徐平安只是在手上擦了擦，连忙也依样画葫芦。正拿着热毛巾不知放哪里，门外传来声响，小齐小跑着出现在门口，仍然微弓着身子，先对门外做出"请"的动作，又转过脸说："董事长到了。"

徐平安一下子站起来，接着祁小燕也站起，徐明手里的热毛巾已经被美女用夹子取走，他却仍愣着没反应过来。董事长到了，董事长就是陈力力。陈力力从门外进来，肚子顶在最前头，一脸是笑。小齐指了指徐明，说："董事长，徐明先生在这里。"

"哎呀，徐明啊徐明！"陈力力张大双臂，声调拉得高，边说边大步向前。

徐明从椅子上站起，脚下意识地向后微微一退。小时候徐刚健抱过他，九岁铁片划过他眼珠那天，林芬奇跑进医院一把抱住他，哭得呜呜响，之后他不记得还被谁在大庭广众之下搂抱过，连祁小燕好像都没有。但其实是他多虑了，陈力力手臂只是象征性地张了张，并没有往下持续，他甚至立住，脸转向圆桌，说："怎么不上桌呢？来，坐下坐下。"

祁小燕小声问："夏市长？"

陈力力好像没听到，挥了挥手，说："坐下，来徐明，我们坐下，坐下。"

陈力力径自坐到主位，中年男子让徐明坐陈力力左边，祁小燕坐右边，徐平安坐正对面。小齐走到陈力力边上俯身问了一句什么，陈力力马上手掌举起来一甩，说："上菜吧。"小齐"好好好"连声说了几句，就退出了。徐明心里嘀咕了一下，眼光在小齐背上追了片刻。硕大的圆桌旁只有四张椅子，仅仅四张，徐明是这会儿才意识到的，刚才进门时他并未发现。不是夏伟伟也来吗？来了坐哪里？

陈力力转过脸，看着徐明，说："今天本来伟伟要来，临时开会，走不开。不管他了，我们自己吃吧。唉，这么多年没见到你，跟做梦似的，对不对？眨眼间我们也都老了，你看你儿子都这么大了，时光无情啊。"

服务员开始上菜了，都是即位式的，每一道菜都提前分了四碗或者四碟。鲍鱼、龙虾、大闸蟹、海参，还有一些海鲜徐明叫不上名，见都没见过。祁小燕很高兴，她的脸一直侧向陈力力，筷子极少提起，提了也仅夹一点，偷吃般缓缓放进撮成小圆形的嘴里。

徐明对此没有太意外，或者说他所有的意外都集中给徐平安了。知子莫如父这句话现在一点都不适用，突然之间徐平安变陌生了，坐到这张圆桌旁，他的嘴仿佛霎时换了一张，唇一直忙乎地上下翕动，倒不是胡说乱说，该停时停，该歇时歇，一旦陈力力开口，他马上直直看着，不时以脆亮的笑声应和。话题不稳定，东跳西跳，包括国际局势、个人打拼经历、股票、地铁……这期间，夏伟伟不时被提起。"伟伟"，陈力力都是这么喊，说得好像是位跟他恋爱一百年的女人。可是那天在奋发路上，陈力力突然从树后出来，明明是和夏伟伟打成一团。他们不打，铁片就不会飞起，更不会落进徐明的眼里。

陈力力对红星厂兴趣也很大，问了又问，徐明只是"嗯嗯""就那样"应付着。工厂不是他的，他在里头混了一辈子，实在所知不多。他惊讶的是徐平安居然对红星厂很熟悉，厂里目前的情况说得一清二楚，包括徐明现在工资和祁小燕的退休金。徐明第一次知道徐平安居然酒量这么好，每隔几分钟就要站起，端着酒杯过来，向陈力力敬酒。有一次他甚至把瘦高的分酒器直接提过来："敬您啊，我是晚辈，先干为敬了。"话音未落，分酒器已经底朝天贴住嘴唇，仿佛他嘴里又长出一个透明的舌头。

桌子上开的是瓶茅台，徐平安一个人至少喝掉六成。

祁小燕要开车，喝的是饮料，脸竟也红扑扑的。她说："董事长，我们家就是买您大成的房子哩。"

"咦？"陈力力马上转过脸盯着祁小燕，"哪里？"

徐明嘴巴动了动，刚想把话岔开，祁小燕已经开口了："大成江山一期啊。"

"噢。"陈力力点点头，转过头问徐明，"那个小区不错吧？旁边有公园，小区外不是正在修地铁吗？到时有个站就设在小区外，出行太方便了。"

徐平安马上问："地铁站真能建起来吗？前一阵停工过哩。"

陈力力说："不是又开工了吗？停不了，谁敢停？"

徐平安提着酒杯过来，俯身问："夏市长肯定大力支持了吧？"

陈力力在徐平安背上拍了拍，说："这还要问吗，年轻人？你问问你爸，伟伟跟我是什么交情。哈，反正你们房子买对了！"

徐明一口酒都没喝。怕酒刺激眼睛，林芬奇以前从来都不让他沾酒，连煮菜当作料都不行。奇怪的是整晚没有人劝过他酒，他坐在陈力力边上，陈力力不停让他快吃，多吃点儿，却一次都没有劝他喝点儿，他前面的酒杯始终是空的，没有倒上酒。

变化太大了。陈力力父亲腿被车撞断，母亲一个人扫地养活一家人，九岁时这个人穷得没有买一袋水果去医院看望他，跟他说句对不起，现在却富成这样，公司上市了，能呼风唤雨，而徐明住的则是他建好出售的房子。

9

祁小燕要加陈力力微信，陈力力犹豫一下，对，犹豫了，这个徐明看到了，但只一瞬陈力力就掏出手机，嘀一声，加了祁小燕微信。轮到徐明，陈力力主动把手机伸过来，说："我扫你。"徐明坐着没反应，祁小燕连忙说："他呀，用的是老人机，上不了网。"

陈力力脖子一挺，显然很意外，然后手向上一举，小齐马上从门外跑进，耳朵伸到陈力力嘴边。陈力力说了句什么，小齐点点头，转身小跑出去。几分钟后小齐再进来，双手托着一个白色的长方形小盒子，盒子上有手机的照片。小齐把盒子递给陈力力，陈力力没接，下巴往前伸了伸，小齐就转过身，把盒子递给徐明。

"什么意思？"徐明一直到这时候都没反应过来。他身子向后仰去，试图离盒子远一点儿，眉微皱着，垂着眼睑看着盒子。

陈力力说："我车上刚好多一部新手机，用不了。手机更新换代太快了，放着就旧了。别嫌弃啊，徐明，麻烦你了，帮我用一用啊。"

徐明仍盯着小盒子一动不动。

这时祁小燕走过来，从小齐手里接过盒子。她笑得眼都只剩两条细线了："哎呀，还有这种好事啊，董事长你待我们家徐明太好了。"

徐明侧过脸看着祁小燕，祁小燕却不看他。

陈力力的手机响了，他接起，嗯嗯两声，马上站起。他屁股离开椅子的那一瞬，小齐就出现在门口了，然后碎步跑进，弯腰抵近陈力力。陈力力收了手机，对小齐说："临时有事，我得先走，你好好陪徐明一家再多吃点儿。拣好菜上，别总是一桌子烂菜！"

小齐连忙点头，说了七八个"是"。

陈力力在徐明肩上拍了拍，说："徐明啊，真是不好意思，今晚我本来什么电话都不接，专程陪你喝一场。你看我们好不容易见个面，最后还是被一个破事给搅掉的。没办法，我得先走，身不由己啊。以后找时间好好再聚聚，叙个旧。哎呀，多少话要说啊，是不是？"

徐明坐着没动，祁小燕已经站起，掏出手机说："哎呀，董事长，能跟你合个影吗？"

陈力力不置可否地嘴咧了咧，祁小燕马上把手机递给徐平安，自己站到陈力力边上，头微微靠过来。

拍过照，陈力力双拳抱起作个揖，说："得罪了得罪了。"

徐平安跨前一步，站到陈力力跟前，问："董事长，据说我们小区前面修地铁，挖出了东汉古城，市里的文史专家一直反对，是不是真的啊？"

徐平安说这话时，陈力力正低头取放在桌上的手机。徐明仍坐着，他是仰起头，从下往上看的，他看到陈力力伸过来的手曾停了半秒。待完全站起，又一脸乐呵呵的了。看错了？徐明只有一只眼管用，他眼神不好，但那半秒非常清晰地摊在面前，应该不会错。

"怎么可能啊？"陈力力声音一下子大了，"我跟你说，那些地方志专家为什么闹你知道吗？他们想买大成的房子，要求我们打折。房子那么俏，一开盘就卖光了，你说干吗打折啊？打折其实是对业主的损害，是不是？"

祁小燕附和道："就是就是。想得美，就是你们要打折，我们也不同意！"

陈力力好像被逗乐了，双手往半空中一张，又朗声笑起，边笑边大步往外走。走到门口，马上要闪身时，头也不回丢下一句话："徐明，我们再约啊。"

小齐跟在背后跑去，几秒钟后又返回。

徐明已经站起，他要走了。小齐拦住他："哎呀，徐先生，我本来要送送董事长，但他不让送，要我回来陪你们再吃点儿。"

祁小燕说："就是，刚才我还没吃什么东西，肚子还是饿的。"

徐明脚没有停，他说："那你吃吧，我先回去了。"

徐明很快就听到后面熟悉的脚步声了，徐平安几个大步跨到他前面，说："我也回，我去开车。"

"别别别，我开，你车不熟。"说着祁小燕已经冲到徐平安前面去了。

小齐也追来，很为难地弓着身子说："哎呀，你们都走了，我怎么向董事长交代呢？"

徐平安突然站住了，看着小齐，问："齐先生房子也在大成吗？"

小齐讪讪笑起："见笑见笑，我哪买得起那房子啊？"

徐平安又问："你知道我们大成小区那边挖地铁，下面挖出东汉古城吗？"

小齐后退一步，连连摆手说："我刚到公司上班两个多月，不知道啊，真的不知道。"

到门口了，祁小燕把车开过来。小齐冲过来开车门，徐明和徐平安钻进去。车子刚动，小齐身子弯下，头探进来，说："不好意思，董事长要是问，您就说今晚你们又继续吃了很多啊，拜托拜托！"

徐明正犹豫着要不要答，徐平安身子探长了，把手机伸出窗外说："齐先生我们加个微信吧。"

小齐有点意外，从裤兜里慌忙掏出手机。两部手机重叠一起时，嘀的一声。徐平安一收回身子，祁小燕就把车开动了。徐明扭过头从后车窗看出去，见小齐立在那里，举着手摇着。看不清他脸上的表情，灯光在他背后，不过徐明猜他应该仍嘴角上扬，挤出笑来。他多大了？比徐平安大不了七八岁吧？刚才门外明明没看到他，结果陈力力手一扬，他怎么就冲进来了？他们坐下吃饭，他却没坐下，这会儿还饿着肚子？

红灯，车停下，祁小燕回过头说："徐明，人家好好请我们吃饭，你干吗整个晚上都在叹气？"

徐明一怔，叹气了？这顿饭他吃得不舒服，但他一点都没发现自己整个晚上都在叹气。

两天后刚吃过晚饭，小齐找上门来了。门铃响后是徐明去开的门，看到两手拎着几袋花花绿绿的礼品盒的小齐，他嘴马上咧到最大："你怎么知道我住这儿？"

小齐笑笑，把手里的东西往上举了举，好像是它们领的路。

祁小燕正在洗碗，听到动静从厨房冲出来，很惊喜："哎呀，快进来坐。是啊，你怎么知道我们家在这幢这间？"

小齐脱鞋进屋，把手里的东西放在客厅茶几上，转动身子四下看了看，说："这房子不错吧，南北通透的，结构好，功能区分非常合理。你们是一手房还是二手房？"

祁小燕说："一手。"

小齐嘴一嘬，脖子同时往前一伸，做出一种敬仰与羡慕相交织的表情。

祁小燕端出水果，开始泡茶，让小齐坐。小齐正要坐下，突然身子一紧，转过头看向徐平安的卧室。不知什么时候徐平安已经打开门，靠着门框，静静看着。小齐喊："平安兄您在家啊。"

徐明眉头皱了一下。徐平安看上去明明比小齐小多了，居然成"兄"了？

小齐已经不往下坐了，他对徐明和祁小燕欠欠身子，小声说："不好意思啊，我能跟平安兄单独聊一聊吗？"

徐明没有答，嘴反而抿紧了。

祁小燕显然也很意外，但她马上说："可以可以，你们随便聊。噢，就坐这里聊吧？"

小齐边说着"好好好"，边向徐平安走去。走近了，两人非常默契地对看一眼，一起进了屋子，门马上关上了。

徐明坐着不动，祁小燕怔了片刻，走到徐明身边，揪住徐明的胳膊往厨房拖。"怎么回事？"祁小燕一脸都是不解。徐明摇摇头，他确实不知道。"很奇怪啊，是不是？"祁小燕又说。徐明点头。小齐是陈力力的手下，他突然来，准确无误敲开门，然后进了徐平安的屋子。他找徐平安干什么？

"会不会是……"祁小燕好像想起什么，"噢，其实那天晚上从酒楼一回来，我就给陈力力发过微信了。你别瞪我，我只是想让平安去陈力力公司上班。刚才我以为这个小齐来是为这事，可是也不像啊。上个班光明正大的，还要单独说话？"

徐明叹口气，不知说什么好。

祁小燕很不满他的叹气，说："你除了叹气，还会什么？儿子这么大的人，整天待在家不出去工作怎么行？老婆都找不到。陈力力公司财大气粗，又有你们这一层关系，安排个好职位这辈子就不愁了。我们就这个儿子，不管管他，以后怎么办呀？"

徐明眉头皱起。徐平安能有个正当的工作当然好，可是隐约又觉得有哪里不太好。他往徐平安的卧室瞥一眼，门仍然关着，关就关吧，两个大男人在里头而已，还能弄出什么是非来？他转身去了阳台，把屁股陷进褐色沙发里。世界太大了，而他有这几平方米就足够。没有星也没有月，天凉下来了也不需要风。地铁工地咚咚的声响很清晰传来，从这里却看不到。市里有规定夜间不许开工扰民，这里却通宵都没有停下。专家越闹，工期越要往前赶？他把玻璃门推上，闭上眼，咚咚咚还是反复灌进耳朵。一个多小时后他听到小齐从徐平安房间出来，站在客厅跟祁小燕的道别声，祁小燕先是挽留他再坐坐，小齐不坐，祁小燕就把他送出门，结果祁小燕自己也一起出了门，过二十多分钟门才重新开了。祁小燕趿着拖鞋进来，走到阳台，推开玻璃门看他一眼，似乎想说什么，又走掉了。

这个晚上剩下的时间都很安静，洗漱，上床，三人各忙各的，都没有话。躺上床，关掉灯后，祁小燕左转右转。徐明想，可能祁小燕有话要说，如果她不说，也就算了。过了一阵徐明已经开始迷糊了，祁小燕还是开口了，她问："哎，你知道小齐今晚来干吗吗？"

徐明身体向外侧着，不答。

祁小燕摇摇他，再问："你猜他来干什么？"

徐明含糊地说："不知道。"理论上他是这个家的男主人，可第一次登门的客人离开时却不向他告别。把他忘了？忘了就忘了吧，无所谓，这个人来干啥他也无所谓。

祁小燕可能在说与不说之间又犹豫了片刻，才缓缓开口。她的话很简练，归纳起来是下面两点：

一、小齐说陈力力让徐平安去公司上班，月薪三万起，但徐平安拒绝了；

二、徐平安有一台手持高清摄像机和一架小型无人机。被报社末位淘汰后，他开始做视频放网上，以前内容以游戏为主，他自己怎么打，再教别人怎么打。这些天他突然转向关注社会问题，动不动就拿地铁工地说事。

10

早上五点多林芬奇就来了，她先敲了徐明和祁小燕睡的主卧门，再去敲徐平安的门。徐明从床上下来，揉着眼走到客厅。林芬奇青着脸问："还睡得着啊，你们！"徐明没答，坐下。他差不多一整夜都没睡着，是啊，他怎么睡得着？

一会儿祁小燕也出来了，她肯定也没睡好，眼袋浮肿，从内眼角、鼻翼、嘴角向下拉出好几根八字形的线条。林芬奇朝徐平安房间瞥一眼，正要再过去敲门，祁小燕拦住她。"妈，"她低声喊，"我们再商量商量。"林芬奇愣一下，点点头，两人同时向主卧走去。祁小燕走两步，回头看一眼徐明："你也来！"徐明只好跟上。一进屋，祁小燕就关上了门。

主卧只有两张椅子，徐明坐到床铺上。他不知道接下去要干什么，一只腿别起来，双手搁上面，木然看着两个女人。林芬奇问："你们是死人吗，居然都不知道？"

徐明垂下头。房间里现在阴盛阳衰，之前整套房子都是，祁小燕统揽家里一切，两个男人这也行那也行，都随她便。可是眨眼间，阵地上却只剩下徐明一人了。他什么都不知道不奇怪，祁小燕怎么也没发现徐平安根本不是曾经的那个徐平安?

"平安要干什么?"这个问题是徐明从昨夜到现在都没弄明白的。

祁小燕摇了摇头:"昨晚小齐一说平安偷偷录音录像,我整个人都蒙了,谁会想到呢? 还无人机,天哪! 回到家我马上问他这些东西哪里来的,他说网购的。问他买了干什么,他说不用你们管。妈,我知道徐明从来不管,所以昨晚那么迟了还给你打电话。我是真的六神无主了。你们说平安到底怎么了?"

林芬奇说:"我想了一夜,我们家平安会不会是特务?"

"什么特务?"祁小燕一下子坐直了。

林芬奇重重舞了一下手,说:"徐明啊,以前你爸说过他们部队抓到水鬼,会同时缴获发报机之类的东西,都是往台湾那边发情报用的。你们说平安居然买了那么多设备,普通人要那些干什么? 徐明,你说话呀!"

徐明嗯了一声。"特务"这个词已经很陌生了,突然冒出来,他虽然不相信,心里还是急跳了几下。

祁小燕嘴唇动几下,重重呼一口气,站起:"妈,不用跟这种人商量,浪费时间!"说着她把林芬奇往屋外拉去。林芬奇回头看几眼,大概觉得祁小燕说得有理,也就出去了,还把门又带上。

徐明继续呆坐一会儿,索性一仰,躺下了,揪过被子盖住肚子,闭上眼。困,这是他此时最真实的感受。还真睡着了,醒来时已经十点多,起来发现家里非常安静。走到徐平安的门外,以为他还睡着,拧了拧把手,门居然开了,里头空无一人。迟疑一下,徐明走进去。他记不起上次进来是什么时候,每天他要下楼,在小区草坪里走走,再去公园散散步,这屋子对他来说,竟比小区和公园还陌生。床、柜、桌、椅,以及桌上的电脑和一部小游戏机,看上去没什么特别。录音机、无人机、手持摄像机呢? 拉了拉抽屉,上锁了。飞机那么大,无人机究竟多小,难道也能藏得进抽屉? 屋角立有一个半人多高的铁架子,顶部是个巴掌大的横向支架。徐明提起掂了掂,不重,他没弄懂这是干什么的。

从桌旁那扇门出去,是比桌子大不了多少的阳台。住进来快两年了,徐明到这个阳台来过吗？没有，应该没有。从十六层往下看，看到小区围墙外的马路，中央被围起来的那部分横七竖八的，挖出深坑，堆着钢筋、木板、推车、挖掘机以及各种杂物，几部打桩机和吊车架子高高朝天立着。路一下子变丑了，也许所有东西刨开来都是不堪的，包括人的肚子，五脏六腑也没一个会是悦目的。原来从这里可以这么清晰地俯瞰到工地，但很奇怪，工地非常安静，一个工人都没有，所有机器都是静止的。刚才他其实已经觉得不对，明明昨晚施工声还非常响，这会儿却突然息下了，原先留着让工人和水泥车进出的缺口也挡上了。又停工了？他不敢久待，主要他不习惯来徐平安房间，徐平安肯定更不习惯他来，所以还是走吧，万一撞上了，彼此别扭。

餐桌上是空的，什么都没有，这种情况之前从来没有过。祁小燕有很多问题，但对家里人是尽心的，有了这一点，他才睁一眼闭一眼——他本来就只剩一只眼，另一只九岁那年闭上了。他去厨房转一圈，没发现什么可吃的，连一块饼干都没找到，那就算了，不吃反正也死不了。

中午十二点过了，外面才有动静。林芬奇和祁小燕回来了，两人的声音从客厅传来，很快就没了。徐明出去转转，发现她们正在厨房里忙着。看到他，林芬奇上前两步，把他拉到餐桌边坐下。徐明想，自己已经两顿没坐到桌旁吃上东西了，这会儿桌上仍然是空的，让他坐下算什么？

"平安去哪里了？"林芬奇问。

徐明摇头。

林芬奇说："早上我和小燕出门时，他还反锁在里头睡，这会儿不在里头了。"

徐明问："他去哪儿了？"

林芬奇头往后一仰，大声喊起："问你哩，你问我？我这辈子到底作了什么孽呀，生出你这样的废……"

徐明点点头。林芬奇虽然把后面的话吞下去了，但意思已经表达出来了。废什么？当然是废物。这时祁小燕端了一碗面出来，转身又进厨房三次，一共端出四碗面摆在桌子上。徐明往她脸上瞄一眼，从碗里蒸腾起来的热气把她五官遮模糊了，但也可能跟热气无关，只是他眼神不好，看不清她脸上的神情。

"吃吧。"祁小燕说得有气无力。

徐明眼睛闭了一会儿。胃想吃，脑子却不想吃。最后脑取胜，他站起，转身又走到阳台，坐进褐色沙发。祁小燕很快就过来，说："快去吃吧。"他一动不动，眼都不睁。过一会儿林芬奇也过来，恼火地揪住他胳膊往上拉。他仍然一动不动，眼也不睁。林芬奇说："唉，都是人，这几十年，我从早到晚心里塞得满满的都是你这个儿子儿子儿子，可是你呢，你的儿子你什么时候上过心？"

徐明眼仍闭住，鼻子却突然酸了。林芬奇再上心，他也不过成这样，九岁左眼就戳进铁片。徐平安至少眼没瞎，而且大学毕业，这怎么比？这时他听到轻微的窸窣声，眼不好的人耳朵总是格外好。他抬起眼皮瞥了一眼，祁小燕巴掌挡在嘴前，正趴在林芬奇耳边嘀咕着什么。两个女人对视一下，微微点了点头。祁小燕嫁进来三十多年了，虽然对林芬奇一直做出客气恭敬状，却从未如此水乳交融过。原来身边两个女人蓦然和谐起来，竟有几分吓人。

"你起来，"林芬奇上前拉徐明，"来，我们要跟你谈一谈。"

徐明从沙发起来时，祁小燕已经先离去了，她坐到餐桌旁，双臂像小学生上课似的工整交叉在桌面，脸却车开，呆呆望着屋角。

林芬奇也坐下，顺手拖了一张椅子让徐明坐。徐明站片刻，只能坐下。说什么？他想到徐平安。果然，林芬奇开口了，她向徐明前倾着身子，问："你知道什么叫网红吗？什么是直播吗？"

徐明犹豫了一下。网红他能猜个大概，至于直播，电视里不是经常有吗？但他马上意识到林芬奇显然不是指春晚、体育比赛之类的，就又摇了摇头。

林芬奇眉头拧得更紧了一些："徐明啊，平安不仅仅拍视频，他还开抖音、微视什么什么的，把拍的很多东西放到网上。"

徐明没有答。抖音、微视都是什么？连林芬奇都懂了，他却不懂。

林芬奇手在桌上重重一拍，说："你知道这一阵他做直播吗？"

"不行！"祁小燕猛地站起，"他这样肯定会惹祸，惹大祸的！"

徐明浑身紧了一下。"什么事？"他像是怕惊醒了什么，问得很小声。

祁小燕白了他一眼，用快得有些失真的语速，说了徐平安的大致情况。徐明上半身微微探出，一条胳膊支在膝上，像棵台风中被支住的树。老实说他听得不是太明白，但他没问，不问也大致猜得出来了：徐平安在网上突然红了，有很多粉丝。他用无人机拍下面的地铁工地，有时还站在阳台上直播，或者把之前拍摄的视频剪成短片播放。徐明不明白的就在这里，建地铁有什么好拍的？拍了又有什么可看的。年初地铁开建，路挖了，圈起围挡，他每次路过，最多往围挡上设置的不停喷射的水雾瞥一眼，起初不知道它们要干吗，后来明白是为了降低粉尘的飞扬，还感动于建设者为往来的人着想。难道是拍这个？

突然他意识到另一个问题。他问："你们怎么知道这些的？"是啊，怎么知道的？

林芬奇看了祁小燕一眼，祁小燕点点头。林芬奇这才开口："上午我和小燕去大成公司，本来要找陈力力，他不在，我们就去找小齐了。他其实不想跟我们说，是被我们一点点挤出来的。"

"找陈力力干吗？"徐明不懂。

"你怎么还不明白，"林芬奇坐直了，嗓子一下子大起来，"平安就是冲着陈力力啊！"

"妈您别急。"祁小燕这时候倒平静下来了，"这事最后可能只有徐明出面才有用了，陈力力铁片伤的人毕竟是徐明，这个账怎么也都记着。徐明，妈的意思还是要让平安去大成公司上班，我们今天找陈力力，就是想让他给我们平安安排个更好的职位。职位高，收入就高。以前那个，平安可能嫌钱少吧，钱多了他就会去。去了，这些乱七八糟的事就没时间弄了。妈，你说是不是？"

林芬奇点点头，手指在桌上叩几下，说："徐明啊，你真的得向小燕学一学。"

徐明长吸一口气，又悄然吐掉。周围的所有人一下子都如此陌生，他能学谁？他谁都不想学。

11

电话响了，是徐华打来的，她居然想买大成三期的房子。买就买呗，难道还要徐明同意？徐华说："我昨天就找小燕了，她拽得要死，爱理不理的。哎，还是你去找那个陈力力给我打个折吧。"徐明马上说不行，打折哪是件小事啊？徐华马上不高兴了，她说："祁小燕前几天跟陈力力拍那么亲密的合影，今天还去陈力力办公室，这是什么关系啊，打个折算什么？"徐明马上问："你怎么知道的？"徐华说："她自己晒朋友圈啊，我还能杜撰？"徐明心里噢了一声，就把手机摁掉了。徐华又打来，他不接。

祁小燕跟陈力力合影他知道，祁小燕上午和林芬奇一起去找陈力力他刚才也知道了。但他不知道祁小燕没找到陈力力，只是见到小齐，却拍了陈力力办公室的照片，然后晒到朋友圈去了。他没微信，手机不能上网，他一时想不明白祁小燕为什么要把照片发上网，不发徐华就看不见。

徐明仍坐在餐桌旁，他相信自己跟徐华通话的内容，林芬奇和祁小燕肯定也听出大概了。他把手机重重捏在巴掌里，看着祁小燕，祁小燕却不看他，眼下垂，盯着手机。她用的是陈力力给的那部新手机，手机里传来的是徐平安的声音。徐明一怔，站起，走到祁小燕身后。他果然看到徐平安一张脸正装在屏幕里，徐平安在说话，说得很快，头晃着，手不时舞动。然后祁小燕手指往下一划，另一个徐平安穿着另一套衣服又出现了，还是很快地说，头动手动。

祁小燕手指再在屏幕上一划，徐平安不见了，但声音仍然是他。是一个片子，镜头从上往下拍，越来越大，变成了特写。十几个工人俯身在地面捡着什么，旁边站着几个穿干净 T 恤和白衬衫的人，双手叉腰，戴着草帽，看不清脸。徐平安在说什么呢？嗡嗡嗡的，还是地铁地铁。

徐明喘一口气。所谓嗡嗡嗡不是徐平安咬字不清，是他脑子仿佛塞满了乱草，连耳朵也堵上了，他听不清。"你为什么要把跟陈力力的合影还有他办公室的照片发上网？"徐明觉得这个问题他得先弄明白一下。

祁小燕把手机一摁，徐平安和地铁一下子都消失了。"你怎么知道的？"她眼斜过来，问。

徐明说："徐华看到了，刚才她不是要买房吗？"

"噢，"祁小燕嘴角向左扯了一下，"我自己朋友圈不能发吗？徐华看就看吧，她这么有钱，已经有那么多房子了，居然还要再买。"说到这里她瞥了一眼林芬奇。林芬奇刚要说什么，门响了，徐平安进来了，背着一个鼓鼓囊囊的双肩包。祁小燕先小跑过去，问："平安，你去哪儿了，我给你打了好多电话，怎么都不接？"徐平安没吱声，直接进了自己的卧室，关上门，过了几分钟才出来，走到餐桌边坐下，说："饿了。"

林芬奇已经在厨房了。刚才徐平安的面温在锅里，这会儿端上来。徐平安抓起筷子，快速往嘴里扒去，嗞溜嗞溜的声音一下子荡开。

祁小燕问："你去哪里了？"

祁小燕又问："你为什么要拍地铁的施工？"

林芬奇马上插上一句："你干吗要去惹事啊？陈力力发达了，得让他把以前亏欠的补偿给我们。平安你还是好好去他公司上班吧。"

徐平安脸趴在碗上方，没有答。

"对啊，"祁小燕站在徐平安旁边，手搭在他后背上，"大成公司多牛啊，在里头上班我们也有面子。你现在这样做，有什么好处？"

徐平安头也不抬，说："没好处。"

林芬奇骂道："那你为什么还这样？小齐说了，他们公司好不容易才把东汉古城的事摆平了，结果却被你坏事了。你听听今天地铁有施工吗？听听！工人全撤了！"

徐平安仰头把面汤倒进嘴，放下筷子，站起，肩一耸，说："撤得好。"

"撤了？"徐明话一出口就开始后悔。上午在徐平安的房间阳台往下看时，他已经看到工地是空的。撤了难道跟徐平安有关？他想问的其实是这个。可是没有人理他，谁也没打算回答他，他完全像不存在。

祁小燕说："平安啊，东汉都多少年以前了，关我们屁事，快把那些视频都删了吧！"

"干吗删？"徐平安站起，大步进了自己的卧室，关上门。

祁小燕和林芬奇对看几眼，表情很一致，都呵着嘴，脸色难看。她们都不看徐明，徐明就也走了，到阳台上，坐进沙发。他得缓一口气，理一理头绪。小区前面在修地铁，施工挖地时挖出东汉古城，祁小燕认为是屁事，徐平安不知道怎么认为的，但徐平安把这些拍下来，放到网上……怎么拍的？

铃声响了，是徐明装在裤兜里的手机。平时他手机几天都不会响一次，今天特殊，刚才徐华打过，这会儿又响，屏幕上显示的是一串陌生的号码。接起，是小齐。小齐说："徐先生，有空吗？我们董事长想见您。"徐明像被烫着，脱口说："没空！"小齐："就一会儿时间，我开车过去接您，可以吗？"徐明说："不行。真的没空。"

放下电话时，他心跳得很快，可是他做错了什么？

祁小燕仍坐在餐桌前，低着头，盯着手机，里头仍然传出熟悉的声音，是徐平安，一会儿变成老年人沙哑的嗓音，很激动地扯大嗓子说东汉古城有多重要，接着则是几句听起来耳熟的话："怎么可能啊？我跟你说，那些地方志专家为什么闹你知道吗？他们想买大成的房子，要求我们打折。房子那么俏，一开盘就卖光了，你说干吗打折啊？打折其实是对业主的损害，是不是？"

徐明一怔，他记起了，这几句陈力力是在那晚餐桌上说的。俯下身盯住屏幕，看到那张直径三米的餐桌上的自己，还有陈力力和祁小燕。

祁小燕脸色也变了。那天晚上徐平安一直不停地说话喝酒，他什么时候拍的，又用什么录了？徐明大跨几步，站到徐平安卧室外，没有犹豫，他先是拧动门把，拧不动，马上又举起手重重拍打着。

"平安，开门！"喊的人是祁小燕，她和林芬奇也跟过来了。

又敲门，又喊，三个人接连喊了好一阵，徐平安才打开门，脑袋上罩着一副大耳机，手仍抓住门沿，随时打算再关上。徐明向前一步，身子抵住门，祁小燕马上挤了进去。结婚这么多年了，夫妻间从来没有这么默契过。

"你们干什么？"徐平安很不高兴。

徐明盯着徐平安。这个人因为那副耳机，头一下子大了一圈，变得陌生且奇怪。自己生的儿子，也许他从来就没有熟悉过。

"你在直播？"祁小燕问。

徐平安把耳机扯下，耸了耸肩，说："没有。"

徐平安的声音又响起来了，不是从徐平安嘴里，而是从祁小燕手机里。然后祁小燕把手机递过去，另一只手指着手机屏幕。

徐平安眼皮一垂，笑起："你居然也有抖音啊。不是直播，发了一个短视频而已。"

徐明问："什么时候发的？"

徐平安侧脸瞥了一眼徐明，显然他有点意外，说："刚才啊，你也有抖音了？"

徐明说："快删了！"

徐平安噘噘嘴："为什么要删？"

林芬奇揪住徐平安的胳膊说："你叫平安，只要平平安安就行了。还是删了，回头去他公司上班吧。"

祁小燕也上前一步："就是啊，干吗这么傻去得罪他？他欠我们的，得把钱赚回来。"

徐平安很不耐烦："这多劲爆，劲爆才有流量嘛，上传才这么一小会儿，你们看看阅读量多少了。别管我，你们不懂，走吧走吧。"

徐明手机又响，接起，没想到是陈力力："徐明，有话好说，你们这样就没意思了。"

徐明用舌头舔舔唇，唇一下子成两片沙漠，非常干。

陈力力说："至于吗？过去的事早就是陈芝麻烂谷子了，那时我们几岁，现在又是几岁？"

"嗯。"徐明嘴张了几下，还是说不出话来。

陈力力说："房子你们当时买多少钱？我可以退你，白送你一套房行吗？"

徐明打断他："不行。"

陈力力大概没有料到徐明会这么说，手机里安静了几秒："嫌少？大成的房子现在一平方米多少你也知道。"

徐明说："不知道。我不要你钱。"

陈力力说："那你想怎样？"

徐明觉得耳疼，是头疼，胸口也疼。他重重地吸一口气，说："抱歉，我还不太懂……"

陈力力呵呵笑起："徐明啊，装傻就没必要了。这么多年我什么风浪没经历过？你要是念旧情，大家还是朋友。过分了就不好，你说是不是啊？就这样吧，我还有事。"

手机传来嘟嘟嘟的信号音，断了。徐明把手机从耳旁取下，无措地盯着上面看。这部机子已经用好多年了，屏幕只有一小块豆腐那么大，亮了一会儿，很快就黑屏了。他左右一看，林芬奇和祁小燕不知什么时候起已经站在他两侧了。

"谁呀？"林芬奇盯着他问。

祁小燕问："是陈力力？"

徐明去倒了杯水，喝下。居然这么渴，仿佛体内的水分在陈力力那通电话中都顺着电流跑光了。

祁小燕突然叫起，她把手机往上举，大声说："哇，没了！"

林芬奇问："什么没了？"

"你们看。"祁小燕把手机立起，转一圈，全屏是黑的，中间一块白，写着"此账号已被封禁"。

场面静止了片刻，徐平安转身到桌前抓起自己的手机点开，然后嘟囔一句：“靠，被封号了？本事这么大啊。”

“你看你看，”林芬奇说，“现在知道人家是何等人物了吧？”

徐平安恼怒地走过来，把三人推出去，重重地关上门。

徐明走到阳台，坐到褐色沙发上，仰起头，闭上眼。很不舒服，像有几个拳头在心里头横七竖八地击打着。这一天都发生了什么事啊，一大早林芬奇就来，然后祁小燕和林芬奇去大成公司，然后小齐和陈力力打来电话，所有的一切都围绕着徐平安，徐平安拍地铁施工，徐平安拍了那天晚上吃饭，是偷拍！

徐明猛地坐直，头向上仰，这个瞬间眼前一黑，如同九岁那年，他走在奋发路上，从夏伟伟掌心蹦起的铁片迎面而来，插进他眼球。

12

晚饭徐平安不出来吃，祁小燕去敲门，他隔着门说已经带外卖回来了。

徐明早餐忘了吃，午餐吃不下，这会儿肚子也不饿，但还是被林芬奇拖去吃了几口，然后又回到阳台的褐色沙发上。一会儿林芬奇跟出来，坐到矮凳上，僵着身子，双掌按住膝盖：“这几十年我没有一天心里是踏实的，总是怕出事，现在你看还是出事了。人家有钱有势，平安真是太傻了。好好的大款不去傍，反而这样。他会不会被抓走啊？而且，要是门口地铁建不成了，小区里的人不也恨死我们？他们会不会气得打平安？”

徐明长长叹了口气，胸口那里像一枚充气中的气球，正不断胀大撑起。为什么要偷拍呢？他掏出手机，给徐平安打了电话，他说：“我在阳台，你来一下。”徐平安嗯了一声，但十几分钟后才出来。“为什么要偷拍呢？”徐明问的还是这个。

徐平安噘着嘴一笑，一种你懂什么的意思布满全脸。

徐明想自己是不懂，所以得问。"为什么要偷拍呢？"他重复一句。

徐平安身子往玻璃门上一靠，问："眼睛这事，你真的从来都不介意吗？"

徐明不知道怎么答。九岁一只眼就坏了，神仙才不介意吧？中秋前一天徐平安曾问过他，如果换过来，是他弄坏夏伟伟眼睛，他能不能当市长。不能，不是谁都能当市长的，但至少他和夏伟伟的距离不会像现在这么大啊。

林芬奇仰起头问："平安你是不是要报仇才这样做的啊？"

徐平安耸耸肩："也不是，只是巧，反正让我赶上了。这事有含金量，含金量等于流量。你们忘了我大学是学什么的吧？"

林芬奇说："你就别乱搞了，听话，还是老老实实去大成公司上班吧。"

"什么叫乱搞？"徐平安一下子不高兴了，"东汉古城你知道有多珍贵吗？那样破坏性乱挖，良心不痛吗？从地铁开工到现在，专家一直在呼吁，不能挖，文物不可再生，毁了就没了。我采访了好几个专家，他们急得不行，说着说着都掉眼泪了。"

祁小燕从客厅出来，推了推徐平安："听说挖出来的都是破砖烂瓦，那些东西送我都不要，根本没意思。"

徐平安往旁闪了闪，说："你把跟人家的合影晒到朋友圈虚荣一下就有意思了？"

徐明站起，看着徐平安，问："你到底是不舍得古城，还是为了做那个什么流量？"

徐平安已经提不起劲回答了，斜着眼问："都有，不行吗？"

徐明说："流量干什么用？"

徐平安说："赚钱啊。"

徐明不知道流量是怎么赚钱的，但现在这已经不是他想知道的问题，他问："为什么要偷拍？不管为了什么，都不能偷拍。偷是下流的，你干吗偷？"

徐平安鼻孔里哼了一声，转身走掉。徐明要追出去，祁小燕说："算了，反正他账号都已经被封，再也发不出来了。"

徐平安已经走到客厅，这时候冲这边喊道："封得住吗？越封我越要放大招。"话音一落，就传来重重的关门声。

徐明猛地从沙发上站起，粗粗喘着气，一会儿又身子一松，颓然坐下了，双手支在膝上，勾着头。夏伟伟能管一座城，陈力力有那么大的公司，他却连一个儿子都无能为力。

"平安的大招是什么？"林芬奇很紧张，声音有点打结。

祁小燕说："我一起跳舞的姐妹也有开抖音的……"

林芬奇打断她："也是说地铁的事？"

祁小燕说："不是，是专门发自己跳舞的。我向她们打听过了，号一封，就发不了视频了，更不能直播。"

"噢。"林芬奇吁一口气，将信将疑。

徐明伸手把林芬奇一撮散乱下来的头发捋起，往她耳后夹去。"妈，"他说，"今晚迟了，你别回去，就在客房睡下吧。"

林芬奇摇头："我自己的床睡习惯了。公交车还没停，我这就回。你们也累了，我在这里，你们也睡不好。"

林芬奇走时，徐明把她送出门，被林芬奇拦住。徐明不说话，也不回。电梯里没有人，灯从头顶罩下，把林芬奇一头白发和佝偻的背一下子放大了。也许本来就是这样了，只是徐明之前没有细看。他也很久没注意过林芬奇的步态，僵硬，迟缓，每一步都迈得细碎微颤，眨眼间她就这么老了。

到小区大门时，林芬奇说："你回吧，早点睡。"

徐明突然把手插进她胳膊，这是他从来没有做过的动作，林芬奇也愣了一下。这时手机响了，徐明接起，是祁小燕打来的，祁小燕说："你们等等，我在车库里了。我开车送妈回去。"徐明把这消息告诉林芬奇，林芬奇显然有点意外。其实徐明也意外，祁小燕对林芬奇一直只是嘴上乖巧顺从，实质性的东西却不多。

车到了，徐明给林芬奇开了后座门，他也坐进去。林芬奇这会儿没阻拦，她来这边多少次了，从来没人开车送过她，突然被送一次，似乎都不知所措了。从大成小区到老房子不算远，不过七八公里的路程，一路上谁都没开口。到了，林芬奇下车，徐明也下，再次把手插到她胳膊上，扶住她，跟她一起上楼。走台阶时林芬奇手按在膝盖，每跨一次身子都歪一下，先把一只脚支撑住，再把另一只脚提上来，嘴呵着，用力呼出气。徐明咽一下口水，突然想起徐华说过的，徐刚健说不定是爬楼梯累死的。大成小区是电梯房，他已经习惯上上下下都不需要费力气了，他多久没爬楼梯了？他气也喘。"妈。"他小声喊。林芬奇可能没听到，一点反应都没有。"妈，要不以后搬我那边住吧。"他又说。林芬奇还是没反应，她低着头，正一心一意对付台阶。

到五楼了，林芬奇让他快走，祁小燕的车还在楼下哩。徐明下楼，每一步都跨得犹豫。这台阶他从小到大走了几十年，每一寸都是熟悉的，现在，在昏暗的灯光下却如此陌生恐怖。终于到楼下，爬上车，祁小燕很不满，问："怎么去这么久？"徐明不觉得久或不久。祁小燕又说："急死了，刚才打你电话也不接！"徐明摸了裤兜，刚才他没听到铃声。祁小燕把手机往他跟前一递，说："看，平安干什么了！"

屏幕里在动，画面一闪一闪的。车内很暗，发动机还没点火，车灯也没开。祁小燕坐在驾驶座上，头向后仰，无力地靠在椅背上。这是徐明最不想用眼的环境，他不能在黑暗中看动和亮的东西，可是现在他必须看了。年轻的穿军装的徐刚健，同样年轻的烫着大波浪的林芬奇，年幼的、瞪着大眼看镜头的徐明，这些照片都曾被徐刚健工整装在相册里。徐平安在说话，他有时露出脸，有时候人没了只剩下声音。他说铁片，对，飞进九岁徐明眼中的那块铁片，这样饭桌上陈力力就出现了，不时说着"伟伟"，公园里和跳《梨花颂》大妈在一起的夏伟伟也出现了，他跟徐明握着手，说"徐明你好……"徐明仿佛置身于一台轰鸣的机器中，眼前有很多光影在闪，他忽然想起两个字：大招。

"你不是说号封了就发不出来了吗？"他像跟自己说，声音低得甚至有点混沌。

祁小燕说:"不是发抖音,他把你和夏伟伟、陈力力的这件事做成纪录片了,发在自己的微信公众号上,这是完整的视频。他还有一大堆微博、微视、视频号、西瓜视频等等,有的整个发,有的分段发。真的疯了!"

徐明说:"你知道他还有那些东西,也不制止!"

祁小燕身子猛地从椅子靠背上跳起:"我哪里知道了?刚才都是小齐发给我看的。小齐本来想处理好这事,他要买到公司折扣低的房子,可是因为平安发那些抖音,他已经被开除了。你懂吗?你什么都不懂!"轰的一声响起,点火了,祁小燕手动得很快,仿佛是方向盘得罪了她。车子拐上大路,车和人都不多了,两旁路灯在树丛间泛出塑料感十足的光。树很密,树干发黑,枝叶往路中央聚拢,遮住了天空,跟奋发路很像。噢,就是奋发路啊。徐明拔直身子,摇下车窗,盯着外面看。恰好正经过一个宽阔的大门,门前加了栏杆,站着保安。作为市长的夏伟伟应该也住在里头吧?还有夏伟伟的老婆。他收回身子瞥了祁小燕一眼,这会儿她脸上堆满了恼怒、委屈、厌恶,灯光从前车窗打进来,她的脸一会儿亮一会儿暗。夏伟伟和陈力力的老婆什么样的?他突然想到这个,一个是市长,一个是董事长,他们的老婆美色和素质哪里是问题呢?有问题也可以换。而他,按林芬奇的说法,他这样的人,只能娶到身体正常没缺陷的祁小燕。一个小铁片把他和夏伟伟、陈力力分隔到两个世界里了。

徐平安卧室门关着,祁小燕一进屋就直接走过去敲门。"平安,开门!"这一句她重复了十几次,但门一直没开。祁小燕一扭身抓起沙发靠垫往门上扔去,靠垫是软的,撞击声比巴掌更小,不过恰好这时徐平安打开门,靠垫往他怀里冲去,他一把抱住,像抱着一个婴儿。

"把那些删了,你要惹大祸啊,快删掉!"祁小燕弓起身子,声音嘶哑地吼。

徐平安嘴一撇,说:"反正他们都会删的,不急,让子弹先飞一会儿。"

徐明唇动了动:"为什么要偷拍呢?偷是下流的。"除了这句话,他不知道还能说什么。一路上祁小燕都气呼呼的,在小区地下车库停好车,也自己先下来,径直往前走,走出十几米,等徐明也下了车关上车门,她把手里的钥匙远远一按，嘟的一声锁上了，头也没回。然后进电梯，然后进家门。她从来没发过这么大的火，可是徐平安却若无其事，似乎不过多吃了一个苹果。

徐明猛地转身向外走去。祁小燕喊道："你去哪里？"他没答，带上门，下了电梯。

小区里已经很安静，夜越来越深，人也越来越少，但大部分屋里的灯光还亮着。他在楼下的草坪上坐下，双手环在膝上。能去哪里？哪里都去不了。一个灰暗的夜晚，月亮根本就不知去向，天上像铺着一块厚厚的粗布。他取出手机，屏幕在暗处亮得格外刺眼，他忍住了，调出最后通话，那是陈力力打来的，他回拨过去。嘟嘟嘟一声接一声地响，没有通，最后一个女声出来，说"您好，您拨打的号码暂时无人接听，请您稍后再拨"。

找陈力力什么事？他握着手机愣了一会儿。

这一阵祁小燕急着找夏伟伟，徐平安又把夏伟伟和陈力力都弄到网上去。他不上网，但听过网的厉害。九岁那年，他一个仰头，然后一切都变了。现在徐平安把这些弄上网，夏伟伟会丢官吗？陈力力会做不成生意吗？铁片不是故意落进眼睛的，偷拍就不一样了，偷都是害人。

他又拿起电话，这回调出的是倒数第二个通话。他记得这是小齐的，小齐已经辞职，但说不定仍然愿意帮忙找陈力力呢？徐平安发上网的那些东西，陈力力得尽快知道，陈力力知道了，夏伟伟也就知道了。删掉，封掉，处理掉。可是仿佛约好的，小齐也没接，那个女声同样让他稍后再拨。

楼在七八米外，他仰头看着，一层层往上数，数到第十六层，停住了。太高了，其实已经糊成一团，只剩栏杆上立着被铝合金白格子固定住的玻璃墙隐隐约约，微弱的灯从客厅里透出来。他的家，刚才他匆匆出门，原来是要向陈力力通消息。可是他打不通电话，也不知道他们住哪里。他站起，腿有点麻。在原地立会儿，再走出小区。风过，有点凉，他紧了紧身子，把衣服扣起，步子也加快了，几乎是小跑。

然后他就到那个顶上有红星的拱门前了。奋发路早就拓宽了一倍，原来左边的那排树现在立在路中央，拓宽出来的路旁新种下的也是大树，扎根几年，叶子已经茂盛地与原先的树融合一起。仍然是一条没有天空的路，在夜色里向上看，更是什么都看不清。

今晚他已经第二次到这条路上了。红星门内有保安，肯定不会让他进去。他只是贴近了，在门外角落里站着。夏伟伟会不会这时候恰好进出？

汽车喇叭突然从背后传来，他扭过头，看到几米外停着车，车门开了，一个女人跳下来，跑向他。祁小燕！

"回去睡觉吧，"祁小燕揪住他衣角，说得声音轻缓，"平安的那些视频都被删掉了，删光了。走，回去。"

徐明鼻子猛地一酸。祁小燕只在跟他刚交往的那些日子，用这种腔调跟他说过话。他问："真删了？"

祁小燕点点头，衣角一直揪着，把徐明往车上拖。徐明顺从地走着，上了副驾驶室。车开了，他整个人后仰在椅背上，仰得非常彻底，整张脸与车顶天空形成两个平面。这几十年他一直刻意回避这个动作，连睡觉都必须侧躺，头向下勾，用手臂挡住。脖子那里的零件似乎坏了，他仰不动头，原来竟可以。"小燕。"他叫。

祁小燕轻轻按一下喇叭算是回答了。

徐明唇动了动，又闭拢了。他本来想告诉祁小燕，明天他要去找陈力力，最好也找到夏伟伟。不该偷拍，很抱歉，但不是他指使的，无论他们信不信，这一点他都必须亲口解释一下，再当面道个歉。

另外，路下面真的是东汉古城吗？古城真的像徐平安说的那么重要吗？他只有一只眼睛，很多事都不懂，也一直懒得懂，但这个他想弄明白。是文物，地铁就该绕道，不能再挖！这话他也要大声对夏伟伟和陈力力说出来。

他重重地吸口气又重重吐掉，突然觉得一直蜷起来的心舒缓了很多。

化　蝶

哲　贵[*]

1

讨论会开始了。

这个会议对剑湫来讲意义非凡，是她的"施政宣言"，也是团长价值的体现。"团长价值"是个比较笼统的概念，没有具体数字和指标。但剑湫不同，她是演员，有演员的出发点和标准，是艺术的，是自我的。简单地说，她当这个团长，就两件事：排新戏和出新人。在剑湫看来，排新戏和出新人是一体的，是相辅相成的——将新戏排出来，成为经典名剧，名剧催生名角。反过来说，也只有名角才能将一个戏经典化——名角身上的光芒可以照亮一个戏，让一个戏起死回生。

还是拿老戏做文章。当然也可以排新戏，新戏有新戏的好处，一张白纸，怎么画都行。但风险也是明显的，新戏缺少积淀，缺少历史感，缺少厚重感，显得浅，显得薄，显得仓促，压不住。排老戏当然也不容易，像《梁山伯与祝英台》这样的经典剧目，千锤百炼，千万人的心血结晶，每一个场景，每一个

＊哲贵，男，1973 年生，浙江温州人。一级作家，浙江省作家协会副主席，《江南》杂志副主编。已出版小说《猛虎图》《金属心》《信河街传奇》《某某人》《我对这个时代有话要说》，非虚构作品《金乡》等。曾获《十月》文学奖、《作家》金短篇奖、郁达夫短篇小说奖、首届曹雪芹华语文学奖、林斤澜短篇小说奖等。

人物，每一句唱词，甚至每一个表情，都已印刻在观众心中，特别是那些老戏迷，心里都有一场自己的戏，改一句都不允许，那是犯上作乱，是欺师灭祖，要跟你拼命的。所以，如果要排老戏，必须出新，不出新就不能"出彩"，不"出彩"就没有表现力和说服力，就是"触犯众怒"，没有好下场的。问题是怎么出新？大家都想出新，都想把老戏排出新花样来，有谁做到了？谁能？

新排《梁山伯与祝英台》，剑湫有自己的想法。按照剧团惯例，先开会讨论剧本改编，这是第一步，也是最关键的一步。剧本"出彩"了，接下来就是演员的事。剑湫不担心"演"的问题。

这天下午，讨论会在剧团会议室举行，参加人员主要是这么几位：杜文灯和梅如烟是剧团顾问，重大的事，要邀请她们参加，她们的资历在那里，威望在那里，艺术修养在那里，舞台经验在那里，她们的意见至关重要；主创人员包括主要演员和编剧，主要演员是剑湫和肖晓红，再加一个编剧。好了，五位"首脑"到齐，可以讨论了。

剑湫是召集人，也是主持人，她先发言。剑湫保留了原剧基本框架，主要做了四处调整：第一，充实了第一场"思读"的内容，目的是突出祝英台的性格，她向往外面的世界，渴望知识，渴望自由，为后面情节的发展埋下"种子"；第二，拿掉"山伯临终"那一场，她不让梁山伯死，在戏里弄死一个人太容易，活下去才难；第三，她将"楼台会"和"祝父逼嫁"次序对调，"逼嫁"在前；第四，最后一场"哭坟"拿掉，梁山伯没死，哭什么坟？改成"私奔"，她要让祝英台和梁山伯私奔，剧名就叫《私奔》。

剑湫说，这次改编就一个目的：让这个戏现代起来，让年轻观众走进我们的剧场。就这么简单。

有问题吗？当然没问题，戏曲的没落是有目共睹的，让年轻的观众买票走进剧场是所有戏曲从业人员的梦想。多么美好的愿望。

剑湫说完，会议室有很长一段时间的沉默。

最先发言的是杜文灯。杜文灯其实不想先发言，她眼角的余光一直注意着梅如烟。梅如烟是演旦角的，演祝英台是她的拿手戏，应该由她先开口。但梅如烟没有开口，手一直扶着脑袋，一副"摇摇欲坠"的样子。杜文灯狠狠地瞪了她一眼，最先"表达自己不成熟的意见"，她说：

"《梁祝》原本是悲剧，这么一改，成了喜剧，年轻观众能不能接受？老观众能不能接受？这个我们要考虑。"

杜文灯提的意见太有道理了，《梁山伯与祝英台》是经典悲剧，已经深入人心，改成喜剧，确实有风险，甚至是冒险。剑湫的"一根筋"体现出来了：

"这就是我要的效果，只有新，才能出其不意，才能险中求胜。如果还是按照老路子排，祝英台还是原来的祝英台，梁山伯还是原来的梁山伯。我要借这次改编，拿出一部不一样的《梁祝》，塑造出不一样的生角和旦角。"

杜文灯有点下不来台了，但她是"老艺术家"，是前辈，不会跟晚辈"一般见识"的，更不会争论，一争论就输了，她只是"微笑"——两个嘴角的肌肉微微往上拉。在很多时候，"微笑"是一种态度，也是一种武器。

在信河街剧团，剑湫演小生，肖晓红演花旦。在舞台上，生和旦是一个戏能够成立的两根柱子，是所有故事生根发芽的种子，也是所有故事生长的主干。可以这么说，生和旦是每出戏的魂魄所在，所有悲欢离合都因他们而产生。他们是《何文秀》里的何文秀和王兰英，《西厢记》里的张生和崔莺莺，《屈原》里的屈原和婵娟，《红楼梦》里的贾宝玉和林黛玉，《梁祝》里的梁山伯和祝英台，等等。在剧团里，生和旦的关系是微妙的，不仅仅在舞台上，在生活中也是。很多时候，对于生和旦来说，特别是对于剑湫和肖晓红这样的演员来说，舞台和生活的界限是模糊的，甚至是混淆在一起的，是说不清道不明的。

大家都转头看肖晓红。剑湫说到这个份儿上，肖晓红的态度就很重要了。可是，让肖晓红怎么回答？老实说，剑湫这么改，她接受不了，不"哭坟"了，不"化蝶"了，最经典的戏没了，还是《梁山伯与祝英台》吗？她知道剑湫说的没错，如果按照老路子演，自己还是自己，祝英台还是祝英台，观众还是老观众，很难说有更加吸引人的地方，只有铤而走险，才有可能出新。可她又不能直接说"我同意剑湫团长的改编方案",不能说的,她也不愿意说。刚才杜文灯已经说了,她说得很"委婉",只是问:"年轻观众能不能接受?老观众能不能接受?"意思很明显了,她是站在"年轻观众"和"老观众"的角度问剑湫。但是,肖晓红也不能说"我不同意剑湫团长的改编方案",她当然知道剑湫为什么要这么做,她是团长,要出戏,要出人,更要赚钱养活剧团,她需要"政绩"。但无论怎么说,演祝英台的人是她,她是旦角,从某种程度说,这次改编,是为旦角改的,变化最大的人物是祝英台,对她的挑战也是最大的。作为一个演员,遇到的挑战越大,内心越兴奋,这是无法拒绝的,也不会拒绝,明知前面是悬崖也要扑过去的。所以,肖晓红觉得怎么说都不合适,她用眼睛去看梅如烟,想听听梅如烟的意见。当然,也是转移"目标"。但梅如烟不看她,依然微闭着眼睛,谁也不看,又好像谁都看了。

还是杜文灯发话了,"微笑"着对肖晓红说:

"你是艺术总监,你谈谈感受。"

还有退路吗?有人拿"枪"顶着后脑勺了。肖晓红只能硬着头皮上:

"我觉得,剑湫团长的改编,人物性格发展的逻辑是对的,一开始加强祝英台追求自我、向往自由的性格,她能够女扮男装去杭州读书,为后来的私奔打下很扎实的基础。这么改编是出人意料的,又在情理之中。很讨巧,也很有新意。"

停了一下,肖晓红看了大家一眼,继续说:

"我觉得,杜文灯顾问说的也很有道理。将悲剧变成了喜剧,特别是对经典剧目的改编,确实既要考虑年轻观众的感受,更要考虑老观众的感受。"

肖晓红发言就到这里了,什么都说了,什么都没有说。"支持"了剑湫,也"支持"了杜文灯,谁都没得罪。这是她一贯的做事风格,既合情合理,又模棱两可。

接下来是编剧发言,编剧站在杜文灯一边。编剧的心态可以理解,改编剧本是他的事,剑湫将他的事干了,这不是砸他的饭碗吗?当然不干。

这就形成了对峙。如果说肖晓红属于中立的话，杜文灯和编剧形成了一个阵营。这个时候，梅如烟的发言显得尤为重要，她的态度不只是对艺术的讨论，而且是"站队"问题，是"政治立场"问题。

形成这个阵势，有剑湫和肖晓红的原因，但也不完全只是她们的原因。剧团的人都知道，剑湫和肖晓红背后，各站着一个人——杜文灯和梅如烟。

问题复杂化了。就拿谁来当剧团团长这个事讲，按道理，梅如烟肯定希望肖晓红当团长，肖晓红是她徒弟啊，是她一手带出来的。而且，梅如烟也看得出来，肖晓红对团长的位子怀有强烈的兴趣，几乎是跃跃欲试的。或许，正是肖晓红这种态度刺激了她，让她觉得肖晓红太不矜持了，太急了。还有一个原因，肖晓红并没有来找她。这是件很微妙的事。她想过了，如果肖晓红来找她，表达对团长位子的渴望，她会站在肖晓红这一边吗？会全力支持她吗？梅如烟不知道。但有一点，如果肖晓红这么做，自己会蔑视她。肖晓红没有来，招呼也没打，更不要说商量了，这是什么态度？这是忽视，是目中无人，是根本没把她这个老师当回事。岂有此理。所以，梅如烟在推荐表上，没有打肖晓红的钩。她也没有打剑湫的钩。剑湫是杜文灯的学生，杜文灯已经当了团长，难道还让她的学生接着当？天底下哪有这样的道理？梅如烟谁的钩都没打，她弃权了。文化局领导找她谈话时，她的话说得很好听：在人事安排方面，我听领导的。领导怎么安排，我都赞成。杜文灯也没有在推荐表上打剑湫的钩。不存在避嫌问题，站在她的角度考虑，剑湫确实不是团长的最佳人选。剑湫是自我的，是活在戏里的人，是按照戏中人物的性格和逻辑来做事的人，更主要的是，她也以这种方式来要求别人。这样的人，是不适合当团长的，当艺术总监也不一定合格。艺术总监也需要与人沟通，需要站在对方的立场考虑问题。杜文灯知道，剑湫在生活中做不到。其实，在杜文灯看来，这不是最重要的。她没有给剑湫打钩，最大的原因在于，她根本没想让剑湫当团长，不可能让她当。在她们这一行，可以毫不夸张地说，徒弟就是老师的天敌，徒弟就是用来取代老师的。多么不合理，多么心酸，多么残忍，多么可怕。还有谁愿意当老师？事实是，对于戏曲这个行当来讲，师承有时比天还大，而且，特别讲究。老师必须收徒弟，名气越大的角，越是要收，不收就是欺师灭祖。谁都是踩着老师走上来的，这是规律，谁也不能幸免。这个道理，杜文灯懂，她知道剑湫在艺术上胜过自己，在小生这个位置上取代了自己。自己那一页翻过去了，是被剑湫翻过去的，是被自己一手培养起来的徒弟翻过去的，翻得很彻底，剑湫在艺术上走得比自己远，比自己高。问题正在这里，杜文灯内心过不去的地方正在这里。她想，你剑湫已经拥有了艺术，得到了神灵的眷顾，难道还要争团长这个位子？你不能什么好处都要，世上没这么便宜的事。再说了，杜文灯还有一个小心思，如果剑湫当了团长，自己在生活中也将被她取代。杜文灯不愿意。杜文灯也没有给肖晓红打钩。肖晓红是梅如烟的徒弟，梅如烟没有坐上的位子，她的徒弟也不可能坐。文化局领导找她谈话时，她的态度跟梅如烟如出一辙，但表达方式跟梅如烟不同：我是一个即将退下来的人，我的态度不重要，重要的是剧团。推选上来的人要对剧团负责，而且有能力带好剧团。这一点，我完全相信组织，一定能选出好团长。

梅如烟的发言是谁也没有想到的，她"支持"了剑湫。她"醒过来了"，脸上浮现着"微笑"，说：

"我老了，退休了，头昏脑涨，本不该来开会和说胡话。"

她说的这句话，当然指的是自己，可是，在座的人都听得出来，也暗指杜文灯。她接着说："我这个顾问只是随便挂个名的，没做任何事，没起任何作用。剧团叫我来参加会议，来点个卯，现在唯一能做的是出个态度。我支持剑湫团长做任何事。我自己做不了事了，不能阻碍剧团做事，更不能在边上指手画脚。"

话说得不能再明白了。杜文灯听完，当即想离席，还想重重摔一下会议室的门。刚才梅如烟一鞭子打在她"要命的地方"了，梅如烟等于直截了当告诉她：这不是你的"地盘"了，你的"历史"已经翻过去，新的"历史"开始了。好或者不好，都属于剑湫，你瞎操什么心呢？杜文灯当然不会中途离席，离席就不是杜文灯了。她当然不会同意梅如烟的话，但也不会直接跟她发生"冲突"，这么多年来，她们已经摸索出一套相处模式，不会当着大家的面"动手动脚"。她们是艺术家，是名角，是信河街名人，这是身份，也是自我要求，要体面，更要优雅。杜文灯脸上也泛出和梅如烟一样的笑容，对着梅如烟，更是对着肖晓红：

"我完全同意梅如烟顾问的话，更不会反对剑湫团长对新戏的改编。对于肖晓红来说，这也是一次全新的尝试，我只是提了一点不成熟的意见而已。"

这是典型的杜文灯方式。她不是一个话多的人，更不是一个将话说死的人，她是话里有话，是有所指的。

剑湫太了解杜文灯和梅如烟的风格了，两个人刀光剑影"斗"了半辈子，还没有"停战"的意思。有意思吗？当然有意思。剑湫觉得，这种"角力"，差不多成了杜文灯和梅如烟的心理需求和生理需要，是她们的生活方式。如果缺少了对方，缺少了这种"角力"，生活就失去了意义。

不能说这种方式独属于演员群体，剑湫想，其他职业群体也应该有，但是，对于演员来讲，这种方式更为普遍，更为猛烈。她们在舞台上是戏中人，悲欢离合，相爱相杀，这个时候，她们是一体的，是彼此交融的。当她们走下舞台，错觉产生了：舞台上的生活变成了现实，舞台下的生活反倒成了虚拟，两者混淆在一起了。反差出来了，不适应也出来了，必须有一个渠道来发泄这种不适应，必须有一个对立面来呼应这种反差。杜文灯和梅如烟如此，自己和肖晓红何尝不是如此？

剑湫是自信的，也是清醒的。她能够站在舞台中央，能够成为名角，能够成为头牌，首先是遇到了杜文灯老师，得到好的传承。如果一开始就把路走歪了，拐到歪门邪道上，是很难拉回来的。当然也跟她下的苦功分不开，刻苦很重要，但是，作为一个演员，理解更重要，理解是衡量一个好演员和差演员的重要标准，是进入戏曲内部的钥匙。只有学会了理解，演员才能想象，才能飞翔；也只有学会了理解，才能体现出时代气息，才能演绎出与上一代演员不同的品质，才能在舞台上找到自己，才能在角色中融进自己；更主要的是，也只有如此，才可能吸引年轻观众，才可能引起年轻人共鸣，年轻人才愿意走进剧场，戏曲才有未来，作为一个演员，才有更长的艺术生命。

这差不多是剑湫对戏曲的全部理解了。她还没有能力形成系统的埋论，她的理解是从感性出发，是从实际出发，是从排练和演出中体会出来的。她这么想，也这么做。剑湫看了看会议室里的人，说：

"那就先排起来吧。"

团长"拍板"了，该说的话说了，该留的余地留了。散会。

2

剑湫和肖晓红的竞争波澜不惊，却又暗流汹涌。除了杜文灯和梅如烟，剑湫和肖晓红之间还横亘着一个叫尤家兴的男人。尤家兴是剑湫的戏迷，也是肖晓红的戏迷；他跟剑湫的关系暧昧不清，跟肖晓红的关系一言难尽。有一点是明确的，尤家兴在追剑湫，追得声势浩大，却又细水长流。

尤家兴追剑湫不是一天两天了。他无法忘记第一次观看剑湫演出时的情景。他以前看杜文灯和梅如烟的《梁山伯与祝英台》，为杜文灯和梅如烟着迷。所谓着迷，就是上瘾，两天没看她们的戏，吃不好，睡不香，脾气暴躁，心不在焉。剑湫的演出是突然而至的，打了尤家兴一个措手不及。

那天是农历冬至的晚上，是家家户户吃汤圆的节日。尤家兴到了剧场才知道，晚上的主演换成了剑湫和肖晓红。对于尤家兴来讲，已经习惯了杜文灯和梅如烟，他熟悉杜文灯和梅如烟的每一个动作、每一句唱词，可以在脑子里反复"放映"，他来看她们演出，目的不在"看"，是"温习"，是"验证"。从某种程度上说，他"温习"和"验证"的不是杜文灯和梅如烟，而是自己，是他在"表演"，至少是他和舞台上的她们"一起演"。这已经成了他的"日常生活"，成了他"日常生活"中的"程序"。当他知道晚上的演出换了主演后，委屈了，天大的委屈。被杜文灯和梅如烟"抛弃"了，或者说，原有的期待落空了，惆怅了，忧伤了，哀怨了。他对杜文灯和梅如烟是信任的，而对两个新主演是陌生的，是忐忑的；他害怕失望，担心"程序"被打乱，因此，他的委屈是双倍的，无法言说，更无处诉说。怎么办？他不能要求将主演换成杜文灯和梅如烟，怎么演，谁来演，剧团说了算，他没有选择余地的。

他提心吊胆等待演出开始，好像是他在等待观众"检阅"。他能感觉到身体的颤抖，能感觉到气息的急促，舞台上的锣鼓声越来越急，他紧张得想逃跑，可他没有动，也不会逃，说白了，他的担心里有期待，可能期待大于担心。还有一种可能，他内心涌动着隐秘的兴奋，跃跃欲试，没头没脑，更是莫名其妙。

首先是肖晓红出场。看见肖晓红扮演的祝英台，尤家兴提着的心慢慢放下了，也可以说，更加紧张了。有点青涩，有点拘谨，眼神、动作、唱腔，都是对的，是灵动的，她扮演的祝英台就是祝英台，她是"入戏"的，也能带领观众"入戏"。这很难得，一个新演员，往往是人戏分离的，往往是不顾观众死活的。意外，也不意外，她一开口，尤家兴听出来了，是另一个梅如烟，是一个刚刚发芽的梅如烟，也是一个具有更大可能的梅如烟，无论是扮相还是唱腔，她都脱胎自梅如烟，她学了梅如烟的优点，也继承了梅如烟的不足。尤家兴能接受，完全能接受。他有点高兴，又有点忧伤，为肖晓红高兴，为梅如烟忧伤。纠结了。但他来不及纠结，他被肖晓红牵引着，被肖晓红扮演的祝英台牵引着，不能自已了。

第二场是"草桥结拜"，梁山伯出场了，剑湫扮演的梁山伯出场了。先是祝英台和丫鬟银心进了草桥亭，然后，舞台上的灯光一转，梁山伯从幕布后转出来，右手拿着纸扇，迈步走到舞台中央。当梁山伯在舞台上站定时，抬着的右手慢慢下压，左手上升到脸颊，偏左侧着的脸转向舞台正面，抬起眼睛做了一个"亮相"。尤家兴坐在舞台正下方的第六排，剧场座位是有坡度的，第六排差不多与舞台持平，他被剑湫的"亮相"吓住了：剑湫在抬眼之际，眼睛一瞪，射出两道金光，一下将剧场照亮了。一个优秀的演员，肯定明白一个道理，不只是"眼睛一瞪"那么简单，那是一个演员内心世界的呈现，是与观众的沟通，甚至是与观众的"角力"。能不能将观众镇住，能不能建立作为一个演员的自信心，"亮相"是至关重要的。尤家兴不知道其他观众的感受，那两道金光与他眼睛相遇的瞬间，立即照亮他全身。那一刻，他透明了，被控制了，失去了自我，也失去了整个世界。他全身麻痹，恍恍惚惚，飘飘荡荡，不知身在何处，似乎在舞台之下，似乎在舞台之上，又似乎在草桥亭之中，他是梁山伯，是祝英台，是丫鬟银心，是书童四九；他是草桥亭，或者是草桥亭边上的那棵枫树。剑湫站定后，张口唱道：

离故乡，别双亲，
求学上杭城。

这句唱词尤家兴很熟悉，就像熟悉自己的声音。可是，这一刻，他却感到那么陌生，就像聆听自己的声音。尤家兴没想到，剑湫会发出这样的声音。这声音跟杜文灯不同：杜文灯是纯正的生角声音，是低沉的，浑厚的，深情厚谊的；剑湫的声音也低沉，也浑厚，同时又是高亢的，嘹亮的，最主要的是，她充满雄性的声音里有一种无法言说的妩媚，有一种说不出的妖娆，勾人魂魄了，心驰神往了。那是一种魔力，是晴天霹雳，是呢喃细语，是宣告，更是叮咛，尤家兴从剑湫的声音里感受到了复杂而又纯净的气息。在尤家兴看来，舞台上的剑湫，是雄性的，是醇厚的，是深沉的，是洒脱的。她的嗓音是那么沉着和辽阔，她的眼神是那么温柔与坚定，她的动作是那么优美和潇洒，谁能想到，剑湫是个女儿身？无法想象的。尤家兴被剑湫身上这种反差吸引住了，这种反差给了他无穷无尽的想象，这种想象如一股旋风，将他卷裹其中，让他如痴如醉，欲罢不能。完蛋了，剑湫第一次"亮相"、开口唱了第一句，尤家兴"沦陷"了。从这一刻开始，他的魂魄被剑湫勾走了，再也回不来了，也不愿意"回来"了。

从表面看，尤家兴是剑湫的追求者，是剑湫的崇拜者，剑湫也接受他的追求和崇拜。在外人看来，他们是恋人关系，这点是确定的。但是，尤家兴对肖晓红的态度也让人产生遐想，他是不是在追求肖晓红？外人不知道，不过，外人看得出来，尤家兴迷恋舞台上的肖晓红，差不多到了痴迷的程度：凡是肖晓红的演出他都会捧场；凡是肖晓红的戏，他都会唱，连动作都学得惟妙惟肖。这就微妙了，很难说得清了。尤家兴从来没有挑明这种关系，剑湫和肖晓红也没有说，但谁都可以感觉得到，因为尤家兴的出现和存在，三个人构成了另一个舞台，那是属于他们的舞台，演绎的是另一个剧本和另一场戏。这种关系，剑湫和肖晓红是心知肚明的，她们没有任何语言和动作上的表示。不会的，她们是演员，是优秀演员，不会点明的，不会说破的，那是艺术，是美，是力量，是令人神往的；同时，那也是一种动力，一种状态，一种境界。她们无比煎熬，又无比享受。

对于剑湫和肖晓红来说，团长职务的竞争和任命，是她们关系的转折点，也是突破点。在她们之前，杜文灯是团长，梅如烟是艺术总监，她们到年龄了，剧团需要新的领导。职务任命与舞台无关，与艺术无关，是现实和坚硬的，是不能摇摆和无法模糊的，你死我活了，火焰熊熊，要爆炸了，吓人了。

就在这个要紧关口，剧团接到一个任务：参加华东六省一市会演。说是会演，其实是比赛。表面上是各个剧团在比，实际参与竞争的是各个省，比的是戏曲，也是文化，当然也是经济和政治。文化局领导给杜文灯和梅如烟下了死命令：当前第一任务是会演，团长的事以后再说。

杜文灯和梅如烟心里清楚，会演只能依靠剑湫和肖晓红。剧团成立了攻坚小组，杜文灯任组长，梅如烟任副组长，成员包括剑湫和肖晓红。剧目当然是《梁山伯与祝英台》，这一点没有任何不同意见，这不仅是剑湫和肖晓红的保留剧目，也是剧团的保留剧目。进入剧本调整和排练时，剑湫提了建议，主要是两点：第一，将《梁山伯与祝英台》改名《化蝶》。剑湫的理由很简单，既然要参加会演，就要创新，先从名字开始。名字一改，这个戏的立意和重心调整过来了，更开阔，更有时代意义。第二，由原来十三场调整为十场，拿掉第三、六和第十一场，增加"山伯临终"那场的内容，唱词不动，只动旋律，既表现梁山伯临终前的神志模糊，又体现梁山伯对祝英台爱情的坚定。

剑湫的意见合情合理，没理由不按她的方案执行。不过，也没看出什么特别之处。但是，第一次彩排下来，杜文灯就知道，剑湫无论对戏曲的理解和表达都远远超过了她。

肖晓红的表演几乎无可挑剔，但杜文灯看出一处瑕疵，这瑕疵是无法弥补的："哭坟"那一场，祝英台来拜墓，刚出场，就是一句："梁——兄——啊——"内行人知道，这是一句高音，是穿云破雾的高音，是异峰突起的高音。只有高入云霄，才能直抵人心，才能肝胆俱裂，才能表达祝英台当时的震惊和悲伤。这是呼唤，是信号，是生与死的转折，是祝英台对梁山伯的呼唤，更是祝英台与人间的决裂。这句高音是那么重要，可以这么说，如果没有这句高音，"化蝶"是不成立的，至少缺乏足够的合理性和饱满度。可是，肖晓红的高音上不去，至少不能立即拉上去，很遗憾，太遗憾了，她只能在低音部位酝酿和徘徊，只能迂回着上升。不够的，力量不够，高度不够，穿透力更不够，震撼人心的力量出不来，缺乏摄人魂魄的力量。这是肖晓红嗓音的问题，也是表现力的问题，是致命的，是无可挽回的。

同一个舞台，同一场戏，再看剑湫的表演，在"山伯临终"那一场，还是那个场景，还是那三句唱词：

爹娘啊，儿与她，

生前不能夫妻配，

死后也要成双对。

原来的剧本，三句唱词，梁山伯只唱一遍，那是梁山伯临终前的哀叹，老双亲陪伴床前，白发人送黑发人，气氛萧瑟，草木含泪。梁山伯唱得婉转凄凉，唱得肝肠寸断，唱得石破天惊，"死后也要成双对"，多么悔恨，多么无奈，又是多么斩钉截铁。问题正在这里，对于一般演员来说，唱一遍已经是巨大挑战：梁山伯僵卧病床，身体不能动，只能依靠声音传达那种悲凉，传达那种不甘，表达要和祝英台"在一起"的决心，那是无望的决心，在不可能中寻找可能。这对演员的要求是很高的，既要表现出梁山伯临终时的癫狂，又要表现出他垂死前的清醒和坚决，很难拿捏的。剑湫要唱三遍，杜文灯是演梁山伯的，她知道，这个难度系数不是乘以三那么简单，而是从一个空间上升到另一个空间，不是量的问题，也不是演员理解和表达的问题。杜文灯以前没想过这个问题，对她来说，这是无解的，她做不到，她无法想象梁山伯如何连唱三遍，更无法想象剑湫会怎么表达。她充满期待，也充满幸灾乐祸的担心。这是剑湫给自己挖的坑，看她怎么跳进去。杜文灯清楚地记得，听剑湫演唱"山伯临终"是在傍晚，是在剧团专门用来排练的小舞台，肖晓红和梅如烟都在。肖晓红在候台，她和梅如烟站在台下。随着音乐响起，幕布拉开，舞台呈现出来了：梁山伯卧在床上，额头上包着一条白色纱巾，双亲陪伴两侧，窗外草木呜咽，梁山伯张口唱道：

爹娘啊，儿与她……

不一样了。剑湫一张口，杜文灯身体一紧，所有汗毛竖了起来。她知道要坏事了，剑湫的声音里并不全是悲伤，恰恰相反，杜文灯听出了隐约的欢乐，听出了向往与期待。那是对生的绝望和对死的希望，交融在一起了。当剑湫唱第二遍"爹娘啊，儿与她"时，杜文灯知道，这是对爹娘唱的，他对不起爹娘，不能服侍双亲，不能给他们送终，他是愧疚的，更是无奈的。那是人间亲情，是天伦之情，是弥漫的，是悠长的，是无法言喻的。谁没有父母？谁对父母没有愧疚之情？人同此心，平淡却动人。杜文灯的眼泪一下涌出来了。丢人了，相当丢人。作为一个演梁山伯起家的小生，不应该哭，不能哭。可是，她哭得那么真心实意，哭得那么彻底放肆。那一刻，她内心是服剑湫的，甚至生出了骄傲——剑湫是我的徒弟，是我一手调教出来的。她知道，剑湫改动的不只是旋律，也不只是戏份，剑湫改动的是她作为一个演员和戏中人物的关系，他们如何成为一体，如何无缝地融合在一起。更主要的是，剑湫改动了戏中人物和观众的关系，她的三次重复，每一次重复都将观众的感情拉升一个浓度和高度，到第三遍，两种感情交融在一起了，纠缠在一起了，那是火，是风，是雷声，更是雨声，那是病人垂危的呻吟，更是婴儿落地的哭声。毁灭了。重生了。杜文灯号啕大哭，而且，她看见，站在她边上的梅如烟哭得更加悲惨，摇摇欲坠了，连候台的肖晓红也将妆哭花了。

剑湫将梁山伯演绎到这个地步，还有什么好说的？

果然，《化蝶》获得了华东六省一市会演一等奖，剑湫拿到了最佳表演奖。

对于剧团，对于信河街文化局来说，这是天大的事。好了，扬眉吐气了。

领导交代的任务完成了，谁来当团长的事又重新摆上议事日程。不过，已经明朗了，《化蝶》得了一等奖，剑湫拿了最佳表演奖，为剧团和信河街赢得了荣誉，为省里争了光，除了她，还能有谁？她来当，名正言顺。

剑湫也是这么想的。

这个时候，梅如烟"站"了出来，她主动找了文化局领导，说了两句话：一、她不否认剑湫为信河街争了光，但是，剑湫也得到了应得的荣誉，她站到领奖台上了，名利双收，光芒万丈；二、她不否认剑湫的戏演得好，剑湫拿奖是对她付出的回报，实至名归。但是，《化蝶》这个戏，不是只有剑湫一个演员，剑湫是鲜花，后面有一大片绿叶衬着呢。

梅如烟一般不主动找领导，她是表演艺术家，艺术上的事，有自身规律，是用艺术手段解决的。她这次找领导，看似站在肖晓红这边，她是肖晓红的老师嘛。但她不这么认为，她是站在"道理"这一边，不能所有好事让剑湫一个人独占了。凡事得讲道理。

文化局领导找杜文灯谈话了。杜文灯是团长，又是剑湫的老师，让不让剑湫当团长，杜文灯最有发言权。当然，领导也谈了梅如烟的意见，梅如烟的意见在理嘛。杜文灯一听，心里不乐意了。说心里话，剑湫拿了奖，够了，这个团长应该给肖晓红。但是，梅如烟"唱了这么一出"是什么意思？是针对谁？杜文灯突然改变主意了，她并没有表明自己的意见，只是向领导抛出一个问题：剑湫为咱们省里争得了荣誉，自己也拿了奖，如果将团长让给别人当，会不会有人说我们不重视人才？

虽然只是轻轻一问，却问到领导心里头去了。是啊，这个"帽子"扣得太大了，这个罪名谁也担当不起。

好了，就剑湫了。肖晓红当艺术总监。启动干部考察程序吧。

想不到的是，剑湫这时主动找了杜文灯。她到杜文灯办公室说：

"团长给肖晓红当吧。"

杜文灯看着剑湫，既感到意外，也不感到意外："为什么？"

剑湫说：

"我拿了奖，肖晓红没拿。"

紧接着，她又补充一句：

"肖晓红比我更适合当团长。"

杜文灯一听就生气了，但她不会表现出来，声音更平静，更不带感情色彩：

"谁当团长更合适，是领导考虑的事。有一点我要告诉你，团长不是你和肖晓红的衣服和化妆品，更不是你们之间可以让来让去的小礼物。"

剑湫点点头说：

"这点我知道，我只是表达我的态度。"

杜文灯点点头说：

"你的态度我知道了。当不当团长，你的态度不算，我的态度也不算。"

话是这么说，杜文灯主意已定，这个团长就给剑湫。她越是不想当，就越是要她当。

剑湫和肖晓红是同时考察、同时公示、同时任命的。杜文灯和梅如烟办理了卸任和退休手续，但没有离开剧团，剧团聘请她们当顾问。她们还有任务，要扶新任的团长和艺术总监一程，要帮助团长和艺术总监排新戏，更要推新人。这是剧团的传统。传统是不能随便更改的。

　　在聘请梅如烟当顾问时，遇到一点麻烦。梅如烟提出来，自己身体不好，最近总是头晕，以为是高血压，去医院检查，没查出具体问题。头昏脑涨，走路跌跌撞撞，自身难保，没能力"顾问"了。肖晓红找她商量，让梅老师再"带她一程"，她没有梅老师"不行"，心里"不踏实"。梅如烟不为所动。新任艺术总监肖晓红束手无策，只能请新任团长剑湫"出马"。在肖晓红的提示下，剑湫自掏腰包，买了一束百合花，由肖晓红带领去梅如烟家"拜访"。梅如烟"态度"相当好，没有"摆架子"，更没有"给脸色"，对新团长的到访表示"衷心的感谢"，对百合花表示"由衷的喜欢"。她说百合花好，颜色好，干干净净，清清爽爽；香味她也喜欢，清淡的，却又是不屈不挠的，没有侵略性，但无法忽视它的存在。梅老师称赞剑湫"有心"，让她"破费了"。但是，一说到担任"顾问"，她立即装出头晕欲倒的样子，手扶着脑袋，话也说不出来了。事情僵住了，没有回旋余地了，百合花白送了，传统要被打破了。当然，如果真破了，也不是什么大不了的事。杜文灯老师倒是很爽快地接过剑湫递给她的聘书。当然，剑湫有经验了，也给她送了一束花，不是百合，是康乃馨。杜老师喜欢康乃馨，她以前对剑湫说过，她喜欢康乃馨的浓烈、奔放，康乃馨一点都不扭扭捏捏，多么豁达，多么大气。剑湫谈到梅如烟不接聘书的事，杜文灯老师很果断，几乎是以团长的口吻说道，那不行。沉默了一下，她让剑湫给梅如烟带一句话，是一句唱词，杜老师命令剑湫说，你唱给她听。剑湫不清楚老师为什么让自己给梅如烟唱这句唱词，老师没说，她也没问。她又一次敲开梅如烟的家门，说杜文灯老师让我给您带一句话。梅如烟诧异，但没有问。剑湫不再说什么，打开嗓子唱了起来：

生前不能夫妻配，

死后也要成双对。

梅如烟听完，脸上没有任何表情，默默从剑湫手中接过顾问聘书。

3

新戏很快排起来了，这就是剑湫的性格，她是寸步不让的。依然是剑湫和肖晓红搭档，也只能是她们搭档。但是，剑湫发现，她原本最不担心的"演"的问题，现在却成了最大的问题。

肖晓红不在状态，很不在状态。她演的还是原来的祝英台，还是悲剧的祝英台。她依然在老路上横冲直撞，"轨道"不对，"跑"死了也是白死。这一点，剑湫原本是应该想到的。她高估肖晓红了。

剑湫的不满意是从第一场开始的，是从根开始的。第一场是"思读"，是祝英台的戏，每一个细节都在展示祝英台的性格，也是她命运的伏笔。经过剑湫改编后，祝英台还是追求知识、向往自由的女性，但她的追求和向往里有了更丰富的内涵，说得直白一点，祝英台女扮男装去杭州城读书，就是一次"私奔行为"，是胆大妄为，是异想天开，是无中生有。在剧团排练厅里，剑湫是这么给肖晓红"讲戏"的：

"在当时的社会环境中，祝员外不可能让祝英台去杭州读书，女扮男装也不行。这是辱没家门的事，是伤风败德的行为。再说，女孩子读书有什么用？那是女子无才便是德的时代，以祝员外的认知，祝英台想在祝家庄读私塾的可能性也不大，祝员外不可能同意她去杭州读书。那么，祝英台只能瞒着祝员外出逃。对于祝英台来说，离家出走当然是天大的事，是离经叛道的，是大逆不道的，她内心肯定纠结，肯定犹豫，肯定彷徨，肯定思前想后，肯定患得患失。

但是，祝英台又是决绝的，她向往知识，向往外面的世界，最主要的是，她是个豁得出去的人，她的性格有极其决绝的一面，是个敢想敢做的人，是个奇女子。所以，从一开始就要将祝英台的纠结和决绝表现出来，这是祝英台的'核'，是她的精神状态，也是她行为的内在动力。这是第一场，也是祝英台性格的确立和生长，有了这一场，基础扎实了，定位准确了，才有后来的私订终身，才有最后的私奔。一切都是顺理成章的。"

照道理说，剑湫不应该说这么多，她凭什么给肖晓红"讲戏"？虽然是她主导改编这个戏，但是，肖晓红是艺术总监，按照分工，"讲戏"是肖晓红的事，即使她是团长，也不能大包大揽，忌讳的。这一点剑湫知道不知道？她当然清楚。可剑湫是这么想的：状态出不来，你是艺术总监又如何？我还是编剧呢，还是导演呢。剑湫焦急，她替肖晓红焦急，张嘴咬下肖晓红身上一块肉的心都有了，但她没有"表达"出来，不能。她们是什么关系？在生活中，她们是朋友，是姐妹，是相互帮扶关系；在工作上，一个是团长，一个是艺术总监，是同事和搭档关系。更主要的是在舞台上，一个是生一个是旦，那就更说不清楚了，是情侣？是夫妻？是冤家？是仇敌？什么都是，又什么都不是。她能对肖晓红有什么态度？什么也不能，只能忍着。其实，剑湫也知道，戏不是"讲"出来的，只能通过一场又一场的表演，只能通过一点一滴的"悟"。别人"讲"，只能提供一个方向，是外力；而"悟"才是内在动力，通过自己摸索出来的，才属于自己，才是结实的，才是独一无二的。剑湫知道，"讲戏"是没用的，"示范"也是没用的，肖晓红只会更加茫然无措。谁也帮不了，只能依靠肖晓红自己左冲右突，只能将肖晓红扔在水深火热之中，只有如此，肖晓红才有可能找到自己的方向，才能走出自己的路，才能演绎出一个全新的祝英台。剑湫心急如焚，表面上只能波澜不惊。

事实确实如此。剑湫说的，肖晓红都懂，她能理解剑湫对祝英台的性格分析，也能接受祝英台的变化，但是，她表达不出来，一抬眼，一举手，一迈步，一张口，以前的祝英台又回来了，不是"回来"，而是从未离去。肖晓红知道剑漱不满意自己的表现，她对自己的表现也不满意。从学戏开始，她一直是自信的，她对理解能力自信，对表现能力也自信；她知道如何分析人物性格，更懂得如何表现人物性格，差不多一点就通。可是，这一次"见鬼"了，卡在最拿手的"祝英台"身上了——老版的"祝英台"阴魂不散，新版的"祝英台"若隐若现，她被吊在半空了，迷茫了，不知何去何从了。进退两难，张口更难，似乎连戏也不会演了。

改变很难，要在熟悉、舒服的环境里做出改变更难。老版的"祝英台"，已经和她的身体合二为一，成了她的本能，可以这么说，老版的"祝英台"主宰了她的身体和灵魂，所以，这种改变需要改弦易辙，需要脱胎换骨。这一点，肖晓红当然知道。像她这样的演员，对舞台有自己的认识，对剧中人物有自己的理解，拥有自己的表演风格，更有一大批戏迷追随，她的内心已经建立起一个小宇宙，是坚固的，更是顽固的，很难改变的，连影响都很难。肖晓红更知道，最大的问题不在这里，自己的问题不是新戏和老戏的问题，也不是悲剧和喜剧的问题，甚至不是谁来当剧团团长的问题。到底是什么问题？肖晓红似乎是清楚的，可又似乎不是很清楚，但她知道，这个问题不能跟剑漱谈，不想谈；也不能跟梅如烟和杜文灯谈，无法谈。她想来想去，只有尤家兴。

当然不是找尤家兴谈问题，尤家兴不是用来谈问题的，而是用来解决问题的。她知道尤家兴将工厂的一个旧仓库改造成木偶陈列室，陈列室中间搭建了一个戏台。她在剧团的排练厅找不到感觉，想换一个"不一样"的环境试试。她突发奇想了，要找尤家兴演戏。

尤家兴当然是仗义的，是有求必应的，二话没说，立即带她去陈列室。

一进陈列室，不一样了，四周密布的木偶活起来了，手舞足蹈，挤眉弄眼，神态各异地从橱柜里跳出来，排山倒海地向肖晓红拥来。陈列室沸腾了。她听到锣鼓声响起来，听到所有木偶的演唱声，那些声音汇聚在一起，又各自散去，既遥远又亲近，既庞杂又清晰。肖晓红对那些木偶不陌生，对他们的演唱更是熟悉，那是她置身其间的世界，也是她心醉神迷的舞台。肖晓红再看中间变得缥缈的戏台，身体发热了，发软了，轻盈了，飘荡了。她情不自禁了。

尤家兴将她带到后台，其实也不需要尤家兴带，她早就摩拳擦掌了。到了后台，尤家兴问她：

"要不要化装？"

无所谓了。对于这时的肖晓红来说，最主要的不是化装，而是登台。她要成为祝英台，她就是祝英台，火急火燎了。但是，肖晓红按捺住了，她在化妆镜前坐下来，有条不紊地化装。尤家兴播放了音乐，是《梁山伯与祝英台》里的"十八相送"。肖晓红觉得尤家兴这场戏选得好，这段音乐也好，既欢乐又伤感，既是相聚，又是别离。肖晓红很喜欢这种氛围，很迷恋这种状态，这是戏曲的氛围和状态，真实又虚幻，快乐又悲伤。肖晓红化完面装，一丝不苟，每一个环节都没有省略。每位演员都知道化装的重要性，不只是酝酿的过程，不只是进入角色的过程，而是一个演员自我修炼的过程，更是自我塑造的过程。在化装过程中，一点一滴描绘和确立心目中的角色，也在这个过程中，将原来的自己一点一滴抹掉，让心目中的角色像雕塑一样凸显出来，立体起来，奔跑起来。

只差穿上戏服了，肖晓红转头去看尤家兴。这是她第一次看见尤家兴化装。原来的尤家兴不见了，肖晓红见到的是梁山伯，一个熟悉又陌生的梁山伯。

对于化装，尤家兴不陌生。

他的感受是，"化"跟"不化"是不同的。"不化"的梁山伯是"无限的"，是"全知的"，是超越时空的。然而，"不化"的感受却是单一的，他可以成为戏中之人，也只是戏中之人。他想到的只是梁山伯，只是和剑湫扮演的梁山伯合二为一，只是和剑湫合二为一，他忽略了其他，忽略了整个世界。"化"了之后，他的感受是复杂的，是犹豫的，他发现，戏中不只他一个人。当他和肖晓红完成了化装，尤家兴和肖晓红不见了，世界呈现在他面前，有祝英台，有银心和四九，有山川树木，还有古道凉亭，他和他们是一体的，是不可分离的。没错，他们丰富了他，也触发了他，让他变得立体，变得饱满，让他真正成为一个戏中人，成为戏中的梁山伯。这个梁山伯的认知和视觉是"有限的"，他只能看到所看的东西，只能想到所想的东西。这是真实的梁山伯，是现实的，是可以触摸的。所以，他这时看对面的肖晓红不一样了，不，是祝英台，是同窗好友祝英台，是贤弟祝英台。这就对了，他的感受跟人物同步了，情绪表达准确了。好了，音乐重新开始，他们在后台相视一笑，尤家兴做了一个邀请的姿势，嘴里念道：

"英台请。"

肖晓红也做了一个邀请姿势：

"梁兄请。"

肖晓红一开口，尤家兴就觉得不同了。这不是以前的肖晓红，也不是以前的祝英台。尤家兴说不出不同在哪里，却能感觉到，这个肖晓红和祝英台比以前热烈和主动，比以前难以捉摸。

音乐里响起四句唱词：

三载同窗情似海，

山伯难舍祝英台。

相依相伴送下山，

又向钱塘道上来。

这四句唱词很重要，时间、地点、人物、事件都在里面了。当然，对于演员来说，特别是对于即将上台的演员来说，最重要的是感情。

两个人的关系，祝英台在暗处，她了解梁山伯的一切。梁山伯做梦也不会想到，跟他"同窗"三年的贤弟是女儿身。最主要的是，此时，祝英台心思已定，她"芳心暗许"了，她爱上了梁山伯，自作主张要嫁给梁山伯。所以，一路走来，祝英台都在暗示梁山伯，指着路边一棵树说，喜鹊满树喳喳叫，肯定是向梁兄报喜来。意思很明白了，祝英台提前向梁山伯道喜了——梁兄你交桃花运了。梁山伯是个书呆子，根本没听出祝英台的弦外之音，他很认真地对祝英台说，从来喜鹊报喜讯，恭喜贤弟一路平安把家归。祝英台无奈，只能继续往前走，"过了一山又一山，前面到了凤凰山"。这时，祝英台又开始"敲打"梁山伯了，说，凤凰山上百花开，独缺芍药与牡丹。梁兄你若爱牡丹，与我一同把家归。我家有枝好牡丹，梁兄要摘也不难。差不多是赤裸裸地示爱了，我们祝家庄有鲜花，只等你梁兄来摘，现在就可以去摘。梁山伯读书把脑子读直了，拐不过弯，或者说，他的心思根本没有拐到这上面来，他对祝英台说，你家牡丹虽然好，路远迢迢怎来攀？世间还有比梁山伯更笨的男人吗？至少在祝英台看来是没有了，她生气了。当然是又爱又恼，女人在这种状态下是要撒娇的，这是她们的专利。刚好经过一座古庙，对面过来一头牛，牧童骑在牛背上，唱起山歌解忧愁，祝英台指着梁山伯说，只可惜对牛弹琴牛不懂，可叹你梁兄笨如牛。梁山伯根本不懂什么是撒娇，他不解女人心啊，而且，他生气了。他是读书人，是好学生，成绩优秀，老师青睐，连师母也特别照顾，这样的学生最容不得别人说他笨，更不能说他"笨如牛"。他的书生脾气上来了，或者说牛脾气上来了，表情严肃地对祝英台说，非是愚兄动了火，不该将牛比着我。意思就是说，你把我比作牛一样笨，我生气了，不理你了。真是一个又呆又憨的书生，可爱又可叹。不过，祝英台爱的就是"这一口"，爱的就是他的憨劲，就是他的不世故不圆滑，这样的人不会三心二意，不会见异思迁，不会朝三暮四，哦，值得托付终身。所以，祝英台放下身段，对梁山伯说，请梁兄你莫动火，小弟赔罪来认错。有憨劲的人有两种，一种是只会钻牛角尖，不会拐弯，一钻到底，至死方休，那是死心眼的憨；另一种是会拐弯的，心大，拐个弯，一个结打开，豁然开朗了。梁山伯的性格，介于两种憨之间，他的心时大时小，弯也是时拐时不拐。但对于分别在即的祝英台贤弟，他只是假装生气而已，见祝英台认错赔罪，他觉得玩笑开大了，赶紧笑着说，好了好了，路途遥远，贤弟你快快赶路吧，前面就是长亭了，愚兄就送到这里，咱们后会有期。

　　背景音乐这时响起来了，有一句唱词：

十八里相送到长亭。

连唱两遍，一遍比一遍轻，一遍比一遍慢，一遍比一遍悠扬，那是不舍，是哀伤，是两情依依，是无可奈何。送君千里，终须一别，两人在长亭外作揖，祝英台转身回祝家庄。

到了这里，这场戏就算结束了。下一场是"思祝下山"。可是，今天不同，今天的音乐是循环播放的，也就是说，只要音乐没停止，这场戏不会结束。当祝英台转身离去之际，梁山伯还站在长亭外眺望，他要看着祝英台离去的背影，直到完全看不见为止。按照剧情安排，这个过程，祝英台没有回头。

音乐再一次响起来时，祝英台回头了。不仅仅回头，祝英台又回来了，风驰电掣，飞奔而来，双手拉住梁山伯的手，举到胸前，眼睛闪亮地看着梁山伯，嘴里喊了一句什么话，因为有背景音乐，梁山伯没听清楚，祝英台用更大的声音喊：

"你是谁？"

"我是梁山伯。"

祝英台很高兴，祝英台也很伤心，继续问：

"你到底是谁？"

"我是尤家兴。"

祝英台指着自己鼻子问道：

"我是谁？"

"你是肖晓红。"

祝英台说：

"我到底是肖晓红还是祝英台？"

"你也是祝英台。"

"你再大声说一遍？"

梁山伯高声念道：

"我是尤家兴，是梁山伯。你是肖晓红，是祝英台，是小九妹。我就是你，你也是我。"

祝英台突然"哇"地哭了起来，一把抱住梁山伯唱道：

"梁兄啊，榆木疙瘩能开花，你终于明白小妹的心。"

尤家兴觉得肖晓红今天的表现很不正常，仔细想想，也很正常。

4

剑湫没想到，肖晓红会和尤家兴走到一起。也不是没想到，她知道，他们三个人之间，什么事情都可能发生，不足为奇的。但她对肖晓红的做法持保留意见，肖晓红选择的时机不对，她现在首要任务是排戏，要尽快进入角色，要"在状态"，要找到新版祝英台的感觉，都火烧眉毛了，还有心思谈男女私情？肖晓红是个职业演员，应该拿出职业演员的精神，遇到问题不能逃避，能逃到哪里去？最终还得回到舞台上来，必须面对新版的祝英台，逃不掉的，没人帮得了忙，没有人。

让剑湫更生气的人是尤家兴。肖晓红是个演员，只要上了舞台，是什么事情都做得出来的，怎么任性都可以的。这一点，剑湫能理解，也能谅解。她不能理解和谅解尤家兴，尤家兴不是职业演员，他是冷静的，也应该保持冷静，不能由着肖晓红"胡来"。但是，尤家兴没坚持住，他跟肖晓红"演了同一出戏"。剑湫很失望。

算起来，尤家兴也是个"艺人"，他们家演木偶戏，同时制作木偶。到了尤家兴这一辈，才转行办起玩具厂，刚开始只是木偶玩具，后来拓展到塑料玩具，再后来做起了教具，工厂从一家发展成三家，他从尤厂长变成了尤总。身份和财富发生了变化，尤家兴"艺人"的基因没变，并且开始"发酵"。他喜欢越剧，以前喜欢看杜文灯和梅如烟的戏，后来迷上剑湫和肖晓红，只要有剑湫和肖晓红的演出，他都看。剧团的人都知道，尤总是剑湫和肖晓红的戏迷，更是剑湫的戏迷。因为剑湫和肖晓红的关系，他成了剧团常客，成了剧团的"尤总"。

有一点是肯定的，尤家兴是追求剑湫时间最长的人，他的追求是一以贯之的。但是，尤家兴对剑湫的追求又是隐晦的，甚至是若有若无的。他的追求是付诸行动的，却没有实质性内容。

这么说有点绕，有点纠结，但这正是尤家兴的状态，正是尤家兴对待剑湫的方式。可以这么说，他喜欢舞台上的剑湫，那个雄姿英发的剑湫，但尤家兴知道，那是舞台，是戏，是不真实的。他更喜欢生活中的剑湫，回归女儿身的剑湫。这种喜欢源自他的想象，源自剑湫在舞台上和生活中的反差，更源自他对剑湫女儿身体的向往。问题正在于此，这种向往让他害怕，这害怕来自两个方面：一是剑湫的拒绝，二是对现实的失望。

剑湫从来没有拒绝过尤家兴，因为尤家兴从来没有真实的"举动"。他的追求里，"追"是显性，是主题，是明目张胆和锣鼓喧天的；"求"是隐性，是时隐时现和似有似无的，甚至是形而上的。他到剧团来，或者到剧场看剑湫和肖晓红演出，好像只是一种宣告：这是老子的地盘，闲人勿进。

尤家兴不是没有和剑湫单独相处过，剑湫带他回过单身宿舍。剑湫不是随便带男人回单身宿舍的人，她这么做，是态度，也是默许，等于承认尤家兴对"领土"的圈定。

尤家兴在剑湫的单身宿舍是随意的，这种随意源自剑湫。他们可以说话，也可以长时间不说话；可以各做各的事，也可以各自发呆，好像他们是两个独自运行的星球，互相吸引，也互相排斥。他们在一起，看似平淡，却又亲密；看似危机四伏，却又相安无事。

他们见面一般在晚上，尤家兴白天要去工厂，剑湫白天要排练。晚上又分两种见面方式：一种是剑湫在舞台上，尤家兴在舞台下；另一种是在剑湫的宿舍。尤家兴没有带剑湫去过工厂，他隐隐觉得，剑湫对工厂是排斥的，至少是冷漠的，是隔膜的。对于尤家兴来说，两种见面方式，两种状态，一种激烈，一种温和。他渴望激烈，也享受温和。他想，剑湫大概也是这种心态，所以，他们才能安然地交往下去。

在剑湫的单身宿舍，他们也曾有过身体交集。那天晚上，剑湫靠在床上看剧本，他坐在宿舍唯一一张桌子前画玩具草图。当他抬头看剑湫时，她不知在什么时候睡着了，剧本散在胸前，手停在脑袋上边。尤家兴静静地看着熟睡中的剑湫，他从来没有如此长时间地看着剑湫。舞台上的剑湫是流动的，是目不暇接的，是变幻无穷的；舞台下的剑湫，尤家兴从来没有认真看过，也不需要，他只需要跟剑湫在一起的气息和感觉，只需要那种不真实却又实实在在的氛围。这是他第一次端详舞台下的剑湫，他觉得，这个时候的剑湫，既是静止的，又是流动的。但是，有一点是可以肯定的，他的内心是宁静的，他的身体是安静的。但他还是站起来，走到床前，走到剑湫身边，弯下腰，更加仔细地看着剑湫的脸，差不多是脸贴着脸了。他不知道要从剑湫的脸上看出什么，也不知道自己为什么要这么做。就在此时，剑湫的眼睛突然睁开了。那是一双经过专业训练的眼睛，是一双戏曲演员的眼睛，一双小生的眼睛，无论在不在台上，她的第一反应肯定是"在台上"。剑湫的眼睛一瞪，射出两道光芒，这光芒不仅击穿了尤家兴的身体，也击中了他的灵魂。他没有动，也不能动。剑湫这时动了，伸出停在脑袋上边的手，缓慢而又敏捷地钩住尤家兴的脖子。尤家兴的脸跟剑湫的脸碰到一起了，不对，是他们的嘴撞到了一起。剑湫咬住了尤家兴。

触电一般，尤家兴的身体没有任何征兆地跳了起来，将剑湫的身体带了起来，又重重摔在床上。尤家兴没有惊慌失措地逃走，他还站在原地，诧异地看着剑湫，好像不认识她。剑湫依然保持着被摔在床上的姿势，她的眼睛看着尤家兴，又好像没有看着尤家兴。她的脸色是平静的，似乎早就料到尤家兴会有这种反应。整个过程，两个人没有说过一句话，一切都是寂静的，似乎发生了什么事，又似乎什么事也没有发生。

确实是什么事也没有发生。此后，两个人再没提起这件事，他们还跟以前一样交往，尤家兴还去剑湫的宿舍。但是，心里都知道，不一样了，他们对自己的认识不一样了，对对方的认识也不一样了。

尤家兴当然知道这一点，同时，他又是迷茫的。他的迷茫在于如何处理和剑湫的关系，他的迷茫更在于如何理清自己对剑湫的感情。很难，太难了。他觉得自己是喜欢剑湫的，他无法想象离开剑湫自己将如何生活下去，意义何在。难道仅仅是多开几家教具工厂吗？有意义吗？当然有意义，多开几家工厂，就能赚更多钱，他当初放弃家传的木偶戏，选择做生意，不就是为了赚钱吗？但是，他也知道，钱是赚不完的，是没有尽头的。如果从这个角度讲，多开几家工厂又是没有意义的。有时候，尤家兴觉得自己并不喜欢剑湫，对她的身体没有强烈的欲望，他觉得这是不对的，甚至是不道德的。他为那天晚上自己不得体的行为深深自责，他认为自己是吓坏了，剑湫是他的神，怎么会动剑湫身体的念头？他更没想过剑湫会主动亲吻自己，吓死人了。

有过上一次的经验后，尤家兴终于"开窍"了：剑湫是可以"动"的。剑湫是人，而且，是个女人。女人有的，她"都有"；女人需要的，她"都需要"。剑湫回到"凡间"了。这是尤家兴不愿意见到的，但他必须面对这个"现实"，因为剑湫不可能永远在舞台上，她的人生必须由舞台上和舞台下两段构成，只有这样，她才是完整的。

尤家兴必须正视这个现实，他已经错过一次，接下来不是补救的问题，而是如何面对的问题。他不能回避，更不想躲避。他必须有所行动，既是对剑湫的试探，也是对自己的确认。

是尤家兴主动带剑湫到陈列室的。剑湫不想去他的工厂，她对工厂没有兴趣，尤家兴说不是去工厂，是去他的木偶陈列室。尤家兴对剑湫说过木偶陈列室，也说过陈列室中间的戏台。剑湫对木偶戏有兴趣，对陈列室里的戏台也有兴趣。好吧，那就去。

尤家兴发现，进入陈列室，剑湫的眼神就变了，迷离了，飘忽了，隐约了。走路姿势也变了，她"走"的是生角的步伐，是风流倜傥的，又是步步为营的。

说话的声音和节奏也变了，变雄性了，抑扬顿挫了。当他们站在戏台上时，剑湫已经进入表演状态，呼吸也变了，既急促又舒缓，既沉重又轻盈，既真实又虚幻。戏台上充满了她的气息，阳刚又阴柔，温暖而湿润，上下翻腾，无孔不入。

尤家兴紧张极了，手脚发软，鼻子发酸，他想瘫在戏台上呼呼大睡，更想抱着剑湫大哭一场。尤家兴不想再错过机会，他提出来，用木偶跟剑湫配戏，一起演一场《梁山伯与祝英台》。这个时候，剑湫还会不同意吗？不要说有人跟她配戏，她一个人也愿意演，也能将整座戏台撑满。

尤家兴选了"草桥结拜"，是他第一次见到剑湫的那场戏。

剑湫一开口，尤家兴就知道，自己做了一件蠢事，怎么能跟剑湫演对手戏呢？剑湫在戏台上一亮相，尤家兴就感觉到一股山呼海啸的压力，那是来自剑湫身上的气势，一种凌厉的气势，咄咄逼人，气势汹汹，让人畏惧，又让人敬佩。当剑湫一开口，情况变了，不是咄咄逼人的问题了，整个戏台都属于剑湫，都在她的控制之中。尤家兴发现，这个时候，想象中的剑湫回来了，自己的身体有反应了，膨胀了，虚空了，真假难辨了，恍恍惚惚了。但是，这一次的恍惚与以前不同，他跟剑湫演上了对手戏，有互动了。有互动是不一样的，是有对等交流的，是纠缠的，是不分彼此的。

尤家兴感觉得到，自己是被剑湫带着前行的，是被剑湫包裹着的。他一开始担心跟不上剑湫的节奏，其实不是，在这一点上，剑湫掌握得很好，在戏台上，她是王，她掌控着整个空间，也把握着前行节奏，不会让任何人落下。优秀的演员就有这样的魔力。尤家兴很愉悦，从未有过的愉悦，他觉得，无论是身体还是精神，都已经和剑湫结合在一起了，飘起来了。

可是，尤家兴又是清醒的。这是在陈列室的戏台上，是和剑湫在演戏。也就是说，这种愉悦是不真实的，是空虚的。然而，对于尤家兴来讲，这种愉悦又是如此真切，如此身临其境。

戏台上的演出是打破时空的，短短一个选段，就是一生一世，就是万水千山，是整个宇宙，也是漫长无际的时光长河。对于尤家兴来讲，这一段"旅程"

既漫长又短暂，他似乎与剑湫早就交融在一起了，忘记了开始，也永远不会结束。可是，他又觉得，这个过程稍纵即逝。他希望继续被剑湫推着，希望继续被剑湫包裹着，希望永远跟剑湫融合在一起，将两个人变成一个人。

尤家兴意犹未尽，他不满足。戏虽然结束了，但他没有离开戏台的意思。他看着剑湫，是的，眼前的人分明是剑湫，可是，也是梁山伯，她是剑湫和梁山伯的综合体。她是雌雄同体。这正是尤家兴需要的，他不能自拔了，眼前的剑湫是那么真实，又是那么虚幻；是那么触手可及，又是那么遥不可攀。不管了，尤家兴豁出去了，他扔下手中木偶，一把抱住剑湫。他抱住了一团滚烫的火，又像抱住一汪柔软的水，但他确信，自己抱住了剑湫，是戏台上的剑湫，是想象中的剑湫，是热气腾腾的梁山伯，是奔腾不息的梁山伯。是的，尤家兴意乱情迷了，喃喃地叫道，剑湫，剑湫。接着，又情不自禁地叫道，梁兄，梁兄。干什么？剑湫一把将他推开，很突然，很猛烈，推了他一个趔趄。他有点清醒过来了，依然站在戏台上，眼前依然站着剑湫。是生活中的剑湫，是没有化装的剑湫。剑湫冷冷地看着他，目光像一把寒光闪闪的剑，那是一道白光，尖利地刺进他的脑子。这一下，他完全清醒了。剑湫依然看着他，没有开口，但那眼神分明已经开口了，那是疑问，更是质问。可是，尤家兴无法回答，怎么开口呢？他惶恐而悲伤，不知接下来该说什么，更不知该做什么。

戏台暗了下来，世界也暗了下来。

走下戏台，剑湫已经恢复常态。脸色是冷淡的，跟平常没有任何区别。她没有再提陈列室戏台上的事，好像根本没有发生过。她依然跟尤家兴保持来往，没有比过去更热烈，也没有比过去更冷淡。

接触越多，越深入，尤家兴越是看不懂剑湫。他理解不了剑湫，或者说，无法走进她的内心，也无法靠近她的身体。剑湫的身体时而开放时而紧闭，没有任何征兆和规律。这当然有他的原因。面对剑湫的身体，他是犹豫、纠结、彷徨和举棋不定的，同时，他也感受到，剑湫的态度是不稳定的，是无法捉摸的。

5

剧团的人都认为，剑湫不会参加肖晓红和尤家兴的婚礼，毕竟和新郎有过一段说不清道不明的关系，忌讳是肯定的，尴尬也是肯定的。但是，也不能十分肯定。谁也摸不清剑湫的性格，摸不准她的行事方式，她做什么事，只看她想不想做，没有该不该做。

请柬是肖晓红送到剑湫办公室的。尤家兴没来，尤家兴也可能是"不敢"，他心虚，他内心是"怵"剑湫的。肖晓红送来请柬的同时，还有一个礼包和五百元礼金。肖晓红说，要来参加婚礼哦。剑湫接过礼包、礼金和请柬，表情平静，她对肖晓红说了一句"恭喜"，没说参加，也没说不参加。

结婚那天，剑湫准时出现在华侨饭店的婚礼现场，她跟剧团同事一样，包了两千元礼包，回礼是一百元红包和一包硬壳中华香烟。剑湫被安排在主桌，和杜文灯、梅如烟老师坐一桌。虽然是晚辈，但她是团长，完全有资格同桌，名正言顺的。

一切都很顺利，一切都很融洽。男方来的客人大多是老板，财大气粗，声音此起彼伏，是喧闹的，是热烈的，是生机勃勃的，是变化多端的。女方来的客人以剧团同事为主，都是文化人，文化人的热闹是暗流涌动的，是意味深长的，是山高水长的，是意会多于言说的。

婚礼主持人是剑湫的戏迷，没有人知道他是自作主张还是事先和尤家兴串通好，婚宴中途，他突然邀请剑湫来一段越剧，给新娘和新郎送上"特别的祝福"。

老实说，剑湫没"准备"，她是来"吃喜酒的"，不是来"唱戏的"。她可以拒绝，以她的性格和行事风格，拒绝是理所当然的。但剑湫是演员，演员是不会拒绝表演的，特别是在人多的场合，特别在"群情激昂"的时候，表面不动声色，内心早就蠢蠢欲动了，身上所有的肌肉都在跳跃，喷薄欲出了。不唱是不可能的。

剑湫接过主持人递过来的话筒，站了起来，大方地说，那就清唱一段吧，唱《梁山伯与祝英台》里的"楼台会"。她的话音刚落，主持人喊了一声"好"，掌声迫不及待地响起来，大家也跟着叫好，跟着拼命鼓掌。掌声停息后，剑湫提了一个要求，她想邀请新娘一起唱，她唱梁山伯，新娘唱祝英台。这一次，主持人还没反应过来，带头喊"好"的是新郎尤家兴，他带头鼓掌，将新娘推上台去。新娘肖晓红虽然觉得这种场合不适合唱戏，特别是唱"楼台会"，但她是演员，唱戏是她的本能反应，特别是跟剑湫一起唱，即使尤家兴没有"推"，她也会上去；即使心里不想"上"，身体也会"上"。

肖晓红上台后，先对剑湫做了一个邀请动作，用了一句念白："梁兄请。"

剑湫也弯腰做了一个邀请动作，对肖晓红说："英台请。"

立即就进入角色了，剑湫拉开嗓子唱道：

那一日，钱塘道上送你归，你说家有小九妹，长亭上面做的媒，愚兄是特地登门求亲来。

肖晓红唱道：

梁兄啊，你道九妹是哪一个？就是小妹祝英台。

剑湫和肖晓红上台后，杜文灯没有去看她们。对于她们的表演，杜文灯不需要"看"，她的眼睛用来盯尤家兴。当剑湫唱"那一日"的时候，尤家兴"不对劲"了，身体明显颤抖了一下，然后僵住，一动不动，好像失去了生命，怅然若失了。当剑湫唱到"久别重逢应欢喜，你因何脸上皱双眉"时，尤家兴身体随着唱词开始晃动，脸上的神情也随之变化，好像丢失的东西找到了，欣喜，却又不说出来。当剑湫唱到"纵然是无人当它是聘媒，我与你生死两相随"，尤家兴身体和脸部表情转变成了悲伤和无奈。当剑湫唱到"贤妹妹，我想你，哪日不想到夜里"时，台上的剑湫强忍泪水，台下的尤家兴却满脸红光，那红光几乎照亮他的身体，充满了力量和斗志。

自始至终，尤家兴的眼睛都围绕着剑湫，剑湫在哪里，他的眼睛就跟到哪里。他眼里没有肖晓红，肖晓红仿佛是透明的，不存在的。除了剑湫，整个世界都是不存在的。当剑湫最后唱到"我死在你家总不成"时，杜文灯发现，尤家兴眼里有一束光，一束柔和的光，似乎将剑湫笼罩起来，保护起来，不让她受任何伤害。他眼里还有另一束光，是凶狠的，是残暴的，也是贪婪的，似乎要将剑湫一口吞没。杜文灯从尤家兴的眼光看出来，剑湫是独属于尤家兴的，这事没得商量。

心惊胆战了。杜文灯知道尤家兴一直和剑湫"纠缠不清"，但她觉得只是青年男女的恋爱，是"剪不断理还乱"，是"一团乱麻"。现在看来，不是的，情况很复杂。现在，肖晓红成了尤家兴的妻子，而尤家兴眼里没有妻子肖晓红，他眼里只有剑湫，只痴迷剑湫。三个人结成解不开的结，错综复杂了。这事怎么弄？杜文灯觉得没法弄。

演唱是成功的。当然，剑湫的演唱不可能不成功。选的"戏"有点小问题，跟婚礼的气氛不太协调。不过，没关系，剑湫的演唱能带领大家飞离现场，去一个熟悉又陌生的地方。确实如此，剑湫将大家带到了祝家庄，带到了祝英台的楼台。大家看到梁山伯兴冲冲来，来兑现诺言，来跟小九妹提亲，跟小九妹喜结连理。可是，哪有小九妹，只有祝英台，只有名花有主的祝英台。小九妹是个"骗局"，祝英台也将成为马文才的妻。一脚踩空了，失落了，心痛了，伤心欲绝了。这日子没法过了。楼台相会，成了诀别。祝英台想留他多坐一会儿，可是，再坐下去有什么意义？不能改变现实的逗留就是折磨，就是摧残，叫人肝肠寸断，叫人生无可恋。走了。

谁的人生没有经历过波折？谁的人生没有经受过挫折？谁的人生没有被爱

情拥抱又被抛弃？谁的人生不是起起伏伏？剑湫的演唱唤醒了沉睡在大家心底的感情，"百般滋味涌上心头"了，剑湫演唱的不仅仅是梁山伯，也不仅仅是她自己，而是所有听她演唱的人，她把所有人"带进去"了，触动了所有人的感情。这是剑湫了不起的地方。难怪她有那么大名气，难怪她有那么多戏迷，难怪她能得奖，难怪她能当上团长。她站在台上，就是主宰。她将舞台变成所有观众的舞台，所有观众成了主角。这是她的厉害之处。唱什么内容不重要，是不是悲剧也不重要，甚至连肖晓红和尤家兴的婚礼也不重要。剑湫这么一演唱，喧宾夺主了，不合适了。

有一点是可以肯定的，有了剑湫的演唱，肖晓红和尤家兴的婚礼变得"与众不同"了，艺术含量高了，内涵丰富了，给所有参加婚礼的来宾以艺术享受和情感冲击，那么，这就是一次成功的婚礼。不虚此行了。

没人会在意剑湫演唱的是悲剧，没人会注意尤家兴身体和精神的变化。

杜文灯注意到了，梅如烟也注意到了。她们互相对视一眼，没有说话，心照不宣。情况不妙，很不妙，她们也遇到过类似的事。那时候，她们刚刚成为信河街剧团的台柱子，刚刚"红"起来。她们是剧团"双姝"，是冉冉上升的明星。也就在那个时候，她们同时喜欢上一个男人，是文化局一个处长。那时候的"喜欢"是不及物的，所谓"在一起"，顶多去瓯江边散个步，再就是去大众电影院看一场电影。那个人约杜文灯看电影，又约梅如烟去瓯江边散步。这就是大事件了，就是脚踩两只船，就是花心，就是陈世美。要死啦，不可原谅的。

杜文灯和梅如烟谁也没有开口提这件事，不能说的。她们的表达方式在舞台上，通过戏中人将想说的内容表达出来。她们做得到，也只有她们才能领会。在演出《梁山伯与祝英台》中"山伯临终"一场戏时，杜文灯在舞台上悲凉地唱道：

> 生前不能夫妻配，
> 死后也要成双对。

在后台候场的梅如烟一听，泪流满面了。她听懂了，杜文灯这个时候是梁山伯，也是杜文灯，这句话是唱给梁山伯的，是唱给梁山伯爹娘的，是唱给祝英台的，更是唱给她梅如烟的。她突然有种奇怪的感觉，这种感觉突如其来，暖暖的，凉凉的，有点刺，有点痒，既迅猛，又舒缓。她不由自主打了个颤抖，是个很大很大的颤抖，随之，全身一阵麻痹，一屁股跌坐在地上。

从那之后，梅如烟再没有跟那个男人去散步。她发现杜文灯也是，她们不约而同地、委婉而坚决地拒绝了那个男人。

梅如烟和杜文灯没有任何口头上的约定，没有。在那之后，她们还是似友似敌的关系，还是你追我赶的关系，有时几乎水火不容，就差势不两立了。但她们从来没有发生过正面"冲突"，无论是语言，还是肢体，从来没有。梅如烟既害怕又享受，她想杜文灯也是如此。这种害怕与享受，成了她们之间的纽带，成了她们之间的默契，成了她们之间特殊的关系，一种既疏离又胶着的关系。她们谁也不需要谁，可谁也离不开谁。

后来，她们各自成立家庭，都老大不小了，没有家庭就是孤魂野鬼，去不了"封神台"的。特别是对于她们这样身份的女人来说，没有家庭会滋生出无穷是非，滋生出无尽的闲言碎语。

那就嫁了吧。

是梅如烟先成立家庭的，她没有选择追求她的人，没有选择与戏曲有关的人，而是嫁给一个政府机关办事员，一个从来不看戏也不知道她名字的人。紧随她之后，杜文灯也成立了家庭，没有嫁给众多追求者，她嫁给了一个军官。结婚前跟军官约法三章：她不随军，她是演员，根在信河街，在信河街的舞台上。

梅如烟觉得，她的家庭生活是幸福的，甚至是美满的。至少在外人看来如此。她从来没有对家庭表示过不满，当然，也没有表示过赞美。她从不对外谈论家庭，她发现杜文灯也是。外人从她们的穿衣打扮、语言神态、对生活的态度可以看出来，她们的家庭生活是和谐的，是安然无恙的。这就好，有什么比"安然无恙"更值得珍惜？但是，有谁知道她们内心的苦楚和失落？她和杜文灯都没有子女，不知道杜文灯怎么想，她是不想有。她从来没想过用身体生育出子女，她不能接受跟一个男人共同生育子女，那是不可想象的。她的子女在戏里，在舞台上，在塑造的角色中，那些角色既是她自己，也是她生育的子女，是独属于她的。在机关办事员委婉而坚韧的劝说下，梅如烟去医院做过妇科检查，没有查出不能生育的"问题"，这不是她的"问题"，至少不是"生理问题"。机关办事员也没问题。梅如烟清楚，"问题"在她这里，在"心理"上，如果她不主动"化解"，是没办法解决的。杜文灯和军官的婚姻维持了十二年，最终还是"友好而平静"地"解体"了。军官想让杜文灯去部队，在部队也可以唱戏，部队也有舞台，舞台更大，空间也更大，为什么非要留在信河街？杜文灯不走，她对军官说，我们有约在先的，你不能逼我离开信河街。十二年后，军官选择了"放手"，从那之后，杜文灯就"一个人过"了。梅如烟有时很想去找杜文灯说说话，她有许多话要跟杜文灯说，可以在办公室，可以去她家，或者来自己家，还可以去茶馆。可是，无论这个念头多么强烈，她都没有付诸行动。她不知道杜文灯是不是也是如此，杜文灯比她沉默、严厉。她知道，杜文灯是不会主动来找自己的。

只有梅如烟知道，她的家庭生活并不和谐，更谈不上美满。她不关心自己的丈夫，一点也不关心。她不愿意跟他做爱，不能接受，不愿意接受。她对丈夫说，你去外面找个女人吧。说出这句话后，她显得很轻松，甚至有无耻的感觉，好像从此之后再无义务，"两讫"了。她想过跟丈夫离婚，她对他说，这样过下去，你痛苦，我也不快乐。他想也不想说，不，我不会跟你离婚的，这辈子都不可能。

她的家庭只是表面看起来和谐、美满而已，在这一点上，她羡慕杜文灯。杜文灯做事比她坚决，比她干脆，从来不拖泥带水。但是，有一点她是知道的，无论是她，还是杜文灯，她们的人生都不完美，她们不会拥有世俗的幸福。她们的完美和幸福在舞台上，她们确实找到并享受了，不配再享有世俗的欢乐。

从自己和杜文灯的人生，梅如烟看到了肖晓红和剑湫的人生。肖晓红和剑湫的人生肯定和她们不同，选择空间更大。但有一点可以肯定，她们的感情生活和婚姻生活注定不会平静，也不会完满和幸福，她们的完满和幸福在"彼岸"。梅如烟相信，尤家兴在婚礼现场的表现，肖晓红也是"看到的"，她不知道肖晓红怎么想，更不知道肖晓红接下来会怎么做。这可能就是代沟，是差距，是她这一代人和肖晓红这代人的差别。同是演员，扮演的是同一个人物，差别却是那么明显，那么巨大，她们有她们表达感情和对待感情的方式，外人是无法理解的。

6

对于肖晓红来说，和尤家兴结婚的念头是骤然而至的，她从来没想过要嫁给尤家兴，从来没有。这是不可能的，尤家兴不是她的"菜"。肖晓红不能确定自己想要什么样的"菜"，但肯定不是尤家兴。她要的巍峨，要的不可一世，要的汹涌澎湃，要的气吞山河，要的酣畅淋漓，尤家兴身上都没有。尤家兴身上有犹豫，有徘徊，有辗转反侧，有当机立断，也有运筹帷幄，这些都不是她想要的，她从来没想过跟尤家兴"在一起"。不过，她也在心里问自己：为什么不能嫁给尤家兴？谁规定自己不能嫁给尤家兴？没有嘛，她是自由的，跟谁结婚是她的事。肖晓红没想明白的是，当时在陈列室的戏台上，自己为什么要那么做？为什么会那么做？肖晓红到现在还是恍惚的，演完"十八相送"之后，她应该离开戏台。演出结束了，她不是祝英台了，她是肖晓红。可是，她又返回了戏台，她不是以肖晓红的身份回去的，是祝英台；尤家兴也不是尤家兴，是梁山伯。可是，肖晓红似乎又是清醒的，她知道自己另一个身份是肖晓红，或者说，她这么做时，两个身份是混淆在一起的；而尤家兴也不是单纯的尤家兴，他和梁山伯合二为一了。她可以对天发誓，此事没有"预谋"，她去找尤家兴，要在陈列室里演戏，可能是事先想好的，或许，她曾经想过在戏台上与尤家兴建立某种关系，但那只是一种试探，一次放飞，是艺术的，是形而上的。在戏台之下，她从没动过嫁给尤家兴的念头，她从没想过成为"尤总的夫人"，那是不可想象的。

真正的问题是，完成结婚仪式后，她将如何面对尤家兴？如何"生活"？肖晓红茫然了，悚然了。结婚之前，她的所作所为，带有表演性质，她找到了舞台上的感觉，有创造的快乐，既写实又夸张，很爽。特别是在婚礼现场，她和剑湫演唱的那一场"楼台会"，剑湫的每一句唱词都是别有深意的，都是饱含深情的。她当然感受到了。她从那种深情里得到了力量，得到了进入另一个通道的动力。她既热烈又冷静，既充实又虚无，落地生根却又飘荡无依；她是新娘肖晓红，又是新郎尤家兴；既是旦角肖晓红，又是生角剑湫；既是祝英台，又是梁山伯，似乎什么都是，又似乎什么都不是。她感觉身上有一种摧枯拉朽的力量，有一种一往无前的勇敢，她觉得自己长出了三头六臂，翻江倒海，上天入地，不就是演个私奔的祝英台吗？没问题，放马过来便是。那一刻，肖晓红觉得自己是无所不能的，祝英台也是无所不能的，整个天下都是自己的。

搬进尤家兴的别墅后，肖晓红发现他们有一个巨大的卧室，有巨大的卫生间和换衣间，还有一张大床。肖晓红从来没见过这么大的床，哪里是床？分明是一个舞台。她要和尤家兴睡在这个舞台上，没有任何退避机会了，身体接触回避不了了。可是，她不知道如何与尤家兴"短兵相接"，也不想。她想象的人不是尤家兴，不能接受尤家兴。这个问题有点大了。

让肖晓红稍稍心安的是，尤家兴没有"碰"她。她裹一床被子，尤家兴也裹一床被子，各睡各的，相安无事。这就太好了。

肖晓红心里还是不踏实，太匆忙了，从戏台上的"演出"到举办婚礼，只用三天，好像她赶着上前线，一切都是急吼吼的。婚礼本身也像一场战争，一场轰然而至的战争。双方情绪还没到位，还在酝酿，还在发酵，还在犹豫，还在试探，战争"打响"了，很快进入"阵地战"。仪式完成了，轰轰烈烈的场面已经结束，接下来就是"赤膊上阵""拼刺刀"了。尤家兴暂时没"动静"，谁能保证他一直"按兵不动"？他有理由的，他是丈夫，"动"自己的妻子天经地义。肖晓红想，那就惨了，怎么对付？她能拒绝尤家兴吗？拒绝有用吗？尤家兴会不会使用"武力"？会不会"乱来"？会不会"来硬的"？肖晓红每晚提心吊胆，尽量把身体缩起来。她基本功练得扎实，身体柔软性好，身体的优势这时体现出来了，躺在床上，侧身而卧，面朝里边，手臂抱住双膝，几乎缩成一个圆圈。这个圆圈像一座"城堡"，让她找到一点安全感。但是，这种安全感是那么脆弱，肖晓红怀疑，只要尤家兴的手指头轻轻一碰，她苦心建造起来的"城堡"便会轰然坍塌，场面便会"失控"，"城池"必然失守。她像一个孤军奋战的将军，面对围攻已久的敌军，虚弱而坚硬地死守在城墙之上，做出奋力一搏的姿势。她明白，只是虚张声势，只是一个仪式，只要"敌军"发起进攻，城墙便应声而倒。她的防守形同虚设。

在忐忑之中，肖晓红并没有等来想象中的"惨烈"战争，没有，尤家兴"风平浪静"，他只是和肖晓红睡在一张大床上，肖晓红在左，他在右，只是两军对垒，并不"进犯"。肖晓红没有掉以轻心，她不敢脱了衣服睡觉，相反，她从剧团带回了演出打底服，白色、紧身那种，每晚临睡前，她将演出打底服穿在睡衣里面，将身体裹得密不透风，裹得自己也无从下手。她保持高度戒备，时刻警惕，提防尤家兴"突然袭击"。

一个月过去了，两个月过去了，尤家兴依然按兵不动。第三个月，尤家兴突然不见了。肖晓红夜里左等右等，不见尤家兴踪影。肖晓红产生了微妙心理，居然期望尤家兴出现。当然不是期望尤家兴的身体，她期望的是作为"符号"的尤家兴，他是她的丈夫，是"睡在同一张床上的人"。肖晓红差不多已经习惯了尤家兴作为"符号"的存在，她接受了这种存在。当尤家兴凭空"消失"之后，肖晓红有一种失落感,有一种被人抛弃的感觉。这种感觉很不好,让她产生了怀疑。是的,她不自信了,对自己的"魅力"不自信,对自己的吸引力不自信,对自己作为一个女人产生了动摇,最主要的是,对自己作为一个旦角演员产生了动摇。这一点是致命的。可以毫不夸张地说,判断一个演员好与差,自信心是一个重要标准,甚至是最重要的标准。一个好演员,首先是自信的,自信相当于演员的骨架,只有骨架立起来,演员才能在舞台上站得住,才能表现出独特的气质,才能拥有自己的气场,才能吸引戏迷。从这个角度说,自信不仅仅是一个演员的骨架,还是灵魂,是演员能够飞翔起来的重要依据。肖晓红发生"危机"了,作为"丈夫"的尤家兴不翼而飞了,没有任何商量,没有任何预兆。那只能说明一个问题,作为"妻子"的肖晓红的失败,也是作为"名角"的肖晓红的失败。无论是作为"妻子"还是"名角",都没有对"丈夫"尤家兴构成吸引力,成了可有可无的"摆设",虽然同床而眠,他却无视她的存在,这个打击是摧毁性的。肖晓红不能不对自己产生怀疑。

一个星期后,尤家兴出其不意地回来了。他那晚回到卧室时,肖晓红正在换衣间里穿演出打底服,即使尤家兴不在家,她也没有放松防护。她知道,最安全的时候,可能是最危险的时候。可不是,尤家兴破门而入了。当她看见穿衣镜里突然多出一个尤家兴时,双脚一阵乱踩,好像地上有一只飞窜的蟑螂,她双手捂住胸脯,喉咙发出玻璃破裂的声音。

尤家兴没有进换衣间,他的眼睛直直盯着肖晓红,好像不认识她似的,又好像见到久别的亲人。他的目光突然迷离起来,似乎一直看着肖晓红,又似乎眼里什么也没有。

那天晚上,肖晓红睡得极不踏实,刚要入眠,便觉有双手摸到她身上来,双脚一蹬,立即醒来。醒来之后,不敢转身看尤家兴,只能竖着耳朵听,她似乎听见尤家兴的呼吸声,又似乎没有。

真是心力交瘁的一夜,虽然有惊无险,对于肖晓红来说,她和"城堡"外的敌军进行了无数次殊死搏斗。她是演员,"感受"比一般人灵敏:这一夜,尤家兴跟以前是不一样的，他的身体没有动，甚至连呼吸也似乎停止了，但肖晓红"感受"到尤家兴在动，他的心在动，气息在动，汹涌澎湃地动。可他的身体依然静止，依然保持"沉默"。这就可怕了，这是蓄势待发，这是等待时机。完蛋了，最后的"总攻"终于要来了。肖晓红心惊胆战，她害怕那个时刻的到来，对于她来说，那就是毁灭。同时，她又怀有一丝厚颜无耻的期待，在某一刹那，甚至到了迫不及待的程度。她觉得那一刻就是"燃烧"，对她来说，既害怕燃烧成灰烬，又期盼烧成青烟之后的轻松。她就在这两难的选择中熬过了一夜，浑身酸痛，筋疲力尽。

接下来的那个晚上，尤家兴又消失了，他没有回到床上来。这一次，肖晓红很肯定，尤家兴很快会"去而复返"，而且，尤家兴再也不会犹豫了，他要"出手"了。肖晓红觉得真正的"死期"到了，没得救了。

她想到过逃跑，逃回剧团，逃回单身宿舍。念头闪了一下，消失了。她不想逃。她不喜欢即将到来的那个时刻，也不能接受，可是，她居然做好面对的准备。这是为什么？她想不通。没人会阻拦她逃跑，只要她想离开，没人拦得住，但她没有离开。

那个白天，肖晓红记不得在剧团做了什么事，好像和剑湫开了会，也好像去排练厅参加了排练，又好像什么事也没有做。

到了晚上，她在剧团食堂吃了晚餐。回到家后，第一件事就是洗澡，然后将演出打底服裹在身上，她预感今天跟以往任何一天都不同，特意比平时多穿了一件。

尤家兴跟平时回来的时间差不多，不同的是，手里多了一个包袱，他直接进了换衣间，将包袱放在化妆台上。肖晓红看清楚了，是演出的化装用具和化装品，还有就是戏服。她诧异地看了尤家兴一眼，不知他葫芦里卖什么药。尤家兴对她微微笑了一下，肖晓红觉得他的微笑很诡异，似乎在掩饰什么，似乎怀有巨大阴谋。被他这么一笑，卧室里的气氛突然变得柔软和浑浊，变得暧昧和可疑，空间似乎被扩大了，变得虚无缥缈起来。尤家兴用手指着打开的包袱，命令肖晓红：

"你，化装。"

肖晓红心里想，难道要在这里演戏？身体却像听了指令，坐到了化妆镜前。这一切太熟悉了，她入行十几年，几乎每天都要化装，只要坐到化妆镜前，所有动作成了自然反应：第一个大步骤是头部和面部。她先用发带将头发向后拢起来，往脸上涂凡士林底油，拍面部底色，拍腮红，敷定妆粉，刷桃红，画眼圈和眉毛，抹口红，涂脖子和双手。第二个大步骤还是头部和面部。先是贴片子，从眉心中上方开始贴，然后一左一右地贴。接下来是勒头。勒头很关键，从某种意义讲，勒头是戏曲演员化装中最关键的一步，演员状态好不好，演得出不出彩，跟勒头有很大关系。勒头就是用物理手段让演员进入半眩晕状态，进入似人非人状态，进入如梦如幻状态，通过勒头，将现实和虚拟打通。勒头还有一个作用，可以将演员的眼角拉上去，行话叫吊眉，使演员的眼睛更加有神，更加勾魂摄魄。再接着是戴头面和压鬓花。旦角有旦角的头饰，耳挖子是少不了的，顶花也是少不了的，具体头饰根据戏中人物而定：林黛玉有林黛玉的头饰，那是官宦人家的小姐；祝英台有祝英台的头饰，她是财主家的女儿。出身不同，身份不同，头饰上的区别，外行人是看不出来的。第三个大步骤是穿戏服。这就简单了，肖晓红已经穿好了打底服，等于做好前期功课，只要穿上彩裤，系上裙子，戴上护领，披上霞帔，套上彩鞋。行了，生活中的肖晓红变成了舞台上的祝英台。肖晓红看了一眼镜子里的自己，轻移莲步，出了换衣间，轻轻一跃，跳到床上，开口唱道：

问梁兄，今朝别后何日来？

不一样了，突然就不一样了。也算不上突然，尤家兴的不一样是从肖晓红化装开始的，从头发开始，到脸，到脖子，到最后穿上戏服，肖晓红不见了，他见到的是祝英台。他也在变，从头发、脸、脖子，最后到全身，不是尤家兴了。他看着祝英台跳上了舞台，不对，舞台上不只是祝英台，还有梁山伯。对，祝英台一分为二，化出了梁山伯，他们一起在舞台上演唱《梁山伯与祝英台》中的"送兄"。或者，舞台上的梁山伯不是祝英台幻化出来的，而是他，他就是梁山伯，正和祝英台对唱。

"送兄"唱完了，梁山伯要离开祝家庄，回他的会稽胡桥镇。梁山伯没有回，也没有走下舞台。尤家兴也是，他突然扑向祝英台，一把将她摁倒。

当尤家兴将她摁倒在床上时，肖晓红的内心是挣扎的：拒绝还是接受？其实也算不上挣扎，只是一个念头闪动而已，她很快就放弃了拒绝的念头。当尤家兴的手伸进她身体时，因为练功服裹得太紧，尤家兴的手显得毫无头绪。她想坐起来，将戏服和练功服脱了，尤家兴急忙按住她说：

"不不不。"

尤家兴让她一动不动地躺着，替她重新插好头上撞歪的凤钗，理正被压皱的霞帔。肖晓红想脱去彩鞋，也被他制止了。尤家兴喃喃而坚定地说：

"就这样，对，就这样。"

他将戏服整理得纹丝不乱，然后，钻进去，进入她的身体。

肖晓红没做任何抵抗。事情的发展完全出乎她的想象。这么长时间来，她一个人排兵布阵，一个人抵御千军万马，一个人坚守孤城，最后，尤家兴却是以这种方式进入她的"城池"。她意外又茫然，仿佛还在舞台上，仿佛她依然是祝英台。可她知道，这一刻，她不是祝英台了，趴在她身上的人不是梁山伯，而是尤家兴。她不敢睁开眼睛，她想象还在舞台上，想象自己还是祝英台，想象进入她身体的人是梁山伯。没问题，想象是演员的基本功。她确实做到了，她就是祝英台，对方就是梁山伯。这就对了，这是情之所至，这是水到渠成，这是两情相悦，这是鱼水之欢。这么想后，她放松了。面对梁山伯，她不需要紧张，更不需要僵硬。她只需要放开，只需要温柔，只需要接受，只需要迎合。是的，她打开了自己，梁山伯长驱直入了，找到了归宿，成了城堡里的王，对她发号施令，又对她俯首称臣；对她残暴鞭挞，又对她奉若异珍；对她风狂雨骤，又对她春光明媚。

一切都是陌生的，却又是那么熟悉。一切都未曾经历，却已过万水千山。这是漫长的旅程，又是转瞬即逝的历程。这是一场惨烈悲壮的战争，又是一场把酒言欢的宴席，异峰突起，峰回路转，飞瀑万丈，溪水缓流。

开始了。结束了。那么粗暴，那么温柔。那么难堪，那么美妙。一切都不同了，一切似乎依旧。

整个过程结束后，肖晓红才从想象中清醒过来，才睁开眼睛。难受，太难受了。她的身体一动没动，似乎不会动了，失去了知觉。不是的，只是不会动而已，她的知觉比任何时候都灵敏，比任何时候都清晰。她依然穿着戏服，她觉得再也不会脱掉戏服了，不能，也不敢。她感觉到，戏服里面的身体已不属于自己，那是一具千疮百孔的躯体，是一具毫无美感可言的躯体。不完整了。不完美了。她感觉到被撕裂的疼，不是身体，而是精神。她感到恶心，想呕吐。可她的身体没有反应，只是精神上的恶心。她厌恶自己的身体，包括精神。想哭，却没有眼泪。她不能接受自己这时流出眼泪。

躺在右边的尤家兴已经睡着了，发出远在天边却近在咫尺的鼻息，沉着，均匀，心满意足，志得意满。肖晓红睡意全无，她错了，大错特错，她原以为可以借戏服和对戏中人物的想象转移感受，她想"移花接木"，想"狸猫换太子"。太想当然了，这种伤害是双倍的：一种是身体上的伤害，当祝英台离开她的身体时，她"回归"成了肖晓红，但她已经不是肖晓红了，与此前不同了，破损了，不洁了，一去不返，无法修复；最大的伤害还是精神上，她感到深深的羞辱，觉得自己一文不值，她被尤家兴"那个"了，尤家兴却认为"那个"的是舞台上的祝英台。必定是如此的，否则，尤家兴不会让她穿着旦角的戏服，不会将戏服整理得那么平整。最主要的是，尤家兴在"最后时刻"的喊叫，他"喊叫"了一个人的名字，不是肖晓红，不是剑湫，而是"英台"。多么大的羞辱啊，她不仅作践了自己的身体和灵魂，也无法面对舞台上的祝英台。她"出卖"了祝英台，"玷污"了祝英台，有何颜面再饰演祝英台？不配。

7

剑湫惊奇地发现，仿佛一夜之间，肖晓红扮演的祝英台，与以前不同了。祝英台显得纠结，显得迷离，同时，又决绝，又孤注一掷。这就对了，这就是表演，这就是艺术，这就是剑湫心目中新版的祝英台。这是不一样的祝英台，一个既传统又现代的祝英台。剑湫疑惑的是，肖晓红是怎么做到的？她"开窍"了？这种"开窍"与她的婚姻有关？与尤家兴有关？那么，尤家兴到底用什么"魔法"让她"开窍"？

只有肖晓红知道，她为什么会有这种状态，那不是舞台上的祝英台，不是戏中的祝英台，而是现实中的自己。她在演绎自己。

没想到，人生会走到这一步。更没想到，和尤家兴会把这种方式维持下来。她无法接受，却欲罢不能。

第一次后，她觉得此生再也不会有第二次了。那种懊恼、耻辱和羞愧，几乎将她身体撕成碎片，可以听见每块肌肉被撕裂的嘶嘶声，那不是疼的声音，而是羞辱的声音，是咒骂的声音。可是，到了第二天晚上，尤家兴还没有将戏服递过来，她已经坐到化妆镜前。每一次结束后，那种被撕裂的嘶嘶声总是加倍地响起来，那种懊恼和羞辱感也在成倍增加。到了第三天，她发现，身体的渴望也在成倍增长。有几次，尤家兴故意迟点回家，而她居然迫不及待了，她骂自己：

"你是个贱货。"

她停不下来，身体不允许她停下来，她的身体在蠕动，每一块肌肉都在蠕动。没错，无论是身体还是精神都像在溃烂，无法制止。肖晓红也不想制止，她觉得自己处于癫狂状态，渴望被燃烧，渴望一次次化为灰烬。也只有成为一缕青烟时，她的身体和精神才能得到短暂的安宁，才能进入短暂的睡眠。

溃烂继续在恶化。一段时间后，尤家兴让肖晓红化装成生角。尤家兴做得小心翼翼而又理直气壮。肖晓红知道他要干什么，更知道他为什么这么做。肖晓红没有拒绝。她以为会拒绝。应该拒绝。必须拒绝。可她没有，反而没头没脑地兴奋，手足无措地激动，浑身在颤抖，几乎要哭出声来。

当尤家兴进入身体时，她终于哭出声来了。她知道，那是宣泄的哭声，也是快乐的哭声。终于把身体放空了。

当一切结束后，那种隐藏在身体里的耻辱感涌上来了，像潮水一样涌上来，无边无际，无休无止，一下子将她吞没。这个时候，肖晓红想到了死，像梁山伯与祝英台一样，以死来结束，也以死来重生，但心里立即冒出一个声音：

"你能获得重生吗？你配吗？"

这当然是个问题。梁山伯和祝英台是为了爱情，为了自由，为了挣脱封建婚姻制度的枷锁，他们的死是"正义的"，是"有意义的"，是"崇高的"，是让人同情和惋惜的。而自己的死，只是为了挣脱耻辱，为了摆脱不堪的生活，没有任何"光彩"可言，怎么可能重生？怎么可能化蝶？自己会像臭虫一样死去，没有任何意义。

她没有问过尤家兴为什么愿意和自己结婚，她想，尤家兴必定有他的目的和理由，他不说，也不需要问。肖晓红倒是问过自己，老实说，她没想明白为什么，好像有无数个理由，好像所有理由都不成立。

她设想过和尤家兴婚后的各种可能性，唯独没想到，尤家兴会以这种方式和她相处。这种方式未必是尤家兴事先设计的，但肯定是他内心的某种反映，是他生理和心理的某种呈现。她能感觉到，尤家兴在羞辱她的同时，也羞辱了他自己。他不快乐，或者说，他的快乐是扭曲的，是变形的，像烟花刹那间的绚烂，然后就是死一样的黑暗和寂静。肖晓红能够感觉到，这种羞辱感在他心里不断加强，而他在现实生活中，却无法停止下来，只能用更加强化的方式覆盖不断涌上来的羞辱感。他没退路了。

那么，自己还有退路吗？谢天谢地，剑湫给她排了新戏，她将舞台当成了退路，将所有屈辱感释放在舞台上，释放在祝英台身上。已经不是以前的肖晓红了，也不是以前的祝英台了。这个祝英台是"非常态的"，是矛盾的，是混沌的，是纠结而决绝的，是半人半魔的。

这倒是符合了剑湫的口味，所以，肖晓红进入"状态"后，排练进行得很顺利，剑湫想到的地方，肖晓红都表达到位了，更主要的是，肖晓红的表演给了剑湫一连串意外。她势不可当了，不管不顾却又另辟蹊径，无法无天却又合情合理。她找到了一条独属于自己的通道，她拥有独属于自己的表演方式，她的表演既大刀阔斧又精雕细刻，既完美又残缺。剑湫知道那是一个演员梦寐以求的境界，肖晓红涅槃了，脱胎换骨了，羽化成仙了，她达到了"我就是戏，戏就是我"的境界。她抛弃了自己，也找到了自己。肖晓红感觉到剑湫的惊讶，以前在舞台上，都是剑湫带领她往前推进的，这次不一样了，很多时候，是她推动剑湫朝前走，是她主导着舞台。感觉很好，爽极了，她主宰了舞台。可是，她知道，舞台上每进一步，她的生活就往下深陷一层。她知道两者的关系，也知道最后的结局，可她无法阻止两者"各奔前程"，或者说，她想阻止，却无能为力。

不管了，燃烧吧。

《私奔》的正式演出是那年农历冬至晚上，日期是剑湫定的。老实说，剑湫不担心能来多少观众，她有一大批老戏迷捧场。但这次不同，她想要的不是老戏迷，而是年轻观众。剑湫还是扮演梁山伯，还是主角。然而，她清楚，这一次的主角不是她，不是梁山伯。在新编的剧本里，梁山伯的形象有很大改变，他依然被动，依然深情，依然书生意气，依然憨态可掬，但他的软弱里有了坚强，他的犹豫里有了坚定。他不再寻死觅活了，在祝英台的鼓励下，在爱情的召唤下，他不再逃避，不再寄希望于"死后也要成双对"；他不再哀叹，他选择与祝英台共同面对，共同奔赴不可知的未来。可以这么说，他和祝英台选择了爱情，为爱情而生，为爱情而活；为爱情，不惜与家庭决裂；为爱情，敢于跟整个社会对抗。梁山伯的这种变化是了不起的,是石破天惊的。更主要的是,梁山伯这种变化体现了现代性,呼应了当下年轻人的价值观和世界观。这正是剑湫改编剧本的要旨所在,她要让年轻的观众有共鸣,要打动年轻观众的心,激励他们面对和追寻美好生活。她是这么改编的,也是这么演的。剑湫觉得自己做到了,她和梁山伯都做到了。

这次演出,也是一次试探,剑湫想看一看,到底能吸引多少年轻观众进剧场。剑湫有信心,只要年轻观众进入剧场,只要看完她和肖晓红的《私奔》,他们不会失望的。她会让他们喜欢上越剧的。

演出开始前,剑湫看见杜文灯和梅如烟来了,文化局领导来了,尤家兴来了,剧团编剧也来了。剑湫知道,他们是来捧场的,也是来评判的,评判《私奔》的成败,也评判剑湫这个团长的能力。剑湫还注意到,剧场所有座位都满了,遗憾的是,年轻的观众不多。剑湫想,这可能就是现实,是大环境,是戏曲目前的境遇。话也说回来,这可能正是她存在和当这个团长的价值,更是她改编、排练、演出新戏的意义。

音乐响起来了,剧场暗下去,舞台亮起来。

第一场是"思读",是肖晓红的戏,是祝英台的戏,也可以说是肖晓红和祝英台的戏。肖晓红的表演很有层次感。刚上台时,祝英台的状态是收敛的,是正常的,其实已经不正常了,一个正常的妙龄女子,怎么可能想外出读书?这是不现实的,是痴心妄想,"想多了"。她居然郑重其事地请求爹爹,让她带着丫鬟银心去读书。只有"非正常"的人才会有这样的念头,才会有这样的行为。祝员外是正常的,他不同意,毅然决然地不同意。他不可能同意。遭到拒绝的祝英台,开始"走极端"了,性格的另一面体现出来了,执拗了,钻牛角尖了,也就是说,她下定决心想做的事,谁也拦不住。向爹爹请求,是礼数,是程序,也是信号,同意不同意,不重要了,阻止不了。她要"离家出走",非走不可。祝英台将自己的想法告诉银心,小丫鬟吓坏了,这一步跨出去,算是犯了天条了。但是,银心是理解小姐的,她知道小姐是个什么样的人,小姐下定的决心，想做的事，是不怕犯天条的。最主要的是，银心的心也飞出去了，她想去杭州逛西湖，长这么大，她的脚还没有迈出过祝家庄呢。祝英台当然知道跨出这一步意味着什么，那就是决裂，就是一刀两断，她不再是祝家庄的小姐了，她成了祝英台，独属于自己的祝英台，前途渺茫的祝英台，更是前途艰难的祝英台。但她不管，她要出去，要离开祝家庄，离开这个生她养她却令她窒息的地方。她要飞，要自由自在地飞。不管了，女扮男装，趁着夜色，偷偷逃离祝家庄。

剑湫站在后台，她一边看着肖晓红的表演，一边在想，如果让自己来演祝英台，会怎么演？剑湫想象不出来，可以这么说，她想象不出比肖晓红更清醒更癫狂的表演。肖晓红的表演很到位，她将祝英台的新和旧融合在一起，这个祝英台是饱满的，是新颖的，既是旧小姐，又是新女性；既保守，又开放；既让人提心吊胆，又让人充满希望。

当祝英台和丫鬟银心女扮男装逃出祝家庄时，剑湫发现，自己的心也跟随她们出发了。她开始为祝英台未来的命运担忧了。

演出很成功，也可以说争议很大。这正是剑湫想要的，她要的就是这个效果。赞美和批评都没有超出她的预想，还是传统和创新之争，还是悲剧与喜剧之辩。她看到杜文灯和梅如烟鼓掌了，文化局领导鼓掌了，剧团编剧也鼓掌了。尤家兴没有鼓掌，他显得失魂落魄，显得无所适从。剑湫带领演员出去谢幕时，发现尤家兴的座位空了。

剑湫觉得肖晓红的表演超过了自己，也超过自己对她的期待和想象。这是肖晓红第一次在表演上超过自己，她为肖晓红高兴，同时又心有不甘。她失落了。她不能接受有人在表演上超过自己，哪怕只有一次也不行。她的心情是复杂的。

从剑湫的角度看，肖晓红好就好在全力以赴，好就好在浑然不顾，好就好在如痴如醉，好就好在如癫如狂，豁出去了。同时，肖晓红扮演的祝英台又是冷静的，坚定的。虽然也犹豫，也彷徨，可她最终是决绝的，是义无反顾的。

特别是"私奔"那一场，是重中之重，是改编后的"灵魂"。那是专门为肖晓红改编的，无论是唱词还是唱腔，特别是她最拿手的低音部，她在低回盘旋中坚决推进，从容不迫，同时，不容置疑。她的声音浓烈中蕴藏着幽香，沁人心脾，让人陶醉，更让人心碎。那场几乎是祝英台的独角戏，梁山伯只是最后才出场。肖晓红在舞台上，剑湫在候台，她的眼睛一刻也没有离开肖晓红，不，不只是肖晓红，也是祝英台，她们合二为一了。剑湫看着她从祝家庄一路飞奔而来，向约定的胡桥镇桥头奔来。她是那么孤单，好似世间只剩下她一个人。她的孤单还在于，离开了祝家庄，便是众叛亲离，人间再无容身之地了。但是，她毫无退缩之意，奔走得那么坚决，好像与山川万物融化在一起了。是的，包括她的演唱，悲伤而又喜悦，忐忑而又坚定，既有不舍却又决绝。她的低音发挥得极其出色，缠绵悱恻，意味深长，山深海阔，鸟语花香。她是那么投入，那么专注，那么行色匆匆，那么独自彷徨。剑湫心疼，她不能让肖晓红独自承受那么大的孤单，不能让祝英台一个人背负那么重的负担。这个时候，必须和祝英台站在一起，承担这份两个人的"约定"。但她不能，这是肖晓红的戏，是祝英台的戏，必须由她一个人承担，必须由她一个人面对。剑湫的心疼正在这里，她眼睁睁看着肖晓红在尘世上奔走和挣扎，明知祝英台需要她，她也确有此心，可是，不行，这时的舞台属于肖晓红，属于祝英台，她必须一个人承担下来，必须一个人面对整个世界。

这哪里是喜剧？还有比此刻更悲壮的祝英台吗？还有比此刻更悲伤的梁山伯吗？不可能的。剑湫没有注意和观察舞台下观众的反应，她哪里有时间？哪里有心情？她的心被舞台上的祝英台紧紧牵引着，她的魂魄都在舞台上，舞台就是整个世界。世界充满了哀伤，可是，又充满希望。她在等待祝英台的到来。她相信，祝英台此刻也是同样心情，无论有多么悲痛和哀伤，她必定是满怀希望的，对前方抱有坚定的信念，也对即将到来的人生无比自信。这个信心显得那么一意孤行。

剑湫站在幕后，此刻的她，早已泪流满面。同时，她又满怀期待，看着肖晓红向自己奔来，看着祝英台向自己奔来。她早早张开双臂，敞开怀抱，她在等待，既在等待即将的到来，也在准备，随时准备冲向共同的未来。锣鼓声终于响起来，该上台了，她像一头蓄势待发的狮子，沉稳而又疾速地冲上去，一把将长途奔波的祝英台抱在怀里，紧紧地抱在怀里，融化进身体里。

8

肖晓红当然知道自己演得好，她塑造了一个新的祝英台，一个神魂颠倒的祝英台，一个不顾一切的祝英台。她让这个祝英台在舞台上立起来了，也在观众心目中立起来了。肖晓红知道，老版的祝英台也是一个勇于追求知识与自由的女性，是个敢于表达自我的女性。但是，她的勇敢是欲说还休的，是遮遮掩掩的，是迂回的，是踌躇的。她对梁山伯的爱不敢用行动表达出来，对祝员外安排的婚姻不敢正面反抗，即便是最后的"化蝶"，也是以"死"的代价换来的。老版的祝英台依然没有跳出当时社会设置的框架，她的悲剧是注定的。说到底，祝英台是软弱的，她只能选择"死"作为抗争。"死"当然也是一种勇敢，可是，何尝不是一种懦弱？新版的祝英台是个全新人物，"新"在哪里？"新"在思维，"新"在行为，她不会用"死"作为抗争，她要的是爱，要用实际行动去爱。不需要死，也不能死，活下去的爱才有现实意义。肖晓红觉得，新版的祝英台因此有了"划时代"意义，她的表演也具有"划时代"意义。她对自己的表演很满意，无懈可击，不敢说后无来者，至少前无古人。

这些都不重要，肖晓红更在意的是，她终于摆脱了剑湫，找到了自己，成了真正的祝英台，一个一骑绝尘的祝英台，一个勇往直前的祝英台。她飞翔起来了，包括身体，包括精神。

问题也正在这里，她发现自己停不下来了。她是祝英台，是一个飞翔的祝英台，她不想停下来，也不可能停下来，身不由己，无能为力。肖晓红消失了，只剩下祝英台，一个舞台上的祝英台，一个无休无止的祝英台。世界变成了她的舞台，她的舞台就是整个世界。这个世界只有一个主角，便是祝英台，演唱的只有一个剧目，就是《私奔》。她一遍遍地演绎，一遍一遍地"捋"，一句一句地"捋"，一个词一个词地"捋"，一个音一个音地"捋"，从第一场"思读"到第十场"私奔"，一遍又一遍地唱，从剧团唱到家，又从家唱到剧团。睁着眼睛唱，吃东西用鼻子哼，睡梦中都在演。她停不下来了，也不想停下来。

剧团的人都说，肖晓红走火入魔了。

尤家兴对此另有见解，这是一种修炼，是成为一个优秀演员的必经之路，当然也是危险之路。这是一种状态，通过了，便会上升到另一层境界，犹如有了神灵附体，成为剑湫那样的演员。如果没通过，就会停留在"通道"里，成了"戏疯子"。不过，尤家兴没有担心，恰恰相反，他很喜欢肖晓红现在的"状态"，着了迷地喜欢。他喜欢看着肖晓红一遍遍地演唱，喜欢看着肖晓红旁若无人地表演，特别是她演唱"私奔"那一场，完全看不出肖晓红原来的样子了，那是祝英台，又不是尤家兴认知里的祝英台。尤家兴喜欢这个时候的肖晓红，比任何时候都喜欢，他喜欢看肖晓红表演的每一个动作，喜欢听她的每一句唱词。他陶醉地欣赏肖晓红，在肖晓红的表演中，他的身体一点点"粉碎"，变成一颗颗尘埃，飘散在空气之中。他忘记了身体存在，整个人在飞升，在蒸腾，化成虚无，无影无踪，无处不在。

尤家兴知道自己的"状态"有问题，肖晓红的"状态"也有问题。他应该带肖晓红去医院"看一看"，该吃药，该打针，甚至住院，他应该这么做。但尤家兴不想这么做。他知道肖晓红的"问题"在哪里，肖晓红的"问题"是只想唱，不停地唱。如果想解决肖晓红的"问题"，不能阻止她唱。如果不让她唱，她的"问题"会更大，她必须唱，不停地唱，将身体里翻滚的念头唱出来，只有唱出来，翻滚的身体才有可能平息，"问题"才有可能解决。反过来看自己，何尝不是如此，他必须看着肖晓红的表演，必须听着肖晓红的演唱，只有在肖晓红的演绎中，才能消解身体里的"问题"，才能获得平衡，才能回归平静。这是他的病，可他不承认这是病，这是他的"生活方式"，是他的精神追求。

他从来没说为什么娶肖晓红，肖晓红也没问。肖晓红不需要问，他也不需要说。对于他和肖晓红来说，此事心知肚明，心照不宣。对于他来说，娶剑湫还是娶肖晓红是有区别的，也是没有区别的。当然，剑湫和肖晓红是不同的，剑湫的"气场"比他大，他"驾驭"不了。正因为"驾驭"不了，他对剑湫的想象更旺盛，对剑湫的渴望更猛烈。或者，换句话说，在他心里，对剑湫更"珍惜"，更"宝贝"，他会"让"着剑湫，不敢"放肆"。相对来说，肖晓红没有对他构成任何"震慑"，这是没有任何道理可言的，是无法解释的。对于肖晓红，他可以肆无忌惮，可以为所欲为，他在思想上没有任何负担，在行为上不用任何收敛，肖晓红对于他来说，犹如囊中取物。事实也确实如此，在肖晓红身上，尤家兴"势如破竹"，攻城略地，迎刃而解。

遗憾了，失落了，没有难度就没有想象，也就缺少了刺激和兴奋。但尤家兴也不是"无视"肖晓红，不是的，这一点，肖晓红是能够"体会"的，也是心领神会的。他们有自己的沟通方式，有自己的交流密道，或者说，他们是用特殊的形式各取所需，也用这种方式互相取暖。他们是自愿的，是默契的，是心意相通的。这也是尤家兴没有送她去医院的原因，他知道肖晓红不需要。尤家兴知道她需要的是什么，在这个时候，尤家兴是无能为力的。那是肖晓红的事，或者说，是她和剑湫的事，只能由她独自面对。

尤家兴将肖晓红带到陈列室，让她在陈列室的戏台上唱《梁山伯与祝英台》，唱《私奔》。尤家兴特意将戏台作了布置——多了一座布景坟茔，那是一座有三个墓碑的馒头形坟茔，左边墓碑上写着"祝英台肖晓红之墓"，右边墓碑上写着"梁山伯剑湫之墓"，中间墓碑上写的是"梁山伯祝英台尤家兴之墓"。

这是尤家兴的"即兴之作"，也是神来之笔，他是在观看了剑湫和肖晓红的《私奔》后设置的。尤家兴能不能接受改编？当然能，只要是剑湫和肖晓红演的，怎么改都能接受。对于肖晓红和剑湫这样的演员，她们无论做出什么事，尤家兴都能接受：她们有资格。一个好演员，是可以在虚拟和现实之间自由穿梭的，是可以为所欲为的。她们有自己的行为逻辑。但他有点"失落"，有点"抑郁"，不能让"哭坟"就这么"没了"，他觉得自己需要做点什么。在戏曲方面，他不能也不敢对剑湫和肖晓红"指手画脚"，没资格。但陈列室是他的"私人领域"，在这里，他想怎么胡来都行。

肖晓红的"非正常表现"，剑湫看得一清二楚，肖晓红这种状态，她有过。剑湫的办法是将自己分化成两个人，一个生，一个旦，不断对戏，将每一个动作和每一句唱词拆开，重组，不断演绎。不同的是，剑湫只在脑子里演，她的身体没动，嘴巴也没动，一个人一动不动地坐着，脸上没有任何表情。她属于"文疯"。这可能跟剑湫的性格有关，跟她平时的言行有关，她是个"自我"的人，一直"不正常"。肖晓红属于"武疯"。她一直"正常"，一直循规蹈矩。反差出来了，剧团的人不能接受了。剑湫知道肖晓红站在"悬崖边上"了。剑湫并不着急，这个时候的肖晓红也是最安全的，她"活"在自我世界里，没人伤害得了她。应该让她在这个状态中盘旋，盘旋得越久，对表演的认识便越高，对表演的领会也越深。这事急不来的。

三个月后的一个下午，剑湫突然造访陈列室，尤家兴惊慌失措了，他陪剑湫站在戏台下，一句话也说不出来。戏台上，肖晓红穿着便装，旁若无人地"演出"。剑湫在台下看了一会儿，什么话也没说，转身出去了。尤家兴默默跟到陈列室门口，剑湫也不看他一眼，用命令的口吻说：

"别跟着，我去去就来。"

剑湫果然很快就"来"了，她带来了梁山伯与祝英台的戏服，也带来了化装道具和《梁山伯与祝英台》的伴奏带。尤家兴这时已经猜出剑湫想干什么了，这个猜想让他激动，让他手足无措。

尤家兴能感觉到，剑湫是善意的，是来帮助肖晓红"出戏"的，虽然他不知道剑湫会用什么手段。尤家兴知道，"入戏"是可以带的，就在这里，就在陈列室，就在这个戏台上，他被剑湫"带"过，差点"走火"了。也是在这里，他也被肖晓红"带"过，肖晓红将他"带"偏了，到了另一个轨道，他顺水推舟上去了。但是，"出戏"能"带"吗？他不知道。他喜欢"不知道"。他相信剑湫和肖晓红，不，是迷信，愿意被她们"带"去任何地方。他愿意。

剑湫将肖晓红带到后台，尤家兴也跟到后台，他担心剑湫不让跟，剑湫没有制止，也不看他。出乎尤家兴意料的是，剑湫将肖晓红化装成了小生——梁山伯，她化装成了花旦——祝英台。明白这一点后，尤家兴不只是激动了，是蠢蠢欲动，手心开始冒汗，头皮开始发烫，身体开始肿胀，迅速变大，大得无边无际，大得看不见自己。再看剑湫和肖晓红时，她们显得很不真实，很遥远，很虚幻。最主要的是，他已经分不清谁是剑湫谁是肖晓红了。

伴奏音乐响起来，梁山伯与祝英台站在戏台上。尤家兴站在戏台下，又不像站在戏台下，似乎他也站在台上，他既是梁山伯，也是祝英台。她们演的是获奖的《化蝶》。还是从"思读"开始，从英台女扮男装离开祝家庄开始。第二场是"草桥结拜"，梁山伯首次亮相。完全不一样了，这是肖晓红扮演的梁山伯，跟她以前扮演的祝英台不一样，跟剑湫扮演的梁山伯也不一样。肖晓红以前扮演的祝英台是清晰的，是简单明了的，是我见犹怜的。她扮演的梁山伯，清晰和简单明了依然在，但又不只是清晰和简单明了。她扮演的梁山伯，没有剑湫洒脱，也没有剑湫嘹亮，可肖晓红扮演的梁山伯是风流倜傥的，是温文尔雅的，既刚强又脆弱，让人欢喜又叫人惋惜，是叫人可叹又叫人可怜的。"山伯临终"那一场，还是那三句唱词，肖晓红唱得跟剑湫完全不同，剑湫演唱得那么潇洒，潇洒中裹挟着巨大悲伤，风狂浪巨，催人泪下，让人不能自持。这是剑湫的魅力，也是她的艺术感染力。没有人看到这里不掉泪的，特别是剑湫唱第三遍时，天地间已是一片皑皑白雪，肝肠寸断。肖晓红不同，她演绎的梁山伯也是悲伤的，她的悲伤是内敛的，即使死也是温文尔雅的，是得体的，是体面的。这是书生的骨气，也是书生的无能。此时，梁山伯的死是弱者之死，是代表天下爱情之死，也是你我之死。这种死如此之近，又如此遥远，如此切肤，又如此麻木。这种悲伤是哭不出来的，是欲哭无泪。这是肖晓红和剑湫最大的不同，她们走向了两极，也表现出各自的天赋和个性，当肖晓红的梁山伯唱最后一遍：

> 爹娘啊，儿与她，
>
> 生前不能夫妻配，
>
> 死后也要成双对。

唱完之后，戏台上寂静无声，戏台下的尤家兴呆若木鸡。难受，说不出的难受。他愿意替梁山伯去死，仿佛死去的正是自己。他悲从中来，可又无处发泄。忧郁了，惆怅了，身体和灵魂原地不动却又四处飘荡。

到了最后一场"哭坟"，这是祝英台的戏，也是剑湫的戏。剑湫还没有出场，一声"梁——兄——啊——"就将陈列室撕裂成了两半，她演唱得缠绵悱恻又急转直下。这是剑湫的风格，却又不是剑湫的风格。没人见过剑湫演花旦，更没人见过她演祝英台，这是剑湫的祝英台，是狂风暴雨的，是柔情似水的，是一往情深的，是一言九鼎的，更是视死如归的。她演唱的节奏很缓慢，却又如此急速，她是那么悲伤，却又有抑制不住的欢乐，当唱到最后一句：

> 梁兄啊！不能同生求同死……

电闪雷鸣了，狂风骤起了，天崩地裂了，光线似有似无，戏台影影绰绰，戏台与现实的世界模糊了，浑然一体了。

尤家兴想哭又想笑，哭不出来，也笑不出来。他觉得身体在猛烈生长，超过戏台，超过陈列室，升到空中。又觉得身体在缩小，小成一颗微尘，飘飘荡荡，酥软无力，随时会化为无形。他觉得自己是梁山伯，同时也是祝英台。似乎都不是，是个说不清道不明的结合体。

一声巨雷炸响，将戏台上的坟茔劈成两半，祝英台大喊一声"梁兄"，水袖甩到两肩，纵身扑向坟茔。与此同时，正在后台的梁山伯冲出来了。出来了，或者说"进去了"，确实是剑湫"带"的，合情合理，身不由己。站在台下的尤家兴灵魂出窍了，想喊，喊不出来；想动，动弹不得，但他能够感觉到，另一个尤家兴已经跃上戏台了。

突如其来的一切

田 耳[*]

　　占文开车去往郊区，一路听的都是十多年前的歌。车开至一截施工中道路的尽头，前面是一片菜地，仍然种菜，凼肥气味四溢。他下去拍些照片，拍道路和菜地间仓促连接的那条缝隙。结婚的到来，跟占文从前的想象完全不一样。以前，当他还是少年郎，身体发育，开始暗恋女孩并憧憬未来，以为婚礼应该是、必然是、一定是人一生的高光时刻；从筹备到婚礼正式举行，之间必有一整段幸福的时光让人沉浸其中。事实上，这一阵家里矛盾集中迸发，他和碧姗，碧姗和父母，父母和他，当然还有碧姗的父母幽灵一般缠杂其间，像集束炸弹在他头皮反复爆炸。占文每一天东扶西倒，左支右绌，心惊肉跳。稍有空隙，他油门一踩就去往郊区。其实郊区也变了味，他找不见以往城市与乡村之间自然生成的过渡地带，因基建施工，郊区断头路特别多。最近，占文热衷于拍摄各种道路的尽头。按说所有的道路应该都是连通的，都是通向北京或罗马，事实上，郊区很多路会突然中断。占文拍下这些尽头，发到 QQ 空间，没什么意义，只是自己喜欢。稍后占文又在空间发图，九宫格缺两格，取消对称，然后回车里发呆。他又想到结婚在即，桩桩件件的事情待办，记事本里逐条画线，此时的发呆显然不合时宜。

---

*田耳，本名田永，男，1976 年生，湖南凤凰人。现供职于广西大学艺术学院。1999 年开始写作，迄今已发表小说八十余篇，包括长篇小说四部，中篇小说二十篇，结集出版作品十余种。曾获鲁迅文学奖等文学奖项十余次。

正这么想，电话就响，占文默认这电话是重要的。拿起一看，四人标注为"推销"。此前看到的标注都上百人，至少数十，以致他一直以为十人以下的标注不被显示。电话一接，是女人的声音，似乎被人秒掐成习惯，语速较快。她介绍自己是"大地红婚庆公司"业务经理，名叫邱月铭。"……铭记的铭。"她强调。

这段时间数家婚庆公司打他电话，不出意料，婚姻登记时泄漏了信息。占文并不奇怪，在他看来，不泄漏的那都不叫信息。此时他愿意多听邱月铭说几句，只是因为他不想假装忙得气都喘不匀。

"咱俩小学同级不同班，肯定见过。我现在换了名字，读小学的时候叫邱碧英，土不土？但我主要认为，'碧'是个脏字，'碧英'读快了听着像是病，太不好……"

"呃，这个字用得很多啊。"他想起自己未婚妻，碧姗。

"字是常见字，而我有不少忌讳，像得了强迫症。"

"认真的人才容易有强迫症。"

"戴先生，你是个善解人意的人。以前读杜田小学，每次元旦晚会我都跳舞，每次都是我们133班的领舞，有印象吗？"

他再次回忆。小学时元旦晚会是女孩们的天下，每个班至少出一支舞，每支舞都会有领舞。那时候跳舞的女孩扑腮红，眉心点印度痣，他没法从大同小异的妆容中拎出单个的谁。

"那你至少认识邱世高，我是她妹妹。"

邱世高他没法不认识。以前杜田小学周一早上升旗，记大过和留校察看的学生会被拎到主席台示众，除了校长和老师，邱世高上台次数最多，他总是神情自若，所以绰号就叫"校长"。在杜田小学，既要认识校长也要认识邱世高，谁若不把邱世高当成校长敬着，那将是一种潜在的危险。

那时候占文闷声不响，是最不敢惹事的小孩。越小心越撞鬼，他读三年级时，一次走到学校后门的酱油厂，一堆高年级学生坐在地上，围成一圈。占文凑过去看，地上有凌乱的扑克牌，还有皱巴巴脏分分的毛票。他知道这是打牌，头一次见到牌打完一圈，你把钱给我，我又给他。他忽然想到这是怎么回事，嘀咕一声："赌博噢。"

正要走，后面一个声音把他叫住。

"你刚才说的什么？"等占文扭头过去，那人又问，"你是哪个班的？"

这时占文看见一张熟悉的脸，首先记起他的绰号，然后才是名字。他知道自己今天撞邪，惹上不能惹的人。他闭上嘴，头脑中浮现思想品德课幻灯片里铮铮铁骨的革命烈士，让嘴巴闭得更紧，没想邱世高并不做出下一步的反应。邱世高牌一打，几乎忘了占文的存在，只是占文慑于"校长"威名，竟不敢擅自离开。那一圈牌，邱世高当庄家还赢了不少，正把毛票一张一张抻平。旁边有个小孩提醒他："这个小屁孩，你打算怎么教训他？"邱世高蘸着唾沫点数毛票，头也不抬："现在知道闭嘴了？以后也少管闲事，懂吗？"占文赶紧应了一声。

邱世高又说："快滚蛋！"

那年冬天多雪，教室没暖气，每个小孩提火笼上学，成天捂着以防长冻疮。一天中午，占文走到薛家巷过街天桥下面。一个正玩雪的小孩扭头看见他并说："你站住。"占文认得他。

"我认得你……"与此同时邱世高努力回忆，"那天我从桥底下走，你站在桥上面把两条腿跨开，让我钻你裤裆。"

"不是我干的，我只是看过你和他们打牌。"

"是的，你看过我打牌惹了我输牌，所以我有必要惩罚你。"邱世高似乎很开心，把占文拽到路边雪堆前，又捏了一把雪。

占文辩解："但当时你赢牌了。"

"是赢牌了啊，那就请允许我要惩罚你，要是你不捣乱我会赢更多。"那一坨雪便从占文后领子灌了进去。

占文想挣扎，同时又在安慰自己：这算什么呢？小伙伴嬉闹也会相互灌雪，不但灌进衣服领口，有时候还灌进裤裆，所以很多小孩都知道，身上最不抗冻的地方是小鸡鸡。占文忍耐着雪块在背后融化，等着邱世高再次说，快滚蛋。这一次，邱世高却说："不行，这显然不够。"他身边有个小女孩，在雪堆里抠抠巴巴，挑出一些没被浸脏的雪块捏成球。"她是我妹妹，正在给我捏子弹。知道吗，等下我有一场大仗要打。"邱世高跟占文介绍，那一刻他忘了占文正被他施加惩罚。邱世高问那女孩："有没有带玻璃瓶子？"

小女孩随手掏出一个。玻璃瓶小得不能再小，本是装青霉素钾粉剂的药瓶。在医院上班的人都搜集这瓶子的胶盖钉搓衣板，瓶子洗一洗成为小孩的玩具。有这种玩具的小孩会变得大方，到处送人。"瓶子里装上雪，烧开！"邱世高吩咐。小女孩照做，把雪灌进小瓶，摁紧，再灌，再摁，然后将小瓶放进火笼。小女孩的火笼是篾壳的。学校里最常见木格火笼，也有铁皮火笼，篾壳的最舒服，但很少见到。雪很快变成水，发出微弱气泡音，占文却听得清晰。他意识到这是要干什么，他在电视剧里看到过，当国民党反动派抓住地下党，会用烙铁烙人家的胸膛或肚皮，嗞啦一声，皮焦一块，人晕过去。他隔着电视屏幕闻见父亲烧猪蹄子的煳味。用不了多久，玻璃瓶里的水沸腾并溢在火炭上，发出另一种声响。小女孩在地上找出两根小竹棍，将小瓶夹起。

邱世高拍拍占文的肩，说："把手张开。"占文拳便攥紧。

"你想打我？"邱世高感到不可思议，捏了捏占文的下巴颏，捏着捏着就掐一把。占文发现自己竟不敢叫出声。

这时女孩挤到两人中间，要占文把手张开。说着她又凑过来一些。占文见她嘴唇在动，反复几遍，他才发现她是用唇语告诉自己："不烫。"他颤抖着将手摊开，有点儿难为情。小女孩故意将瓶举高，让瓶里的水变成细细的线条缝进占文右手掌心，占文那只手掌便一点点摊平。刚才他明明听见水沸腾的声响，现在水竟然不烫。

邱世高把捏好的雪球装进书包，问小女孩弄好了没有。小女孩说，都倒他手上了呀。邱世高看向占文，占文便用痛苦的表情应对，换来邱世高满意的神情。他又交代占文："我俩走到那个路口，拐了弯看不见，你再数十个数，才能走。懂吗？差一个数不行，数快了也不行。"占文悬着一只手，盯着邱世高和小女孩离去的背影。小女孩忽然扭头，冲他挤了挤眼。对于这次"惩罚"，占文虚惊一场。此后他一直记着：小女孩的眼神让"惩罚"彻底反转，变成了他俩合谋把邱世高捉弄了一回。

"……你在听吗？"

此时，邱月铭正介绍她们公司，讲到某位主持人在业界的分量。她很少碰到像占文这样专心听介绍的人，忽然有了怀疑。

"在听。"占文掐断自己的回忆。那眼神晶亮地一闪，旋即消失。

"再跟你介绍一下我们公司的收费情况，可以吗？"

"价格表有吧？你直接发个短信给我。"占文拧着钥匙打火，车载音响几乎同步飙出粤语歌曲《难得有情人》。

虽然即将结婚，碧姗心情一直不佳，占文只能每天绷紧神经。他偶尔问自己，既然状态完全不对，是不是不要急着结婚？碧姗怀了小孩，婚期又早已敲定，占文总是及时掐灭心里那层疑惑。他告诫自己，面对日常生活，也需要一种坚定、强悍且略显麻木的脾性。到了三十四岁，他切身体会到结婚不再是他一个人的事情。毕竟，他从未打定一个人终老的主意（主要是他从未有过这么长远的个人规划），到这年纪依然独身，莫名的压力就一直缠绕。

碧姗本是在市液化气公司城北仓库当记账员。一个月前城北仓库突然关闭，所有人员待岗。"那一带七百多亩地，被市领导歪批卖给上海一家国企。"占文母亲发布的本市消息，一般靠得住。碧姗忽然不用上班，心情不好，一如她天天上班时，心情也从没好过。占文想把话往好里说："你看，咱俩要结婚，单位就给你放大假……"碧姗睃他一眼："放大假？我失业了。以后你养我，养得起吗？"这倒是不可回避的事实：城北仓库大概率不会恢复，待岗就是失业。领导们擅长把一样的意思搞出许多种讲法，视具体情境千变万化；听的人，从千变万化里提炼出唯一结果。

"过日子还行，反正房子是现成的，吃饭穿衣……"

"又说这些废话……你讲话越来越像你妈了，难道你没发现？"碧姗又说，"好，就算我相信你。但以后生活质量要有下降，或者你对我态度稍有变化，别怪我什么都做得出来。"

占文稍有不爽，经验告诉他要住口，但又一时没忍住："那你要怎么做？"

"我就去……卖！"甫一出口，碧姗知道自己说话过劲，哧一声先笑出来，一笑遮百丑。占文一再告诫自己，毕竟大她十岁，讲话方式不一样，不能介意，要把她当女儿。

跟碧姗来往之前，占文结识过两三个女孩，床单肯定滚过，是否有过恋爱，他并不确定。虽然也有亲密，也有小别之后彼此身体焕然一新的体验，但相比书本中与电视里的爱情，他感觉自己遭遇的一切总是那么不痛不痒，从未像影视剧里那些男女连篇累牍地度日如年、痛不欲生。毕竟，世界上有那么多人，怎么确定就碰到生命里的唯一？占文一直认为，那是极小概率事件，而大概率，则是最适合你的人，生命里的唯一，根本没机会碰到。既然不可能碰到唯一，那爱情又是什么，难道就是错过？占文琢磨这些事，经常以脑子一片瞀乱打止。

父母催婚时眼神日渐有了厌弃，意思明摆着：女人嘛你不是没搞过，老是不结婚，不就是道德败坏？占文也反复自省，和朋友圈里几个花心萝卜，诸如于化田、欧涧梁等人一比，自己明显是有区别。一直以来，不是他抛弃了谁，也不能说对方移情别恋。彼此相处总也找不到恋爱的感觉，无疾而终；或者性格反差太大，凑一起简直冤家聚头，思前想后，分手才是一锤定音的选择。这十来年，父母认定占文已经多次恋爱，同时也认定，儿子半条腿跨进了婚姻和生育；没想到每一次，儿子都自行宣称，两人关系突然清零。一次两次，可能是别人的原因，事不过三，占文分明已是惯犯。父母一辈子只进入过对方的身体且以此为荣，以此作为家里面最重要的道德遗产。二老始终毫不动摇地认为：搞女人只能走进婚姻，若不然，付钱是嫖，不付钱是骗，声称付出感情却没变成夫妻，那只能叫尔虞我诈，互相骗。十几年前，别说占文搞了女人不结婚，他俩甚至都不会相信占文看过毛片。

母亲多次跟占文放话："你既然不打算结婚，出门就不要招惹妹子。再这么搞下去，我都没法见人！"亲生母亲率先认定儿子是流氓犯，让占文倍感压力，但这事的确无法跟父母交流。

占文回家都怕进门的时候，得以认识碧姗。这时机端的正好。

那次，占文赶去全市最偏远的岱城参加高中同学杨旸的婚宴。他提前一天赶到，参与接亲，过一把闹新娘的瘾。碧姗是杨旸的亲戚，接亲队伍里两个打马灯引路的女孩之一。具体什么亲戚，碧姗始终没讲清楚。到她们这年纪，亲戚关系变得可有可无，小时不交往，大了不串门，不如朋友和闺蜜来得重要。只是婚婆丧葬时，血浓于水的老调重弹，亲戚们必须凑一起。在婚礼中打马灯的，必须是未婚女孩，据说最好是处女，但这一点现在难以落实。占文注意到，打马灯的两个女孩，碧姗更漂亮一些，仅此而已。接亲时候，一帮同学竟然都缺乏经验，没人起头发狠，没有过关斩将的能力，被女方亲友团全程打压。杨旸给的红包比原计划多出一倍，才将新娘弄上花车。

返程时，有人把占文和碧姗塞进一辆车。两人话都不多，挨挨挤挤坐两个多小时，不吭声难免尴尬，总要聊上几句。两人就这么认识，互换电话号码，占文知道她还在读书，是个学生。杨旸婚礼一散，两人没再联系。

吃过杨旸儿子周岁寿筵以后，一天中午占文去新开张的芒果影院看电影。正觉售票的妹子有些眼熟，那妹子一抬头准确叫出他名字。他想起来，她是杨旸那个关系不详的亲戚。碧姗成绩不好，初中毕业读五年制幼师大专班，在县里一家私营幼儿园找到工作后，才发现自己害怕成天带小孩，把屎又把尿，钱不多压力大，家长还老疑心老师虐童。碧姗辞职，跑来市里随便找一份工作。那以后占文看电影频率猛增，摸清碧姗的排班表，每一回去保准见到她。两个月后，即使不看电影，两人也经常待在一块儿——就像大多数恋人那样，按部就班、顺理成章且平淡无奇的开始。只是，那想象中恋爱的感觉，是不是到来，占文依然吃不准，他以为不该是这样轻淡的滋味。有时候，他也归咎于自己的矫情，会反复甄别情绪的浓度，感觉的质地。在这腹地五线城市，哪能承载得下影视剧里才有的爱情？

某天中午，在一处新开张的商业城，两人一块儿吃刨冰。舞台上有表演，小品看得让人直泛鸡皮疙瘩，土模特的时装展演也令人喷饭。在他们身旁，有人利用临时摆设的几处微缩景观拍婚纱照，看着不免寒碜，但那一对脸皮黝黑的新人脸上的确挤满了环游世界般的喜悦和自豪。

占文和碧姗原本当那是一个笑点，看着看着，竟慢慢涌起感动。"他俩结婚，老天爷附赠了亲子鉴定……"占文嘴皮忽然一痒。他说话很损，平时能忍，酒一喝就开始发挥，朋友们就喜欢让他开口，营造气氛。碧姗没反应过来，占文又说："小孩一生，皮肤雪白，肯定不对劲。"

"他们可能都不知道亲子鉴定这回事。你没看出来，他们其实很有夫妻相，找对人了。"碧姗目光从那一侧抽回，甩到占文脸上，"你从来没跟我讲起结婚的事。"

占文不语。

"也许你还没这打算，但我想问问你，愿不愿娶我？"碧姗一笑，"既然是我先提出来，按说不能对你有要求。但是，如果你愿意，就要先给我找一份工作。"

"你不是在卖票么？"

"是工作，不是打工，别给我装糊涂。"碧姗的意思是相对稳定的工作，只要自己不犯错，老板不能因为自己心情不好就迁怒于人，甚至直接叫你滚。

占文思考了一会儿，才意识到碧姗已主动提起结婚，意外，也突然有了感动。碧姗一直给予他这种突兀感，时而摸不着头脑，但那种简单直接也经常触发他的内在心绪。她将要求摆明，不逼不迫，再摆出听凭发落的模样。两人对视一会儿，几乎同时绽露出笑容。不远处，那一对黑皮黑脸的新人拍至接吻。摄影师示意他俩嘴凑一块儿，两人嘴皮一粘还没完，男人单刀直入搞起舌吻。

摄影师猝不及防，打了个暂停手势，说："嘴巴皮碰一碰就好啦，拜托，又不是拍 AV。"他俩无措地面对围观者嘲笑的嘴脸，尤其是女人，现出哭相，将男人抱紧。男人抱着女人，惶恐、无助又警惕地盯着围观的所有人。

此后，占文不得不集中心思考虑此事。回想碧姗主动表态，他感谢她的痛快，思来想去，他也愿意做这交换。十年前，他不会理解"交换"，直到现在，所有熟人都认为他再不成家就不正常的时候，她主动提出嫁给他，尤其重要。而且，她提的要求搁在他家里不算难事。

占文母亲混到处级，在市里算得上人物，她叫占文把碧姗带来见面。见面时，占文母亲却又面无表情，本以为儿子是个挑剔的人，挑到最后似乎还不如不挑。她也知道，此时儿子没多少选择余地，而且难得他愿意结婚。关于找工作，母亲几乎是一个电话搞定。她问液化气公司的熟人，对方回复，可以先行安排去仓库。对于这种专营公司，碧姗认为靠得住。进到里面，是当合同工还是给编制，占文母亲有些犹豫。以她的情面再多贴一笔钱，一步到位搞定编制也不是不可能，但她主动跟朋友说，先签合同。她跟占文这样解释："你们毕竟还没结婚，是不是……防人之心不可无。婚后，她把小孩生下来，到时再看要不要弄一个编制。再说你也不能一下子把底牌漏光，先跟她说只能签合同，看她什么态度。"占文还是意外，母亲平时说话绕三绕四，偶尔又直白得令人猝不及防。他问："你是不是要看碧姗生儿子还是生女儿再作下一步打算？"

"占文，我知道你是直性子，但当拐弯时也要拐弯，能沉住气时，就不要急着冒泡。"母亲神情陡然焦灼，"你是想着坦诚以待，想着给人家最好的，这没错。但工作要我去弄，老脸要我去贴。我纵有再多不是，也是你妈，改变不了，你不能不相信我。"

每一次，母亲显露歇斯底里的征兆，占文只能把嘴闭上。流水的老婆铁打的娘，他只能听从母亲安排。但这也留下隐患，碧姗去城北仓库上班，同事很快向她透露：以谢主任的能耐，让儿媳当合同工显然不够。占文母亲当然不承认，摆出各种理由且言之凿凿。那一阵，碧姗只有跟占文闹，每天不停地闹。

闹狠了，占文牙一咬，为结婚他也打算好在碧姗面前服低作小，但有限度，婚姻是一辈子的事，不可能跪求到老。占文一股尿劲上脑，终于敢跟碧姗说分手。这时，碧姗偏就有点儿狗血地发现自己怀孕。她不知道哪天怀上的，她没想好这事，跟占文说要堕胎。那天占文陪碧姗去堕胎的路上，本来可以打车，碧姗偏要走路去。两人一前一后，抄近路经过一条冷巷，碧姗忽然转身，一脸凄迷不舍。占文赶紧上前两步，问这又怎么了，碧姗抱紧占文，嘴巴贴他耳郭，说自己决定结这个婚。

那一刻占文眼泪唰地下来，暗道：他妈的，我的恋爱、我的婚姻到底哪个狗日的写的剧本？

这天周末，距婚礼还有整一周，占文脑子设置了倒计时。

一早碧姗又发火，又跟占文提起房子装修的事。

两人决定结婚以后住还照住占文家私建的小楼，但碧姗想着把屋内重新装修一遍。新房新房，必须是新的，这也没毛病。占文跟父母商量，父母却觉得不合适。家里的房子三年前整装花一百多万，档次能达到本市装修的天花板，现在还是九成新。整体重装毫无必要，如果占文住的那一层重装，要是风格跟以前统一，仍无必要；如若风格不统一，住一栋楼也像是分了家，那就花钱还让外人看笑话。再说，重装一遍，孩子出生以前不可能住进去。

占文两头传话，受尽夹板气。碧姗就说："是啊是啊，只要你妈一开口，道理全都在她那里。"又说："你也三十多岁了，我怎么感觉你离开你妈就没法活？"当时还没有"妈宝男"这说法，碧姗就这意思。占文也不好回嘴，他不知道自己是否离得开母亲，但他确实从没考虑过离开。

隔几天，碧姗父亲灰着脸过来，认为占文一家趁碧姗怀孕欺负她。碧姗父亲咆哮一通，经占文母亲耐心地解释，稍稍歇火；再到家中一看，也认为房间暂时不动为好。双方家长意见一致，碧姗只能少数服从多数，此后经常跟占文提到这事。这事已沦为碧姗迁怒于他的通用理由，所以，占文每次必须找出真正的原因并加以解决。

今天碧姗咆哮时，占文认定跟她两个闺蜜有关。碧姗朋友不多，闺蜜大概就这俩：小学同学田小烨和初中同学杨晴雨。她俩都跟碧姗好，但她俩单独不能见面，三人凑一块儿时，碧姗不断受夹板气。平时俩闺蜜岔开时间找碧姗，避免撞面，减少事故发生。现在因婚事临近，她俩只能一块儿来。本来说好不添堵，但雷管撞上炸药，哪有不爆的道理。

昨晚，占文带她们涮小龙坎，话题是如何给碧姗当伴娘。就这俩闺蜜，伴娘凑成一对本是没问题，她俩主动表态，只要新郎新娘合得来，哪里要管伴娘合不合，定当尽释前嫌，尽职尽责当好伴娘。主观的态度解决了，客观条件又成问题：她俩身高完全不搭。杨晴雨比田小烨高出一头还要多，凑一块儿确实不像一对伴娘，倒像老动画片里没头脑遇到不高兴。涮火锅时两人话往下讲，慢慢地语带讥诮，都想对方主动放弃当伴娘。杨晴雨想换个高个跟自己搭，这样更显婚礼的端庄和体面；田小烨想换矮个，绿叶红花，衬托个子原本也不高的碧姗。田小烨说，要是两个高碧姗大半头的伴娘往她身边一站，倒像是押着碧姗受审。杨晴雨回嘴，舍己为人衬托碧姗的想法值得表扬，只是矮个凑一对显然衬托不起来，一般凑足七个才能看见效果。

这样的争执，占文难以置喙，随着争执加剧，肉还多点了几盘。晚上闺蜜三人偏又不肯分开，挤一张床，占文只能在楼下睡长沙发。今天早起，占文去外面买早点。打包带回家，占文摆出笑脸再拍开门，碧姗的脸却塌了下来，说："什么破床不换一换，睡觉都有人滚床。"骂完了床，接着又念叨房子装修的事，她说结婚后住这里也是过旧日子，这屋子有一股霉味。气没撒完，碧姗还说自己结这婚全是被肚里孩子逼的。早知如此，那天就该把孩子打掉……

占文心下明了，将早点拎进屋内，观察那俩女孩。田小烨左眼镶一圈黑框，而杨晴雨右脸以及脖颈有几道抓痕——很明显，掉下床不会弄出这样的痕迹。

这时电话一响，占文一看号码，想起昨天和邱月铭约了见面。她说人已在长线局后门。他家离长线局后门大概两百米。这一带都是单家独栋私建房，楼与楼之间密布巷弄，拐几个拐才能上到主路。电话里不好指路，占文出去接人。拐过最后一拐，那女的站在四十米开外，上身穿墨绿色枪驳领半长风衣，头发短至耳垂，是中年妇女特有的稳重干练。他往前几步，确认她是当年那个女孩，除了模样依稀套得上，还有眉眼间那明亮的眼神仍在。她跟自己同届，按说也是三十四岁左右，那么，她纵然算得漂亮，并不比同龄人显年轻。她看见他，招一招手。他注意到，她左手拷的包特别大，路上捡到小孩也可以拎起来扔里面。

"吃饭了吗？找个地方边吃边说？"

"吃过了……你家里有事情？"

邱月铭想跟碧姗见面沟通，婚庆的生意，女主人拍了板才算拿下。占文不免支吾。她便问："有什么麻烦跟我说说。结婚你是头一次，我呢，一年到头都在干这事，算专业人士。现在，什么事都要相信专业。你以为天大的麻烦，摆我这里可能就不是个事。"

看着她眼神，占文相信她是擅长沟通的，心里咯噔一下，把伴娘的事讲一讲。邱月铭没听完就笑，问为什么就她俩当伴娘。占文一愣。她接着说："多找两个伴娘就行，个头嘛介于她俩之间，两个人的身高差被四个人分担，这样每个人都不突兀。"

"可以是四个？"

"伴娘只要是双数就行，甚至有钱的摆排场，伴郎伴娘越多越好。娱乐新闻里那些明星结婚不就这样？"

顺着这话，占文头脑立即生成画面：一排四个伴娘，杨晴雨和田烨左右各在一头，中间隔开安全距离。同时，他心里嘀咕：为什么此前老以为伴娘必须是一对呢？不光是他，碧姗和闺蜜都是这么认为，原来这就叫经验不足。他说："她们还在闹别扭，等下把这个跟她们讲一讲。"说的时候，占文已经在前面带路，两人进到对面巷弄。

门拍一下自己开了，碧姗正给杨晴雨梳头，田小烨坐在屋子对角，把便当盒底的那点儿汤汁吸得山响。她们都没理会有人到来，或者懒得理会。

"各位小美女……"邱月铭主动打招呼，待她们都看过来，她接着说，"我是大地红婚庆公司的业务经理，也是戴占文的小学同学。"

杨晴雨说："小学同学还有联系？几十年老交情啊。"

"同学聚会碰一下头，平时不联系。"她撩头发时，眼角朝他一瞟，电光石火般的。这种应急说法往往脱口而出，大多数人默认配合，偶尔碰到一个实事求是的，只能小有尴尬。

占文说："是我请她过来。别家我不熟，我同学这个公司，婚庆在全市做得最大，还有最有名的司仪，叫……"

"路伟，另一位也有名，叫邱宇扬。"邱月铭及时纠正，"我们公司婚庆做了五年，规模在全市排前三没有问题……"

"邱宇扬啊，他不是主演了《世界的后花园》？"田小烨左眼黑圈迅速扩大。

"那是台湾的邱宇翔好吧？邱宇扬是这里婚庆司仪好吧？"杨晴雨可不会错过这时机，"主演《世界的后花园》。只有你会以为，全世界的明星都围绕在你身边。"

田小烨脸皮一僵，吸管嗫出响，汤汁已一点儿不剩。

"我们公司的一大特色，是婚纱和伴娘装一直做得最好，款式一应俱全。"邱月铭从挎包里掏出两本八开大小的册子。占文这才搞清楚，她挎包为何这么大个。册子铺在两米宽的床上，每一页都很厚，翻页声音时而清脆时而暗沉，仿佛对应着服装的质地。

占文又接了电话，是物流公司打来，说铁艺的秋千椅到了。前不久他跟碧姗在家具城看到那玩意儿，淘宝上找一找同款，能省好几百。

"你忙你的，有我在这里哩。"女孩都在看图册，邱月铭冲占文一笑。那一刻，很奇妙地，他忽然觉得，如果自己是三个女孩的爸爸，那她只能是她们的妈。

物流要货主雇三轮车去西郊一个物流园提货，物流公司要占文支付八十块钱运费。他分明记得是包邮，对方不认，让那边客服跟这家物流总线打了电话，才将东西搬上车。本地物流公司尚处于无序竞争阶段，经常明目张胆向顾客诈取包邮货物的运费，时而得手。若被戳穿，便用鼻孔回一句"搞错了"，万事皆了。

三轮车把东西搬回家，已是下午两点。占文推开门，几个女孩玩枕头大战，鸭绒满屋子飞。邱月铭已把这一单生意拿下，占文刚才听见短信提示音，应是她发过来的。摆平这边，她还要忙别的事。占文暗自松了口气。

晚上，邱月铭又打来电话，商讨服务项目和具体费用。她们公司可对整个婚礼大包大揽，除了不能找人顶替新娘和新郎，别的环节都有相应服务和定价，客户按实际需要拉单子勾选。两人大概敲定一系列服务项目，邱月铭迅速切换工作模式，首先和占文讨论接亲的安排，她可以提合理化建议。从接亲开始，婚庆公司将全程介入，摄影师抓拍相关画面。她又说："如有需要，我们可以安排一个婚庆导演，让接亲过程多一点儿仪式感。仪式感这东西有点儿超前，但拍下来当资料，以后再看很有效果。"占文认为不必太麻烦，接亲的气氛要在可控范围。闹新娘惹出的事故层出不穷，网上晒出各种穷形尽相的照片。

"既然怕麻烦，你就用不着安排车队去岱城接亲。十来辆车，单趟四五个小时，来回十多个小时，非常麻烦。"

"合不合适？"

"经验之谈，接亲距离越短越好。何况你家那个怀了毛毛……四个月了吧？去哪里接，两家商量确定就行。"

占文心里划算，到那天十来辆车来回十几个钟头，而且大都是夜路，途中稍有闪失，婚礼刚开始便蒙上阴影。他跟碧姗商量，碧姗联系了父母，最后考虑一个折中的方案：接亲地点安排在两地中间的溶江县。碧姗大姑在那儿开有家庭旅店，女方亲属提前入住，这边出车去接。六十公里，单程一个半小时。占文给邱月铭回话，她沉吟一会儿，说既然女方同意不从岱城出发，不如一步到位，直接安排在本市的酒店，半小时以内车程最佳。占文说女方已经为男方着想，不能太俭省，既然已说定，不好再开一次口。邱月铭说，多一个小时路程，来回就多两小时的麻烦。占文说："你先前也说过要有仪式感，现在这路程长短也是仪式感，五六个小时太远，半个小时是不是太近了点儿？"这一下邱月铭接不了茬。占文便留下一个印象：她毕竟把这当生意，会提各种建议，最后还得自己斟酌拍板。

一周内，占文跟邱月铭每天都有电话联系，商讨各种细节。她不厌其详，还发来各种冷知识，比如怎么组建接亲车队，怎么选车，竟然都有说法。车的颜色不能全黑，也不能全白；花车（主婚车）普遍选用红色，但在婚庆公司看来黑色或白色更佳，这才好给车头配玫瑰花盘；车队里若有奔驰就不能有大众桑塔纳，反之亦然，两者相配谐音"奔丧"，大忌；花车牌号末数为1的不能用，8也不能用，更不能用88，最好选2……

占文已抱定态度，不可不信，也不能全信；稍有讲究，是仪式感，样样讲究，那叫自找麻烦。

婚礼定在五四青年节，既有五一黄金周假期又逢青年节，扎堆结婚成为必然。

三号中午，占文让朋友将碧姗及四位伴娘送去溶江。大姑热情，已在自家旅店院内张灯结彩，店名也讨喜，叫"喜福旺"。邱月铭规划好时间：接亲车队凌晨两点出发，接到人以后五点返程，七点前抵达市区。

在这小城混到三十多岁，占文必然积累了一票朋友甚至是兄弟，他要结婚，朋友也抢着帮忙。占文按邱月铭给的那些说法，选够十二辆车，司机不另找，各开各车。帮去接亲的朋友当晚六点半单独开饭，他们选择夜市摊，在那里一直待到出发。占文陪一阵后离席，去订酒店房间——这也是邱月铭提的醒。她注意到，外地赶来的亲友、同学计三十余人，有的会带亲属，两人一间算，至少预订二十间房才够。平时不用订，但五一黄金周要考虑扎堆结婚的因素，此外会有一些游客赶来。五四那天，据说市里还要搞几场活动。各种因素叠加，酒店说不定紧张。占文一问，举办婚宴的河岸酒店剩余房间果然不够数，另找一处酒店，才将二十间房凑齐。占文赶去交付定金——依旧是邱月铭提醒：市内大多数酒店信誉度并未建立，如果到时人多，他们坐地起价，预订没交定金的房间哪有保证。

稍后还要和司仪先见上一面，司仪预设一些环节，准备一些问题，提前沟通。"婚庆时问答环节，具体问题需要结合你自己的情况，商量以后才好定下来。"邱月铭的语气毋庸置疑。现在，占文了结一件事，只需等邱月铭下一个电话。要不然，这一晚桩桩件件的琐事难免乱成一团麻。

赶回河岸酒店，邱月铭身边只能是司仪。占文走过去，他俩迎上来，司仪腿脚竟有些不利索。

"看出来了？就是我哥。"邱月铭说金牌司仪路伟被人约走，给占文这边安排的是邱宇扬。占文哪曾想到，邱宇扬就是邱世高。一晃二十来年，邱世高的样貌简直像是大变活人，若是马路上碰见，占文顶多有点儿眼熟，很难想起他是谁。邱月铭稍有紧张，显然，她发现占文已经注意到那条腿。"我哥控场能力，一点儿不比路伟差。"

占文倒觉有意思，记忆中那个坏小孩，现在干上了婚庆司仪。他印象里头，当年的打架狠角、江湖大哥，现在大都在南边街一带摆烧烤摊，以便将多年的江湖地位转变为账面流水。邱世高怎么突发奇想，独自当上司仪？小学时他经常上主席台，难道控场能力那时候就得到训练？占文又想：不管怎么说，邱世高必是全城唯一腿脚不利索的司仪，他能不被这个行当淘汰，肯定有着独门绝技，如同那些长得丑的歌星，怎么敢唱得也丑？正七想八想，邱宇扬主动找他握手。

"我认得你，你还记得我吗？"

"兄弟，看你面熟，名字叫不上来。"

"你哪记得我，读小学那会儿，我们在台下人头攒动，你站在台上独孤求败。"

"兄弟真有才华，我在台上通常是念检讨，检讨还要妹妹帮我写。"

"怪不得，好多次听你台上发言，我印象里你才是挺有才华。"

邱月铭稍显轻松，掏出婚庆主持词，就几页纸。占文翻看，商讨一些细节，并称赞说："你们确实很有经验，做得蛮用心。"他还把不要钱的大拇指往上一撅。

邱宇扬倒也是性情中人，情绪来得飞快，对占文说："老弟不是经常逛酒吧的人，不知道我现在的名气。其实我歌唱得蛮好，你去水门口一带的酒吧，只要提到跛（读掰的音）大，哪个敢不晓得？如果不介意，明天我会好好挑选几首歌，现场助兴。"

"没听过跛大的名声，出去混都有危险。"

"这我可受不起，腿跛了以后，我考虑的主要是以德服人。"

占文找一张椅子坐下来，说："我确实很少去水门口，现在想先过把瘾。这里也有音响和话筒，可不可以单独唱给我听？"

"当然，你在群艺馆，我这也算搞群众艺术，按说你就是我领导。我可不可以感到很荣幸？"邱宇扬调试音响，把话筒抛接起来，有一把差点儿坠地，是用微跛那条腿才钩起来。他说："一首任贤齐的《天涯》，献给今晚唯一的嘉宾，来自群众艺术馆的戴占文先生。"邱宇扬一旦唱开，身体自动起范，脚也不那么跛。邱月铭手机又响，边接边往外走。偌大的厅堂，占文独自听歌，邱宇扬声情并茂的样子给他莫名喜感。

一曲唱罢，占文掌声奉上，说："完全没想到，也完全不过瘾。能不能再来一首？"

"没问题，今天专场献给老弟。Music！"邱宇扬又来一首深情款款的《南海姑娘》。

台上唱得起劲，台下占文忽然想喝酒，手边却没有。这一阵，筹备婚礼让他神经绷紧，睡觉也浅，此时此刻，邱宇扬的歌声竟让他身体难得地松弛下来。占文愈发感觉到，这世界上的事情总那么毫无道理，却让人乐此不疲。

观众虽少，气氛却不拉胯，情绪也不打折，邱宇扬可以源源不断唱下去。占文两手随曲调打起节拍，身体也有晃动，像一种同频共振。不知哪一节拍的效用，占文忽而站起，走向邱宇扬。两人相距三尺远，占文身子一抖，扭胯摇臀，开始伴舞。他向来欠缺舞感，此时灵魂出窍一般无师自通，杨丽萍附体一般浑然忘我。邱宇扬熟练地还以眼神，配合以肢体扭动，两个男人猝不及防地产生某种诡异的默契。

"你俩抽羊角风了？"邱月铭不知何时进来，一把将音响关掉。

"被邱哥圈粉了哟，明天可不要把我的婚礼变成你个人演唱会。"

"你俩刚才喝酒了？"

"确实想喝，对酒当歌。"

"你今天办好事，忍一忍，要不然我也陪你喝。"邱月铭思维跳跃，"帮你开车的那帮司机，谁在管事？"

"没人管事。"

"那他们现在还喝不喝？"

"不知道，人都还在夜市街。"

"随他们喝啊？这可不行。前年国税局的老肖结婚就出过这事：帮他接亲的司机没人管，出发前全喝醉了，接亲的车连环撞，婚礼还没开始，先搞出稀巴烂的心情。"她又问，"你结婚请的总管是谁？"

"什么总管？"

"婚礼必须安排总管，这都不知道？总管既管事也管账，不好外面请人，一般是要在亲戚里面挑一个。"她脸上意外，似乎也有自责。这几天每天电话来往，竟没发现这么大的漏洞。她又说："赶紧打那边电话，没撤席也绝不能再喝了。"

电话打去几通，终于有人接，开口就叫占文赶紧过去喝酒。那边气氛正热烈，从手机里弥漫过来。占文坐邱月铭的车赶去南边街"匡瓢烧烤"，邱宇扬也主动陪同。帮接亲的朋友一个不少，围坐好几张方桌拼成的大台，有的正喝到兴头，猜拳行令，有的已经半躺在椅子上。占文现身，他们吆喝着一起敬一杯。对于婚礼，直到此时，似乎只有朋友们的热情完全合乎了预想。

占文给分酒器倒了个"单眼皮"。邱月铭把他手摁住，说："不能喝！"

"统共三两不到，不算多。"

"等下就要去接亲，他们都喝了一些，我们没喝的更要保持清醒。"她脸上有了怒容，就像碧姗，占文头皮一紧，示意大家都放下酒杯。

负责开花车的于化田认出邱月铭，说："你是……西门坳跛大他妹？"

占文插话："我请她当总管，等下接亲的事都由她安排。"

"为什么是她安排？"

"跛大和他妹都是搞婚庆的，等下要拍录像。"有人抢答。小小一个地级市，街面上混久了，个个都具有户籍警察的能耐，扯到谁都能讲一大篇，且能保证准确度。

"拍婚庆录像，那应该叫导演。"于化田刚学会用牙线掏牙齿，动作大得像扯锯，好在牙龈皮实，说话时没发生血口喷人的现象。

"我请她当总管。导演也就是总管，合二为一，更好安排等下接亲的事情。"

邱月铭看他一眼。两人眼神以最快速度碰了一下，意思却传达无碍。邱月铭想问我怎么就成了总管，而占文的意思则是，总管除了你还有谁？这算是火线上马，她也不遑多让，扭头冲在场的所有人说："喝到这时候，不能开的就换一换人。开车不是开玩笑，等下有谁弄出差错，跟占文不好交代。"

"说你是总管，就打起官腔了。"于化田身上刺多，在单位怼领导，喝酒后骂朋友，是他最爱干的事。本来不是叫他开花车，他自己把奥迪凑来，跟占文说，要是把我当哥，一定拿这辆车当花车。

所有朋友当中，于化田喝酒就喜欢找占文，他听占文讲话小有瘾头。于化田既认这兄弟，又一直心存疑惑。有一晚憋不住，终于说出来："占文，你说话腔调古怪，我却爱听。这么多年下来，我一直搞不清楚，你好多话是夸我还是骂我。"占文趁着酒兴，坦诚地说："不要搞清楚为好，一旦搞清楚，可能以后兄弟都不要做了。"

邱月铭又说："你是建设局的于哥，我认得你。事情总要有人管，大家顾着高兴，我负责把婚事顺利办好。"

于化田咔了一声，说："跛大来了，跟我讲话从来都是客客气气。"

"你想多了，大家也都在听，我邱月铭讲话哪敢有一点儿不客气？"

"占文，你要请总管，也不跟大家商量。总管必须是自家兄弟，一个女的哪管得了事？不像她，要靠跛大的名头压场面。"于化田只要喝到一定量，就变成杠精，别人每一句他都能回嘴。

"哪个在叫我？"邱宇扬原本待在车里，这时拢了过来。在场的大都认得他，纷纷叫他"跛大"，举杯敬他。邱宇扬手一摆，说："这两天，我妹帮戴占文管事，明天婚礼又是我主持，到时再陪大家喝。"

"不是明天，就今天。"

"都快一点了，能不能开车，各位自己掂量。酒驾很快会严管，要入刑；现在还宽松，但自己要负责，也要对朋友负责。"

"跛大，现在你讲话也像个领导。"

邱宇扬目光找出说话的人，对他说："欧涧梁，晓得你去年在公路局混上一个科长，但你敢调皮，我照样帮你爸妈管教你，信不信？"

众人哄笑，涧梁不敢说不信，酒没再往下喝。至于开车，众人都表示喝得不多，等下开车成列，头车压好速度，全程都是炒砂路面——好比穿钉鞋走旱路，打滑崴脚磕碰全都没有天理！

所有的车集中到一家洗车场清洗，邱月铭安排人逐车装饰。于化田那辆奥迪盖板上贴有九十九朵玫瑰拼成的心形花盘。

邱月铭把占文带至花车前面，聊起另一件事："真的请我当总管？一般来说，总管都是在自己亲戚里面请一个，德高望重。"

"我想不到别的人，总管也不是瞎喊。钱的事，你放心……"

"先不说这个，现在你这摊子事明显松散，我是要帮你把舵才行。其实，我哥来当总管更合适，总管就是要控场，管住人。但他又是司仪，分不了身。"

"你哥不是总管，是来坐镇的，是今晚的定盘星。"

"还是你会说话。刚才听他们讲，你这人平时闷声不响往角落里钻，酒一喝才慢慢有话，经常是妙语连珠，笑翻全场，所以朋友才多。那个于化田，不轻易服谁，据说就喜欢跟你待一起，还喜欢听你骂他。这是不是就叫脱口秀？"邱月铭说，"以前一直没看出来啊。"

占文暗自一笑，这"以前"指的是哪时候？她又是否记得，小时候彼此见过唯一那一面的情形？还有，玻璃瓶里的开水是怎么变温的？

车队开拔时下起一阵细雨，灯光铺在路面有晶莹柔和的折光。花车有巨大天窗，天窗全拉开，近似敞篷。于化田曾自曝优点：用我这车把你家碧姗接到，这一路，你俩只管抬头往天上看，数星星。占文也一直感叹于化田脑洞蛮大，满天星光被他借来当人情。此时上路，天际浓黑，云层如帽毡顶，占文脑里滚动而出一个词语：月黑风高。他心情古怪地悬起来。

于化田开车时嘴闲不下来。这样的黑夜，时不时飘落在前挡上的雨滴，触发他想起年轻时干过的所有破事。他曾经当过消防兵，练就一身爬楼翻窗的本事，转业以后，这样的本事只能在月黑风高的夜里重新捡拾。被他看上的女人不管住几层高楼，统统偷得着，如探囊取物一般。

"占文，你知道吗，不是我要偷人，而是……我即便不去偷，她们也眼巴巴等着我偷。我这个人呢，最怕人家久等……"

"专心开你的车。"

"没事，武松喝十八大碗还能打老虎……我是说，兔子不吃窝边草……呃，不是这个意思，我是说，只要你化田哥在，谁敢打你老婆的主意，那就别想在街面上混了。"

这话说的，我老婆还用得着你来保护？人家不敢盯，却是因为你撒尿留腥，抢先圈占地盘？占文瞬间涌来一阵恶心，想不吭声，但没忍住说："知道你是个反脑壳，逆向思维定期发作，但现在要忍一忍。今天我接亲，你跟我讲偷人，明天吃酒席，你是不是要哭丧？"

于化田干笑两声，终于把嘴闭上。

占文脑袋往后一靠，刚有点儿迷糊，后面传来嘈杂响声，有人连续按响喇叭，还有人冲前面喊停车。占文把于化田肩头一拍，他才如梦初醒踩刹车，两人下车往回走。这是公路一道弯，十几辆车全停下，弧形排开，黑暗中像是隐藏了一只巨大的多体节的昆虫。走到车队中间，果然出了事故：欧涧梁的雪弗兰追尾翟丰的斯柯达。这么慢的速度，这么短的距离，撞这一下竟然不轻。"我是鸡麻眼，一到晚上看不清。"欧涧梁这么解释。他开门走下车，右脚的鞋掉了，袜子瘪了一半。现场状况，开车的人一眼明了：只能是把刹车当作油门，一脚猛踩。大家都喝了酒，也不好多说什么。雪弗兰前杠脱下来一半，斯柯达车屁股瘪了脸盆大的坑，这对伤病员，只能提前离场。

刚出城就出状况，占文本有的紧张情绪进一步坐实，疑心这只是个开始。坐回花车，于化田将一个不锈钢酒壶递过来，说："喝酒压一压邪，刚才那凶婆娘管不着。"占文喉咙几响，问这是二锅头。

"我日，十年黄盖玻汾。"于化田说，"你要找总管，找谁不好，偏找她。涧梁怎么撞的车，你不懂吧？"

"涧梁喝多了。"

"都喝多了，怎么就他撞车？以前涧梁追过那女的，记得她原来好像叫邱碧英。"

"我怎么不知道？"

"这事不归你管，你不知道也不耽误人家好事。涧梁说过，她身上气味那个好啊，像下迷药一样，吸一鼻又一鼻总嫌不够，浑身打飘，神魂颠倒。"

"女朋友身上的气味，涧梁都跟你说。你俩关系真是不一般。"

"女人嘛……后来，邱碧英嫌涧梁滥喝滥赌，有时还嫖，说分手就分手，涧梁怎么恳求，那女的一点儿都不心软。"

"吃喝嫖赌都齐了，这怪不着人家。"

占文偶尔也奇怪，都说物以类聚，真是这样？他读的师范大学，毕业当语文老师，爱写爱画，后面是靠父母关系调到群艺馆，算不上好单位，但在市里正式跨入文化人行列。馆长是书法家，多次提醒他："占文，既然分来我们单位，就多跟文化人、艺术家交流，不要成天跟你社会上那帮乌七八糟的兄弟搅在一起。"占文也想换一拨酒友，强行试过，最后还跟原先那帮朋友喝夜酒。占文私下有所总结，只是不好跟馆长汇报：在这僻远的小城市，文化人、艺术家很难见到一个真货，江湖混子却是个个如假包换。

于化田把酒壶一摇，重新递来："你都喝完，再睡一觉。等下接亲，要有精力好好闹一闹。"

"不能闹，碧姗不喜欢这个。"

"结婚不闹，以后日子不好过，老婆的脾气要压一压。"

"你睡，我来开车！"占文嘀咕，"好像你很会结婚似的。"

"妈的，又不是我结婚，确实瞎操心。"于化田掏出烟匣，又放回去，"今天哪有你开车的道理，别人要是发现，明天还不往死里灌我？"

于化田很短时间离了两次婚，付出两套房和三根肋骨。别的朋友此前建议，叫谁开花车，都不要让于化田开，兆头不好。再说，虽然奥迪是辆牌子车，于化田搞的车震能少？震来震去，车子留下多少隐患，只他本人知晓。占文答复操心的朋友："于化田对我一向还好，又是那犟脾性，真不用他车当花车，没准直接翻脸。"朋友不免疑惑："你是不是怕他啊，怕谁让谁开花车，有这道理吗？"占文龇牙一乐，回一嘴："你们个个都是好汉啊，我都怕，要不然来场比武，谁打赢了谁帮我开花车？"

酒喝了几大口，占文脑袋绷紧的弦果然松动，椅子放低，头往后一枕。结婚这事自带提神，占文已二十多个小时没休息，此时靠酒精提醒才知累得不行，很快入梦。梦境里换了他本人开车，眼睛明明睁着的，视野里花花麻麻，完全看不清前面道路。他意识到这有危险，想踩一脚刹车，右脚往前一踏空空荡荡。

车似乎在加速，越开越颠簸……

颠簸却是真的，越颠越狠，占文的梦与醒无缝衔接。扭头一看，于化田双手把盘，坐姿标直像三好学生一样。他平时开车，很难把身体坐直，现在这个样，简直像是魔住了。占文叫他一声没应，又伸出手在于化田眼前一晃。于化田浑身一抖，才被解了魔。

"路怎么这么烂？"占文感觉颠簸正被自己屁股压着。

"鬼知道，刚才还好好的。"

占文努力回忆并区分现实与梦境，说："刚才，我应该听到一声响……"

"没有，哪有？"

"要不是听到一声响，我怎么会醒来？"

"是你梦里头有一声响。"

"梦里有一声响，我不会醒，这一响确实把我弄醒了。"

两人争执不下，后面的车又按响喇叭。占文叫于化田把车停一停。于化田突然烦躁："我是打头开花车，不能随便停下来。"占文问这是谁定的规矩。于化田不答，暗自加大油门，颠簸随之加剧。占文手机响铃，要接，指面没摁准，电话挂了。又是邱月铭打来，正要回拨，一辆车不断鸣响喇叭冲到前面，将花车慢慢逼停。于化田脸色微变，知道自己这车肯定出事了。

有人过来敲车窗玻璃，不是别人，正是邱月铭。她冲于化田说："爆胎了，你都没一点儿察觉？"

右前轮不但爆胎，此时完全瘪掉，如土委地。刚才有一段路，只能是靠那只轮毂强行往前滚动，造成颠簸。朋友围上来鉴赏这个废胎，有经验的瞄一眼说，轮毂肯定变形了。这胎爆了好一会儿，怎么没人听到？又有人问，于化田，你是开车哩还是梦见自己开车哩？

于化田嘿嘿两声，分开众人，从后备厢拿出工具，千斤顶很快把右边车框架顶起。换轮胎于化田手熟，别人想帮，他一脸烦躁地轰人家走。用不了两支烟工夫，备胎上每颗螺钉被他小跳步踩紧。"小事啊，耽误不了多久。"于化田看一看表，示意占文上车。占文不想再上于化田的车，要不然，麻烦还会接踵而来，却不知从何说起。

"新郎不能再坐你的车。"邱月铭也这么说，占文心里一下子稳实。

"占文结婚，怎么都是你说了算？"于化田阴鸷地一笑，"你到底是谁？"

"就按她说的做。"占文及时表态。

"你是被她下了蛊是吧？你不坐我这辆车，那你等下接的还是不是自己的老婆？"

占文无奈地一笑。于化田的脑袋经常飙出一套神逻辑，要驳斥都不知从何下嘴。邱月铭再次挨近占文，压低声音说："花车必须换一台，不会耽误事。我这台虽然是日产，尾数662，当了好多次婚车，都挺顺。还有一些事，上车我再跟你说。"

"占文，快上车！"这时于化田摆出自己能想到的最斯文的样子：模仿高档酒店的门童，身背打弯，一手开门，一手打请。

占文却想，这他妈是绑票，便不多说，直接往后面邱月铭的车走去。朋友也有现场评点："化田还他妈影帝附体，戏精现形。"

"戴占文你是不是疯了？这边才是花车。"于化田跑过来一把扯住占文，要往回拖拽。此时邱宇扬几乎是从天而降，双手下劈，将两人分开，再将自己当成一堵墙挡在中间。于化田不敢挨近邱宇扬。虽然他是狠人，但本市狭局的江湖中咖位却异常清晰——两人根本不在一个量级。于化田无法承受这意外的挫败，放缓了声音："占文，我这车的备胎和原胎是一个型号，就是说，没人看得出换了备胎。为什么你找来这些莫名其妙的人，搅乱你自己的好事？"

"老于，今天你来结这婚好吧？我不结了行不行？"占文一把将胸花扯下，丢在于化田脚边。于化田像是突发失心疯，啸叫着再次朝占文扑来。朋友赶紧堵住，将他们隔开；还有人在远一点的地方劝："都是兄弟，有话好说！"这一回合，邱宇扬来不及出手，只有感慨："以前听说抢新娘，今天活生生看到一回抢新郎。"

"我们都知道那是备胎，这还能自欺欺人？"邱月铭又问站一旁的所有人，"谁听说过，花车换了备胎去接新娘？"

依然有人接嘴，这种事真他妈从来没听说过。

邱宇扬又走到奥迪车头，心形花盘被他一把撕下，带了过来。邱月铭的车内物件齐备，找出一大块双面胶，照着花盘绞出心形图案，将花盘在车盖中央重新固定，并对有损伤的花瓣稍事整理。

现在换邱月铭开车打头，车前灯能照见很远。路面平坦、空荡、寂寥，稍后开始起雾。随着路面起伏，雾也一坑一洼，时有时无。邱月铭按下双闪，后面车接续亮起。

占文扭头向后，道路拐弯时闪现一整条光弧。他进一步确认：结婚可不是享受，而是一件精细的活。每个环节具体落实，降低误差，把这活弄得有模有样，并不容易。

车内安静，邱月铭再一开口声音略哑，像被刚才那些雾气熏过："占文，我们以前是同学，这几天又一直相处，算是熟人不为过……"

"有话尽管说。"

"好事说不坏啊。一般来说，花车绝对不能换备胎去接亲。"对向偶尔来一辆车，她切换近光，"别人不说，我自己真就碰到这种事。结婚那天，花车来的路上爆胎，换了备胎。当时我不知道，后来才有人告诉我。结婚只两年，我跟他就离了。至于原因，我只能说，备胎对于我是非常准确的预兆。当然，可能是我经历过，有阴影，但小心没大错，能及时换车一定不要拖。"

"这事我妹妹绝不会乱说。"邱宇扬一直没吭声，陡然开腔，像是气氛组。

占文掂掇一番，说："是你离了以后人家才告诉你，还是知道这事才离的？"

"你的关注点与众不同，但这不重要。"邱月铭一笑，"按说没我什么事，但作为朋友，友情提醒一句，结婚这事，两个人是要坦诚相对。如果外面的皮绊还没扯清楚，就不要急着结。"

"我哪里有？"

"你犹豫了一会儿。"

"真没有！"

"那当然好，你就当我瞎操心了。"

"没有。今天晚上全靠你把舵。刚才，要是坐回于化田那辆车，我肯定疯掉。"

"你交的朋友，我认识好多，都是街面上响当当的。你看上去跟他们不像一类人。说实话，你并不引人注目。"

邱宇扬又飙一句："那是低调！"

"呃，小学时候，我也对你没印象。你肯定是闷声不响的一个，上学回家低头走路，不爱搞怪，不惹事，不像我哥。"

"我们打过一次交道，在薛家巷天桥底下。那年冬天，很冷，雪下得厚。你，还有你哥，我，我们三个人打过一次交道，有印象吧？"

邱宇扬说："兄弟，我们三个人？不会是桃园三结义吧？"

邱月铭则说："还是没想起来。提个醒，我们怎么打的交道？"

占文吸了口气："你有没有用青霉素的玻璃瓶子烧水，浇别人手上？"

"我？还是我哥这么干？"

"你当然不会这么干，是你哥叫你干的。"

"怎么可能呢？我年年三好学生。我哥要叫帮手，也是别的女孩，他又不缺跟班。"她确实努力回忆一番，又问邱宇扬，"哥你干过这种事？"

"好像是有。那次我打一个小孩，手上没轻重，把他打昏过去，要你烧一缸开水把他浇醒。是不是这个事？"

"怎么可能！开水把人烫熟，用冷水才能把他浇醒！那天你打的是雷向阳，我认识。"

"是啊，那天是在城北木器厂，不是在薛家巷；也不是下雪天，我记得，天没那么冷，要不然一缸冷水怎么浇得下去？"

"我记得很清楚，那天就是你。虽然模样有变，但大概看得出来，除非你们还有一个亲戚，跟你特别像。"占文故意讲起细节，就像电影里面，细节唤醒别人沉睡的记忆，每一次都管用，"当时，我以为水很烫，会把我烫脱皮，其实你暗中动了手脚，水温温的，浇手上还有点儿舒服。"

"真不记得，完全不记得了。"她吹开垂到嘴角的一绺头发。

邱宇扬将自己脑门一敲："我以前天天惹事，具体哪一桩记不起哦。"

"我不是计较，只是这件事记得特别清晰。而且，也不觉得你们合伙欺负了我。那天，你是在偷偷帮我。"

"但我完全没印象，要是知道我哥欺负过你，甚至我也参与，哪好意思拉你这桩生意？哪好再把他拉来主持？"

"那就是我记错了。有这事，或许是别的一对兄妹。"

占文看看窗外天与山隐约的边界，记起那年冬天下了六场雪，往后冬天再没这么疯过。

车速保持五十迈，经过拱桥镇进入溶江县。占文电话再次响起，一看是碧姗，接通后，先就一阵急促的喘息。碧姗说田小烨失踪了。

"不急，慢慢讲！"占文搞了一口深呼吸。这个妖异的夜晚，这六十公里的夜路远比想象中漫长，甚至没有尽头似的。

邱月铭脑袋凑过来，对着手机那头说："碧姗，你是不是在外面？开什么玩笑！先回到大姑那里，再跟我们通话。"

手机里传来碧姗模糊的哭声。

"你旁边有人吗？"

碧姗将电话递给别的人，或者是小李抢过电话。小李是加请的两个伴娘之一，碧姗卖电影票时的同事。她们果然都已外出找人，离开大姑家的旅店，这一片区域巷弄太多形同蛛网，找人需要更多人手。邱月铭叫小李把碧姗先送回旅店。一刻钟后电话再响，仍是碧姗的号，小李的声音。

入住大姑家旅店后，杨晴雨跟田小烨喧宾夺主又闹了起来。下午，几个女孩试穿伴娘装，没问题。田小烨在大地红婚庆公司试穿没一件合身，赶紧订制，三号她们出发前，赶急订制那一套才送来。到达溶江，田小烨将衣服往身上一套，依然不合身。她个子本就矮，还横着胖，状如橄榄。伴娘装把她身材的缺点夸张得无以复加，别人穿衣是伴娘，田小烨一穿像是来搞怪的，照一照镜子，自己都崩溃，还说服装厂发货时搞错了。碧姗说这尺码倒是贴着田小烨，另外两个伴娘也说穿上去其实挺好，杨晴雨在一边暗自发笑。众人越是劝说，田小烨压力越大。小李提醒，换上高跟鞋会好一点儿。田小烨以前没穿过高跟鞋，只穿过平底松糕鞋，现在穿上新买的高跟鞋好一阵才站得稳。只是站稳又有何用，往前一走，浑身打晃，比踩高跷扭秧歌还夸张。杨晴雨看了一会儿说辣眼睛，劝她："高跟鞋不是想穿就能穿，就算假装走得动，也不适合现面，人家结婚会被你一个人搞成一部僵尸片。"稍后还补一句："我这也是为你好！"

晚上小女孩不安稳，小李带着杨晴雨还有另一个伴娘看免费电影，田小烨留旅店里继续攻克高跟鞋。十点多散场返回，杨晴雨的伴娘装掉地上，地上一摊水，衣服拎起来脏污了好几块。她冲去另一间房，问是不是田小烨故意搞的。田小烨要求调监控，找证据。杨晴雨更加认定是田小烨干的，因为她意外的平静（用以掩饰做贼心虚），对答如流（早有应对），暗自得意（昭然若揭）。碧姗当然息事宁人，把那身衣服拿过来，说，我去把裙赶紧洗了，再用吹风机吹干就没事。杨晴雨哪敢让新娘动手，赶紧自己去洗。刚才，她们拍门田小烨不应，用钥匙打开，里面空无一人，床头柜上摆着她送给碧姗的一条水晶项链。

"都怪我，杨晴雨拿衣服去洗，我冲她多说了一句：你自己要去看电影，没有收拾好，怪不到人家。田小烨听见，多心了。"这时，手机里的声音切换成碧姗，"占文，你们到哪儿了？"

"进入溶江，半小时能到！"

"来了先帮找人，要是找不到田小烨，这婚先不要结啦！"

"碧姗，你这是什么话哩？"

"一个活人找不见了，你说我哪来的心情结婚？"

"碧姗，谁跟谁结，你要搞清楚……"占文这时只听见自己脑袋充血的声音。

"……占文，你点开免提，我来说。"电话漏音，邱月铭也把整件事听清楚，腾出手拍了拍占文。占文点开免提。

"碧姗，我是邱姐，你听到吗？"

"怎么又是你，你是占文同学还是他妈呀？"

"碧姗，你俩结婚，我拿了钱跑腿，绝不是多管闲事，你们的钱也不能白花呀。碧姗，你不能什么事情都往自己身上兜。刚才你说那一句，我们听没有问题，田小烨要走是她自己情绪不对。今天，你才是新娘，才是婚礼的主角，别人都是来给你帮忙的，一定要分清主次。"

不管对方什么态度，邱月铭声音自带一种和缓节奏，像是太极拳，见力卸力。碧姗没了声音，肯定是在听。

碧姗虽然即将成为他的妻子，但他仍然搞不懂她。在自己面前碧姗像个小孩，但她在田小烨面前又像个母亲，随时为田小烨操心。他俩刚开始约会，田小烨经常过来找碧姗，两人一块儿挤在单人宿舍一米二的小床上，须臾不离，碧姗为田小烨打包一日三餐，为田小烨洗内衣内裤袜。碧姗跟占文找碴儿会让田小烨心情愉悦，只要田小烨出现，占文每天都多挨几顿骂。占文搞不清她俩的闺蜜关系是否自带某种角色扮演，但他宁可将之归结为碧姗的可爱之处：她也不是一味胡来，也有忍让的时候，也会碰到比自己更小的小朋友。

邱月铭一边开车一边跟碧姗通话，占文又不能替手。邱月铭流畅地发挥一阵，发觉电话另一头始终静默。邱月铭反复问碧姗，是否还在听，又是否听得见，仍不见回复。邱月铭索性闭上嘴，但手机没挂断，车内恢复安静，却有一种僵持暗自进行。时间意外抻长，过了好久，也可能只过了一会儿，碧姗先开的口："邱姐，我听得见。"

"那好……碧姗，过了今天，你就是大人，没有人会拿自己的婚礼开玩笑。

这是你的婚礼，一生唯一的一次。田小烨是你朋友，你结婚她一个伴娘玩失踪，是不是喧宾夺主？是不是在伤害你？年轻的时候，谁都不能一下子分辨出来，自己正被伤害，但请记住姐现在说的。你丝毫没有对不起她，她现在正在伤——害——你！"邱月铭压了压节奏，"以后，说起这事，田小烨只会羞得脸皮疼。我们马上就到，你不要乱动。人肯定走不远，也不会去自寻短见。这还用说吗？绝望的时候人才会想到死，赌气离开是等着人去哄。她还有心情发大头嗲，离死就有十万八千里路云和月。她多大的人了，还等着你哄，偏不哄！再说田小烨长得也……足够安全，是吧？能出什么意外？你告诉我！"

"足够安全"让那边扑哧出声。邱月铭接着来："相信我说的，你们即使不找，她自己也会回来。我和田小烨打个赌，告诉她，要是她不回来，我输她十块！"

电话挂断。占文说："今天幸好你来，要不然，我结这婚跟西天取经一样。"

"你这不算太糟。我至少碰到两三回，男方和女方亲戚在婚筵上直接翻脸，动起手来……"

"有这么严重？"

"女方提要求太多，男方就耍策略先�}搪新娘进门，以后慢慢敷衍。这样的婚，一结就会爆。结婚是男女双方短兵相接，拆招解招，尤其考验男方的处事能力。要没经验，以为结婚好玩的，等着结婚时候好好享福的，大都灰头土脸。"

"这是自带隐患的，和我不一样，我只不过没有经验。"

"除了我们搞婚庆，你们没结过婚哪来的经验？依我看，结婚本身就是个矛盾。当你结婚，其实根本不知道怎么结；知道怎么结以后，又结不了了。"

"离了再结的不是很多？"

"二婚三婚即使搞婚礼，肯定没那个气氛。结婚的气氛，就是蒸屉蒸包子，只能揭（结）一次。"

"当然，你搞婚庆最有经验。那你是不是给自己……那你现在已经……

还是……"

"离了六年，还是一个人。"

"不打算……"

"真的习惯一个人过，而且又干这一行，对结婚自带麻木。"

"月铭……"

他第一次这样叫她，她果然把头扭过来。

"可不能说搞婚庆不想结婚，哪有这么严重的职业病？你人好，又是结婚专家，不找一个好的就没天理；但也别太用力，偶尔有空，蓦然回首灯火阑珊处，会有那么个人，错不了。你们要办一场最好的婚礼，不说豪华，但无可挑剔，靠你这么多年的经验精打细磨，懂细节的人要是有幸参加，一定会处处惊艳，时时震撼，参加你们的婚礼像欣赏一件艺术品。"

这一开口，竟然完全换了腔调，占文自己都猝不及防。刚才喝了于化田一壶酒，现在才醉？

邱月铭侧脸挂笑，冲后面说："哥，你听听，人家这才叫口才，张嘴就有。"

"不是瞎说，我现在申请参加你婚礼，会不会是你第一位嘉宾？"

"借你吉言，最起码，要有这回事才行。"她说话夹杂有暗自的叹息，终止这样的话题。

凌晨三点多，进入溶江县城，县城的布局大同小异，但这个时间点眼见的一切又如此陌生。酒店、宾馆、旅社的灯箱时不时撕开一片夜色。车速渐缓，邱月铭憋不住打了一串哈欠。

占文说："你们这行经常熬夜，也不容易。"

"习惯就好。你要见缝插针休息，结婚真的很累。"

"结婚也就这一次，累是累，睡也睡不好。"

"以我一贯的经验，结婚这事要有不顺，最好赶早发生。刚才这一路是有些麻烦，但是过一会儿接人，事情一顺，往下也全都顺过来。"

"也借你吉言！"

"喜福旺"旅店必然是整条街最亮的地方，院很小，车队沿街停靠。碧姗大姑在门口迎客，前面引路；占文握好玫瑰花束，伴郎簇拥，好友紧跟，二十多人鱼贯而入。闹新娘的环节悉数删除，事情变得轻松，但也不乏一股冷清。占文走到二楼尽头，推开那扇贴有新鲜喜字的门。首先注意到的是田小烨，她在房间里，不知是被人找见了拖拽回来，还是自己顾全大局。此时，碧姗、田小烨和杨晴雨三人正抱成一团，哭泣有声，但因彼此脸贴了脸，谁哭谁不哭是一笔糊涂账。另两个伴娘站在窗前，脸上似乎在笑，眼角同样发潮。

占文环视房内，又一阵发蒙：这是什么剧本？一扭头，身边邱月铭同样犯起眼晕。稍后，她压低了声音："哭出来就好，尽释前嫌嘛。"

又等一刻钟，三个妹子才将情绪收起，自动松开，一张张脸弹回原状。碧姗如梦初醒一般看着聚在门口前来接亲的人，又往镜中一照。"要补补妆！"邱月铭赶紧过去。补妆后，按说应该由碧姗一个堂弟背她下楼，送进花车，但她拒绝（怕压迫肚里的毛毛），自作主张将占文手一拽，离开房间，走下楼梯。小县城禁止燃放烟花爆竹，但不严管，僻静的街道这时火光蹿起，响声大作，周围夜色却安之若素。走到院内，手持礼花喷出电光纸碎屑，半空皆是晃晃悠悠的光泽。碧姗的亲戚已聚齐，她父母则按乡俗暂避，要不然，老母亲势必摆出泪流涟涟的苦状，难免多一份辛劳。

邱月铭已是毫无争议的总管，负责"安客"，每位亲戚坐哪辆车由她指派，依序上车。占文和碧姗坐进花车，司机换成邱宇扬。"有我跟大亲自开车，你这规格又往上调了。"他煞有介事地说。邱月铭走过来，揪掉他夹在指间并未点燃的烟。

车子才走数十米，有人在后面喊花车放慢速度，摄像车走到最前面。一辆车擦身而过，邱月铭钻出天窗，手持DV拍摄缓缓前行的花车。这一夜，她身兼数职，随时切换，一直都还游刃有余。占文看着前面一团光晕，忽然想：虽是我的婚礼，未必是我最累。这时，碧姗的手忽然捏紧。

返回市区，天际泛白。早点过后，占文本可补休一会儿，但“今天我结婚”像是在脑际反复不断的一串闹铃，明知睡不着，便不徒劳。

往下大半天时间，整个婚礼将在预定轨道不疾不徐地推进。赶赴河岸酒店之前，碧姗和几个伴娘心血来潮要吃冰激凌，于化田带着将功补过的心情，砸开一家冷饮店将一提榴梿雪糕带回来。看着她们互相交换舔食雪糕的情景，占文认定，经过一夜折腾，一切已然步入正轨。如同邱月铭预言，只要事情一顺，往下也全都顺了。

邱月铭发来短信说：“可以出发了，橘园路现在有点儿堵，离河岸酒店又不远，建议移步到达！”

十点半过后，亲友陆续赶来，包括外地来客，自驾或租车。杨旸认为这场婚礼跟自己关系甚微，有他在岱城牵头，老同学甚至两名代课老师悉数被他动员，一辆大巴凌晨发车，过来二十多号人。占文这才意识到，自己的婚筵也算是有规模，初算五十桌，临时又加十二桌。现场早已布置好，婚纱照选择较木讷的一张，放大制作成海报挂出，喜悦的神情远看千篇一律近看焕然一新。占文和碧姗站到自己照片下面，摆出如假包换的微笑，见有来客就迎上去发烟发糖；来客想要合影，当然一一满足。邱月铭带一个细高个的摄影师，到处抢镜头。外地客人到来，她都留有影像，心里自动记数，抽空提醒占文：“你前面说外面朋友四十来个，估计打不住，现在已经接近这个数，后面再有人来，订的房间够不够？”又有几位外地同学自驾车赶来，老远发出尖叫，占文不及细想，说房间不够再去订就是。细高个走位专业，抢拍到某女同学张开双臂一个小跳占文不得不将其接住，而碧姗嘴角一噘的样子则嵌入画面景深。邱月铭看一看表，是时候催邱宇扬做准备了。

稍后，她又给占文发来信息：“今天市里忽然热闹，几场活动同时搞起，现在城里到处都是人，好几条路竟然堵塞，据说还有大量游客马上要来。”另用彩信转来截图：本市五月四日将举行六大新景区启动的典礼暨大型民族银饰展演、太平墟农事活动展演……前一阵，母亲跟占文提到过，婚期定黄金周可能撞上市里一些活动，因为到处都搞旅游，五一假期正是吆喝揽客的时候。当时聊到这事，一家人并不挂心上。为发展旅游，市里领导这几年都在拼命做活动，满脑袋馊主意往外冒，比如斥巨资创建大熊猫园。但旅游业遍地开花，本地起步稍晚，效果一直差强人意。表演一搞，台上比台下人多，尤其那处冷清的熊猫园，六七只熊猫争抢着看偶尔步入园区的本地小孩。谁也不知道哪一条宣传突然触发了游客们的神经，这一天突然热闹，以往跟大熊猫一样稀罕的游客，果真像开闸放水似的涌入。

十二点整，婚礼开始，大厅落座七成。邱月铭事先敲定细节，菜品一刻钟以后统一上桌，要不然嘉宾有的吃有的看，参差不齐，吃的把看的当傻逼，情绪分化。邱宇扬换一身行头就像换了个人，上台时一溜跑跳步掩饰腿脚的不便，以为他要讲话，忽然喷几句英文歌曲，且是情歌对唱，男女的声音，他用一根舌头搅拌出来。这一招是酒吧控场惯技，特别有效，大多数来客没去过酒吧，简直神乎其技。掌声被邱宇扬激发并形成声浪，占文和碧姗"闪亮登场"，伴郎伴娘各四对紧随其后……事后邱月铭对这环节的评价是：伴郎伴娘也是要年龄配搭才行，上台的伴郎总体看上去像是伴娘的父亲。当然，她也把这归咎为自己的失误，没有及时提醒。接下来，发言环节相对沉闷，占文母亲和碧姗父亲先后拿起话筒，自以为有一定表达能力，只是没有很好地区分单位和婚礼现场。占文昨天抽时间写了半页纸台词，此刻没有喝酒，个人风格完全无法发挥。按部就班，话筒搁到碧姗手里，她毫无准备，像是因为打瞌睡被老师点名的差生，憋一会儿，竟然抽泣，而她的抽泣又引发身后杨晴雨与田小烨同时哭出声音。邱宇扬临时救场，现编台词："戴占文先生和伍碧姗女士的婚礼，意外地迎来一段姐妹情深的时刻！"台下来客集体发蒙，稍后冒出稀稀拉拉的掌声，随着三个女孩哭声加剧，台下掌声也同时热烈，像是一种较劲，一边总要盖过一边。

问答环节，游戏环节，都是传统套路，中规中矩推进。直到最后，占文背对来宾抛花束，用力大了点，像 NBA 里超远三分球，花束在空中松脱，散了一地，许多来宾捡到，以为是事先的安排，问捡到花有没有奖品。邱宇扬不便回答，占文灵机一动，抓过话筒，叫捡到花的来宾上台领取红包。红包准备充足，每个随机装有几张小额钞票，像超市里的促销摸奖。

发过红包，整场婚礼才稍显热烈，占文暗自松了口气。若没有凌晨接亲那一路磕绊，这样的婚礼效果无疑会令自己失望，但现在只求不出岔子并顺利完事。许多时候，不同的事物都会莫名地关联一体，互为陪衬，此消彼长。

他未曾想到，当天真正的高潮，竟是开席以后才到来。按照惯例，占文和碧姗要到每一桌敬酒，这时邱宇扬放开嗓子，一手拿话筒，一手拎一个扎啤杯，按照新郎新娘行进的路线，抢先一步去到每一桌敬酒，给新人暖场，让气氛一直保持。而且，邱宇扬唱是真唱，喝也是真喝，每一口下去，巨大的扎啤杯水位暴跌，引发来客情绪上扬，有的当即换了酒杯。碧姗刚见到邱宇扬的时候，也有埋怨，怎么还是个瘸腿的？瘸腿说重了，占文一时也不好解释。此时他示意碧姗往前面看，邱宇扬简直是在卖命。碧姗轻声说，等下专门敬一下司仪。占文说，喝白的？碧姗也不怵，说，白的就白的。

因气氛搞起来，开吃不到半小时就有数位来客喝出状态，见台上有人唱歌，当自己来到KTV的超大包厢，走上去抢话筒。这份情谊不容拒绝，邱宇扬话筒一交，有人确实功力不俗，增添气氛，也有人酒喝大了不知轻重，强奸现场数百人的耳朵，音响也以刺耳的高频啸叫附和。邱月铭临时加了一项任务：堵在大台的步梯前，对想要登台献唱的人进行选拔。"以前开过那种转桌子卡拉OK，一块钱一首，唱一首要换一张碟。换两年碟，不管谁一开腔，什么水平，我基本有谱……"邱月铭各种生意都做过，钱未必赚多少，现在样样事情轻易拿得下。她将声线好的排了号，依序献唱；嗓音带刺或者駒在喉咙的，还有喝大舌头讲话嘟噜的，劝他们回桌再喝两杯。

挨到三点，满大厅只剩两三桌，又新摆两桌，那是婚礼工作人员开餐。占文这时得以坐下。邱月铭总结，一切都在预料之中。这等规模，这样的来宾数量，喝到哪个时候，坚持到最后有多少人，在她说来都有稳定数据支撑，极为准确。碧姗主动给邱宇扬敬酒，并摆出粉丝的表情，问能不能来一曲情歌对唱。

邱宇扬眼睛来找占文，占文已然鼓掌。两人上台，挑一首占文读中学时听过的粤语老歌，仍然听得出后青春萌动的气味。

占文问邱月铭，能不能也合唱一首？邱月铭说自己唱得非常一般，比碧姗差一大截，又问占文能不能压场。占文说，那跟邱宇扬完全不能比。"我俩都不擅长，还是算了。以后 KTV 里碰得着，人也不多，出不了丑，再一块儿唱。"邱月铭这时结束工作状态，主动找人碰杯，将酒一口一口吞服。

作为新郎，占文难免假喝，也有真喝，婚筵结束喝得也不少。回了新房，床上红枕红被，占文往里一钻，哈欠一串串冒出来。从接亲上路开始，一天多的时间都没正经睡觉，现在喝了酒，以为马上睡过去，没想累得过劲了，心里仍有隐约担忧，总感觉有什么事情没弄好。正要入睡，碧姗把电话递过来。刚才也说好，如来电话，碧姗能处理就不会把他叫醒。电话一打，确有不大不小的麻烦：这次外地来客不少，订二十间房，本就不够，刚才婚筵以后，本地亲友抢占几间麻将房，还有几个喝醉的在宾馆里躺倒就睡。中午散席那会儿，一些外地来客见城里各种活动热火朝天，正好顺带旅游一番，不着急入住。此时天已擦黑，再去酒店找房，占文订好的房早已一间不剩。晚上睡哪儿没个着落，他们只能将电话打给占文。

占文马上清醒，大概算一下，还要十来间房，才能把所有外来的客人安顿好。"呃，等一等，马上搞好。"占文以为换几家酒店问问，事情一定解决。查本地黄页，打电话到几家酒店前台，才发现全都爆满。占文不敢掉以轻心，嘱咐自己：今天这最后一道坎，看来要多费些手脚。南边街一带有好几家新开的小酒店、宾馆，电话还没印上黄页，只能去现场订房。占文也不多想，打个招呼往屋外走。碧姗问他出去干吗，他照直讲。

碧姗说："打个电话不行？你结婚哩，那么多朋友，都可以帮你跑腿。"

"这算咱俩婚礼最后一桩事情，我亲自办好，心里才安稳。"

"有什么安不安稳，今天你结婚，你的朋友都要替你着想。"凌晨邱月铭劝说碧姗的话，她现在活学活用。

占文说很快就回，便摔门而去。走出巷弄，长线局后门出现眼前，他突然明确自己心底隐约的意念。他无缘由地认为，今晚还会跟那人碰面。

天光已暗，城中人流果然不少，这景象很少见到，甚至让人秒回二十多年前的春节。占文在人群中游弋，又接几通电话，尚未入住的朋友话语间已带有焦躁情绪。占文打不到车，一路逆着人流，终于到达南边街，一看这一带人流更为密集。去几家酒店一问，纵是剩有几间客房，已经标出高价，愿者上钩。

一间房没订着，电话又响，占文暗自叫苦。一看是邱月铭打来，意外又不意外，而且条件反射似的得来一份踏实。果然，她也问房子够不够。

"我在南边街，现在这里全是人，有房也订不起，五百多起跳。"

"真是疯掉了，比平时涨了三四倍。"邱月铭说，"城南冷风坳那里还订得了房，外地游客暂时找不到那里，但要抢快。"

"我这里打不了车，打到车也走不动。"

"我正好在老酒厂附近，开车过去很近，先看有没有房，帮你订下来。"

"那就先谢谢你。若订得到房，我这边还缺十间。你垫付一下定金，我现在走过去把钱给你。"

"开什么玩笑，你今天结婚，老婆陪好了！"

二十分钟后，邱月铭再打来电话，说十间房订好，是一家没正式开张的小酒店，物品全新，只是稍微有些装修气味。占文说："已经谢天谢地了，地址发给我。"他把地址逐一转发给尚未入住的朋友，走出南边街打到车，奔冷风坳那家没挂牌的小酒店而去。占文守在酒店大堂，给尚未入住的外地朋友开列名单，他们逐一到来，占文再一个个勾画。他问这些朋友还要不要消夜，朋友们摆出担当不起的表情，催他赶紧回家。

一切忙妥，九点刚过，占文回想昨晚同一时间，邱宇扬正在河岸酒店，唱歌给他一个人听。这记忆生动，一天时长因而变得具体，但占文掂量不出这一天过得是快是慢。冷风坳位于半坡，较偏僻，不好打车，占文只能步行返回，一路下坡，远远看见整座城市被这灯火勾勒出大体轮廓。此时，占文体内一股轻快四下游走，冷风坳正好有细风吹面。走到一处岔口，占文停下抽一支烟，摸打火机，也一并摸出手机，打给邱月铭，问她现在在哪儿。她说能在哪儿啊，这几天扎堆结婚，自己可闲不下来。下一趟活已经忙开，她正带人侍弄一堆车，将要组成接亲车队。占文又问："哪家洗车场？"邱月铭说是在嘉华酒店的后院。那地方确实近，占文稍后拦住一辆摩的，十来分钟飚到。酒店后院当然也是停车场，他远远看见邱月铭的背影。

他朝她走去，她似有预感地扭头一看，并跟他打招呼。不远处另两个人也冲他打招呼，他们都是昨夜给他的婚礼帮忙的。

"你怎么来了？"

"刚才你帮我垫钱了，我要还给你。"

"用得着这么急？"

"我去冷风坳帮客人办入住，事情搞完，我这婚礼也算真正结束。离你这里近，就过来。"占文说，"这一整天，帮我最多的是你。"

他递去两个红包。他把现金和红包背身上，刚才在岔路口封好，一个是定金数额，另一个是一千二百元，本地人管这叫"月月红"，婚后谢媒人当下也是这个数。她当然要问另一个怎么回事。他说你给我当总管，不能白当。

"意外丰厚。"她点了点钱数，稍有意外，"那就，恭敬不如从命！"

"吃饭了吗？"

"你呢？"

"就近找个地方吃点儿？"

"必须是我请你，要不然点盒饭各吃各的。"

她跟另两个人打招呼要走，他问是不是一块儿。她说时间紧，等下打两个盒饭带回来就行。

这一带以前是工厂区，相对城里别的地方，稍显破败，路边苍蝇店层出不穷。前面有一家"汤大卤煮庄"，虽不显眼，却是二十多年的老店，两人都听说过，便不多挑，就这里了。进去以后，全木的屋子，板壁用旧报纸一层一层糊着。这是二十多年前流行的"装修"风格，摆现在必是店主精心营造的特色，里面桌子七八张，人并不多。两人往里走，在角落里占一张小方桌。

坐下来看菜单，她才感觉有哪儿不对。"今天你结婚，晚上咱俩竟然在这里吃饭，你老婆不会催你？"

他把手机撂桌子上："要不要赌十块钱？咱俩吃两个小时，看她会不会打电话过来？我猜不会。"

"别开玩笑，吃个便饭，哪用得着两个小时？"

"你请我吃饭，难道不请我喝两杯？这两天下来我一直紧张兮兮，好不容易轻松下来，啥都不想，就想喝两口。喝酒我又不讲究，店里那几种二两五小瓶，我随便挑吧？"

"二两五小瓶哪行，我车上有酒。"

"你车上怎么有酒？白的？"

"干我们这一行，找空隙经常就着盒饭喝两口，解乏。"她打了个电话，叫嘉华酒店里的同事送一瓶酒过来，又叫服务员弄两个盒饭马上打包。

酒是五粮液的副牌，送人差点儿意思，当口粮酒正好。两人各自倒满杯，她脸上仍有疑惑，说："咱俩怎么还喝上了？越来越不对劲了……"

"喝都喝上了，哪来这多废话？"他和她碰了一个。

她喝酒都是一口闷，习惯性的，又说："我还真想知道，传说中你喝了酒以后的妙语连珠。到底要喝多少，才能开始？"

"要看心情和状态。"

"那现在的心情怎么样？"

"心情忽然有些古怪……"他左右瞥两眼，看别的顾客有没有抽烟。她将烟递了过来，是薄荷味的，女人往往只抽这个味的烟。"我真不知道自己妙语连珠，就算有，妙语连珠也不适合听众点播，我一紧张就发挥不出来。"

"你有什么好紧张，我还不够平易近人？"

"人家说我天生反骨，不怕大人怕小孩，不怕趾高气扬就怕平易近人。"

"没看出来，长得逆来顺受，还是天生反骨。"

"你甩开工作秒变犀利姐，这很容易激发我的状态和斗志。"

往下一杯一杯跟紧，两人都乐意尽快达到想要的状态。

占文跟碧姗这段婚姻维持了五年。

结婚快满三年，碧姗第一次提到离婚，原因是性格不合导致抑郁。当时，占文以为，性格不合是通用却没有实际意义的离婚借口，抑郁谁他妈没有，到底算不算抑郁症也要医生说了算。也就是说，到底为什么离婚，好歹你再给我一个更靠谱的理由吧。碧姗却坚持这个理由确凿无疑，不须另找。她是当真，乍一提出离婚就没有任何妥协余地。占文最终发现，一次小感冒，也有可能恶化成癌症晚期。在儿子跟谁的问题上，两人争执了差不多一年，虽然儿子本人只想跟母亲，但占文的母亲提醒他："收起你那套虚伪的仁慈和体谅，她提离婚，你就要提条件。这时候留不住，碧姗把仔仔带去岱城，离得这么远，父子也会疏远，以后你还念念不忘，仔仔看你就是一个陌生人。"占文这时候哪还怀疑母亲，执意将儿子留在身边。碧姗最终答应下来，才去办手续。

离婚第二年，碧姗又结了婚，是她前面谈过的一个男友。占文自是意外，再一想，心里也无怨怼，他相信离婚只能是两个人共同造成的这么个结果。他会反复想起婚礼那天，自己急于离开安排亲友入住酒店，去见另一个人。整场婚礼，只有这一部分在记忆里最为牢固，占文经常翻出来在头脑中过一遍，甚至担心过一再地回忆，有如老胶片反复地播放会带来像素的损耗，会变模糊。当天晚上，在汤大卤煮庄，他倚赖酒精的作用正常发挥，稍有冷场，也能用大量老段子顺利过渡，于化田等人都成为可尽情发挥的话题。通过一系列稔熟的段子刻画，他们的形象比面对面时更为丰满，以致他俩不断往桌上添加酒盅，倒满，当是被他提及的某个朋友已然来临。她好几回前仰后合，自觉失态，想要绷紧又适得其反，最终无视邻座诧异的目光，彻底放开笑声。

每次回顾这一晚的情形，占文又怀疑，自己当天发挥未必这样出彩。或许，她只是借当晚的酒，浇心头块垒。那一瓶酒，两人确也喝得一滴不剩。她甚至还要叫酒，他摁住她，说我必须回去了……你赢了，她确实打电话来催我。他揿亮自己的手机屏幕，有五六个未接电话。那一刹她回过神，表情陡地黯淡。

离婚第三年，又到青年节，占文想起这也是废弃的结婚纪念日，再回忆七年前的婚礼，各种画面涌动，邱月铭占有的比重，照样多于碧姗。思来想去，他翻看手机通讯录，她的手机号还在。离婚的这几年，他一直憋着劲不去联系她。

他给她发去一条消息："还记得'备胎'的事吗？竟然很准。"

发出以后，他频繁查看手机，可能她正忙事，一直没回。当晚十点，她才回复："什么'备胎'，我不记得了。"

占文纠结一会儿，没打电话，继续短信里码字，把自己遭遇的情况讲一讲。离婚以后，所有知道他情况的朋友一致认定，是碧姗的问题。她必然和前男友一直保持着联系，所以抑郁成为一种精心设计的说辞，离婚则是他步入他俩的圈套。虽然，碧姗一直跟人说，自己是离婚以后，在一次聚会中意外与前男友重逢，但说出来没人肯信。

占文还在信息里说："当年接亲的时候，于化田那辆车爆胎，你提过醒的，当时我还不信，现在不敢不信哪。"这条信息发出，他心底雪亮：醉翁之意不在酒，我只是想告诉她我已离婚！这种拐弯抹角，伴着一阵恶心，但谁又会真被自己恶心坏呢？他等着她回复，一时思绪飞动：已过去这么些年，她现在又是什么状况？如果仍是一个人，那独身已有十余年，是否已抱定独身？如果……

咣唧一声，她回复消息："你所有的朋友都这么认为？"

他说，是，还有什么好怀疑的？

又过半个钟头，她才回下一条消息："碧姗离婚后再与前男友重逢，这种可能又怎么可能不存在？为什么没有任何人提醒你，碧姗说的可能是真的？你交的都是什么朋友啊？"

占文浑身一凛，是啊，此前怎么没有任何一个朋友说这样的话？很明显，他们都知道，占文想得到怎样的回应。离婚之前，占文也不是毫不怀疑，但碧姗一心要留住儿子。他想到过，如果急于嫁人，通常情况下，女人又何必纠缠于此？越往深里想，越发现，一切皆有可能，而人很难确知事实真相，只能按自己的意愿选择、认定其中一种可能。邱月铭只不过说了确实存在的另一种可能，只她一人道出，才会如此意外。意外之外，他知道两人把天聊死了，接下来不知说些什么，也就不说。

那以后占文没再联系邱月铭，只是仍会想起两人在汤大卤煮庄的夜饮。他隐约记得，那天太累，又空腹，醉态比平时来得快，放开胆子说了一些话。"他们都说，你身上的气味很好闻……"她嫣然一笑。他趁机凑近一些，闻见一些气味。隔得太近，说着说着，笑着笑着，两人突然对视，空气凝滞，拥抱并接吻成为当时情境中唯一的必然……记忆延伸到此处，画面始终恍惚、模糊，占文不能确定这画面是事实还是想象。他后来路过那家饭店，注意到这里狭窄的空间，又没有包厢或屏风隔断，哪能是说吻就能吻上？再一想，那天晚上喝酒，难道不是自己存心，以便日后记忆恰到好处地模糊，既有所举动又能自我宽宥？

最近几年，占文不得不承认记忆越来越靠不住，有时候自以为牢靠的记忆，有可能与事实整个相反。但那一夜与邱月铭喝酒畅聊，如果之后的拥抱和亲吻只是幻觉，那么当天，为何如此真切感受到一种突如其来的心情？这心情繁复，包含了信任、依赖，也可能包含陡然而生的爱。记忆中画面越是虚幻，这感受越是拥有无限保鲜期，他随时翻找出来，重新体会那突如其来的一切。

婚后几年，占文跟碧姗一直找不到应有的亲密，身边朋友的婚姻质量普遍不高，占文甚至认为，冷淡风的夫妻关系是某种时代特色，自己正好得以紧跟一回潮流。但是，新婚之夜和另一个女人喝酒的记忆，反复提醒他，那种期待中的亲密关系，必然存在。活了这么多年，他骗不了自己：有些东西，不能因为自己没遇上就否认它的存在，就比如爱情，你从未遇见，告诫自己绝不相信，但你也无法否认别人的爱情。

这些年和朋友夜饮聊天，占文有意无意将话题引向邱月铭，便听到关于她的一些说法。不止一个人说，她性格其实急躁，婚姻失败也不能全怪前夫，说得越多，跟占文的印象出入越大。占文日渐明了：使自己充满好感的，可能仅仅是邱月铭在工作中展现出的状态。她在别人的婚礼中沉稳干练，无所不能，但在自己的婚姻中却是焦头烂额。他不能期待老是看到她令自己心动的一面，除非他不停结婚，并一直请她充当总管。

年过四十，占文终于迎来第二次婚姻。妻子是市房产局的一个老姑娘，每天帮人测房屋的建筑面积、使用面积。人稍显木讷，占文开玩笑，她经常反应不过来，闷了半晌，又突兀地发笑。纵是不说话，测绘员也喜欢傍着占文。此外，占文儿子仔仔也爱傍着测绘员，她从不嫌烦。偶尔，她独自带仔仔外出，若碰到有人问她"这是你儿子啊"，她总是回以微笑："长得像他爸爸。"

新婚的到来令测绘员兴奋，想在婚礼之前有充分的规划，尽情体验生命里这唯一的一次。占文找个时机跟她说，专业的事由专业的人做，你再怎么规划，也是想当然，实际的效果会大有出入。婚礼要想搞得有效果，最关键的是请到一个出色的总管。测绘员说，当然啦，你有经验。

占文尴尬一笑，这又想起虽然新换了手机，通讯录全都转移保存。稍后他去到另一间房，再次翻出邱月铭的手机号，手比脑快直接拨号，却是空号。他也并不意外：这些年，通讯录里绝大多数手机号，不像是为了彼此再有联系，倒像是为日后的失联留下证据。

2022 年选系列封面绘图画家介绍

文瑶 1996 年就读于广西艺术学院美术系油画专业。现为广西艺术学院美术学院副院长，副教授，硕士研究生导师。中国美术家协会会员，广西美术家协会理事，广西青年美术家协会常务副主席，漓江画派促进会理事。

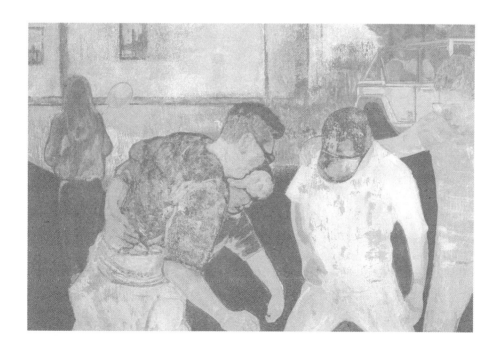

《阳光正好时》（二联画之一） 文瑶　150 cm×120 cm×2　2019 年

文瑶画作短评

　　文瑶的画有野兽主义的气度，也有印象主义的灵动。大块的坚定运笔，有味道的经营布局，再加时不时的一些小点缀，使文瑶的画透出自己的独有韵味，画面效果既有装饰趣味又不缺油画的厚重。

　　……文瑶的语汇里还有着贴近他性情的逗乐与调侃式的把玩心态，他总是不按常规地强化出对象的某种特殊的形貌状态，无论是画人物或者风景，他的处理总会有一些让人眼睛一亮的闪光点出现。这样的能力来源于他对现实对象的独特体察与概括性的整体把握，尊重事实而又能跳出常理的束缚。

——黄菁（广西艺术学院教授）

2022中国年度中篇小说下

中国作协《小说选刊》　　选编

漓江出版社
·桂林·

马陵道

胡性能[*]

1

　　晨光中，大风像无形的水流从村庄里冲刷而过，那些风化了的胶片和纸片从屋子里蹿出，被一股气流裹挟着急速旋转，仿佛被空中一根无形的管道吸食。强悍而蛮横的气流拂过村庄上空，有如无形的手试图将剪影戏残存的痕迹擦除，令人想起在电视上看到的龙卷风从旷野掠过的情景。这诡异的一幕究竟是真实发生，还是被人在想象中无限放大，许多年以后已经无法查证。但我知道尽管时间的腐蚀性比硫酸还强，无数记录往昔的文字在它的浸泡下变得字迹模糊，我还是预感到历史这本大书中一些隐秘的章节已被悄悄打开。由此，一个失踪七十多年的艺人，将重新回到我们的视线中。

　　二〇一八年春天，我去江苏省新沂市，查找丁汝成的下落。失踪之前，丁汝成生活在运河边的古镇窑湾。但在这个地方，几乎没有人知道丁汝成这个名字，只有几位耄耋老人，年少时在镇上的光明剧场看过剪影戏，但是当我提及丁汝成，他们都摇头说不知道，更不知道丁汝成是剪影戏的创始人。

---

[*] 胡性能，男，1965 年生，云南昭通人，现为云南省作家协会驻会副主席。中国作家协会全委会委员。出版有中短篇小说集《在温暖中入眠》《有人回故乡》《下野石手记》《生死课》《孤证》。作品多次入选文学年度选本，曾获《十月》文学奖、《长江文艺》双年奖、云南文学奖等。

一九四〇年晚春的一天，丁汝成晚饭后像往常那样出门散步，从此杳无音信，去向成谜。失踪前，他开办的窑湾光明剧场，每隔一个晚上，就会放映剪影戏《马陵道》；另外一个晚上，他的戏班则开唱《千金记》，后者讲的是西楚霸王项羽与虞姬生离死别的故事。为何他的戏班每隔一天就要唱一次《千金记》？有人说主要是虞姬的老家离窑湾只有几十公里，唱的人和听的人都会觉得虞姬的故事近在咫尺。只有丁汝成的妻子赫如玉知道，丈夫在娘胎里就听这出戏，直到她那没有见过面的婆婆突遭横祸暴毙之前，丈夫每天都会听他的母亲哼几句。今天的人们当然不知道，当年，丁汝成的戏班也唱其他戏，比如徐渭的《雌木兰替父从军》、关汉卿的《关大王独赴单刀会》，但自从一九三八年日本人进驻窑湾以后，这两出戏就不让演了。

丁汝成失踪后，光明剧场的生意每况愈下，剪影戏《马陵道》放了一段时间，也被日本人禁了。而《千金记》，因为缺少了丁汝成这个老戏骨，就像是大名鼎鼎的川菜水煮肉片，剔除了辣椒和花椒，滋味就淡了。原本忠实的听众，都跑到镇上的缀锦阁和蓼风轩去了，光明剧场在经历了十来年的繁荣后衰落下来。日本人投降前，赫如玉将剧场卖了，戏班遣散，把剪影戏《马陵道》的拷贝小心收拾，放在出嫁时从娘家带来的那只檀木箱子里，用一把铜锁锁上。变卖剧场的钱，一部分用来遣散剧场里的伙计，剩下的，她添置了一百多亩地，加上之前购买的几十亩，一家人就靠地租过活。

有一种说法，七十多年前，丁汝成失踪后去了马陵山，藏在了山上的泉潮律院，削发为僧。当时的泉潮律院是苏北最有影响的佛教圣地，数百名僧侣，整天在香火缭绕的寺庙里诵读经书。还有一种说法，说丁汝成与马陵山碧霞宫的比丘尼静尘私奔，去了上海。后面一种说法基本不可信，丁汝成失踪的那一年已经四十岁了，而大他十多岁的静尘早已年过半百。还没有听说过如此年长的比丘尼与人私奔的，要私奔，早在出家之前，两人就私奔了。

在马陵山一带查访期间，我从当地编辑的文史资料丛书里，查找到一些蛛丝马迹。《马陵山志》第二百零一页，有这样一段文字："民国二十九年五月，日伪军联手焚烧了泉潮律院，历时三天，将寺庙化为一片瓦砾。"城门失火，日本人顺带还烧毁了一侧的碧霞宫。

面对那册散发着油墨气味的志书，我不知道日本人当年之所以要将马陵山上的寺庙烧毁，是不是真与丁汝成有关。自从鉴真和尚东渡日本，将佛教传到那个岛国之后，日本人对寺庙大多心怀敬畏，甚至将侵华战争宣传为"弘扬佛教的圣战"。有一点可以肯定的是，一九四〇年五月，泉潮律院冲天的火光，一定映红了日军少佐大垣一雄长满粉刺的脸。许多年以后，我站在马陵山上想象当年的那场大火，想象丁汝成从古镇窑湾逃亡到马陵山的情景，我似乎看到气急败坏的日伪军将山上的泉潮律院团团围住，发誓掘地三尺也要把丁汝成搜出来！最终，日本人一无所获，大垣一雄恼羞成怒，下令烧毁了山上的所有寺庙。

2

经过艰难而漫长的寻找，直到二〇一八年春天，当我走遍马陵山下那些大大小小的村庄，最终才在一个叫"花厅"的村子，找到剪影戏创始人丁汝成的后人。在我所进行的非物质文化遗产调查里，二十世纪三四十年代，窑湾一带流行的剪影戏在历史上是个空白，甚至在地方的文史资料里也没有什么记载。一场大火后，当年在大运河沿岸让人津津乐道的剪影戏便每况愈下，以至于后来成为一个只听说过却没见过的传说。时间的大风迅疾而猛烈，不但将剪影戏吹得无影无踪，也将它的传承人像纸屑一样刮得不知去向。不过，说丁汝成的那些后人是剪影戏的传人并不准确，因为他们没有谁以剪影戏为生。让我意外的是，每当提到剪影戏，他们都讳莫如深，仿佛那是他们整个家族需要共同维护的一个秘密。

花厅村离今天的新沂市只有十多公里，在马陵山最高点五华顶的西北面，三十年前的一次发掘，让这个村庄在考古界闻名遐迩。一大批随葬的玉器、陶器和骨器被厚土掩埋了五千年后重见天日，生命繁衍与消亡的秘密有一部分有幸被揭开，而花厅考古墓地，也因此被学界誉为"东方的土筑金字塔"。

如今住在花厅村的丁家骐是丁汝成的长子，其余的两个儿子丁家驹和丁家骥分别住在马陵山下的王庄和小余庄，还有一个女儿是遗腹子，现居住在新河镇，隔着运河与窑湾遥遥相望。丁家骐所住的是一幢二层小楼，墙体没有粉刷，房前的院子杂乱，进门左手边有一口巨大的陶缸，半人高，里面装着苏北一带用来过冬的腌菜。院子边是红砖砌成的围墙，两米来高，墙顶插满了大大小小的玻璃片。院子的一角，还有一棵掉光叶片的柿子树，春天的大风刮过，一只粉红色的塑料袋挂在树枝上猎猎作响。尽管小楼看上去有五六成新，但院子却给人一种衰败迟暮的印象。

提到剪影戏，丁家骐的口风极严，让我怀疑有一些不为人知的秘密被他刻意隐藏。为了让他放松，我掏出一包重九烟，抽了一支递给他。我发现丁家骐夹着香烟的手在点火时抖得厉害，以至于我捧在手中的火苗差一点燎到他的眉毛。而让我感到意外的是，与他身体反应迟缓形成反差，丁家骐的思维敏捷，对我提出的每一个问题，他都有所防范，常常要深吸一口烟，想清楚了再回答。整整一个下午，我几乎是一无所获。丁家骐说他从来不知道什么剪影戏，是人们的谣传。提及他的父亲丁汝成，丁家骐说他只是早年在剧场扮过小生，后来做了酒生意，在窑湾开了个很小的酒铺，卖当地产的绿豆烧。

我找到丁家骐的时候，丁汝成的这个儿子已经八十多岁，看上去是一位貌不惊人的老头儿，紧缩的五官，布满皱纹的脸警觉而多疑，在与我交谈的那个下午，他一直心事重重，目光里充满了审视。我还发现，在我们交谈的两三个小时里，院子里除了我和他之外，再没出现过其他的人。我问过他，丁家骐回答说他的老婆前几年过世了，而子女们都在外地打工，只是春节回来住上几天。也就是说，一年中的绝大部分时间，丁家骐都独自一人生活。

花厅村的三月，大地一片萧瑟，土地大多裸露在外，灰黑色，只有少许的田地生长着绿色的麦苗。在丁家骐那儿，我一无所获，这令我感到沮丧。离开丁家骐家已近黄昏，西坠的太阳透过不远处的一排杨树照耀过来，带着几分温情。此刻大地还没有彻底回暖，那些杨树形销骨立，还没长出新年的叶芽。我站在村口，看到有几只喜鹊在树梢间跳窜，不时传来喳喳喳的鸣叫。离开花厅村之前，我穿过村庄，看到村后有一块面积几百亩的土地被剥开，露出下面黄褐色的肌理。隔着几十米远，我还看到一块石碑孤独地立在道路一侧，我当时就猜测那应该是发掘地。走过去一看，果真是，石碑上雕刻着"花厅遗址"几个字，颜体，凹陷，用红色油漆涂抹过。

那一瞬间，我感到时间其实就像是透明的泥土，随时随地以变形、扭曲和篡改的方式，对往事进行遮蔽和覆盖。也许，有关剪影戏的一些秘密，也会像花厅村那些被泥土掩盖起来的殉葬品一样，等待着重见天日的机缘。那天下午，对丁家骐的采访让我备受挫折，但也激起了我一探究竟的决心。我隐隐约约感到，除了一九四〇年的那场大火，一定还有其他原因导致剪影戏日渐衰落。早夭的孩子，生命短促，没来得及留下划痕，就在它的出生地销声匿迹了。

离开花厅村返回县城的宾馆时，我驾着租来的本田越野车，先经过一段凹凸不平的泥路，最终才驶上宽敞平坦的柏油马路。血色的太阳悬浮在远方的山岗，红色的弱光像油漆那样泼洒在大地上，宁静而温暖。车窗外，公路两旁的柏杨树一闪而过。我暗自祈祷，希望自己也能像发掘花厅文化遗址的那些考古队员一样好运，我渴望剪影戏消失的秘密，能够重新浮出时间的水面。

3

那年春天，正当我在窑湾寻找剪影戏线索的时候，几十公里外的新沂市区，"大运河之春"非物质文化遗产特展正在一个新建的城市综合体里举行。冥冥之中有种暗示，我总觉得会在特展上获得剪影戏的线索。我去的时候是中午，稍显安静的四楼，被隔成一个个面积大小不等的展区。七巧灯舞、草桥柳编、东路柳琴、新沂剪纸、窑湾绿豆烧……总有一些东西穿越数千年的历史顽强存活，但它们中没有剪影戏。

纸艺展区门口，一个穿白底蓝花长裙的年轻姑娘坐在桌子后面，专注地刷着屏。她身后的墙上，是一排排松木制作的展示台，上面放着大大小小装框的剪纸作品。黑色的塑料框，中间是黄色的衬纸，右上角有"中国剪纸"字样，而下面，则是剪纸师特制的印。那些精美的剪纸作品夹在衬纸和玻璃之间，有造型各异的十二生肖，有农耕时代的劳动场景，有婚丧嫁娶的地方风俗，也有马陵山的自然风光。让我意外的是，在那些剪纸作品里，我还看到发生在这块土地上的历史故事：马陵之战，霸王别姬，梁红玉擂鼓退金兵……剪纸的右下端有个篆刻，凑近一看，发现剪纸师的名字叫马冰清。我原以为她一定是个历尽沧桑的老人，可当我以买剪纸作品的借口向坐在门口的姑娘打听，才知道马冰清其实只有三十多岁，刚结婚不久。

几个小时以后，我按约定的时间去了人民路的香韵茶室。还没有进茶室，就有钢琴的声音像湖水一样从屋子里弥漫出来，是我熟悉的《水边的阿狄丽娜》。进门，见到一位年轻女子坐在茶室里靠窗的地方，应该就是马冰清。打过招呼以后，我在她对面坐了下来，这时我注意到她看上去比实际年龄要年轻得多，只有二十五六岁的样子，身材修长，有着这个年纪的女子才会有的紧致。在我既往的印象中，非物质文化遗产的传承人，大都和文物一样苍老。但马冰清不是，她的脸肤色光洁，看上去很精致，眉毛绞过，如同两片柳叶从眉骨向两翼舒展开，眼睛明亮、有光，穿着一件紫色的高领薄毛衣和绛红色的棉布长裙，胸部的轮廓圆润而饱满，容易让人想入非非。

"我在展览上看到你的剪纸作品，很棒！"

"与我曾外祖母比，我十分之一都不及！"马冰清腼腆一笑，"老人家要是活到今天，她才应该是非物质文化遗产的传承人！"

"你是跟你曾外祖母学的剪纸？"

"嗯，"马冰清点了点头说，"我小的时候跟老人家待了一段时间，曾外祖母去世前，寒暑假我都跟着她。"

茶室外面，车来车往。西下的阳光照耀在对面的那排建筑上，我当时并不知道，有一扇门，正在为我徐徐打开。回过头来，我盯着马冰清的手仔细看，想象着那些构图繁复的剪纸，是怎样在眼前这双手中渐渐成形的。我眼前这双捧着青花瓷杯的手，纤细、洁白，指甲上偶尔会晃过亮光，那是指甲油在灯光照射下特有的效果。茶童偶尔过来，揭开碗盖，手中的茶壶放在身后，用一招"苏秦背剑"，往盅里加满开水，出水收水一气呵成，有极强的形式感。

交谈中，当我得知教马冰清剪纸手艺的曾外祖母，竟然就是剪影戏创始人丁汝成的妻子赫如玉，我的眼睛一下就亮了："这么说丁家骐是你……"

"是我舅爷爷！"马冰清的声音里有早春的凉意，"我曾外祖母生有三个儿子和一个女儿，那女儿就是我的祖母。"

"前几天我还去花厅村找你舅爷爷了解剪影戏的事呢，可惜他什么都不愿意说，总是把话题岔开。"我无奈地摇了摇头。

"他当然没有脸说。"马冰清低头看了一眼茶杯。

那个下午，马冰清对我查找丁汝成的事很好奇，眸子深处有光透了出来。

"很遗憾，剪影戏没有成为一种特殊的艺术形式保留下来，可惜了！"我说。

"你问吧，我把知道的都告诉你！"马冰清异乎寻常地坦诚，"我才不会像我那几个舅爷爷那样掖着藏着！"

真是柳暗花明。也许我从花厅村返回那天的祈祷起了作用，从马冰清这儿开始，我对剪影戏的调查变得顺利起来。马冰清告诉我，早在二十多年前，一个叫大垣峻实的日本人曾来过马陵山，找到她的大舅爷爷丁家骐了解过剪影戏。如果马冰清所说属实，那么二十多年前，那个日本人到花厅村的时候，丁家骐并不回避自己是剪影戏的传人，他甚至私下决定，要把母亲保存完好的剪影戏拷贝卖掉。为此，他们几兄妹发生过严重的冲突，以至于后来几乎没有什么往来。

二十多年前，是否因为花厅古文化遗址被发现，才让那个叫大垣峻实的日本人循迹而来？马冰清说，日本人来是要购买剪影戏《马陵道》唯一的拷贝。那是一份相当特殊的拷贝，透明的胶片上，粘贴了上万幅精致的剪纸。

时间要返回到一九九六年夏天，马冰清被父亲送到曾外祖母家。暑假，那个时候的假期作业少，父亲乐意见到女儿跟她的曾外祖母学习女红，但老人在教马冰清女红的同时，也教她剪纸，从剪最简单的花鸟虫鱼学起。马冰清有悟性，很快就能上手。正是在曾外祖母的家里，马冰清见到了那个叫大垣峻实的日本人。

"三十多岁的样子，理着个短发，人显得很精神，"马冰清微笑着偏着头说，"当时他想出一百万，买我曾外祖母檀木箱里装的拷贝。但那笔钱即使到手了，他们也不会分给我奶奶，因为她是嫁出去的人。"

"二十多年前，一百万，是笔大钱呢！"我说。

"所以我的几个舅爷爷才迫不及待地想卖嘛，他们想钱想疯了！"提起往事，马冰清的言语中依然有一些情绪。

"我去过花厅村你大舅爷爷家，"我坦诚地告诉马冰清，"我感觉他家的经济情况并不宽裕，不像是挣了大钱的人。"

"最后没交易成！"马冰清开心地说，"本来一切都谈妥了，还交了定金，可生意最后黄啦！"

"怎么，是你大舅爷爷反悔啦？"

"他才不会反悔呢！"马冰清的表情有些不屑，"是我曾外祖母不同意，我奶奶也不同意，但在当时，她们都阻止不了。"

一九九六年的马冰清只有九岁，大垣峻实来购买剪影戏拷贝的那几天，马冰清恰好在花厅村，她也因此见到了此生最匪夷所思的一幕。

4

那件事发生之前，马冰清从来没有看过《马陵道》的演出，她当时对两千多年前发生在自己故乡的马陵之战也一无所知。她只是一个九岁的小姑娘，与曾外祖母睡在一张床上。事隔二十多年，马冰清还记得卖拷贝的头一天，黄昏时分，整个村子的蝉仿佛都飞了过来，停歇在她大舅爷爷家屋外的杨树上。那些蝉不停地鸣叫，声嘶力竭，让人听了心里瘆得慌。夜幕降临，蝉鸣声才渐渐低弱下来。

"我们都不知道，那会是我曾外祖母的最后一个夜晚。"马冰清说。

气候炎热，大地中了暑，直至午夜才渐渐退烧。那时的花厅村，八十六岁的赫如玉住在自己的瓦屋里，装有剪影戏拷贝的紫檀木箱，就放在她的床脚。那是只大木箱，一米长，半米宽，两尺高，是她十七岁嫁到丁家时，娘家的陪嫁。

"老太太舍不得。紫檀木箱明天就要被人抬走了，老太太晚饭后留在屋子里，将那只紫檀木箱摸了又摸，"马冰清说，"我记得当时她手背上的皮肤又薄又皱，上面还有许多老年斑，血管在皮下滑动，像蚯蚓一样。"

我们的交谈让马冰清重新回到了二十多年前的那个夜晚。夜里，她曾被惊醒，她先是听见一阵阵狂风吹过，带着啸叫，就像是置身于冬天的旷野里。不是幻觉，也不是梦境，黑暗中，马冰清看见睡在床那头的曾外祖母披着衣服坐在枕头上，一对眸子在黑暗中隐隐闪着光。

"炎热的夏天，怎么会有大风刮过，而且是在几近密闭的屋内？"许多年以后，马冰清一脸疑惑地对我说，"至今也找不到合理的解释。"

那天夜里，花厅村的丁家，大风刮过时凄厉的尖叫，马冰清听得清清楚楚。但她的睡意很快就上来了，等她夜里再次醒过来时，风声早已消失，静寂中，她听见有一个声音在黑暗中传来，那是《马陵道》里的唱词：想着咱转笔抄书几度春，常则是刺股悬梁不厌勤。你今日践红尘，只愿你此去呵功名有准，早开阁画麒麟……声音清越，好像从屋里传出，又仿佛在极遥远的地方。

"哪儿的声音啊？"马冰清问。

"箱子里的。"赫如玉说。

鼓声在黑暗里响起，二胡的弓在琴弦上短促滑动，由远及近，传来密集的马蹄声。曾外祖母在黑暗中幽幽地对重外孙女说，这用的是跳弓。那声音听上去，就像是有千万只马蹄踏在草原，踏在旷野，踏在通州达县的马路上，溅起的尘土遮天蔽日，遥遥无边。马队渐渐远去，突然，它们像是集体驻足，高高地扬起前蹄，马的嘶叫声传了过来。"这是你曾外祖父的绝技。"赫如玉在黑暗中对重外孙女说，"只要用左手指快速滑向琴弦的高音处，再用颤指向上滑动，你曾外祖父就能让二胡发出战马的嘶鸣。"

马冰清那时还不太听得懂。她只是觉得马叫声越来越远，越来越模糊。安静一会儿之后，赫如玉又说："拉弓的右手，要由重到轻，轻到只有一根羽毛的重量，甚至更轻……这是你曾外祖父当年告诉我的。"

"唉，"过了一会，赫如玉长叹了一口气对她的重外孙女说，"你曾外祖父一直嫌弃我不能上台和他唱戏，其实他哪里知道，嫁给他之前，我常常去他的剧场听戏，戏里的那些唱词，没有我不会唱的！"

马冰清告诉我，那是一个奇特的夜晚，屋子里时而喧闹，时而宁静，有时感觉千万人拥挤在那个屋子里，有时她又觉得是置身于无人的旷野。马冰清说她害怕极了，就爬过去与曾外祖母睡在一起，头靠在她的大腿上。两人就那样依偎着听箱子里传出的唱词。

"我当时还听不太懂，有时候曾外祖母会停下来，对我做一些解释，我就大体明白是一个叫庞涓的人陷害了一个叫孙膑的人，把他的两条腿弄残，后来孙膑逃到了齐国，设下了陷阱准备报仇。"马冰清说。

"会不会是你曾外祖母在那口装剪影戏的箱子里放了一台录音机？"我对屋子里传出神秘的唱词表示怀疑，便提醒马冰清。

"不可能！"马冰清说，"后来发生的事情，也证明了根本没有什么你怀疑的录音机。"

在马冰清的描述中，下半夜，那声音变得急促起来，好像有两军在狭窄道路上厮杀，有战马的叫声、兵戈的碰撞声、惨叫声、咒骂声、人跌倒的声音，甚至长矛刺进身体里"扑哧"的声音也清晰可闻。马冰清告诉我，二十多年前的那个夜晚，她甚至闻到了屋子里弥漫着一股浓浓的血腥味，直到这一切安静下来，才听见远处传来一个人的仰天长笑：再言语豁了这厮口，再言语截了这厮舌……

二十多年前发生在马冰清曾外祖母屋里的那一幕，好似一卷紧致的画轴，在我的眼前缓缓打开来：

黎明时分，屋子安静下来。曲终人散的剧场，所有人都离去了，只有一个人还环视着满地狼藉的剧场——丁汝成的妻子赫如玉。马冰清困顿至极，她再次睡过去，梦里风清月明，她一直睡到太阳高照才醒过来。

她的曾外祖母正打扫着屋子，尽管已是八十多岁的老人，但赫如玉的身子骨依然健朗。屋门大开，阳光照射进来，在泥地上留下门板那么大的一块光亮，炫目，安静。屋外的院子里，马冰清的三个舅爷爷已经聚齐，他们正在等候那位叫大垣峻实的日本人。

之前的几天，大垣峻实就曾在丁家骐家里，当着赫如玉的面，打开过那个颜色发暗的紫檀木箱。他屏住呼吸，轻轻地捧起一卷《马陵道》拷贝，透明的胶片上粘贴的，是当年赫如玉花了两年时间才剪完的一帧帧剪纸，每一帧剪纸都一寸左右长宽，剪纸的刀口干净、清晰、果断，大垣峻实爱不释手。的确像他祖父所说的，是纸艺里的精品。

一早起来将屋子清扫干净，是赫如玉保持了数十年的习惯，就好比一个人早晨要洗脸和漱口。收拾完屋子，她坐在床边的木椅上，等待着那个日本人来把陪伴她七十年的紫檀木箱抬走。就像是要送一送自己即将出嫁的女儿，赫如玉在那天早上特意打扮了一下自己，她银白的头发梳得溜光，往后拢了拢，在脑后绾成个发髻，并用一支银簪固定住，曾经裹过又放开的脚有些变形，包在一双黑绒面料的鞋子里。身上，是蓝布制作的新衣，那是去年冬天马冰清的祖母给她买来布，她亲手缝制的。新衣合身、熨帖。

大垣峻实进院子的时候，提着一个皮箱，进来以后就与马冰清的三位舅爷爷在院子里交谈。马冰清站在曾外祖母的身旁，看到她的三个舅爷爷微微弯着身子，在那个日本人面前不停地点头。

"日本人咿里哇啦说些听不懂的话，我的三个舅爷爷像鸡啄米一样点头，其实他们根本听不懂！"马冰清说。

然后，丁家骐就领着他们，一道走进赫如玉的房间。

紫檀木箱被从床脚移了出来，放在房间靠门的阳光下，丁家骐哆嗦着手，掏出系在腰上的钥匙。老式的铜锁，原配，锁体上有篆书"百年好合"四个字，阳文微微凸出。也许是内心过于激动，钥匙费了好大劲，才插进锁孔。"咔嗒"一声，铜锁开了，丁家骐用手扶着箱盖，慢慢打开。

当紫檀木箱的箱盖完全打开，上午的阳光照耀着箱子里静静躺着的拷贝，一卷又一卷，重叠着。大垣峻实的眼里欣喜异常，他蹲在丁家骐身边，看他小心翼翼从箱子里捧起拷贝。突然，从屋外刮进来一阵旋风，紫檀木箱里那些透明胶片以及上面的剪纸纷纷碎裂，瞬间争先恐后蹿出木箱，像一条巨蟒试图飞上高天，在屋子上空瓦解，零碎的尸骨飘洒在屋顶、院子以及附近的田地里。

大垣峻实还有赫如玉的三个儿子被眼前的景象惊呆了，他们站在门边，惊骇地望着那些纸屑旋转着飘向天空，又纷纷扬扬撒下，张大嘴不知所措。那个时候，只有马冰清注意到自己的曾外祖母，她端坐在椅子上大睁着眼，突然身子往前一倾，嘴中喷出一口鲜血。

5

有关剪影戏，一切都得从马冰清的曾外祖父丁汝成十二岁那年出逃时说起。

一九一二年，中国历史的风云正在古老的大地上激荡。年初，清朝皇帝黯然退位，继而孙中山辞去临时大总统一职，一代枭雄袁世凯粉墨登场。而在马陵山下的土城，也许是由于命运的诅咒，兄弟相残的悲剧再次上演。

丁汝成的出生地土城，位于马陵山一侧，乃是春秋时期钟吾国的都城。公元前五一五年，吴国王族发生内乱，公子光在伍子胥的策划下，以"鱼腹剑"的方式刺杀了吴王，这让出征在外的烛庸有家难归，只好避难到北方的钟吾国。公子光如愿以偿登上王位，即吴王阖闾。为了斩草除根，他派兵攻打钟吾国，杀了自己的亲兄弟烛庸。

年少时，丁汝成对发生在土城的故事耳熟能详，但他没有想到这样的悲剧会发生在自己身上。十二岁那年，做棉纱生意发家的父亲不幸中风，从此躺在床上，再也没能下床。也就是从父亲病重的时候开始，敏感的丁公子已闻到弥漫在家中的不祥气息。成亲以后，丁汝成告诉自己的妻子赫如玉，说他在出逃之前的那段时间，总觉得天是阴的，时时刻刻都像是生活在黄昏里。

对于一个十二岁的少年来说，那是一段令人窒息的日子，就像是等待着村里关圣宫大殿外的那口铸铁大钟有一天会掉落下来。每天，当母亲前去照看父亲的时候，丁汝成就独自跑到后院，坐在树荫下。石板镶嵌的院子里，左右有两个种满菊花的方形花坛。围墙边的阴影里，将军草疯狂生长，蟋蟀和壁虎爬进爬出。偶尔有一两只鸟快速掠过空中，身影仓皇，丁汝成听见寂静的深处传出一种奇怪的鸣叫，仿佛是去年槐树上的蝉鸣传到今天。

就像是一团血掉落在宣纸上洇开一样，发生在土城丁家的血腥杀戮从棉纱商人中风摔倒在天井的当天就开始了。丁汝成的父亲被人抬进卧室，醒来之后，左边身子失去了知觉，感觉像是有一半身子永远浸泡在冬天的冰水里。每一天，他都觉得自己的身子又向土里埋进了一截，直到离世，他再也没有离开过那张床。房间外面，妻妾之间的争斗早已展开，最终还是大娘的手段更高一筹——她买通家中的厨子，将自己刺向对手的刀子掩盖得没有一丝痕迹。结果是，棉纱商人还没有去世，他宠爱的小妾如同陪葬一般，在他前面暴毙。在丁汝成的记忆中，离家出逃前的那段时间，他已经嗅到了丁家大院里弥漫的死亡气息。每一天，都有成群结队的乌鸦飞临丁家大院的上空，那些嗅觉敏锐的大鸟就像是来自另一个世界的信使，它们盘旋、翻飞，传来的啼鸣让人毛骨悚然。

母亲死后，父亲又不能动弹，也无法言语，丁汝成束手无策，只能听人摆布。他母亲的葬礼是大娘操持的，她给自己的对手用了最好的棺木，请了泉潮律院的和尚做法事超度，葬礼隆重而热闹，丁汝成的大娘也因此为自己挣得了好名声。但是，走南闯北的棉纱商人见多识广，已从小妾突遭的横死中发现端倪，商人的精明让他意识到当家的大娘不会放过丁汝成，但他现在唯一能做的，就是告诉儿子赶快逃命。

丁汝成记得逃亡的那天夜里，父亲让下人把他悄悄叫进卧室，抖动着手递给他一封信，上面只有短短一行歪歪斜斜的字："去窑湾，找开酒铺的吴子期伯伯！"之后，父亲试图伸手摸儿子的后脑，费了很大的劲，才把手放在丁汝成的头上。像是祝福，又像是不舍的告别。

"跑吧，儿子！"棉纱商人沙哑而含混的声音不是从他嘴里发出，而是从他嗓子里挤出来的。之前一直懵里懵懂的丁汝成一夜之间就醒了，懂事了，他能清晰地感觉到，杀气像夜幕一样，从他的头顶令人胆寒地罩了下来。

他想起几天前，母亲出丧的时候，是他举着灵牌，跟随着送葬的队伍去的墓地。他的身后，八个壮汉抬着母亲漆黑的棺木，引导着送葬的队伍缓缓地出了土城。每逢到了路口和桥头，背着纸钱的阿贵就会扔出一沓纸钱，圆形的纸片在空中突然散开，再纷纷扬扬撒落下来，白色的纸钱在泥地上触目惊心。周家喇叭班的人吹的喇叭，声音凄凉……隐隐约约，丁汝成仿佛听见一种奇怪的唱腔回荡在自己的脑子里，带着哭音，就像是有人在一个极遥远的地方，独自唱着《马陵道》。他太熟悉这出戏的唱词了，从在母亲肚子里就开始听。但这一次，他从《马陵道》的唱词里，听出了隐藏其中的杀气。

此时站在床榻面前，丁汝成与父亲惊恐的眼神对视，明白了其中的紧迫和深意。他重重地点了点头。短短的几个月，父亲像是变了一个人，身体浮肿，苍白的脸上色斑醒目。看到他的嘴唇不停翕动，丁汝成把耳朵凑近，却只能听见父亲的喘息声。不过丁汝成心里明白，他必须像孙膑那样，连夜从眼下的土城逃走，却没有想到，这次出逃竟成为他这一生的缩影。

6

一九一二年春天的那个夜晚，丁汝成借着微弱的星光，打开丁家大院的侧门，像一只穿过阴影的野猫，悄无声息地逃了出来。午夜的村庄静寂异常，熟悉而又陌生。他沿着村里曲折的巷子，从那个叫土城的村子穿过，瘦小的身子像个梦境。身后，狗的叫声追了过来。

从马陵山下的土城到运河边的窑湾镇，有很长一段路是过去马陵山里的古驿道，有的地方镶嵌着两千年前的石板，经过贩夫、兵卒、僧侣以及马蹄常年的打磨，石板变得光滑，在暗淡的星空下反射着微弱的亮光，就像涂抹上了桐油。从小听母亲唱《马陵道》，丁汝成对孙膑与庞涓的故事了然于心，他甚至熟悉鬼谷子、魏公子、田忌等人的唱词和独白。正是因为对那个故事太过熟悉，以至于后来，当他对自己的妻子赫如玉说起逃亡路上所经历的诡异之事，他都弄不明白究竟是想象中的故事，还是现实中的经历。

一百多年前的那个逃亡之夜，丁汝成穿过土城村外的石板路，穿过白天人来人往的大道，他能看见模模糊糊的古道消失在马陵山的皱褶中。夜幕深沉，身后的土城早已看不见踪影，狗吠的声音也遥远得若有若无，这个世界只有他一个人在孤单行走，焦急、仓促，他听见自己的脚步声和喘息声就回荡在耳边。

进入一条幽深的山谷之后，突然就起了大雾，道路消失，周边的树木消失，视野里山的轮廓也消失，一切可参照的东西都不见了。四周混沌一片，仅只是回过头去望了一眼，脚步晃动，他就无法判断来时的方向。丁汝成伸出右脚，前后左右试探，触及的地面没有一点暗示，他只有摸索着在原地坐了下来。原来，安静就像是沙粒悄悄滑落的声音。过了片刻，隐隐约约地，他听见，远处好像有什么东西在响，密集而琐碎，慢慢地，他听清了，那是急促的马蹄声，由远及近，像洪水一样，席卷了过来。

人们传说的"阴兵过"被丁汝成遇到了。之前，马陵山的山谷里有阴兵厮杀的传闻已经流传了多年。置身于两千多年前的古战场，丁汝成还是暗暗心惊。那该是多么庞大的一支队伍从附近经过啊，无数的马蹄敲打在驿道的石板和泥地上，有的声音清脆，有的则实笃，感觉眼前的雾气，是万千铁蹄溅起的泥土。丁汝成能够清晰地听见兵器碰撞的声音、战马嘶鸣的声音、人的呐喊声，它们仿佛近在咫尺，却又因这大雾帷幕的遮挡，踪迹难寻。

突然，喧嚣的声音暗淡下去，却有清晰的声音传了过来：

此处莫不有埋伏的军马么？不中，我只索倒回干戈，领军去也。

庞涓，你哪里去？大小三军，与我围定了峪口者。休教走了庞涓！

兀的不唬杀我也！高阜处说话，好似我孙膑哥哥。

叫我的是谁？

是您兄弟庞涓。

你叫我怎么？

多时不见哥哥，我心中好生想你也！

这是两个完全陌生的声音。一个浑厚，另一个尖厉，与父母唱和的声音完全不同。年幼的时候，丁汝成常听父亲母亲唱《马陵道》，土城棉纱商人的宅院，晚饭后时常响起二胡、皮鼓和铙钹的声音。丁汝成的父亲不只是一个简单的戏迷，他能开嗓唱，还能熟练地耍弄各种乐器。只是棉纱商人肯定想不到，他与小妾玉香枝的唱和，每一句唱腔以及家里下人的叫好声，都像是一把把飞刀，越过丁家大院静默的瓦脊，传到备受冷落的大娘耳中。

由于受困马陵道无法行走，丁汝成只能仔细聆听天地间突然出演的这出戏。这出戏，他再熟悉不过，知道接下来的每一句唱腔和独白，一直等他听到庞涓说：罢、罢、罢，大丈夫睁着眼做，合着眼受。这也不必说了，只可惜那六甲天书还不曾传授……这时，狂风突然蹿起，啸叫着从深谷中穿过，气流带来的树叶、沙石打在脸上，感觉刚才在大雾中厮杀的两军，像潮水一样从他面前退了下去。四周再次安静下来。无法看清道路，丁汝成寸步难行，只能等待着雾气散去和黎明的到来……等他醒过来的时候，雾气是散去了，天空却依旧黑暗，道路模糊地向两头延伸，却一时不知道哪头通向土城，哪头通向窑湾，而夜里所经历的一切，经过睡梦的过滤，也变得似幻似真。

此后，丁汝成每当想起夜晚穿行于马陵山的经历，总觉得两千多年前的那场厮杀，就是他记忆里的一部分。他后来甚至能够隐约回忆起那天夜里庞涓的模样，也能回忆起孙膑夜宿的羊圈，面对馒头与污秽时的犹疑，还有刖足的疼痛让孙膑一脸扭曲的表情。

7

五十多华里路，丁汝成走了整整一夜。当他到窑湾镇的时候，天已大亮。之前，棉纱商人曾经不止一次带儿子到窑湾，但当时丁汝成不是坐轿就是骑马，养尊处优的少爷不知道步行的艰辛。逃亡的这天夜里，几十里路把他的脚底磨起了好几个大水泡，到了后来，每挪一步都是钻心的疼痛。

一跛一拐地从北门桥进了窑湾镇，丁家大少爷形单影只来到北门大街上，像一个华丽的乞丐。靠近月牙桥时，他看到有十多个穿青灰色洋装的年轻人站在桥头，有好几个人手中提着剪子。丁汝成当时还留着长长的辫子，看到他过来，那些年轻人的眼睛立即发亮。让丁汝成记忆深刻的是，那群年轻人中，竟然有穿学生装的姑娘。这个从马陵山来的少年暂时忘却了内心的恐惧，他满眼新奇，东张西望，发现这个地方与父亲之前带他来时完全不同了。过去，写着"北门锁钥"的碉楼上，挂着的是黄龙旗，现在黄龙旗不见了，取而代之的是五色旗。

突然，有人从身后拉着他头上的辫子，丁汝成心里一惊，以为是大娘派来的人追来了，他拼命挣扎，吓出一身冷汗。身后的人却把他的头发抓得更紧，他偏着头，身体僵硬，眼睛的余光瞥见了一个姑娘的脚。几个人的交谈声、剪刀一张一合的摩擦声，锋利、刺耳，只听见咔嚓咔嚓的声音，丁汝成感觉到他的头像是被谁从脖子上砍了下来。

发现头上的辫子被剪掉，这个十二岁的孩子哇的一声哭了起来，他弯腰捡起落在地上的辫子，双手捧着，一路来到了镇上的吴家酒庄，这才发现酒庄里的所有伙计，包括父亲要他找的吴老板，也都剪了辫子，丁汝成这才破涕为笑。

丁汝成就这样做了吴家酒铺的小伙计。他模样端庄、声音清脆，干不动重活，就站在西大街的店门口，每当看到有人走过来，他就会脆脆地吆喝一声："好水好地好药酒，运河窑湾绿豆烧啊！"听过他吆喝声的人都说，这孩子有一口好嗓子，要是不唱戏，可惜了。

尽管朝代更迭，但一九一二年的窑湾镇依然繁荣异常，运河上船来船往，风帆起起落落。每一天，南哨门外面的码头都会卸下大量的货物——洋油、织布机、自行车、棉纱、装在木箱里的电池和火柴，堆在码头上用油布盖着的食盐、粮食、丝绸和各种山货也会被运走。正对着码头，有一个木质结构的牌楼，门楣上面，有着斗大的四个字：窑湾码头。两侧的牌柱上，雕刻有一副对联：船中争日月，水上度春秋。

紧靠着运河大堤，有一些狭窄的巷子通向窑湾镇上喧嚣的戏班与弥漫着脂粉气味的妓院。偶尔，有大型船队停泊在镇子外面的骆马湖上，就会有歌妓抱着琵琶、月琴、二胡等乐器上船演奏。夜幕降临，商船的灯光映射在水里，一上一下的光亮随着水波晃动。偶尔，有清脆的唱腔隔空传了过来，掠过水面，惊飞了歇息在岸边草丛里的水鸭。

刚到窑湾镇的时候，丁汝成时常迷路。按照"奇门遁甲"修建的古镇，S形的狭长街道顺着运河蜿蜒。太极生两仪——窑湾镇便建了南哨门和北哨门；两仪生四象——大运河、沂河、护城河、后河，使窑湾得以四面环水；四象又生八卦——城墙上设了八方炮台，通向S形大街的十二条深巷，这建镇构思中的"十二地支"是一个迷宫，让初来乍到的人晕头转向。只有生活的时间长了，才会熟悉这座古镇上的一条条道路，以及这些街道上的旅店、米铺、作坊、饭馆、酒肆、医院、教堂、药店……

棉纱商人在丁汝成离开土城的第三天一命归西。消息在一个多月以后才传到窑湾的吴家酒铺，年少的丁汝成躲在后院的粮库里哭了一个下午。悲伤像潮水般在心头上涨，一直淹没到了喉头，缓慢降落之后又复袭而来。他看见太阳照在院子里晾晒的粮食上，红色的高粱和黄色的玉米，酒坊里的一个工友赤裸着上身，每隔半个钟头，就用竹箆翻动一次粮食，竹箆的端头像人的手指一样，从地上拖过后，在晾晒的粮食上留下了道道沟痕。

丁汝成再也没有回过土城。父亲入殓他没有回去，也不敢回去。就算到后来成了光明剧场的老板，他也没有回去过。哪怕他后来回马陵山上的寺院，或者去给自己的父母扫墓，他都有意绕开土城。当年，是古镇的繁华冲淡了少年内心的哀愁。白天，他替吴氏酒庄干杂活，夜晚，他就睡在后院马厩的楼上。窗子外面的狭窄巷子，一头通向运河的大堤，一头通向镇里最繁华的西大街。入夜，寻欢的水手和船主从码头下船，沿着这条巷子，消失在窑湾镇的夜色里。所以每天晚上，丁汝成都是在调笑声中进入梦乡的。而后，他又在晨市小贩的吆喝声中醒来。

8

终于有一天，丁汝成日渐舒展开来的身子，能够装下其他东西了。于是在晚饭过后，等吴氏酒庄打烊，丁汝成得空了，他就开始往戏班跑。只要鼓钹声一响起，他的心里就发痒。他还小，对戏班里的风月之事不甚清楚，却迷恋戏班里传来的吟唱和器乐声。一十七家戏班，其中，"秦淮之家"是山西人开设的，里面传来的是二股子、四股弦、小三弦配板胡的声音，舒缓，像是傍晚时分轻拂运河大堤上柳条的暖风；福建人开的缀锦阁，远远地就能听到裹着棉布的松木敲打在大锣上的声音。很快，窑湾镇上的十多家戏班，丁汝成都摸得个门清，他听藉香榭的《琵琶记》、紫菱州的《雌木兰替父从军》、翠文斋的《打渔杀家》……几乎每个戏班，隔一段时间都会演一出《千金记》，约定好了似的，那是因为虞姬就出生在离窑湾几十里外的地方。

年少的丁汝成隐瞒了母亲的身世——她虽曾是窑湾镇活跃一时的名角，毕竟终年与男人们打情骂俏，也不是光彩的事情。虽然已经到了民国，戏子们的地位有所提升，却依旧被人看轻，有时去雇主家唱堂会，他们都只能从侧门进家。

每一年，吴家酒铺老板的父母过生日，都会请戏班来家里唱戏，有时请怡红院戏班唱《拜月亭》，或者请柳花阁唱《墙头马上》，只要窑湾镇有人家请唱堂会，丁汝成就会去蹭戏听。没两年，一十七家戏班的看家节目，丁汝成都能哼个十之八九。但在所有的戏班中，丁汝成最迷秋霞阁的旦角小桃红，她只要一开口，丁汝成的身子就酥软。尤其是她唱《千金记》，那悲戚的声音摄人魂魄，让他的心发软又发慌。

"汉兵已略地，四面楚歌声。大王意气尽，贱妾何聊生！"在歌声的余音中，边舞边唱的小桃红举起宝剑，在香颈上一抹，寒光乍现，婀娜的身子瘫软在台上，观众席就会响起一片抽泣声。

当时，镇上只有江西人开的蓼风轩唱《马陵道》。班主越玉生不知道丁汝成是他师姐的儿子，但他喜欢吴家酒庄清秀的小二，觉得他天生就是唱戏的。四折《马陵道》，其他小生唱了两三年还时常出错，这个孩子一教就会，身形、唱腔、真假嗓的转换，做得都很到位，就像是前世的某个名角投胎，没有喝孟婆的迷魂汤，仍然保持着过去的唱功，尤其是念白时大小嗓的结合，其间如水银泻地般的过渡，有时连他这样的老戏骨都听不出来。

十四岁的时候，丁汝成入了蓼风轩戏班，跟随师父越玉生唱戏。老班主走南闯北那么多年，还没有碰到一个孩子有如此好的唱戏天赋，因此也把心着力地教他。越玉生只知道丁汝成父母早亡，是个孤儿，以为是上天垂怜，才给了他如此好的嗓子。尤其是唱《马陵道》，一张嘴，这孩子就把外部的世界全都给忘了，他只活在戏里，活在角。当他唱"孙膑机谋不可当，庞涓空使恶心肠，两个刖足之仇何日报，少不得马陵山下一身亡"时，越玉生觉得这个孩子活脱脱就是两千多年前的孙膑转世。

那几年，感觉除了窑湾镇，外面的世界乱成一锅粥。先是都督程德全宣告独立，进而邻省的白朗造反，远在地球那边的许多个国家也打了起来。紧接着，袁世凯当了皇帝，云南有一伙人不服，挥兵北上打了起来……窑湾镇似乎没有受到太大的影响，船只该来还来，该走还走。戏班照旧每晚唱戏，商铺照样每天营业。戏院里的客人，来自天南海北，聚在一起，常常把演出前的剧场，开成了一个个新闻发布会，真真假假的消息就从那里传了出来。

进了蓼风轩戏班，当年瘦弱的丁汝成就像是枯萎的木耳碰到了雨水，身子慢慢打开，渐渐地，要形有形，要样有样了。不久，名声传了出去，有些商帮、船帮和大户人家办堂会，冲着他的唱腔便请了戏班，这让班主越玉生非常欣慰，觉得自己没有看走眼。后来，只要知道他某天晚上唱《马陵道》，如果有空，连秋霞阁的当家旦角小桃红都会跑来听。此时的丁汝成骨架有了，再着上戏服，脸上又化了装，倒真看不出他还是个孩子。

或许是因为从小跟着唱戏的母亲生活，有一天，当丁汝成与小桃红的眼睛对上的时候，他的心里"咯噔"了一声。就像是一个石头被扔进了平静的池塘，一个十六岁男孩子的心，一下子乱掉了。埋藏在内心深处的恋母情感，一下子找到了寄托对象。此后，他在台上扮孙膑，面对观众时，他的眼睛，总是在人群中搜寻小桃红。冥冥之中自有感应，丁汝成总是能在人群中一眼就锁定小桃红，只要她在，丁汝成就唱得特别卖力，这一点，连他的师父越玉生都感觉出来了，每每敲打他：是不是开蒙啦？

心乱的岂止是丁汝成。见惯秋月春风的小桃红，年纪虽然不大，却也算得上阅人无数。那些倾慕者中，有一掷千金的土豪，有浪漫的文人，也有蛮横的军阀，但偏偏是这个孩子让她的心跳无由加快。两个人的不伦之恋当然遭到窑湾镇上所有人的反对，包括丁汝成的师父越玉生。"她一个大你十来岁的过来人，究竟是怎么狐媚到你了？"师父声色俱厉地说，"真想找了，把戏唱好，这窑湾镇上的大户人家，娶个千金回来也有可能！"

9

二〇一八年的春天，为了调查失传的剪影戏，我来到了窑湾古镇。尽管高速公路、铁路、航空这些更为便捷的交通消解了窑湾作为京杭运河中转站的作用，但我依旧能够从这座古镇的建筑规模和鳞次栉比的商铺中看到它昔日的繁荣。在西大街，我甚至见到开办于一九〇三年的大清窑湾邮局。邮局大门的右侧，有一个很多年没见的绿色邮筒，上面有插口，邮筒的下部，还有老式的插锁。不知道如果真丢一封信进去，会不会有人在远方收到。邮局的内部，结构与一百多年前没什么两样，我花了两元钱，在右边的柜台买了一个信封，卖信封的是位漂亮姑娘，她在信封右上侧 1.2 元邮票上面，用力盖上了圆形的"大清窑湾邮局"的邮戳，可在邮戳下端的日期上，显示的却是 2018.04.11。大清，数字 2018，这样的组合给我带来了一种奇异的穿越体验。

来到窑湾，站在如今修葺一新的大堤步行道向运河眺望，宽阔的水面上，远处有货船发出"噗噗噗"的声响。运河开通几百年了，窑湾镇有如一只小兽，吮吸着运河的乳头，然后渐渐长大。能够想象，许多年前，天南地北的人顺着运河而来，最后又有许多人借助运河离开，却在这座古镇上，留下了无数的典当、钱庄、布店、工厂和槽坊。百余年前，当丁汝成来到窑湾的时候，运河大堤上甚至还有外国人开设的酒吧和咖啡屋，来自美、英、法、意等十来个国家的洋人在此淘金，他们与当地的中国人联合开设了一家家公司，有中美合资的美孚石油公司、中英合资的亚细亚火油公司、中法合资的五洋百货公司……我怀疑那个时候的窑湾，那些长着中国面孔的年轻人，见面时的问候也许不再是"吃了？"而是"How are you？"。

当年，运河上的那些帆船，有的来自京津，有的则来自苏杭，每一只船都有每一只船的故事，也有它们各自的命运。是小桃红告诉丁汝成，从窑湾坐船可以抵达上海。当然不完全从运河走，到了镇江，船要驶入长江。曾经，她坐在教堂外面的运河堤上，向丁汝成描绘过上海的虹口、江湾以及外滩，告诉他在那座遥远的城市里，男女恋爱了可以手拉着手，在宽阔的马路上走来走去。这应该是小桃红的暗示，她或许是盼望着能够与丁汝成私奔，逃往一座自由的城市，开始随心所欲的生活。但丁汝成显然没有做好准备，他还只是一个十七八岁的孩子，面对迷茫的未来，缺乏足够的勇气。

隔着百年光阴，我想象当年的窑湾，想象小桃红和丁汝成坐在一九一七年的运河大堤上，想象小桃红眯着双眼凝视着烟波浩渺的远方。傍晚时分，落日在运河上洒下了万顷金光，水面一片灿烂，但终究，那些金光和小桃红心中曾经丰盈的期盼一样，渐渐暗淡下去。

晚风拂来，带着这个季节固有的凉意。丁汝成与小桃红在大堤上坐到日暮时分，他能够闻到小桃红身上脂粉的香味，这让情窦初开的丁汝成心如鹿撞，他真希望就这样与小桃红在运河边坐到地老天荒，但晚上还有演出。分手的时候，小桃红告诉丁汝成，夜猫子集开的时候，她会去采买一些酒菜，如果丁汝成愿意，散场以后可以过她那儿去喝喝酒。

夜猫子集是窑湾的夜市，已经延续了数百年。"夜半开张，天明罢市"，南北来的商船停靠在窑湾，脚夫们在夜间装卸货物，船上的水手也需在此采买生活用品，等到天明，一切便了无痕迹。当三更梆响，城门吱呀一声打开，吊桥徐徐落下，镇上商家像是约好似的，灯一盏盏亮了，店铺噼里啪啦打开。而天黑时就赶往窑湾的农民早已等候在城外，此刻他们一拥而进，带来自家种的菜蔬和养殖的鸡鸭。渡船开启，船上的桅灯映照着水面。镇上的石板路上，运送货物的大车驶过，屋外传来踢踢踏踏的马蹄声和车轴转动摩擦出的叽咕声。当年的窑湾，很多时候，夜晚的交易甚至超过了白天。

我想象一百年前的某个夜晚，三更之后，来不及卸装的丁汝成夹杂在赶集的商贩、农民、船夫中间，悄悄穿过街巷，来到小桃红的住处。是临巷的那种小院，僻静，低调，但进了门之后别有洞大。二楼的灯早已亮起了，是一种召唤，也是一种诱惑。拐进小巷的丁汝成毫无约会经验，他忐忑不安，站在小桃红的门外犹豫了好一会儿，才用弯曲的食指指骨，轻轻敲击了两下木门。作为邀请者和过来人，小桃红显然比丁汝成有经验得多，她算定这个年轻人会来，算定了时间候在木门的后面，当敲门声犹疑着响起，她迅速把木门打开，让丁汝成闪入，再迅速关上。小巷又安静下来，就像一个石子沉入水中，细小的水纹散去，水面又恢复了平静。

酒菜是早已摆好了的，苏北一带寻常人家里常见的那种圆桌，周边是镂空的雕花，凳子隔着圆桌相对而放，没有过多的客套和言语，两人分头坐下。小桃红说了声谢谢你能来，她端起酒杯，举过眉头，仰头，喝干。喝的是窑湾产的绿豆烧酒，味甜，容易入口，可也容易上头。等酒劲上来后，是丁汝成主动把凳子挪了过去，挨了小桃红坐在一起。四更天，远处的夜市依然热闹，丁汝成的头，靠在了小桃红的颈窝里。

"看大王在帐中和衣睡稳，我这里出帐外且散愁情。轻移步走向前荒郊站定，猛抬头见碧落月色清明……"小桃红柔婉的嗓音如水银泻地，让人听了心里泛起阵阵涟漪。

那天夜里，丁汝成梦见自己成了西楚霸王。

10

即使是像窑湾这样领风气之先的重镇，在二十世纪初，也很难接受小桃红与丁汝成那样的姐弟恋。都说"女大三，抱金砖"，但那是父母之命，媒妁之言。

像丁汝成这样的小伙子，真要找一个大自己十多岁的歌妓，还是会让镇上的人不太习惯。关键是，身子尚单的丁汝成也缺乏勇气和信心，最终，心灰意冷的小桃红归隐佛寺，去了马陵山上的碧霞宫，脱离红尘，与青灯为伴，做了一名比丘尼。

当年，也许是因为年少失恃失怙，丁汝成才会对小桃红产生特殊的依恋之情。皈依碧霞宫的小桃红离开窑湾，走得无声无息，却把丁汝成的魂带走了。有那么几年，喧嚣热闹的窑湾镇对于丁汝成来说，就像是一座死镇，毫无生机。一切都提不起他的兴趣，丁汝成神思恍惚，演出时唱腔常常走调，好几次都遭到观众的嘘声，连班主越玉生都以为他要从此沉沦下去。

直到大赫五家的如玉出现。

以前不是没见过如玉，是没注意过。位于河北街的赫氏蜡染坊，丁汝成经过的次数不下一百次。前店后坊的结构，染坊在后面的院子里，前面则是一个蜡染布店。那时，受限于纺织技术，布店卖的布，大多是靛蓝染的布和白布。除了华丽的丝绸，蜡染算是高档的布料了。每当天晴的日子，赫氏布店外面，高高的晾架上会垂落下来一匹匹蜡染布，有青色的花纹和红色的花纹，与颜家铁匠铺窗楣上挂着的铁器一样，这些蜡染布都是活广告。

平时，店里看不到大赫五，他在后面的作坊里指挥工人们漂染，害怕有人把他家传的技术偷了去，用蜡刀蘸蜡液在白布上绘画的这一道工序，大赫五向来亲自做。画的除了几何图案外，就是一些花鸟虫鱼，这本不难，难的是蜡液涂抹的厚薄与多少，这直接关系到冰纹形成的效果。坐在店里的，通常是大赫五的妻子以及他的女儿如玉。

关于丁汝成与赫如玉的相识，马冰清曾经听她的曾外祖母赫如玉亲口说过："当年的窑湾，你曾外祖父不但戏唱得好，长相也是数一数二的俊！"

也许是命里注定的姻缘，那年春天，丁汝成路过赫家染坊时，突然刮起了一阵大风，晾架上的布料翻卷起来。害怕布匹被风吹走，赫如玉慌忙从店里冲出来，伸手去拉晾架上的蜡染布，但大风卷起的布匹，像蚕茧一样把她裹了起来，她什么也看不见，小姑娘跌跌撞撞，根本站不稳，是丁汝成过去帮她把布匹收回店里的。

大赫五从后面的院子出来，热情地邀请丁汝成坐一会儿，还让如玉给他上了一杯茶。寻常的茶盅，如玉端过来的时候，她的一双手让丁汝成的心里紧了一下。自从小桃红离开窑湾以后，还从来没有什么东西能够让他的心脏猛地一缩。那一双手让丁汝成的身体突然有一些僵硬，表情也不自然起来。

像是从漫长的冬眠中苏醒过来，丁汝成闻到了空气中一种奇怪的味道，那种味道让他突然有一些慌乱。本来，作为蓼风轩戏班里的当红小生，丁汝成可以说是泡在脂粉堆里长大的，见到年轻的姑娘并不怯场，但在赫如玉这里，他变得紧张，嘴笨，说话结结巴巴。

进入戏班唱戏十多年了，遇到有大型的船帮停靠在窑湾镇边的大运河上，或者商会有重大的活动，常常会有几个戏班同时被邀请去唱戏，所以窑湾镇上的那些戏班彼此都很熟悉。戏班里也有长得乖巧的姑娘，她们较早接触风月，与普通的良家女子相比，早早就掌握了一套撩人的把戏，但是眼风、身姿和暗示，在丁汝成这儿都不起作用。当然，时常用身子撩拨丁汝成的，还是镇里几个妓院的花魁，她们风情万种，自信能搞定天下所有的男人。有时碰到那种有情调的客人，入夜之前愿意做一些铺垫渲染一下气氛，她们就会提出去蓼风轩听《马陵道》，曲终人散，丁汝成穿着戏装下来答谢来客，那些姑娘甚至能够当着她们恩客的面，公开挑逗丁汝成，伸手去捏捏他粉嫩的腮帮，或者用洒了香水的手帕扇在他的脸上，只要见到丁汝成躲闪和窘困的样子，她们就非常开心。

赫如玉的模样谈不上长得好，当然也不能说长得差，普普通通的一个姑娘，普普通通的长相。但她的那双手一直让丁汝成着迷：纤细又丰润，洁白又有生机，小巧、灵活，无论动和静都是那么妙不可言。有时，丁汝成会想，这双手要是配在小桃红的身上，那真不知道会是怎样的美妙绝伦。

婚期很快就定了下来。过门的那天，赫如玉的嫁妆，无论是箱笼、茶盘，还是脸盆、镜子，都贴上了她的剪纸，有二龙戏珠、八仙庆寿、观音菩萨坐莲花，尤其是装被褥的紫檀木箱上，贴着的是《白蛇传》故事，许仙、法海、白娘子和小青，每个人都像是活了似的。赫如玉告诉过自己的重外孙女马冰清，按照窑湾人的习俗，大婚的这天，是要请戏班来唱戏的。以往，都是丁汝成唱给别人听，这天他大喜，只能与如玉在洞房听秋霞阁的伍云唱《西厢记》。

小桃红走了以后，在窑湾，除了伍云能够唱《西厢记》里的崔莺莺，紫菱洲戏班一个叫李秋苹的小姑娘也能唱，但两个人的唱腔比起小桃红差远了。在那个遥远的洞房花烛之夜，丁汝成听到那熟悉的唱词，想起了马陵山上与青灯作伴的小桃红，也许会感到一种难以排解的惆怅。

11

马冰清的祖母丁蜡梅是个遗腹子，她出生以后从来没有见到过父亲，有关父亲丁汝成的一切，均是母亲赫如玉告诉她的。

或许是当年在大运河边听小桃红说从窑湾坐船可以抵达上海，二十七岁那年，丁汝成坐上了洋人的小火轮，顺着大运河，一路往东南，去了当年的十里洋场。第一次去到远比窑湾镇繁华的大都市，漫长的水路行程，丁汝成时常想起小桃红来。千里水路思绪万千，到镇江后，丁汝成转乘通往上海的大船，江面变得宽阔起来，宽阔到两岸的小镇和村庄看上去都是那样的模糊。

在上海虹口上的岸。苏州河上，乍浦路桥正在修建，桥身已经建好，两侧的支架尚未拆除，它庞大的体量让丁汝成吃了一惊，抬头再看四周的高楼，挺拔、雄伟，都不知道是怎么修建起来的，难怪窑湾镇只能被称为"小上海"。

沿途寻找住处，走过了乍浦路、天潼路、熙华德路，最后住进了百老汇路口的礼查饭店。命运在那时已经有了暗示。途经熙华德路时，丁汝成看到九大药坊的房顶上有高高的晾架，他猜测药坊的后面一定是个染坊，那个晾架搭来有如古代皇帝戴在头上的冠冕，色泽鲜艳的蓝印花布从上面垂落下来。丁汝成驻足眺望，眼前的布匹让他想起了窑湾赫家的染坊，想起晾架上垂落下来的那些蜡染布匹，甚至短暂想起了赫家那位时常去蓼风轩听他唱戏的小姐。丁汝成只是没有想到不久之后，他竟然会成为染坊老板大赫五的女婿。

找到落脚之处，安顿下来的丁汝成迫不及待出了礼查饭店，在大街上东张西望。这座城市的一切都让他感到新奇，难怪当年小桃红会对它那样向往。或许是由于职业原因，那天晚上，丁汝成走进了离住地不远的虹口大戏院。他发现这儿的戏台与窑湾的不同，观众的座位比戏台要高，这让丁汝成觉得别扭。在窑湾，他所在的蓼风轩戏班的戏台，不仅比观众坐的地方要高，而且木制的屏风将前后台分开。每一次进戏院，一抬头，丁汝成就能看到戏台上端的直匾，上面颜体书就"半入云"三个大字，端正、庄重，匾额的四周，雕饰有各种龙凤花卉。左右两侧的台柱上，那副对联丁汝成一直铭记于心：天地无私，贵贱皆为角色；古今如梦，往来只换衣冠。

而上海虹口大剧院的戏台，上面空空如也，只拉了一块大大的白布，看上去有些简陋。

尽管在戏台上唱了十多年的戏，但是当默片《盘丝洞》开始放映时，丁汝成还是大吃一惊。他想不通幕布上的人为何会动，像真人一样。早些年，他刚到窑湾的时候，西大街临近运河的空地上，正在兴建一个规模巨大的天主教堂。主持教堂修建的德国神甫在丁汝成看来，完全就是一个怪物，个头高大不说，还一头卷曲的头发，蓝色的眼珠，高高的鼻梁，手臂从黑色长袍下裸露出来的时候，还能看到上头密密麻麻金黄色的汗毛。

神甫从遥远的德国带来了一架西洋镜，是一个四面都有两只镜洞的大箱子，就放在界牌楼前，只需交一个铜板，就能从两个玻璃孔洞中见到里面的幻灯片。一旁的黑板上，粉笔写着的是：今日上映海外大片《猫与老鼠称兄弟》《大鲤鱼逮小鸟》。后来，入乡随俗，西洋镜里的幻灯片增添了中国故事：《猪八戒背媳妇》《武松打虎》，但镜子里的内容单调，又没有声音，只能靠幻灯片下面的那行文字来解说。

默片《盘丝洞》给丁汝成带来的冲击远比第一次看到西洋镜还要大，他发誓要搞清楚唐僧师徒为什么能够爬到幕布上不掉下来。就为这个原因，他在虹口大戏院待了几天。一开始，他怀疑唐僧师徒四人是不是藏在白色幕布后面，但是悄悄绕到幕布后，丁汝成发现戏里的人，还是挂在幕布上，就像是几个人的魂魄在幕布上显灵，神奇得如同一个魔术。

直到他用两块银圆，贿赂了戏院的放映师，那个一直拒绝丁汝成进入屋子的放映师才和颜悦色起来，他让丁汝成看了他视为宝贝的百代九点五毫米手摇电影放映机，还让他摸了摸。"法国产的呢！"放映师很自豪地说，"新鲜玩意儿，可宝贵了，阿拉上海，现在就只有这一台。"

但对小胶片上那些隐约的图案，怎么会变成幕布上会动的人，丁汝成把脑袋想疼了也找不到答案。两块银圆终究还是起了作用，他被允许留在放映室里，看放映师是如何装片，换片，放映，并听放映师解释，这才渐渐明白了这个新鲜玩意不是魔术，而是电影。

从大戏院回到礼查饭店，丁汝成一直难以入睡。影戏《盘丝洞》带给他的震撼太强烈了，以至于一闭上眼睛，就是唐僧师徒西天取经的情景。而他在大剧院里看到的美人蕉留声机，更是令他开了眼界：一张旋转着的碟片，声音从巨大的喇叭里传出来，有《四郎探母》《捉放曹》《洪洋洞》，就像是那个小小的黑匣子里，躲藏着无数的小生和花旦。这让他想起了十二岁离开土城的那个夜晚，在马陵道上，大雾中，他听见的兵戈声。

那一年，丁汝成在上海待了一个多星期，离开时，他已经从默片《盘丝洞》里看出了端倪，并为此深深着迷。他发现几天前让他大惑不解的电影，其实就是一张张闪过的幻灯片。"一秒钟闪过十六帧。"放映师很内行地说，"银幕上见到的人就会像真人一样。"

应该是二十四帧。几年以后，丁汝成在窑湾琢磨他的剪影戏，一遍遍地试验，他发现，一秒钟得闪过二十四帧，银幕上的人，动作才能与现实中的一样快慢。

12

如果不是娶了蜡染布铺老板的女儿，丁汝成不会想到去弄剪影戏。婚后，赫如玉带来的嫁妆上所贴的剪纸，已经让丁汝成感到意外。运河流到窑湾一带，无论是镇上还是乡村，剪纸都是姑娘出嫁前，除女红之外需要掌握的一门技术。花鸟虫鱼、日月星辰，都会有姑娘剪得不错。

结婚之后，每天晚上，丁汝成还去越玉生的蓼风轩唱戏，但他时常会想起婚前的上海之行。赫如玉出神入化的剪纸，让他想到，有没有可能创造一种剪影戏？丁汝成找到窑湾美孚石油公司的经理顾·彼德，他是个法国人，天主教徒，礼貌、和蔼，遇到稍微熟悉的人就先笑，每个星期天都会到大教堂去礼拜。丁汝成托他从法国返回的时候，给买一台电影放映机，另外还要一些透明的胶片。

两个人当时还没有孩子，赫如玉每天都有大把的时间，按照自己在戏班听到的故事，用一把金黄色的小剪子，剪红娘，剪崔莺莺，剪虞姬和窦娥。除了剪纸和伺候丁汝成，赫如玉的其他时间，就用在吃斋念佛上。

一直没怀上孩子，赫如玉什么偏方都试过了，肚子一点动静也没有。丁汝成不急，赫如玉却非常苦恼，她甚至建议丁汝成娶个小妾，百年之后有人承续香火，但被丁汝成拒绝了。对于自己的家世，丁汝成曾经对赫如玉讲过。事隔许多年了，每当他想起大娘来，身子还会不停地发抖。

"我这辈子是不会纳妾的！"他拥着赫如玉说道。

两人卧室的右边，是一扇窗子，左手进门有一块空地，赫如玉先是剪了一幅送子观音像贴在墙上，后来觉得不够恭敬，又在镇上的庙里请了一尊观音菩萨回来，木雕的，请人做了供台，每天都敬香，敬水果。赫如玉很虔诚，每次在观世音菩萨的像前跪拜，她都会净手，换上洁净的衣服。

"弟子现在受到苦恼，祈愿观音菩萨，千眼照见，千手护持。加持弟子能求得福德智慧之子，弟子发愿以后每天念《普门品》……"每一天，都能听到赫如玉跪在蒲团上低声祈求。

直到有一天，有人告诉她，马陵山的碧霞宫烧香灵验，赫如玉才第一次去了那个地方。恰好是春天，万物复苏，路边不时能见到开得繁盛的桃花和李花。两个轿夫抬着，使嘴的丫鬟步行跟在轿子后面，赫如玉还从父母的染坊要了个年轻的伙计跟着。一路上，赫如玉不时掀起轿帘，往外面眺望。丈夫十二岁从马陵山逃到窑湾镇的事给她讲过多遍，她担心从马陵道经过的时候，也会碰到大雾弥漫和过阴兵。

两个轿夫在这条道上走了许多年，熟悉这条路的每一道坡坎，他们告诉赫如玉，阴兵从马陵道上过的事，通常只发生在晚上。大白天，他们走过几百次了，从来没有遇到过。

碧霞宫的净尘，赫如玉小的时候见到过。她还是秋霞阁当家花旦小桃红的时候，唱虞姬，唱崔莺莺，还唱过《玉簪记》中的陈妙常。陈妙常原为金陵女贞观的尼姑，与赶考书生潘必正一见钟情，历经磨难最终修得正果。小桃红扮陈妙常时，也许没有想到，此生后来会去碧霞宫削发为尼。赫如玉还有印象，有那么一段时间，丁汝成与小桃红的事弄得窑湾尽人皆知，成为镇上戏迷们饭后的谈资。赫如玉婚前也曾在意过这件事，后来问过丁汝成，丈夫不愿多谈，渐渐地她也不再挂在心上了。现在去碧霞宫烧香，赫如玉一门心思在怀孩子上，已经不太在意丈夫与那个老尼的传闻。

不知道是有人走漏了消息，还是如今的净尘有了非凡的法力，当赫如玉一行人来到碧霞宫前，净尘已经等在那里了。与记忆中的小桃红判若两人，眼前的净尘面皮白净，超凡脱俗。轿夫被打发走了，随行的伙计被安排住到了泉潮律院，碧霞宫只给赫如玉和随行的丫鬟安排了庵房。已是黄昏，碧霞宫一片静谧，太阳西下，阳光在地上投下庙檐长长的影子。净尘把赫如玉带到大殿观音菩萨的圣座前，跪在蒲团上。净尘手持佛珠，低声祷告："大慈大悲救苦救难的观世音菩萨，有施主受到求子困扰，祈求您加持，《法华经》说，若有众生，受诸苦恼，闻是观世音菩萨，一心称名，观世音菩萨即时观其音声，皆得解脱。"说完，她伸手抚摸了一下赫如玉的头顶，转身出了大殿，轻轻地把门带上了。

赫如玉在碧霞宫住了三天，每天祷告结束，净尘都带她逛马陵山。回到窑湾镇以后，赫如玉用剪刀记录了她去马陵山求子的过程，有碧霞宫善男信女赶庙会的情景，有山顶泉潮律院鳞次栉比的建筑，有三仙洞，有乾隆爷御题的"第一江山"，还有净尘比丘尼的剪影。虽说赫如玉曾看见小桃红在戏台上扮演虞姬已过去多年，但她还是在一张三尺红纸上，将虞姬歌罢自刎剪得活灵活现，尤其是虞姬的侧影、身姿，一看就让人想起鼎盛时期的小桃红。

本以为会很快怀上孩子，可肚腹依然紧凑，没有一丁点儿人们所说的怀了孩子的迹象，不想吃酸东西，也不发呕，一切和往常没什么两样，赫如玉不由得沮丧万分。后来，还是丁汝成帮她解开了心结。"我梦到观音菩萨了，"一天早晨，丁汝成醒来，对正跪着念《普门品》的赫如玉说，"菩萨说了，只要你帮我剪完《马陵道》，就赐儿子给你。"

以前，赫如玉也曾跟着母亲去听过戏。她喜欢听的是《西厢记》和《牡丹亭》一类的故事，对于《马陵道》，在嫁给丁汝成之前，她虽然听过，却没有认真听它的唱词。在她看来，《马陵道》讲的，是一个师兄弟反目成仇的故事，血腥、残暴、凶巴巴的，听过之后害怕，晚上连觉都睡不好。但成婚之后，丁汝成固执，执意要教会赫如玉《马陵道》的唱词，每当有《马陵道》演出的时候，他必定带赫如玉一起去听。花了两三年工夫，赫如玉不仅能够用小生的声调唱《马陵道》，她还真给丁汝成用纸剪出了《马陵道》。按透明胶片的尺寸剪的，同一个场景里，每一帧都相似，但又有些细微差别，丁汝成粘贴的时候数过，有上万张之多。

如愿以偿，赫如玉果真在完成《马陵道》的剪纸后怀上了孩子。

13

一九四〇年以前，窑湾镇没有人知道湘记百货店的老板朱廷湘是日本人，名字叫伊藤正夫。他多年前来到了窑湾，在中宁街上开了湘记百货。店面虽然不大，却是五脏俱全，除了卖搪瓷盆、口缸、刀剪、洋皂、洋火等日用百货，还卖绸布。他卖的绸布，色泽鲜艳，布上的那些海棠、月季、荷花以及玫瑰，看上去就像真的一样，引得窑湾有钱人家的女人，做梦都在逛湘记百货店。当然，价格也不是一般人家能消费得起的。朱老板的百货店，不二价。他告诉窑湾人，他有渠道，能从当时上海最大的先施百货公司进到各种流行的东西。

朱老板的生意红火，他雇的几个店员也特别敬业，所以百货店也不要他操太多的心。平时，他胸前挂着一个徕卡相机，在窑湾周边游荡，偶尔抬起相机来拍几张照片。几年时间，他摸清了窑湾镇上每一家商号、酒肆、粮行、钱庄的营业情况，掌握了数以百计各种作坊的产出，了解了窑湾镇以及周边张楼、王楼和运河对岸胡圩、黄墩的各种物产。举个例子，镇上最有名的赵信酱园店，他对它在南京和镇江两个分号的收支，甚至比店主还清楚。此外，他还成功地为丁汝成买到了一台西门子发电机，带回来的那天，镇上的人都来看稀奇，尤其是夜晚，发电机轰鸣，剧场台子上悬垂着的那只灯泡，可比马灯亮得太多了。那是一台一千瓦的小型发电机，专供电影放映用。那是一九三三年，窑湾镇商业繁荣，每天都有数以千计的人沿着运河而来，像鱼群一样，消失在窑湾这座声名远播的温柔乡。丁汝成的光明剧场开设在戒赌桥的那一边，位置比较偏僻。但是这个稀奇的玩意儿还是让窑湾人趋之若鹜。唯一的遗憾，是幕布上的图像与幕布下那个开着巨大喇叭花的留声机里发出的配音，总是很难完全同步，但是好奇心让绝大多数的人忽略了它的不足。

二十世纪三十年代初，歌舞升平的窑湾，人们认为朱廷湘是个脾气温和的生意人，他会说武汉话，还是个戏迷，熟悉窑湾一十七家戏班里的每个老生、小生和旦角，当然也熟悉另外十多家妓院的营生。一九三八年，日本人进驻窑湾后，他还做了一桩在当时引起轰动的皮条生意：一次性介绍一百多位年老色衰的娼妓去徐州充当军妓。为此，他的湘记百货店受到"皇军"的特别保护，在许多商人关门逃走之后，湘记百货店仍然正常营业，而且生意越发红火，成为窑湾镇当时建设"大东亚共荣圈"的典范。

江苏整体沦陷的那一年，日本人没有费一枪一弹就占领了窑湾。几乎是一夜之间，运河大堤北边的青色砖墙上刷满了标语：日华亲睦、日华满兄弟民族一致团结、天皇万岁、建立大东亚共荣圈……短暂的动荡之后，这座古镇又恢复了往日的平和，并且呈现出一种虚假的繁荣。日本人有意将这个水陆码头建成大东亚的治安典范，尽管生意相对之前已经冷清不少，往来窑湾的商贾也骤减，但主政窑湾的日本人大垣一雄少佐要求，不管生意如何，每一家戏院都要照常营业，偶尔，他还会带着他的日本兵去捧场。

占领窑湾的日本人，征收王家的当铺做了维持会的办公地点，而五十多个日本兵的营房，与丁汝成的光明剧场就只有一墙之隔。都说衙门口无生意，窑湾本地有人过来看剪影戏的时候，碰到几个喝得醉醺醺的日本兵，他们抬枪就打，所幸酒喝多了，眼线吊不准，没有给打中。自从日本人来了之后，光明剧场的生意日渐暗淡，尽管如此，为了讨好大垣一雄，日本人刚驻扎过来的时候，丁汝成还给他们放了专场，放的自然是剪影戏《马陵道》。

第一次看剪影戏，那些脸上稚气未脱的日本兵看得津津有味，东方大国发生的古老故事，一些受过教育的日本兵偶有所闻。尤其是大垣一雄，他迷恋上了剪影戏，不时就会摸过光明剧场来听戏。门票，丁老板自然是不敢收，还得给他专门腾个雅座，配些瓜子、点心和茶水。

大垣一雄对《马陵道》拷贝上的剪纸赞叹不已，称赞是他见过的最为精美的纸艺杰作。尤其在得知那些剪纸出自丁汝成的妻子之手后，大垣一雄抱过来一厚沓红纸，让赫如玉给他剪《三国演义》和《水浒传》里的人物。逢到元日，也就是中国的春节，他还会要求赫如玉给他剪窗花，一副入乡随俗的样子。因此窑湾镇上，人们都说湘记百货的朱老板、光明剧场的丁老板，两人都是"皇军"的红人。

14

与光明剧场日渐冷落的生意形成反差，湘记百货的生意丝毫没有受到战乱的影响，生意比日本人到窑湾前还兴隆，尽管价格高得离谱，但有些东西是生活必需品，还得买。所以，朱老板情理之中就做了维持会的会长。在他的大力维持下，窑湾镇上那几家洋人开设的商号也照常营业，只要他们有本事弄到紧缺的洋油、猪鬃、医疗药品、布匹和稀有金属，朱会长总是能让那些来源神秘的物资顺利出手，并让那些提供货物的商家获得丰厚的利润。直到一九四五年八月日本无条件投降前，湘记百货店的功能，实际上就是通过窑湾繁荣的商贸，替日本人组织必要的军需物资。

后来，丁汝成发现一个奇怪的现象，如鱼得水的朱会长在大垣一雄面前极为谦卑，每说一句话，他的身子都要矮一下，满脸还堆着谄媚的笑，大垣一雄则做出倨傲的样子。但只有两人在的时候，情况似乎颠倒过来。在维持会，丁汝成亲眼看到大垣一雄双手给朱会长敬烟，给他点烟时也一脸的仰慕，完全没有了趾高气扬的做派。直到有一天，他听到两人用流利的日本话交流，站在屋外的丁汝成才像是悟过什么来。

发现丁汝成偷听的，是朱会长。但是出门查看的，却是大垣一雄。那一次丁汝成到维持会，是想请朱会长帮他买点洋油。美孚的戴维斯、亚细亚的威廉、五洋的亨利都说，他们的洋油只能卖给朱会长。没有油，发不了电，丁汝成的光明剧场就要关门，他心急如焚，贸然闯入。他没有想到大垣一雄会在维持会，更没有想到朱会长能说一口流利的日本话。

更为尴尬的是，丁汝成的出现，让大垣一雄被迫迅速改变角色，但他还没有从刚才的语境里摆脱出来，因此在告辞的时候，他称呼的不是朱会长，而是伊藤君。是听到朱廷湘的鼻音后，他才慌忙改口称朱会长的。

简短说明来意，朱会长很干脆，答应给丁汝成弄几桶洋油。他的脸上堆满笑意，一如既往让人感到亲切，还发了支哈德门香烟给丁汝成点上。他简短地询问了光明剧场的营业情况，感慨乱世，什么生意都不好做。

日本人来到窑湾以后，《打渔杀家》是不能再演了，因为里面反抗的味道太浓，而《四郎探母》则是每一家戏班都必须演的，原因当然是有利于中日亲善。当时的窑湾小学，日本人对老师教什么不教什么做了严格规定。丁家骐就记得小的时候写过的作文《日慰信》，主要的内容就是皇军"圣战"辛苦，大东亚共存共荣什么的。

从维持会会长的办公室出来，跨出门的那一瞬间，丁汝成狐疑地回过头去，恰好看见朱会长阴鸷的眼神盯着他的后背，他当即身子僵硬，吓出了一身冷汗。

也就是从偶然知道朱会长是日本人的那天开始，丁汝成就预感到要出事，但不知道会出什么事。他的紧张和不安传递给了妻子，使得赫如玉每天都跪在蒲团上求观音菩萨保佑。念的不再是《普门品》，而是《金刚经》或者《大悲咒》，自从帮丈夫制作完《马陵道》的剪影戏后，她的肚子就再也没空过。短短的几年时间里，她生了三个儿子，眼下肚子里还怀着一个。赫如玉希望是个女儿，布店出生的女人，有一手好女红，她梦想着能够给女儿缝制好看的衣服。

终于有一天，大垣一雄再次登门来了，这是丁汝成意料到了的。他十二岁离家来到窑湾镇，年纪轻轻寄人篱下，这让他比一般人更敏感，也更懂得察言观色。在丁汝成的堂屋，宾主在八仙桌的两旁坐定，得到示意的下人还专门泡了一壶明前的龙井，用的是景德镇天义华瓷坊产的青花玲珑瓷，杯体上有一些半透明的米粒，大垣一雄感到很神奇，将那只装了茶水的杯子放在手中认真把玩。

"丁老板是位遵纪守法的良民哪！"大垣一雄低头喝了一口茶，抬起头来时满脸笑意，"应该为建设大东亚共荣圈做点贡献，您说是不是？"

"一雄太君的意思是……"丁老板摸不清楚这个日本少佐来的意图，他心怀忐忑，一头雾水。

大垣一雄说他来到窑湾后，对中国文化有了更深的了解，尤其是看了多次《马陵道》，也听了《马陵道》的戏，他有了一个想法。

"丁老板，你说孙膑与庞涓本是师兄弟，为何后来非要弄得个你死我活？"大垣一雄说，"我的士兵们来到中国，不是为了战争，而是为了和平，为了大东亚共荣而来！"

"太君的意思是……"丁汝成心里打鼓，不知道这个日本人葫芦里卖什么药。

"我在你的剧场看过《马陵道》，能不能不要那么血腥和暴力？"大垣一雄微笑着说，"再过一个月，就是天皇的生日，那是我们每个得到天皇护佑的人的节日，所以，我准备在窑湾隆重庆祝天长节，为此我准备请丁老板的戏院，为窑湾的良民放映你的《马陵道》，只是结尾恐怕要修改一下。"

"怎么改啊？"这个提议让丁汝成不知所措。

"是这样，"大垣一雄放下茶杯，"你看，这个是孙膑，这个是庞涓，"他把自己的左手右手握在一起接着说，"两个人虽然有点误会，可最后冰释前嫌，像我的左手和右手一样，又成为朋友。"

"这怎么可能改呢？"丁汝成解释说，"历史上发生的故事，就是孙膑受了陷害，最后在马陵道上杀了庞涓报仇的嘛！"

"历史也是人写的嘛，"大垣一雄说了一句相当有哲理的话，并且为自己的这句话感到得意，"你的，不觉得，我们正在改写历史？"大垣一雄说"我们"的时候，用右手食指点着自己的胸口。

丁汝成知道，大垣一雄嘴里所说的"我们"，并没有包括他这个中国人。

15

院子里很安静，天井右侧的围墙边，金属水龙头，每隔五秒钟就有一滴水掉落下来，水管下面的锑盆里，已经盛了半盆水，水滴落下，波纹向四面散开，好像是水中有一颗透明的小心脏在跳动。慈眉善目的老太太坐在屋檐下，她戴着一副老花眼镜，一头烫过的鬈发已经发白，给人感觉安静而平和。

午后时分，太阳当空，天井中阳光朗照的地方像一个梯形，特别耀眼，而瓦当与瓦槽投在地上的剪影也格外清晰。两个小时之前，我提着马冰清为祖母买的糕点寻找到了这里，我讲明了来意，然后坐下来陪孤独的老太太聊天，引导她回忆传闻当中的丁汝成。

老太太就是丁汝成的女儿丁蜡梅，如今住在运河对岸的新河镇，自从母亲赫如玉去世以后，她就很少再去马陵山，去了，也不与自己的哥哥丁家骐联系。老人七十多岁，曾经做过新河镇小学的老师。据马冰清说，她奶奶一辈子谨小慎微，不擅与人交往。

我对老太太说，这段时间我一直在马陵山和窑湾一带查找她父亲丁汝成的信息，想了解他当年创造的剪影戏。

"老人家，你不觉得它与剪纸动画片有很多相似的地方吗？"我说，"可惜它在二十世纪三四十年代出现过一阵就消失了。"

"我是遗腹子，对父亲没印象，"丁蜡梅说道，"你说的剪影戏我听母亲说过，但我从来没有看过。"

"剪纸动画片呢？剪纸动画片《猪八戒吃西瓜》看过吗？"我问老太太。

"没有。"老太太将鼻梁上的眼镜扶正说。

"《金色的海螺》呢？"

"这个看过，'文革'前看的。"

"那是一九六三年拍摄的剪纸动画片，第二年还获得了亚非电影节的卢蒙巴奖。"我不无遗憾地告诉丁蜡梅，"老人家，您父亲可惜了，他要不那么早就过世，那他发明的剪影戏，一定会进入中国电影史的。"

丁蜡梅望着我，似乎陷入对往事的追忆中。"你说的剪影戏，其实我母亲出的力更多，上万张的剪纸，花了她两年多的时间才剪完。"停了一会，丁蜡梅又说，"母亲告诉过我，说如果不剪出《马陵道》，她就怀不上孩子。"

"如果剪影戏保留下来，您母亲也会因为它进入中国电影史的。"我说。

"我母亲只负责剪纸，"丁蜡梅眯起双眼，仿佛这样一来，她就能看到身后早已远去的时光，"曾经有日本人来，要重金买我母亲剪的《马陵道》，说我母亲的剪纸了不起。"

"那是！您母亲的剪纸真是精美，我在您孙女马冰清那儿见到过几张，很难想象那么复杂的图案，她是怎样用一把剪刀剪出来的。"

"不是一把剪刀就可以的，"丁蜡梅告诉我说，"剪纸会用到不同规格的剪刀，还需要刻刀和垫板，有时还得借助圆规、尺子、铅笔、橡皮擦甚至订书机。"丁蜡梅做过小学老师，对这些教学用具如数家珍。

"您老也是剪纸的高手吧？"

丁蜡梅的脸上突然有些羞赧："我从来没学过，母亲也没教过我，不会剪，还不如我的孙女呢，她剪得好。"

丁蜡梅是遗腹子，父亲失踪半年后，她才出生。也许是从来没有见过生父，她对父亲格外好奇，年少时，她就有些偏执地收集关于父亲丁汝成的一切：他的照片、用过的烟斗、毛笔抄写的《马陵道》剧本、他留下的日记、早已失声的百代牌手摇电唱机……还有父亲点点滴滴的传闻。

正是因为丁蜡梅的讲述，我对丁汝成二十世纪在窑湾的生活才有所了解，从而也有了想象的依托。按照丁蜡梅的说法，她父亲丁汝成是一九〇〇年出生的，大她的母亲赫如玉刚好十岁。

在来新河镇之前，我不但去找过丁家骐，也去找过丁家驹和丁家骥，但都没有得到什么有价值的信息。在新沂市的香韵茶室，马冰清对我说，她奶奶家的历史一团乱麻，恩怨情仇根本理不清楚。她的大舅爷爷丁家骐，在她曾外祖父失踪的那年只有七岁，在窑湾镇上的初级小学上二年级，是从他的口中，日本人才得知丁汝成离开窑湾古镇后，去了马陵山。等后来长大，每当有人提及马陵山，提及上面的泉潮律院，提及一九四〇年初夏马陵山上的那场大火，丁家骐就会变得沉默。在他的另外两个兄弟看来，如果不是他透露消息，他们的父亲就不会死于那场大火，而他们的童年，就不会遭受那么多曲折。

"他们都不知道实情！"当我再次见到马冰清的时候，她告诉我说，她的曾外祖父当年失踪其实另有隐情！

16

回到一九四〇年的春天。尽管丁汝成明白东洋人大垣一雄的意图，却不愿意为他修改《马陵道》的情节。第二次再谈这件事的时候，就不是在丁汝成的光明剧场了，而是在王家当铺，也就是当时的窑湾维持会。当铺的窗口，正对着大门，柜台内外的高差很大，大垣一雄坐在里面的高凳上，丁汝成站在柜台外面，他仰起头来，只能看到大垣一雄的下巴。话还是上次说的那些话，可听起来就是觉得那么别扭。当然，既有彼此位置高低悬殊带来的压力，更重要的是，这次大垣一雄的口气听上去不像是交谈，而是命令。

我后来查访过大垣一雄的信息。那个当年驻扎在窑湾的日军少佐曾在中国东北生活了多年，他的父母是日本第一批开拓团的成员，民国四年离开北海道，来到了黑龙江的方正县，住在伊汉通乡的吉兴村，也算是个中国通。当他以命令的口吻要丁汝成在天长节前把《马陵道》修改完，丁汝成就怀疑，是不是大垣一雄在听戏的过程中，把老是侵略邻邦地界的魏国想象成日本了？丁老板当时还没有想到要离开窑湾，他知道胳膊扭不过大腿，假意答应大垣一雄，说改动剧情，需要一段时间排练，银幕上的影子倒好调整，但是唱腔，都唱过几百上千次了，要改过来，的确不是一天两天的事情。

丁蜡梅告诉我，她母亲为此还新剪了不少纸，但还来不及按修改的剧情将剪纸粘贴在透明胶片上，就出了事情。

一九四〇年三月的一天中午，就在窑湾热闹的西大街，离维持会不远的地方，朱会长被人刺杀了。据当时西大街的一些目击者说，他们看到朱会长从东边一路过来，不时还与碰到的熟人打招呼，可就在过了邮局不远，还没走到界牌楼，他就捂着腹部瘫倒下来，手中提着的一个洋瓷口缸掉到了石板路上，叮叮当当的声音立即引起了许多路人的注意。

人们围了过去，这才注意到朱会长灰色的长衫下面，有血淌了出来，顺着石板与石板连接的缝隙，流向了街边的低洼处。他头上的黑色礼帽滚落在一旁，斜靠在路边的沿坎上。阳光照耀着朱会长发白的脸，他的额头抵在光滑的石板上，眼睛半睁，一脸困惑。"杀人啦！"一个女人的尖叫声像警笛一样响起，就像朱会长是一颗即将爆炸的炸弹，围观的人群哄的一声散去，逃至街道两侧的房檐下，他们看到朱会长的脚一下又一下地抽搐，仿佛在费劲地蹬着一辆看不见的自行车。

窑湾沦陷两年之后，运河边这座人来人往的古镇和以往有了一些不同。能够感觉到波澜不惊的水面下，几股力量正在暗中较劲。有日伪特务，有军统的杀手和新四军的秘密情报人员。除此之外，还有那些痛恨汉奸而且不按常理出牌的江湖豪侠。朱会长命丧何人之手，在当时是个谜，后来也一直是个谜。因为直到抗战胜利，也没有人站出来为这桩刺杀案负责。直到死，人们都以为朱会长是个汉奸，而不知道他其实是个日本人。

消息传到宪兵队，大垣一雄下令封锁了窑湾镇的所有出口，开始清查嫌疑人。但就像是一粒沙子混进了一堆沙里一样，要将刺客从数以万计的人中寻找出来，这成了大垣一雄几乎不能完成的任务。他坚信，一定是有人透露了朱会长的日本人身份，才导致伊藤正夫遭人暗杀，因为附近无论是邳州、睢宁，还是宿州和沭阳，都还没有碰到维持会会长遭刺杀的事情。

丁汝成是大垣一雄怀疑的人之一。之前他一直觉得丁汝成就是个唱戏的，胆小，怕事，像女人那样长得细皮嫩肉。伊藤正夫曾经告诉过大垣一雄，说早在他到窑湾做生意之前，丁汝成就在这儿的戏班里驻唱了，听说以前还与一个大他许多的花旦闹得沸沸扬扬。但当伊藤正夫被人刺杀之后，大垣一雄总是觉得丁汝成哪儿不对，他怀疑是否是那天，他与伊藤正夫在维持会里商量事情时，丁汝成发现朱会长是日本人。大垣一雄设下了一个圈套，他故意放风出去，说朱会长的死与丁汝成有关，然后派人秘密监视丁汝成，如果丁汝成不跑，那他的嫌疑可以排除，如果跑的话，那就脱不了干系。

戏院老板这个职业，接触的人三教九流，人来人往中，丁汝成的身份也变得扑朔迷离。隔着七八十年的时光，伊藤正夫的死更是成了一桩悬案，在我调查的过程中，丁家骐三兄弟都愿意相信当年维持会的朱会长被人刺死与他们的父亲有关，那样的话，丁汝成当年真在马陵山上的泉潮律院被烧死，就带了几分英雄主义的气息。但是我翻阅窑湾、马陵山以及现在新沂的许多历史资料，也无法确定丁汝成死于一九四〇年马陵山上的那场大火。

17

我能够想象得到，维持会的朱会长，也就是日本人伊藤正夫被人暗杀以后，就有一把剑悬垂在丁汝成的头上，让他寝食难安。三十六计，走为上策。丁汝成决定找个地方避上一段时间。之前的半个月，他做过一个奇怪的梦。梦里，黑压压的蝗虫像乌云一样，顺着运河飞过来，遮天蔽日。那些昆虫振动着羽翅，密密麻麻落在了窑湾镇上。醒过来的丁汝成把噩梦告诉给了赫如玉，他担心有什么大事要发生。

做出离开窑湾的决定后，丁汝成开始秘密准备，他布下疑阵，放风说自己要去上海购买新式的电影放映机，又说准备搭船沿运河北上去北平学电影拍摄，而当丁汝成失踪以后，赫如玉曾悄悄对孩子们说，他们的父亲去了马陵山上的泉潮律院出家做了和尚。

当年，为了迷惑日本人，丁汝成是动了点心思的。他在逃离窑湾时，选择的是出南哨门，给人的印象是丁老板晚餐后出门散步，不久就会返回。那是一九四〇年五月一个平常的黄昏，丁老板吃过晚饭后，离开剧场，来到镇里的中宁街。途经颜家铁匠铺的时候，他还停下来，问店里的伙计能不能打一根大门的插销。铁匠铺宽阔的门楣上，挂着打制好的铁器，有铁勺、板铲、锄头、镰刀、耙齿以及船上用的铁锚与铁链。这些铁器，有的是专门定制的，打好以后，顾客还没来拿，就挂着当广告。屋子的一角，风箱呼哧呼哧鼓着气，极有节奏，炉里的火舌一伸一缩，舔着炭堆里的铁器。

气温日渐升高，再过几天就立夏了，铺子里的伙计们上身都只围了一块围腰，赤裸的双臂强壮有力，他们挥开手臂，叮叮当当，火星从铁砧上四溅开来，明亮而短促，像流星。没有见到铁匠铺老板颜家驹，他是剪影戏的老戏迷，每个月，都会来听一出《马陵道》，他最喜欢的唱词是楔子里的"腹隐神机安日月，胸怀妙策定乾坤"这两句，得意的时候还会摇头晃脑哼一哼。一个铁匠，还"腹隐神机安日月"，丁汝成摇了摇头，微笑着离开了铁匠铺。

落日的余光从南哨门那边斜射过来，阳光一点点往左边的木墙上退缩。按照奇门遁甲设计的窑湾，街道走向有如迷宫一般，常常会把不熟悉窑湾地形的外地人引向原地。仰赖大运河上千年的庇佑，这座古镇商贾云集，店铺林立，会馆钱庄比比皆是，鼎盛时期，周边的有钱人常常乘船沿大运河来，在此逍遥几天，又意犹未尽地离去。

偶尔碰到迎面走过来的熟人，丁老板就与人家笑笑，问候一声，没有一丁点要失踪的迹象。等他穿出南哨门来到窑湾码头时，几百米外的天主教堂，塔楼上的钟声突然传了过来。空灵，激越，向四周悠扬地扩散开去。站在码头上，丁老板注视着眼前蜿蜒千里的京杭大运河，到窑湾这儿恰好半程。空气中弥漫着一股泥土的腥味，此时，与运河融为一体的骆马湖上，波光粼粼，丁老板看到一些木船已停止航行，另外一些帆船，船工们正陆续将船靠在岸边，他们降下船帆，将铁锚抛在水里固定船位，随即，有炊烟在船上袅袅升起。

这是民国二十九年农历三月二十五日的傍晚，也是窑湾镇的人最后一次见到丁汝成的日子。

在码头那儿站了一会儿，丁汝成无限留恋地环望了四周。有几个船夫说着话从他身后走过。眼前的骆马湖，湖对岸已经模糊。自从大运河开通，这里便日过桅帆千杆，夜泊舟船十里。夜里三更后的夜猫子集，还得五六个小时后才开始。当太阳从运河流来的方向彻底隐没，骆马湖的水面暗淡下来，依稀能见到湖面的帆船上，透射出来的点点灯光。等暮色像条厚重的棉被覆盖了窑湾，丁汝成沿着运河大堤绕了个大弯，悄悄出了北门桥，消失在了通往马陵山的驿道上。

他这一走，就再也没有回来。

18

关于七十多年前丁汝成离开窑湾前往马陵山避难的情景，没有当事人的口述，一切只能通过想象去还原。

月亮升起来了。残月，消瘦、冷清，第一次独自从这条古道上走过的时候，丁汝成只有十二岁，从马陵山脚的土城仓皇出逃，带着他父亲弥留之际写的一封信函，投奔几十里开外窑湾镇开酒肆的老板吴子期。

逃亡前，丁汝成的母亲突然暴病而亡。唱柳琴戏的母亲，十里八乡闻名的"二脚梁子"，相当于京剧中的花旦，最后选择嫁给了丁汝成的父亲。不是正室，是做妾。浣香斋的当家花旦婉转的唱腔，让走南闯北的棉纱商人难以忘怀。面对丰厚的聘金和聘礼，浣香斋的班主无法拒绝。再说了，唱到二十八岁的玉香枝还是个破了身的老姑娘，再不嫁，也许此生最后的归宿将是某个尼姑庵。不过，最让玉香枝动心的，是棉纱商人家里虽然有正室，但只生了三个姑娘，没有儿子。虽然做妾，但万一提前给棉纱商人生个儿子，在丁家，玉香枝就能够子贵母荣了。

玉香枝的肚子也的确给自己争气。嫁到丁家的第二年，她真给棉纱老板生了一个儿子，也就是丁汝成。那一年天下不太平，先是义和团在运河以北杀洋人和教众，后来是八国联军进攻北京，老佛爷不顾颜面，带着光绪帝仓皇西逃。受惠于"东南互保"协议的签订，当北边一片血光时，棉纱商人的生意依旧兴隆。长子的出生让他大喜过望，满月的时候，他在家中大宴宾客，还专门请了窑湾江西会馆的蓼风轩戏班来庆祝。当天唱的戏就是《马陵道》。看戏的时候，褓褓里的丁汝成被大娘抱在怀里，而他的生母却只能空着手偏居一隅。一直长到有模糊的记忆，丁汝成都弄不清楚，大娘二娘，谁才是自己的亲娘。

真是有招弟的命。过了几年，大娘再次怀孕，竟然给他生下了一个弟弟，也就是从那个时候起，丁汝成敏感地意识到大娘对他的冷落。

丁汝成年少的时候，棉纱商人一年中有大半的时间在外面做生意，回到马陵山下土城的时间很少，每当娘俩受了委屈，娘就会坐在马灯下，给他唱《马陵道》。元曲里的《马陵道》，讲的是孙膑与庞涓同在鬼谷子手下学艺，手足兄弟，最后反目为仇的故事。小的时候，丁汝成不明就里，他是后来发明了剪影戏，第一次演出《马陵道》时，才体会到母亲内心的悲苦和不安的。

想起母亲，她临死前的模样像烙铁一样，在丁汝成的大脑里留下深深的印迹。声音婉转的母亲突然失声，她沙哑着声音告诉儿子，她的脖子那儿像是卡住了一块烧得通红的火炭，吐不出来，也咽不下去，等她开始呕吐的时候，整个屋子里弥漫着一股烂大蒜的味道，令人窒息。母亲是被人下了毒，许多年以后，他在参加完吴家大少爷的婚宴，与窑湾镇上悬壶堂的诸葛医生一块儿散步时，才从他嘴里知道，母亲当年的症状极似砒霜中毒。此后，每当他的戏院演出《马陵道》，当小生郭长河唱道"我饮过这香喷喷三盏儿安魂酒，则被你闪杀我也血渌渌一双脚指头。刀落处鼻痛心酸，皮开肉绽，筋骨相离，鲜血浇流"，丁汝成就会想起母亲临死时的表情。

母亲暴病而亡，父亲瘫痪在床。母亲安埋的当晚，丁汝成连夜出逃的情景，的确与古时孙膑从庞涓的掌控下逃到齐国有几分相似。只是丁汝成当年没有想到，二十多年以后，在他不惑之年，他又不得不离开窑湾，远走他乡。

从窑湾通向马陵山的道路隐约可见，晚春的苏北，田野里的麦苗已长有尺余高，夜幕笼罩，道路两侧的杨树影影绰绰。古驿道，与二十八年前丁汝成从这条路上走过时没有太大变化。此后，丁汝成在这条路上又走过多趟，但再也不是夜里行走。尤其是做了光明剧场的老板后，他每年都要去两次马陵山的泉潮律院，顺便他也会去律院旁边的碧霞宫。一次是农历三月十五，三天的庙会，碧霞宫外筑台唱戏，丁汝成和他的戏班会受邀前来，在马陵山上唱《马陵道》。

低矮的平原，隆起的马陵山算是可以俯瞰方圆百里的一处高地，碧霞宫的位置最高，站在戏台上的丁汝成一如既往地唱孙膑："想当初在云梦山中把天书习，定道是取将相能容易。谁知有这日，生把俺七尺长躯打灭的无存济。哎哟！天那！甚日得遂风雷？也吐出俺这三千丈虹霓气。"愤懑、凄婉、悲怆，他是唱给天地听，也唱给两千多年前的庞涓与孙膑听，更是唱给山下土城里逼他出走的大娘听。自从十二岁离开山下土城老家，他就再也没有回去过，只有声音回去，他的委屈与诅咒回去。

当然，丁汝成的《马陵道》还唱给碧霞宫里的比丘尼听，唱给宫里的住持净尘听。"暑往寒来春复秋，夕阳西下水东流。将军战马今何在，野草闲花满地愁！"丁汝成的声音清越，穿过了寺庙里重檐叠柱的阻隔，传到了净尘的居堂。容颜像秋霜一样暗淡的净尘，闭着双眼，左手立掌于胸前，右手则敲打着椿木雕刻的木鱼。有一会儿，她从眼前的情景中游离出去，仿佛又回到二十多年前，在窑湾秋霞阁的戏台上，她替代虞姬唱出的绝望与无奈："汉兵已略地，四方楚歌声。大王意气尽，贱妾何聊生！"净尘手中的鱼槌突然一用力，敲偏，从木鱼侧身滑下，禅桌上发出沉闷的响声。

丁汝成其实很想与当年的小桃红再唱一次对手戏。净尘皈依之前，他在唱孙膑之余，曾悄悄学唱西楚霸王，但他的声音行家听来还是带了几分稚气，缺乏项羽的那种雄浑。唯一的一次，西大街的天主教堂落成，德国神甫早几天就贴出告示，说星期天一早，可以去领圣餐。戏院里的人都看好奇去了，丁汝成去到了秋霞阁，换上了西楚霸王的戏服，与小桃红在戏台上唱了一出《千金记》，秋水为神，小桃红的眼波不时荡来，柔肠百转的丁汝成唱得结结巴巴，惹得悲悲戚戚的虞姬也忍不住用长袖掩嘴而笑。

那是丁汝成第一次着装唱《千金记》，也是最后一次唱。

夜里的马陵道上静寂无人，由南而北，当年的孙膑逃出庞涓的掌控，也正是让人伪装出西门，而他却从东门潜逃成功，方才有马陵山里一雪前耻。丁汝成的这一招，学的也是孙膑，想象大垣一雄派兵围住他的剧场，抄个底朝天也找不到他，丁汝成就觉得那个日本人倒像是恼羞成怒的庞涓。丁汝成忍不住笑了，他停下脚步，对着黑暗的夜空唱了几句："一声喊将征尘荡起，急飚飚揪旌旗，扑咚咚操画鼓，磕擦擦驱征骑……"丁汝成的唱音戛然而止，他思忖，自己一个唱戏的人，只能在戏台上想象领兵百万，现实中却拿大垣一雄没有一点办法。

如果丁蜡梅所说的接近丁汝成失踪的真相，那么当年她父亲离开窑湾去马陵山的泉潮律院躲避，只是丁汝成的又一次金蝉脱壳。自从做了光明剧场的老板之后，除了三月十五，每年九月十九他也来，观音菩萨的生日，他来进香祈福，也带来布施的米和油。他与泉潮律院的当家住持登善是多年的好友，听他说要来律院静修一段时间，登善自是表示欢迎。

那一年，参加完碧霞宫三月十五的庙会回到窑湾，丁汝成就已经准备离开窑湾。只身出走并不难，难的是自己走了之后，如何安排剧场里的人应付接下来的麻烦事，为此他伤透了脑筋。

每一天，从运河上往来的帆船数以百计，任何一艘，都能带他远走高飞。但丁汝成还是耐心等到夜幕降临，等到西河街的巷子里传来妓女与客人的调笑声，他才踏上北去的驿道。那是先秦时期就开通的驿道，顺着它前行，天亮前，丁汝成就能抵达马陵山。

许多年以后，丁蜡梅告诉我说，她的父亲当年逃到了马陵山的泉潮律院，但只住了短短的几天就离开了。至于他离开之后去了哪里，丁蜡梅说也许只有她的母亲赫如玉清楚。

不过，有一个信息也许值得重视。当马陵山上的泉潮律院以及一旁的碧霞宫遭到日本人焚烧之后，有消息传回说丁汝成葬身于大火，但赫如玉并不怎么悲痛，她甚至连火灾现场都没有去，理由是她已身怀六甲。到了第二年春天，那时丁蜡梅已经半岁多，她后来听人说，整个夏天，她的母亲赫如玉每到夜晚就伤心哭泣，然后沙哑着嗓子唱《马陵道》，唱腔凄楚。

在白底黑字的历史书里，一九四一年一月六日，离窑湾数百公里外的安徽泾县发生了震惊中外的皖南事变。丁蜡梅说，她怀疑父亲当年一定是离开了马陵山，而且很有可能在第二年发生的皖南事变中牺牲了。

这个秘密，我如今无法向赫如玉求证。遥想她当年在夏夜的垂泪，我猜测，也许是事变过去几个月，丁汝成牺牲的消息才辗转传到她的耳中。

"孙膑机谋不可当，庞涓空使恶心肠，两个刖足之仇何日报，少不得马陵山下一身亡。"

我仿佛又听到七十多年前的那个夏天赫如玉悲愤的声音传了过来。也许在她看来，丁汝成不是死在日本人手里，而是死在皖南事变中，相当于活生生又演绎了一遍《马陵道》，而且这种丧夫的痛苦还无法诉说，只能够借唱《马陵道》来抒发心中的悲伤。

因为丁汝成失踪，大垣一雄想用改编的《马陵道》为天皇庆生的念头也只能打消，也许那个时候，他才真正意识到伊藤正夫的死与丁汝成有关。既然伊藤君能够以朱老板的身份在窑湾潜伏多年，丁汝成未必就不会是新四军的谍报人员？他当时以为只要抓住丁汝成，他心中的疑问就能解开。

这是掩埋在时间湖底的秘密。多年以后，丁汝成的身份到底是什么已经不重要了。但我没有想到，当年作为占领军的大垣一雄，战争结束以后回到日本，竟然会惦记着丁汝成发明的剪影戏，惦记着《马陵道》的拷贝上粘贴的那上万张剪纸作品。

　　遗憾的是，丁汝成发明的剪影戏最终没有被列入苏北地区的非物质文化遗产。没有了实物，也没有传承人，曾经在窑湾红极一时的剪影戏消失在岁月的风尘中，几乎没有留下什么有价值的痕迹。几个月的调查与采访，丁汝成这个人在我记忆的水面时沉时浮。感觉就像是灰云密布的天空，突然被谁拉开了一条口子，让人短暂瞥见云层后面的蓝天，但还没有看清晰，撕开的云层就迅速合拢，留下似是而非的传说，以及破碎而难以捕捉的往日留痕。

制琴师

黄立宇[*]

1

一九八二年末,我在县乐器厂门口见到久违的吴丙声。

我从大众浴室洗完澡出来,对面是乐器厂,旁有门店,挂着一些巨制的圆规、量角器和三角尺,反正都是一些数学老师才用得着的东西。当然也有乐器,主要是锣鼓——当我们说锣鼓的时候,其实说的是鼓,跟锣好像没关系。我正在犹豫是否要买一支笛子——倒不是我对二胡没兴趣,是裤兜里的钱差点意思。我跟师傅试要了一支笛子,此人对自己厂里生产的乐器缺乏起码的尊重,我看到的是一个极为轻率的动作,把笛子往柜台上轻轻一丢,有点像小李飞刀。我没有吹过笛子,我的手指要在几个笛孔上布开,感觉像蹼趾一样难以伸展。我摆弄了半天,放屁一样,根本吹不出一个像样的音来。此人本来还满怀期待地看着我,终于不忍,目光游离开去。此时,我看见一个戴袖套的年轻人从乐器厂出来,觉得眼熟,一副江湖义气的样子,大老远就冲我抱拳作揖,喊了声:老兄!

此人吴丙声,我的小学同班同学。初中时虽然还在同一所中学,但已来往无多。只听说他在校办工厂偷了不少东西,被抓去关了几天。是他的母亲到校

---

* 黄立宇,男,1957 年生,现居浙江舟山。作品散见《收获》《花城》《大家》《钟山》《天涯》等刊,入选各类选本,著有短篇小说集《一枪毙了你》、散文集《布景集》。曾获首届三毛散文奖、浙江省优秀文学奖,《制琴师》入选 2021 年第六届《收获》文学榜。

长那里低声下气地求情，将一块花手绢捏在胸口，声泪俱下，几度哽咽，才由校方作保，让吴丙声完成了最后两个月的初中学业，高中肯定是泡汤了。记得在学校操场的沙坑边，他神色机密地从裤兜里掏出一只小轴承送我，我自然欢喜得不行。他说：忘记我，管自己生活，倘不，那就真是糊涂虫。他的成绩其实不坏，尤爱语文课，特别喜欢鲁迅先生的腔调，在我听来，透着与时代格格不入的迂腐。

他还是老样子，肥唇，鼓腮，永远像含着两块肥肉，乐呵呵地冲着我笑。如果我没有记错的话，他的手臂上还有一条蜿蜒如江河的暗红色胎记。当时皋城刚从一次强台风的席卷中挺过来，我却起劲地跟他聊山口百惠。电视剧《血疑》那时还没有在国内播出，吴丙声听得一头雾水，对此也毫无兴趣。他初中毕业就分配到这里，已经当了好几年的木匠，他的袖套上、发丝上都是星星点点的木屑。

我们交情有限，他这样老兄老兄的，弄得我怪不好意思。他跟我再三赞美附近一家早餐店的生煎包子，要请我去吃。我猜他本来就是去吃生煎包子的。我没动静，他也不好意思再提。他见我手里还拿了一支笛子，你要吹笛子？我们厂里的笛子，只有天晓得，那些人每天只晓得往一根竹管上钻几个洞眼，他们做的哪里是笛子，他们做笛子比做筷子还要便当。比方说吧，你以为自己吹的是《苗岭的早晨》，结果给你跑出一头驴来。说到这里，他把自己逗乐了，说你要的话，这样的笛子我可以送你一打。

那次见面后，没过多久，吴丙声给我来了一个电话。

那天吴丙声补休，正坐在自家的马桶上，玩着自己的手指——他当然没有说这个，是我脑补。他特别爱玩自己的手指，那是一套非常娴熟默契的繁复动作，两手配合，飞快对接，以此专注于某件事情，因为思想总是要开小差的——有点像盲人掐指神算时的模样，一定是斜着头，摆出一副侧耳细听般的偏执表情。在学校简陋而空旷的厕所里，我们并排蹲在那里，他不会跟我说话，那是他独立面对这个世界的时刻。吴丙声说，当时他正坐在马桶上，就听到码头那边传来了轮船靠岸的汽笛声，在皋城上空久久回荡。他听到这个声音，就知道上海船到了。但他无法提前知道的是，这帮旅客中间有一个老头，是上海提琴厂的退休老师傅，讨了一辆人力三轮车，直奔县乐器厂。他要改变的不是一个县乐器厂，他简直就是来改变吴丙声的人生轨迹的。

第二天，吴丙声懒洋洋地上班去了。他在家里补休了三四天，一点意思也没有。他经过那家门店，看见管店的人在专心致志地挖自己的鼻孔，他的心思都在这个鼻孔里。他走到厂里，奇怪地看到厂里又多了一个老头，这个老头人高马大，很有气场的样子，正在跟厂长说什么。他说着上海话，上海话听起来像牛皮糖一样，缠缠绵绵的，但说着说着，这缠绵里还有点当机立断的意思。上海老头说，好吧，就这样子吧。

乐器厂给这个上海老头腾出一个工场间。厂长还准备给他配一个徒弟，他一开始觉得这件事会有许多人来争，结果并无响应，还弄得大家牢骚满腹：皋城有几人拉小提琴啊，卖给鬼去啊，做啥提琴啊，工资又不长一分，你以为做提琴就变成知识分子啦？吴丙声在电话里跟我说，就在这个时候，厂长回过头来看见了他，这才想起来厂里还有吴丙声这么一个人。厂长知道自己厂里一共有十八将，但他每回派到第十七将的时候，死也想不起来，第十八将是谁。现在他看到吴丙声，有一种恍若隔世的感觉。

小吴，侬死阿里去了，几日没上班了？

我在家里补休啊，我跟侬说过的，侬忘记啦？

厂长停顿了一下，他的脑子在别的事情上，他得重新把这个事情捋一捋，想了半天，他才知道自己其实已经没有选择的余地了，也只有眼前这个吴丙声了。

他说，这样吧，小吴，侬跟这个上海老师傅一块做小提琴怎么样？

吴丙声以为自己听岔了，小提琴？什么小提琴？

厂长又重复了一遍。不过他在言辞上做了某些修饰，把这个选择说成是他深思熟虑的结果，顺便卖了一回人情。吴丙声突然有点害羞，有点不敢相信，小提琴三个字就像一道灼眼的光芒，刹那照亮了他的心房。

吴丙声在乐器厂是做笛子还是做小提琴，跟我没有关系，我也不觉得我们之间有过什么交情。对我来说，他是很早就消失的一个人。而且年前他说他要送我一打笛子，到头来一根笛子也没有看到。那天他兴奋得不能自持，辗转打听了几个人，最后把电话打到我的厂里来。那时候打个电话，是件非常隆重又费周折的事情，他听到有人在喇叭里叫我的名字，然后等待熟悉的脚步声临近。他在电话里确认是我的声音时，喉咙里不禁发出那种猪猡般的欢快声音。他先是把我发表在当地小报的几首诗夸得天花乱坠，老兄呀，很有感染力啊，我以前怎么没看出来你有这方面的才华？然后他话锋一转，声音也因此微微颤抖起来：老兄呀，我现在在搞小提琴啊，七搞八搞，我们都成了文艺工作者了。这是他的开场白，然后以倒叙的方式，从他坐在家里的马桶上讲起，讲到上海客轮的汽笛声，讲到上海老头、厂长和他的小提琴。

我说，乖乖，你这个小木匠不得了么。

电话那头奇怪地沉默了会儿。我心想坏了，吴丙声的声调完全变掉了。他说，其实我心里是晓得的，你看不起我，你从来就看不起我！

他这么腻歪，我是没有想到。我说，哪里啦，你误会了，做小提琴很好啊，没准啊，在你的手上能诞生世界一流的小提琴呢，谁晓得呢？

他没听出来我的虚与委蛇，反倒是友谊好像又得到了及时的修补，他的情绪上来很快，开始喋喋不休地说那个上海老头，说着说着居然开了上海腔——虽然上海腔调在此地颇受拥戴，也同属吴语区，但吴丙声说起来有点生硬，有点拿腔拿调，还要夹叙夹议，好像非如此，无法传达出他此刻的心情。

2

我的邻居当中，有一个拉小提琴的。每天晚饭后，在他家后门的小河埠头开始拉他的小提琴。邻居们都不晓得他在拉什么,只是在他的琴声的抚慰下,日常生活变得不太真实。他叫马小锋,自幼学琴,苦练十余年,凡有学校演出,都会见到他挥洒自如的风采——皋城的人似乎都在同一所中学里长大。马小锋以音乐家自居,对我爱搭不理。不过有一点我们都深信不疑,他不属于这里,他属于星光璀璨的音乐舞台。那年,他的上海音乐学院落榜的消息传来,令我们心头一凛。我们考不上没关系,马小锋没有考上,会令这条街蒙羞的。后来他分配到县邮电局上班,每天像特工一样向远方发送神秘的摩斯电码。那天下午,我正在附近闲逛,马小锋骑着自行车去上班,他平常都懒得搭理我,所以他没跟我打招呼也在情理之中。第二天有人告诉我,马小锋昨夜在大众浴室会了一个奇人。

那天,马小锋上的是晚班。他会利用下班前的那几个小时,通过单位的高频电台来收听遥远国度的音乐节目,在咝咝啦啦的干扰音中捕捉美妙的乐声,这是他一个人的盛宴。不过那天晚上,有一个吹长笛的朋友来找他。下班后,他们从邮电局出来,穿过对面长长的小街,经过大众浴室的时候,他们听到了来自浴室内部的乐声。他们由此走进浴室的院子,借着微弱的月光,看到煤堆和那些坑坑洼洼像水银一样发亮的水。每晚八点半以后,大众浴室开始招徕外客过夜的生意,现在,马小锋揭开厚沉沉的棉帘,看到的是空荡荡的大堂,和两三个陌生的过客。此刻,华丽的交响乐章正在大堂回荡,马小锋看了吹长笛的朋友一眼,他惊讶极了,这样的声音他以前在咝咝啦啦干扰声不断的情况下听到过。他不晓得这个声音来自何处。穿过里面的淋浴间,几乎每个莲蓬头都在稀稀拉拉地淌水,他继续向大池走去,在那里看到一个孤零零的老男人的背影。

这个人显然对此曲了然于胸,他仿佛面对着一支庞大的乐队。他先是一个倾听者,斜着脑袋仿佛低伏于荡漾的水岸边,他的一个小小的向下安抚的动作,令音乐渐入低鸣,几近空寂,忽然又顺着他的舒展的手势,在起伏的旋律中试探向前。他的左手像是向空中撒了一把黑胡椒，第二小提琴开始进入，由前面的柔曼、忧伤和喑哑，进入奔放与明亮。随着他一记猛然的顿首，迅疾展开他的双臂，并来回扫荡，稀少的头发还因此甩出一连串水珠，乐声顿时如潮汐翻涌。在音乐的狂潮中，他变成一个唯我独尊的暴君，他的手上一团乱麻，颤抖不已，又似雷霆万钧，让整个乐队都臣服于他的淫威之下，最后一个动作仿佛是要把自己从水里揪起来，让那个吹长笛的人差一点笑了起来。老男人回过身来，看到了这两个年轻人。马小锋怯生生地叫了他一声老师——通常他都是称衣冠楚楚的人为老师的，现在这个老师以赤身裸体的方式站在他的面前。

老师说，侪好，可以先拨我搓个背弗？

那天晚上，马小锋和那个吹长笛的朋友在浴室隔壁的一个小阁楼里，与这位长者彻夜长谈，向他表述了自己对音乐的困顿和迷茫。他们在那里待了很久，通过老头手里一台微型录音机，聆听旦尼库的《云雀》。这是小提琴高音 E 弦上绝无仅有的颤音名曲，马小锋趴在老头的床榻前，流下了激动的泪水。

3

此人正是初来乍到的上海老头。然而，吴丙声和马小锋并没有很快见上面。这本来就是两条分岔的线路。吴丙声熟悉的只是工场间里那个穿着背带裤一边干活一边还要喝上海牌咖啡的老头。上海老头的私人生活，吴丙声从未涉足。他也不太明白，为什么老有电话来找他，那似乎隐藏着一片广阔的深不可测的未知领域。有一次他替老头接了一通电话，是一个充满慵倦气息的女人声音。它让吴丙声整个下午都在发蒙。他对时下刚刚兴起的交谊舞毫无兴趣，当然更无从知晓上海老头在舞场上的风头无两。前面那个吹长笛的年轻人倒是来找过上海老头，吴丙声对他有点印象，他经常来找本厂女工冯丽莉。那个穿着光鲜的年轻人站在厂对面陡峭的木梯上敲了半天的门，又过来在厂里转了一圈。

吴丙声等待他的垂询，不过人家没打算问他，在他身上瞟了两眼之后便扬长而去。

乐器厂这地方以前是民国的酱园，上海老头格外喜欢这个地方，不过他形容任何东西，都跟形容女人是一样的，漂亮，灵光，噱头蛮好。他的工场间是一个有拱形窗户的高挑建筑，里面挂满了小提琴各种结构的剖面图，弧度，尺寸，数据。它在气质上完全有别于乐器厂的其他区域。工场间辟有一角休憩的地方，上海老头跟吴丙声说，切力辰光要坐下来歇一歇，喝喝咖啡，听听音乐，人要懂得享受。享受他晓得，但肯定不是咖啡和音乐。咖啡他可以不喝，音乐躲不过去，每日里听了烦煞。但它每一句都像春天的雨水那样敲打在上海老头的心田里。老头跟谁都谈笑风生，但他总能在关键时刻停下来，指出吴丙声的问题，弗来事，弗来事，侬木头搞错脱来。

吴丙声目前的工作，主要是根据上海老头给出的尺寸，进行改料，光面，打眼，开榫，都是一些下手活。台面上的活，是吴丙声的未知领域，那是另外一套系统，首先是上海老头得心应手的据说是意大利学派的那张异形制作桌，以及壁架上的那些古怪的工具：拇指刨，厚度仪，导规角规，F孔切割器，合琴夹，磨码器，音柱钩，弦轴刀，等等。这些东西他是头回见识，它们好像只听从上海老头的调遣，那天老头不在，他好奇研究了一番，还没怎么的，竟是满手的血。他发现自己远没有进入一个制琴师的角色，他还是原来的木匠。一次，他还被上海老头一顿咆哮，仅仅是因为收拾东西时放错了地方。

小提琴的曙光一点点在上海老头的手中显现，拼板、刮板、开音孔、上音梁、合琴、随琴、刻头，一切都很新奇。老头做这些的时候，有意让他搭把手。吴丙声处处留心，看他何处施力，又何处收敛，何处信马由缰，何处又如履薄冰。老头说，他每次只能专注做一把琴，同时做两把都弗行，气就断脱了。老头又说，每把琴都是弗一样的，木头、辰光、心情都弗一样，技术再好，也没有一把琴是完美的。

吴丙声有点懂老头的意思，他有点迫切，找了根木头练练手，琴头上的那个涡卷部分，真是迷死他了。上海老头没有说啥，不动他的料就好。琴头刻好，吴丙声自己看看还中意，暗中拿上海老头刻的琴头做比对，同样的尺寸，同样的刻法，但他的就是僵硬，死板，不圆润，再看老头那个，真是优雅至极，眼睛一花，好像会蠕动——也真是怪了，那些木头经老头的手好像都活泛了，有了生气。接着，吴丙声还想尝试小提琴的背板和面板，那个优雅的弧度，才是小提琴音质构成的灵魂。他跟上海老头提出来，老头说可以，可以两个字，听起来有一种深深的叹息在里面。老头找来一块板，让他肩顶着铲子，动刀要有分寸，要一点点试探，等削得差弗多了再用小刨，要摸熟这块板的脾气，慢慢来，弗要急。

冯丽莉常来找上海老头聊天。她称得上是乐器厂的厂花，想必吴丙声也暗暗动过心思，虽然他嘴上不认，但骂起冯丽莉来，有一种往死里说的怨尤感。他跟我形容过，冯丽莉的两只奶奶像揩桌布一样。现在，这个烂货居然一屁股坐在上海老头的那把安乐椅上，还为自己泡了一杯上海牌咖啡。上次有人坐在那里，上海老头的脸色就不太好看，所以吴丙声一直在观察老头的反应。老头没有反应，冯丽莉递过来一支香烟，两个人对上火了。冯丽莉问昨天夜里她跳的伦巴怎么样，上海老头说，噱头蛮好。老头还趁机在她的屁股上摸了一把。这令吴丙声万分惊讶。她的身后有一只玻璃立柜，那里有两把小提琴样品，冯丽莉居然打开玻璃门，取出了其中的一把。只听老头失声道，侬把琴给我放下，侬弗会拉小提琴，侬以为把小提琴往下巴那里一夹就好了？侬样子倒是蛮像的，侬到照相店拍张照片做做样子可以，真要拉起来侬弗来事的。冯丽莉说，我会拉啊，我会拉《两只老虎》。上海老头不厚道地笑了，侬开高级玩笑，侬弗要侮辱我的智商。

乐器厂我去过几趟，那是一个奇妙的地方。实际上他们什么都做，儿童积木，国际象棋，地球仪啥的。据说地球仪被客户悉数退回，不是平原的地方隆起一道皱褶，就是拼接处无故折进去几个蕞尔小国。不过有一个好消息，上海老头刚刚完成的第一把小提琴，已被驻军演出队高价收走，并且预订了接下去的两把，这多少给乐器厂提振了信心。

上海老头那里是乐器厂的尊严所在，他的拱形窗户上挂满了各种完成的部件，吴丙声说，风一阵才好。我听上去，像是在谈论酱鸭。木料堆在工场间外面的廊檐下，穿堂风呼呼响。吴丙声告诉我，意大利古老的制琴工艺，追求极致的干燥，做好的琴身白板至少自然风干一年才能上漆。当然这样的讲究，现在只好忖忖。

那天，上海老头看上了路边一根被放倒的旧电线杆，跟徒弟说，这个做低音梁最好了。当时现场也没有什么人。师徒俩的对话是这样的：可以么？可以。两人便喜滋滋地把它扛到厂里来了，迅速分解成毛料。后来有两个电力工人进来过问，东张西望，吴丙声给他们念了一首唐诗：随风潜入夜，润物细无声。上海老头仍心有余悸，他说这种事体从来呒做过。吴丙声用鲁迅先生的话回答他：从来如此，便对么？

吴丙声也做过一把小提琴，只不过那天他拿给上海老头看，老头只瞄了一眼，便说：扔掉算了。吴丙声就扔掉了，扔在刨花废料堆里，咣当一声，让上海老头特别多看了他一眼。吴丙声心里不舍，眼看着伙房来人把它随刨花一同搂了去，不知道它被火焰吞没的时候，是否发出一点悦耳的声音。他跟我说起来，已然轻描淡写的样子，我想他心里应该埋葬了一些东西，有点重整旗鼓的意思。

碰上老头不在，吴丙声会跟我说个没完。他有太多的话要跟我说。他跟我说，小提琴名堂多得不得了，枫木侬晓得弗？小提琴的背板一定要用枫木。老底子呒办法，科学不发达，伊拉用一把斧头，在树木头这边猛敲一下，然后飞奔过去，一定要奔了快，奔了慢，声音就没有了，趁声音还在木头的身体里传达，就要飞快奔过去，到那一头，还要用斧头顶着，侬的耳朵还要贴在斧头柄上，听一听里面的声音，这个声音会告诉侬，这根木头能不能做一把好琴。

然后他说，上海老头有两把好琴。吴丙声让我观摩了玻璃立柜里的两把小提琴样品。他说，一把顶普通的小提琴，也要五六十元，老头做的弄不好后面还要加个零。虽然我看不出什么区别，但我对此深信不疑。吴丙声说，老头拉起提琴来，侬没有听过，真是像丝绸一样，像天鹅绒一样，侬听过就晓得了，听了真是会醉啦。我也相信。吴丙声说，侬晓得弗，老头在意大利克莱蒙娜读过书，侬不晓得克莱蒙娜？哈哈，那我跟侬讲斯特拉迪瓦利侬更不晓得了，侬要变木头人了，伊是世界上顶牛×的制琴大师啊！他娘的这个人太有名了，老头说，侬如果拎着一只小提琴盒在欧洲坐出租车，司机会问侬：侬里边装的是斯特拉迪瓦利吗？老头说他死掉以后，他的名字就变成一把琴的名字了。

　　几天后，玻璃立柜里的两把小提琴，离奇地少了一把。让我纳闷的是，这个消息最早是马小锋告诉我的。当然，这件事很快在吴丙声那里得到了证实。他要怀疑的人很多，第一个就是冯丽莉。吴丙声说，这个冯丽莉也越来越不像话，动不动就去摸上海老头少而柔软的头发，还有老头裤兜里的香烟——我觉得她差不多已经摸到老头的枪了。我笑着说，上海老头的枪是不是很大？吴丙声对我这个问题非常失望。他继续声讨冯丽莉，那天他正在台锯上操作，冯丽莉过来，还嫌他吵，啪，就把电源关掉了——上海老头居然一点脾气没有，只是亲昵地称她为小十三。我的判断是，小提琴案应该跟冯丽莉关系不大。我一直看着吴丙声，我看着看着，他的脸部开始失焦，模糊开来，化成了一片涟漪的水面。

4

　　那时的我，像一张单薄而脆弱的纸，无知，懵懂，轻狂，每天脑子里的幻象倒是瑰丽得很，文字却是失血般的苍白。其实我去乐器厂，想见的并不是吴丙声。我的内心开始追随一个人，他的身边早已簇拥着一帮年轻人，我是远远看着他的一个。我想靠近他，甚至想拿诗稿给他看。对我来说，他是另外一个世界。

那天我在街头，从咖啡馆的落地窗里看到上海老头，他好像在等人，我装作若无其事地进去跟他聊了几句，紧张得手心冒汗。他对我有点印象，哎哟，诗人么。说得我不好意思，踌躇不安起来。当时他坐在靠窗的位置，手里正在翻一本《世界文学》，这让我很惊讶。当时的情形我有点记不清，似乎是他走的时候，把那本杂志落下了。我就等待着那一刻。他走后，我就把那本《世界文学》收为己有——或者干脆就是趁他解手的当儿，我把它卷入风衣口袋，拍屁股走了。一定是这样，我的记忆碰到这样的事情总是在自动修正。我记得里面有《百年孤独》的六个选节，难以想象我当时阅读这些文字时的激动心情，原来文字也可以这样的瑰奇。

后来一回，是在孝娘桥那边的友谊俱乐部。我不擅长跳舞，那天朋友死拉着去，也只是在边上看看热闹。皋城实在太小了，是的，我又看到了上海老头，第一次领略他的舞姿，他简直就是二十世纪八十年代皋城的一个传奇。他跳了一段苏式探戈，引爆全场，他的魅力无人能挡，还有他的高大，他的温文尔雅，他亲和、风趣又不失犀利的谈吐，都让我心生景仰。我不是吴丙声，我对他没有道德诉求。不过那天夜里上海老头看样子喝了点酒，后面有点胡来，他强拉了一个陌生女孩，搂着跳两步舞。人家男友看不过去了，招呼一帮人，抓着上海老头的衣胸不放，事情眼看着不可收场。这时那位吹长笛的朋友出现了，他搭了一下对方的肩膀，旁人小声说了句什么，事态便奇迹般地平静下来。我和他见过几面，只是没有想到，马小锋还有这种来头的朋友。

一九八三年夏天，全国严打，街上开始贴满了判决布告。震惊全城的案子，是一个绰号叫梅花牌手表的女裁缝，流氓教唆犯。她简直就是二十世纪七八十年代皋城的性启蒙者，我们都想成为她的教唆对象，然后又是同一帮人站在山头上看她如何以不堪的姿势被一枪击毙——这些过早尝试前卫生活方式的人，在严打风暴中付出了沉重的代价。

那天吴丙声打电话来，我没有上班，我正在家里消化另外一个女人带给我的悲伤。她是我家斜对面小店的一个女职员，她儿子前几天被枪毙了。只见她坐在店门口，不停地吃瓜子吐瓜子壳，还跟人讨论毛线的几种打法，直到公安局来人向她收取五毛子弹费的时候，她才没有绷住，哇的一声大哭起来。

吴丙声像往常那样上班去，他觉得一大早厂里的气氛有些异样，大家在神色张皇地议论些什么。他管自己干活——其实没什么活，上海老头不在，一切停摆。都快到中午了，老头还没来上班，这是少有的事情。吴丙声准备到对面的阁楼上去看看，他是第一次走上那个陡峭的木梯，透过一个木洞，盯着里面那张乱糟糟的床看了半天。下来的时候，管门店的人把他叫住了，他喜形于色地告诉吴丙声，冯丽莉那个小婊子昨天夜里被公安局抓去了。吴丙声还没来得及高兴，因为他马上想到了失踪了的上海老头。

吴丙声上了一趟厕所。他有非常严重的焦虑症，一有事他就想上厕所，他躲在乐器厂的厕所里，飞快地玩着自己的手指。最后他决定先给我打个电话。在他一遍又一遍地往我单位打电话的时候，马小锋骑着自行车仓皇闯进我家，他来告诉我，他的吹长笛的朋友昨天夜里被抓了。事情是这样的，他和一帮纨绔子弟在家里开派对，他们跳贴面舞，结果走漏了风声，公安局连夜出动，把他们一网打尽。

直觉告诉我们，上海老头也一定在这个派对名单上，但事实上没有——或者说，他还没来得及去会他的酒池肉林，就已经倒在了浴室大池边上。那天浴室的水有点热，有点烫，老头的心脏出了点问题，好在一个江西来的捕蛇人及时发现了他。

三天后，我和吴丙声去医院看望多时不见的上海老头，他半躺在床上，笑谈如常，但他看向窗外的眼神里明显多了一层忧郁。

5

第二年春节刚过，县里一纸公文，宣布乐器厂倒闭。此时，老头刚从上海过完年回来，一路哼哼唧唧进了皋城乐器厂——他难得搞了几根德国绿美人琴弦，喜滋滋地拿给徒弟看。吴丙声一边看，一边难过得要哭出来，他告诉老头，乐器厂倒闭了。

上海老头临走的时候，给吴丙声留下了一台微型录音机。老头说，这台录音机本来是想送给一个朋友的，忖忖还是侬要紧。我看侬呀欢喜小提琴，蛮让我感动咯，怪只怪阿拉师徒俩的缘分太短，转眼之间我就要回转去了。也弗是讲做琴非得懂音乐，但晓得一点呒坏处，多少总归要晓得眼，毕竟这是做小提琴，弗是做夜乌厢。侬每日要听啊，侬搭自家当朝鲜泡菜一样腌在音乐这只缸里，侬慢慢就会有心得，别的话我就弗多讲了，有空辰光记得给我写信。老头一边说，吴丙声一边号啕大哭。

几天后的一个傍晚，码头上暮云低垂，栈桥，吊机，仓库，还有那些船只，似乎都显得格外的沉郁。来送上海老头的人很多，男男女女，几乎都是清一色的年轻人。我认识的人里，除了吴丙声和马小锋，还有乐器厂的冯丽莉，当时她被定性为单位管教对象，现在单位也撤销了，反正还是那副鸟样。大家在码头上说了太多离别的话，临上船前，冯丽莉突然紧紧地抱住了上海老头，久久没有分开，如果没有前面的故事，那一幕也足够打动人。

上海轮船的身躯过于庞大，掉头非常困难，大家高高举起的手臂挥得都有点酸，但是上海轮船迟迟没有转身，这一幕有点奇怪，有点可笑。上海老头突然觉得没有意思了，收回了他一直在挥舞的手臂，头也不回地进他的船舱里去了。大家又不好意思离开，船还没有走嘛，过了会儿，马小锋说他听到了小提琴的声音，接着吴丙声也说听到了。我的耳朵一直不太灵光。这个时候冯丽莉动情地说了一句：伊是一个浪漫的人。

回来的路上，吴丙声没有跟我们走在一块。他一个人在马路对面，一边走还一边哭，他大概是不想让大家看到他的难受。我一直注视着他，但我并不是总能看到他，因为他逆向而行，总是被迎面过来的人群和车辆遮挡，有一阵他似乎消失了，又突然看到他在前面狂奔起来，跟踉跄跄的，似乎随时要倒下的样子。

那天走着走着，一群人只剩下我和马小锋，我们第一次如此亲近。没有考上音乐学院的沉重打击，慢慢在他的心里消退，不过最近他的音乐家感觉又回来了，他留起了长发，不过他的头发有点稀薄，不像人家厚得像马鬃一样，所以他拉琴的时候，头发乱飘。说句实话，我对他的感觉一直不太好。按上海话说，这个人有点鲜夹夹。那天，马小锋拉我去了一个小馆子，我有点意外，最后还是我付的钱，当然这并不重要。那天我把第一杯酒洒在了地上，马小锋的眼泪马上就下来了。他的朋友被判了死刑，昨天被拉到青岭一枪毙掉了。全城的年轻人都在山头上围观。马小锋的悲伤是，这么多人聚在一起，能听听他的长笛就好了。他对我说，你不晓得他的长笛吹得有多好。

一夜过去，我心里还是绕不过去，第二天便去看吴丙声。老远就听到小提琴的乐声。吴家在一截死弄堂里，弄堂的长度差不多描绘出了他家的大致面积。弄堂口有一扇涂着红漆的小窗户，糊着发焦的旧报纸，我一般先是敲窗，等于发了暗号，再过去叩门。

门在弄堂底，我刚要敲门，从里面出来一个上年纪的女人，门一开，她身后的声音立刻放大了十倍，简直震耳欲聋，这个疯子哪里在欣赏音乐，他把自己投入了滔天骇浪之中。我认出是吴丙声的母亲，她正猜疑地看着我。我对她笑了笑，阿姨，吴丙声在家吗？这个名字让她暴跳如雷，她提着嗓子跟我说话，这个讨债鬼又发作了，他在外面受刺激，跑到家里来发作，算什么本事啊？她说我不认得侬，我要去买米了，家里一粒米也没有了，这日子没法过了。

刚才没觉得他母亲老了多少，我进门之后，倒发现他的妹妹吴丁香好像突然长大了，让我和过去的记忆衔接时，有了怪异的感觉。吴丁香比我们低一届，以前她老像一个间谍似的盯着她的哥哥，好回去向母亲举报。印象中，还在学校的舞台上，欣赏过她的一次诗歌朗诵，像被人掐着脖子似的，让每一个诗句都显得既庄严又危险。其实她平时说话并不是这样，特别是在数落她哥哥的时候，声音尤为动听。此时，吴丁香根本不想搭理我，当然她也没认出我来。她分别把两只拖鞋狠狠地扔了过去，一只鞋在空中翻了一个跟斗，另外一只鞋似乎在吴丙声的房门上停了会儿，才掉下来。我敲了敲吴丙声的房门，里面除了巨大的乐声，什么反应也没有。接下来我就不知道如何是好了，走掉算了，随便他了。这个时候，吴丁香突然叫出了我的名字，她奔到她哥门前，吴丙声你这个恶魔，你快开门吧，你看谁来啦！奇怪，音响突然关掉了，所有的声音飘然落地。

门开了，吴丙声泪流满面地立在我的面前，好像禁闭了一个世纪。他的厚嘴唇颤抖着，叫了我一声老兄，我们展开双臂，然后他像娘们一下倒在我的怀里，顺便腾出一只脚来，将门给钩上了。我能够想象，平时他的房门一定是紧锁着的，他把他的家人都当贼防了。这个小房间终日难见阳光，那扇红色的小窗户让他用旧报纸糊死了，一盏同样是红色的塑料小台灯差不多烤煳了。打一个不太恰当的比喻，这里有点像隐匿多年的杀人现场，充塞着一种怪得离谱的味道。

在那里，我看到了上海老头送他的那台微型录音机——他刚才把播放音量开到了极致。靠床的那面墙上，有他仿鲁迅先生的手迹：沉默啊沉默，不在沉默中爆发，便在沉默中灭亡。我在房间里晃来晃去，让他感觉很不好。我坐下来，他又不言语，一只手不自觉地捋着床单，费劲地要把床单上的一个褶皱弄平，我一直看着他，他并不是一个爱干净整洁的人。他又去弄枕头，枕边的一本《小提琴制作技艺》的小册子，霎时又击中他的要害，让他腾地立起，要将它撕烂。我一把夺过来，你有完没完啊？

吴丙声眼巴巴地看着我，悲哀地低下头来。他说，我喜欢这个东西，我真是迷进去了呀，你不要笑我，我就是这样。我想做小提琴来着，可我拿什么做啊？天哪，我还什么都不会啊——他说我就是想做，也没法做啊，单位倒闭了，不要说提琴，笛子都不用做了。昨天有个邻居让我给他女儿做一把小提琴，天哪，我还是给他做一把凳子吧。

6

我是机电厂的仓库保管员，我对这个岗位说不上满意，还算凑合，两人轮着倒班。上午忙一些，来领材料的人，拿了东西，一般还会跟我搭两句。在他是礼貌，在我纯属应酬。当然下午会空很多。好在我这个人不太受环境的影响，即使有人在我旁边聊天，只要不关我的事，我就能沉浸到自己的小心思里去。我每天在这个充满铁腥味的大房子里，断断续续地写点什么，那时我心怀远大，开始写长篇小说，每天写得两眼昏黑，经常会有一只手过来拍我的肩胛，其中就有模具车间的胖子。

胖子是外国电影配音的超级拥趸，这是一个看似非常体面的爱好。他们把西方人的声音一律理解为浑厚、优雅、神气活现又悲天悯人，似乎有一种天然"高级感"。胖子老到我的仓库里来，是因为这里封闭又空旷，产生一种深沉的回响，正好修饰了他在声线上的一些缺陷。这是另外一套冠冕堂皇的语言系统，不仅需要保持肌肉的均衡紧张状态，经口腔发出来的声音，沿上颚中纵线前行，向硬腭前部冲击，同时注意两肋打开，以保持胸廓的积极状态，产生较好的共鸣效果，这些都是他的经验之谈。现在他已经进入角色，如同置身于舞台，就差那一道炫酷的灯光效果。

我也是后来才知道，胖子新交的女友是吴丙声的妹妹吴丁香，毋庸置疑，这真是天造地设的一对。那天我从吴丙声家出来的时候，我的内心是作了告别的。我没有想到，身边会有这样一个死胖子，整天在我的耳边念叨着吴家兄妹俩的名字。半年后的一天，吴丁香居然跑到厂里来找我——我刚好从别的地方转出来，撞见她在跟门卫打听。门卫可能告诉她胖子不在，她又跟门卫说了什么，于是门卫直接指向我把守的仓库方向。我的仓库并不在他们的视野里，所以门卫老头曲里拐弯地跟她比画了半天。

吴丁香为什么不找胖子而要找我呢？她一脸迷茫地东寻西找，我跟在她后面，但她马上走到错误的道路上去了。我径自回了仓库，吴丁香老不来，我好像在等什么要紧的人，心里还有点忐忑，真是有点儿可笑。后来吴丁香来了，她见到我大惊失色，好像她哥哥的事情，是在看到我之后才发生似的。

她喘着大气说，我哥是不是在你这里？

没有。我说，他咋啦？

她不说话，歪着脑袋去张望仓库里面，仓库很大，可真是藏人的好地方。

她狐疑地盯着我：他没在你这里吗？

没有。我说，我好长时间没有见他了。

吴丁香说，他已经有一个多礼拜没回家了，他跑哪去我们不管，他想去哪就去哪吧，可他把家里的钱卷走了呀，我妈这笔钱，老在嘴里唠叨，今天她去翻箱子才发现，那笔钱变戏法一样变没了，钱自己又不会飞，肯定让他卷跑了！家里人要死要活呢，真是急死人了——你说，他会去哪里呢？

我哪里晓得。我说，他平时都有哪些来往啊？

我也不晓得。吴丁香说，天底下他好像就你一个朋友。

我真是吃了一惊。怎么会呢？你只是不了解他而已。

吴丁香说，也许吧，只是我们现在找不到他了，他把家里的钱卷跑了。

由于我和吴丙声的关系，胖子经常来找我聊天。他看到我，常有难以掩饰的甜蜜表情，我能够理解的内容有：吴丁香的爱情、一段刚刚掌握的经典台词，以及我们能够共享的新话题（吴丙声）。他在声音上的夸张处理，以致日常的对话都像电影里的台词：哦，你在写作，我有打扰到你么？他总是明知故问，碰到他有兴致，还有我的明朗表情所暗示的某种许可，他胸膛一挺，微微踮起他的脚尖，摆出那个著名的在俄罗斯民间被谑称为"拦出租车"的手势。我听得出是电影《列宁在1918》里的台词：阿列克赛·马克西姆维奇，我敬爱的高尔基，你是一个非常伟大的人，别让怜悯的锁链缠住了你！现在正是多么尖锐的斗争，你还是把这种怜悯丢掉吧！然后他凑近我的耳朵：吴丙声可能跑到上海去了！

这当然只是他的猜测。它听上去有些靠谱，又似乎不太可能，他在上海能待这么长时间么？难道他没脸没皮地就在上海老头家里待下去了么？这让我有些小小的醋意。

几天后，胖子满头大汗地跑来，模具车间和我的仓库有段距离。他说不得了了，你一道过去看看吧。我不知道发生了什么，又是天生好奇，两人骑车一路七撞八跌到了吴家，只见一辆小皮卡堵在那弄堂口。车上装满了木料，吴丙声正抱着几块木板往下卸。他母亲要跟他拼命，在他身上扑腾着，吴丙声忙里偷闲地，一边对付他母亲，一边还诧异我怎么跟胖子在一起，他暂时还没有想到我和胖子是一个单位的。他倒是没有支使我，他让胖子帮着卸木料，看来他真是把他当自己人使了，一句客套也没有。

这个时候，做母亲的放弃了与儿子的纠缠，扑到大女儿的身上去了：你不要怨恨你妈，你妈给你存过钱的，现在你的嫁妆没了，你的嫁妆都变成了木头。这木头做不了你的嫁妆，倒是来给我做棺材的呀，这个讨债鬼是要我死啊，我就死给他看吧！吴丙声的姐姐一边号哭一边紧紧抱着呼天抢地的母亲。我看不下去，过去叫了她一声阿姨，她看了我一眼，使哭声中止了有两三秒钟，我是想安慰她两句，但好像让她哭得更凶了。吴丙声搬着木料，一边还指挥着司机、胖子和另外一个人，你们动作快点啊。这时候，吴丁香从外面赶来，她冷冷地看了我一眼。她这一眼，我全懂了，就是说，在那天她向我打听吴丙声去向的时候，我完全向她隐瞒了实情。好吧，她这么想也很合理。

这个混乱的场面，对吴丙声的影响非常有限，他按部就班地做着他的事情。

他跟我说，这些都是好料啊。他兴奋得有点过了头，貌似要甩开膀子大干一场。我把吴丙声拉过来说，你把木料放在哪里啊，你家这么点地方，全成仓库了？他抱着木料，木料下面腾出一只手来，跟我比画，他刚从锯板厂回来，木料呢一部分已经按照小提琴的尺寸锯好了，现在他想把这些木料统统堆到他的小房间里去。我有点不认识他了，我不晓得他在说什么，小房间？这些木料？你开玩笑是不是，你脑子进水了？你的床和桌子呢，你睡哪去啊？这木料又不是走私枪支，你这么藏着掖着干什么呢？你还怕家里人偷啊？

后来还真是，这些木料全塞进吴丙声的房间里去了，他先在地上铺了一层厚木板，进门得把脚抬得老高，像上码头似的，形成一个新的舞台。其余木料的长度与床基本同宽，他把这些木料都"塞"到床底下去了，由此他的床已经顶到天花板上去了，房顶上有一个老虎窗，月色常新，还有层出不穷的猫，夜夜把瓦片踩得呱唧作响。

吴丙声有一天做梦，事情反过来了，他变成了猫，爬到人家的屋顶，从老虎窗里看进去，看到了一个厚嘴唇的男人。吴丙声对这个梦很得意，跑老远的地方给我打电话，他已经很久没有给我打电话了。他在电话里说，这个梦是不是可以写一首诗？听上去他的心情不坏。我说你晚上睡觉是不是一蹬脚，就直接踩到云里去了？他极为认真地告诉我，他睡相很好，基本不动，好得跟僵尸似的。他说他给自己做了一架梯子，上床下床都是这架梯子，他有点舍不得，这样好的木料居然先用来做一架梯子，不过，吴丙声说，我马上就要动手做我的小提琴了。我说好呀，现在神仙也拦不住你了。

7

胖子又来了。我本来以为他挂在脸上的忧伤，只是为接下去的台词做情绪上的预备。我不去理他，他一个人在我的身后徘徊——他是跌跌撞撞的，在他

眼里，绝对是有情景再现的，比如说那里有一道门，他得把门打开。这回他是
《简·爱》里的罗切斯特，他在跟简说话：你把自己关在房间里一个人伤心，
一句责难的话也没有，什么都没有。这就是对我的惩罚？我不是有心要这样伤
你，你相信吗？我无论如何也不会伤害你，我怎么办？都对你说了我就会失去
你，那我还不如去死。

后来有人进来领材料，中止了胖子的表演。他看上去，有点像泄了气的橡
皮人，有一种无法重新振作的萎靡相。他们俩还聊了会儿天，那个人出去后，
我以为他又要继续他的罗切斯特，他却支支吾吾的，好像要跟我说什么。我知
道，他这回要跟我说的不是电影台词，他又不说，左右为难，好像非得我来揭
这个盖子。

你跟吴丁香的事怎么着了？

没什么。胖子说，她这个人有毛病，他们一家人都有毛病。

我心想，他怎么跟吴丙声一个口气？

胖子吞吞吐吐，倒弄成我这个人有打听别人隐私的嗜好，你不说就不说好
了，跟我有屁搭界。胖子说，你是不是跟她哥说过我是个临时工？

天哪，我去跟她哥说这事干什么，我说我没有说过，再说你也快转正了呀。

胖子说是么，也不晓得他们是从哪儿打听来的，在这个问题上，她那个做
哥哥的，倒和全家人穿一条裤子了。那天她哥问我，怎么听说你是临时工？我
说马上就要转正了。他说那你等转正了再来吧，我妹妹嫁给一个临时工，说出
去难听死了。那天他说话的样子冷得不行，我没有想到这个绊脚石原来还在他
那里。

我想起来了，上次搬木头后，吴丙声跟我打听过胖子。当时我挺意外，他
什么时候关心起妹妹的事情来了。现在听胖子一说，我有点吃惊，这个吴丙声
我有点看不懂了。

我对胖子说，我不会坏你的事。如果我没有记错的话，还在她哥哥面前夸
了你几句，我说你这个人特别能干。

胖子说，你说能干不能干做什么？我又不是去他家做苦力的。

我想胖子这人怎么这样，好赖话听不出来。他一脸的满不在乎，其实心里干着急，动不动就跑到仓库来跟我诉说衷肠。这口子一开，我变成了他的倾诉对象。我对他的爱情故事没有兴趣，倒是从中得知吴丙声的一些皮毛。

乐器厂倒闭后，吴丙声调到县钢窗厂。我不知道一个木匠在钢窗厂能干什么。听胖子说，他白天上班，晚上用从乐器厂偷来的电刨凿子啥的，关起门来乒乒乓乓干起来，一直忙到深夜，谁也甭想睡个囫囵觉，弄得家里鸡飞狗跳的，他不管，他照做不误。家里人简直想杀了他。胖子说，你晓得他家两姐妹让我干什么吗？让我趁他白天上班的时候，把他东西全扔出去，她们以为这样，就能阻止他的疯狂念头。我不干这种傻事，我犯不着跟他闹什么别扭，如果可能的话，他还是我大舅子呢。

胖子说，他一开始对我特别信任，毕竟我做模具，说到底也是木匠，所以我们俩能说到一块去。我还给他搞过一斤鱼鳔，他用这个鱼鳔来胶琴，用锯条做的那种美工刀，一边熬一边胶，一点点把胶水批刮过来。鱼皮胶臭哇，整个房间都是贼臭贼臭的，我帮他一块弄。他房门一般是不开的，里面弄得像研究所似的，贴满各种小提琴图纸，我看他都快把原来乐器厂的东西搬空了，各种工具、油漆、配件。他还订了一本《乐器》杂志，好像也不怎么看。对了，他手上还有一把现成的小提琴！

听到这里，我的脸上浮出一种古老的笑容。其实那天我在吴丙声的房间里转来转去，就是在寻找上海老头失窃的那把琴——我从来没有动摇过我的猜测。胖子说，好好的一把琴，他要将它拆了，我不明白他为何糟蹋一把好琴，他其实也舍不得，捧着琴哭。我倒是有点懂了，他在探寻上海老头的奥秘，一把好的小提琴是有灵魂的。

胖子说，吴丙声特别迷恋工艺，做什么都格外用心，哪怕一块小小的衬木。但他生性多疑，噼里啪啦做一阵，又不动了，乱七八糟摊在那里，几天不见动静。他老觉得哪里出了什么差池，前面做的都不对。他跟我说，他老做梦，老梦见上海老头，老头总在他的耳朵边说，扔掉算了，扔掉算了。他没有办法将这个声音从他的耳朵里拿掉。消停几天，他又噼里啪啦开始了。你不晓得，一家人恨死他了，那天姐妹俩拿着一个大麻袋，趁其不备，把他套在里面了，他母亲扑在上面又是哭又是笑，我趁机猛踢了几脚。那天他不晓得我在他妹妹的房间里，还没等他从麻袋里钻出来，我就逃走了。为这事，吴丁香还生我的气，说我下脚这么狠，毕竟是她的哥哥呀。你说这一家子，有没有毛病？

胖子说，自从她哥哥晓得我是临时工，就给我脸色看，我也没办法，我在吴丙声榔头刨子的声音里，还有臭烘烘的鱼皮胶的味道里，艰难地和他妹妹谈着恋爱。其实吴丁香还是挺喜欢我的，她就是不跟我出去兜风，以为看一场电影，她的贞操就没有了。我听说她母亲以前挺风流的，怎么一点没有遗传给女儿啊。没办法，我只能在她的房间里谈，还不能把门锁死，锁死了，一家人就会有想法，特别是吴丙声，他的脑袋瓜里除了木头，全是封建思想。我这边刚说上几句亲热话，不是他母亲来敲门，就是吴丙声找我过去帮忙，我像一个妃子被召幸那样，还不能有啥想法。

胖子向我描述最多的，是如何在吴丙声惊天动地的嘈杂声中，他和吴丁香在房间里一遍一遍地说着上影配音版的《简·爱》里的台词。我太能想象这样的场景，想象吴丁香那张布满雀斑的慌里慌张的小脸庞：你以为我穷，不好看，就没有感情吗？我也会的。如果上帝赋予我财富和美貌，我一定要使你难于离开我，就像现在我难于离开你。上帝没有这样。我们的精神是同等的，就如同你跟我经过坟墓将同样地站在上帝面前。

胖子说，那天他们说着说着，真的吵起架来，吵得不可开交。或许我们的吵架，只是对这种嘈杂的不适。胖子说，我们吵着吵着，那边的声音突然停止了，静得跟什么似的。我不知道吴丙声是做好了，还是要进入另一道工序。吴丁香倒是不跟我吵了，她傻在那里，在这个突然到来的难得的清静里，我们彼此拥吻。

那天我从吴家出来得很晚，我看到吴丙声从老虎窗爬出来，一个人坐在屋顶上抽烟，歪着头看月亮，那天月色真好，能看到那透亮的烟雾在他脸上妖娆。胖子向我描绘这个场景的时候，我不禁想起了上海老头，我想吴丙声此刻一定很想念他吧。

8

吴丙声倒是跟我打听过，能不能给他介绍一个懂琴的行家。我跟他说起过马小锋，我说有个邻居拉得非常不错。他不以为然。大概在他看来，邻居这个词实在是太庸常了吧。

那天，吴丙声路过一个地方，墙上一排的牌子：文联、编辑部、文化馆。那幢爬满凌霄的楼房，简直像八音盒一样，每个窗口都飘忽着弦乐和歌声。他觉得从里面出来的人也不太一样，都不爱搭理别人。第二天他换了一件衣服，穿过南星桥，穿过小广场，中间还遇到一支老年合唱队，好像还有谁在叫他的名字，他顾不上，他要去那里找一个小提琴专家，于是他在文化馆的走廊上碰上了马小锋。

马小锋去文化馆，就像我去隔壁的文联和编辑部一样。文化馆要热闹一些，那里有许多美女出没，我跟几个画家的关系也不错。文化馆的音乐干部，是一个拉手风琴的老先生。当年中苏友好，手风琴很流行，地位也高，他的《莫斯科郊外的晚上》也是迷死人。他也拉小提琴，小提琴这东西很小资，而手风琴一贯健康向上和政治正确，所以他在那个年代里慢慢冷落了小提琴。老先生非常有意思，他说马小锋只会拉一句，我听着新鲜，第一次听到这个说法，他说的这一句，是柴可夫斯基《D大调小提琴协奏曲》第一乐章第一主题，即引子部分。他说，但凡有好看的小姑娘出现，马小锋就疯狂地拉这一句，头发弄得像拖布一样，漂亮是漂亮，但是拉完这一句就没有了。当然，老先生又补充道，在皋城能拉这一句的也不多。他快要退休了，所以马小锋一直在跑文化馆的关系，老泡在那里，那天，他在跟人讨论戈尔巴乔夫脑袋上的酷似俄罗斯版图的胎记。

他正说着，吴丙声的影子从门外悄然飘过。两人在码头上打过照面，马小锋大致知道他是上海老头的徒弟，觉得应该打个招呼，可人家没有这个意思，狐疑地看着他，绕开了，向前面走去。吴丙声觉得对方有点面熟，想不起来在哪里见过一面，这会儿也没有工夫，他要去找一个真正懂小提琴的人。前面的办公室一间间他都敲过了，都让他到前面看看，他已经听到排练厅里的歌声。他不敢贸然推门，悄悄地接近。站在门边的马小锋发现自己有点多余，想了想还是随便他去，不过当他回眸过去，吴丙声也正好在看他。

吴丙声跑了几趟文化馆，好像每个房间里都有声音，就是没人理他。他到处跟人说，我是做小提琴的，我是做小提琴的。终于有人听懂了他的意思。这个人就是拉手风琴的老先生，他对眼前这位年轻的制琴师饶有兴趣，不过手头正好有点事，让他去邮电局找一个叫马小锋的人。吴丙声听到这个名字，忽然想起那天在走廊上的相遇，脑回路一下子清晰起来。文化馆和邮局只隔了一个小广场。那天马小锋没有上班，吴丙声吃不准他什么时候回单位，便在邮局等着，他看人家怎样寄信、汇钱、邮寄包裹。这些情景让他格外地想念上海老头，于是给老头写了一封信。他在信中写道：

与师一别，转眼两年余，甚为挂念。这边情形如旧，我仍碌碌，调到钢窗厂，了无生趣，不过是混口饭吃。为徒日思夜想，唯顾念琴事，倒是讨巧做了一两把，差堪告慰耳，在师看来一定庸鄙得可笑。若明年能去趟沪上最好，当面讨教一些器具及手法。今日去信，有一事相托，烦请代购上海牌咖啡一至两罐，随信附上贰拾元，不胜感荷。

吴丙声弓身在邮局角落的小桌旁字斟句酌的情景，正好让从外面回来的马小锋撞见，那一幕令他印象深刻。他悄无声息地在人家身后盯了半天。吴丙声看到马小锋，激动得不行，他叫了他一声马老师，可以想象马小锋的矜持和傲慢。两个人就这样算认识了。

马小锋后来向我描述过当时的情形，不过他说什么都有点调侃的味道。我知道，他是看不上吴丙声的。吴丙声本来有一肚子的问题，见了面反而不知道说什么好，好像马上就要走掉的样子。他一边说话，一边大幅度地摇摆着自己的身体，不停地看着窗外，他告诉马小锋，好像马上就要下雨了。可能还是因为生疏。马小锋问他现在是否还在做小提琴，吴丙声艰难地点了点头。马小锋说，什么时候让我们看看你做的提琴。马小锋说的我们，前面已经有了铺垫，除了前面拉手风琴的老先生，他还提到了我。吴丙声有点意外，他没有想到，马小锋就是我曾经说过的邻居。所以他突然觉得有些扯淡。他跟马小锋说，他又不懂音乐。马小锋笑了，他回头跟我说，好像他懂似的。后来马小锋看到吴丙声在邮筒旁犹豫再三，也不知道他最后把这封信寄出没有。

不过让我费解的是，吴丙声怎么想起喝上海牌咖啡了呢？

9

马小锋不发电报多年，管着楼下的一个集邮门市部，他待不住，主要靠他手下的两个女孩坐镇。吴丙声过来，两个人隔着柜台说话，马小锋眼前的车水马龙，不停地被他摇摆的身体所切换。他不停地谈他制琴过程中的苦恼，而马小锋一直在鼓励他把琴拿出来，两个人常叙常新。有一次马小锋不在，店里一个叫姚菲的女孩，问他是不是也是拉小提琴的。吴丙声甜蜜地告诉她，你只猜对了一半。所以吴丙声总是有的聊，他还可以去小广场对面的文化馆找拉手风琴的老先生聊天。他在那里还认识了诗人，编辑，舞蹈家，京剧票友，整天练嗓子的人。他还时常在街上买些卤味，和画家们混一块喝酒。圈子里的人都知道他，他的名字紧密地和小提琴联系在一起，他还加入了县音乐家协会。吴丙声一方面很乐见生活中的这个变化，但苦恼也随之而来，有时候他觉得这些人都是狗屁。

马小锋在我面前还特别爱聊到吴丙声，好像不说几句，他就过不去，还一副受伤害的样子。我想也许他们私下里的关系并不错，马小锋喜欢寒碜人，如果吴丙声听着没事，甚至有些享受，这就很像一段牢固的婚姻。不过，这跟我没有关系。我最近倒是常拍马小锋的马屁，通过他的关系在邮局订几本文学期刊。现在的人很难想象当时订阅期刊的艰难程度，马小锋有时也没有办法帮到我，他甚至让邻县邮电局给我订一本，然后每期都托那个朋友有空带给他，他再拿给我。这种事情现在听来就像是一个传奇。一本杂志辗转到我手上，有时会有传阅过的痕迹——我还记得哪一期的《外国文艺》上，有几句被人画上了蓝墨水的波浪线。我读此处也格外地有体会，怀想那个陌生的读者，可谓神交。

那几天家里在收拾灶间，把熏得乌黑的墙壁重新刷了一下，原来的木窗也烂掉了，要换新的。于是我想到了吴丙声，想通过他的关系去钢窗厂弄一个。这是我第一次去钢窗厂，钢窗厂也好玩，到处都是热火朝天的劳动景象，我在各种金属碰撞的声音里，寻找着一个木匠。有人给我大概指了一个方向，我在那里碰到一个油漆女工，油漆女工一听到这个名字，就忍不住笑了。她说吴丙声可能不在。油漆女工又说，他三天两头请假，他去医院量体温，用开水烫温度计。我听后笑死了。这个时候，吴丙声从一个犄角旮旯里出来了，他比当木匠的时候脏多了，各种油漆污迹，满脸都是笑。他根据我的大致尺寸，帮我挑了一个，然后又跟开票的人耳语了半天。他回头跟我说，你最好买包飞马牌香烟给人家，我说好。我在买烟的时候，吴丙声对我咕哝了一句，有人要买他的琴了！

我闻之大惊，我说太好了！他看起来没有我想象的开心，开心是有的，但是这开心里似乎有些让我不明白的东西。我不知道它是什么。

当晚，我穿过马小锋家的院子，跟他家人打过招呼后，直接穿堂入室，来到他家后门的一个小河埠。马小锋无暇顾及我的到来，只留给我一个潇洒的背影。他忘我地拉琴，拉得头发乱舞，这当然非常符合一个音乐家的自我感觉。马小锋知道我来了，但绝没有回头的意思。一曲终了，又慢条斯理地用一块软布擦着琴弦上的松香——

马小锋说，我猜你是来告诉我，有人要买吴丙声的小提琴了。

他说罢，回过头来极轻蔑地一笑：我知道。

他告诉我，买琴人是拉手风琴的老先生的学生。不过这把琴，首先要过老先生这一关，他让马小锋到时候也一块过去试琴。我听到这里，瞬时就明白了吴丙声当时的担忧。马小锋说，老先生催得急，吴丙声一直在拖，反正各种理由。我在老先生面前也不好多说什么，其实吴丙声一直在沽名钓誉，一个小木匠，初中文化水平，以他的知识结构和文化储备根本就没办法做小提琴，他也拿不出来。

这话我听不下去。你以为你拉小提琴，是因为你有这方面的才华？或许只是因为你父亲年轻时结识过一位拉小提琴的姑娘，又恰好能匀出一笔钱来给你买琴好不好？如果我家里有一台钢琴，说不定我今天就是钢琴演奏家——而且，我也不认为做小提琴有什么高深的学问，小提琴的每个部件不是都有数据么，严格遵循范式不就成了？

非也！马小锋说，精准谈何容易？就算你每一个数据都对，合起来可能就不对，你不知道哪里出了问题。你死守这些数据是没有用的，这是一套系统工程。小提琴非常敏感的，哪怕你鱼胶粘得厚了，无形之中就加重了它的质地，声音在面板上面流动的时候，被它阻散了。你知道笛子为什么会在外面缠几圈线？因为做完以后发现那几个地方需要补偿。这些东西他都懂吗？他连音律都不懂啊兄弟，他怎么做琴？琴呢？你见过他的琴么？

马小锋说，你要知道，我身边有一帮拉琴的朋友，包括那位可爱的老先生，听说他会做琴，都激动坏了好不好？整天嚷嚷着要去他家看看。

那你去啊，我说。

马小锋看着我，他让我去了么？他家弄堂口有一扇小窗户，糊着旧报纸。我每次骑车经过，先敲他的窗，他把窗户打开，然后我就趴在那里跟他说话。我看到里面有几把琴，每天挂在那里——他从来也没有邀请我进去过好不好？

对此我有些吃惊，我本来还想说上海老头的那把琴，话到嘴边咽了回去。那把琴肯定也不会挂在明处。我现在有点明白，马小锋跟我不一样，他懂小提琴，他进去再寒碜几句，让吴丙声情何以堪——说到底，吴丙声对自己的琴根本就没有信心。

10

那天阳光甚好，小广场花团锦簇，附近商场一遍又一遍地播放着女版《热情的沙漠》：我在高声唱，你在轻声和，陶醉在沙漠里的小爱河。吴丙声抱着那把琴，穿过花坛小径，向那幢开满凌霄花的楼房走去。那把琴应该在他手里刷了无数遍的调制漆，配上了乌木指板、枣木腮托和黑马尾的琴弓，装上了弦轴、琴马和琴弦。不过他还没来得及为它配一个通常有着法兰绒里子的琴盒，只好弄了一块裁自他母亲旧式旗袍的绒布——那可是他母亲弥足珍贵的一件旗袍，他不管，他还嫌它有一股浓烈的樟脑丸味道。

马小锋给我来电话，让我上午早点过去。我去了以后才知道，他们说的早点来是什么意思。文化馆空无一人，这个自由散漫的地方，此时根本没有人影。我第一个到，然后在三楼的楼道口，看着吴丙声穿过小广场的花坛，抱着那把琴朝这边走来。楼梯那里很快传来了他的脚步声，有些拖沓，又有些凝重。吴丙声看到我，颇觉意外，嘴里哼的沙漠里的小爱河戛然而止。他稍稍惊讶的目光，似乎是说你来干什么，不过我这个闲人，毕竟还有点让他放松。我们并排坐在楼梯的最高一格，这样可以从窗口看出去，看到小广场的景致。他没有让我看他的琴，他把琴横放在自己的膝盖上，两只手又在那里飞快地玩转。沙漠里的小爱河还在撕心裂肺地唱，我问他有没有在看世界杯，墨西哥世界杯，马拉多纳的上帝之手。他不理我，手在玩，眼睛却始终看着窗外，在明暗光线交织下，他的脸被生动地勾勒着，他的下巴坚定地向前撅着，固执地保持一种姿势。

后来他们来了。他们是马小锋、拉手风琴的老先生、买琴的学生和她的家长，还有一帮小提琴爱好者。他们把办公室围得水泄不通。学生家长看到吴丙声，似乎有些失望。可能在他们看来，吴丙声连一个好木匠的样子也不像。老先生说，我来介绍一下。他一介绍，吴丙声的表情立刻隆重起来。他的那把琴被郑重地摆到已经腾出来的桌面上来，那块暗绿色的绒布正在徐徐打开。这是我第一次看到他的成品琴。我不禁有些讶异，形制、纹路、漆水都极好，那个螺旋状的琴头漂亮至极——绿绒布被揭开的过程，似乎有一道想象中的光芒，大家哦的一声，好像被什么惊到了。那个买琴的学生回头看了一眼自己的家长，他们的脸色已经明显转暖。

老先生抚摸着这把琴，就像抚摸着少女丰腴的肌肤，他的手指弹跳着，同时他的松弛的下巴像患了神经官能症似的微颤不已。老先生很谦虚，他把琴交给了马小锋，他说看上去还不错，但它是不是一把合格的小提琴，还要看它的音质，你来调试一下。马小锋推让了一番，才勉强地接过这把提琴。

本来吴丙声的琴他是不屑看的，琴还没有看，他的心里早已有了结论。现在从马小锋的表情上，我知道这个结论正在动摇。马小锋太吃惊了，他把琴接过来的时候，目光里除了讶异还有无尽的柔情，仿佛是久违的爱琴又奇迹般回到他的手上。他开始调弦，像弹琵琶一样，把四根弦都紧了又紧，反复调试。他觉得差不多了，然后拿起琴弓，来回在一块松香上拭了又拭。然后他仰起头来，把琴平稳地放在左锁骨上，他提溜着琴弓，陌生地看了吴丙声一眼，现场一片寂静，我们都在等待那一刻。这时，他手里的黑马尾弓迅疾跳起，琴声迸泻而出，委婉流转，我觉得很好听，吴丙声甜蜜地看了我一眼。但马小锋马上说不对。他说不对，吴丙声的脸色就黑了一层。马小锋把琴马矫正了一下，又紧了几把琴轴，再试，声音愈发悦耳动听。但是马小锋并没有继续他的演奏，他狐疑地看着这把琴，像是在检查什么，他是不敢相信，这么出色的一把琴，竟出自小木匠吴丙声之手，他在寻找答案，他旋转着琴体，对着外面的光线，好像要通过左边的 F 孔，从共鸣腔里看到什么。我立刻领会过来，又觉得断然不可能。

只见马小锋的额头上冒出细密的汗来，他看了吴丙声一眼，那一眼无比的绝望和仇恨，看他的样子，简直要把琴摔在他脸上。但是他没有，他长发一甩，疯狂地拉起琴来，我不知道他拉的是不是柴氏的那一句，他拉得极好，娴熟的技巧，哀愁的旋律，充满俄罗斯原野的宽广气息和明朗悠扬的诗意。奏毕，现场掌声响起。马小锋把提琴交还给老先生，看上去他极虚弱的样子，脸色煞白，死样地盯了吴丙声一眼，抽身而出。老先生看着离去的马小锋，明显感觉到他的异样，但是大家期待的目光，又很快让他回到这把琴上。他握着吴丙声的手说，太好了，我没有想到你会做得这么好。

我尾随马小锋出来，到走廊一头的厕所死角里，我给他递了根烟，你咋了？马小锋背顶着墙，悲愤地盯着我，嘴巴一直在哆嗦。他一口咬定这把琴就是上海老头丢失的那把琴，他说，共鸣箱里有老头的签名！他太熟悉这个签名了——因为玻璃柜子里的两把琴，另一把在他的手上，当时上海老头走的时候半送半卖给他的。我有些吃惊，不知道说什么好，好像说什么都不对。我说现在别下结论，等会儿问问吴丙声便知。马小锋竖着一根手指对天发誓，小木匠这辈子都不可能做出这样的琴，暂且不说他偷琴的事，这样的欺世盗名，我今天不打他一顿我过不去，你别给我拦着。

我非常理解马小锋的心情，在他看来，小提琴的神圣被亵渎了。我没有这样的情感，我有些惊讶，但内心也就这么回事。我去里面解了个手，可能是吴丙声也来上厕所，让马小锋逮了个正着。马小锋把他堵在盥洗台的死角里，掐着他的脖子，吴丙声肥嘟嘟的脸憋得通红，还有他的手臂上那蜿蜒如江河的胎记似乎也暗流涌动。他在不停地跟马小锋解释，他坦陈拿了上海老头的琴，但早就被他拆得五花三飞，他只是在自己的琴上模拟了他的签名。马小锋一字一句地回他道，弥天大谎，你一直在撒谎，我告诉你，你这辈子都休想做出这样的琴来！休想！吴丙声被激怒了，他有的是蛮力，将马小锋一把反扣在地上，并抡起旁边的一个拖把，劈头盖脸地砸了过去。

11

一把琴卖出之后，吴丙声名声大噪，一些人的莫名到访，令他不胜其烦。他去了一趟普陀山，修复中的寺庙空空荡荡，到处都是石匠们的锤凿声。本来还想找个法师开示，结果在千步沙待了一个下午，因为忘带了泳裤，上岸时令一群妙龄女子惊叫四散。

他回来以后，遭遇了一段恋情，也许这个故事早就开始了。

现在我们知道，这段恋情的开场白是这样的：你也是拉小提琴的吗？

这些都是马小锋告诉我的，他又是如何洞晓这一切的呢？无非这一对相亲相爱的姐妹花，在往来不息的街头静守一隅，靠出卖各自的一点隐私，来消磨这漫长而无聊的时光。她们心里原来是有界限的，但说着说着，总会着了魔似的飞快地说出自己的秘密，然后又在马小锋那里成为隐秘的谈资。

那天姚菲下班，在街上碰到了刚从普陀山回来的吴丙声，他们因此偏离了原来的路线，以正好同路之类彼此都心知肚明的理由，沿着贯穿小城的河流一直走下去。那是由无数细碎而颓败的老宅所簇拥的一片曲里拐弯的区域，老太婆在河边拍打被子的单调声音，似乎更映衬这一带区域的寂静。他们在小桥边停了下来，河对面的小区花园里，踏步机正在自娱自乐。吴丙声双手握着护栏，姚菲从侧边贴近他，把手覆盖在他的手上，然后一点点扣进他的指缝里去。吴丙声心里一点点发着芽，好像平生最重要的时刻正在降临。往回走的时候，姚菲已经挽上了他的胳膊，吴丙声心里靠上了岸。

姚菲带他去了一些他从未光顾的地方，录像厅，旱冰场，台球房。她球技极好，有一次和三四个男人一块打台球，赢了很多的钱，两个人下馆子，喝酒，逛电影院。这并不是吴丙声能够想象的生活，但他尽量装作兴致盎然的样子。对吴丙声来说，她是一个巨大的未知数。她似乎跟谁都认识。那天在旱冰场，吴丙声欣赏了她的优雅舞姿，她轻盈地滑过去，和交臂的一个男士击掌而过，吴丙声心里难过了一记。他一直坐在原地喝汽水。他明显不适合那些场合。这是我的男朋友——她在别人面前从来不隐讳他们之间的关系，这一点令吴丙声的心里十分受用。他只是不太明白姚菲喜欢他什么。但是当打扮入时的姚菲出现在下班高峰时刻的钢窗厂门口，吴丙声心里充满了感激。这个爱情故事在钢窗厂有了不同的版本，当然还有油漆女工的暗自忧伤。

他们的身体一次次贴近，在录像厅，在电影院，在公园密密的小树林里。在那个小树林里，姚菲像滑腻的章鱼在他身上缠绵，吴丙声有一种从未有过的窒息感。他不知道自己是否真的喜欢她，有时候他觉得自己只是姚菲的一个猎物，任她摸，任她啃。她说过，她喜欢的东西就想咬一咬，不咬就无法表达她对"这件东西"的爱，弄得吴丙声身上乌青不断。但姚菲却不喜欢吴丙声把手指弄到她的嘴里去，她总是闻到钢窗厂油漆的味道。这个钢窗厂的喷漆工，邀请姚菲去他家坐坐。这个邀约在二十世纪八十年代末期的时代背景下，有着郑重、正式及稳定的信号。姚菲却不经意发出轻率的笑声，她的笑声像是一款涂抹剂，令吴丙声自信尽失，似乎有什么不良企图被轻易地挑明。他总是把握不好节奏。他试探道，要不明天晚上？姚菲想了想说，后天。好像彼此跳开一格，各自都得到了想要的东西。

那天晚上，吴丙声向家人宣布这一消息，她们的吃惊程度，就像是小行星要撞击地球的样子。她们既庆幸又觉得好奇，是什么样的女孩看上了她们家的怪物。在吴丁香的倡导下，她们迅速地行动起来，一向紧闭的臭气烘烘的小房间被打开，高得离谱的床铺立刻恢复正常，木料被粗暴地堆在弄堂外面。她们从里面整理出一堆的刨花碎木，床单被褥统统被洗了一遍，一番整理后，他的一把全新的小提琴放在重要的位置上——胖子跟我提到这把琴的时候，我知道我离那个真相越来越远了。

吴丙声从未如此服从过家人的调派，他先去理了发，然后去大众浴室洗了一个澡。洗澡的时候，想必细细端详了自己的阳具，意识到晚上的诸多可能，然后又去附近吃了一顿生煎包子，这才安顿好自己的内心。当他站在乐器厂门口，看到对面小阁楼上晒出了一条红被子，而乐器厂原来挂牌子的地方，因为牌子的消失而显出一块特别的白来，心里堵得慌。回到家里，又在死弄堂里看到那些被扔出来的木料，他又难过了一记。

那天晚上，风姿绰约的姚菲翩然而至。她只知道这条街，并不清楚吴家的确切位置。不过她很快看到了那个巷口路灯下徘徊的人。那个人迎上前来，姚菲挽着他的胳膊，吴丙声说，这样不好。姚菲似乎把他挽得更紧了。走进吴家时，家中空无一人。她们都躲起来了，她们可能是窗外飘忽的影子，床底下突然消失的鞋子和柜子里被吸走的衣袂。姚菲问，你的家里人呢？吴丙声说，她们都看电影去了。此时，姚菲听到了一个不明来路的被压制的喷嚏声。她笑死了，几乎趴在吴丙声的肩头上不停地发出咳嗽般的笑声。那天晚上，全家人都像偷窥狂似的围堵着那个小房间，胖子跟我说，他早就注意到那个纸糊的小窗户上有一个破洞，他像去摸敌方哨兵一样，慢慢地接近那个有灯光的窗户。

姚菲表示她一直想到他的房间里来看一看，她又不无遗憾地说，这就是你的工作室么，看起来还是太干净了。吴丙声羞赧地说，是么，本来这里乱得很，都怪她们多事。姚菲听得懂，她笑起来有点像咳嗽，中间有一个停顿，弹出来一个打嗝的声音。她说，其实还是乱一点的好。这简直说到吴丙声的心坎上去了。本来房间里有一把靠背椅，让吴丁香给临时抽掉了。虽然她自己守身如玉，但在对待别的女人包括未来的嫂子时，她仍乐见生米煮成熟饭。她认为这样姚菲一进来就会坐在床上，所以她拿那把椅子的时候给吴丙声使了一个眼色。吴丙声当然懂得这个眼色的全部含意。从故事的一开始，吴丙声一直在鼓动自己。他说你坐，你坐嘛。姚菲不坐，她正在观赏拿在手里的一把小提琴。

吴丙声把脸埋在她的颈窝里，一边蹭着她的耳朵说，其实女人就是一把提琴。这是他想了半天的一句台词。他补充道：女人就是一把大提琴。吴丙声往自己环在她腰上的手上稍稍使了一点力，顺便把她揽入怀中。他把她捞了去，捞到床边，来，你坐到我的膝盖上来。姚菲完全洞悉他的把戏，她很喜欢吴丙声渐渐大胆的试探，她知道这个房间布满了眼睛，她才不管呢。你胡说，女人怎么会是大提琴呢，它的脑袋呢？

这个你就不晓得了，这个我就要给你上课了。吴丙声的手摸索着她衣裳的破绽，一直伸到她的身体里去了。你看啊，女人的腰身像不像一把提琴？所有乐器里只有提琴最像女人了。提琴讲究木头纹路，摸起来又像女人的皮肤一样光滑，大提琴还要靠在男人的肩胛上，像你现在这样。你看，提琴的头子有点旋起来的，就像你的波浪形的头发，你光知道脑袋，女人不需要脑袋，有一点波浪就可以了。哈哈哈，就是不知道你这把大提琴拉起来怎么样。他说，我来拉拉看怎么样啊？我就要拉了。

姚菲完全被好奇心驾驭了，她说你怎么拉啊？

吴丙声随手拿过来一把小提琴的弓，我来拉拉看，你现在光知道女人是一把提琴，就是不知道男人就是这把弓。你知道弓又叫什么啊？弓又叫琴鞭，对，琴鞭，什么是男人啊，男人就是一根鞭，鞭就是弓，弓就是鞭。我这把弓就要在你这把琴上拉一拉了。

他把弓搁在她的乳房上，来了一下子。姚菲痒死了，在他的怀里花枝乱颤，你要痒死我啊。吴丙声好像被刺激到了，完全放开了，他说，那我来看看，这里面怎么样？他的弓探索到姚菲的大腿里去了，他一手把她搂得死死的，一手拉得如痴如狂，他已经走火入魔，甚至忘了她是一个女人，她就是一把大提琴，他的脸像喝了酒一样大紫大红，他真的什么也没有干，他只是在拉琴，一把女人的大琴。

12

一九八七年春季的一天，我在开往上海的夜航船上，意外遇见吴丙声和他的女友姚菲。我背着马桶包在底舱白鸽笼式睡铺的空隙间寻找自己的位置，有一个人挡住了我的去路。吴丙声见到我的表现很夸张，在一片乱糟糟的气氛里，把我隆重地介绍给他的女友。我在马小锋那里见过姚菲几面，她叫我作家同志，我们又见面了。吴丙声热烈地把我按在他的床铺上，问我去上海干吗，是否有新的打算。当时的气氛就是这样，流年笑掷，未来可期，光明就在眼前。吴丙声问我，是否可以一块去见见久违的上海老头，这个我倒没有想到，非常高兴。他还留着上海老头留给他的地址，我们一路找去，好像是老西门的一个什么地方。我们找到那里，跟一个老阿姨说了半天，她不知所云，旁边有个浆马桶的人插话说，老头子早就搬走了。对面正在拆迁，眼前一片废墟，我们站在瓦砾堆上，就像站在一个时代的节点，彼此都没有说话，然后我们就在那里分道扬镳了。

我是后来才知道，他俩在上海和我分手后，直接去了北京。他当时没有跟我提这个茬。我非常能理解，想必当时他也是心怀忐忑，随时都有撤回来的可能。听说他们在北京换了好几个地方，先是在某剧场附近的胡同里安营扎寨，后来好像又搬到通州，有了自己的作坊。两人断交后，马小锋自然还会有其他途径知道这些。我一直不看好姚菲和吴丙声的爱情——可能是在马小锋那里听了太多有关她的风流往事，但我也确实没有料到，她会和吴丙声双双去北京打拼，并在那里结婚生子。有时候我想，如此这般的生活总是有原因的，只是你不知道而已——就像我跟马小锋随口胡诌的那样，他父亲年轻时真的有过小提琴之爱，只因女方家庭成分而被迫分手——马小锋还一再问我，我又是听谁说的。

马小锋没能进县文化馆，辞职开了一家琴行，长发也剪掉了，一副人畜无害的文弱样子。苦练了多少年的小提琴技巧，整天和懒得练琴又到处吵闹的小孩子打交道，心有不甘是肯定的，不过和一帮虚荣心十足的年轻貌美的家长们眉来眼去，也算是一种额外的补偿。如果吴丙声还在皋城做琴，他俩完全可以形成一个产业链，马小锋翻手就可以在学生那里卖个高价，现在他兜售给学生的工厂流水琴，简直就是一堆烧火棍。

拉手风琴的老先生在他退休的第二年，意外去世。葬礼上播放的是提琴曲《乘着歌声的翅膀》，而不是老先生钟爱一生的手风琴乐——当然，手风琴轻捷华丽的风格，实在有点不太适合这个场合。另外，在一次深夜归途中，我在出租车里听到胖子主持的一个叫《夜半私语》的电台节目，当然我事先已有所耳闻，他的声音已经洗尽铅华，完全没了从前的浮华与虚张，显得更加低沉而轻柔。也不知道他与吴丁香最后修成正果了没有。

这一年的冬天，我去北京鲁迅文学院进修。从鲁院出来，我一想到机电厂那黑黝黝的仓库，便心慵意懒，后来我在北京某出版社任外聘编辑，再后来我有了自己的文化公司。

故乡的人马在我的视野里渐行渐远，他们甚至从未在我的手机通讯录里出现过。在我买第一个手机的时候，他们都消失了，当年的电话号码只留在那些早就随风消散的小纸片上。也有过几次非常有限的回乡省亲，一次坐车经过一个地方，我让司机停下来，摇下车窗，看路对面一家灯火通明的琴行，马小锋正在门边大力拍打着他的扫帚，飘浮的尘埃闪烁如细碎的金箔。他原本消瘦的身体明显开始发福。时间过得真快，八十年代转眼就过去了，回想起来竟缥缈得很，仿佛并未存在。

13

十余年之后，我在报纸上看到这样一则小提琴失窃案的报道：

随团访华的著名小提琴演奏家塔马什·埃格，在演出前遗失了一把珍贵的古琴，这把斯特拉迪瓦利小提琴制作于一六九六年，距今已有三百多年历史，是他的父亲二十一岁那年倾其所有买下的，埃格用它录了超过三十张专辑。警方第一时间赶到现场，让埃格描述一下这把小提琴的特征，埃格无奈地说，任何乐器都是很个人的东西，所有的小怪癖它都有，就像我的生命，我失去了它。

当时我正陷于北京家中的一把旧沙发里，这则报道让我可耻地想到了吴丙声——平常我很少会想到他，哪怕是一个极轻忽的念头。但是这里面有一个细节不对，塞在埃格的琴盒里冒充小提琴分量的，应该是一堆刨花或者旧报纸之类，而不是报道所描述的一团电线。

因为这则报道，那天我跟太太聊起了太多的陈年往事。当晚还做了一个奇怪的梦，真是想什么来什么，梦里有两个狱警来敲门，说有个囚犯非常想见我一面。我去见了他，他像个女人似的哭个没完，他哭我也哭，直到我太太把我猛烈摇醒。

不久后的一天，我在地铁站中转，意外听到了一个熟悉的声音。那里并不是通常的岛式站台，来回两个方向的列车各自停靠在平行的高架上，中间隔着一条沟壑般的巨大空隙。此时两边都没有车，对面等车的吴丙声看到了我，大声呼喊我的名字，我看到他真是欣喜万分，想着是不是跑下去和他找个地方聊聊。吴丙声身边还有一个八九岁的女儿，可能是生病了，要到医院去，他一直在比画这个意思——由于距离比较远，我不是听得很清楚。正说着，他的列车呼啸而来，因为铁轨在前，他马上就会被列车长龙遮挡掉，这时他突然想到了什么，他一边把女儿挪开，一边朝我放声大喊：

阿宇，我的小提琴卖到意大利去了！意大利！我的琴！

我已经看不到他了，消失得无影无踪，本来还以为他会在我目及的列车窗口内出现。列车开走了，我还站在那里，怀想那些在旧时光里交下的朋友，依稀犹在，只是一个联系方式都没有，我不知道该去和谁分享这样的好消息。好吧，再见。

真假离婚

周瑄璞[*]

1

大热的天，秀锦起床后，先烧开水，喝阴阳水。阴阳水，就是昨晚睡前，凉上半杯水，早上起床后，兑进新烧的开水，最好再放一点盐。据说这样好处很多。中年之后，一切按保养指南说的来，到底有没有用，也不知道，心理作用也是作用吧。

每个星期天，建伟都去单位值班，一大早出门，晚上回来，多年都是这样。女儿出去暑期实习。秀锦一个人，脸没洗，头没梳，第一件事是接水、烧水，电水壶的开关按下，转身走开，啪的一声，回身去看，壶身下面的灯灭了，开关跳了起来，同时一股煳味传来。走回去将壶拿起再放下，转动半圈再按下开关，灯没反应。她起身开客厅灯，不亮，再去开厨房灯，不明。

给住在另一个单元的电工打电话，陈师傅说，他过来看看。

阴阳水喝不成了，她将杯子里的半杯阴水喝掉，洗脸，梳头，换衣服。敲门声响。陈师傅检查后说，是电路老化跳闸，换个插线板试试。

---

[*] 周瑄璞，女，1970 年生，现居西安。中国作协会员，陕西文学院专业作家。著有长篇小说《多湾》《日近长安远》等五部。在《人民文学》《十月》《作家》等期刊发表中短篇小说约一百万字，多篇小说被收入各类年度选本，入选各类年度小说排行榜。曾获第三届中国女性文学奖、柳青文学奖等多种奖项。

送走陈师傅，她到卫生间涮拖把，准备拖地。拖把先在椭圆形水桶的一边转动洗涮，在另一边的圆臼里脱水，两轮动作都是上面上下用力作用，下面快速转动，看起来很是欢乐，她喜欢做这个动作，像是电视里少数民族地区的舂米表演。她手持拖把杆，上下杵着，下面桶里拖把盘飞转，水与拖把疾速摩擦，浪花嘶吼，冲击桶壁，最大限度清洗之后，放到旁边一个悬空的圆盘里脱水，只用几秒钟，干湿合适，拖地刚刚好。现在人真是能，什么工具都能研制开发，将家务劳动变成一种乐趣。她甚至有点愉悦感，上下杵的动作更大，用力也猛，转速加快，洒入桶中的水珠越来越少，塑料桶呼呼颤动，在地板上轻盈地挪动身子。一个人的周日，她喜欢把家里到处打扫一遍，哪哪儿都是干净的，连阳台上的角落都擦得明亮，洗净的被单床罩衣服挂满两条杆子。然后自己走来走去，在好闻的气息里，收拾，擦拭，巡视这两室一厅的领地，甚至用一个外来者的眼光看来看去，考量这个家庭的幸福指数。下午收衣物时，融化在阳光的气息里，歪在沙发上叠着那些稍有硬度的衣物床单，一种轻浅踏实的丰收感。每天上班临出门前，回头看看自己的家，哪哪儿都是舒心洁净，如果有一个东西没有放好，丝巾从椅背上滑落，她会在已经换了皮鞋的情况下，踮着脚尖走回来，把它们弄弄好再安然出门。再没有水珠落下，停止上下运动，自由减速，直到拖把停稳，拿出就可拖地，若是不等它完全停下，着急那两三秒钟，在它减慢之际提起，拖把忽地开出一朵圆展展大菊花，所谓怒放就是如此吧，悲愤地伸展，似乎发出啊的一声促喊，花瓣们撑成硬棍，疾速旋转，像芭蕾舞演员将腿伸得笔直，只有半秒钟时间，松软垂落下去。她心中愉悦感不由得再次升级。中年之后，愿意在各种平凡小事里找出一点乐趣，慰藉自己。

就在她准备提起、欣赏那一朵大菊灿然绽放的时候，桶身突然一斜，跑偏出去，与她手里的金属杆脱离，她的身体被一种力量向后一推，闪了一下腰。如果是汽车的话，肯定是个不小的交通事故，造成人员伤亡、重大经济损失也说不定。她弯下腰去检查，拖把头掉了，杆与圆盘连接的塑料部分竟然齐齐断裂。修都没必要修了。才用了两三年，怎么就断了？

地也拖不成了，她放下那根光棍，来到客厅，坐到沙发前小凳子上，想吃个苹果，咔嚓一声，跌倒在地。紧急之下，一手撑沙发，一手扶茶几，头还是磕在茶几沿上，苹果咕噜噜滚跑。塑料凳子老化，被她五十公斤的重量压垮。她在地上坐了好一会儿，缓缓起身，将身体挪到沙发上，疼得龇牙咧嘴，咝哈有声。家里就她一个，也无人撒娇倾诉，只是坐在静止的空气里，一股莫名的惧怕涌上心头，四处看看家里，这样那样的东西，还敢动吗？动啥啥坏，拿啥啥破。

沙发上坐了一会儿，想想不对劲，建伟一早开车出去，不会再有啥问题吧？父亲就是三十年前，开卡车给单位运货归来出事的。十八岁的夏天，成为她生命中永恒的残缺。看看表，九点多了，他不到八点就出门，应该早到单位了，要是路上出问题的话，就会告诉她的。也许出过一个小问题，碰了剐了，或者是什么。就算没问题，也应该提醒他一下，今天一切行动都要注意。

视频他，响了很久，出现他的面孔，头发有些凌乱，背景是白色瓷砖墙，好像是档次不高的宾馆卫生间。未及她说话，他生气地喊叫，语速比平时更快，有啥事吗？给你说单位值班，走到路上领导叫，三缺一来支个腿子，一气儿跑到外县来，刚到这儿，还没喘口气。有事快说！

她一时语噎。从他脸上表情能看出来，他在说谎。二十多年夫妻，早已熟悉得像是自己。她准备好的分享早上几个小事故的话，咽了回去。提醒他注意安全的话，也不想说了。她只想用跟他一样烦躁的口吻说，哄谁哩，支上了腿子，那就是四个人打牌咯，为啥不在房间接，跑到卫生间干吗？现在出去，到房间里，照一下那几个人给我看，有本事你去呀，现在出去呀！照给我看。夫妻间吵架的那一套音调、频率，呼之欲出，平常在家，都是这么来的。

她再没有说什么，挂掉了手机。不想表现得那么掉价，有失身份。房间里，肯定不是另三个男人，而是一个女人。总之是有外人，她这个做妻子的，不想让自己的形象过于张牙舞爪，有啥话，等他晚上回来再说。他总会回来的，不管跑到哪里，无论跟谁乱搞，他总是要回家的。

不能在家里待了。骑上电动车，回娘家去！娘家在三公里之外，城墙的另一面，电动车很合适的路程。戴上帽子，穿上防晒服，中年女性夏季的标准打扮。骑上这种小电动车跑在路上，风一吹，看起来挺快乐的样子。而她的心，拔凉拔凉。

盛夏的太阳将她一点点暖化。她告诉自己，不必为此烦恼，又不是第一回。她已经从丈夫有外遇这个猜想里身经百战，坚强地成长起来，从最初的惊讶、屈辱、愤怒，变得平和一些。你改变不了什么，就算他发誓赌咒绝对没有，就算他保证今后再不发生，可一天二十四小时，你不能时时跟着他，跟踪监控一个人，又有什么意思呢？人心隔肚皮，就算是躺在一起，你也不知道另一个人想的什么，每一个人的外表里都隐藏着另一个你完全认不出来的样子。所以我们不能随便剥去一个人的外壳，因为那会把你自己先吓一跳。上午这个视频通话，就是不小心掀起了他的一个衣角，足以让他恼羞成怒。

母亲和继父的晚年生活平静而安详，身体健康，相互理解，有退休金，双方子女时不时来看望一下，彼此遇到了，打个招呼，闲聊几句。她并没有要跟母亲诉说的打算，说了也没用，老人有老人的世界观，跟他们"年轻人"想的不一样。而她，又跟女儿这一代想的不一样，谁也帮不了你，有许多事，只能自己面对、处理，慢慢消化，因为这世上最终为你负责的，只有你自己。

她帮母亲择菜做饭，问了一些琐碎事件，说了一些飞短流长，感叹一些能让她觉得自己不算是最倒霉的人与事。在娘家吃了午饭，睡了午觉，然后在懒洋洋的气息中，又如去时的装束和速度，回到家中，女儿也快回来了，她开始准备晚饭，做两个人的饭就行。建伟一定是回来晚的，心虚怕责问，必要拖到睡觉时回家，最好是喝多，回来倒头就睡，不给她过多的时间，再加上有女儿在，两人不能敞开了吵闹。

和女儿吃了晚饭，看电视，做家务，看起来与平常相似的节奏，她还不知这平静的表层之下，早已经密布重重阴影，像一个脓包，可以挑开，也可以装作没有，那小脓包慢慢自己吸收消化，起一个硬皮，里面的新肉长好，皮壳脱落，慢慢地一切复原。给孩子也没有说什么，虽然已经是过了二十的大姑娘，但她也不想让孩子知道大人的世界竟然那么龌龊和复杂。她常劝自己，外遇这件事，要看你怎么界定，对家庭这一面来说，对方是变心者，不道德。但对外遇者来说，他们寻找到的，是平淡生活中的一个亮点，还可以恬不知耻地说，是人生最美好的事，所遇之人，是生命中最重要的人。

十多年前，当她发现一些苗头，就告诉他，你若离婚，咱就去离；你愿意过，我便奉陪。而他，总是不说离婚的话。于是双方都认可了这种貌合神离的局面。三年前，送女儿上大学时，学杂费是两个人各交一半，当场算清，一分为二，她拿出现金给他，而他用自己的银行卡，向专门给女儿办好的卡上转账。走出学校，她说，建伟，咱们去办离婚吧。他不同意，并且保证今后会跟她好好过日子，都中年人了嘛，这么多年风风雨雨都过来了，我偶尔出个小岔子走个神算啥嘛，哪个男人不是这样？我还是顾家的嘛，这么大年龄了要学会珍惜嘛，两边家人亲戚一大堆盘根错节了都，牵一发而动全身，那么多同学朋友咋交代咋解释哩吗？怪兮兮的，昨天我还是你老公，今天不是了……他又是自己那一套，说起来没完，偶尔一两个星子喷到她脸上，她默默擦掉。生气都懒得生了，连他的车都不想坐，要自己打车回家，他把她拉到车上，喋喋不休，连乞求带威胁地说了一路，总之意思是：不——离——婚！

不离也行，那就这样过着。孩子上大学走了，只有周末回来，有时候回奶奶家，他也是早出晚归，家里好像是他的旅馆。而这个家，成为她一个人的领地。这是她单位的房子，单位是个不大不小的事业单位，前院办公后面居住，上班走路三分钟。生活足够从容，办公室、家庭之外，如她一样轻巧窈窕的小电动车，带着她进行有限的社交活动，来往的人，无非是同学朋友和青少年时期小伙伴。一个中年女性的生活，不过如此。

有一段时间秀锦竟然明显发福，她不能允许自己成为中年大妈的样子，于是每天晚饭后，骑电动车，到同学领舞的东南城墙拐角跳舞，出一身汗回家。由此交到了一些临时朋友，也是各有各的烦恼与短长，听一听，说一说，比一比，悟一悟，感到自己的生活还行，起码没有下岗失业。孩子虽不是十分优秀，但也还算正常，长得漂亮，听话懂事，顺利考上大学，学了娃她叔将来能给安排个工作的专业，也就行了。

至于他嘛，就是那个德行，不离也就不离，生活波澜不惊，像摆拍照片发朋友圈一样，做给外界看看，不让亲人为自己操心。大家不都是这样过的吗？

他果然掐着点回来，十点二十，这个时候是她开始洗漱准备睡觉的时间，在卫生间里对着镜子拍水，上眼霜。他进门一副气势汹汹先要把人镇住的样子，似乎早上秀锦视频给他造成的麻烦与伤害，一天了都没有消失，甚至他这一整天在外的十多个小时，时时在为自己鼓气备课，营造气氛，只为回来好好声讨她一顿。

就从来不信任我，就没信任过！有啥话不能在家说，不能留言，非得视频，监督我咋的？我一天东奔西跑为的啥？还不是为了这个家，领导一叫就跟孙子一样跑去，叫去支腿子就得去支腿子，叫去喝酒就得去喝酒，有啥办法嘛，咱在人家手底下混饭吃。打一天牌，晚上又叫去吃饭，我死命耍赖不喝酒硬说开着车哩才逃得过，走到哪儿都心里装着你还不行，看到饭桌上有个好吃的都想着给你们拿回来。他夸张地将餐巾纸包着的两个小布丁蛋糕放在餐桌上。那两个被拿来用于表演的小东西滚动了一下身子，分离开来，头顶早已有了磕碰，一些碎渣掉落下来，成为灰头土脸的小可怜。她不理他，往往一接茬，他气焰更为嚣张火气更大。结婚二十多年，哪次吵架也没吵出什么名堂，总是以她没有理而告终，所以她不再吵了。

他见她不理，与女儿搭讪两句，女儿对着电脑屏幕，情绪在连续剧里，也不睬他，他自觉没趣，洗洗睡了。

第二天一大早出门上班，晚上还是没有回来吃饭，这是一贯伎俩，出了一件事后，他尽量减少与她见面的机会，最好是他回到家她已经睡觉，而他早上走的时候，她还没有起床，如此这般几天，事情不了了之。孩子也和同学出去玩了，她一人吃了简单的晚饭后，卧在沙发上看手机、刷微信。一个画面接一个画面，一条信息挨一条信息，真真假假，打打闹闹，就为了告诉你，世界如此丰富而奇妙。不觉快要九点，手机突然黑屏，再也打不开了。秀锦从手机世界转移到现实生活，灯光亮着，家里静着，廉价简单的家具一个一个，呈现眼前，没有手机屏幕的世界，突然变得如此空茫，热热闹闹的所有一切，对于她的现实生活来说，风马牛不相及。

而眼下，只有手机黑了屏，是件大事，她就那么呆呆地坐着。

钥匙开门声，女儿回来了。网上查找解救办法，替她捣鼓了一阵，也是没用。女儿说，爸爸的手机刚淘汰下来，在抽屉里放着。这个手机功能都还好，只是摄像头坏了，扫不了码，而现在走到哪里都要扫健康码，建伟买了新手机，把这个扔到一边。

娘儿俩从抽屉里找出那个手机，却没有合适的充电器，她想到这个手机的充电器被她拿到了办公室。上个月，同事小马手机没电，找这种充电器，她拿去后，就再没拿回来。她换衣服去往办公室。平时女儿常愿意陪她前往，但今天因为刚进家一身汗，还没有洗澡，不想再出门。于是她一个人下楼，穿过安静的家属区，往办公楼去。路上先后遇到两个同事，打了招呼，看到一些乘凉的人，坐在那里，无牵无挂地说东道西。每个人都好好地待在自己的生活里，无论好坏，暂且相安无事。

生活向来如此，在看似平静的时候，在你松懈不觉之时，突然来一个急转弯，将你猛闪一下。秀锦正在走向一个将她抛出日常生活的时间节点，她还并不知晓，一手拿着钥匙，一手拿着两个手机，在微凉的夜风中向前院走去。

2

三十年前的一个夏天，父亲出车走的那个早晨，她还在睡觉，高三学生的生活，还没有现在这么变态，而是早睡早起，可父亲比她起得还早。像之前所有的出车一样，父亲早出晚归，两头不见白天。不管多晚，他总会回来，归程的那天，要往家赶，哪怕夜里两三点。回到家就安生了，父亲常说。她习惯于半夜归来的父亲，睡梦中感到外间灯光亮了，爸爸和妈妈压低了声音说话，有什么东西放在她床头柜上。里外两间平房，门外搭建半间小厨房，父母在外间走动、说话，母亲招呼爸爸洗漱、吃喝。早上起来，总会看到一个新东西放在她的床头柜上，吃的或者用的，一个头饰、一条围巾。总之，父亲长途出车回来，总记着给她带个礼物。

那天父亲出门之后，再也没有回来。她在那个夏天，完成了自己的成长，变成大人，和母亲并肩一道，成为家里的主妇，操心哥哥弟弟的事情。

打开办公室门，摁开门口的开关，在刷白的灯光里，她走到桌前，拉开抽屉找那个充电器，这个即将打开生活机密的小东西，被遗弃了好些日子，生硬而委屈地躺在角落，被她拿在手中，跃跃欲试，要开启什么。

她伸展它们，两头接通，建伟的手机，被点亮了。可是打不开，有解锁图案，她记得是 W，画了后，不管用。她用办公室电话打给女儿，女儿说是 W，但不是大的，而是在右下方小的。果然，解锁了。她抠开自己手机，取出 SIM 卡，准备安到他的手机上，暂且使用两天。

屏幕桌面上的微信图案，一绿一白两个小逗号相依相偎，很是动人的样子，沉睡了那么多天，仍然生机勃勃，随时满血复活，两只小眼睛瞪得滴溜圆，仿佛说，点我呀，用我呀，我有层出不穷的功能与力量，我有超大储存，你们忘记了的事，不想提及的事，我都能记下，来呀来呀历历在目，足够让你吃惊。她就真的伸出了手指。

所有的所有，不由分说，如乱箭齐飞，嗖嗖嗖射来。没有任何委婉，一点也不客气，仿佛是棒喝她的软弱，报复她的好奇。她惊出一身的汗。唯有太阳和人心不可直视。她之前听到这句话，不太理解。而她在这个夜晚，由着偶然而必然的牵引，与一颗看似熟悉实则陌生的心灵，劈面相遇。

爸爸，是你看不下去了吗？你用慈悲而神奇的手指，将我引向这里。三十年来，你一直在另一个世界，在遥远的地方，爱着你的女儿，注视着这一切，你痛楚而无奈，你实在看不下去，不得不用一种方式提醒我。昨天到今天的一系列灵异事件，都是你所指使吧。虽然去世三十年，但你一直参与着我的生活。

而这个一起生活了二十多年的人，他到底是谁？他怎么跟另外一个女人，说着凑钱交款、房子装修、几点回家、吃饭购物的事情？取出了多少公积金，在自己父母那里拿了几万，找装修公司，看装修材料，甚至跟女方的弟弟对接，说着"你姐我俩"的房子……对话、照片、票据、截屏，一切的一切，历历在目，好像这所有的保留，只是为了在这个夜晚展示给她。

深夜的办公室里，她坐成了雕塑，惨白的灯光，照亮一切，手机连着充电器，在她手中热得烫手。怎么不爆炸呢？不是总有手机充电爆炸的消息吗？一边充电一边使用一边怒火燃烧，却也将它引爆不了，它仍然那么耐心、那么冷静，将生活的过往，将一切与她有关而又无关的发生了的事情，一条条一件件展示给她，像父亲一样冷静而客观全面。他跟另一个女人，建立着一个新的家庭，因为疫情房子还没有装修好，或者装修好了还没有跑散气味，他害怕跟那个女人双双憋死在里头，所以他们还没有搬进新家，所以他夜夜回这里睡觉，继续充当着丈夫。

秀锦单位的房子盖好七年，当初没有按照图纸盖，手续不全，消防也没有通过，所以房产证迟迟办不下来。去年夏天，有消息说，正在努力补办手续，消防设施也在改进，总之，领导退休之前，想给大家把这件事办好，让职工顺利拿到房产证。她害怕到时发房产证，会有新的规定和附加条件，因为建伟单位在东郊，分过一套房子，他们在那里住了几年。自己单位房子盖好后，已婚职工每人一套，象征性地交了几万元钱，让大家先住着，也都没有追究房产证的事情。近几年老城区改造，单位附近的博物馆要扩建，去年春天开始拆除周围大片民房，要建成大型文化街区，眼看与她们单位成为近邻，房子很快就会升值，或租或卖，都将大大有利可图，职工们又议起房产证的事情。单位将一系列补办手续排上工作日程。

大家暗地议论，夫妻有第二套房的，到时会不会让补交房钱？毕竟按地段来说，当时交的几万元，相当于房子白送。单位里有几个能人，与配偶悄悄办了离婚。因秀锦是办公室副主任，需要她给开证明盖章。她问："不是好好的吗？"前几天还拉着手逛超市。对方挤眉弄眼，假意难过："唉，过不到一搭咧，离了算了。"口气如此轻松，好像是一个萝卜没买好自认倒霉了事。在她印象中，离婚那可是要牵心扯肺抽筋扒皮的，一起生活了好几年几十年的人，突然一拍两散，再不来往，转眼成了别人家的人，这算什么事呢？不断有人来开证明，都是一副鬼魅样。而离了的那个非本单位职工，还是在家属院里出没，有时还出双入对，跟从前没有两样。

于是她回家给建伟说："咱也去办个假离婚吧。我单位有好几个人办了，可能跟将来的房产证有关。"

建伟眼睛一亮，像一棵打蔫的小白菜浇了水，立时支棱起来："好啊，那咱也办，办嘛办嘛，我明天到单位开证明去，哪天去办？"

她只是说了说，也没有太认真，或者她认为，离婚证有利于房产证，那都是机关里的人太闲了瞎想出来的逻辑。

过了两天，建伟又问她："不是去办假离婚吗？走嘛走嘛，我单位证明都开好了，你咋不见行动了？问问他们都是咋办的，需要找人不？我有个哥们儿的老婆，民政局的，不用排队，到那儿就办了。"建伟表现出对这件事的高度热情，难得他对她发出的倡议如此配合。

于是，她到办公室，自己给自己开了证明，盖了章子。第二天，两人一起到区民政局，很快办好了协议离婚。孩子超过了十八岁，也不用判；财产协议分配，夫妻名下两套房，分别是各自单位分的，一人一套，没有争议。两人拿到绿皮离婚证，顺顺当当走出民政局，就像平时一同外出办了什么事一样。在车上，她对着这个小本子看来看去，说是假离婚，可这手续却是完全合法的。她轻笑一声说："在法律意义上，咱俩目前已经不是夫妻关系了。"建伟看着前方，说："神经病，说啥哩，我是娃她爸你是娃她妈，到哪儿也变不了。"她目光停留在下面的日期上。天哪，今天是六月十五号！二十九年了。那个遥远的夏天，爸爸永远离开了这个世界，而这个日子，她在多年里都记着。她们兄妹三个分别成家，过起自己的日子，爸爸的忌日，有时候能记起，相互打打电话，约好回家，跟妈一起吃顿饭，在爸爸照片前伫立一会儿。后来妈找了后爸，再相约组团回去纪念，毕竟有点不方便，有时候也就忘记了，过后几天想起，自己怪不好意思的，也都不再提起。她发出一声惊呼，告诉建伟："你说日子咋能这么凑巧，如果专门约在今天，未必能约得上，来了未必能办得成，手续不是缺这就是少那，要么就是民政局有啥新规，今天给你们办不了，不想却偏偏是在这一天。哎，你说这是否有一个什么暗示？"建伟短暂地吃惊，然后有点尴尬地笑笑："凑巧了呗，你爸保佑你，顺利拿到房产证。"他没有就此话题发展下去。

二人在外面吃了饭，一起回家，日子照过。那个绿本本，放进抽屉，有备无患，也许在某一天，单位那里能够用上。

曾经从他的衣服口袋里，掏出过一回宾馆收费小票，也曾见过商场购物小票上，出现过并没有带回家里的物品名称。东郊的房子，在他单位的旁边，当时他们搬离，她说把那个房租出去。他说房子不大又租不了多少钱，顶多一个月一千来块，叫外人进来住着，还不够操心的，我有时候中午还可以在那里歇歇，睡个午觉啥的。有一次她路过东郊那里，想上去看看，却发现这里并不是一个人在此随便睡个午觉的模样，卫生间的洗发水沐浴露，都是正常使用的样子，小架子上，放着打开包装袋的卫生巾。甚至床上的床单，都是她没见过的。事实证明，他的外遇行径，多年来从未停止，只是不知，一直是同一个人，还是有所变换。她从不检查他的手机，一个男人心不在你这里了，再检查也没有用，跟踪、调查、询问、吵闹，也都没有意义，自取其辱。

当然，实在有证据撞到手上，秀锦也是要象征性地问一下的，以表示一个妻子的权利。每一次面对她的询问，他都能找到理由和借口，给单位订的房间呀，给同学帮忙呀，编瞎话也编不圆，破绽百出，但他表现得那么卖力，认真地解释，连蒙带唬的样子，瞪着一双大眼睛，极力申辩，那感觉是如果她再追问下去，如果她再不认可他刚才说过的话，就会有不可收拾的后果，他的心就会啪的一声掉在地上，碎成渣渣。他一心为了这个家，起早贪黑，早出晚归，在外应酬，装孙子充大头，花钱求平安，拿钱买认可，但在你这里得不到一点信任，回到家里没有一点温暖。他那无辜而委屈的样子看起来又悲壮又可笑。之后的几天里，表现出对她分外的好，每天回来，带点小东西给她，出门吃饭，拿回个饭桌上小点心小水果之类的伎俩，又上演几回，她也就不再追究。反正他就这德行了，改变不了。秀锦一贯善于为别人着想，有时候她从人的角度而不是妻子的角度想一想，似乎也能理解：如果我遇到一个相互可心的男人，也会动心，随之有可能发生什么。中年夫妻，也没必要对对方有那么多的需求和依赖，不再需要全产权地拥有一个男人，无欲无求，日子相安而过。

今夜，办公室里的她，短短一个小时，完成了又一次的成长。能够议到买房、装修，不是一般的男女关系，绝非外遇那么简单。

装修自己单位这套房，三天两头跑建材市场，看东西，讲价钱，运货收货，完全是她一个女人在干。而他跟没事人一样，单位忙，应酬多，没兴趣，装修好他来看，也没有提出什么意见建议，好像这里不是他的家一样。而他与这个女人，却热烈地讨论着房子的装修、花钱、工料等事情，甚至他为此取出了全部公积金，还回家从他妈那里拿了三万，还让女方的弟弟也拿点钱，催他有空了过去看看："卫生间墙面，帮你姐拿个主意。"那么他妈一定知道他外面的女人外面的房子？给予鼓励和支持，总之是没有制止他这种行为，说不定他俩还双双对对去过家里了，与他父母见过了？只有她秀锦被蒙在鼓里？

深不见底的夜，寂静无声的办公室，无数细节与画面连缀起来。他工资多少，奖金多少，补贴有没有，外快多不多，她一概不知，他每个月只给她两千元钱（前年才涨到两千，早些年是一千五、一千），其余的，他说自己吃干花净，没办法啊，外面应酬多，同事结婚随礼，同学父母去世，哥们儿聚会请客，年节给领导意思，哪一样不要钱呢？少了五百都拿不出手。这样才能保证在单位混出个样子，在社会上维持人脉和关系，都是为了这个家。他总是用那种一半乞求一半威吓的表情，软的不行来硬的，硬的不行再回复柔软，反正最后，必得以他的上风和正确结束，她闭起嘴巴不再追究了事。

办公室电话响，是他的号码，她不接，任铃声从头响到尾。她从办公室出来，没有回家，一个人走向深夜的街头。

虽然办了法律上的离婚，但两人和单位少数几个人都知那是假的，他们还是夫妻，天天住在一起，有共同的家共同的孩子共同的日子。而今夜，微信告诉她，她这个日子只是其中之一，他还有云存储，复制备份了一套，在另一个地方上演，他兼顾两处，他更爱另一个女人，和她有一个快要建设好了的家，却吃住在她这里，享受她的双手与情感打理出来的这个看似完美的家庭。

她的房子分到手有七八年了，当时的房款是八万多，他只拿了两万，他说他没有钱，他们刚买下装修好的东郊他单位的房子还没几年，他手里几无存款。秀锦付了房款就再没有装修的钱。妈和哥给她拿了两万，总得把房子简单装修一下才能住人。

大夏天，她一个人骑着电动车跑建材市场，一排一排地看，一家一家地问，来回比较，一切以省钱为目的，就这还是捉襟见肘，最后实在没有钱支付工钱，她打电话问刘紫英开口借钱。一听说是装修房子，刘紫英先说自己手头也很紧张，南山脚下她刚买了一套房，用于周末过去住住，上个月她妈心脏搭桥，她一把交了好几万，手里没钱了。你要是去年装修，我还能给你拿出几万。刘紫英总是把话说得圆满，显得自己很周全很正确，怪只怪秀锦装修房子不是时候。不过刘紫英也知道，老同学开口了，不借也不好，于是谨慎地问她，那你，需要多少？她更为谨慎地说："五六千吧。"刘紫英大松口气，并用疑问再次确认："五六千？那好办，你明天来拿吧，我以为你要五六万呢。"

房子装修简单得不能再简单，买了家具置办东西，把东郊那里还能用的搬过来支撑局面，所有开支压缩到四万多元，竟然一个新家建成了，总算一个温馨的三口之家。房子不必要装修得多高级贵重，而在于干净整洁，她对自己说。因她不会开车，于是全家搬到这里，建伟每天开车上下班。过年的时候，请她和建伟共同的高中同学前来参观，烘新房。刘紫英带着清高的宽容的笑，只说三个字，好着哩，好着哩。等到第二年他们去刘紫英南山脚下那个只是用于周末来住住的一百六十平方米的房子看过，才知道刘紫英的好着哩是什么意思。

刘紫英离婚十几年，可以说是资深单身女性，有着方方面面的生活经验。当年发现丈夫有了外遇，没二话，离婚，男的是过错方，净身出户，滚蛋没商量。

她的发现，也颇有传奇性。说起来你们都不信，电影导演都导不出这么精彩的戏。刘紫英在十多年里，无数次给别人说，从她儿子还是幼儿园小朋友，说到他长成身高一米八的大学生。他面带尴尬地听母亲讲述自己爸爸的光荣历史，她一次次将事情演绎得更加精彩，到最后她自己都不知道真实故事与她的口头描述有无差池，差之多远。

丈夫是银行业务尖子，成天早出晚归，在外跑业务，当然也有丰厚的收入。早在秀锦和建伟蜗居公婆那里一间小屋的时候，他们就买了商品房，一家三口小日子过得幸福滋润。八月十五的傍晚，开车到婆婆家团圆，刚吃完饭，丈夫突然说有事要先走，晚上来接她们娘儿俩。她问："大过节的你有什么事？"先是说领导叫，被她驳回，领导不在家陪老婆孩子过中秋节，叫你干吗？一听就是骗人，短信拿来我看。他自然不给看，说真有急事，领导说叫赶快过去见面再说。最后急了，仗着弟弟一家三口也在，人多闹哄好脱身，不再跟她纠缠，只跟自己的妈请假，拿了外套就走，颇有点逃走再说的感觉。

天还没黑透，饭后吃了半个月饼，有点撑，在婆家待着也没意思，等他来接不知何时，便带儿子打车回家。儿子要在小区一角的儿童游乐架那里玩耍，在塑料架那里起劲地爬上去，滑下来，再爬上去，再滑下来，乐此不疲。她在一边走路绕圈扭腰甩腿，突然高处的儿子大声叫道，爸爸爸爸！她顺着儿子的所指望去，三号楼三层的一个窗户内，丈夫光着膀子在那里炒菜，窗户关得严，油烟机轰轰响，他听不到儿子的叫声。她拉着儿子，进到三号楼，硬是敲开了那扇门。

你说他们想得多周到，把房子租在我们小区，这样省了他路上来回奔波，最大限度地节约时间。事后，刘紫英对人说，那女人还有点威慑的意思，唱对台戏，知道吧？我四号楼她三号楼，两幢楼面对面，你们想想那个画面感，那女人可能天天瞅着我家阳台和窗户，说不定两人还用开窗关窗、摆花盆晾衣服这些名堂来对暗号呢，我就说他咋那么爱站在阳台上往院子里看。反正人家俩啥都清楚，只糊弄我一个人。我叫他净身出户都算客气的，没卸他一条腿都是便宜他。

带着儿子的离异女性，虽然大好年华，却成为最难再嫁的一种。当然，刘紫英这样的女人，也是有自己条件的，碰壁几次，伤心几回，也有过两段刻骨铭心的感情。但那些优秀的男人，都是别家女人的产权，哭过醉过心碎过，于是摆出一副没有男人咱照样活的样子，以女强人自居，埋头大干事业，周到应对八方。

秀锦之前并不太亲近她，尤其她每每几千元的衣服、上万元的包包，出于女人微妙的心理，对她敬而远之。那次借她的钱，两个月后，工资凑齐，留下够吃饭的钱，就去她单位，还给了她。可在这个最无助的时候，她首先想到的，还是刘紫英。

今天太晚了，不好打扰她。

她走回家，建伟知道肯定是露馅了，他像个孩子，从大床凉席上起身，大眼睛眨巴眨巴，小心问她，咋这么晚，到哪儿去了？我到办公室找你，也没人，大半夜的，真让人操心……说着话下床穿拖鞋，走了出来。他总是这样，心虚的时候话就多，语速加快，一句紧挨一句，不给你喘息之机。她不理他，洗漱之后，进到小房间，侧身躺到已经睡熟的女儿身边，天快亮才迷糊睡着。

3

第二天，她约刘紫英见面。她也有其他几位女友或者同学，但她们都有家庭，看起来美满幸福，她不愿去找她们，她只有坐在与她同类的刘紫英面前才心里好受一些。

衰老对于女人的关照，无微不至，有钱也抵挡不住，从头发梢到指甲盖，从肌肤到内脏，绝无遗漏。秀锦的头发是染的。四十岁之后，先是从头顶，白了几根，无碍观瞻，不用理会。随后它们像布局好了似的，阴险地扩散。反正必得染了，不染出不了门了。于是染发这件事，成为生活中一节必修课，自己对着镜子，一次次染着斑驳的半厘米发根。明知有害，但不能不染。每一次对着镜子，闻着刺鼻的气味，尽量少地调和一点点，让有限的头皮上传来一阵微弱的刺痒。洗过之后，看着黑亮的头发，她都会想，这就是它们本来该有的样子啊，肌体走下坡路了，可为什么头发还要长呢？染好了就不要再长多好，保留住现在的样子。可是钻出来的半厘米，竟然还是白的，如此执拗，比电脑的记忆力还要强大，真真可恼。

刘紫英的头发，黑得自然而明媚，好像不曾白过一根，秀锦不好意思问她染了没有。她就算染，也是用最高级的染发剂，无伤害无副作用——假如这世上真的有那样一种染发剂的话，她必得不惜一切代价弄来，她不差钱，她除了没有丈夫之外，一切都要最好最美最优质。就连儿子，也是她独自带大，并且跟了自己的姓。

与刘紫英比起来，秀锦的经济状况要差许多，她的单位是自收自支事业单位，搏击市场，苦心经营，工资能有保证就不错了。建伟的单位倒是个好单位，据说收入不低，但他从不告诉她，他到底一个月拿多少钱，即使是住在他单位那几年，她也没好意思去一墙之隔的办公楼上的财务室问一问，他的收入到底多少，她怕别人一句话怼回来：自己男人拿多少钱，你不知道？总之她手头不太宽裕，购买东西常常以价格为重要参考，也常常为了价格而迁就品质，但随着步入中年，想来品质还是重要的。于是，她注册了闲鱼会员，常去那里逛逛，反正在办公室，有的是时间，在那上面买一些二手货。皮包、外套、裙子，看起来很高级很时尚，但价格令人惊喜。她是个细心的女人，在闲鱼上仔细地挑，耐心地谈，不慌不忙地对比价格。寄来不合适，还能退换。有时候，一件衣服从看上眼，到最终穿到身上，要经历十多天的折腾，这叫慢工出细活。所以，收入不高的秀锦，也能把自己装扮得气质颇佳，在同龄女性中还算挺美。这个秘密，一般人她不告诉，更不会给刘紫英透露。刘紫英能一眼认出她身上的品牌，脱口叫出名字，问她在哪里买的。她有时候说建伟买的，有时候说在中大国际，看了几回，专门等到打折时买的，有时候干脆笑而不语，拿话岔开。

坐在刘紫英面前，是一种找到组织的感觉。她把每个细节耐心、诚实地告诉对方。病人要想求医，就得对医生全盘托出你的实情，遮掩是没有用的，都这么大的人了，又是几十年的同学。刘紫英立马有了一种成就感，打心眼里愿意给她指导，给她安慰，仿佛秀锦的后半生要全靠她了，而她要拍案而起了，随时要打电话责骂建伟的样子。早就看他不像好东西，每次聚会，来得最晚，吹得最响，慌慌张张，口气生大，好像他是多么了不起的人物，把社会上那一套带到同学中来，我早怀疑他外边有人，没好意思告诉你。最后刘紫英以一个过来人的身份作出初步判断：建伟很可能跟那个女人，领证了。

你等等，我有个朋友在民政局，咱先查查再说。

电话打过去，对方说，这是公民隐私，不能随便查。或者说，不能立即随便查，得提供相关证明。

没有什么事能难倒刘紫英，她约了时间，带着秀锦去了朋友的办公室。也可能是秀锦无助与沉默的美感打动了那人，相比起来，刘紫英更像是受害者，可劲诉说，而秀锦在一边默默无语，倒像是她陪着刘紫英来办事的。朋友带着二人，进到一个办公室，工作人员按照秀锦提供的建伟的身份证号码，查出了他的结婚记录。和同单位一个女人，于去年六月十八号领取结婚证。

工作人员不给她截屏，不许她拍照，只让她看在眼里就行。她看清了发证日期，记住了那个女人的出生年月，竟然比秀锦和建伟还大一岁。然后她紧紧地盯着两人的合影照，那女人并不比她好看，也并不像小三，反而有一种大气，挺能镇住人的样子。建伟那张油腻腻的脸，仿佛随时要开口说话，秀锦你个傻货！他平常总是这样说，有些疼惜、有些爱意，像是大人说孩子，傻货，是他对她的昵称。二十四年前，他们俩拍合影照时，他年轻英俊，棱角分明，像某个港台明星，一张胖胖圆脸的秀锦从外表看，似乎有些高攀了他。这让他婚后一直占据着某种心理优势，好像他大大地施舍予她。秀锦明白了，他们三人之间，建伟能降住自己，而这个女人能降住建伟，这就是人们说的，一物降一物，而我们找来找去，无非是想投靠那个能降住自己的人，心悦诚服地归顺。

与其说秀锦非要搞清这件事，是想再次伤害自己，倒不如说，她有一个执拗的询问：人心到底有多么深不可测，一个睡在身边二十多年的男人，如何一步步欺骗着自己。母亲单位一个女人，二十世纪六十年代国家倡导下放回乡时，她对丈夫说，你先下去，我随后就来。丈夫听话地将户口迁到乡下，而她却立即提出离婚，以独自抚养孩子为由，避免了自己的下放，并很快再婚。而那个丈夫，再也没有能力把自己办回城里来。枕边人若是处心骗你，成功率更高，因为他掌握你的性情了解你的弱点，熟知你的边边角角沟沟坎坎，利用你的阴晴圆缺打时间差办成事情。

如果不是意外发现，他还将怎样欺骗下去？吃住在自己这里，免费享受着她用双手营建起的家庭服务，等着自己的新房装修好，晾透晾好，不至于甲醛中毒。然后呢，他一去不回头，还是继续假戏真做两下里跑，两处应对？那个女人当然也知道这一切，知道她秀锦无私地供养着别人的丈夫，她或许还会在秀锦不在的时候，陪他一道来家里拿他的东西，用胜利者的目光打量她家里的一切，鼻子里发出一声冷笑，监督着他的衣物，一点点转移到她那里。

秀锦在夏天里，全身冰凉地骑着电动车回到家中。只做了两个人的饭，给女儿说不用等他，咱俩吃。

母女俩吃着饭，钥匙开门声，走进来心虚的建伟，身子在后脑袋向前，腰微微弯着，脚步都放轻了，再不像从前一样回到家里，钥匙往门口台台上一扔，挺胸叠肚，气长得很，嘴里说着多忙多累，劳苦功高的样子，应该享受衣来伸手饭来张口的待遇。几天来，秀锦不理他，也不过大房间来睡觉，他摸不着头脑，不知道事情败露到何种程度。他一双大眼四处轮转，自己到厨房去，然后走出来，坐到客厅，抽烟，盯住秀锦，痛心疾首地看。

第二天早上，建伟没有按时出门，磨磨蹭蹭，等到女儿走了，叫住也要走的秀锦。一如既往地想要占据理论优势，硬撑着问："咋了嘛？犯啥病？"

秀锦抓起桌上的烧水壶，狠扔到他脚下，他跳起来向后一躲，胳膊肘碰到立着的穿衣镜，折了一半，哗啦碎了一地。秀锦的眼泪和声音一起迸发："滚出我这儿！到你自己家里去。"

"咋了嘛咋了嘛？"对方继续装傻。她从门口鞋柜里，在他的一双旧皮鞋旁边，拿出他的手机，拍到茶几上。"六月十八号，你的好日子！"

建伟拉她坐下，她甩脱，不坐，建伟自己坐下来，两只手来回搓着，眼睛向着她翻了几下，终于翻出了好主意似的。"哎，咱俩从高中就认识了，我是啥人你还不知道？不就是跟同事的结婚证嘛，我也不管你是啥渠道知道的，反正你是知道了。告诉你吧，假如咱俩是假离婚，那我跟她，就是假结婚，一个证而已嘛。她离婚好些年了，一直在单位没房子，单位不是去年要分房吗？规定双职工优先。刚好那天你说咱去办个假离婚，我想这样一举两得，既支持了你，又帮了她。不就是个证吗？咱的日子从前咋过现在还咋过，这有啥想不通的嘛！"

"可你跟她像模像样地装修起房子，过起了日子。"

"帮人帮到底嘛，那钱是借给她的。"

"骗鬼去吧！"秀锦转身出门。到了单位，给他发微信：收拾你的全部东西，离开我这里，我要换锁。

从办公室窗户望出去，是城墙的一段轮廓。出生，长大，上学，结婚，离婚，回娘家，走亲戚，几次搬家，都没有离开城墙内外。快五十年了，她与这个四方城长在一起，眼里所见，皆是城墙。父亲是政府部门的大车司机，出了事故那年，单位的赔偿条款里有一项：照顾一个子女进入下属事业单位。哥哥大了，已经工作，弟弟还小，正上初中。一个月后，她没有考上大学，便享受了这条优惠政策。

工作后，她参加成人自学考试，拿到了大专文凭。她就是有一次去考试的路上，遇到高中同学建伟。他早已由家里安排，进入一个效益挺好的单位上班，腰里别着 BP 机，把传呼号告诉了她。两人开始谈恋爱。三年拿到大专文凭后，她自学本科，考过了一门又一门，最后就只差英语过不了，愣是拿不到本科文凭。就这样大专了十几年。两年前，单位出个规定，没有本科文凭者，下一轮竞聘中不能再担任中层干部。她把当初十几门的成绩条复印到一张纸上，告诉人事部门说，她的本科文凭其实只差一门英语。单位说，那也没用，我们只认最终文凭。有人告诉她，有新政策，四十岁以上免考英语，但你这些成绩条作废了，因为本科学习要在十年内完成。

刘紫英告诉她，有很多大学办有网络教育学院，也就是从前的成人教育学院，比较好通过，最主要的是，确实有四十岁以上免考英语这一条，顺利的话两年拿到本科文凭。刘紫英社会上认识人多，各种信息都有。秀锦想先办个本科在读的证明，交给单位。

两年前的深秋，她拿着大专毕业证，前去办理入学手续，工作人员是个小姑娘，她很尴尬，叫不叫老师？心里称她小程姑娘。对方见她这个年龄，也有点小小尴尬。小程姑娘对她说："你这个文凭要进行网上认证，因为这是二十世纪的毕业证，现在所有高等院校毕业证都上网了，而你这个在网上查不到，你得到专门认证的机构去，让她们把你的信息上传到学信网，我们这里要能查到，才能给你办本科入学手续。"她按照小程姑娘提供的地址，到一个大学院内，省教育厅设在那里的一个办公点，竟然真的有这样一个机构，专门查实认证各种上世纪的高校毕业证书，一间大房子，一排电脑，每个电脑后一张年轻女性的脸。还是一个小姑娘接待了她。反正现在走到哪里，比她年轻的人越来越多，有人叫她姐，有人开口叫她阿姨，她不自在一下，也只得认了。这个小姑娘将她毕业证上的信息输入电脑后说，查不到。她问："查不到是什么意思？"对方说："就是说信息库里没有你的信息，要么是信息有误，要么是……你拿来的毕业证，是假的。"

"笑话，怎么会是假的？当年我一门一门考出来的，考够规定的十门功课，拿着几张成绩条，去自考办领取的毕业证。那时自考办在回民街大皮院，后来不知搬到哪里去了，我几年前路过大皮院，不见了自考办的牌子。而在九十年代，我每年要往那里跑几趟，领准考证，领成绩条，最后去取毕业证。"那小姑娘不与她理论，冷淡地将她的毕业证送回到面前的小台子上说："你现在需要落实好你这个毕业证的真实性，再去开一个学历证明，我这里才能给你办理认证。"她再问："那我怎么才能去查实我毕业证的真实性？"对方已经转头干别的工作，说："给你发证的地方，自考办。"

她转身出门，哼，跟你说再多没用，我那时白天上班晚上上课，风里雨里参加考试的时候，你还在幼儿园呢。她在网上查找自考办的地址，得知自考办现在并入高教委的一个部门。

出租车在路上奔跑，她觉得自己又回到二十多年前，那时为个大专文凭，也是很拼的，一次次上课，一次次考试，六十分万岁。据说一般六十分的，其实都是五十八或五十九，批卷老师好心，给提到六十的。她有两门课，都是六十分，拿到成绩条的时候，不好意思地吐了吐舌头，心中感谢那不知身在何处的批卷老师，体谅他们这些人的不易，赐给两分，及格万岁。而后来的本科考试，过了十几门，只差英语，怎么都过不了，每次离五十八还有挺远的距离，估计批卷老师想照顾也没有办法，只好无情地写上让人羞愧的分数。如今她那世纪之交的十几个六十分以上的成绩条，在家里保存着，成为纪念品。有时候，只差一丁点，也是没用的，事情成功百分之九十五，也还是跟零一样。

坐在出租车上的四十六岁的秀锦，又找回年轻时候的干劲，奋力往前奔，有时候，惰性需要刺激一下，给你的生活中投掷一个障碍，阻力越大摩擦越大，让你焕发生机，奋起直追。没有单位这个规定，她也想不到再去学个本科文凭，更想不到她手里这个大专文凭，在网络库里竟然没有底子。而当务之急，是把事情搞清，到底问题出在哪里。

门卫告诉她，办理你的这个事情，在大门外专门有几间对外开放的办事大厅。她回转身，果然三间平房，两扇大玻璃门，一律上锁，里面也没有亮灯。她走上台阶，见玻璃门上贴着 A4 纸，上面打印着黑体字："办理学历认证时间：每周一三五上午九点至十二点；所需资料：……"

而今天，是星期二。

第二天再去，拿出毕业证、身份证，交给柜台后的工作人员，这回不是小姑娘了，是两个三四十岁的男子，每人守着一台电脑，面朝外而坐。

一个男子对着她的毕业证，在电脑前操作一番，对她说："网库里没有你。"

她说："怎么可能，你仔细看看，这不是你们给我发的毕业证吗？"

对方拿着毕业证，转换角度，扭转脑袋，好像那张小小的证书是什么高难度的东西似的，又拿给另外一个男子看，那男子也是如此这般看了好一阵，说："证件是真的，编号也对，但电脑里的名字与你对不上。"

她说："身份证号总能对上吧，用身份证号查查。"

对方说："那时还没有与身份证挂钩。"

"那，证书编号呢？输入证书编号总可以吧。"

"不是说了嘛，证书编号显示，不是这个名字。"

"怎么能不是我的名字呢？"她踮起脚尖，脑袋伸进去，想看看电脑，那男子将电脑屏幕转过一点方向，上面的名字是：罗锦秀。

"罗锦秀，罗秀锦，那就是我，肯定是录入的人，给写颠倒了。"

"那我们不管，凡是与底子不符的人，一律不给开学历证明。"

"可这就是我的毕业证啊，刚才你们也说了，毕业证是真的，在我手里也是真的，那就能证明这是我的毕业证。"

"可是跟你名字不符。"

"肯定是你们录入时写错了，你们应该查下原始底子，我当时报名上学考试的底子。"

"全部录入上网之后，底子就封存了，要查找，得领导签字批准，相关部门人员进入资料室，才能查看。在这之前，只能把你这个当成假证。"

"什么叫假证？你们刚才明明说过是真的。"

"有可能，是你冒用别人的。"

"我冒用谁的？哪里那么巧，刚好有个罗锦秀叫我冒用？再说了，我为啥要冒用呢？"

"那难说，现在假冒东西多了。"柜台里那个男子，表情始终没有改变过。说出这句话，低头不再理她。

她转身走开，推开大玻璃门，才让眼泪掉下来。

她站在大街上，面对车来车往，用纸巾擦干眼泪，拿出电话。每当她有困难的时候，想起的不是建伟。建伟帮不了她什么忙，他只会说，学那干啥，去他妈的不学了，明天我找哥们儿给你买个假文凭，就是单位用一下嘛，你又不干别的，我的不是这么多年了都能用吗？他有无数哥们儿，众多战友，他的哥们儿与战友无所不能，但秀锦从没见过他们长什么样。

电话打给刘紫英，不争气地还带着哭腔。刘紫英说："叫我想想，还真在高教委认识人。你等一下，我电话给你联系下。"

五分钟后，刘紫英电话回过来说："我认识的那个冯处长，他出差了，过几天回来，你下周一去找他吧，我一会儿把他电话发给你。"

长出一口气，又转身看了一眼身后的大玻璃门。办个事真难，本是正常的事情，必得找人托关系，事情简单得跟"一"一样，怎么就不能找到底子查一查呢？

　　周一上午，冯处长给她回短信说："上午开会，你十一点之后再来。"

　　冯处长带她去资料室，办公室门开着，人却不在。冯处长打电话，一个女人说："才离开出来买个东西，就打电话，稍等一会儿啊。"

　　冯处长说："咱先到办事大厅去问问，能不能给你在那儿办了。"还是那个面无表情的男子，对冯处长解释说，每办一件业务，都有一个编号，要复印所有东西存档，她这个与底子不符，查证后要相关部门领导签字，才能给她开学历证明。

　　秀锦不明白，我手拿的真真切切的毕业证，为何还得再开一个证明来证明它。

　　冯处长好性子，陪着她在大门口等待外出买东西的女人，一等快要半个小时，秀锦都有点不好意思了，几次说让冯处长先回办公室，她自己在这里等。冯处长说，没关系，我走的话，你不认识那个人呀。终于那女人电动车前面带着一兜子菜回来了。嘻嘻哈哈停好车子，领着两人来到办公室，先看秀锦的证明，再进入电脑看网上证书，果然名字不相符。起身打开走廊对面铁门锁着的黑房子，开了灯，从一大排铁柜子里找到一九九七年的抽屉，拿出一个巨大的本子，回来坐到办公室，耐心地翻看。

　　在你不知道的地方，锁着你的过往和脚印，那些与你息息相关的事情，被一群不相干的人掌握着，有时候你们彼此相安无事，各不侵扰，错了也就错了，妨碍不到什么，有时候却横跳出来阻挠你。秀锦闻到一股经年日久纸张些微发霉的让人镇静的好闻气息，仿佛看到了她的青春时光，每年的四月和十月，是考试的季节，她的要求不高，六十分就行，因为六十分跟九十分是一样的。至今记得，她拿到六十八分、七十三分的那些成绩条时，那种安宁与幸福感，是自己扎扎实实的付出与获得；而六十分的成绩条，带给她庆幸与喜乐，仿佛比六十八分还让人激动，因为捡了便宜。终于翻到了有她名字的一页。罗锦秀三个字清清楚楚。细细的一溜，记着她多年前的成绩，和大家一样钢笔书写，名字下面却用铅笔画了一横，锦秀两个字拉出来，有一个颠倒的符号，旁边又打个小小的问号，似乎拿不准，此人应该叫锦秀还是秀锦。那个颠倒符号和问号历经二十多年的收藏，淡到快要没有。

秀锦想起来了，有一次的准考证上，把她写成罗锦秀了，她找老师更改，夜校老师给自考办打电话，电话那边说没事，她给那个考点打电话说下这个情况，到时放她进去就行。那时候没有电脑，也不如现在严格，不知罗锦秀的疑问，是谁提出来的，谁人用铅笔勾画了这么一下。女人说："凡铅笔画的，都是存疑的，当时也没有跟身份证挂钩，也没有留电话，我就录入成罗锦秀了。"

秀锦站在她身后，真想抬手给她后背捣上一拳。凭什么就认为我应该叫锦秀，就不能多费点事查查学生登记表吗，查查从前的成绩单吗？该认真的时候不认真，而外面办理学历证明的人，却死认真，怎么就不能按此情分析一下，给我开出一个证明呢？

秀锦刚说出一句："哎哟，果真是你这里给我弄错了。"那女人严厉地说："你不要说这话，我怎么会有意给你弄错，凡是有疑问的，我们必得落实清了才行，我也是本着对工作负责。"冯处长在身后拉了拉秀锦的衣服，说："好了，查清了就行，回头你这里出个证明，我让你们处长签个字，再让那边严处签个字，给她开学历证书。"那女人将秀锦的身份证和毕业证复印件留下，原件还给她。冯处长使个眼色，秀锦跟他一起出来。留下那个女人，再见也没有说，噘着嘴坐在桌前，狠狠地用订书机将她的复印件订了一下。

冯处长叫她回去等消息，领导签完字后会送到办事大厅那里。秀锦想说，就这么简单个事情，已经搞清，怎么就不能告诉办事大厅那个男子，今天给我开证明呢？见冯处长一副终于给她费力办成事的表情，她也只得道谢而去。

一周后，终于等来冯处长电话，可以来开证明了。

4

娘家那里，她没有哭诉，因为自己的弟弟前年离婚，为孩子房子闹得日夜不宁，她妈大大地操心了一回，腰更弯了一些，头发白了许多；同事那里，她没有吭声，只少数几个人知道，她办了假离婚，而真的落单这件事，她捂得严实。她只想一个人在自己心里慢慢消化，也不再期待与刘紫英交流，如果不是她主动来问候的话。可是单位里会有人问："咦，咋不见你娃她爸了？"她平静地说："他不住这里了。"慢慢人们自己咂摸出滋味，不再问了。一个夏季，她家里、办公室两点一线。也不用减肥了，自动瘦去十斤。

刘紫英问她："你咋还是建伟建伟的？他是你什么人？你要搞清楚，什么都不是了，跟你没有任何关系了。"秀锦这才发现，她嘴里的建伟，仍然是从前的口气，没有仇恨，没有距离，那感觉好像他随时都会回来，而他一旦回来，日子一如往常地过。"你就这么没志气吗？"她问自己。

一个人的忧郁气质，绝非凭空造就，而是在人后吞咽了诸多悲愤与伤感，打掉牙齿默默咽下，再慢慢反刍消化，沉淀发酵，慢慢成就你的面孔和形象。那时，她再一次站到那个三四十岁的男子面前，隔着柜台，递过自己的身份证、大专毕业证，那男子依然冷漠而忍耐的样子，像是第一次面对她，丝毫没有给你添麻烦了、让你受委屈了的表情，只是默默地给她开具证明。他这个年纪，干这个工作，可能是临时工，说好听点是聘任人员，受够了挤压和困顿，他对这个世界无话可说，单位里下刀子起火焰他不管也管不了，一切按规定办事，没有任何通融余地，因为他不具备给你通融的能力，于是冷漠和愤懑是他永恒不变的表情。倒好像是秀锦该向他说，给你添麻烦了、让你受委屈了。那男子认真写好之后，从一个大本子上，用尺子压着，撕下来一多半，柜台里递出她的证件，上面放着那张比语文课本还小一点的纸片，而那存根，将保留在他们这里，将来不论多少年后，再来查找，都将以此为依据。各行各业，都有自己的职责和门道。结婚与离婚，在民政局那里，只是一张纸，他们不管你们感情和欺骗的事情，有了财产等纠纷，一切以那张纸为依据。而前年没有这个来之不易的小纸片，她提升学历这件事就无法进展。社会是一盘棋，每个棋子都得遵守规则，安心其所，沿着自己的路线前进。欠下的，终究要还，你所缺失的东西，早晚会连累到你、羁绊住你，让你再去找补回来。就像这个男人，如果有高学历，有更强的能力，不会坐在这里，像实习生一样做开证明这样简单的工作，从而形成他的忧郁气质。她对这个男人再无一点怨恨，甚至觉得他也挺不容易。秀锦说声谢谢，那男人轻轻哼了一声，低下头去。

生活变故将秀锦打造成一个有忧郁气质的窈窕淑女，对外界的一切用深深的目光看上两眼，垂下眼帘，默默无语，独来独往。因为欺骗与捉弄，一切改变了模样，连家里的气息都有所不同，她常常闻到似有若无的霉味、臭味、邪气的香味，吸吸鼻子，仔细辨别，四处找寻，以确认没有。从前她也提过离婚的，他不答应，若是答应了，那她现在或许早已习惯，或者又遇到合适的人，开始了新的生活。假离婚也好，真离婚也罢，从法律上来说，你们不再是夫妻，你们天天住在一起，那叫非法同居。而现在，跟她非法同居的建伟，去到他合法妻子那里。如果不是及时发现，她还蒙在鼓里，假如他开车在外，上班在岗，出了事故，死了伤了，她还会出面去领遗产、要赔款什么的。那时会有另一个女人站出来说，不，这一切都是我的，我跟他是合法夫妻。他名下的一切，包括存款、保险、理财，都跟她秀锦早已无关，而她还傻乎乎地出面去领、去要。是父亲提醒了她，让她发现这一切、中止这一切，父亲不忍心让自己的女儿成为一个笑柄。她一遍遍反思自己，哪里没有做好、没有做对，没能留住一个男人。不够勤劳？不够贤惠？不够忍让？啊不，平心而论，她秀锦还算勤劳还算贤惠也能适度忍让。就是不爱了，一个人爱你的时候，理由多多，你的一切在他眼里都是好的，你不勤劳不贤惠不忍让那是个性那是高冷，会让你更加迷人，增加他爱的砝码。他不再爱的时候，理由更多，你的勤劳贤惠忍让那就是没有自尊缺乏个性失去原则，说白了就是犯贱。不管怎么说，她的婚姻，以可耻的失败而结束。这年头，被外遇不可怕，这种事情多了去了，每个人都面临着外遇和被外遇的可能，每个人都尽力做到外面彩旗和家里红旗交相辉映互不侵扰，但真的被离弃被欺骗，却让秀锦意气难平，怎么想都是窝囊，可你该找谁算账呢？无账可算，没有人欠你什么，只是你自己，不小心走入死巷。多少天里，仇恨的箭头，一会儿对着别人，一会儿朝向自己，最终将它泡软了射中自己的心，醉醺醺麻酥酥的伤感。

生活依然轰轰转动，而她是甩脱出去的一个废旧小零件，只因天长日久，滑丝脱落，咕噜噜滚到一边。很快有新的零件替代她，而她在墙角，踩几回，踢一下，进入更深角落，身上的灰越落越厚，直到一天，作为垃圾被撮走。

而她眼下要做的，是先把他撮走。

一堆衣服、皮鞋放在门口，打了电话，等着收破烂的上门。

那是丈夫的躯壳、蜕皮、残骸，松松垮垮趴卧在地。那条十年前买的第五街牛仔裤，伸出一条扁腿，指向厨房门口。当年那个价钱，让秀锦倒吸一口气，她那时工资才一千多点，不够买三条牛仔裤。他遇到这种事情不会跟她商量，而是直接买了拿回家，当时他说是自己路过东大街，一眼看上，就买了。他语气里强调自己，她信了他一个人去买的这一说。她对他说的话，向来是相信的，她总也想不到，他会骗她。她只是不明白，一个孩子都上了小学的、年近四十的已婚男人，为何还像个小青年一样，穿这种裹住腿包住屁股的牛仔裤。果真，不到三年，他那发福了的身体，进不去了，在柜子里一直放到现在。好几件衬衣，长袖、短袖，自己买的、单位发的，休闲的、正式的，白的、粉的、淡蓝的，小格子的、斜条纹的，八成新的、更陈旧的，次第包裹那个秀锦万分熟悉的，从十六岁就认识了的，后来走到一起，经过二十多年磨合，快要变成自身一部分的身躯。它们本是叠得好好的，放在一摞的，刚才扔的时候，错开了，歪扭了，以松散的形式躺在地上。她知道这都是他挑剩下的，他还看得上的那些衣物，早在那天上午，就全部拿走了，在那个上午之前，就一点点转移了。

他一定在新的领地里，组建了自己新的衬衫团队，更高级的、更时尚的。还有几条穿得稀薄松弛的，早就淘汰了的内裤，恬不知耻地混在衣物之中，她曾经拿在手里洗过它们，从阳台的夹子上拿回来，叠过它们，放在属于他的衣柜抽屉里。据说有外遇的人，特别注重内衣内裤的品质，而这些是几年前就不再穿的，放在抽屉一角吸足了樟脑球和木头的气味。刚才她统一将它们拿出来，扔到门口。鞋子，一双一双又一双，全是破鞋。是的，破鞋。她对它们说出这两个字。要命，说这两个字时也没有仇恨，还带着一丝柔情和嗔怪。它们有的装盒，有的入袋，有的赤裸，都是曾经承受过同一个人的样子，款式不同而又气质相似。他爱买鞋，他说鞋是男人的脸面，男人的鞋一定要讲究。他常常拿出据说是他工资一半的钱，买一双据说是正宗进口的皮鞋。那么多的时候，秀锦怎么就没有想到，他其实是一直处在恋爱状态的，否则一个有家室的男人，怎么有精力有必要天天打扮，把自己弄得光光亮亮，像个求偶的大公鸡。而地上这些，可能都是他曾经恋爱生活的道具，他以她这里为大本营、为根据地，每天飞到外面，享受恋爱。现在他的这些往日功臣，被他抛弃，躺在那里堆在那里赖在那里，散发出成批量的大规模的男性气息，不洁的背叛的气息，不堪回首的气息。而秀锦要做的，就是斩断这个作案团伙的气息，与之前二十多年的日子，来一个彻底了断。

楼下那个超市，曾经一家三口，走过一楼卖服装鞋子的区域，穿过二楼浓重的塑胶味，从一个走道穿过，上到三楼，买他们一家人所需的东西，买看望双方老人的礼品。事先将要买的东西写在一张纸条上，装在某一个人的口袋里，拿到一件，画掉一个。女儿小的时候，把这当成一种乐趣，用笔认真地画掉一个个物品名称。层出不穷的日用品、食品等着她斤斤计较、挑来拣去地选择，在考虑质量和省钱之间进行思想斗争，直恼恨同类产品怎么如此之多，让人陷入选择的泥淖。建伟常常说："哎呀，挑啥嘛，看上就拿，不就是差几块钱吗？"而超市的设置像一个骗局，琳琅满目吸引着你，好像你可以随便拿，反正价钱不高；常常，到收款台那里排队时，头脑渐渐冷静，发现有一些东西不是必需的，可它们摆在那里的时候，为什么就那么惹人喜爱，让人想伸出手去拿呢？建伟说，物品摆放是一门学科，摆放得不同就能产生不一样的销量，他一个哥们儿是超市供货商，所以要跟超市部门经理拉关系，把自己的货品摆到重要位置。秀锦的诸多生活常识，都来自建伟，多年来建伟全方位控制了她，她被他精神喂养，愿意地老天荒这样下去。可是他却抽身离去，将她大大闪了一下。衣物清除只是外在形式，而要从内心里把他剥离出去，还得有个漫长的过程。现在，秀锦站在窗前，从高处看去，超市只是类似于刀把形的一个房顶，这个庞然大物将自己不必被人看到的一面，呈现给她，上面有三座巨大的地雷般的绿色铁家伙，可能是通风装置。在秀锦眼里，它们是会随时爆炸的物体。

那条通往超市的小街，一家三口一次次走过，把逛超市当成周末重要事项。今后，不会再有三个人一起去往那里了。这条小街上也曾经有她一个人的身影闪过，匆忙去往超市旁的小市场买面条、买菜，买那种装在塑料盒里、建伟最爱吃的软面。她小心绕开洗车行流到路面上的污水。也曾在路边大树下接听电话，建伟给她说今天有事，晚点回家。或者她大声说着工作生活中的一些事情，就像女儿常常抨击的中年妇女一样，不顾及自己的形象。生活啊如此匆忙，来不及审视自己，就翻篇了。

收破烂的进门，对地上的衣物看了看说："我不收这些东西，没法定价。"

她说："不是让你收这些，你先把门外纸盒子捆好称斤，饮料瓶子数数算钱，这些东西，顺便捎下去，扔也好，送人也罢，由你自己处理吧。"

那人再看看地上的衣服，又看看屋里，本想说，这衣服都好好的，皮鞋亮锃锃，就不要了？它们的主人哩，死了？一时仿佛想起这家男主人的模样，中等身材，挺英俊的样子，也不便多问，先到门外收拾纸箱子去了。秀锦又到阳台上去，将几个快递纸盒给他拿到门口。

所有废品称好算完。十二元。那人慷慨地说："给你二十吧。"掏给她一张票子，把所有东西拿到外面，说声再见，轻轻给她关上门，自己在门外慢慢收拾。

建伟自找台阶下,那天在她出门之后,安放好烧水壶,扫净地上碎玻璃,拿了几件自己的衣物走人,从此再也没有回来。过了一个星期、两个星期,再过一个月,没有任何信息。她才叫来收破烂的,把他的衣物全部拿走。他近两年新添的东西、新买的衣服,肯定也没有往这边拿,他只是等待着有个合适的机会逃离这里。

这世界放眼望去,到处都是论文无处发表毕不了业的博士生和离了婚无法再婚的中年女性,没啥大不了的,又不是你一个,对再婚别抱任何希望,遇到有缘人,混两下就行。你没看那些征婚的男人,先不管自己啥情况,哪怕五十多了头都秃了,也敢开口要求女方三十五岁以下。其实,就算这会儿给你来个男的,你也不习惯,接受不了。所以呀,打起精神自己过吧。刘紫英时不时来问候她,经常一段一段给她发语音,"好着没?""吃了没?""睡了没?"是她常用的开头语,生怕她想不开似的。

自从确认了自己真离婚的身份后,秀锦一人在家待了两个星期,无声地待着,把之前没有想到过的事情,没有意识到的问题,统统捋了无数遍,梳子刷子篦子,将往日生活反复梳理。

除了他们共同的高中同学,她从没有被带去见过建伟的同事、朋友,从没有以他妻子、爱人、老婆、媳妇、娃她妈的身份,与他一起出现在任何一个饭局和聚会上,那么,这样的场合,他带着的,当是另一个女人。去年春节,他说因业绩好,单位奖励他们几名职工海南游,先是说不能带家属,后又说别人都没带,他带了不好。从他拍回的照片看,六名职工,三男三女,里面就有那个和他领了结婚证的女人。那么另外几人,真的就是同事吗?多年来,他该是拿出多少精力,对付这种两头瞒、两头哄的生活?不,只是一头瞒一头哄,她在明处人家在暗处,两个人合伙对付她。

一大早,刘紫英发来一个新闻链接,南方那个丈夫报警说,妻子失踪却怎么也查不到行迹,人们关注了好些天的新闻,终于查实清楚,是丈夫将其碎尸几段投入化粪池,然后报案撒谎。额滴(我的)神呀,天下离婚女人一下子万分庆幸，离了好离了好！那女人一定是不肯离婚才让男人出此下策，所以呀姐妹们要自尊自爱自留退路，该放手时就放手，别把自己小命弄没了。评论区竟然是女人们的集体醒悟。刘紫英也是这个口气，搞得秀锦认为，她像是从死神手里捡了条小命似的。

离婚、单身这些字眼，从前由嘴里说出，轻松自然，了无挂碍，谁谁离婚了，自己带着娃，张口就来，平常得就像路边小店吃了碗凉皮。别人的伤痛，没长在自己身上。只有亲自走到这一步才知道，每一个字眼后面，都是屈辱和破碎，不甘与无奈，命运的捉弄与布局，真真假假恍恍惚惚凄凄惨惨，怎一个离字了得，怎一个证书了结。斩不断，理还乱，哪里是把他的"遗物"清理了那么简单。

有一次她到一个同学家里，两人说起很多女人，总是那么在乎丈夫，没有男人活不成了似的，真是的，太没自尊了。同学的姐，年轻时离婚，自己带大两个孩子，现在孩子都成家了，她仍然独身一个，常到妹妹家来。两人说得热乎，姐姐在一边轻轻地说，那是你们都有丈夫，才这样说的，那些没丈夫的人，可不得很在乎吗？姐姐那意思是说，她俩站着说话不腰疼。秀锦对姐姐说，你一直一个人，不也是过得好好的吗？现在两个孩子，对你多好，生活回报了你。姐姐摇头苦笑。

5

只有醒来，才知道自己刚才是睡着了。中午能睡一会儿，实在是个胜利，整个下午，眼睛亮晶晶，大脑如一罐八宝粥，清凉、微甜、沉静，否则是一团发热的糨糊般滚动的岩浆。养生文章里说了，中午就算是睡不着，也应该躺在床上，把自己完全放松，任思绪信马由缰。

周六，天气晴好，不冷不热。如果这样的秋天，这样午睡起来精神还算不错的下午，都不出去转转，那就再没有时间逛街了。她洗脸、打扮、烧水、泡茶，将玻璃杯口拧紧放在包里，出门时，快要四点了。

南门外那个奢侈品商场，听说多少次，路过好几回，从未想到过进去，是被奢侈两个字吓住了。刘紫英却把这个商场挂在嘴边，她的好些东西都来自这里。从前她托人从国外带回，机场免税店享受优惠，现在不需要了，而且疫情之后，没有人能出国了，直接从这个商场买，无非就是多花几百几千嘛。"钱能解决的问题，那都不叫问题。"刘紫英说。每晚，秀锦在自家阳台，看到那个大楼里发出的灯光，紫色与蓝色过渡交替，高冷洋气。她想，买不起怎么了，去看看不行吗？

出一次门上一次街，都挺难的，像是做一件什么大事，要换衣服，要斟酌穿哪双鞋子，配相应的袜子，裤子若有变动，鞋子也得配套。最后还要化点淡妆，否则就是枯黄的脸，自感对不起观众。一个人在家，日子好凑合，吃饭简单，甚至有时候不想做，下楼走一百米，买一份凉皮回来，加一个焯好的素菜，调到一起，就点馍，喝点水，就是一顿饭。

几个月的时间证明，这个年龄的女人，没有男人也可以过的，不会再像年轻时候，伤筋动骨，要死要活，烈火焚烧，失控跑偏，像她们曾经讽刺的女人那样。那就这样吧，认了命运的安排，躲入自己的洞穴，上班单位，下班回家，做做吃吃，追剧刷屏，喝饱鸡汤，养一身膘，然后再嚷嚷着减肥，跑跑跳跳，按摩吃药，终无效，柔软的脂肪坚不可摧，变作快活的胜利者，将你俘虏缴获，你与它们一道，成就美好中年。如此这般，天长地久，生活万岁，多数女人，不都是这样吗？可她隐约觉得，这样之外，还有一个什么东西，在召唤她，还有一根琴弦，轻轻地弹拨两下，发出一些若有似无的声音，萦回在心间。平静上下班，安静回娘家，见同事打招呼，到时间考试，离本科文凭越来越近。在这静水之下，有暗流涌动，她对生活还抱有好奇，将会发生点什么。

下午三四点的阳光，没有了热度，只是鲜明透亮的，斜角投来，将一切照得犹如崭新。温度适宜，如此深秋，恰似一个从痛苦泥泞中跋涉出来的中年女人的心情，沉沉的饱满，淡淡的辉煌，看周围一切，涂了一层金边，是对自己的抚慰。

似乎去哪里也不重要了，她只这样缓步走着，不再痛苦，没有焦虑，而她曾被痛苦和焦虑捆绑，钉死在某处，对她进行搜身检查，刑讯逼供，她挺了过来，走了出来，再看这样的生活，还不够好吗？一个酒店停车场的出口，响起录好的女人声音："吉祥停车，祝您一路平安。"杆子自动抬起，一辆小型面包驶出。对下一辆车说："六元，请交费。"杆子稳稳地横着，不交费是吉祥不了、平安不成的。水果摊上的草莓面色苍白，呈现出坚硬的质感，一副我不好吃不要买我的诚实相貌。季节乱了套，一年四季都有水果。她小时候最爱吃草莓，那时还没有成规模的大棚种植，只有夏天才能吃到。有次爸爸出车回来，用报纸包了几个，半夜里洗净了，叫醒她吃，说是下午路过了一个草莓园，他停车下来摘的。那草莓小小白白，顶上一点微红，半生不熟的样子，硬硬的、酸甜甜，那种硬和酸是正常的生长，而眼下的，分明是药物促成。阳光轻移，行人缓步，黄金般的城市处于白天最沉静的时候，秀锦轻便鞋的底子无声地走，越过那一筐草莓。

嘎吱一声响，紧急刹车，一个安全帽飞弹出去，跳了两下，撞上道沿，停在路边，一个骑电动车的人倒在一辆小车右前方。路边一阵惊呼，有人停下观看，司机可能是吓傻了，好几秒之后，才打开车门，一张煞白的脸，走到车前，验收他闯下的大祸。秀锦回头看去，以灰色城墙为背景，一个事故现场，定格在那里。三十年前的父亲，是在黄昏，天将黑不黑，快要进入市区的乡村公路弯道上，紧急避让一个骑自行车从村里冒出的人，跌入路边沟里。单位定为因工死亡，交警说父亲是个好人。他正常行驶，对于突然横过公路的人，可以撞上去的，撞死了也是单位赔钱，但本性使然，他猛打方向。秀锦后来将事故证明复印一份保存，那是父亲用生命写就的证书，也让建伟看过，嘱他开车一定小心再小心。去年办完假离婚手续，她又拿出事故证明，让他看上面的出事日期，确实是六月十五号。"你说咋就这么巧？"她问。建伟的脸上掠过一丝一年后才看透的惊慌，不自在地说："凑巧了呗，这有啥嘛。"

要想逛南大街，其实很方便，步行一公里进入城墙之内就行。但失去了逛街的热情，又不买东西，搭上半天，累得够呛。秀锦不逛街已有多年，一是精力不胜，再者网上什么都有。而走进这个多次打算来而没有来过的奢侈品商场，是一个有仪式感的举动。时尚杂志说了，即使是买不起，也要经常逛逛高档商场，让自己见识一下那些好东西，有助于品位的提升。

两年来，一次次接到小程姑娘发在群里的各种通知，有时候她单独问个问题，对方语音回答她，竟然开口叫阿姨，她也就认可了，自己这个年纪，不是阿姨又是什么呢？

就在她逛商场的时候，小程姑娘又在微信里呼她了。

"你确认一下这个照片是你吗？上个月统一拍的时候，有几个人的学号搞错了。"

"是我。"她看到蓝色背板前面，自己穿着一件粉红小碎花衬衣，嘴唇上一点淡淡口红，那时她还在苦海沉溺，吃不好，睡不着，显得很瘦，双眼无神。她赶忙将照片保存，害怕小程姑娘撤回。

秀锦竟然有点迷恋这种集体生活，网络上虚拟的班级，大家都没有见过面，生活中谁跟谁都不认识。而她，混在一群九〇后之中，感觉自己回到了二十年前，白天工作，晚上上课，春季秋季参加考试，好像她还有足够的力量来应对这一切，她的人生之路还很长，还有无限可能，还有一些未解之谜，而自己是个小电池，默默储存着能量。第一学期计算机统考，是走进现实之中，前后左右，全是年轻面孔，监考老师拿着她的身份证、准考证，再仔细看看她的脸。她的右边，坐了一个青涩的男孩子，有二十出头吧，她往他的屏幕上瞥一眼，竟然全是英文。计算机和英语都属全国统考，每人一台电脑答题，事先定好机位，不必分计算机考场和英语考场。英语，是她心中永远的痛，因为这一门课，其他通过的十多门也是没用，而她如今终于到了可以免考英语的年纪。监考老师说，现在，把手机、课本、复习资料全部放到前面，把你们的小抄都收起来，别往外拿，监考的除了我们，还有摄像头，连着北京的总部，凡有作弊，精准定位，你那台机子自动锁住，就考不成了。秀锦竟然有一种幸福感，有一刻觉得往日重现，时光倒流，年轻的她拿着准考证，走进考场。啊，如果生活重来一遍，她会不会嫁给建伟？让建伟不甚热情地把她娶回家中，对她并不珍视，那时还有另一个年轻人对她有意，而她嫌他太老实太土气，她只看中建伟的外貌。

有人管着她，有人召唤她，有人给她发通知，有人在群里"艾特"她。下载作业了，考试时间确定了，可以网上查分数啦，离拿到本科文凭越来越近了，她跟着一个看不见的集体，有一种成就感、归属感、踏实感。尽管这个管着她的人，只是一个比自己女儿大不了几岁的小姑娘。

商场实在是太大了，两座楼连接一起，怎么也逛不完，所有的东西她都买不起，当然也不是真买不起，而是像她这样收入的人，花上万元买一个包有什么意思呢？背给谁看？闲鱼上仔细淘的话，几百块钱拿下。她走得有些累了，口干舌燥，带的一杯茶喝完了，她还想上厕所。中年女人出门，上厕所总是免不了的。放眼望去，一切豪华得不真实，全是外文，却找不到 WC。上面渴着，下面憋着，她不想逛了，却连出口都不知在哪里，商场里人很少，营业员比顾客多。据说刚开业时，为了保证购物环境，不能进入那么多人，商场门口很多座椅，人们坐在那里等待，出来一个，才能进去一个。为了见识奢侈品的模样，人们愿意久久等待。自从有了疫情，不用管控，也没有那么多人了。渴着和憋着，都不好受。中年之后，受不得屈，不能渴不能饿不能困不能累，每一项都让身体感到不适，从而影响心情。她终于向一个年轻的营业员打问："请问洗手间在哪里？"

出来后，她又在一个服装品牌处，接了一杯热水。坐下来，若有所思地喝了两口，装回包里，她决定离开这个商场。她自己摸索，找到出口，走到外面清凉的气息里，天有些黑了，稀薄的昏暗中，回头看看这座大楼，还是没有一个汉字，进出的人，也都洋气得很，整个画面像外国电影里一样，那么她在别人的眼中，也应该是这画面的一部分，或许有人将她当成富婆也不一定。她已经被奢侈品商场安抚，出门的目的达到，华美的哀伤与幸福，就是这种感觉吧。

她走进南门，到那条小街，吃一碗凉皮。这家小店，在她十五岁那年出现，那时大米面皮刚进入这个城市，三十多年过去，门面没变，味道没变。有记忆起，夏天里爸爸常说："秀，给咱端皮子去。"十五岁之前端回的是面皮，十五岁之后是米皮，更洁白更妖娆的一种。她端着小搪瓷盆，拿五毛钱，常常身后还跟着弟弟。足足两碗米皮的量，放进盆里，她觉得老板下手大方，比分开的两碗要多一点。她说："味道放重，回去还加菜哩。"小勺子放盐唰唰唰几下，大勺子醋水哗哗哗浇上，老板再拿一撮米皮，放在辣子油里，沉沉地摆动几下，蘸得十足饱满，小盆挨近油盆，迅速摆渡过来，柔白之上，艳红横卧，完美得无法形容，她觉得弟弟和她同时都咽了下口水。老板再拿勺子狠挖一下沉淀于盆底的辣子，一大疙瘩放在上面。回到家里，母亲已经把芹菜或豆芽焯好，倒进去一通搅拌，分出四小碗，而父亲端着盆吃——父亲去世后，哥哥享受端盆吃的特权——每人手里有块饼子或者馒头，辣住了咬块馍吃，咽下馍还想再辣一下，眼里点点泪光，脑门一层细汗，凉皮吃完后，馍掰碎放入小盆，将醋水辣油吸干蘸净。再来点汤或者稀饭，那就不知道有多美了。这城市的多少人，常常会临时决定出门，到某处去吃一碗凉皮，他们自发地成为某一家店的老顾客。

小街与南大街形成丁字，好像不属于飞速发展的城市，一走进来，就回到往日时光。一年中有几次，她总要来这里吃一碗米皮。父亲去世后，母亲改嫁离开，老房子拆迁，指标给了哥哥。她来这里的理由，也只有大米凉皮了。

主人早已换了，进出的也都是流动人口，店主多了一份淡漠，不用再向顾客赔上笑脸主动问好，也没有时间，忙得头都抬不起来。女人坐在门口收款机后，专职收钱出票。男人在里间调凉皮，一碗一碗又一碗，一生只做这个动作，就能挣大钱发大财，只是没有时间去花罢了。后面有人不停地给他切好一堆搬运过来，十平方米的营业间里，一个女服务员负责端凉皮稀饭，地方狭小，她努力吸着脂肪丰厚的肚皮。秀锦认定，这是两对夫妻，收钱的和调凉皮的一对，是老板。搬运的和端饭的一对，是打工的。失去什么关注什么，她现在走到哪里，都想这男女是不是一对，是不是夫妻。见一只猫狗，也会想，它有没有伴？见一个独自行走的人，她会想，家里有人等着他吧，这男人多好，下班就回家，手里提着买好的东西，不乱跑不胡来。

进来一对男女，对女主人说，两碗凉皮，一大一小，再来一碗稀饭。那么他们二人定是伙喝一碗稀饭，面对面坐着，一人端起那个稀饭碗，喝上两口，放回桌上，对面的人再端起来喝。秀锦本也想要大份凉皮的，但她犹豫一下，还是要了小份和一碗稀饭。晚上了，少吃些好。稀饭碗倒是挺大，她一人本喝不完，但现如今没有人跟她分担一碗稀饭，只好自己喝完，有点撑，腹内柔软着挺舒服。

提着打包的一份，走出小店，天黑透了，灯火亮起，小街上行人如常，只是多了影子，不依不饶地跟着自己的主人。来到南大街，眼前是南门，身后是钟楼，立时从往日生活又回到现代世界。行人稠密，挤挤碰碰，灯光繁盛，明亮耀眼，每个人的影子被切割踩碎、分崩离析。

城门洞宏大厚实，有十多米深吧，人们在其间进出，徘徊，停留，等待，推销，通话，扫码，拥抱，告别。向前走是出城，往回转又退入城内。突然想起多年前看过的电视剧《围城》一开始的几句话，那时太年轻，只是一心向往城里的风景。而后来呢，她也并没有向外冲的愿望，她不是战士，她只是个平淡的女人，只想在城中求得一隅，是生活的流水裹挟着她，将她冲出城外。

她走出城门洞，灯火像城内一样绚烂多姿，地面更为开阔，建筑物也分外大气，马路上车流涌动，奢侈品大楼上的灯光，冷色调更为迷离。

微信提示音响起。女儿说："刚才爸爸回来，找他的衣服，大发脾气，说怎么一件都没了。"

"他发啥脾气？早不找晚不找，刚扔了，他来找。"

"他其实回来过几次，每次拿走点衣服，不让我告诉你。上周跟我谈了很久，他说他本意是想一直住在咱们这里，只是跟那个人领了证，这样两边都对得起了。"

"谁需要他对得起？如意算盘打得多美。你告诉他，今后不用再来了，这里没有他一件东西了。以后你俩见面，约在奶奶家，或者他开车在楼下接你。"

"他已经走了。"

"那你下次见面告诉他。"

"好的，妈妈。等你和凉皮回来，么么哒。"

暗　疾

薛　舒[*]

1

许亦菲在厨房里忙了大半天，总算照着"小红书做菜大全"捣弄出三荤一素四道菜，再加上三林熟食店买的凉菜，姑且可以待客。许亦菲烹饪水平很一般，但今天招待的是王一阳的同事，夫妇俩有必要相互配合，共同营造出传统家庭通常应该有的和睦幸福的场面。

客厅里传来嬉笑声和说话声，许亦菲听见几句"嫂子贤惠""一阳你有福气"之类的话，鼻腔里不由得喷出一记冷笑。昨晚她与王一阳小吵了一架，就为请客的事。许亦菲认为，同事聚餐应该去饭店，到家里来不合适。王一阳却坚持，还用一口湖北腔普通话发表了长达三分钟的演讲："能被我请到家里来吃饭的这几个，都是心腹密友，这关乎我的职业前途，请吃饭是小事，在哪里请才是关键……"整套说辞充斥着成功学与关系学理论。

许亦菲听得心烦："可是我做得不好吃啊！"

*薛舒，女，1969年生。中国作家协会全委会委员、上海市作家协会副主席。出版长篇小说、长篇非虚构、小说集等十余部。作品发表于《收获》《人民文学》《十月》《北京文学》《上海文学》等刊物。曾获《人民文学》中篇小说奖、短篇小说奖，《上海文学》奖，《中国作家》新人奖，《北京文学》优秀作品奖等，作品多次入选《收获》文学排行榜、中国当代文学最新作品年度排行榜、城市文学排行榜。部分小说被译为英、波兰、葡萄牙、法、德等文字出版。

王一阳肚腩一挺："你没听懂我的话吗？现在没人在乎吃什么，吃不重要，重要的是……"

许亦菲轻斥："我看你是别有用心！"

王一阳只顾往下说，他听不见许亦菲的反诘，满脸的严肃和正经使他的脸色微微发红。二十分钟后，许亦菲举手投降，她答应了王一阳，答应在家里请客，答应充当一名贤惠的厨娘。因为，实在是，她不能确定，那天她彻夜未归，王一阳是否已经知道。许亦菲有些心虚，她怀疑，他是要考验她，抑或，报复她？

许亦菲两手各端一盘菜往餐厅送，脸上挂着微笑，嘴里轻喊"吃饭了"，声音极尽温柔。坐在沙发上的客人听闻，纷纷说"嫂子辛苦了""哇，我们有口福了"，其中一个女中音，沙哑，但沉着："真是麻烦了，要不要帮忙？"

许亦菲觉得耳熟，目光投向"女中音"方向，藏蓝西服裤装、方领白衬衣，鼻梁上架一副黑边圆框眼镜，留一头马伊琍式的超短发，目测，比自己年轻，应该四十岁不到。刚才他们进门，许亦菲紧着给红烧鲳鱼收汁，只打了个招呼，没仔细辨认，不想三位客人中竟有一个女人。

许亦菲还没来得及回答要不要帮忙，王一阳抢先说："小薇你坐，你不用操心这些。"

叫小薇的"女中音"没再说话，许亦菲却想起这声音的出处。昨晚与王一阳吵架后，她不想搭理他，独自在客厅的网络电视里搜了一部电影看，叫《你好，之华》，周迅演的。女主角之华代替去世的姐姐之南去参加初中同学聚会，遇见了自己年少时倾慕的学长尹川，可是当年，尹川喜欢的人却是姐姐之南。参加聚会的同学不知道之南已经去世，他们很自然地把之华认作了之南……

看电影的时候，许亦菲情绪有些小波动，两周前她刚参加过一场高中同学聚会，有代入感，一两个细节处，她还红了眼圈。没想到，今天第一次见到王一阳的同事小薇，第一次听她说话，那种沙哑但沉着的女中音，几乎与周迅的声音一模一样。想起来的瞬间，许亦菲心头一沉，一个念头从脑海深处浮起：报复这就来了？

王一阳从未在家里提起过他的女同事，许亦菲只听过几个连带职务的名字，譬如"刘总""戴工"，还有"郭科"，许亦菲擅自理解为刘姓总裁、戴姓工程师、郭姓科长，且都是男性。这会儿，戴工和郭科正在沙发上坐着，女同事叫小薇？还是小魏？姑且算小薇吧，这名字，确实没听过。

许亦菲把凉菜热菜都端了上来，倒也摆满了餐桌，她招呼大家就座："大家慢用，我烧得不好吃，怠慢啊！"说完就回了厨房。

四人在餐厅开吃，有杯盘交错的声音，以及压低的说话声，偶尔，王一阳冲着厨房大声招呼"拿个大杯子来，戴工酒量好"，或者"再拿几双筷子，我们要提倡公筷"。许亦菲进出好几趟，没人请她就座，好像，他们真的把她的家当成了饭店，把她当成了厨娘、服务员。

许亦菲高度怀疑王一阳是故意的，虽然带有表演性质，但还是让她感到屈辱。其实她没那么想上桌，一个职业女性，不曾有过自卑，也没有受迫害妄想症，他们家不是"男权社会"，平时她在王一阳面前也绝非像今天这样低眉顺眼，她答应他在家里请客，就为息事宁人，不想真的实践起来，哪怕只是表演，竟也感觉受伤。

许亦菲把砂锅端上灶，这是她的最后一道菜，手打鱼丸汤。趁着汤还没煮开，许亦菲去洗手间，门一关，就是一面落地镜，一米开外，身材匀称的女人正与她对视。焗过油的棕色长发，似有若无的裸色口红，鹅蛋脸看起来白嫩紧致。客人到达之前，她特意换了一套新衣，紫罗兰宽腿裤，淡紫色盘扣立领短褂，貌似随意，却是精心搭配，一眼看去，就是一个家庭地位颇高、保养不错的独立女性。唯一的缺点是，许亦菲胸围偏大，穿这种有飘逸感的休闲装，显示不出足够的仙气。不过，倘若叫她选择，她宁愿拥有一对高挺的胸，也不要那种风一吹就倒的所谓"仙气"。这么想着，脑中却闪过餐桌上的小薇，那种超短的短发，需配一张妖娆的脸，在马伊琍脑袋上是合适的，配小薇那张过于瘦削的脸，太男性化。她好像没涂口红？穿一套没有性别特征的藏蓝西服裤装，不丑，可是没女人味儿。

许亦菲在心里比较了一番，自觉比小薇胜出几筹，唯有年龄是劣势。她低头看了一眼身上的民族服装，心里生出些微不安，这个紫色系，是不是过于绚丽了？美是美的，可是，会不会像广场舞大妈？毕竟，她十六岁的儿子都已经上高中了，是该被叫"大妈"了。于是她凑到镜子前，撩起刘海，近距离观察自己的脸，光滑，细腻，没有抬头纹，只要不笑，也没有鱼尾纹，无论如何，不像"大妈"……不对，嘴角边有一块微红的突起。许亦菲嘟起嘴，伸出食指摸了摸，硬块，指甲盖大小，有点痒。她迅速回忆了一下吃过的早餐，半碗红豆粥、一个菜包、一个橙子，没有牛奶，没有鸡蛋，这些过敏原，她都没碰，奇怪了！

许亦菲是过敏性体质，从小碰不得牛奶鸡蛋，吃了就会发荨麻疹，父母带她去医院检查过很多次，医生只给出病因——蛋白质过敏，却没有特别有效的办法，只能少吃或者不吃蛋白质特别高的食物。但还是会有一不小心的时候，发作起来，脸上和口角周边红肿，浑身起皮疹，瘙痒难忍，严重的时候还会发烧、腹泻。

许亦菲看着镜子里的自己，她担心，用不了半天，嘴角边这块指甲盖大小的红斑就会迅速蔓延，很快，她就会顶着一张香肠嘴出现在客人面前。于是出洗手间，找出常备的抗过敏药"开瑞坦"，吞了一粒下去。

许亦菲端着砂锅上桌，揭开盖子，雪白的鱼丸汤，撒着红葱酥，一股鲜香味儿飘出。客人们发出重复的客套，"辛苦您了""麻烦嫂子了"。言语间，许亦菲看了好几眼小薇，的确没涂口红，眼镜架在鼻梁上，镜框占据半张脸，皮肤过于苍白，有点病态，并且，还是个"飞机场"。许亦菲心头松了松，却见王一阳端起小薇面前的碗，盛了半碗鱼丸汤，放在她面前。"尝尝手打鱼丸，很新鲜。"

许亦菲突然意识到，王一阳与小薇相邻而坐，虽然小薇的另一侧还有郭科，但他完全可以坐在戴工和郭科中间，为什么非要挨着小薇坐？王一阳说："亦菲，菜都上齐了吧？你也来一起吃嘛。"

许亦菲很想横他一眼，回一句"谁稀罕"，然后头也不回地离开，但这会儿，她忽然没了骨气，连客气话都不敢说，就怕一桌人都巴不得成全她。许亦菲微笑着说"好呀"，转身拉了一把椅子，犹豫一秒钟，把椅子插进郭科与戴工中间，装出一副深谙待客之道的样子寒暄道："各位光临寒舍，我敬大家一杯，感谢你们对一阳的帮助和照顾……"说着给自己倒了半杯酒，举起来，三位客人也纷纷举起酒杯。

许亦菲没有把椅子插在王一阳与小薇中间，也没有选择挨着王一阳的另一侧，她把自己安插在戴工和郭科中间。她没想以牙还牙，她只是不想让客人觉得她不够大方、不见世面、不自信，行为便有些虚张声势。

许亦菲敬完酒，坐下，忽然冷场，似乎多了一个外人，就没了话题。许亦菲闭着嘴，给左右邻座的郭科和戴工一人舀了一碗鱼丸汤，接着，餐桌上发出一阵吸汤的声音，以及汤勺碰撞瓷碗的叮当声。气氛有些尴尬，郭科大概是最年轻的，喝了几口汤，终于找了个话题："嫂子，这鱼丸做得好，你是上海人吧？你和一阳哥怎么认识的？"

许亦菲看向王一阳，王一阳正扭头看小薇。她立即移开视线，脸上浮起一个随时都有可能脱落的笑壳："我和一阳是大学同学，他是我学长，我们是在文社认识的，那时候，我们都喜欢一个叫叶芝的爱尔兰诗人。"

郭科惊讶道："一阳兄还是个文艺青年？看不出来啊！"

王一阳辩解："哪儿啊！那天我去文社找室友，正好碰到他们在开朗诵会，就听了一会儿。叶芝的诗，我只记得最短的那一首，叫什么来着？对，《深沉的誓言》，听着啊！"

王一阳给自己倒了一小杯白酒，仰头饮下，清了清嗓子，抬着下巴开始背诵："因你未守那深沉的誓言，别人便与我相恋，但每每，在我面对死神的时候，在我睡到最酣的时候，在我纵酒狂欢的时候，总会突然遇到你的脸……"

冷不丁掉进过往记忆，许亦菲有些感动，可眼前的场面又令她心生疑虑。在同事面前朗诵诗，不是王一阳的风格，他又演戏呢？这么一想，愈发觉得诗里那些句子是有所指的，不知是含沙射影还是自曝隐情。许亦菲平时有些大大咧咧，自从那次彻夜未归，她忽然成了一个总是处于戒备中的女人。

郭科率先拍起巴掌，戴工跟着也拍了两下手，小薇只是微笑，不说话。王一阳得了掌声，像是患了"人来疯"，开始追忆往昔，如何刻苦学习考上大学，如何放弃回家乡去当一名稳定的公务员而是留在上海拼搏，结婚成家后如何贷款买房，如何创出一番并不辉煌但也足以让他问心无愧的家业……饭局几乎成了他的忆苦思甜大会。

王一阳忽然变得这么抒情，看来是酒精的作用，许亦菲逐渐放下警惕，听他继续唠叨："年轻的时候，就相信知识改变命运，我和亦菲说好的，一个星期只约会一次，不能因为谈恋爱影响学习。那时候穷啊！没钱请她吃饭，约会就是逛马路，华东理工大学周边的路都被我们轧平了。梅陇路、老沪闵路转角口有一个卖烤红薯的老头，每次经过，我就买一个，只买一个，亦菲让我先咬一口，然后自己吃，吃到一半总说吃不下了，我就把剩下的吃完……"说着，王一阳张开嘴，发出"哈哈"的笑声，比大学时代圆了一大圈的脸上露出满足的笑意。许亦菲被他说得鼻酸，眼睛有些发热，赶紧低下头。只听见王一阳长叹一声："唉——时光如梭啊！"停顿了几秒，突然拔亮嗓子喊道："老婆，谢谢你！老婆，我爱你！"

许亦菲吓一跳，抬头看，王一阳正仰着脑袋，眯着眼睛看向天花板，像一个长年缺爱的人突然沉浸于意淫中，一脸不能自拔的样子。太不真实了！许亦菲眼眶里快要溢出的水分瞬间收回。郭科把大拇指和食指扣成一个环，伸进嘴里，发出一记喝彩的口哨。戴工指着王一阳，一边摇头，一边哈哈大笑："还是年轻啊！"小薇侧头看着王一阳，两眼通红，鼻子也红了，镜片上起了一层淡雾，想必是热泪涌出的结果。

这是受了感动，还是受了刺激？许亦菲想，只觉嘴唇周围一阵热辣辣的刺痒，饭前吞下的一粒"开瑞坦"，看来没起作用，于是站起来。"一阳喝多了，让你们见笑，我去泡壶茶。"说完转身离开了餐桌。

2

客人走了，留下一桌残羹，许亦菲收拾餐桌，洗掉锅碗瓢盆，又擦拭了一遍污迹斑斑的地板，全程佐以卧室里轰鸣的鼾声。四十岁后，王一阳睡觉开始打鼾，但许亦菲从没听他打过这么响的鼾，像在口腔里装了一个扩音器，先是深吸一口气，而后重重地、长长地吹出一记控诉般的嘶鸣，像一名经验不够丰富的舞台剧演员，为扮演醉汉而竭尽全力。他想用前所未有的巨大鼾声来表示自己醉了？许亦菲越想越觉得不对，这些天，王一阳的行事也太出乎常态了，譬如请同事回家吃饭，譬如在饭桌上背诵叶芝的诗，还有，当着所有人的面对自己大喊"老婆，我爱你"……

王一阳似乎从没说过"我爱你"，他对许亦菲做过的最浪漫的事，就是谈恋爱的早期，在她面前背诵过两次叶芝的诗，仅此一首，《深沉的誓言》。作为一个理工男，王一阳鲜少表现出有情趣的样子，只在求欢的时候说："老婆我们爱爱吧？""爱爱"这个词也是许亦菲发明的。刚结婚时，他像个山里农民一样说："老婆我们睡觉吧？"让快要进入状态的许亦菲笑场。这么一个直男，突然在同事面前对着妻子大喊"我爱你"，简直"失常"到不得不让人警惕。

是的，王一阳"失常"了，这一点，许亦菲颇能理解，因为这几天，她也有些"失常"。失常，一定是有原因的，她是因为两个星期前的一次彻夜未归，王一阳又是为什么？

嘴角猛一抽搐，一阵刺痒袭来，许亦菲脑中忽然跳出一线灵感。两个星期前，王一阳去新西兰出差，整整七天。她知道，很多时候他出差不是一个人，但她从无兴趣了解谁与他同行，这一次，据说是个谈判团。谈判团里有谁？她想，今天来吃饭的三个人在不在其中？有可能两个？或者一个？许亦菲心跳加速，她像一个侦探，正在处理一桩棘手的案子，突然发现罪证的蛛丝马迹。她脸上一阵阵发热，同时，嘴唇周边涌起更为剧烈的瘙痒感。

半夜，王一阳在卧室里喊口渴，许亦菲没应，她坐在客厅的沙发上，对着电视机无声闪烁的屏幕，嘴唇厚肿，两眼涣散。王一阳走出卧室，耷拉着眼皮咕哝了一句："几点了？怎么还没睡？"说着走过她面前，进厨房倒了一杯净水，咕咚咕咚一气喝下。屏幕里，昨天看过的电影正重播：之华站在公交车站，裹着羽绒服，大半张脸塞在围脖里。公车久久不来，好像预示着有事情要发生。之华回过头，看见一个高个子、乱头发、戴眼镜的男人向自己走来，是尹川。接下去，尹川会说："之南，最近如何？"许亦菲看见尹川启动嘴唇，他在说话，果然，他把之华认成了姐姐之南……只是，电视调了静音，只有画面，没有声音。

王一阳喝完水回卧室，从屏幕前掠过，拖鞋擦着地板，发出耍赖般的"啪嗒、啪嗒"声。他对她厚肿的口唇和发红的面容熟视无睹，他不会关注到她过敏性荨麻疹又发作了，一如既往。其实他知道她是个"过敏人"，起初他还陪她去医院，想办法给她找药，后来，经历得多了，开始反过来劝她："有些病，根本不是病，你把它当成病，它就是病了，你不把它当病，就不是病，不用打针吃药也能好。"绕口令似的，在许亦菲听来，就是掩耳盗铃，渐渐地，"过敏"这件事，就成了仅有许亦菲一个人关注的"暗疾"。这是十多年来的常态了，许亦菲不曾计较过，但是现在，她看着王一阳圆厚的身躯消失在卧室门口，心里却生起前所未有的委屈和怨恨。按照她一贯的脾气，倘若王一阳惹毛了她，她一定会主动发起挑战，但是这段日子，她过得不太理直气壮，她缺乏挑战他的底气。

两个星期前的周末，许亦菲参加了一次高中同学聚会，当年的劳动委员在崇明岛开了一家农庄，邀请全班同学去玩。二三十位老同学，原计划玩一天，晚餐后结束，临了却觉得意犹未尽。"劳动委员"热情邀请大家留下，农庄里有棋牌室和 KTV，玩累了还有客房睡觉，最后走了一些同学，留下的有小一半。许亦菲留在了农庄，王一阳去新西兰出差了，儿子上寄宿高中，这个周末随学校科技创新小组去参加全国青少年机器人竞赛，家里没人等她。

第二天上午聚会结束，许亦菲开车回家，一路上犹豫着，要不要告诉王一阳昨晚她没回家。到家后，许亦菲立即给王一阳发了一条信息："老公，早上好啊！今天有点冷，记得加一件衣服。"

王一阳经常出差，许亦菲早已习惯，两人从没有在微信里相互问安的仪式，老夫老妻，不讲究那一套。可她还是给王一阳发出了信息，带着些许愧疚，仿佛要以这一番关心问候来表达她的忏悔之意。发完信息，许亦菲便倒床上补觉了。

昨晚又是唱歌，又是跳舞，几乎没怎么睡。毕竟人到中年，熬不了通宵了，闹到后半夜，开始分配房间睡觉，双人标间，同学自动配对。许亦菲上了一趟洗手间，"同桌"肖林丽就被别的女生"拼单"拼掉了。只剩最后一间客房，除了还有一桌在打麻将，剩下的恰巧是一男一女。肖林丽凑到许亦菲耳边说："机会留给你了。"说着冲麻将桌使了一个眼色，笑着逃走了。

许亦菲转头看向棋牌室一角，四人正围坐摸牌，清一色男人，旁边还站着一个观战的，高高地矗在桌边，是钟剑。许亦菲正尴尬，钟剑冲她挥了挥手。"房间给你了，我不睡，我看他们打麻将。"

许亦菲想说句客气话，开口却是："谢谢啊，那我去睡了。"

钟剑有口无心地回答："好好，你去睡吧。"

麻将桌上的四位哄然而笑，有人学着钟剑的口吻说："你去睡吧，别等我……"有人纠正："不对，怎么能不等？应该说，你先去睡，我一会儿就去，等我啊……"许亦菲在哄笑声中退出棋牌室，临出门又回头瞥了一眼钟剑。钟剑裹着一件黑色短款皮夹克，像一只长手长脚的大雕，蓬着一身黑羽毛，高高地停在麻将桌边，远远地看着她笑，很干净的笑容，带点傻气。很少有四十多岁的男人会笑成这样，接近天真了。许亦菲心头一动，有股烫烫的热流从心底涌起。

补觉醒来已是下午两点半，许亦菲看手机，没有信息。王一阳很少主动给她发信息，但她给他发信息，他都会回，哪怕隔一两个小时再回，哪怕只是一个字，"好"，或者两个字，"明白"。再看自己发出微信的时间，上午十点半，许亦菲一惊，上海的上午十点半，新西兰就是下午两点半，她居然问候他"早上好"，还说有点冷，叫他别忘了加衣服。新西兰在南半球，中国的十二月，人家可是夏天啊！还有，"非诚勿扰"是两人多年来的默契，忽然来一条"早上好啊！今天有点冷，记得加一件衣服"，多么不自然，多么假惺惺，多么此地无银三百两……她越想越觉得破绽百出，简直昏了头。

许亦菲抬头看了一眼客厅屋顶一角，黑色的摄像头正静静地看着她。五年前，他们小区进过一次贼，虽然没来这栋楼，但许亦菲还是决定装监控。倘若昨晚，王一阳远程打开监控，就会发现她没回家。但是，有这个可能吗？

许亦菲删掉已经打好的一行字："怎么不理我？老公在忙什么？"她决定不追问，上午给他发信息已属"失常"，再发就真的要弄巧成拙了。然而，之后一天，王一阳还是没回信息，许亦菲等了一天一夜，终于按捺不住，试探着又发了一条："老公，你是明天的航班吗？到家是后天几点？要不要给你煲个汤？"

王一阳还是没回，许亦菲憋不住了，有史以来第一次，她在王一阳出差的时候拨了他的电话，然而，关机。七个小时后，密码锁被按响，八个"嘀嘀"声，家门开了，王一阳拖着拉杆箱进门。许亦菲惊得跳起来："你是今天到达的航班吗？"

王一阳一脸疲惫："废话嘛！都站在你面前了。"

许亦菲刚想说"我记得你是今天起飞啊"，话到嘴边又收了回去。有些事实无须确证，有些事实，却经不起推敲，许亦菲不想因为对王一阳追根寻底而引火烧身。她没再说话，沉默着帮他收拾行李，待心跳稳定下来才说："我去买菜，炖个鸡汤要不要？"

王一阳正翻看手机，点了点头，没说话，感觉情绪不高，是谈判不顺利？

还是发现了什么？许亦菲很少以"处心积虑"的状态生活，因为不需要，王一阳是典型的摩羯座，工作狂，情感思维简单粗放。许亦菲其实是个细腻的人，但自从和王一阳结婚后，她发现，她对他的细腻，很少能得到有效的反馈。譬如，他永远发现不了她哪天穿了一套新衣服，永远注意不到她的黑发哪天焗成了棕栗色，更不知道她表情的阴晴代表着怎样的情绪动向，甚至，他都不会发现她因为多吃了几只海虾而红肿起来的脸。她"过敏"，他却太不"过敏"，好处是，她不用小心翼翼，不用欲擒故纵，不需要为小小的虚荣心在他面前装弱、装纯真，不需要为了利益暗暗算计，抑或出于尊严不肯表达自己的欲望。倘若她试图使性子，或者耍手段考验他，结果大多是无效，因为，他压根感觉不到。于是，细腻的许亦菲渐渐不再细腻，她开始习惯与他的相处方式，直接坦率，不拐弯抹角，有要求就提，有想法就说。甚至，她可以像一个被全国人民普遍认为"排外"的上海小市民一样贬损自己的丈夫是"外地人""洋盘"（沪语：乡下人），带着些许凡俗女人的骄横冲他撒个泼，骂他"不长脑子""低能儿"，而他，仿佛为了配合她，让自己浑身充满了需要被她"指责"的无伤大雅的缺点。她不担心伤他的自尊，也不怕他记仇，因为，他的脑细胞全不是用来记这些的，他也没把她小女人的作态当成威胁，大多时候，他会摇着他圆溜溜的脑袋，用他的湖北腔普通话说："好嘛好嘛！你说得都对嘛。"

在王一阳的纵容下，许亦菲变成了一个豪放的女人。家务事几乎不求上进，做了十八年饭，依然做得不好吃，她蛋白质过敏，而世上的食物，美味程度大概率与蛋白质的丰富度成正比。这是她的天然缺陷，无须愧疚。她也无须有危机感，因为，她有她的事业，赚的钱只比王一阳略少，她还把自己收拾得挺好看，儿子也教育得很成功，市重点高中，科技创新班……她离贤妻良母的标准已经很近，她不需要表现得含辛茹苦，以及忍辱负重。只能说她很幸福，幸福使她成为一个大大咧咧的女人。

然而这些天，许亦菲重新变回了原来的细腻与缜密，因为参加了一次同学聚会，一切都变得意味深长起来。

那天王一阳从新西兰出差回来，许亦菲为他煲了鸡汤，汤里放了松茸菌和枸杞，这是她上网查菜谱按着步骤做出来的，用了足足三小时。王一阳沉默地喝鸡汤，许亦菲沉默地吃白饭，佐以海苔芝麻肉松，以及一盘青菜。王一阳一如既往不会发现，那一锅鸡汤许亦菲一口都没喝，十多年如一日，他早已视若不见。王一阳胃口很不错，喝完一碗鸡汤，又盛了大半碗米饭，舀几勺鸡汤泡上，拧着眉头呼噜呼噜地吃。许亦菲看着他吃得山呼海啸，不敢贸然发言，她不能确定，他是在想工作上的事，还是要以沉默表达对她的不满。

王一阳吃完，放下碗筷，往椅背上一靠，长叹一声："唉！还是中餐好吃。"

许亦菲心里紧绷的弦一松，笑着说："好吃吗？我第一次这么炖鸡汤。"

王一阳的手机响了，他接听，对着话筒长篇大论："不行！我们要向全国的高校、科研机构和医药企业提供专业咨询服务的，全国分子学会议必须参加……"

王一阳没有表扬许亦菲罕见用功地炖出来的鸡汤，也没有注意到一向对烹饪无甚追求的许亦菲为什么忽然这么上心。电话挂断后，他好像忘了适才的话题。

3

许亦菲上完两节课，抱着一摞化学试卷从教学楼回办公室，经过楼梯转角，习惯性地看一眼"整姿镜"里的自己。嘴角周围的红肿消退少许，每天两粒"开瑞坦"使她的脸维持着鹅蛋形。将近一月份，上海的冬天，室内室外一样冷，许亦菲穿一件湖蓝色短款羽绒服，里面是天蓝色毛衣，下身是深蓝色牛仔裤，一身蓝色系，并不夸张的时尚，高挺的胸使她看起来很有气场。许亦菲对自己的形象素来有几分自信，可是这几天，每每照镜子，她总会想起一身藏蓝制服的小薇，超短发、瘦削、平胸，像走在T台上的模特，面无表情，缺少女人味，却有种莫名其妙的"高级感"。这么想着，她的心头就会冒出些许烦躁，以及不服气。

许亦菲是一所市重点高中的化学教师，学校规定学生要穿校服，但从未要求教师穿制服。这几天她总在想，要不要去买一套制服？那种男女通吃的中性服装，穿在她身上，说不定效果比小薇好。

许亦菲走进办公室，放下试卷，拿出手机查看，微信里有几条未读信息，钟剑发来的。第一条是问候语，"早上好，在上班吗"，紧接着是一张照片，聚会时拍的，集体照。许亦菲点开放大，找到前排的自己，左侧是"同桌"肖林丽，右侧是钟剑，一群中年人挤挤挨挨冲着镜头，学着网红的样子嘟着嘴、伸出剪刀手，做出各种与年龄不符的怪动作。照片上，许亦菲的左脸几乎贴在钟剑的胸膛上，钟剑张着长手臂，像一只骨架粗大的鹰，把她笼罩在他的羽翼下。她的头顶上方，是他那张并未发胖的中年男人的脸，挺直的鼻梁，平和的目光，以及，干净的笑。在周遭那些浮夸的、世故的，抑或市侩的脸的包围下，他甚至还带点老实巴交的憨气，可是因为帅，身上便有种与众不同的东西，是什么呢？许亦菲想到了"纯真"这个词。她有些想不通，这个曾经被她嫌弃的人，现在看，怎么感觉应该是值得珍惜的那种人？不知道是自己变了，还是他变了。

再看第三条信息，就四个字："你还好吗？"然后是一只胖乎乎的浣熊，旁边贴着五个字："快乐一整天。"

一个男人，大妈似的！许亦菲下意识地撇了撇嘴角，想做个鄙夷的表情，却"噗嗤"一下，咧出一个笑。她想了想，给钟剑回了一个表情，一只看着电脑屏幕正摸鱼的兔子。她需要拿捏好分寸，她舍不得不理钟剑，又不想让他觉得对他过于重视。

学生时代，坐在许亦菲后排的钟剑是有名的"高富帅"，只不过那时候没有"高富帅"这种说法。钟剑学习成绩一般，体育却拔尖，校篮球队的中锋，田径队的主力，人称"皮鞋王子"，因为钟剑的父亲是"皮鞋大王"。"皮鞋大王"开了一家皮鞋公司，生意做得很大，家里很有钱。"皮鞋大王"对儿子的学习没要求，谁都知道，未来，"皮鞋王子"是要接过衣钵，成为新一代"皮鞋大王"的。就这样，钟剑众望所归地沦为了一个热爱打篮球、帅笨帅笨的学渣。

当年许亦菲是班里的学习委员，与钟剑前后座，随堂测验经常把试卷拖下来给后座"参考"。有一次被老师发现，两人一并被收了试卷，进办公室挨了一顿训。许亦菲对别人没这么好，尤其不爱搭理学习成绩差的同学，成绩是自己努力的结果，凭什么给不努力的人占便宜？可她总是对钟剑网开一面，她自己都不知道这是为什么，也许，是钟剑长得帅？

第二天早上，许亦菲去上学，走至半路，被钟剑拦截，递给她一个大盒子，说是昨天害她一起被老师训，这是给她的"赔礼"。许亦菲打开一看，一双带红钩的白色运动鞋，是她的鞋码。那年代，拥有这种外国名牌鞋的学生全校没几个，钟剑出手太大方了，这让常年脚穿一双系带白跑鞋的许亦菲感到心惊肉跳。

许亦菲的父母刚从纺织厂双双下岗，每个月只拿两百多元保障金，她脚上的系带白跑鞋还是她升高中的时候买的，六元钱一双。很奇怪，自打父母下岗后，许亦菲的脚就再没长大过，这双白跑鞋，她穿得很爱惜，两年多了，一点儿都没坏，就是有点泛黄。那种带红钩的外国名牌鞋，一双的价格，就是他们全家两个月的生活费。

许亦菲想把鞋退回给钟剑，又有些舍不得，便问："啥时候买的？你怎么知道我鞋码？"

钟剑得意地笑。"元旦假期我去了一趟淮海路上的红星皮鞋店，早就想给你了，一直没机会。鞋码么，家传功夫，我只要看一眼你的脚就晓得了。"说着手一伸，指向路边擦肩而过的行人。"那个女人的脚是二十三点五码，不信你问问她。"

许亦菲绷着脸，心里却有几分甜蜜："你有毛病啊！去问人家脚多大，要把我当神经病了。试卷是你自己要抄，我又没请你抄，你这么一来，人家会认为我们俩有交易。这鞋还能不能退？你姐姐能穿吗？不能？唉，真是的！那我告诉你啊，下不为例！"

说完"下不为例"，许亦菲脸红了。这四个字，正是昨天老师把他们拎到办公室教训时说的最后一句话，此刻从自己嘴里说出来，她感觉到了言不由衷。可她真的很喜欢那双鞋，虽然她从未想过可以拥有，但是现在，这双鞋就在眼前，这要她怎么办？喜欢一样东西，会让人丧失尊严的。

　　许亦菲既是羞愧又是喜悦地接受了钟剑的"赔礼"。那以后，她经常收到钟剑的礼物，各种理由，各种借口，他没有听从她"下不为例"的告诫，她也似乎忘了曾对他提过"下不为例"的要求，并且，许亦菲依然让钟剑抄她的作业，依然在随堂测验的时候拉下试卷供后座的人"参考"。这令所有人都觉得匪夷所思，唯一可以解释的就是，他们谈恋爱了。高中生是不允许谈恋爱的，那叫"早恋"，肖林丽问许亦菲，是不是真的和钟剑好上了？许亦菲支支吾吾、不置可否。"早恋"不是她希望给人留下的印象，从小到大，她一向是老师和家长眼里的"好学生"。可她又要给自己一个理由，接受钟剑礼物的理由，相比"早恋"，许亦菲更不愿意承担"贪婪"的恶名，因为，她不想让人看出她身上某种专属于"穷人"的物欲，谁都知道，缺什么，就特别爱什么。

　　许亦菲似是而非的答复让肖林丽确定她和钟剑果真"早恋"了，她没告诉肖林丽，作业和随堂测验不是正式考试，更不是高考，他抄她的答案，不会对她的学霸地位以及未来的前途构成竞争和威胁，这几乎是许亦菲自己都不曾清晰认识到的"心机"。

　　许亦菲的学习成绩没有因为"早恋"而下降，高考如常发挥，顺利把自己送进了华东理工大学。钟剑考上了师范大学体育系，作为一名"学渣"，倘若不是体育专业降分录取，他肯定是考不上大学的。"皮鞋大王"暂缓让儿子接班，毕竟，"皮鞋王子"能拥有一张大学文凭，也是皮鞋家族的光荣。

　　上大学后的第一个学期，钟剑给许亦菲写过六封信，平均一个月一封，许亦菲一封都没回。第二个学期刚开学，某个周末，正逢情人节，钟剑从师范大学跑到华东理工去找许亦菲，在她的宿舍门口堵住她，笑嘻嘻地递给她一个扎着紫色缎带的盒子，盒子上有一朵描金玫瑰，是一个外国名牌化妆品的LOGO。

许亦菲没接，她有些尴尬。"哎呀，真是对不起，钟剑，我正好要去上课，选修课，不好意思啊……"许亦菲把钟剑丢在女生宿舍大楼门口，匆匆跑了。

仿佛是为遗忘那段令她感到羞耻的往事，她拒绝了钟剑的所有约请，他寄给她的礼物，她也悉数退回，尽管他依然帅，他依然有钱，但许亦菲已经有勇气拒绝物质的诱惑。当女人拒绝男人赠予的物质时，不是她鄙视物质，甚至不是鄙视掌握物质的那个人，她只是鄙视那个被物质羞辱过的自己。

大二的时候，许亦菲在文学社团里认识了来找室友的王一阳，一场贫瘠的恋爱开始了。王一阳没钱给她买耐克鞋，他能给她的最奢侈的浪漫，就是为她背诵那首叶芝的诗，以及在梅陇路和老沪闵路的转角口为她买一个烤红薯。她总是先让他咬一口，然后自己吃掉半个，剩下的半个，她一定吃不下，必须叫他替她吃完。她愿意接受这种相互对等的爱情，没有谁可以在另一个人面前居高临下，任何一方都不会因为另一方的施舍而被摧毁自尊，尽管，她明白，钟剑送她礼物，并非施舍，更不是要摧毁她的自尊。有时候她会想，倘若她既聪慧又富有，就可以理直气壮地接受钟剑，因为她看上的是他的帅，他的可爱，而非他的钱；或者毫不留情地拒绝他，因为他笨，他学习差，她可以傲然漠视他的富有和帅气。倘若反过来，她贫穷而又平庸，那她就该庆幸自己被一个富少爱上，然后全心全意地做他愚笨的、忠诚的、漂亮的女朋友，以及未来贤惠的妻子。然而，很不幸，一切都是相反的，面对钟剑，她既骄傲又卑微，这让她不知所措。

王一阳就不一样了，他学习成绩优异，他比她还穷，她在他面前无须卑微，与他相处她感到轻松，这才是她要的感觉，唯其平等，才能相爱，不是吗？

大学毕业后，王一阳进了一家生物医药公司。许亦菲比王一阳低一届，毕业后进了一所市重点高中任教，再后来，结婚、生子，转瞬间，他们的儿子都已经上了高中。

偶尔，参加亲友的婚礼，看穿着燕尾服的新郎为披着婚纱的新娘戴上钻戒，两人在大庭广众之下对着麦克风朗读誓言，许亦菲会想，倘若当年她嫁给钟剑，那一定逃不过"皮鞋大王"家族豪横而又庸俗的婚礼吧？她和王一阳结婚没办婚礼，只给同事亲友发了喜糖。说心里话，她并不羡慕那样的婚礼，她只是有些遗憾。

有一次，她在亲戚的婚礼现场与王一阳咬耳朵："这套程序好麻烦，要是我，婚礼还没完就想逃走了……"王一阳笑着附和："就是，怎么还不开席，我都饿了。"他没有说"谢谢老婆，其实是你体谅我"，他不是一个善于抒发感情的人，他务实得令人发指，他天生没有要从她的话里体会出别样意味来的那根筋。可是，这样难道不好吗？他们靠着自己的努力白手起家，如今早已与贫穷不沾边，不算富豪，也可算小中产。许亦菲自作主张给儿子买过最贵的一双鞋，一千八百九十九元，耐克。看到新鞋，儿子一点儿都不兴奋。她问："王小物，妈妈给你买的是今年的爆款鞋，你不喜欢吗？"儿子两手一摊："鞋子嘛，能穿就行，在我的圈子里，机器人、无人机、编程，才是 fashion。"

儿子完美继承了王一阳和许亦菲的"理科"基因，考进华师大二附中的科技创新班，高一的男生，已经有了"圈子"，算是真正的学霸圈吧。许亦菲庆幸自己当年选择的是虽然贫穷但高智商的王一阳，而非富帅学渣钟剑，要不然，现在，她的儿子很有可能正在一个攀比谁的鞋子更贵更 fashion 的"圈子"里混。

4

许亦菲上完课，去了一趟"凯司令"，订了一个上海人最喜欢的传统型白脱蛋糕，六寸，有点小。并非周末，儿子不回家，两个人吃足够了。

十八年前的今天，许亦菲和王一阳去民政局领结婚证，经过市民广场，看见很多穿公安制服的人围作一圈。许亦菲以为出了什么案子，可是看那些"公安制服"嘻嘻哈哈、满脸轻松的样子，不像是办案。正疑惑，《婚礼进行曲》忽然响起，人堆里发出笑声和吆喝声。两人挤进去看热闹，原来是一队警察正在举行集体婚礼，新郎一律穿着公安制服，新娘穿着婚纱，也不知道是天太冷还是太激动，新娘大多咬着红嘴唇浑身发抖。扩音器里传出主持人的说话声，听了一会儿才明白，那一日是一月十日，连起来就是"110"。王一阳拉着许亦菲说："我们干脆把婚礼办掉吧，就在这里，那么多人为我们庆祝，多热闹啊！"说着冲进新郎队伍，跟在队尾，朝许亦菲使劲招手。"来啊！你过来啊！"

许亦菲笑得腰都直不起来，却见一位比队伍里的新郎更年轻的小警察走过来，指着王一阳说："这里正在举办集体婚礼，请你出列。"

王一阳嬉笑着说："我是新郎啊！新郎，知道吗？"

小警察有些搞不清这个不穿制服的新郎究竟是什么来路，犹豫了两秒钟，忽然"啪"一个立正，冲王一阳敬了个礼，一脸严肃地说："请你出示结婚证。"

王一阳怔住，他们还没领结婚证呢，赶紧溜出队伍，拉起许亦菲朝广场边的民政局小楼跑去，一路疯笑。

那时候，王一阳还是一个挺有趣的男人，许亦菲拎着奶油蛋糕往家走，脸上不由得露出笑意。不知道是这些年来工作压力太大，还是日子过久了，失去了新鲜感，王一阳已经沦为一个完全没有趣味神经的男人，抑或，他向来是无趣的，只不过那时候，许亦菲还戴着爱情滤镜，看一切都是有趣的。

结婚整整十八年，纪念日这一说，许亦菲从未在意过，当年领结婚证，只是挑了两人都有空的日子。她一直认为，把婚礼或结婚纪念日看得很重的人，多数是对婚姻缺乏安全感。许亦菲最不缺乏的就是安全感，作为一名理科女性，她拥有女人极少有的理性思维，浪漫并不是她人生的重要追求，这么些年了，她与王一阳过得平和稳健，没有危险的漩涡，也没有太过欢腾的浪花，他们的生活，最典型的特征就是安全，没有意外。

然而，没有意外的生活突然被打破。王一阳请同事来家里吃饭，吃出了许亦菲一肚子疑虑。她没想到，他有一位关系如此密切的女同事，多种证据证明了他们的"密切"，譬如，在饭桌上，他与她相邻而坐，还给她舀半碗鱼丸汤，对，半碗，女人的胃口当然比男人小，关键是，他留意到了，想到了，做到了。

许亦菲一直认为，王一阳对她没有那么细心，是因为他本就粗心。现在她怀疑，他并不是真的粗心，他只是把细心留给了别人。

当然，一切都只是推理，而非证据，或许，许亦菲只是以己度人。钟剑的笑脸忽而闪过脑海，干净，带点傻气，四十多岁了，怎么不显油腻呢……许亦菲走神了，赶紧转念，是的，老夫老妻也需要搞点"浪花"吧？比如，找一个属于两个人的节日，浪漫一回。这么想的时候，许亦菲发现，她正在变成一个对婚姻缺乏安全感的女人。

许亦菲决定过一次结婚纪念日，倘若不是"110"，一月十日就是一个太过普通的日子，十八年来，他们从没有在这一天想起有什么特别的意义，他们过得太随意、太务实了，是时候需要一场有仪式感的活动来加固他们的感情了，他需要，她也需要。许亦菲没有提前告诉王一阳，她准备给他一个意外，或者叫惊喜。她订了私房菜，买了蛋糕，还有红酒、蜡烛……

进家门，手机响起信息提示音，许亦菲换拖鞋，把蛋糕放进冰箱，摸出手机看，是肖林丽。"亦菲，我在你家附近，五角场合生汇，我们吃'哥佬倌'吧？"

许亦菲回复："这么突然？今晚我有安排啊！"

肖林丽回信息："钟剑也在呢，我替他办了点事，他要感谢我，请我吃饭，你来吧。"

肖林丽在烟草公司工作，估计是钟剑找她买紧俏烟，找借口一起吃饭罢了，许亦菲想着，于是回了一句："我真有事，下次吧。"发完信息，收起手机，换居家服，开始准备晚餐。菜是早就在新雅粤菜馆订的半成品，滑炒虾仁、糟熘鱼片、豆豉蒸排骨……许亦菲从冰箱里往外一样样掏，动作懒洋洋，本来兴致挺高，收到肖林丽的信息后，情绪突然低落下来。

晚上七点整，许亦菲摆好葡萄酒杯，点上蜡烛，关闭屋里的灯。此刻，王一阳应该正把车开进车库，三分钟后，他将走出车库，按电梯，再三分钟后，她会听见密码锁的"嘀嘀"声，随即，家门被打开……

手机"叮"一声，有信息，许亦菲顾不上看，她先要等王一阳进门，在他一脸错愕地站在门口时突然亮灯，然后对他说："老公，嫁给你十八年了，十八年来，我很幸福！"

这话很肉麻，她怀疑自己说不出口，但她决定，再肉麻也要说，她要用这一剂强心药来拯救自己。就好比那天，王一阳在同事面前对着她喊"老婆，我爱你"，也许他和她一样，都需要用大声的告白相互拯救。

十分钟悄然过去，二十分钟过去了，快半小时了，小蜡烛已燃灭，家门毫无动静。手机又发出一声微信提示音，许亦菲这才想起刚才就有微信，没顾上看，是王一阳发来的？要加班？抓起桌上的手机，打开看，是钟剑，一朵垂头丧气的玫瑰。她突然明白过来，钟剑是想通过肖林丽来约她，她拒绝了肖林丽，等于拒绝了他。二十多分钟之前那条信息，也不是王一阳，而是肖林丽："'哥佬倌'生意太好，排了两个小时队，刚轮上，你要是空了就过来，正好开吃。"

许亦菲感觉嘴角抽搐了一下，痛痒感随之泛滥而起。她找出"开瑞坦"，倒了半杯热水，把药片吞下，肚内一阵发热，恼怒感从心底升腾而起，对王一阳，对肖林丽，以及对钟剑。王一阳的确经常加班，她也的确没通知他今天要过结婚纪念日，其实她早就想好的，倘若他加班，她可以等，总归要回家的，哪怕是深夜，吃蛋糕，喝红酒，然后，温存一番。王一阳也许会说："我们爱爱吧？"这是令许亦菲最能感到安心的日常，好像，他从新西兰回来之后的这半个月都没发生过。可是肖林丽的信息，以及钟剑发来的一朵玫瑰，突然让她患得患失，像是炒股票的人，发现买错了，倘若及时抛掉，换一家买，还来得及止损，却又怕这边还有触底反弹的可能，于是犹豫不决，心念浮躁。

许亦菲没有回复肖林丽和钟剑，她给王一阳发了一条信息："确定晚饭不回家吃吗？"心里却已有预感，他不会立即回复，便追加了一条："肖林丽约我去'哥佬倌'吃饭。"发完，拔掉蛋糕上的蜡头和烛油，准备把餐桌上的酒菜收起来，犹豫了一秒，没动。她还是希望王一阳能看到她的良苦用心，至少，她努力过，他需要看见。于是摊着一桌凉了的菜、开着盒盖的蛋糕，以及锃亮的空酒杯，她换衣服，穿鞋，背上包，出了门。

出小区，往五角场合生汇方向走，大约二十分钟就能到。许亦菲没通知肖林丽自己准备去找他们，让命运决定一切吧，她想，倘若到达"哥佬倌"，肖林丽和钟剑已经用餐结束走了，那就是上天的安排。这么想的时候，许亦菲心里有种孤注一掷的亢奋。

进合生汇大门，上自动扶梯，到达四楼。"哥佬倌"门口依然有人在排队，大玻璃内是巨大的餐厅，每一桌都有人坐着，乌泱泱一大片，火锅冒着热气，十三香的气味穿透玻璃，叫外面的人闻着都生出想要进去吃的欲望。许亦菲扫视餐厅，却看见玻璃上映出自己的身影，中等身材，不胖不瘦，高耸的胸使她看起来挺拔，只不过，同样因为高耸的胸，又流露出一丝家常气息，专属于生活优渥的中年妇女，滋润，却不够高级，心里忽然就生出了莫名的气馁。一抬视线，发现餐厅中央一张靠屏风的方桌，肖林丽和钟剑正提着加长筷子面对面涮肉。肖林丽说了一句什么话，钟剑张开嘴巴笑，火锅的热气蒸腾而上，覆盖住他的笑脸，蒸气散去，那张笑脸，依然是干净的……许亦菲停住脚步，脑中忽然闪过一个念头：我会离婚吗？

5

许亦菲没进"哥佬倌"，她在合生汇里逛了一圈，只为平复焦躁的心。经过一家女装店，看见模特身上的休闲西服，拐了进去。

许亦菲试了好几套衣服，最后选了一套藏蓝色西服套装，单扣中长款，直筒宽腿裤，同样有职业感，却比小薇身上的制服时尚得多，搭配了一件V领飘带米白衬衣，整体感觉大气，却也不失女人的温柔。半小时后，许亦菲拎着牛皮纸服装袋走出合生汇，冬季的夜空被城市的霓光照出一片绯红，像科幻片里的世界末日，回光返照一般，辉煌得近乎诡异。许亦菲忽然有种悬崖勒马的后怕，虽然，前方也许并非悬崖。

回到家，依然静悄悄，看手机，果然，要加班的男人刚发来通知信息。许亦菲没动桌上的饭菜，赌气似的，打开电脑备课。将近十点，肖林丽又发来消息："我们吃好饭了，现在去钟剑的酒吧，你要不要一起来？"

今晚，肖林丽的任何一条信息都是钟剑的代言，许亦菲知道。钟剑在大学路上开了一家酒吧，许亦菲也知道。听说酒吧开张没几个月就扔给了他姐夫。肖林丽常与许亦菲八卦同学逸事，当时许亦菲还说："学渣就是学渣，做事缺乏专注度，他这样子，终将一事无成。"

肖林丽却说："我听说，他姐夫被举报商业诈骗，输了官司，巨额赔钱，被'老皮鞋大王'赶出公司。钟剑就开了家酒吧，聘请他姐夫当店长，其实就是为了帮他姐姐。"

当年，钟剑大学毕业后在一所中学里任了三年体育教师，直到他父亲把他召回家。如今"皮鞋大王"已退居二线，"皮鞋王子"成了掌门人。

"'新皮鞋大王'还是个菩萨心肠，真是难得。"许亦菲这么说的时候，心里闪过的却是很久以前的画面：随堂测验，她把做完的试卷拖到课桌边沿，她感觉到身后有两道目光正越过她的肩头。她微微后仰，以便给后座的人更好的视角，她甚至感觉到一股温暖的风吹到她的后脑勺。她知道，那是他略微紧张却兴奋的呼吸……

此刻，肖林丽和钟剑应该是在去酒吧的路上吧？许亦菲想象着那个穿短款皮夹克的男人，长手长脚地走在大学路上的样子。那条路上最多的，就是周边几所大学的学生，桀骜不驯，青春洋溢。酒吧里最多的客人也是大学生，年轻人在这里聚集、开派对，偶尔有社团借地做沙龙或论坛。他们旁若无人地发出聒噪、争论，以及告白的声音，那里不属于中年人，却令许亦菲蠢蠢欲动。她想起自己的大学年代，王一阳除了带她轧马路，就是逛免费公园。那时候也有酒吧，只不过他们没钱消费，不像钟剑……许亦菲给肖林丽回复信息："太晚了，下次吧。"

片刻，收到微信，是钟剑，一张泪流满面的表情。他为见不到她而伤心，许亦菲想着，心里便也生起莫名的忧伤。可是，已经说了不去，不能反悔了。

许亦菲依旧没动桌上的菜和蛋糕，饿着肚子洗漱，而后靠在床上刷手机，渐渐犯困。午夜十二点半，她饿醒，还未睁眼，就听见餐厅里叮当作响，王一阳回来了。她下床，出卧室，果然，王一阳正埋头吞吃蛋糕和冷菜，还倒了半杯红酒自顾自在那里喝。看见许亦菲，王一阳举了举手里的酒杯。"吵醒你了？可把我饿坏了，蛋糕哪儿来的？"

许亦菲忽然心灰意冷。"当然是买来的，还能哪儿来的？"

王一阳点了点头，继续大啖，还发出格外响亮的咀嚼声和吞咽声。许亦菲等了一会儿，没等到王一阳问她为什么买蛋糕，眨眼间，一个六寸的小蛋糕只剩下一个锐角。许亦菲顿时火气上蹿，厉喝一声："吃东西嘴里能不能不发声音？"

王一阳一怔，随即哈哈一笑："好嘛。"然后抿住嘴，嚅动了几下腮帮子，又停下，含着满口食物说："这么吃不香啊！"

许亦菲彻底火了："嘴里含着东西不要讲话！"说完扭头进卧室，往床上一躺，心里滚过一阵委屈，眼睛霎时湿了。

许亦菲后悔了，她应该进"哥佬倌"，与肖林丽和钟剑一起吃火锅，然后，一起去大学路上的酒吧，她早就应该感受一下那种属于大学生的浪荡与不羁，王一阳从未带她体验过，喝咖啡，泡吧，蹦迪……那时候，他们把勤勉刻苦当成唯一的美德，她甚至因此而拒绝钟剑，因为那些有钱人的消费令她感到堕落。一切让人堕落的东西，都是有诱惑力的，她那么固执而又坚强地拒绝钟剑，就是为了远离诱惑，几乎是挣扎着，阻止自己堕落。可是如今，钟剑看起来并没有因为有钱而堕落，相反，很有可能，年轻时贫穷而又励志的王一阳，已然堕落。

许亦菲脑中再次闪过小薇的样子，藏蓝西服裤装、超短发、瘦削、平胸，像走在Ｔ台上的女人，面无表情，一点都不可爱，可是总感觉，那才是高级的，为什么？许亦菲侧躺在床上，忍不住摸了一把自己的胸，纯棉睡衣有种粗糙的质感，包裹着厚软的胸部，像是摸着一袋装得满满的粮食，粗粝而扎实。许亦菲忽然生出前所未有的嫌弃，对自己，对自己的胸。

许亦菲饿着肚子迷糊了一夜，半梦半醒中，感觉胸口被压得喘不过气，醒来发现王一阳正朝向她侧睡着，一条手臂沉甸甸地横亘在她胸口，鼾声从他半张的嘴巴里吹出，随之呼出一股股隔宿的胃气。许亦菲掀开王一阳的手臂，伸手捞了一个靠枕，隔在王一阳和自己的枕头中间，鼾声轻了几许，隔宿的胃气也闻不到了，至少，不是直接吹到她脸上了。

进入中年，王一阳眼见发胖，尤其是升了技术主管后，加班愈发多，半夜三更回家总要吃夜宵，睡着后，食物发酵的气味伴随着鼾声源源不断地流出。有时候她被他的鼾声吵醒，闻到被窝旁边这个男人特有的咸湿呼吸，不禁想，这是一条不再新鲜的咸鱼了，随后，她立即想到自己也不再是一朵绽放的鲜花了，于是从厌烦的边缘脱身而出，心平气和地拿一个靠枕阻隔彼此，同时阻隔掉男人的荷尔蒙。

偶尔，王一阳会钻进她的被窝，"老婆我们爱爱吧"，这话，从他嘴里说出来，像在说"老婆我去上班了"一样例行公事，他们已经很久很久没有认真投入地"爱爱"过了。许亦菲因此对那天王一阳忽然的告白惊诧无比，"老婆我爱你"，多么稀有，多么少见，多么突兀，像酷冷的冬天被火星烫到手心，不知该感到温暖还是恐惧。况且，这句话，他是在多位同事在场的时候，在他身边正坐着一个亲密女同事的时候，在他疑似知晓她夜不归宿事件之后说的。他这是要挽回她、感化她？还是明修栈道暗度陈仓？

身后的王一阳忽然一个大喘气，粗壮的手臂越过靠枕，许亦菲的胸口再次被压住。她想起崇明农庄那一夜，同样的位置，他在左，她在右，他自始至终半靠在床垫上，面朝天花板，一条手臂穿越她的后脖颈，从凌晨三点，到太阳升起。他始终无声无息，她也不说话。一度，他侧过身，下巴抵住她的额头，她闻不到他身上任何特殊的气味，一个中年男人，怎么会没有一点点体味？除了健康状况良好，她更怀疑，这是一个欲望极低的人。她躺在他臂弯里，默默地、深深地吸气，终于闻到他羊绒衫上略有一丝淡香，竟是久违的、堪称古老的"扇牌"肥皂味儿。这是一个什么样的男人？古老到几乎从未长大？许亦菲不禁怀疑。

吃早饭时，"劳动委员"问许亦菲："钟剑呢？昨晚我们打麻将到半夜两点，我叫他到我的床上挤挤算了，他说不习惯和人睡一床，他要出去溜达一圈，等着看日出，还没回来吗？"

许亦菲一阵惊惶，不知如何解释，却见钟剑顶着两个黑眼圈闯进大门，手里拎着一大袋崇明糯米糕："我去镇上逛了一圈，刚蒸出来的，每人一份，带回去给家里人尝尝。"

"劳动委员"调侃他："嘻，要吃糯米糕说啊，我去蒸糕作坊订就是了，大半夜的，我还以为你溜达到许亦菲房间里去了。"

大伙儿哄然而笑，许亦菲感觉脸上一阵热一阵冷，偷偷看钟剑，他正低头给大家分糯米糕，头发有点蓬乱，皮夹克领子竖着，拉链锁到下巴，脸色略微苍白。一夜未睡是真的，只不过，他进她的房间，已是凌晨三点，麻将两点结束，其间有一个小时的空当，他在犹豫？纠结？挣扎？直到她给他发出信息……许亦菲心里一阵内疚。

钟剑提着一小兜糯米糕递过来："这是你的。"

许亦菲看他，他却躲开她的目光，转向肖林丽："林丽，你的。"

他甚至没有犯一次错误的勇气，许亦菲想，胸口莫名泛起酸楚，有种想哭的冲动，不知道为什么。就是从那天开始，许亦菲变得"失常"，并且，至今未曾恢复。

6

王一阳又要出差，这回是深圳，明天早上的飞机。许亦菲一如既往没有过问他是独行还是与同事一起，心里却泛滥着无尽的猜测。她没有任何打听他行踪的渠道，她只认识来他们家吃饭的那三个，却没有联系方式，即便有，要怎么问才能让人不觉得奇怪？许亦菲感觉到上唇边沿又一次泛起隐隐的瘙痒，她做了一个深呼吸，鼓起勇气，对正在整理行李的王一阳说："对了，礼拜天我要去参加一场婚宴，高中同学的女儿结婚，我想买一套新衣服，小薇上次穿的那套衣服蛮好看的，我想问问她哪里买的。"

王一阳抬头，脸上写着诧异，以及几分不屑："你高中同学都嫁女儿了？哈哈，早婚吧？"

他的关注点跑偏了，许亦菲稍稍犹豫，重复了一遍："对啊！人家都要嫁女儿了，邀请了好多同学。我问你啊，上次小薇穿的那套衣服挺好看，我想问问她哪里买的。"

王一阳问："小薇穿的哪套衣服？你什么时候见过她？"他正把洗漱包和内衣塞进拉杆箱，看不出他的表情。许亦菲说："就是那天来我们家吃饭，她穿的衣服。"

王一阳一边把一套装在袋子里的西服塞进箱子，一边回答："哦！那是我们公司的制服，定做的，买不到。你就去五角场买嘛，那么多名品店，总有好看的。"

王一阳没入坑，许亦菲没有得到有价值的信息，关于小薇的联系方式，关于谁与他一起去深圳出差。当然，王一阳也不会注意许亦菲的衣橱，他不知道她已经买了一套与小薇身上的制服类似的西服。许亦菲心下窝火，突然指着男人的行李说："你看你，西服这样塞箱子里会皱的，穿在身上皱巴巴，像个乡巴佬……"说着拿出王一阳的西服，重新摊开、折好、装袋，平铺在箱子底部。

王一阳却不以为意："皱就皱，酒店房间里有熨斗，大不了熨一下。"

王一阳经常出差，有时候要出席正式场合，会带上正装，许亦菲的确从未关注过他正装皱了怎么处理的问题，便问："你还会熨衣服？"

"熨衣服又不是高科技，有些事情，不做不等于不会做。"王一阳这么说着，嘴角边滑出一个赖兮兮的坏笑。这个笑，与钟剑那种带点傻气的、干净的笑很不一样，说不上讨厌，也绝不帅。不过，这种有点油腻的坏笑，在王一阳脸上出现当属正常。许亦菲研究了半天王一阳的表情变化，还是没发现破绽。

睡前，许亦菲靠在床上看网络电视，王一阳抱着靠枕刷手机。二十分钟后，王一阳打了个哈欠，把手机放在床头柜上，钻进被窝，鼾声秒响。许亦菲等了一会儿，探头看另一侧的床头柜，王一阳的手机正静静地卧着，黑色的屏幕，金色的外壳。

许亦菲从未想过要看王一阳的手机，可是最近半个月，这个念头已经闪过多次。其实她没有明确的目标，也不认为能在王一阳的手机里发现什么证据，但她可以找到小薇的电话号码，她想，也许会有用。

王一阳的鼾声很平稳，均匀的呼吸代表他的睡眠渐入深处。许亦菲爬出被窝，跪在床上，身子越过王一阳浑圆的躯体，一手撑着床垫，一手探向手机。手指还未触碰到床头柜边沿，手机忽然发出"叮咚"一声，屏幕亮起。许亦菲一慌神，撑住床垫的手一软，整个人跌趴在裹着被子的王一阳身上。鼾声刹那停止，随即，两条粗壮的手臂从被窝里伸出来，抱住身上的许亦菲，嘟哝着说："怎么了？"

许亦菲不说话，就那么趴在王一阳身上。王一阳似是被提醒，闭着眼睛笑，一咧嘴，喷出一口胃气。"老婆，我们爱爱吧？"

许亦菲还是没说话，接下来，她任由他掀开被子，拉她进被窝，替她除去身上的障碍，而后一个翻滚，压住了她。全程，许亦菲闭着嘴，别着脸，她尽力不让他的呼吸吹到自己脸上。这并不代表她嫌弃这个一起生活了十八年的男人，只是，当爱情老去时，当一切都变得不再那么新鲜时，这就是她的即兴反应。

王一阳再次发出鼾声是在二十分钟后，没有多余的动作，没有多余的话，直接，高效。连床笫之事也讲究效率，的确是他的风格。许亦菲躺在被窝里没再动弹，她不敢再打手机的主意，脑中却回旋着那个半夜三更给王一阳发信息的人，这个人是小薇吗？她要做什么？

脑中思索愈激烈，嘴唇周围愈是奇痒难忍。现在，许亦菲发现，除了蛋白质，她还对"小薇"过敏，一想到小薇，她的过敏性荨麻疹就有发作的迹象。

早晨，许亦菲醒来时，王一阳已经穿戴整齐，一早的飞机，订好的"神州专车"来接他了。他对床上的许亦菲说了句："我走了，你继续睡。"

许亦菲说"再见"，仅两个字。她不必过问他的早饭，他坐早班飞机，都是去机场 VIP 候机室吃早饭。况且，很可能，有人已经为他准备好了一切，包括早饭，包括把他皱巴巴的西服熨烫挺括……

许亦菲起床，进洗手间，镜子里的女人蓬头垢面，嘴唇上下围着一圈厚厚的隆起，红殷殷一大片，鼻子也肿成了一头粉红的大蒜，仿佛人称"麦当劳叔叔"的那个小丑，一张几乎被红嘴和红鼻子占满的白脸，流露出满满的滑稽，细看，隐藏着些许悲戚。

许亦菲看着镜子，心口堵得发慌，她想起那个男人，她断定他不是一个勇敢的人，当年她拒绝他，他也一点儿都不执着，就地消失了。崇明农庄的那天夜里，她迷糊中听见棋牌室方向传来说话声，然后是多人在走廊里走动的脚步声，估计是散场了。她不知道钟剑有没有地方睡，据她所知，这是最后一间房，房内有两张单人床……犹豫了很久，许亦菲拿出手机，给钟剑发出一条信息："你有地方睡吗？"

信息很快回来，一张摊手无奈的表情："你怎么还不睡？"

许亦菲心跳加速，她回复他："要是没地方去，来我这里吧，说说话天就亮了。"

发完信息，许亦菲起床，扭开房门锁。五分钟后，门被推开。

没有人会相信，一男一女同居一室什么都没发生，连许亦菲自己都不相信。起初，他和她坐在各自的床边，找不到话题，都有些尴尬，有一搭没一搭地聊了几句。然后，他似乎真的累了，歪靠在床上，许亦菲起身，为他倒了一杯热水，说："外面冷吧？这会儿温度最低，你能溜达到哪儿去？"说着弯腰把水杯放在床头柜上，刚要直起身，手臂被他抓住。她感觉到一股并不强大的拉力，以及自己胸腔里剧烈的心跳。然后，他的臂弯就成了她的枕头。她甚至怀疑，促成她躺在他身边的是自己的心跳，而不是他拉住她手臂的那一把绵软的力。然后，两个仰面并躺的人，就那么看着天花板，很久很久。渐渐地，心跳平息下来，她不再紧张，因为，她感觉不到身旁的人有任何企图，像睡着了，什么话都不说，呼吸亦是轻到几乎听不见。直到她也快要睡着时，他忽然坐起身。"五点了，我去镇上转一圈。"然后，这个像一股无色无味无毒的空气般的男人，迅速从许亦菲的房间消失了。

事情已经过去半个多月了，许亦菲却陷入自责和不甘，仿佛中了邪，身边的一切都变得不一样。是不是，这个看起来像无色无味无毒的空气般的男人，其实并非无毒？

化学教师许亦菲迅速在心里列举了几种无色无味无毒的气体，譬如，人类赖以生存的氧气，以及空气中占比最大的氮气。无色无味有毒的气体也有，比如家用煤气，就是一氧化碳，但是一般家用煤气中加了气味添加剂，如果泄漏，很容易被人察觉……许亦菲忽然有点担忧，是不是，她正在被某种无色无味的有毒气体侵害？不知不觉中，她就中毒了？可是为什么中毒的感觉竟是令人着迷的？人类每分每秒都在呼吸空气，许亦菲从不曾迷恋过空气，因为空气是无毒的。可事实上，人类恰恰无法摆脱空气中的氧气，没有氧气，人就活不下去，这岂不是上瘾？作为化学教师，许亦菲忽然生出某种违背科学规律的认识，现在她想说，氧气是有毒的，因为它会让人离不开，它会让人上瘾。

手机闹钟音乐响起，许亦菲看时间，已是七点半，热早饭，胡乱吃了一口面包豆浆，又吞了一粒"开瑞坦"。今天开始期末考试，上午第一场考化学。快放寒假了，这个周末，儿子也要回家了。许亦菲穿上外套，换鞋，戴上口罩，背起包包，出门往电梯走，被口罩蒙住的嘴角一阵阵发热，痛痒感从脸部四散，随着血液流动蔓延至全身，最后流到心脏。心脏里的痛痒抓挠不到，许亦菲握拳朝胸口捶了两下，隔着羽绒服，她捶到的是作为女人应该为之骄傲的第二性征。

现在，许亦菲已经厌恶了自己高挺的胸，倘若可以选择，她宁愿自己是"飞机场"。

7

许亦菲打了两天复方甘草酸苷针剂，荨麻疹症状总算消退，唇周和鼻翼不再红肿，瘙痒感也已微弱。倘若不是要去参加高中同学嫁女婚宴，她是不会去打针的，每天两粒"开瑞坦"勉强能顶住。可是她知道，钟剑也要去参加婚宴，她不想让他看见她满脸红肿的样子，那是她的"暗疾"。

嫁女儿的同学叫魏小兰，当年没考上大学，毕业就嫁了个暴发户，是班里结婚生孩子最早的一个。魏小兰并不是优等生，却最喜欢与优等生结交，家里有好事，总要把以前的班干部都请来，从班长、团支部书记，到课代表。许亦菲是学习委员，肖林丽是文艺委员，钟剑虽然学习不怎么样，但他是体育委员，况且人家现在是董事长、大老板，魏小兰一定会请他。

周日上午，许亦菲换上合生汇里买的那套休闲西服套装，藏蓝色，内衬 V 领飘带米白衬衣。镜子里的女人看上去气质极好，像女企业家，又比企业家多了些许知识分子的文艺与时尚，与她以往温婉有余、洒脱不足的形象相比，是种新的突破，总之，很是高端大气。那位没上过大学的魏小兰同学一向阔气，据说她女儿嫁的是个富二代，婚宴摆在香格里拉大酒店，饭店里暖气充足，穿这套衣服正好，出门披一件羊绒大衣即可。肖林丽与许亦菲通过气，今天大概有十来个同学会去，许亦菲要让自己显得与众不同，尤其是在钟剑眼里。

到达"香格里拉"，肖林丽的信息正好发来，说同学们已在宴会厅等候。许亦菲进大堂，脱去大衣，交给服务生，整了整衣襟，款步走进金碧辉煌的宴会厅。偌大的宴会厅内排布着百十来张大圆桌，红地毯从门口一路铺展到顶端的舞台，已有不少宾客四散在各处，高大的穹顶吸收了人声，虽然眼见人们都在热烈交谈，却听不见嘈杂声。许亦菲往里走了二十多米，终于看见肖林丽，淡紫色羊绒连衣裙，一条紫色披肩甩来甩去，像只几乎要飞起来的蝴蝶，四十多岁的人了，俏丽有余，稳重不足。再看旁边，"劳动委员"一身西服裹着胖胖的身材，实打实一位发家致富的农民企业家，还有，依然有点书呆子气的"班长"，以及像极了大型国企老总其实是街道主任的"团支部书记"……许亦菲脸上露出笑意，她感觉到了自己的出众，她用目光搜寻，钟剑呢？

肖林丽一个猛子扑上来，抓住许亦菲的胳膊。"哎呀，你怎么像董明珠呢？女老板啊！"

许亦菲在肖林丽耳边悄悄问："还有谁没到？钟剑来了吗？"

肖林丽捂嘴笑，指着宴会厅大门说："那不是？"

许亦菲回头，果然，宴会厅门外，并未发胖的中年男人正与一众客人寒暄，高高的身材，挺直的脊背，西装革履，胸口佩一朵红玫瑰……为什么？他戴玫瑰花？许亦菲暗惊，疑惑的目光转向肖林丽。"什么情况？"

肖林丽说："魏小兰的女儿，嫁的是钟剑的外甥，就是他姐姐的儿子。我也是刚听说，还是钟剑做的媒，魏小兰盯得紧，居然成了。"

魏小兰最有本事的地方就是用自身的经历驳斥"知识改变命运"这一说，当年她一毕业就嫁了一个养鸭专业户，后来专业户发展成家族食品企业，没有考上大学的魏小兰，让自己成功变身董事长夫人。许亦菲从未打听过靠养鸭发家的食品公司到底有多大，如今看来，还是要比钟剑的皮鞋公司小一些。要看谁的家业大，就看两家联姻中，谁处于被动。许亦菲几乎要笑出来，却听肖林丽说："你看，钟剑身旁的女人，是他老婆，没见过吧？我也是第一次见，蛮漂亮的。"

许亦菲的视线跟着肖林丽的手指追踪而去，二十米外，一个身姿窈窕的女人正侧脸与人说话，银底粉紫祥云旗袍，复古民国中卷发，淡粉纱质披肩，小小的口唇微微启动，并不大张旗鼓的笑脸，鼻梁与下巴勾画出娇俏的弧线，微微下坠的面庞轮廓显示了她的年龄，但依然可以看出，年轻时应该是个美人……

许亦菲莫名发呆，肖林丽捅了捅她："嗨，看见了没有啊？是不是蛮漂亮的？"

许亦菲摇头。"我看没你漂亮。"说完伸出一根手指，撩拨了一下肖林丽的下巴，动作过于夸张，目光游离散乱，肖林丽被逗得前仰后合。许亦菲跟着笑，眼睛却看向远处的钟剑，现在，她连上去和他打个招呼都不愿意了，她只想躲起来，不让他看见，因为，自己身上这套西服太不合时宜了，仿佛，她不是来赴婚宴的，而是来参加一场产品发布会。可是，钟剑很快发现了她，他站在人群中向这边挥了挥手，然后拉了一把银粉旗袍女人，钻出人堆，朝着许亦菲走来。

许亦菲倔强地挺了挺身姿，脸上浮起微笑，看着一男一女向她走来。男人一手揽着旗袍女人的肩膀，女人斜倚在他臂弯处，他们离她越来越近，然后，停在她面前。她听见他对身旁的女人说："我给你介绍一下，这些都是我的高中同学。"他一开口脸上就带了笑。"这是多才多艺的肖林丽，这是大班长张强，还有黄萍萍、许亦菲……"他一个个指点着在场的同学，手指划过她面前，很快指向下一位同学。他的笑脸依然干净，表情和语调温和自然，只耳根处微微发红，也许是暖气太足，热的？还有，他揽着旗袍女人肩膀的手始终没有放下……

许亦菲看着眼前这对衣冠楚楚、郎才女貌、恩爱和谐的夫妇，脸上维持着礼貌的微笑，脑中却想起王一阳那天当着同事的面，对着她大声喊话："老婆，谢谢你！老婆，我爱你！"

她仿佛看见了同样的挣扎，以及，同样的自我拯救。嘴角忽然一阵刺痒，又发作了！她想。

8

婚礼开始半小时了，仪式还未结束，许亦菲准备逃离。新郎和新娘正在台上相互戴钻戒，靠近舞台的主桌，坐着老态龙钟的"老皮鞋大王"，还有钟剑的姐姐和姐夫，也就是新郎的父母，还有新娘的父母——魏小兰夫妇，以及新郎的舅舅和舅妈——"新皮鞋大王"钟剑及夫人。许亦菲只能看见钟剑的背影，挺直的背脊，宽平的肩膀，显然是新打理的发型，脖颈与发尾处闪着青白的光，与身边俏丽的旗袍女人坐在一起，真是般配……嘴角边的痛痒感愈发尖锐，许亦菲捂着嘴对肖林丽说："我荨麻疹发作了，你看。"说着放开手，露出脸给肖林丽看。现在，她只想要离开婚宴，哪怕在"同桌"面前展示她"暗疾"发作的样子。

肖林丽吓了一跳："哎呀，又红又肿，怎么办？"

许亦菲重新用手挡住嘴，轻声说："大概没法坚持了，我得去医院。"

肖林丽伸脖子看了看前方主桌："去吧，赶紧去医院，魏小兰那边我等一会儿替你打招呼。"

许亦菲起身，一手捂着嘴向门外走。宴会厅里响起"新皮鞋大王"高亢嘹亮的致辞，作为婚宴中身份最高贵的来宾，钟剑被赋予证婚人的角色。一连串生硬的普通话灌入许亦菲的耳朵，没有卷舌音，却有三个破句，都董事长了，不会是紧张吧？学渣到底还是学渣。许亦菲鼻子里发出一记嗤笑。

跨出宴会大厅时，她听见他高亢的声音又拔高了几分，以朗诵般的节奏念出了那句老生常谈的祝福："让我们举起手中的酒杯，共同祝愿这一对玉人新婚愉快，永结同心，共创美好明天！"

宴会厅厚厚的大门把掌声隔离，许亦菲放下捂着嘴巴的手，深深地吸了一口气。仿佛遭遇了一场雨，虽然雨不大，心里的一点点火苗却熄灭了，没有丝毫挣扎。

许亦菲没有去医院，她打了一辆出租车直接回了家。周末，儿子在家，许亦菲进门，十六岁男孩双腿搁在茶几上，腿上架一个"棒约翰"比萨盒，鼓着腮帮子大嚼，茶几上还散躺着可乐瓶、沙拉酱罐，以及一堆乱七八糟的刊物。见许亦菲忽然回来，儿子说："老妈你不是去吃人家喜酒了吗？这么快就吃好了?"说话间,眼睛依然看着电视。屏幕上,是许亦菲无法看懂的画面,儿子常玩的一种逻辑推理游戏,叫"剧本杀"。

许亦菲闻到比萨香,感觉饿了。"王小物,你叫外卖了?赏我吃一块喽?"

儿子看了她一眼。"哎哟老妈,你怎么又香肠嘴了?哈哈!比萨可以吃,但是你必须把奶酪、牛肉和大虾剥下来给我吃。"

许亦菲心里滚过一阵暖流,十六岁少年居然记得为娘的忌口,这让她有些感动。这个孩子,她从不担心他玩游戏上瘾,她不需要督促他的功课,优越的智商令他把游戏玩成了学习,又把学习玩得像游戏一样轻松。许亦菲再一次为自己感到庆幸,幸好当年嫁的是王一阳,哪怕他睡觉打鼾,他不记得他们的结婚纪念日,他看不出她改了发型,穿了新衣,以及,关注不到她的"暗疾"一次次发作,一次次恢复……可他给了她一个聪明体贴的儿子。

晚上九点,王一阳出差回来,进门就问有没有给他留晚饭,飞机上睡着了,醒来已经快落地,没吃饭,快要饿死了。许亦菲进厨房热饭菜,正要起锅,听见王一阳在客厅里大喊:"哎呀,不好,我的文件包呢?刚才进门,你看见我拿了文件包吗?"

许亦菲条件反射似的冲出厨房,对着王一阳呵斥道:"哎,你拿没拿文件包怎么问我?文件包啊,这么重要的东西,你居然不记得放在哪儿,我看你是老年痴呆了……"许亦菲已经很多日子没这么骂过王一阳了,骂完,她发现心里忽然有种重获安全感的喜悦。

王一阳一如既往不会听见许亦菲骂了他什么,他只顾翻行李。"我记得下飞机时在手里的,对了,应该在车里,肯定在车里。"说着就拿出手机给"神州专车"司机拨电话,对着手机一通解释,然后哈哈大笑着说"感谢感谢"。挂下电话,王一阳抹了一把脑门上的汗。"吓死我了,还好还好,在车上,司机马上给我送回来。文件包要是丢了,我就只能去买块豆腐来把自己撞死算了。"

"十三点!洋盘!不晓得脑子用来做啥的……"许亦菲一边叨叨着,一边把热好的饭菜端上桌。王一阳埋头开吃,和以往一样,他对她做的食物,以及她的形象和着装不发表任何意见，他也根本看不出来。这几天，她的嘴唇反复肿成香肠样，又屡次消退。他风卷残云般扫光了半盘青椒牛柳、一碗蹄花汤，还干掉了一碗青菜腊肉饭，然后抹抹嘴，说吃饱了。紧接着站起来，从行李箱里摸出一个信封递给许亦菲。"深圳那边请我开了一场讲座，这是讲课费。"

王一阳声音依旧，形象也依旧，微胖的圆脸，凸出的肚腩，开口就是带湖北腔的普通话，说话的时候，给人一种貌似深思熟虑，其实心不在焉的感觉。许亦菲接过信封，抽出来数了数，又塞回信封，收入抽屉，心里却想，要不要问问他这次和谁一起出差去了？但好几次想启口，却不知如何扯上话题。

"神州专车"司机打来电话，文件包送到，王一阳急着出门。许亦菲追着他喊："哎哎，这是冬天！你穿一件棉毛衫出去，你是低能儿啊，不晓得冷热，生病了还要我照顾你……"她的声音毫无保留，一如既往的直率，带点粗暴和骄横。王一阳早已习惯，回头接过她递来的外套，一边拐着湖北腔普通话喊"好嘛好嘛，我穿嘛"，一边朝电梯跑去。

许亦菲能这么对王一阳说话，证明一切尚好，似乎，生活又回归了常态，可以随便骂他，他也不会生气，不必小心翼翼，不必察言观色，这样的日常，许亦菲很习惯。只是，王一阳到底和谁一起去出差了？这事儿，还要不要打探？是不是，就不要再追究了？就像那次她夜不归宿，王一阳或许知道，也可能不知道，总之，他从未问过。不问，也就过去了，她又回到了原来的自己。

晚上睡前，许亦菲进浴室洗漱，看镜子里的自己，香肠嘴消退了大半，摸了摸口周，红肿与痛痒感也几乎消失。奇怪了，中午在婚宴上眼看着已经发作的过敏性荨麻疹，这一下午也没吃药打针，就好了？

现在，许亦菲有点相信王一阳那句绕口令似的话了："有些病，根本不是病，你把它当成病，它就是病了，你不把它当病，就不是病，不用打针吃药也能好。"她还怀疑，也许人人身上都有一两样"暗疾"，什么时候发作抑或痊愈，只有自己知道，别人大概永远看不出来。

洗漱完进卧室，打开电视机，搜了一遍电影，再次停留在《你好，之华》。

看过的电影最催眠，许亦菲一向这么认为，于是按下播放键，把音量调到最小。

王一阳靠在左边的枕头上刷手机，二十分钟后，鼾声响起，半小时后，许亦菲的眼皮也开始打架。电影依然在屏幕里演绎，那个关于回忆的故事，缓慢的音乐，散淡的台词，很轻，很远，像做梦。伴着左侧的鼾声，许亦菲听见男声的旁白："之南，你好，你问我，还记得多少以前的事，对我来说，初中时的一切，就像发生在昨天，甚至比昨天更鲜明……"然后，是女声："为什么总提过去的事？现在这样不也挺好吗？"沙哑、沉着，是周迅的台词，与小薇的声音如出一辙。

许亦菲努力睁开眼睛，她想再看看那个叫之华的女人，有没有挺拔的胸。可她实在太困了，她用了很大的力气，眼睛只张开一条缝，她依稀看见屏幕里，穿卡其色外套的长发男人正把一封信塞进邮筒，那种很古老的绿色邮筒。投完信，男人转过身，抬头看向远方，镜片后面，是他深情而又忧郁的目光……

许亦菲重又闭上眼睛，耳边掠过一句台词，抑或只是她脑中的一个念头："回忆没那么重要，它不足以安顿人生……"是之华在说话，周迅的声音，沙哑、沉着。她闭着眼睛咧嘴笑，像自嘲，嘴唇嚅动着，说出一句话："对啊，要是他们俩真的发生什么，就太矫情了。"说完，脑袋一歪，完全陷入了睡眠。

隐秘的船

肖　勤[*]

1

　　午后的阳光有点慵懒、有点疲乏，河水在河堤边有气无力地翻了个漩，发出噗噗的闷响。七姑娘在树下的竹躺椅上困觉，突然醒坐起来，打了个哈欠，再看前面凉棚下那个背影，心头一阵泼烦。

　　喂，她故作生气地拿起蒲扇在竹椅上拍打，又叫了一声，喂——在这儿混恁久，生活费呢？

　　哈萝正在凉棚下偷吃泡菜坛里的生姜，她老娘一辈子穷惯了，抠里抠搜，小瓦房里除了必需的米、面、油和青菜，什么零嘴也没有，她只好冲泡菜坛子下手。听了七姑娘的话，哈萝缓慢回过身，无比嫌弃地看着躺椅上的七姑娘——树荫下，七姑娘的脸像玉石一样闪着光。哈萝想不通，这老太在大河边风吹日晒了大半辈子，都七十多的人了，那张脸何以跟二十出头的大姑娘一样

　　* 肖勤，女，仡佬族，1976年生，贵州遵义人。代表作《暖》《所有的星星都有秘密》《丹砂》等，已创作两百多万字小说，作品多见于《人民文学》《十月》《民族文学》《芳草》《山花》等刊，多部作品被《新华文摘》《小说选刊》《中篇小说选刊》《小说月报》选载，并入选各年度选本。根据小说改编的电影有《小等》《碧血丹砂》。曾获第十届全国少数民族文学骏马奖，贵州省第十四、十五届五个一工程奖，《十月》文学奖，《小说选刊》年度小说奖，《民族文学》年度小说奖等。有作品被译为英、韩、法、蒙古、哈萨克斯坦等文字在海外出版。

白净光滑，玉菩萨似的。照理说这样的好相貌，应该配一副不食人间烟火的肝肠和纤尘不染的心，可她老娘却是个俗不可耐的财迷，从哈萝记事开始，老太心里眼里就只有钱。

哈萝舔舔手指头，不说话，挑衅地瞪了七姑娘一眼。不给！哈萝生饮饮地甩出一句，一辈子只晓得钱，不提钱你会死？

四十多年了，哈萝和老娘的对话向来如此，冷硬、辣火。外人听来，以为是后妈和养女。

七姑娘也不生气，起身取了棚绳上的毛巾擦脸，冷笑道，不提钱，不提钱你早饿死鬼投胎了，也不想想当年你怎么活下来的。

当年，不说当年还好，说起当年哈萝脸臊。沉淀的往事像河湾汊子里的杂渣，泛着泡沫一荡一荡扑到河面上来。

当年的大河，恁长恁宽，不光走盐走草药走干菌子，也走流言蜚语。沿河九个盐船滩头的人，提到四滩月亮台码头那个"豁得出去"的七姑娘，个个都笑得鬼眉鬼眼，女人带点不屑，男人充满遐想。长得比盐还白净的七姑娘，明明漂亮得连守盐巴仓库的黑狗都舍不得咬，火神庙买桐油添香火都只要她的货，真正是佛佑人喜欢。她倒好，偏去干些花里胡哨的事情——冬天和跑船的烧炉师傅挤眉弄眼乱搭讪，夏天跟草药医生上山入林说是去采药；竹子大开花那年，滩头刚办起学校，她就跑去给刚死了媳妇的蔡老校长洗床单衣裳，裤脚挽老高，一双小腿白花花泡在水里，于家船上的老么看花了眼，栽进河里被漩头吸走四五里，救起来人呆了，碰到水就惊啦啦地叫，足足扎了三年的银针……

小小一个月亮台，龙门阵从滩头说到滩尾，都是七姑娘。哈萝从小听着这些龙门阵长大——也不是她要听，是躲不过，就算塞住耳朵，它们还是会随着细丝丝的风钻进脑袋里。滩头本就巴掌恁大，密密麻麻挤满了靠河谋生的人家，三尺宽的独巷子一竹竿就能打通头，滩头放个酸屁，滩尾的风都是臭的。何况恁多风言风语，哈萝哪里躲得过？从小到大，她都被一群瓜娃子追来追去问：

昨晚上你妈给你吃的左边还是右边?

幼年的哈萝口袋里永远装满了鹅卵石,以便冲着最近的一个砸去,然后大骂,吃吃吃,吃你妈个头!看热闹的大人们听到这里便哄地笑开来,颇有深意地彼此眨眼睛。憋了一肚子气的哈萝一回家,丢下书包便和七姑娘干仗,小小年纪泼天泼地,动不动就是点火烧房的架势,好向外人表明态度,她和她不是一伙的。

七姑娘收拾不住这小妖孽,气得满嘴长燎泡,想着哈萝不满百日,她爹老汉就和船一起翻河里了,丢下自己和四个娃,日子最艰难的时候,缸里没米罐里没油。不少船老大劝她离开月亮台,反正她走了,四个娃留在这里,东家施一勺西家给一碗也能活,月亮台就没有饿死的娃。

她不干,孩子是她的命,扔下孩子自己去寻好日子,她怕天上的雷打她。何况哈萝那时候才三个月大,虚得跟只小耗子似的,是妈都丢不下。

滩头有滩头的规矩,女子不走就是娘,孩子就得自己养。

那些年,为了弄点烧煤、棉布和米面,七姑娘使尽了法子,要不是她脸皮厚,哭声比猫叫小的哈萝早死了,哪有机会在她面前张牙舞爪?哈萝他们能上学,全靠她月月年年给那个满嘴烟味的蔡校长扫地洗衣做布鞋。世上人都可以瞧不起她,唯有哈萝不可以。一条大河几百里淌下来,别人家的女子从小都是在河边卖鱼卖豆腐卖药材,只有她是把哈萝送到学堂念书,结果读了几天书,认得了几个破字,反而骂起老娘不知羞耻。半山岩的孙寡妇讥笑她说,养来养去,最后养了条咬人的乌梢蛇。七姑娘不屑理会孙寡妇,她和孙寡妇不是一路人,但孙寡妇的话让她一想一个怄,一怄就是翻天倒地的恨,拿起捶衣棒追着哈萝就开打。一个打一个跑,一个吼一个骂,窄小的房檐下永远鸡飞狗跳,一大一小两个人,在窄街上狭路相逢时,谁看到谁都是磨牙瞪眼要吃人的样子。

捶衣棒下长大的哈萝出落得异常俊俏,每次下河洗衣裳回来,走在高高的丹霞岩旁,小脸被岩石映得通红,恍眼看,以为是河岸两旁的刺桐花,俏丽得很。可一旦到了她拿鹅卵石砸人的时候,刺桐花就成了燃烧的火苗。

在月亮台的人看来，母女二人都稀奇得很。老的为了小的，死活不肯离开月亮台；小的倒好，时时刻刻惦记着要走——离开月亮台是哈萝拼尽童年少年所有光阴和力气要做的事。十五岁时，哈萝终于考上了上游夜郎镇的夜郎高中。烈日灼灼的九月，细瘦的哈萝背起棉被和行李，站在滩头朝着大河狠狠吐了口唾沫。

淌走的河水不倒流，离开的姑娘不回头。

那以后哈萝再也没回月亮台，学校放假她就赖在镇上给李家米皮店打零工，泡米、推磨、烧火、上浆、起笼，这些细碎事，难不倒月亮台出来的女子。"桑木镇的鸡，二郎乡的酒，月亮台的姑娘家家有。"夸的就是月亮台的女子能干。

整日在雾气腾腾的蒸灶前，哈萝少见了阳光，又加上蒸汽笼着，本来就瓷净的人儿长得更加皎白。镇上人惊叹，李家米皮坊里藏了个雪娃娃。

小镇婆姨们带着媒婆一样的眼光端详着哈萝，说是去李家换米皮，其实都是去看人。

狭暗湿润的作坊里，人多，吵。屋外的野猫随着大河的浪头声无休无止跟着嘶叫，乱哄哄，闹麻麻。

只有哈萝很安静，终日沉坐在白茫茫的蒸汽深处，想事情——

想什么时候脱胎换骨，灭了那些轻飘的眼神；想有一艘大船，她是船老大，而不是岸边等船的女子。

置气归置气，一到换季和开学，总还得托船捎话到月亮台，问七姑娘要学费、书本费和饭钱。每每从船老大手中接过七姑娘送来的衣物和钱，哈萝都觉得自己像条喂不亲的狗——又要讨人家的饭吃，又不肯朝人家摇尾巴。哈萝恨这样的自己，偏偏七姑娘托人捎话来，说，穷家富路，人在外面，缺啥子一定要讲，老娘卖血也给你凑。

哈萝又羞又愤，拽了把河岩上的虎耳草在嘴里嚼，啐一口碧绿的青汁——谁稀罕她卖血！说完红脸扭身跑了，回到学校，死憋着一口气啃书。

犟女子做事总能成，七年后，哈萝成了大河上下第一个女大学生，毕业又系绳定锚留在市里做了"公家人"。从市图书馆报到出来那天，依然是九月，太阳依然灼热如火，哈萝站在巨大的玻璃门前，看到了一个脱胎换骨的哈萝。

她长长地吁了口气。

单位分的宿舍并不比月亮台那狭小的吊脚楼大，但是哈萝有家了，整个国庆节她都在忙着收拾屋子。刷完肮脏的墙壁，钉好破旧的窗户，换完黑乎乎的电线，把楼道里别人甩掉的旧柜子旧桌子搬来洗刷修补油漆一番，一进两间的小宿舍显得有模有样了，哈萝便很有态度地给月亮台那个人捎话——房子安顿好了，你搬出来住。

凶巴巴，没有商量的余地。倒像她是妈。

十一月小阳春，七姑娘板着脸进城来了，站在单位门口的梧桐树下，一脸黑云，不是娘看女的眼神，倒像仇家寻上了门。门卫老蒜头狐疑地站起身，手伸向电话机，这辈子他还没打过110，想到这里，他有点激动。

两个漂亮女人没有给老蒜头机会，她俩在老蒜头诧异又失落的目光中，一老一小、一前一后往图书馆宿舍走去。寒风卷起梧桐树金黄的落叶，丢一地零碎。

搬搬搬！你晓不晓得，我在，月亮台的风言风语就只是风，打不痛人。我一走，话话儿们会聚成石头，砸得死人。七姑娘提着老楠木嫁妆箱，费力地跟在后头。

现在怕，早干啥子去了？哈萝回头白她一眼。

你说干啥子，养你们几个白眼的狼去了。

稀罕你养，丢河里喂河神都比当你家姑娘强。

那你去啊，大河又没得盖子，你去跳，没人拦你。

到底是年轻，打嘴巴仗不是七姑娘的对手，哈萝给噎住了。停下脚步，死死盯住七姑娘，脸涨得通红。

七姑娘不看她，扔下箱子，扭着胯往前走，风摆柳似的，气得哈萝银牙咬碎，提起箱子跟上去。

天天吵。

哈萝吵惯了，七姑娘也是，但三个绵软且温厚的哥哥脸面受不了——单位宿舍楼，谁知道有多少人扒着墙听呢？哥儿仨凑钱在城郊的云门沱买下了配电站老值班室的两间小瓦房，又拉又扯，劝七姑娘到那边去住。七姑娘"誓与哈萝斗争到底"，先是不肯，结果到了一看，小瓦房边上居然有一道长满芦苇的河堤，再前面是大河的支流清江河。正是涨春水的时候，空气里全是水草的腥香，闹脾气的七姑娘委屈不甘地看一眼，又看一眼，突然味地笑了，满眼都是湿漉漉的欢喜。

河边长大的女人喜欢河，离开了河，魂都是干的了。

那个白眼狼。七姑娘又哭又笑，谁稀罕和她住一个屋檐底下。

2

进城第四年，是大河五年一度的大祭，河上人家的规矩，小祭不拘、大祭不离，祖祖辈辈有多少代、多少亲人靠大河生，在大河死。生死轮回，大祭的烟火是供到天上的，也是接续人间的，烟要足、火要旺，日子才畅。

大河人提前三四个月便开始热络起来，天南地北，写信的、拍电报的、让人捎话的，三五成群，邀约着回月亮台。

七姑娘没得人捎信，男人当年是家里的独丁，又死得早，且七姑娘是嫁到月亮台来的，滩头没娘家，热闹本是别人的，跟她没关系。但七姑娘憋着一股子劲儿——她嫁到了月亮台，就是月亮台的人，不管月亮台的人怎样看她，她要去祭河，谁也没资格说个不字。七姑娘早早开始收拾，每天傍晚在树下备好条凳，卡好一刀刀竹草纸，青花瓷碗里装上桐油，桐油明黄净澈反着光，像初嫁那日的镜子。七姑娘就着旧日的模样，用铜制的月牙凿刀蘸了油，一印子一印子凿——凿的是祭祀的铜钱，也是天上地下惦记着的圆满。临行前一晚，七姑娘摘来菜园子的天仙米，煮了一锅红汁水泡糯米，天亮时蒸了一甑子红米粑……一切都准备妥当，七姑娘才换上新衣裳。镜子里头那个老太，头发依然丝滑入墨，面色白如明月，恍若当年初到月亮台的模样。

那天早晨天色多清透啊，七姑娘喜滋滋出了门，远远看到大儿子的长安车停在河堤坝坎上，看得七姑娘想流泪。想想几十年熬过的苦，如今都值了，尽管没攒下一艘船，但儿子女子都上了岸。

千感万绪的七姑娘，碎步走上河堤，结果打开车门给吓一跳。

哈萝抱着粉嫩嫩的细娃运来，怒火冲天坐在车里，一双眼火辣辣瞪着她。

干啥子？七姑娘看到她怀里的运来，急了，刚出月子才几天，你抱着娃出来做啥子？要去月亮台我去，河上风大，吹到运来怎么办？

你还晓得顾运来啊你，不许去！哈萝一手抱着娃，一手挥舞着车钥匙，凶神恶煞地威胁她，谁都不许去！

大儿子左右为难，瞥一眼七姑娘，意思是算了吧。

七姑娘顿时也火烧到脑门顶，苦心拉扯大四个孩子，结果个个都来欺负她，她好欺负是吗？七姑娘看一眼哈萝，你是我妈还是我是你妈？你管得着我？

我就管，明明风平浪静的，你一回去，翻沙打浪引出些闲言碎语到城里来，丢我的脸就算了，运来还没满百天，你就不能给他讨点吉利？

翻什么沙打什么浪了？七姑娘气得浑身发抖，我说过万百遍，老娘这辈子没做对不起祖宗的事情，老娘不怕。

反正不许去，你去试试。刚生完孩子的哈萝有点发福，一双大眼睛迸射出凌厉的光，像一头漂亮却强悍的母豹。

七姑娘本也不是轻易能被人拿捏的人，那天不知怎的，看着哈萝凶煞的表情，心头不由生出牵牵扯扯的疼——哪个女子的倔强背后不是伤不是痛呢？当年她为了保护哈萝，不也是这般模样？

哈萝爸死后，她本来可以找艘大船走掉。要是走掉，何至于苦了一辈子还来受哈萝的气？但时光再倒回去一次十次，她也不会走。说白了，天下没有靠得住的船，除非自己是船老大。

好笑的是，她好不容易把哈萝培养出船老大一样的霸气，哈萝如今却嫌她当年的"心思"败坏了自己的名声。

白瞎了所有的心血。都已经是当妈的人了，怎么就不懂当妈的心呢？

天还蓝着，但在七姑娘眼里，一切都惨白如纸。她默默转身下了河堤，把自己关在小瓦房里。儿子在外面喊，她蒙住耳朵懒得听，她讨厌儿子的声音，像茶馆里的猫。这日子简直就是过颠倒了，姑娘活成了老虎，儿子活成了猫；对的变成了错的，错的变成了对的……浅水轻柔地拍打着沱岸，哗啦、哗啦，催眠一样，七姑娘沉沉睡去，梦里回了月亮台，自己活成小媳妇时的模样，还是那个咬碎了牙也不流泪的七姑娘。

第一次开了头，后面就成了理所当然，第二第三第四次大祭，哈萝依然不准，理由换成是，上次都没去，这次回去做什么？随着何女婿步步高升，哈萝的性子也越来越跋扈，这女子五六岁时在月亮台就已经显了形，何况这些年一个人风里雨里闯，如今说话做事只有两种态度，一种是行，一种是不行。什么随你、都行、无所谓，在哈萝的词汇里完全找不到。

七姑娘瞅着这个身形和主意都越来越大的女子，眼睛里的光芒渐渐暗淡下去。有浑浊的水色从眼窝深处浮上来，像暴雨来袭前大河河面上浮起的坨坨雾，怎么扇也扇不开。

天黑了，河堤上的水柏杨被狂风吹得哗啦啦响，大雨如约而至。

3

七姑娘决定这次无论如何也要回月亮台。

头晚她做了个梦，梦见月亮台那株上百年的黄桷树上挂满了红色的布条，风一吹，布条上竟晃出一个个人影，全是当年的小媳妇大姑娘和老太。凑近了听，她们窃窃私语，说的都是关于她的风言风语。

　　说桑木的鸡，二郎的酒，月亮台的姑娘家家有；唯独一个七姑娘，浪来浪去到处走。

　　这个浪，不是河水那个浪。

　　像是被盐仓里的秤砣压住了胸口，七姑娘一口气喘不上来，差点在梦里头就栽过去。

　　湿淋淋一身醒来，掰起手指算算，离开月亮台竟然已经二十多年了。时光就像正午树影里的碎太阳，一晃就过去了，今天的哈萝比当年的七姑娘岁数都还大了，七姑娘现在也成了七老太。

　　老了，再过几年，怕就要吃水阎王的饭哪。七姑娘想着，再也睡不踏实，梦里那些指指点点的眼光像碎在河水里的月光，寒闪闪的，冰凌子一样扎她心——到底她并不曾真正做过伤风败俗的事，只是比憨厚实诚的婆姨们妖娆风情了些，但她拖着四个娃，不装点可怜卖弄点风情，怎么活呢？都是大河上讨生活的人，自己都过得几多艰难，绝没有平白无故送人煤米油布的道理，只有凑近了人家才肯。人啊，年轻时撑着一股要活命的劲儿，什么难听的话都不放在心上，什么现眼的事都敢做，谁说长道短，她能骂得人家心惊肉跳。如今一老，突然泄了劲儿，总觉得夜风吹过来的凉都是委屈的，总想着要冲着那漫长的夜争辩两句。

　　当初只不过是想要活着，没拦谁的路，没拆谁的桥，没做对不起河神的事。

　　鱼下子的季节不都要在河里搭鱼窝吗？她也只想拉扯着小鱼儿们长大，碍着谁了？

　　要争、要辩，只能去月亮台。

　　哪怕当年骂她的人都没了，她对着河岸、对着码头、对着那些坟头和黄桷树的根须，总也还是可以讲的。

结果哈萝突然跑到她这里来长住，横刀立马的架势，像孙二娘来占山头。

问她为啥子要来这里住，她说她想她了。嗛！这条小乌梢蛇，不咬人就算好的，想她？这些年连声妈都没有叫过一声的女儿，她会想你？

竹竿上挂塑料袋——你少在这里给我装疯，以为我不晓得？你就是来监视我的。七姑娘挥动着捶衣棒，恨恨拍打着挂在麻绳上的棉絮。秋天阳光净澈，正好晒掉一年的霉尘。

监视你又怎样？你回去做啥子？回去等人指你背脊骨？哈萝费力地坐在门前的矮凳上，嘴里啃着半截卤猪蹄。

哈萝又胖了，胖得买不到合适的衣服，只能穿袍子。穿着红袍子的哈萝，人往小瓦房门口那么一坐，就成了尊巨大的红色门神。

指我背脊骨？七姑娘眉头一扬，冷笑，腰一叉，风情就跟着上了脸，还是当年不服输的模样。水柏杨叶在秋风里徐徐作响，七姑娘的背挺得跟水柏杨一样直，她半笑半哼，指我背脊骨的也不看看，哪家把四个娃崽都养上了岸？哪家出过女大学生？……说到这里，七姑娘浅笑着眨眨眼，不知是奚落、提醒还是讨好哈萝——还养出个县长女婿，是不是？

这话不说还好，一说哈萝心头乱成一团。看着前面河滩浅水处缠扯疯长的水葫芦，想吐出句什么，终被满嘴的卤香噎着，什么也没说出来。

这么多年，足以令她在七姑娘面前生威拿调的，不就是老何吗？现在好了，哪根绳子金贵断哪根，哪壶不开提哪壶。

她扬起手，把没吃完的猪蹄甩到水菖蒲丛中，阳光晃荡了河水也晃荡了眼。呸，这鬼迷日眼的光阴。

4

这回哈萝真不是为了监视老娘才住过来，她在那个家里实在是待不住——

老何越来越不爱回家,打电话过去,只说是县里忙。明明是自己的男人,哈萝要见一面却全靠每晚看新闻,调到地方台119重播频道,一个人坐在空荡荡的家里翻来覆去看,一轮又一轮,电视里那个"指点江山"的男人,让她甜蜜又心酸、陌生又熟悉。以前"指点江山"的都是她,陪着他怂恿他"打江山"的人也是她,什么时候她功成身退,被他甩得远远的呢?

"没人分享,再多的成就都不圆满,没人安慰,苦过了还是酸。"漆黑的夜里,在不开灯的房间,哈萝独自听着老旧的音乐,回忆像静夜的胭脂花香弥漫在空气里,一切都美好得像梦。那时老何正追她追得紧,单位人一看到他来了,都叫小何小何,快,哈萝在那里。瘦黑矮小的小何跟在白荷花一样傲然盛开的哈萝背后时,大家都偷偷笑,哈萝在馆里布置书,他也跟着。馆里一向是安静的,阳光照在高高的书架上,有飘浮的微尘像金粉一样在空气中闪光,窗外的杨树长出了细绒绒的毛,小何的上唇因逆光也生出一层金色的绒毛,它细软又忧伤,在忐忑中期待着哈萝的承诺。哈萝忍不住伸出手去抚摸它。

小何吓得一动不敢动,洒进来的阳光斑点跟着静止,像一杯凝固的果冻。

许久,哈萝开口说,我念首山歌给你听?

小何还是不敢动,眨了眨眼睛表示"好"。

> 这山望着那山高
>
> 那山坡上好阳桃
>
> 一心想摘阳桃吃
>
> 人又矮来树又高

哈萝说完,挑衅地看着小何。

小何沉默,闷不拉叽好半天,缓缓抬起眼皮,说:

> 这山望着那山高

那山娇妹砍柴烧

　　哪年哪月同到我

　　柴不用捡来水不用挑

　　哈萝愣愣，突然咯咯咯笑起来。那时候还没有闷骚的形容词，现在想来，小何真正是个闷骚男。

　　小何如释重负，开心地笑。

　　小何用山歌明确承诺了哈萝以后在家里的地位，这正是一直想掌舵的哈萝梦寐以求的状态。她不想像七姑娘那样过一辈子，她要做自己的主。

　　婚后的日子像缓慢又温静的流水，小何把家庭的权力交给了哈萝，自己则包揽了家里所有的家务，矮小的他像一块实诚又敦厚的压舱石，哈萝终于有了船老大的感觉。从小到大，她站在岸边，看到那些船老大是那么的嚣张和肆意，在船上稳沉霸气，上了岸狂野热烈，走船时整条大河都是他们的，靠岸时整个河岸也都是他们的。

　　现在，统统都是我的。哈萝坐在整洁的小家里，张开双臂，满意地闭上眼睛。

　　那时候的家是真小，才六十平方米，不像现在，二百多平的大平层，宽得像大船起滩的滩头。可是恁大的房子，哈萝住在里面总是胸口发闷。当年的小何如今是何县长了，何县长太忙，总不回家，运来也住校了，轻易不肯回家。她每天一个人待的房子，跟个活死人墓似的。哈萝不笨，她知道，老何的忙虽然是情非得已，但是很多时候，一个县长真要选择偶尔一两个周末不忙的话，也是可以不忙的。

　　老何忙的背后其实是不想回家、不想见她而已。

　　这算什么呢？哈萝想着，心尖尖抽抽地痛。过河拆桥？兔死狗烹？

　　说离婚吧，哈萝不甘心，凭什么她炖好的一锅汤，要送给那个住在明月桥的小调酒师享福？不离吧，老何如今进进出出都摆出一副无所谓的调调。哈萝骂他不要脸，他无所谓；骂他陈世美，他无所谓；砸烂家里一大堆东西，他也无所谓。在老何眼里，身形那么磅礴的哈萝，居然等同无形的空气。

哈萝想找个人哭一场，又实在拉不下颜面。这么些年，谁不知道她哈萝旺夫，旺出了个县长。

思来想去，她只有往七姑娘这里逃。

多少年了，哈萝第一回舍不得离开这两间小瓦房，它是如此狭小而亲切，以至于她和老娘刚刚吵完架，也不得不"亲密接触"。除了床就是柜子，她和老娘在屋里，不是你的后背擦拭过我的，就是我的胳膊撞到你的，小小的屋子，不像她和老何冷清清的家，这里充满了人间烟火——她和她在一起，不是冒烟，就是冒火。

唉，可不是火嘛……她女婿大浪都翻出了坝，傻老娘还当他是宝。

姓何的当县长关你鬼事情。哈萝生气地说，矮小的瓦房给震得嗡嗡直响。

不知什么时候开始，哈萝说话的声音，从靓到了响，从清脆悦耳变成敲锣打鼓一样的霸气。

当然关我事，你不给饭钱，我找县长要。

你敢。哈萝恶狠狠回过头，雪白的脸上横肉毕现。"岁月是把猪饲料"，儿子运来是这么挖苦她的。

5

馆长老包打电话来，和风细雨地跟哈萝商量，局里下来检查，她要是没事的话，还是去签到点个卯，实在不想去，就请个病假。哈萝爽快地说，请什么假啊，我来吧。

最初哈萝上班和别人一样都要打卡的，随着老何的升迁，渐渐就不用了。现在的图书馆也没几个人来正经看书，别看座位上都坐满了人，年轻人都是来免费蹭空调和蹭网的，小孩都是来做作业的。馆员多一个少一个无所谓，去了也没啥事。

但哈萝还是喜欢去馆里上班，毕竟她的青春交付在了这里。坐在巨大玻璃窗下的人，从最先清秀傲慢的少女，变成今天又胖又白的中年妇女。岁月无声，也无情。她已经记不起自己年少的模样，月亮台那个比刺桐花还要美的少女仿佛是上辈子，而她再也不想回到上辈子。她只想紧紧抓牢这辈子。这辈子她是老何的幸运符，是一个男人事业和生命中最重要的女人。

到了单位，几个女同志在擦桌子打扫卫生，男同志在打印材料搬会议桌。哈萝说要帮忙，一个个都笑说你就负责坐镇指挥吧，哈萝也不矫情，说周末我请客吃饭哈，顿时办公室一片喜庆。

办公室不大，哈萝站在哪里都碍事，便随便抽了本书去阳台看。

没过一会儿，老包乐呵呵走来，坐到她对面，手里端了两杯奶茶。老包知道哈萝喜欢喝奶茶，杨枝甘露，全糖。

看什么书？老包太瘦，皮包骨头，一笑眼角全是皱。

《忒修斯之船》。哈萝接过奶茶，说，编辑有点意思，我还以为是本旧书，还那么多手注记录。现在做书，除了抓作家，还要拼创意。

老包瞥了书一眼，没接嘴。比起本科毕业的哈萝，初中刚上完就顶替父亲进馆的老包实在是没有多少墨水和哈萝谈文学。

嗯？哈萝吸一口奶茶，又放下来，不是检查吗，你还弄这个？

刚接到电话说不来了，厅里有领导来，局领导陪厅领导去了。老包嘻嘻笑，就像你一去县里，你家老何丢开检查也得陪你一样。

哈萝听着舒坦，嘴里却说，我算老几啊，普通群众，我又不是他领导。

你就不要谦虚了，要不是你培养，你家老何能当县长？听说当年他只是区林业站的小科员。老包挤挤眼，她知道喝奶茶和回味当年，都是哈萝的最爱。

果然，哈萝漂亮的大眼睛顿时晶晶闪起光来，神情傲娇。怎么这么说我家老何呢，人家本来就优秀，但是……她顿了顿，理了理袍子。

老包便知道她要开始漫长的回忆了，也跟着理了理裙子，干瘦的她像张老照片一样靠在椅子上。

哈萝情不自禁地摸了摸自己发福的腰——男人到底喜欢胖女人还是瘦女人……随即回到了老包的话题。

她不用夸张，也无须煽情，和老何一路走来的点点滴滴都在她脑子里。是的，那时候何县长还只是区林业局的一个小科员，一门心思都在兑现"柴不用捡来水不用挑"上，在家里，哈萝是十指不沾阳春水。刚开始几年，哈萝是满意的，过了几年公不离婆秤不离砣的日子，哈萝渐渐就有点腻烦。从小看惯了大河上的男人，黑红油亮的胸膛、坚硬有力的臂膀，黄昏时分，男人们全身的肌肉在夕阳下闪着油亮的红光——那才是汉子！可她这个老公，守着个小屋檐，张口闭口都是明天你想吃点啥，后天你想吃点啥。

吃吃吃，又不是猪。哈萝生气得想摔碗。

得把小何推到大风大浪里头去。哈萝心一横，拉起小何的手就去敲林业局局长家的门，从大河文明谈到理想国，那正是中文系毕业生哈萝最拿手的。哈萝聊完，对着一脑门问号的局长说，都是我家小何教我的。领导不禁多看了小何几眼，表情复杂。小何背心早已吓出大汗，回去猛补了几个月的《理想国》，这才挺起胸，有了些许和理想国不太一样的"理想"。

用今天何县长的话说，哈萝启蒙了他。

不久，小何当上了局办公室副主任，理工男的小何看到年终总结和工作报告，一个头两个大。哈萝不怕，挽起袖子，露出白藕般的手臂，吞天盖地替他揽过来——小何每天干什么，上几趟厕所，接几个电话，搞几个会议后勤，她都知道，写个报告有什么难的。哈萝最自豪的，是自己在生运来前的上午，还忍着阵痛为何副主任写完竞争上岗演讲稿，正是这篇演讲稿开启了小何人生的新大门。她深谙丈夫的口才弱点，所有的句子和用词都避开了小何的缺碍。哈萝的稿子不光写得壮怀激烈，更是用其他句子帮小何把那些坑全部修补完善，让小何的演讲如滔滔洪水，连绵不绝。小何上了台，若干铿锵有力的排比句一句接一句，一浪浪打来，没有人不服气的，听到最后评委都忘记了鼓掌。从此，小何露出尖尖角。

再之后，演讲和讲话便成了现在的老何同志之生活日常。他甚至能把灰化肥黑化肥、红凤凰黄凤凰说得清清楚楚，字正腔圆。

老何经常将自己比喻成一块埋在石头里的玉，幸好有哈萝把他打磨了出来。哈萝听了，骄傲得像一只孔雀。

七姑娘却奚落她——人家明里夸你，暗里夸自己，他要不是玉，你打磨有屁用。你家老何的心思你是斗不过的。

哈萝不屑一顾，什么老何心思多，明明就是老娘心眼多，自己过得不好，便见不得人好。

老包艳羡地叹口气说，还是你命好，哈萝，你当年真是挖到了宝。

是我旺夫好不好？哈萝想起老娘的话，懒洋洋地吸一口奶茶，不悦地说，挖什么宝？

对对对，你旺夫，你看你多富贵。老包笑起来，暗自对比了自己和哈萝的身材。怎么说呢，老包有点替哈萝着急，哈萝也太胖了。

但哈萝不急。她胖那是旺夫，这话是图书馆门口青玉路边算命的秦瞎子说的。他还算出来，哈萝旺的人属羊。

老何就属羊。哈萝一高兴，掏出两百块钱给了秦瞎子。她不知道秦瞎子早就把她的底摸得门儿清，秦瞎子只是叫瞎子而已，人家不瞎，脑子够使、鬼精，那家伙整天斯斯文文坐在路边大梧桐树下，一副仙风道骨的模样，就是专为着骗人来的。

当然，秦瞎子的仙风道骨在久经风霜的七姑娘看来，那叫奸诈。

男人要旺，儿子要壮，婆姨要胖。秦瞎子安慰着眼前这个因为减肥不成而愁闷的女人。他知道这女人天生是个散手的德行，又好显摆，喜欢被人端着，这种人脑子缺根筋，又死拧，只要哄她高兴，票子多多的。

哈萝不笨，她只是图个吉利，并未把秦瞎子的话当真。巧的是那年秋尾，哈萝好不容易拼命瘦下来几斤，结果传出小道消息说，在建设局任副局长的老何可能要调到市残联当主席，对老何来说，是升米换斗糠。老何回到家里跟失了魂似的，细瘦黑巴个人儿，棍子一样杵在窗边抽烟，半天不动一下。哈萝看不下去，第二天直接跑到市委组织部找常务副部长，从老何打小住在高寒草场，九岁前连大白米饭都没吃过，说到当区水利局副局长时发大水救人差点让水给冲走……副部长冲哈萝冒出一句，你怎么没想过让自己进步进步？

哈萝一愣，沉默好久，这个问题她也问过自己。可是，好奇怪，只有为了老何，她才有这样蓬勃的动力。一时间，她脑海里突然浮现出七姑娘大冬天在河里淘洗床单时那双冻得通红的手，还有那单薄又倔强的嘴唇。

河水滚滚向前……

她和七姑娘，都是为了自己所爱的人吧？哈萝拒绝思考这个问题，她不想背负七姑娘的付出。

可岁月到底是什么？哈萝明明要做一个和七姑娘不一样的女人，偏偏又被日子推着走近她、变成她，都为了心尖尖上那个人费劲劳神。

副部长看看手表，说，我还有事，你反映的问题，我给你三点答复。第一，组织用人有组织的原则。第二，民间传闻不可信、勿乱信。第三，感谢你支持、配合和关心小何工作，不过以后工作上的事，你还是交给何局长自己处理吧。

哈萝听出部长话后藏着的锋利和不快，毫不退避地扬起脸，说，总有一些事是要夫妻共同担当面对的，不然，拿爱人来做什么，只是搭个伙吃个饭？

哈萝的话好巧不巧触到了副部长的伤，他和爱人正是如此，只是搭伙吃个饭，至于感情方面……

哎，扯远了。副部长瞥了瞥眼前这个泼辣又漂亮的胖女人，有点闷恼。最后他意味深长地说，能一起搭伙吃饭的，也是好夫妻，不信你试试。

哈萝回到家，老何正呆站在厨房里看着沸腾的一锅水发傻，失魂落魄地举着锅铲，说，看来我还是适合做饭。

哈萝系上围裙拿过锅铲，狠狠说，还没到那时候，秦瞎子说了，我旺夫，看咱们把旺吃回来。

哈萝体重回到一百五的时候，市委一纸调令，老何转到县里当常务副县长。那天老何很晚才回家，喝得有点高，舌头打着结，抱着哈萝渐厚的腰，难得哈哈大笑，说，环肥燕瘦，咱家还是肥点的好，咱家有米，吃得起。

哈萝自豪地看着这个她当成命一样护着的男人，这个欣喜万丈的男人，眼眶湿了。

那一刻她想起了七姑娘水灵灵的大眼睛。也许那里面的水和她一样，也是咸的。

哈萝从此再不操心减肥的事情。怕啥肥，她男人喜欢。

6

人家的日子是一天天滑过去的，哈萝的日子是一斤斤涨起来的。

老何提任水云县县长后，哈萝一到周五就自然而然往县里赶，常常人还在车上，县里就有无数个电话打来，叫得那个亲。

哈萝喜欢听，想想月亮台当年恶心自己的那些人，可曾想过今天的哈萝？

老何忙，即便她到了县里，经常也只在晚上才见得到人，总是哈萝都睡了，才听到开门的声音。哈萝在黑暗中等到再次睡过去，也不见人进卧室，第二天一早，沙发上躺着根黑木棍，正是老何。

为啥子不上床睡？她满嘴牙膏泡沫，拿脚推他屁股。

老何懵里懵懂醒转来，搓搓脸坐起来打哈欠，说，一米五的床，你一躺占了一大半，有我什么地儿？你说你，每个星期跑下来也不嫌累，整天这里吃那里吃，恁胖还吃。

哈萝嘻嘻笑，嘴里含着泡沫，含糊不清地说，我胖你才旺呀，床是小了点，明天我叫小张他们换个两米的。

老何表情变得严肃起来，指责她说，什么都是小张小张，小张他们是为县政府工作，不是为你工作。

这样的想法和体重一样天长日久存攒起来，哈萝说话走路的样子渐渐就显出了臃肿和霸气。

老何见她这样子，一个头两个大，纪律越来越严，她倒好，越来越作。眼见着教育无用，老何懒得和她啰唆，只是申明不允许"顺路捎哈萝大姐"到县里来，也不允许办公室秘书为哈萝服务。老何这样做是没办法，大道理哈萝比他懂，但她就是想张扬，这让老何很厌弃。

老何的命令让哈萝恼怒——叫花子入庙堂，真把自己当神了。

七月半敬祖时，老何回家吃了顿饭，目的是为了烧纸。夜里，瞅着老何回家的机会，哈萝愤愤数落，飙着高腔，从厨房唠叨到客厅，满屋子都是嗡嗡嗡的回声。所有的控诉归根结底都是一个意思——要不是我当初那样子，你能有今天这样子？

老何本来已经换了睡衣，也不吭声，钻进卧室穿了西装又出来。哈萝挡在门口，怒目相向，问，什么意思？老何也不急，一脸认真地举起手机，说，市政府办通知有事。

市政府办的通知就是大事，这一点上哈萝不含糊，给老何开了门。

门这个东西，关上还好，一旦打开，谁知道老何往哪里去了呢？外面世界那么大——七姑娘经常提醒哈萝，人老何眼里指不定有多少人呢。

哈萝豪迈地笑，笑声响亮。月亮台那个像浪花般晶莹，又像泡沫般委屈的小姑娘，她已经抛在脑后。她很自信，不光自信，而且富足、霸气，从内心到体重。她讥笑老娘，你那点肚肠和眼光，也就只看得到市井，我好歹还看得到市里。

谁知道七姑娘咒得怎准呢，老何的眼，真就看向了别处。

明月桥那边的事，哈萝隐约知道，她只是不愿找也不屑找那个人。问题在外头，根子在里头，她怎么找？

前一阵，哈萝生日宴，她要求老何必须从县里赶回来，"配合演出"亮个相。老何不满地说，正抗旱呢，添什么乱。哈萝不依，威胁道，你不来试试。

不知道是威胁起了作用还是老何心虚，总之最后他还是到了场，虽然表情不悦，祝福也很官方很刻板，但终究顾全了哈萝的面子。哈萝高兴，喝得有点高，回到家靠在老何肩膀上（老何强调是"压"），絮絮叨叨，跟老何讲月亮台的月光和米皮铺子的雾气，说那些起哄和窥探的目光背后若干的艳羡。

那时候，我漂亮得你够不着。哈萝委屈地抹一把泪，慵懒得意地拐了老何一下。

老何夹缩着胳膊，不看她，眼睛盯着刚打开的电视。哈萝的过往，他不是不在意，可要一个清醒的男人去面对一个酒气熏天的女人，实在有点难。

喂。哈萝不高兴了，一巴掌打在老何大腿上，集中精力嘛，我在说话。

别闹，看新闻。老何严肃地说。

他现在总是很严肃。

哈萝斜眼望着老何笔挺的白衬衣和棱角分明的五官，突然感动起来。以前又矮又黑的小何，如今竟然有了大江大河的气势，一张干巴巴的脸严肃起来竟愍生好看。关键是这严肃生威的家伙是她老公。她努力挣扎了半辈子，生活终于还给她一个老何。哈萝想着，转身一把抱住老何。

老何呛喘着抵挡压在他身上的偌大的白，躲开她的脸，干笑着低声求饶，哎哟哟，你这是一树梨花压海棠。

哈萝心情好，也不在乎他把自己看成了累累"一树"。只是想起了当年，年轻的小何陪她从河滩洗衣裳回来，走在长满青草的土埂上，下过春雨，小埂有点滑，她挎着竹篮，满不在乎地走着，他却伸出手，小心翼翼搂着她细瘦的腰。

哈萝沉浸在回忆中，不由去拉老何的手。

老何把双手缩到身后，急急说，哎，哎哎，你喝醉了！去睡吧，我这几块肋巴骨，经不起你压呀。哈萝瞧着老何的表情，那么痛苦不堪，眼里尽是生分和拒绝。她一愣，来不及反应，老何已经抱起沙发枕飞快躲进了书房。

那晚哈萝失眠了，有什么东西从心里生长出来，蓬勃向上，刺破肉和血管，又往里钻，插向心脏更深处，痛得她全身战栗。半夜，哈萝踉踉跄跄推开书房，月光照着那个男人的背——他连睡着都没忘记拿背对着她。

一阵欲盖弥彰的鼾声随着她进门的脚步声有节奏地响起，她生气又忐忑地伸出手，借着月光的轻柔，试探着去碰触那熟悉又陌生的背。

空气中，有什么东西在指尖与目标之间急剧收缩，她柔软的手指明显感觉到他的背和脊柱随着那东西紧张地绷直起来。

她固执地将手放在他背上，一动不动。他则固执地假装沉睡，始终紧绷着身体，无声地拒绝她的抚摸。

房间里的气氛充满了心知肚明的对抗，月光像水一样晕染开来，渐渐模糊了她的视线。不知过了多久，哈萝无声地收回手，转身离开。走出书房时，她回头看了一眼。

沙发上、月光下，他全身上下披挂着的，都是抵挡她的盔甲。

好好的日子，顺风顺水，怎么突然就过成这样了？

走回客厅，墙上挂着夫妻俩巨大的结婚照，照片上的两张笑脸遥远如梦境。照片上的哈萝笑得像个女王，他呢，干、矮、瘦、紧张，看上去像女王的马夫。

并不登对的两个人，哈萝愿意嫁，是有原因的。在这个陌生的城市单打独斗的哈萝，要想当船老大，只能选一艘条件差一点的船。终归日子要往前走，哪条大鱼大虾不是小鱼小虾长大的？小船只要用心盘，迟早能盘成大船。

结婚二十多年来，哈萝一直在"盘"。

老何也始终承认，他能成一艘大船离不开哈萝。但是这世上谁愿意拿自己给人"盘"呢？又不是核桃。何况今天这艘船，早已不是哈萝当年盘下的那一艘，就像他在培训时哲学课老师说到的忒修斯之船，那船从起航开始，中途换了帆，又换了舢板，又换了船身，甚至换了舵……你能说现在这艘船还是原来那艘？

说是也是，说不是也不是，具象与抽象、精神与物质，他懒得绕那些圈圈。反正他觉得此一时彼一时，小何都成了老何，船也早就不是原来那艘船了。

至于哈萝，总端着那一副船老大的架势，他也没办法，只有离她远点。

有些事有些想法，总是不由人控制。她控制不了，他也控制不了。

这漫长的夜啊……绷得难受的老何正要伸个懒腰，门嘎吱一声，是哈萝，她又进来了！老何头大如斗，只有继续装睡。黑暗中，他察觉到哈萝走近，但他没想到的是，哈萝白棉花般柔细的手竟然固执地试向他身体。

老何一惊一吓，整个人都麻了，假装平静的鼾声顿时如惊雷滚滚轰鸣，竟扯出撕裂声来。

情节有点混乱，弄得他很难堪和滑稽。

哈萝的内心却是几多凄凉。

她懒得揭穿，就着月光凝视老何的白衬衣，老何的脖子位置没有汗渍，身上也没有汗馊味。水云县已经大旱五十多天，四十多条河汉子有三十多条见了底，老何曾说他和哈萝有缘，和水有缘，现在这缘就跟天旱一样要断了，天就要塌了，但人家在县里照样衣衫笔挺毫不在乎。不知从什么时候开始，讲究的老何回到家开始不讲究，不是说喝了酒就是说累得慌，然后在沙发上或书房里蒙头大睡，不洗澡，也不刷牙。

哈萝记得大河上的男人下船后第一件事就是洗澡，把全身的汗臭洗干净了才去抱女人和娃崽。只有没女人没家的男人，下船第一件事才是去找酒喝找茶馆坐，第二天，怎么臭烘烘下的船，又怎么臭烘烘地上船去。

一个衬衣领始终干干净净的男人，回到家却不肯洗澡漱口，不是他懒，是他赖。

赖的是什么，哈萝心头自然明白。夫妻情分一旦淡薄到这地步，那就是能赖什么赖什么、能赖多少赖多少。

当年那个副部长的话回响在她耳畔——能一起搭伙吃饭，也是好夫妻。

如今，他和她连搭个伙吃个饭都困难了。

7

在云门沱住上一段后，哈萝开始喜欢这个小河湾。和市区不同，云门沱的秋天很迷人，河堤上这样树那样树，黄的绿的红的，像打翻了的水彩。睡到自然醒，已经快十点了，凉棚下的节煤炉上蒸着香肠，热腾腾冒着气，七姑娘很少吃肉，是特意给哈萝准备的——尽管哈萝没给饭钱。

凉棚外的空地上晾着七姑娘制的煤球，老太一辈子抠钱，不肯烧块煤，都是买煤面回来，再去滩头对面山坡挖黄泥，用泥浆和煤面制煤球。哈萝瞧不起，能省几个钱？再说现在也不缺钱。哈萝边数落边熟练地铲了个煤球添到节煤炉里，转身看灶台上，红的萝卜丝、白的土豆丝、绿的青椒丝，七姑娘早把中午要吃的菜切好。哈萝左右都是个无聊，只有瘫在平房门口的竹躺椅上玩手机刷抖音，跟着抖音里的人干笑了一会儿，终究还是觉得没劲，便干巴巴坐在那里发呆。女人活到这岁数，孩子大了住校，男人野了不归家，同事都在上班……突然就不知道自己往哪儿搁了。

七姑娘在河湾淘了鱼腥草和芫荽上来，抬头看到哈萝百无聊赖的模样，心头一阵泼烦。

喂，我说，你就不能站起来走动走动，减减肥？

你个不省心的，我跟你说，男人心疼女人，也要他心疼得动啊。你看看你，何姑爷哪里盘得动你咯？

你别不当回事，这世界到处都是盘丝洞，他在那些妖精面前就是块唐僧肉。就算你比女儿国的国王长得还要漂亮，胖成这样，唐僧也是看不上的。

哈萝听着七姑娘一句接一句絮絮叨叨，突然发飙，大声道，你漂亮，你妖娆，你瘦，我也没见你吃到唐僧肉啊，一辈子净喝人家的潲水——自己喝的净是潲水，以为天下的水都是馊的。

七姑娘也火了，一盆水哗地泼过来，大骂，说多少遍你才长记性，你老娘哪个瓢里的水都没喝过，馊不馊都是他妈的冒酸水喝不着的人瞎拉扯，人家泼脏水你跟着起劲，你是不是巴不得自己是野种？

哈萝立即哑声，架可不能这么吵下去，怎么都是她吃亏。

可她不甘心，她心里藏着堆火苗，正要找个借口烧起来，她换了个话题——

我胖怎么了？秦瞎子说过，我旺夫，谁能把我咋个？

秦瞎子会算？他会算怎么治不好自己个半瞎眼？七姑娘踩着湿答答的一地水，母狮子似的冲过来。我当年拼了那么多坏名声换钱给你读书，读出个憨货，还旺夫，旺得好呀，旺得何姑爷现在都不拿正眼看你这一身的膘！

哈萝吓一跳，除了小时候被七姑娘追着打，她已经很久没见到七姑娘凶神恶煞冲她发火的样子了。大哥说过，能量守恒定律，她之所以一天天强悍起来，吸取的正是七姑娘的能量。

七姑娘的突然爆发让哈萝有点胆怯，又有点委屈——她是她的姆妈，怎么可以这样伤她的心？膘啊膘的，多难听。

仿佛回到了最小、最无助且还不具备跟七姑娘抗衡的能力的时候，哈萝愕然地看着七姑娘，然后缓缓地、缓缓地别过脸去，可怜兮兮地望着门前小河的流水。波光湿漉漉的，跃进双眼，一闪一闪。

减减肥吧，格先人！好半天，七姑娘叹口气，搭了木楼梯上房顶，翻晒竹筛子里的野黄花。房顶离天近，阳光更辣眼，辣得七姑娘眼睛涩酸。好好的一个女子，为了挣一口气，得自欺欺人到什么时候？她伸出脑袋，向下丢了一句，你得减掉那些不甘心的东西。

她生养的崽在想些什么她心头最清楚，这些年为了老何哈萝费了多少心，这女子从小就倔，现在更是倔成了个笑话——老何看似笨拙，其实是个有主意的人，不然当年也不敢追哈萝。两人刚结婚那几年，哈萝的工资都花到老何身上去，弄得自己吃不像吃穿不像穿。然而二十来年，戏里戏外，哪一次哈萝不是自己给自己罪受、自己感动自己？除了生运来时妊娠高血压差点丢了命，老何痛哭流涕过一次，其他时候人家眼睛都没眨过一下。

人心狭窄，一斗米养恩，一升米养仇。月亮台那些上不了船的男人不就这样？端碗吃饭靠老婆，放下碗筷揍老婆。早早离开月亮台的哈萝到底还是太天真，人世间很多事她看得见却看不穿，想得到却想不透。她只想着当船老大的好，哪晓得风霜雨雪、明浪暗礁，船老大其实最是遭罪。何况船成了精，暗中还跟船老大较劲。

这憨女子。

8

接到七姑娘的电话时，老何正在调酒师的屋子里考虑如何逃跑。

两年多来，一有空儿他就会到调酒师这里待上几个小时。

调酒师是一个他完全不熟悉的职业，就像他并不了解她一样。老何只知道她离过婚，性情很寡淡，和她说任何事她都是一脸无所谓的表情。这恰恰合了老何的胃口，在这里他可以说来就来、说走就走，不需要给她解释为什么上周没来，上上周也没来。总之，这两年他们每次相聚都很简单，仿佛只是为了喝一杯她新调制的酒，或者是吃顿晚饭。他们的菜也很简单，她不太会做硬菜，但是家常的麻婆豆腐、青椒炒杂菌、折耳根炒腊肉、干煸四季豆什么的，她很在行。用他的话说，是山上人家吃的菜，这让他想起受苦的童年和层层叠叠永远走不出去的大山。哈萝不行，哈萝拿手的是水边菜，水煮鱼、凉拌黄花，但黄花太单调，鱼又太腥，一辈子那么长，他受不了。

今天天有点闷，云层厚得要落地似的，是要下雨的征兆。老何细嚼慢咽，竟也吃出了一身汗。调酒师努努嘴，懒洋洋地说，吃完去冲一个。

他点点头，放下碗边抹嘴边往浴室走。这套不到八十平方米的房子仿佛是他住了一辈子的地方，他对每一个角落都很熟悉。

她淡笑着，跟在后头，没想到他突然转身——手机放在饭桌上了，这么多年，他已经养成了手机不离身的习惯，洗澡也得带——她便一头撞进了他的怀里。

什么东西瞬间燃烧起来，一直不温不火的两个人竟然都脸红了。

老男人动情，就像老房子着了火，是谁说的来着？不去想了，手机也不管了，他一把抱住她，动作粗鲁。她却在他耳边轻轻问了句，你想好了？

调酒师的声音很细，老何听来却犹如一声雷鸣。

这话什么意思？他没想过要想什么，难道她一直在等他想"好"？老何心头一怵。这些年他战战兢兢如履薄冰，好不容易走到今天这一步，他以为在散淡的调酒师这里很安全，难道调酒师也是在请君入瓮？想到这一层，老何缓缓松开调酒师，闷声闷气回到客厅，目不转睛地盯着电视看。直到本市新闻播完，黄昏袭来，他都没敢再看她一眼。

调酒师没有再追问，只是端着一杯红红蓝蓝不知什么名称的酒，倚靠在窗前，嘴角带着一丝令他不安又自责的笑意。

他局促不安。

好在手机响了。是丈母娘。

这个丈母娘，老何一向很敬重，尽管哈萝不认她，跟她刚，但老何知道一个寡母把四个孩子拉扯大得有多苦。老太太是个心中有江河的人，七十多岁了，明明历经沧桑，却偏有着不败岁月的面相，没有强大的内心根本做不到。

他一直当她像菩萨一样敬着。但菩萨从一开始就不喜欢他，看他的眼神锐利又深邃，好像他是个奸细或叛徒。也对，他现在就是个叛徒。

七姑娘说得很简洁——你到云门沱来一下。

他想也不想就答，好。

刚拿起包，身后传来调酒师雨滴般湿软的声音，谁？

哦。他依然不好意思转身看她，低着头说，七姑娘。

调酒师拖长了声调，哦，七姑娘是谁？

老何习惯了质问别人，对调酒师的发问莫名感到不悦。七姑娘是谁她管得着吗？嘴里还是解释，我丈母娘。

那你叫她七姑娘？

老老少少都叫她七姑娘。老何心不在焉地嘀咕着，走到门边换鞋。

调酒师倚靠在窗前，轻笑道，没见过丈母娘一声召唤，女婿跑得恁快的。

老何感受到了侵犯，回头板着脸批评她，过了啊。

调酒师一愣，跑过来拦在门口，眼睛灼灼如火。那有些人每次都是说来就来说走就走，算不算过？

老何心想，什么算不算的，以前不算，现在不算，以后也没打算算。难道只因为今天他失态了就得算一算吗？但他嘴里没敢讲出来。门口有面穿衣镜，他心虚地看一眼镜中的人，又扯了扯衣角，心思飘远了——老太太突然召见我，要干什么？

人家都说丈母娘看女婿，越看越欢喜，可他没那福气。老太太眉眼里藏着太多智慧和精明，哈萝缺心眼，天天絮叨七姑娘这样那样，她哪知道，她妈才是最厉害的人。

调酒师说，你看什么？

看……看你。老何挤出一丝假笑，你侧影好看。

调酒师嘴角浮起挑衅的笑意。

老何花了很大的力气才逃离调酒师，没想到女人倔起来有那么大的劲，他和她在门口纠缠了很久，直到两个人的手都拧红了，他才旋开门把逃离那间屋子。下楼后老何刻意绕了几条烟火小巷，最后才走到热闹的人民广场。风开始大起来，广场上卖玩具、袜子和鲜花的小商贩在急急忙忙收摊子。

雨终于细软绵密地洒下来，像某些情绪，带着透骨的寒气。他紧走几步，上了老板玉山喜的车。玉山喜和他是多年知根知底的铁杆，看到他仓皇不安的样子，回头取笑他，恁快？

只是吃饭。老何尴尬地辩解。

廉颇老矣，尚能饭否？玉山喜话里有话，说，吃饭好，这岁数，吃一顿少一顿。

老何懒得跟他解释，心里惦记着云门沱。人生真是很奇怪，他从四季缺水的干家坡出来，遇到的却尽是跟水有关的人和地方。说是八字不合，偏偏遇上了；说是八字合，他又越来越受不了哈萝的跋扈。

到了云门沱，暮色渐稠，孤零零的河堤上四面来风，他忍不住打了个冷战。远处，七姑娘撑着伞，腰杆笔直地站在草色尚青的河堤那头。

妈。老何嗓音干涩，紧走两步，说，你上堤来做什么，屋里吧。

屋里有哈萝。七姑娘拢一把被风吹乱的头发，语气温沉。她嚷嚷着要减肥，吃了两天火龙果，饿得不行，刚煮了一海碗辣子鸡面，撑坏了，躺着呢。

提到哈萝，老何心虚不敢接腔。雾雨中，他不安地看着远方。

雨水太细密，整个城郊都湿漉漉、雾茫茫一片，气压低得让人发闷。

七姑娘不再说话，静静看向雨雾中的云门沱。

来的路上，老何设想了丈母娘找他算账的若干种情形，狂风暴雨雷电火，唯一没想到老人如此平静。他有点尴尬，半天憋出一句，她是该减减肥。

七姑娘接两滴伞角滴下的雨水，淡淡道，哈萝性子倔，有委屈从不肯讲，从小到大，只要心头恓惶就往嘴里塞东西。那时家里也没啥吃的，她就吃河边的嫩茅草，摘山上的红籽，大把大把往嘴里塞，那东西吃多了肚子胀，便秘，每次都痛得她在床铺上打滚。

她的胖不是胖，是恓心。七姑娘看着前方，恨恨地控诉。

老何语塞，却又不甘心地想，我不恓心吗？堂堂一个县长，殚精竭虑闯出好成绩，结果全给说成是她的功劳，她旺夫。

我们家哈萝心头有黄连，黄连苦，她只有拌着饭吃，人吃胖了，日子也过沉了。你只是看看都觉得难受，她强撑着那一百六七十斤，你以为她好受？七姑娘反问。

那么多年的亏欠、愧疚和感慨，老何最初还向哈萝表达几句，但因为哈萝从不计较，加之时间久了，他也就习惯了。

这世上总有许多心安理得是给惯出来的，这一点他很清楚。

过往诸事如雾，河堤上，雨细亦如雾。

她……最近情绪怎么样？我们只是有点小矛盾，她非要住您这里来。老何干涩地问。

你说呢？七姑娘反问。

老何又不敢接腔了。

交钱。七姑娘突兀地来了一句。老何脑子一时转不过来，傻看着老太太。

哈萝的饭钱。七姑娘说。

老何蒙了，老太是在开玩笑吗？

我不开玩笑，天下没有免费的晚餐，是不是？七姑娘轻蔑地看向他。神仙才不计较，你不是神，哈萝也不是，五谷杂粮、荤的素的、该吃的不该吃的你都在吃，总不能让哈萝只吃一嘴的闷屁。

……

老何感觉跟老太讲不下去，她提的是钱的事又不是钱的事。她瘦削的身子在雨中站得那么笔挺，像把锋利的刀。老何只好掏出手机，忙不迭地说，好好好，妈，我微信发给您。

不急，我呢，准备过两天去趟月亮台。七姑娘转头看着河坎尽头停着的车，说，县长姑爷的车送我一趟，行不行？

老何迟疑片刻说，我找朋友送您去吧，现在公车不能私用。

公和私分得恁清楚，我看你不糊涂啊，那为啥子有些事情你要犯迷糊？七姑娘绵里藏针地说道。

雨水缠绵不止，让人心烦，老何亦不知道丈母娘到底知道些啥子，知晓到哪个程度，他只有装哑巴，这让他很憋闷。他掏出烟，点上，狠狠吸了一口，又将烟绺子狠狠从鼻腔里喷出来。

七姑娘侧身避开烟绺子，说，月亮台滩头后面有个山，叫轿子顶。上面破庙里住了个又憨又瞎的和尚，天天教一只八哥念阿弥陀佛。八哥会念阿弥陀佛后，就被大户人家请去，供养在了祠堂里头。瞎眼和尚下山化缘，滩头的人都取笑他说，你的八哥都成佛受供了，你还没成佛。憨和尚不生气，说，鸟是嘴里有佛，我是心中有佛。姑爷，你要是有时间，该去会会这和尚。

七姑娘说完，转身走了。雨水连绵不休，七姑娘走得那个利索，一点都不拖泥带水。

老何听出来了，自己就是那只破鸟。他心头鬼火得很，却打不出半个喷嚏。七十多岁的老太太活成精了，道行比哈萝深。他灰溜溜回到车里，烦乱地擦拭着肩上的雨水。玉山喜看他表情阴晴不定，嘿嘿笑道，让丈母娘削了？没事，我也经常被削。

老何冷冷盯着车窗外模糊不清的水柏杨，道，两娘母都活得像把刀，一个刀锋朝着外头，一个刀锋朝着里头。老的顾小的，刀子朝外头，不敢惹；小的净拿刀割自己，唱苦情戏。我谁都惹不起，这日子没法过了。

玉山喜拍着自己的大肚子，仿佛在试探西瓜熟了没，然后说，刀锋朝外也好，刀锋朝内也罢，关键不是刀锋，是她们俩的心。

老何正胡乱搓擦满头的雨水，顿时呆怔。车窗外，一条细小的阳光丝线正好从乌云密布的云层缝隙中穿透出来，像剑芒，刺破雨雾混沌，也刺破了他的衣裳，他感觉自己赤身裸体暴露在玉山喜面前。

当年的他有一肚子的抱负，但倒不出来，那些豪言壮语一到嘴唇边就全堵住，说不出一个词。直到走江湖的爷爷用一辈子的破败总结得出四字真经——借势而生。他这才发现，他可以借哈萝的犀利补自己的笨拙。夫妻同心，刚当上主任那会儿，他觉得他对哈萝的爱和感激会比钻石还永恒，真心一颗永流传。

可是这么些年，势如道法，此消彼长，时间的河流淘走了多少铮铮誓言……

成年人的放弃与选择哪有那么单纯，非白即黑，哪个人不是一边哭着流泪一边笑谈风月。他是县长，也是凡夫俗子，有些事他没法弄清白。

脑子里这么万水千山转一圈，人便委屈了。他将湿漉漉的纸巾掷到玉山喜后脑勺上，骂，整天只知道赚钱的人，懂个屁的心。

玉山喜不生气，笑叹道，说什么此情永不渝，说什么我爱你，伴君如伴虎，翻脸赛翻书，咱们哪，都别太优柔寡断，你呢，该咬的时候得咬，该断的时候要断。我也要断了，去上海，咱们就此别过。

老何一愣，友谊的小船怎多年，说翻就翻？

不是翻。玉山喜笑意渐冷，是形势变了，你也变了。

我哪儿变了？

以前讲情重义，现在讲权重利。玉山喜悠悠道，早走，免得剑拔弩张，大家难堪。

老何的脸唰地红了。

天下没有免费的午餐，也没有免费的鸡尾酒。你运气好，一直吃着免费的午餐——我觉得你应该懂我的意思。哈萝妹子这人挺仗义的，但是鸡尾酒就说不定了。年轻人的想法跟我们这代人不一样，她们可咸可甜，也可恶可善，我们这代人顾忌的很多事，她们才不放在眼里呢。听人劝，得一半，出来混，迟早要还的。

你行势。老何冷冷地说，是不是一旦你不打算求我，就会摆出一副爷的架势，骑到我脖子上？

玉山喜不软不硬地答，好像是。

你算什么东西，教训我？老何冷笑。

何大人，别忘了，你当个清官，我在你面前绝对永远不算个东西。可一旦你不清了，那咱俩谁看谁都不是东西。玉山喜答道，眼睛笑眯成一条缝。

老何气得全身发抖，他霍然下车，任由雨水淋在头上。滚！他骂，给我滚。

玉山喜不滚，也钻出车来，和他一起站在雨雾中。

老何背过身，愤怒地沉默着。

玉山喜也不说话。许久，玉山喜望着眼前雾茫茫的一片模糊，用淡得不能再淡的语气说，何县，当官久了，听不进去真话，你倒是说说，我哪一句不对？

老何回过头，狠狠盯着他，盯了好半晌。老何闷不吭声钻进车里，见玉山喜还在淋雨，不耐烦地摇下车窗玻璃，吼，走啊！

玉山喜望望他，再望望远方，嘿嘿笑了。

9

天放晴了，天空蓝澈如镜，河面也是。七姑娘又开始拆拆洗洗，正午的阳光像恋人的眼神般醉人，七姑娘赤脚踩破河面闪烁的光，淘洗着床单。浅碎花的床单漂在水中，鸢尾花般落了一河床。

哈萝抓一把七姑娘晒在门前的南瓜子，看河中忙碌的老太太——远看就像个大姑娘，细腰瘦背白手臂。她也白，但没腰。哈萝叹口气，张嘴想要叮嘱七姑娘，都进秋了，河水凉，赶紧上来。可她又说不出口，和七姑娘吵了几十年，这么体贴的话从她嘴里冒出来，简直就是个笑话。

有些事一旦成了习惯，人便回不去了。

就像那个家，也回不去了。哈萝苦笑，把剩下的南瓜子扔回竹筛子里头，懒洋洋走上河堤，开车去单位。

和城郊耀眼的阳光不同，城里的秋阳又绵又轻，映进图书馆，馆里的空气和事物便有丝绸一样的底色和柔软，把这个寻常的下午衬托得无比安闲。其实对哈萝来说，一年里她有三百天都很安闲。成千上万册藏书摆在这里，今天等人来，明天等人来，像闺中的怨妇。这样的状态也恰恰暗合了哈萝的生活本质——离老去还远，却已在老去的路上。

一对年轻人装模作样走进来，一进馆就朝最里的地方钻，半天没出来。哈萝不用想都知道，他们不是来看书的，是来谈恋爱的。图书馆夏天有空调，冬天有暖气，聪明的孩子很会选地方。

哈萝站起身来，无声地向里走。她在馆里经常穿一双软底布鞋，黑色的布面，麻线纳的千层底。她记得当年七姑娘就是穿着这样的千层底布鞋，在她和哥哥们入睡后，悄无声息地走出吊脚楼。千层底布鞋走起来没有一丝声响，前一脚心思刚溢出来，后一脚又会被吸纳和藏匿。

书架尽头角落里，两个年轻人叽叽哼哼地在那里忙乎。哈萝敲敲书柜，女孩子惊一跳，抬起头来，看到身着宽大袍子的哈萝杵在跟前，吓得妈呀一声。

哈萝暗自得意。她都不快乐，他们凭什么可以在她的地盘上如此快乐？幸福已死，恩爱谁与寄？看到一对小鸳鸯倏然分开的惊恐模样，哈萝心头生起莫名的快感。

叫妈？她悠悠道，你妈在打不死你。说罢转过身去，又去寻另外的猎物，猫一样无声无息。

身后的女孩气急败坏地低骂。

她没回头，侧望窗外浮动的树影和光斑，恍惚看到年轻时谈恋爱的自己，还有羞涩的老何。她无声地笑起来，在心里对女孩说，风水轮流转，总有像我一样的那一天。想到这里，她突然有点心疼骂她的姑娘。

岁月啊。

下午五点半，老包见哈萝没有走的意思，便在美团订了两份素食简餐，豆腐馃子、伞把菇汤、清炒方竹笋、水煮莲花白。两个中年女人和着书本、油墨和夕阳的味道在过道上懒洋洋地吃着。哈萝望着饭盒里与平时杯来盏往、大鱼大肉全然不同的清淡，有心无肠地盛一勺，问老包，你一直这样吃？

嗯，清淡点好。老包说，再说你不是要减肥嘛，我没敢订油腻的。说完又问，你减肥，老何知不知道？

关他屁事。哈萝塞一嘴方竹笋，冲口而出。

老包敏感地瞪大眼，问，怎么了？

没怎么。哈萝差点把闹离婚的话说出来，都到了嘴边，到底脖子上长着的是脑袋不是瓜，生生憋住了——要不是有个老何，人家凭什么对你恁好？

正好手机响，哈萝避开老包殷切的目光，接起电话。

那边是个女人慵懒又清晰的声音，是我。

你是谁？哈萝想，奇怪的人。

就是我。女人把我字咬得有点重，哈萝头轰的一声炸开了，意识到什么，腾地从椅子上站起身来，左右张望，匆匆走到馆外。

说。她从牙缝里迸出一个字。

姐姐。女人说，我们聊聊？

姐姐？喊老娘姐。聊？老娘和你聊个屁。她骂完，恨恨挂断。环顾四周，总觉得这女人就在附近，哈萝愤怒又慌乱。

不能让她出现在自己的世界里，绝对不能。更不能让老包她们知道和看到，遇上这种事情，无风还要飘十里，她怎么活呢？

何长生，你这个杂种。她思来想去，能骂的人只有姓何的。她跑向停车场，红色的袍子随风鼓起，像一束奔跑的火把。

夕阳将尽，血一样红，悲壮的光芒从四面八方打到她脸上身上，带着欺凌的霸气。哈萝浑身发抖，发动起车子，轰地驶往图书馆大门。突然门边斜地里冲出来一个人，哈萝来不及刹车，只见那张熟悉的脸惊恐地盯着她，还没开口说话，便被撞飞出去，一串血迹呈弧形迸射开来。

老何！哈萝尖叫，声嘶力竭——老何！

喂，喂喂。一个声音急促地呼唤着她，哈萝，哈萝！

哈萝费力地睁开眼，脸上湿漉漉一片。

做什么梦啊，哭成这样。老包啧笑道，做个梦都是老何老何，老夫老妻了，还恁恩爱。

哈萝还没从惊吓中回过神，只觉手脚酸软，出气都难。她慌乱地看了一圈，又看看墙上的挂钟，上面显示着四点。

没到下班时间，也没有简餐，她和老包不在过道里，而是在办公室里。一切都还没有发生。

她拍拍胸口，喃喃答，我梦见老何死了，好多血。

梦死得生，见血有喜。老包说，你家老何还要升官呢。哈萝，你可是真福气、真福人。

我哪有什么福气？哈萝抹去脸上的泪水，双手在桌上不安地寻找。我手机呢？老包说那那那，文件夹下面。哈萝慌乱抓起手机查看，没有陌生的来电号码——的确是个梦而已。

她只是打了个盹儿。

突然手机真响起来，哈萝惊恐万分，差点掉地上。老包心焦地问，什么梦啊，还没回过神？又瞥一眼手机，说，你家老何。

哈萝心脏乱跳，接起电话，心有余悸，喂？

晚上我回来，跟你说个事。老何像在给秘书安排工作。

哈萝心脏乱跳，却佯装若无其事，富态又雍贵的脸上堆起幸福的笑容，却又是不耐烦地说，要回来？哎呀，真是烦人，好吧，想吃什么？给你订。

那边烦她装，已经挂了。哈萝依然拿着手机，好，嗯，知道了，路上慢点。

老包嘻嘻笑起来，看看墙上八十年代的老挂钟说，去吧，快回去吧。

哈萝莞尔，懒洋洋起身，心头却沸腾慌乱成一锅粥。

恁久的冷战，他回来想说什么呢？刚才那个梦不是好兆头，没准儿就是那女人逼宫，让他来摊牌。

哈萝不想他来说"什么"，她"什么"也不想听，她从月亮台跌跌撞撞走出来，小小的脚板受尽委屈走到今天，大河上下几十里唯一的女大学生，长得又是白雪公主一样的好女孩，为了他，丢了女儿家最引以为傲的身材和当年灼灼如花的梦想。一二十年来，她每天约的人、吃的饭、应酬的事项、操心的细碎，桩桩件件，都是为了老何。她不是爱吃，她也不是爱胖，她都是为他。还有谁比她更像一只尽职的老母鸡，把丈夫儿子都呵护在翅膀下，老的小的，连找双袜子都要问她。

结果老何说她啰唆，批评她到处约饭局处关系，不注意影响。

你在他身后替他解决了所有麻烦，最后变成了拖他后腿的人。

思来想去，出门到停车场也就是一两百米的路程，心里已经和老何理论了好几遍。

独独不敢碰那个啥子桥的事情。

暮色渐起，哈萝惴惴不安地走着，脑子里全是嗡嗡声。风吹起袍子，地上的人影顿时显得恓惶凌乱。一群玩耍的孩子跑过来，蓬勃热烈，像穿过空气一样穿过她，她想起了当年的自己，那个像风筝一样挣脱月亮台的小哈萝。离开月亮台，不做姆妈七姑娘那样的女人，信誓旦旦恁久，如今竟然只留下一堆惨白的灰。

听老何的语气，他绝对是想摊牌。自己该怎么办？像梦里那样，撞他一回。

可是撞死他以后又怎么办，还有儿子，还有七姑娘……日子像河边的毛竹林，竹子连着竹根，竹根连着笋子，已经不是她一个人的事了。

算一下时间，儿子运来已经下课了，她掏出手机打运来的电话。莫名地，手竟然有些抖，脑子里冒出一串莫名其妙毫无逻辑的念头——只要儿子接电话，她再难也能活下去——好像是儿子亏欠了她，如果她不想活了，也是儿子害的。

运气好吧，很少理睬父母的运来居然接了，开口就是一句，老哈，你怎么了？

哈萝一时没反应过来，有点蒙，木头木脑地说，什么怎么了？

你状态不对，最近。儿子正在变声期，声音像鸭子嘎嘎叫。

我状态不对？你老子状态才不对。哈萝愤然说道。

你这辈子除了我老子，就不能提点别的？儿子劈头还将过来，成天就是我爸，都把自己活没了，你看看你的样子，恁胖。我跟你讲，你那不是胖，是笨，再这样下去，你就完蛋了。

哈萝抹一把泪，恨恨道，我是笨，我笨得都把自己忘了，都顾你们去了。

儿子不劝她，反而笑起来，你也晓得哭啊，外婆说过，你总有哭的一天。

所以你们都等着看热闹是吧？哈萝骂，你外婆巴不得看我哭。

什么叫巴不得？儿子反驳她，外婆说的，别看你刚，总有扛不住的那天。她要是还在，她接住你；她要是死了，我就得上。还好，你没等到我外婆死那天才哭。

外婆说的、外婆说的，他们没少说起她？一老一少，相隔半个世纪，都说了些啥呢？哈萝有点怔忡，一时忘了哭。

都快五十岁的人了，还不让外婆省心，好意思说我！儿子控诉道。

有一丝别扭又久违的温暖慢慢从脚底漫上来，包裹住她，就像当年她一边讨厌七姑娘的照拂，一边又渴求着她寄来的衣物。哈萝不好意思地摸摸脸，有点发烫。

儿子，她松懈下来，委屈地、细弱地说，你爸叫我晚上等他，他要回来。

摊牌吗？儿子敏感地问。

可能是。哈萝一瘪嘴，眼泪又掉下来。原以为儿子还小，什么都不懂，结果这小子心头跟明镜似的。什么意思啊，全世界都知道了，就她一个人演戏。

散了吧。儿子像个看透尘世万物的老和尚——你以为你牵着风筝，其实是风筝困着你。老哈，日子还长。

10

哈萝坐在车里，不想动，太阳的余晖一点点被夜吞噬，黑暗如潮水一寸寸漫上来。她感到头晕，摸摸额头，有点发烧。每次发烧她都只能去云门沱，因为老何不在家，也没人给她熬粥。到了云门沱，床上一躺，全是阳光的味道，睡醒来，又是粥的香。

这一天过得太艰难了，担惊受怕，她全身酸软。想，早点结束吧，回云门沱去，好好睡一觉。

可老何还没到。

哈萝吃力地拿出手机，问老何到哪儿了。

老何说，有事耽搁了一下，快到了。

你不用来了。哈萝按着太阳穴，说，我们离婚吧。

老何那边没有声音。

我累了。哈萝听到自己的声音变了，那是她生命中从未出现过的声调，温软、松懈、自由，比远方更远——可能你也累了，咱们离了吧。

哦？老何有点蒙，只好顾左右而言他，妈说你在减肥，注意点，别太猛。

哈萝听着，哑然失笑，她瞪大眼，不让泪水淌下来。这算什么呢？捅人一刀再塞颗糖？她想说，她的胖是因为孤独，他常年不在，她独自在家，一个人的日子那么长、那么绵厚，她成天不去吃饭喝酒，难道在家数豆子？这些示弱的话，哈萝说不出口，也不想说出口，她是船老大，不是河岸边那些等船的女子。

她想起了七姑娘，每到船队靠岸的时候，热闹的月亮台码头笑声鼎沸，只有她沉默安静地坐在残破的窗棂前，侧眼看吊脚楼下河水翻涌。

自从那年春尾的洪水冲走父亲和他的船后，七姑娘就再也没有去码头接过船。然而，白天的热闹过去，夜深人静时，七姑娘都会披一件薄衣，去到沉静如悬月的大河边，看着河滩远处一灯如豆的木船发呆。哈萝躲在吊脚楼上，嘴唇咬得发白，害怕得直想哭，她真怕姆妈被那微细昏黄的灯光给吸走，怕姆妈再也不回来。那艘船，哈萝知道，是炳安码头张家伯伯的船，张家伯母前两年伤寒死了，月亮台的人都在说，七姑娘迟早要上张家的船，到炳安安家去。

但姆妈站在石沓沓上，从没往前走过一步。每次披着河霜回来，面对被窝里死盯着她的哈萝，她也只是寥落地解释一句，听河水声，怕是要涨鱼。

好像是说给哈萝听，又好像只是说给她自己听。她苍白冰凉的脸，因夜霜的冷和别的什么原因，在月色下显得更加透明，像是要消失一样。

那时候，哈萝不懂七姑娘的痛。

八点整，小区的路灯亮了，所有模糊不清的景色和人都像从魔咒中醒来，笑声、打闹声、娃娃玩的滑板车音乐声热腾腾袭来。困乏的哈萝揉了揉越来越耷拉的眼皮，老何还没到，他当自己是苦守寒窑的王宝钏吧，一直傻等。哈萝发动车，想回云门沱。

前方急匆匆走来一个中年男人，边走边掏腰上挂着的钥匙。

哈萝说了老何十几年，现在早不兴在腰上挂钥匙了。老何不为所动，固执地坚持。他说，他们老家只有族长才有资格在腰上挂钥匙。之前哈萝没细想，现在想来，原来这串钥匙代表着欲望，谁能丢下这么强大的欲望呢？

嘁，稀罕。下午在图书馆做的那个梦突然浮现在眼前，哈萝握着方向盘的手开始发抖，狭窄的小区车道像月亮台的石板巷。她仿佛看到了幼年时追着人砸石块的那个小哈萝，穿一身红衣裳，像奔跑的刺桐花。

呵呵。哈萝激动得喉咙沙哑，她伸出滚烫的手，打开车灯。

两道惨白刺目的灯柱下，她看到老何惊恐的双眼和张得异常夸张的嘴。她想，要是再近一些，她一定能看到他的扁桃体。

11

醒来时，世界白茫茫一片。

哈萝以为自己到了天堂。结果突然听到自己的肚子咕噜响，紧接着一碗香气扑鼻的粥汤出现在她眼前，提醒她这是烟火人间。

端着汤碗的七姑娘也听到咕噜声，责骂道，不争气的，发着烧还惦记着吃。

哈萝头昏脑涨，抬眼看，头顶上吊着个输液瓶，一晃一晃。她想起了中山西路那些行道树，叶黄皮蔫，绿化站的人来，也这样给它们挂着吊瓶，说树病了，这话听起来诗意又悲伤。

我怎么了？她沙声沙气地问，没来由地，也觉得悲伤。

你说怎么了，烧到四十度都不知道去医院。七姑娘吹着汤，舀一匙放她嘴边。

哈萝不习惯七姑娘如此亲昵的动作，有点尴尬地别开脸，翻着个白眼。

七姑娘见她不吃，没好气地把汤匙摔碗里，溅起几滴汤。

哈萝不争气地盯着那碗汤面，金黄色的鸡汤上撒着细小的绿油油的葱末，香菇切成碎丁，和鸡肉一起熬入了味……七姑娘神经分分的，喂什么呢，递给她不就完事了嘛。哈萝咽下汹涌的口水，突然想起车灯照耀下老何惨白的脸，惊跳得坐起来。老何呢？

七姑娘白她一眼，说，给你吓得跳花坛里，摔伤了手拐子，照片子去了。

好，没死就好。哈萝这才发现自己周身酸痛得厉害。

只是……唉，可惜了，就一脚油的事，偏偏踩不下去。哈萝浮想联翩。

还是吃一口吧。七姑娘又端起粥。

哈萝回过神，看了眼七姑娘，病房惨白的灯光下，七姑娘老了，眼角全是皱纹。细看，眼眶也是红的，到底是亲妈，七八十岁了还替她操心着。

也许是因为生病的缘故，也许是因为运来说的那一通话，也许是因为要离婚，从此只有和七姑娘相依为命……总之，哈萝的心没来由地软下来，眼泪也跟着淌下来。

姆妈。哈萝无力地喊了声姆妈，把自己吓一跳。二十多年来她一直叫她"喂"，有了运来，除了"喂"，也叫她运来他外婆，总之从来没叫过姆妈。她不好意思地舔了舔干涸的嘴唇，声音沙哑——我都这岁数了，你不用这么操心，你就是个老太婆，不是神。

"姆妈"是大河人家才用的称呼，亲昵的时候连后面一个妈字也省掉，姑娘家撒娇，拖着嗓子叫一声姆。七姑娘没料到这辈子还能听到哈萝叫她一声姆妈，人都木了，好半天才回过神来，淡淡说，你也是，一辈子死撑着，为啥呢？你也不是神。

和你一样呗。哈萝苦笑，什么样的妈，养出什么样的姑娘。

我可没教你把啥子都拴在男人身上。

那不是男人，是情。哈萝低下头拍拍肚子上的肉，取笑自己，这也是情。

你这情也太多了。七姑娘轻蔑地看着她，膘恁厚。

姆妈。叫了第一声，再叫第二声就轻松多了，哈萝生气的语调里竟然有了撒娇的味道——膘啊膘的，也不担心我难受。

七姑娘笑。

给我一口。哈萝望着粥。

七姑娘端起碗又要喂。

哈萝推开她的手，拿过碗直接开喝，生龙活虎的样子，不像是要被老公抛弃的女人。

我其实只是轰个油门吓吓他。喝完粥，哈萝感觉自己变得强悍起来。她夸张地张开双手，说，那家伙，吓得嘴张那么大，我都看到了他的扁桃体。

12

病房很安静。

老何沉默着，眼睛牢牢盯着悬挂在半空中的药液瓶，眼神山重水复。

哈萝也不说话，她发现老何老了，那么多白头发，连发根都是白的。她记得很多年前老何还是小何时，他的头发是多么茂密、青黑和刚硬，像夜色下的如剑般坚挺的菖蒲。

老何看懂了她的眼神，苦笑，老了。

也白了。哈萝说。

早就白了，都快五十的人了。

什么时候的事，不一直黑着吗？

染嘛，一直都染。老何答。

你白头发遮得住，我胖遮不住，很难看，是吧？哈萝悻悻地问。

老何摇了摇头，表情变得很严肃，是哈萝喜欢的那种稳沉和笃定。然后他说，讲真话，哈萝，你很好看，就是胖起来也很好看。但你内心膨胀起来的那些东西，非常不好。老何说完，下意识地将凳子往后挪了挪——他已经准备好了来自哈萝的暴风骤雨。

哈萝却靠在病床上，一脸平静地看着老何，没有反驳也没有争吵。

老何有一丝怔忡，半天，他说，那个……

没问题。哈萝利索地打断他，离，我签。

离？老何蒙了，为什么要离？

不是你想离吗？还找我摊牌，够飙啊。哈萝挖苦道。

我没有啊。老何狼狈地回过头看七姑娘，向丈母娘求援。七姑娘站在窗旁，背对着二人，仿佛什么也没听见。

你叫我等你回家，不是要摊牌吗？

不是……昨天我先去了那边，你知道的……其实我和她之间就是吃吃饭、坐坐。我跟她说，我不会再去了。老何吃力地解释着，他觉得自己既无辜又无赖。对调酒师耍无赖，在哈萝面前扮无辜。可是两口子走到这一步，并不全是他的责任。

我也有责任。哈萝仿佛听到他心里的话，接过话题认真地自我批评起来，我一心想当船老大，是我的错。

老何愕然，陷入了难言的沉默之中。这么多年的抵抗，抵不过哈萝一句话，他终究还是败给了这个大气的女人。

他一直想摆脱她的掌控，如今她表明要丢手，他却感觉自己成了一艘被遗弃的船，空荡荡的，那么孤单……

哈萝也沉默。她无意再探究老何内心在想些什么，反正这个船老大她已经不想当了，她只是在心里默默盘算日子——后天就是大河祭了。

姆妈。哈萝转过头，眼神柔软地看向站在窗边的七姑娘。夜深了，一轮明月照耀在她脸上，细瘦挺拔的身影一如当年坚忍顽强。这么好一个妈，她居然和她吵了一辈子。

后天大河祭，我陪你去月亮台。哈萝听到自己一字一顿地说。

13

古老的河流早已改道，当年繁华的码头如今沉寂一片，刺桐花也早过了花期。但岁月在这里始终是慢的，青石板还在，木房子吊脚楼也都还在，和繁华的都市相比，月亮台的一切都让人感觉不真实。

漫步一级级清亮如镜的石台阶，七姑娘叩响一户户陈旧的木门。

她准备了很多话要和她们说，但她们都老了，嫉妒的刺都化成了柔软的羽毛。不待她辩解，她们便打开门，烧开了茶水，用羽毛般重逢的温暖包裹着七姑娘，连连说，不容易啊，当年。

短短几个字，七姑娘足足等了半辈子。

窄街尽头有一扇门，七姑娘敲不开。

哈萝知道，那是十九年前搬到月亮台来的张家伯伯的院子。哈萝真正不想七姑娘回月亮台的原因，正是这个人和这扇门。

七姑娘不知道缘由，退后几步，抬头打量小院的围墙和门楣。这是彭家老太的院子，难道人走了？

一枝开满浅红色花朵的三角梅从墙上垂下来，枝条狂野，花事荼蘼，一片片开裂的树皮写满了风霜后的沧桑。

只有炳安码头才有浅红色的三角梅，月亮台的三角梅是深紫色。七姑娘终于明白了什么，她回过头看向哈萝，眼神犀利——

就因为这个？

哈萝心虚地咽了下口水。

他哪年搬来的？

就是……我叫你搬出去那年。哈萝不安地答，眼见着七姑娘眉头竖起，紧赶着要去拍门——我敲敲试试，可能你敲门声音太小。

回来。七姑娘一把扯住哈萝，说，淌走的河水不倒流，离开的姑娘不回头。这大河水永远往前流，谁都回不去当年那条河。说完，七姑娘转身走了，脚下带风，像当年的七姑娘一样决然傲然。

但是船还是那艘船啊。哈萝笨重地追着七姑娘，在她身后嚷，就这一条，你真不要了？

呆妹子，七姑娘止住脚步，缓缓转过身——狭长的月亮巷，忆不完的往事，七姑娘就站在那堆斑驳凌乱的往事里，慈爱而哀伤地看着胖得跟个洋娃娃似的哈萝——我的船在心里头啊！天下所有的姆妈，心里都有一条船。

一朵三角梅随风飘落到哈萝脚下，哈萝蹲下身。

浅红色的花瓣，是岁月淘洗后的颜色。

银空山

李洁冰 *

1

古戏装上落满积年的尘垢。一只点翠冠悬挂在窗户边上。几顶折翅的乌纱、一袭手工织绣的黄龙袍、一领《打渔杀家》的蓑衣、若干牛头马面的道具，堆放在炉边的角落里。房间里弥散着一股刺鼻的葱花油盐的味道，是刚炝过锅的、热油爆炒的艳香。

穿过吱吱呀呀的木制楼梯，我在九月暮秋傍晚的余晖里拾级而上，隐约听到楼上的某个角落里传过一声呼唤，到这厢来呀……那四个字，分得很开。先过唇齿，再走鼻翼，后经舌尖，一腔九霄，仿佛穿越半个世纪而来，让我的脑袋訇然作响。是她，这样的声腔韵，没有别人。是那个头扎雉鸡翎、一袭披风加身，在夜茫风萧的月光下策马奔驰的女子，是那个娇俏含嗔、眼波流转的民女梅翠娥。我吃力地爬着楼梯，透过半启的窗户，依稀看到楼道墙壁上的涂鸦。这时候，铁铲击锅的声音再度传来。先是急炝，继而爆炒，伴着一通大响，是碟子落桌的动静。应该是小炒出锅了。我喉咙里发出一串奇怪的响动，是饥饿

---

* 李洁冰，女，1962 年生，江苏连云港人。著有长篇小说《苏北女人》《青花灿烂》《刑警马车》，中短篇小说《魑魅之舞》《渔鼓殇》等，长篇纪实文学《逐梦者》三部曲等 50 余篇（部）。曾获公安部第十一届金盾文学奖，江苏省第五届紫金山文学奖，江苏省第八、十一届五个一工程奖，首届《朔方》文学奖。小说多次入选《新华文摘》《小说选刊》等多种选本。

的信号。这时声音又起了，妹子，快过来吧，俺在这里。我推开一扇门，里面阒无一人。正疑惑间，有只耗子突然从里面窜了出来。我打了个喷嚏，赶紧将门虚掩上。旁边的木门却吱呀一声开了。

今天回望那个画面，至今犹在梦中。最先看到的，是投在墙壁上一团怪异的影子，黑黢黢的，它在灯光下来回晃动，形如一朵绽开的巨无霸蘑菇。定神再看，原来是帽子。十九世纪欧洲宫廷贵妇戴的那种，缀着手工织绣的蕾丝花边。半垂挂着，遮住戴帽人的脸。蚌壳式的帽檐上，是一串红绿相簇的暹罗花。女子转过身来，冲着我一笑。说，你来了？屋子里没有亮灯。一台十三英寸的小电视轰然作响，满屏雪花亮得奇怪，间或夹杂着几串波浪纹和惊天的噪音。光影下是一张闪烁陆离的脸，有点虚肿，又由于光影的投射，显得格外阔大。但上面的眉宇，还有那张涂着豆蔻紫的唇，让人一眼认定，这是泗州戏花旦银萝。我走过去，说了声哎呀，找得人好苦。

戴帽子的人眉目不动，死盯着方寸屏幕，说，别闹，且看俺梅翠娥跟它斗斗法。我抑住心跳，拽个凳子在旁边坐下来。荧屏开始变得清晰。渐渐地，我发现这位姑且被称作银萝的女人，口中的"它"，原来是里面晃动的人头。确切地说，是正在跟这间屋子的女主人聊天的人。男女各异，经由指甲大小的窗口，时隐时现。伴随着晃动的影像，不断变幻着百样的姿态。蛐蛐般的唧唧声，在房间里起落着，宛若草丛里的合唱。银萝将贵妇帽上的纱罩拽下来，先是遮了半个粉面，再将口红去嘴巴上涂了几回。就这个动作，又让光阴倒流。早年槐树剪月的夜晚，纤跷兰花指，去樱桃红小口上一涂，再一涂，水袖一甩，古代仕女画中的俏人儿就活了。但屏幕前的这位，满月脸，卧蚕眉，早已不复过往。女子将蕾丝花边的披肩搭到身上，浑然不觉有双眼睛在看。她下半身穿着二十世纪五六十年代蚕豆印花的睡裤，裸足趿一双绣花皮拖，中西混搭，都是乡镇地摊的舶来品。如此扮着宫廷贵妇的行头，半老徐娘朱唇微启，跟屏幕里的小人头聊上了。

夜幕降临了。透过窗户朝外看去，紫藤萝遮蔽的飞檐旁边，一排宫灯在暮色里渐次亮起来。屋子里的蛐蛐声，依旧不停歇地吟唱着。肠胃又奇怪地蠕动起来。现在是晚餐时刻。眼前这位女子碗盏不动，双目燃烧。房间里除了一台小电脑、一桌、一椅，再无其他。哦，好像还有个敞盖的箱子。但不是普通的纸箱子，而是道具箱。斑驳的油漆褪落了，露出原初的木质纹理。让人讶异的是上面的合缝，刀片不进，显现出老式木工的精致。那是银萝的贴身家当，父亲关颖山家传的。银萝竟然还带在身边。只是里面的各式行头，眼下不再是登台唱戏的用场，而是伴着这位女子跟各路魑魅"斗法"。记忆纷若蜉蝣，再度挤挤挨挨地游上来。古堡贵妇则换了行头，一头电热丝金发，顷刻变身波西米亚女郎。视野里人头跳跶，方寸间不停地闪烁，争相向屋子里的美人邀宠。

　　暮色四合，有位老妇手中托着木盒，上面放着两碗米饭、一只砂锅羊肉莴笋炖豆腐、半盆红菜蛋汤，踢踢囊囊送进来。银萝撩开遮住面颊的粟米烫发，开始带着浓妆用餐。另一份自然是客人的，我下意识地拿起筷子。菜的口味很重，盆汤像打翻的石膏水，让人心生疑窦。咀嚼食物的声音、杯盘的叮当声，夹杂在不时中断的蛐蛐声里，形成一种奇妙的混响。银萝的眼睛仍在屏幕上，她变得越来越躁动。眼波流转之间，由于光线的作用，看上去竟是逼人的美艳。这却不是泗州戏花旦的朴拙，而是慵腰、大腚盘，每寸肌肤都朝外挤脂肪的肉感。她吃饭的动作，也是见缝绰空，象征性地朝嘴巴里送着，生怕碰掉了口红。偶尔遇到晃眼的，会停止咀嚼，然后纤指舞动，朝对方弹去一串句子。终于熬到蛐蛐声落，银萝转过身来，用一张亢奋得近乎变形的脸冲我笑道，名字想好了，"花为媒"，这个名字可好？我随口应道，好，这名字好。心下犹坠五里雾中，弄不清她在说什么。银萝将筷子在手里打个绕花，笃笃敲下碗边说，花为媒，不懂吧？就是当媒婆，我要开个媒婆公司。

　　银萝的声音，总能在嘈杂声中凿墙破壁，形成一枝独秀，这是多年唱戏练就的童子功。现在，它在我的脑袋里铮然作响，带来某种奇异的化学反应，让我瞬间参透了这间屋子里的玄机。快手、抖音、流量、网红直播带货……成串的热词，像鱼嘴里的气泡冒出来，又嘟噜噜四散开去。那个曾经发誓终老戏台的刀马旦后裔，"打不死银萝要唱戏"的泗州戏名旦，跟眼前这张变形的脸，重叠又撕裂，让我深陷迷局。

熬至夜阑，房间里的女主人仍无收敛的迹象。我眼皮却沉得抬不动了，无奈起身告辞。银萝说再来呀。我嗯了一声，随手带门的时候，没留神夹了小指，顿感痛得钻心。楼道里黑黢黢的，连灯的开关都是坏的。我来到大街上，被彻骨的冷风一吹，才发现刚才的那句话不是送给我的。银萝两眼盯着电脑屏幕，压根儿就没抬头。

老街灯晕迷离，此刻进入了夜晚最热闹的时刻。我失魂落魄地走在大街上，突然意识到，银萝并未认出我。她既未寒暄，也未叙旧。自打我进屋就没离开屏幕，不停地和里面的人插科打诨。那顿饭，还有她的随口搭讪，都是职业化的，没有超出寻常。整个晚上，银萝时哭时笑，忽嗔忽闹，位置仍在戏台上，还是在现实中？这个女人戴着宫廷贵妇帽，穿着波西米亚裙，和我聊"花为媒"，叹流水落花，其实都是在闲聊。她并没问来者是谁，抑或根本无暇了解我是谁。拉广告的？送外卖的？偶尔到访的一位做瑜伽、保健品的旧相识？二十世纪槐树底下场外的看戏人？曾经的闺蜜小姊妹？这些都不重要。重要的是那台巴掌大的小电脑，盯住它，里面就能刨出金子。这一切，跟半空里豁亮亮砸下来的那道行腔，还在一个频道吗？多年前那个英气凛然的玟瓒公主，和眼下屏幕前的戴帽人，也许早就是两个"物种"了。

2

二十世纪九十年代初的一天，我走在午后的河堤上，望着远处汩汩流淌的河水，怀旧情结严重发作。那是暮秋初冬季节，万类霜天，大地呈现出不同的颜色。脚下的路是灰赭色的，河边的草丛挂着霜渍。叶子从树上不停地窸窸窣窣掉下来，让人莫名惆怅。这时我的眼前飘过几缕花纹，那是破损的唐诗封面的半角。我曾为它从夜阑描至旭日临窗，后来注意到吊诡的细节，所有唐诗中必有几句盛传民间。眼下那些句子突然蹦出来，在暮色里滑行，在晚霞里穿织，让我重新回到父亲的膝盖上，听一位三十多岁的年轻人打着拍子，吟哦"胡天八月即飞雪"。笑吟吟的母亲端出烙饼炒鸡蛋，上面冒出的香气让饥饿的孩子口舌生津。这是无数桥段中的一个。此后我独钟穿越，迷上了各种画面、声音乃至气味，并由此深谙考据的乐趣。比如木柴在煤球炉子燃烧时噼噼啪啪的火星；蜂窝煤被水浸湿后浓烈的、略带刺鼻的氨气味儿；茶壶被沸水顶开时锅底传出的吱吱扭扭的声响，它们时常让我唇角浮上会意的微笑。

这就不免说到银萝了。不唯声音，还有画面，无一不是人间绝配。半个世纪前的煤气灯下，水袖银蛇狂舞托起的那位绝色佳人，泗州戏花旦伊银萝。她声音的奇诵、灵性、浑如天籁。就像今天的骨灰级拥趸，一出场就将我攫住了。一朝中毒，三十年无解。此后银萝的名字时常在唇齿间游走，冷不丁蹦出来。名噪苏北鲁南的泗州戏花旦，可是天降尤物啊！她的声、腔、韵，甫一开口，就没有别人的活路了。是的，都是陪衬，她是惠承天泽的牡丹花，开得最艳的那朵。但，银萝后来去了哪里？我不断地打探，亦真亦幻，多年犹在戏中。

十年前，安海媚打电话过来，语气神秘地说，老街有位女子，听说从外省刚回来，地方戏唱得倍儿棒，没准儿是你说的那谁？

G城老街，有着我身边这座山海城市唯一的仿古建筑群，它的原生历史可以上溯到清嘉庆初年。大约三百年前，这里还是一片浅海滩涂，直到清康熙五十年前后才形成陆地。龙尾河、大浦河、西盐河多汇流于此。那时候盐商漕运舟楫穿梭，先有码头板浦、卞家浦，后来又有了新浦。经运河，入长江口，接通南北物流，笙歌画舫，浑然一派盛世的烟火气象。奈何后来世相更迭，原始的钟鼎瓦当、茶楼酒肆都湮没在历史的滚滚长河里。今天的建筑都是后来翻建的。让人不得不感叹时间的力量。离乱，生息，只要拉开了时空距离，总能奇迹般地开出花来。就像这街面两边，紫藤萝蔓以惊人的攀缘力量覆盖了路边的建筑。生庆公、肯德基店、公大商行的招牌在夜幕下光晕迷离，气质混杂。偶有几位身穿汉服的年轻人，手拈花枝招摇过市。半空隐约飘过一阵箫声，透迤着，一忽儿没入了云际。

踏梅苑是一家新开张的中式仿古餐馆。整个二楼都是包厢，彼此间不隔音，就像有几百张嘴巴在嚅动，共同构成了雨后蛙鸣式的多声部合唱。才推门，就听哗的一响，声浪从里面流泻出来。众口声喧，正围着一位壮汉劝酒。我走到角落坐下，暗忖哪位是银萝。酒桌上的两位女子鼻眼局促，都不像。泗州戏花旦的美，是有辨识度的。银萝并不是古画上的淡眉细眼。她的眉毛很粗，过去每逢扮装，都要将眉毛剪了重画。银萝的唇很厚，要描成樱桃小口必大费周章。打粉底，定唇线，原有的嘴巴至少三分遮二。银萝的乳很丰，着戏装得裹两道束胸。银萝的笑很特别，就像《聊斋》里的婴宁，每个经过的男人都会被勾走心魂。银萝是戏台上的异类，更是天地造化的极品。

安海媚说，表姐，你迟到了。话音刚落，侍应小姐款款走来，躬身做了个姿势。举座欢呼，来了。

有人一脚踏进门里，缀着两只大绒球的披肩薄如蝶翅，恍若带进一股寒凉之气。屋里蓦地变得逼仄了。凤尾式绛色长裙，银丝纽扣从颈处一直扣到下摆。唇色不再是樱桃红，而是时下流行的豆蔻紫；睫毛刷得既黑且长，美目盼兮，巧笑倩兮。来人飘然落座，房内顿时安谧了许多，似乎都在等那人开腔。女子说，唉，耽误点事，让大家久等了。一口鲁西南乡音未改，尾音却多了几分特别。我暗叹一声银萝，像中了魔法似的呆住了。大家继续开吃。这时候屋子里出现了奇怪的静场。壮汉低着脑袋嘬弄蒜泥螺蛳，安海媚也停止了给左右添茶。象征性的消停过后，席间的嗡嗡声又起来了。中心话题只有一个，想听银萝唱一曲。

少顷，银萝清了下嗓子，就站起来唱了。银萝一开口，拥挤的包厢陡然变得无限阔大，是帷幕高挂，锣鼓紧敲；是刀枪剑戟，寒风阵阵，是脚踩水皮的一派凛然。"耳边厢又听雁声喊，开弓放出雕翎箭……"一曲《银空山》，声隆四座。曾经的泗州戏花旦，她的声音、气韵，和多年前几无变化。只是比起从前的圆润，似乎多出几分揳入骨缝的峭冷。妙！壮汉敲着碟子说，枯木晓霜，空山可探。众人哗地笑了。王大头，空山探得，是何路径？举座皆闻此话阴险，唯银萝不觉。她壁立千仞，胯下催骑，勒马、纵马、甩鞭一气呵成，生将闲宴变作千军阵，一人技压百万兵！举座骇然，一时间呆若泥塑，不知在听，在看，还是在品酌。但她唱的时候，我发现一个不易察觉的细节。银萝的口形，变了。像西洋唱法那样，出现一种"撮唇"。就是将嘴巴撮起来，像一朵喇叭花似的开着。那些声腔韵，就是从那朵花里流泻出来的，未知跟哪路师父学的。"石榴开花红似火，梅翠娥头上插一朵。"三十年前那份野刺刺、泼辣辣、日晒雨淋出来的鲜灵呢？我摇了摇头，银萝怎么可能这样唱呢？自泗州戏花旦从民间戏班选拔到市里，人生曲线就不复过往了。

一曲落尽，众人意犹未了。银萝拗不过，又唱了几句"当你在穿山越岭的另一边，我在孤独的路上没有尽头，一辈子有多少的来不及，发现已经失去，最重要的东西，恍然大悟早已远去"，是蔡健雅的《思念是一种病》。银萝的唱法，应算戏唱。一首现代人的歌，竟被她唱出别样的韵味。众人说不出子丑寅卯，只觉得好听，就拼命拍巴掌。银萝能来，全看王大头的面子。席间得知，王大头跟银萝的老公是生意上的搭档，两人合伙用集装箱贩水晶到巴西，这些年赚得钵满瓢满。银萝那位，众人喊乔总的，曾经是 G 城某剧团经理。两人有个患多动症的儿子。后来举家落脚海南，不久前刚搬回来。前番乔总在 G 城最大的九龙饭店请客。在座被邀的，只有王大头，顺便将安海媚带过去，用她的低音炮嗓子助兴。银萝唱了两支后，就端然不动，仿佛身心抽离，去了别的地方。大家都很知趣，无人再嚷嚷着让她唱。银萝虽是浓妆，眉宇间的皱纹却形若蛛丝，在青白色的灯光下寂寂可见。凭着女性的直觉，我能察觉出王大头对她的呵护，已经超出了一般意义上的朋友。

3

曲终人散，银萝邀我到家中小坐。在车上，她依然心有旁骛，形若局外人。只有安海媚的笑声在暗影里不断响着，讲的都是美容行业的糗事。王大头将车子开到山门处停下。他现在变得异常殷勤，就像酒店大堂的礼宾员，跟银萝耳语几句后，便带着同伴开车走了。银萝带我继续朝里走。这座山脚下的别墅区，阔叶树一律高耸，像哨兵似的立在甬道两旁。门禁森严，是G城有名的富豪区。乔家的房子，坐落在靠山根最后一排，举目皆是黑黢黢的山峰。走进院落，第一个感觉是冷清。满地的落叶，显现出主人的懒于收拾。银萝带着我七拐八绕，带翅膀小人的喷水池、莲荷败落的鱼塘、龟背拱桥。一路紧走，风踩水皮的脚下功夫不减当年，我跟得气喘。门窗都闭锁着，才欲问起，银萝呀地推开其中一扇门，说，到了。然后有股子奇异的陈年气息兜头罩过来。正门几案上，几根明烛，供着一尊盘腿莲花宝座的菩萨像，眉目细长，兰花玉指高挑，正带着悲悯的气度俯视着来人。

原来是一间不大的居家佛堂，香烟缭绕，大悲咒的音乐在房间低回。

银萝说，先上香，求菩萨保佑。就从旁边的雕花盒子里拈出几支香来。双手举过头顶，面对菩萨默念片刻，然后放到明烛上小心地燃着。

当晚颇为蹊跷。原以为会聊个通宵，没想到上香后，银萝将我领到客房，掩门离去。夜里，外面下起了骤雨，窸窸窣窣的雨点，在房顶上发出怪异的响动。辗转至夜半，总算勉强睡了过去。早上，箭镞般的光线射进窗户缝隙，我骇然发现自己正躺在道具库里！屋内所有的箱笼上都蒙着积尘的盖布。仿佛主人正欲出门，因突发事件未及启程，被突然按了暂停键；抑或仓皇远走他乡，从此病理性失忆，忘记这里还有一干未装箱的东西。弃用两难，已经不在烟火议程。忽想起那位被称作乔总的，他早年是剧团经理的身份。看来嫁作商人妇的银萝，跑到踏梅苑唱《银空山》的银萝，还有她未谋面的老公，跟戏的关系，深藏玄机。否则这堆东西垛在家里，岂非咄咄怪事！而且自打照面，银萝就未笑过。以往那种婴宁式的娇嗔，没了。再往里看过去，屋角盖布上，又是一幅未装裱的宣纸佛字，统摄了整个屋子里的气场。我下意识地推开窗户，峰峦上空雾霾依然很厚，一道韵腔却破云而出，渐来渐近，在耳边訇然作响。

门扉一响，女主人头上罩着绒球帽匆匆走进来，随风带进一股寒意。妹子，没睡踏实吧？银萝说，只能将就着。这番话，信息量大得让人脑筋转不过弯。我连说睡得沉，这里挺好的。银萝叹口气说，都是临时租的。我哦了一声，觉得此话更深，不便追问，就转了话头说，你嗓子还在，韵味足着哪。银萝说，是吗？憋得慌，就跑去吼几声。如今唱堂会也没人听了。此后两人的对话，成了挤牙膏。银萝每句后面，似乎都憋着话，却总没有了下文。话题越来越稀，最后连对视的目光都变得躲闪了。

就在临近绝望的时候，银萝忽然想起什么，跑到窗户底下拧开某个旧木箱，翻弄半天，然后灰扑扑地抖出一个东西。待一层层剥开紫绒包布，竟然是点翠冠。凤穿牡丹的图饰赫然在目，鎏金虽经光阴的剥蚀，依然保持着奇谲的瑰丽。遗憾的是，那些翠羽，仅剩的几根都已折翼，变成了赭灰色。那是生母伊韵秋留给银萝的唯一信物。我想问点什么，又怕触动了她内心的隐痛，就说将来建泗州戏博物馆，没准儿可以捐出去，让更多人看到。银萝说，是吗？谁还认得这个，都是老旧物了。然后拿起一张《银空山》剧照，黑白色的，翘着长雉鸡翎的凤冠，绣金镂银的战袍，比画着，做了一个姿势。那种美，高古凛然，再次让我看呆了。接着翻。旧相册里掉出一张合影，是银萝早年在乡间跑坡卸装后拍的。标志性的翻领白毛衣，墨绿双排扣呢外套，鸭蛋圆脸，涂得夸张的唇。当下如获至宝，一把攥在手里。那时候的银萝，真是莲藕出水般的嫩，是《银空山》里的玳瓒公主、《聊斋》里的婴宁、《断桥》里的小青，一点媚、一点嗔，又带着毛刺儿。正看着，又有东西滑脱下来。大多是荧光刺眼的水晶图，目测皆有半人多高。旁边立着一个人，黝面润额，墨镜遮颜，是苏北鲁南常见的那种有钱人。

这时候耳边传过一个声音，幽幽的，唉，世间一切诸恶业，皆由无始贪嗔痴。

原来是银萝在自说自话。稍后，她指着黑白合影后排左上角的人头说，其实，当年也曾是白面书生。接过放大镜，我找了半天。放大，再放大，一团混沌。转去看背面的钢笔字，就愣住了。世界太小了，银萝的老公，竟然是我初中时的插班生朱元叟，外号朱老邪。这个不经意的发现，险些让我惊掉了下巴！朱元叟早年捣鼓瓦缸泥罐，唯一的亮点，是烧出几只赝品蓝花碗，送到县博物馆充当文物。此君色艺双痴，人却极拗，语稍不合，蚯蚓粗的青筋爬到额头上，立马动起拳脚。知之谓痴，不知谓邪。俩人竟然走到一起，必有大蹊跷。银萝说，他是二婚，后来随母改姓乔。银萝又说，他发了毒誓，把一个剧团的家当都打包运回来，说是送我的。

银萝最后说，他当年去海南贩水晶，是为了排大戏，说一定要让我唱主角。

4

昙花剧团的团长乔元叟，早年常将一句口头禅挂在嘴上，饥不择食，饥不择食。开始剧团的人不解其意，以为他整日忙得顾不上吃饭，后来始知是一种戏谑和无奈。暗喻自身条件局促，在择偶这桩婚姻大事上闭眼瞎摸，薅到篮子里就是菜。结果一揭盖头误终身。媳妇田筱桂，面相寡薄，颧骨外耸，民间俗称"克夫星"。两人自入洞房就干架。从制泥罐瓦盆的工艺组一路扭打到文化馆，又从文化馆楼下打到泗州戏剧团楼上。孩子生下了，也没耽搁，接着打。时打时停，谈谈打打，一场两性持久战的结果，乔元叟由饥不择食患上了噬吃症，且常被田筱桂撞破。银萝到县剧团报到那天，乔元叟从家里跑出来，躲到剧团院子里。刚进大门，媳妇就挑着绣花裤衩追来了。锁上，快锁上，乔元叟吩咐将大铁门锁起来，实则是想把田筱桂挡在门外。

银萝是在楼梯口碰到乔元叟的。夕阳的余晖这时候从走廊窗户打进来，银萝一头长发汪洋恣肆，更别提那腰、那臀，还有那潭深如渊的美眸。银萝那天穿了一条夸张的红花垮裆裤，上罩兜头黑色长马海毛衣，一丛牡丹花艳艳地在胸口盛开着。又值芳华之年，巧兮倩兮，嫣然盼兮。没注意旁边电光石火，有人顷刻跌进了黑洞。乔元叟立在墙拐角，恍眼看着一团火焰从楼梯上烧下来，心悸神颤，眼前一片昏黑。银萝，报到怎么不咳嗽声，让司机叔接哒？

整栋楼的人声突然消失了，只有那个声音在夕阳下的楼道里嗡嗡响着。银萝，报到是大事，怎么不提前打个招呼？银萝本想解释，却腾地红了脸。这个顽疾是从娘胎里带出来的，正如她婴宁式的笑。由此招来不少麻烦，民间尤以"神悸思春"为正解。比如乔元叟，眼下对着桃花缀面的银萝，湖泊上空飘走的云立马又飞回来，定格在那里，越积越厚，直到将她牢牢地罩在里头。

半年前全省戏剧调演，银萝在《红鬃烈马》一折《银空山》中饰玳瓒公主。犹如当年的泗州戏刀马旦、生身母亲伊韵秋灵魂附体。梳大头、狐狸尾、翎子、红硬靠、金蟒玉带、彩裤，那套行头一旦穿扎起来，锣鼓家伙一敲，惊才绝艳，气盈全场。一阵鼓起，一声锣歇，静场处人头攒动，左右张望，都在打探小女子是谁。文化系统历来有个不成文的"掐尖"惯例。大家心里都在嘀咕，上面又要"动编"了。果然，戏剧节大幕刚落，文化厅"掐尖"的红头文件就下了。调令在省厅某要员抽屉里锁了三个月，最后剧团孵出双黄蛋。县长姨妹，会弹脚踩风琴的幼教老师佘阿灵，和银萝同时调进。不过泗州戏花旦是临时借用，佘阿灵则是正式调入。这桩腾笼换鸟之事，全团人都知道，唯瞒了银萝一人。

现在，泗州戏花旦走进房间，以为团长找自己谈戏。没想到头件事竟然是补缀。银萝，下午有场报告会，这地方得拾掇下。乔元叟不唯眼神聚焦，胸腔共鸣亦达到峰值。这让银萝感受复杂。方寸斗室，一只憋气炉子占去大半。墙壁烟熏火燎，头盔道具、刀枪剑戟占去另一半。唯一一张单人沙发，赭色的腈纶罩布被烟头噬出几个洞眼。但屋内有股子神奇的气场。乔元叟拉开抽屉，摸出香烟盒大小的针线匣随手扔到桌子上。银萝不擅女红，拈着针头线脑，一时间竟觉得比舞台上的剑戟还重。犹豫了一下，还是半蹲下去，将对方的裤脚拽过来，开始初来乍到的针工大考。乔元叟就是在那时乱了方寸的，哪晓得头回遇到生马驹尥蹶子呢。银萝草草穿过几针，正欲咬线，隐约觉得有股子异样的气息从头上罩下来，从小在戏班子里学的童子功，让她纤腰一拧，足尖打个绕花，翩然落到沙发上。就听耳边蓦地爆出一阵訇叫，声音冲天花板直顶了过去。原来针线没扯断，被银萝一带，直接扎到对方的脚踝上。这时候大铁门哗啦一响，门卫老吴赶过来。谁摸电门了？我去关闸。乔元叟汗涔涔的，扶着桌沿坐到椅子上，挥挥手说，搞什么名堂，刚才讨论戏剧情节，放的录音，忙去吧。

银萝自知闯祸，连针带线急朝外拽，对方裤腿上还是洇了一片血渍。好身手，不知自己还悬着吧。银萝朝上看过去，乔元叟眼里那片云翳，此刻被烧得片絮不存，只剩下无数血丝织满了眼球，让他的脸看起来紫光萦绕。银萝哪知深浅，随口叹道，江湖果然水深。乔元叟一愣，问什么意思。银萝说，街面上都这样讲。乔元叟将手收回去，搓搓说，圣人在庙里塑着，能干事的都是恶人。银萝说，怎见得？乔元叟说，小女子懂啥，懒得跟你嗑牙。银萝说，连问都不问，觉得瘆得慌嘛。乔元叟说，有那么复杂？银萝转身欲朝外走。背后传过一个声音，《银空山》筹钱粮，马上要复排了。话音落地，银萝一脚门外，一脚门里。就像电影里的慢镜头，复转回身，蹲下去寻落地的银针。声音仍旧在屋子里回响着，不过这回是秋笙戏班班主关颖山的。银萝，这是你的命，戏里戏外都是。只此一句，泗州戏花旦灵魂出窍，一霎绷住的劲都泄了。

乔元叟说，我能把你捧红，这件事除了我，没有第二个人能做到。

银萝不接话。她蓦然发力，将针扎到手心里，说好啊，一报还一报。就算滴血盟誓，只要让我登台唱主角。

5

银萝从小在鲁西南民间戏班子的敞篷车上滚爬着长大，十二岁便出落得丰乳肥臀，像个十七八岁的大闺女。一根辫子撸上去满手冒油，常被大人揪着打滴溜坠儿。下海学戏后，团里若干虎狼后生，演罗成、杨宗保、高宠、浪子燕青的姑且不论，连立地太岁、混江龙、鼓上蚤侯小开也跟着做白日梦。银萝是吊在这些人脖子上长大的，打小人来疯。侯小开和银萝青梅竹马，两人同年同月同日生，儿时过家家扮的都是小夫妻。奈何那孩子虽猴样地精，却生得手脚短小，只能演白鼻小丑、董超薛霸。乡间戏班子跑坡，一辆敞篷车，男女同吃同睡，长年在乡间游走，戏台上哭哭笑笑，戏台下搂搂抱抱，从无男女之大防。班主关颖山怕出事，趁着月黑风高夜，派人剪了闺女的辫子。银萝犯了拗劲，曾为此绝食七日，直到剪辫人被赶了事。

银萝天赋异禀，一头浓发长也相宜，短也相宜，风尘感和清纯气由内而外发散，成了击中男人七寸的致命利器。开心的银萝、蹙眉的银萝，走在大街上，那份濯而不妖的身段，若要唱戏，是正宗大青衣的料子。但银萝儿时独迷小青、梅陇镇上的凤姐、孙玉娇、红娘的媚眼。月儿弯弯照天涯，凤姐本是好人家。银萝看得最多的还是玳瓒公主。那是她生身母亲的看家戏。名噪淮水两岸的泗州戏刀马旦伊韵秋，怀胎七月，依然带着她跑遍苏北鲁南的九里十八乡。金章紫绶，韬略有，指日破辽寇。伊韵秋口衔雉鸡翎，侧身剑挑兰花指，踩着锣鼓点子一阵急急风，翎翅凌空一抖，再一挑，唰地摆个造型，观众看呆了！伊韵秋演《红鬃烈马》《锁麟囊》《一匹布》《大观灯》，还演《小放牛》《喝面叶》《王婆骂鸡》。真的是雅俗混搭，文武昆乱不挡。特别是那一番流水疾风的圆场功夫，动也生风，静也生风，被称为苏鲁豫皖一绝。"水上飘"的艺名即由此而来。伊韵秋却是一位个性极烈的女子，在得知有人上位后，便选择在一个秋雨霏霏的傍晚，突然蒸发了。没留下一个字，半句话。只剩下银萝还在堆满道具的车棚子里呼呼大睡，哪知醒来已是无娘的孩子。

伊韵秋红的时候，银萝厌戏、恨戏，想尽一切办法躲戏。她觉得那些咿咿呀呀的东西夺走了她的生母。母亲抱过自己吗？童眼未开时，银萝待在温润的乳山里，身体随时能被融化。她难得的欢乐，就是蹒跚学步后，偶串戏中的宝蟾、银心、四九。那样就能和生母伊韵秋同吃同睡，一起登台了。否则只能吮着被板车轱辘蹭掉指甲的小手，站在台下和别人家的孩子上演争母大战。戏台上的孩子一喊娘，银萝就在台下喊，错啦，那不是你娘，是我娘。舞台监督黑着脸拎了竹竿子走过来，鼻眼不分，冲着小银萝啪啪几竹竿子。关班主正忙着罗绡帐里结鸳凤，哪里想到闺女身上伤痕如织，心里狼咬虫噬呢？秋笙班跑坡四十余年，关班主要让这些人知道，每个人降临到世上都有命里的定数。她们的嗓子、身体，乃至毛发，自打落生就不属于自己。闺女银萝自然也是。若想声闻遐迩，就得经过地狱般的熬炼，冰河上蹚过几回，油锅上滚过几回，再到绝壁上挂过几回，非如此不足以成角儿。

关颖山用近乎残酷的旧式艺人生存逻辑，将戏班子里的每个人都塑成他想要的样子。小银萝刚学走路，关班主独钟的把戏，就是托着闺女翻跟头。先在臂上翻，后在剑把上翻，再去掌中翻，最后绕着指头翻。直到后来，一通锣鼓点子，银萝在地上像打挺的鲤鱼，一个接着一个，首尾相衔，一时间波翻浪叠落，万朵水花开，最多时翻过七十二个。那是秋笙班最红火的时候。那时候的银萝，不识人间烦恼事，万千娇宠集一身。那时候的银萝，最爱的是凤冠霞帔，一支失落的珠簪能让她在梦中哭醒。那时候的伊韵秋，是万众瞩目的泗州戏刀马旦、文武双绝的玳瓒公主。关班主是苏鲁豫皖地方官商的门上客。即便在"经济搭台，文化唱戏"的年月，刀马旦女王伊韵秋依然在舞台中央站着，谢幕时一众大人物烘云托月，都是陪衬。

银萝十三岁那年，女孩初潮，世界从此变了模样。

关颖山的苛毒与不羁，让银萝透过一双童眸，蓦然发现大幕拉开的背后，魑魅腾跶，人鬼互噬，穿织在急骤的锣鼓敲击中。凤荷、柳芷、梅荞、菁莲，都不过是古屏风画上的仕女，舞剑勒马，琵琶声咽。或咿呀一声，喜忧怨艾，待一团水袖抖开，眉眼未及看清，人就遁去了。银萝眼中的父亲，从至亲蓦地变身为西天路上的牛魔王。

关班主闯荡江湖多年，逢人作揖，遇庙烧香。终于碰到此生最大的心魔了。这日，雕皮袄，鼻烟壶，茶酽酒足，老调重弹。啪地抖开鞭子，萝，来几句。银萝梗着脖子，装作没听见。关颖山啪啪几鞭子，去闺女头上抖成一股风，一堆乌云头。银萝站在那里，眼不眨，气不乱。关颖山越抽越狠，云堆呼啦一散，掉到闺女脑袋上，额角的血渍立刻下来了。班主丹田之气乍泄，手旋心颤，一时竟有力不从心的感觉。银萝不躲不闪，任乌发缭乱，鞭声渐趋单调。关颖山，我让你七鞭子，再打就是自找没趣！关班主手腕一松一滑，鞭子掉到地上。才待弯腰拾起，眼前一片空芜。四十年后，老人们还摇头叹道，关班主的闺女六岁学戏，十八般武艺盈身，一支嗓子鹂啭莺啼，前景盖过生身母亲、红遍苏鲁豫皖的刀马旦伊韵秋哇。那年却魔鬼附体，戛然收声了。不知者谓之"倒仓"，知之者谓曰"神伤"。总之，百劝无效，成了团里的半哑巴。此后从头面到身心，就像加勒比海域的石斑鱼，发生了诡谲的异变。耳钉寸头，垮裆裤，大板鞋，再弄身陆战服穿着。见天跟着鼓上蚤侯小开、马达傅春生、江海罗战泡吧、抽烟、打群架。一匹没上笼头的生马驹子，眼看着一路狂奔，脱缰而去。

银萝一噤声就是三年。

萝，等娘唱不动了，你就是角儿，这些都是你的。曾几何时，伊韵秋香汗淋漓地从戏台上下来，一边卸装，一边逗弄旁边玩耍的小银萝。你要哪样？银萝独爱点翠冠。那是伊韵秋的祖传，从前清传下的。母亲偶尔心情好，会将刚卸下的凤冠放到银萝头上戴一下。银萝笑盈盈的，脑袋故意一歪，凤冠滑脱到手里。上面的翠羽斑驳颤颤，耀花了她的眼睛。那是伊韵秋的正午，牡丹皇后，一开即是百开。银萝眼里的母亲，是王宝钏、白娘子，抑或张素贞、穆桂英。

台心一站，璀璨四野，追光打着，光环罩着。一阵鼓乐笙箫，万千叶瓣次第开。正中最艳的花蕊，就是她的生身母亲。骄纵的银萝，少年不知愁滋味的银萝，就这样肆意挥洒着光影流年，并不晓谙自己的人生大戏亦将开启。天地转，光阴迫，大幕合上再拉开，已是江山易景，佳人改颜了。母亲走后，银萝才知道，早先看戏，以为是看别人，实则戏码上唱的，就是自己。须臾间，凤冠霞帔、蟒袍罗衫、剑戟雉鸡翎俱各归了新主。原来，生母并不是贾元春、穆桂英、白娘子、张素贞啊，原来她和凤荷、梅茾、柳芷、菁莲那些女子毫无二致。唯一不同的是，生母去向成谜，给团里人留下一个巨大的思维黑洞。一切都没改变，变的是一个叫银萝的女孩刀割般的心。

现在站在戏台中间的那位女子，是小白鞋秋寅。

6

银萝魔怔了。她发疯一般找那个女人。银萝终于知道何为心痛、心伤。是那种五脏六腑都被铁笆拽着，随时从体内拖出去的感觉。一旦扯出去，整个身体都空了。

至此一刻，银萝重新开了腔。

从前逢事见人，蹲起坐卧，无论登台与否，父亲拿鞭子都撬不开嘴巴的闺女，突然开唱了。银萝既一开口，声隆四野。她在雪地里唱，在雨中唱，在荒野上唱，在夜半更深的时候唱，踩着鼓点唱，打着拍子唱。奇怪的是，她的嗓音变了，由早年的通透变成了"云遮月"，民间俗称"烟熏嗓子"，就像一只附着在苍老树身上的蝉。那种蝉鸣声凄厉，震耳欲聋，故名"惊景"。它声音不美，仿佛用整个身体在嘶鸣。银萝现在就是"惊景"，她用拼死的鸣喊，去呼唤母亲，证明自己，或许什么都不是，她只是在唱，凭着生命的本能唱。这种唱不分场合，不分昼夜，一人全本，唱念做打，生将天地变作了大戏台。一曲未尽，一腔又回，声声戳心，犹如针锥穿耳，铁铲击锅。弄得团里人人惊乍，掩耳侧目，唯恐避之而不及。关颖山从温柔乡里惊醒，气咻咻地拎着鞭子出来了，兜头就是两鞭子。孽障，叫魂啊。银萝笑着，血渍从额角再度滴下来。打呀，关颖山，打不死银萝就要唱！父女俩胶着正酣。艄公捕快一干喽啰、马达傅春生、江海罗战陆续围过来打探。这夜半更深的，闺女不会落啥毛病吧？

唱病！关颖山将门哐地一摔。

众人满腹狐疑。老天爷赏的金钵子，吃饭本钱哪，就这样废了？

银萝噤声，银萝开腔，冤头债主，关颖山作为老江湖，焉能不察。这样的疯唱，不唯搅了他和秋寅的兴致，更让他对剧团前景担忧。这个孽障的每道韵腔、每句念白、每个眼神，都在向他示威。其实关颖山内心清楚，真正得到真传的，只有银萝。萝，等爹跑不动了，你就是角儿。一串跟头落罢，关班主嘴里时常冒出同样的话。

银萝的命运转机，是在全省传统戏曲会演时出现的。

秋笙剧团作为地方上的主力剧团之一，上报三部传统戏。主打剧目《盘夫索夫》，当家花旦小白鞋的看家戏，请专人改编，引入宫调元素。秋寅擅唱不擅舞，每唱必百转千回，肝肠寸断。此前乡间跑坡，至泣下处，曾出现百人唱和，戏台上下同韵腔的场面。关颖山自信满满，力拔头筹。殊不知，彼时港台风已经悄然挤进这片土地上的每条街巷。广场上跳的是嘣嚓嚓，年轻人迷的是 RAP、切分音，"热情的沙漠"声如洪水，漫流肆虐，再不是老腔调一统天下了。

半个月后，上报剧目批下来。三部毙掉两部。同时传来一句话，领导要看打戏。

戏因人兴，人走戏亡。《红鬃烈马》一折《银空山》作为唯一的打戏，最初报上去是做陪衬的。这本来是泗州戏女王伊韵秋的看家戏，刀马旦一朝蒸发，从此剑戟入库，再没上演过。如今关颖山慌了手脚。近几年的秋笙剧团，其实早已风光不再。剧团车轮生锈，半年赋闲。有时候在村镇、乡间市井串串场子，应景演出，勉强糊口。现在关班主吩咐赶紧开库找道具。一把大锁风雨剥蚀，锈了多年。木牛流马、刀枪剑戟、鞍弓铠甲，一应物什悉数拖出，洗的洗，涮的涮。由马达傅春生、江海罗战、鼓上蚤侯小开守着，去太阳底下暴晒三日。一时间院子里花团锦簇，旌旗招展，人声熙攘，宛若过年。关班主笼着袖子转来转去。大冬天，脑袋仍像开锅的笼屉。早上小白鞋秋寅到团里来，乌眼蓬发，哑着嗓子让找人疏通关节。关班主摆摆手，说，回家待着，这事是商量的？跟谁商量？上面要的就是两个字，执行。

锣鼓家伙好攒弄，玳瓒公主却尚无着落。墙角旮旯都滤遍了，这才想起一个人来。打戏非银萝莫属啊，急问，人呢？马达江海左右递个眼色，都不言语。关班主遂差人四下里寻觅，权把扫帚扬场掀，掘地三尺。果不其然，最后在录像厅寻到了。银萝身着迷彩装，马丁靴长至膝部，骑着震天响的摩托车来了。到老班主跟前，两腿戳地，头盔一掀，直呼其名，关颖山，啥说道？关班主气短，嘴上自是软了。小姑奶奶，救人于水火也。银萝翻翻眼，与我何干？关颖山知道闺女的脾气，必得顺着捋才能谈下去，便如实相告。银萝哈哈大笑，说，好，这样好。关颖山眨巴眨巴眼睛，不知这话有何意。银萝卧蚕眉一竖，俺管打，你找人唱吧。关颖山想想也行，就讷个"秋"字，"寅"字尚未脱口。银萝厉声道，除非我死了！关班主一愣，再看眼前，哪里还是当年娇嗔女，也知讲下去，准得翻脸走人。遂作揖打躬，说小祖宗，就这样定了。

7

银萝接下《银空山》玳瓒公主一角，在秋笙剧团成了爆炸性新闻。

现在，团里人个个手心捏汗，都怕这锤子买卖，砸锅事小，连累饭碗碎了事大。哪晓得班主亦有苦衷，无钱请角儿，只能就地消化。随着会演日期临近，关颖山心如磐石，片言不进。眼看着日头东升西落，鸡鸣天亮。一声锣响，鼓乐齐奏，大圆场旋起来。一场大戏又要开场了。这边刺猬头银萝呢，依旧眯眼不睁。生母伊韵秋遁去数年，自己先是废了嗓子，继而废了功夫，人见人厌，形同活尸。如今天上忽然掉下一出打戏，非她银萝不演。始知人生无常，亦非全悲，悲欣交集，方为真世相。开悟之后，先摔头盔，后脱迷彩。闭着眼睛咬破手指，去玻璃上抹下一个血字"角"。那一刻，银萝的眼眶始如久旱的丘壑，浩浩大水漫天而来，直到湮过头顶。

全省传统戏曲会演在即。关班主嘴上的燎泡未好，心头又添新愁。闺女亢麾不定，热身甚慢。新来的配唱气质违和，被闺女否了又否。最后忍痛卖掉一副家传大靠，才从淮北矿上找到一位唱梆子腔的。女子气质娴雅，讲起话来鸟啭莺啼。那天头绾高髻，肩披金丝绒大披风，踩着七寸高跟鞋笃笃来了。两强相遇，一照面就不搭眼。对方捏着鼻音勉强合练两次，这边弦还没调准，就声称到时直接走人了。原来人家是来捞金的，按时间算钱。关颖山不免慨叹，倘是伊韵秋在侧，哪用他操半分心哪！暖手炉不烘了，貉皮护耳也不知去向。节骨眼上，当家花旦小白鞋又卧榻不起了。

8

今天回望四十多年前，会发现许多奇谲的现象。民间艺人生逢其时，百年不遇。每有大戏上演，瞬间爆棚。每有新面孔，必迎来万众欢呼。干柴与烈火，燃点甚低。那种感觉是岩浆久淤，冰镇雪盖，一朝迸发，蔚为大观。

银萝，就是在此时走上全省戏曲会演大舞台的。

《银空山》如期上演。紫红大幕徐徐拉开。景深处，天幕高挂，彤云远山。台下静场，万头攒动，阒无一声。随着一阵锣鼓音歇，胡笳声咽，一女子全副披挂，一阵急急风旋上场来。只见她背插旌旗，铠甲凤冠，锦袄绣裙，兰花指捻起红缨马鞭，两根雉鸡翎啪地一弹，平地打个旋子，再一甩，通身华彩猝然绽放！锣鼓家伙震天撼地地敲起来。雨骤雷狂，风吹惊沙扑人面，女子犹如神助，纵身跃马，直逼山高万仞。泗州戏刀马旦回来了！原来银萝就是伊韵秋，伊韵秋就是银萝啊！霎时，她身上所有的细胞都激活了，犹如神灵附体，娇媚嗔怨，形神迸发。尤其那个大圆场，银萝凌波而行，万花缭乱处，闻风不见人，全面再现了伊韵秋当年"水上飘"的神韵！

大幕坠落，一片静场。突然，掌声海啸般地响起来，长达十几分钟。

剧团起程前，银萝无名高烧，三夜不退。烧到后半夜，竟然满口呓语。关颖山哑雷闷顶，耳鸣如哨。秋笙班跑坡四十年，怕是要栽到这个小孽障手上了，保不准她是伊韵秋派来索命的。从接上面通知到复排，满打满算，银萝热身不足半月，嗓音定调更无从拾起。关颖山本想让秋寅替唱，被闺女断然否决。从淮北煤矿请来的名角掂着曲谱哼了两次，跟银萝动作、气韵多处不搭。看来命犯八字，互不买账。更遑论乐队合练，弦老琴旧，文武不齐。银萝打小有三疯。一曰人来疯，天生的表现欲，人越多越出头，嬉笑无常，逞强心重；二曰拗疯，拗劲上来，雷劈狼追皆不怕；三曰饶舌疯，要么像檐底燕子树上鹊，从不顾及旁人脸色，要么嗒然收声，数月不开，形似哑人。如此异禀，若演玳瓒公主一角，形神俱贴，必是大出彩。她若掼小锣子，百牛莫拽。关班主了解闺女的脾气，提着心，吊着胆，就怕哪点对不上，戏班子百十号人吃饭家伙尽砸手上了。如此屏息三天，全团神经几近崩摧的时候，银萝烧退了。退烧后的银萝，眉宇娴逸，心神入定，连说话、走路的步态都变了。这时候离会演开幕还有七天。银萝门扉闭锁，躲在屋子里兀自练功。马达傅春生、江海罗战趴在槐树杈上，透过薄雾朦胧的窗玻璃，远远看到银萝宛若幽灵，腾挪跳跃，如燕衔云。十八般武艺，刀枪剑戟，悉数一一捡回。

绛红大幕再度徐徐开启。鼓音暂落，锣声即起。一干喽啰如过江之鲫，鱼贯而入。稍后一片静场，偌大的剧场里，芜若荒原，风吹四野。偶尔传过一两声咳嗽，更反衬出剧场大厅的神秘与幽静。所有人都知道自己在等什么。《银空山》"打雁"一折，《红鬃烈马》的华彩乐章。当年泗州戏刀马旦伊韵秋，纵横苏鲁豫皖民间大戏场，有人追逐千里万里，就是为了看伊韵秋"打雁"。独看她的云步、搓步、探海、大翻，纤腰款扭，凌空飞射。就为看她的一嗲一嗔、百媚千娇。《银空山》尘封几十年，玎璹绝迹，优伶遁形。如今莺飞草长，河开雁来，好戏再度上演。《红鬃烈马》是传统戏的经典，《银空山》是经典中的经典，"打雁"一折则是经典中的戏眼。至于玎璹公主，更是戏眼王冠上的那颗明珠，焉有不看的道理？多少人彻夜不眠，抱凳束袄，星夜排队，或四下里遍寻黄牛，去剧院门口搭人梯。恨不得钻地缝，垒堑打洞，只为淘得一张会演戏票。

终于，一阵胡笳声又起了。

锣鼓声由小及大，渐趋急骤，似有一万匹烈马奔踏草原，风声鹤唳，由远而来，渐来渐近。伴随着一阵惊天的鼓响，大幕里，小女子再度侧身旋出。两根标志性的雉鸡翎高耸凤冠之上，云立鹤翔。只见她风踩水皮，点如飞梭，照例一溜小圆场。耳边厢听得雁声响，空中大雁往上翻，开弓弹打南来雁。突然，一道韵腔从半空豁亮亮地劈下来，所有人顿时呆住了。是银萝，银萝自己在唱！这声音团里的人太熟悉了。煤矿请来的名角，这时候张大嘴巴，也呆愣愣地站在那里。盛装登场的大披肩滑落到地上，未知眼前发生了什么。台上的锣鼓依然在敲，雨疏风骤，时紧时歇。女子一溜小圆场，越转越急，越转越疾，直旋到天地生辉，满目生璨。每个人的心都提到嗓子眼上，眼睁睁盯着台上，只待下一刻惊天大爆发。却见女子凝神，抖翎，将雉鸡长翎作一个心字大圆，稍后一弹、一放，再度拧腰伏身，作海底探月。须臾，平地起跳，纤腰打个飞旋，张弓搭箭，凌空一射！

喝彩声像旱天刮过的惊雷，掠过半空，在剧场内外訇然炸响！

现在，观众满眼满耳，都是银萝。所有人屏着息，提着气，只看银萝在台上撒欢儿。台下甚至发生了骚动与争执。有人说当年的刀马旦又回来了，有人说是伊韵秋的闺女，也有说是小白鞋。正在嗡哄之间，一阵胡笳长鸣，银萝又出来了。此番红衣出场，几乎是被风刮出来的。斜侧里小踮步，大转身圆场，风踩水皮荷上飘，旋，旋，旋！水袖柔抻，兰花指捻剑。左右再旋大圆场，红鬃嘶鸣，剑指穹庐，形神定格，绮丽绽放！锣鼓声一阵急似一阵。银萝彻底演疯了！她搓步、云步、花梆子步；弹压雉鸡翎，一弹一甩，平地再起跳，唰地跃上太师椅。与此同时，一道华丽丽的韵腔又出来了！威风凛凛坐将台，炮响三声紫雾开。丹田饱满，声遏行云。一片碰头好，再度响彻剧院上空。

大幕徐落再起。舞台上，剧情仍在推进。一位花容月貌美少年，白衣白马亮银枪，自幕后疾出。原来是南朝护国大将，身穿蓝白战袍，一派潇洒倜傥，率一众人马追杀薛平贵来了。满场虾兵蟹将，喽啰声喧，直搅得周天寒彻。少顷，锣鼓骤起，银萝又出。一阵小圆场，飞旋如陀螺，催马、打马，手执绳鞭绕如花，直指天宇。问声小将名和姓，报上名来好用兵。白马银枪高嗣继，谁敢与咱来对敌。两人即时开打。红蓝相间的战袍伴着锣鼓声疾，花团锦簇。两杆枪如银蛇绕身，密不透风。果然是自古英雄出少年，一派英气自凛然！玳瓒公主立于场中，又被惊天的喝彩声包围了。小踮步，大转身，花枪飞旋。锣鼓声再起。转，转，转，两人枪随人走，且战且行，愈战愈勇，一时间打得难分伯仲。稍后银萝一溜风踩水皮，翩然遁去。

大幕渐渐垂落。山鸣谷应，一众喽啰满眼穿梭。稍后一声老迈的韵腔，从天边飘过来。催马来到汾河湾，不见公主为哪般。苍凉沉郁，原来是秋笙班的压台元老上场了。紧接着是南朝大将，一身铠甲，纵马跃出。但台下已经静不下来了。剧场里似有群蚊嗡动，几位内急的，低着脑袋从前排穿过。场上的故事，人们早已烂熟于心，后面所有的演绎，都是在走过场。无论南朝大将易主，还是薛平贵夫妻相见，都不再是人们眼中的高潮了。并非场面不好看，抑或角色不卖力，而是玳瓒公主太出挑了。确切地说，是银萝一技压百芳，让在场的其他人都黯然失色。银萝的光焰，吞噬了所有人的目光。现在，人们身心游离，尚未从此前的画面中回过神来。这是银萝的魅力、银萝的异禀，也是银萝的悲剧，更是古今无数天才的悲剧。自古梨园多纷争，能成角儿者，非疯即魔，非同凡人。等银萝明白这个道理，已经太晚了。她此后所有的苦、所有的痛、所有的忧伤，都在为这片刻的灿烂付出代价。这些她根本无从得知，即便有知，亦身不由己。

生命绽放的银萝，再也回不去了。

9

年底，全市文艺界团拜会。夜晚灯火璀璨，裙裾摇曳。贵宾席上，银萝短发盈耳，芳华年少，化着最时髦的烟熏妆。同桌官员谈笑亲和。这时有位民间魔术师，被邀上台。他先是掏了一把牌，几番腾挪后，瞬间变成了巨钞，一张张朝下弹射着。最后天女散花，漫天飞舞的都是纸币，场面火爆异常。稍后，主持人用颇具磁性的声音，报出泗州戏刀马旦后裔献演《银空山》片段。话音落地，帷幕上打出巨大的戏曲佳丽头像。银萝站起身来，不遑多让，一番唱念做打。由于没扮戏装，竟多出几分时尚感。这时候有许多人过去索要签名。领导微笑着，就像看过年抢鞭炮的孩子。

这是银萝的好日子，连续数年穿梭于各地舞台，光耀四野，一时拿奖拿到手软。媒体麇集，专家激赏，被业界坊间视为"银萝现象"。这年冬末，突降大雪，参加春节团拜会的人被风刮得团团乱转。都说雪下得蹊跷。银萝当时在雪地上走着，心事浩茫。剧团参会者唯她一人，连乔元叟都没资格成为座上宾，足见市里对人才的重视。时隔不久，银萝接到一个电话，让去市郊取邮件。辗转半天后，口袋里多了一张艺校进修的通知书，这让她惊骇莫名。后来跑去跟团里汇报，乔元叟像看外星人似的盯了她几秒钟，说，咦？好。看来单位并不知情。赴京报到后，银萝始知那年传统戏大热，她和两位外省地方戏学员属于上面特批。银萝像八爪鱼一般，牢牢附着在汲取养分的吸盘上，宵旰攻苦，任督二脉一通百通，成为那届最抢眼的学员。毕业大戏《银空山》谢幕之际，玳瓒公主立于舞台中央，绛紫色的大幕在身后徐徐滑落。恩师黎子涵问她有何想法。银萝一愣，说回去啊。黎子涵摇了摇头，让她再想想。银萝在操场上坐了半夜，脑袋时而空泛，时而混沌，左右不知从何想起。恩师那些话若听天书。抬眼再看穹庐，月明星稀，剪月半挂。一声豁亮亮的行腔破云而来，惊天的锣鼓再度击打在耳膜上。是啊，高楼摩天，红尘万丈，与她何涉。

暮春将尽的时候，银萝回到团里。披衫挂缕，一身中性打扮。七厘米的高跟马丁靴，婀娜摇曳，英气灼人。奇怪的是，团里人看到她，似乎并没有久别后的讶异。大家照例忙碌，晒道具，吊嗓子，一如往常。几位刚从乡村找来唱琴书的，分成两班人马，正扯着嗓子在院子里练摊。人潮如涌，声浪爆棚，几公里外都能听到。银萝在艺校的时候，听说《银空山》几经波折，晋京终于获批了。她仍记得乔元叟的承诺。时隔数载，昙花剧团旧址易地，新租的办公大楼正在粉刷。银萝绕过四楼，一直找到五楼。远远看到团长室的牌子，正欲过去敲门，忽听啪的一响，是杯子落地的碎裂声。须臾，出来一拨人，有男有女，昂昂然离去。银萝进退维谷。正踌躇着，门咣地又开了，从里面走出第二拨人，低眉敛胸，颓靡而走。银萝自感已成观众，一时竟不知所为何来。正犹豫间，里面有个声音说，进来吧。应声出来一个人，跟银萝打个照面，是佘阿灵。房间内气场诡异。乔元叟头不抬，眼皮不翻，攥着一份文件在看。不知过去多久，嘴巴里突然冒了一句，有事？与此同时，佘阿灵像水蒸气般地消失了。银萝暗吃一惊，自己两年没在团里，就是天天上班，这种语气，若非刻意冷落，当属节外生枝。赌气说，没事。正欲走开，身后的声音又起了，木秀于林啊。银萝说，全凭乔大人发落了。乔元叟将文件朝桌子上一撂，没头没脑的声音，又起了。八字还没一撇呢。银萝不知这话是指晋京，还是角色。她难免心有狐疑，隐约不安起来。

银萝不相信上面敢赌佘阿灵，那是砸牌子。

乔团长忙得焦头烂额，眼下正在为《银空山》晋京筹钱粮。

地方上自然拨不出钱款。三摞报告打到省里，均泥牛入海。乔团长无奈到处磕头作揖，打拱化缘。弄得人家一见到他，就说，蚍蜉公来了。意讽蚍蜉撼大树，不自量力。岂知乔元叟一半为戏，一半为人。银萝赴京上学前，让他指天盟誓，必须保证主演《银空山》，否则永无可能。乔元叟邪劲上身，发下毒誓，若他乔元叟不能让银萝唱主角，黄沙盖脸尸不全。若唱回主角，八抬大轿，花红月圆，迎娶新人。

《银空山》晋京，跌宕数载，一波三折。其间论证会开了七次，方案修了九轮，主政领导换了五茬。百蛙争鸣，难定一尊。直耗得县花剧团人困马乏，兵流水泄。吊诡的是，唯余两位女子死死钉在原地，雷打不动，铆定彼此。AB角大戏，訇然开场。

现在，排练大厅里，每日里刀枪剑戟，锣鼓声喧。一套班子，两班人马轮番登场，佘阿灵派头很大，特意在省里聘请了专家名师，贴身施教。跟班喽啰，风车般乱转。马达傅春生、江海罗战何等眼色，早已嗅出风声。董超薛霸，谁赏饭跟谁屁股后转。唯有鼓上蚤侯小开不忿，有次将银萝约到茶社，竹筒倒豆子。银萝始知镀金两年，城头变幻大王旗。坊间有句话，搞曲艺的人，唱与不唱，都得在戏台上戳着。观众最是喜新厌旧，三日不唱，即便再红，视为过气。银萝不在七百二十日，佘阿灵另辟蹊径，已由晚会、非遗、节庆商演等神奇上位。加之声光电助力，官商钦点，合力包装，风头一时无两。民间言必佘阿灵。这却不是传统戏曲的红，而是应了地方的景。佘阿灵那副幼教出来的嗓子，蕾丝装扮相，甜嗲腻柔，堪比布丁奶茶，风靡街巷，尤为年轻拥趸所追捧。复排《银空山》，自视当然之选。乔元叟揣着明白装糊涂，借壳生蛋。台照搭，戏照唱，设 AB 角。每日里锣鼓家伙震破天，乔团长暗祷奇迹发生，关键时刻顶他一把，内外两安。

原来《银空山》获批，据传是因地方某官员以内定姨侄女主演为条件的。佘阿灵手握尚方宝剑，早在两年前就投入排练。每日里头髻高耸，裙裾摇曳，观者麇集。鼓锣家伙一响，佘阿灵百怯顿消。大圆场、小圆场，早已经转出感觉，转出自信。眼下万事俱备，只欠东风。

江湖罗生门，门中有门。银萝何以深谙，只知道镀金回来，风动云挪，这风却不知是从哪儿刮来的。团里偶有排练，瑕疵频出，不是佩饰丢失，就是马鞭璎珞蒸发。银萝初始懵懂，后渐开悟。原来红尘中人，自古驭世秘籍，尽在平字。平头平常，平庸，平即是安。平字诀下，出头的椽子先烂。遂将马丁靴换下，爆炸头捋直，披衫挂缕悉皆锁入箱笼。为登台大局计，自此小翻领，平底搭襻鞋，不施粉黛，终日去窗边枯坐。乔元叟深谙小女子脾气，哪敢深言。时逢十面埋伏，生怕大水冲了龙王庙，自家人先干起来，只好闭着眼睛假寐。

如此各方架在油锅上。烈焰焚心，只待一声鸣锣。

光阴无声地流淌着。大多数时间，是佘阿灵在用场地。银萝偶尔去看她转圈子。看着看着，疑窦丛生。原先瞧热闹的心态，渐渐被某种莫名的东西取代。原以为佘阿灵只为凑数，满足虚妄之心，后来发现，这个女子野心勃勃，绝非客串心态。她的一招一式，中规中矩，因有幼教舞蹈功底，抬腿下腰，不怯旋转腾挪。对点对锣，竟也有模有样。首场彩排，银萝坐在那里，只待圆场结束，她想听她开唱。佘阿灵一开口，银萝就笑了。她头一次听人这样唱泗州戏。那声、那腔、那韵，宛若水银泻地，朝四下里漫溢开去，又像被抽了骨头，滤去了精髓，变得无色、无味、无香。只是被一种明显受过训练的气声托着，纤风浮云，在空中飘游。这是戏？银萝摇摇头，再看被请来的专家和领导神情，或点头，或微笑，或鼓掌。看上去认可度甚高。而且在彩排的时候，她惊奇地发现，原剧打戏的成分被刻意缩减，增加了许多伴舞的段落。一时间声动水响，万荷聚开，天幕上云翔凤舞，佘阿灵着一袭白纱长裙，从台阶上翩然而下，人们耳边鸟啭莺啼，场面繁复。这还是戏吗？这是在哪里？锣鼓家伙一波隐一波显。音乐声又响起来。碧海蓝天，波翻浪逐。银萝脑袋一炸，蓦然间石破天惊！原来，此《银空山》非彼《银空山》也。传统鼓锣偶穿其间，只是噱头。此前曾听说，有人花重金为佘阿灵量身，作为古今合璧的试点戏，银萝只当传闻，现在看来，驴马同釜，一锅混沌。外行人只是看热闹，分明已是音乐剧的节奏了。台上锣鼓家伙在敲，人如流水线切割般在演，台下在录像、拍照，掌声适时起落。一切有条不紊、天衣无缝。唯银萝心神抽离，仿佛置身天外。细观之下，乐队多了诸多陌生面孔。钢琴、脚踩风琴、小提琴，取代了早先的锣钹镲铙。原来锣鼓家伙的热闹，只是从音箱里放出来的。难怪从艺校进修回来后，就再没见过几位早年的老琴师。听说多已退休，或中风心梗，各有发落。唯一吹唢呐的，长年闭门不出，在家里喝中药调理。眼下，银萝坐在那里，就觉得地面在一点点朝下沉。短短两年，物是人非。这才想起广场枯坐半夜，懵然不谙的黎子涵的那句话。

人生就是楚门的世界。你走进任何一道门，其他门就关上了。

第二场彩排，依旧按老版本演出。无论承认与否，这是擂台的格局。乔元叟为此脚底磨穿。既已内定，意味着佘阿灵登台，除非突然倒嗓，银萝即是海底捞月。乔元叟自封石敢当，雷霆箭矢，邪性死磕。最后上面回复，彩排定分晓。乔元叟仍待奇迹发生。戏曲旦角黄金期极短，当打不红，即为废人。他不想眼睁睁地看着银萝废掉，必须力挺她登台。乔元叟舍命顶银萝，甚至被自己感动了。眼下锣鼓开场，千钧系于一发。他笃信只要银萝开打，天地陡转，主角立刻易人。

开场在即，乔元叟欲现当年盛况。为此上下呼号，请来了老领导、老戏迷、旧相识，左右不离老旧俩字。较之前番的前拥后拥，人头攒动，当晚剧场，一片银霜盖头，多龙钟老态，以及跑火车打闷雷似的咳嗽声。乔元叟急将夕阳红剧社留守的老人都找来，又拧开隔壁社区敬老院后门，锣鼓一敲，马扎板凳，悉数放入，才算填了空当。当晚，贵宾座唯一出席的上级前任主管，是坐轮椅到场的。银发鹤首，由小保姆推着，腿上搭着厚厚的毛毯。领导是泗州戏女皇伊韵秋当年的戏迷，此番到这座山海城市来，算是故地重游，也是特来一睹刀马旦后裔风采的。前排还有一位特殊嘉宾，银萝的恩师黎子涵。千呼万唤，终到现场一坐。银萝毕业后，黎子涵由于失望，俩人音讯隔绝。无论到 G 城开会，还是做评委，黎子涵再未联系过她，此番复排《银空山》，特地从京城飞来，力挺当年得意门生。

10

银萝是在年底一个冬雨霏霏的日子辞职的。

彩排当晚，她全套行头，惊艳登场。乔元叟从家里找来的几位老班底豁出性命重整锣鼓，一通震敲，响彻全城。鼓锣歇处，一阵胡笳声起。月高风烈，银萝纵马持鞭，再度侧身像风一般旋出！纤指一弹、一拢，捻住两根标志性的翎翅向空中一抖！大圆场，小圆场，大圆套小圆，环环相衔，在锣鼓声中，踩在每个鼓点上起舞，旋，旋，旋！不要音乐，不要伴奏，不要声光电，银萝就像一只天外精灵，突降人间。一人翔飞鹤舞，惊才绝艳，满台璀璨！这才是主角的戏啊，这是一人独撑全场的生命之蹈啊！

那是银萝久别三年后的亮相。她抖开双翅，一点点延展，一点点打开，天地大美，生命灿烂！银萝又演疯了。细心的观众能听出，剧中的标志性唱段，银萝几乎在用生命呐喊。她的声音，浑如苍龙，在云间游弋。尾劈云霾，声凿韵穿，重现生母伊韵秋当年的金石之声。台下的老领导浊泪纵横，好哇，后继有人，瞑目可慰矣。银萝唱，银萝哭，银萝嬉笑怒骂，百媚千娇。银萝终于知道母亲在舞台上的感受了。大千人生，烟火世相，有人追官炫富，有人逐利禄，她银萝不羡红尘，不慕鸳鸯，身心浑然，只为戏来。原来这就是她的人生，她的宿命啊。

观众都看出，那是银萝最后的演绎。空山之灵，遗世独立，已然绝响。

大幕垂落了。两台彩排相继告终，一切重新归于沉寂。时间在阒然流逝，到时候必然雌雄立显，伯仲分明。就这样熬过夏天，熬过秋天，在隆冬将近的时候，上面的通知下来了。《银空山》更名，不设 AB 角。主演佘阿灵，编导人员重金外请，重新组班，作为年度大戏晋京演出。

《海之凰》剧团启程前夜，市里举行了盛大的欢送会。当晚，宴会大厅华灯璀璨，裙裾飘飘，克莱德曼的琴声在空气中摇曳。按照惯例，这样的场合，所有业界的重要人物都会到场。银萝也接到了邀请。她心如沉釜，决意把戏的尾声演完，向所有曾经关注过她的人道个万福。红男绿女，一如往昔。走进大厅，银萝习惯性地找席位卡，没有，什么都没找到。既无人招呼、陪伴，也没人迎上来寒暄。到处都是陌生人，陌生的脸，奇怪的腔调。昔日师尊、同道亲和的微笑，都神秘地蒸发了。银萝稀里糊涂，顺着人流走进一个包间，看到董超薛霸、马达傅春生、江海罗战都在那里闲聊。众声喧哗，一波波涌出门外。席间人看到她，照例吃喝不误。银萝坐在桌旁，满脑子都在过电影。隔壁大厅浮浪甚嚣，鼓乐齐奏，正达到当晚送行宴会的沸点。这时候，空中飘过一句话，来来，给伊女皇满上！众皆哂笑不止。银萝盯着鼓上蚤侯小开那张明显喝高的脸，纤指一捻，将一杯红酒极为精准地弹了过去。

第二天，银萝辞职了。同一天，昙花剧团的团长乔元叟雇了辆拖卡，将剧团那些废弃的破铜烂铁整整装了一车，然后轰轰隆隆开走了。至于拖回哪里，大家都很忙，无暇过问。

戏台上的玟瓒公主死了。

现在的玟瓒，是乔元叟的媳妇。银萝沉吟道。那是我和银萝相隔二十年后的首次见面。现在的银萝，离开梨园界已经十余年。十年后的银萝，依然能够着盛装，赴晚宴，唱《银空山》，住富人区。总体上生活应该还不错吧。是吗？银萝说，都是做样子，戏台搬到现实里了。他吃了官司，眼下人在海南农场编筐子，判了无期。银萝说，所有家产都被拍卖，我被扫地出门了。在我眼里，她依然是泗州戏名旦。即便她富过，锦衣貂裘，香车美馔。她曾经拥有的一切，真是她想要的吗？那个叫乔元叟的男人，竟然娶了人中龙凤银萝，凭什么？银萝说，凭他兑现了诺言，让我唱了一回主角。银萝说，但我在台上，过足了戏瘾。哪怕台下只有一个观众，我是主角。可惜当时他没能八抬大轿迎娶我，我是坐在拉道具的卡车里回家的。你能想象当时的拮据吗？真是绝境，借住在塑料厂的仓库里。那些演出服，就是我们的全部家当。

我一阵哑然。戏如人生。银萝一生都在戏中，无论台上还是台下。

他想东山再起。前些年拼命倒腾水晶，最阔的时候，包过港口的集装箱。你信吗？二十多年前我家就有冰箱彩电了。他一直想重组班子，但泗州戏没有观众了。从佘阿灵唱出第一句，我就知道观众的品味换了。大家都喜欢听她唱，甜腻得像蛋糕。银萝突然笑起来，好听吧，现在人们都爱听这个。一听就疯、就狂、就跺脚打响指。你见过吗？满场晃眼的蜡烛，都是由观众擎着的，夜空就像缀满星星的大锅。传统戏何曾有过这样的阵势啊。我辞职后也下海了，到处商演，什么都唱。话题至此，银萝叹了口气，唉，这辈子，我唱的《银空山》，演的《银空山》，末了发现，原来人生就是一座银空山，没有几人能躲得过。

一切有为法，如梦幻泡影，如露亦如电，应作如是观。

银萝说的时候，双手合十，片刻入定。她的声音依然好听，中音偏低，早已滤去云遮月的沙沙声。但口形变了，不再是唱戏的那种。这不会是黎子涵教的，也不是通俗唱法的口形。那是跟谁学的呢？撮着西洋唱法的口形，唱着最口水的歌。与此同时，泗州戏在哪里？玳瑁公主在哪里？我的心隐约痛起来。偶尔停顿，我终于忍不住，问了句压抑很久的话，这么多年，你去找过母亲吗？她是否还在人世间？

我留在台上，就是为了让伊韵秋看到我。现在，舞台没了，余生唯一的念想，就是去找她。听老家出去做劳务的人说，新加坡有家华人茶社，曾经有女子在那里唱过泗州戏，跟她长得很像。银萝说着，又渐入冥思。

这个在踏梅苑唱戏的女子，此刻悲喜皆无，语调和缓。她肚子里的话，总得向人倒出来。银萝的每一步，几乎都背着无形的魔咒。其间跌宕升沉，身不由己。

11

乔元叟做梦都没能料到，梨园生涯会这样终结。

昙花剧团苦撑几年，终于关张了。改制后，除去三两个人饭碗转到局里，其他人自劳自食，各寻出路。几位老戏迷端着小板凳蹲在门口，大哭一场，然后放了一串鞭炮去晦气。乔团长本可以留在局里管食堂，银萝辞职，万念俱灰，决意下海南闯荡。适逢单位搬家，一屋子破铜烂铁无人接手，正欲送废品站，乔元叟掏出口袋仅余的几百块钱悉数买下，借塑料厂仓库暂存。梨园半生，心存一念，总觉得哪天东山再起，大幕重启，这些好东西都还用得上。乔元叟何尝不晓，现代混响、MD、威亚抢滩陆上，他眼中的宝贝，早已是人们眼中的废物，即便贴钱都没人要了。

惭愧，你还是走的好。在临时租住的塑料厂库房里，乔元叟拽过银萝的手，不断呵着气，喉咙里间或发出困兽般的哀鸣。银萝心神俱灰，说，乔元叟，记着，你欠我八抬大轿。乔元叟看着银萝，本想再揭一重秘密，张了几次口，咽了。银萝直到辞职，都不知自己的临时工身份。她是从天上罚到人间的精灵，进退失据，懵然不谙世俗规圃，更无心追问。她只想要脚下方寸，一束追光，去演绎她对泗州戏的旷世之痴。挨至天明，乔元叟说，银萝，听着，三年内不让你重登舞台，黄沙盖脸尸不全。银萝伸手捂住他的嘴巴，说，去闯，我帮你看着。时下去留两难，茫然不知所终。实则，一个大活人，没有绳捆索绑，完全可以抬腿走人哪。南渡北归，飘萍过洋，没准能在异域遇见伊韵秋呢。再不济，京城还有黎子涵啊。锥心苦守，唯一个命字。银萝的忧乐荣枯，是要有场域安放的。一声锣响、一阵鼓哨、一串璎珞、一支头簪、一根点翠冠上的羽毛，都能让她的释放落有实处。没了这些，生死又有何异？铆定眼前人，纵使百般不搭，至少大本营还在吧。

　　在塑料厂仓库盘桓半宿，翌日，乔团长不辞而别。这位曾经的梨园老江湖再迟钝，也知风向变了。以前是戏，是角儿，是艺术，是识文解字懂点文墨。现今是铜臭逐日、身无分文，一切无从谈起。成王败寇，唯有孔方。有了钱就能八抬大轿娶银萝，就能拽回世人钦羡的目光。甚至可以重整旧山河，让刀马旦后裔重新登台。此后数年，乔元叟与族人合伙，将状如笸斗的黄水晶、紫水晶、红水晶稍加磨琢，做成大大小小的各式罗汉、菩萨像，借商船运到东南亚、巴西。几年下来，果然赚个钵盈瓢溢，嗣后在海南置宅、置地、搞物流。那是乔团长最膨胀的日子。先是将他与田筱桂生的儿子送到贵族学校，又用一套别墅的价码跟糟糠之妻迅速断舍离。田筱桂自掂分量，也知趣松口，另觅高枝。接下去，乔元叟以当地首富的身份，将泗州戏名旦银萝接过去，补办了传统婚礼。

　　水晶富商乔元叟，没想到重蹈岳父当年迎娶刀马旦的覆辙。

　　泗州戏名旦银萝，不擅女红，尤远庖厨。茶饭衣着均不着意，更不似当地贵妇，锦衣貂裘，而是整天凤眼蒙眬，冲着镜子出神。偶尔拿出母亲的那只点翠冠，比比画画，咿呀作声。家里花重金砌的游泳池、练功房长年闲置。请专职泰国教练来教瑜伽，往返几次，因路数和泗州戏刀马旦程式相悖，无奈解雇。年余，儿子出生，银萝气血两淤，恐哺乳累及形体，遂全托月子会所抚养。两三岁后带回来，动辄鼻口乱动，眼白多得吓人，后来始知是多动症。自此遍寻名医，久治不愈。时间转眼过去八年，银萝无心教子，又惧都市人车喧嚣，高楼晃眼，时常闹着回老家。乔元叟发下宏誓，等再出两趟远海，重整旗鼓，笃定送女王返场。银萝信疑参半，眼见得老公常年在外，自己却锣鼓声歇，一人终日于豪宅枯坐，自忖与活尸无异。慢慢地，松了筋骨，懒了梳妆。乔元叟这边掘山游海，初始尚有愧怍之心，久而神经趋于钝木。

乔元叟说，冤家，码头船开，你，你竟敢把钥匙匿了？银萝说，杀千刀的，再挣打金棺材躺进去挺尸哪。乔元叟说，无理取闹！你以为还是当年吗？银萝说，当年如何，今日又如何？乔元叟说，都把与你了，还要怎样啊？银萝说，莫非忘了那句话？乔元叟顿感心虚，说，姑奶奶，拗不过天去也。银萝说，我命由我不由天。乔元叟说，伊女皇，睁眼瞧瞧外面，闷在屋子里都快发霉啦。银萝说，千金不羡，只要一样。乔元叟最怕那两个字，银萝偏偏嘴巴一张，就吐出来，唱戏。银萝说，我要唱戏。乔元叟说，驴喊马嘶三十载，何足道哉！银萝黛眉一竖，你说谁是驴子？扑上去便撕拽。乔元叟反手一挡，未尝发力，对方借势跌坐在地上。"惊景"再起，穿屋凿梁。男户主说，哎呀呀，疯婆娘，捕快来了，你老公要进局子了！转身去厨房里一通大响，明晃晃的刀举了出来。银萝锐叫，剁呀，剁不死银萝就要唱！乔元叟扑哧笑了。冲着床头柜哐哐几下，用刀背将抽屉撬开。钥匙果然藏在里头，一把抓了，说，小姑奶奶，好生念经，待俺回来再论口舌也，咣地掼门离去。银萝自此再无梳妆，独坐悲双鬓，空堂欲二更。每日里趿着拖鞋，套着和尚领长汗衫嗑瓜子看电视。隔年暮春，听闻老家仿古街，近年又聚起一拨旧人，破鼓哑嗓，时有吹拉。乔元叟也深谙戏湮人灭的道理，遂派贴身司机，也就是当年的门卫老吴，赶紧送银萝和儿子回老家散心。

临行前，乔元叟说，等做完这船生意，我马上组团，舞台还是你的。

银萝蓬发敷面，裹着一件长长的春秋睡袍，眼神倏地亮了，又黯了。

G城蜘蛛峰下的郁兰山庄，这年搬来了新住户。无人知晓在小区里晃动的宽面女子，就是当年名噪坊间的泗州戏名旦。银萝回归老家，心神渐安。定期到贵族学校去看望有多动症的儿子，或到门外美容店泡泡脚，偶尔也去老街，或附近的双龙井茶社喝茶。渐渐地，竟也适应了阔太太的生活。随着星移斗转，自知登台无望，唱戏的心也慢慢淡了。银萝最喜欢去的地方，是蜘蛛山门的桥头，槐枝枯朽，寒月高挂，远处钟鼓楼的檐铃不时在风中摇荡。整个山门附近，被分成三个场域。一帮抖着红绸子跳广场舞，放着《最炫民族风》。音乐声响得劲爆，跳舞人扭得喜庆。还有一拨暴走族，其声也烈，其势也壮，其行也威。一只手擎的铁皮喇叭訇然作响，后面跟者，出手出脚都很齐斩。吼声如雷，路人多避让。还有一拨常年在桥头，城门底下，抑或废弃的旧停车场。聚三五人，或七八人多扮古装，挑彩驴、花轿，唱《王二姐思夫》《王小赶脚》，车马蝇嗡，嬉笑哗生。观者云集，怡然自乐。

银萝最初站在那里，忽觉流年凝伫，星月陡转。不知怎么，耳边就冒出那句话，凡所有相，皆是虚妄。此后一众旧友陆续聚拢来，摆一通龙门阵，拾起锣鼓家伙一阵狂敲。银萝有时也过去吼一两嗓子，偶有云遮月，仍是旧时感觉。暗忖登台也好，不登也罢，若天不假时，实在没有唱戏的命，等乔元曳干不动了，择时收心，回来养老也好。谁知平地起风雷，水晶商人一夜之间被带走了。

12

三年后的某个下午，我顺着电线杆上的指向，在距 G 城六十公里的 G 镇到处寻找缝纫店。快过年了，洒扫庭除，修涮采购，照例少不了忙碌。转过油炸凉粉豆腐房、公厕、粥店，在门拐角枝杈旁的老槐树旁，终于发现一处门脸小铺。屋角用硬纸板写着两个字，缝纫。屋内四壁垂垂挂挂，都是尚未做好的半成品衣物。一张巨大的几案上铺着薄毡毯，上面摞着几本《上海服装》。一只橘猫正忙着用爪子洗脸，少顷，拿尾巴将自己盘在地上，目光警觉地盯着我。喂，掌柜的在吗？里面人应声而出。刘海齐眉，筒子状的棉袄，腰间系着蓝花围裙。和所有的裁缝一样，脖子上挂着软皮尺，笑嘻嘻地招呼道，来了？这样的声音，让我瞬间回到老街，那个守着小电视戏谑说唱的晚上。几年不见，取代宫廷贵妇帽的，是对方满头的棉絮，像雪花似的点缀在发梢上。看到我狐疑的目光，店主笑笑，说，有一批棉包，刚卸完。又说，回老家过年？听此话，必定是银萝无疑了。我就问，媒婆公司生意如何？银萝说，那东西玩不转，俺是电脑盲。又想到大烟袋、罗汉帽，就问，老乔出来了吗？银萝说，改判了，不过还得待十年。我抽口冷气，再有十年，银萝在哪里呢？她还能登台唱戏吗？稍后意识到对方早就不唱了。银萝让我将羽绒服脱下，开始捣鼓拉链。看着她脚踩缝纫机，忽想起那些聊过的桥段。两人目光一碰，银萝笑了。看上去泗州戏花旦虽变身裁缝，脑子依然灵光。又问老乔当年到底犯的哪样。银萝说，谁知呢？

窗外的鞭炮声，依旧在炸响，这是年节的气息。在这家连门板都没有的小镇裁缝店里，这位曾经在舞台上光芒万丈的泗州戏名旦，用她颠小圆场的脚，灵活地踩着缝纫机，嗒嗒嗒的声音，每次都响成一串。

最后一次和银萝见面，是在放生的河边。

那天告辞，银萝顿了一下，忽然问，放生吗？我说，是去河边放？银萝说，是的，放很多鱼，许了两千余尾的愿，得在出去前放完。我一怔，问她去哪里。出去，银萝说，我想出去看看那个在茶社唱泗州戏的是不是伊韵秋。我定定地望着这位昔日纤指如兰、眼下腰粗体胖的泗州戏名旦，忽然觉得，她是对的。银萝说，伊韵秋曾托过梦，她在新加坡经营了一家茶寮，常有华人过去听戏，偶尔她也会唱上一段。聊到这里，银萝脸上熠熠生辉。知道吗？我梦见茶寮，门口挂着一串宫灯，到处雕梁画栋，墙上有雉鸡翎、彩裤、大靠、红璎珞鞭子。从海南搬家的时候，点翠冠丢了，也许被人偷了。为此病了一个月。银萝说，自己的谵妄症，就是打那时落下的。我点了点头，对此深信不疑。银萝说，前阵子，有位女演员在网上晒点翠冠，被网友詈骂，没准儿就是。说到这里，她突然提高了分贝，知道吗，伊韵秋的嗓音，能够在一大堆音乐声里冒出来。我看着她的脸，恍惚间幻化成另一张脸，那是伊韵秋的模样。母女俩的脸就这样切入、淡出、重叠又撕裂。是的，戏台失去了，寻找生母，又成了她余生的牵系。

隔日，在小学校门口，远远看到一位女子骑着电瓶车过来。车把上是那种棉被似的防风帘。银萝戴着头盔，膝盖上绑着很厚的护膝，脚上是老式的翻毛皮靴。骑到我跟前，两腿一撑，踩住刹车说，上来吧。她这个姿态，让时间再度回流。那是银萝噤声的日子，抽烟、打群架、膀子上文着怪异的刺青。银萝作为戏子的背后，其实还有沉睡的一面。现在，它被激活了，作为银萝的保护色，让她融入世相烟火的同时，豁然重生。在鱼市，银萝哑着嗓子跟人谈价，她跟在一位面相狰狞的老男人背后，让他将大池里的鱼捞到筐里，都是半拃长的小活鱼。看得出，银萝已是这里的常客。

河边雾气蒸腾，日头被沉郁的雾霾遮蔽着。沿河一排尚未砍伐的梧桐树枝丫翘棱，古意森然，至少有五十余年的光景。衬着飞檐青瓦，竟然别具沧桑。我站在那里，看着河道、水流，还有岸边祈祷的银萝，觉得她的虔诚是对的。她一无所有，唯有虔诚，就像她对戏一样。也许虔诚能给她带回来母亲。

放生事毕，云开雾散。无意中遥看对岸，一群渔猎者长长的钓竿，已然在那里守候着。银萝视而不见，面容祥和。

水落石出

刘 汀[*]

1

老梁是某体检中心男外科的工作人员。

人体有一小块特殊的区域，老梁平均一年要看上万次，这两年因为疫情有所减少，那也不低于八千次。看完了，在一张单子的一项上打个钩，签上蚯蚓般扭曲的几个字。很少有人能认出来，那几个字是他的名字——"梁为民"。第一次干这活儿的情形早想不起来了，已是几年前的事，记忆里没存下任何准确的细节，只余一种似是而非的感觉：哦，原来如此。现在，老梁已经彻底适应了这项工作，整天坐在一个小屋子里，戴着口罩，检查完一个，签字，喊下一个。

就进来一个。

老梁说，包放旁边，坐凳子上。那人放好包，坐凳子上，略显紧张与无措。老梁走上前去，先按按腹部，问哪儿疼，然后走到身后，捧起他的脸，两只手顺着淋巴结摸到甲状腺，继而捏捏颈椎，沿着脊柱往下捋，再按按腰椎，说几

———————

*刘汀，男，1981年生于内蒙古赤峰市，文学博士。出版有长篇小说《布克村信札》，散文集《浮生》《老家》《暖暖》，小说集《所有的风只向她们吹》《中国奇谭》《人生最焦虑的就是吃些什么》，诗集《我为这人间操碎了心》等。曾获丁玲文学奖、百花文学奖、《十月》文学奖、陈子昂诗歌奖等奖项。

句脊柱有点儿侧弯之类不痛不痒的话。说的无心，听的也无意。其实，他从来没摸出什么真正的毛病来，不过是做出一整套动作，让自己的行为显得很有必要。

老梁对自己现在的状态挺满意，工资不高不低，活儿不轻不重，用他朋友圈里的话就是"一切刚刚好"。如今，他已经过了对生活有高要求的阶段，不要早也不要晚，不要多也不要少，刚刚好就是最好。偶尔，来体检的顾客比较少，尤其是临近中午的时候，老梁孤独地坐在那间没有窗子，有些昏暗和逼仄的诊室里，也会走走神，过去的一些人和事毫无规律地从记忆中浮出来又沉下去，像雨天河水里的木头。沉下去的已无从考证，浮上来的多是一些往事的碎片，有时只是一句甚至半句话，比如那句"屁股决定脑袋"，本是说一个人的身份位置，会影响他的思考和想法，现在的老梁有了全新的理解——别人的屁股决定了他的脑袋。他希望这些屁股犹如滔滔江水，不可断绝，那他就能一直赚着这份小钱，过这份闲散日子。老梁心里清楚得很，人能活到刚刚好，已经用尽了大半辈子的力气，剩下的事就是勉力维持住。

跟老黄、老全、小孙一起喝酒时，老梁最放松，畅所欲言，因为他们四人是同一个工种，只不过在不同分店里上班。他跟老黄、老全年龄相当，都是年过四十的人。有个视频说，四十不惑，对不惑的长篇大论他没太懂，却记住了这个词，不惑嘛，按字面意思就是没啥疑问了，超脱了。那时老梁对生活还有不少疑问，惑得很，但近年他对这两个字有了自己的心得：所谓不惑，就是认命。认命之后，何来困惑？因此，碰杯时他们多有真真假假的感慨，一半是人生只能如此的无奈，一半是人生不过如此的从容。前者呢，又主要是对年轻的小孙的，后一半才是对他们这种半老不老的人的。酒干了，便唏嘘几声，说小孙才二十出头，长得也白白净净，正经有一门手艺，竟然也沦落到这步田地，可叹可叹。

小孙生在京城的远郊，出门解个手，一使劲，都能尿到河北的地界去。他从小就好打游戏，不爱念书，也不是不爱，初中时也真下了两年苦功夫，奈何熬得近视眼、颈椎病，成绩却像被点了穴，纹丝不动。班主任戏称他为"定海神针"，因为每次考试，其他同学的名次要么升了，要么降了，总之有变化，唯有小孙，十次倒有九次是倒数第三，好不容易有一次倒数第二，还是因为真正的倒数第二生病缺考了。中考时，勉强过了高中录取线，想着这书再念也是没有盼头，不如早点儿寻活路，于是听从电视广告的召唤，去了蓝翔技校，学开挖掘机。不知是游戏打多了，手眼协调、动作灵巧，还是天生是这块料，他在机械这方面倒有天赋，什么挖掘机、大卡车、翻斗车，上手就能摆弄得玩具一样。毕业前夕，作为优秀毕业生，还给地方电视台表演过用大卡车的轮胎拨打火机：近两米高的轮胎，轻轻擦着小巧的打火机，噌，一个小火苗腾起，掌声一片。那节目最后一屏是几个大字：孙师傅点起了希望的火焰。学业结束，小孙在工地干了一年，觉得太枯燥了，主要是没有女的，除了钢筋水泥砖头瓦块，剩下的全是老爷们儿，便辞职不干，七转八转到了体检机构。这里就不一样了，都是女护士，二十多岁，而且大部分跟他"门当户对"，是从村里、镇里到城市来讨生活的普通女孩。做同事这件事虽比不得谈恋爱，门当户对也很重要，比如说，你要请人吃个饭，去花花椒椒酸菜小鱼或者姥姥家春饼，一百多块钱就能吃饱，口味也说得过去。可要去隔壁海底捞，三百打不住。在北京，海底捞又算啥高档餐饮？真贵的那种想也不要想，一个月工资还不够一顿饭钱。近水楼台先得月，不到一年，小孙就在体检中心里谈上一个女朋友，姓吴，河南周口人。小吴长了一张瓜子脸，杏仁眼，都挺标准，下巴尖尖，额头圆圆，属于传统的那种耐看的姑娘。但是有一个缺点，就是左脸颊上有块暗红色的胎记，如果没有这块胎记，小吴至少能去宫斗戏里演个丫鬟，最差也能到直播平台当个小网红，但现实就是如此残酷，因为这块胎记，她只能在体检中心当护士，每天穿浅粉色制服，引导体检的人在 B 超室外面排队，或把一部分送到老梁、老全、老黄和小孙的诊室里。按说小吴是正经读了医学院的，学的是针灸，只是找工作不顺，原想进大医院，没门路，自己要开个针灸馆，又没资本。她还有个执念，就是一门心思要去北京工作，所以一毕业就抛开家里奔赴北京，然后发现北京居大不易，硬撑了一段时间，经一个师兄的介绍，到了如今的体检中心。对自己的命运，小吴已经不甘心了二十年，到现在，仍是不甘心。但知道不甘心什么用都没有，只好先接受这一切，就像她接受小孙一样。小吴的不甘心，遭遇上小孙，小孙也只能不甘心，面对女朋友周期性的不满现状，小孙常用那句朋友圈里的流行语安慰她："一切都是最好的安排。"女友好不容易被哄出笑脸，小孙心里却一沉，他知道，长此以往，两人实难走到头。

　　某一天中午一点，老梁下班了。体检中心都下班早，毕竟抽血需要空腹，能熬到十二点不吃早饭的，也没几个。通常，老梁他们的最后一个任务是跟车把一些标本送到实验室，进行统一化验。到此，一天的工作基本结束了，四个人大都是在这时候碰头的。凑到一起之后，常就近找一家小馆子，要几个小菜，开始喝酒，一直喝到天黑，等于把午饭和晚饭一起解决。这顿饭，是大家轮流做东，如果哪一天人不齐，只有三个或两个，就AA，等到下一回再按顺序往下轮，从不错乱。他们已经习惯了一切都按序排号的日子，也把这个习惯带到了生活里。也因为这个，四个人从没在请客吃饭的钱上闹不愉快。

　　从小酒馆出来，他们身体摇晃，摁亮手机看看点儿，又按顺序上了四个方向的公交车，东南西北，各自回去睡觉，第二天再重新回到那间没有窗子的诊室，机械地喊"下一个"。

　　这天，喝完一瓶二锅头，四个人出了饭馆。老黄老全摆摆手，坐车走了。老梁眼看自己的48路开过来，正要往前凑，小孙说，梁哥等下，我有几句话说。老梁心里纳闷，想这小孙有什么事，要单独跟他说。平时他都叫他老梁，今天突然喊梁哥，看来这事不是工作上的事。

　　"没喝好，咱哥俩再来点儿。"小孙拉着他，又进了旁边一家烤串店，要了肉串、板筋之类并两串大腰子，两瓶啤酒。

　　等大腰子吱吱冒油端上来，老梁听明白了小孙要跟他说的事。原来不是小孙有事，是小吴有事。小吴觉得俩人都在体检中心上班，既没有钱图，更没有前途，猴年马月才能买上房子结婚？虽然小孙的户口是北京的，也有自己的一处房子，可毕竟是远郊，一个客厅也换不了城里三环的一间厕所。他们虽不至于狂妄到要在三环买房，可就算是五环，均价也四五万了。

老梁咬了一口大腰子，说，我懂，但是咱们挣多少你也知道……

没等他说完，小孙连连摆手说，哥，你别急，我不是跟你借钱。

老梁嘿嘿一笑，说，你可以借，但我没钱借给你。

小孙说，哥，你在隆昌肛肠医院待过？

老梁一愣，心想，这话问的，以前聊天的时候说过，自己在好几家私立医院都干过，这不是明知故问吗？他便嘴里含糊地嗯了一声。

小孙端酒杯，说先干一个。

酒干了，小孙专心对付火候比较轻的牛板筋，不停地撕咬咀嚼，但就是不咽下去。老梁心里想，这小子到底有什么事，支支吾吾、磨磨叽叽。搁以前，他是个急性子，这时候肯定忍不住问，但现在老梁有了耐性，你不着急，我急什么？也不等小孙让，自己倒了酒，端起来自己喝。

两瓶啤酒见底了，小孙终于按捺不住，说，哥，我听说你跟肛肠医院的柳院长，曾经特别熟……

老梁心里一个咯噔，心想，这小子打听得还挺细，这种陈年往事都翻出来了，究竟想干什么？

小孙见老梁既没否认也没承认，知道这事不是空穴来风，或是酒终于到位了，他不再磨叽，索性一股脑儿说起来。原来是，小吴近些天一直想换个工作，把简历投到了隆昌肛肠医院，这个医院有个中医门诊，和减肥美容挂上了钩，还挺火爆。但那边一直没给信，前几天小吴打听到，一起去面试的有人已经拿到通知了，就担心自己落选。然后她之前偶然听小孙提到过老梁在那儿干过，想让他托老梁找人给问问，如果能给推荐一下，就更好了。不想这小孙是个有心思的人，得了女朋友这个命令之后，并未直接找老梁，而是自己去做了一番调查，这一调查不要紧，把老梁的一件陈年往事给查出来了。

也不是什么大事，就是老梁和隆昌肛肠医院的院长柳丹有过一段恋爱——也可能不是恋爱，但传播消息的人这么说——至少是有过不一般的交情，他便想，如果老梁能帮小吴出个面，这个事成功的概率肯定提高不少。

说完事，小孙并没有打住，而是叹口气，然后继续跟老梁说，哥，我以前跟你们说的话，有真有假。比如说，我说我家在京郊，撒泡尿能尿到河北去，其实正好相反，我家在河北，只能尿在河北，要想尿到北京，还得走半个小时。再有就是，我说我是独生子，其实也不是，我还有个哥哥，比我大两岁，但我这个哥，从小就有病，出生脑积水，然后脑瘫，到现在也就六岁孩子的智商。我从三岁开始，就不是弟弟，是哥了，等我再长几岁，他就不是我哥，相当于我儿子。我小时候不懂，等大一点儿，我才明白自己为啥出生。就是为了我哥，我爸我妈担心将来他们都死了，没人管我哥，才又生了我，我天生就是来接盘的。爹妈本想着把我培养成大学生，生活能力强一点儿，将来的压力就小点儿，偏生我又没有学习的基因，怎么学成绩都上不去。每天放学回家，看我哥在那儿撒尿和泥，一想到这是我一辈子的责任和负担，心里就沉得像座山。我现在赚这点儿工资，要想扛起这个任务，简直是"愚公移山"。一想到这个就心烦，就跑出去，跟朋友们到网吧打游戏，大多数时候，我没钱打游戏，就只是在旁边看一眼，或者帮他们去买份快餐、买烟酒，他们累了休息的时候，让我玩一会儿，过过瘾。

听到这儿，老梁心里叹口气，抬头看看小孙，可能是醉眼蒙眬，这么看去，小孙一脸愁容，好像也没比自己年轻多少。

老梁说，家家有本难念的经，你也是不容易。他招手，又要了两瓶啤酒，几串羊肉和鸡胗。

小孙继续说道：

后来我不是去蓝翔了么，毕业了，到工地开挖掘机，其实收入不错的。我跟你们说是太无聊，所以不干了，其实不是。是出了个事。有一回，我跟几个人一起干活，前一天晚上我妈打电话，问我发工钱了没。我兜里一分钱没有，你也知道，这年头就没有不拖欠工钱的工地。挂了电话，我难受极了，就跟工友去喝酒，都喝醉了。第二天上工，一个个酒还没醒，可能是买着假酒了。头晕乎乎的，手脚拿不准，机器操控得张牙舞爪。然后我亲眼看着一个筛沙的工人，被旁边一个挖掘机的大爪子敲中了脑袋，安全帽和脑瓜子碎成一摊，人当场嗝屁了。我吓坏了，好几天没睡着觉，再也不敢开那玩意了，只要一看见铁爪子举起来，就觉得后脑勺发凉，手脚哆嗦。我怕死，我更怕我死了，我爸我妈我哥都没法活了，我就是他们的活路。所以辞了工地的事儿，兜兜转转，成了现在的"淘粪 boy"。老黄你们不是老笑话我为啥年纪轻轻不去干点儿别的，非要整天看别人屁股吗？就为这。也就罢了，谁让你出生就是要接盘的呢？谁叫你胆小呢？可现在我又跟小吴谈了对象，将来要结婚，我哥的事，我其实不是北京人的事，我都没敢跟小吴说。我怕说了她就不跟我好了，这年头谈个恋爱也真难。我就想着，如果我能把她弄进她想去的医院里，她就算对瞒着她的事心里不满，顶多埋怨我几句，不至于跟我分手，是不是？哥，你会帮我吧？你肯定得帮我。

老梁被他说得心里发酸，一瞬间，跟胃里的酒肉一起翻涌的，还有他自己的往事，正所谓酒不醉人人自醉。但老梁心里始终绷着一根弦，帮忙这事，真帮成了，那是情分，可要是帮不成，虽说不至于结仇，以后再相处也肯定不畅快了。于是，他压住心里对小孙的同情，含含糊糊说：看情况，看情况。

小孙见他不给准话，拧了下鼻子，拎起一瓶酒，咕咚咕咚，一口气干了，然后说：哥，我后半辈子可全靠你了。

老梁不说话，眼神发呆，好像断片了。

2

柳丹原来不叫柳丹，叫柳红梅。

五年前，老梁一身干净地——是真干净，婚离了好几年，小公司注销，但跟很多欠了一屁股债的同行相比，他已经算不错的了——从中关村海龙大厦的小柜台出来，走投无路，回归了自己多年前干过的老本行，进了一家医院。那是一家民营医院，名字叫隆昌肛肠医院，是一个福建莆田人开的；也可能未必是莆田人，听口音并不像，但老板对外一直自称是莆田的，治肛肠是家族传承。靠着一本发黄的卫校毕业证和对这类医院的了解，老梁聘上个外科大夫（名义上的，其实没有行医执照），主要值夜班；柳红梅是内科大夫（她是正儿八经的），周一到周四都是白班，只有周五值夜班，所以他俩在周五晚上才有机会碰面。按说这两个人相遇的概率不大，干了半年，只是偶尔走廊里碰到几次，都戴着口罩，知道彼此是同事，相互点个头而已。但人和人相处久了，总会发生一个什么事，把他们纠缠起来。有一个周五，凌晨两点了，老梁窝在诊室的沙发里打瞌睡，柳红梅急匆匆冲进来，喊救命。肛肠医院的夜班诊室，其实就是个摆设，谁犯急病了大半夜到这儿来？肯定是叫救护车奔公立医院去了，所以所谓的值夜班，主要就是打瞌睡、刷手机、看电视剧，相当于一个打更的。

老梁不爱玩手机，也不喜欢看玄幻、宫斗剧，多数时候都在半睡半醒地瞌睡。柳红梅来之前，老梁做了个梦，梦里头是更早些年，他在卫校念书时候的事儿。

柳红梅冲进来时，梁为民正梦见自己和一个卫校同学把一具尸体从池子里捞出来，准备给老师解剖。从柳红梅气喘吁吁、断断续续的叙述中，梁为民听明白了事情：一个半醉的人来看急诊，刚进诊室就晕倒，心跳骤停，失去了知觉。柳红梅来找他求助。梁为民来不及细想她为何不按流程急救，赶紧跟她去内科诊室。一个男人瘫倒在地上。梁为民说，你给他测脉搏了没？柳红梅说，测了，没有，我判断就是心跳急停。梁为民说，那还等啥啊，赶紧做人工呼吸啊。柳红梅说，他是个男的，还一嘴酒味。梁为民一愣，说，你这什么意思？柳红梅说，梁大夫，帮帮忙，你给他做吧。老梁才明白柳红梅火急火燎找自己的原因所在。人命关天，他也顾不了跟柳红梅计较，赶紧蹲下给那个醉汉做人工呼吸。梁为民念的卫校虽然不怎么样，但急救这种基本常识还是比较熟练。过了一会儿，醉汉恢复了心跳，渐渐苏醒过来。梁为民和柳红梅一起把他抬到旁边的床上，柳红梅给他挂了一个点滴。这时，醉汉的家属也跟着120急救车赶来了，据说家人本来叫了急救车，但醉汉自己跑了出来，误打误撞进了肛肠医院。家属和急救车绕着附近街道找了半天，才打通他的电话——柳红梅接的，告知了醉汉的情况。他们又把他抬到车上，往附近的公立医院而去。

肛肠医院重新安静下来，柳红梅说，梁大夫，今天真是谢谢你啊。梁为民心里想，这个女人真矫情，就因为嫌病人嘴里有味儿，见死不救。见梁为民没搭话，柳红梅说，梁哥，是不是生气了？柳红梅说着，摘了口罩，说我也不是嫌弃他，主要是不方便。梁为民第一次看见柳红梅的真面目，人中正中间有颗痣，嘴里戴着牙齿矫正器，让她的整张脸看起来有些怪异，但脸型仍能看出好看的轮廓。特别是那双眼睛，戴着口罩的时候，只觉得仿佛总有千言万语欲说还休，口罩一摘，它们却又显出一种笃定和沉静，但这笃定和沉静里，依然是有话要说的样子。

柳红梅指了指牙齿上的矫正器说，你瞅，我戴这个也不好做人工呼吸。梁为民说，也是。柳红梅掏出手机，说，你扫我。梁为民就加上了她微信。梁为民回到诊室，先好好刷了个牙，然后开始刷柳红梅的朋友圈，发现是三天可见，什么都没有。他点开她微信头像上的照片。照片上的人跟她有几分相像，但似乎不是她，不知道是不是P过的图。梁为民继续打盹，心里还想着会不会接上刚刚的梦，瞌睡就迅速袭击了他。的确又做梦了，但梦的内容是他在给柳红梅做人工呼吸，他的舌头被她的牙套刮得血肉模糊。

这之后，梁为民和柳红梅逐渐熟络起来，每到周五一起值班，柳红梅就给他送点儿麻辣鸭脖、干果，一瓶饮料什么的，在她的诊室或他的诊室随意聊着。那些漫漫长夜里，在医院这个奇特的地方，人特别容易冲动。不知道什么时候，他们就在诊室里冲动到了一起。他们的冲动直接而激烈，只是梁为民从来不敢吻柳红梅的嘴，他觉得那是不言自明的禁区。

梁为民想，这算是恋爱了吗？仿佛算，但事实上，除了每周五的见面，他们从未在其他时间约会过，也没有一起看电影、吃饭，更未对其他人公开。两个单身的人，像是两个已婚的偷情者。只是这种事是藏不住的，医院的同事私下里聊天，都说梁为民在追求柳红梅，但柳红梅始终没点头。梁为民也不解释。

这种情况持续了半年，突然有一天，柳红梅不见了。一开始，他以为她调班，不再周五晚上值班，便给她发微信。柳红梅没有回复。后来他到医院人事部打听，她们说柳大夫去参加培训了。

去哪儿？他问。

她们都摇头，说不清楚。

又半年后，梁为民再次见到柳红梅，竟然是在老板新开的分院的开业典礼上。柳红梅坐在主席台上，挨着老板，面前的桌签写着：柳丹。梁为民前些天听说了，老板要开一家分院，分院院长叫柳丹，没想到就是柳红梅。她已经摘了牙套，人中的那颗痣也点掉了，整个人似乎脱胎换骨，加上一身职业装，跟当初穿白大褂的柳红梅判若两人，却跟她微信里的头像完全一致了。

梁为民坐在台下，时不时看看柳丹。柳丹也会看向他，可能并未看向他，而是看向下面坐着的一众员工。老梁觉得，她的眼神和豪哥的眼神一模一样，他唯一的疑惑在于，她是怎么如此迅速地从柳红梅变成柳丹的？主持人热情地请新任院长柳丹发言，柳丹娉婷地走向话筒，鞠躬，发表了情绪激昂的讲话。老梁和大家一起麻木地鼓掌，心里想，每周五有过的幽会，或许只是自己的幻想和梦境。

3

丰水山是老梁的老家。

丰水山不是一座山，而是一片山。

丰水山得名，也不是因为山，而是因为丰水洞。这里地处内蒙古北部，干旱少雨，农民种的多是山地，水浇地很少，但这个丰水洞却常年有细流在洞壁上流淌，这股水旱年不干，涝年不涨，仿佛是从哪一片大水中引出的一个水龙头，永远只开到这个程度。

老梁还是孩子的时候，方圆上百里就流传着一句话，说丰水山的这个丰水洞，寒冬不冻，酷暑不干，这水是从天上来的圣水，能治百病。后来，村里有一年求雨，演京戏《西游记》，戏文里有一个水帘洞，是齐天大圣的所在，孩子们便说丰水洞就是水帘洞，时间一久，水帘洞便替代了丰水洞。

传言最盛的那年夏天，十里八乡的人们都赶着马车、步行去水帘洞接圣水，因为水帘洞的水流很小，队伍排了二三里地，像一条打了许多结的麻绳，太阳落山了，这些结还没解完。有人拎着大桶，灌满得半个小时，大家伙就不愿意了，总不能让你一个人把圣水都接了，便找一个人，掐着表，每人灌水不能超过五分钟。

梁为民的大伯梁建章也捆在麻绳上。他是村委会副主任，未来的村支书接班人。他倒不贪，就拎着一个小塑料桶，灌满能装二斤水。梁建章说，灵丹妙药也不能多吃，吃多了就不是好东西，成毒药了。人们说，梁主任，你咋还亲自排队，你到前面去加个塞，谁还敢说啥？梁建章说，不能不能，求圣水，当然得诚心诚意，自己排队才算诚。

大伯之所以在这里，是因为他想生个儿子。这会儿，他们家已经有俩闺女了，一个五岁，一个三岁，按照计划生育政策，再也不能生了。他不甘心，还是想生儿子，他倒不怕计划生育罚款，而是生完俩闺女之后，他媳妇再也怀不上了。他来求圣水给媳妇喝，这圣水既然能治百病，自然也该能让他媳妇生个儿子。

这一年，梁为民两岁，刚脱开裆裤，学会了自己拉屎撒尿擦屁股。

大娘喝了大伯接回来的圣水，孩子没怀上，却闹起了肚子。从卫生院回来，整个人瘦了一圈，精神不振，且落下肠胃炎的毛病。大伯就叹气，说连水帘洞的圣水，也给不了他儿子，自己上辈子做了啥孽？

这时候，梁为民他妈却又生了老二，还是个小子。

大伯代表村委会来家里，一边催梁为民父亲梁建成去给梁为民上户口，一边催他缴纳违反计划生育政策的罚款。梁为民的户口本来大半年前就该上了，刚好那时候怀了老二，梁建成就想，现在给老大上了户口，老二就成了超生，不如先拖着。但孩子生下来，计生办的人得了信，还是给他定了超生，照样罚款。在梁建成家里，梁建章看着满地跑的梁为民和刚出生的小侄子，忽然有了个想法。他跟梁建成说，把老大梁为民过继给他，给他当儿子。"你要这么多儿子有啥用，儿子可是烧钱的货，到了我家，我想办法给他上户口，你家老二还不算超生了。"梁建成不敢自己定主意，说等跟媳妇商量商量。晚上，俩人躺在炕上翻来覆去地烙饼，盘算了大半夜。大伯当着村干部，经济条件好，又是本家本姓，去了肯定吃不了亏、受不了苦，自己这俩小子，将来盖房子娶媳妇，可是不小的折腾；再说了，抱养到大伯家，他就不是自己儿子了？还是。这笔账怎么算也不亏，就答应了。所以刚近三岁的小梁为民就过继到了大伯家。村里的规程是，过继之后就改口，管大伯大娘叫爹妈，管亲爸亲妈叫叔和婶。

小梁为民的确过了两年好日子，衣来伸手，饭来张口，不管是后爸后妈还是俩姐姐，都把他当成家里的宝贝疙瘩哄着惯着。后妈也就是大娘开着小卖店，除了日常杂货，还有孩子们喜欢的水果糖、果丹皮、汽水，虽然日子算不上多富裕，但总还能抠出点零嘴来给他们吃。毕竟是当传宗接代的儿子养的，后爸后妈便十分宠爱，抠出来的水果糖、饼干都先给梁为民，然后才是俩姐姐；特别是后妈，经常搂在怀里亲不够，一口一个我的儿如何如何。后妈给他温存和照顾，尤其是给他好吃的，他也就认，一口一个妈地叫，再在街上遇见亲妈时，张口就叫婶，亲妈心里一酸，想抱抱他，他却一拧身挣脱了。亲妈脸色暗着板着，回到家里跟他亲爸梁建成埋怨：真是有奶便是娘，白生他一回了，还不如生个猪娃子。说完了，立刻抱起小儿子狠亲几口。小儿子没糖吃，但嘴巴比吃了糖还甜：妈，妈，妈，一连叫，脑袋直往她怀里拱，两岁了还找奶吃。亲妈立刻心里化成一摊水：还是我老儿子亲，人啊，真是看养不看生。从此梁为民在他妈心里，就真成了别人家的儿子。

好日子过了两年多，忽然有一天，蹲在田里薅草的大娘突然感到一阵反胃，起身干呕几声。她没当回事，但过了一会儿，又干呕起来，蓦然想起这种感觉似曾相识，不像是吃坏肚子，倒像是怀孕。大娘心里咯噔一下，默默推算了一下来例假的日子，还真有可能。晚上回去，马上跟大伯说了。大伯不信，吃了那么多药都没用，连圣水都喝了，肚子还是瘪着，现在怎么突然就怀上了？不信归不信，心里总还是不踏实，于是借了辆自行车，载着媳妇去乡里的卫生院检查。大夫拿着化验单连说恭喜，还真怀孕了，两人心里又意外又惊喜。回去的路上，两人商量，这事暂时不能往外宣扬，如果将来生出来是个女孩，抱养的儿子自然还是儿子，如果将来生出个男孩来，那眼前这个梁为民说不得要送回去。自此后，他们对梁为民的关心，不知不觉就减少了，尤其是孕后期，大娘越来越喜欢吃酸的，更是由"酸儿辣女"这俗语判定肚子里肯定是个儿子，大伯时时按捺不住心中的喜悦，贴着媳妇肚皮叫：儿子哎，你赶紧出来吧，爸等不及了。

梁为民感觉到了有什么东西变了，但他又说不清楚。几个月后，大娘生产，果然是个男孩，举家欢庆。梁为民也跟着呜嗷喊叫，还不知道这个孩子一出生，自己的好日子就到头了。

刚出月子，大伯就把梁为民送回了自己家。那时候，父母也不愿意收他，因为他弟弟本来就是超生，把他过继给大伯后，弟弟梁为国就成了头胎，办户口本时占了长子的户头，也就是用梁为民的准生证上了他弟弟的户口。本来大伯当初答应要给梁为民上户口，可过继之后，赶上大伯要竞争村主任，政治上更上一层楼，也就没敢折腾这个事，拖来拖去，梁为民五岁多了还是黑户。如今梁为民一回来，再上户口，肯定又成了超生，要被罚款。不过大伯把他送回来的条件就是，罚款他出，户口他帮忙办。父亲也没法反驳大伯的理由：我现在有了亲儿子了，再把孩子留家里，不合适。我也不可能跟亲儿子一样对他，我儿子念书，他去放猪，你要愿意就行，我就当多个劳动力。父亲终是不忍，开门让他回了家。这时候，因为在大伯家住了两年，他反而对自己家生分了。尤其是弟弟，对这个突如其来的哥哥十分不满，一张床要分给他一半，所有的吃的玩的本来都是独占，现在都得分。

在大伯的周旋下，梁为民上了户口，不过他的出生年月跟弟弟换了个儿。他本是 1979 年生，现在成了 1981 年生，弟弟成了 1979 年生，当成虚岁，周岁按 1980 年算。哥哥成了弟弟，弟弟成了哥哥。他在大伯家那两年，村里刚好搞联产承包，合作社解散了，田地和牲口分给了个人，梁为民因为不在户头上，没分到地；这么说不准确，应该是他那份地因为户口的关系，分给了他弟弟梁为国。

梁建成觉得自己吃了大亏，儿子白给梁建章叫了两年爹，回来连一亩地都没分到，又去找他理论。梁建章一摊手，说我也没招，你也看见了，分地都是公社的人主持的，我这个村主任啥权力没有。梁建成回去，郁闷地喝了几碗苞谷酒，他媳妇见他窝囊，又瞅见梁为民在旁边和泥玩，泥点子溅得到处都是，气不打一处来，拎起梁为民到大伯家门口大街上。梁为民他妈一把扯下梁为民的裤子，对着那两瓣黑瘦的屁股就是一顿鸡毛掸子。打是真打，但她本来倒也没想打得多狠，可鸡毛掸子一下去，梁为民嘴里一哭号，她对大伯家的种种不满、对梁为民曾经忘恩负义的火气就积攒到一块，腾一下着了火，手下就没了轻重，噼噼啪啪，梁为民的屁股给抽得红肿一片。梁为民叫唤得嗓子都哑了，大伯家也没人出来，是旁边的邻居实在看不过，伸手拦住了梁为民他妈：再打，孩子就让你打死了。他妈鸡毛掸子一扔，坐在地上哭号：我上辈子做了什么孽啊，我生个儿子管别人叫妈，看见我眼皮都不抬一下，别人不要了，就把他一扔，吃没吃喝没喝，一分地都没分到，还不如把他饿死算了。

到天黑，大伯家的屋门也没开一条缝。

4

1988 年，梁为民和弟弟梁为国一起上小学，还在同一个班。不过在老师和同学眼里，他是弟弟，梁为国才是哥哥，学籍上的出生年月写得明明白白。老师交代个什么事，都说：梁为民，你跟你哥一块去给炉子添点煤；梁为民，今天放学你跟你哥留下值日。一开始，梁为民还挣扎：老师，我比他大。老师多少也听说过他们兄弟俩的事，就说，好好，你大。可下一次，老师还是这么说，说着说着，他习惯了，大家都习惯了，这也就成了真的。更关键的是，梁为国学习成绩比他好，人乖嘴甜，谁都喜欢，还是个副班长，派头拿得比班长还足，同学也自然而然觉得他更像哥。

梁为民因为当了两年过继儿子，再回家后总是感到自己是个外来的，很多事很多话，梁为国和爸妈说得热火朝天，他在边上听不明白，心里就惴惴的。时间一久，他在这个家里的存在感越来越淡，吃饭的时候，他妈只拿三只碗三双筷子到桌上。三个人扒拉半碗饭，才发现旁边还瞪眼坐着一个梁为民，就说：要吃饭不自己拿碗拿筷子，还等谁伺候？你以为你还是别人家的少爷独苗呢。梁为民跳下炕，趿拉着鞋去柜橱里找碗和筷子，又到饭盆里盛满满的一碗饭。不管什么时候，他只吃一碗饭，怕吃多了招人嫌，所以他有时候看见他妈少拿了碗筷，也不提醒，好等着自己盛饭，能盛得满满当当。

到了二年级，梁为民终于忍不得梁为国事事都压自己一头，想打个翻身仗。他的希望来自隔壁班的一个姓张的同学，张同学因为户口问题，上学晚了一年，但聪明好学，一年级刚结束，他已经自学到了三年级的水平，期末考试考了全县第一，一下子直接跳级到了三年级，反而比他班上的同学还高了一个年级。梁为民心里盘算，如果自己努力学习，到二年级期末考个全县前三名，那他也能跳一级，直接读四年级，这样就比梁为国高一个年级。

他真下了苦功夫，放学回家，在灶坑烧火都抱着语文书背课文。灶膛里填进去半捆麦秸秆，他一手捧着书，一手用烧火棍通灶膛，如果这时屋顶上空刚好一股风吹过，风倒灌进烟筒里，又顺着烟筒吹回灶膛，闷在灶膛里的秸秆就会腾的一下燃起一团大火，并且随着风从灶膛吹出。火苗蹿得很高，把梁为民的头发烧焦了一缕，甚至将他手里的书本烧掉一角。

很可惜，不管他下多大功夫，花多少心血，期末一考试，成绩也还是那样，不但考不进全县前三，连全班前三都考不进。梁为民心里不甘又无奈，他想不明白，自己这么努力，怎么成绩就上不去呢？倒是梁为国，始终能和一个女生交错着霸占前两名。

父母看着兄弟俩的试卷，亦喜亦忧，喜的自然是梁为国的一百分，忧的却不是梁为民的成绩，而是他妈那句话：这孩子怎么回事，就在别人家过了两年，咋啥啥都随他们家呢？他妈的意思是，梁为民笨，这笨跟她和梁建成无关，而是和梁建章有关。她这种想法也不能说没道理，毕竟梁建章家俩姑娘，没有一个学习好的，等后来生的小儿子上了一年级，成绩更差，稳居倒数第一名。梁为民不吭声，心里想，这还不算完，还有机会，只要他在考大学之前能跳一级，就能超过梁为国，夺回本该属于他的老大的位置。

这个心思，梁为民没有跟任何人透露过。

到了初中，梁为民成绩提升了，梁为国的成绩则下滑了。原因也简单，梁为民有要夺回老大位置这件事吊着，时刻不敢放松，日积月累，基础自然扎实，虽然不至于一下子名列前茅，但稳步提升也是理所应当。而梁为国因为当惯了学霸，到了初中有了更厉害的对手，心态不适应，再加上初中开始在镇子上读，可玩可看的东西多了，也时常被同学拉着钻进游戏厅里打游戏，心思渐渐散了，成绩下滑自是必然。这一个当然一个必然，两兄弟便经常在班级二十名左右相遇，有时候你超我两名，有时候我落你三名，一直到初中毕业。

在二十世纪九十年代中期，丰水山附近十里八村还没有过大学生，哪个村里出一个中专生，已经是祖坟冒青烟，值得请放映队放场电影庆祝了。按家里的想法，兄弟俩的成绩考中专肯定没希望，考高中则有戏，但是高中读完考大学又成了比考中专还难的事，所以算下来最经济的做法就是就此辍学，出去打工或回家种田。两人都不想继续种田，但各自心思不一样，梁为民想考高中上大学，万一考上了，他就是村里的第一个大学生，从此一雪前耻；而梁为国则已对念书毫无热情，一心想着去深圳、广州的电子厂打工，村里过年回来的打工人向他描述了那里的繁华和热闹，他早已蠢蠢欲动。

　　不过，梁建成对哥俩的前途有自己的主张，他和媳妇商量，俩孩子不能都种地，也不能都出去打工，梁为国毕竟聪明，就是这几年玩野了，如果能上高中，收收心，说不定真能考上大学。梁为民老实，再努力成绩也到顶了，不如直接回来种田，留在身边养老。本来，按照村里的规程，都是把大儿子送出去打工出副业，小儿子留在家里照顾老人。但这个家里毕竟名义上梁为国是老大，梁为民是老二，这么安排也说得过去。

　　中考前，梁建成跟儿子们说了自己的安排，俩人都梗着脖子不搭话，一个往左边梗，一个往右边梗，像一棵树上不同方向的两根树杈。兄弟俩对父亲的安排都不满意，又不敢说，各自心里琢磨。梁为国想的是怎么磨叽他妈，让他妈同意他拿到初中毕业证就出去打工，见识花花世界。梁为民想的是另一件事。他知道，父母的撒手锏是报名费，只要不给他中考报名费，他考高中的愿望就不可能实现。不过他早就留了一手，这几年把自己仅有的零花钱，还有拾麦穗、捡废铜烂铁、夏天挖药材卖的那点钱一直攒着。他其实并不是为报名费攒的，只是从小的家庭地位让他早早学会了未雨绸缪，觉着手里攒点儿钱，说不定什么时候能用上。

　　现在就到了用的时候。可惜，道高一尺魔高一丈，他自己偷偷交钱报了名，却不知他爸早就料到了这一招。也不是梁建成能掐会算，而是梁为国从老师那儿知道了这件事，为了讨好父母就告诉了他妈，他妈告诉了他爸。梁建成去了一趟学校，跟老师说梁为民的报名费交错了，这钱其实是给梁为国报名的，参加中考的不是梁为民，而是梁为国。老师很为难，梁为民报名的时候他问过，孩子特意说这钱是自己攒下来的，还让他保密。他没给保住密，催梁为国交钱的时候说漏了嘴，现在让他偷桃换李、暗度陈仓，太对不起梁为民。但是梁建成是家长，家长的意见也不能不尊重，左右不好办。

等到中考前几天，兄弟俩都拿到了准考证。梁为民那个，最后是老师自己替他出了报名费，不过没给他报高中，报的是中专，心里想反正考不上，也算对他和他父母都有了交代。考试那天，吃过早饭，梁建成用借来的自行车载着梁为国，从家里去往镇上考试。梁为民不敢让家里知道，自己背着书包从山路跑，差五分钟开考才气喘吁吁进了考场。

梁为民走出考场，迎面碰上在外面等着的梁建成，知道这事瞒不过去也没必要瞒了。梁建成瞧见他，明白怎么回事了，事已至此，倒也没说什么，两个人一起等梁为国。梁建成吧嗒吧嗒抽烟，梁为民踢着一个小石子转圈，梁建成白了他一眼，他立刻不踢了，把石子踹在脚下。直到看门的老头锁大门，也没见梁为国出来。梁建成赶紧过去问，老头说早就清场了，现在学校里一个人都没有。梁建成蒙了。这时候，有一个跟他们同级的孩子跑过来，问梁建成：你是梁为国他爸吧？梁建成点头。那孩子递给他一张折了两折的纸，他打开，上面写着一行字：爸，我跟同学去深圳打工了，我一定赚大钱回来，给你盖大瓦房。纸条下还有一张纸条，是一张欠条，写着欠谁谁二百元，让他爸把钱给还了。这钱看来是借去跑路的钱。

梁建成脑袋忽悠一下，天上的云快速地旋转着流动起来，学校浮到了半空中，砖头瓦块噼里啪啦往下掉。梁为民伸手扶了扶他，顺眼看见了那张纸条上的字。

其实，梁为民知道梁为国计划在考试这天离家出走，但是他没跟梁建成说。一是怕说了自己就考不成试；二是觉得梁为国只是一时冲动，根本没那个胆量。没想到他真走了，他心里一阵轻松，也一阵不安。他走了，自己就是这个家里唯一的儿子了，如果他在外面出点什么意外，那……他不敢往下想，但心忍不住跳得厉害，脸上一阵红一阵白。

梁建成还以为他在担心梁为国，叹口气，拍拍他说：没想到你还这么关心你弟。

梁为民听了，差点流出眼泪，这是这些年来，他爸第一次说梁为国是他弟，而不是他哥。

回去路上，梁建成没骑车，推着车走，梁为民也就只好跟着走。一路上，梁建成都在琢磨，梁为国哪儿去了呢？跟谁走的？快到村口，他停住了，回头看梁为民，好像要从他脸上看到答案。

梁为民把头扭了扭，不敢跟他爸对视。看了一会儿，因为光线暗，也因为心里头其实没谱，梁建成不看了，突然狠狠地骂了一句：他妈的，他可真敢，一下子借了两百块钱。

一个月后，邮差一下给家里送来两封信，一封是梁为民考上了赤峰卫校的通知书，一封是梁为国的信。梁为民有运气，重新组建的赤峰卫校第一年招生，没什么人报名，为了招满额，分数线降了又降，梁为民被卡线录取。梁为国在信中说，自己跟同学到了深圳，已经在一个电子厂上班，流水线，每天给电子板焊电路，一个月四百块工资，干得好，一年后当小组长，一个月就有五百。"我要发大财了，爸妈，"他在信中踌躇满志，"等我赚了足够的钱，我就回去给你们盖三间全砖的房子，给我妈买裙子、雪花膏、擦手油，给我爸买带过滤嘴的香烟、玻璃瓶的白酒。"他也没忘了梁为民，"还有我弟，他要考上中专，以后的学费我包了。"

"我们学校不要学费，还发生活补助呢，我上学不用家里一分钱。"梁为民说。这是他的底气，更是他对那句"我弟"的不满。

这句话确实硬气，他爸他妈没法对此质疑，只能念叨：也不知道为国在那边累不累，吃不吃得惯。或者两个人互相说，唉，这要是两个儿子都跑出去，咱俩老了病了没人管，直接喝一瓶敌敌畏，死屋里干净。躺在炕梢假寐的梁为民不接他们话茬，他知道，这些话里的意思，还是想把自己留下。他不会留下的，虽然没能如愿考上高中，能上个卫校也不错，只要离开这儿，哪儿都是广阔天地。

5

四年后，梁为民卫校毕业，身份证上他刚十八，实际年龄已经二十了。除了必须看证件的时候，其他时间，他对人都说自己二十。这四年，他学了点儿东西，可也不多，他那点儿天分一到真正的专业学习上，立刻显得捉襟见肘。他还是肯花力气，但有些东西要靠悟性，死记硬背能记下不少知识，可看病尤其是中医这个领域，个人的灵性和灵活性更重要。都是感冒发烧，对不同的人就要用不同的药，梁为民能把药方多少克、谁和谁相冲背得清清楚楚，却不会随机应变做调整。于是，四年下来，所有知识性的考试，他都能拿个七八十分，所有实践性的考核，他只刚刚及格。他那点锐气全都磨没了，也知道自己天分如此，不可强求，只劝慰自己，及格就是刚好，刚好也是好。让他没想到的是，毕业时不包分配了，全部推向社会自主就业，那群同学里，谁有医院的门路就去医院，谁有卫生系统的资源就去卫生系统，啥都没有，哪儿来的回哪儿去，自谋生路，自求多福。梁为民无处可谋，折腾一圈，又回到了丰水山村。他毕竟有个卫校毕业证，很容易在县里申请了一个执照，在村口开了家小诊所兼小药店。无论如何，倒是不用跑到田里，顺着垄沟受苦受累了。二十岁的梁为民每天坐在诊所里一张从小学淘汰下来的榆木桌子后面，给村里人号脉、开药、打针、输液，跟全中国其他村里的赤脚医生没什么分别。

当年，梁为国跑到深圳打工，头一年还往家寄钱，第二年钱就越来越少，到第三年，不用说钱，连信也几乎没有了。梁为民快要毕业前，梁为国回来了。他不是一个人回来的，还带来一个女子，说是自己在外面谈的媳妇。这媳妇说一口谁也听不懂的话，梁为国说那是南方话，至于是南方哪儿的话，他也说不清。他俩在一起有段时间了，连比画带猜，能明白彼此的意思。说是媳妇，但这个女子是外来的，没有户口，也办不了结婚证。办不办证其实不重要，只要他们住在一块儿，再请亲戚朋友吃个饭，也算是结了婚。既然结了婚，他妈便不想再让他们去打工，把二人留在了村里。梁为国不爱干农活，他毕竟去过大城市，见过大场面，知道现在时兴什么，拿打工赚的那点儿钱，到城里买了一个台球案子，摆在村口的广场上，五毛钱一局，十块钱包场半天。后来，他的台球生意收费更精细化，一分钱击打一次球，要不然有的人一局球就能打一个下午。连那些只有几毛钱的半大孩子也忍不住试一试，叮叮当当，只几下，零花钱就进了梁为国的腰包。梁为国搬一个树墩凿成的小凳，坐在旁边，嘴里嚼着早就没了甜味的泡泡糖，每隔几秒钟吹个泡泡。泡泡吹起来，瞬间破了，泡泡糖粘在他的鼻子上，他就伸舌头，把泡泡糖舔进嘴里，继续嚼。如此循环往复，不休不止。他带来的那个媳妇，后来喝多了酒说漏嘴，其实不是中国人，而是从南边哪个国家来的，叫阿妹。在他的酒话里，演的是一出英雄救美的戏码。阿妹家里困难，有人介绍她偷渡来中国打工，来了之后，所有的钱和证件都被介绍人收走。梁为国和阿妹就是在工厂认识的，有一次，阿妹被厂里的小混混欺负，梁为国路见不平拔刀相助——是别人拔刀，他胳膊上被划了一道口子，好在人确实救出来了。他喜欢上了这个小个子女孩，阿妹既感激他的相救，又因为举目无亲，两人迅速熟络。后来厂子倒闭，厂长跑了，介绍人也不见踪影，阿妹无处可去，加上她又没正式身份，梁为国思来想去，能走的路只有一条：回家。阿妹也只好跟着，她清楚，回家就意味着他们正式成了一家人，再也回不到自己的国自己的家了。可她别无选择。

　　一开始，家里人村里人都不习惯这个阿妹的称呼，叫她为国媳妇，她听不懂，叫她阿妹，她就抬头笑笑，渐渐大家也就叫惯了阿妹。阿妹能干、勤快，深得婆婆的欢心。有阿妹跟着父母种田，操持家里，梁为国安心地在做他的台球生意，赚点儿钱，买一瓶雪花膏哄媳妇，买二两小蛋糕孝敬他妈，再打两斤散白酒孝敬他爹，剩下的他都自己抽烟喝酒啃猪蹄，隔十天半个月，他骑摩托车跑林东镇，录像厅里看一整宿录像，后来网吧开始流行，他就在网吧里 QQ 聊天，第二天黑着眼圈回村。他妈整天围着小儿子和儿媳妇转，没有工夫管梁为民，梁为民也觉得自己跟家里人不亲，不想热脸去贴冷屁股，渐渐习惯了一个人生活。

　　一年秋天，大伯梁建章家铡干草，柴油机突突突摇着了，铡草机轰隆隆转起来，大伯发现人手不太够，就喊旁边玩的大丫头的儿子、自己的外孙毛豆：去二姥爷家找你大舅来帮忙铡草。毛豆得了令，飞奔而去。他先是碰到了梁为民，他刚给一个突然犯高血压的人输液回来。梁为民问他，毛豆，跑什么呢？毛豆说，舅啊，我姥爷找你去帮忙铡草。梁为民自从当年离开大伯家，对他家便心里存有了怨气，不想去给他们帮忙。便说，你姥爷咋说的？毛豆说，我姥爷让我找大舅去帮忙铡草。梁为民说，毛豆啊，你忘了从小你喊谁大舅啊？毛豆忽然反应过来，说：哦，我知道了，你不是我大舅，你是我二舅，我大舅在村口打台球呢。梁为民掏出一块酸酸甜甜的山楂丸给他，说：聪明。

　　毛豆嘴里含着山楂丸，继续跑，跑到村口看见因为喝酒整天红着面孔的梁为国，便说：大舅大舅，我姥爷让你去帮忙铡草。梁为国一愣，心想自己也没咋干过这活啊。刚好那会儿没人玩台球，他又好热闹，知道干完活肯定要吃饭喝酒。一吃饭喝酒，人们就会问他出去打工的事，问他广州什么样、深圳什么样，还问他到底是怎么把不知哪国的媳妇拐到内蒙古来的。他就能借着酒劲跟他们一通胡侃，附以网吧看来听来的各种新闻，把那些人听得惊叹不已。在这真真假假的胡侃里，梁为国能感到一种特别的快乐，仿佛他又重新出了一趟门。现如今不用真出门了，他只要能上网，就能知道天南海北的事。他计划着，等攒够了钱，自己也买一台电脑，摆在台球案子旁边，有人打台球，有人打电脑游戏，那才叫热闹。

　　梁为国抱着两根台球杆，让毛豆把花花绿绿的十几颗球装进袋子拎着，两人一起往梁建章家去。毛豆得了拎台球的活儿，心里升起些骄傲，把嘴里那颗糖嗦得吱吱响。

梁为国一到，大伯也愣，他本意是让毛豆去找梁为民，在他的想法里，梁为民才是老大，但是毛豆他们从小被梁为民他妈教育，喊梁为国大舅，喊梁为民二舅。在孩子眼里，大舅只有一个，就是梁为国。来也来了，他大舅他二舅都是他舅，这种活年年干，没多难，很容易上手。

梁为国凑到铡草机跟前，看了两眼，说：我还当多难呢，简单。便开干，他很快掌握了技巧，干得很溜，心里头有点小得意：我妈老说我不会干活，这有啥呢？

半个小时后，惨案发生了。梁为国毕竟喝了酒，更主要的是别人干活都穿轻便衣服，把袖子挽起来，他穿个的确良衬衫，袖子老长，让他挽上，他说不用，这样更潇洒。结果，铡草机的齿轮咬住了他潇洒的袖子，还没等他反应过来，就把他整只左手碾进了铡刀里，喀哩咔嚓，骨头太硬，憋灭了柴油机。梁为国哀号惨叫，旁边干活的人都吓傻了，半天才反应过来，大喊救人啊，救人啊，可又不知道怎么救人。这时摆弄柴油机的师傅从屋里奔出来，看了一眼，心里知道完了，梁为国的手保不住了。他用最快的速度把铡草机拆开，梁为国已经疼晕了过去，刀片和齿轮上都是碎肉碎骨头，地上的干草一片血红，血腥味飘满场院。梁为民这时候也拎着急救箱赶来了，迅速给梁为国包扎，又用一个大塑料袋把混合着碎手的干草一股脑兜起来，大喊：快，去林东县医院。

两个月后，梁为国出院回家，整个人都颓了，阴郁里是一股破罐子破摔的劲儿。他的台球，他的电脑梦，统统随着那只手灰飞烟灭。他妈更颓，但他妈的颓包含着恨，她第一个恨的是梁为民大伯家。不是你们家铡草，我儿子怎么能丢一只手？大伯家当然是理亏的，治疗费住院费肯定要出，除此外，又凑了些钱送过来。梁为民他妈把钱丢出去，不过没丢到大街上，而是丢到了门口往里一点。丢到大街上，大伯肯定就要捡起来，丢到门里一点儿，既表示了她的不屑不接受不甘心不忿不满，又能在他走了之后捡回来。这样拿回来和直接接受是完全不一样的,直接接受就表明赔偿已经结束,而这样拿回来就说明你们的赔偿远远不够,你还要持续不断地赔下去。

他妈第二个恨的,是梁为民。为什么是梁为民?因为她已经打听清楚了,大伯最开始让毛豆喊的是梁为民,梁为民不承认自己是大舅,说梁为国是大舅,毛豆才又喊了梁为国。或者说,就算应该有一个人丢一只手,也应该是你梁为民,不是梁为国。如果你梁为民去了,这事可能就不会发生,谁的手也不会丢了。不是嘛,每年村里都铡草,铡了几十年了,别人怎么都没铡掉一只手呢?连根手指头都没少啊。恨着恨着,想法就更多了,她甚至觉着梁为民来急救时是故意拖延,让小儿子的手错过了最佳接上的时间。她跟梁建成如此念叨,梁建成说她疯了,这怎么可能?为民再不满,也不会这么狠毒的。她说怎么不可能,梁为民恨咱们,他小时候被送人,后来回来后妒忌我们对为国好,他想考高中你也不让,把报名费截留了,等等等等,这些事他都一直记着,心里头恨咱们。有恨就有报复,他就是趁机故意报复为国。

梁建成叹口气,心里乱得像暴雨过后的麦地,一片枝枝蔓蔓,还都沾泥带水。

梁为民尝试跟他妈解释,但他妈不听他的解释,甚至说:你越解释就说明你越心虚。后来,他也就不再解释了,但他自己心理压力挺大,他妈对他的怀疑虽然毫无道理,可在逻辑上,的确是自己让毛豆去找的梁为国,然后梁为国断了一只手。

梁为国住院那些天,是梁为民和阿妹轮流陪床。阿妹比他们想的坚强,知道梁为国断了手,没掉一滴眼泪。婆婆心里嘀咕:这个媳妇是不是对为国没什么感情?只是阿妹对梁为国照顾得无微不至,几乎是日夜守候在医院里,她也说不出什么。

不陪床的时候,梁为民自己躲在小饭馆里喝酒,喝着喝着,浑身发抖。他脑海里老是梁为国那一堆碎掉的手混合着干草的样子。在医院里,当医生宣布绝不可能把碎手拼好接上之后,塑料袋里那些碎片瞬间失去了血色,从一只手变成一堆毫无生气的骨头和肉。他拎着那个塑料袋，不知该怎么办好。他不可能丢掉它，因为梁为国醒来之后肯定会找自己的手，即便接不上，他也会找。他就一直拎着弟弟的手住在医院旁边的小旅馆里，晚上，他会梦见自己窒息，在几乎死去的边缘又惊醒过来。那只手放在床底下，同时也在他的脖子上，只要他睡着，它就会扼住他的喉咙。

他开始长期失眠。因为长期失眠，梁为民的精神状态很差，三天两头给别人拿错药，输液的时候看不清血管，平时两三次就能扎上的针，有时候要六七次。村里人说，老天爷带走了梁为国一只手，好像还带走了梁为民整个的魂儿。针多扎两次没事，但药用错一次就完了。梁为民没想到，还有更大的事故等着他。

村里有人肺炎发烧，要输青霉素。他记得青霉素过敏的事，按照流程给那个五十岁的妇女做了皮试，没问题。这一次血管找得准，一次就把针头扎上了，青霉素和葡萄糖滴滴答答输进妇女的血管，不到五分钟，就起了严重的过敏反应，他一边急救一边打电话找车，没等送医院的车开来，人就没气了。梁为民一直想不明白，自己明明做了皮试，不过敏，怎么一输液就过敏了呢？无论如何，人没了。但是在农村，人们认为大夫有责任，但妇女自己也有责任，她的责任就是她命该如此。梁为民把这几年赚的所有的钱都赔给那户人家，关了诊所和药店，他只能离开这儿，他没脸在这儿活了。人们已经在传说，他是一个天煞孤星，他不但克了梁为国一只手，还害了村里人一条命，只要他在，大家不定遭什么灾祸。

在离开丰水山村去沈阳的长途客车上，他突然间想明白皮试的事儿了。那段时间，他一直在忙着照顾梁为国，早就忘了皮试的有些药过期了，根本试不出是否过敏。

梁为民看着车窗外连绵的山，忍不住苦笑了一下：看来，这是梁为国的命，也是他的命。

6

2000 年左右，中关村的电子一条街开始占据各种网络头条，甚至还有了"中国硅谷"的外号。老百姓对那些高大上的电子研究所、高新技术看不懂，他们更关心那些时兴且实用的新玩意，所以网上、报上是硅谷，在普通群众口中，还是叫电子一条街。

海龙大厦于一年前落成，在此之前，中关村大街的东西两侧都是路边摊，是最早的"电子一条街"，也有人叫电子大排档。春江水暖鸭先知，敏感的人不但预感了电子行业在新世纪的发展壮大，更看到了规模化的效应，于是迅速花钱建起一座大楼，路边摊摇身一变成了玻璃柜台。人还是那些人，产品还是那些产品，但一进到楼里，一切仿佛都高大上起来。那时候在海龙，最快最赚钱的业务是组装电脑。

一座大厦，就是一个江湖，而整个中关村，虽然名为一个村子，实则是一个更大的江湖。人在江湖飘，谁能不挨刀——这是那些年在北京高校论坛上流传的一句话，说的是人们走进中关村，或多或少都要被这些精明的小贩宰一刀。海龙投入使用的第二年，梁为民带着自己所有的积蓄，一个猛子扎进了这个江湖，他当然算不上一条龙，至多是水里的一条小泥鳅。这条小泥鳅，信心满满，觉得自己也能跟周围的人一样，借着电子产品热的东风大赚一笔。

听到那些百万富翁的传说时，梁为民还在沈阳的一家民营医院里当护士兼大夫，那是一家肛肠医院。离开内蒙古之前，他还从来不知道全中国竟然有这么多肛肠医院，更不知道有这么多人有肛肠病。几乎每个城市里，你走几个路口，就能看见一家肛肠医院，或者是肛肠医院立在布告栏上的广告。

他不懂肛肠科，其实整个医院也没几个人懂肛肠科，他们医院里，大部分都是跟他一样的半吊子大夫。他们学了一些基本知识——你只要比病人懂得多一点儿就够了，大部分肛肠病也无非那几种——痔疮、肛瘘、肠炎，上升到肿瘤阶段，就超出他们医院的业务范围。去这里看病的，大都是"难言之隐"，他们的套路通常是无事找事、小事化大，先给病人做常规检查，但凡有一点儿指标不符合既定标准，一定危言耸听地告诉你病情严重。其实，很多检查不过是为了让病人对诊断更加信任而已，总之一个宗旨，就是让病人觉得自己情况不容乐观，但是——万事就怕这个但是——但是，我们医院完全可以做到手到病除。手就是手术。只有做手术，才能赚到钱。而做手术的大夫，大部分是他们从公立医院里高价请来的，双方分工明确，找到病人、安排手术，大夫来了主刀，手术完拿劳务走人，他们再负责把病人尽可能多地留在医院。很多人来的时候只是略微便血或者瘙痒之类的小毛病，他们便貌似客观地提出建议，建议的主要方式就是给他们展示那些病情严重者的恐怖照片，以及拖延下去对生活的严重影响，大部分人都会在这个环节败下阵来，在手术告知书上签字。

这其中，有三分之一的病人其实都没有痔疮，根本不用手术，但他们有的是办法让患者同意手术。这种手术，他们就会让医院的医生自己做，其实什么都没割下来，不过是在肛门割一个小口子，再缝上，然后开一堆消炎药。做戏做全套，病人经历一个完整的痔疮手术的过程，仿佛真有个瘤子被割了去。一周后，病人带着白挨了一刀的屁股满心欢喜地痊愈出院，还不忘帮他们做宣传：这家医院的大夫水平高，做手术一个星期就好了。

那几年，梁为民还是攒了点儿钱。后来，又转战了几家民营医院，干的活大同小异。直到有一次，他亲眼看着这家医院把一家农村来的人骗得倾家荡产，然后那个本来没什么大病的男人死在了手术台上，才彻底离开了这一行。割个假痔疮，骗点儿小钱，他没什么心理负担，可把一个肝部的囊肿非说成癌症，还要开刀治疗，结果把人治死，这的确超出了他的心理承受范围。尤其是，他许多次想起因为自己失误而过敏死亡的村里人，也想起梁为国碎掉的那只手。这么多年了，那只手一直没有放过他。无数个夜晚，他梦见那个村妇打着吊瓶，幽幽向他走来。抬眼一看，输液管上面哪里是什么吊瓶，是梁为国的那只手，血缓慢地往下滴着。

他醒过来，再也睡不着，开始想自己到底该去哪儿，该干什么。有一天，他值夜班，值班室的电脑死机了，怎么也鼓捣不开，他索性把主机拆下来，又组装回去，一按，启动了。他又想起那些中关村百万富翁的传说，心中一动，明白到了离开这里的时候了。

那一年，梁为民仓皇离开，梁为国留在了家里。大伯梁建章在从村主任退任下来之前，干的最后一件事就是帮梁为国安排了工作，算是对侄子在他家丢一只手的补偿。他花钱找人给梁为国弄了个进修学校的文凭，然后用这个文凭，把他弄到村里的小学当了老师——无论如何，他总还有教小学生的能力。否则，这个一只手的人能干什么呢？

梁为国所有的冲动和心气，都和那只手一起消失了，他一夜之间就从一个浪荡子变成了一个中年人。不久，阿妹怀上了孩子，竟然还是三胞胎，三个儿子。这让梁建成一下子挺直了腰板，虽然梁为国没了一只手，可是他有仨孙子，一个孙子两只手，比谁家的手都多。

梁为国在小学里上课，左边袖子空空的，走起路来晃荡着，后来他便让妻子把它裁短，或者卷起来。没过多久，梁为国渐渐发现，人其实不需要长两只手，所有事一只手都能完成，只是完成得慢一点儿、麻烦一点儿。他甚至从自己的不方便中发现了某种乐趣。他一只手翻书，一只手掐着粉笔在黑板上写"鹅鹅鹅，曲项向天歌"，一只手骑自行车，一只手解开裤带撒尿，一只手擦屁股，然后再用一只手把裤带系上。裤带是他媳妇阿妹特制的，左边是一条带子，右边缝成一个环扣，把带子伸进环扣里，折回来，这边裤带上缝着一排扣子，他只要根据肚子的大小，把带子上的扣眼扣在不同的扣子里就行了。唯一让梁为国觉得一只手不如两只手的，只有在抱孩子的时候，不管他右手多有劲，一次最多也只能抱起两个儿子，另一个抓着他空空的袖子，爸爸爸爸地哭叫。他只好让他搂住自己的脖子，把他吊在胸前。两分钟后，小家伙胳膊酸麻，又从他胸口出溜到地上。

他已经习惯了一只手生活，对造成这件事的人的怨念，也逐渐变淡、消散，因为痛哭和咒骂过太多次，梁为民一去不返，大伯家赔钱、给他安排了工作，他的恨除了让自己重温痛苦，已经没有任何其他意义。尤其是阿妹，此前的生活里，他偶尔会担心她偷偷离开。当然，她不识字，普通话说得磕磕绊绊，甚至都弄不清楚自己现在到底身处何地，要走也没得走。那只是一种感觉，他们成了两口子，睡在一铺炕上，一个锅里吃饭，但总感到阿妹的心里在想着什么事。有时候，他半夜醒来，会发现她仍坐在炕梢，瞪着眼睛，仿佛不需要睡觉。但是他不敢去问她在想什么，或者说，他自己对此有所猜测，他怕猜测成真。他想尽办法要给阿妹上个户口。大伯梁建章给他出了主意，在周围的村子里四处打听，终于找到一个年纪相仿的姑娘，姓岳，叫岳小琪。岳小琪几年前失踪了，活不见人死不见尸，失踪人口户口是不注销的。梁建章的主意是，花钱从她父母那里把岳小琪的户口借出来，让阿妹用岳小琪的名义领了结婚证，也顺便把户口落在梁为国家里。但这事不好办，得一点一点来。

当那只手没了之后，他却从阿妹的眼睛里看到了心痛和怜悯，那是之前从未有过的情感。刚出院那会儿，她帮他穿衣服，轻手轻脚、小心翼翼，生怕一不小心弄疼了他。他觉得，她那颗不安分的心的躁动正在消失，夜间，也越来越少睁着眼睛枯坐，开始沉睡，甚至打起了呼噜。某几次，半夜中，她的手伸过来，握住了他那段带着伤疤的骨头，他就任她握着。

7

梁为民结婚后，同在海龙大厦收银的妻子小霞就把工作辞了，两个人一起经营小柜台。生意不错，尤其是梁为民开拓了投影仪业务之后，只要搞定一个学校或公司，一个订单就能吃半年，但是经常半年才搞定一个订单。他开始频繁在外面应酬，现在的生意，已经不是坐在柜台后面，守株待兔一样等着客人上门了，你得自己去谈。

梁为民主外，小霞就成了整天坐在柜台后的那个人。大楼里她这样的女人多的是，她们戏称自己是"坐台女"。时间久了，小霞变得十分慵懒，歪在一张二手老板椅上，整天对着一台旧显示器看连续剧，林志颖在《天龙八部》里一会儿多出一个妹妹，《还珠格格3》里的小燕子已经变成了黄奕。商场里顾客不多，但永远是嘈杂的，每个柜台都在放片子或音乐，还有整个大楼的音响系统里各种促销、广告轮番轰炸。但是小霞的电视没有声音，她也不戴耳机，像一个天生的聋人一样，只看画面。在昏昏沉沉中，她感到一阵反胃，心里想，不会怀孕了吧，随即又想，不可能。她心里有着犹豫，如果真怀孕了，她就得离开这全中国除了核电站反应堆之外辐射最严重的地方。她的四周有成千上万台电子产品在发光、闪烁，放射出各种波长的电波。楼里传言，有的女老板整个孕期都坐柜台，后来生了一个怪胎，但是没人能说清到底是哪一层的哪个柜台。不过，这个传言出来后，那些试图备孕的女性，都穿上了防辐射的孕妇装。当然，在更早这里有着另一个传言，那就是男人们因为长久被辐射，体内的精子都被杀死了，十个有八个是不孕症。这个传言也没有人承认。后来，周围人来来往往，许多人也有了孩子，到底是传言毫无根据，还是人家有了别的法子，就不得而知了。

小霞和梁为民自然也听说了这些传言，心里头拿不准，还去海淀妇幼做了个检查。检查结果出来，不好不坏，梁为民的精子数量确实比平均水平低不少，活跃度也不够，但大夫说，这也不能说明就一定不孕，人的精神状态也很重要。当然了，如果不放心，还可以去看看中医，开点中药调理调理。梁为民心里清楚，自己的身体都是这两年跑生意应酬熬的。尤其半年前那次，是最直接的原因。

去年冬天，梁为民去鄂尔多斯谈一个校用投影仪的项目，这个项目不但关系到他这个小公司的生死存亡，也关系到他和小霞的婚能不能结成。项目是他当年卫校的同学小胡给介绍的，小胡现在是鄂尔多斯市下面一个县卫生局的副局长，而他岳父则是教育局的正局长，他介绍这个活儿，当然是希望从中得点儿回扣。这也不是大不了的事，项目嘛，都是如此，熟人反而好谈些，拿一成还是两成，说定即可，也更安全。梁为民过去签约，不想那几天这个小胡出了点事，他在洗头房里跟一个洗头妹发生了关系，洗头妹也不是省油的灯，给他录了一段视频，拿着上门敲诈他。小胡不愿掏钱，就找公安局的朋友去查洗头妹卖淫，洗头妹被抓进去一个月，出来后用视频威胁小胡，不给钱她就发到网上去。小胡无奈，只能掏钱，哪想洗头妹拿了钱，还觉得不解气，便把视频发给了他老婆。老婆一气之下跑回娘家，岳父听了大为光火，梁为民这个项目也捎带就要黄了。但这边，梁为民一百多万的货已经从厂家提到北京，退货他得赔几十万，不得已亲自开车把二十台投影仪和相关设备运到鄂尔多斯。

在羊肉馆见到小胡的时候，他一脸沧桑，胡子拉碴，看来也被老婆丈人折腾得不轻。现在，他的整个前途攥在人家手里，再说，错的毕竟是他。一见面，小胡就给梁为民赔不是，说点儿背，常在河边走，哪想这次不但湿了鞋，甚至水淹到了脖子下。梁为民问他，这事到底还有没有转圜的余地，哪怕他一分钱不赚，把账抹平也行。小胡唉声叹气，说除非搞定我老丈人，否则没戏了。梁为民来的时候，带着一箱茅台，一盒鹿茸，那盒鹿茸是他黑龙江的大舅子给他的，听说他们要备孕，让他补身体的。

梁为民跟小胡说，只要能帮我把你丈人约出来，其他的我来搞定。小胡想了想说，行，如果这次还不成，我就真没辙了，只能对不住你了。

那天夜里，梁为民一个人走在县城荒凉的街道上，前几天刚下的积雪已经融化不少，残留的雪堆里都是灰黑之色。县城的西北方，有好几座露天煤矿，这让这里的天空常年都是煤灰色的。他能清晰地闻到生煤、小店里燃烧不充分的煤焦石烟的味道，它们仿佛不是烟尘，而是颗粒，顺着呼吸道一直进入肺里，扎根下来。他只好点燃烟，狠吸几口，以毒攻毒。路灯昏黄，每隔几盏就有一盏坏了，那段路也就显得更暗一些。他想起童年时老家的雪路，尤其是读初中时的冬天，他们住在土坯房宿舍里。南北两铺大炕，每铺炕上十个孩子，身上的虱子多到串种，虮子在衣缝里密密排成一条白线。坐在教室里，经常能看见前座同学的脖子上有虱子在爬。冬天，他们把虱子捉起来，放在烧红的炉盖上，虱子立刻噼噼啪啪被烤死，发出一种穿了很久的内衣被炙烤的臊腐味。他们说，那就是死亡的味道。他想起过敏而死的那个妇女，她早就已经化为泥土了吧，如果坟头长出了青草，是不是那种臊腐味也会置换为青草味。

他走到了小县城的尽头，砂石路消失了，接驳的是一条刚修好不久的柏油路，据小胡说，因为县里区里有冲突，这条本来穿城而过的柏油路，擦着县城而过了。柏油路向西延伸，远处隐隐约约的灯火，那已是几十里外的另一个镇子。

梁为民感觉到有些冷，他踮着脚，在柏油路上跺几下，又到砂石路上跺几下，然后到路边的土地跺几下。不同的地方，是不同的感觉。脚上血液加速流动，有一种酥麻感沿着脚踝向小腿延伸，但是因为跺脚，裤腿偶尔露出缝隙，也让冷风顺着腿向上蔓延，上面的风则从衣领进入，然后向下侵蚀。两股势力在他肚腹之处会师，让他感到一片冰凉。

鄂尔多斯可真冷啊，他想，比北京冷，比老家林东也冷。但是鄂尔多斯的夜晚和林东一样黑，北京的夜晚从来没有真正黑过，总有各种灯光亮着。有灯没灯，一个人走夜路的孤独感是一样的。

8

第二天晚上，在一家全羊馆的小包间里，梁为民见到了小胡和他那个蒙古族老丈人。他足有一米九的个子，典型的蒙古族人的高颧骨，面孔粗红，讲话带着奇特的音调。梁为民特意没选大饭店，而是找了这家全羊馆，他已经打听过了，这里是教育局那些人最常来的聚会之所。

烤全羊和羊杂汤、羊盘肠上来，梁为民绝口不提生意的事，一口一个叔地叫着，敬酒，奉承。酒喝到半酣，梁为民顺势讲起自己的童年经历，怎么被送给大伯家，又因为什么被退回家，怎么从老大变成了老二，怎么一个人去卫校念书，怎么给同学们当医学模特。说到伤心处，他涕泪横流。小胡老丈人在酒精的作用下受了感动，终于松口说：那批货，我们也不是不能买。梁为民立刻说，叔，你说怎么着就怎么着。老人看着面前的酒说，这样，你干一杯酒，我买一台。一共二十台，你只要喝到二十杯，我都买。喝酒的玻璃杯是二两一杯的，二十杯就是四斤酒，何况他们之前已经喝了两斤。以实际酒量看，三个梁为民也喝不了这么多酒。

小胡想说话，梁为民一摆手，让他啥也别说，喊服务员拿二十个杯子。

二十个杯子拿上来，二十杯酒一溜倒满。梁为民说：叔，你是场面人，肯定说话算话。我拉货的车就在外面，今天我喝一杯，小胡你就搬一台机器。如果我三杯就倒了，你就搬三台，我喝十九杯倒，你就搬十九台，只要我喝不到二十杯，这些仪器都算我白送的。我喝到二十杯，你们再付钱。

梁为民干了一杯。辣，一条火龙从喉咙钻进他的胃，那里翻江倒海，但是他的脑海却风平浪静，他从未如此清醒、笃定。不知为何，他信心满满，他觉得他肯定能喝二十杯，能把这笔生意谈成。喝前十杯时，老人和小胡都一动不动看着他，等他端起第十一杯，小胡忍不住了，跟老人说：爸，再喝下去怕要出事。老人还是一动不动。梁为民继续喝，喝到第十九杯了。他的头脑依然清醒，但是眼睛耳朵和整个身体都像飘浮在空中，又像是沉溺在深水里，晃晃荡荡，无所依凭。

梁为民喝掉了二十杯酒，尽管第二十杯刚灌进去，他就呕吐起来。他伏在椅子背上，身体向前探着，前面是木盘上那只几乎没动过的烤全羊，金黄的羊肉已经冷却，呕吐物很快掩盖了这只羊。老人仍然没说话，他站起来，出门时拍了拍小胡的肩膀，说：别让他死在这儿，明天，你回家吧。小胡知道，梁为民的事成了，自己那件事也过去了。

他上前扶住梁为民，他已经浑身瘫软，像一根刚灌好的羊血肠，满身腥臭，软滑。小胡找了两个服务员，帮他把梁为民抬上车，又跟他到宾馆，一起把他抬到房间的床上。他从包里掏出两盒中华烟给服务员。他们走后，他在梁为民旁边坐了一会儿，发现他呼吸均匀，脸色从刚才的惨白中缓过来，渐渐红润。他走出房间，发现手机上有一个未接来电，还有一条短信，都是他老婆的。短信上就几个字：还不回来？他回了一个，马上回。

两天后，梁为民开着面包车，行驶在回北京的高速上。小霞告诉他，那笔仪器的钱已经到账。但是，这次出门也给他留下了永久的伤害，不是酒精直接造成的，而是另一种。

那天晚上，他半夜口干舌燥，起来找水。房间里没有水，前台的人已经睡着，大门关着，但并未锁上。他穿上大衣，走出小旅馆，想去找一家开着的小商店买水。

他走出宾馆时，看见天上有一轮月亮，又大又圆。他觉得自己看错了，这里的天空不管白天黑夜都是雾蒙蒙的样子，怎么会有月亮呢？但是月亮的确在眼前，而脚下的路，也变得洁白而平坦，像是雪后的大地。他走了上去，越走越远，越走越远。

第二天一大早，宾馆的服务员发现有一个人扑倒在门口的雪堆里，还以为他冻死了。他喊醒了梁为民，发现他的裤带解着，猜想他是跑出来撒尿的，可是宾馆里有厕所，为什么要跑出来撒尿呢？挨冻的时间不算长，人还没有失温，但是他的下体因为刚好倒在雪中，已经是半冻僵状态。他回去后，暖和了很长时间，下体仍是红肿的，但看起来并不严重。他想，它终究会好起来的吧。这时，他接到小胡的电话，小胡说不能送他了，那批货，小胡会找人来接手，货款肯定没问题。

正是这笔钱，让小霞相信了他说的让她过上好日子的话，答应跟他回老家去领证结婚。但是，他的心里一直忐忑不安，因为他不确定自己的下身是不是冻坏了。回到北京，回老家之前，他去医院男科看了，大夫听了他的讲述，皱起眉头，不过后来看着检查结果说：你这个……比较难判断，按说功能应该没什么损伤，但是不是有什么器质性的改变，只能观察。他没时间观察，过几天就要带着小霞回老家了，如果他将来成了一个废人，那就是害了小霞，他们也不可能过一辈子。大夫给他开了一种药，说，关键时刻可以试试。

那几天，他们在一个最合适的机会，做了一次爱。他终究是没信心，在之前偷偷跑厕所吃了一颗药，谢天谢地，一切都还好，他还是个男人。完事后，小霞沉沉睡去，他在厕所里点上烟，看着自己略显发福的身体，说了句：万幸。

那次冻伤的后果是后来才显现的，他能扮演一个丈夫的角色，但是却没有了当父亲的能力。接下来的另一家权威医院的医学检查让他确认，自己已经不能培育出正常的精子。梁为民没敢跟小霞说这事，只是告诉她，一切都有希望。他在想，现在医学这么发达，总会有办法的。

但这个希望迟迟未至。

一年多后，他找了个机会，把自己生不了孩子的事跟小霞说了。小霞听了，没哭没闹，甚至都不意外。她说她早就猜到，一直怀不上，她自己偷偷去做了妇科检查，没任何问题，大夫说，问题只能是在你老公身上。她只是不知道到底怎么回事，现在明白了，是那一次鄂尔多斯之行冻的。

要说，这事我也有责任，小霞说，那回要不是我逼着你，你也不至于大冬天一个人过去谈生意，也就没有后来的事儿了。

以前的事不说了，梁为民说，咱们说以后。

但以后不是说出来的，需要他们做决定，如果继续在一块，就必须面对一辈子没孩子的状况，如果无法接受，那就只能分开。结婚证是九块钱，离婚证也是九块钱，可以做加法，九加九等于十八，也可以做减法，九减九等于零。但是日子哪里只是加减法的事儿？

咱们再想想办法，我听说，现在有一种新技术，就是大夫把你的小蝌蚪取出来，放我肚子里，一样能生孩子。小霞说。

那也得小蝌蚪活着，我这……都是死的。梁为民凄然一笑。

小霞不再说话。

路没了，或者说，路只剩下一条了。她还年轻，还能再找别的男人，跟他养儿育女，梁为民则将孤家寡人一辈子。他心里也存着一点幻想，就像当年大伯家一样，突然间老天开眼，让自己重新好起来。但是转而又想，哪儿来那么巧的事呢？生活又不真的是轮回。小霞也没着急，对她来说，这个理由很充分又很不充分。无论如何他们当年是以爱的名义走到一起的，如果要分开，也应该是以不爱的理由分开。现在算怎么回事呢？因为没有孩子，所以离婚？到民政局，工作人员问，你们为什么离婚？他们怎么说？是按照电视上、网上的说法：感情破裂，感情不和，还是说真实的情况——因为我们没孩子，而且永远不可能有孩子了。她也想，要不要跟着潮流，顺便就做了丁克算了，她身边这样的人也不少。但是大部分做丁克的人，都是主动选择的，他们有可能后悔也有可能不会，被迫的丁克，如何能一辈子都心甘？

他们心照不宣地在期待一个意外来打破这种别扭的默契和平衡，这意外迟迟不来，另一个意外却突然而至。

这一年的中秋前，父亲打电话，说他妈犯脑溢血，让他们回去看看。

中秋就在一个星期后，他们盘算了一下，觉得提前几天回去，然后中秋前回来，倒不是一定跟这个中秋团圆较劲，而是中秋临近十一假期，是一个小销售旺季，整个下半年全靠十一和春节两季拉销售呢。既然是回去看病人，关键是看，是不是中秋看并不重要。

这回不坐火车、汽车，开他们平时拉货的依维柯回去。前一天梁为民又到王府井去送了一趟货，办完事出来，瞅见停车的地方要收停车费，每小时两块五，不足两小时按两小时收。他算了下时间，妈的，他才停了一个小时零五分，这会儿开走，也是交五块钱，觉得亏。又想来都来了，顺便去天安门广场转转，等快到两小时再回来就是了。

广场上人不少，临近十一，很多地方已经摆满了花车花篮，流动车兜售小红旗和北京市地图、中国地图。他随手买了一张地图，给人十块钱，那人递过来两张地图。梁为民说我就要一张，那人说，一张北京的一张全国的，没准哪天出门有用呢。他一想，明天要开车回老家，说不定真用得着，便接了过去。

那两张地图，他把一张标上了一路要过的主要站点，随手放在副驾驶座位上。实际根本没用到，高速公路的指示牌都标得很清楚，手机上也有导航。这一路，偶尔想起这件事，他就在心里骂自己一句：傻子。

9

梁为民他妈的确病了，也的确是脑出血，但十分轻微，在县医院拍了片子，打了两天吊瓶，出血很快吸收，头不晕不疼，就下地干活了。他们俩拎着一堆月饼和库尔勒香梨进家门时，他妈正在院子里追一只芦花鸡。鸡仿佛预知了自己的命运，拼命想飞过院墙逃掉，但是它毕竟是鸡不是鸟，翅膀扑棱了半天，眼看着要到墙头上，又掉了下来，只好咯咯叫着逃跑。在一个墙角处，被他妈揪住了一只翅膀，拎了起来。那只鸡眼珠乱转，嘴张着，露出小巧的鸡舌，两只黑爪在空中弹了两下，不动了。这一会儿，它又似乎坦然接受了命运。他妈伸手，穿过茸茸的鸡毛，在鸡胸上摸了两把，感觉到厚实的胸脯肉，脸上露出满意的笑容。一抬头，看见院门口站着的发愣的梁为民两口子，她也愣了。

晚上吃饭，他爸把梁为国一家都喊来。梁为国左边袖子空荡荡，右手夹着烟卷，一脸灰黄。一年多没见，他竟老得厉害，如果和梁为民并排站着，外人一定会觉得他比梁为民大四五岁。梁为民心里忍不住想，如今，他确实像个哥哥了。阿妹的个子变得更矮了，也可能不是矮，是她变胖了，曾经瘦得如豆角，如今却像一颗饱满的土豆。听说，她还跟着三个孩子一起学会了认字，虽然不多，但常用字大都认得了，也能歪歪扭扭地写。如果说，她还有什么不太一样的话，就是看电视喜欢看天气预报，中央台的、地方台的天气预报都看。有时候烧火做饭，梁为国见她拿着烧火棍在地上划拉来划拉去，画得猫不像猫狗不像狗。他瞪她一眼，她便笑一下，用脚把地上的四不像抹了。

那三个男孩已经五岁多，炕上炕下跑跳、闹腾，仿佛要把屋子拆了才罢休。他们把梁为民带回来的水果糖含一会儿，又吐到手心里，看形状变化。阿妹帮婆婆烧火做饭，梁为民和小霞坐在炕头，端着一杯热茶，炕更热，他们有些坐不住。

梁为民把自己带回来的中华烟给他爸，他爸拆开一盒，抽出一支点上。梁为国伸手，要过一支来，夹在耳朵上。

也给你带了。梁为民说。

饭菜好了，一家人围坐在地桌旁。阿妹却仍站在旁边，胳膊搂着三个孩子，他们此刻出奇地安静，嘴里正品味巧克力复杂的味道。小霞招呼阿妹和孩子一起吃饭，阿妹却摇头，把孩子抱得更紧了。两人都有些发蒙，弄不清是什么情况。

接下来，父亲的一席话，把他俩推向了悬崖边。

原来，这次把他们喊回来，并非因为他妈的病，这种病在农村实在是小事情，每年都要闹几场，不过也和这两年老人感觉身体越来越差有关。梁为民他妈他爸夜里躺在炕上，回想起很多年前孩子们还小的年月里的事，说起把梁为民送给大伯，说起为了给梁为国上户口，把梁为民的岁数改小，说起自己的偏心，说起梁为国那只丢掉的手。他妈最常用的一个词就是"要是"，要是当初没把老大送给你哥家，要是这孩子嘴不那么馋，要是老二当年好好考学，要是那天为民去铡草了……所有的"要是"感叹完，她悲哀地发现，这一切重来一遍的话，还是会原样发生，什么都不会改变。

如今，他们又到了一个做决定的十字路口。

上个学期，县教育局撤校并校，村里的小学在秋天撤掉了。不撤也不行了，附近的村小学都一样，每个村子一个年级还不到十个人，却要配四个老师，财政根本支撑不住。何况，根据现在统计的状况看，以后学生也不可能多，只会越来越少。再者，很多人把家搬到了镇子上或县城里，就算没搬去的，也想尽办法把孩子弄到那里的学校去读书。为了解决这些问题，县里指示乡里，决定在几个村的中间地带，办一所联合小学，所有村小学全部集中到一处，住校读书。

在丰水山通往县上的路中间，原来有一座矿山，地下还能挖出矿石的时候，矿山在路边盖了几栋砖瓦房子，围出一个院子，用压路机压得很平整。乡里找人把房子修整粉刷了一遍，又在钢管厂打了几十张上下床，买了锅碗瓢盆，黑板桌椅什么的把各村小学里好一些的选过来就够了。这个联合小学就成了。

然后，就不得不开始裁员。梁为国这种身体有残疾的，本来是受照顾的对象，但因为新的政策，他没有大专文凭，当年那个进修学校的毕业证远远不够，成了首当其冲被裁掉的。

梁为国失业了，三个儿子却越来越大，不但吃饭穿衣，将来还要上学，还要成家娶媳妇。这会儿，农村娶一个媳妇，至少要二十万，这还不算七七八八的钱。等他们长到二十多岁，如果念不成书，还不得五十万？一个五十万，三个就是一百五十万，他都不知道自己脑袋上的头发有没有一百五十万根。

他妈他爸晚上除了回忆往事，就是商量怎么办。这愁苦里还夹杂着另一个担忧，就是梁为民他们没孩子，一个愁孩子太多，一个愁生不出孩子来。聊着聊着，过去和现在就融合到一块儿了，有些话仿佛是屋顶上的灰尘，常年累积着，突然有一天就掉落下来，直接钻进他们的脑袋里：要是，让老大从老二那儿领一个孩子，咋样？这话落下来时是轻的，还不如一片叶子重，但到了心上，却仿佛是座山，压得两个人半天没声，脑袋蒙蒙的，也空空的。

他们之前跟梁为国两口子商量，梁为国和阿妹都不同意，但态度算不上多坚决。如今的梁为国，深知自己本就是半个残废，又没了教书的工作，几乎就是整个残废了。阿妹只是摇头，说三个孩子，她哪个都不舍得。阿妹最近心情不错，因为梁为国告诉她，她的户口快下来了。有了户口，她就算正式的中国人了，当然，名义上她得叫岳小琪。

　　饭桌上，梁建成还是把这个想法说出来了。梁为民像被雷劈了一下，小霞更是受伤，这等于给她的幻想判了死刑，她一个身体健康的女人，却要把别人的孩子当成自己的养一辈子。梁为民感觉自己重新跌入三十多年前的轮回里，像一只城里孩子养的仓鼠，在一个小笼子中，沿着一个旋转的阶梯爬，那是一个三百六十度旋转的轮子，爬一步，往下转两步，仓鼠永远爬不上去，尽管出口就在顶端。有一天，圆梯因为轴承卡壳停住了，他终于趁机爬了出去，哪想现在又要重新跳进笼子里。不同的是，这一次，他不是仓鼠，是梯子。

10

　　饭后，梁为民喊梁为国一起出去走走。

　　他们沿着村后的路，往丰水山上走。太阳被一朵乌云遮住，那山远远看去，青黑的一片，峰峦褶皱都隐在了暗影中。又走了一会儿，转了个小弯，在夕光的映衬下，山显出了一边的轮廓，山半腰的水帘洞也露了出来。他们还是孩子的时候，水帘洞的洞口常年有人把守，因为那时候它流出的水还是圣水，既要防止有些人来偷，也要防止牛羊闯进来污染。他们从来没进过这里。等到他们长大后，水帘洞的神话早已破灭，还原为一个普普通通的石洞。也不知确实是为了配合神话的消失，还是地质变化的原因，在一次极为小型的地震之后，水帘洞里再也没有清水滴出，很快，它就被山上的牛羊、野兔占据。大一点的孩子也钻进来烤地瓜和玉米，堆放自己捡来的当作珍宝的各种垃圾。下雨天，这里会聚集附近田里的农民，他们坐在洞口，看着外面的雨幕和村庄，聊起当年排着队接圣水的事儿，仿佛在说一个遥远的故事。

　　这是兄弟俩第一次一起走进水帘洞。

　　洞口下本是一处斜坡，接圣水的那些年里，人们用石条垒了台阶，如今石条深陷荒草和黄土，只能依稀看出台阶的模样，再过两年，又会重新变成一个斜坡。梁为民手脚并用爬上去，回头时，看到梁为国趔趔趄趄。他伸出手去拉他，却一把抓住了一截空衣袖。梁为国顺势伸右手，拽住了哥哥衣服的下摆，脚一蹬，也上到斜坡上。洞口残留着许多牛粪、马粪、羊粪，已经风干，还有灌木丛里挂着的各色塑料袋、卫生巾、包装盒，像一个天然的垃圾站。

我已经几十年没进来过了。梁为国说。

此处光线仍充足，能远眺十几里地之外的村庄，甚至连林东镇也有隐约的影子。

我也是，梁为民说。他先一步往前走去。越往里，光线越暗，石壁参差干燥，洞底零散着一些绊脚的石块，显然是在许多年的人来人往中积攒下来的。

兄弟俩似乎达成了某种默契，像两个专心探险的孩子，只专注于水帘洞，而不谈论山下的事情。这时候，两人同时想起，在孩童时代，他们从未有过这种静默而温情的时刻。几乎从梁为民被送到大伯家开始，他们就不再是亲兄弟了，而成了莫名其妙的敌人。

梁为民打开了手机的电筒，照着脚下，两人更加小心地往里走。有些地方极其狭窄，只够一个人侧身而过，有的地方却宽阔到能摆两张桌子，好在洞顶一直很高，整体并不显得逼仄。他们终于到了曾经流下圣水的那块空地，并不是山洞的最里面，而是最空阔处。洞壁有一块巨石凸出，下方的石板上，仍能看见常年水滴侵蚀的痕迹。有人在石板上刻画了一些字，对着电筒光辨认了一下，似乎是几个成语，"水滴石穿""水落石出"之类的，估计是来玩的孩子们写的。

当年圣水就是沿着那块巨石滴下来的。巨石并不高，灵巧的人一纵身就可以够到，顺势爬上去。

上去看看？梁为民说。小时候，他们曾灵巧如猴地爬上去，然后大着胆子跳下来。有人为此摔断了腿。

梁为国举了举那只不存在的手，笑一下。

我拉你。梁为民说，但随即发现，拉并不是个好办法。

最后，他用肩膀抵住梁为国，帮他先上去，然后他再爬上去。

两个人上去后，感觉那块石头晃动了一下。

梁为民一惊，轻轻跺了跺脚，巨石如山，纹丝不动。难道刚才是幻觉？他想。

兄弟俩坐下来，手机电量不足，梁为民关掉了电筒。一小阵黑暗之后，他们发现，山洞并非毫无光线，在穹顶最高的地方，仍然有一线光亮透进来。不晓得是从来就有的，还是地震之后才出现的。

是不是有什么声音？滴答滴答。的确，是水滴的声音，不过肯定不是当年滴圣水之处，而是其他地方，山水浸湿、聚集到一定程度，然后滴下。只能听到声音，完全无法判断声音来自哪里，那滴水可能不等继续流淌，就已经干涸了。

他们说起童年，随即发现，两个人似乎并不是在一个地方、一个家庭长大的，他们所经历的同样的事，感受竟然天差地别。梁为国说起他十岁，梁为民十二岁（或者，梁为国十岁，他八岁）时的一件事。

那年，他俩上四年级，就是后来梁为国上班的小学。元旦，学校要搞一个小晚会，孩子们提前一个星期就兴奋不已。老师让学生各自组团准备节目，节目好的推荐到学校的元旦晚会上去，据说县电视台还要来录像，很可能春节期间在全县播出。梁为国他妈知道了这件事，跟他说，咱们必须得好好准备，这可是在全校露脸的好机会，如果电视台播了，你就是在全县露脸，将来考学评三好，都能受照顾。其实，她也并不清楚能受到什么照顾，只是觉得机会难得，而且谁让梁为国从小就有点文艺天赋呢？不说别的，就说唱歌，一个高音能翻到云朵上去，只是他声音略显细，飙高音的时候像女孩子的声音，他轻易不唱。

梁为国唱了一曲《亚洲雄风》，非常顺利地入选了学校晚会节目。等到晚会的导演排节目时，发现各班级选上来的大都是独唱，光《亚洲雄风》就有三个，晚会几乎变成演唱会了。导演十分不满意，准备刷掉几个，梁为国也在其中。梁为国被刷掉不是因为唱得不好，而是因为个子矮，《亚洲雄风》变成了剩下俩男生的二重唱。面对这个结局，梁为国心里有些失望，但也觉得正常，可他妈非常接受不了。在她眼里，全世界她儿子唱得最好，凭什么不让上？拿个子矮说事，一定有黑幕。他妈带着梁为国和两瓶黄桃、两瓶山楂罐头去找导演，也就是学校的音乐老师，请老师一定要让他上场。音乐老师把罐头往外推，说：你的心情我理解，哪个家长不是望子成龙望女成凤，这个机会这么难得，谁都想要，但是我得考虑整台节目的效果。梁为国拉他妈袖子，意思是别为难老师，赶紧回去吧。这时候旁边围了一圈排练的学生，他羞臊得脸发胀。

他妈不为所动，依然在坚持。这时音乐老师很不耐烦地说了一句，你看我这里多少唱歌的，还都是男孩，他要是个女孩，哪怕唱得不好我也要了。他妈仿佛一瞬间得到了提示，说：导演啊，那你可说着了，你别看为国是男孩子，他嗓子细，唱歌跟女孩子一个音。

导演愣一下，说：反串啊？

他妈不知道什么叫反串，还以为是农村的土话骂人的，在村里，人们经常把那些不同品种杂交后的东西叫串子。她心想，这老师怎么骂人呢？

音乐老师也是农村人，反应过来自己这句话可能不妥，连忙解释说：反串是一种艺术形式，就是男的扮演女的，女的扮演男的，京剧大师梅兰芳就是反串。

梁为国他妈还是没有听太懂，但知道这个反串跟村里的串子不是一个意思，赶忙说：对对对，我儿子能反串，您让他试试，如果不行，我绝不麻烦您。

梁为国就被他妈逼着，当着几十个同学和音乐老师的面，用女生的嗓音唱起了《亚洲雄风》。一开始，他唱得气息不匀，声音带着嘶哑，音乐老师皱眉，围观的同学窃笑。他妈着急了，冲上去就给他一巴掌，这是长这么大她第一回打小儿子，虽然打得不重，但对他的内心相当于投了一枚原子弹。一害怕一委屈，高音就上去了，嗓音也细起来，听着和女生没有任何区别。如果闭上眼睛不看唱歌的人，只听声音，你会认为那就是一个女孩，而且是一个特别会唱歌的女孩。

导演目露惊讶，围观的学生也被歌声惊呆了，就连他妈都愣神了。她单知道儿子的声音细，没想到能细成这样，一时间不知该喜该忧。

还没等唱完，音乐老师冲过去抱住了梁为国，嘴里大喊：太棒了，太棒了，我给你安排独唱。

结果，梁为国不但能上晚会，还挑大梁唱了压轴的歌曲，当然是反串。随后的一系列事情，让他后悔至极，导演跟领导商量之后，决定让梁为国彻底扮成女的，穿上裙子，化了妆，头上戴一顶插了花的帽子。

晚会那天，梁为国出场后声音一起，就赢得了掌声，把晚会推向高潮，电视台的录像机对着他的脸拍摄。唱完后，导演还设计了一个解密环节，就是让梁为国一样一样把帽子、首饰摘掉，用湿毛巾把妆容抹去，露出男儿真身。这时候现场观众发出巨大的惊叹声，他们无论如何也想象不出刚才那时而高亢嘹亮、时而温柔婉转的歌声是一个男孩子唱的。掌声再次雷鸣般响起。

演出极为成功，梁为国独唱的这段录像在县电视台连续播放了很长时间，甚至市电视台的栏目组闻讯赶来，也想找他去录节目。但那时梁为国的嗓子却突然哑了，不但唱不了女声，甚至连平时说话都是哑的，错失了成为大明星的机会。人们说，这孩子的变声期来得太不是时候了。

"你知道我嗓子怎么变哑的吗？"梁为国像是在问自己，也像是在问梁为民。

梁为民说，不是说变声期到了么。

梁为国轻笑一下，抬起那只没有手的胳膊，用半截袖子擦了擦脸。

梁为民瞥见他眼睛湿湿的。

"其实是我自己弄哑的。"梁为国说。

"啥？"

"我那几天晚上睡热炕，偷偷从盐笸箩里抓盐吃，还吃特别辣的辣椒，嗓子又干又咸又辣，我就忍着，不喝水。最后就成这样了。"梁为国说的时候，脸上露出得意的笑容。

"你为啥要这么干？去电视台当明星不好吗？"梁为民问。

"好啊，当然好，"梁为国说，"谁不想当明星呢。可是你知道代价是什么吗？自从那次……反串……之后，同学都嘲笑我，说我是个二尾子。你知道二尾子啥意思吧？就是不男不女、不阴不阳，就是变态。他们还说我没有鸡巴，下半身啥也没有，是太监。男孩不愿意跟我一起玩，女孩也躲着我。"

梁为民心里头一沉。他记得这些话，甚至他还记得自己也说过这些话。不但说过，那时候有人偷偷问他，梁为国到底有没有小鸡鸡时，他告诉他们，有，但是很小很小，像一条小泥鳅，等于没有。他还说过其他类似的话。他只想打击弟弟那时候的红火，不知道这些话给他这么重的伤害。

这一刻，他感到无比愧疚和羞耻，可他没有勇气为此道歉，只能继续沉默。

"哈哈，"梁为国继续道，"许多年后，我从外地回来，有人喝醉了说起这件事，还要扒我裤子看呢。直到我生了三胞胎，才彻底把这些人的嘴堵上。他们谁也没生出三胞胎来。"

然后，他们又说起中考的事。梁为国给梁为民道歉，为他给父亲告密他偷偷报名的事。梁为民说，我其实也知道你要逃走，但我没告诉爸妈。我想让你离开。可你为啥要跑呢？

"为了离开这个地方，主要是离开妈。"梁为国说。

"妈？"

"哥，我知道你从小就妒忌我，觉得我的出生抢走了你应得的一切。后来为了给我上户口，还把你的年龄改小了好几岁，你本来应该比我早上学的。又因为在大伯家的几年，妈特别不喜欢你，特别宠着我。可你不知道，我多羡慕你啊。爸妈是疼我，什么好吃的好玩的都先给我，但是他们把我管得太严了，从小到大，我穿什么衣服、跟谁玩、吃几根冰棍都是妈说了算的。你不知道我多羡慕你，谁也不管你，你是自由的，你想跟谁玩就跟谁玩，你想穿个背心跑出去，他们看见都装看不见，我呢，我如果这样，他们肯定揪回来，让我按照他们的要求穿好衣服才能出门。你想下河摸鱼就下河摸鱼，我连站在河边看看都会被妈念叨，好像我只要看见水，就会被淹死一样。为了中考时的逃走，我策划了好多年，我攒着零花钱，我从电视里、朋友那里打听该去哪儿，我不断去汽车站，问到沈阳该咋坐车。我想过所有的可能性，一样都没发生，我特别顺利地逃出了学校，到汽车站买到票。我坐在车上等发车的时候，还觉得妈会突然上车，把我抓回去。但是没有，准点发车了，我终于离开了丰水山，离开了林东，到了一个谁也管不着我的地方。那是我过得最自在的日子。"

梁为民心里的愧疚，渐渐被一种震惊和奇特的感觉替换了，原来他曾以为特别苦逼的童年，在梁为国那里是自由，原来自己拼命想要夺回的那种生活，却是另一个人想拼命甩掉的。

"后来，我还是回来了，回到了原来的轨道，原来的日子。"梁为国说。

"自由没那么重要，是不是？"梁为民说。

"我以为有了这几年的闯荡，我在家里能摆脱妈的控制，但是我想得太简单了。"梁为国说，"你知道我真正放松下来，是什么时候吗？"

梁为民抬眼看他，这是他许多年来第一次如此正式地端详他，他的脸异常平静，眼神里泛着讲述得意之作的那种欣喜。他在梁为国的瞳孔里看到自己模糊的影子，连影子也算不上，只是一个黑点。

"就是手断掉的时候。没了一只手，当然难受啊，当然痛苦啊，可是后来让我接受这个惨剧的，不是无可奈何，而是我发现随着这只手一起断掉的，还有妈对我的束缚。从那以后，她在我面前变得小心翼翼，再也不像以前那样什么都管了。我可以随意发脾气，大喊大叫，我想怎么样就怎么样，她只是在旁边看着我。虽然我不喜欢她那充满怜爱和同情的眼光，但我享受这肆无忌惮的过程。"

梁为民伸出手，握住了那一小截空空的袖管，小声说："这事，还是我对不起你。"

梁为国把袖子抽出来，甩了甩，有轻微的风在脸上拂过。"没啥对不对得起的，这是我的命。"

过了一会儿，梁为国解开一个扣子，从怀里把那个小瓶子掏出来，说："我的手从来没有丢过，只不过不长在腕子上了。"

梁为民摸了摸那个装着梁为国一只手灰烬的小瓶子，有点温温的。

"揣起来吧。"梁为民说，心里想，在有些事上，梁为国比他想得透。

天已经黑下来，村庄里的灯火显得飘忽不定，但始终在那里浮动着。他们坐在高处，看过去时村庄的上空凝聚着一层淡淡的云雾，不知道是晚饭的炊烟，还是别的什么东西。

两个人摸索着从洞口爬下去，灌木丛伸出无数细小的手挽留他们，但是他们毫不停留。从山脚往村里走的时候，他们说起小时候听过的鬼故事、鬼打墙之类的，并不觉得害怕，反而有一种幸福感。这半个小时弯弯曲曲、坑坑洼洼的路，是兄弟二人唯一一起度过的童年。他们没有商量，但心里对家里那一摊事有了各自的答案。

11

三天后，梁为民和小霞回到了北京。

他们俩知道，这段感情已经走到了尽头，好合好散吧。

但是要真离婚，也没那么容易，还得有一套流程要走，得去一方的户籍所在地，也得拿上双方的户口本，把本人那一页的婚否栏里从已婚改为离异。也就是说，要离婚，他还得跟小霞回趟老家，或者拿上户口本，到小霞的户口所在地办，都挺麻烦，两人便一直拖着。

梁为民想，自己不好再回丰水山，不妨让梁为国来一趟。这么多年，还没邀请他到北京来玩过。梁为民打电话，让梁为国带着媳妇孩子来北京转转，这时候是五月初，天气转暖，到处柳绿桃红，小月河两岸海棠花落英缤纷，故宫的红墙绿瓦在阳光下熠熠生辉，长城两边浓荫匝地，挺适合游玩的。梁为国有些意外，说是商量商量，商量的结果是，他跟媳妇来，就不带孩子了，仨孩子带着，实在折腾，这要是跑丢了一个，还不得急死。

梁为民让他顺便把户口本带过来，自己要用一下，也没说干什么用。

五一过后，六一之前，梁为国带着媳妇来北京。第一天，去吃了北京烤鸭，逛了圆明园，第二天开面包车去长城，反正就是拍照打卡，玩得挺高兴。第三天本计划去故宫的，但一早起来，阿妹不见了。三个人想，或许是醒得早，到附近去转转了，便等着。等到十点钟，还不见人影，觉得要出麻烦。他们想，阿妹是不是出了什么事儿，迷路了，被车撞了，还是怎么了，赶紧跑到周围去打听。直到中午，才在门口一个小摊贩那里问到，说一大早，有个小个子胖女人跟他打听路，问他火车站怎么走。

梁为国听了，感觉天晃动了一下，地势突然有了高低。梁为民和小霞随即也猜到了阿妹的意图，她要离开，不，是要逃走了。梁为国一屁股坐在地上，然后马上跳起来，说：她都没有身份证，根本买不了车票。

户口本，梁为民喊了一声。

梁为国赶紧翻包，发现户口本、钱都不见了，却找出一封信来。歪歪扭扭，是阿妹的字：

> 阿国，我走了，我想家了，这些年我一直想回家。当初跟你来这里，我稀里糊涂，说不上是自愿的，也说不上被骗的。自从跟了你，我一直想走，但是我也感谢你当年救了我。我给你生了三个孩子，对得起你。我想了好久了，这一次终于有机会了，我知道你是不会让我走的，所以我只能偷偷走。好好养儿子。阿妹

她可真能忍啊，小霞突然说。

难不成你知道她要跑？梁为民说。

我不知道，小霞说，我就是刚才突然想起来，那回中秋节，咱们从老家回北京的路上，你让我找地图，我没找到你说的中国地图，但老觉得自己见过。我现在记起来了，在家里，我看见阿妹拿过一份地图，红红蓝蓝的，当时我还以为是孩子的图画书呢。她多能忍呢，拿了地图一年多，才趁这次机会跑。

梁为国浑身都抽动起来，抬起空袖管，想擦汗，却抹在眼睛上。

我早就该发现了，梁为国说，我说她为啥每天都看天气预报呢，她那是记地图呢。她还学认字，说是将来可以辅导孩子写作业，原来都是装的。她不是能忍，她是为了等户口办完了，她正式拿到户口。有了户口，她才能买车票。

哈哈，梁为国突然笑了。梁为民和小霞一开始觉得他笑得突然、尴尬，不合时宜，可听他笑了几声，他俩也忍不住跟着笑起来，哈哈哈，哈哈哈，三个人笑得前仰后合。梁为国是边笑边哭，亦笑亦哭；梁为民笑得没心没肺，仿佛听了一个绝世笑话；小霞笑得放松而舒畅，如同积压在心里多少年的疙瘩解开了，一个莫名的郁结烟消云散。

咱俩一时半会离不了婚了。梁为民说。

梁为国止住笑声，愣了一下，又反应过来，说：你让我带户口本，原来是干这个的。

是，梁为民说，谁能想到成了阿妹离开的通行证呢？说起来还是怪我，地图是我买的，北京是我让你们来的，户口本也是我让你带的。

哥，梁为国说，你也别这样说。

他举起他已经不存在的左手，继续道，就像它，根本上还是我自己送进铡草机的，我那天如果没喝酒，如果没自以为是，也就不会丢了手。阿妹啊，有了孩子，我以为她早就放弃了回家的想法，没想到她这么多年一直在默默准备。走了好，她回去了，我也心安了。谁会不想自己的家呢。

过了半分钟，梁为国抽泣起来：我回去咋跟爸妈和孩子说呢，往后的日子咋过啊。

梁为民走过去，让他的头靠在自己的肩膀上，他瞅见梁为国杂乱的头发里，有了不少白头发了。这一刻，他第一次踏踏实实地觉得自己是哥哥，一个无能为力的哥哥。

12

老梁在腊月二十三小年这天，回到丰水山村。

似乎一年前他还是小梁，突然之间就变成了老梁，当某一次喝酒时，老黄和老王喊他"老梁，干一个"的时候，他没有丝毫惊讶和不适，这个称呼像那杯冰凉的啤酒，咕咚一声落进他的脑海里，就像他也记不清到底什么时候管老黄和老王喊老黄和老王一样。他能想象到，过年时，那三个侄子会端着酒杯说：大伯，祝您新年快乐，万事如意，谢谢您这么多年对我们的照顾。他连干三杯酒，头脑微微晕起，心里涌出一波温热的浪。他没有孩子，但这三个侄子，仿佛就是他亲生的儿子。这些年来，他赚的钱主要都花在他们身上。三个人同年同月同日生，按先后顺序分了个大小，而且学习成绩都不错，只是兴趣各异，一个要学航天，一个要学地质，还有一个要学医。他跟要学医的老三说，学医苦，你可得做好准备。老三说，我不怕苦，我要继续你没完成的医学事业。说得梁为民心头一热。

梁为民现在孤家寡人一个，却获得了生活的满足感。他爸梁建成两年前去世了，他妈也因为关节炎，走不了远路，只在屋里洗菜做饭。她已经完全蜕变成一个标准的农村老太太，打狗撵鸡，嘴里永远在唠叨，家里一根针的摆设也看不顺眼，没人的时候，她就对着空荡荡的屋子说话，伴着哮喘带来的浓重呼吸声，好像吹火的风箱里有一张永不停歇的嘴。有人的时候她对人说，但人从来不听，仿佛院子里的树叶被风吹响了，无人在意一样。

梁为国头发白了一多半，他每年有三个月的时间出门在外，去找阿妹。他已经找了好些年，几乎踏遍了南方的每一座边境小城。他遇见了几百上千个叫阿妹的女人，她们都矮个子、白皮肤，但都不是他的阿妹。人们劝他不要再找，人海茫茫，相隔国境，他们再次相遇的概率比中彩票还小。但是梁为国经常拿电视剧《神雕侠侣》里杨过和小龙女的十六年之约来回应对方、鼓舞自己：杨过等了小龙女十六年，等到了。人们不忍说，那个是电视剧，电视剧嘛，无巧不成书，你跟杨过唯一的共同点就是都没了一只手。梁为国去南方次数多了，除了找阿妹，他也有了其他发现。南方有很多土特产，在当地都很便宜，茶叶、菌子，还有熏肉、烟草什么的，他开始由少到多地往北方倒腾这些东西；然后冬天的时候，再把内蒙古的牛羊肉、小米、大豆发到那边去。一开始只能把自己的路费赚回来，时间长了，摸到些门道，渐渐就有了些规模，每年能赚些钱。三个儿子已经上了初中。小学四年级就在中心小学住校，周末回家拿点钱，初中也住校，不过是每两周回一次家——现在可以手机转账，钱也不用拿了。学习的事他也不操心，爱学成什么样算什么样吧，倒是梁为民，隔三岔五就打听他们的学习成绩。这三个孩子倒是都很聪明，比他们哥俩强，学习中上等，一直保持下去，考个二本还是有把握的。

梁为民到家的第二天，梁为国也从南方回来了。

这一次，他不但带回了阿妹的消息，还带回了小霞的消息。确切地说，是从小霞那里带回了阿妹的消息。几年前，阿妹带着户口本消失后，又过了半年，梁为民才和小霞用补办的户口本办了离婚手续。梁为民一直在海龙干到2017年，彻底破产，然后去了隆昌肛肠医院，一年半后，又从医院离开，转到这家体检中心。

离婚后第三年，小霞又结婚了，这次嫁了一个真正的IT男，在后厂村上班，比小霞大八岁，脱发严重，黑眼圈，看起来是体虚，但人家刚结婚就让小霞怀了孕。女儿足月出生，小霞成了全职妈妈，等到女儿三岁，该上幼儿园了，两口子一合计，那不如小霞就直接去幼儿园找个工作算了，既能接送孩子，还有个事儿做。他们选的是一家国际幼儿园，费用不菲，理念超前，中英文双语环境，每天主要就是游戏、手工和各种体育活动，从来不像中国传统幼儿园那样讲1234什么的。梁为民在小霞结婚时，把她微信删了，再也没有联系过，但梁为国始终留着这个前任嫂子的微信。

这次从南方回来，在北京转机，他跟小霞见了一面。其实是小霞主动见了他一面。这些年来，如果说还有谁始终支持他找阿妹，就只有小霞。两人坐在机场里的漫咖啡，聊了聊各自的事。小霞没问梁为民，梁为国也没提。离了这么久了，已无须再互相关注了。

他们说到了阿妹。

小霞说，她得到过一个线索。

梁为国心一动，问是什么线索。这些年他得到过不少线索，事实证明，那些线索都是假的。

小霞说，前一阵，有个人加我微信，我以为是什么中介或是推销的，没理。后来我往回翻那些加微信的人，又看到了那个人的头像，是一幅地图。我再加她，可惜过了时效期，已经加不上了。

小霞说着打开手机，点开一个头像，是一幅中国地图。

这算什么线索？梁为国说。

你得细看，小霞说，这上面是你哥当年标注的从北京回村里的线路，我记得很清楚。

梁为国把图放大再看，从北京到丰水山，的确被用小圈标出了一条路。这张图即便不是阿妹的，也一定是一个和丰水山有关系的人的。而且，路标并未到北京停止，一路向南，最后一个落在了广西的凭祥。

他的心猛烈地跳动着，震得胸腔都感到疼。

有枣没枣，打一竿子才知道，小霞说。

梁为国没说话，但他记下了这个人的微信号、微信名。

回来的路上，他无数次把微信号输入进去，找到那个头像的人，然后在加好友的最后一步犹豫了。十年来，这是他离阿妹最近的一次，可是突然间发现，这也是最远的一次。他历尽千山万水去找她，其实内心真正的想法是，有一天，她会自己回来。不管她是阿妹，还是岳小琪。

她拿着户口本，那上面有着家里的详细地址，她想回来，一定能回来。没有，只能说明她彻底跟自己和孩子们告别了，她不想再回来了。

他不知道她是怎么做到如此坚决的，他知道的是，她这么坚决，即便自己找到她，也改变不了什么。他只会再次揭开伤疤和往事，也打扰自己刚刚建立的生活，还有孩子们好不容易接受的母亲因病去世的谎言。

年二十九的傍晚，按丰水山的习俗，梁为民和梁为国先去坟地给爷爷奶奶和父亲上坟烧纸。父亲的旁边起了新坟，是大伯的，那个梁为民也叫了两年爸的人。他也给他烧了一刀纸，心里想，如果当年大伯母没再生孩子，自己一直给他当儿子，现在会是什么样？想着想着，出了神。

手机振动，有人发消息，打开一看是小孙：梁哥，小弟提前给您拜年了，祝您虎年大吉，虎虎生威，如虎添翼。然后是一堆红红黄黄的表情包。

老梁想了想，回了一个：新年快乐，心想事成。

他已经打听过了，柳红梅，不，柳丹生意做得挺大，现在不只是分院的院长，还开了一家美容院，不过，她仍然是单身。他重新加了她微信，她也通过了，但两个人谁也没主动说话。他渐渐确认，他们一起经历过的那些夜晚不是幻觉，而是实实在在的事儿。但这说明不了什么。现在，他有点犹疑，到底是该去见柳丹，还是去见柳红梅？

等火彻底燃尽，兄弟俩站起身，因为跪得有些久，腿已经发麻。他们抬头，又看见了远处的水帘洞，又小又破的一个洞口。两人下山坡，又往对面爬，向洞口走去，石阶彻底消失了，这里的斜坡和其他山坡没什么不同。这一次，他们几乎毫不费力地就爬到洞口。

洞里干燥无比，除了各种粪便垃圾，还有不少鞭炮炸响后的纸屑，红红蓝蓝，应该是孩子们玩剩下的。他们往里走，到了当年人们接圣水的地方，发现石块上有湿润的水迹。他们前一次来时所见的字，已经看不清了，只剩下某些被刻画较深的线条。

水帘洞又有水了？梁为民惊讶地问，手摸了摸，的确是湿的。

梁为国看了看，说：是风吹进来的雪，天一暖，化了。

梁为民心里生出一点儿失落感，嗷嗷喊两声，回音在他们周围荡漾了一下，然后消失在石壁中。

他们开始返回，再到洞口附近时，梁为民发现那些鞭炮碎屑中，有几支没有炸响、完好无损的小鞭炮，捡起来，引信还在。

有火没？他问梁为国。

梁为国掏出打火机递给他。

梁为民划燃打火机，点着引信，在刺刺烧的时候把鞭炮往洞里扔去。有一阵轻微的火硝味传来，却没有炸响声。

他又点了一支，这一次响了，啪的一声，然后洞里传来几声短促的回音，仿佛石块投掷到水里时的声音。

梁为国也捡了几枚举着，梁为民帮他点燃。梁为国抛向空中，噼噼啪啪，青烟里有纸被燎过的焦煳味，还有火硝燃烧的味道。跟坟前烧的纸相比，这些味道似乎让人觉得是一种香味。

再也找不到完整的鞭炮，两人坐在石头上抽烟，烟是梁为国从南方带回的红塔山。梁为国坐下去的时候，龇了一下牙。

梁为民心想，这小子该不会是得了痔疮吧？这么思忖着，他右手的食指不由自主地变成了一指禅，继而反应过来，暗自一笑，那根手指轻轻一弹，把刚刚燃尽的一截烟灰弹到空中。卷烟的纸烧着后，则又是另一种味道了。

黑城之恋

索南才让[*]

上篇　等待城墙再次成长

我们的关系没有确定，但都心里有数了。这天晚上，我从家里出来，发信息给她：你到服务中心这里来。知道了。她说，我白天路过的时候，看见那里有人。但现在，外面太黑了，我害怕。那我来接你。我说。不用了，你来接我更害怕。你怕什么？我说。怕什么？你说我怕什么？大半夜的跟一个男人出去，好吗？你到底来不来？再过半个小时看吧，这会儿我看电视呢。她说。那你看吧，不用来了，我回去了。我说。你这个人真没意思。她说。你把我晾在这里算几个意思？我就是开个玩笑。我可不想开玩笑。好了好了，我现在就出来。

我点了一根烟，离开路灯的光圈，站在了黑暗里。楼上办公室的灯亮着，谁在那里？徐金盛，还是都成仓？或者是妇联主席党慧明。这女人的精力实在是太充沛了，干事那叫一个雷火。我再往黑处走了几步。约在这里见面实在不安全，但刚才办公室好像没人，我记不太清楚了，我应该朝上面看了一眼，黑漆麻糊一片。但更有可能是我想着要看，结果却没看，我心里装着事。四月的

---

* 索南才让，男，蒙古族，1985 年出生于青海。作品发表于《收获》《十月》《花城》《青年作家》等杂志，入选《小说选刊》《小说月报》《中华文学选刊》等选刊，并入选 2020 年《收获》文学排行榜中篇榜。曾获第八届鲁迅文学奖、青稞文学奖、青海青年文学奖、青海省政府文艺奖、《钟山》之星文学奖年度佳作奖、《红豆》文学奖、青铜葵花儿童文学奖金葵花奖、华语青年作家奖等。

夜晚冷飕飕，我冻得一哆嗦，这才发现自己没有穿衬裤，但这怎么可能？我开始分析自己为什么没穿衬裤，又是什么时候脱掉的。我居然想不起来。往前推，去西宁那几天我穿着呢，我记得在枫林酒店，我洗澡时还在犹豫要不要洗一洗。回来后四天无所事事，但肯定没有脱掉，因为那几天天气很冷。接着去藏毯厂帮朋友看地毯，心血来潮地离开马路，从田野间走路回来，直接越过黑城，走向那段病恹恹的明长城，在那里逗留了很长时间……然后再往前，一直走到了拉脊山脚下，坐在一块很大的、遮风效果极佳的石头背后很长时间——那段时间想了什么？在手机上读网文，听了歌，拍了照片，那天是三月二十八号吧——下午四点过后，起身，活动了僵硬的双腿，回家。膝盖骨里空荡荡的，酸涩感很强。饿得双腿软绵绵，头冒虚汗。身体这么糟糕吗？我开始害怕起来。那种害怕很复杂，不是单纯地担心疾病，不能恢复正常、意外受伤、痛苦地煎熬以及死亡这一终极恐惧都让我感到害怕。但那时候，我依然穿得很正常。再往后的日子，就是来了一拨客人的这几天。这已经不知道是这一年多时间里的第几拨参观团了。但这次来的这些人有些不一样，他们都是书画家、摄影家、戏剧家还有作家，来黑城采风。我知道的时候已经是第二天上午了，书记徐金盛领着他们在石头街上漫步参观，到处指指点点。我站在汪生全家的大门口，看着他们慢慢地走到小广场上，很有兴致地欣赏我们村的几个妇女的广场舞。一曲结束，他们说说笑笑了一阵子，有个卷发红脸膛男子走到广场中央，说要唱一段秦腔。他叫上来一位女士，简单地酝酿了一下，唱起来。我还是第一次当面听人唱秦腔，很有意思。他俩既走台又演唱，表演得很尽力。围过来的人多了，大声叫好，要求再来一段。两位答应着，休息了片刻，又唱起来。

等我到镇上买了膨胀螺丝，租了电钻，又到锦华饭店门口开上车回来时，他们在办公楼底下，支着大铁锅，在揪面片儿。显然，这种午饭他们很喜欢。我放慢车速，数了数，他们有十一个人，有五位女士。我用借超长电线的机会去找文婷，才知道昨晚上有两位女艺术家住在了她家。半夜里，她们兴致很高，要去走走石板街，看看月亮，是我陪她们去的。文婷说，昨晚的月亮真大呀，又亮又清晰。石头朝着月亮的一面都在发光。她们激动坏了，看来她们很少这样。

哦，肯定是的。我说，在城市里，哪有月亮的光？都被灯光吃了，还有汽车尾气和乱七八糟的气体。

回来时已经四点了，我都冻死了，她们舍不得回来。我觉得她们这样的人真好，喜欢生活的美是真诚的。

我有些奇怪，难道我们不真诚吗？不一样，我们看见的生活是实实在在的生活，她们却能看见不一样的东西，那应该是隐藏起来的更好的一些什么，但我们看不见。

也许是这么个理，但是你想过没有，我们能发现的很多事情他们却不知道。一时说不上来具体的，但是你好好想想，心里就是有那么一种感觉，我们的很多秘密他们不知道，这个秘密不是那种秘密，是大的那种，就好像……

我知道你的意思。她说，可是我更想成为她们那样的人。

她们是干什么的？

是作家。

她们带书了吗？自己写的书。

她们说太沉了，没带。但是我上网查了，她们写了很多书。

都是些什么书？

有一本好像叫《重返现场》。

是小说吗？

好像是。

肯定不是网络小说，网络作家没时间采风。我接过电线。此时，我们在她家被当作库房的旧房子里，里面很暗。窗户本来就小，现在又钉上了木条加固，幽森森的。我靠上前去，她一闪身，到了门口。中午那会儿，有戏曲家要唱秦腔，你来听吗？

你会去吗？

我当然去。

那我也去。昨天我也听了，功底深厚，唱得好。

我很羡慕那位女老师，她的气质真好，你发现了没?

哪个?

就是唱秦腔的那位女老师啊。

哦，没错。的确非常好。我想，那应该是常年舞台表演的效果，就像军人总是昂首挺胸一样。

但我做不到。她说。我看出来她真的对自己感到失望了，好像受到了很大的刺激。

不是做不到，是我们从来没有机会，也没有必要去那样做，我们做自己就好了，她们也是在做她们自己，因为职业或者艺术，你才会觉得她们很不一样。

我好像有点驼背，你觉得呢?

没有啊，我没看出来，有吗?

有的。我知道，我走路的时候喜欢塌着肩膀，就好像累得抬不起头一样。

这是一个习惯，改一改就好了。

她父亲去县里了，她妈就在广场上练舞，再过几天，村里的舞蹈队就要去参加比赛演出了，因此这些天，广场的音乐从早到晚不消停。她妹妹因为疫情，从兰州大学放假回来了，正从卧室的窗户观察我们。你妹妹在监督我呢，好像害怕我把你拐跑了。我朝文洁挥挥手。她面无表情地看着。

司马昭之心，路人皆知。

那你什么态度?

不是明摆着吗?

我还是不太明白，你忽远忽近的。

从她家出来，绕过了挖断的巷道，经过古井的时候，有四五个艺术家在那里聊天。聊的正是这口井。这口古井已经有一千年了，是北宋一位叫王厚的威州团练使的"政绩"。他在崇宁三年时率军攻打青唐城——就是现在的西宁市——逼得青唐王子溪赊罗撒什么什么的逃到了溪兰山中，再逃至青海湖，最后，又到了溪兰宗堡——即现在我所居住的地方：黑城——被王厚围堵歼灭。据《续资治通鉴》记载，这口井是为解决当时守城将士们的吃水问题开掘的。但因为水质优良且从不断绝，故一直饮用到一九九六年，黑城通了自来水，才被封存。我小时候，可没少喝这井水，冬天的时候，帮母亲提水——再后来自个儿来挑水——也没少受罪。当时并不觉得有什么好的，水就是水，难道还能变成饮料？但现在回想——尤其是喝了自来水一对比后——真是大不一样。这井水的那种干净至纯的感觉，太珍贵了。

我回家前先到土主庙那里看了看。那位画家还在画画，旁边已经有一幅完成的作品了。我在他旁边站了一会儿，他没有看我，很专注地工作着。他画的是石头街的一截，古城墙和那几棵古树都跃然纸上。他身后，土主庙边上的那棵披满了红绸的老树正在发着新芽子，在他斜对面，古城墙豁口下是水泥硬化路，绕着黑城一圈。但在二十年前，这个豁口是没有的，我小时候常在城墙上玩，可以完完整整地走一圈，走到南城门了，手脚并用爬过去，接着走。城墙有两三步宽，看起来很高很危险，却从未掉下来过。因为上墙，那些年母亲揍我的次数数不清。现在，她已经有十来年没有打我了，所以她将这些精力放到了对那些往事的回忆上。几天前，我陪她到城外散步回来，经过北墙根时她又说起一件事。说那一年，我大概八九岁，一场大暴雨过后，城里到处是泥潭，院子里圈了一大汪浑水，墙根小小的排水洞效果不明显，我父亲正在旋大排水洞，但一转眼，我不见了。接着她和父亲心有灵犀地朝墙头一看，我蹲在城墙上，正笑嘻嘻地看着他们。适合上墙的地方就在土主庙旁边，他们都不知道我是怎么用这么快的速度跑到土主庙那边上墙又踩着城墙跑回来的。当时我吓得脑子嗡的一下，这可不是平时。母亲说，墙是黄土墙，雨一泡，滑得跟鱼儿背子一样，随便一下，就会栽下来。你父亲气得当晚就犯心脏病了，你这个二流子。她嗔怒地瞪我一眼，看着城墙，陷入了回忆。母亲说的这件事我毫无印象，她以前说的很多我闯过的祸，除了她，估计没人记着。以前不觉得怎么样，但自从父亲走后，她的记忆力越来越好了。我发现，她可以追溯到事件最轻微的细节，而后，由此引出更多的事件。刚开始的时候，大部分事件都没有我参与——我想那是因为我还没有出生，或者太小了——但到了后来，尤其是最近两三年，主角大部分都是我，好像我正是在她的故事中慢慢长大，然后导引着事情的发展。

我赶在中午到来之前干完了活儿。母亲花很长时间绣了一幅超大的"百鸟朝凤图"，我拿到西宁市精心装裱。客厅沙发背后一直空白着，就等这幅杰作呢。这是母亲刺绣多年来最呕心沥血和雄心勃勃的一幅作品。她多次表明，这是留给我的纪念。我会当传家宝传下去的。每次我都这样说。她虽然呵斥我不正经，但心里却很高兴，绣得更加仔细认真。有时候一坐大半天，抬起眼来，茫然无神，一副心神耗费过度的样子。但她不听劝，执拗的态度体现在作品的进度上，这么大的一幅图，她不到两年便完成了。整个黑城，以及周边村寨，我认为没有可以与这幅作品媲美的刺绣。其配色的精湛、细节的完美、构图的大气令人惊叹。这真的是一幅可以当作传家宝的宝贝，因为里面有母亲倾情投入的精气神和一个母亲对儿子和家的全部情感。

当我将"百鸟朝凤图"挂上去，拉开窗户上的窗纱，满屋生辉。效果之好，让她高兴得合不拢嘴。看来我是白担心了，搭配得很好啊，你看呢？她满怀信心地问。简直就是不得了。我说，这还不把别人眼热死？以后我们出门，得把门锁牢。胡说。谁会偷这个？就是因为这个才会心动，其他的东西哪有这个宝贵？我得小心一些。

她从各个角度观赏、审视。她复杂的感受我无法准确描述，总之，最后她心满意足地去做午饭了。我说去还电线，出门径直走到小广场。综合办公室楼下，几个婶婶又开始做大锅饭了，跳舞的依然还在努力。艺术家们参观了一上午，回到了这里，有的坐在凉亭里喝茶，有的站着闲聊。文婷从办公室楼上下来，在大铁锅旁边绕了一圈，慢慢地来到广场。两位戏曲家开始准备表演了。"黑城好运小卖部"门前下棋的几个老头儿丢下棋子，背着手也踱过来。我站在文婷身边，朝她笑笑。我妈的刺绣挂上墙了。我说。肯定非常好看，我想去看看。她说。那你下午过来吧。我说。我不好意思，太不好意思了，她一个劲儿地摇头。也不着急，反正以后你有的是时间看，可以看一辈子。我小声说。不要脸。她躲开我一些距离。下午我去镇上，你要去吗？我不跟你一起去。她说。这时候，男戏曲家说了几句对黑城的感受和感谢的话，要开唱了。他们唱的是《秦香莲》中的一段，有六七分钟长。

听完一曲，满足地吐出一口气，我已经决定好好研究研究秦腔，既然这么喜欢，那就尽情地去听吧，去唱吧。这是一个高级的爱好，没有人会反对。我发现文婷的目光一直追随着那位女戏曲家，她的羡慕再次显露无遗地表现在脸上。要不要去认识一下？不用，有什么意义呢？可以学习唱戏啊。她看了我一眼，我什么时候说过喜欢唱戏吗？我被噎得没话说。她已经变得兴味索然，没有交谈的兴致了，她甚至都不再看任何人一眼。她走后一会儿，我抖抖手里的电线，追了上去。

音乐响起，争分夺秒的婶婶们又开始跳起来了。我说。

她们怎么了？她们的现在，就是我的将来。她情绪低落，说话很冲。

很好啊，老年人，开开心心身体健康就是一切。我说错什么了吗？

我只不过是说了句实话，你就不耐烦了。她毫不客气地推开我，说，推土机来了，让开。

你们家的推土机长这样？这是挖掘机。

反正我看到了几十年后的自己，我是农村女人，又有什么区别？

不一样的，时代发展这么快，说不定到时候我们都成城里人了。

可是意义没有变，我还是和她们一样，做着一样的事。

我们的事情不都一样吗？大同小异的事，生活也这样。我被搞糊涂了，我能理解她心中的不甘与反抗，但正是这种态度在我看来是完全没有必要的，因为大众就很好，我很不想让她因为不甘心而去辛苦做事。那你想干什么，你可以不跳广场舞啊，再说，到了那个时候，谁知道还有没有广场舞。

这么说，你其实心里也是这么想的。她一副果然如此的表情。

你明明知道我不是那个意思。我说。我的火气也上来了，但我不想让她看出来。

那你什么意思？她依然不依不饶。就算……她有些哽咽。就算到时候我不跳广场舞，可我也是一个农村的老太婆，我永远成不了另外一种人，我早就知道了，因为我没有上好学，没有学历没有知识，也没有什么才华，无论我羡慕什么想要干什么我都没有那种才华，我越想做别的事就越觉得最适合做的就是一个农村妇女，你说我怎么办？我该干什么？我是想唱戏可是我得有那个天赋得有一副好嗓子啊，得有一副好身材啊，你看看我这个矮子，你再看那个老师，看看她的条件你再看看我，你跟我说我能干什么？我可以干什么？

我想抱抱她，被推开。巷道里空静，挖管道的工人不在，昨天新翻出来的泥土吐露农村的气息。我仰着头，看着城墙根那一排杨柳的干干的枝条垂下，贴着土墙乘凉。听着她轻轻地抽泣，心里一阵刺痛。如果去爱一个人的前提是要了解她，那我做得远远不够，是根本不合格的。我根本不了解她的心思，不知道她在想什么，不知道她精神的苦楚，我只是想得到她，让她成为我的妻子。但是，然后呢？我没有想过，或者，是潜意识中有了固定的传统的不需要去追寻的答案：一个农村的家庭妇女。是这样吗？我真不知道了。此刻的答案，很有可能已经被篡改了，我已经不承认了。

好一会儿后，她渐渐平复下来。我握住她的手，心里一阵发虚。现在，不管她怎么想，我认为自己还没有做她男人的资格，但又因为这个突然的事件，我更觉得有信心了，因为我知道了她的苦闷，我可以和她一起去抗争去奋斗。别担心，我说。无论你想干什么，我都会陪着你，和你一起努力。我还会和你一起变老，就算是去跳舞，我也和你一起跳，不和别的老太婆跳。

你讨厌，我才不去跳，要去你去，你和那些大妈打情骂俏，你最适合干这个。

行啊，只要你没问题，我完全没问题。

你要是敢和别的女人多说一句话，我饶不了你。

我的天哪，你还没进家门就吃上醋了？我可怎么活啊？

你现在后悔完全来得及，我可以放你一马。

晚了，现在九头牛也拉不回我了。成功地逗她开心，我将电线递给她，朝大门内张望，再一次看见文洁正看着我们。我张张嘴，涌上喉咙的难听话还是咽了下去，再怎么说她也没错，又是未来的小姨子，又是很有上进心的大学生，给点面子吧。文婷似笑非笑地觑着我。一看你的表情，就知道准不是好话。知道文洁怎么说你吗？说你是个狡猾的善于伪装的人。我伪装什么了？我说，我爱你是真的。肉麻。她说你肯定心里在骂她，她从你的表情上看得清清楚楚。这么说来，她比你了解我，干脆你们姐妹都嫁给我算了。请你转告她，我也会好好爱她的。她朝妹妹招手让她出来。我掐了一下她的脸蛋落荒而逃。文婷在身后喊，你要是能和她争辩半个小时，我就什么都听你的。我迟疑了一下，但随即强忍回头的冲动离开巷子。

四月二十八日这天晚上十一点多，我看完了《一念永恒》最后一章。这部网络小说我断断续续看了半年，总体感觉还是挺不错的。回想自己这十来年的阅读水平，觉得有所进步。我记得第一次读网文还是二〇一〇年的冬天，那天我去找都成毅，他正在读小说。他用手机读，用的是一部灰屏的诺基亚手机，他每读一行便要摁一下下音键翻出来一行。但一行只有十几个字，所以他要一刻不停地摁键。我问他为什么不设置成翻页，这样摁一次键可以读到一页文字，最起码有五六十个字吧。他说他不习惯那样读。正是他引导我读网文。我读的第一本书是关于三国的，名字现在已经想不起来了。但我记得第二本书是《寻秦记》，那本书太好看了，我一口气读了两遍，并受到此书的影响，喜欢上了战国先秦时期的历史。有关这方面的书籍或者影视作品，我会多看几眼。我和都成毅由此成为阅读伙伴，经常交换阅读体会，分享好书。他是一个很有身份的人，从过去到现在一直是。他很看重家族荣耀，绝不干有辱门风的事情。小时候，我们几个常常闯祸的小子中，他是最有顾虑的一个，长大后他也是最稳重的一个。他的先祖，是南京江宁府上元县乐人，始祖官至清五品钦差，后迁至青海，入籍湟中县，并在民国年间移至黑城村落户。说起他祖上的事迹，尽管都成毅也一知半解，但他在这方面的收集和整理上是有一些功夫的，说起那许多年前在南京城里正月十五的花灯，那欢乐时刻发生的意外，又因为这些意外而造成的流放，前往这遥远的边疆路途上的遭遇……家族坎坷艰辛，代代奋斗代代相传的精神，如同家谱一样清晰地传承在他的血脉中。事实上，不只是他都氏家族，黑城的如解氏、汪氏、刘氏、田氏，还有我这一脉人丁稀薄的冯氏，祖籍都在南京，都是那一次意义深远的元宵节中的"罪犯"。那些无法一一证实的陈年旧事，于后辈的猜测与推断中弥补出一个个家族迁徙的轮廓。而这些从南方来的祖先们，他们的后人经过几代后，又成为地地道道的北方人。所以对我们这些后人而言，所谓的南北之分，早就在先祖们的迁移中化为乌有，剩下的，只有一颗中国心。

夜晚总是流淌进历史的大河中，让清醒着等待的人经历某种精心安排的时间去回顾体味。我睡意尽去，心如撞鼓，于是穿好衣服，走到外面石板街上。夜晚的黑城寂静无声，仿佛回到了远古时期，有一种胆怯却好奇的懵懂意味。我心里喜滋滋的，很快走出石板街，从北门出了城，延续多年的习惯，迈着多年来形成的步子，我开始再一次绕走我的黑城。这次没有数步子。也不用数，这个小游戏我玩得太多了，在我养成散步的习惯之前——大概就是从八九岁开始的——我便养成了丈量黑城的习惯。东面二百一十三步，西面二百一十四步，南北分别是二百零二步和二百步。这是近两年比较准确的数字。但在以前，我的成长没有定型之前，数字的变动是很频繁的，几乎每个季节都不一样。这个小游戏陪伴了我很长一段时光，特别是在我心情不好的时候，我会独自享受这个在别人看来万分枯燥乏味的游戏。我会一圈接一圈地走，走一步数一步，把每一步控制得差不多，越精准越好，乐此不疲。当然，儿时的游戏现在成为生活的一部分，并且是最核心最难以割舍的那一部分。这些年我渐渐地才有些明白，我是把生活中日常的一部分很自然地转化为一种更具有意义的形式，我将去长途旅行的步伐浓缩在了黑城身上，具体在了少年时的城墙上。黄土坯的墙头，收缩了世界的比例，我不用离开，就可以走完整个世界。这就是我这些年从来没有离开过的原因。我总有一种感觉，或者更像是一种仿佛受到保护的直觉：这黑城的城墙，受尽岁月和历史的盘剥，经历了高原的沧海桑田后，重新焕发生机，宛如枯树抽芽，将再次成长起来。说不定在某一天，我再次走出家门，悠悠地拐过北门，倚着墙根，沿着庄稼密匝匝的田埂蹀步，恍惚间，这段厚腾腾的城郭产生新的步数，它已悄然生长了一截，围绕它的庄稼荡漾，它也在春意沉醉的晚风中扬起一片得意的微尘。

下篇　谁在承风岭遥望黑城

文婷戴着黑色的口罩，一顶同样黑色的却印有一个金边大蝴蝶的鸭舌遮阳帽，她迟疑不定的样子把我搞笑了。但她很严肃。这里有摄像头你不知道吗？谁闲得没事会去查看监控记录呢？别担心。我安慰她。你说得真轻巧，我们就不能去外面吗？我怕你不愿意。你是我肚子里的蛔虫吗？她带着点你不要自以为是的嘲讽口气。好吧，那我们到外面去。你先走。干吗？会有人看见的。她坚持不和我一起走。到下面的路上等我。她说。那里车来车往，更招人好奇。我说。哎呀，就一会儿嘛，我们一起到地里去走走。好好好，我先走了。

时间是十点半，四月底的夜风带着微凉的大地复苏的气味，像无心睡眠的游客一样在石头街上晃荡。街上空无一人，两边崭新的刷了黄色油漆的门面在路灯照明下闪着亮光，和地上的石板一样让人感到有点陌生。我很快走到了土主庙前，往后看看，从左边走出城堡。没过一会儿，她快步走来了，急匆匆拉着我的袖口，就离开路面，走进一片没有耕种的地里。我任由她做主，很高兴她对我的态度有了变化。

你要带我去哪里啊？我害怕了。

那你回去啊，你不是有很多要聊天的女朋友吗，我是不是耽搁你宝贵的时间了？

停停停，我投降。你这个伶牙俐齿的小妖精。

是你先惹我的。

对对，是我的错。

你叫我出来，有什么事？

没多大事，就是想见见你。

我们天天在见面。

是啊，但还是不够。

少来，我才不会感动呢。你这个人的嘴，骗死人的鬼。

大晚上的，不要乱说。

我待不了多长时间，我是撒谎跑出来的，那两位老师还在看电视呢。

她们怎么样？

特别好，我越来越羡慕她们了。

别羡慕，因为她们也在羡慕你。

为什么？

因为你年轻又漂亮，住在一个历史文化悠久的古色古香的小城堡中，还有很多暗恋你心仪你的小伙子。

得了吧，就算我很享受这种夸奖，我也不感激你。你见过她们吗，她们一个比一个漂亮，而且，而且在气质这一块，她们拿捏得死死的。

我好像没见过，那天中午她们好像不在。

那天她们去藏毯厂了。

这些艺术家还要待多长时间？

好像再待两天就走了。

你们已经成为朋友，以后你可以去找她们。

嗯。她突然不说话了，默默地走着，好像陷入了一场耗神的回忆中，过了好一会儿，她才发现我们的手紧紧地握在一起。但她没有挣脱的意思。在这块两亩见方的地里，我们来来回回走了几遍，她说要回去了。你从北门回。她说。你先回去吧，我再待一会儿。干什么，别着凉了。她说，哦，我知道了，你还要约会。我突然抱住她，亲吻了她。她挣脱的巧妙令我吃惊，一愣神，她已然消失在地头的路上，脚步声清晰可闻。

我磨蹭了片刻，感到虚惊一场。至于惊了什么，却不得要领。我想，是因为她终于表明了态度吧。然而我很早就明白她的态度——她没有说，却等于说了——并且相当笃定我们会走到一起，但是这个吻却意义非凡，是定情之吻，说是订婚之吻也未尝不可。

我又朝夜的深处走了一会儿，也不知道想去哪里，但不想回家的情绪还是很强烈的。况且我也已经习惯了黑暗，眼睛派上了用场。我仿佛被一股力量引领，正在径直地朝拉脊山的方向走，很快便走到硬化路面上。远处庄子里有狗叫，附近除了路灯，还有几辆施工的翻斗车停在路边的空地上。一大块蓝色铁皮不知什么时候被风吹到了这里，有棱尖的一个角很深地插进了地里，整体的形状像毕加索简化版的公牛。我走到这里，再没有往前，折返向回黑城的小道，绕过北门的畜牧养殖基地，回到家里。母亲还没睡。才回来？她说。外面走了走。我说。她关了电视，去厨房慢吞吞地喝茶，又走回客厅，看了一会儿自己的杰作。我刷了牙洗了把脸从卫生间出来时，她还在那里站着。你再不睡，小心又失眠。我说，我现在一过十二点睡不着也会失眠。那是因为你有心事。你和文婷的事，能成吗？她突然有些忐忑，似乎在害怕什么，这种充满各种意外和不确定性的感情事，是最难以控制的。当然能成，她家里人都知道我们的事，谁也没有出来反对，文婷说她爸爸很平淡，说明是同意的。我说。你明天带她来家里，我和她说说话。好的，她正好想来看看你的这幅刺绣。我说。那个丫头是个心灵手巧的机灵人，要是她想学，我就把我的这点手艺全部教给她。她说。嗯，这个以后再说吧，以后有的是时间。我说。时间不多了，你这个憨头啥也不知道。她突然恼怒地说。好好好，明天你自己跟她说。你说我去他们家里一趟成吗？你去干什么？根本没必要，到时候让媒人去就可以了。我说，至于什么时候去，我和她商量一下。

　　我敢说，所有为情所困的人都是合格的失眠症患者。第二天，我一脸疲倦地去了镇上的农商行，汇了一笔款子到玉树。我和玉树的万德才让合作虫草买卖有七八个年头了。我们双方都很满意。每年我从他那里收购几批虫草，再通过早已建立完善并且很稳定的网络渠道发到南方各省。虽然没有做大做强，但每年都会有新的顾客加入我建立的虫草群里来。这个群我没有起关于虫草的名字。当时心血来潮，觉得卖什么就叫什么没意思，就起了个"不要让生命晃动的必要"这样一个古古怪怪的名字。最早只添加了五个人，都是浙江人。而且还是我认识的所有的外省人。当时，说实话我并没有抱多大希望，更没想过将这一行干长久。但是世事就是这么奇妙，群里的一位大姐成了我的贵人，她先是购买了一批量不大的虫草，很快又买了三百根。接着，她将她的亲戚和朋友都介绍给了我，这些人又介绍了一些人……几年下来，这个群已经声势浩大，群里最多的是浙江人，然后是福建人和广东人。这些南方人成为我经济稳定的强力支持者，得益于他们，我不用到外面打工谋生，可以在家陪着母亲，整日里无所事事，像一个乡村的二流子。每年五六七三个月的鲜草期，是我收入最多的时候，其他的时候，我好像在领工资一样，每个月或多或少，都会有一笔干虫草销售的收入。我购置了一个专门用来放虫草的冰箱，现在已经快空置了。这笔钱汇给万德才让用来进山收购虫草。我坐在家里，静候佳音。回想起来，是很多因素相互关联起来，才促使我成为一个贩卖虫草的"生意人"，但实际上，我不是。我很有一种觉悟，无论我真正要干什么，却绝不会成为真正的生意人。那么我究竟想干什么呢？这就和文婷一样，我也不明白。好像我一直在找，很难找到。开始的几年，因为太过于无所事事，我有些焦灼。脑子里想很多点子，最后一一去除。最接近于我内心的热爱，又很想干的事情是画画。我买了颜料和笔、画布、各种油画画册、画架，以及一些零零碎碎的工具，下载了很多教授油画的付费视频课。我认真学了五天，又给自己放了一个周末，然后再也没去动画笔。我耐心地考虑了两个星期，放弃了画画，将培养出来的耐心用在了今后几年的生活中，焦躁不安的感觉没有了。

对于我没有目标的生活母亲一点也不担心，我能够挣到足够的钱养家糊口，又不用外出打工让她安心，她觉得这很好。至于将来，她说，啥事情都有头有尾，你别担心，该你想干事情的时候，谁也拦不住。母亲说的当然对，事情就是这样。我还没到时候。于是我开始读书，发现了网络世界的虚幻中存在的那一部分真实，居然比在现实中更让人重视。但是，现实之真与虚幻之真的结合，好像一个混血儿，因为背景的不同，衍生出的问题更多更棘手。宽泛地说这些和我没关系，可无论如何，我都或多或少地利用了这种现象，给自己谋取了一份利益。但是渐渐地，我竟生出一股反感来。我知道这来自太安逸，安逸的对抗种子抵达我心智边缘后扎下根来，盘根错节地成为一道解不开的难题，好像在告诉我，无论我将来有什么糟糕的命运都是罪有应得，因为我现在过早地过上了安逸的生活。我不知道那些和我一样甚至更年轻的选择躺平的人，他们的心灵有没有收到警告，反正我是收到了，但没当回事。我对自己说，得了吧，你根本没躺平，你不是每天都在忙吗？瞎忙也是忙。再说，谈恋爱是一件真正重要的事，是顶顶要紧的事。

给文婷打电话。我在镇上呢，你来吗？你怎么不来接我？她埋怨道。我怕我小姨子。我说。巧了，她说她也怕你。她说。怕我还那么欺负我，这就是女人的反话吗？行，你等着吧，我们马上过去，你在哪儿啊？文洁也要来吗，她来干什么？文洁，他问你想干什么。文婷在那边喊。好了好了，我开玩笑的，你们一起来，我请你们喝奶茶。我说。

我开车到了麒麟河边上，停好车，在"时光逡巡"奶茶店门口等她们。万德打来电话，说明天就进山。受到疫情影响，今年的虫草价格上涨了不少，所以我也要涨价了。我想是不是在虫草酒这方面再努力一下。这是一条路，可以走走看。你出多少就能卖多少。不算不知道，在我的账本上，从去年五月到今年四月，这十一个月里，虫草酒总共卖出了一千七百五十瓶，每一瓶都是三斤装的，里面放十五根虫草，有百分之十的利润。已经很可以了，虫草的利润大部分时候都没有这么高。我想起来第一次去拜访文婷父母的时候，给她爸带的就是两瓶虫草酒。由此自然而然地谈到我的虫草生意，当他得知我一年在虫草上能挣那么多的时候，他非常吃惊，很怀疑我的话。我干工程，一年累死累活也挣不到这么多。他说，特产这么挣钱吗？这要看人脉资源。我说，大部分做虫草的都挣得不多，我只是运气好一点。也不全是运气，你有这个头脑。他开始对我好言好语起来，我们喝了一斤都成仓家自酿的青稞酒，他说出了自己的秘密。我有六十万外债收不回来，都是工程款。但是，我跟家里说的是二十万，我怕她们太担心。他说。

我等了半个小时，她们从我身后出现。文洁大大咧咧地拍我的肩膀，戏谑道：姐夫你好。听说姐夫你要娶我当小老婆？文婷在一旁掩嘴而笑。我张了张嘴，尴尬地笑笑，开玩笑开玩笑。我还当真的呢姐夫，姐夫你变了。我终于见识到了文洁的厉害，不敢接话，请她们进入奶茶店，上了二楼。她们一个要了珍珠奶茶，一个是椰果奶茶。茶饮来了后，文洁吸了一口，说还行，没有我想的那么糟糕。小地方的小店，你将就着喝。我说。

是啊姐夫，这里没意思，你什么时候带我们去西宁玩儿啊？

很快很快，等忙完这段时间。

这段时间是多久啊？她不依不饶。

呃，也就两个月。

两个月？我都回学校了，都忘了你这个人了，你真没诚意。

也是也是，不能让小姨子忘掉姐夫，那就过几天吧，我安排时间，提前通知你。

这还差不多，姐，你男人狡猾得很哪。

闭上你的臭嘴。文婷去掐文洁的腰，你再胡说我看看。

你们两口子要谋害亲妹妹。文洁挣脱出来，挪到我这边坐下，大大咧咧地盯着我看。我看着文婷，文婷看着文洁。我们奇妙地僵持了片刻。在这两姐妹面前，我充满了挫折感，我想也许是她们的默契带给我的压力，因为我和文婷没有这样的默契——不用说话不用看对方，仅凭感觉就能心领神会——而我也不敢保证，今后的我们会有这样的默契，我没有见过这样的夫妻，所以我不知道。

我说得很少，大部分时候都是文洁在说。她的思绪跳脱得很，一会儿这里一会儿那里。我这是第一次如此近距离观察她。她几乎常年在外面上学，即便小时候，在这么小的城堡里，我也没有留下多少有关她的印象。好像一转眼，她便以大姑娘的模样出现在眼前，平心而论，她长得比姐姐更漂亮，皮肤有一种南方人的白，很干净。但是，她的性格却让人不喜，总有一种掌控欲，说话很强硬，语气没有文婷温柔。虽然严格来说文婷说话也很冲，但是在大部分时候，她是很平和的。她会生气，却也会调节自己去妥协。我觉得这一点很重要，要是以后结婚，有矛盾永远是我的错，尽管也可以，但终究是不平衡的。我揣测文洁将来的婚姻，一片暗淡。她已经不小了，性格想要改变几乎不可能。而且，这么小话就这么多，年龄再大一些……我几乎看见了一个絮絮叨叨没完没了的怨妇。

从奶茶店出来，沿着麒麟河走了一会儿，我们随便找了个小吃店，点了两个小炒和一份羊肚汤。这家店的招牌菜就是这汤，也的确有几分滋味。只要了一碗米饭。这姐妹俩对待吃饭都有一种与生俱来的警惕。半天才吃一口，在我看来完全就是浅尝辄止，猫都比她们吃得多。她们看着我吃，我也吃不下，草草扒拉几口。文洁吵着嚷着要去爬山。

我们沿着明城墙慢慢走。这一段长长的残破的古长城，曾经担负着多大的重任呢，又经历多少人间的战火演绎。说老实话，以前，我不在意这些，无论过去发生过什么，那都是已经远去并对我的生活产生不了动摇的历史，我不想知道，当然可以。即便是现在，哪怕是将来，抛开对身份的好奇和对本地历史意义的追寻，我依然可以对此一无所知，没有非知不可的必要。但是，转变是在我开始读书后发生的，我读那些网络上的历史架空小说，又读唐明清民的小说，很自然地培养出历史观，有了考证的兴趣，这是我没有预料到的。我不是这方面的专家，也无意去刨根问底，我只是想了解一下真正的历史背景，以便在读书时有自己的思考。这样一来二去，储备了一些历史知识，可算是意外之喜。我已经觉察到了自己在阅读方面的转变，对网络小说的热忱正在消退，我今年的阅读比例就是很好的说明，历史书籍和纯文学作品占据了大多数时间，除了《一念永恒》，我甚至想不起来今年还读了什么网络小说。而且，我已经打算找一些家乡的地方志之类的书籍，花时间好好研究研究。既然阅读的道路将我引导至这个方向，那我也乐于接受，去追根溯源一下。至少，我得弄清楚我的祖先在南方是什么人，来这里又发生了什么。一条线的脉络如果一头清晰地出现在我身上，并扯动着我的心脉的话，那么就是另一头在召唤。我现在越来越明白，一个人活过二十五岁，便会进入一个成熟期，这个成熟不是平常认为的那种成熟，而是以一种觉悟了的心态，开始寻找自身的一些东西，又去除一些怀疑的东西。来来去去地折腾，总会有结果出现的。当然，我现在并不想知道，我才刚刚开始一段旅程，姑且，将这一段人生称之为寻根吧。这种现象也在文婷的身上出现了，我之所以喜欢她，不是因为她漂亮，是她的某种困惑与追问与我志同道合，我们有话说，尽管我们到现在都没有在这方面好好地、开诚布公地谈一谈，可是这不紧要，因为从一言一行中，我们已经交流了无数次，在更深的精神和意识中，我们交谈了无数次。我很庆幸能遇到她。

拐上一条通往弟兄山的小道。经过一个养牛的大棚时，从里面跑出来一只白狗，看样子是藏狗和农村土狗杂交的品种。它跑向我们，自来熟地摇着尾巴，跟着我们走了一段路，直到看见一群西门塔尔奶牛和放牛的一个男人，才丢下我们跑去那里。

再往前的路，转向山下，我们离开土路，拣了一条上山的羊肠小道，弯弯绕绕地在树木和沟渠间盘旋而上。走了将近一个小时，抵达山顶。天气晴好，空气干净，极远的地方也轮廓清晰，而脚下的村庄、工厂和田野，尽收眼底。黑城有如一座平地隆起的点将台，方方正正地矗立在那里。也许是因为家的缘故，我们怎么看，都觉得这一带的风景中，黑城最美。但更有可能本身如此，黑城是一座古堡，是承载着太多太多历史生命的古城。

会当凌绝顶，我们谈兴大发。天南地北地胡扯了一通。文洁说到黑城的历史，说是清朝的一个叫杨应琚的官员督建的。我说不是，黑城的历史更早，早在宋朝的时候就已经在此建城了，只不过那时候叫溪兰宗堡，后来翻建或是改建后，才改名为黑城的。

对啊，所以之前的是溪兰宗堡而不是黑城，这是两码事。

怎么就是两码事了？这城从宋朝开始就是一脉相承的，不能这么分割，这就好比一个人因为生病做了一个重大的手术，之后就变成另外一个人了吗？他就非得要改名字吗？

你这个不学无术之徒，溪兰宗堡在上新庄，怎么被你弄到一起了，这是一回事吗？

不学无术之徒？在你眼中，没上过大学，对一些事情一知半解的就是不学无术之徒了？好一个清高的人啊！我气急而笑。我知道不是我搞错了，错了的是她。不知道她是从哪儿得到的论断，或者说她对自己居住的古城历史其实没有多少兴趣——就像以前的我一样——只是在一知半解道听途说上添加了自己的臆断，既然这样——即便不是这样——我又和她争论什么呢？何必呢？

好了好了，几百年前的事情有什么可争的，不管是这个城还是那个堡，不都在我们这一片土地上吗，能跑到哪里去？好好爬个山，你们真是扫兴。文婷生气地转身往回走了。我追上去，很真诚地道歉。我是真的觉得自己有些过分了，一个女孩子嘛，这个年龄，不关注历史，不对这些感兴趣才是正常的，这在中学生的考试中体现得明明白白，那些历史考得好的，大部分都是男学生。我居然和一个女学生争论历史问题，真是不对，平白在文婷面前失了肚量。所以我道歉的态度很好，也很诚恳地对文洁说了对不起。她也显得很不好意思，开玩笑说都怪你，要不是你抢走了我的姐姐，我也不至于这么气急。

第二天，艺术家们打道回府，回到自己的领地去创作了。他们乘车离开时我们很多人到北门送别。文婷和住在她家的两位老师依依不舍地道别，我听见她们在说文婷你一定要去找我们……

黑城重归平静。生活按部就班。五月份到来，城墙根的树木率先垂范，枝叶仿佛一夜间繁茂鼎盛。黑城笼罩于一片绿荫之中，古色古香。我一连忙了十几天，虫草生意的第一茬儿告一段落。头草是最好的，这是我在这个群里再三强调的，所以当头草一出来，销售相当强劲。我先前预判，由于疫情影响，我的客户的收入也肯定锐减了，尤其是那些开店做生意的，更不好过，所以今年的虫草销量并不乐观。但是恰恰相反，今年比任何一年都卖得好。

虫草卖得好，货源却出了问题。今年上去的一批挖虫草的人被遣返了，不管是出于疫情控制的必要还是为了生态，反正不让挖虫草了。但这不是绝对，当地人依然可以去挖虫草，只不过少了那么多专业挖草大军，虫草的量必然锐减。谢天谢地的是万德才让不负我的期望，虽然前期猛然被打个措手不及，但反应过来的他迅速调整策略，利用亲朋好友和乡亲的优势，稳住了收购渠道，保证了虫草数量。他庆幸地说，他们村和隔壁村都没有做虫草生意的人，要不然还真难说。半个月里我大部分时间都在西宁，回来的时候去了一个花店，买了一束玫瑰花。但店主告诉我，现在送女朋友更讲究搭配，她建议我送向日葵，其寓意是：入目无他人，四下皆是你。有你时，你是太阳，我目不转睛；无你时，我低头，谁也不见。她让我把这几句话写在粉饰精致的卡片上。她在向日葵周边搭配了香槟玫瑰和蓝星花，一束亮丽而不失雅致的花束便完成了。

我平生第一次给女孩子送花，心里有些激动。花束像一个女孩一样文静地坐在副驾驶座位上，一路上我扭头看了多次，相信也无声地笑了多次。我将车停在她家的巷道口，观察周围有没有人。我终究不好意思让别人看见我拿着花扭扭捏捏的样子，而我在这方面也终究大胆不起来。给文婷打电话，让她出来。

干什么？她那边很吵，好像是洗衣机在转动。就一会儿，我在你家门口。我说。

过一会儿，出来的是文洁。

有啥事，我姐忙着呢。她走过来看见花，笑容就有了。

一会儿时间也没有吗，什么事情那么忙？

她手里有活儿。她看着花说，这是送花来了？你好浪漫呀，这花真漂亮。

我心里非常非常失落，那么兴致高昂地来，却如此扫兴。但我尽量没有表现出来，将花递给她。请帮我转交你姐，本来，这是我平生第一次送花给女孩子，想着亲手交给她。

要不我去叫她出来，或者你进去？

不了，你转交给她吧。

她拿着花回去，走得很慢，在很认真地研究着花。进大门前转头，朝我挥挥手。我狠狠地捶打一下方向盘，回家去。刚刚停好车，她来电话了。我没接。她一连打了五个，我都没接。我要用这种方式告诉她我很生气。

她在微信里发来了语音，语气很温柔并带有歉意，说不知道是这么重要的事，正好在和面要蒸馍，手上全是面，就让文洁去了。她一连说了三个对不起，我的气也消了。回复说没关系，只是心里有些失落，你以后要为此补偿我。她回：嗯嗯，我一定补偿，我心里也突然很不好受，感觉特别对不起你，这也是第一次有人送花给我，而且还是我从来没有奢望过的。我说，为什么没有奢望，是对我没有信心吗？我就那么直男吗？她说，也不是，就是觉得好像这种浪漫离我们很远，很不接近。我说，那你就错了，而且以后也要有觉悟，我可是一个很会浪漫的人。她说，哦，是吗？那你还对谁浪漫过？是怎么浪漫的？我说，你刚刚收了我的花，就不能不攻击我吗？她说，我就是好奇嘛，好奇也不行？我说，卡片你读了吗？她说，读了，读了好几遍。但之前文洁给我念了一遍。我很感动，但也羞死了。我妈就在旁边听着呢。不过，还是特别开心，谢谢你。她缀上一个吻的表情。我说，那你先忙去吧。也给她一个吻。她说，嗯嗯，好的。最后说一句，文洁快羡慕死我了。

接下来的两三个小时，我都不知道自己干了什么。快到傍晚时，我发现自己坐在院子里垫着厚软垫子的石凳上——我想我是从自己的卧室里出来的——看着母亲在菜园里忙碌。她在翻地，要种菜了。

你怎么又自己干上了？我不是说过我来抽个空种上吗？我接过她手里的铁锹，她已经把地翻得差不多了。

我看你在想事情，就没叫你。翻深一点，整整一铁锹都踩下去……

行行，我知道了，你去做饭吧。

已经做好了，早上我搓了青稞面鱼。

种子呢，今天就撒上吗？

你别管，你翻完就行了，我明天自己种，你不知道怎么种。

下午，我网购的一批书到了。有《东坡诗集》《人间词话》《老残游记》《西京杂记》《博物志》，《史记》我已经有一套中华书局点校版的，这次又买了岳麓书社版，为了更有利于阅读，配套地买了《史记的读法》一书。另外，经人介绍，我也买了《续资治通鉴》和《西宁府新志》一套。

这是我第一次如此大规模地买书，竟然有一种喜悦的成就感，好像我已经读完这些书，并据为己有了。晚上在自己的房间里，看着摆上小书架的这些书籍，心境有所变化，仿佛这里成为一个"更安全的地方"。不得不说，我这次大量地买书，决心做一个"读书人"是有诱发原因的。那些艺术家作家的到来是一个契机，因为那天在村委会议室的欢迎会上，我们几个有闲空的村民也去陪席。艺术家们谈吐不凡，我受到刺激，生出不甘之心。所以别说文婷，我也感慨良多，并做了决定。我没有和文婷说，是虚荣心好胜心使然，在她面前，我不由自主地就想显得自信一些，摆出一副智珠在握的样子去开导她……其实我内心惘然怅忞，未来的人生，该去怎么安排？是随意而去，到哪算哪，还是逼迫自己一把，压榨出隐藏的那股力量？一边是安逸但会很平庸，一边虽艰辛却能有作为。我劝文婷顺其自然，是因为我不想她那么辛苦那么痛苦，但我自己却不甘心，我隐约有一种直觉，认为朝着地方历史、民俗文化方向搞搞研究，可能有所收获，但这谁说得准，无论搞什么，对我来说都是摸着石头过河，难免磕磕碰碰。说不定到了中途，我就力竭，被淹死了。不过我还是下了决心，买了这些书想先学习起来，做一些尝试。世事无常，以前在学校读书的时候，我读过的课外书全部加起来可能都没有十本，现在居然要一套一套地去读。这些书摆在眼前，并没有吓到我，反而有一股豪情，这让我信心十足起来，觉得求知学习之路可期。

我先开始读《青海地方史志文献》上册，十点多的时候，文婷发微信语音，问我在干吗。我说在读书。上进的孩子。她说。将要娶一个优秀的女孩做妻子，我当然要努力上进了，不能让她瞧不起。我说。除了你瞧不起别人，还会有人瞧不起你？说这话你负责吗？我什么时候瞧不起人了？我说。有啊，你明明就在瞧不起我。她说。我怎么瞧不起你了，这又从何说起？我说。上次，那应该是十几天前，还是几个月前？反正我觉得很久了，你答应了我要单独带我去登山望远，却想不到是随口一说，你不是瞧不起我是什么？我恍然大悟，的确，在那次和姐妹俩登山回来后我答应过她，却真的忘了。但眼下我无论如何也不会承认的。我的打算是等到最好的季节带你去，既然你这么说我必须得行动了，那就明天吧，我们去登山。到了夏天我们再去一次，说不定那时候你已经是我的未婚妻了。我说。你想得美，八字还没有一撇呢。想要我可以啊，先去过老头儿老太太那一关吧，哦对了，还有文洁那一关。她说。文洁都已经叫我姐夫了，她肯定是站在我这边的，我的小姨子对我最好了。至于岳父岳母大人那里——我们一起努力！我说。你的最好的小姨子已经变卦了，她说你不好，不是姐夫了，因为你没有给她送花。哎呀哎呀，我不能给你送花的时候还给她送花，这是我对你的心意。不过，你跟小姨子说，姐夫我下次买两束大大的花给她赔礼道歉。我不说，你自己去说吧。行行，我自己说。那我们说定了，明天早上十点，我们在明长城遗址碑那里集合，不见不散。我准备一些吃的东西，我们登山野炊去。

母亲还在看电视。这段时间她迷上电视剧《人世间》了，只要哪个频道上播放着，不管看没看过她都看。我说了明天和文婷去登山，她很高兴，起身就要去准备食物。我劝住她，超市里现成的东西就行了，不必要麻烦。但她觉得还是准备一些好，比如烙几张薄饼，或者做些馅儿饼。我看劝不住，就让她明天早上再做。我们十点才出发，时间足够。

第二天九点半的时候，我已经将车开到立着"明长城遗址"的石碑那里，等候文婷。我在想，她会用什么方法甩脱文洁。我担心文洁会跟着来，她能做出来，她才不管我欢不欢迎。或许她故意来，成心让我难受。

文婷一个人来了。精心打扮，我看呆了。她脸红了。她恼怒我幸灾乐祸似的笑意，一路上埋怨我，说再也不打扮给我看了。

行驶了不长的时间，拉脊山的一脉群山尽在眼前。这条山脉，不知从何时开始叫拉脊山了，但在过去的历史中，它叫承风岭。我更喜欢这个名字。我找了个地方将车驶下公路，停在路边。从后备厢取出大背包背上。里面装得满满的，很沉。这个专业的登山包是我从西宁一家野旅专卖店里买的，其中还有配套的小壶小锅小灶什么的。自从买了后，一直没用过。我撅着屁股往山上爬，她在后面咯咯笑个不停。我很久没有好好运动，这骤然一发力，很快便累得气喘吁吁。第一个山头总算翻过去，对面是更高的山坡，风景也好，就是远了一点。但看她兴致很高，我话到嘴边又咽下去，实在不好意思就地停下脚步。她想帮忙背一会儿，但我是绝不允许的。你只要照顾好自己就是最大的帮助。我说。

瞧你说的，我难道是娇生惯养的城里人吗？

你细皮嫩肉的，我怕你受伤。再说，哪有让女士背包的道理？

自尊心还挺强，我怕你累瘫了。可别逞能啊，逞能没好结果。

你难道不能说点好听的，或者你对我撒娇也可以，我或许就有无穷的力量了。

你慢慢来吧，我先走了哦，我在前面等你。

她故作轻松地走在前面，有意无意朝我露出戏谑的表情。

你的屁股好圆啊，又大又圆。我也故意大声说。

你你，你闭嘴你这个流氓。她从上面冲下来，狠狠地掐住我胳膊，羞着脸咬嘴唇。这下，她不敢走在前面了，她犹自愤愤不平地盯着我，你才是真正的大屁股，难看死了。

难看就难看，再难看也是你的男人。

你就这么肯定？

哦，难道你还有疑虑？

有啊，怎么没有？事情的变数可多了去了。夜很长的，所以梦也不会少。

只要我们是彼此唯一的梦。

我们是彼此唯一的梦。她念叨一声，莞尔一笑，那么梦醒了呢？

梦醒的世界，是我们夫妻的恩爱日常。

哼，花言巧语，被你骗的女孩子肯定不少。

我要怎么做你才会相信？我们住得这么近，你什么时候见过我做过出格的事情。我的过去，一片浓郁的荷尔蒙，一点脂粉气都没有。

谁信，我又不是你什么人，干吗监督你？再说，你很优秀吗？我才没有在乎呢。

口是心非，前年春天你记得吗，我在北门遇见你，你问我去哪里，我说去大通的花儿会上约联手，你看看你当时的脸色。

你胡说，我才没有。她又张牙舞爪地冲过来打我。

怎么没有，你明明吃醋得脸色都变了。我忍受着被她掐捏的疼痛继续挑逗她。你还哭了吧？说不定骂了我一年呢。

她恨恨地瞪着我。

好了好了，开个玩笑。你没有生气吧？她哼了一声，走在前面了，这次，她故意扭着屁股，像上山的小狗熊。

好不容易翻过一座更高的山，我已经累得满脸又热又涨，心跳半天难以平复。我们走了将近两个小时，却只翻越了两座山头和半个山坡。这段时间里，我和文婷边走边聊，气都喘不上我也想和她说话。她好似明白我的心情，有一会儿看我的样子好像很感动，几次都想帮我背包，我死活没有同意。我也不知道这包为什么会变得如此沉重，除了水，我记得里面也没有太多有分量的东西。但总算，我们找到一个可以欣赏好风景又平坦的地方，安顿下来。此时已经是中午了，我饿得胃里发酸。休息了一会儿，找来三个大一点的石头摆成三角用来当锅叉。我从包里取出小茶壶和水壶，感觉包一下子便轻了不少。文婷好奇包里还有什么，零零碎碎地掏出来一大堆东西。她低声说，登个山，你这么认真干什么？这是我和你第一次单独出来旅行，必须要认真对待。我觉得自己今天很会说话，把她感动了几次。剩下的事情她无论如何都不让我干，她让我坐在羊毛毯子上休息，她像勤快的小媳妇忙着做饭。虽然大部分食物都是现成的，但她还是用小小的平底锅将能热的食物都重新热了一遍，她说吃多了凉的荤食会不消化。我很幸福地坐着，看着她，陪她聊天。虽然山川美景尽在眼前，但我无心欣赏，我的眼中，她已然是唯一的风景。饭菜摆在毯子上，我倒了茶，我们相对而坐，笑盈盈地碰茶而饮。然后我狼吞虎咽地吃起来，夸她做的饭好吃。上得厅堂下得厨房，得妻如此，夫复何求？吃完饭，我打开了那瓶红酒，倒在茶杯里，她不喝，我说这是我受苦受累的罪魁祸首，我不想再背它下山。我们碰饮。她喝得少，心情很好。对眼下的美景感到自豪，因为这里是家乡。明长城伏在山下，虽断壁残垣却浑厚依然，苍黄之气不衰反增；旁边的一围方形大墙亦是古朴傲然，显尽要塞风范。而我们身后，铁浮屠般的悠长山脉巍巍峨峨，沟沟壑壑纵横捭阖，青绝处闪光，冰暗处纳凉。多多少少，大大小小，崖石依小山，低梁从大峰，挤挤挨挨，却阵列分明。此情此景，激发一种豪迈之情，冲破我遗存的那点儿踟蹰，助力我下定了决心。我冲大山发出号叫，发凌云之志：我要读圣贤书，上进求知。我爱家乡更爱它的曾经与过去，我愿意去了解它理解它，我要书写它——黑城、拉脊山，我更愿意叫你承风岭，以及这片土地更广袤意义上的风风雨雨，我愿意书写。我要当一个为故乡著书立说的作家。天生我材必有用，既然别人可以做到，既然我相信自己能做到，我就要行动起来。假以时日，可叫人刮目相看。我对文婷说出我的志向。我对她说，文婷，我跟你说过你不比他们任何人差，你甚至比他们优秀，所以你可以做任何你想做的事，无论你想干什么，我都支持你，请你也支持我，我们相互扶持一起走，走出一条自己的道道来。以前，我知道你心怀不甘，你想有一番作为，但是我心疼你，我怕你受苦受累，但现在我想通了，如果不让你称心如意，你会更痛苦，你将来不会原谅自己，所以你开始战斗吧，无论你干什么，我们一起干吧！苦与累算什么，只要我们一条心，我们加油干吧，干出个名堂来给天下人瞧瞧……

文婷说，你醉了吧？她到我身前，轻轻地贴进我怀里。我们结婚吧。她说。好，结婚。如果你父母不答应，我就缠着他们，直到他们答应，你放心，这方面我拿手。文婷扑哧一下笑了，说哪有你这样的，厚脸皮。

远处的黑城静卧于庄稼地纵横的田野中，艳艳烈阳下蒸腾着烟云，幻姿摇曳，与承风岭上的人儿顾盼生辉。

山上的一对恋人，慢慢下山了。突兀地，一句回音回荡在山间。加油啊，青年们！加油啊，青年们！

集 美

朱朝敏[*]

1

天空漠白刺眼，太阳腾跃，迅速地烤出一个火球。晨风痉挛似的摇摆于有无之间。三伏时令的高温天，刚露面的清晨就注脚了焦躁。所幸的是，被框于城郊蟠龙山脚的区域，小惊喜指不定会迎面撞来，撞个电光石火。

蟠龙山是个好地方。它又名盘龙山，顾名思义，巨龙曾盘踞于此，这无疑是神迹的加持，也是清灵之境的佐证。尽管城市的钢筋水泥已扩张到山脚，蟠龙山依旧算得上山高水远。随意置身山中一隅，峰峦叠翠，绵延不绝，泉水激石，叮咚作响，溪流依山蜿蜒，水色澄碧，一只惊惶的小动物掠过眼前，丛林不惊……久居其中，望峰息心和窥谷忘返的淡泊自会长驻身心。即便是山脚，也不错，它承续着山中余韵，告慰一下俗务困扰的心灵并不难。

脑袋麻木的我，从山脚别墅群林木掩隐的道路下坡，目光越过坡下单排的山玉兰树冠，再跳过一条狭长蜿蜒的河流，落驻于一栋土灰色的八层旧楼。它正对坡路，矗立在树荫中，仿佛泊岸的古船，声息静谧。远眺的目光减速，沿着土灰色楼身攀爬，爬到楼顶的墙裙上，那是一圈深绿色的墙裙。右墙角上，

---

[*] 朱朝敏，女，1973 年出生于湖北枝江，现为湖北省签约制专业作家。出版有《百里洲纪事》《黑狗曾来过》等多部作品集，有作品被介绍到国外，被译为英、韩、西班牙等文字。

一对白鸟相对而立。

它们正嘴对嘴，尖锐的嘴壳子触在一起。

多半是相思鸟。不，似是白文鸟，我脑海收到指令，及时播放记忆中储存的鸟雀图片……哦，白文鸟也叫爱情鸟，常常成双成对地出现。

掏出手机，拉近距离拍下它们。白色，左边的膘肥体圆，右边的娇小羸弱。也许不是情侣，是母子或者母女，不管如何，这对白鸟带来小惊喜，将美好赐予这个早晨。心情兀地轻松，我吁口气。释然抵达时，悲哀也趁机而入。八月已至，一年已过大半，终究难以平安到底了，而且……脑袋霎时腾起迷雾似的凉气，麻木再次降临。

买菜；熬好玉米粥，冲奶粉，外加一碟黄瓜丝，一口一口地喂完瘫在床上的母亲；再打流食喂老何。

母亲患有帕金森综合征，两年前瘫在床上，一直有固定的护工看护。护工矮胖，火辣性格，手脚却勤快，也爱说话，关键是力气很大——后三点，对瘫痪在床的母亲相当重要，也是我高价请她的原因。前几天，矮胖护工陡然要涨工资。她原来的工资就比市场价高，还要涨，我一听就犹豫了。最近我家祸不单行，老公何志华是一家企业的老总，前段时间遭遇车祸，被撞成了植物人，刚从医院接回来。

老何出车祸，是因酒后开车，他负全责，除了赔偿对方，医药费更是一笔巨额支出。我已经卖了能卖的资产，只保留这栋别墅。它是我这个大学教授挣钱买下的，是我最后的寄身之所。我结婚迟，三十三岁嫁给老何，十多年了，无儿无女，不喜张扬不讲排场，也没什么嗜好，对居住地倒是苛求，独爱幽雅环境。地处市郊区蟠龙山脚的这片别墅刚开发时，我便拿出积蓄付了一栋楼房的首付，以后按揭还款。那地方位于山脚，林木竞秀，鸟雀争鸣，更有来自蟠龙山的大小溪流，汇聚山脚静淌，山清水秀的环境坐实了别墅的内在价值。事实也是，我母亲和老何吃喝拉撒全在床榻，清新幽静的居住环境正好派上用场。然而，老何出事，护工竟趁机敲竹杠。

工资必须涨，矮胖护工强调，理由硬杠杠：老太婆吵死人，晚上起夜多，累死人不偿命，涨几百元是个意思。要是以往，几百元不叫事，但眼下的确为难，就在我犹豫的当儿，矮胖护工甩手走人。她提着拉杆箱出院门时，见我没有挽留，生气地回头，撂下一句话——你们家现在走霉运，我才不奉陪。

　　一时难以找到合适的护工，我只好暂时挑起护理两个人的重任。忙累的常态下，心情丧成渣渣，啥都提不起精神，日子分分秒秒朝前迈步，也只是数字而已。

　　那对嘴对嘴的白鸟却跑进眼里，我恍惚体验到久违的诗意，缓冲了下焦躁情绪。虽然两三秒后，焦躁又卷土重来，但是，来过且冲击了心灵的东西，怎会一走了之？它要产生回响。我拿出手机翻看图片，发现那对鸟并非纯白，头顶灰黑色，只是距离远了，肉眼难以看清。

　　啊，人家才不普通，是濒危的国宝级珍稀类鸟雀，名叫须浮鸥，卵生，在水面搭草做巢来孵化幼鸟。飘忽不定的环境，却练就非凡的品质，鸟妈妈能在半空喂食幼鸟，而幼鸟四处为家，风来雨去，终于嘹亮放歌于蓝天。鸢飞杳杳青云里，鸢鸣萧萧风四起，说的就是它。

　　忙完早餐，我烧沏了一壶普洱茶，慢慢品尝。须浮鸥，不，美好的诗意又温柔了一下，在我心间。

　　这是个不寻常的早晨。

　　也许，今天将会有不寻常的事情发生。今天是八月六日，我的生日，我没忘记，但若没有那对须浮鸥闯进眼里，生日就是一个再平淡不过的日期，不值一提。

2

　　这一天果真不同寻常，但直至下午三时才显山露水。

午休后，我给母亲和老何分别喂了一杯蔬菜汁。这时，有人拍打院门，还高声呼叫我的名字。那声音陌生，略微沙哑，却不急不躁、字正腔圆。

路伊美女士吗？有一封加急的手写信笺，您是出来拿，还是我放在院门口的收件箱里？

加急信笺……手写？我扬起嗓门问道，同时，起身走出大厅，再加快步伐跑出院门。都什么年代了，还有人手写信，可笑可叹还可疑，以至于我见到那个瘦高的戴着摩托车头盔的女孩时，还在愚蠢地发问，不是快递？

快递还能劳驾本尊穿越整个城区跑您这郊区来？女孩拉开天蓝色头盔面罩，伶牙俐齿地回答，双眉间的圆润黑痣微微抖颤。她递来一只单薄的白色信封，戴好头盔，准备绝尘而去，似乎多待一分钟，都难以证明她对我问话的不满。

哎，小美女，谁委托你送信的？

摩托车被叫停。她微偏脑袋，双眉间的黑痣闪过流光，晃了下我眼睛。她翘起右嘴角，细长眼递来狡黠的一瞥，沙哑的声音因为笑意而富有磁性。

"人家要我保密。委托人说，您看完了信，自会知晓是谁，估计以后我们还会再见面。"

压着话音，天蓝色的摩托车滑下绿荫匝地的坡路。

我飞快地撕信封，掏出一张三折的 A4 纸。可能担心被偷看，一折再折的纸页两边还贴上了透明胶固封。复古到近乎掉渣的味道。我耸耸鼻子，捏着它进大厅，在餐桌前撕掉透明胶，展开 A4 纸。

真是耐得烦，还是用铅笔书写的信。不过，字迹黑乎乎的，说不准来自眉笔。谁呢？干吗给我送来这样一出戏？感叹之余，我把揣测方向锁定在老何的车祸"后遗症"上——我太知道，他出事了，之前惹下的事情绝不会倒下不动，指不定哪天就会以清算的名义循着原路一一抵达我这里。

称呼却以迅雷不及掩耳的速度消灭我的揣测。

一美。

是的，称呼不是伊美，是一美。哈，一美，我近乎乳名的名字啊……我的心剧烈地跳动。谁？谁给我的信？

脑海顿时火星四溅，若干想法和判断争相闪现。几秒钟后，我确定，信件可能来自某个亲戚或者父母的熟人。但也许是她——是她吗？我的脑海配合心跳，震荡、发麻。不可能，她早已消失于人海。

那粗黑的字迹不顾眼睛的胀疼而纷纷跑进来——

呵呵，我是谁？你一定在拼命猜测我这个写信人。听我说，谁给你写信并不重要，建议你把这个暂放一边，因为等你看完这封信，答案就水落石出了。

当然，你一定会看完的。

我知道，你现在遇到了大难处，你老公何志华也出了车祸，成了植物人，你们家今非昔比了。悲！这下，你家出现两个瘫痪在床的病人，老人和伴侣，吃喝拉撒都在床上，麻烦到了天花板。而你家的护工也跑了，你现在要照顾两个瘫痪者，忙累到无法形容吧？这些情况我都清楚，我请人送来这封信，就是想告诉你，我可以帮你分担。

怎么帮你？

你允许与否，我都要植入广告，关于我的集美疗养院。集美疗养院地处宜江市北郊西塞山的山谷中，西塞山属于武陵山系高山至丘陵的缓冲地带，较好地避免了深山老林的荒芜封闭，却又保持了环境的幽静温润。此地的森林覆盖率达到百分之九十，负氧离子活跃丰富，风景如画，空气温润，冬暖夏凉，适宜修身养性，更是养病疗心的绝佳场所。

噢，它名叫集美，现在这个名字肯定触动了你。

一美，一个隐秘的词语出现时，也许是偶然，但另一个隐秘的词语紧跟着出现，还是偶然吗？集美，这个网络词语自己都不晓得，它早在许多年前就出现并被大用特用了。

一美，你读到这里，应该猜到我是谁了。

我正是那个人，一点儿没错，不过"那个人"在你的记忆里恐怕只是个小屁孩。

现在说这些，不可避免要扯远，没有必要，因为我还不想叙旧，你肯定也是。

我要说的是我这个疗养院。

既是"集美"疗养院，那么它接收的病患人员有性别限制，只能是女性。呵呵，你可以笑我是女权主义者，无所谓。就是这样，疗养院只接收女性患者，当然来散心闲玩的健康者无所谓性别。

她可以来集美疗养院安度晚年。想必你也承认，来我这里，是你们母女的不二选择。抱歉的是，何志华只能躺在你自家，我这里无法接收，你再去找护工吧。这个，我帮不到你。

另，今天是你生日，若我这封信给你带来惊喜，权当作生日祝福。

林阿音

二〇二一年八月六日上午

满满的一页纸。

粗黑的字迹有些掉了色，还有些字词和句子可能先前表达有误，被画掉进行了修改。

脑海乱成麻，我不想看第二遍，也犯不着撕碎扔掉，只是满眼疑惑地愣看那张A4纸。凌乱的黑色字迹，蚂蚁般在洁白的纸张上排队列阵，强行钻进我眼睛，还不够，又爬到脑袋里安营扎寨，分分钟将我掏空。我振作精神，努力去回想一些久远的事情，而思路迅速拐弯。我再次看见那对白鸟。回想中，我终于确定，它们不是亲吻，而是喂食，那么，它们是一对母子或者母女。

路珊美，你现在名叫林阿音，是集美疗养院的大股东。这些年来，你的经历必然曲折，甚至奇特，可是你终于现身，去表达一个女儿的孝心了。或者说，孝心促使你终于出现在我们面前。尽管那些字迹——黑蚂蚁般爬满A4纸的字迹，横看竖看，愣是看不出一个女儿对亲生母亲表示相认的感情。

林阿音。路珊美。我在心里默默念叨这两个名字。一张总是沉浸于思索的苹果脸闪现，接着，苹果脸溢出月光般的静美，顷刻，那张脸又破碎似的挂满泪滴，再而模糊。

她是我小妹，可是她某一天毫无预兆地失踪，从此下落不明。三十一年的时光在我们之间断裂，再去纠缠有关她的一切，只能是回忆了，可正如她所说——我们均不愿回忆。我强行清空乱麻似的思绪。

不过，送母亲去她那里的主意不错，毕竟她也是女儿。集美疗养院我知道，它是我们市里最好的疗养院。母亲刚瘫在床上的那年，老何多次做工作，要将母亲送去那里，我一口回绝。疗养院再好，也好不过我这个女儿每天的陪伴侍奉吧。

时过境迁，母亲还是要去疗养院，但是，也有她的女儿陪伴。母亲虽然瘫痪，思维还有，也有部分记忆，当她见到突然现身的路珊美这个小女儿，该会多么惊喜啊。

突然而至的大欢喜，对于僵化的身体机能，不亚于一次超能量的激发，搞不好还会回馈我另一个大欢喜。

长时间的愣怔后，我兴奋起来。我上网找到集美疗养院办公室的号码，拨响。

您好，我找林阿音。

哦，您直呼林院长的名字，那就是路伊美女士了，她交代我们，您若打电话来，定是送老人来我们集美疗养院的，我代表全院职工热烈欢迎，衷心地感谢您的信任，我们将给老人最好的照顾和疗养。

3

母亲在集美疗养院的费用，我付一半，另一半不用说，由林阿音担负。短暂的不悦后，我接受了这种方式。进而我又想，她竟然愿意担负一半的费用，要知道，她从十二岁起，就从路家消失，母亲这样的身体，她还能主动现身，已相当不错了。

遗憾也蹊跷的是，母亲住进疗养院好一段时间，我有意去找林阿音，总是不能见到她的人。她要么在开会，要么外出考察，要么刚刚外出办事……反正不碰巧，总是错过。我有心等过，等正在开会的她散会，但是会议室灯光熄灭，她还是与我错过。

看来，不是遇不见她，而是她有心拒绝见我。

至于联系方式，我也问不到。办公室的那个中年妇女还如此说："林院长超级忙，不可能到处留手机号码和微信什么的，否则，要我这个办公室主任干吗？"

我很想告知我与林院长的关系，但终究没说出口。她又怎会不知我是谁，况且，林阿音决意拒绝的事情，我又何苦强求？

再说我也忙，家里还有一个植物人。我先后找了两个男护工，一个干了一星期就被辞退，我忍受不了他每天跷着二郎腿喝早酒、吃蒸肉的习惯，典型的恶习。不用检查，那个长得膘肥体壮的中年男人肯定高血压高血脂高血糖，说不准啥时就歪在我家了，何谈护理他人？另一个护工精瘦，人也勤快，三个礼拜后，我快要谢天谢地时，他家人出了事，必须回家，一时半会儿来不了我这里。护工停摆，我又早请完了可以请的假，可谓屋漏偏遭连夜雨，手忙脚乱的日子只能用秒计算，哪还有心思去打探什么？

林阿音只能是林阿音。路珊美真是过去时了，而且是被永久封冻、被极力淡忘的过去时段。

时间一晃而过。

"十一"国庆节那天，在家休息的我准备接母亲回家聚聚，争取在家过完后面六天假。我计划当天傍晚去接她回来。那天早晨下了小雨，蟠龙山峰峦叠翠、云蒸雾绕，恍如仙境。十点钟，雨停了，太阳探出脑袋，蜜蜡般的阳光在云雾中穿行并壮大。中午时，山脚的别墅区和周围的林荫道濡染着金灿灿的光芒，植物绿得发亮，镜面似的反射着光辉，泛黄的银杏点燃了小火把，忠心耿耿地传递金秋十月的璀璨内涵。

下午，天蓝色的摩托车汽艇似的在璀璨辉煌的山脚盘桓，又轰轰轰地爬上坡，拐到我家院门前，停下。

我正在二楼晾晒衣服。

还是那姑娘，她取下天蓝色的兔子模样的头盔，仰起一张锥子脸。那脸上的五官小巧，说不出多有特点，却让人过目不忘，因为那颗黑亮的眉心痣，黑珍珠似的耸立在双眉之间，却会随着脸部表情而抖动，再珍珠般流散微光，一双细长眼睛由此生动，春水般漫溢整张脸庞。

流光溢彩，这个词语给我现身说法。我的目光定格在她脸上。

路伊美女士，有您的信，您是下来取，还是我把信放进那个铁箱子里？

又是平信，还是林阿音写的。感慨不已的我向她招手，马上下楼出院门。

女孩从她斜挎的坤包里掏出黄褐色的信笺，递来，同时歪起脑袋，双眼眯成一条缝，脸颊上的几颗雀斑生动红润，小精灵般振翅欲飞。

你再回信去，我就是标准的信使了。传说信使长有翅膀，能腾云驾雾，啊哈……她双手展开，做出飞翔姿势。耶，本尊至少身轻若燕了。

她的快乐感染了我，我笑了。她也咧开嘴巴发笑，露出右上排一颗白色的小虎牙。这样的回应，无形中加深了我的信任，觉得她的建议好，很可能我会托她送信。于是，我主动记下她的手机号码。她抢在我询问名号前说道："您记下的名字就写'信使'。"

她朝我眨眼，随即，扣上天蓝色的头盔，掉转车头。摩托车下坡，又汽艇一般绝水而去。

这次，林阿音会向我说什么呢？

我好奇，却并不着急。回到二楼，继续晾晒衣服，完事后烧了一壶水，泡上普洱，才展开信笺。折叠成三段的 A4 纸，粗黑的字迹填满纸张。

一美：

金秋十月，秋收的好日子来了，我给你写信。

我刚从老人房间出来不久。每天早餐后，我会陪她坐一会儿，半小时左右，先是喂她一杯骆驼奶，接着一起回忆一些好玩的往事。有时，她眼角会泛出泪水，我就坐不下去了，呵呵，我见不得流泪。这次也是，她流泪，我起身离开了，总共坐了二十六分钟。回家后，我就提笔给你写这封信。

也许我该说点儿什么，关于往事，关于我们各自的现今生活。但是每每想到此，我的思维就会枯竭，算了吧，还是说正事。

今年的节假日，我都会陪老人在疗养院度过，包括春节。你没必要来接她回你的家了。过年嘛，你家的护工也要回去，若是你没有护工呢，更麻烦。据我所知，你还没有找到合适的护工。我很奇怪，请护工，无非就是钱的问题，你不差这几个钱吧？起码你是堂堂的大学教授，月工资达五位数。那么，是你吹毛求疵了？是的，以前你就这样。我无权批评你，只是陈述事实，吹毛求疵的你，一向就是我们路家的骄傲，做任何事情都要争先，哪怕相貌，天生一副好模子，你还不满足，还要好上加好，从精致到优雅到气派，呵呵，不输当红明星。有一年，我点开网页，看见你们学院公布的科研带头人名单，打头的就是你。那张照片应是证件照，我就多看了几眼。不得不多看几眼，一美啊，你又医美了鼻子，山根端秀，准头丰满，如胆悬注，标准的悬胆鼻。我翻看一些闲书，得知女性有此鼻相，能旺夫兴家，中年尤荣。事实却出乎意料地反讽。一美，你很不服气吧，从来你都把失算控制在最小范围内。你能失算失控？呵呵，只能说，何志华作为你的伴侣，在你生命中并不重要。当然我不是责备你，我无权责备所谓法律意义上的夫妻，毕竟我从未体验过那种生活。但作为旁观者，我似乎更能看清那种两个人发展出的捆绑形式的群体生活，说到底，就是相互奴役，却不离不弃、混沌地缠斗一生，可笑可叹（这也是我从小就产生的根深蒂固的看法）。别反驳，你能毫不犹豫地说，你在何志华心目中就是重要的人？

哈哈哈，我还是那样胡搅蛮缠。你读到这里，定会无话可说。

话说，那个悬胆鼻配上你满月形的脸庞真是爽目，用潮话讲，"拉风到底"。右眼底的泪痣不见了，你弄掉了它。我觉得没必要，它消失了，眼睛增添了高冷气质，却减少了水润柔和。后来我又想，那颗泪痣被去掉，也是意料之中的事，高冷正符合你的气派。那颗泪痣，再擅于显示水润柔和，又能奈何？

一美，你总是这样。

外面在飘雨，意外地舒服。纷纷扬扬的小雨，下得热闹，不过，太单薄了，气温也没下来，估计闹一会儿就完事。但毕竟是雨，你那里的蟠龙山至少有仙气缭绕的小派头，却耽搁不了你收到这封信。有意思的是，我竟然在飘雨的时刻给你写信，一笔一画地在 A4 纸上龙飞凤舞。其实也是磕磕绊绊，写错了就画掉它们。再说，我就是个护校毕业生，还是湖南一个偏僻地方的护校，在你大教授面前班门弄斧，实在是自不量力，见笑见谅。

另外，老人患有严重的静脉曲张和双足外翻，我请了医生看，每天都在吃药打针，还有矫正训练，自然离不开疗养院。还有，每次我离开她房间时，她都会拉住我的手，急切地问我，一美带你看医生治好了腿了？

呵呵，无论我如何纠正，她还是把我认成二美。她不相信我还活着，却万分相信二美还活着。

一美，我们要确定的是，在你为我们三姐妹改名的那年十一月——你叫路伊美，二美叫路尔美，我叫路珊美，的确是好名字，毫不客气地干掉了一美二美三美的土渣味，令我们兴奋不已——我和路尔美这对双胞胎姐妹骑自行车到院子前面的公路上撒欢，我带着她转圈，却忽略了岔路里驶来的大卡车，路尔美被撞飞，双腿摔断，而我却好好的。你这个长姐一个劲地发誓，要医好尔美的双腿，然而，路尔美还是死掉了。

这是明显不过的事实，正如我第二年初夏的失踪。可是，她却始终认为，二美活着，我不在人世。

她问完又流泪，白开水似的泪水从眼眶冒出，在皱纹丛生的脸上蚯蚓般爬行，嘴唇哆哆嗦嗦。见我不理（也许认为我是故意的，因为我微微闭上了双眼），她突然咧开嘴巴啊啊哭泣，小孩似的。我心绪难平。但一走出她的房间，我就平静下来，只是觉得很有必要给你写信。

絮叨至此，我也累了，要去泡个热水澡。

顺祝节日愉快。

林阿音

二〇二一年十月一日上午

4

读完信，我有些冲动。我很想给林阿音回信，因为那些字眼刺激了我，她一直称我们的母亲为"老人"和"她"。母亲给予她肉身，她却……既然接受了她在自己身边，心里却又如此拒绝，什么意思？

冲动下，我找出笔和纸，凭借一时意气飞快地写下一句话：为何你不愿意喊声妈妈？

问号刚刚收尾，我便泄气，放下笔，揉掉那张纸，抛进了垃圾桶。这肯定是没有回响的询问，何苦？

算了，接不成母亲回家过节，却还有许多事等着我。国庆节长假，毕竟是节日，就要有过节的样子，从屋到人，里里外外都要收拾干净。

十月中旬，护工来到我家，开始照顾老何。

这个护工是老何的一个远房表哥，我们喊勇哥。勇哥一家人在巴东大山里生活，他是扁平足，还口吃。我从没见过他，他不知从哪里弄来我的电话，联系上我，我很吃惊。他来到我这里，见面时，彼此还是吃惊。我吃惊是因为他独自闯来，我从不知道他这个人。他吃惊，可能是因为首次见到老表何志华的老婆吧，我理解为紧张。他解释，他来照顾何志华，是为了报恩。两个儿子读书考学和工作，都找志华帮过忙，志华热心也尽力，分别安排妥当。大儿子高中毕业后，就读市里的职业技术学院，后分配到市里的一家国企工作。老二高中毕业后去当兵，在志华关心下，考进军校，直接改变命运。两个儿子都走出大山，而且前途可望，勇哥一家都感激志华的恩情。我很感动，他主动来照顾何志华，我当然放心，只是过意不去。他的家里，还有一片山林和鱼塘，还有一个八十岁的老母亲，留下老婆一人在家，太难为他了。

勇哥磕巴着口舌解释，没事，你……嫂子陪我……老妈，山林……鱼塘我全……卖了。勇哥四方脸，黑得发亮的皮肤，眉眼疏朗，样貌一看就是心地宽敞的忠厚人。

月工资，勇哥只要市场价，但虑及照顾老何太麻烦，我另外加了五百元，与先前照顾我母亲的护工工资一个价位，每月五千。这是个辛苦活儿，勇哥觉得划算，我也放心。

勇哥来的那天，我去集美疗养院看母亲。她满脸平静，比在我家时精神要好。实际上，十月三号至六号我都来看过她，坐一会儿，说一会儿话。奇怪的是，她并没向我说起二美三美她们。我主动问起，她睁大混浊发黄的双眼，努力思索我的话，随后沉默。有两回，她沉默一会儿问了一句："你请医生治好了她的腿了？"果真，她把珊美——不，我还是称呼林阿音吧，她只能是林阿音——当成活过来的尔美。我笑笑，无言以对。母亲是帕金森病患者，所有器官功能都在退化，思维虽还在转动，也只是偶尔顺畅，能说几句，能认出我，不错了。

终是没见到林阿音本人。有那么几回，我步出母亲的房间，下楼，再走到疗养院的林中小道上，后脑勺和背部沉重地感觉到，有来自三楼的目光的注视。我猛然回头，抬眼扫视，只见一排排窗户紧闭，并没发现窗户后面有人。走出疗养院，上车前又回头仰望，然而，高峻挺拔的常青厚朴树、冬青树和山玉兰枝叶相接，墙壁般隔阻着向上探视的视线。

勇哥的到来缓解了我的压力。难得的是，他有山里人的沉默和实在，除了我问他，他几乎不主动说话。他照顾老何极为仔细且耐心。三餐流食，还要给老何擦身、翻身和捶背，而这些不仅需要力气，更需要耐心。比如擦身，天气热，先要温水擦洗，再滴上防治褥疮的沐浴露揩擦，然后清洗，再用干毛巾擦干，繁缛而沉重。勇哥却做得一丝不苟。忙完，他就坐在老何身边，打开手机，放一些歌曲给老何听。

有一次，我上班忘记带在家手写的发言提纲，到校后才想起来，车又被不守规矩的停车人堵住，无奈下，打车返回家里。

勇哥太专心了，根本没注意到返回并站在院子里的我。

是的，一进院子，我就收住脚步，驻足聆听。他在干吗呢？他居然在唱山歌给老何听。唱的是广为传颂的五句子歌《六口茶》，已经唱到第二口茶了——

> 喝你二口茶啊，问你二句话，
> 你的那个哥嫂噻在家不在家。

那粗犷但不乏悦耳的声音传来，山风一般扫到我身上，令我一颤。他是个磕巴啊，却唱出如此顺耳的歌声，平常不会是装的吧？我愣在院子里没动，继续听。轮到女声时，我更惊异——

> 你喝茶就喝茶啊，哪来这多话？
> 我的那个哥嫂噻早已分了家。

尖细清脆的女声让我怀疑，老何的房间里除了他们俩，应该还有一个女人。但我瞬间就明白，那女声也来自勇哥。

从愣怔中苏醒的我迅疾离开。那个发言稿下午才用，我中午花点儿时间重新拟提纲，丝毫没问题。

"何志华，这回你有福气，当然，这福气也有我的份。"的士上的我在心中感叹。感叹中，我不禁异想天开：在勇哥如此精心的照顾下，老何说不准会有所反应，还说不准就此苏醒过来。这的确是异想天开，但我为这样的异想天开激动了好一会儿。甚至我进一步放纵自己的想法：如果真有那么一天，我一定会提前退休，鼓动老何变卖这栋别墅还有我的那辆路虎车，一起去周游世界，好好地打发余生。人生太憋屈了，要想舒服就得随性。就现在的我来看，随性不外乎放逐肉身，回到自然美景中去，听听风声海啸，看看蓝天白云，多多领略异域风情。老何呢，经历了这些，他会比我更渴望无人搅扰的随性生活吧。

回到办公室坐定，我又为自己的胡思乱想而好笑。继而摇头，内心反驳起林阿音之说，林阿音，你想错了我和何志华的关系。她真弄错了。她的错误在于遵从平庸的流俗看法：一个企业老板的感情问题，似乎天生不清不楚。但我无权去审判他的一切，包括他的私生活，因为我自己也并非纯粹的无罪之人。

勇哥来后，我轻松了许多。时间涂抹上一层釉，流逝得悄然无痕。时令进入冬季，一年走到尾声。其间，我多次去集美疗养院看望母亲，还是没见到林阿音。都说，只要有心去找某个人，一定能找到，但我的确没找到她。如此，找她的心思也渐渐泯灭。

春节时，母亲继续留在集美疗养院。年三十那天傍晚，我带着食材跑到集美疗养院，动手做了一顿晚餐，在那里吃了年夜饭。先喂她吃，然后我自己吃，算是团年。吃完饭就打道回府，因为勇哥回了巴东，留下老何一个人在家。勇哥敬业，他在年三十的上午才离开，并答应我，正月初四一定返回。

5

二月底的一个周末，太阳冒出脑袋，结束了长时间的阴冷天气。它还很稚嫩，却心无城府地挂在天穹上，努力地告示人间，它的苗壮将要显形。

天蓝色的摩托车又来了，它载着身着天蓝色棉服的信使，从新绿横亘的坡路缓缓驶来，仿佛驶入大海的蓝色小汽艇。信使带来了林阿音的第三封信。

路伊美女士，信使驾到。

小姑娘摘下头盔，人仍坐在停好的摩托车上。山风吹来，吹乱她的头发，几缕长发遮住半张脸，她也不拿开。细长眼眯起，兔牙压在下唇上。

我开院门，走向她。她刚递来的手又缩回，嗯哼一笑，轻声问道："嗨，偷偷问哈，你盼望我这个信使到来吗？"

我一笑，邀请她进屋喝茶。

她摆手，再伸手拨开遮住大半张脸庞的头发，哈了一声，说道："要我说，我这个信使不到位，只有来信却无回信，等我帮你送回信了，本尊坐实信使位置，就去你家喝茶论道。"言辞间，那颗眉心痣一颤一颤的，有绵延柔和的流光。

这孩子，是林阿音的什么人呢？我多次去疗养院，从未在那里见过她。

天蓝色的摩托车轰轰响起，她戴上头盔，掉转车头。我把疑问压回体内，目送信使离去。

太阳难得，抛洒清丽而新鲜的光芒。二楼窗户全是玻璃，屏蔽了早春的寒风，吸收双倍的阳光，屋里居然达到阳春三月的效果。勇哥将老何躺着的护理床推到阳台上，阳光铺天盖地地罩来。

老何也该晒晒太阳了，太阳不仅暖身还补钙。勇哥也没闲着，在一边给老何按捏身体。

我走进书房，轻轻地带上房门，在书桌前展开写满字的 A4 纸页。

一美：

你在盼望我的来信吧，我也在盼望你的回信。

信笺太古老了，但它是我们目前沟通的合适方式，一次可把话说够，面聊就尴尬了，电话、微信语音什么的，太浮于表面，难以深入。

我说盼望你的来信，只是那么一点点盼望而已，因为我总会设身处地为你着想。你将会对我说什么呢？不是你没有话说，而是你想要对我表达的，似乎还没到临界点。所以，那些话即使溜到嘴边也会被你拽回去，那么，我就继续给你写下去。呵呵，权当作自言自语。

毕竟有三十一年——不，有三十二年的时间横亘在我们之间，三十二年的洪流滔滔不绝，说跨过就能跨过？我们都有掂量。

我还是要说，信笺是个好东西，就这么几回，我似乎不惮于回忆了。或者说，就在单向的交流中，我打开了自己强行阻截的记忆通道，真的，我能说点儿我曾经一再拒绝的往事了。

从老人说起吧。她眼睛不大行了，尽管以前做过白内障手术，可是，帕金森综合征还在蔓延，正在拿走她的视力，尤其是左眼，现在难以看清几米之外的东西。可是，我站在她卧室的门前朝她微笑招手，那个距离也就五米吧，她又喊道："二美，你好了？"

二美死去那么多年了，她还记得。她记得二美活着的样子。我呢，在她的记忆里，只有死亡般的消失。

她令我迷惑。有时候我一遍遍打量她衰老的身体和容貌，说实话，时间夺走她许多东西，可是她美丽的模子还在。皮肤松弛却仍白皙，脸上有褶皱，但鼻子高挺，大眼睛双眼皮，还有依稀可见的锥子下巴。呵呵，僵硬的双腿仍旧笔直修长。

仍旧……那么多，我不免想起她的风流往事。漂亮是她的资本，然而更多的是我的耻辱。

一美，这是你曾对我们说的。我记得很牢。那时，我们不懂耻辱是什么，你冷静又很忧伤地解释：耻辱是我们父亲的暴躁脾气，是他手里的酒瓶酒杯，是他的拳打脚踢，是他的自暴自弃，也是我们的哭泣、我们的自卑和莫名恐惧。二美到底比我大几个小时，脑壳转得快，马上接口你的话说，一美你真会分析，说到人心里去了，以后你会成为心理学家的。她说对了，你后来真就成了心理学教授。这是你的本事，你想成为什么，你就能成为。我在信中对你提起这些，是想补充你三十多年前的解释，关于耻辱的：耻辱还是父亲的死亡。

读到这里，你的双手在颤抖吧。

一美，如果你回我信，务必回答我这个问题。你聪明如此，肯定明白，本性是难以被时间改变的，比如我的较真。

然而，二美就比我宽容，她总能轻易地宽恕别人和自己，所以她很轻松，整天嘻嘻哈哈，一副天真烂漫模样，嘴巴抹了蜜一样甜，但是她死了，那么早。这是老人——记忆混沌的老人以篡改记忆来让她重生的理由？

起初我认为是，但是现在我很肯定地说，不一定是。感谢写信这样古老的方式，我在写写画画中厘清一些东西，也辨出一点儿真相。

那是什么缘由？

我很郑重地回答，仍是耻辱。衰老和病痛提醒了她，让她备感耻辱，为她年轻时的风流债，她祈求能被原谅，于是她以混沌的记忆创造二美的重生，又规划我空气一般消失殆尽。

一美，你还记得我跟二美那次打架吗？她抓伤了我的嘴唇，说我乱嚼舌头，还骂我狼心狗肺不知好歹。我呢，当时打架没占到便宜，可是等我们被你拉开后，我跑上去就朝她鼻子捶了一拳，她鼻子血流不止。一美，你骂我太记仇。我不是记仇，而是二美太袒护老人了，嘿，老人那时当然还年轻貌美。二美为她的风流辩护，说辞一套套的，说我们三姐妹要上学，而爸爸的单位又被改制，丢了工作，没事情做了，就是一个白吃饭的，还有爷爷奶奶也是吃闲饭，这么一大家子人，全都靠她。她开起粮油店卖粮食，她的商品要能卖出去，还不是要靠关系，你以为很容易啊？

那时我就引用你的话反驳：她不要脸，让我们备感耻辱。

我的反驳很大声，被刚好回家的她听见，她一把拽住我，举起手，要抽我耳光。二美跑上前，递给她一杯水，说妈辛苦了，快去休息。她放过我，淡淡地教训道："你要是有二美一半懂事，我就省心了。"

不久，二美出事死了，的确是意外。但是我知道，她怪我，遗憾死去的不是我。她遗憾去吧，我无所谓。对于我而言，风流放荡和偏爱袒护都不算什么。问题是，她把事情做绝了。

好了，今天就写到这里。够多了，我还要准备后天的会议内容，一个现场会要放在集美疗养院召开。集美疗养院如今在全省赫赫有名。

还有一件事，我一再犹豫，还是得跟你说下。你启发了我的耻辱感，可是你自己呢？你年过三十才嫁给何志华，正是看中他雄厚的家庭背景吧，也许他曾打动过你，但在这两者之间，应该是前者比重大。我说过，我无权指责你，谁都无法站在道德制高点去评判别人，我说出这件事，无非是说，老人大大影响了你的生活。耻辱感很容易被虚荣感抵消，这到底是好事还是坏事？

林阿音

二〇二二年二月二十八日夜晚

几乎停顿几次才读完这封信。

林阿音逐渐进入过去时态了，她在信中慢慢地恢复了路珊美的身份。那些断掉几十年的时光即将被到来的信笺接上。可是，我心情异常沉重。

勇哥已将老何推回卧室，准备流食去了。也只有在他心中，曾经有恩于他们家的老何不仅不是罪人恶人，仍是恩人。

林阿音在信里说这说那，有一点非常正确：如此原生家庭驯化的长女，她要出人头地，还要清洗厚重的耻辱感以及耻辱感衍生的其他心理，只有将屈服和抗争相糅调和。

三十岁那年，我才认识何志华，他虽是商人，却口才好，为人儒雅。初识，我对他的确有好感。但真正促使我嫁给他的，是他的家庭，他父亲是宜江市最早投资开办福利院的老板，后来将福利院发展为连锁机构，湖北湖南江西甚至广西贵州都有分院。何志华的人生道路清晰，要么继承他父亲的产业，要么另辟蹊径做学问或者走仕途。我喜欢有方向的人生，它使我感到安全。

我是他第一眼就认定的未来伴侣，我出众的相貌和沉稳的性格颇符合他的择偶标准。他一双近视眼触到我眼神时，会兀地脸红，呼吸急促，我甚至能感觉到他激烈的心跳。这正是爱恋一个人的标志。荷尔蒙催生的激情爱恋，能持久吗？我稳住自己，若即若离与他交往了一年半，他正式接手公司那年我们敲定了关系。一年后，我们结婚成家。他当然是我生命中重要的男人，是我一生都要携手的伴侣。而林阿音所暗示的，是影响我的另一个人。那个人是我的心理学导师，不简单的一个人。

他是国内积极心理学专业的倡导者和践行者，曾经留学宾夕法尼亚大学，师从著名的积极心理学大师塞利格曼。他有一个奇怪的姓，居然姓骂，这样的姓，名字再普通，缀上姓之后，也不普通了。看，导师居然名叫骂里。呵呵，有意思吧。几乎就是直接攻击……骂你。我一直记得他与我们三个学生首次碰面的情景。他比预定时间早了十分钟，而我们三个学生在他之后到。我是最后来的，比约定时间提前了两分钟。我刚跨进办公室大门，他顶着略微卷曲、黑白掺杂的头发站起来，右手朝我伸出，脸上浮现讥讽的笑容。

路伊美同学闪亮登场了，骂里（还是骂你？）。

我窘迫，站着没动，努力想笑却又笑不出，因为一时难以判断他并不标准的普通话的真正字音。骂老师摊开右手，眨巴镜片后的右眼，左眼却没动，透出几分捉弄。我判断，他在讥讽，我便收回正欲绽开的笑容，微微弓腰，说道："以后我绝不会迟您一分钟。"骂老师收回右手，双眼一起眨巴，似乎在说，不见得哦，说不准还要骂你。

那堂课，骂老师介绍积极心理学，多是理论，我们都昏昏欲睡。他抬起右手挠头发，遗憾地自问：怎样才能提高你们的兴趣？我们不好意思地抬起脑袋。骂老师眨巴右眼，左眼依旧不动，咳嗽下，用别扭的普通话背诵了一段话，是陈寅恪为王国维先生撰写的《清华大学王观堂先生纪念碑铭》："来世不可知者也。先生之著述，或有时而不章；先生之学说，或有时而可商；惟此独立之精神，自由之思想，历千万祀，与天壤而同久，共三光而永光。"

那背诵语速慢，普通话别扭，却掺和了感情，增添几分趣味，的确引起我们的注意，我们不由鼓掌。

他也拍巴掌，又接着说道："陈寅恪提炼的王国维先生的思想精神必将贯穿人类之历史，未来可待可感可触。这也是积极心理学的意义所在。诸位也许会问，两者风马牛不相及，放在一起谈论有何意思？且听我慢慢道来。传统意义上的心理学以疗伤为目的，大都以记忆为途径，以回溯的方式挖出根源，再解开心结，它就是医学方面关于个体身体疾病的一个科目。而积极心理学不仅沉浸过去，还关涉未来，不再拘囿医学方面，它还涉及工作、教育、洞察力、爱、成长和幸福，它从个体出发，抵达的却是广博的群体和同类。嗯，同类……同一个人类的精神主旨，不就是精神独立和思想自由？"

说到这里，他的音量提高，大声问道："诸位还会再说，两者风马牛不相及吗？要我说，不仅相及，还大有关联。"接着他引用了他老师的一段话例证：毋庸置疑，我们人类的大脑有一个设置，叫"希望回路"，这个"希望回路"决定了我们不只是简单的"智人"，即根据学习经验利用工具去解决问题的人，我们更应是"计划人"，即人类的进步不能由过去的经验决定，而大多数时候是由未来的召唤而决定，因为人类大脑的最大用途不是用来判断过去信息的对与错，而是促使人去思考、说服并影响别人，从而形成良好的社会关系，进而营造我们人类生存、生活的舒适空间，这个空间也包含了人类本身。

这番话有意思，让我内心久久无法平静。

后来我知道骂老师来自河南的一个村，那个村里的人几乎都姓骂。姓氏稀奇，他则利用这种稀奇不时幽默，又配合各种孩子气的眨眼，充满亲切魅力。但我知道，他身上的磁场主要来自他的博学。林阿音说对了一半，路伊美从来就是上进高冷的人，她必须也只能被比她博学许多的人折服，但折服未必就一定会变成爱。

两年后，骂老师出国，受聘于加拿大拿破仑大学。再两年后，早已参加工作的我到美国伯明翰大学访学，却遇见骂里老师，此际他刚被聘为该校心理学教授。访学期间，我再次师从他，学到许多知识。应该说，是骂老师的积极心理学改变了我，也塑造了我，他是我生命中的关键时刻的关键先生。

6

林阿音的第三封信引出太多不好的记忆，破坏了我的心情。

我在书房里待了许久。勇哥敲门喊我吃午饭，我才晓得，时间已经到了下午一点钟。

通常，勇哥只负责老何的吃喝拉撒，我不在家，他管自己的餐饮；我在家，我和他的餐饮由我负责。今天，因为林阿音的信，他代做了午饭。

还不错，四菜一汤，口味都好。山里人喜欢吃辣，什么都爱放辣椒。初春没有新鲜辣椒，他变戏法一般变出腌制的红辣椒。青菜放了一点儿辣椒，土豆丝放了一点儿辣椒，带鱼和腊肉也是，豆腐汤里居然也有丝丝红椒，居然都出奇地撩发胃口。勇哥磕巴着口舌告诉我，春节返回时，他带来了家里的土特产，土豆、腊肉、黄豆豉，还有一罐泡辣椒。

微微的酸辣味刺激了味蕾，又打开胃口，还撕开一个切口，让刚才的沉重和沮丧烟消云散。我问勇哥在这里习惯不，家里的母亲和老婆咋样，他是否放心。他不断点头。我歉意地说道，辛苦勇哥了。勇哥摇头摆手，表示他这个何家远亲，关系都出了五服，但何志华丝毫不摆谱，热心地帮忙，解决了两个儿子的人生大事，他肯定要报答。

他的话真诚也实在。我作为何家的媳妇，从来没见过勇哥一家人，以前也没听说过，可见，这门亲戚肯定不太近。我问勇哥见过何志华几次。勇哥马上举起右手，三个指头岔开直立。

我问他三次见面的情形。他啊了声，赶紧埋头咀嚼嘴巴里的饭菜，筷子在干净的碗里扒拉，半天才夹起半颗米粒。

兴趣来了，我不走，也不动，就坐在那里等。

终于，他放下碗筷，说道："那个，一回是……在茶……室，还有两回，在……家里。"说到这里，他仰起有些发红的脸，左右转动瞧看，接着看向我。他嘴角微微翘起，讪笑爬满那张四方脸。那双看来的眼睛，刚刚碰触我的眼神，立马掉转。

有什么东西撞了下我的眼睛，又跌落于心胸，我的心顿时一颤，疑惑烟雾似的浮腾扩散。他在抱歉——我反应过来了，他指的"家里"肯定不是这儿，而是别处。

我说出我和老何曾在市区的房子地址，滨江路13号绿萝小区第8栋楼，还仔细描述了周围的环境，主要标志是临江，有滨江公园，斜对面是新建的跨江大桥，附近有市里唯一的一座基督教堂。

他愣住，微微张开嘴巴，继而摇头，又说："啥……地方，我真……不记得了。"

他站起来，双脚一颠一颠，却是以跑步的速度离开，还不忘解释："我……看下……志华，吃饭……有……一会儿了。"

疑惑迷雾般在我心头扩散。我呆坐餐桌旁，几秒后站起来收拾残局。勇哥又跑回来，要我忙去，他等会儿来收拾。

我去午睡，时间已过了午睡点，躺一会儿又起床，拖地，再烧水泡茶喝。勇哥已收拾好餐厅和厨房。我喊他喝茶，他边摆手边朝室外走，说要去院子里忙葱去——他要在靠墙角的地方种上几行青葱，还准备栽上洋荷姜。

喝了几口茶，我踱到他跟前，问他见到何志华的时间。他侧过半张脸，答道："首次……是……二〇〇六年，第……二次是……二〇一三年，再就是……二〇一八年。"

哦，二〇〇六年，我还是单身。

洋荷姜不知从哪里弄来的，那东西是中药，对清火活血有奇效，当菜吃也爽口。勇哥是有心人，他曾在餐桌上问我对洋荷姜的态度，我说，挺喜欢的。他表示，那东西要吃新鲜的，他可以弄些栽上。他真就栽上了。不过，市场上有卖的，后面的蟠龙山也有长，弄来姜种也不难。

他换了一个墙角忙。

我甚觉无趣，又觉得风大发冷，便回到客厅，继续喝茶。

半壶茶水下肚，勇哥忙完，回来放东西洗手。经过茶桌前，他停住脚步，睁大了眼睛，认真道："妹子，志华的事……确……实意外，但他帮……我家大忙，其他的……我不知道。"

他掉头就走，上楼。佝偻的身躯压在他一颠一跛的双脚上，脚步声有点儿沉重。我轻声说，谢谢勇哥了。

他也许听见，觉得没必要回答我，也许没听见——那一步紧跟一步的滞重的脚步声，多少削弱了我近乎呢喃的声音，他只管埋头爬楼梯。

可能林阿音的来信狠狠刺激了我，让我神经过敏了。何志华的确热心，而找来的勇哥，无论如何都沾亲带故，他帮勇哥的忙，多是顺水推舟，但在勇哥看来，白白接受人家的天大恩惠，不免将对方看高看大，如此心理反差下说往事，吞吞吐吐也自然。

但很快，我脑海又闪现勇哥说到他与何志华三次见面时的反应。并非我神经过敏吧，他的反应不正常——难道他们之间有些不好说的勾当？勇哥与当时的何志华地位悬殊太大，怎么可能？也许勇哥见到了什么，刚好是不好说不能说的事情，譬如何志华给人送礼什么的。

晚上，我彻底失眠。林阿音这次的来信占据我的脑海，我翻来覆去在床上烙饼，无法抓住睡神的手。黑暗中，我看见一只大手在一张洁白的纸页上写写画画，最后留下两个字：耻辱。

一股气便在体内乱窜，我恼火的不是这个词语本身，而是林阿音的夸饰。她竟带着如此夸饰的耻辱感走到今天？我的心有些作痛。

看来，真要给她回信了。我看了下时间，凌晨三点二十一分。

7

我给信使发信息。不到一分钟，回复就到：哈哈，我这个实习信使快要转正了，请告知取信时间。

下午四点半。我回复。

下午四点二十，我已经回到家里，将写好的信装进买来的土黄色信封，并封好口。

天蓝色的摩托车驶来，在院门前停住。信使后退几步，站在一个石凳上，摘下头盔，仰起脸，又伸出右手摇摆。

伊美女士，信使驾到。

已经泡好茶水，坐在院子里等待的我，开院门，欢迎信使进屋喝茶。

哇，我以为二楼窗前的人是你，人影一晃就不见了，原来却在门前恭迎本尊，客气客气。她大大咧咧，边说边走进屋，坐下就动手倒红茶，抿下，再一口吞掉。第二杯也是。第三杯后，她站起来，环顾房屋，频频点头，伸手要信。她说，争取赶在林院长下班前把信交给她，收到你的回信，她会高兴的，因为她蛮盼望回复。

信使出客厅大门时，眼睛抬起，眉心痣闪烁柔和的天光，照亮脸颊上的雀斑，她的脸熠熠生辉。

我顺着她的目光看去。楼梯上勇哥的身影闪了下，又立刻消失。

我们出院门。她骑上摩托车，发动引擎，就在戴上天蓝色头盔时，又抬起脑袋，朝二楼看了看。估计，勇哥又在窗前看。

勇哥今天怎么了，不像他的行事风格，也许找我有事。我朝信使挥手作别，她拉下头盔面罩，掉转车头。

天蓝色的摩托车驶下山坡，化作汽艇消失在不断繁衍的新绿江海中。

我刚走进客厅，勇哥下楼来，热切又紧张的眼神先一步抵达我跟前。

"刚才的……客人，是……"

"哦，送信的人。"我随口答道。勇哥脸上露出急促的笑容，接着走向厨房。我看向墙上悬挂的鹰状石英钟，快五点了，老何的晚餐时间已到。难怪勇哥刚才着急下楼。

但是，一句话还是脱口而出："勇哥认识那姑娘？"

"不……认识。"已走到厨房门前的勇哥马上转身，坚定地否认，还举起右手摇摆。见我紧盯他看，又打上一句补丁："真不……认识。"我嗯了声。他又补充了一句话："妹子，有……好事情，志华……右脚刚……动了下。"

我张大嘴巴，随即转身爬楼，直奔老何的卧室。

老何，老何，你能听见我的声音吗？我轻声而急切地喊道。

床上的何志华一动不动，盖住他全身的麻白色被子沉船般滞重，配合着白色的墙壁和天花板挤压稀薄的空气。顿时，房间四处蛰伏的死寂铅块一般腾起，又击向我。我的身体晃了下。我蹲下来，双手捏向被子里的双脚，并上下摩挲。那双纹丝不动的脚依旧僵硬。

他的脚真就动了？我怀疑勇哥产生了幻觉。

勇哥上楼，喊我吃饭。我摆手。

疲倦的我转去书房静坐。窗外已昏暗，夜色水一般漫卷而来，越过窗户玻璃，在书房里安营扎寨。我没开灯，将窗户微微推开，把黑暗压紧压实，而我在书桌前坐成默片剪影。黑暗携带的冷风穿过窗户的窄缝，狠狠地吹打身体，却无法卷走内心混乱不安的波澜。

林阿音收到回信了吧。那封既无称呼又无落款的回信，就是一段话，几十个字而已，读完也就两三分钟时间。但是语气干硬，还有些以长姐自居的教育味，完全削弱了谈心似的良好氛围。详细内容我记不全，但中心意思很明显，那就是明白无误地告诉她，带着被夸饰的耻辱感回忆，事情就变了味道。

林阿音会不高兴吧，甚至气急败坏，那么，第四封来信估计在路上了。

我叹口气，有点儿后悔自己回信了，还以那么快的速度。就算林阿音说得没错，抑或编造夸张，又能怎样？人生过去这么多，已成定局，还指望翻盘？随她说去。可是，我口中发涩发苦，嘴唇嗫了几下，脑袋不由左右摇摆，否定了刚才的一番想法。

那股苦涩味，大致是耻辱的味道。我熟悉它从不单纯，而是复杂厚重，背后是大片的阴影，灌注着诸多情绪，在漫长厚重的时间中板结，又凝固成沥青，不经意就散发出憎恨的气味。

林阿音对父亲之死有她的想法，似乎归结为预谋？我不大确定，但至少能确定的是，她不认为那是一次意外。

不是意外？想到这里，我浑身发热，分别放在膝盖和桌面的左右手痉挛似的颤抖。

啊，果真如她在信中所说，"读到这里，你的双手在颤抖吧"。

我站起来，在房间里来回走动，浑身发热，额头渗出汗水。我拉开半扇窗户，饱含料峭春寒的夜风灌进屋内，寒意洗劫了我身体的热量，而焦躁搓成麻绳来回抽打着内心。

关上窗户，拉开房间的灯，我重新坐回桌前，展开了纸页。

8

这次我的笔头迅速地写出两个字：三美。

称呼真是奇怪的东西，它一旦站稳脚跟，被克制的情绪便染上怀旧的伤感气息。

我写到了母亲。

她的漂亮我忽略不提，我提到的都是她给我们这个家带来的温馨和忍辱负重的付出。我说的都是实情。

她与父亲曾一起供职宜江市的粮食系统，夫妻俩都是半路进单位的。父亲从军队转业后，被安排进粮食系统，本是一名普通职工，却因为会开车——那时能开车的屈指可数，而粮食系统单位大，要运输粮食，父亲便被安排为司机；再后来领导弄到一辆老吉普，我父亲被安排进办公室，成为领导的专职司机。父亲每天跟着领导，类似贴身秘书，与领导的关系很不一般。母亲是山里人，土家族，因为读过初中，就在城郊的小学做代课老师。她颜值高，心气也高，一心想嫁给吃商品粮的男人，所以亲事一拖再拖，认识父亲时，她都二十七岁了，年长父亲三岁，两人倒是一眼对上，成为一家人。因为我父亲，她不久也被安排进粮食局做会计。

　　母亲颜值高，还能说会道，又是一名文艺女，唱歌跳舞吟诗都在行，这无形增加了她的女性魅力。粮食系统的领导便带着母亲去攻关，母亲的名声就是从那时开始走下坡路的。

　　彼时的我已上小学，二美三美也上了幼儿园，我们家还有爷爷奶奶，一大家子人住在单位后面的一个大院里。大院有个匪夷所思的名字，叫作集美，实际它是由一个存放粮食、堆积货物的大仓库改成的住宿区。据说，更早时，它也不是仓库，而是带天井的回字形楼房，是宜江市过去较有名的妇女收容所。几十年后，它的历史消失在岁月的无情流逝和时代变革中，变更为我们的住宿区。我们家里人多，住的房屋也大，是邻居家的两倍。这也从侧面体现出我父母在单位的地位。

　　母亲名声不大好，却给我们带来好日子。父亲下岗前脾气也不暴躁，高兴时会哼歌，周末会带我们三姐妹去郊游。时间平滑而过，我上了初二，二美三美也是小学三年级的学生了。二十世纪九十年代初，宜江市的粮食系统面临改制，要全面走向市场，粮食系统的职工必须买断工龄，自谋出路。非一线的职工马上被清退，作为下岗预演，父亲这个司机正在其中。一九九一年二月，他和一些人拿到一笔钱离开了单位。有消息传来，那笔钱是该拿数目的一半，一些被清退人员不服气，以各种方式抗议。很多人说，父亲因为母亲的关系，其实拿到了全部的钱。这肯定是诬赖，父亲心中很愤懑。母亲那段日子也心神不宁，但没几天就喜笑颜开了。凭她的交际能力，她找到了工业局，对方正在为她办理调动手续。很快，粮食系统的领导出事被抓，很多人说，是父亲告的状，后来父亲也承认，他说只是想为自己证明清白。唉，原领导被抓，而母亲是单位会计……母亲那段时间每天都早出晚归，一个月后，她平安地摆脱被牵扯的厄运，却失去调到工业局的机会，不久也被清退。母亲的坏名声传遍了县城的大街小巷。爷爷奶奶在意儿媳妇的名声，却无法管住母亲，便将怒火发向父亲，唆使父亲狠狠地教训母亲……父亲试过，母亲照旧，她的理由是——我没错，只要一大家子人能有饭吃，随便你们说。各种压力下，父亲沉沦了，一大早醒来，就找酒喝，先是端着酒杯喝，再捧着碗喝，然后握着酒瓶子大口大口地灌。醉酒是常态，还发酒疯，摔东西不说，逮到我们哪个都是拳打脚踢。我们一见他发酒疯，便兔子般四处逃窜。他可能觉得没趣吧，居然不再守在家里喝酒，而是抱着酒瓶出门去喝。减少了我们被他拳打脚踢的机会，却多了一件事，那就是每天傍晚，一家人都要分头去找烂泥般不知醉在何处的父亲。

作为清退人员的他俩，拿到了部分现金，加起来不到四千元，剩下的就是补给——仓库里积压的米面油等。一袋袋粮食和几个大铁皮桶的油，基本是存货，快过期了。怎么办？只好办起粮油经销店。本来是夫妻俩的事，每天却只有母亲一人守在店里。父亲呢，清醒时不来，偏偏喝了酒后寻来，借着酒劲打骂母亲，还赶走买东西的客人。能怎么办？那些分到手的米面油什么的，都有保质期，却难以马上卖出去。母亲只好拿出交际手段，去找有权力的人，拿下大单位食堂的粮食供应权。这或许触动了某些人的利益，以致母亲的风流谣言在我们县城风起云涌。实际都是捕风捉影，从未有谁看见，她也无从辩白，只能沉默。但是生存层面的挣扎下，她并不畏惧，一人经营粮油店，年年盈利。我们三姐妹能上学，爷爷奶奶能颐养天年，父亲能有酒喝，这不都是母亲的功劳？

我专门在信中提到一件事。

那年秋天，母亲去乡下收购粮食，她借到一辆小货车，让父亲开车陪她去收购。父亲开始答应了。那天他一起床却又灌酒，母亲怕他喝醉，去夺他手里的酒瓶，父亲不让，两人夺来夺去，酒瓶摔在地上。父亲勃然大怒，抓起一块玻璃碎片朝母亲脖子割去。母亲出于本能后退，后仰着脑袋。不长眼的玻璃碎片仍划到了母亲的双唇，上下唇都划破，肉片一般垂挂，颤颤巍巍的，随时都会掉下的样子。我准备去上早自习，而三美和二美刚起床，我们吓坏了，抱住母亲大哭。父亲却若无其事地继续开喝。我愤怒，又不敢夺他的酒瓶，只是哀求他开车马上送母亲去医院。他拒绝了。

那个早上，我深深地记得，我没去上早自习，也没请假，我骑自行车带母亲去医院缝嘴唇。三美，你不会有印象，因为我说了谎，说母亲只缝了七八针。不，她的上下唇整整缝补了二十八针。而那天，我因为无故旷课被老师批评，以后一个星期都站在教室后面上课。

我们的母亲呢？缝了二十八针的母亲本应该在家卧床休息，可是，与别人谈好的收购买卖，哪能耽搁？当天下午，母亲就骑着一辆三轮车下乡收购粮食去了。连续三天，才把本来只要一车就能完事的粮食拉回店里。我却从她用白纱布缠住的受伤的嘴唇上，看见了自尊要强。

写到母亲缝嘴唇和蒙纱布的细节，我将自己送回到那个场景。

母亲嘴边流出的血是一波一波地奔涌，黏稠腥甜。那块白纱布贴在她嘴唇上，开满了黑红色的无名大花，而经过她身边的我，被腥甜的血液味猛灌，恶心得快要窒息。我又想起父亲对母亲不管不顾的追打。他有固定的章法，先是揪头发，然后将母亲抵在墙壁上撞击，母亲无力地倒在地上。

你现在看见母亲没有几根头发了，快要秃头，这不是因衰老和疾病脱发的结果，是酗酒后失控的父亲的暴力所致。关于暴力，从孩童时期就根植在我们记忆里了，我们三姐妹——如果二美还活着，活到今天——均会以疼痛指证。

二美之死，死于意外——你说得对，我还是要絮叨。那年的十一月下旬，父亲被清退快一年了，母亲为了生存到处奔波。你和二美在二十日下午五点四十骑车玩，被一辆大货车撞飞，二美不久死去。要说的是那辆大货车，它正在拉粮油，清理存货。你能说这是偶然？可不是偶然又是什么？事实上，这事一直被定性为意外事故。只是可怜啊，一向乐观的母亲在家不吃不睡整整三天。

写到这里，我突然筋疲力尽，笔芯凝滞在纸页上，脑海一片荒芜。

我去泡澡。泡热水澡后，血液流动，身体暖乎乎的，人也还阳，精神好了许多。我坐回书桌前，提笔写下一段话，为这封信收了尾——我们的母亲为我们一家人付出了一切，从我陪她缝嘴唇那天起，我不再因她而感到耻辱，相反，我备感幸运。

翌日早晨，刚起床的我又坐到书桌前，提笔补上昨晚忘记的落款签名。随后，我下楼冲了一杯麦片吃，再上楼补回笼觉。因为上午没课，而约定信使取信的时间是十点半。这个回笼觉睡得还可以，四十来分钟后，我起床。勇哥说老何的脚又有反应，趁上午有时间，我陪陪老何，观察下。

还是没能见到勇哥说的那个时刻。

十点刚过，天空下起瓢泼大雨。信使的信息抵达，她被耽搁在长江那边，上午来不了我这里。

我的第二封回信就这样躺在书房里。

9

三月八日妇女节，信使往返我这里和集美疗养院，给我和林阿音分别送去信笺。

她先从集美疗养院给我带来了林阿音的信，也将顺手带走我的信。她没进院门，就站在院门前的一棵大月桂树下。见到我，她兴奋地感叹："前几天的雨真是及时，耽搁得好，让我这个信使省掉跑路的力气，一下碰到你们俩同时送信的邀请，而且适逢女神节，这才叫择日不如撞日，哈哈哈。"

笑声响亮。那发自内心的大笑，使眉心痣颤出薄冰似的亮光，在逐渐亮堂的春光里晃荡着我的眼。仅仅省跑一趟路就兴奋成这样？况且，她完全可以不跑路，毕竟她是外人，而林阿音要给我寄信可以选择邮局。

可是……

她的笑声在我耳边回荡，风铃般悦耳。也许她觉得，能促使双方互动，正是信使的责任所在。我对她的好感增加几分，不由跟着哈哈大笑。

那天，阳光明媚，月桂树顶着新发的嫩芽，生机勃勃。山风从连绵起伏的蟠龙山迤逦而来，一路穿梭树林群山，又被它们洗礼，落脚在山脚下的别墅群，赐予我们脱胎换骨般的清新美好。

信使从月桂树下走出，又站在院门斜对面的石凳上。接着她撮起嘴唇，清脆婉转的哨音响起，在风中回旋。她又仰起微微闭上双目的脸庞，打开双臂，似乎要拥抱阳光山风。

很快，她放下双臂睁开眼睛，朝楼上看去。伊美女士，那个男人总在偷偷打量我，何方神圣？好奇怪。

哦，他是我一个远房堂兄，在我家帮忙照顾病人，也许你们认识……

信使听到这里，挥舞右手打断了我的话。我怎么可能和他认识——难道他跟你提起过我？

我摇头，接着侧仰脑袋喊，勇哥，来客人了，麻烦您下楼来烧水沏茶。说着，我不管信使是否愿意，径直走进院门，坐在凤尾竹下面一排树蔸做成的凳子上。

信使跟进来，也坐下。

我猜她芳龄和职业。她拘谨起来，主动告诉我，她很早就去英国读书，去年刚上大学，因为疫情，便回国待着，在家上网课，不过几次考试都是 A 和 A+。她丢给我一个得意而警惕的眼神，又接着说，我知道你要问我名字了，还要问我和林院长的关系。她那双细长眼眯起，眯出讥讽之意。

我笑而不语，只是拿眼紧盯她看，我知道，我的眼神满是期待。她嗯了下，又接着说，其实，你真正想了解的还是我和林院长的关系——遗憾，无可奉告。

沉默网兜般兜来，兜住我们。太阳兀自强大，睡意悄然袭来，我的哈欠一个接一个，而耳边却响起蜜蜂的嗡嗡声。都说哈欠具有传染性，果然，信使也打出一个哈欠。

勇哥端着茶盘出来，他泡的居然是自己从家里带来的高山富硒绿茶。他磕巴着口舌解释："这茶……陈了，味道……却足，你们……尝下。"说着，眼睛瞟向信使，而信使眼睛瞪大，勇哥的出现，让她吃惊。

你……我们真见过面。信使站起来，对勇哥说道。她眉头蹙起，似在思索。接着，端起茶杯喝茶，喝完一口，又说，这是鄂西的富硒绿茶，我想起来了，当年你就是提着一大口袋这样的茶找到我们，之后每年都会送……

勇哥一张四方脸顿时红成猪肝色，他摇摆右手，着急否认："你认……错人了。"说着，讪笑下，转身踱进客厅去。

怎么回事……信使疑惑地目送勇哥的背影，嘟囔道，我认错……不可能啊，他的说话方式，见一次记一生，且不止见他一次，怎么可能认错？

你在哪里见到他的？我问道。

哈，那年夏天，是二〇〇六年……对，我家在野山关买下一处房子，那年暑假装修好，首次入住，以后每年暑假都会去那里消暑。那天，他找我爸爸办事，找到那里去了，嗬，竟然提了一大袋自家产的绿茶。我人小，却记忆深刻，他离开后，我爸爸要把绿茶丢掉，我妈觉得可惜，就去夺。夺来夺去，袋子破了，茶叶散在地板上，我觉得好玩，索性一屁股坐上面，被我妈妈一顿好打，耳垂都揪破，那是我妈唯一一次打我。我爸心疼我，推了我妈一把，两人还干了一架。最后，茶叶留下，我妈喝了一年，上了瘾。后来每年她都会收到这种绿茶。话说这绿茶，模样没市场上卖的精品好看，可是味道冲远，回甘也好，我妈说还环保健康。

我的心怦怦乱跳，出口的声音也不自然了。还有一次是在哪里见到他的？

老地方，那时我刚上小学。他说话结结巴巴的，我怎能没有印象？

你爸爸……我缓缓地站起来，右手捂住胸口，否则，我真担心它蹦出来……他是谁?

问题蛮多,有查户口的嫌疑,尴尬哦。我爸是谁,与你无关,你没必要知道。不过,看在你请我喝茶的分儿上,就说两句——那年年底他就去世了,我甚至没见他最后一面。信使喝完一杯绿茶,准备离开,右手却指向楼房。

那个人在你这里帮工?令堂不是送去疗养院了吗?

我那颗胡乱蹦跳的心渐渐安稳,也许,她爸爸真是我不认识的人。我也理解她不愿告诉我她及家人信息的举动,因为我也不愿回答她的询问。于是我笑笑,右手微微抬了下,送客的姿势明显不过。

她还是看着我,眉心痣反射的阳光晶亮晃眼。

哈,我照抄你的话,与你无关,你没必要知道。

爽快。信使打出一个响指,便快步离开院子。接着,摩托车引擎发出轰响声,再接着,轰响声减弱,再减弱,直至消失。

我呆坐在院子里,有些发蒙。院墙隔阻了山风,阳光越发明媚,轰隆隆地抛洒热情,竟然晒出灼热的力度,令我头昏,额头微微渗汗。但是,我不想动。

妹子,志华他……又……动了。勇哥闪现在二楼的窗户前,探出四方脸,眉眼间都是欣喜。

我猛地站起来。

他补充道,这次……是……左手。

我跑步进屋,爬上楼,闯进老何的卧室。老何,我叫道,然后蹲下来,左右手分别握住他的左右手,同时上下摩挲。然而,我似乎摸到的是硬邦邦的岩石。死寂的空气在我鼻尖爬行,同时吞噬我的感官,麻木拢来。别说触觉嗅觉,就是大脑也停止了转动。我双手机械地在那双岩石般的手上移动,进而移动到他的双臂、肩膀、脖子,再是脸庞和额头。

僵硬传染给我,我身体被抽干血似的僵直,双手双臂无法再移动,搁在床铺上。空洞弥漫周身,我眼珠也忘记转动,焊在那张插有氧气管的脸上。

我的眼皮跳了下。不,似乎是躺在床上的老何的眼皮跳了下。我一激灵,思维活过来，定睛去看。

一秒、三秒、五秒……一分钟……

死寂再次拢身，空洞感在身体里迅速扩散。我忍受不了，站起来离开。大概，越寄予希望，错觉越会凸显。勇哥就是一个实实在在感恩何志华的人，他希望老何苏醒，恢复成正常人。这份心愿太强烈了，甚于我许多。

勇哥问我是否看见老何的手在动。我笑下，没搭话。他又问我以前是否发现他手脚偶尔会动下。我还是没搭话。他不死心，重复问了下，又说，按摩……不断……跟他……说话，效……果就来了。这类似嘱咐的摆经验，饱含了着急和希冀，我只好点头。也许吧，假以时日，勇哥的愿望会实现。

但我还是要问他，关于那个信使姑娘，他们是否见过面。

面对我的执着，他三十六计走为上策，借口准备老何的中饭溜之大吉。我既想问出结果，又不能着急，那就等吧。他给老何准备流食，我择菜洗菜准备午餐。一般情况下，勇哥忙完老何的饭就会接过我手里的活儿，但是今天没有。

午餐准备好，我喊勇哥吃饭，他要我先吃，说中午太阳好，要推老何出去晒太阳。那么，就是我和勇哥轮换着吃饭和陪护老何了。也可以。我打定主意问他，他逃不脱，只是他再三躲避的样子越发坚定我的决心，也加深我的怀疑。

信使的爸爸，勇哥认识，还找他帮过忙，能是谁？

三月初的太阳虽然大，却沉沦得快。不到三点钟，就将大半个身体退隐于灰青色的云层后面。我错过了午睡时间，脑袋昏沉，却毫无睡意，索性拿出林阿音的信来看。

10

一美：

收到你的信，我一字不漏地读完了，心情很沉重。

你字字都在述说她的不容易她的奉献，然而，你说得再多，回忆的细节再细微，也遮盖不了一个事实，那就是，所有的这一切都建立在她的风流放荡上。她的风流放荡——这只是好听的说法，在农村就叫……好了，我也不忍心在你面前说出那些破烂词语，毕竟，她能歌善舞，还会吟诗。我记得，我们住在集美大院时，一到夏夜，就会在院子里搭睡铺，再铺上席子，供我们三姐妹睡，她睡凉床。那时，夏夜的天空布满星子，钻石般闪闪烁烁，她就教我们读诗，"危楼高百尺，手可摘星辰""纤云弄巧，飞星传恨，银汉迢迢暗度""七八个星天外，两三点雨山前"，诸如此类，她信手拈来。那时我们语文都很好，尤其是我的作文常常是班上的最高分。后来我在逆境中能考上中专，就多亏了我的满分作文，这不得不归功于她的培育。然而，她把风流放荡无限地扩大，终究成了我们的耻辱。

这当然不是凭空而来的感觉，也不单单是我才有的感觉，我们均有，而你将它阐释得最好。现在，你指责我夸饰它。哈，夸饰，耻辱被夸饰，如此指责成立，则意味着我是在撒泼，或者平白无故地生事，而你们被我误解、委屈着。

原谅我一针见血说出你要表达的结果。只是可惜，这还不是结果，远远不是。结果要现身，必须掀开一个盖子，你看到这里，估计一颗心又在下沉，双手又在发颤吧。

我跟你直说吧，你的回信，引发了我的超级反感。因为你偷换概念，将耻辱变为憎恨。是的，把我的耻辱、把父亲的耻辱统统改换了面目，换成了憎恨。而憎恨的人，即使死亡也拯救不了他的声誉，死得其所、死得活该；即使不死，凭空消失也在情理之中。这就是她以混沌的记忆复活死去的二美却彻底屏蔽有关我的记忆的缘由，这也是我失踪后始终不能回家（你们彻底放弃了我）的缘由。

我失踪了，我失踪后经历过怎样的生活？

那年初夏，集美大院前面的巷道和团结路交叉的路口来了耍大把戏的队伍，很有趣，猴子能劈叉，小孩能缩成一团，大人脑袋能插刀，老人嘴巴能吐出火球，我挤在人群里观看。你喊我回家做作业，父亲已经死了，我不再理你和她。你只好任由我看去，但是你和她再也没等到我回家——我爬上那个耍大把戏的队伍的一辆小货车，求他们带走我。他们人手正少，见我长得不俗，还自投罗网，简直欣喜若狂。他们带着我，一路颠簸，回到他们的老家湖南石门县。

开始我跟着一个老妇人帮厨，空余时间跟一个长白胡子的老人学基本功。清晨五点半就要起床，太辛苦了，我学得三心二意，常常挨打受骂，却从无后悔离家的念头。那群人基本都是当地人，靠耍大把戏谋生，生活极其简单，所有的时间都放在练功和演出上，人也单纯老实。我学了三个月时间，却毫无长进，干脆就被丢在厨房里。那年，就是厨房里的老妇人，不知用什么方法与外界的某个男人搭上，要把我送走。男人长得贼眉鼠眼，清晨骑摩托车带走我，一路不停地开，开得飞快，我想解手都不准。就那样开，还是山路，几乎一天时间没停。我饿，而且把尿也尿在身上，不好的感觉弥漫全身，我必须想办法逃走。傍晚时，男人胆子大了，放弃山路，选择一条比较宽敞的公路走，来到一个小镇，似乎叫太平镇。我们找到一家小餐馆吃饭，他点了饭菜，赶去上厕所，可能太急，或者肚子疼，竟然没要我跟他去。我觉得机会来了，立马撒腿就跑，尽朝亮灯的地方跑。

后来看见一个有两层楼的院子，上面还写着镇政府几个字，我跑进去，直接爬上楼。楼里除了一两个房间有光亮，其余都是黑暗。一股难闻的气味从一间房屋传来，里面黑漆漆的，那是厕所。我一头闯进去，里面真没有人，我先解手，而后缩在墙角发呆，后来竟然睡着了。

第二天，还没睡醒的我被一个妇女发现，她弄醒了我。我吓得哇哇大哭，诉说了逃跑的经过，不过我编造自己是孤儿的身份，还改了名字，我叫自己林阿音。这个名字仿佛是神赐，我至今也无法解释，它如何就降临到我舌尖，然后化成了声音。但我知道，我的命运要改变了。你看，我真是遇到了好人，那个妇女含泪听完我的诉说，告诉我，她也是从小就被拐骗来这里的，由于人太小，她都不知道自己是哪里人，她恨死了人贩子。接着，她发誓说，一定不会让人贩子得逞，她要给我找个容身的地方。说完就带我去她的办公室。她打了几个电话后，联系上一家福利院，又带我吃早餐。随后，她送我去了那里。

常德市福利院，我就在那里度过了好几年时间，有些无聊，有些无奈，当然也有安然，还有委屈。总体而言，它是出逃的我比较好的选择。后来，我考上了护士学校。哦，那家福利院，是私人办的，属于一个湖北宜江人投资的连锁福利院在湖南常德的分支。

我的事先说到这里吧。一美，你明白了，我的失踪不是单纯的失踪，不是被拐卖，而是我的出逃。那么，你能说，那么小的女孩子离家出逃——注意，不是出走而是出逃——是因为憎恨？不是，是因为耻辱，而耻辱感诞生了林阿音，我不觉得耻辱是坏事。

我知道，你读到这里，定在心中说，你还是回家来了。

哈，我这个背负耻辱的人，哪有家？哪有故土？我后来迁居宜江市，也是过客，是顺其自然的选择。你多少应该猜到了，护士专业的我后来成为集美疗养院的投资人，与你夫家何家有关。

唉，何志华的父亲有病，行动不便，他高薪聘请我专门护理他。就因为何家，我的命运成了定局。你也是。看来我们姐妹一场，是老天的安排，这也是我一再给你写信的原因之一。

我是什么时候知道你是他的妻子的？

是你去美国游学的那年，我为女儿的事找他，到了你们家里，也是唯一的一次，见到了你们的结婚照。那一刻，我愣住，愣了大半天。我无法厘清彼时的心情，现在回想，还是混乱不堪，真的，我悲痛，还有些兴奋；我无奈，却又觉得新奇；还很崩溃，心头又不断涌现一些想法。你们的夫妻关系，比我见到的听说的从书中读到的都复杂。说你们恩爱吧，可是彼此各怀心思，说你们冷漠吧，却又都离不开。不咸不淡也谈不上，分明你们又有牵挂。那时，他刚刚接手家里的生意。而我从不相信婚姻，即使和他一起的短暂时间，我也只有一个目标，我需要攒钱，我将来要成为疗养院的大股东。因为人都是会老的，疗养院将是人在世间的最后归宿，而归宿地，才是恩怨见分晓的终极之地。这样的地方，集美名之，再合适不过。过去的不会过去，终要回来，她——你的母亲也不例外，或许这是我后来见到她，与她面对的唯一方式。你看，我押对了。

我认识何志华，在你之前，因为照顾他的父亲，我经常见到他。后来我们相恋，还有了一个女儿，但我拒绝结婚，我害怕那个证书约束下的被动生活。我们曾短暂地一起生活过，但不在宜江市，而是在巴东野山关。

他却盼望婚姻，一直催促我结婚。那时，我开始筹备疗养院项目，已经攒够了钱，我不需要任何人的帮助了，我也不想因为家庭生活而分散精力，明确地拒绝了他也疏远了他。后来，他遇见了你，也爱上了你，难道我们姐妹身上有一种专门吸引他的独特气质？你们顺理成章地结婚成家。我知道之后，除了震惊，还有一丝解脱感，我不想与你们再有任何瓜葛，以免搅扰我和女儿的清净生活，所以，他必须"消失"。

现在我该说说少年的我出逃的原因了。

实际上，你们清楚，但是你们把"清楚"锁定在家庭的破碎上，二美死了，父亲也死了，祖父母也搬回乡下去住，家里只剩下她和我们俩。我终于忍受不了那份残缺，而残缺的心里诞生了憎恨，所以出逃。这是你们"清楚"的方式之一，却比例不大。另一个，就是你们惯常的一致对外的说法——我被拐走，从此消失于这个世界。

一美，估计你还会说，事实就是这样啊。看来你还是把我的心态诡辩式地归于憎恨。我只能耐心地再次纠正：不是的，仍是耻辱。我必须纠正你，多方位纠正等于全方位无死角地堵塞你的诡辩思路。耻辱当然会诞生憎恨，可是，我亲眼见证的父亲之死，虽然确与酒精中毒有关，而导致他一命呜呼的是你和她对他最后呼吸的终结，那条白纱巾——搭在他嘴巴上的白纱巾，从你手里递出，叠了好几层，再由她给父亲的鼻子和嘴巴蒙上……死亡到底发生了，我惊讶并有预感。一美，我们这些近得不能再近的人，竟是通过死亡来彻底了解。悲。

这么多年了，我竟然还会涕泪横流。你看此处的纸张上，有点儿泛黄，那是我的泪水和鼻涕滴落并洇透了纸页，也是你归为的"憎恨"，我不否定。可是，我备感耻辱。

啊，我又听见了，那声处于生死边缘正在挣扎的喑哑叫唤，从他被蒙住的唇鼻部位发出，完全惊醒了还在睡醒之间徘徊的我。

那夜，怕是凌晨了，你们拖回不省人事的父亲，就放在客厅的地上。我迷迷糊糊的，但是我见到了那一幕，也见证了父亲的死。你说，这不正是耻辱感的提示？

从此，耻辱倍生，我不想再见到你们。

你是心理学教授，百分之百地懂得，抗拒，是从身体开始的。父亲尸体火化的那天，我发高烧，身体炭一般灼热，她把我送进医院看病，却还是没能将高烧退下来。一周后，我烧成了肺炎。足足住了两个月的院，我才出院回家，却一直厌食。

原因就是，我在这个家待不下去了。

终于，耍大把戏的那帮人带走了我，我成功出逃。

也许你们找过我，也许没有。我不在意，因为我是出逃而非出走。事实上，现在的我回忆这些时，心情平静，这至少说明，儿时根植于我身体的耻辱感被我以出逃的方式释放了部分。

我非常不愿重提父亲死去的那晚，但是，我不提，你们一定会（也正在）以选择性遗忘的方式埋葬真相。

春天了，她的身体还可以，静脉曲张得到了控制。不过帕金森综合征还是无法避免蔓延，她的记性差了许多，已经忘记自己的名字、你的名字、父亲的名字。唯独记得二美。

林阿音

二〇二二年三月七日夜

11

两个多月后，我逮到一个机会问勇哥，还是在餐桌上。有些事，或许只有说出来，才能真正放下。他刚刚喂完了老何的晚餐，还给老何擦洗了身体。

妇女节那天来的姑娘，她说见过你两次，就在巴东野山关的一个休闲别墅里，你为何要否认？我单刀直入地询问，脸相也严肃。

勇哥脸色有些慌乱，大口喝汤，我耐心等待。他喝完汤，又大口扒饭。

我叹口气，说，这样，我说我的判断，你觉得不对再纠正。也不管他答应与否，我开始了询问似的交流确认。

你一直以为何志华的老婆是一个名叫林阿音的女人，她和何志华有一个女儿，就是你在野山关那里见到的姑娘。

他不抬头，也不作声。

后来你来这里照顾老何，就是林阿音联系你的，到这里才发现，原来何志华现在的妻子是我路伊美，而不是林阿音。

他的脑袋慢慢抬起来，黑瘦的四方脸浮现猪肝色，眼神飘忽，嘴角却抿紧。他在抱歉，为何志华抱歉，也为他不得已苦守秘密而抱歉。

我不由笑了。勇哥，这是故事般的巧合，在我之前，老何跟林阿音母女曾是一家人，虽然没有法律上的婚姻。后来，他们分开，阴差阳错，我又与老何走到了一起。勇哥点点头，如释重负般笑了。

妹子，我……觉得，志华他……会……醒来。勇哥站起来，轻声说。随即离开了饭桌，一颠一跛地准备上楼去。

那当然好，感谢勇哥无微不至的照顾。我朗声答道，接着收拾餐桌。

但是，楼上传来歌声，是勇哥唱的鄂西民歌。他刻意压低声调，却还是传下楼来，冲击耳膜。我放下手里的事，竖起耳朵聆听。嗬，又是男女对唱，他一人包办。那民歌是全球普及的《龙船调》。

我听了一会儿，心中跟唱一会儿，继续收拾碗筷。随后上楼进书房，打开半扇窗，展开纸页，准备给林阿音回信。气温一天比一天高，入夏的蟠龙山脚，将较长时间保持春夏交替的风景和情致。天气不冷不热，温润怡人，时间被挽留，它的脚步慢了，它会款待有心人，馈赠他们寂静安宁。

我隔了好一段时间才回信林阿音。我需要时间来沉淀情绪，从勇哥那里得到确切的答案后再回信，才能做到言辞严密、无懈可击。如此，林阿音才会相信字里行间流露的恳切和真实。

　　首先我要解释——她定义我关于耻辱的诡辩，说我偷换了概念。我从心理学的角度阐释，心理学有个专业术语叫"换框原理"，换框的意思就是改变他人对一件事物的执拗看法，或者引导他人从另外一个角度来看事情。而我在上一封信里说到母亲的不容易，说到父亲酗酒情绪失控的诸多生活细节，只是陈述事实，以事实来牵引她的视线，重新或者换个角度来看待我们的父母亲，看待我们家那些年发生的事情。

　　接着，我简单地向她讲述了自己选择心理学专业的缘故——

　　　　的确，在那样的家庭里，耻辱感曾经笼罩我们的心，但是作为长姐，我看见了生存的艰辛，它遍布一日三餐和衣食住行，而这重担几乎落在母亲一个人的肩上，她一声不吭地扛了下来。我无法分担，很内疚，而后，二美死去，父亲酗酒死去，再接着你失踪，带给我很大的打击。父亲被清退后，背负着许多情绪，里外不是人，他不服，为证明自己，便去告状，告倒了对方，却也让母亲失去调动的机会，也被清退。父亲有错吗？难以定性，但他备感耻辱，我开始不理解，后来理解了。耻辱感吞没了他——在生存面前，他完全举手投降。还有你的失踪，几乎就是我的罪过。要是那天我认真点儿，拉你回家，哪有这回事？或者我做完饭就去喊你，也不至于丢了你……我心中充满了悔恨自责，压力超大。连续好几年，我一紧张，身体就会产生窒息感，我很清楚，那是负罪感在作祟。

　　　　我感觉，自己要懂得一些心理学知识，才能自我调适，才能自我救赎。于是，考上大学的我选择心理学专业，后来专攻积极心理学，尤其是遇到我导师后，我获得了崭新的认识。事实上，很大程度上我的心理状态得到改观。

　　最后我仔细回忆了父亲去世那晚的情景，这也是这封信的重点。

　　　　那年初春，我上高一，三美你才十二岁。春寒料峭的日子有些长，二月底三月初下了桃花雪，轻薄的雪花从天而降，蝴蝶似的飞舞一阵，落在地上，随即融化，地面泥泞而寒湿。那场桃花雪有些奇怪，贯通了二月底三月初，断断续续下了三四天。我记得，三月初三那天，父亲一大早起来，就抱起酒瓶子灌酒。我和你前一晚在公园的荷塘边找回他，还挨了他的拳头。他吐了我一身，弄脏了我稍微像样的一件衣服，所以，早上见他又喝，我就咒他死，又趁他上厕所时，将仅剩半瓶的酒收起来带走。我骑自行车上学，把酒顺便带到母亲的粮店里藏好。他疯了一般到处找酒，竟找到我学校去。我怕他闹事，只好请了假，带他去粮店拿酒，并郑重告诫：他一直胃出血，还便血，不能再喝了，再喝就要出大事。他不听，拿了酒瓶就跑，地上全是雪水，路面打滑，他没跑几步就跌倒，酒瓶打破。他孩子般坐在湿漉漉的地上号啕，引来一些无聊人围观。多么难堪啊，我能怎么办？只想着早点儿带他回家，就在旁边的经销点买了两瓶酒，还许诺，今天中饭会炒一个蒜苗腊香肠，还有花生米，给他下酒。这样，他才提着酒瓶跟我慢慢地荡回家。你知道吗，他一回家就打开酒瓶喝，我去夺，他出手打我。真是悲哀，我不由大声诅咒：吃完这顿饭你就去死吧。是的，我诅咒他死，内心满是怨恨。

晚上我下晚自习回家，你刚做完作业，正准备洗澡睡觉，但你不忘记提醒我，父亲中午喝了许多酒，在家大闹了一场，又提着酒瓶跑了。你一说，我才发现，我给他买的两瓶酒，一个空酒瓶横躺在地上，另一个呢，肯定在他怀里。母亲不在家，自是出门找他去了。那样湿寒的夜晚，雪花又在飞舞，飞出满腔愁绪。我有种不好的预感。

吃完饭，我也出门去找他。找遍了他经常待的地方：公园的角落，车站里外，还有集贸市场。都没有，我失望地回到家，刚好母亲也回来——我们都以为父亲回家了。事实相反，母亲要我先睡，她再出去找。她很快返回，喊我一起出门，还推了一辆木板车。她说，刚出集美大院，遇到一个熟人，那人告诉她：四码头货船边，有个酒鬼一直在水里咿呀着唱歌喊口号，人家拉他起来，他拒绝，多半是你家老路吧。

我们赶到四码头。正是父亲，我们将他拖出水。他全身僵硬，但是，右手仍紧握酒瓶，无论我们如何使劲掰他手指头，他就是不放。

回家后，母亲喂他喝了几口温水，又用温水擦他的身体，给他换上干净衣服。他的手又把酒瓶递向嘴边，鼻子还噍出一股气，就像发笑一样。我气愤到极点，伸手去捏他的鼻子。是的，那时，我恶胆陡生，只想弄死他。母亲却捉住我的手，甩给我一个耳刮子。我们俩顿时都惊呆了，一时僵持在那里。但是，父亲吧嗒着嘴唇，朝我笑，那笑容让我终生难忘。我瞪大了双眼，与他眼神相接，似乎有一道薄冰似的光刺了我一下。我不由眨巴眼睛，等我定睛，他的双眼却闭上了。母亲喊了声老路，他握着酒瓶的手松开，酒瓶滚落在铺盖上，真就断绝了呼吸。

啊，他终于死了。惊呆的我却难受极了，冲出家门蹲在院角发呆。

他一直在我眼前晃动——他吧嗒着嘴唇，似在说话；他朝我笑，一定是在赞同我的心愿：以死亡终结一切。正如你所说，多么令人痛苦啊，我们血肉相连的人，竟是通过死亡来彻底理解。我抱头哭泣，母亲喊我进屋去帮忙。我们又把他从卧室里抬到客厅。

三美，我不知道那时你醒了，并且发现了躺在地上的父亲。你看见了最重要的细节——我将母亲的一条白纱巾叠好，再递给母亲，由她给父亲蒙上整张脸（不只是嘴和鼻子）。这是风俗，亡人进棺材前必须要用白布盖住脸庞。

三美，我详细地叙述这些，只是想尽可能地还原父亲之死。至于你听见父亲挣扎的声音，我很疑惑，可能是你的幻觉。你虽被惊醒，意识却处于睡眠和清醒之间；还可能是我和母亲压抑的嘤嘤啜泣。也许都不是，我无法说清，我只能告诉你，三月三日那天深夜，不，应是三月四日清晨了，躺在客厅地上的父亲，我的确动过弄死他的念头，可是他在我动手之前死掉……他以死亡制止了心生恶念的我，赦免了我的"罪人"之名，却也让我看见了自己的罪恶。我终于明白，父亲奈何不了他自己，却拯救了我。三美，父亲死去近三个月后，你失踪了，好吧，就是你说的出逃。这一切，作为长姐的我，难道没有责任？我内疚不已。从法律层面讲，我不算有罪之人……但这不过是一场隐秘的豁免。而心理上的负罪感一直都在，我不否认，也不躲避，那没有意义。负罪心理压迫神经，却也会分泌出营养素，譬如爱和宽容，我视为自救。

写到这里，我一阵虚脱。

闭眼休息了一会儿，再次拿起笔。

我还要告诉林阿音，她的眼光很好，找来的勇哥忠厚还有耐心，又超有办法，照顾何志华很周到有效。他好几次说，他看见何志华的手和脚有苏醒的迹象。遗憾的是，我一次也没见到。但是，致力于积极心理学专业的我，并不怀疑勇哥的话，因为他在预见未来，未来就是当下和过去的有效叠加。无论醒来与否，老何肯定不再是过去的老何了。

我如此结束这封信：有位心理学大师说过，我们是痛苦，也是痛苦的解药。我想修改下，与你共勉——我们是耻辱，也是耻辱的解药。

我郑重地落款：爱你的姐姐一美，于二〇二二年五月三十一日二十三时至六月一日一时四十分。

睡神适时降临。我收拾下，倒在床上睡去。

沉甸甸的睡眠中，那对须浮鸥飞来，嘴壳对嘴壳地相啄。它们这次不是站在斜坡对面楼顶的墙裙上，而是立于风中。接着，它们一起振翅冲向远方，霎时，杳杳青云里，萧萧风四起，鸥鸟长鸣……

编后记

又是一年过去，虎啸犹在耳，兔步已前来。每次编完年选，我们的内心都同时涌起两种矛盾的情感，一则以忧，一则以喜：忧的是时光迅捷生命匆促，任你百年人生也不过是一百本年选；喜的是，2022年中国文学的中短篇小说不因严峻的疫情而低迷，佳作琳琅，乱花迷眼。我们像采花的蜜蜂一样，在繁花之中忙碌而兴奋，即使反复斟酌优中选优，心中仍不免怀有环肥燕瘦顾此失彼之虑。

每年的年选我们遵循着不拘一格、择优选录的方针，但在同一水平层面也考虑到了作家、风格、题材、原刊的多样和均衡。近几年有多位作家创作力旺盛，一年内发表了多篇优秀的中短篇小说，《小说选刊》在转载时已经有所衡量比较才做出选择，即使这样，我们2022年十二期杂志还是转载了这些作家两篇甚至三篇作品。编发年选时，我们希望尽量选入最多的作家以呈现当代小说的丰富性，中篇小说卷、短篇小说卷，每位作家只选录一篇。因此遗珠之憾在所难免。

对每篇入选作品，我们在转载发稿的三审意见和责编稿签中，对其优异与不足都有认真的分析。所以在年选中，我们不再试图对每篇入选作品做美学风格上的评析，以免影响读者的阅读印象和审美评判。我们也不再试图对2022年度的中短篇小说做宏观的审视与概括，在一个文学繁荣的时代，写作者不会主动寻求追踪时代潮流，百花齐放争奇斗艳、各有其芳各显其美才是正道，理论性、综合性的概括往往是苍白无力的。

2022 年度中国文学界有一件大事值得在此提起。中国作家协会在 2022 年 7 月底正式推出"新时代文学攀登计划"和"新时代山乡巨变创作计划"两大创作工程。"文章合为时而著，歌诗合为事而作"，如何用文学形式反映新时代历史巨变，向伟大时代、伟大人民、伟大实践致敬，开启一场与文学前辈跨越时空的文学接力，开拓文艺新境界、开创文学新局面，推动新时代文学高质量发展，从"高原"向"高峰"迈进，这是新时代新征程需要解答的新课题，"新时代文学攀登计划"和"新时代山乡巨变创作计划"正因此应运而生。2022 年度年选中的多篇作品，是我们从《小说选刊》"新时代文学攀登计划"专栏中选入的。年选中的多位作者，也是"新时代山乡巨变创作计划"入选的作者。

期待 2023 年中国文学继续攀登，抵达新的高峰；中短篇小说继续优质高产，不辜负年选读者深情期待。

《小说选刊》编辑部

2023 年 1 月

附　录

2022 年选系列封面绘图画家介绍

文瑶 1996 年就读于广西艺术学院美术系油画专业。现为广西艺术学院美术学院副院长，副教授，硕士研究生导师。中国美术家协会会员，广西美术家协会理事，广西青年美术家协会常务副主席，漓江画派促进会理事。

《阳光正好时》（二联画之二） 文瑶　150 cm×120 cm×2　2019 年

文瑶画作短评

　　文瑶的画有野兽主义的气度，也有印象主义的灵动。大块的坚定运笔，有味道的经营布局，再加时不时的一些小点缀，使文瑶的画透出自己的独有韵味，画面效果既有装饰趣味又不缺油画的厚重。

　　……文瑶的语汇里还有着贴近他性情的逗乐与调侃式的把玩心态，他总是不按常规地强化出对象的某种特殊的形貌状态，无论是画人物或者风景，他的处理总会有一些让人眼睛一亮的闪光点出现。这样的能力来源于他对现实对象的独特体察与概括性的整体把握，尊重事实而又能跳出常理的束缚。

——黄菁（广西艺术学院教授）